Staread
星 文 文 化

君九龄

JUNJIU LING

壹

希行

著

长江出版社
CHANGJIANGPRESS

图书在版编目（CIP）数据

君九龄 / 希行 著 . — 武汉：长江出版社，2020.9

ISBN 978-7-5492-7189-4

Ⅰ . ①君… Ⅱ . ①希… Ⅲ . ①长篇小说—中国—当代 Ⅳ . ① I247.5

中国版本图书馆 CIP 数据核字 (2020) 第 176468 号

君九龄 / 希行 著

出　　版	长江出版社
	（武汉市解放大道 1863 号）
选题策划	柯　伟
市场发行	长江出版社发行部
网　　址	http://www.cjpress.com.cn
责任编辑	李　恒
特约编辑	徐　娅
印　　刷	北京盛通印刷股份有限公司
版　　次	2020 年 9 月第 1 版
印　　次	2020 年 9 月第 1 次印刷
开　　本	700mm×1000mm　1/16
印　　张	69.5
字　　数	1650 千字
书　　号	ISBN 978-7-5492-7189-4
定　　价	128.00 元（全三册）

目　录

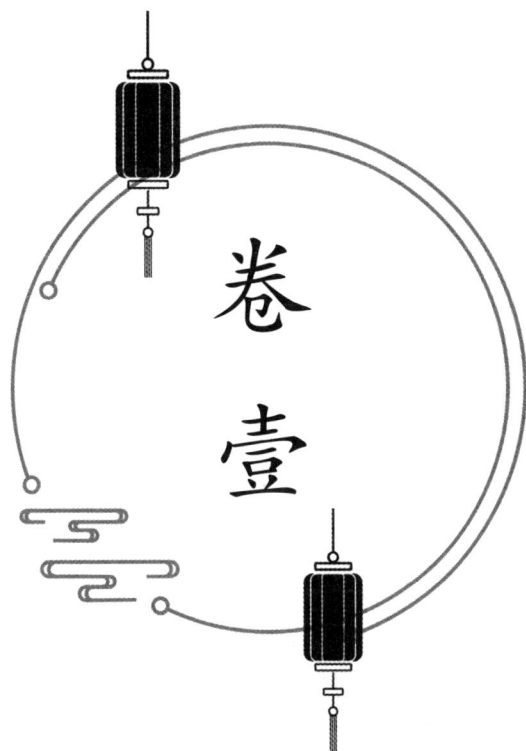

卷

壹

楔　子

"小姐，小姐！"柳儿站在屋子里，脸色煞白地仰着头盯着自己的小姐。

小姐比她稍大一点，也就十四五岁的年纪。此时瘦弱的她正站在一张绣凳上，摇摇晃晃地踮着脚尖，拉扯房梁上垂下的白绫。

"小姐，咱还是别玩这个了。"柳儿结结巴巴地说道，小心翼翼地抓着小姐的裙角。

"那怎么成！"小姐低头用她大大的杏眼瞪了柳儿一眼，很快又抬起头，继续拉扯白绫，边拉扯边喊道，"既然外祖母不替我讨回公道，那我只能用自己的方法讨回了……"

柳儿生怕小姐有什么闪失，焦急地不停围着她转圈，颤抖着劝道："可是小姐，也许只是传言呢，林小姐的话也未必可信啊。"

这句话让小姐又低下头，哀声道："哼，半年前倒还能说是传言，现在都过去这么久了，大舅母都往宁家跑了多少趟，结果呢，传言不仅未消，反而连与杨家五小姐定亲的事都传开了，瑾儿与宁家的十七小姐最要好，她的话怎么能不可信。"说到这里，她眼里早已噙满的泪水滴滴答答地落了下来，"他们宁家就是背信弃义不肯认我这门亲事了，才给十公子另说了亲事。如果我祖父父亲母亲还在，他们宁家哪敢这样做，不过是欺负我无父无母罢了。"

如今祖父、父亲都不在了，也没有嫡亲的兄弟姐妹，留下小姐一个孤女，再不复以前，可不是任人欺负嘛。柳儿想到以前过的日子，再想到今时过的日子，虽然只是一个丫头，也感触颇深，便跟着哭起来。

"外祖母怕他们宁家，我不怕。"小姐止住哭泣一甩袖子抓住白绫，漂亮的小脸紧紧绷着，倔强地说道，"我今日就上吊给宁家看看，看他们背信弃义逼死我，还有什么脸面，我就不信这世间没了公道人心！"说罢，果断将白绫套到了头上。

柳儿吓得立刻伸手抱住小姐的腿。这一动作让两人都一阵摇晃，小姐脚下踩着的绣凳差点倒了，几声尖叫响起。

"哎呀，你现在先别抱着我，好歹也让我吊一吊勒出印子后再抱啊……"小姐带着几分恼怒斥责道。

柳儿赶紧放了手，松了一口气，原来小姐只是做样子，并不是真的想死。

"你站开点。"小姐又说道。

柳儿只得再退后几步，白着脸儿看着她。

小姐这才满意，又叮嘱道："你记得先去告诉外祖母，跟大舅母说是没用的。"说罢，她深吸一口气，再次将白绫套在头上。

柳儿连连点头。

"宁家，看这次你们怎么办！"说罢，小姐便咬着细牙伸手抓住白绫一脚踢开了绣凳……

一阵窒息般的疼痛迅速弥漫全身，小姐的脚抽搐般地不断乱踢，嘴巴里挤出断断续续的哼唧声。

柳儿吓得忙扑过去试图抱住她的脚，无奈自己太过瘦小，根本抱不住，不由得着急地喊道："小姐，小姐，你别动！"

好不容易死死抱住了，柳儿咬着牙死命把小姐往上推，却发现自己根本没力气抬起小姐。渐渐地，小姐停止了挣扎，身子也瘫软下来。她吓得赶紧往上看，看到原本娇艳如花的小姐此时面色铁青，眼睛凸起，舌头吐了出来……

"来人……快来人救命啊……"柳儿一下子跌坐在地上哭着喃喃道，连滚带爬地冲了出去。

第一章

◇

有婚约的女子

泽州阳城北留镇宁氏，自其先祖在北留镇的丘陵上挖出第一块煤之后，到如今已经立族二百七十年。一百多年前宁氏就已经富甲一方，基业稳固后，宁氏的族长耗费家财聘请名师大儒专教族中子弟，其后百年间，宁家出了四十位贡生、二十位举人、九个进士，还有六人入翰林，享有"德积一门九进士，恩荣三世六翰林"的美誉，如今老族长的次子宁炎正入仕中，为工部右侍郎。

宁家的这间小待客厅被精巧名贵的金玉器皿装点得既华贵又高雅脱俗。明媚的阳光透过窗棂，投射在待客厅内的山水屏风上，镂空炉里烧得正旺的炭火将整个屋子烘得暖洋洋的。屋里两个穿着冬衣的丫头鼻头上沁出浅浅的一层汗，有一种莫名的憋闷和焦躁自心底蹿起。好在，不多时便有人掀起帘子走进来，一阵风也顺势被卷了进来，让两个丫头精神一振，忙疾步上前。进来的也是个丫头，提着小巧的铜水壶，屋子里的丫头接过，又取过一旁几案上的掐丝珐琅茶盅。这一连串的动作虽然没有发出响声，却打破了屋子里凝滞的气氛。

"君小姐请用茶。"丫头捧着茶递给椅子上坐着的人，轻声细语道。

这是一个十四五岁的女孩子，眉眼如画，不施粉黛，也没有半点朱钗金珠点缀，身上穿着浆洗得发旧的青色细布衣裙。但她坐在这华贵的待客厅内并没有显得寒酸，反而让人觉得如同万花丛中的素兰一样清丽贵雅。只不过，当丫头的视线落在红木桌上摆放的一条白绫时，便如同被蜂刺了一下，忙垂下视线，神情也变得复杂。

此时廊下的窗户边，一个年长的妇人正不动声色地透过窗缝看着那白绫和端坐在椅子上的女孩。这并不是她第一次见到这女孩子，事实上，两天前这女孩子就来过一次，只不过那时候她并没有带着白绫。

妇人看见女孩伸手接过茶吃了一口，眉头皱了皱，便将茶放回桌子上。她心想雨前龙井都不合女的胃口，不愧是来自跟她家家世旗鼓相当的方家。方家的小姐哪里喝得惯这种粗茶，上一次她上门时，丫头们捧的茶还是明前龙井呢。放下茶杯后，女孩并没有表现出丝毫不耐烦，她身旁站着的小丫头用手扯了扯她的衣袖。

随后，妇人听到屋内传来软软的声音："也请给我的丫头一杯茶。"

房内丫头听罢，立刻再端来一杯茶递给那小丫头，那小丫头高高兴兴地接过，一口气喝完后又理直气壮地要了一杯。

妇人眼中闪过一丝嘲笑。这时，院门口有个小丫头冲她招手，妇人便转身从窗户边走开，穿过一个夹道走进另一处院子。

院子的正房廊下站着一溜的丫头，正低声说笑着，厚重金线织绣的门帘后也传出说笑声，看到妇人走过来，丫头们纷纷打招呼。

"宋妈妈来了。"有两个丫头忙打起帘子，唤道。

妇人迈进去，顿时暖香扑面。

屋子里有许多人，有的坐着，有的站着。所有人的视线都聚焦在正中的中年妇人身上，妇人约四十几岁，穿着雍容华贵，正是宁家的大夫人。

大夫人为人和气慈善，孝敬公婆，敬重妯娌，里外人人都称赞。此时，她正面带浅浅的微笑听面前坐着的两个妯娌说话，两个妯娌比她年岁小一些，同样穿着华丽。而东次间里的大方桌前坐着三个十几岁的女孩子，皆穿着红小袄、黄裙子，容貌秀丽，与外间的低笑热闹不同，她们正安静地提笔写字。

宋妈妈没有立刻上前说话，而是顺手接过一旁丫头手里的茶递给妇人，站在身旁，含笑听着她们说话。

妯娌们每说一句话，宁大夫人都含笑点头，一概说道："好，这样安排挺好，你们费心了。"说完，才转头看向宋妈妈问道，"见到人了？"

这没头没尾的一句话让屋子里的说话声都停了下来。

宋妈妈应声"是"。

"大嫂，怎么君家那小姐又来了？不是走了吗？"旁边的宁三夫人问道。

宁大夫人笑了笑，将茶杯放下后说道："没走，在街上找了个客栈，闹出一场自尽的把戏，现在又上门来了。"

宁三夫人跟宁四夫人对视了一下，生气道："这也太过分了，方家的人难道不管？"

宁四夫人接着说道："我看这方家人就是故意的。"

宁大夫人摇摇头，说道："故意倒不会，或许有什么为难之处。"

两位妯娌笑了笑，同时感叹道："大嫂你啊，总是以善意揣度他人。"

东次间一直竖着耳朵听这边说话的一个女孩子猛地转过头，大声说道："母亲，君萦萦做这种事根本不稀奇，她在方家也是横行霸道，方家大夫人不过是说了她一句，她就闹着要自尽，还要去官府告她舅母虐待。"

说话的是宁大夫人的长女、宁家这一辈排行十七的宁云燕，宁云燕的这番话倒是惊到了屋子里的人。

"燕燕，"宁大夫人皱眉说道，"背后论他人是非不是大家闺秀该有的好品行。"

"大伯母，是真的！她自恃官家小姐身份，特别瞧不起她外祖母家，嫌弃他们是商户。"另外两个女孩子也跟着说道，"我也知道，我见过她在宴席上和别人一起嘲笑她的表姐，她表姐哭着退席呢。"

三个女孩子叽叽喳喳开口，宁大夫人温和的声音便压不住了，屋子里顿时变得嘈杂起来。

"这君小姐来阳城投靠方家刚刚半年，就闹得尽人皆知。"宁三夫人皱眉说道，"方家是个商户粗鄙也就罢了，这君小姐的父亲好歹也是读书人，一方父母官，怎么养出这么一个骄纵放荡的女儿，偏偏这女孩一来就叫嚷着跟咱们家有婚约。"

宁四夫人也忍不住问道："难道她真的跟咱家钊儿有婚约？还是老太爷定下的？这么大的事，可没听老太爷生前说过啊。"

宁大夫人叹了口气，无奈地说道："我问母亲了，母亲说老太爷跟君家老太爷有过一面之缘。那是十五年前，老太爷辞官四方游历，经过汝南时突发疾病，被刚好路过的君老大夫诊病开药才缓解了病症，老太爷感激不尽，又听说君老大夫的儿子刚成亲，就信口说要与他结亲。那时候钊儿才三岁。"

两位夫人立刻心领神会。

"君家的老太爷既然是大夫，给人看病不是理所当然吗？"宁三夫人说道，"老太爷因感激一时口不择言，那君老大夫难道就不知道医者的本分了？看来也是一心想攀龙附凤吧，也不思量自己的身份，还真同意这门亲事了。"

"说不定老太爷当时受了胁迫呢，要不然给长房长孙定亲这么大的事老太爷怎么从来不说。"宁四夫人摇头道。

"父亲没提过，到底怎么回事我就不知道了。"宁大夫人说道，在这句话上加重语气，"老夫人一口咬定没有这回事，我也没办法，先前方家来人询问时，我委婉地解释过，但这君小姐根本就不听，老夫人身子不好，我也不敢让君小姐闹到她跟前去，君小姐年纪小又失了双亲怪可怜的，我也不敢对她强横……"

"母亲！"早已经不写字站过来听的宁云燕立刻喊道，"她可怜！十哥哥就该倒霉吗？！她爹娘又不是咱们害死的，凭什么拿十哥哥的终身大事来补偿她？！"

"就是，十哥哥可是连皇帝都夸赞的天纵之才，怎能被君蓁蓁这样一个粗鄙无知的人拖累！"另外两个女孩子也立刻附和。

屋子里再次嘈杂一片。

宁大夫人似乎被吵得头疼，一脸无奈地伸手捏了捏额头，说道："总不能眼睁睁看着这君小姐在我眼前自尽吧……"

"她现在就将白绫扔在桌子上，摆明了要威胁咱家。"宋妈妈插嘴道，"上次在客栈上吊，这次指不定就要在咱家门口上吊了。"

"她敢！"宁三夫人竖眉怒道。

宁四夫人也非常生气，站起来说道："哼，把咱们宁家当什么了，想闹就闹！大嫂你不便见她，我去见她，跟她说清楚！"说罢转身就往外走。

"四弟妹！"宁大夫人忙起身喊着要追出去。

宁三夫人将她拉住劝道："大嫂你别管了，让我们去会会这个君小姐。"

宁大夫人只好无奈地又坐了回去。

"你们好好跟她说，怪可怜的，别吓到她。"她不安地叮嘱道，"到底要看方家的面子，别太过分啊。"

"方家的面子？方家不给咱们面子，咱们何必给他家面子。"宁三夫人听到"方家"二字更生气，不待大夫人再吩咐，就带着丫头仆妇们走了出去。

屋子里恢复了安静，宁大夫人脸上再没有适才的不安，神情淡淡地看了眼站在一旁的三个女孩子，忽然问道："君小姐怎么就想出要用自尽的法子来威胁咱们家了？"

三个女孩子相互对视了一眼，眼神闪烁。

"谁知道啊，肯定是听到十哥哥要和杨家小姐定亲的事就坐不住了呗。"一个女孩子说道。

"对啊，她自从在八月十五灯会上见了十哥哥一面后，就越发不知廉耻、胡搅蛮缠，还好十哥哥不常在家，她就在城里到处宣扬她是我们未来的嫂嫂。"另一个女孩子恨恨地说道，"后来突然听到十哥哥要定亲，她就发疯了……"

宁大夫人的视线落在没说话的宁云燕身上，问道："燕燕，杨家小姐的事，是你告诉她的吧。"

宁云燕小嘴一撇，低声道："我可没有，我日常避嫌都不跟她说话的。"又嘻嘻一笑，"我只是告诉林瑾儿，但我可叮嘱过她不许告诉别人的。"

宁大夫人微微蹙眉，训斥道："这件事家里自有安排，你们这些姐妹都不许参与，免得被她带坏了名声。"说罢，就再没追问这件事。

三个女孩子齐声应答："是！"

"就知道根本不用担心的。"宁云燕伸手挽住母亲的胳膊，笑嘻嘻地说道，"她要死是她自己的事，我们怕她什么！"

"再说，她不是没死嘛。"另一个女孩子说道，眼中满是讥嘲，"自己都不敢死，还要以此威胁我们家？她以为她是谁啊！"

宁大夫人笑而不语。

第二章

◇

上门求退婚

听到外边传来的通报声，正伸手去捏桌上点心的小丫头忙站直了身子。

门帘被掀开，脚步声停在室内，一直垂目静坐的君小姐抬眼看着走进来的两位夫人。

"哎？你们谁是宁大夫人啊？"小丫头先瞪眼问道。

上一次她们连二门都没进去，更别提见到宁大夫人了，这两位夫人看着都穿着华贵，一时也分不清哪个才是大夫人。

宁家的两位夫人斜眼看了眼无礼的丫头，眼中闪过不屑。

"有什么事，你和我们说吧。"宁三夫人说道。

小丫头还要说什么，君小姐抬手制止，慢慢起身先向两位夫人施礼，接着伸手抚摸桌子上摆着的白绫，说道："好啊。"

"君小姐，关于这门亲事，我们家已经说得很清楚了，你外祖母家也很明白。既然我们外人说的话你不信，不如回去问问你外祖母？亲人的话，总该信吧。"宁四夫人先开口说道。

"你们说的我都清楚，不用再问了。"君小姐笑了笑，将桌子上的白绫抖开，露出原本被压着的一张纸，说道，"既然都说清楚了，就说说这件事怎么解决吧。"说罢，她将纸递给两位夫人。

宁四夫人接过纸仔细看清楚上面的字后顿时骇然，竟然是婚书，上面明明白白写着三代名讳！宁四夫人默默与宁三夫人对视一眼，心里快速思考该怎么办。看来宁老太爷当初是认真要缔结两家姻亲，才会写下婚书，至于后来又为什么绝口不提，宁老太爷都已经不在了，谁也不知道。这个君小姐又有何居心，之前一直藏着婚书，偏偏这个时候拿出来，果然是要威胁宁家，要是她真在这里自尽，宁家可有麻烦了。

屋里一片寂静……

"君小姐，不是我们不认你的婚书。"宁四夫人打破沉默，沉声说道，"只是我们家老太爷十几年来从来没有拿出过这个婚书，也没提过这门亲事，我们自当不知道……"

"你们不知道，是你们的事，与我无关。"君小姐声音柔和，神情平静，一点也不像传说中那个刁蛮嚣张的君小姐。

宁四夫人要再说话，宁三夫人制止了她，对君小姐微微一笑，说道："君小姐，结亲可不是结仇，有时候做事可以用些手段，有些时候却不能，纵然君小姐能一时如愿，没准可是要难过一辈子的。"

"君小姐，人贵自知，你不适合做我们宁家的媳妇，强求也得不到宠爱。"宁四夫人更直白地说道。

君小姐听后反而笑了笑，反问道："既然如此，那你们打算怎么拿回这封婚书，好让我退了这门婚事？"

"她有婚书？"去而复返的宁三夫人和宁四夫人带回的消息，让原本轻松的客厅气氛又紧张起来。

婚书上写了男方三代名讳，还有宁云钊的生辰八字，这些信息就算是同样为阳城人的方家也不可能打听出来，更何况籍贯在汝南的君家。

半年前一向无来往的方家上门说其侄女跟他们家有婚约的时候，他们就立刻打听了君家的底细。君家，河南蔡州汝南县平章镇人氏，祖祖辈辈经营一个药堂，代代行医，乐善好施，在平章镇颇有声名。只是这君家历来家境清贫，又人丁单薄，君小姐的父亲君应文又是三代单传，因为从小聪慧，学业有成，便没有再学医而是走科举入了仕途。君应文为官清廉，爱民如子，传了君家乐善好施的品行，但也同时"传承"了君家子嗣艰难的缺憾，除得了一个君葳蕤，再无其他子女。君应文和其妻子方氏先后在君葳蕤十岁、十三岁时又相继因病故去，之后这君家便只剩下君葳蕤一棵独苗，她只得来阳城投奔其外祖母——方家。因此，无论是君家，还是方家，都断不敢做出伪造婚书的把戏。

"既然如此，这件事就只能这样了……"宁大夫人深叹一口气，说道，"母亲那里我去说吧。"

"就算婚书是真的，也不一定就非得认这门亲啊。"宁云燕急道，"谁说写了婚书就得成亲了？那送了聘礼又退婚的也多得是，凭什么就怕了她！"

母亲生性温柔，但宁三夫人和宁四夫人却不是，宁云燕这话自然是对她们说的："十哥哥虽然是我嫡亲哥哥，但他也是咱们宁家的脸面，他要应了这门亲事，别的兄弟姐妹肯定也会被嘲笑，谁愿意跟这样的女子做妯娌啊。"

这话说得倒像是指责宁三夫人和宁四夫人因为宁云钊不是她们的儿子，所以怕麻烦不管了。作为一个晚辈，宁云燕这样说话太失礼，宁大夫人顿时拉下脸，喝道："燕燕！住口！"

宁云燕一向骄纵，被母亲呵斥也只是绷着脸，继续说道："我才不住口，凭什么要怕她，她算个什么东西，敢要挟我们，装模作样要寻死，那就让她去死吧！这么大一个宁家，还怕死她一个蝼蚁不成？！"

小小年纪就口出狂言实在是有失体统，宁大夫人气得让贴身仆妇把她拉了下去，又对宁三夫人和宁四夫人道歉，随后斩钉截铁地说道："这件事你们不要管了，一切事由我来办。"

宁三夫人和宁四夫人站着没动，既没有因为宁云燕的话而被挑动怒火，也没有因宁大夫人的退让而义愤填膺，她们两人只是默默地站在原地，神情颇有些古怪。

"大嫂，不是的，她同意退婚。"宁四夫人沉默了一会儿，说道。

宁大夫人愕然，被仆妇拉着的宁云燕也站住脚，一时没回过神。

"她同意退婚？"宁大夫人不由得再次问道，"是真的？"

"是啊。"宁三夫人点点头，脸上还残留着听到这句话时的惊讶，还有几分不知所措，"不过，她有个条件。"

"她肯定耍诡计呢！"宁云燕甩开拉着她的仆妇，喊道，"母亲，别理会她！"

宁大夫人瞪了宁云燕一眼，径直问道："什么条件？"

"你们可知道当初为什么宁老太爷会跟我祖父写下婚约？"君小姐缓缓问道。

"君小姐，我已经说过了，老太爷从来没提过这件事。"宁三夫人再次强调。

"救命之恩也没提过？"君小姐挑了挑眉，问道，"宁老太爷原来是这样的人啊……"

宁三夫人被噎得一时不知道该怎么回应。婚事不提倒也罢了，救命之恩再不认的话就是忘恩负义，可不能让宁老太爷被这样说。

"父亲生前不止一次提到君老大夫医术高明，才让他起死回生。"宁四夫人想了想，说道。她在"医术"二字上特意加重语气，提醒这个小姑娘别忘了她的祖父是大夫，治病救人是本分。

"听闻你们家在当地祖传行医，想必救过的人不计其数，不知道靠救命之恩得了多少以身相许呢？"宁三夫人冷笑反讽道。

君小姐莞尔道："我不常回家乡，但记得逢年过节随父母回去，走到街上，乡民们听说我是君老大夫的孙女，便对我非常亲切，还拿出自家的好东西赠予我。"她停顿了一下，接着说道，"我祖父治病救人不是为了得到回报，而是在尽医者的本分，而那些被他救治的人，有钱的给钱是本分，没钱的给予感激和敬重也是本分……"

这是在说宁老太爷不本分了？宁三夫人和宁四夫人这才回过神，顿时再次恼怒。这个小丫头看起来柔柔弱弱，句句骂人不带脏字。现在她们倒是信了宁云燕——这个君萋萋真是不讨人喜欢。

"是，该给钱给钱，该收钱收钱，但这婚姻大事，关乎一个人一生的命运，可不是挑鸡蛋一样的简单。"宁四夫人冷笑道。

君小姐笑了笑，说道："你家老太爷当初可没有给钱……"

宁三夫人和宁四夫人愕然。

"怎么……怎么可能！"宁四夫人结结巴巴说道。

"我祖父亲口说的。"君小姐没有半点犹豫，说道，"没钱就不收钱了，是你们家老太爷非要说自己家有钱，但当时被贼偷了，等回家后一定送来。我祖父再三说不用，你家老太爷却不愿意欠人情，得知我父母才成亲，便主动说要结儿女亲……"

宁三夫人和宁四夫人听得目瞪口呆。宁老太爷从没细说过这件事情的始末，这个女孩子该不会是信口开河，说谎吧？

君小姐继续说道："你们要认这门亲事呢，这就是婚书；你们要不愿意认，那它就是一张欠条。"她将桌上的婚书向前推了推，并将纤细的手指按在上面又说道，"既然不认婚书，那就还钱吧，你们还了治病救命的钱，婚书就还给你们，我们就此两不相欠。"

宁三夫人还有些没回过神，下意识地问道："多少钱？"

"两千两……白银……"君小姐盯着宁三夫人，缓缓答道。

　　宁大夫人听了两位妯娌传达的君小姐提的条件后，神情变得有些古怪，沉默了一会儿后问道："她真这么说？"

　　宁四夫人点了点头，答道："没有哭，没有闹，压根没有再提亲事。"停顿了一会儿，又说道，"神情不似作伪。"

　　难道知难而退？宁大夫人陷入了沉思。

　　宁云燕则回过神来，不甘心地说道："母亲，她这是迷惑我们呢，定然还是为了嫁进来而使的诡计。"

　　宁大夫人摇摇头喃喃说道："如果她要迷惑我们，要的可不是这么点钱了……"

　　两千两白银对普通人来说，确实不少，但对宁家来说，算不得什么。如果君小姐真要耍花腔，她就该狮子大开口，开出一个宁家拿不出来的数目……

　　宁大夫人沉吟片刻，站了起来，说道："我去会会她。"

　　宁云燕气得直跺脚，着急地说道："看，母亲，这就是她的计谋，勾引你去见她！"

　　宁大夫人冲宁云燕摆了摆手，笑着安抚道："见她又如何？她连你这个宁云钊的妹妹都笼络不了，还能奈何我？！"

　　听到门外又传来细碎的"夫人"的称呼，等得有些无聊的小丫头立刻站直了身子，亮亮的眼睛直盯着走进来的夫人，小声嘀咕道："又换了一个夫人，宁家的夫人可真多。"

　　看这个丫头无礼的样子，就知道君小姐也是个不懂规矩、没有教养的娇纵丫头，宁大夫人不以为意，直接无视，视线径直落在那位君小姐身上。这女孩与宁云燕差不多年纪，容颜还带着几分稚嫩，相貌倒是颇为清秀，可跟自家女儿比起来就差远了。

　　随着宁大夫人走进来，这位原本坐着的君小姐立刻起身施礼，唤了声："大夫人。"

　　宁大夫人挑了挑眉，对君小姐能认出自己，倒没有觉得意外，想她惦记宁家这么久，总能打听出未来婆婆的长相。

　　君小姐旁边站着的小丫头看着宁大夫人，心中泛起一阵心酸。之前，小姐的讨亲之路异常艰辛，先是被方家的舅太太嫌弃，不尽力帮小姐，小姐自己想办法接近宁家小姐，又被回避和奚落。后来又打听到宁大夫人念佛心善，想直接求到宁大夫人跟前去，可根本就见不到她。正想办法时，又听说宁十公子要跟杨家的小姐定亲，这才把小姐逼急了，选择用假装上吊的方式逼着宁大夫人见她，可还是没把宁大夫人逼出来，万万没想到一说要银子就来了。

　　宁大夫人自然不知道这个小丫头胡思乱想什么，开口问道："君小姐是不是觉得很委屈？"

　　"大夫人也觉得很委屈吧？"君小姐笑了笑，同样用轻柔的声音缓缓说道。

　　宁大夫人不动声色地答道："是啊，做母亲的看着自己视若珍宝的子女，突然被下贱的猪狗咬了一口，偏偏这畜生又不知人事，打不得骂不得，确实又委屈又心疼……"

　　君小姐赞同地点点头，柔声答道："是啊，我虽然不是母亲，但要是自己遇到这种事，心情估计也不会好受……"

　　"自己要是遇到这种事，也就忍了。"宁大夫人说道，"但作为母亲，看到子女遇到这种事，却忍不得，若有人伤了自己的孩子，母亲绝不会善罢甘休，君小姐还小，等将来你做了母亲就会理解的。"

宁大夫人说话时的神情一直温柔客气，好似在跟君小姐谈论多么愉悦的话题："我们宁家的确乐善好施，不管是求上门的灾民，还是路边的乞丐，都不吝啬赠予扶持一把，但对于君小姐想靠联姻一跃龙池，得富贵人生……"她刻意停顿片刻，随即摇了摇头，笑着继续说道，"还请君小姐见谅，这件事实在是让我们君家觉得委屈又恶心，恕难答应。"

说罢，宁大夫人静静等待君小姐发怒，但她依旧平静，瞧不出半点异样的情绪，如所有知礼守矩的女孩子一样，仿佛在认真聆听长辈的训导，没有半点不满和抵触。

仿佛过了好久，君小姐才点点头，说道："是啊，这件事的确让人觉得委屈，我也不知道宁老太爷是怎么想的，明明能用钱解决的事，非要拿子女的婚事做恩报，结果恩没报，反而让我们成了恶人，或者说，宁老太爷就是不想还钱，又怕我们纠缠，才这样做的？"她笑了笑，又说道，"那宁老太爷真是多虑了，我们君家治病救人不图回报，从祖上起就乐善好施，不管是求上门的灾民，还是路边的乞丐，都不吝啬治病救人赠药……"

"宁老太爷不想付诊费药钱，说一句没钱就罢了，多大点的事，哪里用得着这般手段，赖账也就罢了，还将我们置于恶人之地。"君小姐继续说道，"这件事实在是让我们觉得委屈又恶心。"

宁大夫人脸上的笑容瞬间凝固，一向和气的脸上蒙了一层寒霜。

第三章

◇

宁公子的身价

宁大夫人压制怒气平静下来。这个君小姐不过是无计可施便撒泼相缠罢了，她以为败坏宁家的名声，宁家就不得不对她忍让了？做梦！

"你这孩子怎么能这样想。"宁大夫人温和地答道，"人做事的初心肯定是好的，只不过时过境迁，口口相传，难免会发生一些变故。"

宁大夫人说完这句话，便见君小姐神情闪过一丝怅然，随即听她说道："是啊，人做事的时候初心都是好的……"

宁大夫人说道："君小姐你还小，觉得这世间的事非黑即白，今天往地上砸个坑，天荒地老也不会变。"她的声音温和，如同一个长辈谆谆教导自己的晚辈一般亲切。

"是啊。"君小姐再次说道，神情中除了怅然还多了一丝悲伤。

宁大夫人嘴角的笑意更浓，神情也更温和，继续说道："等君小姐到我这个年纪就知道了，黑的也可能是白的，白的也可能是黑的，而有些事也是会变的……"

"不过有些事是不会变的，比如人的命……"宁大夫人话锋一转，"有些人的命就是贱命，不是攀上别人，就能变成贵命的。"

"大夫人真是自谦。"君小姐冷冷答道，"不过宁家虽然出身贱鄙，但也是民众们交口称赞的仁富之家，大夫人莫要妄自菲薄。"

宁大夫人大怒。宁家先祖是给人放牛割草的长工，她是在骂他们宁家至今还是贱民。

"织席贩履的小儿也能当皇帝。"宁大夫人强压下怒意，让自己的语气更温和，"只要自己争气，金石也能为开，我们宁家的祖先虽没有耽于富贵，但宁家子女头悬梁锥刺股靠着自己读书求功名，才有了机会从贱民转为官身，为君为民效力尽心。"她在"靠自己"以及"争气"等词语上特意加重了语气，"这些可不是靠着攀上谁就能得来的！"

君小姐立刻冷笑回道："如果我没有记错，当年你们宁家第一个老爷的功名就是花钱买来的吧？如果不是拿钱攀上了府学大人，你们家的老爷们没准儿现在还挖煤呢……"

宁大夫人气得直发抖，她第一次见这么厉害的，羞辱人时竟如此轻松随意，同时心里又难掩惊讶，她是怎么知道宁家秘闻的？这秘闻可是百年前的事，而且又涉及官场私密。

"你这话是什么意思？"宁大夫人沉声问道。

"我的意思很简单，这世间很多事可以用钱办到。"君小姐柔声细语地道，"你们宁家百年前能花钱买官摆脱贱民之命，那现在也可以花钱买了这婚书，摆脱我。"

接二连三被如此羞辱，宁大夫人的好脾气也忍不住了，脸上不再有温和的笑意，冷声道："君小姐这话，我倒听不懂了，婚书是婚书，买卖是买卖……"

"这有什么不懂的，欠债还钱而已。"君小姐神情依旧，"婚书虽是婚书，也是买卖，你们宁老太爷当初没钱，又不想背负忘恩负义的恶名，就拿自己的子孙婚事做酬谢，如今反悔要收回子孙的婚事，自然就要拿钱来抵这忘恩负义之名。"

宁大夫人听出君小姐一直表达要拿钱退婚的意思后，反而冷静下来，再三问道："君小姐是说真的？"

"当然是真的。"君小姐斩钉截铁地说道，"我说过很多事可以用钱来解决，能用钱解决的事也都不是什么大事。"

屋子里陷入一阵沉默。

"君小姐算计得真清楚。"宁大夫人冷冷地说道。

君小姐摇摇头，笑道："夫人谬赞了。"

宁大夫人被气笑了，没想到这个看起来文静的女孩却是一个这样的无赖。

"哦，经大夫人的提醒，我发觉我先前算错了。"君小姐神情平静地看着宁大夫人，又补充道，"我先前说两千就把婚书还给你们，确实算错了，应该是五千两。"

宁大夫人顿时愕然，反问道："你这是什么意思？怎么就应该是五千两了？"

"我祖父救治你们老太爷是十四年前的事，利滚利到如今要五千两也不算多。"

宁大夫人眉角忍不住抽了抽，冷笑道："当初得是多少药钱能利滚利滚到五千两？"

"多少药钱？能够救宁老太爷这条命的药钱自然不便宜，要不然宁老太爷又怎会用自己的嫡长孙做抵押？"

宁大夫人气得正要张口反驳，不过这一次君小姐没有晚辈的自觉，不给她说话的机会："宁老太爷肯拿自己的嫡长孙来抵药钱和人情，宁十公子必然是很厉害的，我来这里后亲眼见过宁十公子的风采，就估摸了一个价格。但现在看到大夫人对这门亲事极其反对，我才明白我还是低估了，宁十公子比我想象中更贵重，所以，这个婚书绝不止两千两这个价，而应该是五千两。"

宁大夫人目瞪口呆，气得只能指着君小姐，不停地说道："你……你……"

君小姐看着她，再次笑了笑，将婚书拿在手里，反问道："或者大夫人是觉得宁老太爷的命不值钱？还是觉得宁十公子不值这个身价？"

直到宁大夫人回到自己屋里，脸上还蒙着一层寒霜，一句话不说坐下来就吃茶。

宁云燕已经带着姐妹们退出去了，宁三夫人和宁四夫人还在等候着，看到她的神情惊讶又不安。她们当然知道宁大夫人不是外表那般菩萨模样，但做妯娌这么多年还真没见过她在人前流露这般情绪。很显然那君小姐把宁大夫人气得不轻。

"大嫂，我看过了，那婚书是真的。"宁三夫人沉吟片刻，说道，"她现在也在我们家中，不如我让人毁了它。"

"你要抢？"宁四夫人不免担心地问道。

"丫头们端茶倒水总有个不小心地弄湿了那婚书……"宁三夫人说道，"或者君小姐心中愤愤不平，故意吓人，其实拿来的并不是婚书，我们也从来没见过，反正她在我们家闹腾也不是第一次了，上吊的把戏都玩过，这样闹起来，也没人信。"

宁大夫人放下茶杯，说道："不用了，她的确是要钱。"

"大嫂，真的吗？"宁四夫人忙问道。

宁大夫人吐了口气，神情已恢复如常："是，她说了，既然我们家不同意结亲，那就给她钱。如今，她孤女一个，有些钱傍身也是好的。"她伸手将婚书拿出来扔在桌子上又说道，"婚书她已经给我了。"

宁三夫人忍不住伸手拿过婚书，仔细翻看，不确定地问道："是真的吗？别拿假的糊弄咱，大嫂是正人君子菩萨心肠，人家给什么就接什么，但那君小姐可是个无赖，还是看仔细的好。"

"我看过了，是真的。"宁大夫人边说边站了起来，"这件事就这么过去了，我去跟母亲说一声，从账上支了钱打发她走。"

"大嫂先去说，我们去账房安排。"宁三夫人说道，"两千两银子不用等母亲的对牌。"

宁大夫人停住脚步，原本变好的神情再次阴沉，恨恨地咬牙说道："是五千两。"

宁三夫人和宁四夫人再次愕然。

"大嫂到底是心慈。"宁三夫人摇头叹道，"见不得这孤女可怜。"

"那就是个无赖，大嫂可用不着可怜。"宁四夫人紧接着说道。

只不过她们妯娌这次一唱一和，让宁大夫人的神情没有好转，反而更难看。她想起那君小姐说过的话，至今都让人气愤难忍！但这件事她不愿意多说，毕竟是在一个小姑娘跟前吃瘪的事。她没有理会两个妯娌，抬脚走出了房间。

一个仆妇来到君小姐主仆所在的客厅，对君小姐冷冷说道："君小姐，这是你要的五千两银票。"仆妇将手里捏着的银票晃了晃，"是你外祖母家票号的，你拿着方便，我们也方便，以后也不用再跟方家票号打交道了。"

君小姐神色平静地看着那仆妇微微一抖的手指尖，忽然说道："你要敢把钱甩在地上，就再给我拿来一张同样数额的。"

仆妇的手一抖，神情有些惊愕。

"你要做这件事之前最好先请示一下大夫人，看她允许不允许，她也会告诉你我说的话是不是真的。别自以为是，拍马屁拍在马蹄子上就不好了。"

仆妇惊讶地打量着君小姐，这个女孩子浑身上下透着温柔和顺，但她却莫名感受到强烈被威胁的感觉。仆妇只好作罢，手微微颤抖地捏着银票递了过去。

"柳儿拿着。"君小姐吩咐道。

在她身旁站着的傻傻的小丫头立刻上前接过。

"多谢。"君小姐浅浅施礼，"告辞。"

她的声音柔和，动作轻盈，神态端正，仆妇不自觉地还礼，还礼一半才回过神。

君小姐已径直越过仆妇走了出去，衣裙飘飘，身姿窈窕如弱柳扶风。

第四章

◇

见亲不见喜

君小姐从宁家的侧门刚走出去，身后的门就猛地被关上，仿佛一刻也不想再见到她。

君小姐没有回头，低笑了一声，自言自语道："宁炎的族人也不过如此……"

宁炎是宁老太爷的次子，宁大夫人的小叔子，如今宁家官位最高的顶梁柱。他二十三岁中进士，为官二十年，如今为工部右侍郎，再有两三年即可升任尚书，将来入阁拜相也极有可能。

丫头柳儿神情呆滞地跟着君小姐走出宁家，快要出了北留镇，才渐渐回过神来。

"小姐！"她突然喊道，伸手拉住君小姐的衣袖，紧张地回头看了眼，"宁家的人没有追来。"

君小姐拍了一下柳儿，安抚道："放心，他们不会追来的，宁家这点脸面还是要的。"

柳儿仍紧张地扯着她的衣袖，不安地问道："那咱们去哪里等着？那个客栈不许咱们去住了，这附近也没有离宁家更近的客栈了。"

那天君小姐假上吊做出以死明志的事吓唬宁家，结果差点真的吊死，柳儿大喊大叫惊动了客栈的人才把她救下来，结果客栈不让她们继续入住了。当时小姐被救下来跟死了一样，两个妇人又是掐又是捶，折腾一番才又有了气，饶是如此也躺在床上半日没动，简直吓死人。柳儿实在没办法，打算回阳城找方老太太，小姐却突然伸手拉住她，说一切都因和宁家的亲事而起，不用再去找别人，这件事她自己能解决。柳儿当时就有点怀疑，但小姐说这次一定能解决，还让她拿出藏着的婚书。

是的，她们一直有婚书。当初之所以没有拿出来是觉得这婚书宁家也有，没必要拿出来。而且来到阳城后，小姐求方老太太去宁家说亲时，舅太太露出一脸讽刺，还问小姐要婚书先确认一下，让小姐很生气，干脆说没有，让舅太太上门去说就是了。

小姐原本以为舅太太去宁家说亲，必然会被宁家待为上宾，但没想到宁家竟然一口否认曾有婚约。舅太太在宁家受了气，回去后又将小姐冷嘲热讽一通，气得小姐亲自上门去找，可连宁家的门都进不去，更别说接触到宁家的人了——除了八月十五灯节，混在人群里远远看了眼从京城回来的宁十公子。

宁十公子的风姿让小姐更为倾倒，但她也明白宁家是打算悔婚，既然一心要悔婚，拿不拿出婚书都没用。偏偏这时候，与小姐交好的林小姐带来宁十公子要定亲的消息，小姐才再也坐不住，决心用假上吊的手段，让宁家知道利害。结果，小姐差点死掉，躺了半日后，一起来就说要解决这件事，后来才有了她跟着小姐去到宁家发生的一系列事情。

"小姐，那现在怎么办，客栈回不去了，宁家我们还能去吗？"柳儿可怜地问君小姐。

"宁家跟我们已经毫无瓜葛了，自然不能去。"君小姐答道。

"啊？这是什么意思？"柳儿没听明白，不解地问道。

"意思就是我和宁家再没有婚约了。"君小姐对柳儿说道，"这件事解决了。"

柳儿瞪大双眼张大嘴，哇的一声哭了起来，引得街边的人纷纷侧目。

"哭什么，这样多好……"君小姐笑着说道，"强扭的瓜不甜，这样大家各取所需皆大欢喜。"

"可是小姐就什么都没了。"柳儿止不住地一直抽泣。

"不是有钱了吗？"

柳儿虽然没有富贵过，但对钱从未放在心上，自然认为找个好夫婿才是小姐最需要的，哭着说道："那点钱有什么用啊。"

"那点钱啊……"君小姐说话的速度本就慢，此时更慢，四个字被拉长了很久，听起来似乎多了几分怅然。

柳儿忍不住吸了吸鼻子，盯着自己家小姐看。

"应该够我去京城了。"君小姐接着说道。

柳儿愣了一下，他们老家在汝南，老爷任职的地方在抚宁，外祖母家在阳城，从小到大都是在北边，位于南边的京城可是只听过从来没去过，无亲无故的也不会动去的念头，小姐怎么突然想去京城了？

柳儿的眼睛又忽然一亮，有些激动地问道："小姐，你是不是打算去告御状？"

君小姐平静的脸上浮现笑意，显然被这小丫头的话逗笑了。

柳儿却没有注意到，激动地说道："对，小姐的办法果然好，先退了婚书，稳住了宁家，又拿了银子，有了盘缠，就能轻松上路。"仿佛怕被人听到，她刻意压低声音继续说道，"宁十公子的叔父在京城当大官，让他来管管这件事，他要是不管我们就去告，看他怕不怕。小姐，听说京城的皇帝英明神武，肯定能……"

说到这里，原本看向前方的君小姐猛地转过头来，那双平静的眼睛陡然变得幽深，让人不由得打了个寒战，吓得柳儿立刻止住了话，人也不由得后退一步。

柳儿虽然从小被卖，但主家仁善和气，小姐虽然娇纵却从不作践人，小丫头过得顺风顺水，哪里见过这般眼神。她甚至认不出这眼神里包含的情绪，似乎绝望似乎狠戾又似痛苦，让人看得害怕到想逃开。

眨眼间，君小姐那奇怪的眼神就消失了，重新变得平静，她温柔地说道："好了，不要说傻话了，我说过这件事结束了，宁家不想结亲，我也不勉强，一笔银子，了却旧日事，他们也没赚，我们也没亏。"

柳儿战战兢兢，小心地看小姐的神情，确信自己适才是看花眼了，又想到没了亲事，小姐肯定也伤心，自己作为一个好丫头不能抱怨，更不能在小姐伤口上撒盐，便忙点头，不再说一句有关亲事的话。

君小姐对她笑了笑，转身迈步向前走去。

小丫头忙跟上，走了几步又忍不住小心翼翼地问道："小姐，我们，我们现在就去京城，还是先回方家？”

"方家……方家……"君小姐停下脚步，喃喃地重复着这两个字，像是在回忆又像是在熟悉。

"原本想着很快就能出嫁，以后也不用再跟方家打交道，任他们喜欢不喜欢咱们，也不在意。"柳儿愁容满面地说道，"现在要是知道小姐跟宁家亲事没了，还不知道会怎么对您呢。"

"马上就知道了……"

柳儿愣了一下，顺着君小姐的视线看向前方，两辆马车正在几个人的护送下疾驰而来，护送的人对马车里说了什么，车帘子被掀开，一个老妇人向她们看来。

"老太太！"柳儿脱口喊道。

马车在她们面前停下，老妇人不待仆妇搀扶就自己下了车，径直向君小姐走来。

君小姐打量眼前的这个老妇人，她年纪在六十左右，面容方正，身穿浅咖绣金褙子、青金马面裙，灰白相间的发髻戴着金菊点翠折枝簪，看上去精神矍铄，富贵之气四溢。这就是方老太太，君蓁蓁的外祖母。

方老太太只有一子一女，如今子女皆亡，此时她面色肃然，目光锐利，自带威慑，既没有先后两次白发人送黑发人的悲苦，也没有见到亡女遗孤的怜惜和慈爱。

"听说你上吊了？"方老太太看着她问道。

北留镇距离阳城有半日的车程，原本君蓁蓁和柳儿说好上吊被救下来之后，柳儿就立刻请人去阳城通知方家的人，但没想到君蓁蓁的戏做得太逼真吓得柳儿已顾不得去报信，等君蓁蓁缓过来后又说事情自己能解决，柳儿自然就没有去通知方家。从昨日傍晚上吊，到今日不到午时，方家就得到消息赶了过来，可见并不是此前说的任凭君蓁蓁爱去哪去哪，他们家不管。

君小姐刚准备施礼，就听见方老太太嘲讽地问道："怎么还没死？"

君小姐叹了口气，站直了身子。

柳儿气愤地说道："老太太，我们小姐真的死了，是我好不容易救活的。"

方老太太嗤笑一声，说道："不是自己求死吗？怎么还能被人救活？只听过想活活不了的，没听过想死还死不了的。"

这种话竟然从小姐唯一依靠的血亲口中说出，就是在那么讨厌她们的宁家也未听到过，简直令人心寒。不过，在宁家因为一个鄙视的眼神都能掉泪的柳儿，此时却没有丝毫畏惧，瞪眼叉腰气势汹汹地说道："没想到商人这么无情无义，我们小姐要是死了，也是被你们方家这个贱户逼死的！"

君小姐心里再叹了口气，可见人都有两面性，这个小丫头并不是懦弱胆怯，看这凶恶嚣张的样子，再听言语里的羞辱，别说是被她骂的人，就是路人都忍不住要打她一顿。不过对于这丫头的无礼，方老太太并没有震怒，她身后的丫头仆妇们也没有，都是一副司空见惯的神情。

君小姐想了想就明白了，这小丫头对方家人的态度还真是一向如此，而柳儿会这样，当然也是因为自己给她撑腰。虽然是父母双亡前来投奔，但这主仆二人并没有寄人篱下的卑微惶恐，反而趾高气扬，一个原因是君蓁蓁的母亲自从出嫁后几乎跟娘家断了来往，除了逢年过节礼品往来，再没见过面。除了这一声外祖母，君蓁蓁跟方家的人几乎是陌生人，陌生人的感情就淡薄一些。

而另外一个原因，也是更重要的原因，是因为大周朝商户地位低。纵然外祖母家富甲一方，但在清贫落魄的君蓁蓁眼里，依旧是粗鄙低下的商户人家，更何况君蓁蓁还有一门地位更高的婚约。君蓁蓁觉得自己混迹低贱的商户人家，又嫌弃又自傲，自然惹得方家人不满，相看两生厌，言语皆不善。

真是一个令人头疼的孩子，不管怎么说，方家到底是她的血亲，怎么能对方家还不如对宁家亲近呢？宁家看上去和蔼，却几乎要了君蓁蓁的命，方家看上去无情，却在第一时间赶来，这孩子错把亲人当仇人，仇人却当亲人。念头闪过，君蓁蓁心里就跟被刀戳了一般疼得神情都有些扭曲。错把仇人当亲人的何止这君蓁蓁一个，她不也是……有什么资格笑他人……

君小姐满含痛苦怨恨的神情落在方老太太等人眼里却是熟悉得很，方老太太没有什么反应，仆妇丫头们则都向后退了一步，毫不掩饰自己眼中的厌恶。

柳儿自然也看到了，于是更要替小姐抱不平，方老太太却打断她，淡然说道："蓁蓁，我素知你心性高洁，宁家如此行事，对你来说，的确是可忍孰不可忍……来人……"

当方老太太说到"心性高洁"这个词时，君小姐清楚地看到她身后仆妇们脸上的讥讽。两个仆妇站了出来。

方老太太看着君小姐，对仆妇说道："你们拿来绳索，伺候小姐到那宁家门前，以死明志。告诉宁家，君蓁蓁生是他们的人，死是他们的鬼，是烧是埋由他们做主，我们方家绝不过问。"

柳儿气得直跳脚，她上前一步站到方老太太面前，大声喊道："别以为我不知道，你们是看我家小姐没依靠了，就要将我家小姐作践死，免得被别人记恨，坏了你们家的买卖。你们这些下贱的……"

北留镇虽然比不上阳城繁华，正午时刻也是人来人往，先前她们在路边停下，就有不少人侧目，此时说话声音陡然拔高，更是引得不少人围观。方老太太身边的仆妇忙上前，试图制止这个狂妄的丫头，但没等她们伸手，一向对这主仆眼不见心不烦的方老太太却先抬起手，朝着柳儿的脸就要扇过去，沉声骂道："惹是生非的东西！"

柳儿也没想到以往正眼都不看她的老太太竟然要打她。她知道方老太太身强体健，平时还练拳，这一巴掌要是打下来，说不定她的牙都得飞掉几颗，但现在已经躲不开，只能呆呆地站着，看着眼前的手不断放大。

突然一只手伸过来握住方老太太的手腕。柳儿吐了一口气，从惊吓中回过神来，委屈地哽咽道："小姐……"握住方老太太手腕的是自家小姐。

君小姐没有看她，而是看着方老太太。

方老太太也看着她，脸上带着几分冷笑，问道："怎么？我这个贱户之人打不得你的丫头？"

君小姐笑了笑，慢慢放下握着的方老太太的手腕，讨好地说道："外祖母，不是打不得，是不用打了。事情已经解决了，我跟宁家两不相欠，外祖母不用再为了维护我做戏给他们看了……"

方老太太身子一僵，露出惊诧的神情。

"你说什么？"方老太太忍不住问道。

君小姐已经松开手，安静地后退了一步，轻声说道："我跟宁家的事已经说清了，以后两不相干，没有牵扯。"她轻声说道。

方老太太仍是神情古怪地看着她，不确定地又问道："你又搞什么花样？"

"我家小姐已经跟宁家退婚了。"柳儿哼了一声，替小姐回答道，说到"退婚"二字时满腹委屈，声音再度哽咽。

这一次仆妇丫头们都听到了"退婚"二字，满脸惊愕。

"怎么可能？"站得最近的一个仆妇脱口而出。

君小姐看了她一眼笑了笑，反问道："怎么不可能？"

"当然可能，我家小姐把……"柳儿对着这些仆妇丫头恨恨地说道，但她的话没说完就被小姐打断了。

"这事回去再说吧。"她看了眼四周后说道。

众人下意识地跟着君小姐看了眼四周，这才发现已经聚拢过来很多看热闹的人。有些人还对着她们指指点点交头接耳，显然认得君蓁蓁。

君小姐不理会众人的视线，垂目而立，看不出任何情绪，随后，她略一屈膝施礼，柔声道："多谢外祖母亲自来接我，让外祖母受惊受累了。"

方老太太的手微微一抖，看着君小姐的神情更加惊讶，其中还夹杂着一丝复杂的意味。

没想到能听到这一句话，而且还是从这个不肯多看她一眼的外孙女口中。这个念头闪过，也让方老太太瞬时回过神，惊讶散去只留下猜疑。这个外孙女又想干什么？

"蓁蓁说笑了，是我们照顾不周，让你受此羞辱。"方老太太看了君小姐一眼，继续说道，"既然你想去我们方家，那就走吧。"说罢，方老太太转身对着一个仆妇使了个眼色，仆妇领会后退了几步。

这边，君小姐也没有再说话，跟着她迈步。柳儿狠狠瞪了方家的仆妇丫头们一眼表达自己的嫌弃和不满，也没有再说话，紧跟了上去。

方老太太带来两辆马车，她自己上了一辆，仆妇引着君小姐上了另外一辆，然后便撤回方老太太的马车上。

两辆马车在众人的围观下疾驰而去，倒没人注意方家的一个仆妇也站在人群里听着大家的议论。

虽然走的不是官路，但马车依旧行驶平稳。

"给咱们安排的什么车啊！"柳儿坐在车里一脸嫌弃，"拉人还是拉货的啊，这么冷的天也不放炭盆？是不是故意要冻死小姐啊……"

君小姐扫了一圈马车内部，平心而论，马车做得很好，只是没有任何装饰，更没有安置小几炭盆，仅铺设厚厚的垫子，放着靠枕。于是她笑着答道："自然是拉人……"

君小姐陷入了沉思中，她猜测这个马车原本是要去拉君蓁蓁的尸体的，只是没想到，原本死去的君蓁蓁被她占据了身子……

风透过窗帘在车厢里盘旋，带着凛冽的寒气。

"小姐你冷不冷？"柳儿搓着手，关切地询问君小姐。

君蓁蓁主仆虽然瞧不起方家，却能心安理得享受方家提供的一切，她们一定觉得这是方家的荣幸吧。真是可笑又可恨的孩子。

君小姐不由得嗤笑一声，然而笑声一闪而过，随即又卷来翻江倒海的情绪。在那些人心里，也是理所当然一边享受着从她们那里抢夺的一切，一边又给予她们施舍，还觉得她们应该倍感荣幸吧。她放在膝头被衣袖垂下遮住的手紧攥在一起，刺痛阻止她凝聚在喉咙里的嘶喊。自从醒来后，一切都太诡异了，已经超出她的认知，她只能用平静来应对现实，压下那些容易让人失去理智的情绪，免得把自己逼疯。她伸手掀起车帘，看着车窗外。

"小姐，你也觉得太冷吧？"柳儿没察觉她的情绪，只看到她的动作，脸上不满的情绪更加浓厚，"怎么连个手炉都没有？"一边说着，一边转身挪到车前，向外喊道，"停车停车！去拿个手炉来！"

外边的人被她喊得心烦意乱，又不敢不听，只得报到前边方老太太那里，片刻后，仆妇送来一个手炉。

柳儿拿着手炉嫌弃地说道："这是旧手炉。"

仆妇一脸隐忍地答道："出门急没准备，这是老奴的，小姐先凑合用。"

柳儿却将手炉一把扔出去，尖声喊道："哎呀脏死了，我说怎么闻着这么臭！"

仆妇气得脸都绿了。

柳儿却还在叽叽喳喳地抱怨道："为什么车里没有摆炭盆？垫子也这么薄，是要冻死我们吗？"

原本出神的君小姐忍不住笑了，对着柳儿喊道："柳儿！"

柳儿立刻停下说话应声。

"好了，都说了事急从权，也没多远，忍忍就到了。"君小姐安抚道。

柳儿对小姐的话言听计从，冲仆妇摆摆手，哼道："走吧走吧。"

仆妇对君小姐僵硬地施礼后立刻转身走开了。

"小姐，我把我的衣服给你披身上吧……小姐要喝茶吗？这么久了你还没喝过茶呢……这车上竟然没茶水……她们真是太……"仆妇走后，柳儿又叽叽喳喳说个不停。

君小姐从车窗外收回视线看向柳儿，笑着说："不用，我不渴也不冷，掀着帘子透透气就好，你也歇息会儿吧。"

柳儿隐约觉得小姐有点嫌弃她太吵了，以前她可不会对小姐说的话多想，只不过适才小姐在宁家跟宁大夫人那一番言语往来，明明都是和和气气的对话，偏偏气得宁大夫人铁青着脸走了，现在回想起来，觉得小姐都话中有话。作为她身边唯一的丫头，柳儿觉得自己一定要听懂小姐的话，免得违背小姐的意思出了差错。

柳儿闭着嘴巴安静地看着小姐盯着窗外一动不动，觉得自己看得脖子都僵了，忍不住又问道："小姐，你看什么呢？"

君小姐看着窗外，北留镇外一片平原，视野开阔，此时寒冬入目荒凉，带着几分粗犷，缓缓说道："看风景。"

从前她走过很多地方看过很多风景，但这京城以北的地方却是从未来过，没想到竟然能看到……

马车窗帘一路都没有放下，柳儿受了惊吓又熬了一个晚上，乖乖闭眼睡着了。离开北留镇后没多久就上了官路，一路上，车马行人越来越多，还没进阳城，就已经感受到了那里的繁华。泽州，阳城，这个位于西北要塞的地方，她虽然没有来过，却并不陌生，不止这里，京城以北的地方她都不陌生，因为她都曾在舆图以及书札里看到过。

北方风俗开放，像她这样的女子掀起车帘向外看并没有什么不妥，偶尔路上的行人也会投来视线，惊鸿一瞥而过。君小姐专注地看着视线里的风景，避免自己一直纠结那些早已烂熟的往事。那些不堪的过往除了让她痛苦、懊悔、愤恨到近乎疯狂之外，没有任何好处。她只需要知道自己是谁、现在是什么状况，以及要做什么就足够了。她必须让自己保持清醒，往前看。

第五章

◇

方家的质疑

马车很快穿过阳城高大的城门、街道，回到方家。

柳儿一向嚣张的脸上浮现几分茫然，直到进了方家的门都还蒙蒙的。

君小姐认真环顾方家的宅院。宅院坐落在阳城中心地段，虽然不能跟北留镇的宁家相比，在城中也算是占地不小的大宅，雕梁画栋，亭台楼阁，院落房舍错落有致。

马车穿过夹道进了二院，车还没停下，君小姐就听到外边传来嘈杂的脚步声和尖细的女声："拉回来了？死了吗？真的死了吗？"这声音听起来不像是关心和担忧，反而有点幸灾乐祸的意思。

君小姐抿了抿嘴角，从车窗里看向说话的方向，随即看到垂花院门里涌出十几个红红绿绿的女子，有年长的也有年轻的，她的视线径直落在一个十三四岁的女孩子身上，这女孩眉眼飞扬，如同方老太太一般带着几分锐利，长相姣好，在一群女孩子中格外显眼。君小姐看向她的同时，她也看了过来，两人视线相对，君小姐从记忆中搜寻到她的名字，是方家三小姐方锦绣，方老太太最小的孙女。

与此同时，方锦绣也神情一怔，随即毫不掩饰地露出失望和鄙夷的表情，说道："没出息，连死都不敢。"她呸了一声，说罢转身就走。

四周的嘈杂声顿时消散，丫头仆妇屏气噤声，神情紧张地看着坐在车里的女孩子。

太康三年春，君蓁蓁被方家从抚宁接过来后，方家的女孩子对这个丧父丧母的表妹都很怜惜，纷纷拿出自己最喜欢的东西作为见面礼送给她。君蓁蓁都让丫鬟接收，却没有回赠礼品，方家的表姐妹们体谅她暂且无心他事，倒也没有觉得失礼。但第二天，方三小姐就看到自己送出去的手帕被君蓁蓁的丫头柳儿拿着用来擦鞋子上的泥。方三小姐上去质问，君蓁蓁居然说这种低贱的东西给丫头用已经很看得起她了，当时方三小姐就跟君蓁蓁打了起来，打完后，君蓁蓁拿着绳子要去上吊，逼得方大太太将方三小姐赏了家法才算作罢。方三小姐和君蓁蓁就此结了仇，短短半年间，发生过的摩擦就有好几次，如果不是方大太太死死压着方三小姐，指不定要闹成什么样子。得知君蓁蓁上吊的消息后，方三小姐不仅不担心，还一副高兴的模样冲出来看热闹，君蓁蓁受到这种侮辱，只怕又要闹一次上吊了。丫头仆妇们已做好了准备，好及时拦住要闹起来的君蓁蓁，但她们看到君蓁蓁居然坐着没动……

"方锦绣！"马车里传出尖锐的喊声，柳儿噌地跳出来，气势汹汹地左看右看，一副只要看到人就立刻扑上去动手的样子，"方锦绣，你这个冷血的，就一心咒我家小姐死。"

要扶着方老太太下车的两个仆妇神色一变，顾不得方老太太，疾步走过来，喝道："谁在三小姐跟前胡言乱语？找出来卖了！"说着伸手拦住柳儿，"坐了半日车，君小姐也累了，快扶小姐下来休息。"

柳儿跳脚还要接着骂，见君小姐掀起车帘下车喊了她一声，这才甩开仆妇，跑去搀扶小姐。看着君小姐走下来，仆妇们神情更紧张，但见她只是看着那边下了车的方老太太，神情平静，没有苦恼，才暗暗松了口气。

"走吧。"方老太太看了眼站在一旁安静而立的君小姐，率先向着君小姐的住所方向走去，君小姐紧随其后。

快进二门时，一个温柔中夹带焦急的声音从内门传来："母亲。"

君小姐闻声看去，见一个三十五六岁的妇人疾步而来，姿态温文尔雅，这是她的舅母，方家大太太。

"母亲，你回来了。"方家大太太一边说着，一边将视线落在君小姐身上，面带欣喜地说道，"蓁蓁，你回来就好。"

君小姐的记忆里，这个大太太可是个表面温柔，内里摸不透的女人。她垂目对大太太略一施礼，这动作太突然，让方大太太吓了一跳，到了嘴边的话都忘了说出口。

"我去她那里，问她些事。"方老太太对大太太说，"你先回去吧。"

因为君蓁蓁和方家人水火不容，她又不屑踏入方家太太们的屋子，而方老太太也不喜欢她去自己的屋子，所以，方老太太只好委屈自己去君蓁蓁屋里问话了。

君小姐不自觉地抿了抿嘴角，心想这个死去的君蓁蓁留下的麻烦事还真不少。

长辈屈尊迁就晚辈，方大太太显然也习惯了，对此没有任何反应，只是听到老太太说问君蓁蓁事时，眉宇间多了几分担忧，她小心地建议道："母亲，时候不早了，蓁蓁坐车也累了，不如先歇息一下？"

她想提醒方老太太最好现在不要去刺激君蓁蓁，方老太太似乎明白她的意思，但也没有停留，只是安抚地拍了拍她，吩咐道："你先回去吧。"

方大太太从不违逆婆婆，便也没有再劝，应声"是"，同时看向君小姐，见小姑娘也正看着她，黑亮的眼睛越发看着沉静又安然，方大太太不由得怔了怔。

"蓁蓁，我让厨房已经准备好，你想吃什么告诉他们就行。"方大太太压下心里的怪异，柔声说道。

鉴于君蓁蓁古怪的脾气，她的吃食，方大太太并不敢安排，所以干脆单独给她配了厨房。

君小姐嗯了一声，屈膝施礼后才走开了。见她施礼，方大太太似一副见鬼的神情，只盯着她们沿着夹道一前一后进了院子才收回视线。

路旁的灯笼已经点亮了，君小姐扶着柳儿的手随着前方的方老太太不紧不慢地走着。

从二门到她所住的院落看起来不远，但走穿堂越庭院上台阶过花墙，弯弯绕绕地走得脚都酸了才看到一溜屋子。院子虽远，看着倒是颇为华丽，廊下已经点亮了灯，站着四个丫头，一面齐齐施礼，一面打起厚重的锦绣门帘，莺声燕语地唤道："老太太，君小姐。"

君蓁蓁在外祖母家按辈分应该称呼一声表小姐，但她不喜欢被拉低身份，所以大家就都像外人一般称呼她为君小姐。君小姐抿了抿嘴，跟着方老太太迈进屋内。

室内灯火明亮，温度适中，香气盈盈。君小姐扫了眼这阔朗的三厅，正厅、书房以及卧房，相比宁家低调的奢华，这里布置得倒有些文雅的寒酸，如同此时她身上穿着的这件发旧的衣裙。

柳儿轻巧熟练地从暖炉上取了热茶捧过来，递给君小姐，说道："小姐快喝茶暖暖。"

第一次在北方的冬日坐车这么久，君小姐的确觉得身子都有些僵硬了，她伸手接过，感受着从手心里传来的暖意慢慢在全身散开，也似乎直到此时她才能确信自己真的还活着。

柳儿没有再去捧第二杯茶，根本就没在意厅堂里还坐着这个屋子真正的主人。方老太太没有在意，跟她进来的一个仆妇、两个丫头也安静地站在一旁，看来已经习惯了。

君小姐喝了口茶，将茶杯握在手里。柳儿正唤着外边的丫头询问热水，准备饭菜。

"我要吃鸭血汤和小丸子。"君小姐对着柳儿吩咐道，"你去吩咐她们做，我和外祖母说说话。"柳儿猜到小姐要她回避，虽不知为什么，但也应声出去了。

"你们也下去吧。"方老太太也对自己的仆妇丫头们说道。

仆妇应声"是"后便带着丫头退了下去。

"到底怎么回事？"人都走后，方老太太开门见山地问道，"跟宁家退亲是什么意思？"

"说来话长。"君小姐轻声说道，"但也简单，我自尽原本是要下一吓宁家和外祖母您。"

君蓁蓁一恨宁家背信弃义不认亲，二恨方家薄情寡义不为她撑腰出头，所以要用一死控诉警告这两家，好让世人看清他们，也让他们害怕。

方老太太皱了皱眉，嗤了一声。

"结果我差点真死了。"君小姐继续说道。

她的声音轻柔缓慢，不带任何情绪，但这句话却让方老太太突然涌出一阵莫名的心疼，她不由得审视君蓁蓁的眼睛，试图从中辨别出真伪。大家都说方三小姐最像方老太太，但当见到君蓁蓁的时候，方老太太却知道这个外孙女更像她，尤其是那一双眼睛，原本还很惊喜，但很快变成了糟心，想到这里，方老太太再次皱眉。

君小姐平静地继续说道："当死亡真正来临的时候，我才明白，没有什么比活着更重要。所以我觉得自己真是太荒唐了，怎么能为了他人作践自己？强扭的瓜不甜，他们不愿意结亲，那就算了。我就带着柳儿上门跟他们说清楚，并退还了婚书。"

听前几句话方老太太还面无表情，听到最后一句神情一变，脱口问道："你之前不是说没有婚书吗？"

"那是我故意气舅母的。"君小姐笑了笑，答道。

方老太太眼角抽了抽，她想到当时君蓁蓁和方大太太的争执，也明白她的意思。只不过这婚书才是这件事的关键，她倒好，扔下婚书不用，就靠胡搅蛮缠，怎么就恩仇不辨、愚蠢到这般地步？！这孩子若不是她亲自派人从君家接来的，她都要怀疑是不是领错了。

"气她对你有什么好处。"方老太太忍着脾气说，"你怎么不早拿出来。"

"早拿出来，宁家就会同意吗？"君小姐平静地看着方老太太，反问道，"你们会做不同的事吗？"

方老太太眉头一挑，想了想确实有没有婚书都可能是一个结果，方家断不会为了这件事跟宁家翻脸，但经君蓁蓁这么一反问，倒有了嘲讽方家的意味……她眼神莫测地看着君小姐，心想这孩子死过一次是不是真的大彻大悟暂且不说，口舌倒是犀利了几分。

"有了婚书自然会有更好的思量，也能有更好的应对。"方老太太淡淡说道。

"心病还须心药医，我自己想不通，再好的应对也不能应对。"

"你想通了，还了婚书，他们家就接了？"

君小姐"嗯"了一声。

方老太太问完就有些后悔，觉得自己问的话有些蠢。既然这样，也没什么可说的了，方老太太立刻站起来，说道："事情就过去了，你折腾这么久，也算是卸下重担，现在好好歇息吧，有什么事明日再说。"说罢不待君小姐再开口就直接向外走去。

门外的仆妇丫头们听到脚步声忙打起帘子，方老太太走到门口又停下，转头看向君小姐，别扭地说道："这身作怪的衣服别再穿了。"

君小姐低头看了眼身上穿的那件粗布破旧衣裙，这是她为了表明自己清贫但不可辱，让柳儿找来的衣裙。她笑了笑应声"是"。

方老太太没有再说话，在仆妇丫头的簇拥下疾步而去，动作快得君小姐都没来得及施礼相送。

听到方老太太回来，方大太太亲自来院门口迎接："热水烧好了，饭菜也摆好了，有什么话母亲先吃饭洗漱完再说。"

方老太太扶着她的手，说道："没什么可说的，周嬷嬷在北留镇，等她回来就知道怎么回事了。"

方大太太扶着方老太太迈进室内，室内亦是温暖如春，她接过丫头递来的热手巾，亲自给老太太擦手，一边擦一边又问道："那退亲的事是真的？蓁蓁怎么说？"

方老太太哼了一声在椅子上坐下来，没好气地说道："她说得自然理直气壮，没什么意思。"

方大太太捧茶的手顿了顿，心想老太太还是跟往常一样，根本就不信也不在乎君蓁蓁的话，可是又为什么还去听她说话呢？

方老太太说完也察觉到这一点，停顿了一下，缓缓说道："我累了，先歇息了，你等周嬷嬷回来再说。"

方大太太忙应声"是"，唤着丫头们伺候方老太太洗漱退了出去。

大概是累极了，君小姐睁开眼时天已经大亮，屋子里暖意浓浓，虽略有些干涩，但除此外也没有其他不适。

君小姐伸手掀起帘帐，晨光照进室内，窗边的美人瓶蒙上一层妖娆的光芒，桌上摆着的水仙花正舒展着身姿。

"茶怎么是凉的？我不是告诉过你们要温着水吗？"外边传来柳儿的声音，带着几分倨傲，似在训斥丫头们。

君小姐笑了笑，起身走到妆台前，打开一个漆盒，一张银票摆在一层层金钗玉链上，这是她昨日从宁家要来的五千两银票。她看了一眼，就将漆盒盖上，手指抚过其上点缀的宝石。连用来放首饰的盒子都做得如此奢华，可见这方家的确是个很有钱的人家，只是现在可以让她们主仆理所应当地享受，之后怕就不会那么容易了吧……

君小姐醒来起身的同时，几层院落外的方老太太已经在用早饭了。门外传来急促的脚步声，伴着丫头们给大太太请安的声音。

方老太太接过丫头递来的勺子，神情安然地送到嘴边咽了下去，称赞道："这豆腐做得不错。"伺候的丫头忙含笑将盛豆腐的碟子端到方老太太的跟前。

方大太太疾步进来，身后跟着昨日留在北留镇的那个仆妇，方大太太焦急地说道："母亲，问清了。"

方老太太看了她一眼，不急不缓地问道："你吃过饭了吗？"

方大太太愣了一下，知道是自己失态让老太太不满了，忙稳了稳心神，答道："吃过了母亲，问清了，是真的退亲了。"

方老太太再次接过丫头递来的勺子，看向那仆妇。

"是的，确实有婚书，宁家也接了婚书，当时宁家的三个夫人都在场，也禀明了宁老夫人……"仆妇忙答道。

方老太太吐口气将豆腐送进口中。

"只是，"仆妇迟疑一下，接着说道，"君小姐讹了宁家五千两银子。"

方老太太一口豆腐呛住，剧烈地咳嗽起来。

"母亲！"

"老太太！"

屋子里顿时乱作一团。

"怎么能叫讹呢？"看着站在面前质问的方老太太，正吃饭的君小姐放下碗筷擦了擦嘴角，柔声细语道，"是他们宁家应诺的事不能应验，而且欠债还钱理所应当，要真说讹那也是他们宁家先讹了君家。"

"没错，那个宁老太爷用婚事哄着我们老太爷给他治病，花了我们家好多钱呢，还用了我们家珍藏的药材，是药材吧小姐？"柳儿在一旁鼓着腮帮子，说道，"总之价值千金，价值连城，然后又翻脸不认，他才是讹诈我们家呢。"

"少胡说八道，那时候发生什么事你们怎么知道！"方老太太冷声呵斥道。

"那时候发生的事大家都不知道，怎么能说只是我们胡说八道？"君小姐平静地接着说，"宁家说是酒后胡言，甚至说这婚书是君家逼迫才写的，难道他们不是在胡说八道？"

方老太太陷入沉默，站在方老太太身后的方大太太不免担忧地对君小姐说："蓁蓁，他们这样说你祖父的确是太过分了，只是先前一心为了结亲，如今虽然结亲不成，但也不要结怨啊。"

她这一提醒，方老太太也想到了，先前宁家给过冷脸也私下传过对君家和方家的不堪之言，但君蓁蓁一心讨好夫家，百般不顾，甚至怨恨外祖母家是商户拖累了自己，以至于在大庭广众之下羞辱自己的表姐。现在却因为宁家说了婚书是被君家逼迫写的，就反说当年宁家老太爷用了君家价值连城的药材救命是欠了钱不还，这是摆明了要跟宁家撕破脸。

君萋萋无牵无挂可以跟宁家撕破脸，方家可不能，要知道她惹出这些事，都是要方家背的。说到底，还是要裹挟方家为她出气。方老太太的脸色突然变得凝重。

"舅母，如今说不结怨已经晚了。"君小姐对着方大太太说道，"从宁家说不结亲的那一刻起就已经结怨了。"

方大太太叹口气说："萋萋，这世上很多事是无奈的，就算没了宁家，我们还能给你另找一门好亲事，何必非要宁家？你是个好女孩，没必要去受那被人瞧不起的待遇。只要你放下了，就没有怨了。"

"舅母，我肯还婚书的时候，就已经放下了，但是，宁家放不下。"君小姐慢声细语地说道，"从半年前我上门说亲事的那一刻起，就已经成了他们的仇人，我是一个要毁了他们儿子前程、毁了他们宁家清誉的仇人，就算最终我退了亲，但只要我继续活着，就在时刻提醒他们这件事的存在，除非我们真结亲，否则就无法化解。"

就君萋萋这种闹腾性子，宁家的确会防着，谁知道她什么时候又会跳出来闹，方大太太劝道："萋萋，你想多了。既然你已经放下，先前的事好好跟宁家说说，就能化解，冤家宜解不宜结，这亲结不了，仇也结不了，只要……"

"只要我低声下气，卑微恭敬是吧。"君小姐接过方大太太的话说道。

方大太太这才注意到，君萋萋的声音轻轻柔柔，听起来特别温顺。并没有像以前那样，看到她们就又吵又闹，让人听得烦躁。现在的她说话一直保持着一定的语速，不管她们说什么，她都不急不恼，心平气和，直到此时才有些许变化，但也不是变得焦躁，而是更加沉稳。

"萋萋，不结仇也并非就是低声下气。"方大太太无奈地继续说道，"这世上很多事不是那么简单的……"

君小姐再次打断她的话："舅母，我知道很多事不是简单的黑与白，但这件事很简单，这不是我的错，也不是我君家的错，而是宁家的错。"她笑了笑，继续说道，"大家大概是都忘了这一点，但我没有忘……"

既然有婚书，就说明君家和宁家的婚事是真的，不管怎么说，宁家不认这门亲事就是背信弃义。大家似乎都忘了这一点，都在看君萋萋的笑话，其实说起来君萋萋闹得的确有理。君小姐说这话的时候直盯着方老太太和方大太太，仿佛在传达她满满的怨气。

方大太太叹口气，说道："萋萋，不是我们不帮忙，这件事的确是宁家先不对，但萋萋你如果一味地闹，对你也很不利，对的也要变成错的了。"

君小姐摇摇头说道："不，对的就是对的，错的就是错的，我不信对的会变成错的、错的能变成对的。我相信老天爷是公正的。"

听到这句话，一直沉默不语的方老太太嗤声笑道："老天爷公正？那你就等着看老天爷怎么公正吧。"方老太太说话的语气中带着浓浓的嘲讽，眼神却透露出悲戚，她嘴唇抖了抖还要继续说什么，最终却又停下。

方大太太的手抚上她的肩头，低声说道："母亲，时候不早了，该回去用药了。"她的眼中亦是带着几分悲戚。

君小姐掠过她们的神情，坚定地说道："我知道老天爷的公正没那么容易看到。但我自己首先要相信，如果连我自己都不信，老天爷的公正又有什么意义……"

方老太太再次嗤笑，什么话也没说，站起身来，君小姐也跟着站起来，继续说道："宁家的婚事我退了，但这不表明宁家是对的、我是错的，我更不会为了和宁家和解而低头讨好。我说放下的是宁家的婚事，而不是我祖父对宁家的恩义，宁家要拿走婚书没问题，但要拿钱来换，那是我祖父该得的，不是我这个晚辈可以做主舍弃的，我也不会让他们污蔑到我祖父。"

方老太太和方大太太悲戚的神情顿时消散，取而代之的是惊愕，方老太太直接问道："那你想怎么样？还要和宁家闹下去吗？"

"外祖母，我说过了，我肯还婚书的时候，就已经放下了。现在不是我想怎么样，而是宁家。"君小姐叹了口气，说道。

"你到底什么意思？"方大太太着急地问道。以前君蓁蓁哭闹时倒能听懂她的话，现在她自始至终说话都轻声细语的，却听不懂她在说什么了。

"我家小姐的意思你怎么还听不明白？意思就是宁家不惹我家小姐，我家小姐就不会理会他们。"柳儿哼声说道，"他们要是惹了我家小姐，那就别怪我家小姐不客气。"

方大太太几乎失笑。真是好大的口气，她想怎么对宁家不客气呢？不过这话方大太太自然不会问出口，她怎么能跟一个不懂事的孩子一般见识呢？

"是，蓁蓁你能这样想就好。"方大太太带着几分欣慰，劝道，"这样就好，咱们井水不犯河水，以后各走各的路。"

君小姐没有说话，点了点头。

方大太太搀扶着方老太太，柔声说道："母亲，已经问清楚了，也放心了。蓁蓁还没吃饭呢，您也该吃药了。"

方老太太看了眼君小姐，神情复杂，但什么也没有再说，转身走了。君小姐施礼相送，看着她们走出了院门。

方老太太疾步而行，走了片刻又放慢了脚步，转头看着方大太太不说话。

"母亲。"方大太太忙上前几步聆听。

方老太太神情有些古怪，她压低声音，指了指身后，小声吩咐道："你找个大夫来给她看看。"

方大太太有些不解，但神情不露半分，毫不犹豫地点头附和道："虽然说是上吊玩闹，但小孩子到底没轻重，是该好好看看。"

方老太太摇摇头，又伸手指了指自己的头，强调道："别的也罢了，主要是让大夫看看这里是不是伤到了。"

方大太太失笑道："母亲，你想什么呢！"

"你不觉得她现在变得有些古怪？"

"母亲，蓁蓁她总是出人意料的……"方大太太委婉地说道。

是啊，这也不是第一次被这女孩子惊到了。当初接她来到方家后，还没从见到酷似女儿般的欣喜中缓过来，就被这女孩子粗俗无礼的作为惊呆了。她怎么也想不明白这外孙女是怎么长成这样的，怕不会真的是脑袋坏掉了？

"请个大夫给她看看，我们仁至义尽就是了。"方老太太沉思一会儿说道，"宁家那边你还要多费些心思。"

方大太太应声"是"，扶着老太太渐渐走远……

第六章

◇

方家的诅咒

君小姐坐在书房里翻看书架上的书，这些书都是新的，很显然是方家给她添置的，而且已经许久没有翻过。

"小姐，你找什么？"柳儿走进来问道。

"我没找东西，我在想事情。"君小姐一边回答一边放下手里的书。

"小姐还在想宁十公子吗？"柳儿一脸担忧地问道。

君小姐眼前顿时浮现出那个少年的面容。记忆中的他年纪十八九岁，身材高瘦，相貌出众，穿着一件白袍子，袖口上绣着兰草。那是在八月十五阳城灯节上，她曾对他惊鸿一瞥。现在竟然连衣裳上的刺绣都记得这么清楚。

"没有，以后不想他了。"君小姐甩了甩头，说道，"我在想外祖父和舅舅的事。"

柳儿"哦"了声，不在意地说："那有什么可想的，都已经死了。"

"怎么死的呢？"

柳儿揉了揉鼻头，说道："不知道，反正就是死了嘛，小姐，你想知道这些啊？"

"是啊，你去打听打听。"君小姐笑着说道。

"还去打听什么。"柳儿转身对着外边喊了声"来人"，又冲君小姐嘻嘻一笑，"小姐，你想知道什么问就是了。"

君小姐失笑，看着门外闻声进来的两个丫头，心想：是啊，君蓁蓁在方家可不需要谨小慎微，想要知道什么问就是了……

方家祖籍在山东，君蓁蓁的曾外祖父来泽州贩卖香料，就此落脚阳城。发财后，曾外祖父想要更大的产业，便想尽办法给儿子娶了祁县曹家的女儿，借势开了钱庄——德胜昌。之后靠着岳丈家的协助，再加上曾外祖父善于经营，几年间就将德胜昌经营成数一数二的钱庄，成为阳城乃至泽州的大户。后来曾外祖父去世，产业便由长子方守义继承，方守义没有辜负父亲的嘱托，将德胜昌经营得更加红火，但不幸的是他三十八岁时暴病而亡，还好儿子方念君已经成年，也算是后继有人。方念君从小跟着父亲经营票号，自然经营有方，后又赶上几次朝廷与黎人征战，靠着南北物资倒运，发了几笔大财，使得方家的生意更上一层楼。但没想到的是，这时方念君也出事了……

"有一件事……"丫头们说到这里的时候，一直安静听着的君小姐打断了她们，丫头们带着几分不安地看着君小姐。

"方家从曾外祖父这一代就只有一个男丁传承吗？"君小姐问道。

听她问这话，丫头们眼中闪过惶恐不安。

"倒也不是。"一个丫头低头说道，"老太爷有弟兄四个，曾老太爷去世前给他们分了家，因为老太爷是嫡出长子，所以就由老太爷承了阳城的票号家业，余下的弟兄则带着分得的家产回山东老家了，所以阳城这里只有老太爷一人。"

君小姐笑了笑，接着问道："那我舅舅出了什么事？"

见她不再追问子嗣的事，丫头们都松了口气，这神情自然看在君小姐眼里，不过她什么也没有问。

"那时候因为跟黎人打仗，西北这边动荡，山贼马匪也多，老爷在出门回来的路上遇到山贼受了重伤，回来后不久就亡故了。"一个丫头说道，"那时候，老爷才二十五岁。"

"当时老爷有三个女儿，夫人刚怀了身孕，万幸生下来一个儿子。"另一个丫头补充道。

"那这么多年家业是老太太和大舅母撑起来的？"君小姐又问道。

丫头们点点头，满脸的敬佩之情，一个丫头继续说道："老太爷不在后，山东和曹家都来人吵着要分家产，是老太太顶住赶走他们的。老太太虽然几十年没有接触过生意，但到底是经营票号起家的曹家的女儿，硬是接过了产业，用几个月就稳住了人心……那时候外边产业动荡，家里太太因为悲伤过度几乎小产，老太太忙了外边还要顾着家里……这一转眼就过去十几年，咱们方家不仅没倒，生意还依旧很好。所以老太太最厉害了……"

一向嫌弃方家的君小姐含笑听到这里点点头，赞同地说道："是啊，老太太真的很厉害。"

丫头们倒被她这句话说得安静下来，忐忑不安地打量她的神情，见并没有嘲讽或者要发怒的迹象，稍微安了心。

"也很不容易啊。"君小姐接着说道。

一个闺阁女子，原本不问外事，相夫教子，却在五年内接连遭受夫丧子亡的打击，还不得不挑起重担撑起家业。夫家族中，娘家众人，皆是虎视眈眈，没有一个可以信赖和依靠的人，全凭自己，丫头们说她在几个月就接手稳住票号产业，这句话说得简单，做起来有多难只有方老太太自己心里清楚。

"不过，十几年过去了，那个少爷也该出来历练历练，继承家业了。"君小姐继续说道。

此言一出，在场的丫头们都神情古怪，柳儿干脆扑哧笑出了声："小姐，您忘了，方少爷是个瘫子。"

君小姐猛地一怔，这才浮现记忆，方家的这个遗腹子，唯一的香火苗，的确是个瘫子，而且还是一个活不过十五岁的瘫子。

"我家少爷不是瘫子，是生病了。"或许是这期间君小姐和颜悦色了不少，又或许是实在无法忍受自己家的主子被讥讽，一个丫头忍不住反驳道。

柳儿嗤声问道："生病了是不是不能动了？"

丫头们哑口无言。

"所以还是瘫子嘛。"柳儿嗤笑说道。

君小姐用手指敲了敲桌面，打断了柳儿的嗤笑，缓缓说道："那这么说，方家的男丁接连遭受不幸，马上就要断香火了……"

丫头们顿时一片颓然，垂头不语。

"那这也太不幸了，为什么是男丁接连出事呢？"君小姐看着丫头们柔声问道。

柳儿在一旁突然拍手，惊叫道："我想起来了，林小姐的丫头曾说过，方家的男丁是被诅咒了……"

君小姐不解地看向柳儿。

"那时候小姐你和林小姐刚认识，她的小丫头跟我说的。"柳儿答道，又带着几分鄙夷看向方家的丫头们，"方家的人还好意思瞒着，阳城谁不知道啊。"

丫头们恨不得把头缩在墙缝里……

"当时小姐们在聚会，我们这些丫头就在外边等候，那个小丫头听说我寄居在方家，便偷偷劝我离方家远点，还说方家受过诅咒，他家要断子绝孙的。"柳儿模仿着那小丫头夸张的语气说道。

君小姐皱皱眉，问道："知道是什么人诅咒的吗？"

"具体的我没问，我告诉那丫头我们不会在方家久住，她也就不再说了，我也忘了跟小姐你说。"柳儿撇撇嘴，继续说道，"还是不要跟你说的好，原本这方家就够咱们糟心了。"

君小姐看向丫头们，询问道："是方家的生意仇人吗？"

没人答话。

"问你们呢！"柳儿竖眉喝道，"赶快把你们方家做过的害人的事，告诉我们家小姐，别连累小姐跟着你们倒霉。"

一个丫头白着脸抬起头，忍不住说道："不是害人的事……是……当初分家时，弟兄们不服说出来的气话，当不得真。"

君小姐"哦"了一声，又问道："是曾外祖父时分了家产回山东的弟兄们吧……"

这个丫头大着胆子看了君小姐一眼，她的神情依旧柔和，不像旁边站着的丫头柳儿，嘴角都快撇到耳根后了。

"是……"丫头低声说道，"当时那几个老爷因为赌气说了一些不好听的话……"

想来就是，这么大的家业，按理说其他弟兄都要分得经营，曾外祖父却将票号给了外祖父，将其他弟兄打发回山东老家。他们的根基在阳城，回去既没地位又没生意，这些弟兄没怨言才怪呢。

君小姐点点头，喃喃道："原来如此……"

"是，就是一些分家赌气的话，不是什么诅咒。"那丫头大胆地接着说道，"大家都没放在心上，过后兄弟们说开也就好了，只是没想到……"

没想到老太爷会出事，老太爷出事也罢了，紧接着老爷也出了事，几十年前吵架时咒骂的气话便不知道怎么被人翻了出来，传来传去就成了方家受了诅咒，要断子绝孙，到现在唯一的子嗣又成了瘫子且诊断命不久矣，这种话便更是成了铁板钉钉应验。君蓁蓁父母的死也成了这诅咒应验的证明，让众人觉得这方家被诅咒的不止男丁，女子、夫婿都不能幸免。于是原本有三个女儿可以招婿延续香火的法子也被堵死，方家这一辈的子女彻底无人问津了。

君小姐抚着桌角默然。

"什么气话，这不是诅咒应验是什么？"柳儿撇嘴说道，"骂人的气话多了，怎么就你们家接二连三地死男人啊！"

丫头们面色惨白也不知道该怎么反驳。

"这只是巧合罢了。"君小姐说道，"你也说过不少骂人的气话，如果皆是诅咒，那岂不是死的人多了。"

柳儿哦了一声，觉得小姐说得也对，站着的丫头们则面色惊愕，做梦也没想到出言反驳的竟会是君小姐。

"好了，你们下去吧。"君小姐柔声说道。

丫头们忙应声，有些慌乱地退了出去。

君小姐扫了眼室内，连小小的一个帘子垂钩都是金玉打造的，自言自语道："原本以为是个锦绣膏粱地，却原来是个飘摇破漏船……"

君蓁蓁虽然在方家可以任意行事没人阻拦，但她前脚问了那几个丫头，下一刻就被报到了方大太太面前。

方大太太立刻带着人来见方老太太，说道："别的时候也就罢了，只是现在刚跟宁家退亲，蓁蓁心里到底怎么想的，我又拿不准，所以特意跟母亲也说一声。"

方老太太还没说话，里间便传来啪嗒一声。方大太太透过珠帘看到明亮的次间里有三个女孩子坐在炕上，围着一张桌子，其上摆着账本笔墨，正有一个女孩子将手里的算筹扔在桌子上，那啪嗒声就是她发出的，正是那日在门口欢天喜地等着看君小姐尸首的三小姐方锦绣。

坐在方锦绣对面的一个女孩子先开口说话，这是方家大小姐方云绣："锦绣，年前这些账都要对齐，莫要耽误了。祖母年纪大了，咱们要替她分忧，不要给祖母和母亲添烦恼。"

最后这一句带着几分警告的意味，方锦绣咬了咬下唇，低下头拿起算筹。

"你呀，多跟玉绣学学。"方云绣一边说着一边看了眼另一个女孩子。那是二小姐方玉绣，她自始至终都低着头翻看着账册，手里的笔飞快地书写着，似乎对外界的一切都漠不关心。

但方云绣话刚说完，她就开口，慢声细语道："大姐，跟我学什么，人各有志，我是温暾惯了，倒也希望自己能像三妹这样，揪住那君小姐一顿臭骂。"

方锦绣扑哧一声笑了出来。

方云绣有些无奈地说道："行了，夸你都夸不得，你们两个都快点，天黑之前对不齐这些账册，我罚你们不许吃饭。"

女孩们笑着不再说话，低头继续做事。

外间方老太太已经听完了丫头们的讲述，随即说道："问就问吧，这又不是什么秘密。整个阳城都知道，我们也不瞒着她，在她眼里的方家，又不在乎多这一个恶名。"

方大太太带着欣慰的笑容，说道："不过，这次不一样了，丫头们说，柳儿那丫头出言不逊的时候，蓁蓁还训斥她呢，说这是巧合，不要信。母亲……我觉得蓁蓁这次是真的懂事了。"

　　方老太太笑了笑，只不过这笑中带着几分冷意："懂不懂事可不是看她怎么说的，而是要看她怎么做。"

　　方大太太应声"是"，对着身旁的丫头吩咐道："去吧，好好当差，君小姐要问什么你们只管说，不要顶撞她，也不要瞒着她。"

　　丫头应声"是"，刚退出去，有仆妇急急走进来，报告："老太太，太太，君小姐又找人问事了。"

　　方大太太微微皱眉道："我不是吩咐过，问就回就是了。"

　　仆妇神情迟疑地说："可是，太太，君小姐这次问的是票号的管事。"

　　方老太太从摇椅上睁开眼。

　　"她要干什么？"方锦绣的声音从内传来，伴着唰啦珠帘响人也走了出来，"一天到晚折腾人还不够，又想折腾我们家生意吗？"

　　"怎么会，蓁蓁她最不喜欢生意了。"方大太太说道。

　　方锦绣哼了声，问道："所以她想干什么？"

　　其实君小姐并不是特意找票号的管事问话，她是无意中遇到了这个管事的。她在院子里闷了一天便出来走动，从自己的住处一路走来，竟然一个仆妇丫头都没看到，不知道是没有安排人伺候还是见到她就躲了。君小姐接近二门时，看到了花墙后扯着扫帚急急跑的两三个仆妇。

　　"算她们跑得快，没碍了小姐的眼。"柳儿哼声说道。

　　君小姐不由得失笑，这孩子，哪里像个官宦人家的闺阁小姐，倒像个人人避之的纨绔子弟。

　　"不过，小姐，你还有什么要问的？"柳儿问道，"我去叫她们出来，问清楚这方家还有什么藏着掖着的龌龊事。"

　　君小姐摇了摇头。方家的事已经没什么可问的，一个诅咒一个男丁接连不幸的事实已经让她清楚方家的境地了。

　　这时她们已经走到了外院，看到一个白白胖胖的男人正由仆妇引着进门，路上的小厮仆妇丫头们都态度恭敬。方家老中青三代男丁已亡，家里唯一的男丁是个瘫子，弟兄们都被赶回了山东，老太太曹氏娘家那边因为当初争产算计估计也不亲近，这上门的男人是什么人？君小姐好奇就随口问了句，柳儿则拿着鸡毛当令箭，把人直接叫了过来，这个年近五十的姓高的管事并不是家里的管事，而是票号的管事。

　　"君小姐有什么吩咐？"他恭敬地问道，很显然知道君小姐在方家的规矩，并没有称呼表小姐，也是跟家里人一样称呼君小姐。

　　君小姐原本没什么可问的，但当听到他说是德胜昌的管事，就又改了主意，便问道："德胜昌票号南北皆有吧？"

　　君小姐竟然会过问生意，这跟传说的不一样啊，高管事心里想着，面上自然不显。

　　"是。"他恭敬又仔细地答道，"票号为的就是通商方便，所以生意能做到哪里，咱……我们的票号就开到哪里。"

　　高管事到底第一次见君小姐，差点错了规矩。虽然很多人巴不得跟德胜昌成"咱们"，但君小姐肯定不愿意，要是跟她论"咱们"，说不定会被啐一脸。

君小姐似乎若有所思，没有注意他小小的口误，接着问道："那京城也有吧？"

"京城当然也有。"高管事含笑说道。

他不敢直视这位小姐，视线半垂，正好看到这小姐端在身前的双手，手被阔袖挡住，看不出在内的动作，耳边听得那小姐轻轻柔柔又带着几分好奇的声音落下："京城，最近有什么好玩的事吗？"

两个仆妇停下脚步，迎来的仆妇伸手指着一个方向，低声说道："君小姐和高管事在亭子里。"

外院和内院的隔断处有一处小园景，引了一条浅水，建了一个小亭子，布置着花草鸟鱼，但现在是冬天，小亭子便布置成暖阁，装了围挡，烧了地龙，供等候回话的来客们的管事或随从歇脚。

此时君小姐和高管事正对坐其中说话。

"哎哟，我没看错吧，君小姐在笑呢。"一个仆妇神情惊讶地说道。

君蓁蓁以往见了方家的人都懒得多看一眼，高管事这个外边票号的管事在她眼里更是低贱吧。

"高管事挺能耐啊，竟然逗得君小姐这般高兴。"另一个仆妇则说道。

二人继续疾步向这边走来。

高管事伸手端起矮几上的茶，润了润嗓子。

"然后呢？"站在君小姐身后的柳儿忙催促问道，"他们真的写了吗？"

高管事吃了口茶，笑道："写了，来了四个秀才呢，写了满满的两页书，记下了这次杀猪匠雪夜围炉的乐事。"

柳儿咯咯笑了，又呸了声，说："真是有辱斯文。"

"卖酸文嘛。"君小姐含笑说道，"各得其乐。"

"小姐说得对，就是这个称呼。"高管事恭维道，眼中闪过一丝惊讶。

这个君小姐竟然说对了京城人对这种事的称呼，而且也不像小丫头这般大惊小怪，看起来倒是知道的。

"还有什么稀奇事？"君小姐又问道，伸手端起茶杯，紧紧握住，带着几分不经意，"比如皇宫里有什么新鲜事？"

高管事做出一副思索的样子，缓缓说道："朝廷能有什么新鲜事，横竖都是那些官员来来去去，咱们做生意的可不管那些，官老爷也不跟咱们打交道。"

做生意的不跟官员打交道才是难混吧。君小姐抿了抿嘴吃了口茶，没有戳破高管事的话。

"那怀王府……"她慢慢问道。

话音未落，高管事端着茶杯的手不由得一抖，幸亏茶水已经喝完了没有泼洒一片。君小姐看了眼高管事，便停了问话，刚好，两个仆妇也站在了亭子外。

"君小姐，老太太那边等着高管事对账呢。"一个仆妇说道。

高管事忙起身赔笑道："君小姐，您看，我先去回老太太话。"

君小姐含笑点点头说："正事要紧，你去吧。"

仆妇和高管事脸上闪过一丝讶异，但没有再说话，施礼走开了。

方老太太等着高管事本来是要说生意的事，但现在屋子里的人第一句问的却是君小姐和他说了什么，高管事将二人的对话原原本本仔仔细细地复述了一遍。

"听京城的稀罕事？"方大太太看了方老太太一眼，询问道，"这是在家太闷了？"

方老太太皱眉，一旁站着的方锦绣哼了声，说道："都这样了，还打算去那群小姐面前显摆呢。我可真是服了她的厚脸皮了。"

阳城年轻的官宦小姐们无所事事，真正懂得诗画的也没多少，聚在一起说是谈诗论画，其实大多数都是谈天说地。君蓁蓁一向不甘人后，一心要配上宁十公子，事事要争先，肯定要多打听一些谈资，免得接不上别人的话。

"她要是愿意再出门，也说明是真的想开了。"方大太太说道，"这是好事，总好过一辈子就此郁郁。"

方玉绣也点头道："是啊，君小姐如此拿得起放得下，当是我辈敬仰。"

方云绣笑出来，又忙忍住，用胳膊杵了姐姐一下。

方老太太睁开眼，看到高管事欲言又止，便问道："她还问了什么？"

高管事看了眼屋子里，方大太太领会，让仆妇带着丫头都下去了。

"年轻小姐们喜欢谈些新鲜事也不为怪。"高管事斟酌一下，开口道，"只是有些事能谈，有些事可不敢谈，年轻人不知分寸，被人抓住把柄可就后悔莫及了。"

"高二爷，您有话就直说吧，不用捎带教训我们。"方锦绣说道，"她问了什么不该问的？"

"我看君小姐要问的趣事，并不仅仅是京城的趣事，她其实要问的是皇家……"高管事一向笑眯眯的脸上也浮现几分肃重，"大东家，您也知道，如今皇家的事可不是能当趣事来谈说的。"

第七章

◇

皇家秘事

大周立朝百年，传承大统至今的皇帝，是第一个取代有子嗣的太子登基的亲王。三年前，被锦衣卫杖杀在宫城门外议论皇家事的大臣们渗透在地上的血还没冲洗干净，那是太康元年的事，阳城方家的妇孺们虽然并不知道具体的细节，但也听说了。

太子自幼病弱，三年前突发病身亡，皇帝悲伤过度也病倒了，当时正好进京给皇后拜寿的齐王在，皇帝便在病榻上宣诏齐王为太子，替代太子承继大统。事发突然，满朝哗然。因为当初立太子时皇帝曾力排众议，后太子因病去世，按理说应该让太子的子嗣继任太子之位，但皇帝却舍弃皇太孙而立齐王，当时皇太孙三岁，皇帝说国赖长君，所以坚持要立齐王，并且宣布之后就退位，让齐王承大统。一众朝臣在皇城前恳求皇帝收回诏书，以名正道，太上皇被气得昏厥，新帝亲自劝慰众朝臣。双方僵持不下时，锦衣卫百户陆云旗以朝臣忤逆为罪名，率锦衣卫要朝臣们退去，否则杖杀，大周朝百年里从来都是刑不上大夫，朝官们都不信锦衣卫敢如此大胆，一时都不肯退去，结果陆云旗真的下令动手，当场血流成河，惨不忍睹。

"虽然后来皇帝将陆云旗下天牢论罪，但一年后太上皇病故大赦天下，遗言称陆云旗忠毅而被放出来，还让他娶了公主，且违反常例，继续留在锦衣卫。两年的工夫，他已经升任为北镇抚司掌刑千户。"高管事说到这里时声音不自觉地压低，"这意味着什么，天下谁人不清楚，皇帝是不允许皇家事被人议论的。"

"是啊，听说那个陆千户为人残暴，在他的掌控下锦衣卫遍布各地，且无孔不入，千万不能乱说话。"方大太太也压低声音，"我们方家能经得起商行的动荡，可是经不起那些人的折腾。"

高管事点点头，郑重说道："那些人碰着伤磕着死，可万万惹不得。"

方家三个小姐虽然是女子，但因为方家的特殊原因，并没有把她们当作大门不出二门不迈的闺阁女子教养，而是要她们去票号学做生意，所以她们也明白作为一个商户，破门县令灭家知府，听后亦是形容凝重。

方锦绣气愤地说道："她君蓁蓁自己要死就死去，休想带着我们家。"

"她不知道深浅，是为了有趣所以打听这些事，我说给她听，讲明利害。"方大太太郑重地说道。

高管事再次迟疑一下，说道："她……还要问怀王的事……"

此言一出，方老太太惊得将手里的茶杯摔在地上，原本就紧张的人被这突然的声响吓得都不由得哆嗦了一下。

"这个畜生！"方老太太冷冷骂道，"还是死了干净。"

屋子里鸦雀无声，方锦绣却有些不解，"怀王"这两个字竟然惹得老太太如此愤怒？"怀王"这个名字有些熟，但一时想不起，她不由得看向方玉绣。

方玉绣靠近方锦绣耳边压低声音说："怀王，就是先皇太孙。先太子病故后，太子妃情深自缢陪葬，他们三岁的儿子被皇帝封为怀王。"

方锦绣倒吸一口凉气，谈论皇帝的事已经是祸事，她竟然还更大胆，要去打听那个原本要做皇帝的人，不由得骂道："这个畜生，她是想让我们方家也被锦衣卫满门抄斩吗？她知不知道自己在做什么？！"

君小姐看着面前的矮几轻轻叹了口气，将握了许久的茶杯放下来，手指因为用力已经有些僵硬。

"小姐，你要问京城的趣事，咱们再去外边找人来问，票号的管事多的是呢。"柳儿说道。

君小姐摇摇头，说道："不，我就是随口一问，京城的事跟我有什么关系，那么远……"

那么远，又那么险，不到时候，不能轻易问，没有足够的把握，不能问，要忍住。这次没忍住，可能要有些麻烦了。

"不过小姐，现在宁家已去不得，那咱们真要在方家待着了吗？"柳儿带着满满的忧愁问道，"那断子绝孙的诅咒就算是一时气话，但三人成虎，说的人多了，也就成诅咒了，这方家可是不吉之地。"

君小姐失笑，心想这小丫头说傻也傻，说聪明也聪明，就是傻和聪明总是用不对地方，她说道："你不想在这里，人家还不想留咱们了呢。"

虽说是条漏风漏水的船，但想要搭乘也没那么容易。

仆妇来报说君小姐回内院的时候，方老太太屋子里已经恢复了平静。

地上的茶杯碎瓷被收拾了，高管事和三个小姐已经到隔壁的书房里对账去了。方大太太从一个瓷瓶里倒出一丸药，伺候着方老太太吃了，柔声说道："母亲您别生气，蓁蓁她是不知道利害，我去跟她好好说说。"

方老太太笑了笑，说道："我不生气，这点事有什么好生气的，我要是事事都生气，十八年前就气死了。"

十八年前，方老太爷方守义暴病而亡，就是从那时起，方家的厄运开始了，方大太太想到这些身子就忍不住绷紧。

"都十几年了，你还这么经不起事。"方老太太看到她的神情反应，皱眉说道，"要我怎么放心闭眼？"

十三年前，恩爱夫妻一别阴阳相隔，方大爷方念君因为伤重临死都没留下一句话，方大太太眼圈微红低头应声"是"。

"过去的事不要想了，想也没用，往前看吧，日子怎么也得过。"方老太太说道。

说到往前看，方大太太的神情更悲戚。唯一的儿子命不久矣，她只觉得前途一片黑暗。

方老太太眼中也闪过一丝悲愤，说道："前些日子有消息说张神医在岭南出现，我已经让人查找去了，只要找到张神医，承宇就还有救。"

张神医来历神秘，几十年间行踪不定，没人知道他家住何方。只有幸运遇到他的病人才能得到救治，但只要遇到，就一定能治好。神医的名气就是这样传开的。当初先皇曾请他给太子治病，多亏了张神医的医术，太子才能平安这么多年，只可惜当时没把张神医留在御医院，要不然也许太子就不会死了。自从离开京城，张神医四海漂泊，这些年更是杳无音信。方家已经找了张神医好多年却始终不得见，如果不是那么多人真的受过张神医的恩惠，他们都要怀疑世上到底有没有这个人了。

方大太太神情依旧绝望，喃喃说道："母亲，张神医真能治好承宇吗？"

"能，一定能。"方老太太断然说道，"我相信天无绝人之路。"

话说到这里又停下来，方老太太神情有些微怔，随即耳边浮现蓁蓁说过的那句"不，我相信老天爷是公正的"，旋即又嘲讽一笑。也只有这样蠢的孩子才会相信这样的话，她怎么也跟着天真起来。

"宋家叔叔请的御医不是说承宇好多了，他也见过张神医，要是张神医来肯定有办法？"她抛开这些念头，对方大太太劝慰道，"你自己要打起精神，不要在承宇面前这样，让他心里更不好受，他已经很受苦了。"

提到儿子，方大太太神情变得温柔慈爱，忙说道："是，我知道。承宇他很懂事的。"

"当务之急是君蓁蓁。"方老太太沉脸道，"你也不用去跟她说这些，说了她也不懂，反而脑子不清楚的人会认为能用这个来要挟咱们，再跑去跟宁家闹。"

方大太太想了想应声"是"。

"以后不许她出门，也不许家里的下人们跟她说话。"方老太太又说道。

方大太太有些为难地说："蓁蓁恐怕不愿意。"

以往在家任她随意还总是诸多不满，现在要将她软禁，这对君蓁蓁来说只怕是天大的羞辱，肯定要吵闹。

"以前是以前，以前因为信她与宁家有婚约，顾及宁家的面子，也就罢了。"方老太太冷冷说道，"现在不需要了。"现在君蓁蓁再无去处，只是寄在他们方家的孤女，处置教养自然由他们做主。

方大太太抚了抚手里的茶杯，忽然说道："蓁蓁讹了宁家的事，城里已经有人在传了。"

方老太太看向她，问道："城里？"

先前那仆妇在北留镇上听到君蓁蓁讹了宁家五千两银子，不过这种事不应该这么快传开，除非是宁家故意传的。想到这一点，方老太太的面色更阴沉，不由得想到君蓁蓁说的那句话，现在不是她想怎么样，而是宁家肯不肯放下了。按理说既然婚事已经解除了，见到有人议论，双方都应该推脱解释，慢慢这件事就压下了，但现在宁家不仅不解释，反而将君蓁蓁拿了银子的事四处宣扬。

"可见这宁家的仇是不肯解了。"方老太太说道。

方大太太默然片刻，说道："母亲，蓁蓁说得也对，先前她闹得厉害，虽然现在退了婚书，但宁家不得不防，换作我们也是要这样做的。"

方老太太冷冷一笑，又带着几分悲愤说道："这是要逼人于死地了，她不过是个孤女。"

方大太太忙起身说道："母亲，我想宁家大概是误会了，以为蓁蓁行事是咱们方家的意思，他们对蓁蓁自然不用忌讳，但咱们方家到底也是一大家。"

方老太太默然一会儿后，冷笑道："那他们想怎么样？还想让我这个老婆子去给他们跪下吗？"

方大太太垂目，低声提议道："母亲，不如给蓁蓁寻个好人家成亲吧。"

方老太太犀利的视线陡然落在她身上，方大太太低着头没有动。

"蓁蓁说是想开了，只是到底在一个地界，抬头不见低头见，人多嘴杂，时间长了心里到底是要生积怨，早些寻个亲事，一来冲冲喜，去了这一段的晦气，二来蓁蓁也能彻底忘了宁家的事。"方大太太柔声接着说道，"三来，宁家也能彻底地放下这件事。"

事到如今，为了避免方家被宁家虎视眈眈地防备，她们只有表明态度了。只不过君蓁蓁要嫁个好人家就难了，这个外孙女虽然混账荒唐，但到底是女儿留下的唯一骨肉，她不能护着还要一把推开。想到这里，方老太太放在膝头的手握紧，再看面前低着头的儿媳，神情复杂。自己越来越老，孙子又是那般光景，这方家今后显然只能交到儿媳手里，开着票号做着六亲不认的银钱生意，可不是容易的事，她一直担心这个媳妇心慈手软性子温和，现在看来反而是她自己心太软了。

现在方家的境地实在艰险，这个君蓁蓁也是不着调得让人心寒，留着她在家，的确是个祸害，为了方家，只能舍弃不是方家的人了。

"素娘，你能做到这样，我就放心了。"方老太太最终叹了口气，坐直了身子，缓缓说道。

方老太太应允了方大太太的提议，二人没有再继续这个话题。既然已经决定舍弃，就不会再伤春悲秋，这十几年跟各种人的相斗中，她们早已磨硬了心肠。婆媳二人说了一些票号的事，方大太太又服侍她吃过饭，看着方老太太由丫头仆妇陪着去散步才告退。

方大太太回到自己的住处，这里已经亮了灯，透过窗纸可以看到室内坐着不少人，珠光宝气花红柳绿，随着她迈进屋里，三个小姐、两个妇人都起身迎接施礼。

"账对得怎么样？"方大太太一边由两个妇人服侍着换下衣裳、净手，一边例行问女儿们的日常功课。

"高管事说很好。"方云绣笑着答道。

"别人说很好，自己只能听一半。"方大太太柔声说道，"切不可当真。"

"母亲放心，我们又不是君蓁蓁。"方锦绣插话道。

"你这样说她，跟她也没什么区别。"方大太太嗔怪道。

方锦绣有些不服气，但还是对嫡母敬重应声"是"。

"好了，你们都辛苦一天了，回自己院子里吃自在饭吧。"方大太太笑道。

"跟母亲一起吃饭也自在。"方锦绣说道。

"母亲是说我们闹得她吃饭不自在。"方玉绣笑道。

正从方大太太手上褪下玉镯子的圆脸细眉的姨娘元氏笑道："二小姐不要玩笑了，快去歇息吧，临近过年这些时日你们要辛苦得多，太太是体恤你们。"

方玉绣一笑没有再说话，姐妹三个对大太太再次施礼，便鱼贯退了出去。

"母亲，那君蓁蓁……"方锦绣问道。

"你们姐妹做正事，她的事我来处置，你们不要担心，也不要跟她一般见识。"方大太太打断她说道。

站在大太太身边的另一个妇人冲方锦绣摆手，这是方锦绣的生母姨娘苏氏，与方锦绣火爆的性子相反，她木讷少言。

方锦绣没有再说话，跟着姐妹走了出去。

三个小姐带着丫头走出去，屋子里便冷清了很多。

"当初母亲给老爷纳那么多妾我还不高兴，现在想想，还是后悔纳少了。"方大太太坐下来，说道，"要是多纳些，生养的子女再多些，家里该多热闹。"

元氏扑哧笑道："太太，你也真不心疼老爷，把老爷当什么了……"

方大太太想了想也笑道："我也是说得好听，那时候老爷但凡去别人屋子里多歇一晚，我就给他几天脸色看。"她看着两个姨娘，接着说道，"结果最后只有苏氏一个有生养，老爷一不在，其他人都放出去。"说到这里又怅然道，"只留下你们两个跟我一起守着，也不知道是好命还是苦命。"

苏氏捧着厚厚的一摞账本走过来放在桌子上，说道："命好命苦不是由男人决定的。"又停了半刻，接着说道，"反正我觉得我现在挺好的。"

元氏也取过算筹，展开笔墨纸砚，笑着坐下来，说道："太太，这人的命天注定，过去的事就不要想了，千难万难的咱们不也过来了？老太太说了，咱们方家的女人不能怕命苦，苦也要尝出甜来。"

说话的同时，手中利索地摆弄着算筹。这是她们这十年来不间断的日常事，当初老爷遇袭身亡，山东族里、祁县曹家都来人闹要分家产，说她们一群女人有什么用，只会败了家业，方老太太一拍桌子说就让他看看女人不比男人差，从此以后家里的女人们都要学做生意学算账。有生养的妾室方家养老送终，没有生养的给些钱放出去，归家也好再嫁一处也好，方家一概不干预。当然不想走的也可以不走，元氏就是选择留下来的，跟着大太太一起学账，协理着里里外外的事。

方大太太拿起账册，问道："我让你找的人家可有眉目了？"

元氏放下手里的账册，脸上笑意更浓，问道："太太，老太太答应了？"

苏氏也抬起头停下手。

方大太太点点头说："这都是她自己作出来的，不能怪别人不护着她。"

元氏笑意浓浓："护什么啊，再护女孩子都是要嫁人的，老太太不让她嫁人才是不护着呢，太太吩咐我之后我就上心挑了好些，最终选定一家。"

"说来听听。"方大太太带着兴趣问道。

"是一个赵州的读书人。"元氏说道。

方大太太眉头微皱，问道："那边不是不太平吗？"

赵州属于北地河北路，黎人和大周交战多年，这北地来来去去地被争抢，那边的日子可不好过。远是够远，却不是太平的地方，她可不想落人话柄。

"太太，有成国公在，北地已经太平很多年了。"元氏笑道。

虽然不是北地人，但对朝廷来说同属北方的诸人，对成国公都不陌生。成国公朱山是从黎人手中收复北地的功臣，出身武将世家，一路战功无数，深受先皇看重，晋封公爵。如今成国公已经镇守河北路六年了，北地的确太平得很。

方大太太松开眉头。

"而且这是一个读书人。"元氏接着说道，"家中田产丰厚，只有一点，是要找续弦。"

方大太太的眉头再次皱起，抚着账册略一思索，问道："这么说家中有子？"

元氏笑着点头道："所以不在乎女方能不能持家传宗接代，只是要找个贴心可意的人。"

"好，这件事就交给你去办了。"方大太太想了想说道。

元氏笑着应声"是"，苏氏对此没有任何意见，话到此就打住，似乎这是一件小得不能再小的事，大家都低下头继续忙碌不再提及。

丫头们在一旁安静地侍立，偶尔过来捧茶，冬日的夜晚三个女子对坐室内，也并不显得寂寥。

第八章

◇

方家少爷的病

　　君小姐并不知道自己的终身大事就这样被敲定了，知道了也并不会惊讶，对于目前的处境她心里很清楚。

　　二门上接到消息严防死守的仆妇们并没有等到君蓁蓁的再次到来，她的活动范围改在了花园。花园里没有得到消息避之不及的丫头仆妇们看到君小姐，皆诚惶诚恐，君小姐并没有理会，她虽然不像死去的君蓁蓁那般对方家人不屑，但也不至于见人就笑。

　　"小姐，这么冷的天，为什么要来逛园子啊？"柳儿缩着头揣着手炉问道。

　　因为这具身子太弱了，需要多活动让身子变得结实，就算达不到她骑马射箭的本事，至少保证能够长途跋涉，京城离这里很远，路途也不会好走。君小姐心里想，但这话她可不会说，只淡淡说道："这样多走走对身子好。"

　　柳儿刚要点头，一个沙哑的声音陡然从头顶上传来："老天爷真是不厚道，不想活着的人竟然还能好好地活着！"

　　君小姐停下脚步抬头看去，就在她刚走过的假山上冒出一个十二三岁的少年，这少年面容俊秀，双眼明亮，但可惜的是骨瘦如柴，几乎瘫软在一辆轮椅上，一条厚厚的毯子遮盖了他有些扭曲的身形，这就是方家那个活不过十五岁的瘫子少爷。

　　关于这个表弟，君小姐除了记得他是个瘫子外没有其他任何记忆，来到方家之后也没有见过，这就是方家老太太唯一的嫡孙，方家唯一的男性血脉，生下来没事，幼年患病，大夫断言活不过十五岁，她看着这方小少爷，心想这孩子还挺顽皮，怎么爬到假山上了。

　　看到君蓁蓁打量自己，方小少爷平静的脸上浮现笑意，打趣道："君小姐竟然在看我，三桃，去告诉厨房，今天中午少爷我要加餐。"在他身后的一个小厮听了这话，小心翼翼地看着君小姐，怯怯地应声"是"。

　　"真是晦气，遇上这个短命鬼。"君小姐还没有说话，柳儿抢先撇嘴说道，毫不掩饰一脸的厌弃，"小姐我们快走。"

　　那少年似乎没有听到"短命鬼"这三个字，依旧神情含笑，但君小姐却从中看到了一丝熟悉的气息，那是她得知真相后梳妆准备去杀了那个人时，从镜子里看到的自己脸上的神情，愤怒不甘，心里有把火熊熊燃烧，恨不得把一切都点燃烧光，但是还要竭力地压制。

　　"你叫什么名字？"君小姐问道。

　　方小少爷嘴边的笑意更浓，玩味地又吩咐道："真是荣幸，君小姐竟然要问我的名字。

三桃，看来还得让厨房添壶酒。"

少年居高临下地看着君小姐，她还是神情平静，似乎根本没听出来自己的讥讽调侃。他有些意兴阑珊，心想跟这个女人有什么可说的，或许是因为方才看到这女人走来时脸上那种神情吧，那种轻快淡然似乎一切尽在掌握中的神情，实在是让人不得不讥讽两句。

"一个死人还需要名字吗？"少年淡淡说道，他似乎没了再说话的兴趣，冲身后的小厮示意，"走吧。"小厮忙上前掀起盖在他身上的毛毯，要把他背在身上，又有一个小厮急忙跑上前扛起轮椅。

柳儿撇撇嘴，君小姐却站着没有动，说道："死人当然也需要名字。有的人死了却还活在很多人的心里，而活着的不一定需要名字，因为有的人活着如同死了一般。"

以前的自己活着，没有什么人会在意她，现在自己死了，却一定要让自己的名字活在那些人的心里，成为他们的噩梦。

将手搭在小厮肩上的方小少爷微微一顿，那女孩子的声音不紧不慢地继续传来："人的一生，不在长短，烟花虽然短暂，但是绚烂，枯木固然长久，但是腐朽。"

方家少爷不由得惊讶地转过头看着君小姐，君小姐也看着他，轻声说道："活着的死人才没有名字，表弟以后不要这样说自己了。"

方小少爷忍不住笑道："表姐说得对。是我说错了，我还是需要名字的，不过，表姐就不需要名字了。"

"你胡说八道什么？"柳儿瞪眼说道，"我家小姐怎么就不需要名字了？"

"因为我就要死了，而你家小姐没死。"方小少爷认真地说道。

柳儿听得更糊涂了，说道："你脑子坏掉了？你要死了需要名字，我家小姐活着不需要？"

方小少爷手搭在小厮的肩头，勉强撑着上半身，一本正经地说道："就是因为你家小姐还要活很久，而我就要死了，我死之前还有祖母、母亲为我撑起的家业，可以让我安享其成，肆意挥霍，但祖母和母亲都老了，她们活不过你家小姐，一旦她们死了，那么方家的这棵大树就……轰……"他口中发出一声响，伸手一摊，做了个倒塌的手势，"这棵大树倒了，表姐可就没有大树可以乘凉。你这么一个美貌的女子，失了婚，跟宁家结了仇，又失去了庇佑，这日子可真不好过了。"他看着君小姐摇头，一脸的怜惜悲哀，"表姐，你知不知道失去家族庇佑的人，日子会是多么的惨？"

君小姐笑道："表弟，你这是在说你自己吧。"

柳儿也撇撇嘴，哼声道："说什么呢，我们小姐可不需要你们方家庇佑，反而你们还拖累了小姐呢。"

方小少爷的手按住了小厮的肩头，却连绷紧全身的力气都没有，他垂下视线，不再看君小姐，淡淡说道："是，我是在说我自己，还好我很幸运，一年后就可以走了，不用受这些苦了。表姐也幸运，以后就不用被方家拖累了。"

柳儿撇撇嘴，拉着君小姐，催促道："小姐，我们走吧，别理会他。"

君小姐却依旧站着没动，看着被小厮背起来的方小少爷若有所思。

"小姐，你想什么呢？"柳儿不解地问道，"别理会那个瘫子的话。"

"我在想要不要搭乘方家的船。"君小姐喃喃说道。

柳儿更糊涂了……君小姐看着被背下假山的方小少爷，抬脚走了过去。方小少爷被两个小厮小心地安置在轮椅上，因为身子瘫痪，被摆弄得像个破布娃娃。

两个小厮对于君蓁蓁站过来打量很是不满，只觉得羞辱，方小少爷的脸上始终平淡："对不住，我污了表姐的眼。跟我住在一个家里，这真是表姐的不幸。"

君小姐的视线一寸寸地扫过他，淡定地说道："跟你住在一起是我的不幸，但我不知道如果我治好你的病，你两年后死不了的话，是幸还是不幸……"

君小姐说出的话，让在场的人都愣了。能治好少爷的病是方家上下做梦都想做到的事，谁要是能做到这一点，方老太太和方大太太激动得连命都可以给他。不过这女孩子口中说出的话，让在场的人没有震惊也没有狂喜。

方小少爷更是扑哧一声笑道："表姐这威胁可真吓人。"

君小姐笑了笑，伸手按住了他放在轮椅上的手腕。因为身子瘫痪，方小少爷的手脚都是冰凉的，陡然温热的手碰触，这手还是女子特有的温软，让他不由得一僵。君小姐已经将他的手翻过来，手指按在他的脉搏上。方小少爷觉得温热沿着他的血脉传遍了全身，他的脸上浮现羞恼。

方小少爷立刻就要甩开手，君小姐已经先站直身子收回了手，笃定地说道："你这个不是病，是中毒了。"

方小少爷冷哼道："胡说八道。"

人人都知道他这是胎里带来的病，当初母亲怀他时因为父亲去世过度悲伤，先是几乎流产，好容易保住，到底是早产，虽然五岁之前平安无事，但到底是有隐疾。中毒，这女人真当他是小孩子来骗了。

君小姐却没有再说，后退几步，说道："我回去想想，也许能想到办法解毒。"不待方小少爷说话，转身就走开了。

她走得干净利索，倒让方小少爷有些缓不过神，坐在轮椅上神情复杂。

看着走远的女孩子，方小少爷想要大笑，却只能发出阵阵咳嗽声，咳完之后，淡淡说道："走吧。"

两个小厮掩下眼中的惊讶，忙推起轮椅，在冬日寂寥的花园里咯吱咯吱地走开了。

"小姐小姐，你这办法真好。"柳儿兴高采烈地说道。

君小姐似乎有些不解地看她。

"骗那小瘫子啊。"柳儿一脸崇拜地说道。

君小姐笑了，没有说话，走了一段看到一处阔地，停了下来，这里像是一个练武场。大户人家都备有练武场，读书人家要有君子六艺，而泽州这边走南闯北的人家多，子弟们自然也要长练手艺。只不过方家已经没有男子，可这练武场看起来还是常常被使用。

"小姐你看，这个就是老太太在木桩上拍出的手印。"柳儿站到一个木桩前指着说道。

君小姐向那个练拳用的木桩走过去，却并没有看到柳儿夸张的描述，她笑了笑，伸手拍在柳儿所指的地方。

"哎呀小姐仔细手被磨粗。"柳儿忙说道。

君小姐笑着收回手，审视四周，说道："这地方不错。再立个箭靶子吧。"

柳儿不解地问道："要立箭靶子做什么？"

"强身健体啊。"君小姐再次轻轻拍了下木桩。

柳儿虽然对于强身健体不感兴趣，但对于小姐的话言听计从，立刻找方家的仆妇丫头来安置草靶子并找来弓箭。

方家的仆妇丫头接到传来的命令，不许再跟着这主仆二人议论是非，也不许这主仆二人出门。但现在这君小姐既没有再找她们问方家的隐私，也没有再迈出二门，那她们对于君小姐的命令是听从还是不听从？仆妇们只得一面假装听从去准备，一面忙报去方大太太跟前。

"她这是要做什么？"元氏皱眉道，"怎么想起强身健体了？她还需要强身健体吗？"

元氏这话是有暗指的，当初方锦绣和君小姐因为手帕的事打架，方锦绣虽然凶，但君小姐也没有吃亏，揪下了方锦绣一绺头发。

"这是好事，总好过懒洋洋的，不动还胡思乱想。"方大太太说道，"按君小姐的吩咐去办吧。"

仆妇应声"是"，却没有走，迟疑地又说道："太太，君小姐在花园里遇到了小少爷。不知道是不是因为这个所以才要这样做的。"

涉及方小少爷，方大太太一下子坐正了身子。

"怎么让她跑到少爷身前了？"元氏急着说道，"她是个不着调的，见了少爷不知道说出什么话呢。"

方大太太深吸一口气又坐回去，沉声说道："承宇也知道她是什么样的人，不会在意的。我一会儿去和他说，君小姐到底是客，他这些日子就先别去花园了。"

元氏有些无奈地叹了口气，冲仆妇摆摆手，说道："真是造孽，姑奶奶怎么就生养出这样一个东西来。"

仆妇这才忙退了出去。

方大太太依旧如常慢慢翻看着账册，元氏却知道她此时的心情肯定不好，果然待看完一本账册方大太太便站起来。

"赵州的那件事我去跟老太太说。"她看了眼元氏，吩咐道，"你去跟那秀才说，年前要成亲。"

元氏忍不住惊讶。这距离年前不到一个月，可见这亲事会多么仓促。

"有什么仓促的，别说一个月内成亲，就是三天后，咱们方家难道还置办不起吗？"方大太太说道。

元氏没有再说话，伺候着大太太换了衣裳，送大太太出了门，她在门口站了片刻，招手叫过一个小丫头，低声吩咐道："去跟三小姐说，君小姐在花园把少爷骂了。"

小丫头应声，噔噔地跑了出去。

三小姐方锦绣没有在自己房里，而是和二小姐方玉绣一起学写各种票号单据。这就是方家小姐们的日常，不是做女红或者琴棋书画，而是学习票号的各种生意。

小丫头们在窗下叽叽喳喳地议论以后不许大家进花园的事，君小姐在花园里把少爷骂了的事自然传进了方锦绣的耳内。

方锦绣将手里的本子扔在桌子上，赶着下床，方玉绣忙拉住她，看了眼窗外，说道："母亲自有论断，你别去多嘴。那小丫头是元姨娘的人。"

方锦绣随着她看了眼窗外，没好气地说道："我知道，我性子火暴，她喜欢把我当枪使。那是因为有些事母亲不能说，她是为了母亲好，我也是为了母亲好，只要是为了母亲好，为了咱们这个家好，我就是当枪又怎么样。"

方玉绣笑了笑，重新拿起手里的账册，说道："那你快去快回。今日的功课还没做完呢。"

方锦绣来到方老太太屋子里的时候，方大太太正给老太太说赵州秀才的事："年纪大了些，又是个鳏夫，我觉得不好。只是年前人不好选，等过了年再让媒人找。"

方老太太冷笑道："她还能找到什么好的，人就别挑了。"说到这里停顿了下，喃喃道，"赵州……还是太远了，而且又是北地。"

方大太太垂头要开口，便见方锦绣走了进来。当着年轻女孩子的面，婚事自然不能说，二人的话题便打住了。

"祖母，能不能让我们姐弟都搬到别院去住。"方锦绣径直开口道，"也好让君蓁蓁在家自在，免得我们碍她的眼。"

"她又怎么了？"方老太太问道。

方大太太对方锦绣使了个眼色，拦住话含笑说道："没事，她就是想要用花园的练武场，要学射箭，也挺好的，总比自己闷在屋子里胡思乱想好。"

"母亲，你就把她供着吧，她哪里是要学射箭，她就是要惹事，在花园里追着承宇骂瘫子，不许承宇来花园，这花园只能她自己用。"方锦绣气呼呼地说道。

方老太太皱眉看向方大太太。

"就是恰好遇上了，说了两句话，我问了，没有吵架。"方大太太忙解释道。

"母亲，小弟好脾气不吵架，就活该被追着骂？"苏锦绣眼圈都红了，"她一口一个瘫子，到底还有没有一点人性！"

方老太太伸手端起茶杯，抑制住手的微抖。

"就这样吧，赵州的人家挺好的。"她看着方大太太说，"你尽快去办。"

方大太太应声"是"，又低声说道："那秀才就要启程回去，等过了年赵州那边就会派人来。"

方老太太举起茶送到嘴边又放下，淡淡说道："既然赶着过年回去，那就别等年后了，年前把事情办了，也好夫妻一同归家。"

方大太太面色有几分为难，但还是应声"是"。

方锦绣不知道她们说的赵州秀才是什么意思，以为是说家里的买卖生意，只急着要自己问题的答复，她着急地说道："祖母，您听到我说的话了吗？您让我们去别院吧，我可不想再跟她碰面，这家虽然大，可没有她不能去的，她现在缠着小弟，以作弄小弟为乐，逗弄小弟说什么要给他治病，她要是真喂小弟吃药，你们拦还是不拦？"

"她不会那样胡闹的。"方大太太无奈地说道。

"母亲，她怎么不会，她都说小弟不是病，是中毒了。"方锦绣想起适才从小厮口中打听的话就生气，"她真是一点人性都没有……"

方锦绣的声音未落，就听得一声脆响，地面上茶杯碎裂，茶水溅了一片，方锦绣的裙面上也未能避免。她忙看去，却见方老太太并非满面怒容，而是神情愕然，手还空握着。

"她说什么？"方老太太不确定地问道，"承宇是中毒？"

方锦绣皱着眉头，说道："祖母，难道你也信她说的鬼话了？"

方老太太没有回答她的话，而是看向方大太太，方大太太也正看着她，二人的神情变得古怪复杂。不是她们信了，而是君萋萋说的真不是鬼话。只有她们两个知道，方承宇的病真是因为中毒，这件事被她们掩下成为一个秘密，知道这个秘密的人没有几个，君萋萋更不在这几个人之中，她怎么知道的？

第九章

◇

不是病是中毒

天色蒙蒙亮的时候，方老太太院子里的人都已经走动起来。

方老太太是个很自律的人，自从十五年前方老爷遇袭去世后，她就早起早睡，一日两餐，每日去花园走步打桩，寒暑不改，风雨无阻。只不过今日早起的方老太太精神有些不济，大概是昨日晚睡的缘故，方大太太的精神更加不好，昨晚她根本就没有睡。

"这就是个玩笑，随口说的话。"坐在饭桌上，方老太太对方大太太说道，经过一夜的考虑，她给昨日的事下了定论。

方大太太握着筷子，忍不住说道："可是，她诊脉了。"

"那是她为了逗弄承宇。"方老太太断然说道，"就跟她拿着绳子在北留客栈上吊一样。"

方大太太神情有几分颓然。

"是我们想太多了，如果她真是有意说的这句话，那现在就该找过来，跟我们谈条件了。"方老太太放缓语气，说道："关心则乱，因为她这一句随口的话，我们就乱了心智，这简直太可笑了。"

方大太太苦笑一下点点头。

"吃饭吧。"方老太太说道，"吃过饭就去安排君小姐的亲事，我去票号，这才是我们该做的事。"

方大太太应声"是"，起身给方老太太布菜，然后自己坐下来，婆媳二人对坐安静地吃饭。

吃过饭方老太太便坐上车去票号，方大太太也走向自己的院落，在行走的过程中先将家里的事吩咐完，同时也安排好了车，这样等她回到院子里跟元氏交代清楚后，元氏就能即刻出门，而她则会亲自督导三个女儿的功课，这才是她们婆媳的日常。

但在经过一处院子的时候，方大太太还是忍不住看了眼，问道："君小姐在做什么？"

君小姐的行踪有专人负责监视，方大太太问完，片刻之后就有人回话："君小姐起床后先去花园走步，打了木桩，然后射箭，回屋子刚吃过饭。"

方大太太原本平复的神情再次变得古怪，鬼使神差地又问了句："现在呢？"

"现在君小姐在看书。"仆妇答道，停顿了一下又补充一句，"还让找一套金针来。"

　　只有治病才会用得上金针，方大太太原本已经凝固的心思顿时坍塌。她转过身，大步走去，在一众仆妇丫头愕然的注视下迈进了君蓁蓁所在的院落。

　　此时，君小姐正坐在几案前沉思。适才她已经翻完了书架上的书，如意料中一样没有她要找的，师父的那些医书又岂是世间能见的？说起来，她还有件事没做完，就是整理师父的医书，这样想来能够继续活着真的很不错，至少能够不负师父所托。

　　柳儿打着哈欠看着君小姐拿起金针，问道："小姐你要玩什么？"

　　"这可不是玩。"君小姐手里拈着一根金针，对着窗边的日光转动着，站在院子里的方大太太恰好看到了，只觉得眼有些眩晕，之前她终于找到机会能将这女孩子彻底赶出方家，但现在因为一句话就将这一切打破了。

　　方大太太深吸一口气，正如方老太太所说，这就是个巧合，是这个女孩子随口说出的胡言乱语，她应该立刻忘记，继续做她该做的事，可是她却迈不动脚。

　　"大太太。"柳儿的声音从室内传来，紧接着窗户被推开，"大太太你来干什么？"丫头没有前来迎接，反而带着几分被打扰的不悦。

　　君小姐也看过来，对她的到来没有惊讶也没有不悦，放下金针站了起来，施礼道："舅母。"然后她站直了身子，一双大眼安静地看着方大太太，似乎在询问她的来意。

　　方大太太突然觉得这场景有些熟悉，得知丈夫的死讯、得知儿子不治之症的时候，她每个清晨都不能醒来，想到醒来要面对的事，可能会让她痛苦地死去。但那时候又有个声音在心底说，醒来看看，是不是真的就只能死，于是逼着自己睁开眼，然后她就一直活到了现在。现在也是这样，想到要问这女孩子的问题，她一点都不想问出口，但与其这样痛苦，干脆就问一问，是真是假，何必自己困扰自己。

　　门口的丫头得到君小姐的允许便打起了帘子，方大太太毫不迟疑地走了进去，开门见山地问道："蓁蓁，你昨日见过承宇了？"

　　柳儿撇撇嘴嘀咕道："瘫子就会哭鼻子告状。"

　　方大太太从来不会跟下人计较，那只会降低她的身份。

　　"是。"君小姐接着说道，"舅母是要问具体的事吗？"

　　方大太太"嗯"了一声，转头对身边的丫头吩咐道："你们先下去。"

　　"你去煮壶茶。"君小姐吩咐柳儿，又停顿了下，说道，"看着外边那些人，别让她们偷听了我的话。"

　　柳儿立刻郑重地点头应声，高高兴兴地走了出去。

　　方大太太神情复杂地抿了抿嘴，没有再说话。

　　屋子里只剩下君小姐和方大太太二人。

　　"舅母请坐。"

　　方大太太坐下来，君小姐坐在她对面，做出聆听长辈训导的姿态。方大太太一时不知道说什么，她和君蓁蓁单独面对的时候不多，有些想不起她是不是一直都这样温顺。

　　"蓁蓁，我听他们说，你能解承宇中的毒？"她看着君小姐径直问道，"这是什么意思？"

君小姐笑了笑，说道："我以前没有仔细看过表弟，这次见了才察觉不妥，因为有些不确定要想一想，所以还没来得及去跟外祖母、舅母说。"

方大太太的心扑通乱跳起来，放在膝头的手不由得攥紧，颤声道："你，你这是什么意思？中毒是怎么回事？"

"舅母，表弟现在这样你不清楚？"君小姐神情平静地看着方大太太，说道，"这毒难道不是你亲自喂他吃的？"

方大太太觉得自己再一次看到了金针，轻松地刺破了她的心。她原本想柔和地旁敲侧击，或者轻松地指引询问，但她才说了两句话，这个打算就被击碎了。这一句话比那句中毒更厉害，以至于方大太太根本连质问的话都说不出来，她猛地起身冲了出去。

站在门外的柳儿差点被撞到，大声喊道："你干什么？！"

方大太太自然不会理会她，跌跌撞撞地跑出了门，院子里被屏退在外的丫头仆妇们慌慌张张地追了出去。

"我不是说过你不要想了吗？为什么还要去问她？"从票号回来的方老太太看着跪在她面前哭的方大太太，她这个媳妇已经很多年没有这样伏在她膝头哭了，只有儿子去世以及孙子诊断不治的时候才这样过。

"母亲，"方大太太抓住方老太太的手泣不成声，"她知道，她知道是我害了承宇，她知道那毒药是我给承宇吃下去的。"

方老太太被抓住的手瞬间僵住，神情瞬时犀利，人也站起来，又看了眼方大太太，握紧她的手，将她拉了起来，郑重地说道："素娘，承宇不是你害的，我们也是被害者。不要哭了，哭是没有用的，我们就去问问她到底想干什么吧。"

柳儿又被小姐支配到了门外，这一次她有点担心，毕竟这次上门找碴儿的是方家老太太，小姐是读书人家的文雅姑娘，哪能吵得过方老太太这个在商界摸爬滚打多年的人呢……但小姐要她在门外看着别人，防止她们偷听，她虽然有些难过不能陪在小姐身边，也只好照做，她心里着急，便越发恨恨地瞪着院子里的丫头仆妇们。

屋子里依旧没有吵闹声传出来，安静得好像没有人似的。

方老太太看着君小姐，放下手里的茶杯，淡淡地说道："你说得没错，承宇是中毒了，这毒药还是我们亲自喂下去的，直到现在，他每一天都还在吃这种毒药，直到他满十五岁死去……"

君小姐听后没有幸灾乐祸、落井下石，而是平静地点点头，说道："丫头们说表弟虽然体弱，但这病却不是生下来就有的，是五岁才生病的吧？那时你们才开始给他吃药，然而这个药当时治好了他的病，却也在慢慢吞噬他的生命。"停顿了一下，接着说道，"承宇是你们唯一的血脉，他生病肯定会由你们这些最亲的人照顾，他的医生和所吃的药必然是你们精挑细选、确保万无一失的……"

方老太太抖了抖嘴唇，想要直接质问君小姐的意图，但方大太太已经忍不住抢先道："那是毒药！"

君小姐摇摇头，说道："那药虽是毒药，但其实也是一味良药，要不然也不会骗过你们。"

"是。"方老太太淡淡说道，"这药和承宇的病相容。"

"这药和承宇的病相容之后，却演变成一种新的病毒，它能侵蚀经脉。停止吃药，承宇原来的病会立刻发作，但如果一直吃这个药，则会慢慢被侵蚀，最终死亡。"君小姐满脸同情地看着方老太太和方大太太，继续说道，"这不是在折磨表弟，这是在折磨你们……"

方大太太已经在抬手掩面流泪，作为一个母亲，不得不亲自喂儿子吃毒药的感觉有多痛苦，只有她自己知道。

"我怀他的时候差点小产，好不容易生下来后，又不得不亲手喂他吃毒药。"方大太太哽咽道，"他原本的病不要紧，但因为我……最终因为我……要了他的命……"

"舅母您怎么会这样想？"君小姐说道，"这明明是别人害你们，怎么能怪自己！"

"如果我再小心些，怎么会给承宇吃下毒药。"方大太太情绪激动地说道。

"只有千日做贼，没有千日防贼。"君小姐的声音越发柔和却带着坚定，"别人既然要害你们，除非杀掉他，否则是防不住的。"说到这里她又停顿了下，神情中闪过一丝哀痛，"更何况，要害你们的人也许是你们根本就没有防备的人……"

方大太太早已泪流满面，方老太太深吸一口气，冷冷地问道："我们已经承认你说对了，你可以说是谁告诉你这些了吗？"

君小姐笑了笑，说道："外祖母您误会了，没有人告诉我，是我自己看到的。"

方老太太看着她，神情漠然地嘲讽道："我不知道你还生了一双知晓过去的慧眼。"

"我没有知晓过去的慧眼，但外祖母似乎忘了我们家世代为医……"

方老太太愣了一下，君家世代行医是没错，但是跟她有什么关系？

"我父亲小时候也学过，为官的时候更没有丢弃，我祖父和父亲都曾教过我。"君小姐继续说道。

"你昨日见了承宇一会儿，一搭眼一诊脉，就知道这些了？"方老太太怀疑地瞥了君小姐一眼，"我竟然不知道你们君家还有如此神医之术。"

君小姐点点头，说道："外祖母还真说对了，我们君家确实医术高超，要不然我祖父怎么能治好宁老太爷，让他不惜以长孙相抵呢？"

方老太太没有理会君小姐的自夸，沉声说道："这件事原本也不是什么必须保守的秘密。只不过一直不知道仇人是谁，为了不打草惊蛇，我们也就装作不知道，对外说承宇的病是天生的。"

原来到现在还不知道仇人是谁，君小姐看方老太太的眼神中多了几分怜悯。

方老太太继续说道："事情已经这样了，就算公之于众也无所谓，所以你如果想用这个来威胁我们，就趁早死了心。"

君小姐笑了笑，忙说道："外祖母，您误会了，您忘了吗？我说过，我也许能想到办法帮表弟解毒。"

"这不可能。"方大太太脱口而出，"你怎么能？"

"君蓁蓁，你不用故作玄虚，我们把天下的名医都找遍了，没有一个人能说治好承宇的病，"方老太太沉声说道，"除非那位张神医或可以一试……"

方老太太的话音刚落，就见君小姐神情微微一怔，不自觉地重复道："张神医……"

"张神医你不知道吗？"方老太太讥讽地说道，"他可不像你们君家医术靠自己吹嘘，他的名声已经传遍，几乎人人都知道他是个神医！"

作为张神医唯一的弟子，跟随了他六年，君小姐当然知道张神医的医术如何高超。此番际会后，她竭力不去想过去的事和人，但有一个人始终是她牵挂的，这个人是她的师父、朋友，甚至可以称得上父亲的角色——张神医。

沉默了一会儿后，君小姐突然怅然道："既然只有张神医能解表弟的毒，那么，现如今这世上也只剩我能医治了……"

如此大言不惭的话，让方老太太再次愕然，又有些恼火，她冷笑了一声，讽刺地问道："为什么？为什么只有你能救？"

君小姐的心脏突然一阵绞痛，放在膝头的手也开始微微颤抖，原本被压制的情绪翻天覆地向她卷来。她当然知道原因，因为张神医已经不在了。三年前，他为了找寻一味药材而跌落悬崖。

"君蓁蓁，你到底什么意思……你把我们当成什么……"方老太太的声音还在继续。

君小姐突然用力拍了一下桌子，发生一声闷响，吓得方老太太停止说话，惊讶地看着她。

君小姐有些生气地说道："没什么意思，命是他自己的，他是你们方家的，不想治就不治，不用说这么多废话。"

方大太太不由得一阵心慌，忙说道："蓁蓁，不是我们不想治。毕竟承宇的病太重了，那么多人都治不好，你突然说能治，实在是让人有些惊讶……"

君小姐看着方大太太，凉凉地说道："当初舅母喂给表弟治病的药却变成毒药，也是让人惊讶的事吧？"

方大太太的脸色瞬间一阵惨白。

"不管怎么说，这件事我们怀疑也是正常，你不用这么生气。"方老太太淡淡地说道，"你说你能治好承宇的病，但现在无凭无据，怎么叫我们相信？"

君小姐冷笑了一声，说道："相不相信是你们的事，能不能做到是我的事，现在我给了你们机会，抓不抓住就看你们的选择了。"

"那万一你治不好承宇……"方大太太又忍不住说道。

"反正承宇最终都得死，治不好又怎样，你有什么损失吗？"君小姐反问道。

方大太太再次被噎得无力反驳。

方老太太沉吟片刻，说道："你说得对，我可以不问你怎么看出来的，也可以不问你怎么治，但我必须要问你为什么要这么做。"

君小姐笑了笑，说道："我还以为只有我不知道，原来外祖母也不知道。是表弟告诉我，我必须这么做……"

方老太太微微皱起眉头。

"表弟说若他死了，方家就只有靠外祖母和舅母撑着，等外祖母和舅母死了，方家就完了，而我则是要依附方家为生的，方家完了，我的日子就不好过了。"君小姐轻叹一口气，继续说道，"我父母双亡，日子已经很不好过了，可不想将来更惨，所以表弟不能死，方家更不能倒。"

这个君蓁蓁当初可不是这么想的，这个时候怎么突然醒悟了？方老太太和方大太太神情变得有些古怪。

"因为那时候方家对我而言只是暂时依靠的地方。"君小姐耐心地向两位解释道，"之前我确实一心想要离开你们家，就像你们一心想要甩开我一样，但现在我没地方可去了，方家是我唯一的依靠，所以，我不想让这个依靠倒了。"

方老太太惊讶君蓁蓁突然的改变，但此时，她压下心中的想法，叹了口气，说道："原来如此……你和承宇还小，很容易把一件小事看成天大的事，其实不用这样。当初你们外祖父和舅舅先后死掉时，我都曾一度以为方家要完了，但你看现在，大家不是依旧都过得很好，所以……"方老太太抿了抿嘴，继续说道，"就算承宇不幸死掉，我们方家也不会倒，你就放心依靠着吧，我们原先想要你走，是因为你自己要走，既然现在你想留下，当然可以留下，不用靠医治承宇就行。"

君小姐摇了摇头，说道："我不信。"

方老太太笑道："我是你外祖母，如果我让你安心留在方家都不可信的话，那这方家没有人说的话可信了。"

君小姐再次摇摇头，说道："外祖母，我不是不信您说的话，我是不信您能让方家不倒。你们的仇人已经接连杀死外祖父和舅舅，表弟也命不久矣，而你们连仇人是谁都不知道，还以为是天祸所致，一副要逆天不信命的姿态……"说到这里，君蓁蓁看着目瞪口呆的方老太太和方大太太，神情为难地继续说道，"这样的方家明显就是被猫捉住的老鼠，自以为能逃脱，其实不过是猫故意戏弄罢了，所以，外祖母您说我可以放心依靠方家生活，我实在是难以相信……"

君小姐说完后，屋子里一片死寂。

方老太太和方大太太两人双耳嗡嗡，脑子里一团乱麻。

"你胡说！"站在门外的柳儿正趴在门前偷听屋内的动静，突然被这一声大吼吓得连连倒退。静下心来后，她赶紧又趴在门上往屋里瞧，见小姐没有什么特别的激动反应，才慢慢地站直身子，继续等待小姐的召唤。

而屋里的君小姐没有因突然的大吼而受到丝毫影响，依旧稳坐在椅子上，沉默地看着大吼完激动得站起来的方大太太。

方大太太感觉到了君小姐眼神里透露出的浓浓的怜悯、同情，这种神情让她更为恼怒。她强压下恼怒的情绪，一字一顿地对君蓁蓁说道："蓁蓁，你想太多了！"

君小姐笑了笑，淡定地说道："不，是你们想太少了，或者说，是没想明白……"

方老太太握着扶手的手攥了攥，沉声说道："你说的这些也有道理。"

方大太太不解地看向方老太太，忍不住喊道："母亲！"

"杯弓蛇影也好，疑邻盗斧也好，你这样想不奇怪。"方老太太说道，"不过，事出有因，我们家三代男丁被人害，到底是因为什么？害我们的人又是什么意图？"

"不是为了仇，就是为了钱。"君小姐答道。

方老太太笑了笑，说道："我们方家做票号发家，短短几年就超过山西的大多数同行，同行皆为仇人，估计他们都在暗暗磨牙诅咒我们去死吧……可是，蓁蓁你看，这世上做生意的大有人在，且都过得富贵且安详……"

君小姐看着方老太太没有说话。

"所以，这世道虽凶险，但也没那么危险。"方老太太接着语重心长地道，"你不能因为宁家背弃婚约，方家对你不援手，就认为这天下的人都是坏人、这天下的事都是阴谋。"

"可是你们方家的事儿摆明了就是人祸导致，而人祸就得靠人来解决。"君小姐倔强地说道，"这个人就是我。"

方太太看着君小姐突然孩子气的一面，突然有些想笑，还好及时收住，耐心地解释道："承宇的事或许是人祸，但方家的事不是人祸。"

"祖父孙，三个都死了，这不是巧合，这就是有人要害你们。"

"祖父孙三个虽都出事了，但我们女眷依旧平安，而且还能招婿生子传承。我有三个孙女，三个孙女就可以给我生至少九个晚辈，九个晚辈再生下去，方家依旧能枝繁叶茂，而且我们的生意也没有败落。你非说是人祸，那我问你，害我们的人图的又是什么？"

"人祸就是人祸，你只是没看到他所图的是什么，不代表他没有所图。"

方老太太眼底的耐心已经没了，强硬地说道："这不是人祸，我们方家做到如今是天意，除了天，没有人能收去。"

"什么天意？"

"天……"这个字刚滑过舌尖，方老太太突然一个激灵回过神，闭上了嘴，惊诧地看着君蓁蓁。因为动作太快咬住了舌头袭来一阵刺痛，让她的神情变得有些扭曲。

君小姐似乎没察觉到她的失态，轻轻哼道："哪有什么天意，天道无亲，不过是人意假托天意罢了。"

方老太太只好无奈地问道："就算你说得对，不过，你想要做什么？"

一直插不上话的方太太觉得屋子里的气氛一下子变了，虽然说不上来，但她隐隐觉得适才似乎有什么话要被说出来，就好像听说书正听到一段紧张情节，突然被翻了过去。

这个方家肯定有秘密，可惜关键一刻被方老太太回过神跳了过去。君小姐心里闪过一丝遗憾，但也至少可以确信是个很重要的秘密，这就足够了。师父说过，人不能贪心，贪多嚼不烂，所以一年只让她学一种本事。

"我说过，我能救表弟，且我要救表弟。"她说道，"难道你们不想承宇活下去吗？"君蓁蓁的神情平静，似乎她们一直说的就是这件事。

第十章

◇

能救他的只有我

"你真能救他？"方老太太怀疑地问道。

"我想试一试。"君小姐坚定地说道，"我先前死过一次……"说到这里，她停顿了一下，似乎在追忆什么，神情迷茫，接着说道，"我不想再尝一次死的滋味了，我想好好活着，过好日子，所以我要救表弟，让他彻底痊愈后，撑起方家，我好得以依靠。"

"那就试吧。"方老太太沉默片刻，说道，"反正失败了，也没什么损失……"说完后站了起来，吩咐道，"你想怎么做跟你舅母说吧。"

"好。"君小姐也站起来施礼道。

方老太太转身向外走去，方大太太没有迈步，一来老太太适才说交给她，二来她也很想知道君蓁蓁要怎么治好她儿子。她忍不住问道："你需要什么药？"

"我要想一想……再找一些资料查查……"

"是医书吗？家里有大书房，收藏了很多医书。"

她们说话的时候，方老太太已经走到了门口，忽然喊了一声君蓁蓁的名字。

方大太太一时没注意，君小姐立刻停下说话看过去，恭敬地问道："外祖母还有什么吩咐？"

方老太太神情郑重地问道："这件事需要保密吗？"

既然方承宇中毒是仇人的阴谋，且这个仇人还躲在暗处，那解毒这件事应该更隐秘，以免被仇人察觉。方大太太忙看向君小姐。

君小姐点点头，说道："要严格保密。仇人放着方家的妇孺不理会，只对付男丁，目的自然是要断了方家的香火。现在他已经达成目的，反而放松了警惕，如果让他发现解毒的事，必将全力攻击方家，那时，方家会更危险……"

方老太太点点头，说道："那么，承宇中毒和解毒的事，就只能我们三个人知道！"

"你想好怎么做后，就来告诉我……"方大太太欲言又止，原本还想说什么，但最终转身跟上方老太太，亲手打起帘子，婆媳二人走出门。

听到动静，柳儿忙看过来，看到方大太太脸色惨白，似乎受了惊吓，但也不是很失态。方老太太则看着没什么变化。

柳儿顾不得多看她们一眼，忙要冲进去，却见君小姐已经走出来，她立刻担忧地问道："小姐，你怎么样？"

君小姐的神情泰然，还对着方老太太和方大太太施礼相送。

方大太太临出院门前又回头看了眼，见君小姐还站在门边，如同家里其他晚辈一样恭敬相送。她忍不住说道："蓁蓁真懂事了。"

方老太太也回头看了一眼，她倒是觉得那女孩子只是站在门边而已，没有恭敬，也没有相送，只是看着她们，如果非要说一个感觉，就是旁观吧。

方老太太的心再次不安定起来。她真的是自己的外孙女君蓁蓁吗？除了样貌没有变化之外，她所有的神情、举止跟以前完全不同。记得大夫曾跟她报告君蓁蓁脖子上的瘀痕是足以致命的，说不定君蓁蓁真的死了，现在这个根本就不是君蓁蓁。所以她适才离开时，趁着君蓁蓁和方大太太说话，突然喊她的名字。据说一个人对自己的名字最敏感，也对别人的名字很迟钝，但君蓁蓁立刻转过来应答……

"母亲？"方大太太的声音在耳边响起，打断了方老太太的出神，"母亲，真的还是假的？"

"我不知道。"方老太太喃喃说道。

如果她不是君蓁蓁，这太匪夷所思了；如果她是，难道死而复生、性情大变这种事真的存在？

方大太太焦灼地问道："那，怎么办？"

"什么怎么办？"方老太太不解地反问道，这才反应过来方大太太问的并不是她想的事。

方大太太也反应过来，原来方老太太走神了，她低声又问道："她说能治好承宇的事啊，既然不知道真假，那还让她治吗？"

方老太太看了她一眼，淡定地说道："治治就知道了……"

方大太太也就安心了，步履轻盈地走进了自己的院子。

元氏已经等着急了，忙上前迎接，急声问道："太太，出什么事了？"

方大太太愣了下，下意识地说道："没事啊。"

元氏眼中闪过几分尴尬，明显方大太太就是在敷衍她，以为她看不出来吗？自从老爷去世后，这些年相伴在方大太太身边，把她当姐妹一样对待，但她也知道作为一个妾，在方大太太心里，她其实还只是一个下人，都懒得编理由骗她一下。

元氏挤出一丝笑容，松了口气，一边亲自掀起帘子，一边说道："那就好。这个月的账册已经送来，各家管事也准备好了，太太看什么时候见他们？远处来的我已经安排好他们了。"她刻意转移话题，似乎适才什么也没问。

方大太太沉默地进屋坐下，接过元氏递上的茶水，突然说了句："老太太反悔了。"

这没头没尾的一句话，让元氏一怔，她立刻对屋里的丫头摆摆手，丫头们忙退了出去，她低声问道："老太太怎么会反悔？"

方大太太神情有些恍惚，喃喃说道："我不知道该怎么说，老太太不让说，说要保密。"

元氏有些迷惑，到底是什么样的秘密竟然让方大太太如此心不在焉，得是多大的秘密竟然让厌恶外孙女的老太太反悔不让她出嫁了？

"那太太就不要说了。"元氏讨好地说道，"你也累了，先歇息一下，今日就不要看账册了。"

她说着话就要退出去，方大太太及时喊住了她，压低声音说道："她说她能治好承宇……"

"老太太她……"元氏脱口而出的话刚到嘴边又硬生生地咽了回去。

"她说她的医术是从祖上传承的。"方大太太看了眼元氏欲言又止的着急样子，无奈地解释道，"总之，老太太就信了。"

听了这样的解释，元氏心知是问不出什么来了，只好劝慰道："关心则乱，小少爷是老太太的心病，病急乱投医，这也没什么。太太也别太担心……"停顿了一下，继续说道，"不管怎么说，千金难买顺心意。老太太既然想这样，就随她吧，也是为了小少爷……"

方大太太怔怔出神，一副不知道怎么办的样子。

"那件亲事我去跟赵州的秀才解释。"元氏假装随意地说道，"至于宁家……也不是什么要紧的事。"说罢，就准备施礼告退。

元氏快走出门时，方大太太才突然醒过神来，叮嘱道："千万要保密！"

这种丢人的事自然要保密，元氏一脸了然地应声"是"后走了出去。

第十一章

◇

结婚的提议

那晚过后，方老太太和方大太太没有再找君小姐，亲事自然被安排叫停，但只让她去花园的限制还在，方锦绣依旧抱怨，下人们的议论也如常。

君小姐也同往日一样心安理得地享受专属自己的特权，早起锻炼成了常态，弓箭草靶子也都加紧练习。看着羽箭一次一次射中靶子，柳儿却有些意兴阑珊，忧心忡忡地说道："小姐的手都变粗了……"

君小姐笑了笑，放下弓箭，擦了擦汗。

"小姐，您怎么想要学这个？"柳儿又问道。

君小姐看了看靶子，羽箭正中红心，喃喃说道："其实我原本就该学这个。"

其实她并未正式学过射箭，只是那时跟着师父学习，因为学得很慢，一年的时间里，她都一直在练习掷羽箭，还没来得及正式学射箭，师父就突然离世了……

柳儿听不懂，也不去追问，打着哈欠将斗篷给君小姐披上后，说道："小姐，咱们回去吧。"

君小姐却没有往回走，而是问花园里的仆妇书房在哪。

"小姐，咱去书房做什么？"柳儿不解地问道。

那时大多官宦家都信奉女子无才便是德，因此，鲜少有小姐会读书写字，更别说写文作诗了。从小被溺爱长大的君萋萋虽读过基本的启蒙书，能识字写字，但她对这些毫无兴趣，所以给她准备的书房自然形同虚设，以前的她可几乎从未踏进去过，也就是在得知宁十公子要回来时，为了靠才情吸引他的注意，才进过书房，临时恶补了一些知识。

"看看。"君小姐答道。

看书房还是看书？柳儿实在猜测不到小姐的意思，不过没有再问，跟着她来到了书房。

来到书房后，君小姐才知道方大太太说的家里有大书房是什么意思了。这个书房还真大，竟然是个藏书阁。不过藏书阁显然在方家也是个摆设，里面只有一个负责守门且打扫的仆从，见到君小姐后眨眼间就跑得没影了，唯恐冲撞这位君小姐惹来麻烦。

藏书阁内，高高的两层阁楼是上下连通的，两道楼梯，确切地说是慢坡，呈螺旋状正中盘绕，而这慢坡所盘绕的便是满满的一屋子书。寺院里的藏经阁也有这样设计的，但那用都是楼梯，这样的缓坡，倒是独特。

"这是为了……"君小姐惊讶地自言自语道。

话没说完就有个声音打断她："为了我这个瘫子。"

君小姐抬起头看到方承宇坐着轮椅被一个小厮从缓坡上慢慢推下来。

"你怎么在这里？"柳儿不高兴地问道。

方承宇笑了笑说道："这是我不对，家里这里最偏僻，我以为在这里不会见到君小姐。"

柳儿满脸不屑的表情，想了想这个瘫子倒是除了读书也没别的事能做了，便掩着嘴靠近君小姐说道："小姐，他除了来这里，估计也没别的地方可去了。"柳儿的动作虽看似小心翼翼，但其发出的声音却格外响亮，仿佛是故意说给某人听的，君小姐笑了笑，伸手拍了拍这丫头的头。

方小少爷神情依旧平静，看似无动于衷，用调侃的语气说道："表姐稍等，我这就回避，藏书阁以后表姐是要常用吗？"他的态度看似很礼貌，却让人听着格外不舒服。

君小姐笑了笑，扫视一圈藏书阁后，说道："不用回避，我就是来看看书。把这里的书看完，半日不到就够用了。"

"表姐果然天纵奇才，我七八年才能看完的书，表姐一下午就全能看完啊……"方承宇讽刺地说完后低头抽出一本书接着看。

君小姐也没有再理会他，沿着书架开始寻找她要看的书。柳儿则打了个哈欠，蹑手蹑脚地走到书架旁边，靠着打盹。

屋子里恢复了安静。

方承宇根本就不信她是真的进来看书的，但没想到她真的不再说话，忍不住抬头看了眼。那女人正沿着书架慢慢踱步，手沿着书架上的书一一拂过。室内异常安静，除了方承宇自己的翻书声，就是轻轻的脚步声和衣裙的擦动声，等他再抬头看，见君小姐已经站到了第三层书架前，依旧是那个动作。

"你在找什么书？"方承宇忍不住问道。

"我不找书。"君小姐答道，"我看书呢。"

方承宇当场愣在那里。

君小姐看了他一眼，手点着一卷书，视线又落在书名上，一点一眼后，很快就转过了第三层书架，来到第四层，站到了方承宇面前。

"在看书？"君小姐再次说道，她把手伸过去，翻了下方承宇手里的书，看了眼书名就松开了。

"你有病啊。"方承宇被惊得突然大声喊道。

一向文雅和气的方小少爷突然很生气，内心一阵怒意翻腾。这君蓁蓁哪是在看书，明明是在跟他炫耀她的时间多，可以随意看、慢慢看……而他呢……他什么事都不能做，只能看书，还是看一天少一天，看一眼少一眼，就算他一直守在这里看，直到死的那一刻，他也还是看不完……

他怒瞪着君小姐，君小姐却平静地看着他，似乎压根没注意到他的怒气。

"我没有啊……"君小姐缓缓说道，她虽然站在缓坡上，却恰好与坐着的方承宇平视，"是你有病。"

扶着轮椅的小厮脸红脖子粗，抓着轮椅的手因为太过用力而阵阵发抖。真是欺人太甚！小厮已经想好了，君小姐要是再敢说一句，即使被大太太惩罚也要护住少爷，打君小姐一顿。

方承宇红着眼，怒意突然化作一丝惨笑，冷冷说道："对，你说得对，我有病。我不该指责你这个没病的人，何必跟你在这浪费时间……"

"你以为我在浪费时间啊？"君小姐一副恍然大悟的样子，含笑摇了摇头，"我可没有，我是真的在看书，且这样看书对我来说也是有用的，只要有用就不是浪费时间。"一边说着一边越过方承宇，继续看着书架上的书。

"这有什么用？哦，也对，表姐觉得开心就好。"

"不是开心，我的时间也很宝贵，不能浪费的。"君小姐没有回头，沿着缓坡向上而行，"没用的事我也不会去做。"

方承宇冷笑一声，想说什么又停了下来。就是，时间那么宝贵，他为什么要浪费在这种女人身上？

"走吧。"他将书拿起放在怀里，对着小厮说道。

小厮应声"是"，推着轮椅缓缓而下。

当天晚上，方大太太就携着方老太太，一起来到了方承宇屋里。

"母亲，我知道了，我要看什么书就拿回来看，不会再去藏书阁了。"方承宇知道白天的事情已经传到了两位长辈那里，索性先主动承诺道。

方老太太和方大太太对视一眼，神情有些复杂。

"承宇，她真去看书了？"方大太太犹豫地问道。

这话听起来有些怪，似乎她并不是来安抚他或者告诉他回避的，而是来印证的。

"她跟母亲说过啊？"方承宇含笑问道，"母亲怎么不提前跟我说一声？"

方大太太没说话，看了眼方老太太，颤声说道："母亲，她真去找了。"

方老太太没有说话，神情变得若有所思。

方承宇皱起眉头，怀疑地问道："祖母，母亲，她是应承你们什么事了吗？所以才去藏书阁？"

方大太太又紧张地看着方老太太，一时没有回答。

"到底什么事？"方承宇沉声追问道。

"承宇，是有件事……"方大太太得到方老太太同意的眼神后，带着几分难以启齿的神情说道，"她说能治好你。"

方承宇顿时愕然，虽然很惊讶，但还是很快理顺了这句话的意思以及它的前因后果。

"我知道她说过这话，但我不知道她是怎么说服你们的？"方承宇没有表现出任何异样的情绪，平静地问道。

看着小小年纪就能控制自己的情绪，并且能直指问题关键的方承宇，方老太太和方大太太难掩骄傲，但想到这个令人骄傲的孩子却只有两年的寿命，悲愤便如潮水般将她们淹没。

"承宇，我们想试一试。"方老太太说道。

"试一试"这三个字带着无尽的悲伤。

方承宇依旧平静地问道："她哪里值得让你们试一试？"

"她亲口说只有她能治你，且很肯定地说知道一个秘方。"方大太太有些急切地说道，"而且，你也看到了，她真去看书翻找了。"

"看书"二字传入方承宇的耳内，噌地一下点燃了他的怒火。

"她那叫看书？！她那叫……"方承宇咬牙说道，话刚说一半，不由得想到他自己，一下子僵住。

"她那叫什么？"方大太太见儿子突然僵住，不由得问道。

"无赖！"方承宇从牙缝里挤出两个字。

方承宇坐在轮椅上，突然感到非常生气和悲伤。他的手边就是矮几，上面摆着茶杯。如果是其他人生气，可以伸手拍桌子，或者抓起茶杯摔在地上，宣泄情绪，但他不能！他的上半身越来越没力气，连日常的抓握都有些困难，能做的也仅仅是端起茶杯拿起勺子自己吃喝，或者翻翻书……

不管心里多愤怒，他也能尽全力保持平静。家里人都赞叹他小小年纪冷静自持，但只有他知道，这份冷静是他从绝望中一点点磨出来的。

"为什么？"方承宇喃喃问道。就算是病急乱投医，也至少找个真正的医生，君蓁蓁她算个什么东西。

"她说能治我，必是说出了让你们相信的理由。"方承宇强压下情绪后，问方老太太，"祖母，她说了什么？"

方大太太的嘴唇颤抖，面色惨白，实在说不出口，是她亲自给儿子喂的毒药。

"没有理由。"方大太太快忍不住几乎要说出来时，方老太太抢先开口说道，神情带着几分决然，"如果非要理由，那就是你快十四岁了，只剩一两年的时间，我们找不到张神医，任何一个机会都绝不放过。不管她是胡说八道，还是另有目的，只要她说了，我就信。"

她伸手扶住方大太太，继续说道："反正我们也没损失，豁出去说不定还有一线希望，只要有一线希望，我就绝不放弃。"说罢，不待方承宇再说话，便拉着方大太太走了出去。

只剩下方承宇坐在安静的室内，神情平静，自言自语道："反正也没损失嘛……"

室内灯如豆，少年瘫在轮椅上的身影一动不动，与夜色融为一体。

"母亲，为什么？"走在夜色里的方大太太哽咽地问道。

方老太太瞪了她一眼，方大太太立刻噤声。虽然前后的仆妇都跟得很远，但这话到底不是能在人前说的。

"有些事，知道是天注定，比知道是人祸要好一些。"方老太太握了握方大太太的手，沉声说道，"我知道你不怕他恨你怨你，而且你也知道，承宇这孩子根本也不会怨你我，可越是这样，越让人不忍心……"

方大太太点点头，强忍住早已噙满的泪水，深吸一口气，鼓起勇气说道："母亲，关于怎么保密这件事，我有个想法。"

方老太太点点头，示意她继续说。

"让蓁蓁和承宇假成亲。"方大太太低声说道，"我们现在还不知道那人到底是谁，有可能就在我们家中。我原先已经安排蓁蓁出嫁，现在突然停止，需要编一个合理的理由……"

方老太太没有说话，继续慢慢向前走。

方大太太忙跟上，又说道："我们可以假装给承宇冲喜安排他们结婚，这样，蓁蓁就能正大光明跟承宇天天在一起，治病自然也不会引起别人怀疑。"

"而且也可以让宁家彻底放心。"方老太太接过话头说道。

脚步停下，方大太太又说："是的，这样也算安置了蓁蓁的婚姻大事，总比将她远嫁好听。"

方老太太盯着方大太太陷入了沉思。

"当然，这件事还要她自己来决定。"方大太太又坚定地补充道。

方老太太叹了口气，终于下定决心，说道："好，那就去问问她吧。"

对于夜间来访的方家婆媳，柳儿丝毫不客气地拦在了门口，冷声回绝道："我们小姐都要睡了。"

"好了，请她们进来吧，睡了也能醒。"君小姐听到声音后便吩咐柳儿放行。小姐都说话了，柳儿只得让开门，这一次她没有等君小姐吩咐就主动守在了门外。

君小姐已经洗漱，散着发、穿着小袄起身迎接。不知道是因为屋子里散发着淡淡的清香，还是灯下女孩清亮如水的双眸，让人觉得很舒服，跟以往的感觉大不相同。

方老太太顾不上打量屋内的环境，径直说明了来意，并询问君蓁蓁的想法，还补充了一句："当然主要还是看你怎么给他治。如果不需要过多接触的话，也不需要靠结婚来做掩护。"

"你想到怎么治了吗？"方大太太忙问道。

君小姐点点头，笑着说道："我想到了。"

方老太太和方大太太不由得紧张起来，双双盯着君小姐静待下文。

"通过药草泡煮，我再用金针修补经络，虽然不能让他立刻就完好如初，至少一年之后不会丧命。"

方老太太和方大太太依旧沉默，不知道该说什么。

"所以外祖母你的提议很好，我也想着怎么才能避人耳目，不打草惊蛇。"君小姐笑着说道，"成亲这个法子，很合适。"

方老太太和方大太太没想到，以往连瞧她们一眼都觉得受辱的君蓁蓁，这次竟然会同意跟她们这个商户人家联姻，而且这个要成亲的还是个瘫子……

"蓁蓁，这太委屈你了。"方大太太不由得说道。

君小姐被两位的反应逗笑了，愉快地说道："这有什么好委屈的？不是假的吗？"

方老太太和方大太太顿时醒过神来，两位被君蓁蓁的意外回应惊得都忘了。

"不过，咱们自己知道是假的，别人不知道，你的名声可能会因此而受损。"方大太太柔声说道，"要不，还是换个法子吧。"

君小姐含笑摇头道："不用，死过一次的人还在乎什么名声。还是做对自己有确切好处的事要紧。"

方大太太又有了那种费了气力吹起泡泡却被这女孩子一针轻松扎破的感觉，这让她觉得自己主动提出这个提议有点蠢。

"蓁蓁，舅母先替承宇谢谢你。"她忽地起身对着君小姐施礼道。

君小姐也站起身来，却没有回应这个长辈的施礼。

"如果承宇真能保住性命，我愿意将承宇该得到的一切都拱手相送。"方大太太继续说道。

方承宇是方家唯一的继承人，他该得到的一切，那就是方家的一切。这承诺无疑就是把方家拱手相送了。

方老太太神情有些愕然，但她没有说什么。

君小姐笑了笑，这次没有施礼推辞，认真地说道："好啊，到时舅母可别忘了说的话哦！"

随着年节临近，天也越来越冷，宁家小姐们都缩在温暖的闺房里聊天。小泥炉上的水壶咕噜噜地烧着。坐在几案前的小姑娘挽起袖子，小心翼翼地拎起小壶浇在茶上，屋内顿时清香四溢。

"梅花雪水煮的茶就是香。"坐在对面的女孩子端起茶杯，凑近闻了闻，赞叹道。

一旁的屏风前传来叮咚的脆响，竹矢稳稳落在陶壶里，带着陶壶一阵摇晃。

"十七妹真厉害。"一个女孩子拍手赞道。

宁云燕将衣袖放下来，接过丫头捧来的手帕轻轻擦了擦额头的细汗。

"没什么意思，天天在家闷着，都腻了。"宁云燕走到正在煮茶的姐妹们面前，随手端起一杯茶一饮而尽。

"云燕，你慢点喝，这是十哥哥特意从京城送来的好茶。"煮茶的姐妹嗔怪道。

提到十公子，宁云燕精神一振，高兴地说道："哥哥就要从京城回来了，想必现在已经出了京城了。"

"二叔他们也一起回来吗？"另一个姐妹问道。

过年宁炎一家都要回乡祭祖，就算宁炎政务繁忙走不开，他的妻子儿女也要回来。

"是啊。"宁云燕得意地笑道。

二叔一家跟他们关系最好，家里这么多子弟，也只有十哥哥跟着二叔。

"这次十哥哥回来能安心过年了。"一个姐妹说道，"不像中秋那次……"

提到这件事，宁云燕瞬间变脸，她仍记得中秋时，君蓁蓁在阳城上蹿下跳地闹腾，逼得宁家的人不得不回避人前，一家子连花灯都看得不尽兴。不过现在好了，婚事解决了，大家不用再小心翼翼。

"解决什么。"宁云燕哼声道，"十哥哥少不得被人在背后说笑，都是那君蓁蓁惹的祸。"

"燕燕，不用担心，如今城里都知道君蓁蓁讹诈了咱们家银子，根本就没有与十哥哥定亲的事。"一个姐妹安慰道，"她就是个无赖，被无赖缠上不是咱们的错，该被笑话的也不是咱们。"

"是啊，十七妹，你不知道，这些日子君蓁蓁都没敢出门。"另一个姐妹说道。

宁云燕依旧愤怒，恨恨地说道："可是她早晚会再出门。"

一旁的丫头上前一步，低声说道："小姐，不用担心，三夫人说方家正在给君小姐找夫婿，年前就要出嫁，而且会嫁得很远。"

这大丫头是夫人送来的，有半个教养妈妈的职责，因为年纪比宁云燕大不了几岁，也更容易被宁云燕接受。这些小姐虽然被教养得知书达理，但到底是年轻人，免不了争强好胜、容易冲动。大丫头的职责就是在旁适时安抚规劝。

果然听了这话，宁云燕的神情有所好转，嗤笑道："方家早该这么做了。这种低贱女人还留着干吗？"

一个姐妹扶住她的肩头，笑道："好了，这个女人不值得咱们议论，还是继续玩投壶吧，咱得多练习，等过年，在缙云楼下场博个好彩头。"

宁云燕笑着拉住她的手起身，大丫头顺势不声不响地退到了一边。

女孩们玩得正开心的时候，一个丫头急匆匆走进来，贴近大丫头耳边低语几句。

"怎么会？"大丫头惊讶地脱口说道。

正投壶的宁云燕转过头来，认得那小丫头是母亲身边的，便问道："怎么了？"

大丫头神情微微有些迟疑，小声答道："小姐，那君小姐要定亲了。"

宁云燕懒懒地嗯了一声，一副毫无兴趣的样子。

"成亲的对象是方家的少爷……"大丫头补充道。

屋子里的小姐们都愣了，一时竟没有反应过来。

"方家的少爷是谁？"还有人脱口问道。

相比于刚得到消息还没回过神的宁家，阳城里的方家已经喧嚣一片。

早上方老太太突然宣布方承宇和君蓁蓁定亲的消息，并立刻传来票号的掌柜管事们商量成亲的事。于是消息像飓风一样迅速传开，把方家炸开了锅。

"为什么？"方锦绣红着眼睛质问道，这是她闯进方老太太屋内问的唯一一句话。

方玉绣和方云绣虽然没有说话，但都看着方老太太。

"怎么跟老太太说话呢？"方大太太呵斥道。

方锦绣深吸一口气，沉声道："是，我知道，我这样质问祖母不对，但我就想要问一句为什么。"

方老太太平静地答道："因为明年你弟弟就十四岁了……所以我要给他冲喜……"

屋内的姐妹们顿时愕然。

"祖母，你，你怎么信这个？！"方锦绣着急问道。

"我就信这个。"方老太太神情冷峭地立刻答道。

让方承宇活着是方老太太的执念，老太太再英明，在这个执念前也没有任何理智可言。

方玉绣拉了拉方锦绣的衣袖，用眼神示意她停止问话。她们都知道老太太在承宇医病这个问题上非常执拗。

方锦绣咬了咬嘴唇，又不甘心地问道："既然要冲喜，为什么不找别的姑娘？为什么非要是她？这是她要求的是不是？"

方老太太默然片刻后，缓缓说道："她愿意。"

方锦绣气得直跺脚，恨恨地说道："祖母，她当然愿意，她就是想霸在咱们家，等将来承宇不在了，她也能顶着大少奶奶的名头作福作威。怪不得她上次拉住票号的管事问事，原来是为了将来接手咱们家的票号做打算，想得可真美。"

方锦绣的话音未落，方老太太就将手里的一个茶杯砸在地上。茶水和碎瓷飞溅，把站着的人都吓得屏住了呼吸。

"我也愿意！"方老太太瞪着方锦绣大声呵斥道，"你能在方家是因为流着方家的血，君蓁蓁身上也有我方家的血，怎么就不能在方家了？你姑姑就余下这一个女儿，你就这么容不下她吗？非要把她赶出去，不管不顾才高兴吗？"

方老太太虽然在亲族们眼里冷血无情，但她从未对家里的子女们动过气，这大约是第一次如此严厉地呵斥。

屋子里的人都吓得忙跪下。

方锦绣仍倔强地站着，但似乎被吓呆了，僵着没吭声。

"锦绣！"方大太太忙低声喝道，"快给老太太认错！"

方玉绣和方云绣也忙伸手拉锦绣的衣襟。

方锦绣眼睛噙着泪水，倔强地甩开方玉绣和方云绣，转身便跑了出去，不理会身后方大太太的喊声。

她一边跑着，一边用力擦着眼泪，心中难掩愤怒，一路跑进方承宇的屋子，一句话不说，坐下就哭。

"三姐，我还没死呢，你哭得太早了。"坐着看书的方承宇打趣道。

方锦绣哭得更凶猛了。

方承宇伸手捏着一块手帕扔在方锦绣身上，没有再说话，只是看着她哭。

方锦绣抓起手帕用力擦脸，哽咽道："你都知道了吧？"

方承宇笑了笑，打趣地问道："嗯，三姐不恭喜我吗？"

看到如此平静，还能开玩笑的方承宇，方锦绣又气又难过，哭着说道："你别逗了，你这样，我心里更难过。太欺负人了！"

"我这个样子还能娶君蓁蓁那样的妻子，大家肯定都说是咱们欺负她呢。"

"她那样？她那样算个什么！小弟你如果不是这病……论出身，论才情，整个阳城你也是数一数二的。就算是有这病，你也是极好的人，她除了爹妈给留下的身份，狗屁都不是。"

方承宇撇撇嘴没有说话。

"承宇，她打着嫁给你的名义，摆明就是要名正言顺霸占咱们家。外人不知道，咱们家里谁不知道。"方锦绣说到这里又忍不住落泪，"既然大家都知道她的意图，也就没什么可难过的。"

"有母亲和你们在，又担心什么，该可笑才是。"

方锦绣想了想觉得承宇说得对，就算方老太太能护着君蓁蓁一时，难道还能护她一辈子？她以为嫁给承宇就真的能变成方家当家做主的人了？她们姐妹几个也不会让她得逞！

想到这里，方锦绣破涕为笑，绞了绞手帕，说道："我难过的是祖母这么偏心，把你当成什么了！"

"自然是当成亲孙子，哪怕荒唐也要试一试挽救我的命。三姐，你不要怪祖母了，手心手背都是肉，她这样做也是合情合理。"

"人人都觉得这个安排好，祖母也有理由，可是，就没有人想一想小弟你。想一想你是否愿意，想一想你心里会是什么感觉。"

方承宇没有说话，放在膝头的手攥了攥。一个即将死去的人的想法有什么可在意的，他的存在已经让家里的人心力交瘁，如果结婚能让她们心安一点，那他又何必反对。而他从来就没奢望过有一天能和他真正心爱的人喜结良缘。既然不能，那么对象是谁也就不重要了……

就在方锦绣气愤垂泪的时候，君小姐的屋子里也有哭声。

"小姐，你怎么能嫁给那个瘫子？！"柳儿哭得涕泪满面，"他们方家竟然如此作践你，让你嫁给那个死瘫子，分明是让你当寡妇。"她拉着君小姐的衣袖，央求道，"小姐，我们这就去报官！"

君小姐笑了笑，刮了下柳儿的鼻头，柔声说道："是假的。"

柳儿一时没反应过来，呆呆地问道："什么假的？"

"当然成亲是假的，就是为了骗骗他们。"

柳儿松了口气，但依旧呆呆的，不解地压低声音又问道："小姐，你要骗他们什么？"

柳儿口中的他们自然指的是方家的人，不过君小姐说的他们指的却是方家要防备的仇人。不过此时，君小姐也不用跟这小丫头说太多，便伸手抚了抚柳儿的头，说道："为了钱。"

柳儿想起小姐曾用婚书跟宁家交换了一笔钱，现在又打算用成亲来骗方家的钱，便犹豫地问道："小姐，你很需要钱吗？"

以前的小姐可是一点也不在乎这些俗物的。

"是啊，要做事，就需要钱和人。"君小姐想了想说道。

"小姐要做什么事？"

君小姐沉默片刻，说道："去京城……"

她没有刻意瞒着这个小丫头，一个人独守着这个目标太闷了，有个人说一说也好。

柳儿倒没觉得惊讶，她记得小姐从宁家用婚书换了钱的时候也说过。

"也是，小姐，我们拿着钱去京城过好日子去，让他们……"柳儿突然指了指外边，激动地说道，"都滚蛋吧。"

君小姐被她逗笑了，虽然她知道去京城不是为了过好日子，说不定会更难过……但她还是笑着点头，对柳儿说道："好！但你记住，这件事先保密，不能告诉别人。"

知道小姐不是真的要嫁给这个瘫子当寡妇，柳儿重新意气风发，她擦了眼泪站起来拍着胸口保证，郑重地说道："小姐你放心吧！"

方锦绣认为君小姐此举是为了霸占方家，丫头柳儿认为小姐是为了钱，而远在北留镇的宁云燕则有不同的看法。

"她是为了留在阳城。"宁云燕带着几分烦躁地说道。

从宁大夫人那里打听来更清楚的消息，宁云燕确认了方家真的要娶君蓁蓁。

"为了冲喜。"宁云燕冷笑道，"这肯定是君蓁蓁的主意。"

"她留在阳城干什么？"一个姐妹问道，"还不嫌丢人吗？"

宁云燕讥讽道："当然是为了对付咱们宁家。"

姐妹们对视一眼，纷纷说道："不至于吧？别说她了，就算是方家，在咱们家面前又算得了什么……"

"算什么？算狗屎，恶心死人……"宁云燕冷笑道。

几个姐妹同时用手帕掩口鼻装作恶心的样子。

"你们想啊，她成了方家的大少奶奶，等那瘫子死了，她在方家就可以耀武扬威了。"宁云燕继续说道，"到时候她肯定天天对人说跟咱们宁家的事，说不定还会做出一副自己和十哥哥两情相悦却被棒打鸳鸯的姿态，总之，君蓁蓁这不要脸的女人，什么事都做得出来。"

姐妹们相互对视一眼，又纷纷不安地问道："那可怎么办？方家要娶君蓁蓁要嫁，谁又能拦住？"

宁云燕神情冷漠，将握在手里的竹矢扔下站起，说道："那就让她和方家都清醒清醒……我要进城……"

不管多少人反对，就像当初方老太太死活不肯让曹家参与方家的票号生意一样，这次的决定也不会改变。方家小少爷的亲事热热闹闹地筹办了起来。银子如流水般花出去，各色物品一车车地拉进了方家，整个方家洋溢着喜气，至少表面看上去是那样。

方大太太将方锦绣禁足，以惩罚那日对方老太太的不敬。方家没有人敢再议论这件事。但随着消息的传开，阳城的群众对这门亲事的议论越来越多，渐渐形成两种说法。第一种，说方家把好好的女孩子嫁给一个要死的瘫子，还不是欺负这君小姐孤女一个，只能依靠方家，任其随意安排？甚至还有人传君小姐已经被方家关押起来，任凭处置。这种说法惹得一群读书人义愤填膺，据说要写请愿书替君小姐告官申冤。而另一种说法，则是跟宁云燕说的差不多，即嚣张的君小姐讹诈宁家的五千两银子还不够，又盯上了方家，打算借着方家少爷跃身成为方家少奶奶，从而掌控方家的财产，认同这种说法的大多是有家产的富商，大家纷纷寻找各种证据来论证自己的观点。

流言一时满天飞，成了阳城街头巷尾最火的谈资。

第十二章

◇

女孩的挑衅

"听着像是在维护我们……"方大太太将听到的传闻转述给方老太太听，"但其实却将我们方家和蓁蓁的名声都污蔑了。"

"无风不起浪，无利不起早。"方老太太神情漠然，"不是有人有意为之，谁吃饱撑的多管闲事嚼舌根。"

方大太太沉默片刻，低声说道："是那些人吗？他们连承宇成亲都看不得吗？"

"应该不是。"坐在一旁的君小姐忽然说道。

方老太太和方大太太都看向君小姐，她补充道："这种坏名声的事你们的仇人还不屑参与，他们更喜欢索取性命。"

方老太太和方大太太突然一阵心寒，顿时无语，而君小姐似乎也因为自己的话而想到什么，正微微出神。一直以来，除了那句方家被诅咒断子绝孙外，方家的声誉一直良好，生意也丝毫没有受到任何影响，这么看来，那个仇人应该并不想方家名声和生意受损。想到这里，君小姐自言自语道："有意思……"

"有什么意思？"方大太太好奇地问道，"你觉得是谁做的？"

"是宁家吧。"君小姐立刻答道，"目的是为了恶心我们一下。"

方老太太和方大太太都赞同地点点头，又苦笑一下，摇摇头。

"这些事无所谓。"君小姐拿出一张纸，继续说道，"这是表弟需要用到的药，借着这次成亲采办，一并买来吧，可掺杂在其他要采买的药中，有心人也不会注意到。"

方承宇是药罐子泡大的，成亲时采买些药也不是什么奇怪的事，应该不会令人起疑，方老太太和方大太太神情有些激动。

"蓁蓁，真的有药吗？"方大太太忙问道。

"当然！"君小姐含笑说道，"没有药我也不能治病啊，毕竟我不是神仙。"

她难得说个笑话，不过方老太太和方大太太却没有笑，而是神情复杂。直到现在她们仍不相信君蓁蓁真的会给承宇治病，今日她们对她传达外边的流言，也仅仅是说一说，想要看看她的反应，同时也提醒她，她的心思路人皆知，但她真的拿出了药方……

方老太太接过纸，认真地看了看，上面写着密密麻麻的药材名，她深吐了一口气说道："好。"说罢，她将纸收起来，人也站起来。

君小姐施礼相送，看着她们婆媳离开。

不过很快，方大太太又找来，为难地问君小姐列举的药材名字，因为好几样药材，她都认不得。

君小姐微微皱眉，看了眼这几味药材才想起来，这是才发现的几味药材，南方的大夫们刚开始试用，北方这边想必还未普及。想来这味药材，药行里应该有，只是不常见且名字可能不同，于是她便提议道："我去找吧。药材的名字可能不同，见了样子我能认出来。"

方大太太忙点头道："也行，你要出嫁，借着去挑选嫁妆的机会出门也是理所当然，让锦绣……"话说到这里突然停住，想起锦绣和君蓁蓁水火不容的样子，甩了甩头又说道，"让大小姐和二小姐陪你出去一趟。"

听到消息时，方云绣和方玉绣都在方锦绣屋内，方锦绣被禁足，但功课不能耽误，姐妹们便来她这里学习，方锦绣冷笑一声，什么都没说。

方玉绣想了想，站起来，说道："大姐你别去了，我自己去吧。"

方云绣性子醇厚，在方锦绣跟君蓁蓁打架闹翻后，还特意陪着君蓁蓁出去玩过，结果却被君蓁蓁在一众官家小姐面前写诗嘲讽，还把诗贴在方云绣的背上，害得她背着走了一圈才发现。后来，方云绣虽然没有对君蓁蓁口出恶言，但从此后能避就避开。

"你自己吗？"方云绣担心地问玉绣。

"大姐，不用担心，二姐很厉害的，只不过不跟君蓁蓁一般见识罢了，二姐真要想，君蓁蓁可不是她的对手。"方锦绣冲方玉绣握着拳头说道，"二姐，拿出点厉害让她瞧瞧。"

方云绣也没再坚持，叮嘱道："她也不喜欢看到我，我就不去了。你自己小心点，吃点亏，也别跟她一般见识。"

方玉绣笑着点头。

君小姐出来的时候，方玉绣已经站在车前等候。这是她第一次见到方家的姐妹，她原本对方家姐妹的记忆很模糊，乍一见还有些陌生感。方玉绣是方大太太的嫡生次女，性格与大太太比较像，温柔娴静，也是这家中唯一一个没有跟君蓁蓁有纠葛的，因为她很少出现在君蓁蓁面前。

见君蓁蓁走过来，方玉绣略施礼喊了声君小姐，按理说她应该喊妹妹，但在君蓁蓁面前当然没有这个理。

君小姐立刻还礼，没有称呼也没有再说话。方玉绣神情依旧，既没有像方锦绣那样觉得君蓁蓁瞧不起人，也没有像方云绣那样低头让路，她沉默地先一步上了车。

柳儿要引着君小姐去另外一辆马车，君小姐却示意她不必。要是以往的君蓁蓁，是绝不会跟方家小姐们共乘一辆马车的，一般都是方家小姐和贴身丫头一辆车，君蓁蓁和自己丫头一辆车，另外两个跟随的仆妇再坐一辆车。

柳儿不解地看着君小姐，有点不明白她的用意，君小姐笑了笑，低声对她说道："既然要成一家人了，就得亲密些，做戏也要做全套……"

柳儿立刻领会，对君小姐点点头，低声说道："小姐你放心，我知道怎么做。"说罢，柳儿转身走过去拉住了要跟着方玉绣上车的丫头，甜甜地笑道，"姐姐，咱们一起坐一辆车吧。"

方玉绣的丫头吓得差点摔跟头，已经上车的方玉绣倒神情无异，眼中了然的哂笑一闪而过，看着走过来的君蓁蓁，对自己的丫头使了个眼色，丫头便跟着柳儿走开了。

对于君蓁蓁愿意跟她同坐一辆车，方玉绣没有丝毫惊讶，似乎原本就该如此。两人坐定后，两辆马车在几个仆从的簇拥下驶出了方家大门。方家坐落在阳城最繁华的地方，一行人出门没多久就来到大街上，喧哗不绝于耳。

君小姐饶有兴趣地掀着车帘往外看。以前的君蓁蓁每次从方家出门都唯恐被别人看到，恨不得将整个马车裹起来，像这样掀起车帘看街景还是头一次。

方玉绣平静地坐在车内斟茶，向君小姐询问道："君小姐要喝茶吗？"

君小姐听后便放下车帘伸手接过茶杯，品了一口茶后，问道："咱们先去哪儿？"

主动问方家姐妹意见的君蓁蓁也是少见，不过方玉绣波澜不惊，似乎她们一直是这样相处。她认真想了想，答道："若要买首饰的话，咱们就去金楼。"

君小姐含笑点了点头，表示同意。

方玉绣对车外吩咐了一声，很快马车就停下，她掀起车帘指着外边问道："这家可好？"

君小姐看了眼，这家金楼装饰得金碧辉煌，店铺里进进出出都是人，可见他家很有名。她无所谓地点点头便主动先下了车。

跑过来搀扶她的柳儿悄悄拉了拉她的衣袖，低声说道："小姐，这里人多啊。"

"人多怎么了？"君小姐问道。

柳儿回头看了眼正下车的方玉绣，本想说跟着方家的小姐同进同出有损小姐的颜面，但又想到小姐说要对方家的人做出亲近的样子，便又咽了回去，笑嘻嘻地说道："也行，人多才热闹。"

君小姐笑了笑没有再说话，方玉绣也象征性地笑了笑，一行人先后进了金楼。

她们的到来让金楼里的人骚动起来。

一来方家在阳城本就名气大，二来金楼里正挑选首饰的官家、富商小姐不少。很快，其中一两个小姐便认出了她，随即所有人都知道了，金楼里所有的视线都凝聚在君蓁蓁和方玉绣的身上。

这是君小姐第一次以死去的君蓁蓁的身份走到外人前，此时，她瞧出满屋子嘲讽的眼神，君小姐笑了笑，没说话也没理会。

"君小姐，你看这个怎么样？"方玉绣指着店伙计捧来的首饰问道。

君小姐看了一眼，说："不好看。"

预料之中，方玉绣含笑示意小厮再换来，君小姐挑三拣四了好一会儿，才终于看中一个，她刚伸手示意伙计拿过来时，一只手也伸了过来，同时响起女孩的声音："这个我要了。"

君小姐只觉得香气袭来，转过身瞧见站在身旁的女孩子，她看着十六七岁，长得很漂亮。君小姐立刻从记忆中搜寻到了女孩的名字——左艳芝。这左小姐的姑母是宁老夫人，她曾经想竭力攀谈，却遭到了回避，所以她记得格外清楚。

君小姐笑了笑指向另外一件首饰刚要说话，左艳芝又拦着开口说道："这个我也要。"

金楼里突然安静下来，在场的人都盯着两位小姐看，方玉绣站在君小姐身旁，同样安静得如同一个鹌鹑。

"左小姐，是什么意思？"君小姐没有动怒也没有后退，柔声问道。

"没什么意思，就是买首饰喽。"左艳芝笑着说道。

君小姐笑了笑退开一步，说道："那么，左小姐先挑。"

左艳芝却挽住她的手，装作亲密的样子，说道："这怎么行……君小姐虽然跟方家这个商户定了亲，但这不是还没成亲呢，你还不是商妇，我可不能欺负你……你我都有挑选首饰的资格嘛。"她专门在"商户"和"商妇"二词上加重语气。

君小姐无视左艳芝的挑衅，笑了笑装作无奈地说道："那左小姐想怎么样？是不是我看上的首饰左小姐也都要呢？"

"当然，"左艳芝笑道，"既然你我都看上了，那就公平竞争，价高者得之嘛。"

君小姐没有说话，看似有些犹豫。

"我表姐们从京城给我捎回来的年礼里面，有杨家小姐们的随礼，今年年节我得挑选些礼品回礼，还望君小姐见谅啊。"左艳芝微微一笑，又低声补上一句。

虽然之前没有打过交道，但左艳芝对君蓁蓁的作为早已熟知，她打着宁家未过门儿媳的旗号到处招摇，让她鄙视又厌恶，今天被她逮住，非得好好教训一下她，让她当众丢人现眼。

这句话说出口，左艳芝果然看到君小姐脸色突变。

左艳芝提到的杨小姐，就是传说中要与宁十公子议亲的那位小姐。其父与宁十公子的叔父宁炎是同年，宁十公子随同宁炎在京城读书，据说与这杨小姐已经私订终身。君蓁蓁就是听说这个消息，才一时性急拿着绳子去上吊的。

"好啊。"君小姐说道，面上维持着笑容，但这笑容在左艳芝看来，夹杂着掩饰不住的痛苦与愤恨，"既然左小姐有心，我就成全你。"

左艳芝笑得更灿烂，一旁的方玉绣似乎什么也没听到，依旧安静地站着。

"这个朱钗吧。"君小姐指着小厮捧着的托盘中的一个首饰说道，"我喜欢这个，左小姐你呢？"

左艳芝看过去，眼中闪过一丝嘲笑。这个朱钗表面看似做工精美，实际却是劣等材质制作而成，心想这个君蓁蓁真是个草包，要脑子没脑子，要眼光没眼光。

"君小姐好眼光。"左艳芝做出感兴趣的样子，伸手捏起这支朱钗，说道，"我也喜欢。"

"两位小姐，这支要五两银子。"店伙计哪里看不出这两位小姐在斗气，他抓住机会立刻报价。

"我出十两。"君小姐笑了笑说道。

"我出二十两。"左艳芝立刻跟着报价。

一楼的热闹场面引起了二楼雅间的注意，一个中年男人掀起珠帘朝一楼看过去，他的神情阴沉，似乎因为下边的热闹有些不高兴。

"金爷，是小姐们斗气呢。"身旁站着的一个掌柜低声解释道，"这是常有的事。"

说着又指了指楼下，继续说道，"一边是方家的君小姐，一边是北留宁氏的姻亲左家小姐。"

中年男人显然知道这两人的来历，他神情稍缓，淡淡说道："真是让人不省心的孩子们。"

而这短短一刻，楼下的叫价越来越高，君小姐和左艳芝之间的气氛也越来越紧张，君小姐瞧着有些激动，而左小姐也志在必得。

"一百两！"君小姐咬牙抛出一个数。

左艳芝深吸一口气，倔强地脱口而出："一百五十两。"

君小姐咬住下唇，眼睛亮晶晶，似乎有泪水闪烁，忽然问道："那女人就那么好？"

"是啊，杨小姐贤良淑德、品貌出众，实在是难得的良人。"左小姐得意地靠近君小姐低声说道，"我看，君小姐还是放手吧……"

君小姐看着她，泫然欲泣，又带着几分黯然，她轻叹口气，说道："既然如此，我就放心了，那就谨以此钗，祝贵兄夫妻和睦、永结同心、白头偕老了。"

左艳芝脸上的笑容顿时僵住，四周围观的群众一怔，旋即哄声笑起来。同时，二楼包厢里珠帘后的中年男人也忍不住笑出了声。

君小姐温柔地看着左艳芝，继续说道："一百五十两买一个原价五两的朱钗，我想杨小姐一定能感受到左小姐的诚意。"说罢便屈身施礼，不待左艳芝反应过来就走了出去。

"恭喜左小姐。"柳儿也跟着说了句，得意扬扬地跟随君小姐走了出去，方玉绣忙跟上。

"你！"左艳芝回神，忙要追出去。

"左小姐，这朱钗您收好。"店伙计立刻喊道，"一百五十两银子，请付账。"

"你这破东西哪里值一百五十两！"左艳芝涨红脸喝道。

这话店伙计就不爱听了，哼道："左小姐，这价格可不是我们要的，是您硬要给的，值不值，您还不知道？"

左艳芝很想说鬼才给这钱，但事实摆在面前，再看店伙计们虎视眈眈的眼神，又听说这金楼背后有不能惹的靠山，她不敢不给钱。偷偷环顾了四周一圈，见那些小姐、妇人们都在看着她低笑交头接耳，顿时羞愤难耐，她死死盯着已经走出去的君葳蕤，嘴唇都要咬破了，硬生生说道："付钱，我们走！"

身旁的丫头一阵慌张，她们身上可没这么多钱，不得不让一个丫头跑回家取钱，一个丫头抵押在这里，左家也是阳城的大户人家，肯定不会赖账，店家也就没为难她，热情地送了出去。

"左小姐，欢迎再来。"店伙计一边将包好的朱钗捧给她，一边高兴地说道，"您的朱钗，您拿好了。"

左艳芝接过朱钗，愤怒地上了马车，径直离去。

已经先一步离去的君小姐此时正平静地坐在马车上休息，似乎什么也没有发生。

方玉绣斟酌片刻，含笑开口道："左小姐也算是得偿所愿，这算不算搬起石头砸自己的脚？"她的语气带着几分亲密，似乎刚才自己也同仇敌忾，而不是旁观。

君小姐笑了笑说道："不是左小姐弄巧成拙，其实是我欺负人了。"

方玉绣看着她，露出几分不解。

左艳芝之所以会用这样拙劣的把戏来坑君蓁蓁，是基于对君蓁蓁的了解，但她不知道，现在的君蓁蓁已经不是她了解的那个君蓁蓁，现在的她当然不会对这种拙劣的把戏上当，反而顺势坑了左艳芝，所以，这次算是她欺负左小姐，当然这事不能说给方玉绣听。

君小姐笑了笑说道："因为她不知道，我是真的不再对宁十公子肖想了。所以，她无论做什么都不会刺激到我，我当然不会上当了。"

"你指的是宁十公子还是你的面子？"方玉绣又问道。

"表姐，这怎么能是我的面子呢？我买了才是真丢面子！至于宁十公子……"君小姐对着方玉绣抿嘴笑道，"他是谁？"

方玉绣被君小姐的话逗笑，不由得称赞道："这就对了嘛……那我们再去另一家金楼看看。"

此时，马车正好路过一家药行，君小姐看着窗外，提议道："先去药行买点山货吧……"

君小姐想做什么就做什么，方玉绣没有任何意见，含笑应声让车夫停车。

阳城一家宅院里，虽是冬日，凉亭下也站着好些穿着华丽的女孩子，围着其中一个女孩子下棋。一阵哭声从远处传来，打破了这里的安静。

"十七娘，十七娘。"左艳芝哭着跑过来。

女孩们纷纷看过去，询问道："左艳芝，你怎么了？去哪里了？怎么这么晚才来？"

"别提了，我接到消息就赶快过来，还想给十七妹带礼物，结果……"左艳芝抽泣着控诉道，"结果遇到君蓁蓁了。"

女孩们微微惊讶，包括其中的宁云燕。

"君蓁蓁这时候还敢出门？"有人问道。

"何止敢出门？她还……"左艳芝继续说道，"十七妹，她还欺负我！"

女孩们更惊讶了，你一言我一语地说道："她还敢欺负你？她不是最想结交你吗？"

宁云燕冷笑一声，问道："这么说，是因为我们家，你才被人欺负了？"

左艳芝委屈地哭诉道："我被欺负惨了！"

左艳芝一向娇纵，再加上出身高贵，在这阳城一向是欺负别人，被别人欺负还真是屈指可数，一众人忙问怎么回事，左艳芝忍着恼怒把事情从头到尾讲了一遍，女孩们都听得目瞪口呆。

宁云燕听后呸了声说道："你还有脸哭！居然被君蓁蓁那个草包欺负成这样！你干吗不一头撞死她？！"说罢甩手走开了。

左艳芝没讨到好，又羞又气，尴尬地站在原地。

"艳芝，你真的花了一百五十两买了朱钗？"一个女孩子问道。她的话刚问出口，在场的女孩们都忍不住哈哈大笑，左艳芝更羞恼，跺脚转身跑开了。

不过宁云燕骂归骂，很快让丫头给左艳芝送去二百两银子，拿到了那支朱钗。

"你管她呢。"一个女孩子对宁云燕说道。

"话不能这么说，她也是受了我们宁家的牵连，才被那君蓁蓁欺负的。"宁云燕拨弄着面前的朱钗说道。

"这个君蓁蓁真是越来越不要脸了。"女孩们神情不屑又愤怒。

"她要什么脸,连商户家的死人都嫁。就是要跟我们宁家撕破脸,这才是刚开始呢……"宁云燕将手里的朱钗狠狠扔在桌子上,冷冷说道,"一百五十两,下嘴还真狠,君蓁蓁,你也不怕被扎破嘴。"

此时的君小姐已经回到家中,她只逛了一家药行买到一味药,果然称呼不同,且药材的数量也很少。确认这点后,她便有些兴致缺缺,方玉绣觉得她这样是和左艳芝冲突的缘故,便体贴地提议回家,她也没有拒绝。

刚到家,听到传闻的方老太太就找上门来,劈头盖脸地问君小姐在金楼的事情:"你怎么去惹左小姐了?你一直抱怨我们不给你撑腰,不去找宁家闹,那是因为宁家不是什么人都敢去闹的。你信不信,他们能让你消失,还能让我们方家无可奈何!这个时候,你还招惹他们做什么?!"

君小姐刚坐下喝了口茶,瞧着老太太气急败坏的样子,笑了笑放下手里的茶,无奈地说道:"外祖母,我早说过,我不会去招惹宁家,但宁家要来招惹我,我也不会示弱。有些人可以示弱,比如暗地害了外祖父、大舅父以及表弟的人,示弱可以麻痹对方,但有些人则不需要示弱,比如宁家。"

"所以还是咽不下这口气?"方老太太追问道。

"不是咽不下这口气,而是示弱没有用。"君小姐柔声说道,"没有用的事,做它干吗,我这么忙,又不是闲得没事做。"

方老太太神情古怪地看着她,皱眉问道:"怎么就没用了?让宁家不再把你当作眼中钉,难道不是有用的事吗?少一个仇人难道不好吗?"

"让宁家不再与我为敌当然是好事,但这并不是我示弱就能做到的,对那些已经对我厌恶、时刻找麻烦的人,示弱并不会改变他们的目的,反而会让他们认为我另有所图。"君小姐再次端起自己的茶杯轻轻摩挲着,继续说道,"对待这样的人,绝对不能示弱,就是要让他们知道,我知道他们想干什么,而我也不怕他们。也要让世人知道,他们和我是摆在台面上、人人皆知的仇人。这样他们行事反而会受拘束,出了事他们会成为第一嫌疑人。"

方老太太神情复杂,没有说话。

"再说这只不过是小姑娘间的口角之争而已。"君小姐继续柔声说道,"不算什么大事,谁还没个闹脾气的时候。"

方老太太瞥了她一眼,沉声说道:"只是这脾气也别闹太多。闹得多了也要闹出大事的。"

君小姐点点头说道:"是啊。"

方老太太皱起眉头,心想这外孙女真是越来越怪了,但既然她心里有分寸,她也不便说什么,便问了最关心的问题:"那药找到了吗?"

"找到一味药,但因为和左艳芝在金楼起冲突,为了不让别人生疑,今天我没有再去找其他药,明日我会再出去的。"君小姐答道。

方老太太赞同地点点头说道:"那明日还让玉绣陪你去吧。"说到这里才又想起什么,又问道,"玉绣今天还好吧?"君蓁蓁跟家里姐妹们相处得极其不融洽,虽然玉绣是三个孙女中最聪慧的，但她在古怪的君萋萋面前一样不合拍，适才匆匆没顾上问丫头仆妇，二人今天有没有吵架。

"很安静，不吵人，挺好的。"君小姐笑了笑答道。

方老太太听了这评价，也不知道该说什么好，便吩咐人告诉方玉绣明日还陪君小姐出门，顺带让人把君小姐对她的评价也带到。

仆妇过来时，方玉绣也正被姐妹们拉着询问今日的事，听了仆妇的话，姐妹三个都有些怔怔的。

"她竟然说你很安静不吵人挺好的？"方锦绣瞪眼说道，"她是不是傻？"

方玉绣是故意让她去人多热闹的金楼，又在她跟左艳芝斗气时保持沉默看热闹，现在她竟然没有向方老太太告状，反而说方玉绣很好。

"二妹是很安静的，她既然要买东西当然要去最好的地方，至于她和左小姐争执，二妹哪有资格说话啊。"方云绣说道。

方锦绣咂咂嘴说道："二姐，你说话、做事太圆滑也不好，那傻子都看不出来，多没劲。"

方玉绣笑了，随即皱起眉头若有所思。

"怎么了？"方锦绣问道，"要不明天让我去吧，就跟祖母说我知错了，当是给她赔礼。"

方玉绣笑着摇头，迟疑地说道："不用，她既然喜欢，我就陪她。我只是觉得，她并不是没看出来我的态度。"

方锦绣哼了一声，嘲讽地说道："那她就是为了装出方家少奶奶的样子，呵，还真是下血本了。"

方玉绣微微蹙眉，自言自语道："或许是不在意吧。"

"不在意才怪呢，不在意，她会坑左艳芝一百五十两银子？"说到这里，方锦绣脑补了一下左艳芝吃瘪的样子，扑哧一声大笑起来。

方云绣也蹙眉说道："我觉得也是……她这么坑左艳芝，依左艳芝那性子怎么肯罢休……况且还有那么多人等着找她麻烦，她也不说避避，明日就又要出去……"说到这里看了方玉绣一眼说道，"她带着你去，也许会让你受气……"

方玉绣笑着说道："她都不怕，我怕什么，放心吧，既然她指名要我去，我要是不去，岂不是打她的脸？我才不会让她抓着我的把柄，我才没那么傻呢。"

第十三章

◇

人若犯我我必犯人

第二日，君小姐和方玉绣依约出了家门，谁也没有提昨日的事，仿佛没有发生过一般。

方玉绣再次给她推荐了一处豪华的金楼，君小姐依旧没有意见，跟随她同行。这处金楼里也有很多小姐认出她们，虽然大多数人神情讥诮不善，但并没有像左艳芝那样挑衅，君小姐一行人顺利挑完首饰离开。

事情这么顺利，方玉绣不知道是该松口气还是更为警惕，她一边向马车的方向走着，一边提议道："西大街还有一家金楼，我们再去看看？"见君小姐没回应，方玉绣转身看向她，却见她站着不动，神情专注地看着一个方向。

"怎么了？"方玉绣警惕地问道，同时顺着她的视线看去，只见一间茶楼里一个说书先生正准备开讲，虽未到饭点，却坐满了人，非常热闹，便主动问道，"你要喝茶，歇歇脚吗？"

话音未落，君小姐已经向茶楼走去，方玉绣虽然奇怪，仍不动声色地跟了过去。

君小姐站在茶楼门口，朝着茶楼内张望，只见说书先生正举着扇子讲得口沫四溅："你们没听错，我要说的，确是京城里的一个大消息……咱们镇抚司掌刑陆千户大人又要娶公主了……"

刚走过来的方玉绣听到"镇抚司"三个字，顿时一个激灵，人也站住了。而原本热闹的茶楼也瞬间如同被冰冻住了一样一片静谧，只剩说书先生一人还在手舞足蹈地讲着："这可是无上的荣光，天作之合……这是陛下对陆千户的看重……皇恩浩荡啊……"

真是要命，阳城的说书先生什么时候变得这么胆大，竟然敢当街说锦衣卫的事，还是京城那位有名的魔头陆千户的事。仿佛一瞬间，茶楼里陆续响起杂乱的桌椅挪动声和脚步声，原本坐着喝茶说笑的人们纷纷向外跑去，而台上的说书先生似乎没有看到这场面，还在举着扇子热情洋溢地讲述着。

君小姐站在门口一动不动，方玉绣伸手拉住她打算躲开人群，却扑了个空，只见君小姐不仅未退反而向内走去，方玉绣急得差点喊出声。茶楼里的人已经冲过来，阻断了她，她焦急地看着君小姐，心想她是怎么了，锦衣卫的热闹哪能随意谈论，他们那群人无孔不入，指不定现在就隐藏在人群中，这要被当场捉住，连方家都救不了她，也许还会受到牵连……

方玉绣看着在人群中越发显得娇小单薄的君小姐，攥起手冲了进去，抓住她的手，急着说道："快走快走，这种热闹可听不得。"

"现在不能走。"君小姐还是不动，答道。

方玉绣着急地问她为什么，发现茶楼突然安静下来。二楼不知什么时候出现了十几个身穿黑斗篷、腰挂直脊佩刀、神情阴冷的锦衣卫，这些锦衣卫的视线扫过大厅，让原本混乱的人群瞬时停止了跑动。

方玉绣抓着君小姐的手不由得攥紧，却突然被大力拽着又向前走去。在一片凝滞的人群里，君小姐款款而行的样子格外引人注目，方玉绣僵硬地被她拖着走，时刻感觉头顶上锦衣卫那些人的视线像尖刀一般冰冷地扫过来。

说书先生还在继续讲着，方玉绣却一句也听不清，直到耳边响起一个轻柔的女声："陆大人要娶哪位公主？"方玉绣抬起头，看见君小姐拉着她已经站在一张桌子前，带着几分好奇看着台上的说书先生。方玉绣已经神情木然，不知道该怎么办了。

说书先生似乎没想到会有人询问，被突然的声音打断，一时发愣，还没有反应过来。

楼上刺啦一声响，有人把刀敲在了栏杆上，只听见一个阴森的男声发问道："对啊，陆大人娶的是哪位公主啊？既然大家问，你就要讲嘛，这么大的喜事，民众都很想知道的。"

屋内一片安静，没人敢吭声。

"难道不是吗？"楼上阴森的声音继续，"你们都不想听吗？你们这么急着跑出去不是为了要把这个消息告诉自己的亲友们吗？"

人群顿时又沸腾起来，纷纷冲进了屋内，有人大声谄媚地说道："是啊是啊，说清楚点，要不然我们听不清楚，没办法给亲友们说这个好消息啊。"

君小姐已经拉着方玉绣坐了下来。方玉绣依旧紧张，手心手背都沁出了汗水，这时，她才慢慢醒悟过来，这个说书先生敢这么当众说陆大人的事，显然是获得了锦衣卫的授意。这么一想，她稍微安下心，看了眼身旁的君小姐，只见她神情专注地盯着台上，拔高声音再次问道："到底娶的哪位公主啊？"

在场的其他人也都纷纷跟着询问，大厅恢复了日常听书的活跃气氛，二楼的锦衣卫眼中浮现几分满意，其中几个人的视线在君小姐的身上短暂地停留片刻。

说书先生已经回过神，听到询问还顺势耍了几个花腔，欲擒故纵片刻才一甩扇子，说道："要说这位公主，可不是别人，正是先帝钦封的九黎公主。"

此言一出，听书的群众中便有顺势捧场叫好的，但更多的是惊讶喋声。

"说起这九黎公主，就不得不说说她的封号——那时候兵部正奉命铸造新兵甲，始终不能成，就在九黎公主降生那一刻，兵甲大成，先帝大喜，说上古九黎，掌兵器之巫技，这是这位小公主带来的吉兆，因此赐名九黎。"

原来还有这个典故啊，方玉绣到底是个小姑娘，忍不住好奇听了进去，她下意识地看了眼君小姐，见她虽神情平静，但似乎在走神，竟然不自觉端起了桌上别人用过的茶杯。方玉绣忙伸手按住君小姐的手，君小姐眼神一凝，松开了手。

方玉绣也收回手坐正身子，随口问道："这九黎公主是当今陛下的女儿吗？"

君小姐摇摇头说道："不是。"

方玉绣只是岔开话题，没想到却听到了回答，心想君蓁蓁知道也不足为奇，她们这些官家小姐聚在一起最爱做的事就是互传八卦、论人是非，她又顺口问道："那是谁的？先帝的？"

君小姐抬起头看向说书先生，说道："不是，是先太子殿下的女儿，怀王的嫡长姐。"

方玉绣一怔，怪不得厅内的人都神情古怪呢，竟然是那位亡故太子的女儿。

而此时台上的说书先生正好也讲到这里："除此之外，这九黎公主还有一个身份，诸位猜是什么？"

屋内弥漫着怪异的沉默。

"没错，大家都猜到了——这九黎公主正是陆千户先前已娶的九龄公主的嫡亲姐姐。可怜那九龄公主红颜薄命，早早病故了……而陆千户在九龄病故后，悲伤不已……"说书先生继续说道。

君小姐拉下衣袖盖住不停颤抖的手，紧紧扣住桌角，她没想到在这里还能听到她的名字，是的，她曾经是九龄公主，她是九黎公主的妹妹，怀王的姐姐，可现在，她只是君蓁蓁，姐姐和弟弟离她那么遥远，此时，她迫切地想要见到他们，却什么都做不了……

因为涉及先太子一脉，大厅内的气氛变得有些紧张，楼上的锦衣卫正虎视眈眈地监视着大家，众人不知道该叫好还是感叹，一个个神情别扭地坐着。

"皇帝亦是非常难过，皇后便建议给陆千户再赐婚。而九黎公主长姐为母，一心抚育怀王，未曾婚嫁，皇帝便问了九黎公主，问她是否愿意下嫁陆千户，说是为了感念当初陆千户维护太子和太子妃声名……"

君小姐不由自主地一直用力，感觉手指都被抠破了，却感觉不到疼。

"这真是亲上亲……"说书先生口沫四溅，激动地挥舞着扇子，"原本陆千户要为九龄公主守孝三年，但皇帝认为不能耽搁了九黎公主，这样九龄公主泉下也不安，就只让陆千户为九龄公主守了半年，把婚期定在了明年六月……这就是我要告诉大家的有关京城的大喜事。"

说书先生话音落，大厅里一片寂静。

"这是不是大喜事啊？"楼上锦衣卫的说话声夹杂着刀鞘撞击栏杆的咔咔声传入观众的耳朵，听得人头皮发麻。

"是大喜事！"楼下有人反应过来忙喊道。

反正这陆千户娶谁对他们来说都无所谓，这些锦衣卫不过是要为他们的上司造势讨好。大家顺势跟着喊几句凑个热闹，也没什么损失，想明白后，大家都纷纷赞同地叫喊着。大厅里的气氛又热闹起来。

在这种氛围下，不说话的人反而很突兀，方玉绣也不得不跟着开口，却见君蓁蓁还在出神，忙伸手杵了她一下。君小姐沉默地转头看向她。

"这真是大喜事。"方玉绣对着她说道，并用眼神示意她跟着一起说。

一个不够糟践，还要再送一个去，让她们对仇人感恩戴德，让她们在仇人身下承欢，君小姐只觉得内心翻江倒海，只想呕吐，她咬牙说道："这真是大喜事。"

楼下的热闹让锦衣卫很高兴，他们收起刀走下来，其中两个人走到说书先生跟前，将一袋银子扔过去，高兴地说道："说得好，这几天记得多说些。陆千户能两次娶公主，这是皇恩浩荡，得让阳城的民众都跟着高兴高兴。"说书先生连声应"是"。

说罢，锦衣卫一行人便从人群中大笑着穿行向外走去。

方玉绣抬袖掩嘴侧头，脸上也挤出笑，坐在一旁的君小姐神情木然，方玉绣再次伸手杵了杵她，君小姐看着渐渐走近的锦衣卫，这才慢慢绽开笑容。

大厅里依旧喧哗热闹，人们虽然眼神闪烁但还在大声说笑着，不知道过了多久，终于有人说了句锦衣卫走远了，人们才如同被抽干了力气一般瘫软下来，顾不得再感叹什么，纷纷起身向外跑去，转眼间，热闹的茶楼里变得空荡荡的。

方玉绣也松口气站起身来，说道："我们快走吧。"

君小姐却依旧坐着不动，脸上还残留着笑容。

方玉绣伸手推了推她的肩头，说道："好了，不用笑了，结束了，走吧。"

君小姐深吸一口气，撑住桌角站起来，方玉绣下意识地伸手扶住她，察觉到她微微发抖的身子，似乎迈步都有些困难。方玉绣便说道："我去叫丫头们进来。"

君小姐拉住方玉绣的手腕，淡定地说道："不用，我自己能走。"

方玉绣心想她这是怕丢人吧，便没有再劝，任凭她拉着自己的手腕，但君小姐很快就放开了她，两人一前一后向外走去。

刚走到门口，她们就与正要进茶楼的宁云燕一行人撞见，看到对方后，两边都停下了脚步。宁云燕伸手摘下风帽，似笑非笑地看着君蓁蓁，她没有说话也没有再迈步，似乎等着君蓁蓁主动让路，双方隔着门槛僵持在门边。

君蓁蓁只是垂下视线，不避不让，依旧抬脚迈步向前走，方玉绣迟疑了一下跟了上去。

看着她竟然这样走过来，门外的女孩们都皱起眉头，一个女孩子淡淡说道："君小姐，让个路呗。"

"这门这么宽，过得去。"君小姐一边回答，一边走到她们面前。

那女孩子下意识地后退了一步，这让宁云燕很火大，她伸手狠狠推了那女孩子一下，没好气地呵斥道："不长眼啊，往哪儿撞呢！"

那女孩子被宁云燕当众骂得一肚子恼火，又看着已经跨过门槛的君蓁蓁，不由得更恨。但她不敢直接对君蓁蓁发难，便把注意力放在了紧跟着君蓁蓁的方玉绣身上，瞧她一副柔弱的样子，一看就好欺负，于是女孩子扬起手，冲着还低着头的方玉绣一巴掌就拍了过去，骂道："不长眼，你乱撞什么？"

方玉绣虽然低着头，但一直观察着四周，也提前预判了女孩打算欺负她的意图。于是，在女孩的巴掌落在她身上之前，她打算将身子歪一歪，让那女孩的巴掌落在她的肩头，这样一来，她少受点疼痛，女孩也不至于太丢面子，继续对她发难。但她如预想那般歪了身子后，那女孩子的巴掌却没有打在她身上，而是伴着一声哎哟，女孩整个人跌倒在地上。这一下在场的人都愣住了，有笑声随之响起。

方玉绣带着几分讶然看过去，只见君蓁蓁站在她旁边，正看着地上的女孩子哈哈大笑，走到她身边的丫头柳儿也跟着大笑起来，边笑边喊道："摔了个大马趴，哈哈哈。"这笑声让街上的人都看了过来，顿时笑成一片。

地上的女孩子不知道是摔蒙了还是气晕了，站也站不起来，跟着的丫头忙上前搀扶，君小姐和柳儿还在笑。

宁云燕只觉得这笑声格外刺耳，冲着君小姐喝道："你笑什么笑？"

君小姐含笑看向她，说道："我高兴啊，高兴了就要笑，难道你们还不许我笑吗？"说着，她又瞥了一眼被搀扶起来的女孩子，再次笑起来。

这一眼落在宁云燕等人眼里分明就是挑衅了。宁云燕的脸色一阵涨红，又呵斥道："不许笑！就是不许笑！"其他女孩也都纷纷呵斥着让君小姐闭嘴。

茶楼的伙计们都躲在门里看着这些女孩吵架，不敢阻拦也不敢劝。

君小姐看着这些怒目而视的小姐，脸上依旧带着笑意，反问道："你们竟然不许我笑？你们是什么人啊？还管别人笑不笑？我笑碍着你们什么事了？莫非看到我笑，你们心里不舒服？"

几个女孩气得直瞪眼。

"你笑就是让人心里不舒服。"一个女孩子恨恨地说道，"君蓁蓁，你太过分了。"

君小姐翻了个白眼说道："原来笑让你们心里不舒服啊。那没办法，我就是想笑，我就是高兴。"她的话音一落，柳儿立刻呵呵干笑两声，冲那些小姐得意地仰起头。

宁云燕将手里的手帕狠狠绞着，却没有再开口，而是对身旁的女孩子使了个眼色。身旁的女孩子立刻领会，冷笑道："你还真应该笑，你讹诈了别人家那么多银子，足够你笑一辈子了。"

君小姐脸上的笑容顿时消失，看到她的反应后，那些小姐一阵畅快，顿时得意扬扬起来。

"你说什么？"君小姐直盯着那女孩子问道。

"难道不是吗？你做了还不许别人说吗？你难道不是从宁家讹诈了银子吗？"女孩对着围过来的民众大声说道。这件事之前就遮遮掩掩地在阳城传开了，听到说这件事，四周响起低低的议论声，视线也都看向君小姐。

方玉绣已经退开了，她的丫头看着四周的视线很不安，忍不住伸手拉了拉她的衣袖使眼色，方玉绣自然知道丫头要她去劝君蓁蓁的意思，但她依旧站着不动。

"胡说八道！"君小姐带着怒气的声音猛地响起，"我没有讹诈宁家的银子。"

对面的女孩们皆不屑地哼了声。

"算了，不要说这件事了。"宁云燕则淡淡地说道，"我们去喝茶吧。"这种懒得理会君蓁蓁的态度反而印证了一切。

君小姐上前一步，拔高声音说道："不许走。"

女孩们不屑地撇撇嘴，七嘴八舌地说道："怎么啊，说不得啊……你还想打人啊？"

气氛变得有些紧张，茶楼的伙计们很焦虑，这些小姐真要在这里打起来，他们也不好看啊，四周的民众却都兴奋起来。

君小姐却没有什么过激的进一步动作，而是用轻柔却有力的声音说道："你们是因为我笑不高兴，是不是要我道歉？"

宁云燕不屑地一笑，连看都懒得看她一眼。

"你笑不对，该道歉，你讹诈也不对，也该道歉。"一个女孩子笑吟吟地说道。

君小姐看着她说道："想让我道歉就直说，不用说这些莫须有的事来污蔑羞辱我。羞辱我也就罢了，你们还羞辱我的先人，太过分了。"

"羞辱？呵呵，说得好像这些事你没做似的。"一个女孩子撇嘴说道，"你敢说你没从宁家拿钱吗？"

君小姐点点头，平静地说道："我是拿了，还拿了五千两银子，那五千两是当初我祖父给宁老太爷治病该拿的报酬。"

女孩们根本不在意，这种话也就是她自己说说罢了，再看在场的人果然也都带着嘲讽的笑容。

"当时不知何故没有付清诊费，宁老太爷给我祖父留下一纸婚书。"君小姐似乎并没有因为众人的神情而焦急，依旧平静地接着说道，"所以我才拿着婚书去找宁家，不过既然宁家不想结亲，我也不强求。"

不强求，这三个字真好笑。整个阳城的人谁不知道君蓁蓁对这门亲事有多强求啊，女孩们嘻嘻哈哈地大笑起来。

方玉绣依旧安静地站着，她的丫头仆妇们都忍不住埋下了头。

"但欠债还钱天经地义，宁家可以不以亲事抵债，但债是一定要还的，虽说宁老太爷到底欠了我家多少诊费当初没有约定，但这五千两是我自己估摸的。"君小姐继续说道，"既然宁老太爷愿意拿自己的孙子来结亲还债，可见对这个孙子多看重。"

宁云燕微微皱眉，觉得这话听起来有些别扭，心里也有些不安。

"所以我就估摸了一下宁十公子的身价，少了不尊重宁老太爷的心意，多了有违我们君家行医为善的原则。听说京城里红牌姑娘吴潇潇身价三千两，宁十公子才貌出众，怎么也得值个五千两吧……"君小姐说道。

话音刚落，在场的人都愣住了。

宁云燕只觉得脑子轰的一声，脸上像是被人抽了一巴掌，火辣辣地一阵疼。

京城红牌姑娘……身价三千两……宁十公子……身价五千两……宁云燕的耳边不停萦绕着这几个词。君蓁蓁那个无赖的混账东西竟然把她哥哥跟青楼的姑娘相提并论，简直气死她了！

其他女孩同样被惊得一时说不出话来，四周的民众反应过来后，纷纷大笑起来。

"值！"还有不知哪个闲汉阴阳怪气地叫喊道，这声音又引起一片笑声，喧闹中，君小姐依旧安静地看着那几个女孩子。

"君蓁蓁，你不要脸！"宁云燕伸手指着她大骂道。

"我可要脸面的，你们因为我笑而不高兴逼我道歉，那就下帖子送到我面前，让我来给你们跪下赔礼道歉，但是别侮辱我的先人。"君小姐说罢转身走了两步又停下，视线扫过这些小姐，说道，"女孩们，脾气还是不要太大，做事之前多想一想，要不然……"

宁云燕气得就要扑过去，一个小丫头忙挡住她，劝道："多想一想！"

方玉绣也对丫头仆妇们使了个眼色，她们立刻呼啦啦地上前将方玉绣和君蓁蓁簇拥围住，既挡住了围观的人群，也挡住了宁云燕等人扑过来。

一行人很快就到车前，上了车立刻就离开了。

"就这么放她走了？"一个女孩子气呼呼地喊道。

宁云燕掐断了三根手指甲，看着已走远的马车，恨恨说道："不然怎么办？跟她当街打一架吗？她骂人是她不对，跟她打架，就成我们不对了。"

女孩们都不敢再说话。一个女孩子忽然哭起来。

"哭什么哭？"宁云燕没好气地喝道，转过头看到是那个摔倒的女孩子。

女孩子适才被摔得晕晕乎乎的，直到此时才回过神来，哭着说道："有人绊倒我。"其他女孩都愣了。

"你是说适才你摔倒是因为有人绊你？"宁云燕竖眉问道。

那女孩子点点头，一边擦泪一边说道："是谁伸腿绊倒了我。"

宁云燕气得差点又折断一根指甲，她的视线扫过面前的女孩们，咬牙问道："是谁？"

女孩们一个个面色惊惧，纷纷摇头摆手后退。

"燕燕，是君蓁蓁。"女孩子哭着说道。

大家再次愕然，适才大家都知道这女孩子的目标是方玉绣，倒没人注意君蓁蓁，谁也没预料到她会使小动作。宁云燕气得几乎晕过去，她从来没跟君蓁蓁正面打过交道，没想到第一次打照面，就吃了这么大的亏。

"她说如果让她道歉，就拿帖子送到她面前，等着，我一定把帖子甩她脸上。"宁云燕咬牙说道。

今日发生的事有些多，方玉绣一时消化不过来，一路出神，异常安静，一直到进了门下了车才回过神。君小姐对她略一施礼算是作别，就要往自己的院子走去。

"君小姐。"方玉绣只得开口唤住她。

君小姐转头看着她。

"今日的事跟老太太说一声吧。"方玉绣缓缓说道。

"不用，没什么可说的。"君小姐立刻答道。

方玉绣愕然，遇到锦衣卫，拿宁十公子比青楼头牌，这能是没什么可说的事吗？但她本是谨慎不多话的人，只得看着君小姐带着丫头走了。她望了望方老太太所在的方向，吩咐仆妇道："你们去跟老太太说一声我们回来了，我先回去换件衣裳。"

她们在外边的事自有仆妇会告诉方老太太，方玉绣还是选择先回避，毕竟是君蓁蓁的事，她去说的话肯定要被君蓁蓁认为是告状，指不定又要给她甩脸子。

仆妇应声"是"后便离去了。

方玉绣并没有回自己的屋子，而是径直来到方锦绣房间，方锦绣和方云绣已经提前得知她回来了，正等得不耐烦。

"快说说，今日又出事了没？"方锦绣急急地问道。

方云绣瞪了她一眼，嗔怪道："你就不盼着点好，哪有那么多气斗。"

方玉绣苦笑着答道："今日不只是斗气了，都开骂了……"

方云绣一怔，方锦绣则拊掌哈哈笑道："我就说嘛。"

"你没有吃亏吧？"方云绣担心地询问道。

方玉绣摇了摇头，随后将今日的事从头到尾转述了一遍，虽然猜到出事，但方玉绣讲述的事还是让两姐妹受到了不小的惊吓，尤其听到锦衣卫让说书先生在茶楼宣讲的事。

方锦绣想起之前的事，说道："她想去京城想疯了吧，之前在家里打听皇帝和怀王的事也就算了，竟然还敢跑去跟锦衣卫打听事，她是傻了还是疯了啊？"

方云绣则手拍着胸口，碎碎念，心有余悸。

方玉绣摇摇头说道："我觉得并不是，反而她这样做是聪明的决定。"

方玉绣还转述了君蓁蓁当时说过的话："当时那种情况还真是去问去听最好，那样才不会惹祸。"

方锦绣冷哼道："不惹祸？不惹祸就不会为了听热闹跑到茶楼里了。二姐那是你想得多，她可没你想得那么多。"

方玉绣停顿一下说道："不过，是她伸腿把那位要打我的小姐绊倒的。"

方锦绣更是嗤鼻，冷哼道："二姐，她把那小姐绊倒很明显是自己要看那小姐的笑话，怎么可能是为了你？我怎么觉得你好像开始喜欢她了？"

方玉绣失笑道："你说什么呢……"

"本来就是啊，只有喜欢一个人，才会处处为她说话。"方锦绣哼声，"你让大姐说，你描述的君蓁蓁，跟我们认识的君蓁蓁是一个人吗？"

方玉绣哑然失笑，歪着头想了想，说道："或许是你们以前说得太过偏颇了？"

"你看你，还说不是喜欢她，现在都开始怀疑我们了。"方锦绣大喊道。

方云绣笑着拉了下她，劝道："你二姐逗你呢。"

方锦绣这才看到方玉绣似笑非笑的眼睛。

"不过，"方锦绣抿了抿嘴，哼声道，"倒没想到她将宁十公子骂作青楼红牌。"

这招可比那日让左艳芝被坑一百五十两银子更狠，想到这里，方锦绣忍不住哈哈大笑起来。

方老太太听到这个消息后可并不觉得好笑，反而吓出一身冷汗。这嘴可真是太毒了！她觉得额头突突地疼，忍不住伸手按住揉捏，越想越不对劲，立刻起身向君小姐的院子走去。

柳儿将茶有些生硬地放到桌子上，不情愿地说道："老太太请用茶，小姐才睡着了，马上就来。"

方老太太没理会柳儿，心想这君蓁蓁可不是那种出趟门就累得要睡觉的人，莫不是在躲着她吧？正想着，脚步声响，只见穿着青色小袄裙、散绾着头发的君小姐走了出来。

"这事没什么，外祖母不用担心。"君小姐刚坐下就说道，"只不过是女孩之间的口角之争罢了，说完也就过去了。"她的声音有些倦意，但依旧柔和。

方老太太将茶杯撂在桌子上，淡淡地说道："涉及锦衣卫的事怎么能说是小事？惹恼了那些人可不管你是不是忠良之后，一样处置你。"

"他们不会恼的，这是喜事嘛，喜事就要高兴，我表示高兴，他们怎么会恼呢？"

方老太太默然片刻吩咐道："以后遇到这种场合，不要不管不顾凑上去，那些人用不着讨好，他们就是一群狗狼，无情无义，翻脸不认人，你前脚讨好，后脚他们也许就对你下杀手。"

君小姐"嗯"了一声，算是回答了她的话。

"竟然又娶公主，这陆千户还真是好福气。"方老太太喃喃说道，"只不过这公主到底是……"

"我和宁家小姐们口角的事外祖母更不用担心，也不用理会。"君小姐忽然开口打断她。

方老太太也感到一时失态，立刻停下话头，想到仆妇跟她描述君萋萋骂宁十公子的话，顿时又头疼起来，无奈地说道："那你也不能那样说人家啊。"

"那为什么他们就能那样说我？"君小姐反问道，她的声音轻柔，神情也温和，说出的话却很强硬。

方老太太笑了笑说道："可是他们真能，你却不能，我知道你不服气，但这世道就是这么不公平。"

"不对，这世道很公平的。"君小姐认真地说道，"所以他们不能那样说我。"

方老太太皱眉说道："你那样骂宁十公子，让宁十公子成了笑话，宁家不会罢休。你要不想去就算了，我让你舅母去宁家赔个礼。"

"外祖母，这只是女孩们的口角罢了，你们大人不要掺和。"

方老太太眉角跳了跳，没好气地说道："你还威胁宁家小姐，你以为她们不敢吗？到时候宁家的帖子递过来，可就不只是小孩子的事了。"

君小姐笑着说道："确实，到时还真不是小孩子们斗气的事了。"

方老太太哼了一声，心想跟宁云燕拌嘴也就罢了，宁十公子可是宁家的脸面，打了宁家的脸面，宁家怎么会罢休？

她刚要开口说话，君小姐脸上的笑容散去，抢先说道："他们不敢。"

方老太太要说的话一时卡在嘴边，忍着脾气问道："他们怎么就不敢了？"

"他们想一想就不敢了。"

"怎么想一想就不敢了？换作是我们也许不敢……"方老太太被君萋萋绕得再也忍不住脾气，站起来说道，但话说一半似乎想到什么，猛地愣住了。

君小姐没有说话，安静地看着方老太太。

"那位小姐，是你绊倒的？"方老太太忽然没头没尾地问道。

"话都是人说的，她们说是我，我说不是我，她们又有什么证据呢，我倒是希望他们敢。"君小姐冷声说道。

方老太太站在原地一动不动，神情复杂，没有再开口说话。

第十四章

◇

宁公子归来

君小姐在茶楼跟宁家小姐吵闹的事像风一样迅速在阳城的街头巷尾传开。临近年节，本就繁华的阳城变得更热闹，城门口不分早晚拥堵不堪，城门外便随之出现了多间草棚，煮茶、烹食，热气滚滚，香气四溢。

一间草棚下，坐着不少人，经营生意的老两口忙得脚不沾地，端送着一盘盘烤肉、茶汤。坐在最里面桌子上的是两个风尘仆仆的年轻人，看到饭菜端上来，其中一个少年立刻微微掀开兜帽，端起碗喝了一大口汤，舒坦地说道：“还是家里的口味舒服。”

坐在对面的年轻人将帽子掀下来，露出英气的面容。他的年纪应该不过十七八岁，带着少年的朝气。年轻人笑着低声打趣道：“十哥，到家乡了还不敢摘下帽子，你可真见外。”他扫了眼四周，接着说道，“你放心，这里都是粗老爷们，就算看到你的样子，也不会蜂拥而上扔花砸果的。”

戴着兜帽喝茶汤的年轻人笑了笑，说道：“吃你的饭吧。”

说笑的年轻人便不再打趣，用筷子捞一块肉骨头，豪爽地啃起来。

戴着兜帽的年轻人放下茶汤看了眼不远处的城门，依旧熙熙攘攘地排着队，不时传来喧闹，说道：“以前进城不需要这么核查的。”

旁边走过的店家听到后忙答话：“是啊，以前不用的，但这是成国公的命令。”

“成国公？”年轻人的声音有些惊讶，微微抬头，似笑非笑地看向那店家，“成国公什么时候调任山西路了？”

店家听不懂他话里的暗讽，笑呵呵答道：“没有没有，是成国公说黎人不安分，北地已经戒严，现又临近年关，便吩咐咱们这些临近北地的地方也都机警谨慎，免得被奸细混入。所以上头的老爷们才安排核查进出城门的外人们。”店家说完便走开了。

年轻人则握着筷子若有所思，喃喃说道：“就算如此，成国公的手伸得也太长了，这些人竟然也听他的。”

对面啃骨头啃得一手油的年轻人哼了声，浑不在意地说道：“一个武将而已，翻不起什么大风浪，不用理会。”他将面前的盘子推了推，啯啯嘴接着说道，“十哥，吃肉吃肉，只可惜无酒……”

“叔父和婶娘都叮嘱过，不许我们路途中饮酒。”被唤作十哥的年轻人沉稳地说道，“饮酒也不是什么好事，闹出朱瓒那样的事，叔父可不会像成国公那样维护你。”

年轻人被说得皱起眉头说道："我说十哥，我喊你一声哥，你可别真以为你是我哥，你也就比我大三天。"他伸出三根手指挥了挥又说道，"别装老成。"

十哥伸手将他的手拉下来，含笑说道："三天也比你大。"

年轻人摇头无奈地说道："不过朱瓒这小子还挺横，那么多人看着他醉酒把人家的车推下去了，还敢大言不惭地说军情急报无意冲撞，这睁眼说瞎话的本事也是让人佩服。"

"不过仗势欺人罢了。"十哥端起茶汤喝了口说道，刚要接着说什么，旁边陡然响起一阵哄笑声。

"果然是这么说宁十公子的？"听到这句话，两个年轻人都顿了一下，下意识扭头看过去，见是几个挑工正在说笑。

"虽然你人不在，但这阳城到处都是你的传说啊。"年轻人转过头对十哥挤眉弄眼地低声笑道，"不如把兜帽摘下来，让大家一睹仙容？"

十哥不理会他，气定神闲地拿起一根骨头啃了起来。

对面的年轻人啧啧摇头道："不雅不雅……"

说罢，年轻人也端起茶汤，刚喝了一口，就听到那边的声音接着传来。

"宁十公子的身价绝对比青楼的红牌要高，五千两还是有点少……"

年轻人一口茶汤喷了出来，呛得连声咳嗽。

对面的十哥被喷了一袖口，不过他没有注意，转过头看向那边说笑的人，嚼着一块软骨，若有所思。

宁家，宁云燕伏在炕上呜呜哭。

"哭什么，骂人的又不是你，做错事的也不是你。"坐在椅子上的宁三夫人带着几分恼意说道。

"我哭是因为我连累了哥哥，受这等羞辱。"宁云燕抬起头哭着说道，眼泪断珠似的不停落下。

宁三夫人和宁四夫人脸色更难看。

"她把十哥骂作青楼的姐儿，是暗指我们宁家是烟花之地吗？"宁四夫人生气地说道，"什么人能教出这种孩子？嘴怎么能这么脏！"

宁大夫人坐在炕上，不恼也不怒，微微蹙眉看着宁云燕，摇头说道："你去城里的时候我就叮嘱过，不要去招惹她。我们家与她的亲事不成，她心里肯定不痛快，可不得为难你出口气？你避开让一让就是了，你就是不听，早知道就不让你去了。"

听了母亲絮絮叨叨的埋怨，宁云燕哭得更厉害，宁三夫人和宁四夫人也有些坐立不安。

"大嫂，我们为什么要避着她？"宁三夫人没好气地说道。

"母亲，我是避着她，可是架不住她来挑衅我啊。"宁云燕气得哭喊道，"阳城那么大，我也没想到会遇到她，谁想她都要成亲的人了还出来闲逛，本来我要避开，她却故意挑衅骂我！只恨她跑得快，要不然舍了这名声，我也要跟她当街打一架才罢休。"

宁四夫人上前揽住宁云燕，宽慰道："我的儿，你怎么能跟她一样。"

"以后不许出门。"宁大夫人则说道。

宁三夫人已经站起来了，生气地说道："不行，这件事不能就这么算了，这孩子方家不教，那我们来替她们教！"

宁大夫人则皱着眉头说道："这样不好吧，才因为亲事闹腾了。"

话音刚落，门外有仆妇疾步进来，急急报告："夫人们不好了，老夫人知道了，喊人要备车去阳城。"

妯娌几个顿时慌作一团，忙着起身向外走。

宁云燕坐在炕上停止了哭泣，得意地想，那个君蓁蓁这次要完蛋了，这事儿都惊动了祖母，家里人肯定不会放过她！她正胡思幻想时，院子里传来男子说话的声音："母亲，婶娘，你们要去哪里？"

这声音让宁云燕一下子回过神，她扑到窗户边往外看，只见院子里走进来一个年轻人，玉树临风，面如冠玉，正是宁家的十公子宁云钊，他刚好与走出来的夫人们打了个照面。

"哥！"宁云燕大声喊道，忙下炕往外跑。

屋门口几个夫人也激动地七嘴八舌问道。

宁云燕跑过去抓着宁云钊的衣袖哇地又哭起来，抽泣道："哥，我对不起你！"

宁云钊笑着伸手摸了摸宁云燕的头。

"你这孩子。"宁大夫人嗔怪地拉开她。

宁三夫人和宁四夫人这才想到有什么事没办，赶紧对宁大夫人使眼色，对着宁云钊说道："云钊你先进去歇着，我们有事一会儿再来。"

宁云钊笑了笑问道："三婶四婶，你们要去祖母那里吧。"

宁三夫人和宁四夫人还想遮掩，宁云钊再次笑了笑说："我和十一去过了，已经说服祖母不出门，十一正陪着祖母玩牌呢，三婶、四婶过去也能玩一局。"

宁云钊口中的十一，是宁云钊叔父宁炎的次子，听他这样说，几位夫人包括宁云燕都神情惊讶。

"云钊，你已经知道了？"宁大夫人不安地问道。

宁云钊含笑点头，说道："我已经知道外人怎么说了，现在来听听自己家人怎么说。"

宁云燕看着宁云钊明亮的面容，再次哇地哭起来。

屋里的气氛有些沉闷，宁大夫人一副愁容，宁三夫人和宁四夫人则面带怒意，宁云燕紧挨着宁云钊不时地擦泪。

宁云钊都听到了传言，可见阳城里已经传开了。宁云钊一向是阳城有名的人物，这一次拿着他作筏，必定会被人议论纷纷。

"我听说是先有人说那位君小姐讹了咱们家的银子？"宁云钊语气平和地问道。

"她就是讹了。"宁云燕冷声说道，"她休想不承认。"

"是啊，燕燕说，她竟然说是咱们家欠她的，说当初老太爷是因为没钱才许了婚姻。"宁三夫人说道，"真是胡说八道，也亏她说得出来，她以为有人会信吗！"

宁大夫人叹了口气没说话。

"不管真假，这话以后咱们不要说了。"宁云钊说道。

屋子里的人愣了一下。

"哥，理亏的又不是咱们。"宁云燕着急地说道。

宁云钊笑着说道："这已经不是理亏不理亏的事了，以后但凡说起来，大家在意的不是还钱的事，而是我的身价。"

屋子里的人旋即恍然，顿时大怒。

"不行，这件事不能就这么算了。"宁三夫人站起来说道，"骂人总是不对，更何况还骂得那么难听，这件事要是揭过去，我们宁家成什么了，我要去方家问一问，他们家的孩子到底怎么教的！"

宁云钊轻咳一声说道："三婶，这个，也不能去。"

"婶娘，这是女孩之间的口角，大人还是不要掺和。"宁云钊的声音低沉柔和，带着安抚的意味。

宁大夫人连连点头，赞同地说道："正要这样给你祖母说呢。"

"娘，祖母虽然老了，还没糊涂。"宁云燕生气地说道，"谁家口角骂这么难听。"

宁三夫人也摇头，说道："这可不是女孩之间口角的事，这是骑在咱们宁家头上拉屎……"

宁四夫人忍不住轻咳一声提醒。

"婶娘，你们听我说……"宁云钊的声音不急不躁，让屋子里的长辈和小妹都安静下来，"这件事我从外边听来的起因是君小姐在茶楼前笑惹恼了燕燕一行人，随后双方起了争执。"

才听到宁云钊说这一句，宁云燕就站起来，抢着说道："那是因为她伸腿绊倒了兰芳……"

"兰芳就是胡家的七小姐。"宁大夫人给宁云钊解释。

宁云钊惊讶地问道："我知道是有个小姐摔倒了，君小姐才笑，但你说那位小姐是被君小姐绊倒的？"

宁云燕冷哼道："哼，她就会干这种龌龊事，别人看不到，难道被绊倒的人也不知道吗？她休想抵赖。"

宁云钊听后，神情变得凝重起来，又问道："竟然是这样……她绊倒了那位小姐，而且大家都没注意？"

"当时我们要进门嘛，都不想理会她，自然也没注意到她，谁知道她竟然会如此黑心。"宁云燕眼神闪烁，掩下了胡家小姐想要打方玉绣出气的事。

宁云钊笑了笑，又问道："所以她就笑了？可是其他人并不知道，只是看到君小姐笑，而你们不让她笑。"

"她是笑摔倒的兰芳呢，我们当然不要她笑。"宁云燕点点头说道。

宁云钊的手指在桌面上敲了敲，郑重地说道："这件事，必须是女孩之间的口角，母亲、婶娘和家里其他大人绝对不能掺和。"

听他这样说，宁大夫人眼中也闪过一丝意外，宁三夫人更是一挑眉，齐声问道："为什么？"

宁云钊郑重地说道："这不是女人家的事，这事要闹起来，就成官司了，而且还是会牵涉锦衣卫的官司。"

在场的人都愣住了。

"她方家还能说动锦衣卫不成？"宁三夫人冷笑道，"我倒要看看她们怎么能说动锦衣卫，靠钱吗？"

"不需要钱。"宁云钊说道，"只需要说燕燕不许君小姐笑，咱们宁家要君小姐为了这笑赔礼认错。"

屋子里的人都听得一头雾水。

"只能说是个巧合。"宁云钊看着她们说道，"就在妹妹和君小姐遇见之前，锦衣卫裹了说书先生在茶楼宣讲陆云旗和九黎公主的婚事。一是为陆云旗造势，再者也是表达对天恩浩荡的欢喜。"

"不过跟这件事有什么关系？"宁四夫人皱眉问道。

"当时锦衣卫要求在场的人同喜为贺，大笑为乐。"宁云钊说道，目光扫过几个夫人以及宁云燕，"君小姐当时也在场。"

"她在场又怎么样？"宁云燕嚷嚷喊道。

宁云钊看着她说道："她笑是因为听锦衣卫的话为公主和陆千户同喜同乐，而你却敢指责她的笑，那意思就是对公主和陆千户的喜事不悦。"

此言一出，屋子里的人都愕然。

"哥，她笑是因为绊倒了兰芳。"宁云燕瞪眼说道，"你说什么呢？"

宁大夫人、宁三夫人和宁四夫人则没有说话，神情凝重下来。

宁云钊平静地说道："妹妹，你不是说了，你们当时没有看到她绊倒人？你们都没看到，那些围观的人更看不到。"

"那她说没有就没有啊，兰芳说有怎么就不能有了？"宁云燕气得再次跺脚。

宁云钊耐心地道："你们谁都能随意说，但关键是别人怎么想。燕燕，这笑因何而起，你们和君小姐都心知肚明。但民众不知道，我在阳城询问，人人都说是那君小姐大笑惹怒了你，却没有人知道是她先把胡小姐绊倒的。要是锦衣卫这些人把你们想成对公主和陆千户的喜事不悦的话，事情可就严重了。"

宁云燕的脑子乱作一团，一时不知道该说什么了。

宁大夫人放下手里的茶杯问道："云钊，你的意思是说，君蓁蓁会对外说自己笑不是因为胡小姐摔倒，而是替陆云旗和公主成亲同喜而乐？"

宁三夫人惊讶地问道："那么燕燕呵斥她不准笑，就是呵斥锦衣卫逼民同乐？"

宁四夫人接着说道："或者是因公主和陆千户的婚事而怒？"

宁云燕惊呆了，急着说道："这不胡说八道吗？我没那个意思啊，我都不知道锦衣卫去过茶楼，锦衣卫让她笑还是哭我才不管呢。"

宁四夫人神情凝重，问宁云钊："云钊，你想多了吧？"

"四婶娘，我想多了没什么，怕就怕，我们如果上门理论，方家的人想多了。"宁云钊答道，"我能想到的，方家也能想到，到时候一口咬定笑是因为同乐同喜，而我们宁家是因为不满锦衣卫行事，甚至是不满皇帝赐婚，才出言呵斥，我们宁家就百口莫辩了。"

这次不止宁家三个夫人，连有些失神的宁云燕都面色惨白。

宁云钊继续说道："母亲，婶娘，你们再想一想，那可就真的不是女孩之间的口角之争了。"

屋里一片寂静，三位夫人都陷入沉思中。

宁大夫人深吸一口气，强压下愤怒，沉声说道："不用想了，这次是我们大意了，又被摆了一道。这件事到此为止，燕燕不要再去招惹她了。"

宁云燕气得止不住发抖，即便千万个不甘心，也不敢再说什么，又止不住地大哭起来。

宁云燕哭得睡着了，宁大夫人带着几分倦意从室内走出来，一直坐在外边的宁云钊忙站起身。

宁大夫人看到他手里握着一卷书，桌上也展开笔墨，显然并不是装装样子打发时间，而是看进去了。宁大夫人眼底浮现欣慰的笑意，柔声说道："你赶路回来也累了，快去歇息吧。"

"我年少体壮的，走这些路不累。"宁云钊说道，"只是母亲，燕燕你要多费些心，让她不要再跟君家小姐斗气了。"

宁大夫人轻叹一口气，说道："她还小，气性大，偏偏又是跟君家小姐，总归咽不下这口气。"

宁云钊笑了笑，没再说什么，伸手扶着宁大夫人走出屋子，丫头仆妇们都远远跟着。

"那孩子也的确不像话。"宁大夫人低声说道，"我都不知道我们宁家上辈子造了什么孽，才招惹上她。"

宁云钊笑着说道："既然如此，母亲更应该劝住妹妹，君小姐能那样闹，妹妹却不能。君小姐闹是觉得咱们对她有亏欠，咽不下这口气，妹妹闹又是图什么呢？"

"你妹妹哪里见过那种人，你不知道……"宁大夫人本想细数一下君蓁蓁做过的龌龊事，但话刚说一半，又打住了，她可不想在儿子面前提那个女人。

"我知道你的意思，有理不在声高。"宁大夫人拍了拍宁云钊的手，肃容说道，"我会管住燕燕的。"想了想到底忍不住又加了一句，"细瓷哪里禁得住她那瓦砾碰。"

宁云钊笑着点头，宁大夫人便扶着他的手问他一路坐卧，又问京城的衣食住行，他低下头专注听宁大夫人说话，沿着路缓缓而行。

第十五章

◇

元宵节的愿望

随着震耳欲聋的爆竹声，来到了太康四年。

方家这个年过得没有往年那么热闹，多了几分焦虑和不安，因为方小少爷和君蓁蓁的亲事定在了二月初十。

越临近二月初十，方大太太越焦灼不安，承宇和蓁蓁虽是假结婚，但在外人眼里确实真的结婚了，她担心承宇病好后两人假戏真做，她又担心蓁蓁治不好承宇的病，让他们瞎忙活一场。

方老太太淡定地宽慰她说，以蓁蓁的脾性，以前根本看不上承宇，而且她要真有能治好承宇的本事，就更加看不上了。

方大太太沉默片刻，又担忧地问道："娘，你觉得她真能把承宇治好吗？"

"我也不知道。"方老太太也有些迷茫地答道。

方大太太便没有再追问，去忙家里的事了。

方老太太坐了一会儿就去了方承宇那里，刚走到门外，就听见屋内一阵热闹。方老太太制止丫头的通禀，站在窗户外往屋里瞧，只见方家三个姐妹正挤在他屋里玩牌，丫头们也都在屋子里散坐着吃喝，虽嘈杂却别有一番过年的喜庆。

方老太太看着屋内说笑的兄弟姐妹，想到承宇对她们百般听从的温顺样子，又想到明年说不定连这场面也看不到了，眼眶一阵湿润，默默转身离开了。

方府里外布置一新，鞭炮声接连不断。因为人丁少更要热闹，那些小厮丫头也被允许放纵，在家里说笑玩乐。方老太太走在院子里感受周围热闹的环境，偏偏心里一片凄凉，待耳边突然安静下来，才发现已走到了君蓁蓁所在的院落，如同以前一样，这里并没有很多仆妇丫头，此时虽然灯火通明，但看起来却冷清得很。

"君小姐在做什么？"方老太太问院子里的仆妇。

仆妇却摇摇头答不上来。

君蓁蓁不喜方家的仆妇丫头，从不让她们在跟前。虽然现在的君蓁蓁没有呵斥过她们，说话也和气多了，但方锦绣说那是她装出的样子，为了糊弄方家上下，等当上方少奶奶就会原形毕露，所以大家依旧不敢靠近她。

方老太太制止仆妇的通禀，自己走了进去。帘子还没放下来，能径直看到明亮的室内。那个小姑娘穿着新衣裳坐在炕桌上，手托着腮专注地看着前面，不知道在看什么，明亮的光将她映照其中，温馨安详，让人不由得跟着平静下来。看到这个君蓁蓁竟然也能觉得抚慰人心，真是滑稽的念头。方老太太自嘲地笑了笑，脚步顿了顿，走了进去。

屋子里只有主仆二人，柳儿也穿着新衣，坐在墙边对着灯摆弄皮影，正玩得不亦乐乎。明明看着很冷清，方老太太却感觉不到任何凄凉，反而有种别样的宁静，就像那女孩子平静的眉眼一样。

"外祖母过来了。"君小姐从炕上下来施礼道。

柳儿有些不乐意地放下手里的皮影。

方老太太在炕上坐下，看着君蓁蓁面前摆着的棋盘，棋盘上晶莹剔透的黑白两子正杀得难解难分，先问道："你在下棋？"

君小姐冲柳儿摆摆手，柳儿便自顾自地去玩了。

君小姐"嗯"了一声，算是回应方老太太，之后伸手拈起一颗黑子放在棋盘上。方老太太看到棋盘上先前还占优势的白子顿时乱了阵仗。

方老太太还是姑娘时也曾跟先生学过下棋，后来嫁人，接管方家生意，便逐渐荒废，最终也只是学了个皮毛，似懂非懂，此时她也只是看着棋盘不说话。君小姐也没有说话，又拈起白子，放了棋盘上。屋子里再次陷入安静，偶尔出现柳儿自言自语的嬉笑声，一刻钟后，伴着君小姐手中的黑子最终落下，棋局分出了胜负。

"这次白子又输了。"君小姐感叹道。

方老太太忍不住笑着说道："输赢还不都是你自己决定的？"

君小姐叹口气说道："要是世间的事也如此就好了。"

方老太太笑着提议道："玉绣也会下棋，让她来和你玩吧，一个人下棋岂不是跟左右手互搏一般无趣。"

"不用，我一个人下棋习惯了。"君小姐淡淡地说道。

见她拒绝，方老太太没有再说话，沉默片刻后，便站起来往外走去，君小姐默默地送老太太到门口。

"老太太来干什么？看小姐下棋吗？"柳儿这才想起来问道。

"大概是吧。"君小姐答道。

"看把她闲的。"柳儿撇撇嘴说道。

君小姐笑了笑，又看了眼已经消失在门口的方老太太，喃喃说道："也怪可怜的，我有时候觉得自己是天下最可怜的人，可又想一想，这世上可怜的人多的是，既然人人皆苦，那也没什么苦的……"

柳儿听得似懂非懂，但依旧认真地点头说道："小姐说得对！"

君小姐笑了笑，摸了摸柳儿的头，问道："皮影好玩吗？会玩了吗？"

柳儿兴高采烈地点头说道："好玩好玩，小姐我给你演一出！"说到这里又耷拉头说道，"可是我没看过皮影戏，不知道怎么演。"

"元宵节有灯会，到时候一定有，去看看就是了。"

"可以吗？可以吗？"柳儿高兴地问道。

"当然可以！"

就在君小姐决定元宵节出门的时候，方老太太也听到有人提出这个要求。

"你想出门看花灯？"方老太太看着坐在轮椅上的少年，惊讶地问道。

方承宇点点头笑着说道："我只记得小时候看过一次，好久没看过了，今年觉得身子还不错，所以想再去看一次。"

方承宇很少提出这样的要求，他五岁刚得病的时候，因为吃药需要忌口，刚刚孩童的年纪，才尝到世间美味，哪里受得了口腹之欲的诱惑。可是家里人哪敢让他吃，想方设法地藏着掖着防着劝着。有时，方承宇被馋到不行，看到外边有小厮吃的糕点掉在地上，竟然从床上爬下去捡着吃，让进门的方大太太看到后当场哭晕。那件事过后，方承宇就再没有闹着要过东西，方老太太和方大太太让吃什么就吃什么，让做什么就做什么。将近九年的时间，他再没出过门，更没有去看过花灯。

方老太太的眼眶里噙满泪水，想都没想，立刻答应道："可以，每年咱们方家都包一条街的花灯，今年咱们就再多包一条街。"

她的话音刚落，方锦绣立刻拍手，凑趣地说道："好呀好呀。"说着又皱起眉头，"那今年我们岂不是要多做好些灯笼？"

方云绣似乎怕方承宇不知道，含笑对他解释道："每年元宵节，咱们家里人都亲手做灯。"一开始是好玩，但到后来就寄托了她们祈福的愿望，当然这些事没有让方承宇做过。

方承宇笑着点头说道："我知道，这次我也做一个试试。"

"那真是太好了！这样就不用做功课了，可以借着做花灯玩了！"方玉绣也说道。

距离元宵节只剩十天，其他花灯都已经定制好，就算再多包一条街，也不过是多花几个钱，这个无所谓，为难的是大家都要凑趣多做几个灯，虽然材料都是准备好的，也是要花费些工夫的。

屋子里的人都笑起来，方老太太虽然也在笑，心里却有些苦涩，孙女们其实也没有玩乐的时候，每天都神经紧绷着，随时随地都要准备撑起这个家的重担。

方老太太故意绷着脸说道："想得美，不会耽误你们的功课。"说着，看着屋子里的丫头仆妇们，抬手一挥，继续说道，"家里人都去做花灯，今年阳城的花灯咱们方家包了，谁做得多做得好，花灯节上夺魁，赏银千两。"

此言一出，满屋子的丫头仆妇们都激动地拍掌叫好。

方大太太得知消息后急匆匆地过来劝道："母亲，这不好吧，承宇毕竟要成亲了，元宵节人又多，这出去不太好吧。"

方大太太还从未当着这么多人的面反驳过方老太太，屋子里安静下来，仆妇们忙带着丫头退了出去。

"母亲，我们多派些人手跟着，没事的。"方锦绣急急说道。

方大太太看了方锦绣一眼没有说话，而是带着几分哀求地看向方老太太，方老太太猜到她是担心仇人伺机找承宇的麻烦，神情一黯。

方承宇自然注意到了两位长辈的神情，装作不在意地笑着说道："我也就随口一说，每一年家里也布置了花灯，跟在外边看是一样的。"

方锦绣急得直瞪眼，方云绣和方玉绣也难掩祈求的眼神看向方老太太。方老太太神情复杂，忽然说道："去问问君萋萋吧。"

方大太太立刻应声"是"，神情轻松了些许，不待有人再说话，转身就急匆匆走了出去。

在场的姐妹们都目瞪口呆。相比于姐姐们的惊愕，方承宇神情依旧平静，只是眼中闪过一丝嘲笑，旋即掩去，垂下视线。

着急而来的方大太太说明来意后，君小姐的神情也很平静，她认真想了想后说道："当然可以。"

"可是万一有人趁机伤害承宇……"方大太太担忧地说道。

君小姐笑了笑说道："舅母不用担心，现在承宇在那些人眼里就是一个死人，他们不会在意的。对他们来说，你们不管做什么都如同秋后的知了没几天叫头，叫得越欢越显得凄凉。"

这话说得真不像是安慰的话！方大太太微微皱起眉头。

君小姐没有在意方大太太心里的不满，神情柔和地继续解释道："所以婚礼也好，灯会也好，想怎么办就怎么办吧，办得越热闹越容易麻痹他们，以为你们这是最后的狂欢。"

方大太太不太想再谈这个，又问道："那承宇的身子可能经得起？"

"从现在起，开始吃我开的药的话，等元宵节的时候，出去走一走，没事的。"

方大太太忍不住攥紧了手，心跳加快，没再说什么，心神恍惚地走了。

柳儿高兴地跳过来，眉飞色舞地说道："小姐，我们可以去看花灯了！上一次八月十五的花灯就可好看了，他们说正月元宵节的更好。"

君小姐回忆了一下，记忆里的她确实很开心，不过却不是因为花灯，而是因为见到了宁十公子。花灯好不好看，原来的君萋萋不在意，现在的她也不在意，她对另外一件事更感兴趣，好奇地问道："原来花灯节上还能设彩头啊？"

柳儿点点头压低声音说道："对啊，花灯节上的彩头还算少呢！听别人说三月三缙云楼那才叫真正的大彩头呢，那里简直就是一个赌场！"

君小姐搜寻了一下记忆，不记得这个缙云楼，惋惜地说道："可惜我不会做花灯。"

"小姐是想要老太太许诺的那一千两吗？"柳儿瞪眼说道，"那有什么，既然是方家的钱，你想要就跟她要呗。"

柳儿觉得要钱是理所当然的事情，跟外祖母要个钱，还能不给吗？那也太无情了。

君小姐笑了笑说道："我想要从别人那里挣来的彩头。"

"怎么挣？"柳儿好奇地问道。

"我想想，还有时间，不急。"君小姐笑了笑，说道。

方承宇去看花灯的事方老太太最终还是允许了，这本是应该高兴的事，但方家姐妹听了消息后都神情复杂。

"我问清楚了，母亲的确去问了君萋萋，而且君萋萋也同意了。"方云绣说道。

方锦绣将手在桌子上拍了两下，生气地说道："这是怎么回事，这君蓁蓁现在已经开始在我们方家当家了吗？"

"她说承宇的身子没事，能去街上看花灯。"方云绣苦笑着说道，"你们也知道，祖母和母亲是信了她说的能治好承宇的话，承宇能不能出门，肯定要问她的。"

方锦绣再次拍桌子，突然想到了什么，问方玉绣："二姐，你说呢？"

方玉绣自从听到方老太太突然说要问君蓁蓁，而方大太太果然依言去问之后，就一直沉默不说话。此时被方锦绣陡然一问，她抬起头说道："宁家的人并没有像宁云燕说的那样来上门质问。"这没头没尾的话让方云绣和方锦绣愣了下，才想到她说的什么事。

方玉绣跟她们说了，君蓁蓁骂了宁十公子后，宁云燕几乎气疯，扬言一定会拿着宁家的帖子来砸门，但从腊月到正月了，宁家并没有人来。

"那是宁家不跟她君蓁蓁一般见识。"方锦绣哼声说道，"他们跟君蓁蓁闹，岂不是自降身份？"

方玉绣沉默片刻，又低声说道："而且宁家的小姐们再没来阳城。"

不止宁家，左家、胡家甚至连阳城内的小姐们也好像一夜之间消失了似的，后来两天她又和君蓁蓁出门时，再没有遇到过。

"都是不想搭理她，躲着她呗。"方锦绣嗤声说道。

方玉绣没说话，若有所思。她觉得应该没有那么简单，她总觉得这个君蓁蓁还有另外不为人知的一面。

不管方家姐妹心里如何不自在，方老太太要大家都做花灯且给花灯魁首一千两银子彩头的事都安排下去了。

正如君小姐所说，得知方家如此铺张大办，群众都认为方家是为了给瘫子少爷冲喜。以往元宵节的花灯除了官府应景布置之外，主要以商户为主。今年方家专设了魁首的彩头，惹得官府与其他商户也都凑趣，不只有魁首，还分了好几个等次，多多少少都设了彩头，一时间整个阳城都热闹起来。

既然是人人的花灯都有机会得彩头，方家的下人们又得了老太太的允许，也都更积极地开始做花灯，家里也比过年时还热闹。

除了方家姐妹，君小姐这一次也要做花灯，还专门跑去了花灯铺子。方老太太也知道君小姐要开始给方承宇做药，一心牵挂着这件事，再加上这花灯铺子也是方家的，不担心遇上其他家的小姐，便也放心随她去了。

方锦绣得到消息后，冲姐妹们撇撇嘴说道："肯定是要出风头，宁十公子回来了。"

方云绣停下剪裁花灯用的红纱说道："可是她那样骂了宁十公子，搞得阳城人人都议论，宁十公子应该会避一避吧。"

"哎哟，那她不是见不到宁十公子了？不知道后不后悔骂了人家，说不定还盼着宁十公子来她跟前骂她呢！她也不想想，谁会像她这样没脸没皮的！"

她骂宁十公子可不是为了这个吧，方玉绣心里想着，岔开话题说道："君小姐做的什么花灯？"

方锦绣也有些好奇，便让丫头们去打听，不多时就打听回来了。

"说是做了个大家都没有见过的花灯，特别大！"丫头答道。

方锦绣撇撇嘴说道："就说是为了出风头。"

她看了看自己手里小小的莲花灯，红纱是她亲手裁的，上面的观音像是亲手画的，上面写满了祈福的字句，都是祈求承宇能迈过这个坎儿，好好活下去，哪怕瘫一辈子，只要这个人还在。她想到这里心里酸涩，没有心情再说其他的事，低下头继续认真做花灯。

此时，君小姐也正在认真做花灯，确切地说是看别人做花灯，这个花灯工坊是方家买下的，但只是个工坊，不是铺子。

方家不像其他商户那样，有钱之后会扩张生意，他们始终只经营票号，最多置办些田产。这个工坊便是众多田产之一，只在需要大批量制作花灯时才开。匠人都是临时招来的一等一的手艺人。不过此时，现在这些手艺人对这个小姑娘要求做的花灯有些为难。

"很难做出来吗？"君小姐问道。

陪在一旁的高管事有些紧张，生怕她又发脾气。小姐、下人们要做的都是小花灯，材料基本都准备好了，但这个君小姐却执意要来工坊，还拿出一个古怪的图纸，要工匠们照着做，现在工匠们都一副为难的样子，想必君小姐又要不高兴。

高管事小心地瞥了眼这个君小姐，见她神情依旧平静，没有发怒的迹象，稍稍放心。

"是不是我说得还不够清楚？"君小姐又柔声说道，"因为我不会做花灯，不知道我想的这个行不行得通，要是有什么不对的地方你们告诉我，我们再一起想。"

君小姐的柔和态度也让工匠们稍稍放心。

"小姐说得很清楚了。"一个年长的工匠红着脸站出来说道，"我们为难的不是做不出来，而是做出来可能会不好看。"

高管事看了眼旁边摆着的图纸，虽然他不是工匠，也不怎么喜欢看花灯，但也觉得这个图纸上画的花灯，的确是不太好看。不过既然是君小姐兴致勃勃画出来的，他当然不能说不好看。小姑娘脾气再好，听到不是夸赞的话肯定也会不高兴，这些工匠还是太老实了。

没想到的是，君小姐轻松地笑着说道："只是因为这个啊，那没有关系，本来就不是为了好看。"

这话让众人都愕然，用古怪的眼神看着她。但既然她都这样说了，工匠们也就不再有意见，忙着赶工。

高管事送君小姐回家，临到进门时，突然想到什么，拿出一个卷轴递给她，含笑说道："上次君小姐问我京城有什么趣事，我虽然对趣事知道得不多，倒是有个好玩的东西，最近好些去京城的人都买了一份。"

君小姐伸手接过，打开卷轴，柳儿也忙凑过来，不由得咦了声，问道："这是什么？"

"朝京里程图。"君小姐答道。

高管事有些惊讶地合上嘴，将要说的名字咽回去，笑着说道："君小姐也知道啊，我看到驿站里有人卖，就给您买了一份。"

君小姐低头看着手里的图。这是一张有些粗糙的图画，谈不上运笔构图，画的是京城里吃喝玩乐的地方，甚至还标注了哪里有可以解决三急的茅房。

这图对于第一次到京城的人很有帮助，很快就被传阅开，几乎人手一份，后来被皇帝知道后非常恼火，认为这是把京城的舆图公之于众，如果让黎人拿到了更生窥探之心，是大患。官府奉命好一顿查抄，虽然有所收敛，但私下仍在流通。其实这种图跟舆图完全不同，并不涉及京城的布防，最多呈现了京城的繁华，让人心生向往。她也曾见过，不过那时以她的身份，京城想去哪里就能去哪里，根本就不需要这种图。却没想到好些地方都还没去，她就死了，现在要再去的话，那么远那么难。

君小姐伸手抚摸图上一个个标识，喃喃说道："原来是在驿站里卖的啊。"

"是啊，价格也不贵，也不知道是谁想出这个主意，虽然看起来不起眼，想必也能赚一大笔钱。"高管事刚说完觉得不好意思，又补充道，"但更重要的是，能看到人们有这个需求，并且抓住应对，一定是个很聪明的人。"

君小姐点点头，笑了笑，表示赞同。

距离元宵花灯节只剩下三天。

屋里的方承宇看着端来的药略沉默，虽然之前他也吃过各种千奇百怪的药，但现在吃的这味药实在是前所未有的难吃。

方大太太在他身旁哄道："乖，吃了这药就能去看花灯了。"

方承宇看着母亲期盼的眼神，虽心中抵触，但还是端起药碗一饮而尽。

"看吧，都有力气能自己端起碗喝药了，这药真的管用。"方大太太欢喜地说道，"承宇，元宵节的时候你能陪娘一起看花灯了。"

方承宇勉强笑了笑，他已经不想看花灯了，甚至有些后悔自己当初提的要求，花灯有什么好看的，看了又能怎么样，死了就什么都记不得了……

北留镇的宁家，宁云燕也很想去看阳城的花灯，但是她不能去，这让她很生气。

"咱们镇上的花灯也很好看啊，何必非要去阳城？"宁大夫人抚着女儿的头，和蔼地说道。

宁云燕扭过身子，别扭地说道："我就是咽不下这口气。"

今年，宁家所有人都谢绝了亲友的邀请，不会去阳城看花灯，而方家却要大办花灯节且许下一千两银子选花灯魁首的消息也早就传来了。

宁大夫人的眼中带着寒意，脸上却堆着笑容说道："何必跟草虫争春秋？你哥哥说得对，暂且避让，以后日子还长呢，有的是机会让他们得到教训。"

宁云燕的神情柔和了一些，乖巧地点了点头，又问道："那哥哥呢？会和我们一起去镇上看灯吗？"

宁大夫人摇摇头说道："你哥哥出门和几个同窗去拜访启蒙先生了，那天赶不回来。"

宁云燕想了想，觉得哥哥一定是为了那些传言，暂时出门避风头，想到这里，她不由得垂下头，将手帕狠狠地攥住，内心诅咒君蓁蓁一千遍。

第十六章

◇

元宵节看花灯

元宵节眨眼间就到了。

方家三个小姐都换上新衣，簇拥着同样穿了新衣、裹着厚厚斗篷的方承宇准备出门。

方大太太犹自担心，又往方承宇的怀里放了一个手炉。

"母亲，已经有一个了，脚下还放着脚炉，车上有暖炉。"方锦绣笑着说道。

"晚上天冷。"方大太太再三摸了摸方承宇的手，感觉到温热才稍微放心。承宇的经脉损耗，血脉不畅，比别人更怕冷，这话方大太太当然没有说出来。方承宇含着笑，任凭母亲查看。

"也不用走太远，咱们门前的街上就有花灯。"方老太太说道。

以往方家承办的花灯占据阳城最显著的火神庙街，但今年为了方承宇观灯，方家多包了门前的一条街，而且置办得比火神庙街那边更热闹。

几个女孩不用坐车，小厮便将方承宇抱上一辆马车，方大太太亲自陪同。方老太太身边站着三个孙女，再然后是元氏和苏氏两个妾，远一点站着君蓁蓁和她的丫头。一眼望去，珠宝钗环，熠熠生辉。

"开门，我们观灯去。"方老太太抬脚迈步，吩咐道。

仆从们立刻应声，几个小厮拥过去将门推开，门外璀璨的灯光一下子映入众人的眼帘，同时喧哗声四起。

门外已经挤满了人，随着方家大门打开，所有人顿时张望，引得人潮汹涌。方家少爷已经快十年没有出过家门，对于阳城人来说他只是存活在闲言碎语中的一个瘫子，今日他居然要出门赏灯，自然引来多人争相看这个瘫子的庐山真面目，这种场面方家的人已经想到，虽然有些讽刺，但方老太太依旧身形端正，神情平静。

"哎呀真是丢死人了，小姐咱们往后点。"柳儿被眼前的人群吓到，撇撇嘴跟君小姐说道。

君小姐笑了笑，没有说话也没有动，目光扫过人群，门前并没有被民众堵住，方家的家丁已经将人群挡在两边。除了家丁以外，还有一群衣着华丽的男女等候，看到方老太太等人，都围了上来。

"这是票号的掌柜们吧。"君小姐低声问柳儿。柳儿哪里关心过这个，不过她是尽职尽责的丫头，便立刻转身问别的丫头仆妇。

"是。"丫头仆妇们答道。

君小姐的视线落在已经站定在方老太太身前恭敬行礼的一个老者身上，其他掌柜都站在他身后，显然以他为尊。

"那是宋大掌柜。"丫头说道，"是当年老太爷留下的老伙计。"

宋大掌柜和方老太太一般年纪，君小姐看到方老太太对大掌柜露出和蔼的笑容，同时伸手挽住跟随宋大掌柜上前的一个年长妇人，看起来关系很亲密。

君小姐移开视线，看向街面，街上的人越来越多。

"还走不走啊，看灯还是说话啊。"柳儿大声说道，只可惜一片喧闹，远处还有爆竹烟火，盖过了她的声音，好在方老太太没有再和人寒暄，迎着众人的视线迈步上街。

三个姐妹紧紧跟在方老太太身后，她们当然知道这些人是在看什么热闹，面对众人的视线，虽然紧张，但也并没有畏怯。

"二姐，我做的灯摆在前面。"方锦绣一边伸手指着前面说，一边回身看向跟在后边的马车，本想喊一声小弟，但到底话到嘴边又咽了回去。

四周围观的民众却都忍不住喊起来。

"方少爷。"

"方少爷。"

"掀起窗帘啊。"

"方少爷，看看我做的灯。"

各种真心假意叫嚣的话不断向马车"砸"去。

坐在车里的方大太太忽然想到美男子被人看死的故事，相比于卫玠，方承宇身体更弱，而且这些人也不是为了欣赏美而起哄的，忍不住催促道："车走快些！"

方承宇却伸手掀起车窗帘向外看，这动作太过于突然，让方大太太大惊失色，而街上的人看到车窗帘晃动了一下，叫嚣得更甚。

"承宇。"方大太太忙伸手按住车窗帘，神情不忍地说道。

方承宇拉着车窗帘的手没有松开，定定地看着方大太太说道："母亲，我没有做错事，我不觉得丢人。"

方大太太看着他执着的眼神，叹了口气，将另一边的车窗帘也拉开，柔声说道："好，承宇，看灯。"

方承宇对母亲绽开大大的笑容。

此时他们已经走到街上第一个花灯处，这是一架灯楼，两边各悬挂九十九盏晶莹剔透的走马琉璃灯，随着其中轴心转动，流光溢彩。

但所有人的视线都集中在车上，随着车窗帘被拉开，露出裹着黑色斗篷的少年，在黑色斗篷的映衬下他的脸显得越发白净，又在流光溢彩的灯光下熠熠生辉。四周的人只觉得所有的光线都凝聚在这少年的脸上，一瞬间都看呆了，没想到这个瘫子竟然长得这么俊秀，真是可惜了，众人在心中默默感叹。

事实上方承宇的面容并没有达到惊艳众人的地步，只是恰好在灯光的映照下，显得格外俊秀一些。待车驶过光线后，他的面容也随着灯光忽明忽暗，众人才回过神来。不过那一眼太震撼，四周围观的人群越发涌着跟随马车行走，喊声也不间断。

方老太太等人一直注意着身后，众人的心情也随着方承宇拉开车窗帘的动作而上上下下，起伏不定，心里满满的酸涩。

柳儿从花灯收回视线，将一颗瓜子塞进嘴里咔嚓一声咬碎，含混地问道："小姐，他们走远了，咱们还跟他们一起吗？"

君小姐看了眼前方热闹的街道，提议道："火神庙那边也是灯吧，咱们去那边看吧。"

柳儿高兴地扔掉手里的瓜子，说道："好啊好啊，这里没法看了，都不是看灯，看耍猴似的太丢人了。"

"不丢人。"君小姐笑了笑说道，"挺好的。"

柳儿吐吐舌头，凑近君小姐，低声说道："小姐，他们走远了，听不到，不用说好话哄他们。"

君小姐笑着摸了摸她的头，说道："走吧，各有所求，我该去求我想要的了。"

就在她们转身走开没多久，有人从街上热闹的人群中挤了出来，站在灯山架后提鞋，俯身再加上阴影遮住了他的面容。

"这阳城的人有毛病啊，还以为看什么大美人呢，竟然是个男的，真是莫名其妙，害得老子白白被踩丢一只鞋。"

阴影后传来嘀咕声，紧接着人影离开，灯山架后悄然无声。

火神庙街上亦是灯火辉煌，这几日天晴，月光明亮，天地交相辉映。

街上同样人潮汹涌，此时却不是因为观灯。

"快，方家的瘫子出来了。"有人喊道，伴着这喊声顿时人群乱跑，几个年轻人躲避不及被撞得东倒西歪。

"跑什么啊，那瘫子又不是立刻就死了看不到了。"一个年轻人皱眉冲人群喊道。

另一个年轻人伸手拍了拍他的肩头，说道："文明兄，别这么刻薄。"

被唤作文明兄的年轻人哼了一声，转头对身后的人说道："云钊，我这叫刻薄吗？"

被叫到的宁云钊穿着宝蓝斗篷，戴着风帽，此时他俯身捡起被撞掉在地上的几本书，继而站直身子，说道："与方家的少爷何干？"

说话的年轻人笑着伸手搭住他的肩头，意有所指地问道："那与你呢？"

那个瘫子是方家的人，引得满城人去看，当然瘫子也不想这样，确实与他无关。但方家可还有一个人，引得宁云钊被满城人谈笑身价呢。

宁云钊看他一眼，含笑说道："他人谈笑，又与我何干？"

"这样更好。"一个年轻人拍了拍手说道，"以往火神庙的街上挤得水泄不通，今日托方家少爷的福，我们能得个自在。"

因为方家少爷观灯在另一条街，所以人潮都往那边涌去，火神庙街倒显得冷清一些。

他们看到一个杂耍艺人为了招揽观众也布置了花灯，更有两个小姑娘将花灯做的桶在脚上蹬得飞转，只可惜观众比先前少，叫好声不多。

宁云钊等人站过去齐声叫好，各自拿出一把钱扔进簸箩里。班主连连躬身道谢。

几人说笑着继续前行，很快便到了灯谜处，相比于适才，这里反而热闹一些。

灯谜到底是要费脑猜，普通民众不喜欢，来这里的多是识文断字之人，这些人本就自恃身份，所以不会去围观方家少爷，反而有更多的人避开那边的热闹赶来这里，这也是宁云钊等人喜欢这里的原因。

"看看今日谁赢得多。"一个年轻人喊道。

猜对灯谜便得到花灯，拎着一串花灯行走是件很招摇又风雅的事。几人便笑着沿街而行，很快手里便拿了各色的花灯，也引得不少人跟随着看他们解谜。

宁云钊的手里倒是空空，他只是站在一旁看，很少解谜。

"你这样让我们很难堪啊。"一个年轻人不满地说道。

旁边跟随的民众看了眼宁云钊，虽然他依旧戴着帽子，将面容遮住，但单看身姿笔挺，就让人心生好感。

"猜不出的人也多得是嘛。"有民众便忍不住替他说好话。

"他可不是猜不出，他就是装。"几个年轻人哈哈笑道，"别以为我们不知道，我们解出的谜题他肯定也会解，就是不说。"

宁云钊笑了笑，说话间已经走到了下一个灯谜前，他看了一眼，便提笔将灯谜写出。

"你看看你看看，我没说错吧。"几人起哄说道。

宁云钊笑而不语地接过摊主递来的花灯，这是一盏嫦娥奔月灯，做工精美，活灵活现。

宁云钊看了眼转身递给一旁站着的一个女子，随口说道："借花献佛，送给你吧。"

那女子看着十七八岁，扎着头巾，束着袖子，很明显是在摊位上帮忙的，因为看到这些年轻公子气度不凡，忍不住站过来看，没想到会被送一盏灯，顿时红了脸慌慌张张地摆手。

宁云钊笑了笑，说道："过节好，拿着吧。"

西北这边一向民风开放，又逢花灯节，四周围观的人便都笑着劝说。

那女子红着脸接过，施礼道谢，宁云钊略一还礼向前而去。

"就说这家伙最装，竟然戴上帽子也遮不住风采，一出手就抢了我们所有人的风头。"几个年轻人故作恼怒地说道。

宁云钊笑而不语，任凭同伴们说笑着打趣向前，很快又停下来，这一处却不是猜谜，而是有人摆出了棋局。这下棋比猜谜难多了，所以围观的人虽多，拿到灯的人却很少。

几个年轻人哪里肯错过这么具有挑战性的谜题，纷纷摩拳擦掌，立刻上前去解题，还不忘叮嘱宁云钊："这次你还是自己想吧，等我们玩过了你再出场。"

宁云钊笑着让开一步，看着大家涌上前。摊主为了彰显公平，特意加了大棋盘，专门让人将对弈场景摆出来，让围观的人看个清楚，这样倒不用都挤过去。

宁云钊左右看了看，退到一旁的大树下，在这里既不会被挤到也能看到对弈的进展，此时棋盘上黑白二子正杀得难解难分。

只看了一眼，宁云钊就点点头，心想这个摊主请来的是个高手，泛泛之辈想赢他可不容易。果然片刻之后，挑战的人就败下阵，接下来又有人上场，但慢的一盏茶，快的三四步就输了，直到宁云钗看到自己的同伴坐过去，战局才多少有了样子。宁云钗也凝神看着，看到同伴落了一颗子，不由得眉头一皱。

"错了。"一个女声从一旁传来。

宁云钗愣了一下，转头看去，不知什么时候另一边的树影下出现一个女子，也正看向那边的棋盘。她也裹着斗篷，帽子遮住了头脸，看身形窈窕纤细，猜想年纪应该不大。

"十日，九，断。"轻柔的声音接着说道。

宁云钗收回视线看向棋盘，在心里将适才同伴走的白子换了个位置，十日，九，断，虽然跟自己想的不一样，但也不错，不过，对方如果应对十五望六呢？他心里想着，口中便说了出来。

"十四雉，五。"女声立刻说道。

宁云钗心神一凝，看着棋盘，说道："十一冬，三。"

他的话音才落，那边女声立刻接着说道："十七星，五。"

如果此时有人站在这里，就会发现他们口中说的棋步已经完全跟棋盘上不同，从那句十日九断起，十五望六应对开始，他们就开始了一场新的棋局。眼前的棋盘上黑白二子厮杀，但这旁观的两人却在心里展开了盲棋的厮杀。

上古传仙人划沙为道，以黑白行列如阵图，谓弈枰。

局方而静，棋圆而动，又称围棋。

以法天地，自立此戏，世无解者。

《艺经》曰围棋之品有九：一曰入神，二曰坐照，三曰具体，四曰通幽，五曰用智，六曰小巧，七曰斗力，八曰若愚，九曰守拙。

宁云钗从小棋艺高超，八岁时就能观棋不忘，被人称为神童，曾被断言二十能入通幽之品，意思是受高者两先临局之际，见形阻能善应变，或战或否，意在通幽。他一向是个谦虚的人，但他觉得自己如今虽然不满二十，已经能算是通幽之品，但此时，他的想法动摇了，似是一呼一吸间，他和那个女子就这样走了将近百步，胜负虽未分，但那女子的攻势越来越犀利。

"一天，四尖。"他看着远处的棋盘继续说道。

"一天，五粘。"

宁云钗垂在身侧的手轻轻地捏了捏，说道："十三闰，七。"

"十三闰，六。"女声不急不缓，这柔弱的声音跟她凶猛的棋风判若两人。

"十四雉，六，立。"宁云钗并没有被她影响而急躁，思索片刻缓缓说道。

那边女声也停顿了片刻后说道："十二月，五，关。"

宁云钗看着远处的棋盘没有说话，有笑声传来，人潮汹涌，棋盘被人打乱，原来是有人终于赢了。一盏宝塔灯从悬挂的架子上被摘下来，一个年轻男子伸手接过，面对众人的鼓掌叫好开怀大笑。

宁云钗的脸上也浮现一丝笑容，说道："十三闰，五。"说完这句话，他就看到眼前的棋盘石破天开的变动，宁云钗的心里稍微松口气。

除了最初看的那一眼，到现在两人言语来往已经近百句，但他没有再看那女子一眼。

他敬重这盘对局，全神贯注，不问来人，这一次比先前等的时间久一些。

"十二月，六。"女子轻柔地说道。

棋盘再次翻江倒海地变动，宁云钊忍不住心里叹口气，这真是个难缠的女子，就像他的妹妹们一样，撒娇扯着他的衣袖摇来摇去，不达目的不罢休，不知道她有哥哥没。宁云钊望着棋盘，神情凝重。

"十七星，十四。"棋盘上那女子手持长刀拦住了路，在她身后千军万马待动。

宁云钊负手而立，耳边只听悲雁长鸣，适才被那女子一箭射断生机，不，生机没有断，送信引援的大雁不止一只。宁云钊抬起头，看着明暗交汇的空中几只大雁盘旋，发出一声声鸣叫，似乎畏惧但又似乎振奋，催促着他再试一次。

"十六相，十五，冲。"他猛地抬起手将棋子抛向一个方位。

棋子化作一支利箭带着尖厉的呼啸直冲而去，就在要越过那女子的一刻，看不清形容、被层层白纱笼罩的女子将手中的长刀一挥。

"十五望，十六，断。"她温和地说道。

刀落声起，眼前的天地瞬时碎裂。

宁云钊睁开眼，金戈铁马的声音顿消，取而代之的是说笑声涌涌，月光灯光透过树影交错。

宁云钊的脸上浮现笑意，他转过头看向身旁，一面掀起兜帽露出面容，佩服地说道："小姐棋艺高超，令人佩服。"

那女子还站在树影下，距离他有三步之遥，在他转过头的同时也看过来。

"公子也……"她说道，同时也伸手摘下兜帽，突然她的声音戛然而止，那句应该是称赞的话没有说出口，似乎看到了什么令人惊讶的事。

宁云钊知道她为什么惊讶，想必她应该认出他了吧。

"是你啊。"宁云钊听到这女子带着惊讶的声音说道。

这女子虽然站在人影里，但她的手中拎着一盏绣球灯，将她的面容也映照呈现。她比他想象中还要小，不能称作女子，只能称作女孩子。她的相貌清丽，绣球灯莹光下显得更加秀美，让人觉得很舒服。

女孩子说完这句话，没有欢喜地上前一步，也没有失措地后退，依旧稳稳地站在原地，带着几分感叹说道："还真是巧了。"

宁云钊对她的这个反应很满意，适才他还有些紧张，紧张这女子的反应会打破这温和的气氛。宁云钊对她施礼，说道："小姐的棋艺让宁某甘拜下风，不知师从何人？"

对面还站在阴影里的女孩子沉默片刻，宁云钊感觉到她的视线落在自己身上。

"你的棋也很好。"女孩子屈膝还礼，停顿片刻，说道，"你人也比我想象的好。"

宁云钊奇怪地抬起头看过去，只见那女子向前走了一步，忽然伸手将绣球灯递给他，说道："送给你。"

宁云钊一怔，旋即莞尔问道："安慰我输了吗？"

女孩子笑了笑说道："祝你生辰。"

宁云钊愣住，看着这女孩子，神情复杂。今天确实是他的生辰，但生辰八字这样重大的事情外人一般是不知道的，她怎么会知道呢……

　　宁云钗不知道该说些什么，陷入了沉默……

　　看到他沉默，女孩子上前一步。

　　宁云钗下意识后退了一步，有些警觉地看着她，不知道该怎么应对。

　　宁云钗的反应落在女孩子的眼里，她没有不安反而笑了笑，硬将花灯塞到他手里，柔声说道："收下吧，她会很开心。"

　　宁云钗有些蒙，不明白女孩口中的"她"又是谁，但女孩子没有再说话，越过他走开了。

　　宁云钗回过神转过身，张口就要喊住她，突然夜空中一阵阵急促的轰鸣声压下了他的声音，紧接着绽开一片片烟火。街上顿时涌来更多的人，笑着喊着看向天空的烟火，那女孩子一瞬间消失在视线里。

　　宁云钗忍不住要追过去，但有人拉住他，同时好些花灯举到他面前，映照出一张张年轻的面孔，原来那些下棋赢花灯的同伴都回来了。

　　"你可以去了，那棋手也不过如此，你肯定能赢。"大家笑着说道。

　　宁云钗摇摇头，说道："不，我输了。"

　　这话让大家很不解，宁云钗也没有再解释，而是再次看向大街上。那女孩子如同没有出现过一般消失了。如果不是手里的花灯，他都要以为自己是在做梦。

　　"哎？你从哪里弄的来的？"同伴们这才注意到他手里也有花灯，忙问道。

　　宁云钗看着手里的花灯，苦笑一声说道："别人送的。"

　　同伴们没有注意到他的苦笑，纷纷发出怪叫，伸手捶打他。

第十七章

◇

花灯棋局谁能解

"小姐，小姐。"柳儿手里捧满了花灯，站在人群里冲着那位劈开人群离她越来越近的女孩子高声喊道，"看，我赢了好多花灯。"

君小姐笑着点了点头。

"小姐你真厉害，按照你画的路线图，我果然走出这个花灯阵了。"柳儿高兴得手舞足蹈。

"小姐，你既然能过阵，为什么自己不去呢？"柳儿又问道。

适才她和小姐路过县府设置的花灯迷宫阵，很多人在跃跃欲试，小姐带着她过去，只走了一处，得了一盏绣球灯，就没有再前行，而是借了纸笔给她画了几条线，让她沿着线走，就能闯过关卡走出迷宫。她原本以为小姐是不确定，所以让她去试试，这样走错了也不会丢了小姐的面子。没想到竟然准确无误，早知道，小姐去了肯定会大出风头，让那些人也看看，小姐有多厉害。

君小姐笑着说道："我不喜欢玩这个。"

柳儿理解地点点头，又问："小姐，你的那盏花灯呢？"

"送人了。"

柳儿瞪大眼睛问道："小姐你遇到谁了？是林小姐吗？"

柳儿说的林小姐和君蓁蓁最要好，不过好像很久没有见到她了，她又问道："干吗送给别人啊。"

"送给他，有人会很高兴的。"君小姐含笑答道。

君蓁蓁自从在八月十五看到宁十公子的那一刻，满心念的就是这个人，只可惜她到死都没有被那人看一眼。适才她随意走到树下歇歇脚顺便看对弈，竟然遇见了宁十公子，还跟他下了一盘盲棋。她想也许是缘分吧，于是她将那个花灯送给他，他也接受了。对君蓁蓁来说，应该是梦寐以求、最开心的时刻吧。

柳儿虽然觉得小姐说的话很奇怪，但只要小姐高兴，她也高兴，于是又问道："小姐小姐，我们接下来去看什么？"

"去看看我做的花灯吧。"君小姐笑着答道。

"对啊，小姐也做了花灯。"柳儿忙点头说道，"小姐的花灯摆在哪里？"

"火神庙。"

柳儿跟随君小姐来到火神庙前，这里是这条街最热闹的地方，摆着的花灯也更精美，引得围观的人纷纷发出惊叹。柳儿也被一盏能发出叮当响声、闪闪发亮的走马灯吸引了视线，移不开眼。

"小姐你做的花灯在哪里？"柳儿迫不及待地问君萋萋。

"就是这个。"君萋萋停下脚步，指着前方的一盏花灯说道。

柳儿激动地看过去，等看清花灯的样貌后，顿时瞪大眼睛，神情惊愕，不自觉地吐出三个字："好黑啊……"

柳儿眼前的花灯只有花，没有灯，而且这个花灯还做得很大。方方正正的大物占据了很大一片地方，黑漆漆的没有半点光亮，在前后左右皆是晶莹璀璨的花灯中，就如同珍珠帘子上被砸上了一块污泥，显得蠢笨又丑陋，她本想好的各种夸赞的词语，此时一个也说不出来。

她生气地质问照看花灯的人，为什么不把花灯点亮。

"小姑娘，不懂不要瞎说。"看灯人也带着几分脾气说道，"这个花灯就是不亮的。"

一旁的群众听到后也询问道："不亮的花灯算什么花灯？摆在这里干什么？"

看灯人哼了一声，伸手指着花灯旁边挂着的旗子，说道："没看到这里写的什么吗？"

四周的人都随着他所指的方向看过去，这才看到旗子上面写着四个烫金大字：棋开得胜。

"什么意思？写错字了？"有人问道。

"意思就是说，这花灯要亮是有条件的。这是一个棋盘，点缀其上的花灯就是棋子，现在黑子就差一步，就能赢了这局，谁要是能走对这一步，这花灯就亮了。"看灯人揣着手说道。

围观的人顿时都涌过来，要仔细看这棋局，还有人伸出手。

"慢着。"看灯人用手里的木棍挡住伸到花灯前的人，"这可不是谁都能试试的。"

"那要怎么样？"被拦住的人问道。

看灯人手里的木棍敲了敲一旁，说道："掏钱。"

大家这才看到旗子下方摆着两个琉璃盏，其中一个碎银子已经铺了碗底，而另一个则放着一张银票，围过来的人顿时眼睛一亮，待看清银票上的数额，嘴巴也张大了。

"五千两！"声音喊出来，让更多的人都围了过来。

柳儿也张大嘴巴不可置信地看着君小姐，忍不住问道："小姐，这是做什么？"

四周也响起此起彼伏的询问声。

"这是彩头……"看灯人握着木棍说道，"能让这盏灯亮，五千两银子就归你。"

围观的人顿时哗然。

"是真的，德胜昌的银票，难道还能有假。"看灯人伸手指了指放着银票的琉璃盏，"再看看这琉璃盏，这可是五十两银子一个的。"

"赢了真的能拿走？"询问的人呼吸短促，异常激动。

"当然。"看灯人说道。

话音刚落，那人就猛地扑过去。

"慢着。"看灯人再次用木棍挡住。

他看起来很瘦弱，手里的木棍也细弱无力，但当木棍放在冲过来的人肩头时，那人竟然不得不停下脚步。

君小姐满意地点了点头，高管事找的人果然可靠。

"我不是说过了吗？要试一试能不能点亮这花灯得先掏钱。"看灯人指了指另一个装着碎银子的琉璃盏说道，"试一次，十两银子。"

"这太贵了！"围观人顿时纷纷喊道。

"贵？"看灯人哼声道，"当然贵，相当于阳城最好的脂粉店里最好的一盒脂粉，相当于定窑一套粉彩茶具，相当于一根北狼毫笔……"

这话让围观的人群顿时安静下来，君小姐看着这看灯人再次点点头。

"再说了，"看灯人看着依次后退的人们笑了笑，手中的木棍又敲了敲放着银票的琉璃盏，"十两银子就可以赚五千两，这种买卖难道不划算吗？一辈子也就遇到这一次了。"

原本退开的人们再次眼睛亮了起来。

"我来。"有人挥衣袖走过来说道。

这是一个穿着绸缎的胖乎乎的富贵人，他将手里的十两银子扔进琉璃盏中，又说道："我是个买卖人，我要做这笔买卖。做买卖嘛，有时候也就是赌。"

看灯人确认银子落入琉璃盏中后，用木棍向花灯棋盘上一指，做了个请的手势，说道："没错，你要是赢了，这两个琉璃盏里的银子都归你。"

胖乎乎的买卖人站定在棋盘前，认真看起来，就在等得不耐烦的时候，他终于伸手拿起一个黑子放到棋盘上，子落有声，但花灯依旧不亮，买卖人摇摇头，甩袖子走开了。

四周响起一片叹息声。

"还有谁，还有谁？"看灯人将那黑子取下，继续挥舞着木棍说道，"十两一次，十两一次。"

围观的人面带不甘又犹豫，议论纷纷，对大多数人来说，十两银子太奢侈了，能舍得用十两银子换一次渺茫机会的人不多，但又有五千两彩头，能抵住这么大诱惑的人也不多。

很快又有人站出来，往琉璃盏中扔下十两银子，这一次他比先前的买卖人动作要快，似乎想都没想就落下棋子。

围观的人不由得屏住呼吸，期待灯亮的那一刻，可惜，灯依旧没亮。

那人一甩袖子冷哼道，"真的假的？到底能不能亮？不是骗人的吧？"

围观的人群中响起一阵嘘声。

"怎么了？不能蒙啊，"那人哼声说道，"这不就是赌嘛。"

围观的人视线落在那花灯上，黑漆漆的，犹如无底的山洞，让人畏惧但又忍不住想要一探究竟其内是否藏着宝藏。

街上的人群又开始跑动起来，将正穿行其中的几个年轻人撞得东倒西歪，有人的花灯还被撞掉了。

"干什么？难道那个瘫子还没回家吗？"一个年轻人不悦地说道。

"快去看看吧，那边有个很厉害的花灯，谁能点着它就能拿到很多钱。"从身边跑过去的人热情地回答道。

几个年轻人对视一眼，跃跃欲试。

"时候不早了，我们还是回去吧。"宁云钊说道。

"现在正是最好的时候，怎么能回去！"同伴立刻否决了宁云钊的提议，不由分说拥着他跟随人群而去。

对花灯节来说，此时正是最好的时候，但对宁云钊来说有些意兴阑珊。适才那女孩送他的灯笼还在他的手上，他有些苦恼该怎么处置这盏灯笼，随手扔掉或者转送他人，他都觉得不妥，又莫名有些不舍得，刚才那场精彩的对决一直萦绕在他的脑海中，久久不能忘却。本想着赶快回家把灯笼转送给母亲，但现在显然不行，只好继续拿着。

宁云钊被同伴簇拥着前行，很快就看到了那盏点不着的花灯。四周围观的人很多，花灯的前因后果也立刻听明白了。

"这就是赌啊。"一个年轻人感叹道，"我还是第一次见人把赌棋玩得这么理直气壮。"

听到下棋，宁云钊暂且丢下因为花灯带来的不自在，向同伴问道："到现在为止花灯都没有亮吗？一次都没有人赢？"

"没有，那边的琉璃盏银子都要满了。"同伴比画了一下，带着夸张的神情。

"听说赢了的话，先前别人投入的银子也可以一并带走。"另一个同伴说道，"现在光那些投入的银子都有四五百两了，十两银子换走这么多真是太诱惑了。"

宁云钊笑着说道："我倒觉得五千两银子能换来这四五百两才更诱惑。"他看向那边被挤得水泄不通的花灯棋盘所在，"这诱惑随着参与的人越多将会越大，而设这个棋局的人赚得也越多。"

"可不是，人人都想着十两银子能换五千两简直太划算了，但五千两能换十两银子其实也很划算。"一个同伴笑道，"这不过是赌场里惯用的把戏，披上棋局的皮，就成了风雅的事了。"

"这也不能算是赌，要这么说扔圈也是赌嘛。"另一个同伴啧啧两声说道，"不过这个人竟然有这么大的信心保证自己的棋局不会被破？"

"所以这个设局的是个很聪明的人。"宁云钊说道，"棋艺厉害，心境也厉害，有信心有胆量。"

这句话刚说出口，他心里就闪过一个念头，不知道与那个女孩子比棋艺如何？既然她棋艺那么好，听到这里有这种残局，她来了吗？念头闪过，宁云钊便忍不住抬头四处张望，前方几丈外，熙熙攘攘的人群中一个女孩子的身影出现在他的视线里。

她一手扶着兜帽露出半边面容，正微微侧头听身边一个小丫头说话。不知道小丫头说了什么，她的脸上浮现笑容，耳垂上一点珍珠也随之灿烂。

"小姐小姐，已经有好几百两银子了。"柳儿激动得脸庞发亮，竭力压低声音对君小姐说道。

当看到小姐竟然将五千两银票拿出来做彩头时，她吓了一跳，还以为在跟方家比大方。

"我跟方家比大方干什么，我有那么闲吗？"君小姐却笑着跟她说。

现在她明白了，原来小姐真是来得彩头的，怪不得小姐说花灯要摆在这里，这里看的人多，扔钱的人自然也就多了。

想到花灯节夜晚的欢庆结束后，五千两银子能变成六千两，甚至更多，柳儿就一脸崇拜地赞叹道："小姐真厉害。"

"不是我厉害，这是别人想出的棋局。"君小姐说道，心想师父才是最厉害的。

柳儿对别人可没有像对小姐那般信心，又担忧地问道："这个棋局真的没人能解出吗？"

这残棋是师父从上古书中得知的，本就是个残局。且上古棋路与如今不同，师父将其改为十九路，更是难上加难，除了师父，没有人知道这个棋局，自然很难解出。当然天下能人多的是，也未必没有。

"倒也未必。"君小姐沉思了一会儿说道，"只不过我投机取巧了，首先看到的是棋局，引来的就是会下棋的人，这就筛去一部分，再者阳城太小，能人不是那么多，而且时间太少了。"

"看，又有人去解局了。"柳儿激动地说道，"我去看看。"

"让文明先去，然后我们再去。"一个年轻人眼看着自己的同伴挤进去将银子投入琉璃盏中。

"也许根本就用不着我们去，文明就能把灯点亮了。"另一个年轻人说道。

"反正不能让云钊先去，那样我们就一点机会都没了。"先前的年轻人转头看向站在最后的宁云钊说道。

宁云钊笑了笑，没有出言反驳或者谦虚。

"瞧这狂样，一点也不谦虚。"同伴们故作不满地打趣道，"那可是五千两的彩头，你可想好拿还是不拿。"

同伴说到这里又觉得有趣，方家的那位君小姐骂宁十公子身价堪比青楼头牌值五千两，现在这个花灯点亮的彩头也是五千两，可真是巧了。

宁云钊才学出众，棋艺自然了得，方家大概也知道他能解，所以故意用这五千两的彩头来羞辱他。

"别人说我值五千两，我就值五千两了吗？"宁云钊含笑说道，"而且你们算错了。"

同伴们满脸的不解。

"如果我点亮了花灯，我的身价就变成一万两了。"宁云钊认真地说道。

同伴们旋即捧腹大笑。

这边年轻人们陡然的大笑让四周的人都看过来，虽然他们大多数都戴着兜帽遮住面容，但遮不住风流倜傥。

对于众人这种艳羡的视线，宁云钊再熟悉不过，从他六岁那年被誉为神童的时候就已经习惯了。只是此时他的视线越过摩肩接踵的人群落在那女孩子身上，她并没有看向这边，对于这边的笑声也充耳不闻，不仅如此还伸手拉住帽子将原本半露的面容遮起来，好似要隐匿在人群中。

前方围着的人群中又响起了起哄声，这意味着又一次点花灯失败了。

"已经这么多人试了，就不信这个邪，我们这些人一个一个地走，然后把走过的人的步数记下来，棋盘就这么大，难道还能找不出对的？"有人大声说道。

挤出人群带着遗憾走出来的年轻人也听到了，冲同伴们摊手，无奈地说道："哪有这么容易，棋盘这么大。"

这两句棋盘这么大显然是不同的意思。棋盘纵横十九道，合三百六十一道，仿周天之度数，看起来这么大，而实际上又不仅仅是视线中看到的这么大。

"更何况也没有那么多时间了。"宁云钗说着迈步向前，"我也来试试吧。"

同伴们自然少不得一番打趣，指责他抢风头，还要跟他们抢银子。

宁云钗已经走到了花灯棋盘边，围观的民众虽起哄，还是分开了路。

看灯人则再次将挥动了一晚上的木棍敲了敲琉璃盏，说道："钱。"

那个琉璃盏已经快要装满银子了，在两边花灯明暗的照耀下显得非常诱人。

宁云钗将手里的钱放入琉璃盏中，站定在棋盘前……

君小姐其实早就看到宁云钗了，虽然这年轻人裹着厚厚的斗篷，帽子也遮住了面容，但无奈她的记忆太深刻，此时看到他站在棋盘前，她微微凝了凝眉头，但旋即又平复下来。

宁云钗的棋艺虽然不错，但毕竟还太年轻，也许等他长到师父那般年纪就能解棋局。

想到师父，君小姐心里一阵难过，她没有想到师父会死，且死得那么突然，他从山崖跌落，连一句遗言都没有留下。如果不是她尽快找到山崖下，只怕尸首都要被野狼叼走吃掉。她不能接受师父这样死去，想必师父自己也不能接受，所以她隐瞒了师父的死讯，就让他在民众心里像个神仙一样永存吧。

宁云钗看着眼前的棋盘，神情凝重。他知道敢拿着五千两银子做彩头的棋局肯定非同一般，现在更觉得这棋局比他想象中还要厉害。棋盘上点缀着花灯，分黑白两色，代表着棋子，此时黑漆漆的一片稀疏又凌乱地摆放着，但当看进心里时，便有苍凉之气扑面而来。

这肯定是上古时期的残局，宁云钗立刻就认了出来，但认出来后就更凝重。先前他和那个女孩子下盲棋的时候，感觉到一阵杀气腾腾，但现在面对这个棋局，他竟生出深深的无力感，仿佛将一颗小石子投进大海里，连一点涟漪都没有，这种局他解不了。

宁云钗放下手里的棋子转过身，向同伴走去，主动说道："我解不了。"

周围的人又发出一阵起哄声。

同伴们却都惊愕，神情凝重，宁云钗的才学他们心里很清楚，他连试都没试就认输了。

"真这么厉害？"

"这不会是根本就解不了的棋局用来骗人的吧？"

同伴们纷纷皱眉，先后问道。

宁云钗没有说话，而是朝着女孩所在的方向走去，手里还拎着那盏花灯……

同伴们看着宁云钗要走，自然又是一阵打趣。

宁云钗快走到女孩那边时，突然听到身后一声呜响，惊呼声四起。

他下意识转过头，看见适才那个黑漆漆的花灯棋盘如同被一道火光点燃，先是点点星火，转瞬间便燎原，整个花灯接连亮起，棋盘花灯的庐山真面目终于呈现在众人眼前。

棋局被破了。

"是谁？"

"是谁破了棋局？"

"这是谁发财了？"

喧哗声、惊呼声此起彼落，众人的视线都凝聚到棋盘前。

宁云钊只觉得一阵酥麻从脚底直冲头顶，他亲自试过这个棋局的厉害，自认为今晚根本没有人能解开，除非是那个女孩子，或许还有可能。

宁云钊没有去看是谁解开了棋局，而是将目光投向那个女孩子，果然见她也抬起头看向他这边。他能清楚地看到女孩子脸上的惊讶。她大概已经试过，或者正准备试试，但她应该跟他一样，觉得没有人能解出这棋局，所以她才会那么惊讶。

宁云钊看到那女孩子的眼圈都红了，就像自家妹妹失去喜欢的玩偶衣服时那样难过委屈。

君小姐也不知道自己为什么红了眼，当花灯亮起的那一刻，她先是惊讶，然后就想哭。

柳儿慌慌张张地跑回来，还在她耳边喊着："小姐，完了，我们的钱没了！"

师父曾告诫她不要赌，十赌九输，老天爷很公正。她也知道自己做这样投机取巧的事不好，但是她都死过一次了，老天爷再多关照一下她怎么了。她已经很久没哭了，当初得知真相也没顾上哭，直接去报仇就死了，又活过来之后，又是惊又是怕又是喜，还要竭力控制让自己清醒，更顾不上哭了。

"小姐，小姐，怎么办怎么办？"柳儿急得直转圈，"我们的钱真的给他啊？那可是五千两啊，不，还有那些挣来的，加起来有六千两了。"

君小姐深深叹口气，哽咽道："走吧。"

柳儿以为自己听错了，不可置信地说道："走？就这么算了？"

"说了是彩头，愿赌服输，难道我是那种输不起、言而无信的人吗？"

柳儿点点头，到底心有不甘，她看着棋盘花灯那边又问道："那我们也得看看是谁这么厉害啊。"

君小姐朝那边看了眼，已经里三层外三层地被围住了，喧哗震天。

这个世上有很多厉害的人，不是什么奇怪的事，也不用质疑。

"不用了。"君小姐摇摇头，转身迈步。

宁云钊看到女孩子红了眼眶时，心里有些不安，更有些手足无措，但他大概明白她为什么会这样。那女孩子棋艺高超，想必生性骄傲，突然被其他人解了棋局，自然会觉得不服气，不甘心，倒也很正常。

宁云钊想了想，决定有必要跟她说明一下棋局的难度而借此宽慰一下她。于是，宁云钊抬脚迈步，神情坦然地向那女孩子走去，快要走到她面前时，那女孩子却转身走开了。

宁云钊一下子愣住了，千算万算，也没算到女孩子根本没看他，直接掠过他走了。

"云钊！"同伴的声音在身后响起。

宁云钊看着那女孩子穿过正闻讯涌来的人群，很快消失在大街上，他心里叹了口气，握着灯笼转过身。

"你怎么走了？你知道解开棋局的是什么人吗？"同伴们激动地说道。

"不知是哪位才俊？"宁云钊含笑问道。

同伴们神情古怪，其中一个神秘地说道："你猜……"

宁云钊笑着抬脚向那边走去，边走边说道："去看看不就知道了，何须猜。"

围观的人群中一阵骚动，夹杂着抱怨的声音。

"干什么？你们想抢钱吗？"这个声音粗俗破锣，还带着强装出来的蛮横。

宁云钊愣了一下，然后就看到棋盘前站着一个将琉璃盏紧紧抱在怀里的男人。这男人年纪约三四十岁，满脸胡子，身材矮壮。

这个男人宁云钊认得，他是阳城有名的乞丐闲汉田三。田三并不是什么大隐隐于世的高人，就是一个真正的乞丐闲汉，大字不识一个，长这么大都没见过棋盘，更别提下棋了。

他怎么能解开棋局？这简直不可思议。

有这疑问的，显然不止宁云钊一个人，此时围起来的众人都在喧哗地质问田三。

"我怎么不可能？"田三喊道，虽然是阳城有名的闲汉，各种难看的嘴脸都见过，但此时此刻他还是很紧张，大概是怀里抱着这么多钱的缘故。

"你怎么解开的？"

"你会下棋吗？"

"你怎么走的这一步？"

四周的质问声如暴雨般向他砸过去。

"我不会下棋。"田三梗着脖子喊道，"但我就是解开了，不能吗？"

他这样坦诚的回答倒让围观的都愣住了，喧哗声小了许多。

"你不会下棋你怎么解啊？那么多人都解不开。"有人皱眉问道。

看到民众不再吵闹，田三眼中露出喜色，腰背稍微挺直，哼道："别人解不开我就不能解吗？我就是随手走了一个子，谁知道它就解开了，我也不知道怎么回事。"

这话让四周的人再次喧哗，竟然是蒙的，这不可能！

"怎么不可能？反正灯亮了，怪我吗？"田三也嚷嚷道，"你们干什么不问棋盘去！"

围观的人顿时哑口无言。

田三更加理直气壮，转头看着看灯人，喊道："喂，我到底能不能拿钱走？你们说的话还算不算数？难道你们有说过只让会下棋的人来吗？不会下棋说不出个道道就不算数吗？"

看灯人神情木然，说道："钱你不是已经拿着了吗？要是不算数，我怎么会让你拿到钱？"

围观的人到底是忍不住这口气，纷纷质疑道："那就真算他赢了啊？他可不会下棋。"

看灯人挑眉哼了声，说道："上边人吩咐我，只要点亮灯就算赢，钱就给人家。至于会不会下棋，可没说这个要求。"他挥舞着手里的棍子赶开围观的人群，"我的任务完成了，我要走了，别都挡路。"

人群忙躲避，看灯人扬长而去。

田三趁机也跟着跑了，留下一群愕然的围观者，议论纷纷。

宁云钊一行人旁观不语，眉头深锁。

"难道真是串通起来的？"一个年轻人质疑道。

"可是这棋局真的很厉害。"另一个年轻人皱眉说道。

"但布置这个棋局的人当然知道怎么解局，所以他安排田三来做这件事。"宁云钗想了想说道。

同伴们纷纷点头表示赞同，看来只能这么解释。

"但也有可能田三说的是真的。"宁云钗又说道，"这不是棋局人的安排，是田三自己蒙的。"

这怎么可能，同伴们再次摇头。

"也不是不可能的事，就跟小孩打倒大汉一样，棋局并非像人一样能灵活应对，它就有一个正确的走步，而田三恰好走对了这一步。"宁云钗说道。

是有这个可能，不过这太荒唐也太可笑了。

"史书上记载的荒唐可笑不可能，但偏偏发生的事也不少。"宁云钗笑道，"既然敢玩就敢输，说白了这就是赌嘛。"

同伴们都笑了，他们不会在意扔掉的十两银子，也不会因为没得到五千两银子的彩头而愤愤不平。

"不过这个棋局挺有意思，咱们回去研究研究。"大家笑着说道，向前走去。

宁云钗跟随其中，忍不住看了眼身后，心里想着那个女孩子。她应该还在哭吧，要是告诉她这棋局被一个闲汉蒙对了，应该能让她不那么委屈难过……

宁云钗松了口气，低头看了看手里的花灯，心想这个花灯节还蛮有意思……

跟宁云钗有相同想法的人今晚有很多。

民众看到了有名的瘫子少爷，方家的人让自己家的少爷赏了花灯，有人因为拿到了各式花灯而愉悦，有人因为玩乐杂耍而开心，也有人因为意外之财而激动……

不管是激动还是开心，时间很快流淌，夜色慢慢褪去，新的一天如期而至。

君小姐也如往常的时刻醒来，但她躺在床上没有起身。昨晚的事到底还是让她受了影响。虽然愿赌服输，她也并不埋怨那个赢了她的人，但想到这件事，她还是觉得有些不好意思。这就是老话常说的，搬起石头砸自己的脚，到底是有些蠢。

君小姐在床上磨磨蹭蹭片刻才起身，对柳儿说道："我今天有些累了，不去打拳走步了。"

柳儿并没有察觉到小姐的不自在，打着哈欠点点头。

"家里的人有没有说我什么？"吃饭时，君小姐装作不经意地问道。

"说什么？"柳儿立刻竖起耳朵，"谁说小姐什么了吗？"

看她一副要与人打架的样子，君小姐将要她去打探家里有没有人议论昨晚五千两彩头被人赢去的念头压下。既然做了，就不能怕被人议论。她调整心情，吃过饭，准备去花园继续未完成的锻炼，丫头回禀说高管事求见。花灯的事是交给他负责的，现在花灯节已经结束，高管事自然是要来见一见，尤其是还涉及五千两银子的彩头。

君小姐点头来到客厅，见高管事身后还跟着一个男人，此人正是昨晚那个看灯人。

115

双方一说话，君小姐才知道昨晚解开棋局的竟然是个乞丐闲汉，而且这个闲汉还是蒙对的。虽然很惊讶，但她并没有因此添几分郁闷，愿赌服输，不管是靠着才学赢了她，还是靠着运气，总之赢了就是赢了。

"所以昨晚的事反而没传开。"高管事说道，"五千两彩头为点花灯对弈，最后却是一个乞丐赢了，大家都认为这是我们串通好的一个骗局。"

"这样啊，也好。"君小姐笑了笑说道。

"不过，这当然不是我们串通好的骗局。"高管事接着说道，"但我猜这是那闲汉跟别人串通好的。"

君小姐听了这句话，立刻就明白了，皱了皱眉。

"他也许不是蒙的，而是有人告诉他让他去解局。"高管事看了眼看灯人说道。

"我昨晚完了工去喝酒。"看灯人领会，开口说道，"喝完酒回来的路上遇到了田三，他正雇车出城……"

昨晚花灯节，为了方便阳城人赏灯，城门不关闭，所以夜里可以出城。对乞丐田三来说，突然一夜暴富，为免夜长梦多，想要带钱逃跑到另外一个地方，改头换面，重新生活，也是合情合理的做法。

但是，君小姐皱皱眉问道："你跟踪他了？"

看灯人摇摇头说道："高管事并没有吩咐我做这个。"

"是啊，我也没有吩咐高管事。"君小姐眉头抚平点头说道。

"那你怎么知道他是跟别人串通的？你看到了吗？"柳儿忍不住问道。

看灯人再次摇头，略停顿一下，说道："他是一个人，但他只穿了一只鞋。"

柳儿一头雾水，君小姐若有所思。

"我听到车夫问他是不是丢了一只鞋，田三说不是，说这是别人的鞋。"看灯人又说道，"车夫问他怎么穿了别人一只鞋，田三说别小看这一只鞋，换来一辈子富贵路走。"

高管事沉默了一会儿，补充道："这就可以猜测，田三应该与某个人相遇，那个人送了一只鞋给他，田三认为他能下对棋子，赢大笔银子，都是因为这只鞋。所以他才说，别小看这只鞋，换来一辈子富贵路走。"

君小姐听后点了点头，含笑说道："我知道了，这么说，解开这个棋局的田三靠的不是运气，而是他的真本事了。多谢高管事，这对我来说是个安慰。"

高管事也笑着说道："我也觉得是，要说靠运气也太巧合了，那么多人都解不开，既然是另有高人，那也不辜负小姐您的棋局了。"

君小姐笑着点点头。

"虽然被民众误会是一场把戏，但其实到底不负英雄相惜，也不枉小姐做花灯，这件事算是圆满了。"高管事接着笑道。

高管事原本觉得这个君小姐费心思做花灯拿彩头，想必是为了彰显她的本事和身份，借此机会，打造好名声，却被一个乞丐赢了钱，还被群众传成大骗子，闹得名声和钱财两失，赔了夫人又折兵。但此时，君小姐还能如此淡定，高管事心里忍不住佩服。

君小姐点点头说道："是，很圆满。"

在君小姐拿出五千两做彩头的时候，高管事就提前请示过方老太太，方老太太说那是她的钱，随她去。现在既然君小姐觉得圆满，那他也算交差了，便笑眯眯地施礼打算带着看灯人告退。

君小姐也笑着站起身，视线落在看灯人身上，忽然问道："这位叫什么？在哪里做事？"

看灯人突然被问话，愣了一下，没说话。

"他叫雷中莲。"高管事忙答道，"在票号看车，是个经验丰富的老人了。"

高管事说完这句话，就见君小姐嘴边浮现一丝笑意，对着柳儿说道："他做事很好，柳儿，赏他一些钱。"

高管事忙笑着道谢。

柳儿虽然很不解，但也乖乖拿出一两银子赏给了雷中莲，雷中莲接过叩头谢礼。

看君小姐没有再吩咐，高管事便带着雷中莲告退。

走出院子，雷中莲就将银子在手里捏了捏，对着高管事哼了一声，说道："还说我办的差事不好，这位小姐可觉得好呢。"

"这小姐是个孩子不懂事，你也不懂事。"高管事沉声说道，"说让你看灯，你还真只看灯了，谁让你灯亮了后就去喝酒？为什么不跟着田三？"

"你吩咐我看灯，可没有吩咐我看人。"

高管事抬手想打他肩头，举起来又放下，咬牙骂道："你还真是傻，那么多钱被田三拿走，明显就是有问题。"

雷中莲神情木然，说道："灯亮了，棋走对了，有什么问题？这位小姐适才说了，她并没有吩咐你去跟踪。也就是说她并不想知道这人是谁。我觉得她做得对，一言既出驷马难追，拿得起也放得下。"

高管事瞪着他片刻呸了声，没好气地说道："你懂个屁，你夸这么好有什么用，没人知道她是这样的人。"

"别人知不知道，她都是这样的人，难道因为别人不知道，她就不这样做了吗？"

"你知道得还真多。"

"这位小姐不是说了，我做事做得好，所以赏我银子。如果她和你一般心思，听到我说完了工就去喝酒，肯定不会觉得我做的事好，更别提赏我银子了。"

高管事看着他笑容变淡，忽然伸手拍了拍雷中莲的右手，说道："老雷，你说得很好，很有道理。但这世上的事光靠说是没用的，还要看怎么做，以及做的结果。"

雷中莲面色微白，被高管事轻轻拍着的右手一僵，看着高管事，动了动嘴唇却没有说出话。

"我知道，这么多年你心里不平，也知道打人不打脸，骂人不揭短。"高管事和蔼地说道，"可是这个人首先要记着自己的短，这个短不是靠说那么多道理就能弥补的。"

他说罢，再次拍了拍雷中莲的右手，先一步走开了。

雷中莲站在原地僵着身子，低下头看着自己的右手，将手掌翻过来，从虎口到手腕一道深深的伤疤狰狞着。他放下手，垂下头，继续迈步，干瘦的身形变得佝偻几分，慢慢走了出去。

　　高管事从君蓁蓁那里出去后，自然先去禀报了方老太太。

　　当听到高管事说有人点亮花灯，赢走了五千两，方老太太只是笑了笑，露出一副早知道如此的神情。她的看法跟高管事一样，君蓁蓁此举不过是为了扬名而已。

　　"君小姐拿得起放得下，倒也洒脱。"高管事笑着说道。

　　方老太太哼声道："之所以不声张不过是怕丢脸罢了，哪里就真的洒脱了？也不想想哪有那么容易，天下能人多的是，她才几斤几两！"

　　"母亲，母亲，"方大太太从外疾步进来，面色欢喜，"承宇多吃了半碗饭。"

　　一个十四岁的少年多吃半碗饭对大家来说竟然是欢天喜地的事，可笑也可怜，高管事心里叹口气，堆起笑同方大太太一般欢喜。

　　方老太太的脸色亦是欢喜，但又僵了僵，她知道因为有外人在，方大太太有些话没有说，但她知道方大太太的意思——承宇能多吃半碗饭，要归功于君蓁蓁的药。

　　高管事见机先行告退。

　　日子飞逝而过，转眼间便到了二月。

　　方承宇和君蓁蓁成亲的日子终于到了，方家又装扮一新，变得格外喜庆。

第十八章

◇

成亲的日子

北留镇宁家，正翻着历书的宁大夫人舒了口气感叹道："明天君小姐就要嫁作方家妇了。男以女为室，女以男为家，女子长大了，出嫁了，才有了家。说起来也真是可悲，养了这么大，竟然是给别人养，那君小姐的母亲如果还在，一定会悲喜交加。"

坐在宁大夫人旁边的宁云燕哼了一声说道："娘是舍不得吗？不然把她娶进来当你女儿啊。"

宁大夫人嗔怪地横了她一眼，说道："这女人有了家，就安生了，我也能安心了。"

宁云燕撇撇嘴，嘀咕道："安生什么啊，成了寡妇更肆无忌惮，到时候一个寡妇闹着要进我们家门才更丢人呢。"

宁大夫人拍了下桌子，拉下脸说道："胡说八道什么呢，哪个寡妇能进我们家门？你哥哥可说了，以后让你不许再提那个姓君的。"

宁云燕嘟嘴不说话了。

宁大夫人继续翻看历书，宁云燕坐不住扭来扭去，转了转眼珠，问道："母亲，那君蓁蓁都成亲了，我能出门了吧？"

"出门干什么？过年亲戚姐妹们来家里的时候不是都见了吗？"宁大夫人眼也不抬地说道。

"娘，"宁云燕拉着宁大夫人的衣袖撒娇，"我都两个月没出家门了。"

"你急着出门啊？"宁大夫人含笑说道，"那给你说个人家嫁出去？"

宁云燕又羞又恼，扑进宁大夫人怀里不依，宁大夫人笑着揽住她，侍立在外间的丫头们看着母女其乐融融的场面纷纷抿嘴笑。

"好了，我知道你受委屈了。"宁大夫人伸手理了理宁云燕的头发说道，"只是你还是个干干净净的女儿家，犯不着去被她累害。"

宁云燕嗯了声，但眼神闪烁显然没有听进去。

宁大夫人自然看得明白，笑着抚了抚她的肩头，沉声说道："我说了，她不再是女孩子了，她是方君氏，是方家的人，以后要被人欺负了，就不会有人说欺负她一个孤女了。"

方家那么大一个家，又是做生意的，起起伏伏的出点事总是难免，总不会要到处嚷被人欺负了吧。宁云燕听明白后高兴地说道："母亲，那我能出门了吧？我不去城里，我就在北留镇。"

宁大夫人笑了笑说道："你叔叔已经回去了，你婶婶她们这两日走。你记得多去那边陪陪。"

宁云燕知道这是母亲的默认，高兴地应声"是"，又问道："那我哥呢？他也跟着婶婶堂哥一起走吗？"

说到宁云钊，宁大夫人微微皱眉，说道："你哥还没说走不走。"

"好啊好啊，哥哥长年不在家，这次就多留些时日吧。"

"留什么留，明年还要下场呢，正是学业要紧的时候。"宁大夫人嗔怪道，"你就知道玩，别去缠着你哥哥，影响他读书。"

"母亲，我没缠着哥哥玩，倒是哥哥在玩。"

"玩什么？"宁大夫人随口问道，并不当回事。

"灯笼，哥哥在书桌前摆了一个灯笼。"

"你的床前还挂着两个呢。"宁大夫人笑道，懒得再听她说笑，"我要念经了，你去找你姐妹们玩吧。"

宁云燕被赶出了宁大夫人的房间，一出房间，她便径直向宁云钊的小院跑去。

宁云钊的书房就在他住处的小跨院内，虽然一年中大多数时间都在京城，但这里也被收拾得很齐整。宁云燕跑进来时，一个小厮正蹲在院子中的小水池边洗笔。

"小姐……公子正忙……"小厮忙说道，话没说完，宁云燕就已经掠过他进了屋子。

屋子里暖意浓浓，宁云钊身穿家常的白袍、束着黑腰带，正站在书架前一动不动，书架上挂着一张纸，纸上画了一个棋盘，上面有黑白子构成的棋局。

这幅画自从花灯节后就挂在这里了，宁云燕每次来都见他站在画前出神，她好奇地问道："哥，这到底是什么？"

宁云钊被她惊动回过神，随口答道："没什么。"又觉得自己这回答太敷衍，补充道，"是一个上古的棋局，我试着解一解。"

"哥哥一定能解开。"宁云燕虽不理解，但也笑嘻嘻地说道。

宁云钊笑了笑没说话，思绪又飘到元宵节见到的女孩子身上，不晓得她心情好点没有……棋局解开了没……

"哥！"宁云燕带着埋怨的嗔怪声在耳边响起。

宁云钊看着一脸抱怨的妹妹笑了。

"哥你听到我说话了吗？"宁云燕不满地说道。

"我没有，我想这个棋局有些入神。"宁云钊指了指画，认真地说道。

他承认得这么坦白，宁云燕倒无话可说，眼珠转了转，站在书桌前拿起摆在笔架旁边的一盏花灯，忽然说道："哥，你这个灯给我吧，正好跟我屋子里的凑一起，摆起来好看。"

"这个可不行。"宁云钊立刻答道。

宁云燕小嘴一撇，委屈地看着他。

"君子不夺人所好。"宁云钊笑着对妹妹摆摆手说道。

"哥，这个灯有那么好吗？等我先用用，到时候再还给你好了。"宁云燕又笑嘻嘻地说道。

"你要是喜欢我再去给你买一个。"宁云钊含笑说道，"妹妹不是那种无理取闹的人，你找我到底什么事？"

宁云燕知道肯定拿不走花灯，又不能说是为了花灯来的，幸好哥哥开口问了，便放下手里的花灯，顺口问道："哦，母亲问你什么时候走，跟婶婶一起吗？"

"我正要和母亲说这件事。"宁云钊说道，"过段时间再走，我去和母亲说一下。"说着就取过斗篷要出门，宁云燕也不好再停留，跟着宁云钊走了出去。

看着他进了宁大夫人的院落，宁云燕停住脚步，神情变幻，喃喃说道："有古怪。"

"小姐，有什么古怪？"贴身丫头忙问道。

宁云燕看着宁大夫人的院门，肯定地说道："哥哥有古怪，而且一定是因为一个女人。"

贴身丫头吓了一跳，压低声音说道："小姐，你怎么知道？十公子自从回来后就没有跟任何女子接触过，想要见公子的亲友家的小姐们倒多的是，但公子都避开了，就连那次花灯节，也是始终跟其他公子在一起的。奴婢问过了，他们也并没有见女子，可不能乱说。"

宁云燕绞着手帕，说道："我没乱说，这是直觉，女人的直觉。"

宁大夫人听到儿子说要在家里多留些时日，颇为欣慰和欢喜，拉着宁云钊笑着说道："原本想要留你的，又怕耽搁你功课。你一向有主张，既然你说不急，那就肯定不急。"

"明年年节我就不回来了，所以今年想在家多留些时日。"宁云钊说道。

明年下场中了进士，就可以走上仕途为官了。因为宁炎在朝中，宁云钊会外放，在外历练十年才回来；再过十年宁炎回避，宁云钊就能接替宁炎成为重臣。当然宁家还有很多子侄，秀才进士也不会只有宁云钊一个，至于谁能得到家族最大的扶持，也是要靠自己的资质来进行一场场考验。

宁大夫人点点头，一边拿出历书，一边问道："那你打算什么时候走？"

"过了三月三吧。"

也就不到一个月的时间了。

"那时候好，正是春暖花开好行路的时节。"宁大夫人说到这里停顿一下，又试探着问道，"杨家那位小姐与你堂妹同年吗？"

宁云钊坦然答道："大约是吧，未曾见过，听堂妹说常来往，既然如此便是同龄人了。"

宁大夫人听出云钊对那位杨小姐没什么兴趣，感叹道："你婶婶提过几次，我才知道你婶婶的祖父竟然与杨家是远亲，可见这大家氏族的关系真是错综复杂。"

"朝中的官员们也是。"宁云钊接话笑道，"原本不认识，坐下来攀谈，数到三辈以上的总有人能攀上亲戚。"

母子两人说笑片刻，宁云钊便起身告退了。待他离开后，宁大夫人立刻转头对身边的仆妇吩咐道："二夫人的婆子再跟你打听的话，你就说云钊不适宜早婚。"

仆妇吓了一跳，宁公子已经十九岁了，这时候已经不算早婚，这显然是直接拒绝的意思。宁小姐先前说宁云钊与杨家小姐的亲事并不是胡编乱造，因为宁炎的夫人曾跟家里人有意说亲。这次过年回来再次旁敲侧击，大夫人一直含糊未答，刚跟公子提了一句杨小姐，就干脆表明拒绝了。

"杨家小姐有什么不妥吗？"仆妇忍不住问道。

论家世、相貌、才学，杨家小姐都是上等，应该是最合适的妻子。

宁大夫人笑了笑，温柔地说道："没有不妥，她很好，只是云钏不喜欢。"

宁大夫人猜想儿子突然延迟时日回京城，必定是因为婶婶想要说亲而烦恼。既然儿子不喜欢，那她作为母亲，自然要替儿子解决麻烦。

仆妇听明白了，但她又稍微有些不赞同，委婉地提示宁大夫人太过娇纵宁少爷，万一宁少爷喜欢的女子是夫人不喜欢的，到时可不好办了……

宁大夫人却神情坚定又自豪地说道："我儿子喜欢的，一定是我喜欢的。"

宁云钏回到书房后，就坐在书桌旁，看着摆在案头的花灯一会儿轻叹，一会儿无奈地笑。

适才，妹妹和母亲的试探，一定觉得他是被亲事困扰。但其实她们都想多了，他推迟行程并不是因为这个。而他呢，其实对那个女孩子也想多了，原以为那女孩子有别的心思，结果到现在都没见女孩子找上门，自己更打听不到她的名字，他甚至连棋局花灯的主人都打听不到。棋局花灯的信息很明显被人刻意抹去了，但很多人猜测能这么大手笔下赌注彩头的，应该是缙云楼，缙云楼因为其锦衣卫的背景而被人忌讳不多谈。

想到这里，宁云钏脸上的笑意更浓。他打算自己将棋局的秘密解出来，等他解出来后，再打听那女孩子的身份，到时候，他就带着答案坦然地去拜访她，再交流一下棋局……

窗外传来几个小厮和小丫头的低声窃语声。

"真的不骗你，明日就成亲了……"

"那太好了，以后再不会缠着咱们公子了……"

宁云钏知道他们说的是什么，虽然家里人都刻意不提，但那位君小姐要和方家少爷成亲的消息早已经传遍了，但他并不在意，起身走到书架前再次认真看棋局。

方家的这场婚礼虽时间紧迫，但安排得井然有序，一点都不显得仓促。方家跟亲戚们都几乎断了来往，而君小姐更是孤女一个，虽然没有亲戚道贺，但方家并没有让婚礼变得冷清，而是大方邀请了全城的民众来参加婚礼，在门前摆起流水宴，非常热闹。但到底因为方小少爷的身体状况，整个婚礼的气氛有些怪异，竟有人说不像是办婚礼，而是办丧礼。

君小姐看着镜子里的面容，说起来这倒是她第一次认真看君蓁蓁的脸。这个女孩子长得娇弱，因为娇纵而带着几分憨气，此时浓妆艳抹反而显得别有一番风情。她伸手摸了摸这张脸，反而有些记不清自己的样子了。她也曾成过亲，但那时候父母的丧事才过去一年，到底不愿意太喜庆，所以那场婚事办得很低调。现在她很庆幸婚事那么低调，否则更添悲愤。

君小姐转过身离开镜台，两边站立的丫头随着她的转身忙将喜袍给她穿上，盖上盖头，搀扶着她来到了厅堂里，厅堂里喜庆一片。

看着面前施礼拜下的一对穿着喜服的新人，方老太太犹自神情平静，而坐在另一边的方大太太则忍不住用手帕抹泪。虽然是假婚礼，但能够看到儿子穿上喜服成亲，也是做梦想都不敢想的事。

"夫妻对拜。"厅堂前司仪高声传来，让里里外外围观的人一阵骚动。

那个瘫子少爷真的亲自参加婚礼了，而且看起来精神比花灯节的时候更好，穿着新郎喜服坐在轮椅上的他，在鲜艳的红牌映照下，越发显得面色如雪。

方少爷神情木然地对着面前盖着盖头的新娘施礼。

"好了好了，都让让，新人送入洞房，不要误了吉时。"管事的妇人们开始轰散围观的人。

围观的众人互相递着眼神，挤眉弄眼笑着退散了。

"行了行了，你们都下去吧，以后方少爷就由我家小姐照顾了。"柳儿在洞房门前，趾高气扬地说道。

门外的丫头仆妇们踌躇着，一脸担忧，方少爷因为身子瘫痪不能自理，从小到大都是被人照顾的，而照顾一个这样的人可不是容易的事，但老太太和大太太又吩咐她们以后要听方少奶奶的话。

"干什么？还不快走？别耽搁我们小姐休息。"柳儿没了耐心，瞪眼喊道，"不听话卖了你们。"

站在院子里的丫头仆妇们纷纷如潮水般退散。

柳儿满意地点点头，这才转过身敲了敲屋门，说道："小姐，洗澡水我已经让他们送去净房了，要我帮忙吗？"

"不用。"君小姐的声音从屋里传来，"你守好门就好。"

柳儿深吸一口气，大声应声"是"。

听着外边脚步声远去，恢复了安静，已经摘下钗环、脱下喜服的君小姐站起身看着还坐在轮椅上的方承宇，没有人帮助，他的喜服当然脱不了，帽子也没有摘下。在这喜庆的婚房里他就像一个玩偶，君小姐笑了笑，伸手去解他的喜服。

方承宇微微一笑，打趣道："君小姐，不会真的要我和你做点什么吧？"

君小姐居高临下地看着方承宇，笑着说道："有时候我急了也想说你们怎么这么蠢，为什么就不信我说的话呢？后来我又想，这也很正常，人和人看到的不一样，想的也不一样。"

"君小姐也很聪明嘛。"方承宇也笑了笑说道，"知道有些话再怎么说也难以让人相信。"

君小姐伸手扶住轮椅，说道："好了，别浪费时间了。"

轮椅被推进净房，里面的浴池内已经放满了水，浴池接着地龙，暖气浓浓，四周还摆着含苞待放的梅枝，但这净房内并没有熏香或者花香，反而有种古怪的药味。

方承宇看见浴池内冒着热气的水泛着奇怪的黑色，嘴角浮现一丝嘲笑，眼神闪过一丝愤怒，君小姐利索地解开了他的衣衫，解下了外袍。

"娘子很擅长解人衣啊。"方承宇嘲讽地说道。

君小姐的手微微一顿，想到那时她刚成亲时，也认为这只是一个不得已的补偿，可是没想到他对她是真的很好，好得让她不得不心动，而最初他们自然也很恩爱……很多甜蜜的爱称……有些事她不想再想起，一点也不想。

君小姐伸手抓住方承宇的里衣，一把把他拽起来，扔进了浴池中。

方承宇原本还想继续嘲讽君蓁蓁，无奈话刚要说出口，就不由自主地发出尖叫声。疼痛从身体的每个毛孔中迅速袭来，他能感受到自己的皮肤吱吱作响，像被扔进了油锅一样。

方承宇再次大叫一声，清楚地看到站在浴池边的君小姐漠然的眼神，余下已经冲到嗓子里的叫喊声被他生生忍住了。废人的身子除了带给他无尽的屈辱，还给了他极强的隐忍能力。他愤怒地盯着君小姐，直到撑不住昏了过去。

君小姐看着这个少年向浴池中沉去，里衣已经湿透，紧紧贴在身上，肌肤在不停颤抖，衣服下有弯弯曲曲的凸显。那是青筋在暴涨，也显示出他的身子在经受巨大的疼痛。这疼痛不只来源于特意叮嘱过方老太太准备的炙热水温，更有汤药的刺激。

"这汤药有个美丽的名字，叫销魂汤。"师父曾经说过。

君小姐似乎看到师父站在面前，脸上带着笑意说："真正的销魂哦，会让人恨不得魂飞魄散。"

君小姐的脸上也浮现笑意，又叹口气，看着已经沉下去的方承宇，她俯身挽起袖子将方承宇从浴池里用力拉上来，半拖半抱才将他安置在长榻上，将方承宇身上的湿衣脱了下来，微微愣住。

当然并不是因为少年赤裸的身子，她是大夫，眼里只有病人，没有男女之分。而是她看到少年裸露着的肌肤多处都泛着青，骨头外翻，根根可见，比穿着衣服时看着更瘦弱。

君小姐陷入沉默，为自己刚刚对方承宇发脾气而后悔，想他只是个被病痛折磨的可怜孩子。她适才生气是因为他说了那句话，让她想起以前的事和人，跟他无关，但仅仅因为他就在眼前，所以承受了她的恼火，这是不公道的。虽然一再竭力控制，但她觉得自己的脾气越来越不好，虽然她原本就不是个好脾气的人。当初师父终于被缠不过，教她医术时，第一个要做的就是磨性子。

"至少不要随便挥鞭子打人。"她记得师父曾说过。

想到这里，君小姐的嘴角浮现一丝苦笑。其实那时候磨性子对她没什么用，因为她是尊贵的皇室血脉，想骂谁就得受着，而师父也是碍于她的身份随意一说，指望她知难而退。但现在不一样了，她变成一个普通人，混迹尘世间，必须懂些人情世故。这样想来，师父当年的磨炼倒是对如今的她最有用，包括医术。那时她一心学医，是为了救父皇，结果父皇没用上，现在则成了她生存的保障。

君小姐微微出神，直到耳边传来方承宇的呻吟声，虽然他已经被拖出汤药浴池，但浸入皮肉的汤药还在持续发挥着作用，自然他也持续承受着刺痛。

君小姐取过毛巾将他身上的水擦干，盖上干净的薄被。又从一旁的柜子里拿出早已经准备好的小盒子，打开后露出排列整齐的长长短短的金针。她看着昏迷中还面露痛苦的少年，拈起一根金针，喃喃说道："你一心抱怨天道不公，那就让我来替天行道给你公正吧……"

夜色渐深，一片红灯笼的小院子里隐隐有呻吟声传来，旋即飘散在二月凛冽的寒风中。

第十九章

◇

痛苦的治疗

方承宇觉得自己已经死了，要不然也不会觉得这么舒坦，他不由得长长叹了口气，心想死了也好，终于解脱了，但他的叹气声才发出，耳边就陡然响起呼喊声。

"承宇！"

"承宇你醒了！"

方承宇缓缓睁开眼，看到祖母和母亲惊喜的脸，母亲的脸上还带着泪水。

方承宇渐渐清醒后，脸上浮现惯有的笑容，对着两位长辈安慰道："祖母、母亲，我没事，可能是昨日太累了，今日醒得迟。"

太累了，这三个字被一个刚刚度过洞房花烛夜的人说出口，意味颇为复杂。

虽然知道不可能，但方老太太和方大太太还是忍不住用视线扫过方承宇的婚床。她们因为担心，早早就跑来探望，却被丫头柳儿以小姐还没起床拦住。还好没等多久，听到动静的君小姐就让她们进来了。进去后，看到君小姐从内室走出来，穿着里衣，让她们去看方承宇，而她自己便由柳儿服侍去梳洗了。她们进去，看到床上的被褥虽然整理过，但很明显昨夜两人是同床共眠的。

"哎，老太太、大太太，你们已经看过少爷了，可以放心了吧？"柳儿不客气的声音从身后传来，打断了两人的遐想。

方老太太摇摇头转过身，看到君蓁蓁并不在，不由得再次愣了下。

"小姐，哦不，少奶奶累了，在书房歇息了。"柳儿说道，"有什么话等会儿再说吧。"

方老太太和方大太太本想跟君蓁蓁讨论一下承宇的病情，不由得皱起眉头。

"好了，你们都快去歇息吧，赖在人家新婚小两口屋子里做什么啊。"柳儿不耐烦地说道。

方老太太和方大太太的眉头又紧了一些。

"以后你们就不用管了，少爷由少奶奶照顾，你们就享清福吧。"柳儿接着笑嘻嘻说道。

方大太太要说什么，方老太太拦住她，沉着脸说道："她最好好好照顾承宇，否则……"

话没说完就被柳儿打断，生气地说道："否则什么？否则死了怪我家小姐吗？你们家少爷什么样子你们心里不清楚吗？本来就是要死的，关我们小姐什么事？"

生气的柳儿一通撒泼打滚，将方老太太和方大太太赶了出去。方家其他关注少爷的人自然都看到了这一幕。下人们在传达信息的时候，都在议论这个君小姐的丫头比刚进府时的派头还大，竟然敢公然顶嘴方老太太和方大太太，还惹得方大太太红了眼眶，这方家，摊上君小姐主仆，可真是倒了血霉了。

"不许放闲杂人等进来！少奶奶的院子可不是谁都能来的！你们几个伺候少爷，都老实点！去煎药，再去多拿点药，少奶奶说了，这药效不够！"赶走了方老太太和方大太太，柳儿越发趾高气扬，高一声低一声地不停下命令，似乎满院子都是她的声音。

方承宇听得心烦，但也无可奈何，只能躺在床上深深叹气。而在另一边屋子里，君小姐睡醒后，一如既往地装扮好，脸上虽然带着几分疲惫，但神情安详。外边柳儿的声音似乎成了优美的伴奏，伴着这声音，她一笔一笔写着师父曾经说过的医案，新婚的第二日就在这嘈杂纷乱中过去了。

入夜后，一日未曾出现在室内的君小姐走进方承宇所在的屋子。

柳儿驱赶屋里的丫头，得意地说道："出去出去，少爷由少奶奶照顾。"

一天连面都不露，却敢大言不惭地说要照顾少爷，看着坐在轮椅上神情平和的少爷，丫头们神情带着愤慨和忧伤。

"去吧，听少奶奶的话。"方承宇含笑说道。

丫头们低下头，难过地退了出去。

待柳儿铺好床铺高高兴兴退出去关上门，君小姐便像昨晚那样推着方承宇进了浴室。依旧是满池的汤药，比起昨日似乎更刺鼻更浓烈。

"怕疼吗？"看到方承宇的视线落在浴池后身子明显僵硬，君小姐柔声问道。

"要是有娘子共浴就不怕了。"方承宇勉强笑了笑，打趣道。

君小姐笑了笑，装作可惜地说道："我又没病，只能你自己独享了。"

昨日那蚀骨的疼痛似乎还在身上叫嚣，方承宇不自觉地握紧了扶手，似笑非笑地说道："为了让娘子将来尝到销魂的滋味，我也只能这样忍受了。"

君小姐将他从轮椅上半拖半抱起来，闻言笑道："光嘴上说得厉害没用，让我来看看你有多能忍受吧。"话音刚落，她就松开手，将方承宇陡然扔进浴池。

方承宇一瞬间窒息，不是被水呛的，而是痛的。他突然有些想哭，虽然他已经很久没哭过了。

君小姐坐在浴池边，手托着下颌看着他，说道："真没出息，要哭鼻子了。"

方承宇咬牙说道："哭鼻子一定是没出息啊，连鼻子都不哭却去上吊的人更没出息吧。"

君小姐看着他，笑着说道："你想上吊还上不了呢。"

方承宇听到这一句话的时候，终于坚持不住又晕了过去。

第二日醒来后，方承宇回想起昨日，自嘲地笑了笑，在这女人面前顾及争脸才是丢人，她算个什么东西，他再次闭上眼，虽然这时候已经午间了。

等在床边的丫头们担忧地对视一眼，柔声劝道："少爷，你吃点东西吧？"这一次没有舒坦的感觉，方承宇不觉得疲惫无力，更是没有胃口，他摆摆手，闭着眼一动不动。

两个小丫头忍不住抹着眼泪走出来。

"这边这边。"廊下柳儿正冲着几个仆妇招手。

"桂圆新鲜吗？"她掀开一个仆妇捧着的食盒，带着几分挑剔看了眼，"还行。"

看完后，又转到另一个仆妇面前打开食盒，说道："这个做得颜色不好看，拿下去。"

一番挑剔之后，柳儿才摆摆手，说道："送进去吧，下次别这么慢，少奶奶忙得很。"

两个丫头看不惯，咬住下唇。柳儿察觉到这边的视线，横眉问道："看什么看？少爷吃了吗？"

亏她还知道问一句，一个丫头咬牙说道："少爷说不想吃。"

柳儿撇撇嘴，嘀咕道："病歪歪的还不知道多吃点，跟小孩子似的还不吃饭。"说罢便转身走开了。

两个丫头目瞪口呆，几乎气晕。

这种事自然在方家很快就传开，方锦绣气得差点晕过去，吵着要去跟君葳葳理论，自然未能去成，被得知消息的方大太太派人拦下，不过到底是关切，方大太太立刻跑去询问君小姐。

"不是我不伺候他吃饭，他吃了药不想吃饭是很正常的事，再过几天适应了就好了。"君小姐解释道。

"这解释方老太太和方大太太都信了？"一间茶楼的包厢里有男人隔着竹帘问道。

拎着茶壶靠着柱子站着的店伙计应声"是"。

"这君小姐恶形恶状，蠢归蠢，还挺豁得出去，走这一步棋也是不错。"男人笑着说道。

"也就仗着一点血缘关系罢了，等老太太不在了，她还算什么。"店伙计低声赔笑道。

男人停顿片刻，接着问道："那些药都查了吗？到底是做什么用的？"

"家里的人说都看过了，方少爷的药里新添了几种，君小姐说是要给方少爷治病的。"店伙计低声说道，"方三小姐则说君小姐是用来害死方少爷的，因为急着做寡妇。"

包间里的男人扑哧笑了出来。

"不过更多的人说这其实是方老太太给方少爷准备的春药，为了让方家留个后。"店伙计也带着笑说道，"现在坊间的赌坊都开了盘口，赌的就是方少爷能不能跟君小姐同房。"

包厢里的男人呸了声说道："这什么乱七八糟的。"男人手指不停地在桌子上有节奏地敲打，沉思片刻又说道，"让他们盯紧点，留个后倒无所谓，可别真是……"

店伙计了然地应声"是"，随即拎着茶桶向另一边走去。

包厢里面门窗紧闭，男人站在窗边的阴影里，掀起竹帘静静地看向外边，外边日光刺眼，却照不到他的面容。

窗户正对着方家的大门，虽然已经过去几日了，门上贴着的大红喜字依旧鲜艳亮丽。

外界议论纷纷，方家大宅内也不安生，不时有仆妇丫头们聚集在一起交头接耳，都对着方少爷和方少奶奶的宅院摇头叹息。以前方少爷还能坐着轮椅走一走，现在被方少奶奶拘在院子里，不知道怎么折腾得连床都下不了。但她们不知道的是，君小姐和方大太太的谈话，只传递了一部分，还有一些是她们不知道的。

"泡汤药当然不能治好他，而且还会不如以前。"君小姐说道。

方大太太神情惊愕，忍不住问道："那怎么办？"

"因为他的身子已经被毒烂了，也形成了依赖，如果直接用药解毒，毒性骤然除去，他的身子也就垮塌了。"君小姐柔声解释道。

这一点方大太太也知道，要不然当初也不会明知喂他的药是毒药也不敢断。

"我现在是在调理他的身子，让他摆脱毒性的控制，毒性逐渐被剥离，他的身子不适应，自然精神也不如以前。"君小姐又说道。

"那要什么时候才能好？这已经快要十天了。"方大太太忍不住急急问道。

君小姐看着她笑了笑，说道："已经十天了啊……"

这话似乎没什么意义，但方大太太面色忍不住一红，十年都快要熬过来了，竟然连十天都等不得。

方大太太沉默片刻，说道："蓁蓁，是我唐突了，我不是质疑你，你不要多心。还有锦绣她们，她们不知道你在做什么，对你言语不敬，让你受委屈了。"

"我不多心，也不委屈，这些事原本就在计划中，让她们知道真相，对事情没半点好处，也没有必要，只要外祖母和舅母知道就行，至于她们的误会，等将来事情真相大白后，她们就会清楚的。"君小姐通情达理地说道。

要是换作以前，不用自己说出这话，君蓁蓁早就跟方家姐妹以及下人闹了，就算自己来道歉宽慰，也会甩袖子赶出去，如今真是通情达理多了，方大太太心里想。

"还有，我想就算这样，你们的仇人也还是有些怀疑了。"君小姐又说道，"所以表弟更不能让人一下子看出好了起来，否则……"说完，她随手抽出桌案上摆着的一枝花，轻轻一招，花断了。

方大太太神情凝重，咬牙说道："我倒真想亲眼看一看他。"

夜色降临时，屋子里的丫头不用柳儿呵斥就主动退下了。

时间真是个无情的东西，这才过了半个月，丫头们的愤慨不满也被磨掉了。可是又有什么办法呢？丫头们说的话她们主仆理都不理，方三小姐带着人要来照顾方承宇，却被丫头柳儿骂不要脸，管弟弟房里的事。而方老太太和方大太太对这边发生的事视而不见。当家的都默默支持，其他人也就认了乖乖听话。

丫头们走到门口时，君小姐也过来了，白日里她很少出现在方承宇面前，晚上才会过来。丫头们低下头看着君小姐迈进门，门随之被关上，哗啦的水声响起，随着被水围裹，熟悉的刺痛感又袭来，方承宇闭上眼。

"感觉怎么样啊？"君小姐打趣道。

自从那次自己说他上吊也不行后，再被扔进浴池，这孩子就不怎么说话了，至少不说那种故意挑衅的话了。

"很好啊。"方承宇和气地答道，"我觉得身体好多了。"

君小姐在浴池边坐下，看着这个做出一副享受神情的少年，实际上有多痛，看着的人都想象不出来。她突然问道："你这些年难过吗？"

方承宇睁开眼，带着几分歉意地说道："难过或者好过得有对比才知道。表姐，我从记事起就这个样子，所以不觉得难过，很抱歉我的回答让你失望了。"

这孩子看起来温和礼貌，说出的话却句句带刺，君小姐笑着又问道："你想过病好以后做什么吗？"

　　方承宇再次摇头，叹了口气说道："表姐，没有以后的人是不能想以后的，要不然活不下去，这一点我不如表姐啊。"

　　君小姐再次笑了，怅然地说道："你这孩子……"

　　这孩子生在苦难中，看似透彻其实悲愤，身体和心灵都备受折磨，那她的弟弟呢？他也是错在那个身份上。他还小，什么都不懂，姐姐也被从身边剔除，不知道会被教成什么样子。

　　想到这里，君小姐只觉得心一阵刺痛。她深吸一口气，喃喃说道："以后真不能多想。"

　　回过神来，君小姐再看浴池中，方承宇已经闭上眼向下沉去，很不错，现在坚持的时间越来越长了。她伸手将他从浴池中拉上来，脱下湿衣擦干身子，取过金针全神贯注地开始施针。

　　方承宇醒来的时候，又是午间，屋子里站着两个小丫头，看到他醒来，高兴得不停抹眼泪。

　　"少爷，您要吃点东西吗？"丫头们忙问道。

　　方承宇心里叹口气，摇了摇头。

　　"少爷，您多少吃一点吧。"两个丫头忍不住哽咽劝道。

　　方承宇没有说话，忽然神情一怔，似乎觉得有个地方不对……

　　"少爷？"丫头紧张地唤道，"您是要方便吗？奴婢伺候您……"

　　方承宇虽然手能动，但基本上是不能自理的，按照以往的习惯，一觉醒来是该方便一下。丫头们忙去取夜壶来，一个丫头就要伸手掀起方承宇的被子，却被他伸出手按住制止。

　　丫头们愣住了。

　　"我自己来。"方承宇说道。

　　丫头们迟疑着没动。

　　方承宇已经撑起身子伸出手，不耐烦地说道："给我！"

　　少爷虽然是病身却很少发脾气，丫头们不敢再反驳，忙将夜壶递过去。弄脏了就重新换一下，也没什么大不了的，丫头们心里想着，最多被那个柳儿捏着鼻子嘲笑几句，胡思乱想间，方承宇已经将夜壶拿了出来，竟然没有弄脏衣服和被褥。

　　"下去吧。"方承宇说道，声音有些干涩。

　　两个丫头对视一眼，应声退了下去。

　　室内恢复安静。

　　方承宇躺在床上，脸上浮现复杂的神情，有激动、惊喜，还夹杂着一丝嘲笑。这个女人果然是这个目的，或者说祖母和母亲也是这个目的。

　　"承宇，你有没有觉得哪里感觉不同了？"方承宇想起祖母和母亲前日曾紧张又期盼的问话，作为方家唯一的男丁，有用的不就是那里而已？

　　方承宇自我嘲讽地笑了笑，又慢慢归于平静。

第二十章

◇

好朋友的邀请

二月末，阳城的天气依旧阴寒，但很多女孩子还是换上了春装。当然是能够配备手炉厚斗篷暖袖，以及进出都是温暖地方的有钱人家的女孩子。

一间茶室，伴着一阵女孩子们的笑声，屋门被拉开，走进来一群花枝招展的小姑娘，屋子里本就坐着的女孩子们也都站起来去迎接。

"燕燕，真是好久都没有见到你了。"大家围住走进来的正中的宁云燕，纷纷感叹道。

这种众星捧月的感觉，宁云燕也是好久没有过了，高兴地对她们说："那有没有想我啊？还是想我家做的点心？"宁家的厨娘是宁炎从京城送来的，学的还是御膳的手艺，宁家宴在阳城很有名。

女孩子们都笑了，纷纷凑趣说道："当然是想点心了。"

屋子里笑声一片，其乐融融。

"怎么这次你能出来了？能多住几天吗？"女孩子们问宁云燕。

"这次是我哥哥来阳城，母亲才让我出门的，哥哥说要等三月三过了才回去，所以我能在这里多待两日。"宁云燕笑着答道。

"哥哥"二字让屋里的女孩子们顿时两眼发光，都不自觉地向宁云燕身边挤过来，你一言我一语问道："十公子也来了吗？十公子也来这里喝茶了吗？"

宁云燕撇撇嘴，对女孩子们的激动视而不见，得意地说道："他才不陪我呢，说是要去拜访一个什么老秀才，那老秀才下棋下得好。你们不知道，我哥哥如今对下棋很着迷。"

"十公子棋艺那么好，还要更进一步啊。"女孩子们纷纷称赞道。

"我知道的，何家十五小姐说了，见到你哥哥了。"一个女孩子忽然说道。

屋子里的女孩子们顿时都看过去。虽然自己不是这个何家小姐，说话的女孩子还是被这些虎视眈眈的视线吓得后退一步，忙解释道："何家小姐说，十公子去拜访她父亲，一起下棋来着。"

"东街桥头三道巷子的何家吗？"宁云燕显然不知道这回事，皱眉说道，"何家老爷棋艺高超，我哥哥去拜访也不奇怪，只是怎么会见到何小姐？"

宁十公子因为知道自己很有名，所以很注意回避女孩子，以免引来不必要的麻烦。

"她是偷看的吧。"一个女孩子喊道。

"那算什么见到了。"女孩子们纷纷冷哼道。

先前说话的女孩子忙摆手，说道："不是，是真的见到了，何家小姐说，十公子说何老爷棋艺好，虎父无犬子，所以要见见何家的孩子们。"

这话让女孩子们顿时哗然，交头接耳议论起何家小姐的不是。

宁云燕被屋子里的声音吵得皱眉，她当然不相信哥哥愿意见那何家的什么小姐，肯定是客气地说一句见见何家的少爷们，那一心要攀高枝的何夫人才厚着脸皮将女儿们也推了出来。

"这些事没什么，我不说了嘛，我哥哥最近要破解一个古棋局，过了这阵子就没兴趣了。"宁云燕转移话题说道。

女孩子们立刻领会，虽然很想再多谈谈宁十公子，但没人想要惹宁云燕不高兴，便笑着岔开话题。

"说真的，伯母真是太严于律己了。"女孩子们坐下来之后，宁云燕旁边的一个女孩子说道，"居然拘了你这么长时间，明明错的又不是你。"

旁边的女孩子们纷纷点头。

"何止燕燕啊，我们谁好过，不都被罚了？"还有人说道。

宁云燕用银勺子挑着蜜饯，笑了笑说道："过去的事就不说了，以前大家都是女孩子，阳城这么点地方总难免遇上，现在不同了，我们是女孩子，人家可是少奶奶了。"

说到"少奶奶"三字，如今可是阳城最有名的称号。

"赌坊里的赌注可是越来越大了。"一个女孩子掩嘴笑道。

"是赌他们什么时候同房吗？"又一个女孩子问道。

这话让室内喧闹的气氛突然凝住。

旁边的女孩子伸手掩住说话者的嘴，脸涨得通红，嗔怪道："你胡说什么呢。"

屋子里顿时又响起压抑的笑声，红着脸的女孩子们挤在一起，如同暖房里盛开的花摇曳，画面煞是美丽。

"不是啦，现在是赌君荼蘼什么时候当寡妇。"有女孩子说道。

"那瘫子要死了？"好几人忙好奇地问道。

女孩子点点头说道："听说差不多了，连床都下不了了。你们也知道君荼蘼她是什么人，怎么可能看得上那瘫子，不过是要霸占方家少奶奶的位置。"

"她要谋杀亲夫啊？"女孩子们咬着手指紧张地问道。

"别瞎说了，方家又不是人死绝了，还有方老太太呢。"宁云燕说道，手里的蜜饯已经被翻来覆去拨弄好几遍了，跟她的声音一样懒洋洋的，"那方少爷本来就活不了多久，这是阳城人都知道的事，所以就算是死了，也不能怪人家君荼蘼啊。"

"那方少奶奶以后可就有好日子过了。"有人笑着说道。

屋子里的女孩子们都笑起来。

宁云燕却没有笑，想这君荼蘼以后的日子还真就好过得很，挂着一个寡妇的名头，谁也不能奈何她。方家又有钱，就比如这次阳城灯会，方家出了大风头了，可想而知以后逢年过节君荼蘼肯定要搞出各种花样。

"你们不要这样说，她怪可怜的。"在一片笑声中，一个声音怯怯地响起，这声音略有些柔弱，似乎说出来也没有底气。室内顿时安静下来,所有的视线都看向声音发出的地方。

说话的是一个十四五岁的女孩子，如同她的声音一样，人也长得娇娇弱弱，相貌在这一群女孩子中只能算是中下等，唯有纤细的眉眼、凝白的肌肤，给她添了几分温婉娴静，看到是她，室内的女孩子们都翻了个白眼。

"林瑾儿，谁让你来的？"一个女孩子冷哼道，"怎么没去找你的方少奶奶玩啊？"

林瑾儿是阳城县主簿的女儿，林家在阳城也是大户大家，大约是其父为主簿的缘故，林瑾儿与君蓁蓁倒是相处得不错，也是唯一一个会在人前人后维护君蓁蓁的，因此在这些女孩子中常被嘲笑。

听到被这样质问，林瑾儿一脸不安地低下头，眼里含着泪水。

"这个受气包，我都不能看她，真是太没出息了。"几个女孩子撇嘴说道。

"她有吃有喝有钱怎么就可怜了？"宁云燕笑着说道。

"可是她以后可能是寡妇啊。"林瑾儿低头说道，"不是有句话叫，寡妇门前是非多吗？"

这话让女孩子们更是一阵嗤笑。

宁云燕也笑着不再看林瑾儿，转头催茶，说道："不提这些事了，我好容易出来一趟，快说你们安排了什么好玩的。"

女孩子们笑了笑，立刻传来早已经准备好的杂耍，一时间屋子里鼓乐齐鸣，绕梁不绝。

几番茶水小食过后，宁云燕起身去净房，自有丫头陪侍，其他人也并没有在意，至于原本坐在屋角的林瑾儿什么时候已经走了，大家更没有在意。

这间茶楼的净房布置得跟茶室不差分毫，摆设精美，熏香淡雅，暖意浓浓。

宁云燕张开手臂，身后有人将衣带给她系上，突然问道："你有什么想法？"

身后的人转过身，将宁云燕的衣袖认真整理后抬起头，原来是林瑾儿，她柔声答道："不管方少爷是死是活，对方家来说，都找不到责难她的理由，要想让她不好过，得找其他的法子。"

"我当然知道。"宁云燕带着几分不耐烦走到窗边，揪下一枝迎春花，恨恨地说道，"这贱婢命太硬，竟然没死，现在还要在阳城逍遥，真是老天不长眼。"

林瑾儿跟过来，低声说道："那次她本就不想死，所以出了意外也很正常。"

宁云燕看她一眼哼了声，似笑非笑地说道："我知道，我没有怪你。"

林瑾儿低头道谢，又说道："那一次是我的错，我只是顺势而为，看来对她没有用。"

"那要怎么做才对她有用呢？"宁云燕将手中嫩黄的花捏碎扔在地上，似乎这样才能表达她内心的不耐烦。

"于情于理方家都会包容她，因为她是方家的血亲，但有一种情况却不能包容她。"林瑾儿说道。

宁云燕看向她，问道："你又要顺势而为吗？"

林瑾儿摇摇头，含笑说道："对君蓁蓁这种人真的不能再顺势而为了，要把一切都给她安排好，让她跳进去。"

"你打算什么时候让她跳啊？"宁云燕又问道。

"这件事还需要燕燕，最好还有十公子稍微帮个忙。"林瑾儿说道。

宁云燕顿时大怒，低声喝道："我们要是能出面，还要你做什么？"

林瑾儿忙摆手，解释道："不用特意出面。是这样，三月三的时候只要你们也在阳城，不是要见到你们，我就是找个借口诱她出来，而你们跟别人一样该干什么就干什么，不用来我们面前。"

宁云燕吐了口气，说道："我跟我哥三月三之前都不回去。"

这就是答应了，林瑾儿笑着应声"是"，宁云燕没有再说话，显然是要结束话题了。

林瑾儿沉默片刻，又忍不住问道："十公子怎么喜欢上对弈了？"

"我哥一向喜欢。"宁云燕说道，"他喜欢的东西多了，一时兴起指不定对什么痴迷呢。"

说罢看了她一眼，停顿片刻，又说道："你不用在意，也不用跟那些人似的去做出一副痴迷棋局的样子，太无聊，我哥又不是傻子。"

林瑾儿笑着点头说道："十公子哪里是那种俗人。"

看她站着没动，宁云燕想了想，靠近她几步，压低声音说道："我哥跟杨小姐的亲事不可能，我母亲拒绝了，因为我哥不喜欢。"

别的女孩子如果听到这句话，不知道欢喜成什么样，林瑾儿却是有些遗憾地说道："那真是太可惜了。"

其实宁云燕觉得杨小姐跟哥哥真的很般配，这亲事不成，她也觉得可惜，但那是因为她是哥哥的好妹妹，为哥哥着想才会觉得可惜，对林瑾儿这样想嫁给哥哥的人来说，才不会觉得可惜，真是虚伪。

宁云燕撇撇嘴，讽刺地说道："你是觉得我哥成不了亲，就不能纳妾，你等不及而可惜吗？"

林瑾儿面色一红，忙摇头坚定地说道："当然不是，只要是十公子，我多久都等得。"

宁云燕看着她平凡的脸，笑了笑，说道："你放心就是了，这做妾不是做妻，只要你愿意，只要我母亲愿意，你肯定能如愿。尤其是你帮了我们这么大的忙。"

林瑾儿低下头红着脸，说道："多谢燕燕。"

宁云燕摇了摇她的手，笑了笑没有再说话，走出净房，回到了屋里，女孩们都围住了她。

没有人注意到林瑾儿已经离开了。

林瑾儿当然也不介意。她不需要朋友，也不在意这些人对她怎么样，女人总是要嫁人的，值得结交的是将来要依靠一生的夫君，她才不会对女子耗费真心。

也许有人会不明白，像林瑾儿这般家世的女孩子为什么会愿意委屈做妾。但对林瑾儿来说，她最大的心愿就是能一生陪伴在宁十公子身边，做妻子或者做妾对她而言，都不重要。虽然家世不错，但要当宁十公子的妻子，在这阳城还轮不上她，所以做妾才是最合适的选择，既然要做妾，就不用现在对宁十公子费心思，而是要对宁大夫人表心意。

林瑾儿站在茶楼外，由丫头小心地戴上兜帽，二月末的寒风吹得她白皙的面容微微泛红。她深叹口气，低头扶上丫头的手，另一个丫头已经递上手炉。

"小姐，我们回去吗？"丫头低声问道，看着搭住手站着不动的林瑾儿。

林瑾儿抬手将帽子往下压了压，柔声说道："不，我们去拜访一个人。"

虽然二月末风还料峭，但窗挡住了寒风，只要日光透进来，就照得整个室内暖洋洋的。

君小姐挽着袖子露出手腕坐在炕桌前，这一次她的手里没有捏着笔，而是捏着一根筷子。炕桌上纸笔微微有些凌乱，除此之外还摆着一个托盘，其内放着小碟子小碗，显然是送来的小食。此时，她正带着几分认真看着前方，忽然扬手将手里的筷子扔了出去，筷子撞在不远处的隔扇上，啪嗒一声掉在地上。

柳儿正推门进来，咦了声捡起筷子，嗔怪道："少奶奶你顽皮。"

君小姐面色闪过一丝羞涩，旋即恢复正常坐正了身子，放下袖子。

"觉得闷的话不如出去走走？"柳儿关切地问道，"少爷已经吃过药，我把她们都赶出去了，已经教训过了，看她们谁再乱嚼舌头。"

君小姐笑了笑，因为她除了晚上，白日里从来不出现在方承宇面前，更别提尽妻子的伺候义务，还不许那丫头伺候太久，所以家里自然有不好的传言，不过那些都是无所谓的事，就连方承宇怎么想的她都不在意。

"可是一个人总是这样闷着多无趣，不如去找人玩……"柳儿提议道。小姐以前最喜欢出去玩了，现在却不得不困在这方家。

"我又没有可玩的人。"君小姐笑着说道，伸手提起笔。

话音才落，门外响起丫头怯怯的声音，说道："少奶奶，林小姐来了。"

因为越来越适应这个身体，君小姐曾经的记忆渐渐被她同化，那些没用的记忆被压下去，此时竟一时没想起来林小姐是谁。

"少奶奶！是林小姐。"柳儿高兴地说道，转而却又是一脸不高兴，"不过，林小姐怎么现在才来？是不是觉得当初给小姐出的上吊的主意没用，不敢来了？"

君小姐这才想起来，这个林瑾儿是在阳城与君蓁蓁关系最好的玩伴，也就是告诉君蓁蓁宁十公子和杨小姐要定亲，以及出主意可以用上吊自尽来吓一吓宁家的那位小姐。

"林小姐啊。"君小姐笑了笑，放下手里的笔，说了一句有些奇怪的话，"我忘了还有她。"

柳儿觉得这话很奇怪，但来不及细想，门外便传来女子带着哭意的声音："蓁蓁，蓁蓁。"

君小姐坐直身子，透过窗缝看到一个柔弱婀娜的女孩子走进院子，记起来这个长相略丑的女孩还真是死去的君蓁蓁真心真意交的朋友，但可惜的是，对方显然不是真心跟她交朋友。

门被柳儿快速拉开，伴着一阵清香，林小姐就自顾自地走进了屋里。君小姐坐在炕上没有动，看着这个女孩子。

林瑾儿看到君蓁蓁后，泪水便如珍珠般落下，哽咽地呼唤道："蓁蓁，你……"

但那满腹的悲伤并没有倾泻而出，君小姐就打断了她，郑重地说道："我跟以前不一样了。"这话让林瑾儿觉得莫名其妙，一阵尴尬，还好她很快就明白了这是什么意思。

"蓁蓁，你不要这么说，不管你嫁……"林瑾儿神情更为悲切，再次哽咽道。

但话又被打断了，君小姐认真地说道："不是，我说的不一样，不是因为我嫁给了一个商户，我是说我死过一次后跟以前不一样了。"

　　林瑾儿有些恼火，但还是走到君小姐面前拉住她的手，柔声说道："我知道了。"

　　说这句话的时候，林瑾儿的表情也很郑重，眼泪竭力地忍住，使得她的神情看上去更悲伤。她看到君蓁蓁松了口气，心里也松了口气，知道自己做对了，其实哄这个女孩子是件很容易的事。

　　"我跟你说清楚了，你真的知道了吧？"虽然松了口气，但君小姐还是又问了一遍，"你要做什么事、说什么话的时候，要记着我这句话。"

　　林瑾儿毫不迟疑地点点头，紧紧握着君小姐的手，泪水刚好滚落到她的手上，郑重地说道："我记住了，你放心！"

　　君小姐放心了，上一次她使计谋欺负了左艳芝，她心中仍觉得她的做法有些不公平。现在这位君小姐又找上门，她一看就知道这个林小姐没安好心，所以觉得有必要先提醒林小姐一下，这样也算公平吧，若提醒了林小姐后，林小姐还要任意妄为，那到时，可就不能怪她了……君小姐不由得笑了笑，觉得自己越来越顽皮了。

　　林瑾儿看到她的笑，更有些莫名其妙，心想她不会是受刺激失心疯了吧，她坐下来继续哽咽地说道："蓁蓁，何苦这样作践自己？"

　　君小姐抽回自己的手，淡淡地答道："还好，也并不太难过。"

　　林瑾儿不信她的话，但没有反驳，默默地坐在她身旁垂泪，又低声说道："那件事后我以为能成，没想到会是这个结果。这都是我的错，如果当初我告诉你就好了，我觉得我没脸见你，便让母亲把我送回了老家，就在前几天，我听闻宁十公子并没有和杨小姐定亲，而且宁大夫人还明确拒绝了这门亲事，你知道这是为什么吗？"

　　君小姐似乎愣了一下，问道："为什么？"

　　"十公子，是个君子。"林瑾儿真诚地看着君小姐说道，"先前不知道你有婚书，现在你拿出婚书，对十公子来说这就是信义，而他又是个会遵守信义的人。"

　　君小姐神情复杂地看着林瑾儿胡说八道，心想要是君蓁蓁必定信了，可惜，她不是林瑾儿以为的那个君蓁蓁了，自然不会上当。

　　君小姐有些不好意思，她垂目低头，装作惋惜地说道："现在说这些，没有用了。"

　　"是啊，我知道这件事后急急赶回来，却还是晚了一步，你嫁人了。"林瑾儿叹了口气，带着浓浓的悲伤说道，"真是命运弄人。"

　　悲伤的气氛弥漫了整间屋子，柳儿也忍不住抬手擦泪。

　　"这都是命。"君小姐看着林瑾儿笑了笑说道，"我现在过得也挺好。"

　　林瑾儿的眼泪再次滴落，哭着说道："傻蓁蓁，你这怎么叫过得好，你要当一辈子寡妇了。"

　　君小姐没有说话，林瑾儿叹了口气拭泪，忽然说道："我知道你认命了，但有个人还想要问一问。"

　　"什么？"君小姐不解地问道。

　　林瑾儿抬头看着她说道："宁十公子想要问问，信义是不是真的不用守了？"

　　君小姐的眼中闪过一丝怒意，她其实并不在意宁家将她视作敌人，人生在世要遇到那么多事和人，磕磕碰碰总是难免的。但宁家的作为实在令人不能忍，居然为了那么点婚姻的恩怨，就把一个不懂事的小姑娘往死里逼，无利不起早，林瑾儿这么做肯定是受了宁家的指使，或者为了讨好宁家的人，太过分了，何至于此。

柳儿激动地问道："真的吗？他，他要见我们家小姐吗？"君小姐依旧沉默。

林瑾儿神情凝重几分，对着柳儿说道："当然不是，十公子是最注重女子们闺誉的，他怎么会说出这样的话？是他来我家做客时，偶然遇到我，问我的话。"

"十公子来阳城了吗？"柳儿又问道。

林瑾儿看向君小姐，君小姐仿佛被看得有些不好意思，抬起头飞快地看了林瑾儿一眼，动了动嘴唇没有说话又低下头，说道："说这些还有什么用，这都是命。"

林瑾儿看到了君小姐眼里闪过的亮光，心里很满意，忙又拉住她的手，含泪说道："蓁蓁，你不是说过，命都在自己手里吗？"

君小姐的神情又新添了几分感叹。

林瑾儿叹了口气，继续说道："算了，不说这个了，知道你心里也不好受。"

一旁的柳儿正竖着耳朵听得激动，忍不住又问道："林小姐，宁公子真的来阳城了？"

林瑾儿嗯了声，答道："说是过了三月三就去京城。"

柳儿激动地看向君小姐，见她仍然低着头，不知道在想什么。

"不要说这些伤心事了。"林瑾儿打起精神挤出笑说道，"我们都开开心心的。正月我没回来，咱们也没出去玩，三月三到了，不如我们出去玩吧。"说到这里她又停顿了下，迟疑地问道，"只是，你现在方便出去吗？方少爷，还好吧？"

"他好不好跟我们小姐有什么关系。"柳儿立刻不高兴地说道，"我家小姐要出门，也轮不着他们管。"说罢又忙看向君蓁蓁，说道，"去吧，小姐，你在家也闷这么久了。你不是一直想看看阳城三月三的热闹吗？"

君小姐看着柳儿几乎把眼珠子都要瞪出来了，忍不住想笑，她看向林瑾儿，故作骄横地说道："我想出去就出去，我现在可是方家少奶奶。"

林瑾儿立刻含笑点点头说道："好，我回去想想咱们去哪里玩、玩什么，到时候来接你。"

君小姐也点点头，认真地说道："好，你回去好好想想。"

林瑾儿虽然在方家畅通无阻，但不表示方老太太会对她视若无睹。

当得知林瑾儿进了君小姐的院子后，方老太太脸色微沉，此时君小姐又站在她的面前，跟她说三月三要与林瑾儿同游踏春，她的脸色就更难看了。

"我以为你会把她赶出去。"方老太太沉默片刻说道，"或者用言语质问羞辱一番，就像对宁家夫人和我这般。"

君小姐笑了笑说道："何至于此。"

"你上吊自尽可是这位林小姐出的主意。"方老太太提醒她。

君小姐认真地想了想，笑着说道："其实不是，她只是提出吓唬一下你们和宁家，上吊这个主意是我想出来的。"

方老太太又停顿了片刻，说道："你知不知道她来找你之前在茶楼喝茶？宁家小姐也在其中。"

君小姐惊讶地说道："你竟然派人盯着宁家的人啊。"

"废话！"方老太太没好气地说道。

君小姐笑了笑说道："原来如此，我接受了林小姐三月三的邀请。"

方老太太皱着眉头又问道："接受她的邀请？还是三月三？你不知道她不怀好意吗？"

"我就是想看看她是什么意思，要干什么。"

方老太太挑眉说道："你这算什么？明知山有虎，偏向虎山行？"

君小姐伸手摸了摸脖子，上吊时留下的瘀伤已经痊愈了。

方老太太看到她的动作不由得愣了一下，心想这孩子果然记得呢，并非是傻乎乎的恩仇不分。她松了口气，语重心长地说道："你知道当初自己是中了别人的圈套就好，但现在没必要去跟她算账，君子报仇……"

"君子报仇，十年不晚。"君小姐接过话，柔声说道，"那是因为有些事还做不到，所以要隐忍、蛰伏、蓄力，但有些人、有些事没必要。"

方老太太皱着眉头没说话。

"外祖母放心，外祖母心思缜密、安排得当，我行事有保障，而且现在最要紧的事是表弟的事，我自有分寸。"

方老太太沉默片刻，说道："那你自己小心，出去的话，多带些人，我也会让人在暗处戒备。"

君小姐含笑点点头，施礼告退。

方老太太看着她的背影神情复杂。

君小姐没有回头，一直走，直到走进自己住的院子，才停下脚步，轻叹一口气。

"小姐，怎么了？"柳儿忙问道，她没有跟进去，不知道具体谈话的内容，"是不是她们不同意你出去玩？"

小丫头如同炸毛的猫，准备小姐一声令下就去挠方老太太一脸。

君小姐笑着说道："她同意……"

柳儿看出她有话说，瞪大眼等待着。

"这次她没说让方家的姐妹陪我去。"君小姐犹豫了一下，又说道。

想到方老太太不让自己的孙女跟她去涉险，君小姐的心里突然生出莫名的委屈。

"不去更好。"柳儿根本就没注意到君小姐的扭捏，高兴地说道，"省得她们跟着丢人，有我陪着小姐就够了。"

君小姐笑了笑，开玩笑地说道："出去玩可能会很危险呢，毕竟我现在可不是官家小姐了。"

柳儿听后顿时一阵心酸，想想小姐自降身份嫁给一个商户，自然是委屈了她，立刻拍拍胸脯郑重地说道："小姐别怕，有危险还有柳儿呢，我会护着小姐的！"

君小姐哈哈笑了，这笑声如同银铃，如同山泉，煞是好听。她也被自己的笑声吓了一跳，一来是没想到这女孩子的笑声这样好听，二来她许久没有大笑了。她伸手摸了摸柳儿的头，柔声说道："你很不好，但也很好。"

看到小姐笑了，柳儿也跟着嘿嘿笑。

君小姐的笑声很响亮，她又站在院门前，所以屋子里的方承宇也听到了。

方承宇依旧躺在床上，放下的帐帘遮挡了外边的景色，却挡不住这笑声。他冷笑了一声，翻个身面向里，似乎不堪其扰，突然，他身子僵住了，随即惊喜如潮水般将他淹没——他适才居然翻了个身！要知道他是个瘫痪多年的人，从五岁起就没有自己翻过身，他已经不知道什么叫翻身了。

方承宇不可置信地试着慢慢挪动身子，或许是太僵硬了，人像冻僵的鱼干一样啪嗒翻了过来，摔平在床上。身下的褥子很厚，不会被摔痛，但方承宇突然泪崩，眼泪汹涌地掉下来，很快就打湿了枕头……

夜幕降临，丫头们鱼贯而出。

床上躺着的方承宇突然听到外屋柳儿和君小姐说话的声音："小姐，少爷尿床了呢。"

"怎么可能？"君小姐的声音中带着几分惊讶。

"真的，那些丫头还藏着掖着，也不想想这院子里有什么事能瞒过我。"柳儿得意的声音从外边传来，"我看到了，尿湿了被子和枕头，真是太恶心了……"

方承宇心里冷笑几声，看到君小姐走了进来，将视线落在自己的身上。她眉头蹙起，喃喃说道："按理说不应该。"

"真是对不住。"方承宇在心里冷笑一声，故作诚恳又歉意地说道，"我以后会注意点。"停顿了一下，又说道，"我已经让她们熏过香了。"

柳儿在外间探头捏着鼻子，闷声说道："小姐，要不你去书房睡吧？"

君小姐冲柳儿摆摆手，柳儿立刻领会，虽然不情愿但还是退出去关上了门。像往常一样，她推着坐在轮椅上的方承宇向浴室走去。

"你这是何苦呢，表姐，你没有必要这样陪着我。"方承宇先开口说道。

"这是应该的。"

"大夫说过，我这样的人最终大小便都会失禁。"

君小姐停下解方承宇衣衫的动作，对他摇摇头说道："不会。"

方承宇面色有些窘然，还有些怅然。

君小姐想了想，又说道："我是大夫，不会嫌你脏的。"

方承宇笑了笑，旋即面色又凝重，郑重地说道："可是表姐，我嫌你脏。"

君小姐看着他，并没有任何暴怒的迹象，只是把还穿着衣服的他一把拎起来，无情地扔进了浴池里。

如今这药水中的刺痛对方承宇来说已经算是挠痒痒了，他笑着随着水的波动起伏，看着站在浴池边的君莘莘。

"可是那又如何？"君小姐笑着说道，"你心里不想要，身子还不是乖乖躺着？"

方承宇的笑顿时凝结，刚要张口就骂，君小姐端起了一个铜盆，将其内黑色的水哗啦一下倒进了浴池中。方承宇立刻就感觉到整个浴池如同油锅里被倒进一桶水，噼里啪啦地"炸"开了，痛得来不及喊一声，就晕了过去……

方承宇醒来的时候，初春的日光透过帐帘照进来，有些刺眼，他翻了个身，同时竖着耳朵听外边的动静，寂静无声。他再次翻个身，确认自己腰身以下的确还不那么灵活，但不是以前那种僵死。他伸手撑住，慢慢坐起来，一点一点挪动腿，感到一阵酥麻，额头上沁出汗水，心跳也加快了，令人一阵发慌。似乎过了很久，又似乎只是眨眼间，他将自己的腿垂在了床边。

他坐在床边没有动，神情有些恍惚。这么多年，他还是第一次靠自己坐起来，他激动地试着用脚踩了踩脚踏，感觉非常好，不自觉地像个顽皮的孩子一样，一下一下踩着脚踏，感受硬硬的触感，可惜现在还不能站起来走路。

方承宇伸手掀起帐帘，看着明媚的日光，院子里的枝叶已经泛青。现在，他也生出了想要出去走走的愿望，哪怕只有一天都行。想到这些，他的脸上不由得浮现笑意。院子里有丫头们走动，似乎在低声说些什么，对着一个方向指指点点，那个方向是那个女人白日常待的地方。

方承宇脸上的笑意退去，他知道他能做到现在这个地步，都要归功于那个女人。那女人竟然真的能治病是他没想到的，但他实在猜测不到那个女人费尽心思医治他的目的。莫不会真的是为了治好他，跟他生个孩子，好坐稳方家少奶奶的位置吧？想到这里，方承宇神情复杂。他知道他早晚都得死，即使不死也是个废物，一个废物何必跟她天天置气？看在她这样费心照顾他的分上，他心中暗自决定，今后不再嘲讽她。

不过，看院子里的丫头们指指点点，他就猜到她应该不在家，她会去哪里呢？

"你要去哪里？"方云绣抓住方锦绣的手急着问道。

方锦绣裹着斗篷戴着帽子，一副不以为意地说道："我去花房啊，我的那些花快要抽枝了，我这几日忙着照看呢。"

方云绣抓着她的手不放说道："你少哄我，你去花房穿成这样子，你是不是要出门？"说着就要掀方锦绣的斗篷。

方锦绣忙躲避，另一只手露了出来，手里赫然是一根马鞭，央求道："大姐，你就别管了，我就是想要出门走走，今天可是三月三，我天天被禁足，都快憋死了，我要去外边骑马。"

"你胡说，你要出门，昨日不去，明日不去，偏偏她才跟人出门你就要去，你当我傻啊？"方云绣急着说道。

方锦绣淡定地说道："这么大的门，这么大的阳城，难道我还要避开她？"

"锦绣，我知道你怕她惹事，被那个林小姐骗去，不过你放心，玉绣方才已经让人传话回来，祖母派了可靠的人跟着她呢，而且暗地里也安排了人。"方云绣说道。

方锦绣的脸上闪过一丝冷笑，说道："是啊，祖母都安排得这么妥当了，还有什么好担心的？"说罢猛地收回手，转身向外跑去。

"我自己玩我自己的，大姐你不要担心了。"

方云绣忙追着喊，方锦绣却一溜烟地跑远了。门外早有一个小厮牵马等着，方锦绣利索地上马疾驰而去，方云绣只能无奈地停下，站在门外神情又焦急又忧伤。

方家几个姐妹中，就数方锦绣最像男孩子，姐妹几个遇到任何难事，她都冲在最前面。她觉得姐妹几个既然注定要挑起家中的生意，便总有一个人需要在外头抛头露面，挑起重担，她把自己当成那个人。这让其他姐妹几个既欣慰又歉疚。

"大姐，"方玉绣着急的声音从身后传来，"没拦住？"

方云绣叹息一声，点点头说道："备车马，我也去。"

方玉绣拉住她的手，若有所思地说道："大姐，不用担心，我觉得不会有事的。"

方云绣忐忑不安地说道："既然祖母有准备，那就稍微安心些，但愿她不要不识好人心，赶走祖母的人。"

方玉绣动了动嘴唇没有说话，其实她倒不是因为祖母的安排才放心，她觉得君萋萋既然要出门就肯定不会出事，至少不会发生对君萋萋或者对方家不好的事情。

第二十一章

◇

缙云楼赴约

今早阳城下了第一场春雨，街道湿润，马蹄踏在青石板上更为清脆。

方锦绣纵马在街道上疾驰，她知道有祖母的安排不会出事，但她跟去可不是担心那女人的安危，实际上她是去闹事的。她就是看不惯那女人百般虐待承宇，祖母和母亲却还是尽心尽力地护着、依着那个女人，她非得想办法闹点事情，把那女人赶出方家才行！

方锦绣一勒缰绳夹住马，马儿一声嘶鸣，从陡然出现在街口的两个人中间穿了过去。

街上响起一片惊呼，伴着赞叹的叫好声："真是青春如花，娇艳似火啊。"

两个年轻人也拊掌赞叹道："这小姐马术极好，真是英姿飒爽。"

"在这三月三出来踏青果然赏心悦目啊。"另一个年轻人回头看着身后的人说道，"云钊，你觉得怎么样？"

细雨蒙蒙中，宁云钊手里还举着一把伞，闻言将伞上移，露出面容。

"很好，很好。"宁云钊笑着说道，眼中闪过一丝怅然和期盼。

这般春日好时节，那个女孩子也会出现吧……宁云钊有些记不清她的样子了，只记得那双眼睛明亮如星辰，一想到可能再也见不到那个女孩子，宁云钊就有些遗憾，他还想当面跟她讨教棋局的事呢……

淅淅沥沥的春雨打在车窗上，雨丝如雾，为街上的行人蒙上一层面纱。

君小姐饶有兴趣地望着窗外。其实这里还看不出春天的景致，入目皆是一片灰蒙，比不上江南的花红柳绿。不过街上多了很多穿着鲜艳亮丽的年轻男女，或骑马或坐车或步行，洋溢着青春欢快的气息。

君小姐眼里露出几分羡慕。记得她年轻时，也曾跟在师父身边到处跑，上山入林，去人迹罕至的地方冒险。但除了跟着师父，她没有跟别人来往过，连下棋都是一个人。一年回一次家，时间间隔太久，姐妹们都变得生疏了，再加上身份地位摆在那，更没有可相交来往的人。所以，像街上那些年轻男女相伴出行，直到她死都没有机会做过。

"蓁蓁，冷不冷？关上窗吧。"林瑾儿看着君蓁蓁的脸上现出忧伤的神色，关心地问道。

以前君蓁蓁一来到人多的地方，仗着自己长了一张好面容，便迫不及待地打着宁家未过门媳妇的旗号大出风头，唯恐别人不认得自己，但现在她却安静地坐在车里，林瑾儿便猜测她是因为觉得丢人。曾经的官家小姐，如今成了商人妇，而且很快就要变成寡妇，这种落差对君萋萋这种人来说肯定痛不欲生。

君小姐收回视线，顺着林瑾儿的话垂目，低声说道："关上吧。"

林瑾儿体贴地关上窗户，想了想又说道："萋萋，要不咱们去城外走走吧。城里人多，宁云燕她们都在缙云楼。"

君小姐看着林瑾儿装作热情的样子，心里很烦，决定速战速决。她抬起头来装作很有兴趣地说道："我早就听说过缙云楼这个好地方，据说女子们只能三月三这日去那里玩，我也想去玩，就去那里吧。"说罢，便抬手掀起车帘。

林瑾儿面色惊恐，忙伸手按住她的手，哀求说道："萋萋，我不是怕宁云燕，只是想咱们高高兴兴地玩一天。你一定要答应我，去了缙云楼，咱自己玩自己的，别跟她们碰面。"

林瑾儿心里颇为得意，这个君萋萋是个狂妄自大的人，别人不让她做什么她就一定会对着干，林瑾儿越装作胆小怕事的样子，越能刺激到她。果然如她所料，这个蠢货上钩了。

"我知道了。"君小姐故意绷着声音大声说道，带着孩子般的倔强和不以为意。

林瑾儿还想要再说什么，马车已停在了缙云楼门前，君小姐直接就掀车帘下了车。

这一次君小姐没有带柳儿出来，吩咐她在家看院子。君小姐刚下车，方老太太安排的丫头仆妇们就围了过来。

原来缙云楼不是楼，而是一个宅院，君小姐看着眼前大开的院门，其内亭台楼阁交错，树木繁多，显得生机勃勃。

"这里原本是陈家的私宅花园。"身边的仆妇低声说道。

"是前朝中山王陈氏？"君小姐有些惊讶，旋即又释然地点点头说道，"是了，陈氏祖籍在山西阳城。"

关于中山王陈氏，君小姐多少了解一点，便没有继续问仆妇。她看着眼前的宅院有些感叹，她记得师父曾提过一句，陈氏当年跋扈，因为修宅子闹出不少纠纷，还被人告到皇帝那里，后来还是皇帝特意恩准才修了起来。

林瑾儿挤了过来，手里拿着幂篱，打断君小姐的走神，说道："萋萋，戴上这个吧，这里毕竟人多眼杂。"

君小姐嗯了声伸手接过，丫头仆妇们忙服侍着她们各自戴上，簇拥着迈进了院门。

进门后，首先入目的是一座仙人峰，也就是这仙人峰将院子一分为二。

君小姐看到很多穿着简朴、眉眼带着瑟瑟的男女老少，路旁还坐着不少托着破碗敲着木棍的乞丐，脚步停顿，满脸惊讶。

"缙云楼日常经营酒楼，消费奇高，且只对高等人群开放。只有在三月三的时候，才对民众开放，人人都可以入内游玩吃喝，哪怕是乞丐也可以。这是当初陈氏后人让出缙云楼时提出的条件。"一个丫头在君小姐耳边低声说道。

听到丫头的解释，君小姐恍然点点头，心想与其说这是酒楼，更像是游园会。

"倒也是慈悲心。"她喃喃说道。

"什么慈悲心，那是因为陈氏的后人当时说要一日抽头，便定了三月三这日，结果缙云楼的东家就说三月三停业，让他抽不到钱。陈氏后人便决定开放缙云楼，让百姓齐游园，做买卖的人也可以进来，只要让他抽一日收入的一分。"丫头掩嘴笑道。

　　缙云楼这种地方，想要来逛一逛的人自然不少，这样安排肯进来做买卖的商贩也不少。

　　君小姐笑了笑。

　　"首次便搞得声势浩大，缙云楼没法了才不得不依从，到如今成了惯例。"丫头又指了指那边的乞丐，接着说道，"就连乞丐们要的钱，陈氏后人也要拿走一份。"

　　君小姐再次笑了笑。

　　林瑾儿在一旁皱眉，轻咳一声，柔声提醒道："蓁蓁，我们走吧，这里人太多了。"

　　君小姐听后便主动挽住林瑾儿的手，再次迈开脚步。丫头知趣地后退一步，但还依旧紧紧跟在她身侧。

　　林瑾儿带着君小姐向仙人峰的左边走去，这边的园洞门前有几个穿着黑衣的大汉或坐或站着说笑，见她们过来便有人站出来。

　　"林家的。"林瑾儿身边的小丫头拿出帖子递过去说道，"林家小姐与君小姐。"

　　大汉们扫了眼帖子又看了两位小姐一眼，记下她们的姓氏便让开了。

　　说是对所有人开放，但到底也不能太鱼龙混杂，尤其是很多闺阁女子、年轻媳妇都来踏春玩乐，正好园子分东西两边，缙云楼便将其划分开，士族大家在左边，农工商户等在右边。左边的人可以去右边的园子游玩，但右边的人则不能随意进入左园，只有在士族身份的人作保陪同下，才可以去左边。林瑾儿的父亲是官吏，自然要进左边，由她陪同，已经成为商人妇的君蓁蓁便也能跟着进去。

　　君小姐畅通无阻地进去了，出身商户的方锦绣却被拦住了。

　　"倒忘了这个破规矩。"紧跟着君小姐一行人过来的方锦绣握着马鞭咬牙说道。

　　方锦绣当然不会因为一个院门阻隔就放弃。她站在原地四下乱看，期望能遇到一个认识的人把她带进去。但她到底是个很少出门的女孩子，就算比别的姐妹在外走动得多，来往的也不过是票号商行的人，一时间还真找不到合适的人选。她将视线盯在那些读书人身上，果然没多久，就看到一个清瘦的中年文士走过来，她眼睛一亮。这个文士她认得，姓王名尧，是城里一个秀才，如今在县学坐馆教书。方锦绣之所以认识他，是因为他曾去票号闹过一场。当时他的银票被儿子兑了，他却觉得被偷走了，来票号闹着要德胜昌赔偿，当时她也在场，还出言安抚，好在王先生冷静下来也知道是自己无理取闹，道了歉就走了。

　　"王先生，王先生。"方锦绣疾步上前施礼喊道。

　　王先生陡然被一个小姑娘拦住吓了一跳，眯着眼看了片刻才认出方锦绣，继而又想到票号的事，面色有些窘迫，但还是点点头。

　　"王先生，我要进去找我表姐，您能让我扮作您的婢女进去吗？"方锦绣开门见山地说道。

　　王先生愣了一下。

　　方锦绣见他犹豫，便忙从荷包里拿出一些碎银，递过去，压低声音说道："麻烦先生了，我实在不放心我表姐……"

　　王先生面色顿时一阵青白，横眉喝道："荒唐，欺瞒圣人这种事我是不会做的。"说罢一甩袖子便走了。

　　方锦绣顿时火冒三丈，低声骂道："这酸才！"

旁边突然有扑哧的笑声传来。

方锦绣看过去，见一块镂空山石旁坐着的一个年轻人正咧着嘴笑。这年轻人约十七八岁，长得白白净净，却穿着有些破旧的素面袍子，手里握着一根木棍。

"要钱一边去。"方锦绣没好气地说道。

年轻人笑着站起来，冲方锦绣伸手，说道："小姐……"

话没说完就被方锦绣瞪了一眼，凶巴巴地说道："滚滚滚。"

年轻人再次笑着说道："小姐不是想进去吗？你给我钱，我带你进去。"

方锦绣警惕地打量着他，警告道："你不知道我是谁？！想抢我的钱，真是胆大包天。"年轻人啧啧两声，勾了勾手，说道，"你不知道我是谁？在这里有人抢钱，我第一个不允许。快点，你到底想不想进去？"

方锦绣又打量了他一圈，猜测他不是乞丐，倒像个落魄的读书人，想了想，说道："那进去了我才给你钱。"

年轻人撇撇嘴，表示同意。他将木棍扛在肩上率先向门口走去，方锦绣则将信将疑地跟随其后。

看到年轻人过来，门口的大汉们神情带着几分不屑，但并没有驱赶。

"陈七，干什么？"为首的一个人还问道。

方锦绣顿时恍然，这个年轻人，竟然是缙云楼原主人陈氏的后人。陈氏虽然曾经是王侯将相，但历经百年，他的后人也早就泯然众人，如果不是三月三日这天，阳城人都想不起他来，更别提认得他。

"进去看看啊。"陈七轻轻松松地说道，一面向内走去。

方锦绣犹豫一下，低头跟着。

"这是我送进去赚钱的。"陈七笑着答道。

方锦绣一怔，旋即大怒。

大汉们的笑声也响起，问了问姓什么，就放他们进了门。

进了院门，陈七转过身伸手，说道："给……"

话音未落，几个碎银子就砸在他的手心里。

"下次说话注意点。"方锦绣横眉道。

陈七掂了掂银子，浑不在意地笑着说道："我说得不对吗？你进来这不是给我赚银子了吗？！"

方锦绣咬了咬牙，没好气地说道："你为了钱就这样随意放人进来，就不怕我是坏人吗？"

陈七笑了，转过头打量她一眼，笑着问道："小姑娘，你能做什么坏人啊？"

"我……我做贼啊。"方锦绣哼声说道。

陈七哈哈大笑，郑重说道："做贼啊……那你记得偷了钱也得分我一份。"

方锦绣呸了声，懒得再跟他理论，直奔内院而去，寻找君葵蓁的踪迹。

君小姐一行人一路看着风景走到一栋飞檐重阁的四层小楼前，楼上的门牌上写着"缙云楼"三个字。这小楼与阳城一贯的风格不同，青瓦白檐，带着几分江南气息。

　　君小姐看到楼里宽敞的大厅内，摆放着花草、焚香、屏风和一把铁壶，墙边一溜坐着几个乐师，正弹奏着古乐。厅内并没有摆放桌椅，更没有拥挤的客人，只有一个年轻公子玉树临风地站在其中，手中握着一支竹矢，显得格外风雅。

　　"投壶？"君小姐问道。

　　林瑾儿转过头笑着答道："对啊，这是三月三缙云楼最受欢迎的游戏，你不是一直想来看看？"

　　伴着她的话音落，那位玉树临风的公子扬手将一支矢投入了前方的铁壶中。

　　"吕公子中贯耳。"一旁的司射喊道。

　　四周顿时响起一片鼓掌叫好声。

　　君小姐闻声看去，发现声音是从四周的包厢里传出来的。果然是士族游乐的地方，玩得竟如此风雅，念头才闪过，就听到四周传来更多的声音：

　　"乙字七贵人押五十两吕公子倒耳……"

　　"丁字九贵人押七十两吕公子倒耳……"

　　君小姐神情愕然，随即又一阵失笑。

　　这哪里风雅，明明就是赌局啊，跟自己的花灯棋局有异曲同工之妙，怪不得高管事曾提过一句，那件事被很多人认为是缙云楼的手笔，她当时还有些不解，没想到这缙云楼还真是个赌场。不知道这边是怎么个玩法，看这些人一注就五十两、七十两，比自己设的十两可高多了，早知道留着花灯棋局来这里摆一场。想到这里又讪讪，这种投机取巧的事，只怕到时候输得更多。

　　"谁赢了下注的银子就归他，输了，他就要返还下注人双倍的银子。"林瑾儿对君蓁蓁低声说道。

　　君小姐看着场中的那位年轻公子又拿起一支竹矢，问道："这样玩压力多大，万一输了可要赔不少钱，真有人玩吗？"

　　"有啊，正因为难所以谁要是能赢才显得厉害，连赢十场的就能得到魁首。"林瑾儿答道，"钱算什么，公子魁首的名号才是最重要的。"

　　说到这里她迟疑一下，问道："你知道咱们阳城稳坐第一的投壶公子是谁吗？"

　　君小姐笑了笑，毫不迟疑地说道："是十公子吧。"

　　林瑾儿面色尴尬，自然也想到宁十公子堪比花魁身价的笑话，讪讪地说道："蓁蓁你对他的事果然都知道。"

　　林瑾儿再次看了眼厅内，说道："咱们走吧，这里看过了。"

　　君小姐站着没动，走了这半日也是有些烦了，不晓得她到底想做什么。

　　"林小姐。"有人从一旁走过来施礼喊道。

　　君小姐看过去，见是一个娇俏的小丫头，看到林瑾儿露出惊讶的笑容，转眼看到自己，笑容立刻凝结。

　　"小月。"林瑾儿有些不安地问道，"你在这里啊，燕燕小姐也在这里吗？"

　　小丫头瞥了君小姐一眼，翻了个白眼，嗯了一声。

　　"当然，我家小姐肯定要来这里玩的，甲字十七包厢。"小丫头看着林瑾儿说道，"林小姐，吴小姐她们都在呢，你要不要也去？"

林瑾儿有些讪讪，看了眼君小姐，不安地答道："我，我就不去了，我们要走了。"

小丫头撇撇嘴，举举手里的荷包，说道："那林小姐随意吧。我要去给小姐们买冻果子吃。"说罢不再理会她们，噔噔跑了出去。

林瑾儿握紧君蓁蓁的手，紧张地说道："荷花池那边好多锦鲤鱼，咱们去看看，还有卖鱼食的呢。"

君小姐笑了笑，一把甩开林瑾儿的手，转身向内走去，对着神态恭敬又安静地站在一旁的伙计问道："还有包房吗？"说完这句话又微抬下颌，补充道，"上房。"

伙计忙含笑恭敬地递上一个牌子，说道："甲字十九，小姐请。"

林瑾儿似乎吓坏了，忙扑上去抓住君蓁蓁的手，连连摇头，急着说道："蓁蓁，我们还是快走吧。"

"为什么不玩？来这里就是玩的。"君小姐瞥了她一眼，说罢，握住林瑾儿的手，向包厢走去。

甲字号的房间如同那位引路的侍者脸上的笑容一样让人舒服愉悦，君小姐对这里很满意，林瑾儿却有些拘谨。

"就是吃些小食，喝点茶水。"君小姐大方地跟侍者说道，"拣最贵、最好的上。"

侍者含笑应声"是"，便退了出去。

林瑾儿舒了口气，带着几分歉意地说道："我只去年随燕燕来过一次，还是不习惯。"

君小姐笑了笑说道："这种玩乐的地方有什么习惯不习惯的，我们来送钱的还怕收钱的吗？"

林瑾儿十分满意她现在的嚣张表现，脸上堆满笑容，不住地点头。

君小姐看向落地窗外，她们的房间位于二楼，大窗垂着纱帘，可以清楚地看到投壶的场中，之前外边那位公子已经投壶失败。到底是风雅之事，赢了的人没有爆发出得意的笑，落败后也潇洒地冲四周微微施礼，伴着鼓掌声和清灵的乐声潇洒而去。

场中一时安静，只有乐声回荡，但也只是持续了一小段时间，很快又有人下场挑战。

"青阳公子入场。"司射的声音随之传来，"注依耳。"

依耳的级别有些低，所以下注的人不多且数额也不大，很快就结束了下注。

伴着司射的声音，青阳公子投出了竹矢。

"青阳公子中依耳。"司射高声报道。

虽然这没什么可值得夸赞的，但四周还是响起了鼓掌声。

紧接着又有下注声传来：

"丁三号贵人押贯耳五十两。"

"丙十四号贵人押贯耳三十两。"

陆续有十几人下注，算下来将近有千两银子，这比适才一二百两银子要多许多，但如果输了的话要赔得更多。

林瑾儿推了推君蓁蓁，笑道："你看，你看！"

君小姐看向外边，见那位青阳公子对司射说了几句话，司射便高声说道："止。"

林瑾儿掩嘴低笑道："看，这就是专门来讨钱的。"

君小姐看着这位青阳公子，穿着打扮明显不如适才那位公子，他对四周团团施礼完毕，低着头红着耳朵退场。四周并没有嘲笑声，还有稀稀拉拉的掌声，显然对于这样的事并不排斥也不愤怒。

"读书人讨钱怎么能叫讨呢。"侍者温和的声音从门边传来，"这是风雅之事。"

对那些有钱的老爷来说，将钱施舍给读书人，比给那些只会敲着碗脏分的乞丐，感觉更好。

君小姐笑了笑没有说话。

林瑾儿则看着侍者送进来的茶点，说道："这些风雅之事我们也不玩，我们就是为点心茶水来的，快尝尝吧。"

外边的投壶依旧在继续，好在这一次上场的人没有赢了钱就跑，而是继续进行下一场，下注的声音比先前多了一些。

"甲十七贵人押贯耳三十两。"此起彼伏中，一个声音响亮地传进来。

君小姐似乎在认真品尝茶点没有在意。

坐在林瑾儿身后的丫头惊讶地喊道："小姐，十七号下注了，是宁小姐她们吧。"

林瑾儿瞪了她一眼，不安地看着君小姐。君小姐淡定地喝了一口茶，转头对着要退出去的侍者开口说道："五十两贯耳。"

侍者没有丝毫惊讶，态度依旧温和，躬身施礼应声"是"。

"等等！"林瑾儿慌张地抬手制止他，又拉住君小姐的手说道，"蓁蓁，你不要这样，我们不是说好了，只是来玩，不是来争闲气的。"

"是啊，这不是在玩吗？"君小姐看着她，笑着说道，"难道不能下注吗？"

林瑾儿急着说道："蓁蓁，你不要装傻，你知道我是什么意思，燕燕她们闲钱多的是……"

"什么叫她们闲钱多，难道我就没钱吗？"君小姐眉角扬起，凉凉地说道。

她转头看了看身后坐着的丫头，这是方老太太给她派的丫头金钏。看到君小姐看过来，金钏忙坐直了身子。出来的时候老太太交代过，只要不离身边不出城，其他的事都听从君小姐的。君小姐看着她，挑眉问道："我是谁？"

"您是方少奶奶。"金钏低眉顺眼地答道。

君小姐又转头看向侍者，问道："方少奶奶是没有钱、玩不起的人吗？"

侍者微微一笑，低头施礼，说道："当然不是，您要是没钱，这阳城就都是穷鬼了。"说罢，不待林瑾儿再说话，便退了出去。

外边立刻响起他拔高的声音："甲十九贵人押贯耳五十两。"

每个楼层都有专人负责登录客人的下注，随着侍者的报数而记录。

这边的声音自然也传到了隔壁的包厢，坐着的五六个女孩子听到后顿时神情不悦。

"小姐，就是她，君小姐就是甲十九！"说话的正是适才在外边遇到林小姐的那个丫头，这话她进来时就说过一遍，此时唯恐大家忘了一般又提醒道。

"五十两，她可真大方。"一个女孩子撇嘴说道。

宁云燕冷笑道："方少奶奶如今可是有钱人，下注多点也是正常的，不像我们这些未出阁的没钱的女孩子。"

女孩子们都撇撇嘴。

"出了阁当了少奶奶的人，还来故意跟我们作对。"一个女孩子不满地说道，"听到小姐们在这里，立刻就不走了，喊着要上房，还就要咱们隔壁的，摆明是跟咱们作对。"

女孩子们都愤愤不平。

"好了，大路朝天各走一边，随她去吧。"宁云燕端起茶碗抿了口，淡定地说道。

而外边的司射也传来了消息，那位公子没有投中贯耳，竟然输了。

这么说她们赢了钱，三十两变成六十两，虽然不多，但还是很有趣的事。按理说女孩子们应该很高兴，但想到隔壁那君蓁蓁，五十两变成了一百两，赢得更多，就高兴不起来，似乎已经听到隔壁嚣张的笑声。

"算她好运！"女孩子们恨恨地说道。

宁云燕抿着嘴笑了笑，看了眼坐在角落的左艳芝，她正攥着拳头，一副等待看好戏的神情。

看到侍者捧进来的银子，林瑾儿忍不住眉眼含笑，松了口气说道："谢天谢地。"

对面的君小姐却一副理所应当的神情，也是她一向如此，狂妄自大。

林瑾儿笑着要接着说话，君小姐却先开口问道："这些人下场都是带着银子的吗？"

"这都是缥云楼垫付的。"林瑾儿答道。

君小姐露出几分惊讶，手抚着银子，又问："就是说他们并不验你有没有银子就帮你下注，那要是这些输了的人没那么多钱呢？"

林瑾儿意味深长地答道："怎么会，这可是缥云楼，没钱他们也有一百种法子让你拿出钱来。"

君小姐也意味深长地看着林瑾儿，说道："你知道得真清楚。"

林瑾儿心里咯噔一下，陡然发慌，她适才是不是说得有点太多，让君蓁蓁有所怀疑？她小心翼翼地偷看君蓁蓁，见君蓁蓁神情坦然，稍稍放心。

林瑾儿放在膝头的手握了握，含笑说道："我是阳城人嘛，你去年才来的不知道，缥云楼这么厉害，只要是阳城人都知道的。"

君小姐点点头，手托着下颌，说道："这就好，我还担心宁小姐她们没钱玩不了呢。"

林瑾儿一愣，原来是为这个打算才问的，旋即心里失笑，还真是不用自己费口舌了。

"蓁蓁，"林瑾儿立刻做出紧张的神情，伸手抓住君蓁蓁的手，说道，"你想干什么？咱们可不玩了啊。"

君小姐一下一下地敲着桌子上的银子，漫不经心地说道："怎么能不玩呢，这才刚开始，我不玩，宁小姐她们怎么能玩呢？"

林瑾儿又急又恼地说道："蓁蓁，这可不是跟左艳芝在金楼斗气哄她买朱钗，要让她们输得多，你也得输得多，你不要犯傻拿钱买开心。"

君小姐笑着说道："能花钱买开心多好，不就是钱而已嘛。"

"蓁蓁，那不是你的钱，是方家的钱，你这样惹恼了方家可不好。"林瑾儿又劝道。

君小姐突然狠狠地把银子砸在桌子上，喝道："我是谁？"

"方少奶奶。"坐在她身后一直安静的金钏立刻说道。

林瑾儿神情愕然，心里又几乎喷笑。

"方家的钱就是我的钱，我用我的钱，关别人什么事。"君小姐坐直身子拔高声音说道，"我要下注。"

"甲十九号贵人押一百两依耳。"当这句话报出来时，大厅里的气氛突然凝滞，不知道是不是错觉，似乎乐工们弹奏的曲子也有一瞬间的凝滞。

"她疯了吧？"宁云燕所在的包厢里，女孩子们都目瞪口呆。

依耳这么基础的水平，一般都是用来热热身的，大家意思一下，下个十两或五两的银子就行了。就算这缙云楼的投壶比日常玩的难，但连依耳都投不中，还有什么脸上场，当然除了那些厚脸皮讨钱的人。场中准备投壶的公子显然也没想到，拿着竹矢的手微微一顿，向发出声音的包厢看去。

但能在这里玩的，都是见过世面的，这凝滞只是一瞬间，旋即下注声接连而起，依旧是平稳的十两、五两，并没有因为不懂规矩横插一杠的下注而乱，直到最后一个下注声响起。

"甲十七号贵人押一百两依耳。"

听到又一个不合常理的下注，大家反而平静了。

"左艳芝，你也疯了？"宁云燕包厢里的女孩子们都目瞪口呆地看着坐在角落里的左艳芝。

"一百五十两朱钗的教训还不够啊？"有女孩子说道。

左艳芝紧握着双手，恨恨地说道："我就不信不能给她个教训，她以为一个把戏就能欺负我们所有人吗？"

女孩子们对视一眼，她们也看出来了，君蓁蓁是故意要跟她们作对才下注的。

"只要不上她的当就是了。"一个女孩子低声说道。

左艳芝呸了声说道："怕她做什么，凭什么就只能上她的当，而不是让她上当。"

有女孩子扑哧笑道："你上一次也是这样想的吧。"

这话让女孩子们都笑了起来。

左艳芝面色涨红，倔强地说道："她一个人，我们八个人，她一次出一百两，我们每人出十几两，加起来都能超过她。我们一个人输一百两的时候，她最少就要输八百两，我就不信这次她还吃不了亏。"

女孩子们的神情都有些犹豫，毕竟她们也都没多少钱。

"我这两个月没出过门，过年又收了一些红包，这次三月三进城，哥哥也给了我一些钱。"宁云燕看着左艳芝微微笑道，"你受屈到底是因为我们宁家，所以我给你三百两。"

听她说话，身后的丫头小月立刻将一张银票递到左艳芝的面前。这下屋子里的女孩子们明白了宁云燕的意思，纷纷争先恐后地出钱。多则二百两，少则一百两，转眼间，左艳芝面前就堆积了一千多两银子。

左艳芝满面红光地拍着桌子，激动地说道："今天非要让君蓁蓁这个小贱婢输掉裤衩，让大家看看方家少奶奶的豪爽。"

女孩子们都掩嘴，笑作一团。

宁云燕端着茶杯再次抿了抿，嘴边浅笑，坐等着看君蓁蓁的笑话。

"甲十九贵人押三百两连中。"这边包厢里，君小姐又淡定地下注了三百两银子。

林瑾儿惶恐不安地劝道："蓁蓁，真的不能再玩了。"

原先桌子上摆的一百两银子，以及后来又送来的五百两都输掉了，总的算下来，君蓁蓁投进去的银子已经超过了一千两，而她非但没有停手，反而赌注越下越大。

林瑾儿又劝道："这位公子的技艺很高超的，还是不要玩了。"

"高超才好，这样才能玩得更大一些。"君小姐漫不经心地说道。

果然她的话音刚落，隔壁便传来侍者的声音："甲十七贵人押四百两连中。"

君小姐抬头看了眼外边，冲林瑾儿挑着眉笑道："看到没，又一个左艳芝，这一次可比一百五十两值钱多了。"

看着君小姐得意扬扬的神情，林瑾儿心里也得意地笑了。

外边传来鼓掌声，原来那位公子赢了，林瑾儿免不了又一阵唉声叹气。

新一轮的下注又开始了。

"甲十七贵人押五百两倒耳。"

听到这声音，君小姐对林瑾儿抛去一个得意的眼神，笑了笑说道："六百……"

侍者的声音报了出去。

"可是这玩得太大了。"林瑾儿止不住地一直叹气。

"不就是钱而已，没什么的。"君小姐手抚着茶杯，淡淡说道。

林瑾儿无奈地摇摇头，伸手拿起茶壶要倒茶，却发现茶壶没水了，便说道："香兰，去要一壶茶。"

坐在她身后的丫头忙起身应声"是"。

君小姐没有理会，站在门边的金钏看了眼外边也没有说话。

香兰端着茶壶拉开，除了侍者，门外站着一个丫头，笑着喊了声姐姐。

香兰记得她是跟着君小姐的丫头，笑了笑说道："小姐要茶，我去挑一挑。"

她说着迈步，那丫头却跟上来，笑吟吟地说道："缙云楼的茶水有很多种，听说还有专门的茶坊现煮，我也去长长见识。"

香兰心中微微一滞，捏了捏袖口，面上神情不变，装作轻松地说道："是啊！我也去瞧瞧，难得来一次。妹妹叫什么？"

"我叫银宝。"丫头答道。

"这名字好听。"香兰笑着和银宝结伴进了茶坊。

说是挑选也没什么可挑的，她们很快就拎了一壶茶走出来，刚走到楼梯口就见有人从外边进来。

"银宝！"清亮的女声喊道。

正和香兰说笑的丫头看着来人吓了一跳，忙施礼道："三小姐，您也来了？"

方锦绣却没有上前，而是冲她招手道："你过来。"

银宝神情迟疑地看了香兰一眼。

香兰心中大喜，忙说道："你快去吧，我跟你少奶奶说你上茅房了。"

银宝有些迟疑地不敢动。

"银宝你聋了吗？"方锦绣横眉喝道。

银宝冲香兰匆匆道谢忙疾步跑过去，没有看到香兰转身上楼，原本垂在身侧的袖子笼在身前。

"怎么这么久？"看到丫头进来，林瑾儿嗔怪道。

香兰忙道歉，见坐在君小姐身后的金钏往门外看去，便坐过去低声解释道："银宝妹妹去方便了。"

金钏对她笑了笑没有再说话，香兰便靠近林瑾儿耳边低声说了几句。

林瑾儿神情惊讶，旋即掩下，瞪了香兰一眼，香兰似乎畏惧，低下头坐了回去。

君小姐依旧手托着下颔，对她们的对话似乎毫无察觉。

"怎么还没人下场？"君小姐有些不耐烦地说道。

适才那位公子赢了贯耳后，君小姐又喊出了七百两押倒耳，但那位公子不受诱惑拒绝继续投壶，拿着银子离开了。所以她又输了一千两银子。

林瑾儿的眉头就一直没有放开过，此时更是一脸焦急，亲自给君蓁蓁斟茶，柔声说道："咱们出来时候不短了，虽然输了千把两银子，想来方家也不在乎，且饮了这杯茶，咱们就走吧。"

君小姐看着推到面前的茶，与先前碧绿的茶水不同，是莹黄的花茶，她伸出手指抚过茶杯，却没有动。林瑾儿似乎没有在意她的动作，随意地也给自己斟了杯茶，端起来一饮而尽。

"缙云楼虽然酒席有名，但今日不专门开席，不值得吃，不如我们去外边找个地方吃饭……"林瑾儿喝完茶提议道。

君小姐端起茶杯观察，这茶里的确添了药粉，不过并非是毒药，闻起来让人精神亢奋，吃下去也不过是气血汹涌一些。想必喝了这茶后更控制不住情绪，会继续下注赌钱。不知道她是否安排了人投壶，或者适才出场的大约有一两个是她的人吧……

君小姐笑了笑，将茶一饮而尽，重重放回桌子上，兴奋地说道："走什么走，我不饿。"

林瑾儿心中大喜，忙又给她斟茶，面色却依旧焦急。

君小姐也从林瑾儿手里拿过茶壶，给她斟茶，示意她喝。

林瑾儿一怔，心猛地跳了两下，又见君蓁蓁将桌上的糕点推过来，说道："吃，这样就不饿了。"

林瑾儿释然又失笑，依言端起茶一饮而尽，又捏了一块糕点，语重心长地说道："蓁蓁，真不要闹了，她们不值得你这样。"

君小姐放下茶壶，才要说话，有人推门进来。

"弟妹在这里啊，真是巧。"君小姐看着站在门口的方锦绣有些惊讶。

方锦绣却不等她说话就冲屋子里的丫头摆手说道："金钏，去看看我的马吃了草料没。"她说着将手里的马鞭子扔给了金钏。

金钏神情愕然又不安地说道："三小姐，老太太让我……"

"伺候弟妹嘛。"方锦绣似笑非笑地说道，"我来替你。"说着就在君小姐身旁坐了下来。

那丫头迟疑着不知所措，一时不敢起身。

"金钏，现在少爷还没死，老太太、大太太也没死，我这个方小姐也还没出嫁，你且别急着讨好新主子。"方锦绣也不看那丫头，丝毫不在乎自己说的话多吓人，拿起茶壶倒了一杯茶喝了一口后，又说道，"我以后管不了你的生死，明天还是能管的，你说我要卖了你，谁又能拦住？"

金钏的脸顿时惨白，不安地看向君小姐。

君小姐并没有恼怒，依旧坐着没动，一副漫不经心的样子。

"那你就去吧，还有香兰呢。"她冲着金钏说道。

林瑾儿也忙点头，冲金钏摆手说道："去吧，也用不着伺候什么。"

"还不滚？！"方锦绣挑眉骂道。

金钏不敢再说话，低着头应声"是"，握着马鞭子出去了。

金钏站在门外神情不安，又想到自己出来了，门外还有银宝，待要叮嘱她，却没有看到银宝的身影。门外只有侍者侍立，金钏怔了怔，对侍者交代道："待会儿我一个妹妹来了你就让她进去伺候。"

侍者应声"是"，金钏这才急急向外走去。门外有几个年轻公子正进来，金钏也顾不得回避，从这些人身旁穿了过去。

"看起来很安静啊？"其中一个公子看着大厅惊讶地说道，"怎么没人下场？"

"以往这个时候正是投壶最酣的时候。"另一个公子也皱眉说道，"难道今年大家都不敢玩了？"

"那缙云楼岂不是亏了？"有人笑着说道。

"当初云钊一人就让他们拿到了往年一天的抽成，这种好事并不是年年都能碰上。"又有人笑着说道。

站在人后的宁云钊笑了笑，目光扫过大厅。

"倒不是没人玩。"迎客的侍者含笑说道，"只不过大家现在不便玩。"

几个公子都不解地看向他，宁云钊也看过去。

"几个年轻人斗气呢，玩得比较大。"侍者委婉地说道。

"谁家孩子这么不懂事。"一个公子挤眉弄眼地笑道，"跑来缙云楼斗气，缙云楼要是损了钱跟谁斗可好呢？"

侍者温顺地说道："公子说笑了。"

"还有房间吗？"宁云钊问道。

侍者忙点头，笑着引一行人向楼上走去……

外边吵吵闹闹的脚步声走过，随即恢复安静。

方锦绣拎起茶壶给君小姐和林瑾儿分别斟上，笑着说道："两位请喝茶，你们该怎么玩就怎么玩，别把我当回事。"

林瑾儿神情柔和，君小姐依旧平静。

"原先我不知道三小姐要来，不然咱们就一起了。"林瑾儿停顿一下又说道，"蓁蓁以后和你就是亲上加亲了……"

方锦绣笑着说道："林小姐真是受委屈了，为了君蓁蓁对我低声下气地说好话，你的好心我可不会当成驴肝肺……"

林瑾儿一脸淡定，坐在她身后的香兰却难掩愤怒。

方锦绣犹自笑着，又拎起茶壶，给自己倒了一杯茶，自顾说道："来，我以茶代酒敬林小姐一杯。"

一直沉默的君小姐啪地拍了一下桌子，方锦绣面前的茶杯被震得翻倒在桌子上，茶水洒了一桌子，她站起来冷冷说道："还轮不到你来吃我们的茶。"她抛下这句话，拉住林瑾儿就要往外走。

"蓁蓁，要去哪里？"林瑾儿看了一眼气定神闲的方锦绣，不安地问道。

君小姐不满地瞪了方锦绣一眼，甩下一句"茅房"，便拉着林瑾儿走了出去。香兰迟疑了一下忙跟上。

"速去速回啊。"方锦绣却坐着没动，冷笑一声，又扬声说道。

君小姐出门后，看了眼四周，微微皱眉。

"银宝妹妹被三小姐叫走了。"香兰知道君小姐在找原本守在外面的丫头，忙解释道，"我是怕君小姐您不高兴，所以才没说。"

"蓁蓁，你不要不高兴，她什么样，你又不是不知道。"林瑾儿握着君蓁蓁的手低声说道，"将来打发出门就是了。"

君小姐嗯了一声，安抚地握了握林瑾儿的手，说道："你不要不高兴就行。"

方锦绣的不请自来，不在君小姐的预料中，她担心会打乱林瑾儿的安排。

她已经觉得有些烦了，还是速战速决吧。

林瑾儿心里已经笑开了花。方锦绣的到来，不仅帮她扫除了障碍，还逼得君蓁蓁主动拉了自己出来。这一下，出了事后她能完全推到她们姐妹的纷争上去，把自己干干净净地择出来。

林瑾儿看着君小姐，装作柔顺地说道："我没有不高兴，你过得好我就高兴，我不会理会那些人。"

君小姐点点头说道："那就好。"

此时她们已经携手沿着走廊走出一段距离。

林瑾儿忽然转身看着香兰，吩咐道："你去问问妈妈，富顺居的房间订好了没？我们一会儿就过去。"香兰应声"是"，忙疾步先走了。

林瑾儿停下脚步握紧君小姐的手，忐忑地低声说道："蓁蓁，有件事我不知道当说不当说。"

"你我还有什么话不能说的……"君小姐就知道还有后续，等着看她接下来要说什么。

林瑾儿左右看了看，用手帕掩住嘴靠近君小姐的耳边，低声说道："宁十公子来了，

153

他想要见见你。"

君小姐眼中闪过一丝怒意，因为靠得很近，林瑾儿也看到了她脸上一闪而过的怒意，声音不由得一顿，眼里闪过诧异。

"他现在见我还有什么意思！"君小姐的怒意尽显在脸上，声音里满是怨愤。

林瑾儿扫过君小姐的脸，放下心来，接着说道："我也不知道，适才香兰在外边遇到了宁十公子。"

君小姐带着几分恍然，说道："香兰回来和你说的就是这个？"

"是啊。"林瑾儿点点头说道，"他看到香兰后就问了一句，香兰说我们两个在一起。"

君小姐沉默片刻，说道："我跟你说过我跟以前不一样了，你还记得吧？"

林瑾儿点了点头，郑重地说道："我当然记得，他大约还是想问问你那句话。"又叹了口气接着说道，"有什么好问的，都已经这样了，难道他还能娶个寡妇不成？即使宁家肯，方家肯放人吗？算了，不说了，我们走吧。"

君小姐却没有动，严肃地问道："你说，他在哪？"

林瑾儿看着严肃的君蓁蓁，突然有些心慌和迟疑，但事已至此，她一咬牙答道："丁字七号房。"

君小姐深深看了林瑾儿一眼，抬脚就走。

林瑾儿又假装挽留了几句，但见君蓁蓁坚持，便跟她携手向楼上走去。两人很快停在一间房门前，林瑾儿深吸一口气，伸手拉开门，室内空无一人。

"还没来，蓁蓁，你先进去等等，我在外边看着。"林瑾儿低声说道。

君小姐嗯了声，抬脚迈进去，视线扫过室内，同时闻到浓烈的花香。她的视线落在窗边摆着的大梅瓶，其内插着盛开的铃兰。

君小姐暗自冷笑。铃兰本没什么奇特，但此时铃兰的香气恰好与她适才喝过的花茶相辅相成。还有这桌上摆着的茶水，不用想也能猜到里面肯定也添了铃兰的汁水。若她真的喝了茶水闻了花香，定会产生幻觉。这些女孩子，竟然使出这样狠毒的手段。

君小姐屏住呼吸，转身扶住门，低声喊道："瑾儿。"

林瑾儿闻言刚转身，便觉得脖子一凉，似乎有针刺了进去，双眼一黑晕了过去。君小姐将她揽住，带进室内。

站在走廊一间包厢门前的侍者下意识看过来，只见到一个女子的衣裙隐没在门口，正要移开视线，就见门被拉开，一个女孩子走了出来。

"请问……"君小姐冲侍者招手说道。

侍者忙含笑过来施礼，问道："小姐有什么吩咐？"

"我想要投壶，该怎么下场？"君小姐说道。

侍者眼中浮现惊讶。

第二十二章

◇

投壶小游戏

缙云楼的大厅内，悠扬的乐声不停环绕，在安静的包厢内都听得格外清楚。

此时，包厢内的气氛有些胶着，几个女孩子已经站起来走到窗前向外张望，低声抱怨着怎么还没有人下场。

"这些没用的家伙，不会是被咱们的大手笔吓到了吧？"左艳芝更是没好气地说道。

宁云燕眉头也皱起来，心中担忧林瑾儿那边的事情进展如何，正胡思乱想时听到外边响起击缶声，这声音让大家精神一振。

"有人下场了！"女孩子们高兴地喊道。

有人透过窗向场中看去，有人则忙喊门外的侍者进来，站在窗边的女孩子们忽然发出惊讶的声音："哎，是个女的？"

一个女孩子突然回过头，结结巴巴地说道："你们看，这个人好像是君萋萋啊……"

宁云燕顿时愕然。

而隔壁的方锦绣，正不耐烦地敲着桌面看着冲回来的金钏。

"三小姐，少奶奶到底去哪里了？您怎么不跟着？"金钏颤声问道。

"她不让我跟着，我怎么敢跟着。"方锦绣漫不经心地说道。

"那银宝呢？是您把银宝叫走了吗？"金钏白着脸问道。

方锦绣嗯了一声，不想再理会这丫头，听到击缶声便顺势向窗外看去。她所在的这个包厢位置极好，一眼扫去就看到了站在场中的女子，那女子穿着月白衣衫，身姿婀娜，虽然垂下的薄纱遮住了面容，但方锦绣还是一眼就认出了她。

"哎呀我的娘！"方锦绣脱口喊道，"不会吧？"

不管多少人惊讶，见多识广的司射神情依旧，含笑问道："小姐，您要从哪一步开始？"

君小姐看着一旁的竹矢，问道："我适才看得不多，你们是怎么个玩法？汉制还是新制？"

司射笑着答道："我们这里是没有制度的，小姐想投什么花样，就报出来，大家会斟酌下注。"

君小姐伸手拈起一根竹矢，又说道："我是问论矢还是论式。"

司射愣了一下，没回答。

"要是论式是一百三十二式，还是四十式，还是二十四式为止？要是论矢是否仅仅为十二矢投完为止？"君小姐认真地说道。

司射愕然地问道："难道小姐打算把一百三十二式都耍一遍？"

君小姐点点头说道："我刚好对投壶了解得多一些。"

司射有些不知道说什么好，又温和地说道："没有制式限制，直到小姐您投不中为止。"

"那多不好意思。"君小姐笑了笑说道。

司射顿时无语，又问道："小姐第一步选什么？"

"那就从最简单的有初开始吧。"君小姐说道。

"注有初。"

乐声停下，司射的声音洪亮地响起，下注声此起彼伏，一扫适才的冷清气氛，变得活跃起来。

宁云钊所在的包厢，年轻公子们本着怜香惜玉的初衷，纷纷报出二十两的注金。

其他跟注的金额也都在十两到五十两银子之间，直到又一个令人惊讶的大数额被报出："甲十九贵人押一百两。"

宁云燕这边的包厢里，女孩子们纷纷爆出大笑声，十九包厢里还有人，想必是林瑾儿跟着下注了。宁云燕得意地站在窗边看着场中的君蓁蓁，冷笑道："看来是输惨了，自己要亲自上场，这样更好，双份赔还，输得更多。"

左艳芝恨恨地咬了咬下唇，对着丫头吩咐道："一……"

宁云燕拦住她，吐出了两个字："十两。"

女孩子们都看向她，神情惊讶。

"十两她能输什么？"左艳芝急着说道。

宁云燕笑了笑说道："一个十两输不了什么，十个十两、二十个十两就不少了。咱们要细水长流，不要把君蓁蓁和其他人都吓着，没得玩就没意思了。"说罢，宁云燕冲丫头摆摆手，丫头忙走出去对侍者报注。

果然这个数报出去，外边接连有下注声传来，到底是女孩子被优待，比先前那些报最低级的公子得到的注数多很多。

"祝小姐好运。"司射含笑说道，示意君小姐可以开始。

"这次跟那次不一样。"君小姐认真地纠正司射，"不是运气，是公平。"

司射虽不解君小姐说的话，但也没有出口追问，因为他看到这位小姐竟然将十二支竹矢一把都抓了起来。一般大家都是一支投完才来取第二支，一来手里拿着太多竹矢影响投掷，二来谁也不能保证自己一投即中，就算有信心也不好意思表露，文雅之事，太过炫耀有失风度，这位小姐还是年轻，太张扬。司射带着几分感叹，没有说话，退到一旁，看着那小姐捏起一支竹矢，抬起手轻轻一扬，便将竹矢落入铁壶中。

"中！"司射含着笑刚要拊掌报喜，就见君小姐再次捏起一支竹矢抬手一扬，又中。

司射微微一怔，还没回过神，那君小姐的手已经接连扬起，不停投掷。

"怎么回事？怎么还没报？是一场就止了吗？"包厢里原本不在意的人们随口问道。

靠近窗边的人连忙向场中看去，入目的是那女孩子空空的手，视线继而转向铁壶，见铁壶内已插满竹矢。

"有初连中！"有人脱口喊道。

"不，是有初全壶。"又有人喊道。

司射数了数铁壶内插着的竹矢，整整十二支。

他惊讶地看着站在场中的女孩子，觉得这女孩子可能真的对投壶了解得多一些，至少这山门亮得不错。

下场的女孩子投出有初全壶的消息，像风一般传遍了整个缙云楼。

当然能投出全壶并不是稀奇的事，让人们惊讶的是这女孩子报的是有初。要知道全壶的下注可不是和有初这级别一样的。有初下十两银子，全壶最少也要一百两。这是先亮山门，让大家掂量掂量她的本事，接下来好真刀真枪地玩。

"她竟然还有这本事。"方锦绣站在窗边，难掩惊讶地说道。

金钏忍不住合手，说道："谢天谢地，少奶奶原来还会投壶。"

方锦绣哼了声，看着还站在场中的女孩子，带着几分嘲笑说道："当然会啊，要是不会她也不敢来吧，淹死的往往都是会玩水的。"

左艳芝等人一直在窗口守着，自然也清楚地看到君蓁蓁一气呵成地投壶，她们的神情也满是惊讶，屋子里一阵安静。

"还好只投了十两银子。"不知道哪个女孩子脱口嘀咕了一句。

没出息的东西，宁云燕心里骂道。她瞪了那说话的女孩子一眼，女孩子自觉失言，吓得往后缩不敢再动。

"要是没点本事这女人也不肯下场，现在一举得中，尝到好处，肯定会继续挑衅。"宁云燕再次看向窗外冷冷说道，"看吧，用不着咱们再客气，下一场下注的金额一定高得很。"

她的话音刚落，大厅里便响起司射的声音："注贯耳。"

"甲十九贵人押三百两。"一个突兀的喊声接着响起。

"我有些期待她这贯耳会不会仅仅是贯耳。"坐在窗口的年轻公子转头对室内的同伴们说道，"所以我决定下注稍微高一些。"

"没想到这女孩子还真有些本事。"另一个年轻公子说道。

"又不是无知无畏，既然敢下场必然是胸有成竹的。"宁云钏将煮好的茶仔细盛好后说道，"与那些孟浪的男子不同，女孩子更为稳重些。"他没有看向窗外，又补了一句，"所以我建议你们少下点，因为会输。"

同伴们闻言都笑了，纷纷说道："何至于如此穷酸？"

于是一个公子扬手对门外报出大小不一的数额，接着，此起彼伏的声音在大厅里又响起，这数额果然比先前那些贯耳的要高得多，下注的人数也多了很多。

"怎么样，我说对了吧？"宁云燕看着场上的君蓁蓁说道，"这银子要是输了一翻番，可有她受的。"说到这里又笑了笑，阴阴地说道，"我倒希望这次她赢，然后让大家下更高的注。"

左艳芝看着她，问道："那这次不下了？"

"为什么不下？"

"不是说她会赢吗？"左艳芝低声说道。

宁云燕嗤笑一声说道："她会赢？我怕她吗？"转头看着丫头又说道，"一百两。"

丫头应声"是"，转身出门。

而隔壁包厢的一个丫头靠在门上又着急又无奈，急着说道："三小姐，您跟着喊什么啊，赢了是咱们家的银子，输了也是咱们家的银子，您还跟着第一个起哄……"

方锦绣挑着眉说道："是啊，都是咱们家的银子怕什么，我这是给弟妹造势呢。"说罢看向窗外似笑非笑地又说道，"加油啊，一定要中啊。"

伴着乐工击缶一声下注截止，大厅里安静下来，只有乐声轻柔回荡，司射看向君小姐示意可以开始了。

君小姐伸手拿起两支竹矢，走到场中铁壶前，同时举起两只手。四周包厢的纱窗后，很多双眼睛都在盯着她，都能看清她手里的两支竹矢，众人都带着几分了然，但下一刻又都愣住了，站在最近的司射也变了脸色——那举着竹矢的女孩子忽然转过身，在众人还没回过神的时候，同时扬起手，两支竹矢飞起，稳稳地落入两耳之中，悬在壶身两侧，惊呼声、拍掌声哄然而起。

"这是什么？盲投吗？"

"书上说当初石崇之妓能隔屏风投壶，这也相当于隔屏风了吧？"

包厢里的很多人也都舍弃矜持站到窗前，惊讶地议论着。

"云钊云钊，别捣鼓你的茶了，这女孩子与你当初的技艺不相上下呀。背身投壶啊，而且还是连中贯耳。"

宁云钊抬起头，眼中闪过一丝惊讶，终于放下手里的茶，看向窗外，窗前挤着数个同伴，挡住了他的视线，并不能看到那场中的女子。

金钊忍住了欢呼声，看着外边难掩激动。

"行啊。"方锦绣面色惊讶，但还有一丝难掩的赞叹，"没想到她还真有这个本事啊。"

然后她想到之前方玉绣说过的话，现在她都开始怀疑眼前的君蓁蓁是不是她以前认识的那个君蓁蓁，方锦绣扶着窗户神情复杂。

而隔壁的宁云燕则难掩情绪地拍了下窗框。

"燕燕，现在怎么办？"左艳芝颤声问道，"还下注吗？我们没钱了。"

宁云燕不由得咬住下唇……

"甲三号贵人押倒耳五百两。"

"丁十一号贵人押倒耳五百两。"

议论声不绝于耳，同时下注声接连响起，而且这喊声越来越大，几乎席卷了三层楼。

场中的君小姐冲司射示意。司射已经失去了先前的淡定，看到她示意，心里颇有些紧张，忍不住先问道："小姐，还要玩吗？"

君小姐微微皱了皱眉头，不悦地说道："怎么？不能玩了吗？适才你可说了，没有制式限制，直到投不中为止。"

司射顿时愕然，不可置信地问道："您还要接着玩？"

"当然。"君小姐坚定地说道，"这才刚开始呢。"

下注声渐渐停下，大厅恢复了安静，但站在场中的女孩子和司射一直没有动作。

是不继续了吗？有人粗略算了一下，这场下注已经有大几千两银子了，要是输了，这女孩子可是要赔万把两银子的，也许被吓到了吧，毕竟万把银两可不是随随便便就能拿出来的。

看到场中的安静，宁云燕露出笑脸，咬牙说道："你投啊，你继续投啊。"

"她适才是赢了不少，但刚才跟我们斗的时候也输了很多。"左艳芝眼睛也放着亮光说道，"这次要是输了，可就赔大发了。"

"她可别不玩。"另外一个女孩子听到了忙说道。

"六百两。"宁云燕转头对丫头吩咐道。

丫头神情有些迟疑，忍不住劝道："小姐，还是……"

"你干什么？还不快去。"宁云燕横眉喝断她。

宁云燕很少有在外面暴怒的时候，丫头吓了一跳，半句话不敢再说，忙转身出去了。

站在另一边的一个女孩子也被吓得没敢说出自己想的话。她想说，先前君蓁蓁报的是最普通的有初贯耳，但投出令人震惊的技艺。一次是巧合，二次就是真本事了。大家都喊着下注君蓁蓁倒耳，好像多难似的，其实对于能投出有初全壶、背投贯耳的人来说，倒耳并不难。女孩子看着宁云燕，又看了看场中站立的君蓁蓁，心想：虽然大家都说君蓁蓁被斗得上了钩，但她觉得，上钩的好像是宁云燕……

看到场中的女孩子没有动作，金钏合手说道："谢天谢地，少奶奶知道适可而止。"

方锦绣却撇撇嘴说道："这时候适可而止不是傻吗？"转身就对着外边喊，"一千两。"

金钏吓得差点冲上去掩住她的嘴，但门外的侍者已经将她的下注报了出去，让原本安静下来的大厅又是微微嘈杂。

方锦绣却还没完，掀起窗帘还对着外边喊："这位小姐接着玩啊，你可别怕啊。"

君小姐听到方锦绣的声音，笑了笑没有理会。

司射则有些紧张地搓了搓手。当然司射并不是被方锦绣喊的话吓下的，更不是被大家下注的数额吓到，而是因为君小姐先前和他低声说的几句话。

"这，这从来没有过。"他看着君小姐，有些磕绊地说道。

"是，我知道没有先例，改了你们的规矩是我不好。"君小姐温柔地说道，"主要是我这样，让大家下注不太公平。"

司射苦笑一声，没说话。

"而且你们适才说没有止，我也总不能这样一直投下去吧。"君小姐接着说道。

说得好像她能一直投下去似的，司射有些无语，不可否认这个女孩子技艺很高超，但未免太狂妄自大。

"那好吧，你适才问这里投壶有什么规矩，我跟你说了没有规矩，除了在投壶方式上没有规矩限制，在投注方式上自然也是没有限制的。"司射郑重说道，"既然如此，我就按照小姐的要求说了。"君小姐点了点头。

司射上前一步。看到他走出来，大厅内嘈杂声停下来。

"别怕啊！"方锦绣的声音再次响起。

不知道哪个人扑哧一声笑出来，紧接着更多的人跟风笑着说道："对啊，接着玩啊。"厅内顿时一阵喧哗。

"成何体统，成何体统！"持重的人们摇头叹息道。

司射也笑了，他抬手对四周略一施礼，朗声说道："诸位，下一场的下注要换个规矩。"喧哗的大厅立刻安静下来。

"怎么换？"有人主动问道。

"这位小姐说是投壶方式。"司射含笑说道。

"对啊，当然是她说了，难道要我们说吗？"有人笑着接过话。

司射接着说道："接下来，将由这位小姐决定下注的金额。"

"有意思。"挤在窗口的同伴们回头兴奋地说道，"这小姐竟然要自己标价。"

宁云钊皱眉摇摇头，说道："说话注意点，别辱了小姐的名声。"

同伴都笑起来，而窗外也传来了司射的声音："有初，注一千两。"

伴着司射报出的话，很多视线都看向屏风前，适才这位小姐投入的全壶外加贯耳一共十四支竹矢还都在铁壶内，满满当当，怎么又有初了？

"骁箭，激矢令还，一矢百余反。"宁云钊说着站起来向窗边走去，"一千两，我下注。"

他站在窗边，窗纱已经掀起，一眼就看到场中的女子，神情顿时愕然，眼睛亮起来，居然是她。他以为再也见不到她了，花灯节的偶遇就好像是做梦一样，此刻再度见到她，宁云钊的心里充满了欢喜。他直盯着场上，缓缓说道："我下注，一千两。"

"这骁箭之技倒要见识见识。"

"丙十三号贵人下注一千两。"

"甲五号贵人下注一千两。"

"乙七号贵人下注一千两。"

下注声接二连三地响起。不知道是不是数额大的缘故，侍者们的声音格外响亮，交汇在一起，让气氛变得火热起来。

"燕燕，怎么办？"女孩子们看着宁云燕不安地问道，"还下吗？"

宁云燕嘴唇被咬得发紫，眼睛死死盯着场中。场中的女孩子依旧稳稳地站着，垂纱一动不动遮住她的面容，但是宁云燕似乎看到了那面纱下得意的笑容。

"下！"宁云燕冷声说道，"一千两都下，压死她！"

女孩子们面面相觑，都神情惶恐。

丫头再也忍不住，摇头急着劝道："小姐，不行，太多了，不能再玩了！"

"不多，哪里多？我们宁家难道连几千两银子都没有吗？"宁云燕横眉喝道，"给我下注！"

"小姐，是这种木制羽矢吗？"司射指着侍者捧来的托盘说道。

君小姐伸手拈起一支木矢，没有说话，转身站到铁壶前。

方锦绣攥住了拳头，金钏屏住了呼吸，宁云燕捏紧了窗框，宁云钊神情含笑，缙云楼里的乐声都变得紧绷绷。

君小姐却没有丝毫紧张，她看着眼前的铁壶，反而闭上了眼。

自从见识到师父高超的箭术后，她就缠着师父学习。师父首先教她练的就是投壶，她花了整整一年的工夫反复练习，自然练得炉火纯青。虽然后来父王和母亲先后去世，她成了公主嫁了人，师父也突然离世，曾经一切的努力都失去了意义，但没想到，这些技能还能派上用场，也算是老天开眼，给了她公道吧。

君小姐睁开眼，抬手一扬，木矢穿过簇簇的竹矢落入铁壶中，一瞬间壶内的竹矢纷纷落入，瓷盘四溅的水花跃出铁壶喷溅到四周，铁壶中只余下木矢独立，如同初始，此为有初。

"哇！"方锦绣拍着手，欢呼雀跃地大声喊道。

金钏满面通红，也用力地拍掌；宁云钊笑意在嘴边散开，眼如星灿；缙云楼内声如雷动，喧闹声如同潮水一般四散开；方锦绣和金钏的欢呼声瞬间被淹没。

喧闹中有惊叹，但更多的是懊恼，毕竟一千两银子不是个小数目，虽然赞叹这女孩子的技艺，但要是没有损失自己投的钱的话，这赞叹就能更真心实意一些。但大家到底是文雅之人，还是维持着姿态拊掌，除了极个别的年轻人保持不了风度。

"这不可能！"宁云燕紧紧握着手帕恨恨地说道，其他女孩子已经吓得不敢说话了。

"小姐，咱们走吧！"丫头哭丧着脸说道。

听了丫头的话后，宁云燕更加恼怒，她气呼呼地说道："为什么走？我怕她吗？"

女孩子们都神情闪烁。

"燕燕，这次是我们失算了。"一个女孩子说道，"没想到她还真有些本事，避其锋芒，我们这次就不跟她斗了吧。"

宁云燕捏着手帕，一双大眼死死瞪着窗外，场中的小厮正忙着收拾散落的竹矢，君小姐则站着跟司射说话，还抬起袖子掩嘴笑着。

"这就算是真本事也没什么可得意的。"宁云燕恨恨地说道，"她说出花样怂恿人下注，摆明了是骗钱！"

好似也是这个道理，女孩子们胡乱想着。

场中的司射也神色古怪地看着君小姐，问道："小姐真要这么做？"

君小姐点点头，柔声说道："如今试了三次，也让大家对我的技艺有所了解，再这样做未免有失公允，所以换个方式更合情合理。"

司射心想，这君小姐换个方式只是为了让人继续下注吧。他沉吟片刻说道："要这样的话，只怕数额会很大，小姐可担得起？"

作为缙云楼的侍者，本应从不干涉客人选择，他这次说出这样的提醒可是例外了。

君小姐若有所思，问道："数额太大的话，你们担不起吗？"

司射哑然，竟然是在担心缙云楼，他们可是商户，商户哪有赚钱少的……

"小姐说笑了，大家都是有头有脸的人，既然敢玩就是能玩的。"司射失笑说道，"至于担不起却是从来没有过的，就算是大家一时拿不出这么多钱，我们缙云楼也不会拖欠。"

君小姐满意地点点头，说道："那就没事了。"

既然君小姐坚持，司射也就不再劝说。他含笑施礼，上前迈出一步，乐工们忙击缶一声。

"下一场……"司射高声喊道。

听到司射开口，站在窗边的年轻人便忍不住笑了，伸手指着场中，打趣地说道："真是个贪得无厌的小女子。"

"还真把这里当赌场了吗？"另一个年轻人摇头说道，"她说行自然是行，反正我是不会再下注了。"四周像他这样的议论声很多，一时间盖过了司射的声音。

宁云燕脸上堆满冷笑，凉凉地说道："看到没，谁也不是傻子。"

女孩子们赔着笑都没有说话，但下一刻，场中司射拔高的声音就传了过来："大家说花样且下注……这位小姐应……"

大厅的议论声顿时一停，宁云燕的冷笑凝滞在脸上。

司射感觉到四周的安静，神情略一迟疑，又说道："不知有人信不信这位小姐还能赢，她敢应，你们敢注否？"

他在缙云楼跟随东家做司射已经十年了，还是头一次说出这种听起来文雅实则内含挑衅的话，虽然是场中的女孩子吩咐他这么说的……果然这句话说出口，缙云楼里的气氛先是一凝，随即嘈杂起来。

众人议论纷纷，年轻人更是激动地指责那女孩子。宁云钊一直没说话，反而带着笑意。

"你不觉得吗？"一个同伴皱眉问他。

"不觉得啊。"宁云钊说道，"她相信自己，你们自己不信自己，怎么反倒说她狂妄？"

同伴们顿时愕然。

"我知道了。"一个同伴笑着看了眼宁云钊，又看了看场中的女孩子说道，"你们是一样的。"

宁云钊有些不解。

"看起来不显山不露水，说话动作却都透着得意扬扬，还一副理所当然的样子。"同伴哼声打趣道，"这才是最气人的。"

其他同伴都笑起来。

宁云钊也笑着说道："这不是得意扬扬，这是年少青春。"

同伴们再次笑起来，带着年轻人的肆意张扬。

他们这边大笑，而其他地方则各种躁动。

有人拉开了窗子，对着场中抬手说道："我下注，三百两，带剑。"

人们已经被挑动得抛下了风度，哪有自己拉开窗子亲口下注的。司射微微皱眉，才要替他重新报注，那边屋子的侍者也终于回过神，有些慌张地重新报注。

司射才要再说话，有女声阴阳怪气地响起："才三百两，打发叫花子呢，没钱就别玩嘛。"

这话让那边报注的人很生气，隐隐有骂声传出来，气氛更加嘈杂。

司射头疼地扶额，正要屏弃嘈杂，询问场中小姐的意思，却见君小姐已经抓起两支竹矢站在铁壶前，随意一扔，两支竹矢稳稳地穿过壶耳，依挂在壶身上。

"三百两。"君小姐看了那边下注的房间一眼，紧接着又看向四周说道，"下一个。"

如此狂妄、挑衅的做法，惹得在场的所有人都微微一愣，随即爆出各种批判又激动的议论声。

看着窗帘接连被掀开，听着那些乱七八糟的报注声，司射愣在原地苦笑。

缙云楼里鼓噪声雷动，都传到了楼外，惹得更多的人捺不住好奇涌进来。转眼间，大厅里便挤满了人。各种喊声此起彼伏，让刚进来的人都目瞪口呆，还以为走进了某个赌场，正在赌的竟然还是个小姑娘！先来的人给后来的人介绍事情的原委，后来的人再给更后来的人转述着，大厅里的下注声此起彼伏，乱成一片，其间夹杂着清脆的女孩子的声音，在那些报出下注的下一刻。

"依耳五百两！"

"莲花骁七百两！"

"龙尾五百两！"

伴随着下注声，场中的女孩子不断扬手投壶，百发百中，且速度快得让人瞠目结舌，围观人群的叫好声都跟不上。

方锦绣和金钏也如同其他人一样挤在窗户边，听着每一次报注以及君小姐的应投叫好。方锦绣已经不再跟着下注，金钏也不再想着去劝走君小姐。这么紧张、窒息的场面，她们已经顾不得别的，也不知道应该做什么，唯有随着人群发出一次次的叫好声，才能缓过一口气。

"横耳，十两。"杂乱中有人高声喊道。

方锦绣呸了一声，手拢住嘴对着外边喊道："出息！也好意思下注！"

大家对这个声音也不陌生了，这期间她阴阳怪气的嘲笑起哄声一直没停。她的话音刚落，就见君小姐抬手一扬，竹矢稳稳搭在双耳上。

方锦绣便又扬手嗤声说道："出息！也好意思要，跟没见过钱似的。"

金钏掩着嘴笑着说道："三小姐说得不对，老太太不是说了，好的生意人就是什么钱都要看在眼里，再小的钱也是钱，不能糟蹋。"

"她又不是生意人。"方锦绣撇撇嘴说道。

"三小姐，少奶奶现在是咱们方家的人了。"金钏柔声说道。

方锦绣看着窗外场中站立的君小姐，咬了咬牙，没有说话。

而宁云燕看着场中的君小姐恨不得咬下她一口肉，双眼涨红着喊道："我不信！还有什么？你们快点想，想最难的，我要下注！"

屋子里的女孩子们都神情惶惶。

"燕燕，不能再下注了。"几个女孩子大着胆子哀求道，"已经输太多了，不能再玩了。"

宁云燕看着眼前的女孩子们，早没了趾高气扬的样子，都战战兢兢、眼神躲闪，如同受惊的小兔子。

"屏风，隔着屏风，全壶。"宁云燕生气地推开她们，对外喊道，"一千两。"

女孩子们吓得脸都白了。

她们虽然都出身世家，按理说不差钱，但现在扔出去的银子已经超过了她们的承受能力。

女孩子歇斯底里的喊声让宁云钊一怔，他认出是宁云燕的声音。妹妹来这里他也知道，来玩投壶自然会下注，甩点银钱是小事，但现在她竟然喊出了一千两的注金，一千两对他来说自然不算什么大数额，但对家里的女孩子来说可不是能随意拿着玩的。

宁云钊皱着眉头转身对小厮招手，小厮忙上前，他低声说道："十七小姐在这里，去找她，就说我说的，让她不许胡闹，立刻过来。"

而此时的场中不仅有乐工和司射，还有好几个侍者在这里忙碌着，因为君小姐投壶太快，他们要帮着递竹矢木矢，整理投壶。

场中的君小姐淡淡地说了句："屏风。"

听到这句话，立刻便有人将场中的屏风抬过来，原本摆在屏风前的铁壶挪到了屏风后。

君小姐接过侍者递来的竹矢，默默看着屏风，不待周围的人们反应过来，就抬手将竹矢一支一支地扔了过去。

"一、二……"为了体贴屏风这边视线不好的人们，一个侍者还站在一旁大声念着，几乎没有停歇，十二支竹矢稳稳落入铁壶中。

四周叫好声、掌声雷动。

司射站在一旁，早已经没了惊讶，只余下木然，他听着四周的嘈杂声，看着在场中抬起头环视四周的女孩子，心想今日的缙云楼大概要被这位小姐包场了。

又赢了，宁云燕面色惨白地看着场中的君小姐，心想这不可能，没有人能做到一直赢，连哥哥当年也止步于第十场，她君蓁蓁凭什么……敲门声响起的同时被拉开，宁家的仆妇和小厮出现在门口。

"小姐，十公子说……"仆妇开口说道，但她的话刚出口，就见宁云燕抓住窗框，手扯开薄薄的窗纱，几乎半个身子都探了出去。

"君蓁蓁，你出千！"宁云燕伸手指着场中的君小姐，嘶声喊道。

宁云钊站在窗边看着场中的女孩子，想着一会儿怎么见到她，又该说些什么。突然听到自己妹妹的声音，还有一个有些熟悉的名字——君蓁蓁。

"对，没错，你出千。"

"你不可能次次都赢。"看到宁云燕的动作，其他女孩子也都反应过来，冲着窗外愤怒地喊道。

大厅里的嘈杂声渐渐停下，只剩下女孩子们愤怒尖厉的喊声。男人们不至于这般失态，但也有很多人开始疑惑，尤其是输了很多钱的人。

"这位小姐是什么人啊？"有男声零零散散地响起。

"她就是出千，她就是来骗钱的。"宁云燕听到有人响应，越发有底气大声地喊道。

宁云钊已经转身出了门，跟着跑来禀告的小厮疾步向宁云燕的包厢走去。

紧接着，另外一个女声响起："真是没出息，还以为这缙云楼里的人玩得起呢，输了钱竟然还不如赌场里的贩夫走卒。"

方锦绣也一把拉开窗户，视线扫过大厅，似笑非笑地说道："说她来骗钱，也不想想她是谁！我告诉你们，她可是德胜昌方家的人！德胜昌要是需要出来骗钱，那全阳城的人就都得穷死了。"

怪不得这位小姐敢这么玩呢，依照方家的底气，真要输了也拿得出来，大厅里站在各个窗户后的人俱是神情惊讶。

司射的眼里也闪过惊讶，然后看到身旁的君小姐掀起面纱，露出一张娇艳的面容，此时她的脸上也浮现一丝惊讶。

君小姐伸手掀起面纱，看向方锦绣所在的方向，惊讶褪去，嘴角浮现一丝笑。方锦绣看到了君小姐的笑容，只觉得浑身不自在，她绷着脸转过头看向大厅。

"骗钱，一个女孩子下场，很明显是想来散钱的。"方锦绣哼了声说道，"谁想到你们没那个本事拿到，自己技不如人，反而要怪别人本事太好，什么道理。"

现在的女孩子都这样牙尖嘴利，没规矩吗……大厅里又响起此起彼伏的议论声，却没有人再发出质问。

君小姐笑了笑放下面纱，对着全场说道："如果大家有疑问，可以亲自检验一下，我也可以再投，不下注。虽然是玩乐，但到底是涉及钱财，总要确保公允。"

还没等大厅里的议论声再起，一旁一直沉默的司射开口说道："不用，如果大家有疑问，请先验证缙云楼，与小姐无关。我们缙云楼传承百年，虽然不敢跟德胜昌比，多少也还是挣了些钱，不会坑蒙拐骗大家的钱。"

司射的视线慢慢扫过四周，声音慢吞吞的，像一个被指责而有些不安的老掌柜，但话说出后，大厅里的议论声陡然消散，缙云楼可不是人们敢质疑的。

方锦绣的笑声又响起，啧啧说道："真是的，赢不了就说人使诈出千，我们年纪小你们瞧不起也罢了，这缙云楼好歹也是老字号了，实在是……"

这话攀扯得太明显了，金钏忍不住扯了扯方锦绣的衣袖，低低喊了声三小姐。三小姐虽然脾气不好，但在外行事还是有分寸的，不知道是不是看君小姐投壶看得激动，此时一言一行都变得格外嚣张。

宁云燕已经听呆了，尖声喊道："你胡说，我是说她出千，不是说缙云楼。"

方锦绣就等着这句话呢，冷声说道："司射在一旁站着，出没出千他看不到啊？你是说司射大人不长眼，还是说缙云楼不长眼啊？"

宁云燕几乎要气疯，谁这么瞎了眼跟她作对！宁云燕探身寻找声音发出的地方，一眼便看到窗口的方锦绣。她虽不认得方锦绣，但认得这间房，顿时目瞪口呆：这间房不是应该坐着林瑾儿吗？怎么出现了一个陌生人？那林瑾儿做的事难道败露了……

"你……"她张口要喊，房门被人重重拉开，一个年轻男子大步踏入。

正挤在一起的女孩子们下意识都尖叫起来。

"燕燕，不要胡闹了。"屋子里响起男子温和又醇厚的声音。

女孩子们的惊乱顿时被平复，忙着整理仪容，含羞地看向梦寐以求都想见到的宁云钊。宁云燕呆呆转过头，叫了一声哥后，哇的一声哭着扑了过去。

因为没有宁云燕再喊叫，大厅里安静下来。

司射为了避免那个女孩子再说出更挑衅的话来，先开口说道："这么说大家是对这位小姐赢得多而不服？想要我们缙云楼给个交代？"

不待别人说话，宁云钊先朗声说道："说笑了，小孩子们输急了争口角而已。这有什么不服的，人人亲眼看着呢，如果这也能作假，那就是神仙了。"

随着他的话音落，大厅里便响起此起彼伏的笑声。

"是啊，我们都看着呢，这都说不服，那真是睁眼说瞎话了。"还有人说道。

站在窗边的方锦绣转身对金钏嘻嘻笑道："这缙云楼果然没人敢惹啊，能开大赌场的果然都有大靠山。"

金钏忙示意她小声，劝说道："三小姐你不要再乱说了。"

而在另一边，闻言气得要再冲过去的宁云燕被宁云钊按住。

"燕燕，你没有理，不要再胡闹了。"宁云钊沉声说道，"不就是输了一些钱？"

宁云燕的丫头再也忍不住，哇地哭起来，一边对着宁云钊叩头，一边说道："少爷，小姐输了好多钱……"

听到丫头这样说，宁云燕再次委屈地哭起来，抽泣地说道："我是被骗了！"

宁云钊眉头微皱，看向身后的小厮。小厮领会忙去询问侍者，侍者将一张早已经誊写好的纸递过来。

小厮看了一眼，神情愕然，脱口问道："没写错吧？"

侍者神情淡然，含笑说道："可以对质查问。"

听到小厮脱口冒出这话，宁云钊立刻喝道："拿来！"

小厮忙低着头捧到宁云钊的面前，他伸手接过扫了一眼，见先是写着左小姐名下挂着将近千两银子，接下来便是宁云燕的，总计五千两……

又是五千两，宁云钊皱起眉头，的确不是个小数目，母亲已经主持中馈了，若动用五千两银子还必须由祖母允许，燕燕这次真是玩得太过了。

"去家里支银子，说是我用。"宁云钊沉思片刻，说道。

宁云燕哭得更厉害了，其他女孩子则满眼羡慕。

"她骗我，要不然我不会输这么多。"宁云燕哭着说道。

"别人骗你，你就该上当？"宁云钊沉声说道，"怎么不想想为什么上当的是你？自己做的事都是自己的选择，怎么能怨恨别人？"

宁云燕被说得一怔，哥哥是在指责自己吗？她顾不得哭，泪眼婆娑地看着宁云钊。

"怨恨别人是推脱自己的过错，如果你认识不到是自己的错，以后遇到事还会继续犯错。"宁云钊沉声说道，"这一次你有我帮忙，下一次有家人相助，但下下次呢？人生在世，可不是次次都能让你侥幸，而有时候一次错就能让人误终身。"说到这里停顿了下又说道，"而且人家也不是骗你，你输得也不冤枉。"

宁云燕不可置信地看着宁云钊，哭着喊道："哥，你干吗替君蓁蓁说话！要不是她，我怎么会这样？要不是她故意跟我斗气，我怎么会输这么多！"

君蓁蓁，又是这个名字，宁云钊终于想起，这个君蓁蓁有可能就是那个跟自己有过婚约的君小姐。

"我怎么是替她说话呢？我是说投壶的人，你因为别人的气话挑衅而下注，这与投壶的人无关，你不能怪罪人家技艺高超。"宁云钊温和地解释道。

他的话刚说完，就见宁云燕瞪大眼，生气地说道："哥哥，投壶的人就是君蓁蓁啊！你说什么呢？我怎么听不懂！"

宁云钊的脑子顿时一片空白，沉默不语。

女孩子们的吵闹声消失，缙云楼里也恢复了安静，乐工们在示意下又开始奏乐。

经过适才的一闹，君小姐的投壶便不好再继续下去。

"真是遗憾。"司射真诚地说道，"是我们准备不周。"

君小姐含笑说道："现在停下刚刚好。我有些日子没有投壶，也是生疏了。"

司射笑着没接话，转移话题说道："小姐请先回房间休息，稍等片刻，钱数统计好了，银票立刻送去。"

因为适才那一轮下注又快又猛，数额也大小不一，需要费些工夫仔细统计。

君小姐施礼道谢后跟着侍者走开。司射环顾四周，发现没有继续要挑战的人，便也急急离去。

第二十三章

◇

好戏在后面

　　君小姐回到原先的甲十九号包厢，方锦绣和金钏都在里面，看到她进来，方锦绣绷着脸扭着头不说话，金钏则高兴相迎，真诚地说道："少奶奶您太厉害了。"

　　"消遣而已。"君小姐谦虚地说道，"说道喜的话还早。"

　　金钏抿嘴笑，想到什么忙倒茶给君小姐递过去，说道："茶还热着，您先润润口。"

　　君小姐看着递过来的茶杯，坐在桌子边扭着头的方锦绣也看过来，眼中带着几分揶揄。

　　君小姐笑了笑，一手端着茶杯，一手拎起茶壶，问道："林小姐没有再回来过吗？"

　　她拎起茶壶却没有倒茶，而是走到墙角插着迎春花的大花瓶前，将茶杯里的茶水倒了进去。金钏和方锦绣看着她的动作，都微微一愣，脸上充满了不解。

　　"没有，连她的丫头也没有来……"金钏愣愣地回答君小姐的问话。

　　"这茶水怎么了？"方锦绣则马上问道。

　　君小姐将茶水倒尽，才转过身看了方锦绣一眼，然后指着还滚在桌子上的茶杯，说道："我看你一直没喝，应该是不好，就倒掉吧。"

　　方锦绣看着她，皱眉问道："这茶水真有古怪？"

　　金钏听了两人的对话才反应过来，顿时面色发白，急着说道："对，林小姐的丫头去取的茶水，而且银宝没有跟着……"

　　方锦绣轻咳一声，有些心虚，毕竟银宝是被她叫走的。

　　"我也不知道她会下药，我只是觉得跟这种人在一起吃喝都小心些没错。"君小姐绷着脸说道。

　　"还是少奶奶聪明，早就识破了。"金钏忙说道，试图岔开这个话题。

　　君小姐笑了笑并不在意，将茶杯和茶壶放好，又说道："这茶水里是下了药，不过单单喝这个也没什么大碍。"

　　金钏恍然点点头，随即又皱眉说道："所以林小姐自己也喝，那她图什么啊？"

　　"图你下场发疯吗？"方锦绣笑着说道，"那倒要感谢她，让你赢了这么多钱，气死宁云燕了，这就叫偷鸡不成蚀把米。"突然又绷住脸说道，"这次算你运气好，别以为你就可以随心所欲了。"

　　君小姐摇摇头说道："这可不是运气好，这是天道公平。"

　　方锦绣冲她翻了个白眼，说道："我实话告诉你，我这次就是要你得个教训，所以才把这些丫头都赶走。你知道她对你没好心，知道什么叫好人坏人就行了，下次识人把眼睛放亮点。"

君小姐笑了笑说道："多谢你帮忙。"

方锦绣立刻冷声说道："帮什么忙？你别自作多情，我不过是不想方家被你连累，你要是被人安上耍诈的罪名，最后倒霉的还是我们方家。"

"可这不是正如你所愿？"君小姐笑着问道。

方锦绣涨红了脸，瞪着君小姐说道："对啊，我就是要这样，你想怎么样？"

"打你，你信不信？"君小姐笑着说道。

金钏吓了一跳，忙拦住涨红脸要跳起来的方锦绣。

门就在这时被敲响，侍者走进来，恭敬地将一张银票递给君小姐，说道："小姐，您的钱。"

君小姐看着属于自己的钱，脸上绽开一个大大的笑容。

方锦绣看得愕然，嫌弃地说道："看你那财迷样，真是丢人！"

金钏掩着嘴笑，高兴地上前看君小姐手里的银票，惊喜地说道："哇，竟然有一万多两银子，少奶奶，您赢了这么多啊！"

君小姐欢喜地对她点头。

"几个钱而已，有什么可高兴的。"方锦绣站起身冷哼道，"金钏，走。"

金钏看着君小姐说道："少奶奶，咱们走吧。"

侍者忙拉开门，君小姐对他点头示意走了出去，方锦绣不情不愿地跟在后边。

听到开门声和脚步声，站在房门口的宁云钊抬起头看到了那个女孩子的身影。他很想让她回过头，让他确认一下，她是不是他一直朝思暮想的那个花灯节遇到的女孩子。于是，他不由自主地重重咳嗽了一声，想吸引前方女孩子的注意力。前方三个女孩子却都没有回头，只听见一个女孩子忽然喊了一声，然后加快脚步疾奔而去，宁云钊不由得愣在了一旁。

"是香兰。"金钏看到有人跑过来，忙说道。

君小姐看过去，见果然是林瑾儿的丫头香兰。香兰看到她们后神情大变，转头就跑。

"她跑什么？跟见了鬼似的，肯定做了亏心事。"方锦绣说罢就追了过去。

君小姐和金钏忙跟上，宁云钊站在原地，看着那个女孩子向前跑去。身后唰啦一声响，宁云燕跑出来，刚要开口说话，看到前方的女孩子，顿时愤怒地喊道："君蓁蓁，你别跑！"

宁云燕刚喊完就追了过去，其他女孩子听到后也都跟着跑去，看着一群女孩子从自己身边呼啸而过，宁云钊才回过神来，暗叹一声不好，忙跟上去。

此时，宁云燕眼里只有君小姐，而君小姐则没有在意身后的人，她只看着前边的香兰。她原本没想跑，可是方锦绣拎着裙子撒腿就跑，她也只得跟上。想起来她很久没有跑步了，一时间还有些不好意思，但跑开后也觉得很有意思，这具身子很结实，怪不得当初能和方锦绣打架不吃亏。君小姐很快就跑过了方锦绣，方锦绣瞪眼侧头看她，加快速度。

一时间，七八个女孩子在缀云楼的楼梯上跑动，震得楼梯咯吱作响，侍者们惊骇，客人们惊讶，更有适才观看投壶还没散去的围观人群也都看过去。

"不许过来！都不许过来！"香兰横在一间房门前，看着跟过来的君小姐三人喊道。

君小姐其实没想过去，她看着丫头说道："你越是这样大喊大叫，过来的人越多，你家小姐做的事就更藏不住了。"

方锦绣听到后，立刻没好气地喝道："林瑾儿在哪？"

香兰已经吓得乱了心神，不停地摇头，浑身发抖地跌坐在房门前，只是不停地尖声喊道："不许过来，不许过来。"

方锦绣皱眉呸了声，说道："平常趾高气扬的，遇到点事就吓成这样，真是绣花枕头，中看不中用。"

君小姐看着那丫头，叫了一声金钏的名字。金钏应声"是"，上前一步。

君小姐说道："你不是问喝了那加了药的茶有什么用吗？你打开门就知道了。"

金钏面色微变，似乎猜到了什么，但又不敢相信，随即愤怒地说道："不会吧！"

她当然愤怒，要知道按照这林小姐的安排，此时这门后的人应该是君小姐，而在门前这几乎疯癫的丫头会是自己。

"君蓁蓁！"杂乱的脚步声追过来，伴着女孩子们尖厉的喊声。金钏回头看到以宁云燕为首的女孩子们，个个面色涨红，来势汹汹。她忙站在君蓁蓁身前挡住，方锦绣也做好了迎战的架势。

君小姐没有动，依旧看着门，背对着她们，似乎不屑于理会。看到她这样子，宁云燕恨不得立刻冲上去将她撕成碎片。

"怎么，宁小姐输了钱气不过，就要打人吗？"方锦绣冷冷地说道。

宁云燕咬破了嘴唇，看着跪坐在地上的香兰，喊道："林瑾儿呢？"

这一切都是林瑾儿的缘故，这混账是不是跟君蓁蓁串通好了，反而哄骗了她！

"林瑾儿呢？"宁云燕再次喊道。

"在里面呢。"方锦绣立刻说道，伸手一指，人也主动让开。

"不许过来，不许过来。"香兰又尖声喊道。

"你让开！"两三个女孩子立刻冲过去将香兰一把推开，宁云燕也冲到门前，用力拉开了门。

"林瑾儿……啊……"宁云燕才往内看了一眼就发出一声尖叫，而另外两个挤过去的女孩子看到后也都发出尖叫声，同时捂着脸向后跑。

其他女孩子不知道发生了什么事，今日她们受到的刺激已经很大了，本就心神不宁，此时陡然听到尖叫声，便下意识地跟着尖叫起来。

尖叫声席卷了整个缙云楼，好几个侍者吓得差点摔了手里的托盘。狭窄的楼道内，女孩们尖叫后退，引起一片混乱。

门被拉开，跪在地上被撞得起不来身的香兰看到了自己猜到的一幕——室内一男一女衣衫不整地相拥躺在地上。一切都跟预想的一样，那个事先藏在壁橱里的男人爬出来了，而且也被药效催得抱住了屋子里的女人。一切都完美无缺，除了女的换成了自己家的小姐。香兰两眼一黑，晕了过去。跟着女孩子们的跑动看过来的人们，透过缝隙也看到了这一幕，因为这些女孩子的遮挡，只模糊看到有人躺在地上。

　　"杀人了。"不知道哪个人喊了一声，顿时让缙云楼再次炸了锅，很多人涌过来。女孩子们被挤到了一边，除了宁云燕、方锦绣、君蓁蓁和金钏，她们都还站在原地未动。

　　宁云燕面色一阵红一阵白，一是没想到会看到这种情形，一是想到了某种猜测。方锦绣脸色涨红，一半羞一半气，羞的自然是见到这种情形，气的也是想到了某种可能性。金钏掩住嘴，惊愕地转过头看着君蓁蓁，见她一如先前，神情都没有变化，更添了几分漠然。

　　身后传来越来越多的嘈杂声，夹杂着惊呼声和怪笑声，很显然大开的屋门让围过来的人都看清楚了其内的情形，缙云楼的侍者们冲过来驱赶人群。

　　方锦绣忽然一下子跳起来扑进去，撕心裂肺地喊道："林小姐！林小姐！你怎么了？你快醒醒啊！"她一边喊着，一边抓住地上躺着的林瑾儿狠狠地甩了两个耳光。

　　"你快醒醒啊！"见林瑾儿没醒，方锦绣再次喊着，又毫不留情地甩了两个耳光。

　　方锦绣的话音迅速传遍了整个大厅，这一下林小姐的名字是掩藏不住了，侍者们心里叹息，出了这种事，缙云楼必须给个交代了，他们忙上前将方锦绣请了出去。

　　跟过来的宁云钊也上前揽住宁云燕，挡住了她的眼睛。再转身时，就与站在旁边的女孩子打了个照面。他终于再见到她了，他想过很多场景很多可能，却唯独没想过是这种。耳边充斥着各种嘈杂声，楼道里乱成一团，但他只看着她，女孩子的视线也看向他。

　　"蓁蓁，走了。"宁云钊的耳边响起一个女孩的声音。

　　难道真的是君蓁蓁……宁云钊看着她，希望她就这样一直站着不动。

　　君小姐垂下视线，对他略一点头，转身迈步，宁云钊也垂下了视线。

　　"宁公子，还请避一避。"侍者的声音在耳边响起。

　　宁云钊没有说话，揽着宁云燕迈步走开。

　　他想过很多见到她之后的开场白，斟酌过字句甚至表情，也设想过她的回应，却原来这么简单，点头之交，沉默无语，他们之间的确就该如此。

　　缙云楼里恢复了安静，似乎一切都没有发生过，那些看到热闹的人很明显被引走且被告诫了。

　　虽然在缙云楼的范围内不会说什么，但一个小姐和男人在缙云楼私会这种伤风败俗的事肯定是瞒不住的，早晚会传开。现在最要紧的是弄清楚这件事是怎么回事，很多人被赶走，但也有很多人被留下来。

　　"为什么不让我们走，做出这种事的人又不是我们。"方锦绣生气地说道。

　　侍者神情有些无奈。

　　"毕竟我们是跟她一起来的，出了这种事，我们当然要留下来。"君小姐淡定地说道。

　　方锦绣冷哼道："我可没有跟她一起来，我也不认识她。"

　　侍者看着方锦绣无语，这位小姐可真睁眼说瞎话，刚刚还抽了人家四个大耳光。

　　虽然这样说，但方锦绣并没有甩袖离去，而是坐了下来。

　　金钏看她这样，心中深感欣慰。虽然三小姐对少奶奶恶言恶语，但自从开口挑明她是方家少奶奶的那一刻，三小姐心里就已经把她当作家人来维护了，这种事当然不能说破，否则三小姐的脸面挂不住。

"小姐，喝口茶。"金钏忙斟茶对着方锦绣说道。

君小姐冲着侍者示意道："我们就在这里，等林小姐醒来。"

侍者带着感激的笑容退了出去。

而在另一边，宁云钊也对侍者点点头说道："好，我们在这里稍等。"

"凭什么要我们等？"宁云燕生气地喊道，"不关我们的事，又不是我们跟她一起来的。"

"对对，我们，我们根本就不认识她。"另一个女孩子也跟着说道。

侍者无奈地看着她们扯谎，心想刚刚不就是这群小姐冲在最前面喊着林小姐的名字拉开了房门……宁云钊示意仆妇拦住宁云燕，对侍者点点头摆摆手，侍者忙施礼道谢退了出去。

"哥，真的不关我们的事，林瑾儿这是被君葳蕤害了。"宁云燕带着微微颤抖的声音说道。

"就是为了说清不关你们的事才得等着，大家都看到你们打开了她的门，不说清楚的话，别人肯定认为你们跟这件事有牵连。"宁云钊说道。

宁十公子说的话让人很信服，依偎着仆妇丫头的小姐们纷纷点头。

"没错，君葳蕤肯定会推到我们头上。"宁云燕也点点头，对其他女孩子说道。

宁云钊沉默片刻，又问道："你为什么要去找林小姐？"

宁云燕只觉得心里咯噔一下，怦怦乱跳，她故作淡定地说道："因为她和君葳蕤要好，她们两个一起来的，还故意坐在我们隔壁跟我们下注挑衅，今天这一切说不定就是她搞出来的，所以我要去问她。"又用眼神示意其他女孩子，"你们说是不是？"

"是的！是的！"有几个女孩子忙点头，不忘害羞地看着宁云钊。

宁云钊显然不信这个说辞，垂目不语。

就在这时，有女子尖锐的惨叫声传来，隔着包厢，传来的声音飘忽萦绕，更添了几分惊悚。包厢里的女孩子们不由得齐齐打了个寒战。

"林小姐醒了。"宁云钊淡淡地说道。

这边的包厢里也听到了那一声尖叫。

方锦绣端起茶杯喝了口茶水，讽刺地说道："活该，害人才会害己！"

金钏则有些担忧，看着君小姐低声说道："少奶奶，林家的人都来了，肯定不会罢休，事关重大，还是让我去请老太太来吧。"

"的确事关重大，但不关我们的事。"君小姐答道。

"毕竟林小姐是跟我们一起来的，到时候林家肯定要质问的。"金钏不安地说道。

君小姐笑了笑说道："质问当然可以质问，但也不能他们说什么就是什么，世间还是有公道的。"停顿了一下，接着又说道，"要不然我也不会赢这么多钱。"

方锦绣皱起眉头，心想这女人还真是嚣张，这会儿都不忘炫耀赚钱的事。不过，这件事还真有些麻烦，她也觉得还是家里人出面比较好解决，毕竟这林瑾儿的父亲是县衙的人……

"林主簿说什么？"此时缙云楼最高层的一间豪华包厢内，正坐着饮酒的一个中年男人转过头，看着面前站着的司射问道。

"三爷，林大人说要在缙云楼抓人。"司射恭敬地答道。

司射口中的三爷姓窦，祖籍太原府，是晋国大夫窦犨的后代，他代表家里来掌管缙云楼的产业。

窦三爷听到这话笑了，他看向对面的男人凉凉地说道："林大人好大的官威啊，真是吓死人。"

对面的男人正低着头斟酒，头也不抬地问道："是什么事让一向圆滑的林承都动了气？莫非适才他也输了好多钱？"

"金爷，不是的。"司射迟疑地答道，"是林小姐私会男人被撞破。"

金爷愕然抬头，看了眼司射，又看向对面的窦三爷，问道："窦三爷，你给他长工钱了？让他从赢的钱里抽成了？"这话说得莫名其妙，窦三爷笑而不语。

"金爷说笑了。"司射也笑着说道。

"那可真奇怪了，既然没让你从赢的钱里抽成，那你怎么替那位赢了钱的方家小姐说话？直接就定性是林小姐私会男人？"金爷笑着说道。

"你这话说得才奇怪呢，我们缙云楼不护着我们的财神爷还护着什么？"窦三爷端起酒杯一饮而尽，冲司射摆手道，"去，告诉姓林的，和气生财，谁要坏了我生财，可就没和气了。"

司射应声"是"，转身就要走。金爷想了想，站起来又说道："老林这个人，跟我还是有些交情的，我看看去做个和事佬。"

听到他这么说，司射的眼中闪过一丝不安。窦三爷虽然有些意外，但最终做了个随意的手势，凉凉说道："但别在我的地盘动我的客人，否则我缙云楼就真没面子了。"

意思是有什么事你们出了缙云楼再算，如果金爷插手，出了缙云楼之后，那方家的小姐就有麻烦了。司射心里叹了口气，原本缙云楼能把这次的事一力抹平，保那位小姐平安无事的，要怪只能怪她运气不好，偏偏遇上金爷今日来找三爷喝酒，金爷的面子，缙云楼也不得不看几分。

随着金爷站起身，两边坐着的四个男子也都站起来，他们年纪均在二十多岁，身高相似，都穿着黑衣，乍一看跟一个模子里刻出来似的。这四人适才并没有饮酒说笑，一个木然如老僧入定，一个斜在椅子上认真剪手指甲，另外两个则手里拿着书看。这原本是很平常的动作，但不知道为什么由他们做出来就显得有几分诡异，让人心生寒意。

司射上前拉开门，金爷笑道："不用不用，你先你先，我就是在旁边看看。"

司射也没有再客气，含笑施礼，先一步迈了出去，对着门外的侍者说道："去请方家的小姐。"

"要问我们话？问什么问？"看着门外的侍者，方锦绣横眉说道，"你们难道没看到她在投壶，我在下注？林小姐干什么事跟我们有什么关系？"

侍者低着头再次施礼，说道："还望小姐行个方便。"他说话的声音和气，但态度坚决。

"你们缙云楼不是挺厉害的吗？原来还是怕官啊。"方锦绣撇撇嘴说道。

君小姐笑了笑，伸手拉住方锦绣，说道："好了，问也是应该的，不要让他们为难，他们只是开门做生意的，生意人知道生意人的难处。"这话说得侍者心里格外温暖，这个方家小姐不仅技艺高超，人也知情达理。

"而且林小姐出了这么大的事，作为家人当然要问个清楚，也好明白是怎么回事。这对我们也好，免得对我们有心结。"君小姐接着说道。

方锦绣甩开她的手，冷冰冰地说道："你想怎么样就怎么样，反正也不关我的事。"

"请带路吧。"君小姐笑了笑，对侍者说道。

侍者施礼道谢，低着头引路，金钏忙跟上。方锦绣咬了咬牙，嘀咕两声也跟上。

似乎听到了这边的脚步声，宁云钊猛地站起来。

宁云燕吓了一跳，下意识地抓住他的衣袖，惊恐地询问道："怎么了哥哥？"

"我出去看看。"宁云钊淡定地说道，"你们都是女孩子，不便抛头露面。"

"哥，你一定记住，林瑾儿就是被陷害的。"宁云燕再次叮嘱道。

宁云钊点点头，没有再说话，转身走了出去。

前方有脚步声传来，宁云钊抬起头看到那女孩子的背影。她有侍者引路，应该不是要离开，而是被林家质问。这件事关乎一个女子一生的清誉，林家肯定不会善罢甘休，她一个弱女子，到时，只有被欺负的份吧……

宁云钊一心求学问道，无心男女之事，对于那些爱慕的眼光，一律淡然处之。因此，当他听到君蓁蓁拿着与他的婚书要求完婚，听到姐妹们私下议论她有多么不堪，听到阳城很多人为他抱不平时，他根本就不在意。以前的君蓁蓁在他眼里是姐妹们口中的样子，绝不是那日花灯节树下对弈的样子。现在，两种样子被重叠在她的身上，她真正是什么样子，他也不知道了……

宁云钊疾步追了上去，他并不是对她心生怜惜，而是觉得，或许她做这一切的起因到底是与宁家的那纸婚书。虽说人要为自己做的事负责，但她到底还是个孩子……

君小姐一行人已经上了楼梯，宁云钊追赶的脚步再次停下来。他看到楼道里站着五个男人，他们倚着栏杆似乎闲着无事，其中还有一个在剪手指甲。

宁云钊认得这些人，他们是锦衣卫。虽然没有佩带标示身份的飞鱼服和绣春刀，但位于正中那位面皮白净、神情和气的中年男人，整个阳城乃至山西没有人不认得——山西锦衣卫千户所的校尉金十八，别看他一副和气的模样，山西死在他手里的官员就有十几个。

宁云钊心中一沉。

缙云楼背后有锦衣卫撑腰并不稀奇，稀奇的是这些人此时此刻出现在这里。他们不会无缘无故地出现在某个地方，看来是要插手了。林主簿虽然官职不高，但善于钻营，林家又是阳城的大户，能结交上金十八也不奇怪，事情变得棘手了。

宁云钊看着前方的女孩子，很多人光听到锦衣卫的名字就很害怕，真要见到锦衣卫，还被盯着看，只怕会吓得不敢走路吧……

前方的两个女孩子果然停下了脚步。方锦绣和金钏也认出了金十八，林家竟然请来了锦衣卫！

　　金钏的身子止不住地微微发抖，她有些后悔自己没有跑回去请老太太。方锦绣也在心中后悔，她是想让君蓁蓁惹祸，让祖母再也不能容忍君蓁蓁，哪怕方家损失一些脸面和金钱，但要是惹上锦衣卫那可就麻烦了。

　　一只手伸过来握住了方锦绣的手，带着她向前迈步。方锦绣一时没反应过来，愣愣地被拉着前行，君小姐神情淡然，目不斜视，走近那些倚着栏杆的人。低着头剪指甲的那位看似正剪得出神，因个高腿长稍稍挡住了路，引路的侍者不敢吭声请他让路，犹豫着不敢前进。君小姐却还在继续稳稳迈步，也没开口请那位大人让路，马上就要踩到人家脚上了……

　　金钏和方锦绣都吓得屏住了呼吸，他们甚至看到那位大人旁边的其他几位大人也露出惊讶的神情，就在马上要踩上去的那一刹那，剪指甲的大人收回了腿。方锦绣被拉着走了过去，整个人都呆愣了。侍者忙从后跟上去，脸上竟是难掩的惊讶。

　　君小姐走了一段路，才感觉到身边人异样的视线，停下了脚步。她似突然想起什么，回头看了眼身后，见那几个锦衣卫还倚在走廊里，也正看向她，神情都颇为惊讶。

　　她曾经是九龄公主，陆云旗的妻子。以往她的家中往来都是锦衣卫，不管多凶恶的锦衣卫见了她都得低头下跪施礼，温顺得如同羔羊。人人都知道陆千户爱妻如命，谁要是惹九龄公主不高兴，陆千户就要他全家都陪葬。所以，她才一点都不害怕，甚至不自觉地就忽略了那几个锦衣卫。

　　事已至此，就这样吧，若她装作害怕，在这些人眼里也没什么意思。君小姐笑了笑，继续迈步，而方锦绣木然地被她拉着继续走，只觉得如芒在背。

第二十四章

◇

要一个交代

君小姐一行人很快走进了一间包厢。

看到她进来，包厢里站着的林主簿立刻火冒三丈。

林主簿是个保养极好的中年男人。额头宽阔，面貌端正，留着短须，符合所有皇帝都喜欢的官员相貌，而作为一县主簿，多年来他也保持着能博得上下两级好感的爽朗又平易近人的样子。但此时此刻，他无法保持风度。

"我要一个交代。"林主簿面色赤红，声音沙哑地喝道。

林主簿站在正中，身旁是一溜家院。在他身后隔着屏风有低低的哭声传来，那是林家的仆妇正守着她们的小姐哭泣。林小姐因为醒来后情绪太过激动，不得已被施针昏睡。

虽然知道女儿只是与那男人拥抱在一起，并没有发生什么事实，但毕竟被暴露在大庭广众之下，足以毁了一个女子的清白。作为父亲，面对自己女儿终身被毁，定然不能保持理智，没有将眼前站着的女孩子一巴掌打倒，林主簿已经足够克制了。

"我不知道需要给林大人什么交代。"君小姐神情平静地答道，"不知道您有没有问过别人？首先，是林小姐邀请我来这里的，出门之后的一切也都是她安排的；其次，我们在缙云楼时虽一开始在一起，但很快就分开了，分开后，众所周知，我在投壶。至于林小姐后来发生什么事，不应该要我来交代吧。"

这小姑娘见到他没有半点慌张，还能冷静反驳，分明是心里早有准备。

"说得真是干脆，这件事是怎么回事，你心里难道不清楚？"林主簿冷笑一声，问道。

"这件事，我还真不清楚。"君小姐淡定地说道。

"香兰！"林主簿盯着君小姐突然大喝道。

事发当时晕倒的香兰被林家的人用针强行唤醒，此时正颤抖地趴在地上哭得上气不接下气，被林大人陡然一喝，更是吓得差点翻白眼又晕过去。旁边的小厮狠狠将她肩头拎起来。

"说，怎么回事！"林主簿喝道。

香兰颤抖着伸手指向君萋萋。

"她，她给小姐下药。"她哭着说道。

屋子里的人都看着君小姐。

听到这骇人的指责，君小姐依旧不急不慌地说道："你说是我，那么药在哪？又是什么时候下的？口说无凭，证据呢？别仗着你们家里人来了，就欺负我们两个孩子。"

香兰哭着伏在地上，抽泣地说道："就在缙云楼，是她把药下在茶水里。"

君小姐反而笑了，问道："香兰，那茶水我喝了没有？"

香兰趴在地上浑身发抖，泣不成声。

"林大人，你们家有丫鬟在场，我们家也有丫鬟在场，除了丫鬟还有缙云楼的侍者在场，您又是官家大人，应该知道这种事不能单凭她一个人说，而是要对质吧？"君小姐不待香兰回答，就看着林主簿说道。

"就是，说缙云楼的茶水里有药，缙云楼难道就没个说法？来你们这里喝茶的有那么多人，怎么就她说茶水里有药？"方锦绣看了眼一旁站着的司射说道。

林主簿神情冰冷，眼中带着嘲讽，冷冷说道："当然要对质。君小姐别担心，本官定要问个清楚明白。来人！"

两边的小厮忙应声。

"请君小姐随同本官回县衙对质。"林主簿又说道。

这分明是要抓人了，方锦绣攥紧了手，用求助的眼神看着司射。

司射却只是垂着头，心里叹了口气，抬起头说道："林大人，君小姐在我们缙云楼还有些手续没办完，还请林大人稍等片刻，待我们处理后，您再带走也不迟。"

听完司射的话，林主簿脸上的笑容更加冷冰冰，眼中还闪过一丝得意。

君小姐的眼里也闪过一丝意外，看来缙云楼是不打算插手了——事情出了点意外。

门外走廊，那五个锦衣卫看着君小姐一行人进入房间才收回视线。

"她是真不害怕。"其中一个锦衣卫认真说道，"不是装出来的。"

金爷看着那女孩子的背影，面露异色，皱起眉头。身边的人立刻绷紧身子，只待他一声令下，便立刻将那女孩子捉住，扔进诏狱。

"我在哪里见过她？"金爷皱眉思索着说道。

身边的人也愣了一下。

"是她啊……"倚着廊柱的一个锦衣卫带着几分恍然说道。

大家都用好奇的眼神看向他……

"说来也是个意外。那日茶楼里，宣讲千户和公主成亲的喜事，就是这个小姑娘第一个上前询问的。"其中一个锦衣卫说起那日的情景，"这小姑娘胆子是挺大的。"

那日茶楼，其他几人没有去，但也听下属们讲了经过，尤其是那些跑了的人都记下了，待给他们一个教训。当时人人都在往外跑，只有这个小姑娘主动走进来，还很捧场地询问详情，这才让说书先生不至于尴尬地讲不下去，也让他们这件事办得很成功。

"哦，是这小姑娘啊。"金爷点点头说道，"那胆子是挺大的，怪不得能赢这么多钱，同时还能害人，够机灵。"说道"机灵"二字，他恍然大悟地一拍栏杆又说道，"我想起来了，是她啊……"

金爷饶有兴趣地看向楼道那头，君小姐三人已经看不到了，他笑着继续说道："这小姑娘去年腊月在金楼里让一支不到五两的朱钗卖了一百五十两。这么说，她不仅是缙云楼的财神，也曾给咱们的金楼带来过意外之财。"

"一百多两银子也是银子。"一个下属点头赞同道。

"这小姑娘是胆子大,人机灵且不吃亏,那时有别的小姑娘想要坑她,反而被她坑了。"金爷看了眼那边的包厢说道,"那这次应该是林家小姐要坑她,结果又被这小姑娘给坑了吧。"

四个男人对视一眼,心中揣摩金爷的意思。

"孩子们打架闹事,大人掺和什么,说出去让别的地方的兄弟们笑话。"金爷摇了摇头,接着又叹息道,"咱们好歹也是跟着陆大人走出来的,不能丢了陆大人的脸面。"

"现在已经三月了,往京城送的大婚贺礼该准备了。"剪指甲的锦衣卫忽然说道。

陆云旗与九黎公主的婚期定在六月,是该准备准备了。

"我寻了几个物件,金爷您去看看怎么样。"

"你那几个物件拉倒吧,还是看看我的吧。"

几个人说笑着前行,就好像他们就是在这里倚栏观景闲谈一般,看到站在楼梯口的宁云钊,金爷还主动笑着打招呼:"是十公子啊,还没进京啊?"

伸手不打笑脸人,虽然对锦衣卫避而远之,但还犯不着清高自傲到时刻做出不与之同流合污的姿态。

宁云钊含笑点头还礼,回答道:"这就要走了。"

金爷没有继续寒暄,宁云钊也没有再问话,点头擦肩而过。

不过,这锦衣卫难道不是来给林家撑腰的吗,怎么走了呢?那他们站在这里做什么?真的只是闲谈赏风景?宁云钊想不明白。

包厢里,方锦绣倒是想得很明白。林家是官,她们和缙云楼都是商户,缙云楼能阻止林家立刻拿人就不错了,怎么也不可能要求林家不予追究。

方锦绣看着林主簿咬紧牙关,却是跟君小姐说道:"那你就在这里慢慢办手续,我先走了。"

林主簿当然知道方锦绣要去干什么,无非是回方家报信。他眼中冷意更甚,没有理会方锦绣,而是看向一旁的小厮,淡淡说道:"去,告诉差役们,小姐被人打了几巴掌,让他们在缙云楼外搜寻行凶者。"

方锦绣和金钏的脸顿时一阵惨白。林主簿的意思很清楚,君薿薿可以躲在缙云楼,但能躲多久?只要你们一出去报信,他就立刻抓人。

方锦绣垂在身侧的手紧紧攥起。马车都在缙云楼园子外专门的地方停靠着,君小姐带来的丫头仆妇都被她赶到那里去了。自己出了缙云楼被抓的话,只要大喊大叫,这些人肯定能发现,然后他们一定能回去报信。只要有人报信就行,无论如何也不能让林家的人把君小姐带走,要不然罪名就一定会安在她头上,就算祖母赶来也无法阻止了。

"好啊,那就让全城的人看看你是怎么仗势欺人的。"想明白后,方锦绣梗着脖子说道,转身就往外走。

而此时,宁云钊也走到了包厢门前。门前的两个侍者拦住了他,门里的方锦绣也没能走出来,因为君小姐拉住了她的手腕。

"不用这样。"君小姐对方锦绣摇摇头说道,"让林大人先想一想。"

方锦绣又着急又无奈,不晓得这君薿薿在搞什么花样。

林主簿冷冷笑道："小姑娘，还是你好好想一想吧。不要仗着年纪小做了错事就可以装无辜。"

"是，年纪小做了错事要负责，但年纪大的长辈也不能以此来推脱，要知道孩子犯了错，仔细论起来可都是长辈的缘故，俗话说得好，子不教父之过……"君小姐说道。

林主簿气极而笑，说道："这么说你的意思是要我去质问你的父亲，而不是来质问你？"

"当然不是。"君小姐笑了笑说道，"我是说林小姐有今日，该被质问的是您。"

林主簿顿时大怒道："你这个贱婢！你父亲的清名都被你败光了，还敢在这里大言不惭。"

"您如果依旧把袒护当作是对子女的爱，你林大人的清名早晚也会被你的子女败光。"君小姐不紧不慢地说道。

"照你这么说，我的女儿出了事，我都不能质问，要先三省吾身才对？"林主簿说道。

"对。"君小姐点头说道。

林主簿气得想立刻派人撕烂这个姑娘的嘴，却只能硬压下愤怒。

"为什么偏偏是林小姐与人私会？那个私会的男人又是谁？那个有药的茶水在哪？可有剩余？可有验证？林小姐出事的时候，香兰又为什么不在身边？为什么那么久才出现？"君小姐发出接二连三的质问声。

她盯着林主簿沉声说道："这些事大人没有先调查，就来质问我，是不是不对？"

"你说得都对。"这个君萋萋像个胡搅蛮缠的孩子，林主簿懒得继续纠缠，故作安抚地说道，"这些都要问的，所以才说要带你去对质，问清楚了，不就没事了？"

"你把我们当小孩子哄呢。"方锦绣呸了一声，嘲讽道，"进了你的官衙，还不是你说怎样就怎样。"

君小姐握了握方锦绣的手。方锦绣有些烦恼，这时才想到自己的手还被她握着，想要甩开，却发现竟然甩不开。

"不要着急。"君小姐对方锦绣说道，"林大人自然也知道，这天下并不只有他一个官衙，要质问也得有证据，并不会不分青红皂白，乱给人扣罪名。"

林主簿懒得再理会她，看着司射问道："什么时候能办完手续？"

这是在催促了，司射叹了口气看向君小姐。君小姐神情依旧平静，见他看过来还上前一步对他说道："办手续吧。"

她竟然也在催促，司射神情复杂。

君小姐将方锦绣向前推了推，接着说道："手续办好之后交给她，劳烦你们把她送回家。"

有了缙云楼的相送，林大人必然不敢抓人，真是个好姐姐，司射心中感叹。

方锦绣立刻不满地说道："要你管我！"

君小姐没有理会她，接着说道："拿手续和纸笔来吧。"

司射刚要吩咐，门被推开，走进来两个人，看到其中一个人，君小姐眼中闪过一丝惊讶。

进来的宁云钊，并没有看君萋萋，而是对着林主簿施礼说道："林世叔，还请稍等。"

林主簿皱起眉头，司射也面露惊讶，另一个进来的侍者正在他耳边低声说着什么。

"真的？"司射不可置信地又问了一句。

侍者点点头，低声说道："不知道什么意思。"

司射不再看侍者，看着方锦绣说道："方小姐，请您去办手续吧。"他又伸手指了指侍者说道，"办完后他们会送您回家。"

在场的人再次愣了一下，司射则看向林大人，含笑说道："大人，现在可以走了，我们一起去官衙吧。"

在场的人都面露惊讶，宁云钊和缙云楼这是都要干涉他吗？林主簿的脸色变得一阵铁青，勃然大怒，狠狠地盯着司射和宁云钊。

宁云钊谦逊地说道："世叔，我并没有什么意思，发生这样的事我也很难过。"

"难过就让开。"林主簿忍着气说道。

宁云钊却站着没动，似乎没看到林大人的愤怒，也没有看到那个女孩子。但他知道自从进门的那一刻，女孩子的视线就落在他的身上。

"只是舍妹以及一些女孩子今日也在缙云楼，"宁云钊接着说道，"而且也看到了令爱的情景。"

那情景，林主簿想都不敢想，听宁云钊提及，呼吸不由得粗重了几分，粗声粗气地说道："所以快让我把这件事问清楚，大家也好都安心。"

"是的。"宁云钊一边说着，一边转头看着司射，眼神突然犀利，质问道，"茶水可有问题？是谁送的茶水？进入这园子的人员可都登记在册，那男人又是谁？"

宁云钊接二连三的质问，问出了整件事情的关键，解决了这些问题，事情的真相必定水落石出。

林主簿听后却没有半点欣慰，眼底一片冰寒。他当然也要问这几个问题，但不是在这里，而是在县衙的牢房里，只要进了那里，不管他问出什么样的问题，都能得到想要的答案。在这里却不一定，现在问题的关键不是事情的真相，而是怎么挽回林瑾儿的名声。自己主动跟男人私会和被人陷害，有着天壤之别，若能证明瑾儿是被人陷害，好歹能挽回一点闺誉。所以他一定要把这个罪名安在君蓁蓁头上，她是最合适的人选。正如她所说，她是和瑾儿一起来的，她们一直待在一起，且君蓁蓁名声本就很差，他不介意让她变得更差，但现在偏偏这个宁云钊跳出来阻拦……

司射的眼里浮现惊讶，君小姐的神情也有些疑惑，她的眼睛瞪得极大，眉心也蹙起，还微微歪头，看起来有些可爱，宁云钊心里有些微微烦躁。

"不查清楚这些问题，今日来缙云楼的女子，闺誉都难保。"宁云钊的声音中夹杂着不耐烦和愤怒，"难道你们缙云楼想不明不白地装无辜吗？"

"当然不想。"司射立刻拔高声音答道，"我们缙云楼半点不敢隐瞒，这就去查！"

林主簿面色铁青，强压着愤怒质问道："你们这是什么意思？"

"林大人，这位公子说得对。"司射看着林主簿，郑重说道，"我们缙云楼要对自己负责，要对传承百年的声誉负责。我们一定要查清楚这是怎么回事，决不能让三月三断在我们这一代手里。"

说得真是冠冕堂皇，一个姑娘家的小事能影响到缙云楼的声誉！呵呵！林主簿一阵冷笑！

司射却没有再看他，转过身对侍者说道："查入园名册。"

而当司射开口的时候，君小姐也从宁云钊身上收回视线。

"入园名册在这里。"侍者闻言，立刻从袖子里拿出一卷卷轴，看起来像早已经准备好了，认真念道，"林小姐携带君小姐入园，林小姐带一小婢，君小姐带两婢一仆妇，其间君小姐一婢一仆妇出园，林小姐一婢女出园，后林小姐婢女再次入园……"念到这里，合上卷轴双手捧上。

"二位小姐皆没有携带旁人，更没有男子随同。"司射将卷轴接过，递到林主簿面前，又说道，"请与两位小姐对质。"

林主簿看着面前的卷轴，硬生生地说道："既然要对质，到县衙也可以。"

"这种事容易滋生闲言，还是就地解决比较好。一旦出了这里，事后再给解释，民众难免有猜忌和质疑。"司射也硬生生地答道，不待林主簿说话，再次看向侍者说道，"查甲字十九号、丁字七号房的茶水饮食。"

"甲字十九号和丁字七号皆为林小姐所开，茶水共用两壶，一壶为清茶，由侍者亲自送入，一壶为花茶，由房内婢女亲自去取，取茶水的有两个婢女，回来时只有一个婢女。"侍者的话说到这里，方锦绣插话说道："那个婢女被我叫走了，所以只有林小姐的丫头香兰自己拎着茶水回去的。"说罢，看了眼仍跪在地上哭泣的香兰，冷哼了一声。

大概是心里极度气愤，这女孩子的一声轻哼，让林主簿的怒气无可抑制，喝道："你哼什么哼！你什么意思？"

"我没什么意思，就是哼一声。"方锦绣一边冷冷地说着一边甩开君蓁蓁的手。

"没事了，别乱跑。"君小姐没有再勉强拉住她，低声说道。

方锦绣没好气地瞪了君蓁蓁一眼，没说话。

侍者的声音还在继续："茶水二位小姐共同饮用，皆用完没有留存；小食尚在，已经送检，查没有问题。丁字七号房内只有茶水没有点心，茶水为花茶，送检无恙。以上皆有侍者亲见随侍可证。"

司射听后看向林主簿，说道："林大人，我们的饮食没有问题。"

林大人冷笑着说道："你们说怎么样就怎么样？"

司射笑了笑，目光落在香兰身上，问道："当然不，所以需要对质。这位婢女，你说茶水被下药，是指第一壶茶水呢，还是你去取的那壶？"

林大人再次大怒，但这一次他还没有喝问。

司射眼神犀利，继续说道："林大人，我没有针对您的意思。既然我们缙云楼的查验、药师的证言，这些你都不信，那就只有靠人证了。这位婢女自己主动指出是因为茶水里的药害了林小姐，那显而易见她就是知情人，我是一定要问的。"他的视线扫过在场的诸人，又说道，"这件事发生在我们缙云楼，绝对不是一个意外，而是深思熟虑的诡计，我一定要知道，是谁在算计我们缙云楼。"

看来，缙云楼也动怒了，势必要插手这件事，林主簿觉得有点蒙，本来事情很顺利，缙云楼已经允许他带人走了，但突然冒出一个宁云钊说了几句话就扭转了局面。

司射再次对着香兰喝问道："到底是指第一壶茶水还是你去取的那壶？"

香兰早已经吓呆，伏在地上头也不敢抬。

"你不是很自信地说是茶水下药了吗？怎么不说话了？"司射冷声又问道。

"我家小姐不会做出这种事，很明显就是被下药了。"香兰抬起头哭着说道。

司射看着她，话锋一转，又问道："你为什么这么肯定茶水被下药了？"

香兰愣住了，她知道小姐从头到尾的计划，以为一口咬定茶水被下药了，就能把罪名扣在君小姐身上，但现在被逼问，也不敢说出事情是小姐一手策划的，只不过最后不小心害了自己。

她大哭着扯谎道："吃食也被下药了！你们查不出来是因为下了药的茶水和吃食都被小姐吃了！如果不是被下药，我家小姐怎么会做出这种事，这有什么好问的！"

司射还要说什么，林主簿冷冷地开口说道："你这意思是我女儿说谎了？"

"不是，林大人，我的意思是要确认我们的茶水是否有问题。"司射答道。

"你们的茶水一开始自然没有问题，而是被别人下了药后才有问题的。你问的问题是不是没有任何意义？"林主簿冷冷地说道

司射笑了笑说道："林大人说得对，问根本没有亲眼看到事情经过的人是没有意义的。那就请林小姐和那位男子来亲口说一说吧。"

林主簿怒意更甚，大喝道："我女儿醒来的时候亲口说过，是君萋萋暗害她，你还要问什么？而那个男人是个哑巴，你要怎么问？"

"自然是要问林小姐为什么离开甲字十九号进了丁字七号房间。"司射平静地说道，"至于那个哑巴，只要林大人把人交出来，就算是哑巴我们也有办法问出些什么。"

林大人看着站在一旁如同旁观者的君小姐，愤怒地说道："你为什么不问她？"

司射看也没看君小姐，说道："因为出事的时候她跟我在一起，我可以为她做证。"

林主簿冷笑着说道："那出事之前呢？你为什么把我女儿叫出房间？又为什么让我女儿去丁字七号房间？"

原本沉默不语的君小姐对林主簿说道："是我要离开房间的，但去丁字七号房间，则是林小姐的建议。"

"为什么去丁字号房间？"林主簿立刻问道。

君小姐没有立刻回答，而是看了宁云钊一眼，说道："原因我不能说。"

屋子里的人都愣了。

"因为事关别人的名誉。"君小姐接着说道，"我原本有两件事不确认，现在确认了，所以我不能在这里说。"

"那你要在哪里说？"林主簿冷冷地问道。

"我要单独跟大人您说。"君小姐说道。

这姑娘什么意思，缙云楼一心维护她的时候，她却要撇开缙云楼单独说。

林主簿当然不会放过这个好机会，说道："好啊。"

看着君萋萋随同林大人进了隔壁的包厢，方锦绣拉着脸生气，司射面无表情，宁云钊则再次皱眉头。

门在身后关上，里外都陷入安静。

"君小姐，你还小，犯了错没什么稀奇。"林主簿带着几分痛惜先开口说道，"只要认错，一切都有机会。"

君小姐点点头说道："是的，只有认错才有改正的机会。"

看她也赞同，林主簿满意地点点头说道："说吧，到底是怎么回事？"

"事情很简单，这的确是一个阴谋。从林小姐三月三之前来邀请我的那时候起，或者更早。"

"瑾儿把你当朋友，你就更不该做出这种事。"林主簿带着几分厌恶地说道。

"林小姐让我把她当作朋友，这本身就是一个阴谋。林大人，您自己心里也清楚我不配做她的朋友，林小姐也清楚得很。"

林主簿怒道："你真是小人心，竟然怀疑瑾儿的真心，所以就做出害她的事？"

在有些家长看来，自己的孩子必定天真无邪，根本不信他们会做出伤害别人的事情。但她曾作为公主时，看过不少皇亲国戚、贵族家的女孩子们上演各种明争暗斗。

君小姐懒得对林大人详细解说他女儿和她自从交往以来行动话语里暗藏的各种心机，径直说道："林小姐邀请我同游，途中各种言语暗示，引诱我来到缙云楼饮用香兰事先下了药的茶水，然后带我去早已经安排好的丁字七号房间。那个哑巴已经事先被藏在壁橱里，只待我进入包厢后药效发作。但意外的是我突然对投壶有更大兴趣，决定先去投壶。结果不知道为什么林小姐进入了房间，她安排的一切就发生在了她的身上——就是现在这种结果。"

林主簿听得目瞪口呆，大声喝道："你胡说八道什么！这故事编造得太拙劣了！"他越说越气，愤怒地来回踱步，"什么言语诱惑，什么哑巴先被藏在壁橱里，什么香兰下的药水，简直是在信口开河，可笑至极！"

"当然是言语诱惑，林大人，你不是问我为什么要去丁字七号房间吗？"

"为什么？"林主簿冷冷地问道。

"因为林小姐告诉我说，宁十公子要在这个房间见我。"

林主簿一愣。

"我君蓁蓁跟宁家的纠葛整个阳城人都知道，宁十公子对我的诱惑，林小姐心里自然清楚。这就是为什么我们会去丁字七号房间的原因，知道这个原因，再加上你们家丫头香兰口口声声说被下了药，林大人为官多年见过无数案件，这其中的来龙去脉，您心里应该很清楚了吧。"

林主簿心中惊涛骇浪。

"这件事很好查，到底是小孩子，安排得再周到，也不是无懈可击，甚至都不需要物证，几个丫头加上那个哑巴，用刑讯的手段一拷问，事情就清楚得很。"

林主簿的神情变幻不定。

"我原本以为林大人知道，还认为宁十公子也参与其中，直到宁十公子进来说话，还有林大人您竟然问我为什么去丁字七号房间，我才知道你们是真的不知道。这件事毕竟不是光彩事，又会牵涉宁十公子，所以我才不能当众说。"

"你胡说，瑾儿为什么这么做？"林主簿震惊地喃喃说道。

"一定是有原因的，林大人可以好好问问她。"

林主簿下意识地哦了一声，随即回过神喝道："你胡说八道！你这丫头，怎么如此狡诈心肠，颠倒黑白？怎么就一切都是瑾儿做的？一派胡言！差点就中了你的计！"

"林大人，我说这个不是为了让你中计，也不是为了说服你，我只是要你知道真相，这样就能合理地应对，这样才是公正。"

林主簿再次一愣，什么叫合理地应对，这分明就是威胁！他看着眼前的女孩子，神情顿时变得阴冷。

不过是一个名声本就狼藉又要做寡妇的商户女子，竟然还敢跟他论真相！

"为什么我女儿偏偏找你麻烦！"林主簿突然想到什么，愤怒地说道，"一定是你惹怒了她！也一定是你害了她！是你将她推进那间屋子，迷昏了她，害她变成这样！"

君小姐看着林主簿，眼神清澈，神情平静，丝毫没有受到影响，淡淡地说道："看来林大人已经做出选择了。不错，就是我害她，是我将她推进屋子。"

林大人神情怨恨地说道："你终于承认了……"

他的话音未落，君小姐就上前一步，开口打断了他的话："我为什么这样做？因为害人就会害己，既然她要害人，那我就要让她知道，做错事要付出代价。我说过子不教父之过，你这个当父亲的，明知自己的子女有错，却因为她年纪小，不以为意，反而怨恨别人，将一切过错都推到别人身上。既然你不教子，那就由我来教。"

林主簿只觉得脸上突然迎来当头一棒，迅雷不及掩耳，无处可躲。他余下的话就一直卡在嘴边，以至于他的样子有些失态。

君小姐微微抬起下颔看着他，一字一顿又说道："我要让你们知道，害人是要付出代价的，是要受到惩罚的，这就是公道和公正。"

林主簿目瞪口呆，然后又看到女孩子脸上浮现怜悯的神情，他气极反笑，心想这个女孩子还真是不知道天高地厚，冷冷地说道："君小姐是不是觉得缙云楼还有宁公子都为你说话，就觉得老天爷也站在你这边？"说到这里他话锋一转，神情变得阴狠，"但是我今天依旧能把你带走。我是不想跟缙云楼起冲突，但是人敬我一尺我敬人一丈，这个道理缙云楼也清楚得很，你有没有想过我把你带走之后会怎么样？"

"你把我带走之后，无非就是过官司，然后把我们适才说的话重新对质一遍。"君小姐也认真地说道，"那些漏洞百出，一问真相便知。"

"那可不一定，我可以找出一百种理由证明是你做的。你竟然还编造了宁家公子要见你的谣言，污蔑宁家公子的清誉，宁家肯定不会放过你。现在又扰了缙云楼的声名，这后果可想而知，就是方家也担不起。"林主簿看着君小姐摇头说道，"你这次可真是犯了大错了！"

"林大人是要构陷了吗？你可想清楚了？"君小姐笑了笑说道。

林主簿眼底一片狰狞，狠狠地说道："这话说的，是清白是构陷，还是到官府判定之后再论吧。"说罢就迈步向外走。

他为官十年，家族世代盘踞阳城，经手的案子哪一个不是由他定夺生死？跟他论公道，真是可笑至极。

"林大人，你还是再想一想吧。"君小姐缓缓说道，"这天下不只是你阳城县一个衙门。"

"哦？"林主簿停下脚步，转过头说道，"你是说你要上告？你要去哪里告呢？州里吗？我的同窗如今在泽州府衙做节推，专管刑罚；我的姨弟在州府做胥吏，专管告书。你要是不知道路，我可以帮你介绍一下。"

"泽州府的人我不认得。"君小姐淡淡地说道，"我只知道太原知府马升之，圣元年进士，右谏议大夫。"

林主簿愣了下，他当然知道那位马大人，他可是得到过皇帝御赐的宝剑，不是能惹的人物。

"马大人当然人人皆知。"林主簿哼声说道，"你认得他也没什么稀奇。"

他懒得再理会，几步迈出去，手按在门上，刚要拉开，身后君小姐淡淡的声音再次传来："太康二年泽州钱粮库着火烧毁的账册，在你手里吧。"

林大人顿时脊背一寒。

"这账册是你那个姨弟送来给你的吧？原来那个姓吴的胥吏是你姨弟啊。"

林主簿只觉得一道闪电突如其来劈向他，震得他止不住地打寒战。

这不可能！她怎么知道？！

君小姐叹了口气，以前的她，成亲后虽然大门不出二门不迈，但谁让她嫁的人是锦衣卫最大的头领呢，而且他又丝毫不避讳她，常拿着各地官员的阴私博她一笑，而恰好她的记忆力又非常好……

"你看，这就是公道。"君小姐看着林主簿的背影说道，"你威胁我的时候，我也恰好能威胁你。"

林主簿的额头上冒出一层密密的汗。

"马升之所以来太原府，是因为前任邓子乔守关失败。太原经略使上告邓子乔粮草不继，各个州都要查，偏偏泽州的粮草库烧了，账册也没了。缺了一册，似乎无关紧要，整个山西的账目也没有问题，最终没有查出来什么，邓子乔调离太原府，这件事算是就此了结。"

君小姐轻柔的声音从背后继续传来，"虽然这账册无关紧要，但我想马大人要是听说了，也想要看一看吧。林大人，你说我害人，我不服肯定得上告喊冤，既然是喊冤，这些事都得从头查一遍吧？你的地盘你说了算，人证物证由你做主，但如果别人来查，可就不一定会如你所愿了。我也跟你说了，这件事漏洞百出，不查则已，查的话，只怕林小姐和林大人的脸面都不会好看。我说过知错能改，子不教父之过，毕竟林小姐年纪还小，而这件事林大人又不知情，所以才要单独跟林大人说，让你来判断一下这件事该怎么处置，但现在看来，林大人似乎已经想好了……"

听到这句话，林主簿猛地转过身，颤声说道："不，我还没想好。"他看着君萋萋，面色发白，神情慌乱，"君小姐，事出突然，我一时心急，确实没有考虑清楚，实在是惭愧。"

君小姐看着他不说话，笑了笑。

"君小姐说得对，子不教父之过，这件事都是我的错。"林主簿痛心疾首地说道，"我也没想到，瑾儿她竟然做出这样的事，我真是……"

说着就抬手打了自己一耳光，声音响亮，力道十足，脸上瞬间留下一个掌印。

"大人，倒也不用过于苛责。"君小姐淡淡地柔声劝道。

温和的声音听在林主簿的耳内没有丝毫暖意，只有深深的寒意。

林主簿伸手掩面，哽咽道："君小姐，这件事我必须好好想想，简直是林家的耻辱，我实在无颜。"

"林大人也不想这样的。"君小姐带着几分怜悯地说道。

"多谢君小姐宽宏大量。"林主簿再次抬起头，坚决地说道，"这件事我一定会给君小姐一个交代。"

"倒也不用给我交代，这件事说出去谁的脸上也不好看。无知者无畏，林小姐也得到了应有的教训，知道有些事可为有些事不能做就好，以后才不会犯错。"

君小姐的话音刚落，林主簿就连声称是，痛心疾首地说道："是我太娇纵她了，才让她如此的狂妄，铸成大错。"

君小姐没有再说话，林主簿也不敢说话，室内安静得令人窒息。

"我要说的就是告诉林大人真相，既然林大人知道了，那……"君小姐沉默片刻，说道。

"我知道该怎么做。"林主簿立刻答道，"君小姐请放心。"

屋内再次陷入沉默，似乎他们一直在说的就是刚进门时的话题。

"那个账册，林大人不该留着。"就在林主簿心提到嗓子眼的时候，君小姐终于又开口说话了，"这件事我是怎么知道的，你也不用问，世上总有不透风的墙，不管是被别人查出来，还是你们留待将来亲手交上去，对林大人来说都没有什么好处。那件事已经过去了，不需要再被提及。"

林主簿听后一颗心才慢慢沉下去，哽咽地说道："多谢君小姐！多谢君小姐！"

"那缙云楼和宁公子……"

"我来给他们解释，君小姐不用管了。"林主簿忙说道。

君小姐笑了笑说道："好，我出来已经有些时候了，缙云楼又出了这种事，想必家里人听到消息会担心，那我就先告退了。"

林主簿忙伸手做出请的姿势，亲自给君小姐拉开门，请她先走。

君小姐笑了笑，让开在一旁，谦虚地说道："林大人请。"

林主簿有些讪讪，但又立刻充满歉意和感激，他迅速收整神情，忙打开门，走了出去。

这边方锦绣已经等得不耐烦，本想趁着林大人不在，自己想办法跑出去，但林家的下人们虎视眈眈，只怕没那么容易。她又担心君蓁蓁受欺负，正忐忑不安时，见林大人和君蓁蓁走了进来。

屋子里的人都看向他们，宁云钏的视线则直接落在君小姐身上。

君小姐察觉到他的视线也看过去，突然的对视让宁云钏如同被火燎了下，忙垂目避开。君小姐视线越过他，落在一旁司射的身上，对他笑了笑。

"这样，关于这件事我还是见一下三爷吧。"林主簿忽然说道。

司射顿时面露惊讶，没有看林大人，而是看向君小姐。

林主簿没有理会司射的不回应，接着又看向宁云钏，说道："宁公子，这件事让令妹受惊了。你们先回去，至于这些女孩子的清誉，我会和缙云楼商议保障的。"

这一次宁云钏也面露惊讶。

　　林主簿没有给他们再多说话的机会，对屋子里的下人低声交代了两句。

　　下人面色浮现惊讶，但被林大人瞪了眼，忙低头应声"是"，带人抬着昏迷的林小姐，架起瘫软的香兰，呼啦啦退了出去。

　　"三爷在吧？请带路。"林主簿又对司射说道。

　　司射也没有再出神。林大人要亲自去见三爷，就是赔罪的姿态了，也就是说这件事他要和缙云楼商议怎么处置，或者听缙云楼的意见来处置。虽出乎意料，但也是他们缙云楼最希望见到的结果。

　　司射忙让侍者引路。

　　林主簿毫不犹豫地跟着侍者离开了。

　　屋子里的气氛变得有些怪异。

　　司射本该亲自引林大人去的，但他看着君小姐，没有迈步。

　　"多谢了。"君小姐对他施礼说道，神情真挚。

　　"不敢当，我们没帮上什么忙。"司射神情复杂。

　　"不，如果不是你们出面维护，我已经被林大人带回去了。"君小姐再次感谢地说道，"哪里还有站在这里说话的机会。"

　　"不敢不敢。"司射眼中含笑还礼道，"这是我们应该做的。"停顿了下又说道，"那小姐请便，我就不送了。"

　　君小姐含笑点头，司射对她施礼后便离开了。

　　司射离开后，屋子里的侍者也都跟着退了出去，适才热闹拥挤的屋子瞬间空下来，只剩下君小姐、方锦绣、金钏以及宁云钊四人。

　　"怎么了这是？"方锦绣还没反应过来，一脸不解地问道，"他们走了，那我们呢？"

　　"你要是不想走还想玩的话，我们就再去玩会儿？"君小姐看着她，认真地说道。

　　她说完这句话，宁云钊突然笑了一声，笑声很突然，随即又停下，很显然是失笑。

　　方锦绣和君蓁蓁看过去，宁云钊脸上已经没了笑意，也看向她们。

　　屋子里再次安静，气氛有些诡异。

　　一个年轻公子、三个女孩子分左右相对而立。本应该是素不相识的陌生人，却偏偏因为某些原因牵扯在一起。

　　方锦绣带着几分好奇和探究，肆无忌惮地打量宁云钊。

　　君小姐想了想，对宁云钊施礼，开口说道："宁……"

　　宁云钊没等她说完，对她略一点头算是还礼，转身走了出去。

　　君小姐尴尬地僵在一边，方锦绣呵呵两声说道："还施什么礼啊，直接扑上去不就行了？看，现在人家跑了。"

　　金钏拉了拉她的衣袖，低声提醒道："三小姐不要乱说。"

　　"我又没说什么。"方锦绣哼了声，拉着脸问道，"怎么回事？现在到底什么情况？"

　　"现在没有我们什么事了，我们可以走了。"君小姐回过神来说道。

　　方锦绣和金钏顿时愕然，刚刚林大人还要把她们都抓走呢，怎么突然就没她们的

187

事了……

"林大人适才是急坏了，我好好跟他说了说，他就冷静了。"君小姐说道。

方锦绣见鬼一般地看着君小姐，问道："你怎么跟他说的？"

君小姐笑了笑，说道："说出来你可能不信，我就是对他动之以情晓之以理，他就冷静了。"

方锦绣瞪眼骂道："君荼荼，我信你个鬼！"

楼道里传来女孩子尖细的声音，似乎不满似乎娇憨，但很快就被压了下去。

宁云钏站在楼梯上看着那女孩子冲另一个女孩子伸手做个嘘声，被制止的女孩子带着几分不满，甩袖子向前走去。跟随的丫头小心翼翼地安慰着被甩下的女孩子，那女孩子脸上没有丝毫的不悦。

传闻君小姐骄横无礼，跟方家的姐妹不交好，宁云钏亲眼所见的却不像传闻说的那样，他只觉得心里一阵纷乱。

站在这边楼道里，也可以清楚地看到大厅内，司射没有进去，他看着走出大厅的君小姐，也听到屋内传来林大人的道谢声。

这个小姑娘还真是厉害，司射心中生出由衷的敬佩。

门内传来林大人的声音："三爷留步，这件事就交给三爷了，先解决这件事要紧。"

紧接着林大人自己走了出来。

"我送林大人。"司射忙说道。

林主簿犹豫一下没有拒绝，两人一前一后错肩向外走去，一路上倒也无话。待送到楼梯口，林主簿停下脚，忽然问道："我想问一下，她投壶赢了多少钱？"

司射知道他说的是谁，闻言微微一笑，说道："按理说我们要对客人保密。"

林主簿没有开口，等着司射继续说话。

"一万多两银子。"司射接着说道。

林主簿倒吸一口凉气，竟然这么多，怪不得……

他神情复杂地看了一眼司射，没有再说话，对他点点头，转身疾步而去。

看着林大人的背影，司射掩下眼里的好奇，其实他也想问问林大人和君小姐在那边的包厢里说了什么，但这种问题肯定不会得到回答，他也知道不能问。能让一个父亲面对自己女儿被毁了的事实而选择忍气吞声，一定是有更关系利害的事。

司射转身上楼来到窦三爷的屋里。

屋里的酒席已经撤去，窦三爷对几个男人吩咐了什么，大家领命退了出去。

"金爷他们是因为君小姐才离开的吗？"司射忍不住问道。

"谁知道呢，他们这些人阴晴不定，一时风一时雨的。"窦三爷没有多在意，他更感兴趣的是林大人，"他竟然承认自己女儿伤风败俗的行径，这可是把屎往自己身上抹啊，到底是为什么呢？"

"那一定是为了防止比屎更可怕的东西落在身上。"司射停顿了下又说道，"大概就是君小姐要借咱们的纸笔和人手护送的东西吧。"

　　缙云楼从来没有办手续这一说，银票当场兑现，已经两清，他之所以说还有手续未办，只是为了将君小姐护在缙云楼多留些时间。但君小姐在那时候突然提出要让缙云楼送方锦绣回去，且主动说要拿纸笔来办手续，还特意提出纸笔，显然就是要写些什么……

　　"难道君应文这小小的县令还给女儿留下了撒手锏不成？"窦三爷好奇地问道。

　　除了君小姐和林大人之外就没人知道了，既然他们两人已经达成协议，大概会永远保密了。

　　"这些又不关咱们的事。"窦三爷摆摆手，不在意地说道，"咱们开门做生意，只要和气生财就行。"说到这里，挑眉笑了笑，说道，"咱们倒是白操心了，没想到人家君小姐早有对策。"

　　司射想到君小姐真诚的道谢，含笑说道："君小姐说，如果没有咱们，她就没有跟林大人说这个话的机会。"

　　窦三爷哈哈笑道："这小姐客气了，一万多两银子买一个机会也是应当的，大家两不相欠。"

　　司射笑了笑没有说话。

第二十五章

◇

云散雨收热闹散

方锦绣和君小姐已经走出缙云楼，园子里三月三的盛会正酣，人依旧多，热闹如旧，缙云楼里发生的事好似半点都没传出来。

方锦绣忍不住啧啧两声，说道："太厉害了，以前只耳闻缙云楼厉害，今日亲见才知道到底有多厉害。"说着看了看前面走着的君蓁蓁，上前几步低声问道，"哎，难道你也对缙云楼动之以情晓之以理了？他们这么维护你？"

君小姐笑着说道："对他们用不着这样，他们可是商人。"

"商人怎么了？"方锦绣不满地说道。

君小姐说道："商人重利无情义啊。"

方锦绣顿时瞪眼，没好气地说道："你骂谁？"

这个君蓁蓁还是瞧不起商户，天天把这鄙视的话挂在嘴边。

"这怎么是骂人呢？"君小姐说道，"你这孩子怎么听不懂好赖话啊。"

方锦绣顿时气得张牙舞爪。

金钏忙拉了拉她的衣袖，低声说道："三小姐，少奶奶是说缙云楼讲规矩，她赢了好多钱的，缙云楼难道不护着自己的客户，而是置之不理吗？咱们德胜昌也不会这样的。"

方锦绣羞恼的神情还未退，听了金钏的话后，不由得神情复杂地看着已经继续向前走去的君蓁蓁，难道她投壶赢钱就是为了出事的时候能得到缙云楼的庇护？这么深谋远虑的样子，可一点都不像她……

方锦绣咬住下唇。

"哎，这位小姐，发财了吗？"耳边忽然传来一个男声。

方锦绣吓了一跳，转头看到是那个陈七，顿时没好气地说道："一边去！"

"听说方家的小姐在缙云楼赢了大钱，不会是你吧？"陈七好奇地问道。

看来君蓁蓁赢钱的事已经传开了，林瑾儿的事却被压下了，至少在此时此刻被压下了。

"是我又怎么样？你要分我的钱吗？"方锦绣斜了他一眼，说道。

陈七笑嘻嘻地说道："不用不用，在缙云楼赢的钱我不用找你分，我去找缙云楼分。"他又靠近一步压低声音说道，"听说赢了很多很多，你可真是个财神爷，我把你放进来真是放对了。"说罢便高高兴兴地向缙云楼的方向走去。

方锦绣撇撇嘴，再看向前边，君小姐被方家的仆妇丫头围住，车马已经停好。

"三小姐，"银宝招手说道，"回家了。"

这个被方锦绣赶出去的丫头早没了先前的不安，看到君小姐和方锦绣好好归来，脸上堆满笑意，其他仆妇也很高兴，任务完成，自然轻松。

方锦绣看着人来人往说笑热闹的园子笑了笑，抬脚迈步，同时伸出手，说道："我的马。"

银宝忙将马鞭子递过去。方锦绣接过被小厮牵来的马，翻身上马，说道："我跟你们不是一起来的，就不跟你们一起走了。"说罢，不顾丫头们的劝阻，疾驰而去，引起一番混乱。

君小姐看着远去的方锦绣笑了笑，在丫头仆妇的搀扶下，上了马车。

马车很快驶出缙云楼，向方家的方向驶去。

宁云钊打开一间包厢的门走进去。

屋子里的小姐们正说笑着，桌上重新摆上茶水和点心，看上去心情都不错。

宁云钊看着这些无知又单纯的小姐，心想小姐与小姐之间的差距可真大，一时间沉默不语。开门声惊动了这些女孩子，她们抬头看到是宁云钊，顿时都眼睛一亮，或含羞或带怯或大胆地含笑盯着他，脸上都是倾慕的神色。

"哥，你回来了，怎么样？"宁云燕忙迎过来问道。

"没事了。"宁云钊说道。

宁云燕顿时欢喜，她急急问道："那君蓁蓁被抓走了吗？"

宁云钊没有回答她，而是看向室内的小姐们，含笑说道："大家都回去吧，毕竟出了这种事，免得家里人担心。"

女孩子们都站起来看着他。

"还有你们今日在缙云楼玩的钱，都由我来付。"宁云钊又说道。

女孩子们脸上绽开了惊喜的笑颜。

"这怎么好呢，我们也愿意一起玩的。"一个女孩子含羞说道。

"玩是可以一起玩。"宁云钊看着她笑了笑，说道，"让我来出钱是应该的。"

女孩子们顿时喜笑颜开。

"好了，好了，你们快走吧。"宁云燕不耐烦地说道。

女孩子们虽然不想走，但也不想留给宁云钊不矜持的形象，这才一个个施礼离开了。

包厢里终于清净。

"哥哥，君蓁蓁到底怎么样了？林家是直接把她带走了，还是带去方家了？"宁云燕又急急问道。

宁云钊看着她，见她的眼里满是激动和兴奋，不免皱起眉头。

他知道妹妹不喜欢君蓁蓁，也知道大概这里的女孩子们都不喜欢君蓁蓁，但不喜欢是一回事，对别人的不幸而幸灾乐祸，甚至落井下石，他真心没想到女孩子的心思竟然这么深……

"哥，哥。"宁云燕摇着宁云钊的衣袖喊道。

宁云钊看着她，答道："她回去了。"

"被林家押着回方家了吗？"宁云燕兴奋地说道，"对，这种丢人的事，得先让方家来处置。方家要是不能给林家一个交代，林家也绝对不会罢休，让方家看看他们找的是个什么儿媳妇！"

宁云钊看着她，眼中浮现几分怜惜，伸手抚了抚她的头，说道："不是，她和林小姐坐着各自的马车回了各自的家。"

宁云燕愣住了，追问道："什么意思？"

"意思就是事情结束了。"宁云钊说道。

"那君萋萋呢？她害了林瑾儿，就，就算了？"宁云燕不可置信地问道。

"君小姐没有害林小姐，这是林小姐的父亲认定的事实。"宁云钊说道，"林小姐是自己犯了错，所以这跟君小姐没有关系，君小姐当然就自己回家了。"

宁云燕几乎跳起来，大喊道："这不可能！林瑾儿怎么会自己做出这种事？哥，我不是说了嘛，这件事就是君萋萋干的，林瑾儿绝对不可能做出这种事。"

宁云钊看着她，温和地问道："为什么你这么笃定林小姐不会这样做？虽然这种事说出来不好，但男女之间相爱情不自禁也是人之常情，只不过错在没有止于礼。"

"根本不可能，林小姐喜欢的是你，她疯了才去跟别人做这种事，那她还怎么……"宁云燕话说到这里猛地停下，几乎咬破了舌头。

宁云钊的手再次抚了抚她的头，好奇地问道："她还怎么……？跟我有关吗？"

宁云燕的脸上浮现惊慌的神情。

"哥，怎么，怎么会跟你有关？"她脱口说道，摇头又忙点头，"也可以说跟你有关啊，她那么喜欢你，怎么可能看上别人嘛。"

宁云钊笑着问道："我有那么好？"

"当然啊。"宁云燕做出欢喜又骄傲的笑容，"我的哥哥是天下最好的嘛。"

宁云燕的眼里带着几分忐忑，唯恐宁云钊再继续问什么或者看出些什么。

还好宁云钊只是笑了笑，说道："好了，咱们也回家吧。"

宁云燕松了口气，只觉得满心的疲惫袭来……

君小姐坐的马车已经回到了家里，得到消息的方老太太松了口气。这一次她没有径直回自己的住处，而是来到方老太太这里。上一次她在茶楼听了锦衣卫的宣讲，又跟宁云燕吵架，闹出了事，所以不愿意见自己，怕被询问所以轻描淡写，这一次肯来见自己问个安，就是不怕询问，也自然是没有事了。

"怎么样？玩得还好吧？没事吧？"方老太太问道。

君小姐点点头说道："没事，玩得挺好的。"

一旁的金钏神情复杂。

听她这样说，方老太太便不再问了。

虽然君小姐现在看起来有些古怪，但比起以前的行事鲁莽不着调要好得多。

"锦绣她……"方老太太想了想又问道。

"三妹妹也没事，我们从缙云楼出去后就分开了，应该过一会儿也要回来了。"君小姐答道。

方老太太点了点头，说道："你也累了，快去歇息吧。"说到这里又想到什么问道，"那林小姐以后还来找你玩吗？"

君小姐笑了笑说道："应该不会了。"

这么快就解决了……方老太太有些不解，但也没继续问。

君小姐已经转身走了出去，金钏还留在厅中，她是方老太太的丫头，奉命陪同君蓁蓁出门，现在回家了，自然要把今日的事禀告给方老太太，所以君蓁蓁没有留下多说，方老太太也没有强行问她。

"今天都发生什么事了？"方老太太看着金钏随口问道，"蓁蓁真的没事吧？"

金钏神情复杂地点点头，说道："君小姐是真的没事。"

方老太太看她欲言又止的样子，皱了皱眉问道："怎么了？到底什么事？又跟别的小姐吵架了？"

"今天君小姐在缙云楼投壶赢了一些钱。"金钏犹豫了一下，说道。

方老太太自然知道缙云楼的一些玩乐，嗯了一声，不管是赢还是输，对方家来说都不是什么事。

"赢了一万多两银子。"金钏接着说道。

方老太太顿时瞪大眼，刚喝的一口茶含在了嘴里。

"还有，林小姐和男人在缙云楼私会相拥被撞破了。"金钏又说道。

方老太太口中的茶再忍不住喷了出来。

这林小姐明明是跟君蓁蓁一起出去的，怎么就变成跟男人私会了？方老太太吃的盐比这些小丫头吃的饭都多，自然明白是怎么回事。她算是明白了，这君蓁蓁根本就没变，以前是出去被人算计让人心惊胆战，现在是出去算计别人更让人心惊胆战。

"哇！"柳儿站在书房里，看着君蓁蓁递过去的银票，激动地说道，"小姐你太厉害了。"

君小姐的脸上笑意浓浓，没有半点在缙云楼的平静，用几分得意的声音说道："是吧！"

"当然是了。"柳儿一脸的崇拜，说话间还举着手里的银票贴在心口上，"才丢了五千两，就换回来一万多两，天底下没有比小姐更厉害的人了，小姐就是个聚宝盆能生钱。"

君小姐哈哈大笑，虽然有些不好意思，但她也觉得自己还挺厉害的。

"小姐小姐，既然缙云楼那么好赚钱，咱们得多去。"柳儿又说道。

君小姐笑着伸手点了下她的额头，说道："不能贪心，别人又不傻！更何况世上哪有笃定的百战百胜，赢得越多输得就越惨，偶尔为之可以，切不可沉迷于此。"

柳儿有些听不懂，但也无所谓，高兴地抚摸着心口上的银票。

"老太太来了。"门外传来丫头们的声音。

君小姐和柳儿看过去，见方老太太已经来到书房前，径直开口说道："蓁蓁，这是怎么回事？你赢了钱……"

话音未落，柳儿就将银票往身后一藏，瞪眼说道："干什么？这是我们小姐的钱。"

方老太太没有理会这个头脑不清楚的丫头，不满地说道："这么大的事，你怎么又不说？"

"这是我的事，没必要说吧。"君小姐说道，"钱也是我的钱，已经抵过先前用你们家下注的钱了。"

看着这主仆二人一副戒备怕被抢了钱的样子，方老太太顿时无语，没好气地说道："谁稀罕你的钱，这到底是怎么回事？"

君小姐抿嘴笑了笑，收起小玩笑，让柳儿去把钱放好，才缓缓说道："就是那么回事。"

金钏已经将事情的经过跟方老太太讲了，听得方老太太心惊肉跳，直到此时还不时冒着冷汗。现在看到君蓁蓁还是一副云淡风轻的样子，她都不知道该说什么好。

"没什么大事，就是小孩子的胡闹，我又心知肚明，提前做了提防，肯定没事啊。"君小姐说道。

林小姐设计的这个陷阱的确处处点中君蓁蓁的弱点，但这一切都要建立在君蓁蓁还是以前那个君蓁蓁，如果换了人，尤其是对她有防备的人，这陷阱就太拙劣了，想到这里方老太太心里又跳了下。

"我提醒过她的。"君小姐又说道，"我说过我跟以前不一样了，我上吊死过一次，很多事都看明白了，我可没有故意哄骗她。"

方老太太再次无语，又有些想笑，先前那份诡异的感觉散去。

"我不想说她害你你为什么不躲开反而要害她的屁话。"方老太太说道，"我只是想说，这还是太危险了。"

君小姐看她笑了，轻松说道："我做好准备了。"

"做好准备也不行，这世上哪有什么万全的事？"方老太太断然说道，"你在那个地方，又面对的是那些人，金钏说还有锦衣卫出入，稍有差池，你今天就回不来了。为了林瑾儿那个东西，不值得。"

君小姐想了想，点点头说道："不过外祖母你也说了，这世上并没有什么万全之事。既然如此，该出手就出手，总想着万全而不出手，很多事就做不了。"

方老太太有些不知道说什么好，想给她提些意见吧，但这女孩子做的事都是先斩后奏，甚至是做了也不说，自己说的话她根本就不听。

"蓁蓁，小心一点是对自己好，我们也不想你出事。"方老太太无奈地说道，"毕竟人活着才是最重要的，而且现在方家又是这种情况。"

"我会小心的，所以这些都是我的事，不会连累到方家。"

方老太太愣了下，想说不是怕你累害方家的意思，但又觉得这种话没有说的必要，便直接问道："这件事我还用去缙云楼或者林大人那里走一趟吗？"

"不用了，这件事林大人自己会处理的。"

方老太太想到金钏描述的事，沉声问道："蓁蓁，你用什么威胁了林大人？"

"也不算是威胁，算是一笔交易。"君小姐不待方老太太询问就抬手制止道，"这件事我已经和林大人达成了交易，不再提了。"

方老太太惊讶不已。

“这是我父亲留给我的一个人脉。”君小姐想了想说道，“父亲叮嘱过，不想过于惊扰那位大人，所以恕我不能告诉外祖母。不过外祖母放心，那位大人很可靠，林大人也很忌讳那位大人，所以这件事已经解决了。”

方老太太对君应文一家了解不多，但君应文祖上行医，跟宁家都能攀上亲事，能结识更厉害的高官也不是不可能，这种解释比金钏说的什么以理服人要可靠得多。

君小姐和方老太太都含笑点点头。

北留镇宁家，宁大夫人看着刚进门的女儿，含笑问道：“玩得开心吗？”

“不开心。”宁云燕噘着嘴说道。

“谁惹你了？”

“反正就是不高兴啦，我哥不让我和你说，他要自己和你说。”宁云燕说道。

宁大夫人不以为意地笑了笑，又看向外边问道：“你哥呢？”

自从进门，宁云钊还没来见她，这可不像儿子一贯的作风。

“我哥这次在缙云楼玩钱的数目有些大，他去给父亲和祖母说了。”宁云燕漫不经心地说道。

她在阳城里的忐忑不安，随着车马的颠簸都已经烟消云散。

输了钱有什么大不了，有女孩子被陷害名誉全毁又如何，天塌下来还有家人顶着，至于林瑾儿回去之后会不会说是自己让她这么做的，更不值得担心，反正她也没有证据。

缙云楼里三月三会有赌局，宁大夫人自然也知道，听了也浑不在意地笑了笑说道：“算什么大事，还值得这么亲自去说。”她连输了多少银子都没问。

宁云燕连连点头。

而此时的宁云钊正站在自己的书房里，神情前所未见的严肃。

“说，林小姐和燕燕到底有什么来往？”他看着面前跪着的小丫头问道。

小丫头瑟瑟发抖地抬起头，正是宁云燕的贴身丫头小月。

“公子，没有的，就是一般的来往，跟其他小姐一样的。”她颤声说道。

宁云钊沉默着走到书桌前。

小月眼中闪过一丝侥幸，十公子是个温如玉的谦谦公子，从来没有打骂下人过，她的念头刚闪过，就听得一声脆响。原本摆在书桌上的一盏瓷笔筒此时落在了地上，碎成一片。

小月吓得瞪大眼睛，这可是哥窑碎瓷笔筒，极其贵重，整个阳城大概也找不出第二件。

“十公子……”她不由得颤声喊道。

宁云钊居高临下地看着她，温柔地说道：“你这个丫头，打坏了我的笔筒，这可怎么办？”

小月的脸色唰地惨白，不可置信地看着宁公子。

“你是不是不想被卖出去？是不是想要我替你隐瞒？”宁云钊继续问道。

小月的眼泪唰地掉下来，人也伏在地上，哭着说道：“公子，我说，我说……”

春日的天色比起冬日要黑得晚一些，宁家摆饭的时间尚未调整，看着外间的仆妇们忙碌，宁大夫人皱了皱眉头，看向外边问道："云钗怎么还没过来？"

一个仆妇忙应声，笑着答道："想必是又和老爷论起诗文了，奴婢去看看。"

宁大夫人点点头，说道："老爷不用操心这个，云钗的功课他叔父看着就行了。后日就要起程了，还是让他轻松些吧。"

仆妇笑着应声"是"便转身出去了，不多时急急忙忙地跑回来说道："夫人，公子出去了。"

"去哪了？"宁大夫人皱眉问道。

"去阳城了。"仆妇答道。

宁大夫人坐了起来，她想到宁云燕刚说的话，不由得问道："他们在阳城到底出什么事了？"要不然怎么会让云钗来回奔波，这件事一定非同小可。

她才要让人去问，宁大老爷踱步捻须走了进来，说道："云钗啊，是我让他去的，的确是出了点事。"

"什么事？"宁大夫人忙问道。

"还不是那个成国公的儿子！"宁大老爷说道，"你知道他那小子前一段时间惹事了？"

宁大夫人虽然不关心，但也多少听说了，问道："世子朱瓒打人那事？不是已经了结了吗？又怎么了？"

"成国公给皇帝辩解说他儿子没错，说什么忙于军务，又说行伍北境军事要紧，行事有时候不拘小节，皇帝就建议让朱瓒进京来禁卫军当值，让他好好学学规矩。"宁大老爷笑吟吟地说道。

"是该回去一个。"宁大夫人说着和他一起坐在餐桌前，接过丫头们递来的筷子，"成国公夫人也在那边，别的总兵都是夫妻分居两地，他们倒好，一家子在北地生活了十几年，把北地都当成他们家的了，也不知道当年先帝是怎么想的。"

宁大老爷轻咳一声，沉声说道："不要妄议先帝！成国公就罢了，至少听话，同意让锦衣卫护送着朱瓒回京，结果呢，这小子半路跑了。"

宁大夫人很惊讶，问道："跑了？从锦衣卫手里跑了？这小子胆子大本事也不小。不过，这样小小年纪就性子暴烈桀骜不驯，能成什么大事，我看成国公一脉也就到下一代为止了。"

一个武将夫人靠着先帝恩宠赐爵当了国公夫人又如何，像自己这般好运能生养云钗这样好儿子的，世间又能有几个？宁大夫人嘴边浮现笑意，随即一凝，又问道："不过，这跟咱们有什么关系？你让云钗去干吗？"

"原本二弟是打算让他弹劾成国公。"宁大老爷压低声音说道，"前一段成国公不是让河北山西这边都加强城门守卫核查吗？他这是越俎代庖，所以各个县现在都要上报朝廷，但毕竟成国公功绩显赫，威信声誉良好，这样做只怕没有什么功效。现在出了朱瓒这事，儿子和老子毕竟不一样，所以我让云钗给县里打个招呼，暂时不要上书成国公的事了，让二弟想办法从朱瓒身上下功夫。"

宁大夫人了然地哦了一声。

"所以说有时候这儿子生下来就是为了坑老子的。"宁大老爷感叹道。

宁大夫人笑着说道："那也得看是什么儿子了，你的儿子可没坑过你。这是云钗出的主意吧？"

宁大老爷也笑了笑，转移话题说道："吃饭吃饭。"

"可是云钏还没吃饭呢。"宁大夫人心疼地说道，"一路回来都还没歇息呢。"

虽然到了饭点，但并不是所有人都在吃饭，除了宁云钏，还有林主簿。

走进书房的林主簿看起来有些有气无力，对着来访的宁云钏问道："宁十公子，你怎么又来了？"

林主簿的声音满是疲惫，还带着几分恼意，这恼意自然还是源于在缙云楼宁十公子的立场。

陡然揭破秘密的震惊已经沉寂下来，林主簿回想这一件事，有些后悔。君小姐的威胁是很可怕，但也不是无可避免，如果一开始就直接带走她，便不会让她有机会威胁到他。很显然，对君小姐来说，这个秘密也是秘密，除了她之外估计没有人知道，要不然她不会提出让缙云楼护送方家的那个小姐回去，还要拿纸笔写什么手续。

缙云楼根本就不用办什么手续，输了拿钱赢了拿钱，仅此而已，她要写的自然就是要交代这个秘密，好让方家在适当的时候威胁他。只要他坚持把君小姐当场带走，把方家的女孩子一同抓走，到时候那女孩子即使说出秘密威胁他，他大不了要了她的命让她再也说不出口，这个威胁就不再是威胁，只可惜，宁云钏突然进来表达阻拦的意思，然后缙云楼也突然改了主意要插一脚，一切才无可挽回。

林主簿想到自己带着女儿回来，夫人又惊又怒晕过去的样子，再想到醒过来要死要活的女儿，家里上上下下都乱成一团，连饭都没人做了，也没人想起来吃饭，就一阵恼怒。

"十公子吃过饭没？"林主簿没好气地说道，"对不住，慢待了，家里有事没准备饭菜。"

宁云钏没有理会他的怨气，径直问道："林大人可问清是怎么回事了吗？"

林主簿更是火冒三丈，哑声喝道："还有什么问的，我们不都认了吗？"

"认了和知道可不一样。"宁云钏说道，"林大人看来没问，但我问过了，林小姐想与我为妾。"

这话说得太突然，内容也太劲爆，没有吃饭的林主簿一时有些承受不住的眩晕。

"真是不要脸。"林主簿忍不住说道。

宁云钏不觉得这是在说自己，他适才已经说得很明白，是林小姐想与他为妾，不是他想要林小姐与他为妾。

"这种行径是不太好。"宁云钏点点头说道，"但林大人也不用过苛，虽然如此，但我也不回避我的妹妹在其中犯的错误。"

林主簿愣了一下，有些不解地看着他。

"林小姐对我芳心暗许，告诉我的妹妹不求为宁家妻，只愿能伴我身边为妾，意图讨好燕燕。燕燕厌恶君小姐，想给她一个教训，所以二人各有所需，便有了缙云楼的事。"

林主簿大为吃惊！他基本确定下迷药找男人来营造私会这件事是自己女儿做的，但并不知道为何。虽然很难理解，但他知道女孩子的心思有时候就是很难理解，再加上此时心乱如麻，女儿又哭闹不休，他也懒得去问，没想到竟然是因为这个……

林主簿大怒，喝道："原来瑾儿是被你们所惑，怪不得她做出这种事。"

"林大人这话就说错了。"宁云钏神情平静地说道，"一个人做出什么事都是自己的选择，怎么能怪罪于别人？"

林主簿气得直发抖，吼道："要不是你们诱惑逼迫，瑾儿怎么会做出这种事！"

"林大人去杀了君小姐，我们宁家保你无忧。"宁云钏看着他，忽然说道。

林主簿一怔，翻腾的情绪瞬时凝结，脑中一阵思索杀掉君小姐的利与弊。

"你看，不管是诱惑或者逼迫，最终决定做与不做，还是大人决定。"宁云钏慢悠悠地说道。

林主簿的脸一阵红一阵白，心里忍不住骂娘，但也不得不承认宁云钏说得对，他带着几分悲痛说道："那是因为我是个大人，瑾儿她还是个孩子……"

"就算是孩子，犯了错也要受到教训。我今日不是来质问或者推卸责任的，因为我知道了真相，所以来告诉林大人一声，这件事多少与我妹妹有关，但是该是谁的错就是谁的错，不推卸也不多担，她犯的错我们宁家定会进行处罚。"

林主簿冷哼一声，问道："处罚？你们要怎么处罚？"

"大人会看到的。"宁云钏没有再多说便施礼告退。

林主簿没有相送，站在书房里看着他消失在视线里。

宁云钏站在林家的门外，看着夜色笼罩的街道沉默。

离开缙云楼之后，他安抚了妹妹回家，逼问了妹妹的丫头，跟父亲讨论了一下叔父安排筹划的弹劾事件，并且提出了一个更好的办法，但谁能看出其实他的脑子一直是空白一片呢……

从听到有人喊"君蓁蓁"这个名字，到那女孩子转过身的那一刻起，他就变成了这样。他的心里充满一个大大的疑问，那就是——发生了什么事？现在妹妹做的事、林家小姐做的事，他都弄清楚了，就只剩下关于她的事了。

宁云钏抬起头看着亮起灯火的街道。弥散在空气里的饭菜香气已经无影无踪，城门也已经关闭，他在阳城和北留镇来回奔波半日，没喝一口茶，没进一顿饭，现在又饥又渴，但他没有停下脚步，而是向着一个方向坚定地走去。

他要去见她。

第二十六章

◇

公子深夜拜访

君小姐迈进室内，丫头们低着头退了出去。

"今天玩得高兴吗？"坐在轮椅上的方承宇含笑说道。

这别扭的孩子今天竟然主动跟她打招呼了？不知道又想出了什么损人的主意，不过伸手不打笑脸人。

"是啊，我赢了钱。"君小姐含笑说道。

"怪不得，听到你们在外边笑。"方承宇带着几分好奇问道，"在哪里赢的？"

君小姐伸手推起他的轮椅，想了想说道："在缙云楼，你知道缙云楼吧？"

"我知道的。"方承宇点点头，脸上还带着笑意，"是投壶赢的吗？"

君小姐从轮椅后微微探身侧头看他，打趣地说道："你怎么没有说，缙云楼人人皆知，莫非我这残废在表姐眼里不算个人？"

方承宇翻了个白眼，凉凉说道："表姐是觉得我们一日不吵，不习惯吧？"

君小姐笑了笑，有些不好意思。

方承宇没有再说话，君小姐已经将他推进了浴室。

"你把我放在浴池边，我自己能脱衣裳。"方承宇说道。

君小姐不由得惊讶地看着方承宇。

"我觉得身子好多了。"方承宇看着她说道，"原来你真是在给我治病，所以我会好好配合的。"

君小姐伸手搭了下方承宇的脉，笑着说道："也是时候该好一些了。"

她依言将方承宇抱起来放到浴池边，主动背过身子，方承宇自己解开了衣衫滑入水中。君蓁蓁没有再转过身，既然方承宇这样清醒且配合，她倒不好像以前那样盯着他看，虽然是个孩子，但毕竟也十四岁了，比目前的自己小一岁而已。

"缙云楼很热闹吧？"方承宇的声音从后传来。

"是啊，很热闹，人也很多。"君小姐看着面前摆放着金针匣子的柜子说道，"不过因为这次有别的事，所以我并没有仔细看。等你好了，能走了，我们可以一起去。"

方承宇看着背对着自己的女孩子，嘴角浮现一丝笑。他没有再说话，人慢慢沉下去，如今的药水更加浓烈，闻着就令人作呕，更别提漫过口鼻，他很快就晕了过去。

君小姐听到后边迟迟没有人再说话，才转过身看到方承宇只露出一个头顶。她忙伸手将他抓起来，确认他是晕过去了才松口气。

也是好笑，好像她真的不习惯方承宇这样好言好语，不过据方家上下的描述，方承宇就是这样一个跟所有人都和颜悦色的好孩子。

不知道弟弟会长成什么样，她离开皇宫追随师父三年后，弟弟出生了。她那时候已经十三岁，是个大孩子了，又不像姐姐守在父母身边，不知道怎么跟婴儿相处，一年回来一次，小婴儿就变个样子，简直令人惊讶又手足无措。可是弟弟对她很好，舍得把吃了一半的糖给她，把皇祖父送的玩具给她，每一次她离开家，弟弟都会哭着抱着她不放。后来她成亲，他以为姐姐是要受苦去了，还狠狠咬了来接亲的陆云旗一口。那个时候多少人盯着怀王府，身为怀王府主人，虽然才六岁，但做出这样的动作也会被人认为对皇帝不满，还好陆云旗掩下了。

君小姐将泡在水里的方承宇抱了出来。

成亲以后，陆云旗给她弟弟九榕找了一个先生，她也亲自看过，虽然算不上多么博学多才，但脾气温和洒脱，讲课也很风趣。她说这样的先生很适合，毕竟弟弟不需要被教养得文韬武略，他只要做一个温文尔雅知足常乐的王爷就可以了。可是他们知足，有人不一定会知足……

君小姐从回忆中回过神，将方承宇翻过去，擦拭干净，再翻过来，拈起一根长长的金针专注地刺入方承宇的脖颈里。

方少奶奶的院子里安静无声，门外偶尔有丫头们路过，但也没有人敢上前窥探。方家大宅的外面也一片寂静，大红灯笼照着门前，随着三月的春风摇晃着，忽明忽暗。

宁云钊在这忽明忽暗的光影里停下脚步。

当站在方家门前时，宁云钊才觉得自己的行为有些愚蠢。他连怎么联系到她都不知道，更不能这么光明正大地去敲门。毕竟她现在是方家少奶奶，而他是跟她曾有过婚约的未婚少年。他轻叹一口气转身，沿着方家的院墙慢慢踱步，脑中不停思索着怎么能见到她的各种方法，翻墙而入或者正大光明拜访肯定不妥，现在能想到的最稳妥的法子，便是找人捎个口信给她，但找谁来办这件事呢，他又陷入纠结中……

三月的春，夜风温和又带着几分凉意，这让宁云钊格外清醒，虽然他现在又累又渴，最理智的就是离开这里，找一家客栈喝几杯茶吃一碗热汤面，然后泡个澡，舒舒服服地睡一觉。但是他不想走，毕竟今日发生了这么多事，而且他还有一件事没完成，到客栈也睡不着，不如一边漫步一边想一想吧……

今日睡不着的人不止宁云钊一个，方家院子里还有一个——方锦绣正围着院子转圈，她在外面跑了一圈，天黑了才回来，又借口说累喝几杯茶回避了大姐二姐的询问，只说没有跟君萋萋冲突，自己去城外骑马了。

她也没有去找祖母，这是君萋萋的事，说不说也是她自己的事，她方锦绣才不屑去告状。不过祖母应该知道她也出去了，却没有让人来找自己问话，看来君萋萋已经告诉过祖母了。虽然如此，但方锦绣还是睡不着，想到白天的事就脑子乱哄哄的，干脆起身出来走走。当方锦绣站在院子里胡思乱想时，几个护院刚好走过来小声地议论着什么。

"大半夜散步怎么了？关你们什么事！"方锦绣冷着脸冲着他们吼了一句。

方锦绣一想到自己在缙云楼的各种反应，又对比君蓁蓁的举重若轻，就觉得自己像个傻瓜，更加恼火。

护院们看出来三小姐很不高兴，忙低头施礼。

"三小姐，外边有个人围着咱们家好像是在散步。"一个护院小心翼翼地说道。

方锦绣这才反应过来他们说的不是自己，微微皱眉。

好像从去年年关时家里的护卫就严密了很多。虽说是为弟弟成亲做准备，但她也觉得有些大惊小怪，难道还有人会阻止君蓁蓁嫁给弟弟吗？但现在林主簿的女儿被君蓁蓁害得这么惨，又觉得家里还是护卫严密一些更好。

"什么人？"方锦绣问道。

"因为他并没有什么不妥当的举动，也就是绕着院墙走动。"一个护院答道，"所以我们并没有驱赶。"

方锦绣没好气地说道："大半夜的，在我们家门口转悠肯定有猫腻，说不定是贼来踩点呢。"

什么贼敢来方家踩点啊，护院们有些无语，还没再说话，方锦绣已经越过他们向外走去，边走边说道："我去盘问他要干什么。"

护院们吓了一跳，虽然家里没男人，但半夜守护家园的事还是别让女孩子出面了。

"三小姐还是让我们去吧。"他们忙追上去阻拦。

方锦绣正愁睡不着没事做，不理会他们的阻拦，径直开了角门走了出去。

方家角门前只挂着一盏灯笼，周边一片漆黑，一时间看不清有什么人走动。

"三小姐，过来了。"一个护院伸手指着一个方向，低声说道。

方锦绣顺着他所指的方向看去，见夜色中慢慢出现一个人的身影。这个身影就像是从夜色中突然冒出来的，兜帽遮住了他的脸，却遮不住他的身形，这是一个年轻男子，应该还是个很俊秀的男子。

"喂！"方锦绣直接喊道，"大半夜的，你是干什么的？"

护院们被三小姐的直接叫喊吓了一跳，宁云钊也被这突然冒出来的声音吓了一跳，他停下步抬起头，看到面前出现一群人，顿时眼睛一亮。

"喂，你什么人啊？想干什么啊？"方锦绣抬脚上前，又喊道。

护院们忙拿出木棍护住她，不让黑影靠近她。

宁云钊看清灯下女孩子的面容后，神情更加坚定。

"方小姐，"宁云钊低头施礼说道，"我有件要事与你说。"

听到这句话，方家的角门前顿时鸦雀无声，灯光照着护院们惊恐的神情。这男子竟然认识小姐，还要单独跟她说话。难道这年轻人夜半不入睡，在这里徘徊，是为了三小姐？然后他们又想到三小姐也是夜半无眠在院落里独自徘徊，这莫非就是传说中的夜半私会？

护院们吓了一大跳，方锦绣也愣住了，心想这什么鬼……

方锦绣没想到这个半夜在他们方家外转圈的人竟然是认识她的人，而且听起来似乎还是为了要见她……难道自己的美貌已经引得人如此疯狂了吗？方锦绣忍不住想。但作为票号未来的掌管人之一，方锦绣虽然对别人爱慕自己很心悸，但现在更多的是戒备。

她一把夺过身边护院手里的木棍，举着木棍就打了过去，边打边喊道："半夜三更，鬼鬼祟祟，非奸即盗，先吃我一棒！"

护院们再次吓了一跳，宁云钊也吓了一跳，连忙往后退了一步，同时掀起兜帽，说道："方小姐，是我。"

还想做出与她相熟的假象，定要把你打熟了为止。

方锦绣脚步不停，待棍棒要打过去时，也看清了面前人的面容，顿时瞪大了眼睛，脱口喊道："哎！你！"

宁云钊抬手握住她打过来的棍棒，对她点点头说道："我有事要说。"

方锦绣将木棍从宁云钊手里夺回来，转身指着围过来的护院说道："你们站住。"

护院们停下脚步，有些不解地看着方锦绣。

"先别过来，站一边去。"方锦绣接着说道。

护院们又一阵惊讶，原来小姐真的和这个人认识，还要避开他们跟这个人单独说话。这可怎么办？他们是先去报告老太太和大太太，还是先棒打鸳鸯？但他们也不敢再靠近，远远地站着。

方锦绣皱眉看着宁云钊，还没开口，宁云钊再次开口，低声说道："我要见她。"

方锦绣再次吓了一跳，她当然知道他说的她是谁，心想就算宁云钊开口向自己求婚都没有这句话带来的惊吓大。见自己好歹是男未婚女未嫁，最多不合规矩被嘲笑，但去见那位已经婚嫁的女孩子，可就要浸猪笼了。

看着眼前这个小姑娘脸上的神情风云变幻，宁云钊有些失笑，他就知道，这些人会多想，他笑了笑，温和地说道："今日发生的事，我问出来一些情况，要跟她说一下。"

方锦绣哦了声，撇撇嘴说道："现在？"

宁云钊迟疑了一下，问道："现在合适吗？"

方锦绣咬牙低声说道："虽然这个时候我弟弟和弟妹已经歇息了，但如果宁公子急的话，我就去把她叫起来。"

宁云钊沉默片刻，抬起头看着方锦绣说道："那麻烦你了。"

方锦绣顿时愕然，这是那个传闻中知书达理的宁十公子会说出的话吗？她忍不住看着面前的年轻公子，夜色里他的面容淡然无波，或许这件事真的很急？

"那好吧。"方锦绣想了想说道。

其实说出这句话后，方锦绣就后悔了，现在站在方承宇和君蓁蓁的院门前更恨不得抽自己一耳光。她多管什么闲事，真是皇帝不急太监急。君蓁蓁连句实话都不跟她说，她还操心这件事，更可气的是，她竟然要帮助自己的弟妹半夜私会其他男人……

方锦绣转身就走，走了没两步又恨恨地一跺脚转回来，敲响了院门。

"小姐，这都什么时候了，你夜闯弟弟的屋门，羞不羞啊。"柳儿站在门口叉腰拦着说道。

方锦绣正火大，伸手将柳儿揪住，咬牙说道："小丫头片子，我卖不了你，打你一顿总可以吧？难道还有人为了你这个丫头，说我这个小姐的不是？”

柳儿毫不畏惧地喊道：“你打呀，你敢打我，我就敢打你，反正也没人敢卖了我。”

这个死丫头片子！方锦绣气得抬起手就要抽她，屋门那边响起一声轻咳。

“什么事？”君小姐问道。

方锦绣看过去，见君小姐走了出来。

“小姐，她吵醒你了。”柳儿立刻委屈又愤怒地说道。

“我还没睡呢。”君小姐笑了笑说道。

以往给方承宇施针之后她也会疲惫地睡去，但今日因为想到弟弟，情绪有些起伏，到现在还没睡着。

“你找我？”她看着方锦绣问道。

方锦绣咬牙含糊地嗯了一声，转身就走。

“小姐你别理会她。”柳儿拦着君小姐说道。

君小姐伸手摸了摸她的头，含笑说道：“守好院子，我去看看。”

原本要跟随的柳儿忙停下脚步，又不放心地问道：“那让谁跟着小姐啊？”

君小姐摆摆手示意不需要，走出了院门。

大半夜的，方锦绣一句话不说，手里提着一盏灯，向外院的方向走去。

君小姐皱皱眉，没有询问也没有停顿，跟着方锦绣穿过垂花门，走上一条小路，三拐两拐，来到一个偏僻的墙角。

“什么事？”君小姐看她停下才问道。

方锦绣转过身说道：“宁十公子要见你。”

君小姐愣了一下，就在今天早些时候，有个女孩子因为跟她说这句话，被她搞得身败名裂。她以为有了这个教训，以后不会再听到这句话了，没想到这么快就又听到了。但她念头刚闪过，墙角有脚步声，抬头看去，见灌木丛中一个男子走了出来。

君小姐神情微微惊讶，看着夜色中走近的人。

方锦绣将手里的灯笼塞给君小姐，转身噔噔走开，但她并没有走太远，留出两人说话的空间，自己听不见，又不会让外人看到这里只剩下男女二人独处。这是她答应那些护院的，此时就在不远处，还站着一群神情如同见鬼的护院。

宁云钊看着眼前的女孩子，她的手里提着一盏灯笼，就好像初见那次一样，只是那次她的发髻散开，此时却全束在身后，她穿着白绫小衫红线裙，似乎并不知道会走出院子这么远，没有带上一件披风，春夜里越发显得单薄。这是一副入夜就寝的装扮，就是同胞兄弟都不能见，只能是最亲密的人才能见。

宁云钊垂下视线，说道：“怪不得你知道那日是我的生辰。”

这是他和她再次相遇后说的第一句话，斟酌了很久，却没想到最终说出来的是这句。

君小姐愣了一下，随即了然地笑了笑，说道：“嗯，真巧。”

宁云钊抬起头看着她问道：“是真巧还是假巧？”

君小姐又愣了一下，手里的灯笼照出眼前这个年轻人的面容，俊美的脸上神情极其复杂，她想他是误会了……

"你想多了。"君小姐真诚地说道。

宁云钊的心里忽然翻腾如波浪，颤抖地又说道："只是我想多了吗？"

君小姐再次愣了一下，听出宁云钊声音里的委屈和不安。她真的不擅长安慰人，而且也根本没料到宁云钊会说出这样古怪的话，想了想说道："是。"

"为什么送我灯笼？"

他们的相遇如此凑巧，如此美妙，让他念念不忘。她送他的灯笼至今还摆在案头，每日端详，结果现在她告诉他，他想多了……

"我，没想那么多。"君小姐带着几分歉意说道。

宁云钊实在猜不到她的心思，只觉得心中五味杂陈。

"宁公子，我不是故意的，那时候遇到真的是凑巧。"君小姐想了想接着说道，声音更柔和几分，"我也很意外，我并没有想故意骗你，我是觉得一局对弈尽欢，就随手想以花灯相赠，并没有什么别的想法。要说有想法，也是以后就两不相干再不相遇……"

她的话未说完，宁云钊已经抬手制止，说道："好了，我知道了，是我误会了，不用解释了。"

君小姐停下话语看着他，两人陷入沉默。

宁云钊没有看她，看向旁边的夜色，喃喃说道："能走出那么精妙的棋局，当是光风霁月之人。我这次来是为了说今日的事。"

"今日的事多谢宁公子……"君小姐施礼说道。

"是我该谢你。"宁云钊说道，虽然声音依旧保持温和，但语速总是不自觉地打断她，似乎不想再听她多说话。

君小姐不说话了。

"我已经问过了，林小姐是受了我妹妹的诱惑做出今日的事。"宁云钊接着说道，"当然，我妹妹并不知道林小姐要安排的是什么事，但不否认她很乐意看到林小姐做出这种事。"

君小姐看着他，视线扫过他的脸。

宁云钊感受到她的视线，别过脸去，心中更焦躁。

"宁公子原来已经问出了真相，能走出那么精妙棋局的，果然是光风霁月之人。"

宁云钊郑重地说道："我今日来是为我妹妹做的事道歉。"

君小姐笑了笑，没有说话。

"当然道歉要有诚意，我会让君小姐看到诚意的。"宁云钊接着说道。

"宁公子很有诚意，我已经看到了。"

宁云钊垂下视线，又再次抬起头说道："不过，林小姐的事是你做的吧？"

君小姐刚要开口承认，宁云钊却再次先开口说道："避开就是了，何必这样？"

君小姐笑了笑，说道："别人害我，我不要害他吗？"

宁云钊看着她微微皱眉。这一次君萋萋却没让他开口，抿嘴一笑，说道："有个老太太说，这是屁话。"

柔和的灯光下她的笑意在眼底散开，明明说的是有些可恶的话，但听起来却觉得有些可爱。

宁云钏避开视线，有些恼火地说道："当然是屁话，但屁话也是话。"

气氛一瞬间凝滞。

他们没这么熟，自己这样说话是有点轻佻了。

君荽荽忙收起笑，严肃地说道："宁公子，这种事，我烦了。"

宁云钏不解地看着她。

"我知道这婚事让很多人不高兴，但我已经放下了，所以希望这件事能到此为止。"君小姐说道，"这些事虽然不会伤害我，但如你所说，我知道她们的敌意，我可以避开，但我避开一次、避开二次，难道要一直避着吗？我有很多事要做，未来的日子还很长。宁公子，我烦了，我要给她们一个教训，让她们知道做错事是要付出代价的，也好就此收敛。这对我好，也是对她们好，她们也还年轻，也还有更多的事要去做。"

第一次见有人把害人的事说得如此坦然，而且听起来还很有道理。宁云钏突然有些想笑，就像在那场对弈中，她看似柔弱，却攻守犀利，寸步不让。

"她们会得到教训的，你很快就能看到。"宁云钏抬手施礼说道，"告辞。"说罢便转身要走。

"宁公子。"君小姐叫住了他。

宁云钏的脚步停下，转过头。

君小姐冲他伸出手，手心里托着一个小小的梨子，说道："不知道是有客来，没有备茶，我当时正在吃梨子，随手拿着没有放下。宁公子长途奔波，此时已晚，不便茶饭相待，就以此梨代茶……"

宁云钏长手一伸抓走梨，一言不发，转身大步而去，很快消失在夜色里。

片刻之后，人又走回来，尴尬地说道："劳烦开下门。"

君小姐转头喊了声三妹妹。

方锦绣被吓了一跳，咬牙说道："你喊什么喊，小声点。"

"让人送宁公子。"君小姐说道。

方锦绣吐口气，冲四周躲躲闪闪的护院招手低声说道："送人。"看着过来的两个护院又警告道，"不许胡言乱语，多管闲事。"

"你们不明白，我明天会和祖母、母亲说的。"方锦绣涨红脸咬牙又补充道，"你们尽责就行了。"

宁云钏已经重新戴上兜帽遮住面容，护卫不敢也不想看他是谁，低着头引着去了。

这边方锦绣如同被抽干了力气，人变得呆呆的，她再回想自己今晚到底干了什么事，简直跟做梦一样，比做梦还离奇。

"多谢三妹妹了。"君小姐说道。

"你是该谢谢我。"方锦绣喃喃说道，"像我这样协助弟媳和别的男人私会的大姑子，天下大概只有一个。"

君小姐笑了笑说道："你知道我在谢你什么，别说笑了。"

方锦绣神情木然地说道："别自作多情，我们现在是一根绳上的蚂蚱，不是为了你，我是为了我们方家。"说罢，抬脚噔噔跑开了。

君小姐看着手里还提着的灯笼笑了笑，往自己院门走去。

第二十七章

◇

做错事的后果

　　春夜街道上的安静被马蹄声打破，城门守卫们夜间的谈笑也被打破，宁云钊摘下兜帽让守卫们看清面容，并递上了开城门的文书。

　　城门守卫们显然都认得他，一边开城门一边建议道："这么晚了，十公子不如在城里住下。"

　　"也睡不了多久，赶回家梳洗一下正好天亮。"宁云钊含笑说道。

　　城门在身后关闭，宁云钊一手举着火把催马前行。夜间行路马儿走不快，宁云钊也没有催促疾驰，带着几分悠闲款而行，他甚至没有握着缰绳，因为另一只手里还握着一个梨。

　　宁云钊将手递到眼前，咬了一口，冰甜。他的嘴唇得到梨水的滋润，干涩的感觉瞬时消散，嗓子里的辣哑也得以缓解。想到她在自己脸上扫过，大概是因为看到自己面容的疲惫以及口唇的干裂吧，才细心地送了他一个梨。

　　天色蒙蒙亮的时候，宁大夫人就醒来了，她先去佛堂念经，然后翻看家里的账册。这是她每天固定要做的事情，佛堂念经静思，能让她理清家里的人事，账册则能让她看清家里的细枝末叶。

　　等天色亮起来，院子里开始有人走动，沉寂的宁家开始苏醒，她才再走进内室。昨晚宁大老爷没有歇在这里，空空的内室略有些寂寥。

　　"母亲。"窗外浮现一张年轻俊美的面容，宁大夫人脸上的笑容绽开。

　　"什么时候回来的？"她看着走进屋子的宁云钊，问道。

　　宁云钊虽已经洗漱过，但脸上的疲惫依旧清晰可见。

　　宁大夫人很心疼，说道："是连夜赶路回来的吧，何必这么急？"

　　"在外边也睡不着，还不如直接回来。"宁云钊不在意地笑道。

　　宁大夫人就要唤仆妇们摆饭，宁云钊拦住她，说道："母亲，我有事要跟你说。"

　　"是说要启程去京城的事吧。"宁大夫人含笑说道，"行李都收拾好了，车马也都备好了。"

　　宁云钊笑着道谢，再抬起头神情多了几分肃穆，沉声说道："母亲，我走之前把妹妹的亲事定了吧。"

　　宁大夫人愣住了，宁家的女儿们娇贵，一般都是十四岁开始说亲，十五岁以后再出嫁。宁云燕今年十四岁，家里刚说要开始给她精挑细选呢。宁云钊三天后就要出发去京城，怎么可能三天的时间就定下来……

宁大夫人的神情也肃穆起来，忙问道："云钊，到底出了什么事？燕燕闯祸了？"

宁云钊把昨天发生的事情对宁大夫人讲述了一遍。

宁大夫人听后，心中震惊，一时沉默着没说话。屋内的气氛凝滞了。

"小儿无忌之言，不能当真，也不算证据。"宁大夫人沉默片刻，说道。

"母亲，道理是用来对付别人的，但我们自己心里要清楚事实。"宁云钊沉声说道。

"是，燕燕是有错，但更大的错在林家小姐，她说燕燕引诱了她，何尝不是她引诱了燕燕？"宁大夫人说道，"还有那个君蓁蓁……"

想到君蓁蓁，宁大夫人面色更添几分苍白，她才是万恶之源。

"母亲，她不是万恶之源。"

宁大夫人一怔，不可置信地看向宁云钊。

"那封婚约才是。"宁云钊接着说道，"她拿着婚约可以做恶事，别人也能以此做恶事，所有人都知道我们和她的恩怨，当然可以利用这份恩怨来伤害我们。而且母亲，君小姐并不是一个可以任意欺凌的孤女，至少这一次，连林家都不敢奈何她。这一次是林小姐做的，那将来如果是燕燕呢？"

想到林瑾儿的遭遇如果换在燕燕身上，宁大夫人就一阵恶寒，冷声说道："她敢！她以为我们是林家吗？！"

宁云钊看着她说道："母亲，大概林小姐事前也是这样想的，难道母亲真想让燕燕试试？这样只会闹得我们两家两败俱伤！"

宁大夫人沉默片刻，说道："可是，这也没必要把燕燕嫁出去啊。"

"燕燕已经不小了，她不能还小孩子一般任性妄为，她现在必须知道什么能做什么不能做，且要为自己的行为负责。而且，继续跟那些女孩子来往，燕燕指不定还要捅什么娄子，我们不能让她因为一时的肆意享受而误了人生。"

宁云钊站起身，又淡淡说道："而且，母亲，我不想我的亲事成为别人的筹码。我要让其他人明白，休想用亲事来算计我。"

宁大夫人看着他，内心十分纠结，一边是儿子，一边是女儿，手心手背都是肉，这可怎么选择？

"虽然说燕燕还小，但嫁给什么人，母亲心里早有了主意，并不是真的将她仓促出嫁。"宁云钊又说道，"定下亲事，也就可以让她安心在家里待嫁，跟着母亲学学怎么管家，怎么过好自己的日子。"

宁大夫人看到儿子非常坚决，心里叹了口气，女儿终究是别人家的，早晚都要嫁人，早定下来早收心，也是为她好。

想到这里，宁大夫人便不再纠结，柔声说道："燕燕的婚事我早有打算，原本想着今年腊月的时候下定，明年十五岁让你妹妹出阁，那既然你今年过年不回来了，不如就现在下定吧。"

宁云燕因为不放心昨天的事情，也早早起床来到宁大夫人这里，想打听点消息。可是刚走到院门前，就被门前的丫头翠竹给挡住了。

宁云燕要闯进去，但翠竹竟然胆大地伸手拉住她，让她乖乖懂规矩。宁云燕气得要甩这丫头两耳光，但她身边的大丫头以及仆妇闻讯赶过来，忙劝着拦住。

宁云燕长这么大都没受过这气，脸色涨红地跟翠竹说道："好，我不进去！翠竹，你等着，等母亲问我为什么不来请安，到时候你可别怪我不客气。"

说罢，她甩着袖，气呼呼离开了，丫头仆妇忙跟上。

翠竹站在原地，神情平静，丝毫没有因为宁云燕的威胁而受到任何影响。

宁云燕一直等到天黑，都没等到宁大夫人来找她。

"真是奇怪了，母亲一天不见我怎么会不想我啊？"宁云燕绞着手帕说道。

"夫人在忙吧。"丫头答道，"早上就去了老夫人那里，后来就和老爷一起出门了，刚回来就又找了三夫人和四夫人。"

"哥哥三天后走，莫非是商量送他的事？"宁云燕猜测道，旋即又拍桌子喊道，"不过母亲一定会想我的，等到问我的时候，咱们走着瞧。"

第二日早上宁云燕没有去跟大夫人问安，一直等到下午，宁大夫人还是没有派人来问她。宁云燕觉得很不对劲。

"小姐，小姐。"丫头欢欢喜喜地跑进来说道，"小姐，石家的人来下定了。"

"哪个姐姐要下定了？我怎么没听说？"宁云燕奇怪地问道。

"小姐，是给您下定的。"丫头高兴地说道。

此言一出，满屋子的丫头都愣住了，宁云燕更是惊得如同见了鬼。

"我？"宁云燕喊道，"我怎么下定了？你没听错吧？"

"是真的，媒人已经来了，明天就正式下定了。"小丫头咬着指头颤声说道，"说趁着十公子还在家，好好热闹一下，家里人都知道了。"

宁云燕的面色突然一阵惨白，她猛地推开丫头向外跑去。

宁云燕下定的事不只是宁家的人知道了，在阳城的很多人家也都接到了消息。宁家一改往日的低调，邀请多人来参加小定仪式。

女儿家大了都会要成亲，这并不稀奇，但宁家十七小姐却还是让大家很意外。按理说宁家十七小姐今年才开始要议亲，怎么突然就下定了……虽说对方家世不错，跟宁家也算是门当户对，但这样突然下定，未免太仓促了，让人不得不猜测是不是出了什么事。

而收到帖子的林主簿神情颇为复杂，他当然知道是因为什么事情才迫使宁家仓促定亲，但他没想到宁家还真的这样做了，不免生出几分唏嘘。

"去，给夫人说，收拾收拾，送小姐去吧。"他叫来仆妇木然说道。

面前的仆妇忙应声"是"。

如同宁云燕一样，林瑾儿也不知道父亲的决定，那日醒来后，她就一直卧床，整日以泪洗面。以前伺候她的丫头仆妇一个也看不到了，她想应该是被父亲打发卖掉了，当然，下人而已，她并不在意。真正让她在意的是父亲到底要怎么替她出气。一想到那件事，林瑾儿就双眼通红，恨不得立刻看到君蒌蒌被父亲抓进牢里，生不如死的样子。

但她都回家两天了，其间母亲只来过一次，父亲一直没有现身，她又有点担心。正思忖间，外边传来脚步声，林瑾儿忙放下帐子躺好。杂乱的脚步声涌进来，似乎进来很多人，林瑾儿刚要掩面佯哭，帐子被拉开，两个面生的仆妇站在床边，林瑾儿吓了一跳，喊道："你们……"

刚说两个字，一个仆妇迅速就将一团布塞进了她的嘴里，低声说道："小姐，我们奉命送你去家庙里，你不要吵、不要闹，乖乖听话。"

林瑾儿吓得立刻挣扎着要翻身，但一个仆妇立刻将她按住，用布带捆绑，把她抬下了床，另外一个仆妇抖着一条单子盖在她的身上。林瑾儿顿时眼前一黑，陷入无尽的黑暗中。

就在三月初六，阳城大家门户的内宅里传开两个消息。一个是北留镇宁家大房的女儿定亲，一个是阳城县主簿林家的女儿犯了隐疾被送到了家庙里。宁家的女儿十四岁，林家的女儿十五岁，刚刚过了女儿节，一个将成为他人妇等待花期盛开，一个则尚未盛开就凋零了。

这两个鲜明对比，一喜一悲，让人不由得唏嘘。这件事也让很多有待嫁女儿的人家忐忑不安，生怕也发生像林家女儿那样的事。几乎一夜之间，阳城大街小巷的女孩子少了很多，茶楼、金楼也不再出现成群结伴的士族小姐们。

明媚的三月阳春，本该是女孩子花枝招展的时节，却少了许多的色彩，冷冷清清。

第二十八章

◇

暗处的敌人

"还要去别的地方吗？"方玉绣问道，此时她和君小姐正走出一家药行。

君小姐摇摇头，径直上了马车。方玉绣自然也不会多话，跟上车，马车缓缓行驶到一个拐角，迎面一辆马车驶来。

"让开。"对面马车的车夫一眼就认出这辆只能平头百姓用的马车，毫不客气地挥鞭子喊道，"不长眼啊。"

方玉绣皱眉掀起车帘，君小姐也向外看去，对面车上也似乎有女孩子掀起车帘向外看。

作为士族小姐的马车，平头百姓是要避让的，这是不用提醒就该知道的事，谁这么不长眼啊？女孩子本来心情就不好，此时更多几分不耐烦，待看清对面的人，顿时一愣，旋即面色一白，脱口说道："让开。"

车夫将手里的鞭子再次一挥，对着对面的马车喝道："让开。"话音未落，他就被小姐用茶杯砸在背上。

"我让你让开。"女孩子颤声说道，"快让开，让她们先过。"车夫一怔，但也不敢不听话，忙跳下车将马车牵到路边避让。

方玉绣眼中闪过惊讶，看了眼君小姐，见她面容平静，便对车夫说道："走吧。"同样有些怔怔的车夫这才回过神忙催马，马车沿着路驶过去。

君小姐侧头看着路边的马车，虽然马车的窗帘已经放下遮住了其内的人，但她能感觉到车里的女孩子在看着她。她不大认得这个女孩子，猜测应该是官家小姐中的一员。这些小姐在面对她的时候可从没有畏惧过，只有嘲笑和鄙视。但现在君小姐很确定她是在害怕，不晓得她在害怕什么呢……

这问题在回到家后得到了解答。

"宁家十七小姐下定了，婚期定在明年五月。"方老太太对君小姐说道，"林家的小姐因为隐疾发作被送去了家庙，你的事这算是解决了吧？"

君小姐了然地笑了笑，说道："孩子们懂事了就好。"

方老太太神情复杂，脱口问道："我很好奇，你是怎么做到的？"

"其实原本就是小事啊。"君小姐说道，"不过是女孩子之间的口角，并不是不共戴天，所以好解决。"

　　君小姐轻叹一口气，怅然地又说道：“只是没想到这次宁家竟然也这么痛快。”她突然想到夜半披风来见她的宁云钊，嘴边浮现一丝笑意。

　　虽然君小姐没有明说到底怎么回事，但方老太太也知道林瑾儿的行为肯定跟宁家的那个小姐有关系。

　　“毕竟这次牵涉的不只是我们一家。”方老太太沉声说道，“缙云楼，林家，虽然宁家不怕他们，但谁愿意被人厮缠呢。”说到这里她想起一件要紧事，又问道，“那晚来家里找你的人说的就是这个事？”

　　说起来也真是恼火，方家大半夜的竟然被人潜入了，还私会了两个姑娘，而她这个做当家的第二天才知道，护院们还说得含含糊糊。方老太太立刻将这些护院责罚，喊了方锦绣问话，她也直愣愣的，说不知道，气得她只得罚方锦绣禁足，寻了君小姐问话，君小姐给了一个模棱两可的答案，弄得她怎么问都问不出来，只得憋着火。

　　君小姐点点头说道：“他说的是这件事会有一个结果，至于什么结果，当时没说，所以我也不能和外祖母你说。”

　　看来是几方博弈的结果，方老太太默然片刻，又问道：“那人是缙云楼的？”

　　君小姐想了想点点头。

　　方老太太并没有多想，闻言点点头，但旋即又横眉说道：“只是锦绣太大胆，护院太没用，难道任何人说有要紧事，都要放进来吗？”

　　“她是关心我才这样做的。”君小姐笑了笑说道，“她当时在场，知道那件事发生时处境多么紧张，关心则乱，外祖母不要怪她。”

　　此言一出，方老太太神情惊讶。她知道蓁蓁和锦绣一向水火不容，现在她居然替锦绣说好话。

　　“你觉得她……”方老太太忍不住试探地问道。

　　不待她问完，君小姐笑了笑，插话道：“不错，她也挺好。”

　　方老太太记得上一次派方玉绣陪同她出门，回来后她就是这样评价的。看来，她真的与方家姐妹交好了

　　方老太太笑了笑，说道：“我知道你自有分寸，但是，半夜放人进来还是错，我不得不罚。”

　　君小姐认真说道：“那就罚三妹妹吧，我也是被她叫出来的，我是无辜的。”

　　而她们说话的时候，方锦绣就一直待在隔壁房间，自然听到了君小姐说的话，气得立刻冲出去追着走出门的君小姐喊道：“君蓁蓁你站住！”

　　君小姐停下脚步，回过头，好奇地问道：“你不是在禁足吗？”真要禁足的话，祖母也不会放任她在隔壁偷听了，摆明了就是要看看她们两个会怎么样。

　　“你少废话。”方锦绣瞪眼说道，“什么叫我关心你？我那是关心你吗？”

　　君小姐想了想问道：“那是我关心你？”

　　方锦绣呸了声，压低声音说道：“少装傻，我是为了我们方家的名誉，要不然那小子在外边闹起来，你不怕丢人我还怕呢。”

　　君小姐哈哈笑道：“他怎么会是那种人？”

方锦绣冷笑道："哎哟，你可真知道他是哪种人啊。"

君小姐笑着摇摇头，转身向前走去，一副不跟小孩子笑闹的神态。

方锦绣气得瞪眼跟上去，咬牙说道："还有，什么叫你是无辜的？你要是无辜，为什么跟他说话？别以为我没看到，你给他什么了？"

君小姐抿嘴笑，看她一眼，说道："你猜……"

"我猜？君蓁蓁，你猜我现在会不会扭头进去告诉祖母来人是谁。"方锦绣说道。

君小姐笑而不语继续前行。方锦绣气得直跺脚，正要继续追，耳边传来方云绣的声音："三妹妹。"

方锦绣停下脚步，看到方云绣和方玉绣结伴而来，君小姐闻声也看过来。

"少奶奶。"方云绣对她说道。

方玉绣没说话，低头施礼。

君小姐笑了，对她们点点头算是还礼，没有说话，继续迈步走开了。

方锦绣没能再跟着她，被方玉绣和方云绣拉住。

"你怎么跑出来了？祖母不是禁足你了吗？"方云绣问道。

"我禁足也不是一两次了，我又没有跑出家门。"方锦绣漫不经心地说道。

方玉绣则看着她几番审视，忽然问道："你为什么又被禁足？"

那晚引宁云钊进来的事被掩下了，除了当事的几人以及方老太太和方大太太，别人都不知道，但方锦绣被禁足惩罚却是有理由的，自然是三月三的时候她私自跑出家门。方玉绣突然问出这句话，让方云绣神情不解，方锦绣则抬手摸了摸鼻头说道："二姐干吗明知故问？"

方玉绣笑了笑看着她，又问道："那日缙云楼林小姐突发隐疾，是不是跟君小姐有关？"

方锦绣干笑两声，说道："大概是被君蓁蓁赢那么多钱吓的吧……"

方玉绣看着她，笑而不语。

"她真的那么厉害？真的百发百中？赢了好多钱？"方云绣则好奇地问道。

方锦绣嗯了声，一副不乐意提的样子，讪讪说道："我没看完，大概是吧，至于赢了多少钱，那个柳儿不是天天吹呢，想来也不作假。"

方云绣感叹地说道："看来她也不是什么都不会。姑父和姑母还是用心教养了。"

"教养的不是正经地方。"方锦绣哼声说道。

"好了，你快去祖母那里，别再惹她生气了。"方云绣嗔怪道。

方锦绣嗯了两声便走了。

方玉绣看着她的背影再次笑道："真厉害，跟她出去一次，就这么亲了，我倒也想问问你怎么喜欢她了。"

方云绣不解地问道："谁？"

方玉绣挽住她的手说道："现在看来还不能说，大姐，不过不用担心，不是坏事。"

方家三个姐妹因为性子不同而各有偏好：锦绣胆子大性子烈，负责打外场；玉绣心思深沉，负责筹划安排；云绣则心无旁骛为人忠厚，专心票号各项技能。

对于人的隐秘心思，方云绣从不多费心，听到方玉绣说不是坏事就点点头没有再问。

姐妹二人慢慢沿着院子走，走了没几步就听一阵喧闹，伴着女子的哭声。

"柳儿姐姐饶了我吧。"

"不要卖了我。"

"我不是故意的。"

方云绣和方玉绣停下脚步看向前方，见是几个仆妇架着两个丫头向外走，身后跟着柳儿。

"现在知道怕了，晚了。"柳儿狠狠说道，又看着前后跟着的人喝道，"你们都好好看着，这就是不听话，在少奶奶院子里乱钻的下场。"

跟着的仆妇丫头们纷纷低头，架着那两个哭着的丫头疾步而去。柳儿看到了方云绣姐妹，哼了声，也没施礼，甩手仰头回去了。

"这是怎么了？"方云绣皱眉问道。

"大小姐，柳儿姑娘说这两个丫头没经过允许进了少奶奶的屋子，所以要卖了去。"站在路边的一个仆妇忙答道。

"什么少奶奶的屋子？那是承宇的屋子吧？丫头们去照顾承宇不是应该的吗？"方云绣说道。

仆妇连连点头说道："是啊，可是柳儿就是不许丫头们进去。丫头们去伺候少爷都跟做贼似的，你看这被抓住了，柳儿就真卖了。大小姐，二小姐，少爷那边可真是太不像话了。"

方云绣皱着眉，摆手让仆妇退下，低声对方玉绣说道："咱们过去看看吧。"

方玉绣若有所思地看着柳儿离开的方向，方承宇和君蓁蓁的院落已经能看到了。

"大姐，你有没有觉得，这边院落四周的人多了一些？"方玉绣说道。

方云绣看过去，也觉得比起以前，这边的人好像多了不少，路上走过的人不断，那些来打扫枝叶、浇水之类的仆妇丫头也很多，显得有些忙乱。

方云绣点了点头，说道："确实多了一些呢，但现在君蓁蓁和承宇一起住，人手多一些，也正常吧。"

"可是她一向不让人来伺候啊。"方玉绣说道。

方云绣叹了口气，说道："正因为她这样，祖母、母亲口上不说，心里肯定惦记，所以才会让更多的人来这里守着吧。"

方玉绣看着那边的院落没有说话，陷入沉思。

"二妹，你觉得有什么不妥吗？"方云绣问道。

方玉绣笑了笑，挽住她的胳膊，说道："我没有觉得不妥，相反很多不妥的事反而最终都很妥当。我是觉得有些奇怪，但我相信对我们没有恶意。"

方云绣听不太懂，但听懂了"没有恶意"四字，含笑说道："既然这样，觉得不明白的事就等等看，总会明白的。"

"我就是不明白。"柳儿拉着脸站在屋檐下，看着面前低头站着的四个丫头说道，"你们都闲得没事做了？为什么让一个外边跑来的人给少爷端茶？"

"不是的，我们当时都没在，柳儿姑娘你让我们去院子里拔草了。"一个丫头大着胆子说道。

柳儿立刻呸了声，喊道："四个人拔草都不带眼睛吗？还敢顶嘴，我也卖了你去！"那丫头吓得立刻低头，不敢再说话。

听着外边那小丫头的指桑骂槐，屋子里的方承宇嘴角闪过一丝嘲笑，他今日不过是随便叫了一个丫头进来，借口让她端茶多说了两句话，那柳儿就跟偷了食的猫似的扑过来一通抓挠，只是可怜那两个丫头受了这等无妄之灾。不知道这两个丫头是哪里的，他身边的丫头都被君小姐打发了，现在看到的丫头多半都是不认识的。

方承宇微微出神，外边柳儿的声音却停了，因为有人打断了她。

"柳儿你来。"君小姐的声音从另一边传来。她在书房，白天几乎不踏足他这里，也丝毫不管院子里的事，只一味地往外跑或者去祖母、母亲跟前卖好。自己每夜都会昏迷，那女人每天都睡在这里，不知道她晚上有没有作践自己的身子。想到这里，方承宇攥紧了手，对外喊道："来人。"

外边却没有丫头立刻冲进来，反而一阵推诿犹豫，直到他再喊了一声，柳儿才从书房跑进来，问道："少爷怎么了？"

"我要方便。"方承宇面色平静地说道。

柳儿一阵恶寒，转头对着挤在一起、受惊的丫头们喊道："你们没听到吗？现在可没让你们拔草，还一个个戳着不动，要你们有什么用，卖了你们！"

丫头们听到后立刻争先恐后地涌进来。柳儿撇撇嘴，走了出去。

"怎么了？"看着柳儿走进书房，坐着写医书的君小姐问道。

柳儿一脸嫌弃地说道："要方便呢。"

君小姐皱皱眉，虽然不能走路，但方便这件事现在还是应该自己做吧。

也许是被伺候惯了，这样也好，免得被那些探听消息的人察觉。方承宇的身体明显在好转，越来越掩盖不住，之所以最近凑到这边的人这么多，就是起了疑心，看来是时候下猛药了，君小姐心想。

君小姐将面前的纸挪开，在另一张上写了几个字，对柳儿说道："把这个给大太太送去，说是给少爷添的药。"

柳儿应声"是"，接过就走。

柳儿来到方大太太院子里，却被姨娘元氏拦住。

"太太在见客。"她和气地说道，"如果是急事的话，柳儿姑娘交代我……"

她的话没说完就被柳儿打断了："你算个什么啊，什么客也别耽误少奶奶的事。"说罢，推开元氏就走了进去。

客厅里方大太太正和一个老者对坐着说话，桌子上堆着账册，还有两个丫头拿着算筹。柳儿突然闯进来，吓了他们一大跳。

老者的脸上浮现几分不悦，方大太太则有些尴尬，忙起身说道："这是少奶奶身边的丫头。"听说是少奶奶身边的丫头，老者面色稍缓，嗯了声端起茶。

柳儿不高兴地打量着老者，觉得有几分面熟。

"这是咱们家的宋大掌柜。"方大太太看出柳儿的疑惑，对她解释道。

柳儿撇撇嘴，将药方递给方大太太，说道："这是少奶奶让给少爷抓的药。"

方大太太忙接过，柳儿也不用她送，径自走了。

"给承宇吃什么药？"看到方大太太落座，宋大掌柜皱眉问道。

方大太太迟疑了一下，有些讪讪地说道："没什么，就是有些风寒……"

她这是睁眼说瞎话呢，宋大掌柜皱眉，却没有继续问，转移话题道："既然她已经成了咱们家的人，该管教的时候也得管教了，你看看这丫头什么规矩。"

"老太爷您不是不知道，表小姐的脾气……"元氏接过大太太递过来的药方，开口笑道，"哪个敢管啊！"

因为宋大掌柜与方老太爷为结义兄弟，所以家中的晚辈都用老太爷称呼他。

"以前她是要嫁出去的，不管也就不管了，但现在她既然是咱们家的人，就必须管教。"宋大掌柜看着方大太太说道，"我知道你不愿意这门亲事，但是，既然已经这样了，你就要把她当自己的子女一样真心看待，对自己的子女，你会这么放纵吗？"

方大太太有些讪讪，元氏则有些惊讶，没料到宋大掌柜会指责方大太太。方大太太被指责也没有生气，而是恭敬地低头应声"是"。

"亲者严远者懈，没有人愿意让自己的子女不懂规矩，否则将来吃苦受罪的是他们自己。现在君小姐是自己人，你怎么能因为自己的喜恶而置之不理，更不要说刻意放纵。"宋大掌柜神情肃穆地接着说道。

"叔父说得对。"方大太太诚恳地说道，神情亦是郑重感激。

"承宇现在怎么样了？"宋大掌柜又问道。

"好多了。"方大太太脱口答道，难掩期盼和欢喜。

宋大掌柜哦了声，欣慰地点点头。

方大太太眼中闪过一丝窘迫，补充说道："看来冲喜还是管用的。"

"哪里好多了？"元氏忍不住插话道，"太太，刚才丫头们说少爷要方便都找不到丫头，差点脏了身子。"

"丫头呢？"方大太太心疼地问道。

"丫头刚被卖出去两个，其他丫头害怕得不敢擅自行动。"元氏低声说道。

方大太太放在膝头的手不由得攥紧。

宋大掌柜轻咳一声，说道："你也不能指望别人跟亲生姐妹那般细心。以心换心，你也别急恼。"

方大太太对他挤出一丝笑容，说道："让叔父见笑了。"

方大太太示意元氏不要再说，元氏低头退后。

宋大掌柜也不再多问，又说了几句便带着人离开了。

夜色降下来时，方家宅院一角偏僻的房间里亮起灯火，随即便被人拢住，遮住了大半的灯光。

室内依旧灯光昏暗，墙上两个人影摇晃。

一张纸被推到灯下，跳跃的灯光照着纸上清秀的小楷——正是君小姐让柳儿交给方大太太的药方。

　　一只枯瘦的手按住药方划过拿起，对着灯仔细看，灯光被他的身影挡住，也将对面的人笼罩在阴影里。

　　"好了，你下去吧。"一个略有些沙哑的声音说道。

　　阴影里的人没有说话，躬身退了出去。

　　门被拉上，里外皆陷入黑暗。

第二十九章

◇

踏青又偶遇

阳春三月，天光大亮，院子上空不时有鸟儿成群飞过，发出欢快的鸣叫声。

久不出门的君小姐突然想要出门踏青，询问方老太太的意见时，方锦绣也吵着要同去。方老太太含笑给了一些建议后，便欣然同意。下人们得到通知后，自是一阵忙碌，又是备车备马，又是拎茶带炉，很快行头准备完毕。

为了方便骑马，方锦绣换上了女子的骑装，裹着红披风，她骑上马将手里的马鞭子一扬，顺便扫了眼身旁的君小姐，见她依旧是日常装扮，只是发鬏扎得利索一些，戴上了帏帽，侧坐在马上，有个小厮牵着马。方锦绣鄙视地撇撇嘴，收回了视线，一众人浩浩荡荡地出了方家的院门，沿着街道向城外而去。

刚出了城门，方锦绣就甩下君小姐一行人，催马疾驰而去，留下一脸惊慌失措的跟随的下人们。

君小姐对方锦绣的行为见怪不怪，只是笑了笑对小厮说道："走吧。"

小厮忙牵马前行，两边的丫头们骑马相护在左右，唯恐君小姐掉下来。鹅黄的披风挡住了她的双手，没有人看到她并没有握着缰绳，而是随意搭在身前，随着马儿的走动摇摇晃晃。

君小姐自然会骑马，曾经的她为了父亲的病，年年催马疾驰在回京的路上，风餐露宿，翻山越岭。现在父亲已经不在，她的心依旧向着回京疾驰，却催不得马，赶不得路，她要不急不缓、一步一步地走，这些计划自然不能被外人所知……

就在此时，城门里有一群年轻人结伴而出。

"真不用你们来给我送行。"宁云钊骑在马上，对着身旁的同伴们笑道，"已经送了好几回了。"

同伴们也都笑着答道："你不要误会，我们其实就是借着给你送行出来玩。"

宁云钊被逗得哈哈大，回头看向城门，说道："今日出城早，再过一刻这里就要拥挤了。"

"如果云钊你把帽子摘下，我再大喊一声十公子，这城门立刻能挤得水泄不通。"一个同伴打趣道。

宁云钊再次笑了，但笑中又有些出神，今日他就要离开阳城了，要到明年大考之后才回来。总觉得有些恋恋不舍，似乎尚有未告别的人。他的视线落在前方，看到一个女孩子骑马跃上大路，引得行人一阵躲避不满，那女孩子似乎因为指责而不悦，回头瞪了人群一眼。

宁云钏的眼睛一亮，喊道："小丁。"

在一旁骑马跟随的小丁立刻上前，宁云钏在他耳边低语一句，指了指前方，小丁神情惊讶，但并没有多问，催马而去。

而宁云钏则转过身对着同伴们招手道："也别送到十里之外了，就在那边的酒楼做一场送行宴吧。"

今日他为主，他的意见大家自然不会反驳。一众人寻着前方一处干净的酒家，走了进去。不多时，宁云钏就从酒楼中走出来，在店家不解的注视下骑马而去。

三月的护城河边到处都是赏景的男女，因为在城郊，女子们多是坐车，骑着马疾驰的方锦绣显得格外引人注目，虽然这目光中多是赞赏惊艳，但方锦绣依旧被看得一肚子火气。

"骑马就该去山里，在城边像个什么样子。"她嘀咕道，转头看向河对面，见君小姐已经下马慢行，方锦绣翻了个白眼，掉转马头向大路纵马疾驰，走一段后她就停了下来，最终还是慢慢又转了回来——她虽然讨厌君葽葽，但还是放心不下。她闷闷地向君葽葽的方向纵马前行，眼角余光看到身后跟着一匹马。她一个激灵立刻坐直了身子，这匹马从刚才就一直跟着她，她猛地加快速度，身后的人也立刻跟着加速。

果然是跟着自己的，方锦绣猛地勒住马将手中的鞭子一扬，掉头就冲那人奔去。小厮看到这女孩子举着马鞭子冲过来，吓得忙举手喊道："方小姐别打别打！我找您有事！"

方锦绣手下不停，一鞭子抽了过去，小厮吓得忙催马跑。

"方小姐！"身后又有马蹄声疾驰而来，伴着男子的声音，"是我要找你。"

方锦绣转过身看到一个男子骑马而来，随着说话，掀起了兜帽，露出面容。方锦绣握着马鞭，微微一愣，怎么又是他……

宁云钏在方锦绣身前收住马，施礼道："方小姐，我有事要说。"

方锦绣看着他，神情古怪。

"我要见她。"宁云钏接着说道。

方锦绣看着眼前的宁云钏，并不想抽他一鞭子，而是想大喊全城的人都来看看，玉树临风的宁公子现在有多不要脸，夜闯方家还不够，这次又要正大光明地私会！

"难道那日时间太短，十公子还有话没说完？"方锦绣冷冷地说道。

宁云钏点点头说道："是。"

"不知道这一面之缘，十公子到底有多少话要说。"方锦绣冷笑着说道。

"还请方小姐方便。"宁云钏又施礼，坚定地说道。

"十公子这话说得莫名其妙，我怎么就不方便你了？你要见她便去见，我又没拦着你，倒是你好好的，拦住我骑马踏青才是不方便吧。"方锦绣没好气地说道。

宁云钏笑了笑，说道："方小姐知道我的意思的。"

方锦绣绷着脸："我不知道你的意思。"她将马鞭子一甩又说道，"你要见自有办法见，她就在城门外河水边，我不拦你，也不管你们，少来烦我。"说罢，不待宁云钏再说话，催马越过他疾驰而去。

宁云钏没有追过去，胆战心惊的小丁催马上前，小心翼翼地问道："公子，咱们现在赶路还是回去？"

宁云钏看了眼阳城方向，此时日近正午，城门附近必然人更多，就算再小心也不能保证周全。他收回视线，说道："我们赶路吧。"

一主一仆催马慢行，才行了几步就听得身后马蹄声急响起，宁云钏回头看去。

方锦绣勒住马，绷着脸看着他，问道："在哪里见？"

君小姐从一家药行里走出，小厮忙牵马过来。

一个丫头骑马从一旁奔来，说道："三小姐还没回来，不过我们适才看过来了，她沿着大路没有向别的地方去。"

"少奶奶，我们是等她还是先回去？"另一个丫头迟疑了一下，大着胆子问道。

"等她吧，她跑不远，一会儿就回来了。"君小姐笑了笑，说道。

丫头们笑着应声"是"，簇拥着君小姐慢行在街上。君小姐看着道路两旁扛着风车叫卖的小贩，春风里各色的风车旋转得令人目眩，笑着说道："买几个风车吧，带回去给老太太大太太小姐们。"

丫头们欢欢喜喜地应声下马去了，不多时选了几个风车回来，举着给君小姐看。她伸手接过一只，此时风停了下来，她便掀起面纱对着风车吹气，小小的风车呼啦啦地转动，日光映照着她白净的脸庞，红艳艳的樱唇鲜润欲滴。

方锦绣此时策马过来，看到这一幕心里不由得恼火，又觉得恼火得莫名其妙。丫头们已经看到她，高兴地招手。

方锦绣拉着脸走过来，闷声闷气地说道："前方有个酒家，去那里吃饭吧。"

方锦绣说完这句话，感觉到君小姐在盯着她看，眼神很微妙。方锦绣再次恼火，也回瞪着君小姐。

君小姐抿嘴一笑，放下面纱，说道："走吧，正好也累了，还是三妹妹安排得周到。"

丫头们见两人没打架都松了口气，都翻身上马跟随方锦绣前行，很快来到一家酒楼。这家酒楼位置有些偏僻，地方也不大，但布置得干净。此时正值饭点，小小的两层酒楼里人来人往。方锦绣已经先订了房间，小厮们在大厅里散座，两个丫头陪同进了房间。

"你们看着他们布菜。"方锦绣对两个丫头吩咐道，又看向君小姐，"陪我去净房。"

两个丫头忙起身，颤颤要开口，方锦绣已经先冲她们呵斥道："闭嘴。"

君小姐冲丫头们摆摆手起身走了出去，方锦绣紧跟着出来，君小姐等着方锦绣引路，方锦绣却没有动，绷着脸低声说道："宁十公子又要见你。"

君小姐眉头一挑，惊讶地说道："又？你跟他很熟？"

"鬼才跟他熟。"方锦绣没好气地说道，"他说有事跟你说，见不见随你。"

君小姐想了想，点点头说道："那就见见吧。"

方锦绣哼了声，没有再说话，抬脚先行。君小姐跟在她身后，走了没几步就停在一间房门前。君小姐刚要准备自己进去，方锦绣伸手挡了她一下，一手打开门。

方锦绣的个子并没有君小姐高，体型也差不多，站在门边显得很单薄。君小姐看着她为她挡在门前的样子，眼底散开几分暖意。她没有说话也没有再迈步，乖乖站在方锦绣的身后。

房门被拉开，宁云钊惊喜地转身看过去，先看到方锦绣略微警惕的面容，接着看到随之进来的君萋萋。方锦绣拉上门，站在门外依栏沉默。

室内也是一阵沉默。

"多谢宁公子的诚意，我已经看到了。"君小姐先开口说道。

宁云钊尴尬地笑了笑，一时不知道该说些什么。

室内再次沉默，君小姐也觉得有些尴尬，又有点疑惑，实在想不出宁公子非得见她的理由。

宁云钊看到她的疑惑，心里莫名有些恼意，忽然说道："婚约的事，我也很无辜。"

君小姐愣了一下，一时没反应过来。

"虽然说长辈赐不敢违，但我始终认为我是一个独立的人，尤其在婚事上，我有权利决定自己的终身。"宁云钊说道，"所以我不会承认别人给我定的婚约，这与你的家世无关，也与你无关，所以希望君小姐能理解。"

君小姐笑着说道："事实上我也赞同宁公子的想法，一个人的终身的确应该由自己来选择。"说到这里再次笑了笑，又说道，"我不赞同的只是你们面对这个婚约的做法，并不是你们家的决定或者宁公子的决定，所以希望宁公子也能理解。"

她的回答干净利索，又不卑不亢。

宁云钊沉默片刻，说道："那现在我们是不是可以到此为止了？"

"当我归还婚书，你家还了银两之后，这件事就已经到此为止了，只是宁公子好像一直不相信。"

宁云钊笑了笑，说道："现在我相信了。"

"我相信宁公子。"

屋子里的气氛变得愉悦、轻松了几分。

宁云钊又说道："我今日来就是向君小姐解释一下，希望君小姐不要怨恨我，但看来是我多虑了……"

"宁公子的确多虑了。"

话谈到这里想必可以结束了。

宁云钊念头闪过便抬手施礼道："既然如此，多谢君小姐一见，告辞了。"

君小姐笑着还礼。

宁云钊迈步向外走，走到她身前时，不知道为什么还是停了下来，脱口说道："我今日就进京了。"

脱口说出这句话，宁云钊立刻有些懊恼。

君小姐含笑施礼，说道："祝公子一路顺风。"

宁云钊还想说什么，但想到彼此的身份，又不知道该继续说什么，他沉默了一会儿，还是越过她拉开了门，方锦绣站在门外回过头，宁云钊冲她略一施礼便大步离开了。

方锦绣撇撇嘴转过身，君小姐从门内走出来，似乎要说什么又咽了回去。

方锦绣哼了声，说道："不用告诉我你们说了什么，我不感兴趣。"

君小姐苦笑一下，说道："我的确不打算告诉你我们说了什么。"

君小姐和方锦绣没有再说话，各自回到了自己的房间。

宁云钊已经走到酒楼外接过小厮牵来的马，他回头看着这边的酒楼。

"公子，我们是回城门那边，还是……"小厮忐忑地问道，城门酒楼那边还有一群人等着给公子送行呢，还不知道公子已经跑了。

宁云钊笑了笑，说道："别离多伤心，大家酒水尽欢，一醉醒来各自已经离散，这样最好。"

小厮听后翻身上马，说道："这样的话，我们快马加鞭天黑之前能赶到驿站。"

宁云钊的脸上浮现笑容，催马扬鞭而去，小厮忙催马跟上，主仆两人在春日的大路上绝尘而去。

第三十章

◇

伤痛的回忆

简单的饭菜过后，君小姐和方锦绣也离开了酒楼，这一次方锦绣没有扔下她，而是拉着脸骑马在前。

"你喜欢骑快马就先走一步。"君小姐说道。

方锦绣哼哼两声，冲君小姐翻了个白眼，说道："我还是跟着你吧。"

君小姐一看她脸上的表情，就知道她又乱想了，笑了笑没说话。

方锦绣懒得再看君小姐，扭头看向路边，却看到了一个熟人。

"三小姐，少奶奶。"高管事忙从马车上跳下来施礼。

方锦绣和君小姐对他还礼。

"你这是要出城？"方锦绣问道。

高管事欲言又止，想了想上前一步，说道："去趟驿站，京城里来了几位护卫老爷要问话。"

方锦绣吓了一跳，君小姐也微微皱眉。

"出什么事了？"方锦绣沉声问道。

"没事没事，不是我们的事。"高管事忙笑道，"就怕你们担心，所以原本不想说。"

"是那张图的事吗？"君小姐想了想问道。

方锦绣愣了一下，然后就看到高管事点头笑。

"是图的事，但也跟咱们无关，就是去给驿丞做个证。"高管事笑着答道。

"竟然这里也开始查问了？"君小姐说道。

原本京城也查过，但并没有延伸到外边，陆云旗说是小事，就是做个样子，查得严了反而引起更多人注意，没事也要说出事了。这个图真的不算什么大事，能让京城的锦衣卫都来查，那一定就是人的事。

"作图的人找到了？"君小姐又问道。

高管事眼中露出几分惊讶和赞叹，低声说道："是的，据说是成国公世子做的。"

君小姐眉头微微一挑，问道："朱瓒？"

高管事应声"是"。

"他怎么会做这种事？"君小姐喃喃说道，"难道是为了敛财吗？"

"还不知道是为了啥，初步的消息据说是他。"高管事低声说道，"所以护卫老爷们来查。"

这件事毕竟涉及锦衣卫，高管事不便多谈，对着方锦绣和君小姐笑着点头又说道："所以不用担心，与咱们无关。"

虽然听不懂，但方锦绣没有再问，此时更是扭头不理会。

君小姐对高管事点点头，说道："如果需要交回图，你让人来家里拿。"

高管事应声"是"，便退步让路。

君小姐和方锦绣沉默着继续前行。

"三妹妹。"君小姐看向方锦绣，忽然说道。

方锦绣看向她，一副不耐烦地问道："干什么？"

"你这个人真不错。"君小姐想了想，说道，"很招人喜欢。"

方锦绣不可置信地瞪眼看着君小姐，君小姐也忍不住笑了，笑意才起，方锦绣呸了声，就拍马扬长而去，丫头小厮们吓了一跳，但又松了口气，心想这才是三小姐的做派。

君小姐笑得有些讪讪，她没别的意思，就是适才高管事和自己说那张图的事，觉得方锦绣这孩子挺好的，虽然看起来咋咋呼呼，但很有眼色，明明这件事她不懂甚至怀疑，但看到他们说话就不再吵闹，更没有胡搅蛮缠，也没有因为觉得有事瞒着她而羞恼。女孩子能做到这样，真的很难得。所以就想夸夸她，但没怎么夸赞过人，可能夸得不对把人吓跑了。她自嘲地笑了笑，坐在马上慢慢悠悠地前行。

高管事回头看了眼，见两个女孩子已经走进了城门。

"师父，怎么不告诉少奶奶琉璃盏的事？"车夫忍不住低声说道。

高管事转过身，掀起车窗帘，看着摆在车厢里的两个琉璃盏。

"田三跑到高平把这个当了，咱们家的银票肯定也是在那里兑走的。"车夫接着说道，"要不要查一查？"

"查什么。"高管事说道，"有什么好查的，田三不都自己说了，那天晚上他正坐在桥边啃面饼，有个人在他身边坐下来，说丢了一只鞋，要买他的鞋子。"

车夫自然不是车夫，而是高管事的小徒弟，此时也想着听到的描述。

田三的鞋子又破又脏，没想到会有人想要，他当然高高兴兴地将鞋子卖了，那人扔给他几个铜子，又将自己的一只鞋子扔了。据田三描述，那只鞋子特别好，做工布料都是田三从未见过的，他看就这样扔了舍不得，便捡起来自己穿上了。然后那人就笑了，没有指责他，反而说要和他一起挣一笔大钱。这笔大钱自然就是花灯节上那个彩头五千两的棋局花灯。最后那个人也没食言，田三说兑了银子后那人很大方地赏了他五百两银子，装银子的这两个琉璃盏也赏了他。

"仔细问一下，那个人到底什么样？"徒弟说道。

"问那些干什么？你知道他长什么样、多大年纪、婚配与否、哪里人氏干什么？给他说亲吗？"高管事看他一眼，说道。

徒弟被说得笑起来，指了指车厢，说道："师父，你一点也不好奇吗？那你干吗还买了这个琉璃盏，还打听了田三的事？"

高管事瞪了他一眼，说道："这个琉璃盏是我从老太太那里借来用的，可不是少奶奶的，我当然要把它买回来。"摆摆手又说道，"少说废话了，这些事以后不要再提了。快些去驿站给驿丞做个证了事。这次的锦衣卫是冲成国公世子来的，一定要咬住不撒口，神仙打架我们凡人离远点。"

徒弟自然知道这件事的厉害，忙应声"是"，便扬鞭催马疾驰而去。

君小姐进了家门，柳儿远远地就出来迎接，嘘寒问暖道："小姐你玩得怎么样？你看，家里我看得好好的。"

君小姐笑着将一个风车递给她，说道："给你的。"

柳儿高兴得两眼放光，接过风车举起来迎着风跑了两步。

"小姐一个，我一个吗？"她看着君小姐手里的另外一个风车问道。

"这个给少爷。"君小姐含笑说道。

柳儿哦哦两声，说道："小姐真好，惦记着他。"

两人说笑着已经走到了院门口，还没走进去就听内里有女子清脆的笑声，看到柳儿进来，院子里立着的两个丫头吓了一跳，忙说道："是少爷要人进去伺候的，灵芝一个人进去的，我们都没有进去。"

"伺候什么呢？笑得这样开心。"柳儿没好气地说道。

屋子里笑声早就停了，一个丫头带着几分不安站出来，对着君小姐施礼。

君小姐认得她是方承宇原本的丫头灵芝，便含笑点点头，将手里的风车递过去，说道："把这个给少爷玩吧。"

灵芝愣了一下没反应过来。

看看这些人的表情，把小姐当什么呢，柳儿很不高兴，瞪眼说道："没听到吗？这是少奶奶特意给少爷买来的。"

灵芝忙慌张上前接过，结结巴巴施礼道："谢谢少奶奶，谢谢少奶奶。"

"喂，你谢什么啊，又不是给你买的。"柳儿说道，"你算什么啊，轮到你替少爷感谢？"

灵芝更是惴惴不安。

"好了。"君小姐制止了柳儿的挑刺，对灵芝含笑示意道，"拿进去给少爷玩吧。"说罢，不待柳儿和灵芝再说话就向书房走去。

柳儿瞪了灵芝一眼，忙跟上去。

看着两人进了书房，灵芝松了口气，看着手里的风车迟疑了一下，转身进去了。

方承宇坐在窗边的轮椅上拿着书看，神情平静，似乎没有听到外边的动静。

"少爷，"灵芝含笑将风车举起来，"是少奶奶给你买的呢，你看，多好看。"她对着风车吹气，风车呼啦啦地转动。

方承宇看过来微微一笑，道："是很好。"

十四岁的少年在明媚窗边的一笑很是炫目。灵芝不由得看得眼花，又觉得少爷的视线并不是落在风车上，而是自己身上。她的脸微微发红，越发认真专注地吹着风车。

柳儿将自己的风车摆在君小姐的案头。

"今天的花摆得真好。"君小姐看着室内笑道，"柳儿你去把那张朝京里程图拿来。"

柳儿应声"是"，走到书架前拿出装在盒子里的图。君小姐打开图，平放在书桌上。

"小姐是想去京城吗？"柳儿见她看得很专注，忍不住问道。

君小姐笑了笑说道："不是，我在想做这个图的人。"

柳儿哦了声，又好奇地问道："这个人怎么了？"

君小姐笑着看着图，说道："这个人我小时候听过。"

柳儿哦了声，并不觉得奇怪。

朱瓒，她不只听过，并认识。因为成国公驻守北境，其妻子相随，朱瓒从小生活在北地，偶尔才会随着成国公夫人回京觐见探亲。再加上是男孩子，与她们这些公主更没有交集。她之所以知道这个人，是因为朱瓒有一次回来把十二皇叔打了。十二皇叔因为年纪最小，被祖父溺爱，一向飞扬跋扈，但他跟更飞扬跋扈的朱瓒闹，结果被打了。朱瓒打了人，还装死倒打一耙，把十二皇叔气得要死。

那时候师父正在京城太医局，十二皇叔便求了皇祖父，搬了师父去给朱瓒"起死回生"，打烂他的脸。当时她一心学医，偷偷跑出去跟师父拜师学艺。那天好不容易躲在运送泉水的车上跑出宫，师父偏偏被叫去给朱瓒治病。她只得跑去成国公府，正顺着大树刚翻上墙，就被人抓住了，还好父亲派来找她的人将她解救出来拎回了宫。至于后来朱瓒和十二皇叔这件事怎么解决的她记不太清了，只是因为这件事，记住了朱瓒这个名字，人并没有见过。

不过她对于成国公还有些印象，因为父亲很喜欢他，小时候父亲还抱着自己在书房招待过他。她记得成国公是个儒雅的男子，见了自己不像别的大臣那么木然要么拘谨。他笑得很温和很真诚，见她眼巴巴地看着几案，便趁着父亲不注意，拿了碟子上的一颗蜜饯递给她。想到这里，君小姐不由得笑了笑，又有些心酸，父亲母亲都已经不在了，那些曾经的时光也都不在了。

柳儿看到君小姐眼底的泪光吓了一跳，不安地问道："小姐你怎么突然哭了，是有人欺负你吗？"

君小姐含笑摇摇头，抚了抚柳儿的头，说道："不是，我只是想到了父母家人。"

柳儿也跟着眼圈发红。

君小姐收起悲伤，将图纸卷起来，说道："你拿着这图，如果高管事来要就给他，他有用。"

柳儿应声接过。

"我去药房看看少爷的药。"君小姐说着便向外走去。

夜色渐渐降临，各院子里都开始烧热水准备晚上的洗漱。

走在路上的元氏停下脚步，嗅了嗅空气中的气味，说道："这药味好浓烈啊。"

在她身后的苏氏也嗅了嗅，说道："少爷那边的，每晚都要药浴。"

元氏脸上闪过好奇，低声问道："姐姐，你说这管用吗？"

"太太不是说好多了？应该是管用的吧。"苏氏答道。

元氏眼神闪烁，说道："是管什么用的呢？是真能治好病，还是能行房？"

　　苏氏轻咳一声，皱眉瞪她一眼。元氏不在意，伸手拉住苏氏的衣袖，低声说道："我们去看看。"

　　苏氏收回衣袖，沉声说道："少奶奶说过不许大家去的，家里卖了好几个丫头了，你别惹恼了她，她真要把你卖了，老太太和大太太都护不住你。"

　　元氏笑着说道："有那么严重吗？我看少奶奶脾气挺好的。"虽然话这样说，她还是停下脚步。

　　"严重不严重你没必要拿自己去试。"苏氏说道，"这种事由老太太和大太太做主就是了，我们做好分内的事就行了。好了，快走吧，明日柜上来对账呢，别出了错被那些老掌柜笑话。"

　　说到这个，元氏的眉宇间顿时绽现几分光彩，骄傲地说道："想看我的笑话，也没那么容易。"

　　她抬脚迈步，苏氏跟上走了几步，又看了方承宇那边的院子一眼。

第三十一章

◇

瘫子少爷的宠幸

药味真的是越来越浓烈了，到了清晨还没散去。

君小姐去练习射箭，柳儿让小丫头陪同小姐，自己则安排院子里的事。其实也没什么事可安排，最要紧的事便是少奶奶的饭菜吃食。柳儿决定亲自去一趟厨房，刚要走便听到方承宇的屋子里传来笑声，笑声一闪而过，又陷入沉静，柳儿懒得进去看，对院门上的丫头们叮嘱一句便离开了。

屋子里的灵芝掩住嘴从窗边收回视线，对方承宇红着脸一笑。

"有什么好怕的，还不让你们笑了吗？"方承宇说道。

灵芝故作可怜地说道："还是稳妥些好，好几个姐妹已经被赶走了，要是我也被赶走，少爷可怎么办？"说到这里她又觉得失言，脸更红了几分，忙解释道："我是说那些新来的人到底不如我们熟悉，不能更好地伺候少爷。"

方承宇看着她红扑扑的脸，放在轮椅上的手微微攥起，问道："灵芝，这个故事好听吗？"

灵芝看着方承宇手里拿着的一本书，点点头，说道："很好听！"

方承宇眼睛微微眯起来，轻柔地问道："还有一本更好的书，故事更好听，我讲来给你听好不好？"灵芝高兴地点点头。

方承宇看着床上，轻声说道："书在床上，你把我扶到床上，我们去床上讲。"

灵芝忙应声"是"，先将引枕、靠枕摆好，再将轮椅推到床边，转身要去唤人来帮忙的时候，方承宇按住了她的胳膊，说道："不用了，你扶我过去就行了。"

虽然方承宇有些瘦小，但灵芝还是扶不住他的，但少爷既然说了，灵芝也不敢反驳，咬牙伸手扶住方承宇。方承宇一手按住床边，一手扶着灵芝，用力一撑，人就挪到了床边，顺势一歪就坐在了床上。

灵芝突然觉得比以前两个人扶着少爷的时候还要轻松一些，好像少爷的腰腿有力了一般。

"来，你也坐。"方承宇指了指床边，说道。

灵芝甩掉这个莫名其妙的念头，先将靠枕、引枕摆好，扶着方承宇挪坐过去，这才坐下来，问道："少爷，书在哪里，我拿给你。"

方承宇没有说话，伸手从被褥下拿出一本书。

227

"这是什么书啊？讲的什么故事？"灵芝好奇地问道。

方承宇没有说话，而是慢慢地掀开了一页。

灵芝探头看去，顿时羞得哎呀一声，伸手捂住了眼睛。

方承宇顺势伸手将灵芝一拉，灵芝便害羞地倒在了床上。

床帐被慢慢放下，床上的少男少女一边翻着书，看着书里的香艳图画，一边探索着彼此的秘密……

而院里的丫头们听到屋里的惊呼声，并不以为意，依旧做着各自的事情，谁也没关注方少爷的屋里发生了什么事情。

两个丫头拎着花篮来到了院门前，被门前站着的两个丫头挡住了路，这是方承宇的丫头麦冬和白芍，四人互相认得，各自问好。

"绿枝、红叶姐姐，你们不在太太那里当差，来这里做什么？"白芍问道。

拎着篮子的丫头绿枝赔笑着将花递过去，说道："我们来给少奶奶送花。"

麦冬和白芍却摇头说道："你们等柳儿姑娘回来吧，我们不能放你们进去。"

"我们还得去太太跟前当差，不如先把花送去吧，这里药味这么浓，柳儿姑娘一定也需要花。"红叶再次说道。

白芍、麦冬虽然有些迟疑，但还是坚定地摇头道："还是等等吧，柳儿姑娘马上就回来了。"

绿枝、红叶心里焦急，忽然红叶想到之前屋子里传来的低呼声，带着几分惊讶地说道："柳儿姑娘还没回来吗？我刚才看到有人进去了呢。"

白芍、麦冬对视一眼，同声说道："灵芝姐姐在屋子里伺候少爷呢。"

红叶忙摇头，带着几分惊慌地说道："不是的，我们看到的是一个鬼鬼祟祟的丫头进去了。"

麦冬和白芍对视一眼，带着几分怀疑。

"什么鬼鬼祟祟？"柳儿的声音从一旁传来。

四个丫头忙看过去，见柳儿晃晃悠悠地走了过来，不高兴地说道："你们干什么围着门？"

"柳儿姐姐，我们刚才看到一个丫头鬼鬼祟祟地进少爷屋里了。"绿枝低声说道。

"进就进呗，难道还要我去伺候他啊。"柳儿哼声说道。

"不是，打扮得花枝招展呢……"红叶想了想，低声说道。

柳儿更是哈哈大笑道："打扮？她就是脱光了，也是给瞎子看。"

绿枝咬了咬牙，耐着性子低声说道："姐姐，你还是去看看，别让她偷了少奶奶什么东西……"

"我去看看。"柳儿听到后立刻噔噔跑向方承宇的房间。

绿枝、红叶心中大喜，忙跟在柳儿身后，白芍和麦冬也没有阻拦，看着二人冲了进去。刚进门就听见少爷屋子里传出一声尖叫——是柳儿的声音。红叶、绿枝立刻冲过去，见柳儿已经站在了内室的床边，手里抓着床帐，一边的床帐被掀开，露出床上赤身贴在一起的男女。尖叫声几乎掀翻了屋顶。

　　站在门口的麦冬和白芍都吓呆了，一时间没有动。原本安静的院门外却突然冒出好多人，拎着扫帚的仆妇、手里拿着花枝的丫头、拎着食盒水壶的婆子等，都好像突然从地下冒出来一般。麦冬和白芍看得目瞪口呆。

　　"出什么事了？怎么了？"那些人涌过去，七嘴八舌地问着，都向院子里冲去。白芍和麦冬被撞得东倒西歪，只能看着这些人都跑进了院子，冲进少爷的屋子。

　　尖叫声、喊声再次掀翻了屋顶。

　　承宇那边出事了？

　　方老太太手里的茶杯应声而落，面色苍白地站了起来，心跳得极快，连句话都问不出来，她强打起精神，大步向方承宇的院子疾步走去。一旁跟着的方大太太早已慌了神，一边哭着一边走。

　　"太太，太太别急！"元氏紧紧跟着方大太太，防止她摔倒。

　　"不是说能治好吗？她不是说能治好吗？"方大太太跌跌撞撞地走着。

　　"太太你别急，丫头们说不清。"元氏忙安慰道，"许是没事。"

　　"少奶奶也在呢。"苏氏也跟着安慰一句。

　　正疾步而行，见另一边几个女孩子大步跑着，是方家三姐妹。

　　"不是说不过十五岁吗？现在十四岁还没过多久呢。"方云绣流着泪说道。

　　方玉绣嗅着鼻息间浓浓的药味，心想又是成亲，又是冲喜，又是换药，又是扎针，这么折腾，没病也要去掉半条命。她叹了口气，看了眼一旁的方锦绣，方锦绣没有哭，绷着脸咬着唇，听到丫头们的乱喊后就跑了出来，自始至终没有说话。

　　方玉绣又看着前方被元氏搀扶的方大太太，虽然已经早有准备，但真当儿子丧命这一刻，一个母亲还是承受不了的。她忙加快脚步追上去，扶住方大太太另一边。

　　方老太太已经迈进方承宇的院子，院子里丫头仆妇都站着，屋子里传来柳儿的叫骂声。

　　"柳儿姑娘，这时候你就别骂了，快把人拉下去吧。"一个仆妇的声音响起。

　　"拉下去？拉下去干什么？不要脸的东西，就让她被人看。"柳儿喊道，"来人来人，把她拉出去，拉到院子里，不许穿衣服……"

　　屋子里的哭声格外尖锐，伴着桌椅被撞倒的声音。

　　"给我住手！"方承宇的声音也响起。

　　方老太太愣了一下，心想：听这声音，承宇不像是生命垂危的样子啊……

　　看到老太太来，有仆妇忙抢着打起帘子，面色尴尬地说道："老太太，本要去和您说。"

　　方老太太没有理会她，有些紧张地迈进屋内，屋子里一个丫头嗖地从她面前跑过去，吓得方老太太差点没站稳。

　　柳儿抓过条几上的鸡毛掸子又冲回来，尖声喊道："我打死你这个不要脸的。"

　　方老太太一把抓住柳儿，喝道："你干什么？"

　　柳儿也毫不示弱，看到抓住自己的是方老太太更是跳脚，生气地喊道："你干什么？你的孙子偷腥，你要护着吗？没那么便宜的事！"

　　方老太太再次愣住了。

"什么偷腥？"方大太太也被元氏和方玉绣搀扶着走进来，闻言脱口问道。

"什么偷腥？你们装什么糊涂，不知道偷腥是什么意思？那我告诉你们，你们养出的好儿子，才成亲没几天，就把丫头拉上床了！"柳儿挥舞着鸡毛掸子喊道。

方老太太和方大太太立刻看向内室，见内室的珠帘已经被扯下来，一眼看去就见地上跪着一个披头散发的丫头，丫头身上胡乱裹着被单，露出光洁的肩头以及小腿，视线再往上移，见方承宇只裹着一块单子，带着几分懒洋洋地靠坐在床上，露出胳膊大腿。跟进来的方锦绣也看到了这番少儿不宜的场景，忙转过头，方云绣和方玉绣也反应过来，忙红着脸后退。

方老太太和方大太太神情古怪，似乎又惊又喜又疑又悲……

"原来不是少爷不行了。"元氏则喃喃说道，"而是能行了……"

"什么不行了能行了？"君小姐的声音在后响起。

方锦绣下意识地想要拦住她，脱口说道："别进去。"

君小姐有些不解地看了她一眼。方锦绣垂下手，别扭地扭过头，好像自己没说话。

"蓁蓁啊，这件事是个误会……"方大太太有些不安地开口说道。

虽然是假成亲，但外人只知道君蓁蓁是少奶奶，自己的丈夫和一个丫头在屋子里这般情形，对妻子来说不亚于一个耳光打在脸上，方大太太忙要掩饰。

柳儿已经扑到君小姐的身上，哭着喊道："小姐，少爷偷人了，你被摘桃子了！"

这一声喊得惊天动地，里里外外的人都面色复杂。这一句"摘桃"分明就是印证了一件事——果然是为了让少爷能人事，怪不得每天又是药浴又是灌药地折腾，但没想到折腾这么久，被少爷拉上床的却是一个丫头，可不就是辛辛苦苦种的桃子被人摘了嘛。

君小姐听了柳儿的话，有些惊讶，看向室内，见她看过来，跪坐在地上的灵芝不由得哆嗦一下，立刻冲她叩头，哭着说道："少奶奶饶命，少奶奶饶命。"

别人还没说话，方承宇笑了笑，说道："你可求错人了，你现在是我的人，你的命也是我的，怎么去求她，她怎么管得着？"

方承宇看到君小姐看向自己，眼里的笑意更浓。

君小姐皱了皱眉，视线在方承宇的身上扫过后，问道："摘桃？你的桃子熟了吗？"

元氏没忍住扑哧笑出声，方锦绣掩面，方承宇恼羞成怒，听到君小姐的问话，方老太太和方大太太的视线也都落在方承宇身上，确切地说是落在方承宇的腰上。不只是方老太太和方大太太，好些仆妇丫头都下意识地看向那里。

方承宇的腰上只搭了一条薄单子，一群女人盯着看去，恨不得掀起被单看一看。他更加恼怒，冷笑着伸手从床上扯出一物扔在地上，说道："看看吧。"

女人们的视线随着他的动作移到地上。地上也是一块床单，被揉得皱巴巴的，其上点缀着斑斑点点的红梅。

方大太太忍不住上前捡起，颤抖地说道："母亲，是真的……"

方老太太还没说话，君小姐先开口说道："这能证明什么真假，做出落红的办法多得是。"

方承宇气得咬牙切齿，屋子里的女人们再次神情尴尬。

"好了，都下去，成何体统。"一直沉默的方老太太突然说道。

　　仆妇们忙赶着丫头们都退了出去。

　　"给他们穿好。"方老太太看了眼方承宇和灵芝，没好气地说道，转身走到了外间。

　　丫头们都被赶了出去，方大太太神情恍惚地亲自给方承宇穿上衣裳，灵芝自己胡乱套上了衣裳。

　　"老太太，都收拾好了。"方大太太说道。

　　方老太太和君小姐这才重新走进来，身边跟着红着眼瞪着灵芝的柳儿。

　　"承宇，你身子没事吧？"方老太太看着坐在床上的方承宇先问道。

　　方承宇还没说话，柳儿已经先嚷嚷开："有事也无所谓，做鬼也风流。"

　　君小姐用眼神示意柳儿安静，柳儿才不说话了。

　　"我没事。"方承宇看着君小姐，笑意真诚，"这都要多谢娘子的精心照顾。"

　　方大太太再也忍不住，拉着方承宇的胳膊急切地问道："承宇你真的，真的能……能吗？"

　　方老太太想了想，看向君小姐，也问道："蓁蓁，那些药，能让他……吗？"

　　"他身子好了，当然能。"君小姐答道。

　　方老太太瞬时欢喜地站了起来。

　　"但你的身子好了吗？"君小姐看着方承宇又说道。

　　她跟随师父学医，虽曾治疗过各种疑难杂症，但亲手解这种积年的毒还是头一次。她当然有信心能治好方承宇，但什么时候治好却没有把握。前一段时间他才说自己好了些，她算着要再过几天下半身的气血才会通畅，竟然现在已经好了？还是这小子听信要拿他生孩子留后的传言，故意打她的脸呢？

　　大家的视线再次看向方承宇。

　　方承宇冷笑道："我的身子好不好我知道，你们不信可以问问她啊。"他看向还在地上跪着的灵芝又问，"灵芝，你说我身子好不好？"

　　灵芝眼角的余光瞥到被方大太太放到一边的沾着落红的单子，低下头颤声答道："是……少爷很好……"

　　"母亲……承宇……"方大太太激动得不知道该喊谁看谁。

　　君小姐则跨上前一步，看着方承宇，说道："你仔细说一遍。"

　　方承宇愣了一下。

　　"说你和她是怎么做的。"君小姐又说道。

　　方老太太和方大太太顿时红脸。

　　方承宇大怒，骂道："真不要脸！"

　　"蓁蓁，这，承宇这么做是他不对……"方大太太尴尬地说道，"你别生气。"

　　"我生什么气啊。"君小姐看着他们的紧张神情，说道，"你们想多了，他不描述详细一些，我不知道他到底好没好。"

　　方承宇冷冷一笑，说道："不用描述，好没好你们看看就知道了。"

　　大家都看向他，见方承宇伸手扶住床一撑，站了起来。方大太太和方老太太张大嘴，神情惊愕；柳儿也瞪大眼，满脸惊讶；君小姐神情平静，带着几分了然。

"承宇！"方大太太眼泪顿时涌出来，人也扑了过去。

方老太太跌坐回椅子上，眼泪也涌出来，一个瘫了快十年的孩子，居然能站起来了！

"承宇！"方大太太想要抓住方承宇，又好像他是个易碎的娃娃而不敢碰，只能哭着一直叫他的名字。

方承宇刚要说什么，君小姐上前一步问灵芝："你真的跟他睡了？"

灵芝浑身发抖不敢抬头，只是不断求饶，过一会儿，她仿佛下定决心似的抬起头，说道："都是奴婢的错，不关少爷的事！"

"我问你是不是跟他睡了？少说废话。"君小姐喝道。

这陡然拔高的声音让屋子里的人都吓了一跳，一直说话柔声细语的君蓁蓁突然这样还真让人不习惯。灵芝伏在地上哭得说不出话，方大太太尴尬，方老太太皱眉盯着这丫头。

方承宇则笑了笑，说道："我都说这么明白了，你还要问什么？你要是不明白，我再跟你说一遍，我喜欢这个丫头，我就……"

他的话没说完，灵芝抬起头跪行到君小姐面前，哭着说道："少奶奶，不关少爷的事，是奴婢勾引少爷，做出这种事……"

方大太太忍不住上前说道："蓁蓁，现在先不说这个……"

但她的话还没说完，君小姐就瞪大了眼，咬住嘴唇，扬起手赏了灵芝一个大巴掌。

灵芝一声尖叫跌趴下去，君小姐又揪住她的头发，尖声喊道："你这个小浪蹄子，敢偷我的男人，我打死你！"

方老太太和方大太太、柳儿都目瞪口呆。

君蓁蓁像个乡野村妇一样撒开了，对着灵芝又打又骂。似乎眨眼间，她的发鬓和衣襟都乱了，气息不稳，声音里还带着哭意。就连一向充当小姐急先锋的柳儿这一次都没反应过来，愣了一下才扑上来帮着小姐劈头盖脸地打。

第三十二章

◇

少奶奶的愤怒

骂声、尖叫声、哭声和厮打声混在一起穿透门窗，响彻整个院子，院子里站着的仆妇丫头们也都被吓得惊呆了。

元氏更是扭头看向屋内，仿佛看戏般地说道："闹起来了。"

闻讯走过来的苏氏皱着眉劝道："咱们走吧，别在这里了。"

元氏甩开她的手，双眼放光，低声说道："走什么啊，君小姐那性子闹起来，老太太和大太太怎么拦得住！"

话音刚落就听得里面传来方承宇的吼声："你打她试试……你们谁也别想动灵芝……要不然我现在就死给你们看……"

元氏扑哧笑了，用手肘撞了撞苏氏，打趣道："没想到咱们少爷还真是深情有担当呢。"

苏氏更是皱眉说道："快走吧，别在这里了，又不是什么好事。"

元氏喷了声，说道："怎么不是好事啊，别人偷丫头不是好事，但对咱们少爷来说，那可是做梦都想不到的好事。"

方家三姐妹站得稍微远一些，毕竟是未出阁的女孩子，这种事要回避，但也听到了屋里传来的声音。

"小弟这样总归是不好。"方云绣叹了口气，说道。

"有什么不好的。"方锦绣则绷着脸闷声闷气地说道，"是男人就该维护自己喜欢的女人，谁让她当初非要嫁给小弟的，强扭的瓜本来就不甜，现在为了这个哭闹撒泼有什么用。"

方云绣说道："话不能这么说，就算不喜欢她，也不能做出这种事啊。"

"那话怎么说？事怎么做啊？就跟她睡吗？"方锦绣没好气地说道。

方云绣涨红脸伸手打她，害羞地说道："说什么呢你……"又看向一旁的方玉绣，问道，"二妹你说呢。"

一直沉默的方玉绣点头道："小弟的声音还蛮洪亮的。"

方云绣和方锦绣都愣了一下，不由得都看向屋内。

"承宇你给我闭嘴。"方大太太急道。

方承宇没有像以前那样听母亲的话，指着君蓁蓁喊道："你打死她试试，我要是死了，你以为你还能活，君萋萋你才不要脸。"

"够了！都给我住手。"站在一旁看呆的方老太太终于回过神喊道，"来人来人！"

在院外竖着耳朵听的元氏和苏氏忙招手带着仆妇们走进来，屋子里的景象比她们想象的还要热闹，尤其是看到厮打灵芝的君小姐后，众人都露出惊讶的神情，她现在可没有半点官家小姐的样子。

"拉开她们，成何体统！"方老太太生气地喝道。

元氏亲自上前拉住君小姐，柔声劝道："少奶奶，仔细手疼。"

仆妇们则趁机把灵芝围起来，隔开柳儿。

"把她拉出去卖了！"君小姐抓着元氏的胳膊喊道。

"君萋萋，你敢！"方承宇伸手指着君萋萋喊道。

柳儿甩开挡着她的仆妇，伸手再次揪住灵芝的头发就向外拖，也大喊道："你看我家小姐敢不敢。"

灵芝哭着尖叫，冲方承宇求救。方承宇松开床框就要去拦，但他只是能站起来却并不能走，人直直地摔倒下来，方大太太惊叫一声扑过去搀扶，方老太太也着急上前，屋子里再次乱成一团。

"把人带下去！"方老太太连拍桌子，喊道。

"把人卖了！"柳儿毫不示弱，跟着说道。

仆妇们有些不知所措，还是元氏忙示意大家去拉起灵芝。

"快快带下去，等着发卖了。"她说道。

一句话应答了两个人的吩咐，方老太太和柳儿都没有再说话，仆妇们趁机架着灵芝出去了。

"不许卖！"方承宇坐在地上再次喊道。

方大太太伸手掩住他的嘴，生气地说道："你就少说两句吧。"

屋子里暂时恢复了平静，气氛有些怪异，大家都不知道该怎么处理这种情况。

"我不活了。"君小姐突然甩手打在元氏胳膊上，推开她哭着跑出去了。

"小姐。"柳儿忙跟着跑了出去。

元氏倒退几步，吸了口气，抚了抚胳膊，心想这君萋萋的手劲还真不小。

君小姐跑出去后，屋子里凝滞的气氛便散了。

"少奶奶跑去书房了。"元氏看了眼窗外低声说道，又带着几分担忧，"别再闹出什么自尽的事伤了自己，我去看看吧。"

"让她去死。"方承宇冷笑说道。

方大太太用力拍了儿子一下，喊道："你给我闭嘴，还不知错！"

"错？我有什么错？"方承宇生气地说道，"不是你们一直都想让我传宗接代吗？现在我能做这件事了，有什么错？"

方承宇一直温和乖巧，元氏还是第一次见他这样，像个不懂事的孩子，忙说道："少爷你没有错，只是……"

"只是我必须睡她不能睡别人是不是？"方承宇冷笑说道，"我就喜欢灵芝，我就不喜欢她，我就不睡她！把灵芝给我送回来！"

他喊着将手在地上拍打，似乎下一刻就要滚在地上，像一个要喜欢的玩具而撒泼打滚的孩子。方太太太又气又急，不知道该怎么办。方承宇从来都不是一个会这样撒泼的孩子，她真是头一次遇到。

"好好，少爷，我们这就把人带来，你不要急，你的身子要紧。"元氏哄劝道。

方老太太再次啪啪拍桌子，喝道："真是成何体统！把他扶到床上躺好。"

元氏忙招呼仆妇上前，将方承宇从地上扶到床上。

"好了，你们都下去吧。"方老太太神情复杂地站起来摆手道，"素娘你看着承宇，我去看看蓁蓁。"

元氏应声"是"，带着仆妇退了出去。看着元氏带人走出来，站在院外的丫头仆妇们纷纷好奇地小声议论，但被柳儿的一声怒吼吓得一哄而散。

方老太太走进君小姐的书房，见她正坐在几案前，对着镜子打量自己，她的头发还散着，神情还残留着适才的激动，但眉眼已经平静，看上去有些古怪。

听到方老太太走进来，君小姐放下镜子，将散落的头发抿了抿。

"承宇是真的好了吗？"方老太太开门见山地问道。

"应该是好了。"君小姐说道。

"这件事是不是很糟糕？"方老太太又问道。

君小姐点点头感叹道："有一点，现在所有人都知道他好了。"

方老太太神情凝重，敌人还没有揪出来，要是被他知道……

"适才家里人来得挺快的。"君小姐看了眼外边又说道，"想必已经传开了。"

一开始只顾着担心方承宇，现在想想适才这边的人确实太多了，还有可能是仇人安插的眼线。一想到这里，方老太太就难掩愤怒。

"那个灵芝也是他们的人吗？"方老太太想到关键，问道。

君小姐摇了摇头，说道："灵芝不是，她应该是表弟的人。"

"蓁蓁，承宇他，真的能那样了？"方老太太又不确定地问道。

"他身上的毒已经清除了，虽然经脉筋骨还不好，但做那件事没有问题。"君小姐笑了笑，答道，"况且他和灵芝到底是真是假已经不重要了，重要的是现在必须让所有人都知道这是真的。"

"不是应该让人都认为这件事是假的吗？"方老太太哭笑不得，不解地说道，"不让大家发现承宇的病好了。"

君小姐笑了笑，摇头说道："瞒不住了，如果没有出这种事，还有机会隐瞒一段时间。"

方老太太默然，叹道："承宇这孩子……"

"不过这样也好，"君小姐说道，"我们也可以将计就计。"说着，她低下头提笔写了一行字，冲外扬声喊道，"柳儿。"

伴着噔噔的脚步声，柳儿跑进来。

"按这个方子熬药给那个灵芝灌下去。"君小姐将几案上的纸推过去，说道。

方老太太眉头一挑，想到了什么。

　　柳儿眼睛一亮，也想到了什么，狠狠地说道："小姐放心吧，我一定亲自给她灌下去。"她抓过药方，转身冲了出去。

　　灵芝并没有被关在下人犯了错惯常所在的柴房，而是被元氏安置在大太太所在的院落下房里。

　　"茶水饭菜都送过去了吗？"元氏回来后就关切地问道。

　　仆妇们有些迟疑，不敢回答。

　　"姨娘，这个丫头，这样待好吗？"一个相熟的仆妇忍不住说道，"她可是惹恼了少奶奶，少奶奶还喊着要发卖呢。"

　　元氏笑着说道："这可是咱们少爷长这么大，第一次有喜欢的东西呢，怎么会被卖掉？"

　　仆妇们对视一眼，不说话了。

　　"可是她惹恼了少奶奶。"苏氏说道，"别忘了她能被少爷喜欢，可是少奶奶的功劳。"

　　大家都明白苏氏的意思，方承宇是个瘫子，现在竟然能睡丫头，可见是这一段时间用药的结果。

　　元氏皱着眉头，刚想说也有老太太和大太太的功劳，就见柳儿气势汹汹地冲了进来，大声喊道："那小贱人呢？"

　　丫头仆妇们吓了一跳，忙退开。

　　元氏问道："柳儿姑娘，是老太太和少奶奶有什么吩咐？"

　　柳儿不理会她，干脆说道："少废话，带路。"

　　元氏在家这么多年也就是在这个小丫头跟前没脸，苏氏在后拉了拉她，提醒她不要跟这个棒槌硬碰硬。

　　元氏含笑让开，说道："我是怕她畏罪自尽，所以特意关在这里看起来，柳儿姑娘随我来。"

　　看柳儿进来，坐在屋子里的灵芝吓得忙站起来，下意识地躲向桌子后。

　　柳儿倒没有打她，而是将一个药碗从小丫头拎着的食盒里拿出来蹾在桌子上，恶狠狠地说道："喝。"

　　灵芝惊魂不定，不敢上前。

　　"柳儿姑娘，这是什么？"元氏看着那黑乎乎的药水问道。

　　"这是少奶奶怜惜她辛苦，赏的补药。"柳儿冷笑说道。

　　灵芝忙跪下来叩头求饶，哭得上气不接下气。

　　柳儿看到她这副样子更火大，又忍不住上前揪着她的头发，一边喊人，一边骂道："你不是说这事不怪少爷，都是你的错，既然是你的错，你还不快点死，替你家少爷赎罪？来人，按住她给我灌。"

　　灵芝顿时尖叫，挣扎着躲闪。丫头仆妇们面面相觑，谁也不敢上前。

　　"柳儿姑娘，有话好好说。"元氏也不上前帮忙，打着太极说道。

　　苏氏看着桌上的药碗，忽然上前端起嗅了嗅又尝了一口，面色露出几分惊讶。元氏用眼神询问她，她低声说道："是打胎药。"

元氏顿时愕然，低声说道："这才一次鱼水欢……打什么胎啊，真是小孩子胡闹。"

身旁的仆妇听到了却露出几分郑重，低声说道："姨娘，话不能这么说，有时候第一次很容易受孕的，咱们家虽然没有，别的家里都给侍寝的妾婢准备药防孕，就是因为这个。"

那边的灵芝也听到她们的对话，顿时闹得更凶，她到底比柳儿大几岁，将柳儿推开就向外跑，边跑边哭着喊道："少爷救命！"

柳儿气得扑上去再次抓住她一顿暴打，屋子里又乱成一团。

元氏看着桌上的药，神情凝重，忙对仆妇吩咐道："快去告诉太太。"

一个仆妇趁乱跑出去，其他的仆妇则在元氏的示意下拉开了柳儿和灵芝，又是哄又是劝，但就是不把那药给柳儿。

元氏看了看药碗，又看了看苏氏，戏谑地问苏氏："姐姐怎么认得这是打胎药？难道太太当年给你吃过？"

苏氏面色一僵，沉声说道："不要胡说，这些年我见的药材药方多了，自然知道。"

因为方承宇从小就生病，家里一日三餐药不断，那时候小姐们小，老太太要忙生意，太太身边只有她们两个，而元氏要协助太太处理家事，所以老实木讷的苏氏则帮忙伺候承宇，熬药的事她没少做。

元氏了然不再问。

而这边方承宇屋子里的方大太太听到仆妇的低语，神情又惊讶又荒唐，脱口说道："哪里就用得着……"

方大太太看了眼内室躺着的方承宇，又想到儿子许是真的被君蓁蓁治好了，不然她也不可能喂那丫头堕胎药，想到这里，方大太太的心中又惊喜又无奈。

"你们说什么呢？君蓁蓁要干什么？"察觉到外间的异样，方承宇撑着身子坐起来，大喊道，"不许动灵芝。"

"行了行了。"方大太太对内说道，"你好好躺着不许再胡闹，我去看看。"

方承宇没有再说话，方大太太叫来麦冬、白芍照看他，自己跟着仆妇急匆匆出门了。

那边方老太太也走出了君小姐的书房。

"母亲，"方大太太看到她，急急说道，"蓁蓁让人去给灵芝……"

方老太太冲她摆摆手，低声说道："我知道了，我们出去再说。"

方大太太咽下要说的话，扶着方老太太走了出去。

院子里恢复了安静，半坐在床上的方承宇慢慢躺回去，愤怒、倔强、羞恼等神情一扫而光。他的脸上恢复了一如既往的平静，只不过双眼比以往更加幽深黑亮，就好像适才的动作神情与他毫不相干。

这边，柳儿虽然被围着她的仆妇们拦着，但她仍挣脱出来，追着灵芝满屋子跑，又是暴打又是咒骂，仆妇们又追着柳儿试图阻拦。

方大太太带人进来，看到的就是这样乱作一团的场景。她摆摆手，跟在身后的仆妇又涌上去几个，合力将柳儿挡住。有一个仆妇上前，从食盒里拿出一个药碗，将柳儿拿来的药碗替换。元氏和苏氏带着几分惊讶和了然，元氏对苏氏使了个眼色，证明自己刚刚说对了。

"好了好了，都起来。"看到仆妇换好了药，方大太太才开口说道。

柳儿看到方大太太的举动更生气，奋力挣扎着喊道："我家小姐下了命令，就是天皇老子也别想阻拦，除非你把我掐死，否则休想拦住我。"

方大太太皱眉看了她一眼，说道："不就是喂药吗？闹什么，那就喂吧。"

柳儿一怔，灵芝则面色惨白。

"柳儿姑娘，是这个吗？"元氏忙端起桌子上被方大太太换过的药碗，"我来喂她。"

说着疾步走到灵芝面前，伸手捏住她的下巴，猛地给灌了进去。灵芝忙摇头躲避，但最终没能抵过元氏的力量，被逼着喝了下去，呛得她连声咳嗽，跌坐在地上，哭得上气不接下气。

柳儿看着药被灌得一滴不剩，才扬长而去。

"好好看着她。"方大太太说完也转身出去了。

元氏叮嘱仆妇搀扶灵芝，站在一旁的苏氏已经先过去伸手搀扶。

"别哭了，这时候哭只会让人烦。"她拿出手帕给灵芝擦了嘴角身上的药汁，说道。

灵芝有些受宠若惊，没想到夫人会来安慰她。

"行了，你别管她了，有这么多人呢。"元氏对苏氏说道，"快走吧。"

苏氏松开了灵芝，将手帕掖回袖子里，和元氏一起走开了。

"他怎么样？"看到方大太太进来，屋子里的方老太太问道。

"她没事，我让人好好看着呢。"方大太太停顿一下说道，"要不叫家里的婆子们查一下她的身子……"

"我没问她。"方老太太皱眉说道，"我说承宇呢。"

方大太太难掩激动地说道："母亲，承宇没事，虽然做了这种事，他一点都不累，精神很好。"

方老太太已经从一开始的激动慢慢归于平静，想到将要面对的危机，她又面色凝重起来。

"母亲，"方大太太有些不安地问道，"是承宇做的事，惹蓁蓁不高兴吗？"

方老太太看了方大太太一眼，没有回答，后又问道："那个丫头叫什么？"

"叫灵芝。"方大太太忙说道，"跟了承宇五六年了，虽然一直做些杂事，但伺候承宇还是很周到的。"

方老太太念了遍这名字，问道："她是自愿的吗？"

方大太太失笑道："母亲，承宇身子是好了点，但连站都站不稳，要不是她自愿的，这种事，承宇怎么做得来？"

"那就好。"方老太太说道，"补身子的汤药她喝了吗？"

方大太太点点头，又有些激动地说道："母亲，你说她会不会一击即中啊？"

方老太太抚了抚额头，严肃地说道："补药给她吃着，人你亲自看着，以防别人做手脚。"

"是，母亲，我把她带在我身边，免得真被柳儿那丫头给害了。"方大太太郑重地说道。

方老太太看着她，神情古怪地说道："柳儿害她干什么，现在所有人都知道承宇好了，还睡了一个丫头可能会怀孕，咱们的仇人肯定也知道了，咱们要防的是他们，你想什么呢？"

犹如一道惊雷劈下，方大太太打了个激灵，清醒过来，她沉声说道："母亲，把家里这些日子查出来的人都清除掉吧。"

自从君萋萋提出仇人害了她们三代男丁的事情后，她们已经对家里的人都查了一遍，的确很多举止古怪的人，但为了不打草惊蛇，一直装不知道，任她们行事，只是暗地里加强了护卫。现在方承宇已经好转，为了防止被害，自然要清除这些人。

"现在做这个没有意义，反而会暴露我们。"方老太太想起君小姐适才在书房说的话，又说道，"我们不能暴露。"

就在刚才，君小姐一边提着笔在纸上写着字，一边对方老太太说道："若外面谣传的是，我们的目的是要承宇生孩子呢？我们并不知道承宇是中毒，也不知道有人在背地暗害他……"她将写好的一张纸递过去，"现在变成他们在明我们在暗，等他们上门来再要做什么的时候，就不是我们为鱼肉，而是他们了。"

方老太太下意识伸手接过纸，看到上面写的药材的名字，说道："这么说我们很快就能见到我们的仇人了？"

君小姐放下笔，微微笑道："是啊……你们开心不？"

方老太太不由得攥紧了手。

"不过他们筹谋已久，准备得肯定比我们周全，一旦被他们发现承宇不是用药来生孩子，而是驱毒治病，那么势必会对承宇立刻下杀手。"君小姐说道。

方老太太沉声说道："也就是说现在很危险，我们需要将错就错，要让大家都相信我们只是想要承宇生孩子，所以你适才恼怒跟那丫头厮打，又写了药方……"

方老太太又看了看手里的药方。

君小姐适才写了两张药方，其中一张被柳儿拿着走了。君小姐接话道："那是让人不受孕的药。"

"这个就是让人受孕的药。"方老太太看着手里的药方说道。

君小姐笑了笑，有些狡黠地眨眨眼，说道："养身子的补药。"

方老太太没有说话，看着手里的药方，神情复杂。

如萋萋所说，那些人若只想断了方家的香火，势必会将注意力转移到那个丫头身上，想尽办法阻止她怀孕。这样，承宇这边反而能不被注意。

"只是不知道那个丫头是不是愿意……"君小姐说道。

"她当然愿意。"方老太太打断她，"不是已经问过她了吗？她说是她自愿的，不关少爷的事。"

想到这里，方老太太看向方大太太。

"这件事不是正好印证了咱们给承宇用药让他延续香火的谣言？"方老太太说道，"将错就错，让萋萋把承宇看牢，这样就可以为承宇进行最后一步的治疗，毒素已经清除，只需要重塑他的经脉了。"

方大太太欢喜不已，立刻明白了方老太太的意思，说道："我会把灵芝看牢，做出灵芝和承宇惹怒蓁蓁的假象。"

方老太太嗯了声，点点头。

方大太太又忍不住上前一步，说道："母亲，您说如果灵芝真的有孕的话……"

"她要真的有孕，你就更要看好她了。"方老太太打断她。

方大太太的眼圈微红，哽咽说道："这一次就是拿出我的命，也绝不让承宇的孩子再经受承宇的痛苦。"

突然，门外传来丫头的声音："老太太，二老太爷来了。"

"二老太爷来了？"方老太太问道，还以为是老太爷的亲兄弟从遥远的山东赶来了呢。

"母亲，是宋大掌柜。"方大太太柔声说道。

方老太太神情古怪地说道："是他吗？"

"当然是他了。"方大太太不解地说道。

方老太太想到君蓁蓁说过很快就能见到仇人的话，这边承宇刚出事，宋二爷就找上门，会不会太凑巧……方老太太心乱如麻，身子一阵热一阵冷。

"母亲，今日是对账的日子，二叔前几日就说今日要过来。"方大太太接着说道。

方老太太听后冷静了下来。

"母亲，要不改明日？"方大太太看着方老太太的神情，低声说道。

方老太太深吸一口气，站起身说道："不用了，对个账而已，不用再推了。"

方大太太应声"是"，亲自服侍方老太太换了衣裳，两人一同来到方家的大客厅。

宋大掌柜已经在里面坐着了。

方老太太一眼看到堆在桌子上的账册，再看到宋大掌柜身边陪同的老者们，他们正在说笑，谈论的也都是票号的生意事。果然是来对账的，是她多想了。

方老太太稍微松口气，含笑迈进去，说道："运平大兄弟，你们来了……"

第三十三章

◇

敌人的试探

与此同时，君小姐也离开书房，迈进了方承宇的室内。白芍和麦冬根本就不敢阻拦，带着几分惶恐施礼。

"出去吧。"君小姐看了她们一眼说道，白芍和麦冬更是不安，犹豫着不敢出去。

"滚出去。"君小姐突然吼道。

麦冬和白芍吓得哆嗦一下，慌慌张张奔了出去。

"快去，你快去叫大太太。"麦冬在门外站住，低声说道，"我在这里守着。"

白芍立刻慌慌张张地跑出院子，麦冬守在门边，竖耳听着屋里的动静，屋里并没有吵闹声。

君小姐进了净房，片刻之后走出来，手里拿着一个小小的匣子，站在床边，躺在床上的方承宇平静地看着她。

"你太过分了！"君小姐忽然怒气冲冲地喊道。

外边的麦冬吓了一跳。

方承宇看着她，也陡然拔高声音喊道："君蓁蓁你别不知好歹！"

麦冬搓手，忍不住急得团团转，果然吵起来了，可怎么办……

"我哪里比不上那小蹄子……"女子尖厉的声音传来。

"你哪里都比不上，就是比得上，少爷我就看不上你，就不睡你，你又能怎么样……"男子的声音随即跟上。

"你不睡我？你不睡我，由不得你！"

这个对话怎么朝着睡觉的方向走了呢？麦冬不由得愣了下，紧接着听到刺啦一声，似乎是衣衫被撕开的声音。

"臭女人你干什么，不要脸！"方承宇的怒喝声响起，紧接着便哑然无声。

麦冬大着胆子从窗户上看进去，看到君小姐正伸手撕开少爷的衣衫，同时扯下了床帐。麦冬红着脸不敢再多看一眼，跑了出去。

院子里安静下来，床帐里也安静下来，日光透过床帐照在两人脸上，他们的神情都一如方才，平静无波，似乎根本就没有发生过争吵。

"自己能脱吧？"君小姐看着方承宇被扯开一半的衣衫，说道。

方承宇没有说话，伸手利索地解开，很快脱了上衣，又木然地问道："全脱？"

君小姐摇摇头，打开小匣子，说道："不用，下边只要露出来脚就可以了。"匣子里是她每日都用的金针。

方承宇躺在床上，看着君小姐拈起一根金针，没有任何的反应，好像就算她此时将金针扎入他的咽喉他也不会动一下。君萋萋反而停下来，饶有兴趣地看着他。

这孩子平时看着安安静静，但其实她知道他骨子里有多刁钻。适才忙着自己演戏，倒没有观察他的表现。现在看着他口中虽说着愤怒的话，神情却保持平静，明显就是在装样子，而且还是不走心的那种。大概她刚刚表演的时候也是这样的神情吧，毕竟只是让外人听，不用给外人看。那么想来这孩子刚刚是在配合自己，他应该察觉到事情不对了，还真是聪慧机敏，不知道他是从什么时候察觉的……

"难道我演得不像？"君小姐喃喃说了一句。

"不是你不像，而是你不是这种人。"方承宇说道。

"不是哪种人？不是为了钱为了霸占方家的人吗？"君小姐问道。

方承宇笑了笑，说道："你问得太多了。"如果真的是为了他睡了一个丫头而愤怒的话，哪用那么多话，直接就上去厮打了。

君小姐笑了笑，又问道："你没什么想问的？"

方承宇看着她，想了想，问道："为什么瞒着我？"

"因为你的悲伤别人不能体会，你的欢喜别人也不能想象，所以我不敢保证你能承受这份欢喜而不被人察觉。"君小姐认真地答道。

方承宇放在身侧的手不由得攥起，呼吸变得急促，但他很快平静下来，嗯了一声。

君小姐伸手捏住他的手指，金针递过去的时候又停下来，说道："特别疼，你要忍一忍。"

方承宇笑了笑，黑亮的眼睛看着她，说道："这是我应得的，人总要为自己的错付出代价不是？"

君小姐笑了笑，没有再说话，捏住方承宇的手指，将金针慢慢刺了进去。

方承宇微微颤抖，瞬间绷紧了身子，咬住牙闭上眼，一动不动，屋子里安静无声，只有被方承宇用另一只手握住的帐子微微抖动。

客厅里，方老太太神情愉悦地听着宋大掌柜和管事们的对话。

"今年的生意比往年都好，看把大东家高兴的。"一个老管事笑道。

方老太太哈哈笑起来。

"好了。"宋大掌柜放下手里的茶站起来，说道，"事情说完了，我们就告退了。"

方老太太也站起来，说道："时候也不早了，在家里吃饭吧。"

一旁的方大太太忍不住看了眼方老太太，还好宋大掌柜和其他管事以赶路为由，笑着婉拒，施礼告辞。

方老太太和方大太太忙笑着，正要送人出去，有丫头慌慌张张地跑进来喊道："老太太、大太太不好了，少爷又不好了。"

方老太太和方大太太面色一变，齐声问道："怎么了？"

丫头看着一旁的宋大掌柜以及管事们，似乎被吓到了，张口结舌，欲言又止。

"承宇身子不好了？"宋大掌柜看着丫头的样子，皱眉说道，"对了，京城太医院的江太医探亲归来，我与他是旧相识，还想择日请他来给承宇看看，既然这样，就让他现在来吧。"

方老太太一愣，听说这位太医技艺高超，名气仅次于张神医，她们也是想办法请了好几次，后说是答应了却一直因为各种事没能过来。虽然江太医的祖籍在阳城，但几代前就离开了，他以前从没有来探过亲，怎么现在突然来了……

方老太太只觉得一阵凉气从脚底灌入，遍体生寒，她怀疑地看着宋大掌柜，神情瞬时悲痛得几乎站立不稳，一时间脑子里一片空白说不出话来，眼中也闪过几分戒备。

场面一时凝滞，气氛有些诡异。

宋大掌柜的视线落在方老太太身上，微微眯起眼睛，问道："大嫂，你怎么了？"

虽然心中已经是惊涛骇浪，但方老太太知道此时此刻绝对不能露出马脚，她挤出一丝笑容，勉强说道："没事没事。"

"那快去请江太医来吧。"宋大掌柜说道。

一旁的管事们也都纷纷催促。

"还是不用了。"方大太太为难地说道，"承宇没事……"话一出口又觉得失言。

"大嫂说什么呢？"果然，宋大掌柜皱眉问道，"出什么事了？"

其他的管事也神情疑惑，方承宇什么情况他们都是清楚的，方老太太和方大太太多么求医若渴，整个阳城人都知道，怎么现在听到江太医来了而无动于衷，反而露出几分抗拒？

方老太太笑了笑，露出几分惊喜的神情，说道："这事太突然了，江太医来，我们怎么能这么仓促地邀请，我先让人下帖子，再准备礼物，明日亲自上门去请。"

"是啊，我真是……"方大太太也立刻说道，眼中已经有了泪光，一副欢喜的神态，"母亲，绝对不能慢待。二叔，你不用管了，我们一定去请他！"

管事们露出几分了然。

"老太太，快些吧，少爷有些不好了。"站在一旁的那个丫头再次惊慌地喊道。

方大太太不安地忍不住上前一步，方老太太则盯着那丫头，眼底一片冰冷。

宋大掌柜突然拔高声音，对着院子里的丫头小厮喝道："赶紧去请江太医！"

之后，他神情紧张地对方老太太说道："大嫂，都什么时候了，我去看看承宇！"说着甩起袖子就要走。

方老太太没说话，攥紧了手，看着迈步的宋大掌柜，恨不得扑过去与他同归于尽。

宋大掌柜似乎察觉到身后的视线，停下来转过头，肃穆地说道："大嫂，走啊！"

方老太太依旧不动，神情凝重。

方大太太也察觉到气氛的变化，不由得攥紧了手。

"老太太，大太太。"柳儿忽然跑过来喊道，打破了这边紧张的气氛，"少奶奶说快找个大夫来，少爷不好了。"

此话一出，在场的人都怔住了。方老太太看着柳儿，听懂了她话里的意思，那意思是说方承宇可以随便让人看而不会出问题。

宋大掌柜的神情也有些疑惑，并没有像先前那样急切地迈步。

看到这么多人都愣着不动，柳儿一脸不耐烦地说道："快点吧，人就要死了。"

柳儿这一声让方老太太再不犹豫，选择相信君蓁蓁。

"运平。"方老太太突然颤声喊道，脚步都有些踉跄，"你快去让人请江太医。"

方大太太更是什么都不管了，向方承宇的住处跑去。

"你快点啊，快点。"方老太太再次催促宋大掌柜，自己也疾步跟去。

看着急急忙忙跟着丫头离开的婆媳两人，宋大掌柜迟疑片刻，便对小厮吩咐道："快去请江太医，坐我的车去，他们知道地方。"

方家的小厮应声"是"，飞也似的去了。

宋大掌柜看着前方的婆媳两人，抬脚跟了过去。

方承宇的院落，门里门外站着很多丫头，都神情惊恐却不敢交头接耳，隐隐有女子的哭声传出来。

"怎么回事？出什么事了？"方大太太对先一步赶过来的元氏急着问道。

"太太你过来了，这丫头说少爷和少奶奶吵起来了。"元氏指着身后跟着的丫头白芍，说道，"我让人给你说一声，我先带她过来看看。"

"怎么又吵起来了？"方大太太问道。

方老太太却看着元氏，问道："你让人去通知大太太的？"

元氏被看得莫名心里一寒，忙答道："是，我想着这丫头一惊一乍的，怕吓到太太，所以让人去请大太太，我先带着她来看看情况……"

她的话没说完，方老太太就收回视线从她身边走过去了。元氏讨了个没趣，也没有再忐忑不安，忙跟上。

屋子里的哭声是麦冬的，方大太太迈进来，一眼就看到躺在床上的方承宇，以及跪在床边的麦冬。

宋大掌柜也迈进了室内，看向床上，见方承宇一动不动，虽然隔得远也能看到灰败的脸色。

"怎么了？怎么好好的成这样了？"方大太太颤声喊道。

"谁知道啊，也没什么稀奇啊，他本来就病恹恹的。"宋大掌柜听到一个柔软的女声传来。这声音娇柔甜腻，但此时说出这话来却让人恼火，这就是那个君蓁蓁吧。

"什么叫没什么稀奇？"宋大掌柜横眉喝道，"承宇原来可不是这样病恹恹的。"

他说着看过去，见女孩子发髻散乱，衣襟也有些歪歪扭扭，竟然好似刚睡醒。他吓了一跳，那女孩子也吓了一跳。

"哪里来的老头，往人家内室钻！"她横眉说道，"快打出去！"

宋大掌柜的脸色顿时铁青。

君小姐被方老太太瞪了一眼，忙去整理仪表。随后，君小姐坐在一旁，笑了笑，说道："我还不能吵了？"

"谁跟谁吵，明明是少爷跟我们小姐吵。"柳儿立刻伸手指着内室，喊道，"做出那种事还有脸不让人说了。"

"那你也不能现在说啊。他的身子不好，就不能缓缓？"内室里方大太太守在方承宇身边，急道。

君小姐听后又笑着说道："这时候都知道他身子不好了？那他方才做的事就不能缓缓了？"

"就是，色中饿鬼一般……"柳儿恨恨地补充道。

方老太太猛拍桌子，喝道："都闭嘴！"

柳儿撇撇嘴站在君小姐身后，方大太太拭泪扶着方承宇，君小姐则悠闲地端起茶。

宋大掌柜很不解，忍不住问道："承宇做了哪种事？"

"什么事都没有。"方老太太和方大太太异口同声地说道。

宋大掌柜皱眉，然后听到一旁君小姐主仆扑哧一笑。他带着几分严厉看过去，说道："且不说什么事，你作为承宇的媳妇，难道不知道自己与承宇是休戚相关的吗？怎么能这般说话？"

君小姐从下往上扫了他一眼，冷声说道："你这个下等人，还轮不到你来教训我。"

宋大掌柜差点气晕过去。

"他二叔你消消气。"方老太太忙瞪了君小姐一眼，尴尬地说道，"不得无礼！"

"听到没，不得无礼。"柳儿看着宋大掌柜，哼声说道。

君小姐笑了笑没有再说话，一副我不跟你们计较的神态喝茶。

宋大掌柜拂袖起身走进内室，冷声说道："我看看承宇。"

方老太太没有阻拦也跟了进去，方大太太忙让开位置。

宋大掌柜神情沉重，俯身看着方承宇，柔声喊道："承宇，承宇。"

方承宇原本白皙的面色已经蒙上一层灰败，嘴唇更是无半点血色，紧紧闭着眼，如果不是胸脯还在起伏，真要以为已经死了。听到喊声，他的眼皮动了动，但似乎已经无力睁开。

站在宋大掌柜身后的方老太太没忍住哭出声，又忙掩住，方大太太则毫不掩饰地哭起来。

"怎么就突然这么重了？正月里我见时精神还很好。"宋大掌柜转头看着哭泣的婆媳两人问道，"到底出什么事了？我听说他被媳妇虐待，可有此事？"

"没有。"方大太太哽咽说道。

"怎么会被虐待？"方老太太也说道，"我和他母亲还没死呢。"

宋大掌柜没有说话，微微皱眉，再次问道："那到底出了什么事？怎么就变成这样了？"

方大太太和方老太太再次神情躲闪，只含含糊糊地说没事。

宋大掌柜才要再问，门外有丫头急急忙忙地报信："江太医来了。"

方老太太抬手拭泪，溢出满面的激动，迫不及待地走向外迎接："快，快请。"

丫头们急急打起帘子，方老太太和方大太太看着一个五十岁左右的男子走进来，精神矍铄，面貌端正，平易近人。

方大太太认出这正是江太医，几年前为了给承宇治病她亲自去京城花钱托关见到过这位江太医。

"江太医，您快看看我儿。"方大太太忍不住对着江太医下跪哭道。

江太医显然见惯了这种情况，动作利索地扶住方大太太，安慰道："莫急莫急，我先看看。"

屋子里很多人都围过来，有年老的妇人、丫头仆妇，以及认识的老者宋大掌柜。

江太医正举步向内走去，突然觉得一道视线盯着自己，忍不住看过去，越过面前杂乱的女人们，靠窗的小几子上坐着一个年轻的女孩子，见他看过去，那女孩子却移开了视线，抬袖掩着喝茶。

"江太医，快这边请。"宋大掌柜挽住江太医的手，说道。

江太医虽然有点奇怪女孩子看她的神情，但也不再停顿，向内走去。丫头们已经在床前摆好圆凳，江太医没有半句客套询问，直接就坐下来搭脉。所有人都屏气噤声，紧张地盯着他看。

江太医很快收回手站起来，叹口气说道："方少爷的病，你们心里也都有数，还是看开些吧。"

君小姐却笑了笑，心想这江友树还是不如师父，不过，竟然能请动江友树，这个幕后人还真有些手段。而其他人则已经慌了神。

"江大夫，什么意思？承宇他可是有事？"宋大掌柜急急问道。

"当然有事，你们不知道他的身体很糟糕吗？"江太医说道。

"那现在呢？他前几天还没这么不好。"宋大掌柜又问道。

自从携了江太医进来，宋大掌柜几乎取代了方家人，搁在以前，这一幕落在方老太太眼里，会觉得理所应当，但此时此刻她心里只有泼天的恨意，恨不得将眼前的人生吞活剥。

"现在，更糟糕了。"江太医带着几分怜悯地说道，"经脉郁结，五脏受损，已经是枯竭之象。"

此言一出，满屋子寂静，旋即哭声四起，方大太太则直接身子一软，站在她身后的元氏早有防备，眼明手快地扶住。

"太太！"丫头仆妇们忙围上来。

屋子里一片混乱。

"不可能！"君小姐的声音在一片混乱中响起，"不是说一年后才会死吗？"

"不可能，不可能。"方老太太神情满是不可置信，看着江太医有些愤怒，"你胡说八道！"

"怎么不可能？"江太医淡淡地说道，"我问你，你们最近是不是给他服用了大量的补药？"

听到江太医说出这话，在场的人心里都咯噔一跳。

"那种药对身子是没什么的。"君小姐上前一步愤怒地说道，"我家祖上也是大夫，你这个庸医没本事就是没本事，胡说八道什么。"

"那些是什么药？"江太医淡淡地问道。

君小姐哼了声，咬了咬下唇，说道："你管不着！"

宋大掌柜拧着眉头，喝道："到底怎么回事？你们给承宇乱吃什么药了？"

方大太太已经从元氏怀里挣扎起来，扑在方承宇的身上大哭，无暇顾他。

方老太太的神情变幻片刻，颤抖地上前质问君小姐："你不是说那些药没问题吗？怎么会这样？承宇怎么会这样？"

这句话一出，便是默认了江太医的话。

江太医补充道："那是春药吧，你们竟然让他吃那种东西，难道不知道他的身子是什么样？"

宋大掌柜也明白了，神情惊骇，伸手指着方老太太，气得说道："大嫂，你，你糊涂啊！"

方老太太只看着君小姐，顾不得理会他，悲痛地说道："你不是说没事吗？你是不是骗我们的？你为什么要骗我们，你为什么要害我们？"

"我的药当然没事，那都是因为……"君小姐眼神闪烁，看了看四周，说道，"因为他睡了那丫头。"

"没错。"柳儿站在君小姐身前说道，"谁让那瘫子急色，我家小姐还没说让他睡呢，他就去睡丫头，他是自己害自己。"

宋大掌柜已经听糊涂了，生气地拍桌子又问道："睡丫头又是怎么回事？"

方老太太脸色惨白地看着他，难以启齿地说道："大兄弟，我没脸和你说了。这都是我的错，都是我的错，是我瞎了眼。"说着就抬手狠狠扇了自己一耳光。

屋子里的人都吓了一跳，几个仆妇忙扑过去跪在身前拉住她的手。

宋大掌柜叹了口气，无奈地说道："你，你这是何必？"

方老太太捶胸大哭着喊道："老爷，大郎，承宇，我对不起你们啊，你们死得冤啊。"

屋子里一片哭声，悲悲戚戚。

"就是嘛，这是他自己的错，关我什么事？"一片悲戚中独有君小姐淡然说道。

真是太欺负人了，麦冬再也看不下去，扑通跪下来，哭着说道："老太太，不是少爷的错，是少奶奶，是少奶奶适才逼着少爷又做那种事……"

屋子里的人一愣，想到适才进来时看到少奶奶衣衫不整的样子。

方大太太一怔，停止哭泣，伸手掀开了方承宇身上的被子。

元氏就站在她身旁，趁机也看过去，看到被子下少年光溜溜的身子，忙收回视线。

方大太太离开前亲自给方承宇穿上的衣服，此时此刻看到这场景顿时眼一黑，人就歪倒下去，元氏赶紧扶住，屋子里再次乱起来。

"你怎么能这样做？你怎么就下得去手？"方老太太神情惊骇又悲愤地指着君蓁蓁，骂道。

君小姐丝毫没有惭愧和惧意，大声说道："我怎么不能了？他是我男人，我睡他天经地义。"

"没错，我家小姐怎么不能了？我家小姐和他睡才是天经地义。"柳儿紧跟着喊道。

宋大掌柜目瞪口呆，江太医也是如同见鬼。

屋子里嚷成一片，哭的、喊的、骂的，说出来的话也越来越不堪入耳。

"真是胡闹！荒唐！"宋大掌柜再也听不下去，大喝道，拉住江太医，拂袖疾步走了出去。

方老太太期期艾艾带着几分羞惭再来到客厅时，那些管事都已经走了。

"不走，难道看一场闹剧吗？"宋大掌柜没好气地说道，"这是什么光彩事吗？"

方老太太涨红了脸，喃喃说道："他二叔……我这也是没办法了。"说着又垂泪，"你说又能怎么办？难道方家真要绝后？"

宋大掌柜看着她又是生气又是无奈，最终长叹一声，声音颤抖地说道："大嫂，可是，承宇也是个人啊，他已经很不幸了，你们怎么能这样对他？"

方老太太的眼泪再次滴落，抬手掩面呜咽。

宋大掌柜再次叹口气，带着几分悲凉看向江太医，问道："江大夫，承宇可能有办法解救一下？"

方老太太闻言，满怀期盼地看向江太医。

江太医摇摇头，说道："如果单是这药倒也可解，只是小少爷刚刚做了超过身体承受能力的事，已然精血耗尽，让少爷过得开心些吧。"

方老太太如遭雷击，瘫软在椅子上，掩面放声大哭。

这哭声直到宋大掌柜走出门似乎还能听到。

第三十四章

◇

清理敌人眼线

随着宋大掌柜和江太医的离开，暮色笼罩了方家大宅。

一间小屋子里发出女子的尖叫声，声音痛苦。

"小蹄子你还不说？！"一个仆妇将手里的皮鞭狠狠甩了下去，冷声问道。

被绑在木桩上的丫头发出一声痛呼，有气无力地哭道："妈妈，真是元姨娘叫我去找大太太的，我不是有意把少爷的事嚷开的。"

"还嘴硬。"仆妇厉声喝道，又要再举起鞭子。

"行了。"方大太太的声音在后响起。

仆妇忙垂手应声"是"。

方大太太站起来，看了眼绑着的丫头，淡淡说道："给她治好伤，送庄子上吧。"

"谢谢太太，谢谢太太。"丫头眼中闪过一丝欣喜，忙哭着道谢。

方大太太没有理会她径直走了出去，这一片院落灯火明亮，院子里外站的都是护院，护院进进出出，不时拎进来哭哭啼啼惊慌的丫头仆妇，扔进一间一间的黑屋子里。

方大太太看了片刻，穿过一道月洞门就来到了一处灯火明亮的院落。这里是方老太太的所在，与以往不同，里里外外虽然依旧站着很多丫头，却都神情紧张，不似以前那般说笑自在，看到方大太太过来，忙一边通禀，一边打起帘子。

元氏战战兢兢地站在屋檐下施礼，方大太太没有看她，径直走进去。

方老太太在窗边的炕上斜倚闭目养神。

"母亲，问不出什么，就是元氏让她去的。"方大太太说道，"元氏也说是她的疏忽，只是说让去通知我，没叮嘱她不要乱说话。"

方老太太嗯了声，睁开眼说道："随她怎么说，我们又不是为了问出什么，只不过是找个由头把家里的人都清理一遍。"

方大太太应声"是"，说道："今日的人抓得差不多了，也不能将所有的都清除，免得让他们疑心。"

方老太太点了点头。

方大太太神情带着几分悲戚，低声说道："母亲，宋二叔真的……"

方老太太横了她一眼，方大太太立刻噤声。

"不管他是有意还是无意被人利用，现在的我们，谁都不信了。"方老太太说道。

方大太太含泪应声"是"。

"你不要难过，这是好事。"方老太太接着说道，"伸头是一刀，缩头也是一刀，我们又聋又哑地被耍了这么多年，终于能摸到仇人面了，这难道不是高兴的事吗？"

方大太太点点头，咬牙说道："是，我日盼夜盼终于盼到这一天了，宁愿明白死，也不想当个糊涂鬼。"

方老太太嗯了声，说道："所以我们不怕，打起精神来。好了，家里的事由我看着，你就全心全意地看好承宇吧。"

想到承宇，方大太太不由得泪光闪闪，担忧地问道："蓁蓁说承宇这样真的没事吗？"

方老太太没有告诉方大太太承宇这情况是君蓁蓁故意弄出来的，这一切都是为了让大家相信承宇被喂药要为了延续后代那个谣言。

"没事，你放心吧。"方老太太说道，"虽然这件事暂时看起来像是糊弄过去了，你也要小心。"

方大太太神情凝重，忙应声"是"。

方大太太从方老太太这里离开，元氏忐忑不安地跟在她身后，苏氏带着方家三姐妹守着方承宇，看到方大太太回来，四人忙迎接。

"好了不早了，你们都回去吧。"方大太太神情疲惫地说道。

方锦绣想要说话，被方玉绣瞪了眼制止，苏氏也冲她摆手。

"太太累了，你们都是懂事的孩子。"苏氏神情肃重地说道。

方锦绣垂下头应声"是"，姐妹三人退了出去。

元氏小心翼翼地上前，伸手试探着解开方大太太的披风，柔声说道："太太，你也早些歇息吧。"

方大太太任她解去，疲惫地说道："你们也早些歇息吧。"她又看着苏氏说道，"家里这几日要整顿一下，你看着点。"

苏氏应声"是"，施礼告退，元氏也只得讪讪地跟着退出去。

"没事吧？"一出来，苏氏就问道。

元氏心有余悸，低声说道："应该没事，我是真没有故意要乱嚷嚷少爷的事。"

苏氏点点头说道："太太和老太太是明智的，你放心吧。"

元氏拍着胸口说道："今天的事真是吓死我了，谁想到少爷会做出那种事，谁又想到少奶奶会做出那种事？没想到少爷不声不响地还挺倔，装老实这么久，竟然玩了这么一招，真是蔫坏……"

苏氏瞪眼看着她，低声喝道："我看你是吓不死的，你真想被赶出去吗？你以为太太舍不得你吗？"

元氏讪讪地笑了，伸手在嘴上做个缝上的手势。苏氏横了她一眼，便向前迈步，走到门口又回头看了眼，方大太太的身影已经走到隔壁方承宇的屋子。

方承宇已经醒过来了，正环顾四周，一时有点不习惯。他将头转向床外，屋子里只点着两盏灯，但还是有些刺眼。

"承宇你醒了？"方大太太惊喜地走过来。

方承宇没力气说话，只是看着母亲，做出一个安抚的笑。

"没事没事，你别动，要不要喝点水？"方大太太说着端起床头几案上温着的水杯，拈起棉棒，慢慢沾着方承宇苍白的嘴唇。

方承宇的视线又向外看了看，屋子里只有两个丫头侍立。

方大太太察觉到他的视线，抚了抚他的额头，柔声说道："灵芝也在这里，我把她关起来了，就在咱们这个院子里，你放心。"

方承宇的脸上浮现一丝笑，收回视线闭上眼。

夜色下的方家大宅并不安静，但这并没有影响到君小姐，虽然她被下令禁足，但丫头仆妇们对这边都避而远之，院落灯火通明但显得格外冷清。

"他们要是敢欺负小姐，就去官府告他们。"屋子里，柳儿一边铺床一边愤愤地道。

君小姐已经洗漱过，一边散发晾干，一边听着柳儿絮叨："老爷为国为民尽忠，方家这个商户还欺辱小姐一个孤女，就是不忠不孝。"

这是君蓁蓁一直以来信奉的理念吧，大概她也是觉得不公平，憋着一口气。都只道铁富贵一生注定，又谁知人生数顷刻分明，别说君蓁蓁一个小小知县的女儿想不透，她这个皇亲贵胄也没想到会有这一天。

当初不知真相时，父死母亡虽然难过，但想着天命如此，也能看得开。后来皇帝说要将她嫁给陆云旗，姐姐很是担心，她心里也暗自叹息是否是良人，没想到成亲后，陆云旗对她千依百顺，好得她挑不出一点不是。君小姐低下头看着身前垂下的青丝乌发，她那日骗他出门，然后自己只身携刀闯入皇宫，事发临死之际似乎听到了他的声音，他还是追来了，不知道他有没有来得及在自己身上补一刀，好抢一个功劳，或者弥补一下看守不力之罪……一瞬间，那些苦辣酸甜的前尘往事都涌上心头，君小姐忽然觉得身子很冷，好像大汗淋漓后寒风刺骨。

"小姐头发干了，早些睡吧。"柳儿说道。

原来是她端开了烘头发的火盆。

君小姐对柳儿笑道："你也睡吧，休息好了，我们才有精神。"

柳儿点点头，义正词严地说道："就是这样，我们才不怕他们呢！"

君小姐抚了抚她的头，说道："是，我们不怕！"

方家清理了一批丫头仆妇，这些人都是因为非议主人，乱传谣言，被装了好几车，都送到庄子上看管起来。因为涉及人数太多，自然惊动了盯着方家的那些人。

"十几个都是安插的眼线，会不会不是巧合这么简单？"

小小的茶室里，屏风后有两人对坐着，一边斟茶一边说话。

"如果是惩罚，卖了就是了，为什么要弄走关起来，不是要暗地里杀掉吧？"

斟茶的人闻言笑着说道："怎么可能卖掉，除非割了舌头卖掉，要不然方家这丑事可就传遍了。"

想起方家的事，先前的人感叹道："也是怪可怜的，一家子都走火入魔了。"

茶室里安静片刻，随即爆发出两人的大笑声。

"真是太好笑了。"一个人说道，"可惜的是，这一次方少爷命不久矣，玩不了多久了。"

另一个则摇头说道："不急，少爷没了，还有小姐们呢。三个小姐足够走火入魔地折腾了，比起瘫子少爷，这些娇滴滴的小姐肯定更热闹更好玩。"

茶室里再次发出一阵低笑声。

"确认那个瘫子没救了吗？"一人轻咳一声，问道。

"确认。在江太医面前可没人能说谎。"另一人答道，"也就这两三个月了。"

"那好。"这人站起来，说道，"就看着方家自己好好玩这两三月吧。"

另一人并没有起身相送。

这一人绕过屏风，转出来的那一刻将大大的兜帽遮盖在脸上，掩住了面容，他拉开门左右看看，疾步而去。

就在他离开没多久，有伙计过来恭敬地问道："太爷，还要茶吗？"

屏风后的人嗯了声。

店伙计忙拎着茶水走进去，日光透过竹帘子照进来，将临窗而坐的老者身上分割出一道道的条纹。老者神情肃穆，带着几分刻板，不怒自威，正是宋大掌柜。

店伙计刚要倒茶，宋大掌柜忽然发现什么，抬手制止道："这是什么茶？"

"太爷，这是新来的上好的茶。"店伙计答道。

"太贵了，换最普通的就行。"宋大掌柜说道，"谈完生意了，不用这么好的茶了。"

店伙计有些哭笑不得地说道："太爷，您自己也可以喝啊。"

宋大掌柜摇头道："哪有我自己喝的道理，这是要记在票号账上的。"

德胜昌为了招待大顾客，在城中有名的茶楼酒肆设了挂账，管事们掌柜们都可以在这里谈事应酬。

店伙计无奈地笑着说道："我去给您换普通的茶水来。"

宋大掌柜这才点头叮嘱道："待客人来了，你再给我换好的。"

店伙计笑着应声"是"，退了出去。

"宋运平是个什么样的人？"此时的方家，君小姐也正问方老太太。

提到这个人，方老太太的神情复杂，悲愤又痛苦，她缓缓说道："他是个很严苛的人，这严苛不是对别人，是对自己。你知道他是德胜昌的大掌柜，但他的子女后辈没有一个涉及德胜昌生意的。"方老太太说道，"他还养着一大家子人，还有他兄弟几个孩子。他是阳城本地人，卖力气的苦力，当初偶尔被你曾外祖父雇佣推车，有一次赶夜路遇到狼群，是他不顾被狼咬伤，冲进狼群，两次把你曾外祖父和外祖父背着逃出来。"

"当初与你外祖父义结金兰，你外祖父把德胜昌分给他三股。他虽然接受了，但要求这三股只是他的，待他百年之后不传与子孙，而是归还给德胜昌。"说到这里，方老太太看着君小姐叹了口气，"他这话不仅是说说，而是几十年都做到了，一个人装一时可以，装几十年始终如一，真的是……"

君小姐笑了笑，说道："这并不能说明什么，一个人对自己如此苛待，可以说他是个真人，但也有可能他图谋更大。"

比如齐王。当初父亲说自己身子不好，愿意将皇位让给齐王，结果齐王哭着求皇帝让自己外放，连夜离开京城，五年没有踏入京城一步。后来是皇祖母想念他，父亲也连连写信请求，他才回了京城一次。人人都称赞他谨守本分，就连父亲也说他对自己太苛刻。结果，苛刻的齐王在离开京城十年后，第二次归来，就成了京城的主人，成了这天下的主人，且名正言顺。

方老太太默然片刻，又说道："我想说的是，这几十年他如果真要对德胜昌觊觎的话，有无数次机会。"

君小姐看着她，问道："是机会，但结果呢？那如果他这几年真表现出来觊觎了，能成功吗？"

方老太太眼神闪烁，喃喃说道："那谁知道呢，不试试怎么知道？就好像现在，他其实也是在试试，但看来，也不一定能成功。"

"其实我到现在都还不信会是他。"方老太太放在扶手上的手攥紧，"除非亲耳听到他说。"

君小姐嗯了声，说道："你会听到的，外祖母，先做好准备吧，这场仗不一定好打，毕竟还有很多事很多人看不到。"

方老太太握紧了扶手，神情凝重而悲戚。

君小姐想了想，又说道："我能不能过上好日子，全在此一举了。"

听到她说到过好日子，方老太太忍不住笑了，悲戚的神情一扫而光。

"是，你放心，为了让你将来有所依仗，我一定会做好准备打赢这场仗。"方老太太笑着说道。

君小姐走出方老太太的屋子，焦急等候在外的柳儿忙迎上来。君小姐告诉她说要向方老太太服软，所以让柳儿留在外边，免得方老太太以为她们主仆是来寻衅的。柳儿虽然觉得小姐委屈，但韩信还忍过胯下之辱呢，也就释然了。

"她有没有说什么？"柳儿担心地问道，"小姐你有没有受委屈？她有没有打你、骂你？"

君小姐伸手抚了抚她的头，说道："怎么会，我怎么会受委屈，只是委屈柳儿了。"

柳儿有些不解地说道："我没有受委屈啊。"

"委屈你跟着我被这么多人讨厌。"君小姐看了看四周，说道。

见她看过来，四周丫头仆妇忙收起不满的视线垂下头。

柳儿扫了眼立刻就明白了她的意思，不屑地撇撇嘴，说道："她们讨厌我有什么可委屈的，我又不喜欢她们。我才不在乎呢，只要小姐不讨厌我就行。"

君小姐笑着说道："那我们就共进共退，一起被讨厌，一起被喜欢。"

得到方老太太吩咐跟着走出来的仆妇一脸无语的神情，由她引路带着君小姐主仆来到方大太太的院落。看到君小姐主仆，里外的仆妇丫头都神情戒备。

"是老太太让少奶奶来给太太认错的。"仆妇说道。

听到这个，丫头们也不好拦着，只得报进去。方大太太做出无奈的神情后便让君小姐进来了。为了不让君小姐认错求情太过于难堪，丫头仆妇们自然都退避了。

方承宇迷迷糊糊地觉得有人抚上额头，一个激灵睁开眼，看到君小姐正俯身低头认真地端详他。

"昨晚睡得不踏实，看起来很难受，蓁蓁，承宇真的没事？"方大太太正不安地询问着，眼角的余光瞥到方承宇睁开眼顿时大喜，"承宇你醒了。"

方承宇垂目嗯了声。

"你觉得怎么样？好点了吗？"方大太太忙伸手抚着他的肩头，询问道。

"好多了。"方承宇低声说道。

"还得再过两天。"君小姐将手移开，说道，"这几天的药我已经写好了。"

方大太太伸手接过，低声说道："我会亲自熬亲自喂。"

君小姐没有再说话，起身往外走。方大太太想到什么跟了过去，歉意地说道："蓁蓁，灵芝的事，你不要生气。我知道他是故意的，结果闹出这事，你放心，他不是真的喜欢灵芝……"

君小姐笑着说道："舅母，虽然他做出这件事差点闹出乱子，但结果也还不错，就是他受些罪。"

方大太太松了口气，又问道："那你要不要强横地搬进来？"

"灵芝还在这里，我搬过来，不合适。"君小姐说道，"我可以每天都过来服侍太太和少爷。"

方大太太想了想，含笑点头说道："这样更好。"

与此同时，方云绣三姐妹在方大太太的院落门外停下脚，看着靠着门明显装出老实样子的柳儿。

"她怎么来了？不是被禁足了吗？"方锦绣没好气地说道。

方玉绣看她一眼，想了想说道："这不跟你一样嘛，不，她不如你，你禁足的时候可跑出家门，她只是出了院门。"

方云绣没忍住笑了，方锦绣瞪她一眼，说道："现在你还开玩笑，都什么时候了。"

方玉绣绷住脸，说道："她这样害承宇，母亲因为长辈的身份不能奈何她，我跟她是同龄人，我打她一顿最多被人说小孩子胡闹，我一定要替承宇替母亲出这口气。"

她说罢抬脚就向内冲，方云绣吓了一跳忙要伸手，方锦绣已经抓住了她。

方玉绣将抬起的脚慢慢放下，转头看着方锦绣，一脸不解地问道："干吗拉住我？你舍不得啊？"

方锦绣绷着脸甩开她的手，说道："你去吧你去吧。"

方玉绣抿嘴笑了，挽住她的手转身迈步，走到一间小亭子里坐下来。

丫头们被打发去取茶水点心，只留姐妹三个说话。

"你们都相信她没害承宇吗？"方云绣问道。

方玉绣看了眼方锦绣，方锦绣神情有些恼怒。

"我是相信的。"方玉绣不再逗方锦绣，收回视线，郑重地说道，"因为我觉得她不会那么蠢。她既然要得少奶奶这个位置，如果真的谋害了小弟，就算有祖母相护，母亲怎么会饶了她？她是个聪明人，这个坑她不会跳的。"

方云绣点点头，看向方锦绣。

方锦绣被她看得再次绷脸，想了想，说道："倒不是因为她蠢不蠢，而是，如果她真要害人的话，有很多机会。"

姐妹三个沉默片刻。

"在缙云楼的时候，事情到底是怎么样的？林小姐的事原本是为了她安排的吗？"方云绣想了想，问道。

方锦绣从来不谈缙云楼那日的事，此时听到姐姐问，沉默片刻，说道："其实我也不清楚，我进去之后，她就跟着林小姐出去了，所以没跟着，再后来就看到她下场投壶，然后就是林小姐事发。"

方玉绣笑了笑，说道："你们猜林小姐打算怎么把她哄进那间屋子？"

方云绣和方锦绣都看向她。

"林小姐应该是说，宁十公子要见她。"方玉绣说道。

方云绣和方锦绣都面露惊讶。

"真的吗？"方云绣问道。

方玉绣抿嘴一笑，看着端着各色茶点而来的丫头们，说道："除了这些男男女女之间的事，她们还能想出些什么？"

丫头们进来，忙而不乱地在桌子上铺上锦垫、斟茶摆盘碟。方云绣接过茶慢慢喝了一口，用帕子擦了擦嘴，继续说道："不可否认，这些事也是百试不爽。"

"只可惜这对她来说已经是不可信的事了。"方玉绣含笑说道，"对不信的事，自然是防备。"

方锦绣想到自己也用同样的理由叫了君蓁蓁两次，就有点尴尬。她咬了咬下唇，捏起一块点心嘎吱咬了一口。

方玉绣看到她沉默，了然一笑，没有询问，姐妹三人对坐安静喝茶。

忽然听到有笑声传来，姐妹三人抬头看去，见是君蓁蓁和柳儿从一旁的路上走过，察觉到这边的视线，她们也看过来。

柳儿虽然还想继续笑，但想到小姐叮嘱她虽然不一定要讨人欢喜，但至少不要给人讨厌的把柄，便垂下头乖巧地对着这边三位小姐施礼。

方云绣吓了一跳，忙站了起来，主动对君蓁蓁施礼打招呼。方玉绣和方锦绣只是站起来，没有动作。

君小姐对她们还礼，没有说话，带着柳儿走了过去。

第三十五章

◇

演一出好戏

坐在京都玄武湖旁的四层高楼上，放眼望一片繁华，人群如潮，樱花如云。

楼上的年轻人都换了春衫，简单的素色布袍，但能坐在一盏茶就要十两银子的清风楼里的，自然不是普通人，宁云钊已经倚栏许久，手里握着的茶杯都凉了。

"想什么呢？"身后的同伴们笑道，"难不成看到哪位美人失魂了？"

"吴潇潇姑娘最爱樱花，该不会是她适才从楼下经过吧？"一个公子说道。

吴潇潇是京城青楼的红姑娘，在教坊司中曾当选花魁，有貌有才备受追捧，也是年轻公子们聚在一起必不可少的话题。但此时这句话说出来，有人扑哧一声将口中的茶水喷了出来，呛得咳嗽连声。

"云岭，你这是急什么？"大家不解地问道。

宁云岭用手拍着胸口，看着转过头来的宁云钊，憋着笑说道："没事没事，就是想起家乡的一个笑话。"

公子们自然要询问是什么笑话，宁云岭却摆手不说。

"云钊你到底看什么呢？站了好半日了。"有人便继续转头问宁云钊。

宁云钊笑了笑，看了眼外边的樱花，喃喃说道："不知道阳城的花都开了没。"

"原来云钊是想家了。"有人笑道。

"想家很少见，该不是想念意中人了吧？"更有人笑道。

宁云钊皆笑而不语，转头看着楼下，忽然神情一凝。

"怎么？真有美人经过？"其他公子笑道。

宁云钊没有笑，视线看着楼下，说道："那就是陆千户吧？"

姓陆的人很多，做到千户职位的人也很多，但在京城，"陆千户"这三个字却只代表一个人——锦衣卫镇抚司掌刑千户陆云旗。

在场的公子们忍不住都起身走过去，扶栏向下看去。

如云的樱花下，人群正在四散，一队身穿飞鱼服、腰挎绣春刀的人沿街而行，随着这些人的出现，一瞬间似乎乌云遮住了太阳，让整条街都变得阴寒。

就在这队人马正中，一个朱红身影成为所有人视线的焦点。

马上男子年纪二十三四，衣衫如火，面色如瓷，双目如墨，身材高大，却显得有几分单薄。或许是因为他那略有些苍白的面容，尤其是他的脸如同凝蜡，半点笑容也没有，那双眼明亮却又阴暗，似乎看着眼前又似乎视若不见。他的样子如同大家想象的那样，虽然英俊但诡异，就像一条蛇，看到便觉得不寒而栗，不敢直视。

他做的事是暗中窥探，而他的人也很少出现在人前。此时很多路人都是第一次见到他，就连楼上的宁云钊也是第一次看清他的样子，以前跟着叔父进宫时只曾远远看到一个背影，那时他独自在一座大殿前，隐没在阴影里，看上去就像一条独行的狼。

那队人马没有疾驰而去，而是停在一个茶棚前，茶棚里原本的客人早就跑光了，茶棚的主人战战兢兢地上前迎接。

"他是要赏樱吗？"宁云岭皱眉说道，"真是稀奇，他还有这雅兴。"

"这个肉腰刀竟然出门了，不知道又有谁要倒霉了。"一个公子低声说道。

宁云钊看着陆云旗下了马走进茶棚，护卫们在茶棚四周散开，握刀肃立，茶棚挡住了其内的景象。

街上的人重新开始走动，比起先前的肆意轻松，多了几分小心翼翼，就连骑在父母背上不懂事的孩童都停下了哭闹。

宁云钊等公子们也都收回视线。

"真是扫了雅兴。"有人低声说道，招呼大家，"咱们也散了吧。"

宁云钊没有异议，一行人便下楼。宁云岭在后拍了拍他，低声问道："十哥你怎么了？自从回京，你总有些心神不宁，莫不是在思念某个女子……"

他的话没说完，宁云钊就呸了一声，说道："你小子，最近到底读的什么书。"

宁云岭嘿嘿一笑，闭上了嘴，两人一同离去。

与此同时，君小姐迈上台阶的脚步微微一顿，侧头看着太太院子里的一株花树，已经四月了，家里的花树都要盛开了。

"少奶奶，请进。"门前两个丫头打起帘子，恭敬地说道。

灵芝透过窗户向外看去，见到那个女子正身姿柔美地走进太太的屋门，脚步声从一旁传来，灵芝忙收回视线在炕上坐好。门被推开，一个仆妇拎着食盒进来。

"灵芝姑娘吃饭了。"她含笑说道。

虽然已经被关了一个月，但太太没有按照少奶奶的要求发卖了她，而且还吩咐了衣食不得苛待，可见太太不会为难她，算不上丰盛却精美可口的饭菜被一一摆在了几案上。

"少爷怎么样了？"灵芝坐过来，没有拿起碗筷，而是问着每日都会问的话，一脸的担忧。

"少爷还好，醒过来的时候长了。"仆妇答道，"看起来也有些精神了。"

灵芝又垂泪哭道："都怪我。要不是我，少爷也不会这样。"

仆妇已经见惯不怪了，将汤羹给她盛上递给她。灵芝低着头接过碗，正要再次表达一下不安和难过，汤羹的香气扑鼻，这是花胶猪手，最能养颜，也是她最喜欢吃的，但今日不知怎么了，闻着这香气，只觉得恶心，抿嘴刚喝一小口，就觉得肚子里翻江倒海，来不及张嘴就喷了出来。

"哎哟姑娘，你怎么吐了？"仆妇只得捏着鼻子，问道，"哪里不舒服？"

灵芝吐完一阵，只觉得头晕眼花，心里稍微好受一些。

"我没事。"她扶着炕桌说道，刚说完就再次弯身吐起来。

仆妇受不了屋子里的气味，又想着这灵芝太太吩咐要善待，便忙抬脚跑出门，边跑边喊道："灵芝姑娘你别怕，我这就去禀告了太太，给你请大夫来瞧瞧。"

仆妇在方大太太这里探头探脑，方大太太从窗户里看到了。

君小姐来这里，外边竟然还有仆妇探看而没有被门外的丫头赶走，可见一定是有不被阻拦的事。方大太太看了眼君小姐，见她正温柔地给方承宇喂药，就像一个贤良淑德的小媳妇。

门外的丫头神情犹豫地打起帘子走进来，低声对走出内室的方大太太说道："严妈妈说，灵芝有些不舒服。"说完后，还小心瞥了眼内室的君小姐，生怕她听见。

方大太太微微皱眉，低声说道："去找万医婆给她看看。"万医婆是方家老太爷那时候就养着的医女，丫头应声"是"，便忙去了。

方大太太又走回内室，君小姐正将方承宇扶着半靠坐起，一个月的煎熬过去，虽然方承宇身子还无力，但不会疼痛了。

"母亲，这天气越来越暖和了，家里的事也多，不如让少爷搬回去吧。"君小姐说道。

这种话每隔几日就会说一次，方大太太不以为意，按着准备好的那些话回答。

"要是让灵芝来伺候我，我就搬回去。"方承宇先开口说道。

方大太太一怔，旋即着急说道："承宇别胡说。"

君小姐果然拉着脸甩开手，站直了身子，说道："那你就别搬回去了，就在这里跟那小蹄子白头偕老吧。"说罢转身就走。

方大太太冲方承宇点了点手指，忙追上君蓁蓁，柔声劝道："蓁蓁，你不要跟他一般见识，他是个病人。"

君小姐已经走到门外，看着拉住自己的方大太太，说道："舅母，我已经够宽容了。那个小蹄子你养着我没说什么，可是你让我独守空房就太过分了。"

院子里站着的丫头们都垂头。

看到君小姐翻脸，原本跟大太太的丫头说笑的柳儿立刻也拉了脸冲过来。君小姐没有给她效力的机会，已经先甩手走了。柳儿对方大太太瞪了瞪眼，这才跟着走了。

方大太太有些无奈地叹口气，转身回屋子里。

"你说你惹她干什么？"她嗔怪道。

她知道自己和君小姐在演戏，可是儿子不知道，总是惹怒君小姐怪不好的。

方承宇半坐着，神情平静地说道："差不多都一个月了，我烦了。"

方大太太才要说话，门外有丫头急急忙忙跑进来，说道："太太，太太，万医婆来了。"

方大太太有些生气。这婆子越老越不懂事，有什么事给丫头说一声就是了，还跑来干什么？

"万医婆来做什么？母亲你不舒服吗？"方承宇问道。

方大太太对他安抚地一笑，说道："是，不过没事，我只是有些睡不好，我去看看。"说罢就疾步出去。

方承宇微微勾了勾嘴角，闭上了眼。

方大太太还没迈出去，万医婆已经颤颤巍巍地走进来，喊道："太太，那个丫头……"

方大太太吓得忙伸手掩住她的嘴，不顾万医婆的呜呜将她拽了出去，低声喝道："小声点，喊什么喊，少爷才好一点。"

万医婆神情激动地说道："太太，大喜事！灵芝有了！"

方大太太愣了下，呆呆问道："有什么了？"

万医婆张开掉了几颗牙的嘴，笑笑道："太太，少爷有后了，太太您要做祖母了。"

方大太太呆呆地看着万医婆，突然眼前一黑，人就软软地倒了下去。

看有丫头们向大太太那边跑，君小姐停下了脚步。

"她们干什么呢？你看，两个姨娘也去了。"柳儿好奇地说道，"肯定是又凑在一起商量怎么欺负小姐你呢。"

君小姐笑了笑，说道："时间也差不多了，但愿她的贪欲不灭。"

而此时坐在炕上一脸惊魂不定的灵芝也正喃喃一句"时间差不多了"，这是适才万医婆说的话，在摸上她的脉、问了她的小日子来了没有之后，灵芝的手不由得放在腹部，眼神惊惧。

门外传来嘈杂的脚步声。

"老太太你慢点。"

"太太你仔细脚下。"

那是老太太和大太太过来了。

灵芝咬住下唇。

"灵芝。"门被推开了，方老太太第一个冲进来，身后紧跟着方大太太，还有元氏、苏氏一干人等。

灵芝忙起身要行礼，方老太太和方大太太已经抢着扶住她，异口同声问道："灵芝，你真的，真的有了吗？"

灵芝身子发热，攥紧了手，带着几分羞涩垂下头，软软地说道："老太太，大太太，奴婢也不知道。"才说完这句话，就伸手掩住嘴，转身干呕起来。

闲杂的丫头仆妇都被赶了出去，只留下要紧的人，污秽之物已经被清理干净，并没有气味熏人。

方大太太挨着炕沿坐下，又强压着灵芝坐下后，柔声问道："你觉得怎么样？"

灵芝红着脸垂头说道："也没什么，就是想吐。"

她说着感觉就真的来了，掩嘴扭头。金钏灵敏，早就站在痰盂前，察觉她的动作，立刻一步迈过来。灵芝对着痰盂呕了片刻酸水才好些。

方大太太站起来，又欢喜又紧张地说道："这可如何是好！"

元氏抿嘴笑道："太太，你是生养过的人，别紧张。"

方大太太哭笑不得地说道："都这么多年了，我哪里还记得。"

方老太太的神情不见悲喜，反而若有所思地问灵芝："你什么时候觉得不舒服的？"

灵芝认真想了想，低着头羞怯地说道："并没有不舒服，就是这一段时间有些犯困睡得多一些。"

"是啊是啊。"负责照料灵芝的严妈妈忙跟着说道，"我还说姑娘是春困呢，也没多想。"

"也就今日吐了，吐完就没事了。"灵芝接着说道。

"万妈妈，以后灵芝的饮食起居就有劳你了。"方大太太说道。

万医婆还没答话，方老太太轻咳一声，说道："再请个大夫来瞧瞧吧。"

屋子里的人都愣了下。

"老太太，您这是不信我的手艺了。"万医婆有些不高兴地说道。

"不是我不信你，我年轻的时候见过有人假孕。"方老太太看了眼灵芝，说道，"有些想要孩子的妇人想得多了，身体就依照她的愿望做出了反应，也有脉象，只不过最后都是假的。"

灵芝的神情顿时不安，站起身来，颤声说道："奴婢不敢乱想的。"

"哎呀老太太，那种事我也见过，逃不过我的眼。"万医婆说道。

方大太太也有些迟疑，元氏则带着几分赞同点点头，老太太这反应就对了，毕竟这事太突然也太不可思议。

"这是承宇的孩子，"方老太太一拍桌子，接着说道，"容不得轻率。"

方大太太忙收起迟疑，郑重应声"是"，万医婆嘀咕两声也不说话了。

"母亲，那我去请大夫。"方大太太说道。

方老太太制止她，目光在屋子里一扫，皱眉说道："你把家里这些人看好，这事管好，别让她们胡乱嚷嚷。"

元氏和苏氏看到视线落在自己身上，神情有些不安。

"老太太您有什么吩咐，让我来办。"元氏含笑先开口说道。

苏氏没有说话。

"你去找二老太爷。"方老太太说道，"把事情给他说一下，让他找个可靠的大夫来。"

元氏爽快地应声"是"，转身就出去了。

方老太太从炕上下来，对方大太太说道："灵芝你照看着，让承宇搬去我那里吧。"

方大太太愣了一下，又看着苏氏说道："不用的，我能照看过来，她也是生养过孩子的，能帮忙。"

苏氏这才点点头，说道："请太太吩咐便是。"

方老太太笑了笑，意味深长地说道："那你也忙不过来，马上就要面临很多事。"

方大太太心里咯噔一下，装作不安地说道："是啊，蓁蓁要是知道了，肯定要闹，今天就已经甩脸生气了，那就有劳母亲了。"

得到消息的宋大掌柜跟着元氏带着大夫急匆匆赶来。

"真的？"他见到方老太太立刻就问道，神情震惊不已。

方大太太再掩不住欢喜地哭道："二叔，我也不知道，要是承宇能有孩子，我愿意减寿十年，立刻死了都行。"

宋大掌柜审视方大太太片刻，他活了这么大岁数，自然看得出方大太太是真情还是假意，他对大夫摆摆手，说道："快去看看吧。"

方老太太安静地看着，神情似乎很镇定，但垂着紧紧攥起的手暴露了她的真实心情，进门只说了两个字，就赶着大夫去勘验。

暮色渐浓的时候，第三个大夫走了出来。

"虽然脉象不是很明显，但十之八九是喜脉。"他说道。

方大太太对大夫笑了笑，示意丫头们打赏。

看着大夫退出去，方老太太再次开口说道："再去请个大夫……"

方大太太无奈地喊了声母亲，一直沉默的宋大掌柜笑道："大嫂，行了！这事千真万确，你不要再问了。"

方老太太身子微微发抖，喃喃说道："怎么可能，再去找大夫来看看。"说着伸手捂脸大哭。

"老太太是太欢喜了。"万医婆笑道。

看着这婆媳两人如癫如狂的样子，宋大掌柜高兴之中还有几分肃然。

方老太太哭了，方大太太也忍不住跟着哭起来，而丫头仆妇们自然也跟着哭起来，一时间厅堂里满是哭声。

"老太太、大太太，这是喜事。"元氏拭泪上前劝道，"要把这个消息公之于众。"

方大太太擦泪点头，方老太太也流泪开口说道："那些许的愿都要还，还有施粥、唱大戏……"

一直安静侍立的苏氏皱了皱眉，委婉地说道："老太太，还是等过了三个月再庆吧，孩子月份尚轻，这样也不好。"

方老太太和方大太太冷静下来，赞同地说道："对，对，现在可不能张狂。"看着苏氏，她们很是欣慰地夸赞道，"还是你稳妥。"

"还是姐姐懂得多。"元氏酸溜溜地说道，"不如让姐姐帮忙照看灵芝姑娘好了。"

方老太太和方大太太点头，齐声说道："正该如此。"

宋大掌柜在一旁看着妇人们开始讨论怎么照顾那怀孕的丫头，轻咳一声，脸上带着悲悯的表情，问道："承宇知道这个消息了吗？他好些了吗？"

这个话题让屋子里的气氛低沉下来。

方大太太再次哭着喃喃道："我的儿，如果不是那药，他也不会……"

"话不能这么说。"方老太太颤声说道，"我想承宇也是愿意这样的。"

说到这里，她又忙看向宋大掌柜，哽咽着说道："他二爷爷，你再请请江太医，让他想想办法开点药，让承宇多撑一段，最好能看一眼自己的孩子。"

宋大掌柜笑了笑，说道："好，我记得了。"

虽然语气依旧和蔼，但方老太太也能听出敷衍，低下头借着垂泪掩饰冷笑。

"少爷肯定是高兴的。"元氏忽然说道，"但少奶奶可不一定……"

屋子里安静下来。

"我不信她敢除掉这个孩子。"方大太太冷声说道。

"她就是不除掉，灵芝已经不起一天三闹。"方老太太说道，"承宇也经不起，把她送出去吧。"

　　屋子里再次安静。

　　"灵芝肯定不能送出去，必须在家里照顾。"方老太太接着说道。

　　"可是，她肯吗？"方大太太问道。

　　"她肯也得肯，不肯也得肯。"方老太太一拍桌子，横眉说道，"谁也休想威胁到我的重孙子。"

　　有了方老太太的保证，屋子里的人都松了口气。

　　"二叔，你看这样行吗？"方大太太问道。

　　宋大掌柜似乎正在出神，闻言转过头来，说道："没问题，你们安排照顾好这个丫头。"

　　方老太太垂下视线。

　　"是，运平你放心吧，我一定照看好这个丫头和这个孩子。"方老太太抬起头说道，"绝不会让他再出事。"

　　君蓁蓁要被方老太太轰到乡下别院的消息，在方家的丫头仆妇们之间传开，但让大家更意外的是，方少爷也要跟着君蓁蓁一起走。

　　此时，方锦绣也在屋里和丫头们议论这件事。

　　"金钏姐姐说，少奶奶说如果要她走也可以，但必须让少爷跟她一起，否则就要和灵芝一起死。"丫头忐忑地低声说道，"老太太答应了。"

　　方锦绣沉默片刻，心中担忧以承宇现在的身子，真的能出门吗？这个君蓁蓁真是够狠的，她是想着承宇反正也没救了，死在家里或者外面也都无所谓，所以硬要拉上他吧，方锦绣忽然起身向外疾步而去。

　　"三小姐。"丫头们忙喊道。

　　方锦绣迈出屋门，方云绣和方玉绣结伴正走进院子。

　　"三妹妹，你听说没……"方云绣说道。

　　刚开口，方锦绣已经从她们身边越过去。

　　"你干吗去？"方玉绣转头喊道。

　　"我去祖母那里。"方锦绣扔下一句，人已经跑出了院门。

　　"她又要干什么？"方云绣不安地说道。

　　方玉绣看了眼，说道："能干什么啊，打抱不平呗。"

　　方云绣担心地说道："二妹，你觉得祖母这样做合适吗？"

　　看来让方承宇离开家，的确是很多人都无法接受的。

　　方玉绣抿了抿嘴，看着方云绣说道："大姐，我相信祖母。"

　　方云绣愣了一下。

　　"如果祖母真是个无情无义的人，"方玉绣对方云绣笑了笑，说道，"方家早就不在了。"

　　方老太太此时并没有在自己的院子里，而是和方大太太在君蓁蓁的住处，为了表达诚意，方老太太还派人在丫头仆妇们的注视下将方承宇也送了回来，但说起离开家的事，还是有些不顺畅。

"这样真的可以吗？"方大太太已经询问过多次。

"承宇真的没问题吗？他的身子看起来很不好啊。"

坐在炕上的君小姐看了她一眼，说道："那你看他这么多年，看得出他的身子能站起来、能和小丫头睡觉吗？"

方大太太面色窘迫，没说话。

"我说没事就没事，你们放心吧。"君小姐停顿一下，说道，"不放心也没别的选择了，现在你们的仇人已经不高兴了，他在家很危险。"

"我绝不会让他们再伤害到我的孙子。"一想到即将面临危险，方大太太不自觉地攥紧了手，咬牙说道。

知道其实这个重孙并不存在的方老太太神情要淡定很多，只问道："你看哪里的别院好？"

"我再想想。"君小姐拿起几案上的一个卷轴，说道。

方老太太也有很多事要安排，便起身下炕，说道："那蓁蓁你慢慢看。"

方老太太起身，方大太太也不得不跟着走，走到院子里看了眼那边的正房，忍不住说道："我再去看看承宇。"

"有什么好看的。"送出来的君小姐大声说道，"你还是回去好好看着你的孙子吧。"

听到小姐这样说，送客的柳儿立刻站过来挡住方大太太，一旁侍立的丫头仆妇们神情同情又悲伤。

"好了，不是刚看过，还看什么？"方老太太说道。

方大太太这并不是装样子，她是真的担心儿子，闻言只能无奈地离开。

方大太太回到屋子里止不住地叹气，元氏忙捧茶过来安慰她。

"太太，真的要少爷走吗？"灵芝也从内里走出来，颤声问道。

现在她搬进了方大太太的内室，苏氏跟在她身后，负责照顾她。

方大太太看了她一眼，柔和地说道："这样对你和承宇都好。"

"少奶奶会不会好好照顾少爷？"灵芝含泪说道。

"会，看到你有了身子，也给了她希望。我们让他们夫妻单独过一段时间，说不定承宇身子调理好了，她也能得个孩子。"方大太太说道。

屋子里的仆妇丫头们忙点头。

"你放心吧，少奶奶知道要在家里站稳还得有个孩子，现在你有了孩子，她是断然不敢再胡乱折腾，要不然她可就什么都没有了。"元氏说道。

灵芝这才稍微安心。

"你现在照顾好自己就行了。"方大太太说道，"快去歇着吧。"

灵芝应声"是"后转过身，手不由自主地交握在一起。

希望少爷死在外边，希望少爷被少奶奶折腾死，这样就没有人知道她假怀孕的事了。然后找个合适的机会滑一跤说孩子没了，那她就是少爷唯一一个恩宠过的女子，老太太和大太太一定会善待她，就像对待元氏和苏氏那样。

想到这里，灵芝眼中闪过一丝兴奋和激动。

君小姐看着眼前展开的画轴，其上是阳城的舆图，心想方家真是不简单，还能拥有这么精细的舆图。

做工这么精细的舆图除了皇宫就是在师父手里见过，师父除了是个神医之外，还有做舆图的本领。当然他不只会做舆图，还博览群书，天文地理皆通。虽然这些他没有刻意对她展示，更没有教过她。

她不知道师父是哪里人，曾问过一次，但师父回避了，她便不再问第二次。说起来他们名分上是师徒，相处得却并没有多么亲密，她真不算是个尽职尽责的徒弟。

君小姐在几案前站直了身子。师父很多知识都是在脑子里，随着他的死去再无人问之，但是也有一卷书留下了。当时他时不时提笔写写画画，但从不让她看，她更不是偷窥别人的人，大约是身为皇家公主的骄傲吧。

甚至在安葬师父后，也只是将师父留下的琐碎物品一起包起来带回京城，没再打开过。父亲母亲离世，身份巨变，那些东西后来就随着她离开皇宫而来到怀王府，被她埋在荷花池边的假山下，如同埋葬了她的前半生。她要拿出来，那不是她的前半生，那是师父的一生，她不能让它就此被埋葬。去京城，这个压在心里快要忘了的念头冒出来，让君小姐有些心慌，站立不稳。

"柳儿。"她不由得大喊了一声。

片刻之后就听得脚步急响，柳儿冲进来，急急喊道："小姐？"

君小姐的手扶着几案，问道："现在几月几日了？"

"小姐，四月十八了。"柳儿柔声说道。

那些人说姐姐和陆云旗的婚事定在六月，还剩两个月的时间，她能赶到京城吗？君小姐沉默不语。

"小姐，喝点茶。"柳儿将茶水递去，小心翼翼地说道。

君小姐接过喝了一口，视线再次落到卷轴上。

"小姐这些是什么啊？"柳儿小心地引着她说话。

"这是方家的庄子所在。"君小姐顺着她说话，伸手指着舆图上的标记，"你觉得哪里好？"

柳儿叽叽喳喳地逐一做着评价，君小姐平静下来，却没兴趣看了，便说道："明日再定吧。"

"就是，也用不着这么急着走。"柳儿说道。

君小姐将卷轴卷起，这东西可不能让人随意看到，被有心人拿去告到官府可是要治罪的。她想着，走到书架前，将卷轴推到书架上，因为走神，不小心碰到一个小匣子，匣子被摔到地上，其内的几张书信落了一地。

"我来我来。"柳儿忙蹲下去捡。

君小姐低头看了眼，认得这是君蓁蓁的随身物品。她随身的物品不多，这匣子里的几张书信还是其父君应文的，好像是房契。她再次扫了眼，那些信纸发黄，显示着年代的久远，她收回视线，又猛地转过来，说道："等一下。"

柳儿已经将信纸放进匣子要盖起来，闻言抬起头。

"给我看看。"

柳儿虽然有些不解，但忙拿出来递给她。

君小姐扫过这三张信纸，最终只捏着其中一张，惊喜地问道："这个也是君家的？"

柳儿看了眼，点点头，笑道："是啊，小姐你忘了吗？这就是咱们家的啊。"

君小姐哦了一声，手指再次拂过信纸上的字，递给了柳儿，说道："收好。"

柳儿接过再次装起来，君蓁蓁则顺手将刚放上书架的卷轴抽回来，说道："我去一下老太太那边。"

"小姐去做什么？"柳儿忍不住问道。

君小姐回头冲她摆了摆手中的卷轴，说道："我选好去哪个庄子了。"

第三十六章

◇

引敌人上钩

不知道是君萋萋迫不及待要养好方承宇好让自己生个孩子，还是方老太太婆媳唯恐君萋萋出尔反尔，当大家得知这个决定的第三天，君萋萋就启程出门了。

从昨晚开始一直到早上都在准备，终于一切准备就绪。

方云绣看着方老太太和方大太太亲自护送君萋萋和方承宇走出来，不由得急得向后看，方玉绣匆匆赶过来了。

"锦绣呢？"方云绣松了口气，又看向方玉绣的身后，皱眉问道。

方玉绣摆摆手，说道："说什么也不来。"

方云绣皱着眉头，说道："她这又是做什么？那日说去找祖母也没去，自己跑去花园坐了半日，今日小弟出门，她最担心，怎么不来送？"

方玉绣笑了笑，说道："不用担心，三妹最有主意了。我们快过去吧，反正君小姐也不在乎她来不来送。"说罢挽着方云绣忙过去了。

这边该来相送的人没有来，而另一边有人觉得自己不该来偏偏被叫来了。

"为什么要让我来押车？"雷中莲蹲在马车旁闷声闷气地问道。

高管事站在一旁，正对着走过来的方老太太等人堆起笑脸，随口说道："你不是看车的吗？"

雷中莲用手里的马鞭捅了捅高管事，说道："看车和押车能一样吗？"

高管事低下头看着他，淡淡说道："一样啊，你以前不是押车的吗？"

雷中莲的脸色微微一变，眼中闪过几分酸涩，低下了头。

高管事又恢复淡淡的笑意，语重心长地说道："老雷啊，不要怪别人总戳你的痛处、打你的脸，你这人满嘴的道德经，为啥老一本正经地问为什么，哪有那么多为什么啊……"

雷中莲低着头没有说话，高管事摇摇头，含笑向方老太太等人迎了去。

雷中莲这才抬起头，看着那边热闹的人群，喃喃说道："因为我不服，因为我们输得不公平。"

"好了，送什么送，不要送了。"柳儿对着围在车前的人没好气地喝道，"又不是什么光彩事。"

方老太太等人神情尴尬。

方大太太百般不舍地收回按着车内铺设的褥垫的手。

"放心吧，我会照顾好少爷的。"君小姐看了眼身旁躺着的方承宇说道。

"承宇，承宇。"方大太太掀着车窗帘喊道。

方承宇盖着厚厚的被褥，似乎是睡了，不动也不说话。

"他睡了，别吵醒他，行路更方便。"君小姐说道。

柳儿再不迟疑地放下车帘，挡住了大家的视线，不理会方大太太等人，直接开口喊道："赶车的赶车的。"

蹲在墙角的雷中莲不情不愿地站起来，低着头牵住了马缰绳。

"走走。"柳儿摆手道。

雷中莲果然牵着马就走。

柳儿跳上后边的马车，催着跟了出去。

真是说走就走，大家还没反应过来呢，方老太太等人忙跟上送出大门。

护院们已经在门外等候多时，看着马车出来忙前后左右散开，簇拥着。雷中莲坐上马车，抬手扬鞭，鞭子没有挨着马，也没有落地，就在空中打出清脆的一声，马车轻巧无声地向前驶去。

方老太太等人只来得及站到门前。

"怎么不等等就走了，这赶车的怎么这么没规矩？"元氏急着说道，"怎么找了个这么没眼色的！"

站在一旁的高管事有些尴尬地转过头。

"这赶车的是谁啊？怎么没见过？"方大太太皱眉问道。

高管事忙上前施礼，含糊答道："是铺子里的。"

"可靠吗？"方大太太惊讶地问道。

"是我挑的。"方老太太替高管事解了围，说道。

听到是这样，方大太太便不再问了，再次抬手拭泪，看着马车离开的方向，心揪成一团，喃喃说道："怎么走得这么快啊，承宇的身子可经得住颠簸？"

方大太太怔了怔，突然想起那个车夫，似乎在哪里见过，随即脸色惨白，身子微微发抖。

"母亲，"她转过头，看着方老太太，颤声道，"你挑的这个赶车的，是不是那个姓雷的？"

方老太太默然片刻，说道："是。"

四周听到的人都有些不解。

方大太太神情悲愤，看着方老太太，似乎有千言万语要说，最终只吐出三个字："为什么？"

方老太太看着她，轻叹了口气，拉住她的手，柔声说道："咱们回去说。"

看着方大太太这反应，四周的仆妇丫头有些不解，但也不敢多问，大家跟随着转身进门。

方云绣和方玉绣落后两步，看着母亲的背影很是担心。

"那个赶车的怎么了？母亲认得？"方云绣低声问道。

"你记不记得父亲出事时候的事？"方玉绣说道。

那时候她们一个四岁，一个才两岁，还不记事，都是后来长大后听别人说的，但因为不是什么愉悦事，说起来只会更伤心，所以家里也没人多说这个。

方云绣摇摇头，喃喃说道："我甚至已经记不清父亲的样子了。"

方玉绣抿嘴笑了笑，抚了抚方云绣的手背，说道："不要在意这些事，人和人都是有缘分的，只是这辈子没缘分而已。"停顿一下又说道，"当初护卫父亲的镖师姓雷。"

方云绣顿时恍然，面色复杂。当时父亲带去的人几乎都死了，只有两三人将剩下一口气的父亲背了出来。

"这镖师就是其中一个？"方云绣说道。

方玉绣点了点头。

"竟然还留在了我们家的票号里。"方云绣说道，"他是为了赎罪吗？"

"那就不清楚了，十几年前的事了。"方玉绣说道，"应该是祖母的决定吧。"

此时在方老太太的室内，方大太太也正流泪看着方老太太，哭诉道："母亲，当初你留下他，我不说什么，但现在你为什么又要让他护送承宇？你难道想让承宇和他爹一样……"

她说不下去了，哭着掩住嘴。

方老太太轻叹口气，坦然说道："我也不知道为什么，是蓁蓁点名要他赶车的。"

方大太太愣了一下。

方老太太喊了声高管事，等候在门外的高管事忙疾步走进来。

"君小姐说雷中莲赶车很好。"他说道。

随后，他将雷中莲如何跟君小姐认识的过程讲给了方老太太和方大太太听。

出了城离开了官路，人就少了很多，雷中莲抬起左手将马鞭在空中甩个花儿，马儿的速度就慢下来，好让车走得不那么颠簸。雷中莲将马鞭子放回车上，顺手解下腰里的水壶，刚要喝一口，一个轻柔的女声从身后传来，将他吓了一跳。

"你赶了几年车啊？"君小姐不知什么时候掀起了车窗帘，问他。

雷中莲默然片刻，说道："赶了四年车。"

君小姐点点头，对他的话没有质疑，视线落在雷中莲的右手上，又问道："你这只手，就是那时候被废的吗？"

雷中莲只觉得右手炙热一疼，下意识缩放在怀里，没回答。

"你以前是押车的吧。"君小姐又说道。

雷中莲不由得抬头看向这女孩子，眼中闪过一丝惊讶，随即又有几分了然，既然她是方家的少奶奶，有些事知道也不奇怪。

"是。"他眼里有一丝亮光闪过，声音里带着几分怅然，"我以前是押车的。"

他曾是个押车的，但不是在票号，而是在打行，也就是镖局。德胜昌做的是银钱生意，而且做得如此大，自然有自己的护卫，但有些时候也要请专门的打行师傅来护送，称之为护镖。

一声镖车走，打行两杆旗，翻三山五岳路，会四海五湖友。雷中莲就是山西义友行门下的镖师，而且是大镖师，走镖时负责押车的那种。想到这里，他的脸上浮现几分悲怆。十四年前接方家一趟买卖，十几个师兄弟全部葬身在乱山岗，而他也伤了右手，此后便在方家的票号苟且偷生。

雷中莲其实还有个名字，十几年没有人再提及，叫双枪花莲。他翻开右手，露出掌心的狰狞伤疤。没错，他的右手废了，因为他的右手再也不能挥出如莲花般绽开的枪术，双枪不在，他也就成了一个废物。十几年了，压在心里的那些前尘往事因为这女孩子几句话就翻上来。

"前边就快要到了吧？"君小姐看着前方，说道。

"是啊，少奶奶。"护卫们伸手指给她看，"穿过这条路，那边的农田前就是了。"

君小姐含笑看过去，点点头，说道："还不错，不大不小，住着安静又不会空旷。"

护卫们都应声"是"。

雷中莲垂下头，拿起马鞭子轻轻甩了甩，马儿向左挪了几步，拉着车绕过了一处凹陷。

经过半日的行驶，君小姐等人的马车停在了方家的别院前。庄子里的下人们已经提前知道消息等候多时，看到马车过来忙上前迎接。

"别乱动。"柳儿立刻喝止她们。

看守庄子的下人带着几分自惭形秽，讪讪地退后，看着君小姐带着柳儿进了院子。再看到被护卫们小心抬下马车的方少爷，如今天气已经很暖和了，但方少爷还包裹在厚厚的被褥中，只露出面如金纸虚弱的脸。

一群人正为可怜的方少爷惋惜时，柳儿从院子里出来了。

"少奶奶说了，这里用不着这么多人伺候。"她的视线扫视在场的下人们，伸手点着五六个年长的妇人，说道，"你们留下来，别人都走吧。"

下人们有些哗然，但又不敢说什么。护卫们立刻按照吩咐用一辆马车把这些人送走了。随着这些人的归来，方家少不得上下一通议论。

而茶楼里也自然少不得这样的对话，但这一次宋大掌柜却有些心不在焉。

"再用药催一次又不是什么光彩事，还能让那么多人围观吗？"他说道，"让人盯着那边就行了，不怕她真得逞。"

对面站立的人应声"是"。

"现在最要紧的是那个丫头。"宋大掌柜说道。

"要现在就动手吗？"对面的人低声问道。

宋大掌柜沉吟片刻，说道："先稍等片刻，有件事再确认下。"

暮色沉沉夜来到，相比繁华的阳城，位于村落里的田庄已经安静沉睡了，只有门前挂着的灯笼在夜风中摇曳，更显得孤寂。

高大的院墙外长满了杂草，此时已经泛绿，突然一阵晃动，紧接着有人从杂草中直起身，发出一声低呼。

"还好我知道这里有个狗洞。"一路悄悄跟过来的方锦绣自言自语道，"不管你委屈不委屈，别人不管小弟，我得看着他，谁也不能欺负他。"

因为君蓁蓁赶走了很多下人，这个宅子在夜色里显得更空寂，再加上决定得太仓促，这边的宅子收拾得还是不够完善。方锦绣从狗洞里爬过来，伏在杂草中并没有立刻就起身，而是机警地听着四周的动静。如同所有的大户人家一样，方家宅院的护卫都很严密，但她竖耳听了半日，并没有听到巡逻的脚步声，反而有隐隐的笑声传来。

方锦绣站起身吐掉嘴里的杂草，抬脚要向着护卫所在的外院奔去，走到一半又停下脚，转向内院。内院里更安静，护卫们都在外边，寥寥几个仆妇下人也都退下了，除了院子里挂着灯笼，便只有一间屋子亮着灯，映照着一个女孩子的身影。

"少奶奶，那我先去歇息了。"柳儿的声音从内传来，没有听到君小姐的应答声，屋子里的灯暗下来。

方锦绣忙贴在树后，听着门响，看着柳儿从内走出来拉上门，将廊下的灯笼逐一摘下，这才进了一旁的厢房。灯又亮起来，片刻之后就熄灭了，院子里陷入一片浓浓夜色。

方锦绣贴在树后，这才觉得有些别扭，她轻手轻脚地跃上台阶，贴在窗户上听。内里安静无声，甚至连呼吸声都听不到，就好像没有人。她感觉有些古怪，更古怪的是她听到了轻轻的脚步声。转头看到柳儿蹑手蹑脚，竟然从屋子里走出来，也向这边来了。她忙隐在窗户下，看着裹着一团夜色的柳儿向屋门口挪去，柳儿站到门前，悄无声息地拉开门走了进去，屋子里并没有灯亮起，依旧寂静无声。

方锦绣一咬牙，站起来几步，过去将门猛地推开。这陡然的声音让屋子里的柳儿吓得发出一声惊呼："谁？！"

"你们在干什么？"方锦绣压低声音，忍着怒气，喝道。

"三小姐？"柳儿终于认出这声音，惊恐地问道，"你，你怎么来了？"

方锦绣发现内室里没有其他任何声音，不由得脸色一变，疾步向内室跑去。

柳儿忙扑过来拦住她，低声喝道："三小姐，你干什么？你要不要脸，不许进去。"

方锦绣甩开她冲进去，同时点燃手里的火捻子，床帐已经垂下，安静地罩在床上。

"君萋萋。"方锦绣咬牙低声喊道。

床上依旧无声无息，她一咬牙，伸手掀开帐子，火捻子的光亮照进床内。见两床被褥并排铺设得鼓鼓囊囊，枕头上却没有人头。

"三小姐，你不要打扰少奶奶少爷。"柳儿抓住她的胳膊，咬牙喊道。

火捻子的照耀下，柳儿的面色发白，神情惊恐，方锦绣亦是如此。她没有理会柳儿，伸手掀起了被子，露出其下赫然是卷着的两个被褥，空无一人。

"人呢？"方锦绣看着柳儿，颤声问道。

而此时的阳城方家大宅里的灯火也渐渐熄灭，陷入夜色的宁静。

方老太太的屋子还亮着灯，值夜的丫头们捧来药，方大太太示意她们放在桌子上。送走方承宇之后，方老太太就不舒服而躺下了，方大太太自然如同往常一样亲自侍疾，她对丫头们摆摆手，丫头们便都鱼贯退了出去。

躺在床上的方老太太睁开眼，低声问道："什么时辰了？"

"打过二更了。"方大太太紧张不安地说道，"这时候，已经走了吧？"

方老太太嗯了声，喃喃说道："应该走了。"

"也不知道换到哪个庄子上了？这半夜也没人收拾，能不能住人呢？"方大太太低声说道，"也不知道承宇能不能受得住。"

"没事的。"方老太太身前的手不自觉地攥起，沉声说道。

换个庄子住，方大太太就担心不已，如果知道要换的那个住处在哪里，岂不是要吓疯了？

"会不会被人发现？"方大太太继续低声说道。

"只要今晚不被发现就行。"方老太太说道，放在身前的手再次握了握，"这样时间就够了。"

方老太太看着窗外，再次问道："什么时辰了？"

方大太太有些想笑，但也笑不出。

"这到底怎么回事？"方锦绣将火捻子已经扔下，揪住柳儿，咬牙低声喝道。

"你管不着。"柳儿梗着脖子低声答道，"这不关你的事。"

"君蓁蓁是死是活不关我的事，但我弟弟呢？"方锦绣恨恨说道。

柳儿干脆不说话了，一副任你拷打我宁死不屈的样子。

"你个死丫头，你不说我也能查到。"方锦绣甩开她就向门边走去。

柳儿再次扑过去抱住了方锦绣的腰，急急说道："不行，不能让人发现。"

话音才落，就听到门外传来脚步声，有人站到了门边，一个男声说道："是柳儿姑娘吗？"

抱着方锦绣的柳儿身子一僵，方锦绣亦是绷紧了身子。这大半夜的，不经召唤，竟然有男人摸进内宅，来者非善。

"柳儿姑娘？少奶奶？少爷？"男人继续问道，"你们没事吧？我适才听下人们说这里有动静。"

柳儿攥紧了手，没好气地说道："没事，谁说有动静了？快出去，少爷和少奶奶刚睡下了。"她说话时，胡乱地伸手去掩方锦绣的嘴。

外边的人却没有走，手还抚上门轻轻拍了拍，不安地说道："少爷没事吧？老太太交代过要照看少爷，万一有什么不妥，不如去叫大夫来吧？"

门被他一拍发出响声，柳儿不由得跟着颤抖一下，一瞬间头皮发麻，浑身冒汗，就在这时她的手被人抓住挪开，捏声说道："滚。"

柳儿有些不可置信地抬头，看着被自己抱住的方锦绣。

外边的人也似乎被吓到了，放在门上的手收了回去，结巴说道："少奶奶，小的……"

"柳儿开门。"内里的女声接着说道，"迎这位护卫进来。"

柳儿哼了声，抬脚就向门这边走，边走边喊道："好啊，他想看就让他看个够。"

男人吓得立刻后退，看到屋子里的灯也随之亮起，门上的蒙纸上投下两个影子，影子随之消失，门被打开，柳儿站在门口，一副已经要入寝的装扮。

"来啊。"她看着退到院子里阴影处的男人喝道，"你来啊。"

那男人掉头就跑了。

"来人啊。"柳儿的声音在身后响起，划破了夜空的宁静，"抓贼啊。"

暗夜里，孤寂的宅院随着这丫头尖细的喊声骚动起来，灯火逐一亮起，嘈杂的脚步声最终汇集在后院里。

少奶奶和少爷的屋檐下，柳儿裹着披风，一脸愤怒。

"柳儿姑娘，都找遍了，没有人。"护卫首领上前说道。

"难道是我瞎了吗？"柳儿气呼呼地喊道，"那个人都撞开少奶奶的屋门了。"护卫们一脸难堪。

"应该是跑了，都散了吧。"屋内传来女子柔和的声音。

柳儿恨恨地瞪着这些护卫，喊道："你们这些废物，连这么小一个宅院都守不住，今晚不许睡。"

护卫首领红着脸，忙低头施礼应声"是"，冲护卫们摆手，乱哄哄地退出去散开。

这宅子里再没有沉入夜色，而是灯火明亮，很显然不断有人在巡查。

站在宅院外一棵大树上的男人收回视线，跳下大树，在夜色里疾奔。

四更鼓打过之后，宋大掌柜的房门被人轻轻敲响，片刻之后，内里一个俊俏的丫头探身出来。

"跟老太爷说，那边没事。"门前的人低声说道。

丫头没有说话，退回去掩上门。

五更鼓打过后，柳儿听到外边渐渐恢复安静，也始终没有人靠近这边，才吐了口气，松开手，挪动着僵硬的身子走进内室。

夜灯早已经熄灭，夜色的浓墨已经褪去，屋子里灰蒙蒙一层，可以看到垂下的帐子。柳儿停下脚，呆呆地盯着帐子片刻，才上前拉开，方锦绣躺在床上，头枕着手睁眼看向她，两人谁也没有说话，柳儿咬了咬下唇，退后一步跪下，冲她叩了一个头。

方锦绣翻了个白眼，带着几分不耐烦，翻身转向内。柳儿并不在意方锦绣的不知好歹，跪坐在地上抚着心口，不管怎么说，小姐交代的事总算是完成了，即便凶险万分。

方锦绣越想越生气，干脆翻身坐起来，闷声问道："她去哪里了？"

柳儿看她一眼，说道："我也不知道啊。"她撇了撇嘴继续说道，"我是真不知道，小姐只告诉我为了保密，她要和少爷换个地方住，让我留在这里，守好屋子，防止今晚被人发现。小姐让我做什么，我就做什么，才不会问那么多、管那么多。"

方锦绣忍着脾气，分析话里透露的意思，再次问道："她说了'今晚'二字吗？"

"是啊。"

"那过了今晚呢？"

柳儿耸耸肩，摊手说道："那我就不知道了。"

方锦绣咬咬牙，扯下帐子，躺回床上。

君小姐掀起车窗帘，看着即将发白的东方，问道："出了阳城界了吗？"

赶车的雷中莲回过头，说道："出了。"他的脸上浮现几分复杂的神情，忍了又忍，最终还是问道，"少奶奶，我们要去哪里？"

昨天他将君小姐和少爷送到庄子就直接回去了，以为任务结束了，没想到刚回到店里就又被派出去送货。送到指定的地方天都黑了，刚要休息又被叫起来，然后就看到了本该在庄子上已经入睡歇息的君小姐，以及被人抬着的少爷。没有任何解释，他又被要求赶车，没有具体的吩咐，只说要向东驶出阳城界限。他就这样疾驰了一夜，而那些护送的护卫在出了阳城界之后就没有再跟随。如今东方微白，春日荒野的大路上只有他们这一辆车，三个人。

这一次君小姐没有再只和他说向东，而是笑了笑，说道："汝南。"

汝南，对于曾经靠着在外行走谋生的镖师雷中莲来说并不陌生，虽然他没有去过，但知道是在河南蔡州府治下一个小县，到那里距离可不近，要穿过怀庆府和霭州府，快马也要走十天。

"我的家是在汝南。"君小姐说道。

雷中莲有些惊讶，侧头看了眼，此时他们不仅离开了阳城地界，还离开山西进入了怀庆府。大概是因为离开了熟悉的环境，又或者是因为车里的病人不能陪着说话，君小姐常常掀起车帘坐在车外，说的话也多了许多。见他看过来，君小姐微微笑道："汝南平章镇。"

雷中莲心里恍然，忍不住看了眼车内，车帘垂下遮挡了其内，问道："少爷还好吧？"

正看着路边风景的君小姐随意嗯了声，问道："承宇你还好吧？"

雷中莲再次愣了一下，就听得车内的方承宇嗯了一声。声音虽然不大，但并非虚弱无力。

"今日天好无风，你可以出来看看风景？"君小姐又说道。

"在车里也可以看。"车里少年温声说道。

话音刚落，车帘被掀开。雷中莲回头，看到一个少年人在车内依着靠枕斜坐，因为里外明暗光线交替，一时看不清他的面容，只看到他明亮的双眼。这样灿若星辰的眼，可不是一个将死之人能有的。

事情也许不是自己想象的那样，雷中莲闪过一个念头。

而此时阳城的方家，宋大掌柜沉着脸在客厅里踱步。

方承宇竟然被方老太太和方大太太藏起来了！而且这个消息他是才发现的。如果不是下属们尽职尽责，抽空去看了眼乡下的宅子，没想到看到的是，坐在屋子里被柳儿伺候的根本不是少奶奶，而是三小姐方锦绣。宋大掌柜面色沉沉，眼中闪过一丝恼怒。

"运平，你怎么来了？"方老太太的声音从外边传来。

宋大掌柜收起恼怒，只余下焦急，看着迈进来的方老太太，急着问道："承宇是怎么回事？怎么我听说他不在乡下的宅子里？他可还好？"

方老太太看着他，带着几分羞愧说道："是这样的，运平，你也知道那个传言。"

宋大掌柜愣了一下。

"就是我们方家子孙受诅咒。"方老太太说道。

宋大掌柜拉下脸，语重心长地说道："那是胡言乱语，你信那个做什么。"

方老太太神情怅然，深吸一口气，说道："我原本也不信的，但你看看我家现在……现在好容易上天垂怜让承宇有了后。大兄弟，为了能保住这个孩子，我们什么都信。"

宋大掌柜皱起眉头。

"我和承宇他娘去了大空寺，念智大师父给我们指了一个办法，就是父不知子、子不知父，就能化解这个诅咒。所以想出这个法子，让承宇躲出去，大家都不知道他在哪里，这样相互之间不知道对方的情况。"

宋大掌柜冷声说道："这不是胡扯吗，那现在承宇在哪里？谁照顾他呢？不知道他的消息，连他的死活也不知道了吗？"

"你放心，照顾得好好的。"方老太太说道，"但他在哪里不能说。"说着看了看四周，带着几分敬畏，"婴儿灵就在家里，说出来它就知道了，这个办法就不灵了。"

宋大掌柜气恼地还要说什么，方老太太又带着几分哀求地说道："大兄弟，我知道很荒唐，你就让我荒唐一次吧，承宇能有这个孩子着实不容易，就三个月，只要过了三个月，就能说了。"说着便哭起来。

宋大掌柜被哭得一脸无奈，没再说什么，离开了方家。回到家中，他生气地将小厮捧来的茶扔在桌子上，喝道："让人去找，找到方少爷在哪！"

一旁肃立的几个男人忙应声"是"，待要出门时又被他喊住，捻了捻胡须，问道："前段日子，老太太、大太太有没有去过寺庙？"

几个男人对视一眼。

"去过。"一个人说道，"见了念智和尚，是在灵芝丫头传出怀孕后。"

宋大掌柜摆摆手，说道："去吧，这阳城能在我眼皮底下藏住个人就成稀罕事了。"

"这是旧都。"马车行驶在山路上，雷中莲忍不住指着前方初夏明媚的原野，说道。

君小姐也看着前方，眼中闪过一丝哀伤，喃喃说道："那已经是几十年前的事了。"

那时候她还没有出生，她的祖父也还不是皇帝，只是个皇子。黎兵南下威胁到京城，皇帝不知道怎么犯了轴非要御驾亲征，结果在河北大败，被黎兵掳走。

朝中一片大乱，祖父匆匆登上皇位迁都南京，一边营救被掳走的曾祖父。但黎人无信，收了钱又反悔害死了曾祖父，此时还是军中一小校的朱山怒而起，奔赴北地。经过接连大捷，驱逐黎人败退，又一箭射死当时的黎人皇储，引发黎人内部混乱，为曾祖父报了仇，厥功甚伟，祖父以王公爵位相封。

这些旧事都是听祖父、父亲讲述的，偶尔师父也讲过几句。祖父在世的时候还曾心念着回霭州，虽然已经收复且平稳这么多年，但大家都被吓怕了，这个提议最终不了了之。父亲偶尔还会念叨霭州怎么怎么好，但她和姐姐都没什么感觉，毕竟没有在这里生活过。

"只是这一次我们不进霭州城。"君小姐看着手里展开的舆图伸手指了指，说道，"我们从这边的山穿过去，走最近的路到汝南。"

雷中莲侧身看着她指出的路线应声"是"，一开始，他答得并没有这么干脆痛快，毕竟他在外行走了二十几年，怎么也比这个娇滴滴的少奶奶要熟练得多。但这个少奶奶以为自己出过一趟小门，就天赋异禀吧。一路上，她实在是独断专行，路她来指，走还是停也是她说了算，甚至有时候找不到落脚的地方而不得不在外露宿时，也是她选地方。

但这世上真的有天赋异禀的人，随着行路，雷中莲很快就认识到了这一点。他是走了十几年路的人，对方是不是真的会行路很快就能看出来，这可不是作假能作出来的。

这个娇滴滴的官家小姐是真的会。她能辨认方向，能辨认天气，知道蛇虫豺豹出没，也能野外寻水觅食，就像一个常常在路上行走的积年老手，做起这些事不仅不辛苦，反而轻松自在。雷中莲无法解释这种现象，只能认为是天赋异禀，如她自己所说，她是在抚宁到阳城这段路上学到的。

雷中莲将马鞭轻轻一甩，马儿加快了脚步。

君小姐坐回车内，见方承宇正看着窗外，他的脸色好了很多，眼睛也越发明亮，只是行路到底是辛苦，神情难掩疲惫。

因为坐车看书对身体不好，又不是短途郊游，所以车上没有带书卷以及茶具风雅等物，唯一的娱乐就是看窗外的风景，且这风景已经看了快要半个月了。

"行路就是这样枯燥尤趣。"君小姐说道。

她不是个善于聊天的人，当初和方承宇住一间屋子，除了治病不会在一起，再加上方承宇总是处于昏迷状态，需要面对面不得不说话的时候并不多。但现在共乘一辆马车，相对而坐，方承宇又清醒着，说话是不可避免的事，还好他如果愿意的话，其实他是个很会聊天的人，能让僵硬又枯燥的话题变得合情合理令人愉悦。

"或许对于常常行路的人是这样，但对于我这样从来没有出过门的，却是很有趣。"方承宇收回视线，含笑说道，"一草一木明明都一样，却怎么看看不够。"

君小姐笑了，她第一次出门的时候也是这样，离开京城，总是甩开一串跟着的宫女太监，骑着马自由自在地奔跑，觉得那些树啊草啊石头都跟京城里的不一样，怎么看都新鲜。

"等回来的时候，你可以试试骑马，跟坐车是不一样的感觉。"君小姐想了想，说道。

方承宇神情含笑，眼睛明亮，高兴地说道："那这么说，我们到了地方之后，我就要学骑马了，听说骑马很难学……"

君小姐含笑点点头说道："你这么聪明，会学得很快。"

方承宇摇摇头，认真说道："那可不一定，聪明也分头脑聪明和身体聪明两种，我头脑是很聪明，但身体不一定聪明。"

君小姐被他一本正经的回答逗得哈哈大笑。

临近中午的时候，马车驶入一条平整宽阔的大路，君小姐低头看了眼手中的舆图，与舆图上的标注分毫不差。方老太太能在这么短的时间内给她准备如此详细的舆图，这世上能做到这种地步的人可不多，就连官府的人都不能轻易得到。

"少奶奶，前方有个小镇，要吃饭歇脚吗？"雷中莲问道。

君小姐应声"是"，伸手掀起车帘，路上的行人多了很多，前方有个明显的村镇。

"不歇脚，只去买些吃食，还有药材。"她说道。

方承宇一路上需要吃药，药是根据身体状况随时调整，所以出门时带的那些已经用完或者不能用了，他们需要一路采买，采买不到的时候，君小姐会去山上寻找。

不幸的是，这次在小镇上简陋的药房里，没有找到君小姐需要的药材。

"前边不远处有座山，我们去那里。"君小姐说道，"到时候你们在山下坐着吃饭，我去挖药材，也正好歇歇脚。"

方承宇笑了笑，点点头。

第三十七章

◇

路遇砍柴人

初夏的山林青翠怡人，一条小河在山脚欢快地流淌，哗啦一声，一根木叉从河水中带出一条欢蹦乱跳的鱼。

"鱼不大，胜在新鲜。"雷中莲转过身，看到君小姐已经在树下边铺好毡垫边说道。

小炉子也咕嘟咕嘟地冒着热气，此时煮的是茶，待会儿还要用来煮药。

方承宇没有像往常那样坐下来，而是挂着双拐站在树下。

"你放开拐杖，扶着树慢慢活动一下。"君小姐一边在毡垫上摆好适才从小镇上买来的吃食一边说道。

方承宇带着几分迟疑，说道："这样不好看吧？"

君小姐失笑，转过头看着他，说道："你坐车时间太长了，要活动下，又是在荒山野外，谁看你？"

方承宇哦了声，松开了拐杖，笑着说道："长这么大真没有做过这样的事。"

突然失去依仗，方承宇身子摇晃，伸手搂住了树干，但腿脚无力，不由得向下滑去，只得将树干搂得更紧，脸贴在树皮上，这才勉强没有倒在地上，他自嘲地说道："这姿势果然是不好看。"

君小姐笑了笑没有再看他，雷中莲也笑了笑，蹲在一边用火慢慢地烤清洗好的鱼，茶香气、饭菜香气以及烤鱼的香气，在原野里散开。

方承宇贴着粗糙的树皮看着眼前的青山绿水，心想别人常说的春游大概就是这样吧，除了自己这样子不美观，在野外游玩的时候抱着树木，也算是前无古人后无来者了，他的脸感受到刺痛，人也慢慢滑下去。

"我坚持不住了。"他一边说着，一边手用力地一撑树干，人向侧面翻倒，好歹避免了脸被树皮擦破。他翻倒在地上，闻着青草泥土的气息，将手脚摊开，嘴角弯弯，看着湛蓝的天空。

"少爷，起来吃饭吧。"雷中莲走过来，伸手搀扶他，说道。

方承宇手撑地借力站起来，君小姐将捡起的拐杖递给他，说道："你们先吃饭，等我采了药回来就已经消食，正好可以吃药。"

方承宇看了眼一旁的山坡，林深浓密，山石嶙峋，担心地说道："你自己小心点。"

君小姐和雷中莲一起搀扶着方承宇在毡垫上坐下。

"我去去就来，这个药草很普遍，很容易就能找到，正因为太普遍，所以一时没有被当作药用。"君小姐说道，"不用担心，我在山上找药很熟练。"

方承宇和雷中莲都不解地看着她。

"抚宁很多山。"君小姐掩饰地说道，"我小时候在汝南跟着祖父去过。"

方承宇笑了笑，没有说话。

"少奶奶你去吧，我会照看少爷的。"雷中莲说道。

君小姐笑了笑，说道："有你照看最放心。"

雷中莲看着坐在垫子上的方承宇。这个少年的面容与方大太太很像，但轮廓还是方老爷的样子。已经过去十四年了，雷中莲几乎要忘了那位方老爷的面容，只记得他骑马而来，二三十岁，正是意气风发的时候，结果将他背出来时，他的脸已经血肉模糊，再也笑不出来了。雷中莲只觉得双眼发涩，垂下视线。

"雷大叔，你也吃吧。"方承宇抬起头看他一眼，说道。

雷中莲应声"是"，退后几步坐在草地上，将自己的那份打开默默低头吃起来。

正如君小姐所说，她在山上很快就找到了要用的草药，她用小铲子仔细收集好正要起身时，眼角的余光扫过一朵野花。她身形一顿，向野花看去，那是一株开在山崖边的鹅黄小花，在一片乱石中并不显眼也不惊艳，君蓁蓁却猛地站起来，神情惊讶。竟然是紫英仙株。传说中仙姑紫英所化的药草，根茎有生血增精起死回生的功效，极其难得。见到这种极其难得的药草，君蓁蓁却没有欢喜，反而惊讶过后更多的是怅然。因为她的师父就是为了它才送命的。

师父在世时一直在寻找这个药草，在他撰写的唯一一本书卷中就夹着一根紫英仙株的蔓茎。而且他每次看的时候，都摇头叹息。后来，师父跌下山崖死去后，手里还紧紧握着那棵紫英仙株。那棵紫英仙株同那卷杂记一样，也被她放进了师父的遗物箱子里。她知道这药草对师父来说一定很重要，身为弟子，她应该替他采摘下来！

君小姐看着那棵紫英仙株，抬脚上前。紫英仙株生长在悬崖边，根茎蔓延在石头缝里。她蹲在悬崖边，山风吹得她直冒汗。她小心翼翼地挖开山石，慢慢将紫英仙株拈起来，长长的根茎在山风中摇晃。

就在这时，君小姐的耳边突然传来一声脆响，脚下这一片山石竟然陷落，紧急之下，她忙抓住了身后的一块山石，脚下乱石滚落如雷，半个身子已然悬空。她吓得惊出一身的冷汗，慢慢将垂下的右手探上来，手里还紧紧捏着那棵紫英仙株。

传说紫英仙株不喜被人攀摘，一旦被摘下便会跌入山崖，这传说当然不能当真，而是因为它喜好生长在松散的崖石缝隙中，被采摘时山石会松落，这也是师父丧命的原因。

君小姐小心地将捏着紫英仙株的右手攀上山石，脚蹬着崖壁想要爬上去，但耳边传来山石再次松动的声音，同时感受到手上攀住的山石开始摇晃。她整个人僵住了，心想着自己会不会像师父那样为了一棵紫英仙株丧命……又想到这次死后会不会以另外一种方式重生……各种奇怪的念头似乎同时在脑子里炸开，又觉得是一片空白。

"哎！"忽然一个男人的惊呼声响起，同时伴着脚步声。

君小姐下意识循声看去，见走来一个男子，正午时分他背对着日光，刺目得不能直视。

伴着话音，似乎一眨眼这人已经站在她面前，他小心翼翼地蹲下来，伸手抓住了她握着紫英仙株的手。大力传来，君小姐只觉得颤抖和松动声一瞬间都消失了，与此同时，耳边再次响起男子的声音，声音清亮，带着几分好奇："小姑娘，你是在玩什么？"

君小姐心里忍不住翻白眼，她费力仰头求助地看着眼前的男人，他二十一二岁的年纪，肤色虽不算白皙，但相貌出众且块头不小，他的腰上缠着一根草绳，挂着一只兔子和一把沾着血迹的斧头。这个男人没有立刻拉她上来，而是按着她的手捏住她手里的紫英仙株……

君小姐的视线回到他的脸上，强作镇定地说道："我快要掉下去了，公子你能拉我上去吗？"

眼前的男人笑了，笑容温煦又带着几分不羁，这不羁并没有让人觉得反感，反而添了几分别样的风姿。

"好啊。"他说完这句话，长臂一用力，便将君小姐轻松拎了起来，他也随之站起来，带着她退后。她们才离开悬崖，山石就哗啦一声陷落。男人轻吐了一口气，拍了拍胸口，一副受惊的样子说道："好险啊，你差点就掉下去了呢。"

君小姐看着还被他握着的右手，他的手骨节粗大，手掌宽厚而有力，手指上还有薄薄的茧子，垂目说道："是啊，真是多谢公子了。"

"你是做什么的？怎么跑到这里来了？"男人好奇地问道。

"我是采药人。"君小姐抬眼看着他，轻声细语地答道，"公子是这里人吗？"

男人微微一笑，左手拍了拍腰上别着的斧头，大声说道："我是砍柴人。"

君小姐郑重地施礼道："多谢恩公救命之恩！"

男人忙抬手制止道："不用，举手之劳而已。"

君小姐没有再说话，视线再次落在还被男人握住的手上，两人陷入一阵沉默。

就在君小姐打算开口打破沉默的时候，她的右手被猛地一翻，手臂顿时酥麻，紧紧握着的紫英仙株掉出，掉入男人的手掌中，被他握住。

"好了，些许小事，不足挂齿，那我就先走了。"男人随意说道，说罢转身就要离去。

君小姐看着被他抢走的紫英仙株，叫住了他，男人身影一顿，皱着眉回头，不解地看着她。

"先生，您好像拿走了我的东西？"君小姐平静地问道。

男人听到后突然阴下脸，沉声说道："你是说这朵花吗？这可是我的！"

君小姐看了眼他腰上别着的斧头，镇定地说道："可是，这是我采的。"这一株紫英仙株可是师父到死都想要的东西，也是她冒死采摘的，她不能让这个男人轻易就夺走。

男人阴着脸一步跨到君小姐面前，像一座山突然压倒过来。她一时没站稳，跌坐在地上。当然不是被男人吓到，而是适才挂在山崖的时候有一些擦伤，裙角都渗出了血迹。

"你想一想。"男人恶狠狠说道，"要不是我，你是不是已经死了？你要是死了，这花自然会被扔到地上，谁捡到就是谁的。"

"你讲不讲道理？"君小姐向身后悬崖的方向指了指，认真说道，"我刚才吊在悬崖上，死了也会掉下悬崖，那么手里的花自然也会随之掉落，所以，常理来讲，即使捡你也是捡不到的。"

男子瞪大双眼，一脸震惊的恼火神情，他举起沙包大的拳头一晃，指向悬崖的方向，说道："但是我刚才已经捏住这株紫英。即使你掉下去，它也掉不下去，所以，它还是被我捡到了。"

君小姐立刻摇头，说道："我掉下去也绝不会松手的，要么它随着我掉下去，要么它被我扯成两段，那这棵紫英仙株无论哪种情况都不是你的。"

沙包大的拳头猛地落下，停在她的鼻头前，男人恶狠狠说道："小姑娘，我一定有办法在你掉下去的时候让你松手的，你信不信？！"说罢，男子另一只手一甩，那别在腰上的斧头啪的一声砍在君小姐的身侧，擦着她的裙角，溅起尘土和砂石，君小姐保持镇定，不说话了。

"你小小年纪怎么这么不讲道理？"男子义愤填膺地说道，"实在是太不像话了。"

君小姐沉默地看着眼前的男人，判断他应该从一开始就看中了她手上的紫英仙株，他可以直接抢紫英仙株，不管她的死活，但他还是救了她。现在这种情况，她于情于理确实不该太强硬，惹怒他也不好，所以她决定采取谈判的方式再争取一下："如果你拿紫英仙株不是为了治病，是为了卖钱的话，我可以买下这棵药草，多少钱都可以。"

男子呵呵笑了，伸手在她鼻尖前点了点，说道："小姑娘，这世上不是什么事都能用钱来衡量的。"他说着便站起身来，将斧子别回腰里，紧了紧草绳，抬手蹭了下鼻头，转身大步而去。

君小姐看着他消失在山林间，才稍微松口气，伸手抚了抚左手腕戴着的银镯子。随着她的抚摸，绞花银镯陡然绽开一圈尖细的银刺，在日光下闪着莹绿的光芒。虽然其内的毒液能置人死地，但若对方斧头劈过来，也不能保证她能毫发无伤。毕竟这个砍柴人，是个很厉害很危险的人。

这是个意外还是跟方家的仇人有关？不知道山下的方承宇怎么样？君小姐心里想着，忙要起身站起来，但脚上传来的剧痛让她再次跌坐。她将银镯上的芒刺收起，掀起裙脚，看了看脚腕，血迹渗透了裤脚和鞋袜，伸手按了按，还好没有伤到骨头，只是筋肉。车上备有跌打损伤的药，回去敷上两三日就没事了。

但现在的问题是如何下山，君小姐抬起头环顾四周，正要折根树枝当拐杖，又有脚步声传来，看到那个砍柴人又折返回来，君小姐立刻坐正身子，握住了手腕。

砍柴人在她几步外停下，居高临下地抱着臂看着她，说道："喂，草药我不会卖给你，不过，把你送下山，你给多少钱？"

君小姐伸手扯开挂在头发上的树枝，才体会到这个人有多高，被他背在身上，感觉像骑在马背上一样。他走得很快，在嶙峋的山石与树木间自由穿梭，仿佛对山路非常熟悉。被他背着的君小姐却有些紧张，手不由自主地紧抓着他的肩头。

"喂喂。"砍柴人立刻喊道，"你别对我动手动脚啊。"

君小姐立刻松开手，改手掌扶为手腕抵，将他们的接触降低到最小。砍柴人继续大步走，刚越过一个斜坡，便伴着滚落的土石滑了出去。君小姐被突然的下落吓得抱住了他的脖子，人也贴在他背后。不知道是被抱住了脖子，还是身后女孩子的身子太过于贴近他，他再次喊道："你勒死我了。"

君小姐及时松开手，重新端正了身子。

"你小心点。"砍柴人哼哼两声，不满意地说道。

君小姐看着自己左手上的手镯，说道："你也小心点。"

这是自从同意被他背起，指明山下哪个方向后，君小姐开口说的第二句话。他侧头看了她一眼，神情有些古怪，旋即又呵呵笑了两声，说道："小姑娘，这种话不用说，你只要遵守承诺，付我钱就行！不然的话……"说着，他收回在身后挽着她腿的手，在身前拍了拍，露出刚刚挂在腰前的兔子和斧头。因为他突然收走了一只手，君小姐的身子一歪又要往下滑，她只得再次揽住他的肩头。

"喂，你小心点。"砍柴人再次喊道，"不要想着耍花样。"

君小姐心里叹口气，没有说话，再次端正身子，听着这个砍柴人没完没了地唠叨。听了一会儿后，君小姐忽然抬起手，第三次开口说道："等一下。"

砍柴人停下脚步，有些不耐烦地说道："你想干什么？是要方便吗？忍着，马上就能下山了。"

君小姐伸手扯下身旁矮树上的一根树枝，除去枝叶，将树枝递到他嘴边，说道："你咬着这个。"

砍柴人愣了一下，带着几分戒备地问道："干什么？"

"这个是一种药材，我听你的嗓音有些哑，最近是不是夜里会干呕，嗓子里像堵了一般？"君小姐问道。

砍柴人挑了挑眉，心里想着这小姐说得还挺对，又看了看那棵矮树，猜想不知道有没有药效，至少应该没有毒，便张口咬住树枝，含混不清地说道："不过，我可没让你替我看病，这并不能抵我送你的钱。"

君小姐嗯了一声，没再说话。

砍柴人便加快脚步在山林中穿行，因为嘴里咬了树枝，开口说话不便，两人安静下来，只有脚步声以及山林里的鸟兽声。

这人不论是偶遇的路人还是早有预谋的熟人，君小姐暂且不论。但有一点可以肯定，他肯定是个话痨。君小姐轻轻吐口气，只觉得这份安静真让人身心舒服，不免又贴近了几分那人的背，引得他发出含混的抱怨声。

炉火已经熄灭，余下的几个未拆开的饭菜被严整地摆在毡垫上。

方承宇又望了一下君小姐离去的方向，心中甚为担忧。他看了眼在一旁蹲着的雷中莲，稍早之前，他想让雷中莲去山上找她，却被断然拒绝，理由是，少奶奶走之前交代他看着少爷。方承宇知道他很执拗，再劝也劝不动，只好放弃。

雷中莲忽然站起来，欢快地说道："少奶奶回来了。"又看到回来了两个人，奇怪地问道，"不过那个男人是谁？"

方承宇闻声也第一时间看过去，只见一个男人从山上奔来，他的身形高大，让他背着的女孩子显得越发娇小。

她出事了，方承宇立刻想到，没去想那男人是谁，看都没看那男人一眼。他抓住身旁的拐杖，想要站起来，却没能成功。

雷中莲上前几步，但没有离开方承宇。而奔来的男人在几步外也停下脚步，说了句什么话。他的声音很大，但是语句含混就好像嘴里含着东西而听不清。雷中莲和方承宇都下意识看向他的脸，还真是含着东西，心想可真是个奇怪的男人。雷中莲收起惊讶的视线，只关注君小姐，他疾步跑过去，喊了一声少奶奶。

"那是你的家人吗？"砍柴人问君小姐。

"是，这就是我的家人。"君小姐答道。

听到君小姐的说话声，雷中莲走得更快了，快走到他们身边时，那男人却冲他抬手制止，冷声说道："慢着，一手交钱一手交人。"这一次他吐字比先前清晰了很多。

雷中莲和方承宇顿时面色微变，紧张起来。

"没事的。"君小姐看出他们的紧张，笑了笑说道，"我在山上伤到脚，是这位砍柴人把我送回来的，我答应给他十两银子做酬劳。"

原来如此，方承宇和雷中莲的视线再次落在男人身上。

"看什么看！"男人带着几分不耐烦地说道，"再看也得拿钱。"

雷中莲神情微窘。

"雷大叔，给他钱。"方承宇含笑对那男人略施礼后说道，"多谢大叔相助。"

男人看着方承宇，挑了挑眉，又看了眼雷中莲，说道："你这孩子腿不好，眼神也不好吗？我这么英俊潇洒、青春年少，看着像跟这位五大三粗的大叔同龄吗？"

雷中莲莫名躺枪，神情更窘迫。

方承宇也被男人惊得不知道该说什么，心想他怕不是真的脑子有毛病吧……

男人说完后扭头，一脸不悦地看着身后的君小姐。因为他突然松开一只手，君小姐又一次歪倒滑落贴在他的背上，一只胳膊勾住了他的脖子。

"你能不能不要再占我便宜了？"男人顿时不满地说道，"你这样，我得加钱了。"

君小姐心里叹口气，抬起勾着他脖子的手，抵着他的肩头一推，人便干脆利索地跌坐在地上。

方承宇忍不住脱口喊了声雷大叔，雷中莲跨步就要冲过去，但看见男人拿出斧头在手中挽个花，放在君小姐的肩头后，他硬生生僵住，握紧了手里的木棍。

"你想干什么？"雷中莲低声喝道，"你动我们家小姐一下试试！"

方承宇也紧张得坐直了身子，眼中闪过一丝不安，他刚要说话，男人却已经笑了，因为牙齿咬着树枝，这笑容很是古怪。

"动她一下怎么了？你能怎么样？"男人一边说着一边将手中的斧头一翻，用手背在君小姐的额头上戳了下。他将口中的树枝吐了出来，嘴角勾起一弯笑，继续说道，"你们一个是还没长毛的小瘸子，一个虽然会使双枪，但右手几乎残废，到底哪来的勇气在我面前这样不客气？"

与刚刚明快洪亮的声音不同，这次男人的声音充满阴沉、肃杀之气，雷中莲打了个寒战，眼中浮现惊惧，倒不是被他的语气吓到，而是被他一眼指出自己的身家本事惊到。短短时间内，他只不过走了几步，握了握木棍，就被他看穿一切。

"好了。"君小姐柔和的声音响起，打破了凝滞的气氛，"雷大叔，把钱给这位大哥。"

方承宇也温和施礼道："哥哥，适才看您穿着简朴低调，就把您错当长辈看待，是我说错话了，您多担待。"他又对着雷中莲再次催促道，"快取钱给这位大哥。"

雷中莲僵硬着身子一步步走到男人身前，拿出钱袋，递给他。

男人伸手接过，将斧头夹在腋下，倒出一把碎银子，掂了掂。

"哥哥都拿去吧，让您受累、受惊了。"方承宇恭敬说道。

男子冷哼一声，认真拣出十两银子，将其他的银子装回钱袋，扔给雷中莲后，说道："把我当什么人了？难道我是劫匪无赖吗？说多少就是多少，童叟无欺。"说罢转身就走。

走得真切没有半点伪装，雷中莲的精神稍微放松。

君小姐却开口唤住他，男人停下脚步转过头。

"我说的那件事，你真的不考虑一下吗？"君小姐看着他的胸口说道，那棵紫英仙株就塞在他的怀里，"我可以给你想要的价钱。"伸手指了指雷中莲和方承宇后又说道，"正如你所说，我们一个弱女子，一个身有疾，一个技有残，能这样行路，肯定有行路的资本，给得起你想要的任何价码。"

男人却笑了笑，说道："小姑娘，有些东西是钱买不到的。你不要觉得是我欺负你啊，你要讲道理，那个是天注定，不属于你的。"说罢不待君小姐再开口，便扬长而去，很快消失在山林中。

看着他的背影，君小姐的眼中浮现一片怅然，伸手撑地，想要站起来。

而雷中莲直到望不见那男人的身影后才收起戒备，急忙上前扶着君小姐到方承宇的身边坐下。

"你怎么样？"方承宇看着坐过来的君小姐，忙担忧地问道。

"我没事，皮肉伤而已。"君小姐说着便将衣裙掀起，脱下鞋袜。

雷中莲忙回避垂下视线，听从君小姐的吩咐，取了清水和车上的药材递给君小姐。

君小姐将自己采到的方承宇需要的药递给雷中莲让他去煮药，自己则熟练地包扎伤口，她露出脚腕，其上被划出一道口子，翻着血肉。

"疼不疼？"方承宇看着君小姐的脚腕被划出一道大口子，翻着血肉，不由得心疼地说道，"要是伤在我脚上就好了。"

君小姐一边包扎伤口，一边笑着看他一眼，问道："伤在你脚上就不疼了吗？"

方承宇看着她，无所谓地说道："我疼习惯了啊，多疼一次也没什么。"

方承宇说话绵言细语，又带着几分少年特有的认真，让听到的人心情愉悦。但他的行为又不像个少年，自始至终都没有吵闹或惊呼，一直沉着冷静地说话，让四周的气氛变得平和，明明自己是个生病需要被照顾的人，却竭力不让自己给别人添麻烦，真是一个让人省心的孩子。

君小姐不由得笑了笑，喃喃说道："我也疼过的……"

当初，她是被乱刀砍死的。那些金吾卫用的是军中常用的手刀，刀身宽，刀尖齐平，非常厚，在阵前是破甲的利器，她的血肉之躯在这些破甲手刀前如同豆腐……君小姐默默地继续包扎伤口，很快就包扎好了。

"这伤是适才那个人弄的吗？"方承宇忽然问道，"他不是个砍柴人吧？"

君小姐摇摇头，说道："我这个伤还真不是他的缘故，而且他还是我的救命恩人……"

君小姐将事情的经过讲了，当然只说自己认得那是一株珍贵的药材才去采摘的，听完君小姐上山采药的经过，方承宇和雷中莲都生出一身冷汗。

"不过这次是我疏忽了。"君小姐主动说道，"我知道紫英仙株的生长习性，采挖前应该先绑个绳子在身上才是最稳妥。"

这紫英仙株是为了给自己治病吗？方承宇心里想着，沉默一刻后说道："那这么说这个紫英仙株果然很珍贵。那个人并不过分，因为换的是表姐你一条命。"又带着几分遗憾地说道，"应该再多给他一些钱。"

雷中莲却还是觉得有些古怪，忍不住说道："可是这个人，这个人行事太奇怪，要是主动询问的话，少奶奶会不舍得赠予救命恩人吗……"

君小姐摇摇头，说道："我不会给的，如果不是他拿着斧头又威胁的话。"她想了想，又确定地点点头，说道，"我可以给他很多钱，但是药草绝对不给。"

雷中莲顿时一阵无语。

君小姐抚了抚手上的银镯子。这还是当初她孤身一人行路回京，师父给她的众多防身暗器中的一个，又说道："这个人我还真没理由怨恨他，他行事虽然不是君子所为，但也不是小人，要不然也不会把我救起还送我下山。"

方承宇点点头，说道："人不害人已经难求，还要人尊崇敬爱就是过苛了。"

君小姐再次笑了笑，说道："但是，我还是不喜欢他这种行径，并不是因为他抢走了我的东西，而是他拿着刀斧相对，我都没有质疑他，他却防着我，是不是真小人不论，至少是个小人心。"

"少奶奶，不说他了，您先吃饭吧。"雷中莲将热好的饭菜递过来，说道。

事情已经过去了，再耿耿于怀也没必要，还是继续向前吧。

雷中莲没有吃饭，而是站在君小姐和方承宇的身旁，握着木棍出神。过了一会儿，他突然说道："幸亏他不是那些人。"

方承宇和君小姐都看向他。

方承宇没有说话，君小姐则想了想，问道："是指当初你护送方老爷时遇到的那些山贼吗？"

雷中莲一阵沉默。他心里明白，君小姐是知晓他的事情的，虽然这一路他们没有谈过这件事。他不知道当着方少爷，该不该再说这件事。过去的十几年，他其实说过很多次了，但是没有人信，反而让自己倍添羞辱。他这些年已经不说了，没想到，现在被方家的少奶奶主动问起。

君小姐没有催促，方承宇也没有询问，神情一如往常的平淡如水，没有好奇，没有质疑。

雷中莲握着木棍的手渐渐放松，缓缓说道："他和那些人有些相像。"

君小姐看着他，说道："你的意思是说就像他不是真正的砍柴人，当年那些山贼也不是真正的山贼？"

雷中莲又握紧了木棍，沉声说道："他们的气息告诉我，他们不是山贼。"

"是行伍气息吗？"君小姐再次接口问道。

雷中莲终于深吸一口气，将那日的情形缓缓道出……

君九龄

那日，雷中莲和方大爷一行人正在赶路时，突然从四面八方涌出来一群穿着凌乱、面容凶神恶煞、手握兵器的人。凭借多年江湖经验，雷中莲本能地觉得那些人看起来不像普通的山贼，但方大爷的想法却截然相反。结果，他们和那群人展开了惨烈的厮杀，他们战败，死伤无数，方大爷丧命于此。那群人行动起来整齐划一，一看就像是训练有素的兵将。

君小姐将一碗热茶递给雷中莲，他接过，暖了暖冰凉的手，紧绷的身子也稍微松弛一些。

雷中莲沉声说道："官府后来抓住了那些山贼，他们也承认是他们干的，人证物证俱全，但是我可以肯定那些山贼不是山贼。"说到此时，他垂下头神情悲愤，"但是没有人信我！"

君小姐静静听着，没有说话。

方承宇忽然开口问道："我母亲和祖母怎么说？"

"大太太那时候受不得刺激……"雷中莲低声说道，"老太太说，我说谎，不可能……"所以他不服，就留在德胜昌，就想知道为什么大家都不相信他……

君小姐看向方承宇，方承宇也正看向她，君小姐笑了笑，没有说话。

"我看过当时的记载和官府对这件事调查的案卷。"方承宇看向雷中莲，温和地说道，"的确没有你说的官兵参与的迹象，而且我们阳城四周没有驻兵，如果是从别的地方调来的话，那么多人不可能毫无痕迹。"

雷中莲顿时惊讶地看着方承宇，没想到这个少爷竟然也知道当年的事，而且还看了案卷。

"我是个病人嘛，也没别的事可做，就是看看书，胡思乱想而已。"方承宇含笑说道，"而且那个时候，成国公已经驻扎在北地，北三路的官兵都归于他麾下，你不信这边官府的调查，不信我祖母妇人没有见识，总该信成国公治兵御下的严苛吧？所以……我祖母才说不可能。"

雷中莲神情悲戚。

"但是有一点，雷大叔你说得对。"方承宇说道。

雷中莲猛地抬起头看着他。

"我父亲遇害一定是有预谋的。"方承宇说道，"而雷大叔你也是我们方家可以相信的人，所以这次才要你护送我。"

雷中莲眼中迸发光亮，颤声喊了一声少爷。

方承宇含笑点点头，说道："那现在我们赶路吧，免得被人发现，就白躲出来了。"

原来不是少爷被方家舍弃，而是为了保护他。

雷中莲看着方承宇，恍然问道："难道说，少爷的病也是被人害的？"

方承宇沉默地点了点头。

原来如此啊，所以才这么神不知鬼不觉地离开阳城，奔赴这么远的汝南。雷中莲心里大为震惊，喃喃说道："没想到，老太太和大太太她们原来是相信我的……"

方承宇看了眼君小姐，心想相信他的是表姐，可不是母亲和祖母……

君小姐笑了笑，说道："不过现在要麻烦你把我也搀扶到车上，你要照顾我们两个行动不便的，这个是大家都没想到的。"

雷中莲忍不住笑道："好，少爷少奶奶，我们这就赶路，让那些坏人找不到我们。"

第三十八章

◇

下毒的凶手

啪的一声脆响。

宋大掌柜将桌上的粉瓷茶杯砸在地上，怒骂道："一群废物，怎么可能这么久都找不到？"

碎瓷在地上溅开，热腾腾的茶水飞溅到站成一排的人身上。

"太爷，"一个男人大着胆子开口道，"您也知道德胜昌的实力，他们真要藏个人，还真是不好找啊。"

宋大掌柜来回踱步，眉头深锁。心想，的确是这样，那婆媳两个这一次是听信了佛祖的话，拼命了，硬问的话，且不说能不能问出来，也容易引起怀疑。

宋大掌柜停下脚步，对面前站着的一个小厮阴沉地说道："佛祖说父子不相见就能得平安，我就让他们看看阎王怎么说的！把东西拿来。"

小厮忙应声"是"，走进内室拿出一个小匣子递给宋大掌柜。

宋大掌柜打开匣子，拿出一个三角纸包，捏在眼前转了转伸手一递，阴笑道："让她动手吧。"

一个男人伸手接过应声"是"，转身疾步走了出去。

"爱藏哪藏哪去，才懒得找你。"宋大掌柜冷冷说道，"任凭你生十个八个，让你一个也活不了。"

四月末的天已经热起来。

灵芝坐在廊下，抓起扇子用力摇了几下，还是觉得烦躁，便伸手解开几个扣子，两个仆妇疾步过来，担忧地说道："哎哟我的姑娘，可不能着凉。"

灵芝挥着扇子不理会，心想着凉了才好。传出有孕已经快过去一个月了，她最初的呕吐反应都没了，而且她的腰身不仅没胖，反而瘦了一圈，她很担忧自己假怀孕的事情随时败露。

"灵芝姑娘，酸甜汤。"一个丫头笑吟吟地走过来，说道。

看着送来的汤水，灵芝就想吐，酸得几乎倒牙。但是万医婆说，孕妇都爱喝这个，她不喝还不行。她对丫头笑了笑，端起汤碗，咬了咬牙一口喝了进去。

"不要乱喝东西！"方老太太的声音从门外传来。

院子里的人忙都站起来施礼。

"不是乱喝，是适才大太太亲手煮的。"小丫头忙战战兢兢说道。

方老太太又皱眉问道："怎么你自己在这里坐着呢？"

方家上下对这个未出世的孩子十分宝贝，日常都是方大太太亲自守着灵芝，这也是方老太太的吩咐。

"太太和姨娘们说家事呢，天热了，夏衣采冰什么的都要准备。"灵芝忙说道，"我也没远走，就在廊下坐着，老太太您放心。"

方老太太伸手抚了抚她的肩头，慈爱地说道："那我陪你坐着吧。"

这可是少爷小姐们都没有的殊荣，满院子的丫头仆妇看着灵芝难掩艳羡，灵芝心里更是乐开了花，但同时又忧心忡忡，心里想着得快点弄掉这个"孩子"。

"老太太您坐。"她亲自扶着方老太太坐下，自己也随之坐在旁边，想了想，含泪低声问道，"少爷怎么样了？"

"你好，他就好着呢。"方老太太答道。

灵芝握紧了扇子，心想他怎么还不死。

得知方老太太来了，方大太太和元氏、苏氏很快也出来了。

"我没事，就是过来看看。"方老太太欢喜又紧张地看着灵芝，说道，"快要满两个月了，不是说这个时候最关键，我总是不放心。"

"老太太你放心吧，别说一日三餐，糕点汤水全是太太亲手做的，就是睡觉太太都守着不肯闭眼呢。"元氏笑道。

"我当然要伺候她，这样佛祖才能看到我的诚心。"方大太太说道。

方老太太点点头，看了看四周，说道："人还是太多了。"

元氏一脸不解，方大太太这里几乎只剩下四五个丫头，可一点都不多……

"佛祖说了，凡事都需至亲之人亲力亲为。"方老太太又说道，"你这里的灶上留下一个，小丫头留下两个，就够用了。"

大家都惊讶地瞪大双眼，苏氏依旧木然，反正老太太、大太太吩咐什么她就做什么。

因为方老太太的命令，方大太太这里几乎变得空荡荡。灵芝身边围着的人也几乎没了，但她没有丝毫放松，反而更焦虑。没有跟别人接触的机会，大太太时时刻刻盯着她，跟坐牢似的，更没有小产的机会了。灵芝越发觉得热，摇着扇子站起来走向外边的茶桌。

"灵芝你要喝水吗？"一个女声这时从门外传来。

灵芝闻声看去，见是元氏含笑站在门口，一边走进来，一边笑吟吟说道："快别动，我来。"

元氏在家中本就是个八面玲珑的人，不仅得老太太、大太太的欢心，在丫头仆妇们面前也没有架子。更何况如今自己的身份又如此，这些日子元氏更是讨好恭敬得很。灵芝已经习惯了这些人的态度，并没有制止，看着元氏走到桌子前倒茶。

元氏捧着茶刚要递给灵芝，方大太太站在门口，皱眉问道："你干什么？"

元氏端着茶，含笑说道："灵芝姑娘要喝水。"

"放下。"方大太太瞪了她一眼，越过她走到茶桌前，看了灵芝一眼，说道，"我不是说过，除了我给你的，别人谁给也不能接。"

元氏和灵芝都讪讪地应声"是"，方大太太给灵芝重新取了茶壶倒了水，说道："你去里面吧，我跟姨娘说事情。"

灵芝应声"是"后捧着茶水进去了，听到身后方大太太和元氏走出屋子，进了隔壁的书房。她将茶杯扔在桌子上，坐下来长吐一口气，用力摇着扇子。

正胡思乱想间，灵芝听到脚步声进来，忙收起忧愁，含笑看过去，微微愣了一下，喊道："苏姨娘。"

苏氏打起帘子走进去，手里端着个汤碗，不苟言笑地说道："太太让我送来的甜汤。"

苏氏原本是方大太太指定照顾她的人，不过后来方大太太亲自照看，苏氏就不再靠近。家里人都知道苏氏是个最规矩的人，只要方老太太和方大太太说的话，她必定恪守，既然她来送甜汤，那一定是方大太太的命令，灵芝对此没有怀疑。

"姑娘喝吧。"苏氏将甜汤放在桌子上，说道。

灵芝看着她，咬了咬下唇，又看了眼院子，忽然眼睛一亮。有人走进了院子，是三小姐方锦绣。三小姐方锦绣来这里并不重要，重要的是她身后还跟着一个丫头，正是君小姐的丫头柳儿。因为君小姐陪着少爷躲起来了，这丫头不知道去哪里，干脆就跟着三小姐，三小姐虽然不愿意，似乎也没办法奈何这丫头，比如此时……

柳儿进了门就向自己所在的屋子冲来，方锦绣忙伸手揪住，低声喝道："你干什么？谁让你进来的？"

"我怎么不能进来啊，我进来看看怎么了？"柳儿哼声说道。

"出去。"方锦绣喝道，"别在这里闹，可不要给你家小姐惹祸！"

柳儿瞪着眼，不服气地说道："我怎么会给我家小姐惹祸……"

两人正争执着，苏氏走了出来，低声唤了一声三小姐，方锦绣和柳儿停下争执

"姨娘，是母亲叫我来的。"方锦绣说道。

苏氏嗯了一声，说道："你跟我来。"她先向方大太太的书房走去，想到什么又停下脚步，说道，"柳儿在外边等。"

柳儿冲她翻个白眼，哼了一声，甩手走了出去，方锦绣这才跟着苏氏向书房走去。看到方锦绣和苏氏进来，方大太太有些惊讶。

"太太，前几日说的让三小姐做的事……"元氏提醒道。

方大太太哦了声，似乎想起来了，说道："是这样，锦绣，有件事你替我出趟门……"

而另一边的屋子里只剩下灵芝一个人，她坐在窗边看着站在门外探头探脑的柳儿，心想这是个机会，便咬牙端起刚刚苏氏放在桌子上的甜汤一饮而尽，然后顾不得擦去嘴角的汁渍，就急忙向床边走去，拿出藏在被褥下的托最好姐妹偷偷买的一包药粉，灌进了嘴巴里……

没过多久，灵芝就觉得腹中如同刀子插入一般的剧痛，她不由得发出一声惨叫，旋即便栽倒在地上，昏厥了过去。

惨叫声在安静的院落里格外刺耳，所有人都吓了一跳。方大太太、方锦绣、元氏、苏氏等人听到后，都向灵芝所在的屋子狂奔过去。方大太太第一个冲进屋子里，一眼就看到

倒在一摊血泊中的灵芝，她身子一软跪倒在地上，伸手揪住胸口，仰头迸发出撕心裂肺的哭喊声，随即也晕了过去。在她身后跟进来的方锦绣也是一阵晕眩，她忙伸手扶住门，恨得咬紧了牙。元氏和苏氏站在门口，皆面色惨白，满脸的震惊。

一片悲戚的氛围中，突然响起欢快的声音："哈，这可真是天意呢。"

方锦绣差点窒息晕过去，她手脚发软地转过身，看着站在门口探头看进来的一脸兴奋的柳儿，咬牙喝道："还不快去叫大夫！"

元氏回过神，忙喊道："对，快，叫大夫来，叫万婆婆来！"

如今这里只有柳儿一个丫头，按理是该她跑腿，但她从来没有丫头的自觉，闻言只是撇嘴，也装模作样地对外重复喊道："叫大夫来。"

方锦绣恨不得拧下她的头，元氏心里叹口气，自己走向门口大喊着来人，但奇怪的是，竟然没有一个人响应她的召唤。正暗自疑惑时，外边终于响起了脚步声，听上去杂乱又整齐，似乎来了很多人，却没有一点喧哗声。

元氏的脚步一顿，看着门外走来的人，是方老太太，只见她神情肃然地大步走来，在她身后跟着的不是家中的丫头仆妇，而是一群握着刀枪棍棒的护院，元氏吓得不由得后退一步。

"我等了这么久，终于等到你了。"方老太太站在门外，慢慢说道，"见到你，我真是很高兴啊。"

隔了好一会儿，方大太太悠悠醒过来，一眼就看到坐在堂前的方老太太。她面色惊恐地又扫视一圈室内，见灵芝还躺在地上，身下血色一片，她挣扎着爬起来，扑到灵芝的身边，伸手探了探灵芝的鼻息，还有呼吸。她深深松口气，身子还是止不住地发抖，她抬起头喊道："大夫，大夫怎么还没来？"说完，她才看到屋子里站着许多人，有元氏、苏氏、方锦绣，还有一脸幸灾乐祸的柳儿，没有丫头仆妇，反而站着一排神情威严的护院，手里竟然还拿着棍棒，浑浑噩噩的她终于冷静下来，心中猜测灵芝是被害了，那些害承宇的人现在又出现了。

"母亲，到底是谁？"方大太太泪流满面地对着方老太太哭诉道。

方老太太视线扫过屋子里的几人，冷冷说道："说吧，你们几个是谁干的？"

元氏扑通跪下来，先哭着说道："老太太，冤枉啊，我一直和大太太在一起，根本没时间端茶给灵芝姑娘的！"

方老太太没有询问，目光移到苏氏身上，苏氏立刻垂头跪下，镇定地说道："要是自己会承认，这世上就没有什么事实了。"

都什么时候了，还一副宁折不弯的样子，元氏一边抬手擦泪一边从指缝看她，眼神焦急。

方大太太坐在灵芝身边，已冷静下来，她没有放过在场人的任何一个神情。

很显然老太太有备而来，可见她心里已经有了目标，目标就在她们四个之中。

似乎看到方大太太怀疑的眼神，元氏顿时哭得更大声；而听到苏氏这样说，方老太太依旧没有说话，视线转移到方锦绣身上，方锦绣也不说话，扑通跪下；方老太太越过她看向柳儿，见她依旧一脸幸灾乐祸的表情。

陡然见方老太太看向她，柳儿不由得嗤声说道："我倒是想害她，要不是我家小姐不允许，她早就躺下了，还等到这时候？"

在柳儿身旁跪着的方锦绣听后，立刻抬手捶她一拳，低声喝道："跪下！"

柳儿猝不及防，跌跪地上，仍没好气地喊道："关我什么事啊？我为什么跪啊？"

"你们都是怎么来这里的？"方老太太没理会柳儿，猛地拍了下桌子，冷冷问道。

元氏满脸哀求地看向方大太太，委屈地唤她的名字，希望她能站出来帮她解释。

方大太太看着她们，又看向方老太太，缓缓说道："元氏和苏氏是我叫来的，锦绣是……"她怀疑地看向方锦绣，最意外出现在这里的人就是她，柳儿在一旁又幸灾乐祸地笑了。

"我是被苏姨娘叫来的。"方锦绣神情木然地说道。

苏氏也是一脸木然。方大太太又看向苏氏，怀疑地问道："是你叫她来的？"

"是。"苏氏没有迟疑，立刻答道。

方大太太有点不知道该怀疑谁了，内心一阵纠结。

"太太，"元氏怯怯地带着哭声说道，"是我让苏姐姐去叫三小姐的。"

在场的人都看向她，元氏连头都不敢抬起来，语无伦次地哭诉道："我……我一向殷勤多事，大家又不是不知道……"

元氏已经想不起来为什么让苏氏叫方锦绣来了，虽然苏氏没有说是她，但她自认为也躲不过，不如现在干脆承认，免得被拷打后供认，更令人生疑。

屋子里的问话便再次停下来。

"母亲，该问的都问了。"方大太太哽咽说道，"都可疑又有理，不如先将她们关起来，先救灵芝，等她醒了，事情是怎么回事一问便知。"

方老太太点点头，目光扫过室内跪着的几人，冷笑道："是啊，问问她就知道了，怎么也得人证物证俱在，让你心服口服。"

她说罢却没有叫大夫，对一旁的护院摆摆手，说道："弄醒她！"

听到方老太太的吩咐，一个护院拿出一个小瓷瓶递到灵芝的口鼻下。灵芝剧烈地打了几个喷嚏，悠悠醒过来。片刻的恍惚后，她便看到自己身下的血，想到发生了什么事，惊惧地发出尖叫声。

"灵芝，到底怎么回事？你怎么成这样了？谁来过这里？又对你做了什么？"方大太太制止她，厉声喝道。

方大太太说话的同时，灵芝悄悄用眼角的余光将室内扫了一遍。她看到跪在地上的一溜人，吓得浑身发抖，心内百般着急，她拼命想着到底哪里出了问题，怎么会出这么多的血……肯定是吃食有问题，今天她吃的都是大太太亲自送来的，见的外人也只有两个……她的视线落在元氏和苏氏身上……

"我可没有把茶水给你。"元氏被灵芝看得有些心慌，忍不住喊道，"太太也看到了。"

"她还没说什么呢，你慌什么？"方大太太冷声喝道。

元氏抬手就给了自己一耳光，捂着脸继续哭起来。

灵芝的视线又落在苏氏身上。

苏氏神情木然，没有任何反应。

灵芝攥紧了手，视线越过苏氏，又落在柳儿身上。

见她看过来，柳儿咧嘴一笑，冲她哼了声，毫不掩饰幸灾乐祸的表情。

灵芝抬手擦泪，突然指着柳儿，哭喊道："是她！"

此言一出，屋子里的人神态各异。

方大太太愕然；元氏俯在地上吐出一口气，伸手抚了抚心口；苏氏的肩头几乎不可察地松了下；方锦绣原本木然的脸上浮现几分焦急，气恼地瞪着柳儿；柳儿则一脸愤怒。方老太太的视线从她们的脸上一一扫过，依旧不言不语。

"你个小浪蹄子疯了吧！"柳儿愤怒地跳起来，大骂道。

"就是你，只有你！"灵芝哭喊道。

"到底怎么回事？"方大太太喝道。

"我在屋子，后来看到三小姐带着柳儿来了，苏姨娘和三小姐去太太你那里了。"灵芝哭着说道，"我去了净房，出来的时候看到柳儿在屋子里，站在桌子边……"

方锦绣站来，气恼地看着柳儿，心想这个死丫头，不让她进来非得进来，惹祸了吧……

"喂，你眼瞎了啊。"柳儿大喊道，"我一直在外边呢。"

"继续说。"方大太太对灵芝冷冷说道。

"我出来问她什么事，她没说就跑了。"灵芝低着头，继续哭诉道，"我也没当回事，就顺手端起桌子上的水喝了，然后就……"说到这里，她悲痛得再也说不下去，大哭起来。

"你，你真是！"柳儿目瞪口呆，生气地向灵芝扑过去又喊又打，"敢跟我玩这把戏，真当姑奶奶我是吃素的。"

灵芝忙尖叫着躲避。

"拿下！"方大太太沉声说道。

几个护院立刻上前将柳儿如同拎小鸡般地抓住。

"放开我放开我。"柳儿喊着挣扎。

"让她闭嘴。"方大太太说道。

一个护院不知从哪里拿出一块布将柳儿的嘴堵上。

屋子里安静下来，只有灵芝虚弱的哭声。

元氏低着头眼珠乱转，苏氏面无表情，方锦绣神情复杂。方老太太没再说话，方大太太则满面疲惫地说道："这件事……"

"母亲！"方锦绣猛地站起来说道，"柳儿不会做这种事，绝对不是柳儿！"

元氏看着方锦绣撇了撇嘴，苏氏垂下视线，被塞住嘴的柳儿冲着方锦绣连连点头发出呜呜声。

"为什么？"方大太太问道，"你看到了？"

"我没看到。"方锦绣答道。

"那你怎么就确定不是她？"方大太太又问道，"因为她是跟你来的，你怕被牵连吗？"

方锦绣带着几分羞恼，摇头说道："母亲，柳儿她只听君小姐的话，而君小姐根本不会做这种傻事的。"

真是气人，家里人不都讨厌君小姐吗？怎么这种情况下三小姐还会替她说话？

　　灵芝掩面哭诉道："我不知道，也许不是，我只是喝了那碗水就……也许是我自己身体不好……"

　　"太太，既然这样，找个人验一下吧。"元氏鼓起勇气抬起头，说道，"看看灵芝姑娘是不是因为被用了药……"

　　方大太太看向方老太太，喊了声母亲。

　　一直沉默的方老太太拍了拍桌子，站在她身后一个年长的护院便走到灵芝面前诊看，片刻就站起身对方老太太点头说道："的确是被下了毒。"

　　灵芝的不安心落地，继续啜泣，元氏也不说话了，方锦绣攥紧了手，刚要说什么，方老太太再次拍了拍桌子，说道："好了，够了！"

　　她站起身来，慢慢走向元氏、苏氏、方锦绣的身边。元氏捏紧着衣襟，几乎窒息，苏氏依旧神情木然，方锦绣则紧紧绷住嘴。

　　方老太太停在苏氏的面前，居高临下地看着她，说道："你是不是觉得很奇怪？为什么药灌下去，她竟然小产了？"

　　听到方老太太的质问，元氏不可置信地转头看向苏氏，方锦绣则脑中轰的一声雷鸣，什么也听不到了。

　　一直低着头的苏氏抬起头，木然说道："我的确不明白。"

　　屋子里一片死寂，灵芝也停止哭泣，一阵恍惚，不明白发生了什么事。

　　方大太太疾步走过去，扬手就给了苏氏一个耳光，厉声喊道："我也不明白！"

　　苏氏的脸上顿时出现一个巴掌印，但她依旧挺直地跪着。

　　方大太太弯身揪住苏氏的衣襟，嘶声喊道："我不明白，为什么是你，为什么！苏七娘，你告诉我，到底是为什么？！"她的情绪近乎崩溃，扬手再次甩了苏氏一巴掌，"为什么是你？我怎么亏待你了？"

　　苏氏一动不动地挨着方大太太的耳光。

　　方老太太拉住方大太太，说道："你先别急，让她说。"

　　元氏也忙站起身扶住方大太太，哽咽劝说。方大太太甩开元氏，死死盯着苏氏，喊道："说，为什么？！"

　　苏氏发鬓凌乱，脸上红肿，但依旧面无表情，她只是看着方老太太，问道："为什么？为什么她会现在就小产？"

　　这药吃了之后并不是让人立刻就小产的，而是会慢慢侵蚀腹中的胎儿，待到三四天后才会小产。这样下药自然就不会被发现，也减少了风险。结果现在，灵芝刚吃下去就发作了，这让她成了最大的嫌疑人。

　　苏氏看向灵芝，灵芝的脸上满是惊恐，说道："难道并没有小产吗？"

　　方老太太没有说话，灵芝已经慌张地喊道："是，我想起来了！我喝了苏姨娘的甜汤后就……"

　　不过现在这屋子里没人理会她，只有被护院抓着的柳儿冲她挣扎着踢脚。

　　苏氏听了这话也不再看灵芝，看向方老太太，又问道："还有，为什么认定是我？"

　　听苏氏这意思是变相承认了，元氏担心地看了眼方锦绣，见她神情木然地站在原地，自始至终没有说话也没有动作。

灵芝终于反应过来，顾不得身子的痛，哭着喊道："不是的，我不知道，我没有和苏姨娘串通，我不是故意要诬陷柳儿的，我是被苏姨娘骗了。"

没有人理会她，所有人都看着苏氏。

"为什么做得这么周全，你还认定是我？"苏氏看着方老太太，说道，"我不明白。"

方老太太看着她，神情复杂，说道："是，你想得很周全，但是，她没有怀孕。"

屋子里的人再次愣住，连面无表情的苏氏都神情惊讶，灵芝更是呆滞。

"可是那么多大夫确诊了啊……"元氏不由得脱口说道。

"原来如此。"苏氏木然说道，"这本就是一个陷阱，老太太一直在等着人跳进来，我就是准备得再周全，也还是跳进来了。"

苏氏认命地闭眼，方大太太再忍不住一把揪住她，质问道："你为什么要这么做？承宇是不是也是你？"

苏氏睁开眼，苦笑了一下，说道："原来，少爷中毒的事你们也知道了，那这次还真是避不开了。"

元氏再次骇然，攥紧了衣襟。

等了十几年，终于确认了仇人，方大太太几乎疯狂，她泪流满面地再次揪住苏氏又喊又骂，直到体力耗尽，几乎站不住。元氏赶紧搀扶她，哽咽地说道："苏姐姐，十几年的情分都是假的吗？"

苏氏依旧一动不动，一言不发，如同失去了灵魂一般。

"是谁？"方老太太看着她，问道，"是谁指使你的？你一开始来到我们家，就是受了指使吗？"

苏氏长长地叹口气，垂下视线。

"不好。"方老太太立刻伸手捏住苏氏的脸，喊道。

两边的护院也立刻上前架住苏氏，但还是晚了一步，被方老太太捏住的苏氏已经闭上了眼，眼睛、鼻子、嘴角都有血流出来。

元氏惊叫一声，掩住嘴。

一个护院掰开苏氏的嘴巴查看，转过身对方老太太摇头说道："牙齿里藏着毒丸，太快了，来不及了。"

方大太太闻言又扑过来，尖声喊道："不许死，她还没说清楚，为什么害我的承宇，为什么她要害我们！我不明白，我不明白！"

"扶住太太。"方老太太说道。

元氏忙上前死死抱住方大太太，想起这事只觉得又心寒又心酸，跟着方大太太一同哭起来。

而方锦绣对屋里的哭声毫无知觉，她只呆呆地看着护院松开手，苏氏倒在地上一动不动了。自从方老太太站定在苏氏身前问出那句话后，苏氏就再没有看过她一眼，就连此时倒在地上死了，也是面朝下，半个眼神也没有给她。

方锦绣看着地上的苏氏，喃喃说道："我不明白。"

第三十九章

◇

揪出幕后指使人

苏氏自尽之后没多久，方家姨娘苏氏谋害方家少爷的子嗣，事败服毒自尽的消息便传开了。不等众人从震惊中回过神，家里就开始彻查，抓捕帮凶，使得方家再次陷入一片混乱。

方云绣、方玉绣姐妹的院落前依旧被护院严守，姐妹两人便没出门，在屋子里坐着说话。

"她这样做的理由是什么？"方玉绣先开口问道。

"苏姨娘不希望方家有男丁，她想要图谋方家的产业，让锦绣招婿，继承家业。"方云绣说道。

方玉绣点点头，说道："这个的确说得过去。"

方云绣咬住下唇，问道："二妹，这是真的吗？"

方玉绣看着她，说道："大姐你问的哪件事？是灵芝有孕，还是胎儿中毒流产，还是苏氏黑心，还是锦绣同罪？这一系列的事此时此刻都纠缠在一起。"

方云绣伸手捂住脸，说道："锦绣不会的。"

因为谋害子嗣的是苏氏，而方锦绣是她生的女儿，苏氏也是要为方锦绣谋利，所以苏氏自尽，方锦绣也被关了起来。

屋子里一阵沉默，方玉绣环视四周，她们姐妹三人住在一起，这个三间打通的大客厅是她们学习和处理家中生意的地方。从还没有桌子腿高的时候，她们就在这里被奶妈们抱着把票据当画纸玩具，到现在不管多忙早中晚总会在这里聚首碰面，她们三姐妹同吃同住长这么大还没有分开过，现在说方锦绣是个图谋家业的恶人，实在是让人难以接受。

方玉绣叹口气，说道："大姐，你说得对，锦绣不会的。"

方云绣一向以她的话为真理，顿时欢喜地说道："那祖母和母亲也会相信锦绣的吧。"

方玉绣看着她再次叹口气，说道："大姐，现在不是谁信不信的事了，她现在，生而有罪……"

"或许还不如做个同谋，活得更痛快……"方玉绣又喃喃说道。

这个话题太沉重了，方云绣看向外边，喃喃说道："不知道祖母和母亲怎么样了……"

虽然事情已经传开了，但家里还是被管制着，除了抓与苏氏同党的护卫，任何人不得随意进出，当然不包括宋大掌柜，事情发生的第一时间，宋大掌柜就知道了。

"家里出事了，老太太请二老太爷快过去。"来人神情不安地说道。

宋大掌柜神情有些惊讶，放下手里的茶碗和账册，问道："出什么事了？"

来人欲言又止，迟疑地说道："二老太爷您去看看就知道了，真是出大事了。"说到这里左右看了看，压低了声音，"老太太不好往外说。"

宋大掌柜皱了皱眉，一副无奈的样子，站起身，说道："好，我知道了，你先回去吧，我去换件衣裳。"

方家的下人千恩万谢地应声"是"，看着宋大掌柜走进去了才退出去。

宋大掌柜迈进内室，径直走进净房，推开房间里的一个木柜，走进了另一间屋子，屋子里已经等着五六个男人。

"太爷，不能去啊。"一个男人着急地先开口说道。

宋大掌柜扬手一巴掌就打在他的脸上，狠狠骂道："你们这群蠢货！"

挨打的男人红着脸不敢说话，其他人也都低下头。

宋大掌柜在室内来回踱步，咒骂不停，如果方老太太在场的话，就会发现这个本是阳城本地人的宋运平，骂声里夹杂的竟然是山东的土话。

宋大掌柜发泄一通才停下来，神情阴狠地问道："苏七怎么死的？"

"她直接咬毒自尽的。"一个男人说道，"她只承认是自己干的，别的什么都没说。"

"是的，现在方家都知道是苏姨娘觊觎方家产业，要让自己的女儿独霸，所以才做出这种事。"另一个男人忙说道。

他的话没说完，就被宋大掌柜踹了一脚，又破口大骂起来："方家都知道方承宇被方老太太抛弃赶出去了，方家都知道灵芝丫头有孕了，结果呢？方家都知道我们是傻瓜！现在方家传出来的消息还有什么可信的！"

屋子里的人再次低头不敢说话，宋大掌柜又喝道："备车！"

众人忙再次阻拦，纷纷劝说他。

宋大掌柜冷笑，愤怒地说道："陷阱？方家就是龙潭虎穴我也来去自如，不发威还真当我们是善人了。召集人手，我去方家。"

"倒不是怕方家，只怕这样闹起来不好看。"一个男人迟疑地说道。

"管它好看难看，我再也不想看到她们了。"宋大掌柜冷声说道，"这群该死的女人竟然敢在我的眼皮底下玩花样，我真是让她们过得太舒服了。"

屋子里的人也不敢劝了。

"行，没问题，虽然里面的人都不能用了，但外边都还是咱们的人。"一个男人沉声说道，"那就动手吧，围住方家，她们插翅难逃，尽在掌握中了。"

出门后的宋大掌柜恢复了以往严肃的神情，车已备好，他刚坐上车要走，有人疾步拦住他，低声说道："太爷，找到方少爷的所在了。"

宋大掌柜眉头一挑，冷笑道："又是方家传出来的消息？"

来人讪讪摇头道："不是不是，是我们自己找到的。"

宋大掌柜没有说话，捻须沉脸，低声问道："你们见到真人了？别再像上次那样，只会隔着门窗听声音，错把三小姐当方少奶奶。"

男人面色羞愧，又抬头带着几分坚定地说道："这次千真万确，是要换地方住被抬上马车的时候，被我们清清楚楚地看到了。"

宋大掌柜不说话，神情阴冷。

"太爷，那我们去哪边？"一个男人低声说道。

宋大掌柜冷笑一声，说道："当然要去方家命根子所在的地方，既然都是陷阱，我当然要跳一个值得跳的。"

元氏在屋门口走来走去，双手紧紧握在一起。

"你干什么呢？"方老太太的声音从堂前传来。

元氏吓得一哆嗦，忙小心走过来，结结巴巴说道："没，没什么，我只是在想，怎么会是老实的苏氏呢，凶手按理说也该是我啊……"

方老太太瞪了她一眼，说道："你？别自作多情了，你这种一心只想自己过好日子的人，当坏人都没人信任你，到时候不用威逼利诱，你自己就先求利忘义了。"

元氏讪讪地赔笑道："老太太您这是夸我呢还是讽刺我呢。"

方老太太没有理会她，继续看手里的书信，眼中现出几分忧色。

这是自从解决苏氏后她第一次露出忧色，喃喃说道："这样真的行吗？不会前功尽弃吧？"

元氏也满面忧色地凑上前，说道："是啊是啊，太太一个人去行不行啊？而且这才刚抓住人，不如让少爷再躲两天，等家里收拾干净了再回来。"

方老太太哼了声，说道："你想得不错，果然更应该接他们回来，好让那些魑魅魍魉都蹦出来，一次收拾个干净你就高兴了？"

元氏再次讪讪，不敢说话了，安静地看着方老太太将手中的书信一晃，扔进香炉里。不知道是谁写的，好像老太太是按照书信上的安排动作的吗？元氏正胡思乱想，门外有护院疾步进来。

元氏忙退后几步，看着那护院在方老太太耳边低语几句，方老太太浮现一丝冷笑，站起身来，疾步向外走去。

看到前方的宅院时，天色已经暗下来，方大太太的车马前也点亮了火把，护院转身低声对车内说道："太太，到了。"

方大太太掀起车帘看了眼四周，低声说道："不进去了，直接接出来走。"

护卫们应声"是"，马车停到宅院前，笃笃敲门三下，伴着三声布谷鸟的叫声，片刻之后，小小宅院的门打开了，一片漆黑中，飘来两盏灯笼，照着一个担架，另有一个身材纤柔全身上下都裹在斗篷里的人紧紧跟随，一行人很快上了车，在暗夜里驶去。

寂静偏僻的山路上只有马蹄声，越来越浓烈的夜色让几支火把显得越发昏暗。前方忽然亮起微弱的光，似是星星跌落在地上，又似枯草被点燃。走在最前方的护卫勒住马冲身后抬手，车马停下来，护卫们警惕地环视四周。

"怎么了？"方大太太从车内探出身，低声问道。

"太太，好像有人。"护卫低声说道。

方大太太攥紧了手，前方果然响起了马蹄声，伴着一个苍老的声音："大郎媳妇。"接着，十几人马在夜色里出现，手中明亮的火把照得这里如白昼。

"宋二叔，"方大太太看着前方的老者，惊讶地问道，"您怎么来了？"

马车四周的护卫们都神情紧张，满脸戒备。

宋大掌柜骑在马上没有半点笑意，它的目光扫过马车，说道："家里的事我都知道了，承宇没事吧？"

方大太太点点头，说道："没事。"

宋大掌柜没有上前去看承宇，继续说道："先不要回家了，到宅子住几天再说吧。"

方大太太笑着说道："正是要这样，宅子已经准备好了。"

宋大掌柜点点头，说道："好，那就快些过去吧，先把承宇安置好，别的事回去再说。"

方大太太应声"是"，重新坐回车内，先催马前行，宋大掌柜带着人散开在左右前后护送。火把的光亮照进车里，照在方大太太忽明忽暗的脸上，她神情复杂。很快车马就再次停下来，车外的护卫说道："太太，到了。"

方大太太掩下神情，掀起车帘下车。这是一处小小的宅院，位于这个村落的最外边，在寂静的夜色里，他们这一群人的到来引得村中狗吠此起彼伏。

方大太太看着护卫们打开落了厚厚一层灰的门锁，对走过来的宋大掌柜低声解释道："为了保密，都是临时租的房子。"

宋大掌柜嗯了一声没有说话，方大太太看着车马被牵动，忙上前跟随着一同进了院子，指挥护卫们点灯。

站在车前的护卫原本要抬方承宇下车的，裹着斗篷的女子已经先下来了。马车前人挤得有些乱，方大太太想到什么看向门外，见宋大掌柜还站在门外。

方大太太随口说道："二叔，你快进来吧，母亲还有什么吩咐？"

"大嫂说……"宋大掌柜一边开口说道，一边抬手一挥，"你去死吧！"

方大太太一愣，就见宋大掌柜身旁的护卫们陡然拿出弓箭，将箭头在火把上点燃。

"太太小心。"院里的护卫们忙将方大太太挡住后退。

嗖嗖的利箭声在院子里响起，不过这些箭头并没有对准方大太太，而是都射在了马车上。马车边的人早已经四散跑开，只有马车被点燃烧了起来。

方大太太推开保护她的护卫，看着门外的宋大掌柜，愤怒地喊道："二叔！您想干什么？"

宋大掌柜冷笑着答道："那你想干什么？把我引到这里乱刀砍死吗？难道你二叔我在你眼里已经是老糊涂了吗？"说罢，他再次抬手，黑漆漆的夜色里又冒出更多的护卫，举着弓箭涌来对准了这间小院。

"这种瓮中捉鳖的把戏对我有用吗？"宋大掌神情愤怒，讥讽地喝道，"我又不是傻子。"

伴着他的喝声，再次有数支燃着火的箭如流星般射向宅院。方大太太发出一声尖叫，再次被护卫们护住躲避，万幸这一次火箭依旧不是对准她。简陋的房屋被火箭点燃，从中跳出躲在里面的十几个护卫，刀枪棍棒以及盾牌齐备，将方大太太严密护住。

房屋噼里啪啦地燃烧着，空气里弥漫着刺鼻的火药味，狗吠声已经消失无踪，气氛凝滞得令人窒息。

"二叔，"方大太太推开护着自己的人，悲愤地看着门外的宋大掌柜哽咽地问道，"为什么？"

"什么为什么？还能为什么？"宋大掌柜肃然说道，"当然是为了钱了。"

"你要钱？！"方大太太怒极反笑，伸手指着天，说道，"父亲说给你一半的德胜昌，你不要；大郎说请你合股，你不要；母亲说以你为尊，你也不要；宋运平，是你说不要的！"

宋大掌柜哈哈冷笑两声，愤怒地说道："那是你们高高在上赏的，我要是要了，一辈子都得在你们面前当孙子，不止一辈子，我的子子孙孙都要承你们的情。我为了德胜昌累死累活拼了命，在别人眼里也是应该的，你们却是世人眼里的好人，我呢，我就是你们方家的一条狗！"

这一番话不仅让方大太太神情愤怒而悲戚，就连身边的护院都惊骇。

"宋运平，你怎么会这样想？"方大太太看着他，说道，"你把别人的好心都当成什么了？"

宋大掌柜呵呵笑了一声，冷声说道："我要别人的好心干什么？我说过了，我不要心，我只要钱。当初我把方守义背出来，他就该利索地死了，然后把德胜昌交给我，惺惺作态地说什么结义兄弟，有什么用？到底是他欠我的，还是我欠他的？欺负人吗？"

方大太太收起悲伤，冷声说道："你疯了，根本没必要为你这样的人悲伤难过。"说罢，她便退回到护卫们的中间，又问道，"这么说，父亲并不是急病而亡了？"

宋大掌柜笑了笑，带着几分居高临下地看着她，说道："大郎媳妇，不管怎么说，你喊了我这么多年二叔，我也得让你做个明白鬼。方守义当然不是急病，他壮得跟牛似的，不下猛药还差点死不了呢。"

方大太太抬手掩嘴片刻，将涩辣堵回去，哑声问道："那大郎也是你害的了？"

"是啊。"宋大掌柜说道，"你也别问了，我主动说，还有承宇，都是我的安排，当然，苏七娘也是。"又笑了笑，继续说道，"说起来大郎真是个听话孝顺的孩子，我送给他苏七娘，长得不好看，也没什么过人之处，他还是对她格外好。"

方大太太想到这些事就心如刀割，她按住心口，忍不住撕心裂肺地喊道："你到底要怎么样？"

"说方承宇在哪？"宋大掌柜冷声说道，"你以为我会相信你在车上装的那个充了稻草的假人吗？你以为我真是为这个假人来的吗？"

方大太太神情木然，挺直了脊背，说道："我都宁愿舍身饲虎了，有什么理由告诉你承宇在哪？"

"你告诉我，我当然不会放过你，但是我会放过承宇啊。"宋大掌柜笑着说道，"你放心，我不会杀承宇，我会让他好好过完人生的最后一段时光，让他活得有尊严，死后丧事也会风风光光地大办。"

方大太太看着他，冷笑不语。

"大郎媳妇，你这样何必呢？"宋大掌柜又说道，"何必让他像老鼠一样四处躲藏呢？你不说就算了，天意已经如此，你们方家被天绝了，这德胜昌只能由我担起来，我宋运平才是天意所归。"说罢，他抬起手挥了挥，又大喊道，"放……"

当宋大掌柜举起手的时候，方大太太身边的护卫们就已经反应过来举起盾牌，同时耳边响起了箭的破空声，随之，一声惨叫响起。

只见，原本举起手的宋大掌柜突然抱着胳膊蜷缩起来，那句没出口的"箭"字也变成了痛呼。四周的随从们急忙上前查看相护，火把照耀下，宋大掌柜的胳膊上赫然插着一支箭，箭已经穿过胳膊，只露出箭羽颤颤巍巍。

"你不是天意所归，你看你还是棋差一步。"老妇人的声音在夜色中响起。

伴着说话声，四周的夜色陡然明亮，似乎一瞬间无数的火把被点燃，同时无数的嘈杂声也随之而起。众人慌乱地看去，只见沉睡的村落里突然涌出密密麻麻的人马，烈火照亮了他们鲜明的铠甲和寒光闪闪的兵器，一看就不是普通人，而是训练有素的官兵。

宋大掌柜这边的人一阵慌乱，宋大掌柜也忍着痛看着走过来的老妇人。

"宋运平，多谢你，我终于知道我们方家为什么会这样厄运连连了。"方老太太看着宋运平说道，眼里满是怒火。

宋大掌柜看着她，视线又看向四周，不可思议地喃喃说道："为什么？"

"为什么？"方老太太冷笑道，"因为这是一个陷阱，难道你不知道吗？"

"我当然知道这是一个陷阱。"宋运平按着被伤到的胳膊，剧烈的疼痛让他的思维有些混乱，他并没有看方老太太，只看着四周密密麻麻围过来的人马，不可置信地喊道，"但是你们怎么能调动官兵？我怎么一点也……"

他的话音未落，有马蹄声响起，伴着男人的呵斥声："宋运平，你这贼人，竟然如此可恶，真是狼心狗肺。"

宋运平看过去，见是一个身着官袍的中年男人。这是阳城县令李长宏，在他身边还有县丞主簿典史班头等一干随从。

"堂尊大人？"宋运平脱口说道，神情惊讶。

"县尊，"方老太太喊道，"这宋运平适才说的话您都听到了吧？"

李县令点点头，神情愤怒，痛心疾首地说道："真是没想到，你竟然是这样一个人，真是识人识面不识心啊，快些放下武器束手就擒。"

宋大掌柜被随从们围住，火把照耀下，他神情惊惧，如同困兽，忽然大喊道："抓住方大太太！"

随从们如狼似虎地向小院冲去。院子里的护卫们如临大敌，而外边的县令等人神情也有些紧张。

"放箭，不可放走他们。"方老太太立刻喊道。

"现在放箭，只怕会伤到大太太。"李县令担心地说道。

方老太太看着那边已经混战的人马，神情坚毅又凄然。

"母亲，放箭，不要管我！"方大太太的喊声也从内传来，她站在护卫们中间，也拿着一把刀，任凭耳边有箭擦过，不躲不闪，视线只看着院外的宋大掌柜，"我就是死，也要给父亲、大郎还有承宇报仇！宋运平，你不来抓我，我还要抓你！"

宋大掌柜的眼中满是焦躁，顾不得胳膊上的伤，抓起一把刀剑就向院内冲，一边冲一边喊道："抓住她，快抓住她。"

方老太太看着在混乱的人群中似乎跌倒但很快又爬起来的方大太太，掩下悲愤担忧，对县令说道："堂尊大人，我们婆媳已经说好了，我在阳城家中做诱，她在外边做诱，不管这老狗咬了谁的钩，我们都一定不放过他，哪怕同归于尽也要报仇，如不然生不如死。请大人捉拿凶手！"

李县令点点头，叹口气，高声喊道："吴参将。"

就在他身旁，站着一位穿甲挂猩红披风高大魁梧的武官，闻言应声"是"。

"请吴参将协助捉拿要犯。"李县令伸手指着前方，喝道。

吴参将将手一挥，高声喊道："放箭。"

紧接着，无数的流矢从四面八方扑向小院，惨叫声接二连三地响起，一阵箭雨过后，官兵们喊杀着冲过去。夜色也变得喧腾起来，远远近近不知道惊醒了多少人，还以为黎人已经打过来了。还好这喧闹没有延续多久，在官兵面前，宋大掌柜的人不堪一击，被里外的乱箭射死了一多半，被冲过来的官兵砍死了一多半，余下的都束手就擒了。宋大掌柜被从几个死尸下揪了出来，万幸的是，方大太太也只是受了一些皮外伤。

"我杀了你，我杀了你！"看到宋大掌柜被抓起来，方大太太不顾自己的伤就要扑过去，方老太太忙拦着她。

李县令也同情地劝慰道："方太太，你放心，定然要论律法给你们一个交代。"

"老天会处置他。"方老太太拦住方大太太，看着宋大掌柜，冷冷说道，"不用脏了我们的手。"

方大太太倒在方老太太怀里大哭。

宋大掌柜却挣扎着哑声喊道："这不可能，你们有这安排，我不可能不知道！"

"我说过了，这是一个陷阱。"方老太太木然说道，"你算计了我们方家将近二十年，我提前安排个十七八天又算什么！"

宋大掌柜又看向李县令，呸的一声，破口大骂道："李长宏，你这个狗官，我的钱都喂了狗了。"

李县令面色微红，横眉喝道："说的甚话！往日收你一些孝敬不过是让你们安心，难道本官为了你的钱就能放任你作奸犯科吗？"说着又冷笑，"再说，又不是你的钱，那是方老太太的。"

宋大掌柜还要骂，典吏和班头已经示意兵丁让他闭嘴，官兵们直接将他的下巴卸了下来。看着他被押走，方老太太对李县令以及吴参将等人道谢。

"这是我们应该做的。"李县令等人还礼，又带着感慨地说道，"真是没想到宋运平竟然是这样一个丧心病狂的人。"

方老太太不想再提这个人，说道："这次但凡有人员伤亡的抚恤荣养，由我方家负责。"

不仅如此，等夜色过去天亮之后，整个阳城都知道了这件事，因为方家敲锣打鼓地绕城三圈，为阳城县衙送去了为民除害的匾额，宋运平谋害方家三代男丁的事也被公之于众，全县哗然。

不论外界如何喧哗议论，方家大宅一如既往的平静。

方云绣接过方玉绣蘸好的药棉，小心翼翼地擦拭方大太太的伤口，方大太太皱着眉头忍着痛。

"母亲很痛吧?"方云绣忍不住落泪,哽咽地说道,"您做的事太危险了,刀箭无眼,稍有偏差,可怎么好……"

方大太太笑了,抬起手抚了抚女儿的头,柔声说道:"不是痛,是痛快,能除去这个恶人,为你祖父、父亲和小弟报仇,就是死也是大喜之事!"

方云绣还要说什么,方玉绣插话问道:"那是从什么时候起祖母和母亲开始筹划的?"

方大太太笑了笑,说道:"从蓁蓁跟宁家退婚的时候起。"

方玉绣点点头,惊喜地说道:"果然是这样,那么说,小弟真的能治好了?"

想到儿子,方大太太的喜悦之情便溢于言表,她高兴地说道:"是的,承宇会好的!"

恶人伏诛,承宇也好了,方家这才是拨开云雾见天日了,想到这里,方大太太喃喃说道:"真是跟做梦一样!"

"我还想呢,母亲说了做梦这话,要是锦绣在,肯定会故意拧母亲一下……"方云绣笑着脱口而出后,才顿觉失言,神情变得尴尬起来。

方大太太的笑意也变淡了。

那日过后,官府审问的进展每日都会送到方家,苏氏的身份来历自然也被宋大掌柜交代了,苏氏并不是宋大掌柜远房亲戚的女儿,而是他收养训练的死士,进方府就是为了监视、伺机谋害方家的子嗣。不过方锦绣与此无关,她的出生只不过是让苏氏有理由留在方家而已,除此之外没有什么用处,但鉴于此,方大太太也不可能对方锦绣释怀。

屋子里略有些沉默,元氏恰好在这时进来了,她也是忙得脚不沾地,方老太太忙着应酬官府,方大太太带着伤清理票号,她则被安排清理处置家中的下人。

"灵芝丫头身子病得有些重。"元氏说道,"万医婆问要不要再请个大夫。"

方大太太将衣袖拉下遮住伤口,坐正了身子,说道:"请,好好给她诊治,至于怎么处置安排她,等承宇回来定夺。"

说到承宇,方云绣忍不住开口询问道:"母亲,那承宇什么时候回来?"

方大太太摇摇头,苦笑道:"别说你们被瞒着好多事,我也被瞒着呢,我现在都还不知道承宇到底去哪里了。"

"因为母子天性难以掩藏,母亲至情至真才能不让人起疑。"方玉绣说道。

方大太太笑了笑,说道:"是,我知道,只要是为了承宇,别说瞒着我,就是让我用苦肉计,我都心甘情愿。"

"太太已经用苦肉计了。"元氏看着方大太太的伤,打趣道。

方大太太瞥了她一眼,元氏讪讪的,不说话了。

"需要替换多少人?"方大太太又问道。

知道这是要商议家里的事了,方玉绣和方云绣起身告退,两人走到一处院落外停下脚步,神情都有些复杂。从那日苏氏服毒自尽后,灵芝和方锦绣都被关了起来,方锦绣就被关在此处,如同被遗忘了一般,无人问津……

与此同时,在县衙里的方老太太正与县令大人商量宋大掌柜的事情。

"宋运平交代得差不多了。"李县令带着几分愤慨地说道,"真是没想到,他竟然是这样一个人面兽心的人。"

方老太太已经麻木了，自嘲地说道："当初我娘家和夫家都来争产业，宋运平一直站在我们方家这边尽心竭力，那时我还感叹亲人成了仇人，外人倒成了亲人，现在想来真是瞎了眼。"

李县令叹口气，说道："老太太不要自责，我们这些善心的人是看不透这些恶人心肠的，也正因为如此，我们才是善人。"

方老太太悲戚地说道："那这善人付出的代价也太大了。"

"你放心，我已经上报他的罪行，不日就能下判决，肯定是要斩立决的。"李县令肃然说道，"到时候游街示众，凌迟处死，告慰你们方家的诸多冤魂。"

方老太太颤巍巍起身对李县令参拜，哽咽说道："多谢大人！"

李县令忙搀扶，客气地说道："这是本官之职责。"他再次与方老太太各自坐下，喝了一口茶想到什么，又说道，"老太太，那方少爷其实已经好多了吧？"

提到方承宇，方老太太的脸上露出欣慰的笑容，她倾身凑到李县令的身边，低声说道："现在恶人伏诛，我也就不瞒大人了，我的孙儿已经解了毒，身体痊愈，再无性命之忧了。"

李县令听后大喜拊掌，欢喜地说道："恭喜恭喜！那恶人宣判之时，方少爷应当出来亲眼看着才是。"说到这里又笑问，"不知道方少爷现在哪里呢？"

方老太太也面露笑意，视线看向外边，欣慰地说道："我那孙儿、孙媳现在应该已经到汝南了。"

第四十章

◇

重开九龄堂

鞭子在空中挽个花发出一声脆响，马车停了下来，雷中莲看向身后，说道："少奶奶，汝南城到了。"

马车的帘子被掀起，君小姐探身向外看，视线落在城门上，城门破败，"汝南"二字几乎看不见了，她说道："去问一下，君家在哪里？"

雷中莲听后便跳下马车，找路人去问了路。接着继续驾着马车穿过城门，沿着街道行驶。一路上，君小姐一直掀着车帘看着外边。

"没有什么记忆吗？"方承宇问道。

"记不太清了。"君小姐说道。

事实上，君小姐对这里没什么记忆，甚至连家在哪里都不知道，君小姐想了想又解释道："回来得不多，年纪也小。"

方承宇看着外边，好奇地说道："那现在可以好好看看，就像重新认识，别有一番惊喜。"

君小姐笑了，方承宇这一路上的情绪一直高涨，对什么风景都很好奇，她却意兴阑珊。她来这里是因为君家的房契，这是一个名叫胡林的人卖给君小姐祖父的房产，后来被君家的先人用这间房子开设了医馆，一直到君蓁蓁的祖父去世，君蓁蓁的父亲为官，医馆后继无人，只余下一张房契被君蓁蓁的父亲收了起来。君小姐想她之所以能重生在君家，也许是因为这个医馆，果然上天是公道的，她失去的，必将一一还给她。

"小姐，到了。"雷中莲说道。

听说到了，君小姐突然有些不敢下车了，这算是近乡情怯吧，雷中莲想到，没有催促，稳住车马。

"下车吧。"方承宇含笑伸手戳了戳她，说道，"走了这么远，不就是为了到家？"

君小姐笑了笑，掀起车帘走下车，站在车前看着面前的房屋。这房屋已经很多年没有翻修了，又因为无人居住而满目破败，这些都不重要，她的视线向上看去，落在门头上的桃木匾额，其上有三个大字，字迹因年代久远已不清晰，但苍劲古朴——九龄堂。九龄，跟她的名字一模一样，也许真的是命中注定，她站在匾额下，突然泪如雨下。

雷中莲看着这样的君小姐很感慨，上前说道："少奶奶，也不知道钥匙在哪里，我把门撬开吧。"

君小姐抬手拭泪，再次抬头看着匾额，说道："无妨，我只要匾额就够了。"话音才落，就听得门内传来咣当一声巨响，脚下也是一阵摇晃。

"蓁蓁小心！"已经挪到车外的方承宇下意识地探身伸手去拉君小姐，着急地喊道。

雷中莲也忙伸手，但君小姐已经及时后退一步。只听得咣当一声，屋门齐齐倒下，随之门匾也跌落，在地上翻滚两下，停在君小姐的脚边。

她说要匾额，匾额就掉下来了，雷中莲忍不住瞪眼，神情愕然。

君小姐看向内里，一阵尘土飞扬中响起杂乱的脚步声，夹杂着一个男人的咳嗽声，有三四个人走出来拉扯倒下的门板，然后看到了站在门口的君小姐三人。

一个正挥动衣袖的男人察觉异样也看过来，一边打量君小姐，一边问道："你们是来看房子的吗？"

君小姐也打量这个男人，他年纪约三十多岁，身材干瘦，留着一撮山羊胡，她立刻从记忆里搜寻是否认识此人，可惜无果。她不说话，男人也不在意，而其他的人则继续干活收拾，有人在君小姐面前弯身搬起匾额。

"把这些板子都拖去当柴烧了，别堆在这里。"山羊胡男人一边抖着衣袖，一边说道。

君小姐一怔，抬手按住被搬起的匾额，问道："你们要做什么？"

"收拾房子啊。"山羊胡男人再次打量君小姐一眼，又看向落在车上的少年，摆了摆手，接着说道，"你们该不会是来求医的吧？九龄堂早就没了。不过这里马上就要开一间新药铺，有需要的话到时候可以再来。"

"谁让你们开药铺了？"君小姐将面前人抱着的匾额用力夺过来，质问道。

她伸手抚过匾额上的"九龄堂"三字，手指上沾满厚厚的灰尘，抬起头看着山羊胡男人，说道，"谁说九龄堂没了？我回来了。"

山羊胡男人一愣，问道："你？你谁啊你？"

"我……"君小姐看了看手里的匾额，说道，"我是君九龄。"

横街前破败许久的九龄堂前停了马车，又聚集了人，惹来街坊邻里的关注，人们听说君小姐回来了，都涌向九龄堂围观。一时间，九龄堂门外，围了好多群众，都在交头接耳，向屋内探头探脑。

而此时，光线昏暗的屋子里，山羊胡男人伸手用衣袖在一条长板凳上扫了扫，荡起一片尘土，连连咳嗽了几声，开口说道："我叫胡贵，大侄女你可能不知道我是谁……"

"我知道。"君小姐径直在一条长板凳上坐下，将手里的匾额放在桌子上，接话说道，"这房子就是你们家卖给我家的。"

胡贵咳咳地笑了几声，说道："是啊。"他又看着被雷中莲搀扶的方承宇，忙将条凳搬过去，"小公子您坐这里。"

"多谢大叔了。"方承宇谦谦有礼地道谢。雷中莲扶着他坐下来，自己站在他的身后。

"君小姐说得没错。"胡贵自己也扯了一个条凳坐下来，接着说道，"这房子是我先祖卖给你们家的。不知道你还记不记得，你父亲回来给老太爷发丧的时候，又托付我照看。"又叹口气，说道，"没想到君大人也英年早逝了。"

君小姐对他施礼表示感谢，屋子里略微沉默片刻后，她说道："劳烦胡大叔照看房子了。我如今成了家，能亲自照看祖父、父亲留下的房子了。"

胡贵惊讶地看着这个十五岁的小姑娘，又看了看坐在那边的少年。少年人对他扬起笑脸，温声说道："胡大叔，我是她丈夫。"

胡贵掩饰住眼底的诧异，站起身来，说道："大侄女、大侄女婿，你们回来了，就先到我家去歇歇脚，这里什么都没有。"

君小姐却坐着没动，指了指桌上的匾额，说道："不用了，谢谢胡大叔。我先把这里收拾一下，至少，先把牌子挂起来。"

听她这样说，雷中莲立刻上前说道："少奶奶，我来吧。"说着拿起了匾额，同时也伸脚勾过来一个凳子。

"慢着慢着。"胡贵急急抬手阻拦，为难地说道，"君小姐，这个房子你们住不得了。"

君小姐将房契从袖子里拿出来，说道："我有房契。"

胡贵捻了捻胡须，说道："君小姐，我当然知道这房子是你们君家的，只是还有一件事你不知道。"

"什么事？"君小姐问道。

"这个房子是我们先祖卖给你们了，但是这地方原本是田地，盖房子的时候也没分那么细，后来把房子卖给你们家，只立了一个房契，但这地契还留在我们家。"胡贵说道，"所以说房子是你们的，但这地是我的。"

君小姐听后皱起了眉头。

"那就是说当初买房的时候，你们家欺诈了。"方承宇先说道。

胡贵笑了，对方承宇施礼，苦笑道："小公子，这话我也不反驳。不过那是几辈子前的事，你要说怪谁还真不知道怪谁。我们胡家也分了好几次家，我也不知道这是怎么回事，我只是传下了一张地契。"

他说着又对君小姐施礼道："君小姐，我就是一个俗人，上有老下有小，我也做不到那些圣人君子教导的高风亮节。小姐不在家不知道，这么多年我早就知道这个地契的存在，只是君老太爷济世救民，开的是医馆也是善堂，我也不是离了这地不能活。"他叹口气，神情真挚地继续说道，"你看，这几十年我都没有来和你们家说房子的事。老太爷不在了，君大人成了官人不再行医，这房子也荒废多年腐朽不堪，我家里老娘年纪大病了几场，儿子女儿也到了说亲的年纪，日子实在是过不下去了，这才要接过来的。"

方承宇笑着说道："胡大叔你真逗，你是不是说以前君老太爷有名有望不能惹，后来君大人为官不能惹，现在两位都过世，名望已消逝，官威不再，孤女又远嫁，所以就可以没有任何麻烦地接手房子了？"

胡贵被说得面色尴尬，为难地说道："你看，你们非要这样想，我也没办法。我也无辜啊，我祖上分家分到这个，这也是抵了米粮天地银钱的，总不能我就这么扔了吧？"

"是，不能这么扔了。"君小姐开口说道，"这样吧，我把这块地买下来可以吗？"

胡贵的眼睛微微一亮，但目光扫过方承宇以及雷中莲后又暗淡了下来。一个病弱的瘸子丈夫，一个枯瘦无神的下人，还有外边的马车，怎么看都寒酸，哪有什么钱？

"君小姐，其实你要房子有什么用啊。"胡贵想了想，说道，"这临街住人也不便，不如你把这房子卖给我，去城里寻一处好宅院……"

君小姐摇摇头打断他："我要这房子有用。再说这是我祖父留下的，传承不能断。你这地卖多少钱，你尽管开价吧。"

胡贵再次捻了捻胡须，眯眼说道："君小姐，不是我不开价，这地我已经卖出去了，现在我也做不了主了。"

君小姐坐在这间落满灰尘的房间里突然有些想笑，就知道她想要的东西不可能轻易拿到。她笑了笑，说道："那你问问对方，要多少钱肯卖。"

胡贵微微皱眉要说话，君小姐却不给他开口的机会，站起来将匾额抱起，说道："多少钱我都买。"

匾额宽大，她的个子虽然比同龄的女孩子高挑，但到底是个娇小的女孩子，看起来很费力。

雷中莲忙要上前接过，却被她抬手制止。她再看向胡贵，真诚地说道："胡大叔，劳烦你跟对方说一下，我要让九龄堂重新开张，所以这房子我不能不要，希望能把地契卖给我，请他开个价。"

胡贵惊讶地问道："你要重开九龄堂？"

君小姐点点头，再次施礼道："所以劳烦胡大叔了。"

说罢，她抱着匾额向外大步走去。方承宇也对胡贵点头施礼，被雷中莲搀扶着走出去了。

门外已经聚集了不少人，看到君小姐抱着匾额走出来，都忍不住上前一步。

"是君家小姐吗？"有年长的妇人问道。

君小姐看着她，含笑点点头。

"哎哟你都长这么大了。"那妇人欢喜地说道，"都认不出来了。"

其他人也都围上来，七嘴八舌地跟君小姐打招呼。这些都是跟君家相熟的乡邻。君蓁蓁家世代为医，从最初走街串巷的铃医到开堂问诊，历史的足迹几乎跟汝南城融合在一起。

"我们祖祖辈辈都是守着九龄堂的，平日不看病，也要进来坐一坐。"一个老妇高兴地说道，"君老大夫不在了，这九龄堂关了门，我每次从这里走过都觉得少了什么。"她忙在身上摸，又说道，"我，我还欠着君老太爷的药钱呢。"

君小姐含笑看着她，说道："婆婆不急，等改日收拾好了，您还来这里坐。"

在场的人听到这句话都神情惊讶，这才注意到君小姐怀里抱着的匾额，纷纷问道："这么说，你要重开九龄堂？"

君小姐含笑点点头。

"哎呀太好了。"众人都高兴地说道。

"那我先去找个地方歇歇脚，明日来收拾九龄堂，等过几日就重新开张了。"君小姐说道。

众人听后又七嘴八舌地询问君小姐的去处，还有人要替她搬匾额，她含笑劝说才制止了大家。众人看她扶着方承宇上车，又忍不住询问。

"他啊，"君小姐看了方承宇一眼，抿嘴一笑，"是我丈夫。"

不在意众人投来惊讶的目光，方承宇也对众人微笑点头。众人忙还礼，看着他们赶车离开。大家仍站在九龄堂前久久不散去，热烈议论着君家以及这位君小姐的事……

直到众人渐渐散去，刚刚被遗忘的胡贵仍留在门前，神情复杂地看着街上远去的君小姐的马车。

"胡爷，这房子还收拾吗？"蹲在门外的几个人力询问道。

胡贵吐口气，说道："真是早不来晚不来，怎么这时候来了，先别收拾了，我去问问怎么办吧。"

第四十一章

免费开诊送药

第二日，当君小姐乘坐的马车离开客栈，去往九龄堂的时候，驾车的雷中莲远远地就看到街上聚集着很多人，待看清那边的情景，他猛地拉住了马车，沉声说道："少奶奶，不好了！"

方承宇和君小姐对视一眼，掀开车帘，街上的人群也看到这边的马车，纷纷让开路，神情各异。

"这可比高价惊人多了。"方承宇看到昨日还有些破败的九龄堂已经消失不见，取而代之的是一片废墟。

君小姐的神情亦是平静，她从袖子里拿出房契，轻轻一甩，心想房子没了，房契倒是没用了。

与此同时，汝南城的一间大宅里传出响亮的笑声。

厅堂里，一个身材发福的中年男人拍着肚子大笑道："不就是个房子嘛，拆了就行，敢跟我抢地方，也不打听打听我是谁！"他想到什么，看向一旁站着的胡贵又问道，"哎，你跟她说我是谁了吗？"

胡贵神情尴尬地赔笑道："严老爷，我，我还没说。"

严家是汝南城的乡绅土豪，要钱有钱要势有势，官府都要给几分薄面。严家这一房的长子已经开始替父亲经营家业，正想要做个生意证明一下自己，九龄堂所在的位置很好，胡贵要出售，严老爷便要买下来，虽说手续尚未交接，但严老爷一言九鼎，这是板上钉钉的事。胡贵是真没想到君家还有人回来，他到底是气短没理，自然要来和严家老爷说一声，看看怎么办，谁想到严老爷脾气这么大，竟然半夜让人把房子给推倒了，胡贵擦了擦头上的汗。

严老爷一脸不认同地摇摇头，笑眯眯说道："这就是你不对了，你怎么能不告诉人家这地是我要买？如果知道是我严家要买，大概也就不会说那种尽管开价的幼稚话了。"

胡贵跟着赔笑，小心翼翼说道："不过，严老爷，昨日您是没看到，听到是君家的小姐回来，街上的邻居都热情得很，出了这事，我是怕君小姐不肯罢休，闹起来……"

严老爷喷了一声，拍了拍桌子上的地契，说道："虽说君小姐一家受人爱戴，但她也不能欺负人啊，我可是有地契的，她总不能仗着祖父、父亲的功绩就不讲理了吧？！去吧，房子怎么说也是在你的地上塌的，看在君老大夫、君老爷的面子上，你给她些钱，让她去别的地方再买一处房子。这钱呢也不让你吃亏，出多少加在地价上，也算是我感念君老大夫和君大人的功绩了。"

胡贵松口气，连连道谢道："严老爷善人，严老爷善人啊。"

严老爷带着几分倨傲又不耐烦地摆摆手，说道："去吧去吧。"

胡贵忐忑不安地来到九龄堂所在的街上，远远就看到人群还没散去，且越围越多，四周的人们正七嘴八舌地劝慰着君小姐。雷中莲忍不住问道："这是谁干的？"

此话一出，却见原本还围在四周的街坊邻居都后退一步，神情不安，其中一个妇人说道："我们也不知道啊，黑灯瞎火的，也都睡了。"

其他人也都纷纷点头。

他们肯定知道是谁干的，拆房子这么大的动静，这些人不可能听不到看不到，雷中莲皱眉刚要再问，一直沉默不语的君小姐制止他，说道："不用问，是谁干的不重要。"雷中莲便不再说话，安静地退后一步。

真是人穷气短，连大声质问都不敢，在一旁看着的胡贵叹口气，底气更足几分，挺直了脊背，推开面前挡着路的围观群众，没好气地说道："都让开，看什么看？很好看吗？"

围观的民众都退后几步，看着胡贵站在君小姐的马车前，君小姐和她的那个瘸子小丈夫都神情平静。

"君小姐，你看，这事真是太意外了。"胡贵叹口气上前，一脸沉重地对君小姐说道。

"是啊，真是太意外了。"君小姐笑了笑，说道，"我真没想到竟然会这样，我以为只不过要多花些钱，没想到连钱都不用花了。"

胡贵轻咳一声，带着几分同情和歉意地说道："君小姐，你看事情已经这样了，不如你们再换个别的房子吧？这临街的房子也不好，我知道一处更好的地方，更适合居住。为了表达歉意，我愿意重新为您买一处房子，算作补偿。"

君小姐却摇了摇头。

"君小姐，虽然说出来很不要脸，但我真是为你们夫妻两个考虑。"胡贵急着说道，"你们太年轻了，有些事不能意气用事。"

君小姐笑了，她从车上下来，站在胡贵的面前，说道："胡大叔，您误会了，我来这里不是打算住下的，而是为了重振九龄堂声名来的。"

胡贵一愣，还要说话，君小姐已经将车上的匾额扯下来一甩，动作快得差点甩到胡贵，他忙矮身躲避，等他再起身，君小姐已经扛着匾额走向那片坍塌的房子。

胡贵奇怪地看着她没说话，心想，她这是要煽动民众吗？

君小姐站定在废墟前，将肩上的匾额放下立在身前，对着民众们说道："乡亲们，今天九龄堂重新开张了。"

胡贵皱起眉，四周的民众也神情复杂。

君小姐的话继续响起："九龄堂专治各种疑难杂症，保证药到病除！"

众人又一愣，好大的口气，纷纷开始议论起来，看向君小姐的神情也多了几分同情和无奈。

君小姐无视他们，平静地伸手指了指身前的匾额，继续说道："以上是我九龄堂的承诺，但凡有假或者没有做到，任何人都可以砸了我的牌子。"

此言一出，让在场的人都愣住了，议论声消失。

"还有，"君小姐的声音再次响起，柔和的声音轻轻传到在场每一个人的耳边，"九龄堂开张首月，医药费全免。"

胡贵顿时瞪大眼，四周一阵安静，旋即哗然。

胡贵一脸哀愁地跑到严老爷家报告。

严老爷听后皱着眉问胡贵："全免是什么意思？"

"全免就是她看病不要钱，对症开的药也不要钱。严老爷您也知道，这治病看大夫不贵，贵的是抓药啊。"胡贵看看严老爷，忙赔笑答道。

严老爷又问道："她哪来的钱？你不是说她没钱吗？"

"她是没钱啊，君家有没有钱，咱们汝南谁不知道啊。"胡贵苦笑着说道。

"那她哪来的钱？"

胡贵想到君小姐那个瘸子丈夫，猜测道："莫非是她夫家有钱？"

"再有钱也不能任她这么糟蹋吧？"严老爷不屑地说道，"再说，能有几个钱？"

他昨日派人推倒房子前也让人打听了，这君小姐一行人的行头、住哪里、吃什么全问清楚了，这三人尤其是那位少爷吃得特别简朴，几乎不见肉腥，据说为了省钱那君小姐还借了厨房亲自下厨做饭。

"严老爷，你看现在怎么办？"胡贵不安地问道，"那君小姐也不走，就在倒塌的废墟那搭个草棚子，把九龄堂的牌子摆在里面，这引来的人越来越多，议论也多，只怕不好。"

严老爷冷笑一声，说道："我说怎么这么大口气让我开价，原来是有钱人。既然她发下宏愿要重整九龄堂，而且要为民众免费诊病送药一个月，这是大功德，我就算不看在君老大夫和君老爷的面子上，也得为汝南城的百姓着想。"说罢他大手一挥，说道，"那就让她送一个月。"

胡贵只好又一脸愁苦地从严老爷家离开，和等在外面的侄子一起回到九龄堂的街上，远远就看到排着看病的队伍，多数都是老弱穷困的民众。对这些人来说，才不在乎大夫高明不高明，只要能免费看个病、吃个药就是天大的好事，当然也有例外。

"小姐，我这个刚看过，你看看别人给我开的药中不中？"一个年长男人坐在草棚下，并没有伸手让君小姐诊脉，也没有描述自己的病情，而是拿出一张药方，迟疑地询问道。

君小姐笑着伸手接过药方，看了几眼，再抬头看着这位病人，柔声说道："大叔您可是胸胁胀满、口苦咽干、心烦、欲呕、不思饮食？"她再看一眼药方，又看着这病人，说道，"舌尖红，苔黄白相间，脉弦？"

那中年男人神情惊讶，连连说道："是呀是呀。"

君小姐点点头，看着药方，说道："你的病邪正相争于半表半里，互有胜负，故寒热往来，邪犯半表半里，胆经受病，故胸胁胀满、口苦；胆热而肝胃不和，故心烦、目眩、欲呕、不思饮食。这药方开得很好，我不用再添减，就按着这个来抓药吧。"说着将药方递给雷中莲。

"这位先生来这边拿药吧。"雷中莲说道。

那中年男人神情惊愕似乎没明白，再次问道："可以按照别人开的药方抓药？"

君小姐温和笑道："别人开的与我诊断的一样，自然可以抓药。"

一旁的胡贵和侄子都瞪大眼，神情愕然。再看向那边，那位中年男人已经呆呆地起身，跟着雷中莲去草棚下的药柜前抓药了。

据说君小姐将城内的一家药铺买了下来，专门负责抓药、配药，看到这里，胡贵再次皱了皱眉，心想，这君小姐竟然真的有钱……

胡贵摇头后退，却不想撞上身后走来的人，来人不客气地说道："让让，让让。"

胡贵转头看到这几人，神情微微一怔，这几人他认得，是城中德胜昌票号的人，他们来做什么？送钱的吗？胡贵心里想着，不由自主地笑了。但笑意还没落，就看到德胜昌的几人走到草棚里，站在君小姐身后的瘸子小丈夫面前，恭敬地说了几句，那小丈夫则提笔在纸上写了什么递给他们，几人恭敬地接过，又恭敬地退出来。

胡贵突然愣住，德胜昌的这些人一向是对有钱的大爷恭敬，难不成这君小姐的夫家还真的很有钱？此时，德胜昌的人已经走到他的身边，胡贵下意识地拦住其中一个，这个人是他认识的，前几天因为地契的事打过交道。他指了指草棚，低声问道："小板哥，他们兑了不少钱吗？"

被唤作小板的伙计古怪地看着他，反问道："兑什么钱？"

胡贵啧了声，说道："不兑钱，难道你们的钱是来白给他的吗？"

伙计小板笑着说道："可不是白给嘛，再说那也不是我们的钱，而是他的钱。"

胡贵眨了眨眼，有些没听懂。小板拍了拍他的肩膀，也有些不解。

"胡贵，你不是认得我们家少奶奶吗？"小板伸手指了指草棚里的少年解释道，"那是我们少东家啊，德胜昌的钱都是他的。"

胡贵瞪大眼，惊呆了。

"二叔，二叔！"侄子连滚带爬地跑进院子。

在院子里坐立不安的胡贵也立刻抓住他，急急问道："怎么样？"

"二叔，问清楚了，君老大夫的亲家就是德胜昌的方家。"侄子咽了口水说道，"也就是说这德胜昌就是君小姐的外祖家，现在她又嫁给了自己的表弟，成了德胜昌的少奶奶了。"

胡贵一脸的呆滞，终于隐约想起来，君家的亲家的确姓方，当时陪嫁很多，看起来是个有钱人家。那可是大名鼎鼎的德胜昌啊，怪不得君小姐能说出让他随意开价的话，怪不得能免费诊病送药一个月。

"这还真是一个强龙。"胡贵喃喃说道。

"有钱，那又怎么样？"胡贵打听出消息的时候，严老爷也知道了，他冷笑道，"有钱也不能欺负人，我有地契，走到哪里她都没理。"

"可是老爷，那房子的事……"一个随从小心翼翼地提醒道。

"房子怎么了？"严老爷喝断他，"谁证明是我干的？人证物证呢？去告我呀，看官府受理吗？"

随从连声应是，不敢说话了。

"不就是有钱做一些善事嘛。"严老爷拍着发福的肚子，继续说道，"你有钱你免费诊病发药，百姓爱戴感激，那又怎么样？你做好事这是你的善名，关别人什么事，这世道，事不关己高高挂起，谁吃饱撑的多管闲事。"

随从点点头，赞同地说道："没错，就是这样，这群人不过是图个免费的药吃，都是那些没钱的穷鬼，有钱人又不稀罕她的药，她又不是名医，谁会找她……"

严老爷笑着对随从点头，拍着肚子走到廊下，逗弄着笼子里的画眉鸟，又说道："孺子可教也，这名气是个好东西，但是呢，也得看有没有用，否则，它就是个虚名。"

果然几日之后，来草棚里看病的人就少了很多，毕竟穷苦人也不能天天生病，把药当饭吃。渐渐的，真正看病的人很少，表面上看病，实际上为拿免费药的人却很多，争执也开始出现。

"为什么不给我拿这些药？药方上可写着呢。"草棚前响起尖锐的声音，一个干瘦的妇人拍着桌子站起来。

而如同惯常一样守在不远处看着的胡贵也走近几步。

"二叔，这人不是严老爷派来的吧？"侄子低声问道。

胡贵摇摇头，感叹道："还真不是，免费的东西谁不贪？这种事早晚会出现，根本就用不着严老爷出手。"

君小姐看着面前的妇人，神情依旧柔和，轻声说道："这位大娘，你的病症不适合吃这些药，我当然不能给你拿。"

妇人伸手在身上拍了拍，着急地说道："怎么不适合？我这是桂枝堂的周大夫亲自看过的，周大夫你知不知道？那可是蔡州府最有名的大夫。"

雷中莲在一旁木然地看着这妇人，君小姐吩咐过让他负责拿药，他就负责拿药，别的事不管。方承宇也一如既往，饶有兴致地看着这妇人。草棚里的三人神情都很平静，胡贵却看得直摇头。

"我不知道。"君小姐直白地答道，"不管他有名还是没名，这个药方开得和你的病症不对。"

"你这孩子会不会看病啊？"妇人大声喊道，"你竟然说周大夫开的药不对。"排在妇人身后的人听到后纷纷议论起来，对着这边指指点点。

君小姐没有说话，笑了笑。

妇人继续大声说道："你这孩子，我这病是周大夫亲自看好的，药也吃了一段时间了，你怎么就说我这药不对不给我拿呢？你要是不想给我免费问诊和拿药就直说嘛，装什么善人啊。"

妇人说罢后，后边的众人纷纷点头附和，此起彼伏地响起质问和不满的声音。

"这人就是这样，远的香近的臭。"胡贵对侄子感叹道，"你看她刚回来时人人都高兴地欢迎她，不过是因为无利益纠葛，再看看现在，她非要闹出这种事，这下好了，她就是再有钱也不能施舍一辈子吧，升米恩斗米仇，用不了一个月，她就在这汝南城待不下去了。"侄子点点头，揣着手带着几分羡慕地看向草棚那边。

君小姐依旧不急不恼，淡定说道："那这样吧，大娘你按照这药方抓一服药，再按照我的药方抓一服药，要是吃第一服药没用，就试试我的，你看这样行不行？"

妇人愣住了，身后议论的人们也愣住了。

"你是说，你给我按照周大夫的药方抓药？"妇人不相信地问道，"还多给我抓一服你开的药？"

君小姐含笑点点头，一边提笔写下一张药方，将那妇人的药方一并递给雷中莲，说道："抓药吧。"

雷中莲应声"是"，一句话不多问不多说，就走向药柜。

妇人还有些呆滞，原本攒着那么多撒泼的手段还没用就结束了，颇有几分不知所措，后边的其他人也都神情愕然，大家纷纷七嘴八舌地问道："那我们拿着别人的药方都能抓药吗？"

"如果别人的药方对症，当然能抓药；如果我觉得不对症，就给你们抓两服药。"君小姐说道。

在场的人都震惊了，有人好奇地问道："你为什么要这么做？"

君小姐看着他，神情也有些惊讶，似乎他问的话才奇怪，她说道："因为我说过啊，我九龄堂药到病除，妙手回春，没有做到是要被砸牌子的。既然你在我这里看病，我就能保证你会好。"

听完君小姐的解释，众人都恍然大悟，不再争执，又乖乖地排队问诊开药，君小姐再说对方大夫开的药不对也没人有意见了，反正人家说不对也给你拿药了，还白给一服新的。

胡贵一脸的无语，侄子则一脸羡慕地说道："这叫有钱真好，什么事都能用钱解决，事也就不算个事了。"

胡贵想了想走上前，趁着问诊的空隙对君小姐施礼，说道："君小姐，有句话我虽不当讲，但还是忍不住要说，就算有钱也不能这样玩啊。"他看了眼坐在身后的瘸子少年，诚恳说道，"方家是生意人，哪有生意人不挣钱只扔钱的？您这样别惹了您外祖母家不高兴，为了这座房子，真的不值当啊。"

君小姐笑了笑，说道："胡大叔，我真不是为了这座房子，而且，我也没有只扔钱啊，将来我很快就会挣回来的。"

胡贵皱起眉头，犹豫地说道："这都免费半个月了，挣钱可没那么容易。再说，君小姐您这医术从哪学的？真的行吗？"

"自学，家传的医书。"君小姐认真答道。

胡贵瞪大眼，语重心长地说道："我说大侄女，你别以为做这些善事，拿这些钱笼络民心，就有人替你出头，你看看这么久了，有人问过这房子的事吗？"

君小姐笑了笑，说道："其实我说了你可能不信，我觉得房子这样挺好的。因为更夸张更引人注目，让我九龄堂的名字更快就尽人皆知了。"

"尽人皆知又怎么样？"胡贵急道，"也不能替你讨回什么公道啊。"

君小姐哈哈大笑了几声，轻轻用手指指着自己，自信地说道："公道，我可不需要讨，因为我就是公道。"

胡贵忍不住翻个大白眼，他再要开口时，突然有人打断了他。

第四十二章

◇

保证药到病除

"大夫！大夫！君大夫！"一个癫狂的声音打破了这里的安静。

所有人都闻声看去，只见一个瘦高的中年男人跌跌撞撞地跑来，手高高地举起，大声喊道："我好了，我能下地了，我能走、能跑了！"他越过围观的人群冲到君小姐的草棚前，扑通一声跪下又喊道，"神医啊，神医啊！"

差点被跪在脚上的胡贵吓得后退一步，心想这是哪里找来的托儿，演技这么浮夸……

男人的哭喊声听起来很瘆人，引得不少人打个寒战向草棚挤过去，议论纷纷。不久，站在最前面的人回头大声说道："大力海平被治好了！"

大力海平，姓耿，名海平，因曾代表汝南县与邻县翘关比赛而被汝南的众人熟知。海平是在城外石头矿上背砖的劳工，本来过得很好，但突然在矿上受伤，腰再也直不起来，看了多少大夫都瞧不出病症所在，钱如流水般花出去，药一锅一锅地吃，却不见减轻，到后来走路都困难，更不要说再去矿上干活了。海平一倒下，耿家就天塌了，好容易买下的房子也卖了，一家人寄居在街头的草棚下苟且度日。当听说九龄堂君小姐免费问诊送药的消息后，海平的瞎眼老娘耐不住期盼，和三个孩子扶着海平请君小姐诊治开药，没想到被君小姐扎了几针，吃了她开的药后，才过了三天海平就能下床了，过了十天，人都能站直，还能跑了。

面容枯瘦、蓬头垢面的海平跪在草棚前放声大哭，对着君小姐连连叩头，哽咽感谢道："谢谢神医！原本我只求能走出去要个饭就行，没想到竟然被神医治好了！我已经恢复如初了！"

"你站起来走走，我看看你的病恢复得如何。"君小姐神情平静地说道。

大力海平连忙叩头应声"是"，站起来走到君小姐的几案前，几案上摆着金针脉枕和笔墨纸砚。

君小姐伸手对他诊脉一刻，提笔又写了一服药方，说道："这个药再吃一个月。"

大力海平应声"是"，感激地再次道谢。雷中莲如往常一样要伸手接过药方，君小姐却示意他过来，雷中莲矮身附耳，听君小姐交代了几句话，这才接过药方，看了海平一眼，说道："跟我来吧。"

海平忙恭敬地施礼要转身，就在这一刻，雷中莲忽然"嘿"的一声，马步沉腰伸手将地上一块门墩石举起来扔过去。

胡贵吓了一跳，没想到这个看起来没什么用不如一根木头的下人竟然有这般神力。事发突然，门墩稳稳准准地砸向海平，四周的民众不由得发出一声惊呼。海平亦是神情惊骇，但门墩来势凶猛且无可退避，他下意识地蹲步沉腰伸手接住，举在身前。四周惊呼声散去，陷入一片安静，旋即又是一片惊呼。

"海平！"

"大力海平！"

喊声此起彼伏。

胡贵也咬住了手指，不可置信地看着那个举着门墩稳稳站着的男人。海平的身子在发抖，但并没有倒下，他整个人已经呆滞了，就那样举着石头一动不动，就好像自己也变成了石头。雷中莲笑了笑，转身将手里的药方递给药柜，好像什么事也没发生。

海平举着石头依旧不动，四周的喊声却越来越多，海平愣愣地慢慢扭动身子，跨出一步。四周又爆发出喊声和尖叫声。海平鼓起勇气再次迈步，一步、两步、三步……随着他每跨出一步，四周都会响起整齐的喊声和鼓掌声，就像十几年前他在两县民众前那般风光一样。

海平的眼泪汹涌地流出来。跟着海平过来的他的三个孩子和瞎眼老娘听到民众的议论声，也都激动地跟着又哭又笑。四周看到这一幕的围观民众，尤其是好些年纪大的，也都跟着哭起来。

胡贵也抬袖擦泪，哭着说道："真是见鬼了，我哭什么啊哭！"

安静地坐在君小姐身后的方承宇也露出笑容，看着前方依旧端坐的君小姐的背影，忍不住喊了一句："九龄。"

君小姐那日搬着匾额对胡贵说自己是君九龄，说是祖父要她继承九龄堂所以给她起了九龄这个小名。以前没想过回来，所以叫着父母给起的名字，现在她决定接手九龄堂了，那么以后就要用爷爷起的这个名字了。她以医馆为号，医馆以她为名，她是君九龄。

君小姐回过头看着他，眼神带着询问。方承宇却没有说话，对她笑了笑，拍拍手，竖起一个大拇指。君小姐笑了，没有说话，又转过身。方承宇手拄着下颌，看着她的背影，眼睛明亮。

成为废人四年的大力海平在四月末五月初的一天，举着石头在汝南城穿城而过，引起了全城的轰动，而让这个奇迹发生的九龄堂也再次轰动。民众都在口口相传，九龄堂竟然真的做到了药到病除、妙手回春。

晨光初亮，如同两边的店铺一样，九龄堂还没开门。当然九龄堂所谓的开门不像其他店铺那样卸下门板，而是将九龄堂的匾额摆在草棚前，这个匾额一直随同君小姐去。

雷中莲在屋檐下将匾额擦拭一遍，看着屋子里的两个年轻人，君小姐正将一碗药递给方承宇。

方承宇仰头一口气喝掉，咂巴咂巴嘴，说道："苦。"

君小姐捏起桌上碟子里的蜜饯递给他，方承宇笑吟吟地接过吃了。雷中莲笑了笑，低下头将匾额扛起来，放到院子里的马车上。

"每天跟着我去是不是很无聊？"君小姐一边站起身来冲方承宇伸手，一边说道。

君小姐不让方承宇落单，所以走到哪就把他带到哪，她每日在草棚里诊病，方承宇也跟着。方承宇扶着桌子站起来，并没有拿起一旁的拐杖，而是扶着桌子向前迈步，他说道："不无聊，每天能看到众生百态，太有趣了。"

扶着桌子的时候，方承宇尚能勉强笨拙地迈出步子，一步，两步，到第三步离开桌子的范围扶不到，他就变得艰难。手没有依附，腿脚似乎有千斤重，怎么都抬不起来。

"更何况……"他头上冒出一层薄汗，可以想象他现在是多么吃力，但口中还在继续竭力地轻松说话，"我在那边也不是闲着，他们给我拿来票号的事做，很有趣。"

通过密信，方家抓到隐藏奸徒苏氏的事他们已经知道了，所以方承宇身在汝南的消息也不再保密。蔡州这边的票号都得知了消息，对于少东家到来，当然很是看重，除了随意调用钱，还把账册等生意的事拿来汇报。

君小姐冲他伸手示意迈步，问道："你看得懂吗？"

"我跟你说过，我看过很多书。"方承宇笑了笑，说道。他咬牙抬起脚向前挪了一步，身子歪歪晃晃，几乎摔倒，手下意识地伸出想要抓住什么，君小姐的手及时握住他。他站稳了身子，脚下似乎踩在刀尖上，疼痛席卷全身，汗水打湿了后背，接着说道，"我那时候说没有想过未来其实是骗你的，其实我想过好了以后要如同祖父、父亲一样，担起家里的生意，独自撑起整个方家，让祖母和母亲不再担心害怕。所以我看了很多生意的书，票号的账册我也看了。"

君小姐握着他的手，笑了笑，说道："再走一步。"

也不夸一夸人家多厉害，方承宇抿抿嘴，再试了试迈步，然后将被君小姐握着的手垂下来，说道："走不动了，不走了。"他说话很干脆，声音也很清亮，但总觉得这语气有些像小孩子的撒娇。

雷中莲站在车边看过来笑了笑，君小姐没有勉强，伸手将他扶住，另一手熟练地取过拐杖，两人径直向内里走去。

浴桶里已经准备好热水，里面是浓浓的药味。方承宇利索地脱下外衣裤子，只剩下一条短裤，由君小姐扶着坐进去，简单泡了一刻就被扶出来，这边干净的水也准备好了。冲洗擦拭后，君小姐将准备的内衣放在凳子上转过身。毕竟是个大孩子了，先前昏迷不能自理她可以替他穿脱，但现在他清醒着也活动自如，总不好还亲手来伺候。

她只要守在他身边，防止被人害就可以了，不像弟弟九榕还小，事事都得替他做。九榕还很害羞，每次洗漱都要嚷着让她闭眼。想到那稚嫩的声音，君小姐的眼眶突然有些发热，现在她死了，姐姐又要被嫁出去，九榕他一个人该由谁来照顾……

君小姐猛地转过身，喊道："承宇。"

方承宇刚擦拭干净，脱下湿透的短裤，正坐着穿上干净的短裤，陡然被她看过来，神情下意识地有些尴尬。

君小姐忙又转过身，接着说道："我想起一件事。"

身后，方承宇一边继续穿衣服，一边淡定地问道："什么事？"

君小姐却又不说话了，怀王府不是谁都能打听的，一旦被人怀疑，不定惹来什么祸事，现在不能出差错，想到这里，她又说道："没事，你穿好了没？"

方承宇眼中闪过一丝黯然，转瞬而逝，又恢复了以往的明亮。他没有继续追问，说道：

"穿好了。"

君小姐转过身，取过外衣给他穿上，扶着他走出了净房。

略歇息一刻，等日光明亮，他们就坐上车离开客栈，来到九龄堂的草棚前。

这边已经排起了长队，其中除了一些穷困民众，还多了不少穿着绫罗绸缎的富贵人。看着君小姐的马车过来，路上的人纷纷让开。

君小姐一如往日，下车抱起匾额，雷中莲则搀扶着方承宇。九龄堂的匾额摆在了草棚前，君小姐将几案略作整理便坐下来，排在前方的人急不可耐地上前，急急说道："君小姐，您看看我这咳嗽怎么老是不好，吃了好些药……"

君小姐看了她一眼。这个妇人前些天来过，当时她并没有这样询问，而是径直拿出药方，摆明了是要得免费药。那个药方没有问题，所以君小姐给她抓了药，现在又来了。

"这个病要养，再吃些时候就好了。"君小姐想了想，伸出手，"你要是觉得药不够，我可以再给你拿点。"

这个妇人却不肯拿出药方，哀求道："君小姐，我那药方是别的大夫开的，也不管用，你再给开些药呗。"

早早守在一旁看着的胡贵听了后，神情变得复杂。

"麻烦？有啥麻烦？"出了这么大的事，严老爷自然也知道了，在廊下逗鸟的他没好气地将笼子扔给小厮，看着来汇报的下人，说道，"治好了一个大力海平，就证明她能药到病除、妙手回春了？"

下人忐忑不安地说道："可是大力海平的病的确一直没人能治好，君小姐这一手……"

严老爷嗤声笑道："你们是不是傻，那大力海平是个穷鬼，能请得起好大夫？能吃得起好药？"

下人们顿时恍然，有人说道："伤筋动骨是要靠养的，这穷鬼海平哪里有钱？"

"是啊，后来没钱，大夫都懒得给他看，更别提吃药了。"另一个也忙点头，说道，"没有人给他好好诊病开药，他能好才怪呢。"

严老爷接过丫头递来的茶喝了口，说道："也不是怪你们糊涂，想来这也是那君小姐和方家精挑细选的，这大力海平当初有名，后来遭遇不幸沉寂凄惨多年，治好了他，必然引起轰动。"

"老爷，你的意思是这是君小姐筹划好的？"一个下人问道。

严老爷在廊下的摇椅上坐下，嗤声说道："不是她筹划好的，难道是天上掉下来的？君老大夫的医术大家还不清楚？也就是有个医者仁心，看些头疼脑热的小病，乐善好施而已，哪里有啥超高医术？他都这样了，他的孙女又能学到啥啊！"

众人忙点点头。

"所以这件事跟先前免费赠药一样，也不过是用钱来买名声。"严老爷靠在摇椅上摇摇晃晃地说道，"这定然是方家花钱请了名医，得到珍奇的药方，将大力海平治好了，给这君小姐造势。"

众人再次点头。

"可是，这势造得越来越大，已经不是那些穷鬼贪便宜的人去凑热闹了。"一个下人迟疑地说道，"我们在那边的人回禀说好些乡绅富户都去了，到时候君小姐靠上他们，再闹这房子的事只怕有些麻烦。"

严老爷笑了笑，不屑地说道："靠？只能靠的是自己的真本事！君小姐和方少爷太年轻了些，要是方家的大东家出面倒还差不多，就是方家的大东家出面，也得讲理。我有地契且我严家虽然没有方家钱多，但也不是随意能被欺负的穷鬼。"

在场的人都点点头，神情变得轻松。很快那边就传来消息，虽然多了很多乡绅富户，但大家并没有上前让君小姐诊病，只是在观望。

"就说嘛，大家谁也不是傻子。"严家的众人笑道。

然而笑声还没散去，外边有人急急冲进来，紧张地说道："不好了，老爷，又有人被治好了，跑去感谢君小姐了。"

众人的神情僵了僵，不由得看向严老爷。

严老爷神情依旧轻松，坐在摇椅上摇摇晃晃，淡定地说道："既然是造势，总不能只造一个吧。"

果然如他所说，消息接二连三地继续传来：一积年咳血的老汉、东街瞎眼卖花婆的惊风孙子、大肚子三年被说怀了鬼胎的刘寡妇等，都被君小姐治好了。

院子里的众人早已经没了笑脸，一个个神情惊骇、呆滞无声，坐在摇椅上的严老爷也不再摇晃，攥着茶杯看着门口还在不断奔来的人。

胡贵看着街上涌来的扶老携幼的人，这些人都是前些日子被君小姐诊治过的人，排队治的人已经顾不得治病了，都目瞪口呆地看着不断跪拜道谢的这些人。

"这是病来如山倒，病去如抽丝。"君小姐说道，"治病良药总是要过些时候才能起效。"

胡贵下意识地看向她。

"就好像种田一般，三月播种，总要过几个月才能成熟。"君小姐说道。

胡贵看向街口断断续续还有激动地喊着向草棚奔来的人，都是君小姐这半个月以来诊治过的。他对着君小姐喃喃说道："所以……"

君小姐对他笑了笑，说道："所以现在是收获的时候了。"

九龄堂药到病除、妙手回春，这承诺掷地有声，并非虚言。

"君家小姐嫁为人妇后，本以为君家就此在汝南断了根，没想到竟然会一鸣惊人。"站在路边的一个身穿儒袍的中年人看着街上挤得水泄不通的人群，捻须感叹道。

在他身边站着的其他几个文雅读书人纷纷点头赞同，他们都看向九龄堂，但拥挤的人群将小小的草棚都挡住了，更别提看到草棚里坐着的人，倒是那一片塌陷凌乱的房屋越发引人注目。

"这君家的九龄堂怎么塌了？"适才感叹的中年人又问道。

听到读书人主动询问，早已按捺不住传八卦的民众便主动将来龙去脉讲给他们听，在民众添油加醋般夸张的描述下，一个孤零又坚强的女孩子形象被塑造在读书人的眼前。

"好气节。"一个读书人由衷感叹道。

"不愧是君家后裔啊。"另一个人叹息道，"既有先祖的医者仁心，也有其父的士人风骨。"

"是谁欺负这么一个孤女？"有年长的人问出最关键的问题。

"这咱们就不知道了。"几个民众挤眉弄眼地说道，"不过，有个人大概知道。"他们说着向人群中指去，"喏，老胡家的人，前一段时间说这是他们的房子呢。"

读书人也都看过去。

而在另一边的高楼上，也有不少人注视着这边的九龄堂。

从楼上居高临下，可以清楚地看到那一片瓦砾废墟上的草棚，里面的人看不到，那块古朴陈旧的"九龄堂"三字的匾额却能看得清楚。因为场面太混乱，等候看病的人自发地维持秩序，将那些要来道谢的病人拦在外边。但这些人并不离开，都站在外边向人激动描述着自己是如何被君小姐奇迹般救治痊愈的。随着讲述人情绪的起伏，听众也跟着又哭又笑，场面很是喧闹。

"有人说君小姐这药到病除是有玄机的。"高楼上的人收回视线，说道，"阳城方家德胜昌，金山银山，多高明的大夫都能请到，多难得的药方都能拿到。"

这话让屋子里的其他人都笑了，其中一个人说道："这是治病，不是科考，就算是胸无点墨，漏个题做个手段，进士也能当的，这治病救人可是技术活，半点作不得假。"

"是啊，这半个多月她看过的病人数十个，病情不同，轻重不同，来历不同，一个、两个、十几个能做手段，但所有的人都被看好，那大概只有神仙能做到了。"另一人感叹道，"而且我们已经派人统查问过，这些病人事后没有再接触过任何人，也没有更换过汤药。"

有人跟着说道："方家就是再有本事，也不可能做到如此毫无破绽。"

大家的视线再次看向窗外，一人肯定地说道："除了是自己的真本事，没有别的可能。"

便有人笑着说道："那这次严三可是踢了铁板了。"

话说到这里，有人嘘了一声，冲楼下指了指，说道："看，县丞的人来了。"

"我不出诊。"君小姐看着眼前的男人，说道。

如今排队的人都虎视眈眈，决不允许别人挤占自己的位置，但这个男人的到来让人们都毫无怨言地让开了。他径直走过来，询问君小姐是否可能上门问诊。

君小姐回答得很干脆。

"这是我们县丞大人的管家。"旁边等候的民众忍不住提醒道。

君小姐哦了声，对这男人略一施礼，算是打个招呼，但除此之外没有其他的动作。

这男人也不以为意，笑了笑，和气地说道："那我们就来这里吧。"他对君小姐施礼便要转身，突然察觉到这边的废墟，惊讶地问道，"这九龄堂的房子怎么塌了？"

这九龄堂的房子被推倒的事情早就传遍了，县老爷们怎么可能不知道？此言一出，在场的人都心知肚明，这意味着县老爷要过问了，君小姐的冤屈能报了，在场的民众神情都有些激动。连一直神情木然的雷中莲脸上也微微动容。而站在人后的胡贵则面色发白，心想完蛋了……

四周一片安静，等待着君小姐说话，她却笑了笑，说道："房子年久了难免会塌了。"

在场的人都愣住了。县丞老爷的管家也微微一怔，旋即笑了，他没有说话，再次施礼，转身疾步而去。

这一幕很快就传开了。民众夸张地渲染县丞老爷的管家怎么义愤过问君小姐房子的事，而君小姐又是怎么善良，没有告状。而严老爷终于在家里坐不住，亲自来到九龄堂的那条街上，自然听到了民众议论的事情。他拿着折扇挡着脸，看着草棚里的君小姐和一瘸一拐走着的少年。

"怎么可能，她要真是神医，为什么治不好她的丈夫？"严老爷眼睛一亮，说道。

话音才落，就听得身旁有人喃喃说道："这已经够好了。"

严老爷转头看去，见是一个相貌普通的男人。

"哎，你说什么够好了？"严老爷用扇子掩着脸，横眉喝道。

男人看了他一眼，说道："你见过瘫子走路吗？"

严老爷皱眉要说什么，那男人却转身离开了，很快就消失在人群中。严老爷收回视线，再次看向那边的草棚，眉头紧紧皱起，有些庆幸地自言自语道："还好胡贵没跟她提我。"

他的话音刚落，就见那边草棚里的胡贵冲着君小姐扑通跪下来，大声喊道："君小姐，这不关我的事，一切都是严三老爷干的。"

严老爷顿时面色铁青。

"老爷，任凭胡贵说，谁也没有证据。"

"没错，老爷，咱们可跟这没关系。"

"对对，咱们只是说想要买地，但咱们并没有买啊，他胡贵不能血口喷人。"

跟随在严老爷身后的下人们乱纷纷地劝说道。

严老爷攥着扇子黑着脸一头撞进院子，美婢们忙捧茶上前迎接，却被他兜头踹开。

"对你个头。"他犹自气难平，回头将扇子砸在最近的下人身上，"你当谁傻子呢？要是官府有心，什么事查不出来？要弄你，什么证据没有，就算不是这件事，别的事照样能下手，你们还不知道他们的手段！你们是不是傻？！"他将扇子狠狠地一下下砸过去，下人们也不敢躲，任凭老爷砸出气。

严老爷将扇子砸烂在地上，气得来回踱步。脑子不停地转动，思考着解决的办法，最终也只想到要一口咬定自己不知情，是被胡贵两头欺瞒骗了，反正动手的是自己家的人，无凭无据。

"三儿，三儿。"一个老妇的声音在门外响起，打断了严老爷的胡思乱想，他忙接过去。一个穿着华丽的老妇人已经被几个丫头搀扶着进来了。

"娘，你找我什么事？"严老爷问道。

"快点，陪我去九龄堂。"严老夫人激动得满脸放光，"你爹的老寒腿有救了。"

严老爷身子僵硬，一时没动作。

"还愣着干吗？你别不信，这次肯定能治好。你知道咱们家看庄子的老黄头，跟你爹一样的病，比你爹还重，已经好了，说是被九龄小姐治好了。"严老夫人拉住儿子，激动地说道，"我亲眼看过，走动蹦跳都没问题。你爹这十几年的痛这次是真的有救了，真是谢谢菩萨！"

严老爷仍僵着没动。

"三儿，你还弄啥？"严老夫人这才注意到儿子的异样，笑着说道，"你放心，这次我真不是胡乱求医被人骗，那九龄堂说了药到病除、妙手回春，多少人都治好了，真不是骗子，你就放心吧。"

严老爷急得都快哭了，只能为难地说道："娘，咱们去不得。"

严老夫人不高兴地说道："咋去不得？你现在翅膀硬了，不想你爹病好了？"

严老爷抬手就给了自己一耳光，急着说道："娘，我哪有那么不孝啊。"说着又给了自己一巴掌，"我还真是不孝。"

严老夫人一头雾水，抬手摸了摸严老爷的头，说道："三儿，你不是也病了吧？"

正说着话，门外有人急急跑进来，说道："老爷，县衙来人请你去一趟。"

县衙这帮见风使舵的东西，动作可真快！严老爷气得心里骂了声，再看几个差役也跟着走进来了。

"县老爷找你干啥？"严老夫人不待严老爷说话就抓住他的胳膊，说道，"不管干啥都没有给你爹看病要紧。"说着又对那几个差役摆手，"去给县老爷说，有事过会儿再说，我儿要去九龄堂给他爹看病。"

听了老夫人的话，差役们神情古怪，严老爷也神情复杂。

"严老夫人，我看你还是先不要去了。"一个差役似笑非笑说道，"去了只怕也白去。"

"为啥？"严老夫人不高兴地问道。

"老夫人，你难道不知道九龄堂的房子被人砸了？"差役笑着说道。

"我知道啊。"严老夫人瞪眼说道，"也不知道是哪个黑心肝的，你们来得正好，先去抓坏人，再说旁的事吧。"

差役们都笑了，也不说话，只看着严老爷。严老夫人愣了愣转头看到严老爷猪肝一般的脸色，忽然想到了什么，问道："三儿，我记得你说过要买个地开个药铺，那黑心肝的不是你吧？"

人们的议论，各方的猜测，对君小姐来说都没有影响，她依旧日升开门问诊，日落抱着匾额回客栈。

她的坐卧举止未变，变的只是外界的人和事，而这一切变化又似乎都在她预料中。雷中莲赶着车回头看了眼，初夏的天气已经有些热，车帘子掀起，君小姐正一如既往地抚着"九龄堂"三字的匾额。他忍不住问道："所以一开始的时候，少奶奶你就没打算花钱买下地契吗？"

君小姐摇摇头，说道："买啊，我当然要花钱买下来，不管他们出价多少，只不过……"

她看了眼方承宇，他接着说道："只不过不花咱们家里的钱，是不是？"

君小姐笑了笑，对雷中莲解释道："我原本想的其实跟现在差不多，也是开馆坐堂问诊，只不过不是现在的免费，而是高价。"

雷中莲若有所思。

胡贵对买地契的严家说君家小姐要买地，且大方地任意开价，严家也许真的会开出高价，这样君小姐就要开馆坐堂问诊，名义是挣钱买地契，依仗嘛自然也是药到病除、妙手回春，这开馆坐堂问诊的价钱自然也会是一个很骇人的数目。能引起轰动的必然是极端，要么是极端的便宜，要么就是极端的贵，总之目的就是九龄堂在汝南一举成名。

"我也没想到严家会这样做。"君小姐诚恳地说道，"你看，什么时候都不要放弃希望，你不知道下一步老天会给你什么样的惊喜和好运。"

方承宇很认同地点点头，雷中莲则有些无语，但他也没再说什么，吐口气甩了甩马鞭拐进了九龄堂所在的街道，但下一刻他就勒马收住，因为动作突然，君小姐和方承宇都身子前倾，同时伸手相互搀扶。

"少奶奶、少爷，有人来修房子了。"雷中莲惊讶地说道。

君小姐和方承宇也看到了，草棚后凌乱的废墟上站满了人，正热热闹闹地搬运、整理着瓦砾断木。

"君小姐来了！"伴着这喊声，围观的人都忙回过头同时让开路，而修房子的队伍中也疾步走来一群人，为首的是严老夫人。

"君小姐，我来给你修房子了。"严老夫人大声说道，"这房子是我家给你推倒的，现在我给你重修。"

围观的人都有些哗然，没想到严家会这样当众承认。

"这是我那浑小子干的混账事。"严老夫人将手里的拐杖重重一蹾，严肃地说道，"混账，你给我滚出来。"

严老爷用扇子挡着脸，不情不愿地走出来。

"君小姐，原本应该让他脱光了负荆请罪，但他那样子不好看，吓到小姐你就又是罪过了。"严老夫人伸手又给了严老爷一巴掌，说道，"所以我就打了他一顿，让他亲自来这里给你盖房子。"

严老爷被这一巴掌打得扇子掉下来，露出青一块紫一块的脸，眼都黑了，显然被打得不轻。周围的人看到严老爷这样子都哄笑起来，他忙慌里慌张地捡起扇子又遮住脸。

方承宇看得饶有兴趣，君小姐神情平静，微微笑道："原来是这样啊。"

严老夫人点点头，又严肃地说道："没错，就是这样。我也不说对不起你，事情做了就是做了，我不是来求你原谅的，我就是来弥补过错。房子怎么砸倒的就怎么给你修起来，这块地我也买下来送给你……"

她的话说到这里，胡贵跳了出来，急急说道："不行，这块地我不卖给你们家，我要送给君小姐！这地契本就该是君小姐的，是我们家当时违了约，就是错的。"

看着这两人争抢，围观的民众再次哄笑起来。

"这严家怪不得为汝南大户乡绅，当真是能屈能伸，会做人会做事，虽然看起来丢了脸，也得个知错能改大丈夫的形象，还能与蓁蓁化解纠葛，真是一举两得。"方老太太端起茶碗，说道，"还好他们聪明。"

因为宋大掌柜伏诛，苏氏自尽，宋大掌柜埋下的各路奸细都已经被方家清除，所以方承宇的行踪在方家也不再是秘密。有关方承宇的消息不断被送回来，汝南城房子被推，草棚开药铺的事自然也不例外，且在传回的书信中描述得极其精彩，元氏更是将信念得抑扬顿挫，简直跟说书一般。

"还好这严家的明事理，不像宁家。"方云绣说道。

方玉绣擦着嘴，说道："还好她厉害，要不然严家可不会这样做。"

"这世上人有钱有势久了，总会有些不明事理的。"元氏跟着笑道，"需要打个雷惊醒惊醒。"

"承宇怎么样？"方大太太在一旁问道。

当听到方老太太说方承宇和君小姐并不是被藏在别院，而是早就离开阳城，出了山西，越过两府去往汝南时，方大太太当场就昏厥了。还好一日一日传来的都是好消息，方大太太才稍微放心。

"少爷已经能自己拄着拐走路，不用人搀扶了。"站在厅内一脸风尘仆仆的小厮说道，"少奶奶说再过些时日，少爷就能自己走了。"

方大太太激动地站起来，问道："当真？"

"少奶奶说，她不打诳语。"小厮说道，"药到病除、妙手回春，如有虚假，请砸了九龄堂的牌子。"

元氏扑哧笑了，其他人也都笑起来。方大太太擦了擦眼角的泪水，说道："是，虽然我一直未曾见她，但她真的没有失言。"

方老太太放下手里的茶碗，说道："现在家里也安稳了，承宇也大好了，让他们回来吧。等他们回来，官府对宋运平的问斩判决也会下来，到时候让全县的民众都知道，我们方家是被奸人所害，不是有罪被天谴。"

屋子里的人都站起来，齐声应"是"。

柳儿还没有得到君小姐的消息，此时的她正伸手推开门，就被屋子里的味道呛得后退一步。她伸手捏着鼻子走进去，将窗户打开说道："喂，三小姐，你还没死吧？"夏日里的风卷走了屋里的霉味，柳儿吐口气松开手，看到桌子上摆着的茶点都馊了，顿时又恼火地说道，"三小姐，你别不识好人心啊，你要是不吃，以后我就不给你送了。"

屋子里安静无声，柳儿走进内室，看到在炕上坐着的方锦绣，她靠着墙抱着膝头看着窗外，整个人瘦了一圈，原本圆润的脸变得尖瘦，越发显得眼大，眼神却是灰暗无神。

柳儿不知道该说什么，方锦绣可是恶人生的女儿，她嘲笑人唾弃人很拿手，安慰人实在是为难她了。她摆摆手，说道："要不你就逃出去吧，别在这里待着了，你收拾一下，我给你多装点钱，出去肯定比在这过得好，我也眼不见心不烦……"她嘀嘀咕咕地在屋子里转圈，还没转几圈，就被从炕上跳下来的方锦绣拎住一把推了出去。

柳儿猝不及防摔倒在门外，气得跳起来骂道："你这个不识好歹的！我可是仁至义尽了，我不管了。"说罢，噔噔地跑开了。

屋子里方锦绣靠着门板坐下来，神情木然，大眼里滚下眼泪，喃喃自语道："我不走，我还不明白，为什么……"

她一直以方家为己任，一直要当方家的英雄，却发现自己不是英雄，而她的母亲还是害方家的主力，她顶的天、立的地，崩塌了。

第四十三章

◇

再遇砍柴人

五月末的汝南，天气有些多变，一阵风吹过，几声闷雷，雨就落了下来。

"今日天不好，我们九龄堂暂且休息一日吧。"方承宇拄着拐杖站在门口，看着细细的雨，说道。

严家要替他们盖房子，便赠予一个门面让他们暂住，君小姐没有推辞，坦然住了进来，九龄堂的牌子便暂时悬挂在这里。

"我不是来结仇的，我只是来打九龄堂名气的。"君小姐仰头看着门上的匾额，说道，"其他事都是辅助，无关紧要。"她又看向方承宇，"来这里这么久，休息一日也好。"

"不知道汝南有什么好玩的地方。"方承宇兴致勃勃地拄着拐走过来两步，说道。

"汝南啊，我也不知道啊……"君小姐答道。

她的话音才落，门外就有人探头，胡贵一脸讨好地说道："君小姐，我带你们逛逛，我知道哪里有好玩的、好吃的。"

自从那日在草棚外跪下哭喊着要把地契给君小姐，君小姐收了地契却给了他一大笔钱，胡贵百般推托不过，干脆就缠在了君小姐这里。

"我又没钱，也没店铺赠予你。"胡贵抹泪说道，"君小姐您大人大量不计较，但我做了错事心里过不去，您就当可怜可怜我，让我尽尽心意。"

君小姐无所谓，方承宇更不在意，一行人便关了门坐了车沿街慢行。

雨不大，街上人不多，夏日花红柳绿，一路走来赏心悦目。

胡贵言语风趣地将汝南的旧事典故讲得妙趣横生，君小姐不时露出笑意，方承宇也松了口气。

不知道为什么，君小姐这几日心情有些不好，常常对着日历发呆，方承宇探头看过，那日历翻在六月二十八。他这些日子接触票号的生意，一边调查有关君小姐的一切事，以前他不想知道更不关心，但现在他想要知道更多，但关于六月二十八，他至今没查出跟她有什么关联。

方承宇突然想知道宁云钊的事，又觉得自己这样想有些不太好，他低下头抠着自己的手指，忽然喊道："九龄。"

君小姐嗯了声，转过头来。

　　她很喜欢这个名字，喊这个名字的时候她总是很快地应声，就好像她一直叫这个名字一般，方承宇说道："我看到票号的账册，这几个月京城那边流水特别大。"

　　"明年要大考了，各地的学子们都进京，随身携带的银票开始兑出花销了。"君小姐说道。

　　方承宇点点头，说道："我发现通过这些账册，还能看到很多当地的变化，蛮有意思。"

　　票号钱庄，店铺生意，南北流通的不只是金钱货物，还有很多消息，所以锦衣卫在很多生意中都安插了人手。而她之所以留在方家，搭上方家这艘船，除了需要足够的钱，还看中了德胜昌票号的无所不在。

　　君小姐笑了笑，说道："是吗？我看不懂账册，还真发现不了。"

　　"你不用看懂的，我看懂就好了，你想知道什么问我就行。"方承宇笑着说道。

　　"好啊。"君小姐点点头，说道，"那我就不费心了。"

　　方承宇笑着点头，又换了个话题，憧憬地说道："不知道京城什么样，要是去看看就好了。"说到这里又笑了，"我是不是太贪心了？才学会走就要跑。"

　　君小姐笑着摇头，说道："这有什么贪心的，想去哪里就去哪里。"

　　而且京城，她很快就要去的。六月二十八，是她的生辰，也是她和陆云旗成亲的日子。锦衣卫那些人说陆云旗将和九黎公主成亲的时间定在了六月，虽然没有说具体的日子，但她觉得或许会是六月二十八，想到这里，她垂下视线，希望姐姐不知道这件事，这也是为什么她要独自一人进宫报仇，成功最好，失败了也尽可能不牵涉九黎和九榕。

　　君小姐抬起头让酸胀的眼舒缓一下。

　　方承宇伸手轻轻拉了拉她的衣袖，说道："九龄，我饿了。"

　　君小姐掩下胡思乱想看向方承宇，方承宇却没有看她，满是好奇地望着车外。

　　车外有一处酒楼，悬挂着漂亮的旗子，写着"驴肉"二字。

　　"我还没吃过驴肉呢。"方承宇扶着车窗，说道。

　　"少爷你可真有眼光，这是我们汝南最好的吃食。"车外的胡贵立刻说道，"俗话说天上龙肉地上驴肉，那是一等一的好吃。"

　　君小姐笑着说道："那就在这里吃吧。"

　　雷中莲将方承宇扶下车，胡贵已经先一步进去订位子，不知道说了什么，酒楼里的老板伙计都跑出来迎接。

　　君小姐才要进去，听到路边有人说话：

　　"不行不行，那棋局我破不了，输了十个钱。"

　　"我就不信了，真那么厉害，我也去试试。"

　　君小姐不由得看过去，那两个路人已经向对面走去，对面是一间茶楼，此时围着不少人。

　　看到君小姐的视线，胡贵又窜回来，说道："那是有个人在摆残局，骗钱呢，已经两三天了。"

　　君小姐笑着说道："怎么能叫骗钱呢，解不了就是解不了嘛。"

　　胡贵嘿嘿笑道："我也不懂这个，反正就是没人能解开，大家都说有古怪，这家伙赢了不少钱了呢。"

　　君小姐没有再说话，笑了笑，扶着方承宇迈进去，刚进去就听得其内有人笑起来。

　　"什么不少钱，这玩一次几个钱，能赢多少钱？我告诉你们，我见过阳城的一次棋局。"

一个男声朗声笑道。

君小姐脚步一顿，雷中莲也看过去。此时不是吃饭的时候，所以酒楼里人不多，大厅里只有三桌客人，其中一桌只坐了一个身穿玄色布衫的年轻男子。他背对门口大马金刀地坐着，看不清他的样子，只看到他肩宽腰窄，端坐如松，跟另外两桌客人说话。他似乎很高兴，将手在桌子上一拍，大笑道："那个摆棋局的，才是天上地下少见的二货。"

君小姐脸色微变，雷中莲有些僵硬。

"二货倒不是我们这里的土话。"胡贵机灵地凑过来解说，"这是北地的俗语，我听那边来的商人说过，就是说一个人傻呆蠢的意思。"说着又笑起来，补充道，"我看那个严老爷就是个二货。"

"二货"二字在众人耳边萦绕，那男子的声音还在继续："你们知道那二货摆的棋局玩一次多少钱？十两银子一次。"

酒楼里另外两桌客人很是惊讶，纷纷说道："那不是疯了吗？谁肯花那么多钱玩这个？"

"你们知道那二货摆出的棋局赌金是多少？五千两！"这一句话说出来，别说那两桌客人哗然，连迎着君小姐他们进门的掌柜和伙计都惊叹，纷纷赞叹那布棋局之人技艺高超。

那男子却笑着拍桌子，一面将腿踩在另一边的凳子上，哈哈大笑地说道："高超个屁，那就是个二货。"

胡贵也跟着笑起来，对君小姐等人说道："听起来的确是个二货哈。"

君小姐没有看他，方承宇忍着笑容，眼睛发亮。那个木头人一般的车夫却瞪了胡贵一眼。

"咋？"胡贵忙问道。

雷中莲看着他，说道："没啥。"

君小姐忽然迈步，但她并没有顺着伙计和掌柜的指引，而是径直向那说话的男子走去，她走到那男子桌前，问道："为什么那人是个二货？"

与此同时，其他桌子上的人也正发出疑问，女子娇柔的声音混在其中很是显眼，男子耳朵一竖，抬头看向她，两向相对，四目惊诧。

"是你！"两人异口同声道。

雷中莲和方承宇也跟过来，站在桌子前看到这年轻男子的面容，神情亦是一变，竟然是那行为举止诡异的砍柴人！

短暂的一阵凝滞，年轻男子收了笑，打量君小姐一眼，再次说道："是你啊。"

君小姐也打量他一眼，恍然说道："原来是你啊。"

掌柜上前迟疑地看了看两人，试探地问道："君小姐，您看您……"不待他说完，君小姐拉开凳子坐下来，说道："我和这位公子一起。"

此言一出，在场的人都愣了下，那年轻男子皱眉，说道："不好吧？"

"怎么不好？"君小姐看着他，笑道，"公子是我的救命恩人，我想要跟公子一桌，表表心意，不应该吗？"

年轻男子将手一伸，制止道："打住，你别胡说，我可没有救过你的命。"

掌柜立刻不再多言，赶着伙计上菜忙退开了，胡贵则拉着雷中莲坐在旁边的桌子上，方承宇很自然地挨着君小姐坐下来，还对着年轻男子笑了笑。年轻男子根本就不理会他，只是戒备地看着君小姐。

君小姐一直看着他，神情复杂，不可置信地说道："怎么这么巧呢？"

是这个人破了她的棋局？又是这个人抢走了她的紫英仙株？竟然有这样的巧合？一直以来冷静自持的她顿时有满腹说不出来的滋味。

被君小姐这样盯着看，年轻男子身子向后退了退，郑重说道："小姑娘，冷静些，你还小，不知道这世上就是有很多巧合，不以为怪，也不代表什么，不要多想。"

君小姐笑了，将手放在桌子上，这动作让她的身子向前倾了倾，她说道："可是这也太巧了，怎么会是你呢？这就是缘分吗？"

年轻男子呵呵干笑两声，说道："人与人见面本身就是缘分，所以缘分遍地都是，不值钱，不要想太多。"

君小姐依旧笑，看着他，神情复杂，想了想问道："你叫什么名字？是哪里人？"

此言一出，年轻男子猛地站起来，说道："世间的事就是这么巧，你看，我们才见面，就又要分别了，我还有事，先走一步，说不定下一次我们又能见面呢。"话音未落，人已经转身。但他动作还是慢了一步，在他起身的那一刻，君小姐已经伸手抓住他的胳膊，同时说道："不许走。"

因为那年轻男子身材高大，站起来更是抓不牢，她干脆另一只手也伸过去，两只手紧紧抓住他的胳膊，人也因此倾过去，乍一看就好像被君小姐抱住了他的胳膊。

年轻男子立刻跳起来，喊道："非礼啊！"

这一声喊叫让屋子里气氛凝滞，君小姐身子一僵，其他人神情愕然地看着他们，方承宇瞪大眼看得饶有兴趣。

"小姑娘，我告诉你，我家中有贤妻，你跟我是有缘无分，所以我也不要你以身相许。"年轻男子义正词严地说道。

"这个，是我丈夫。"君小姐看了眼方承宇，说道。

年轻男子神情狐疑，目光看向方承宇，方承宇对他展颜一笑，连连点头。

年轻男子微微一怔，再次看向君小姐，神情愤懑地说道："小娘子，你就算要红杏出墙，也不该当着你小丈夫的面，这也太欺负人了。"

年轻男子的话让酒楼里一片安静，就连端菜出来的伙计和掌柜都没敢再迈步，趁着大家愣神，年轻男子甩开君小姐抬脚就走。

君小姐觉得自己从来没有这样生气过。不管是以前还是现在，遇到过各种各样的人，她都觉得无所谓，但像这个男人这般装疯卖傻、胡搅蛮缠的，还是头一次。她起身扑过去，将他拦腰抱住，说道："不许走。"

满酒楼里响起倒吸凉气的声音，这种相拥实在是让人惊骇，这君小姐可真是豪爽……

年轻男子显然不会束手就擒，他一边用力挣脱，一边又大喊着："非礼啊！"

此时街上已经有不少人，听到这一声非礼都兴奋地看过来。君小姐却依旧没有松开手，就这样抱着他的腰被带了出去。

"你放手啊，你快放手，非礼啊！"年轻男子大喊大叫，举着手，一副惊慌的样子，"光天化日之下，你快放手。"

胡贵、雷中莲等人虽都非常惊诧，但也明白君小姐的决心，都纷纷冲出去拦住年轻男子。年轻男子看着围过来的人，神情愤怒焦急又委屈，高高举着手，喊道："你这个小娘子怎么能这样？不能因为见我长得好看，就这样非礼我！"

但围观民众似乎都被吓呆了，一时都安静无声，没有起哄，更没有帮忙。而混在民众中的严老爷更是添油加醋地对年轻男子说道："哎哟，君小姐看上你，你跑啥啊！"

"别让他跑了！这是君小姐要的人。"身后也有人大声喊道。

年轻男子瞪大眼，不可置信地看着四周神情激动、虎视眈眈的民众，心中破口大骂，权衡了一下，跟仍抱着他不撒手的君小姐说道："你别乱摸了，你到底要干什么？我不走总行了吧！"

君小姐听后紧紧拉着他的腰带，一句话不说向前疾步走，年轻男子认命地跟着这女孩子前行，两人径直迈进了对面的茶楼。

茶楼里的人看到君小姐拉着这男子进来，忙都让开路。

"你要干什么？"年轻男子再次问道。

君小姐扫了室内一眼，看到正中摆着的棋盘以及悬挂的旗帜，她大步走过去。摆棋盘的是个干瘦男子，原本也挤在人群中看热闹，看到他们过来，忙慌慌张张跟过来。

"几个钱？"君小姐问道。

"十……十个钱。"干瘦男子结结巴巴答道。

"承宇。"君小姐回头看了眼，喊道。

不知什么时候跟过来的方承宇拄着拐杖安静而立，见她看过来，笑了笑，雷中莲已经将钱递给了身旁的胡贵。胡贵忙过来将钱扔进干瘦男子身边的盘子里。

"君小姐原来也会下棋啊，真是无所不能。"胡贵恭维道。

干瘦男子忙抖衣坐好，但他还没开始，就见君小姐捏起一白子，动作飞快地在棋盘上落子。只见她一只手黑白子交替不断落下，手指翻动如同蝶舞般令人眼花缭乱。一时间室内安静得只闻得清脆的落子声，片刻之后，君小姐垂下手，说道："好了，棋局解了。"

干瘦男子神情呆滞。

"哎，君小姐赢了。"胡贵对众人激动摆手道，"看到没，君小姐一个人几步就解开了，当真是才学出众、无所不能。"

四周响起整齐的叫好声。

"这是钱。"干瘦男子被喊得回过神，慌里慌张地要拿出说好的酬金。

君小姐抬手制止他，说道："好了我赢了，你可以让开了，这棋盘我借用一下。"

众人再次愣了一下。

君小姐已经再次俯身，依旧单手捏起白子、黑子，清脆的落子声之后，一副棋局呈现。

"请。"她这才看向年轻男子，郑重说道。

直到这时，君小姐还没松开男子。

众人看看年轻男子，又看看棋盘。雷中莲也看到了棋盘，神情多了几分恍然，这棋局虽然看起来陌生，但他认得出来，这正是当日花灯节时君小姐曾摆设的棋局，他不由得带着几分期待看着年轻男子。

年轻男子严肃而专注地看着棋盘。

室内鸦雀无声，众人都是屏息等着年轻男子落子，然而，他伸出手停在棋盘上点了点就不动了，干脆说道："看不懂。"

室内凝滞一片，胡贵、雷中莲、方承宇都有些惊讶和不解。

君小姐看着他没有说话，弯身伸手拈起一颗棋子，再次对他伸手做请。

年轻男子撇撇嘴，再次看向棋盘，仍说道："看不懂。"

屋子里响起低低议论的嘈杂声。

君小姐没有迟疑，再次俯身拈起一颗棋子，对年轻男子示意。

年轻男子带着几分不耐烦，再次看过去，忽然神情一顿，随即抬脚围着棋盘转动，君小姐还抓着他的腰带没有松开手，被带着跟跄一下。

还好他立刻又停下脚步，猛地大喊一声："哈！"

屋子里的人都被吓了一跳。

"哦哦。"年轻男子接着发出惊呼声，伸手指着棋盘，露出诡异的神情，又带着几分复杂的笑，他看向君小姐，说道，"小娘子，你是也要摆棋局赢钱吗？你可真逗，你也摆个高明点的啊，你这个……"

"我这个怎么了？"君小姐不待他说完就上前一步，仰头看着他，问道，"我这个怎么了？"

她的手本就抓着自己的腰带，这样上前一步贴得更近了，她光洁的额头几乎贴在他的下巴上。年轻男子不由得后仰，他看着这双闪烁着急切、激动、不解等各种复杂情绪的大眼睛，忽然灵光一现，一瞬间脑子里闪现出各种杂乱的画面，各种情绪在脸上交替闪过，最终恢复了先前的样子。他眼睛眯起，看着君小姐嘴角勾起一弯笑，挑眉说道："原来……你就是那个二货啊。"

"二货是什么意思？"有人交头接耳询问，"爱称吗？"

听到有人询问，胡贵下意识地转头解释："二货就是傻的意思。"话一出口忙打个激灵回过神，呆呆地转过头看向年轻男子和君小姐，他又看向另一边，雷中莲果然冷冷地看着他，忙抬手捂住自己的嘴，又轻轻地拍了下。

"是。"君小姐看着年轻男子，说道，"我就是那个二货。"

年轻男子扑哧一声，笑道："你可真厉害啊，竟然追到我这里了？"

"我没有追你。"君小姐说道。

四周围观的人露出领会又怪异的神情。这种对话很明显是男女之间有事，但这君小姐不是成亲了吗？屋子里的视线瞬时看向方承宇。

"那个，大家都散了，散了吧。"胡贵瞧着气氛不对，忙大声地招呼道。

茶楼里的人虽然不情愿，但也不敢惹恼君小姐，都退了出去。胡贵想了想，最终也走了出去，站在茶楼门口守着。

偌大的茶楼里只剩下他们四人。

"我早就知道那棋局没有诚意。"年轻男子挑眉说道，"没想到你们还真锲而不舍啊。"

君小姐看着他，也挑挑眉，说道："我也早就知道你是个小人，但没想到小人到这种地步。"

年轻男子问道："什么意思啊？"说罢，突然想到什么，神情带着几分惊讶地又说道，"不会那么巧吧？"

君小姐看着他："就是这么巧。"

年轻男子勾起一弯笑："所以，我们真是有缘？小娘子，你有什么想法？"

君小姐看着他："我想知道，我为什么是二货？"

茶楼里一阵安静，旋即响起男子的哈哈大笑声，他伸手拍了拍眼前这个女孩子的肩头，就像一个熟稔的邻家大哥哥一般，说道："你这个孩子，不要在意这些细节，这只是一句口头语，是男人之间的话，你一个女孩子不知道，没有什么意义，就跟今天天气不错一样。"

君小姐面无表情地看着他，方承宇和雷中莲也一如先前。这让男子的笑显得有些尴尬，但他似乎很善于化解这种尴尬，下一刻，他就郑重地说道："你们不是为了这五千两银子追我来的吧？"

"当然不是。"君小姐说道。

年轻男子一脸赞许地点头道："就知道你们不是。看你们相貌举止不凡，绝不是在乎五千两银子的人，更何况这也不是钱的事。"

"这的确不是钱的事。"君小姐看着他，再次问道，"你为什么会觉得我是个二货？"

年轻男子差点要翻白眼，他要后退一步，却发现腰带还被君小姐抓着，就先说道："你先把手放开。"

君小姐看着他不动。

"你放心，我不跑。"年轻男子说道，"我现在知道你不是垂涎我的美貌，当然就不会害怕了。"他指着君小姐纤细的手腕，说道，"你看，你的手这么美，咱们这个样子说话，姿态实在是不雅。"

他说着顺势抬脚勾过凳子坐下来，因为动作突然，抓着他腰带的君小姐差点跌入他怀里。

君小姐忙松开了手，年轻男子松口气，伸手指着身边前后的人，说道："大家坐下来说话。"

君小姐在他面前坐下，方承宇便也坐下来，他并没有走很近，而是就在自己原本站立的地方。

"你看你这个小丈夫对你多好啊。"年轻男子看着方承宇，真诚地赞叹道。

方承宇对他笑了，神情带着几分害羞和被人认可的欢喜。

"当然你也很好，对他也是无条件的信任和好！"年轻男子又看向君小姐，感叹道。

他说着随手从一旁的桌子上拎起茶水，捡起扣在桌子上的茶碗倒了一碗茶，递给君小姐，笑道："没想到过了这么久又在这么远的地方遇到，这实在是缘分。"

君小姐没有说话，接过茶碗毫不嫌弃地喝了一口。他继续斟茶，又招呼方承宇喝茶，偌大的茶楼里环绕着他一个人热情的说话声。

雷中莲看着年轻男人略微夸张的行为，心中仍然绷着一根弦，时刻警惕着。因为他内心清楚地知道这个男人不可小觑，不管他洒脱也好，不要脸也好，都不能抵消他是个很强大很危险的人。

"说起来我的确不打算跟你们再见面，所以才在阳城如此行事。"年轻男子将茶一饮而尽，将茶碗往桌子上一放，继续说道，"没错，我这人比较喜欢钱，恰好看到了就忍不住心痒，但又不想把事情搞大，毕竟是五千两的大数目，所以就指点那个要饭的帮个忙。我承认这是我的不对，我想你这样生气，就是因为这件事吧，这件事让你们原本高雅的行径蒙羞了是不是？"

雷中莲忍不住点点头。

"但是我也没办法。"年轻男子看着她，无奈又认真地说道，"你们也看出来了，我虽然长得天生帅气，引人注目，但我本性是个低调谦虚的人。"

君小姐似乎也听不下去了，说道："我对这些事不关心，你到底为什么觉得我是个二货？"

年轻男子抬手重重地揉了揉那张他自己都觉得英俊的脸，诚恳地说道："其实是小姐你听错了，我当时说的是，我是个二货。"

"你是不是二货我不在意。"君小姐伸手将摆着棋盘的桌子拉过来，指着其上的棋局说道，"请你和我对弈一局。"

年轻男子看着棋局，摊手说道："说了你可能不信，我不会下棋。"

君小姐攥紧了手，问道："你不会下棋，为什么认为我摆出这个棋局是二货？"

年轻男子眼角一挑，露出奇怪的笑容，问道："小姐是不是看过很多书？"他没有等她回答继续说道，"小姑娘，我说了你可能不爱听，你还是太年轻了，你虽然看过很多书，但怎么就认定别人没有看过很多书？要知道这世上博学多才的人多得是。"他伸手指着自己，龇牙一笑，"比如我。"

君小姐看着他，问道："所以呢？"

"所以我也看过很多书。"年轻男子说道，"恰好我在书上见过这个棋局。"

他的话音刚落，君小姐猛然站起来，说道："不可能，书上的棋局没有解。"

年轻男子露出果然如此的神情，笑意更浓，轻咳一声，慢悠悠说道："小姑娘，书上的棋局没有解，不代表无解啊。"

君小姐看着他，问道："这话你是听谁说的？"

年轻男子悠闲自得的神情一僵，有些不高兴地说道："这话怎么就不能是我说的？"

君小姐看着他没说话。

年轻男子哦了声，恢复大马金刀的坐相，说道："没错，这话是别人说的。"他伸手点了点君小姐，"所以说，这位小姐，你怎么能拿出书上记载的棋局来摆赌局呢？那可是书上记载的，多少人都看过，更何况这个棋局还这么简单，这不明摆着给人送钱吗？你说你这行为不是二……"说到这里，他咳嗽两声，将那个不雅的字眼咽了回去。

君小姐神情古怪地看着他，立刻说道："你胡说，这棋局很难。"

"不难。"年轻男子说道。

"很难，就是很难。"君小姐突然拔高声音说道，人也上前一步。

"难什么难啊，你自己笨啊。"年轻男子也有些急了，他伸出手将棋盘转了半圈，捡起一个棋子落在棋盘上。这就是当初在棋盘花灯上需要走的那一步。

他走完这一步，站在君小姐身边，指着棋盘说道："你看，这像什么？"

君小姐看过去，原本方方正正的棋盘被转成歪的，从她站的位置居高临下地看着黑白二子在棋盘上分布勾勒。格线褪去，黑白子相连，黑白子褪去，只余下接连的线条。线条弯弯曲曲似断非断，最终形成一幅图像，这图像是……

君小姐呆住了，有些不敢确认。

"猪。"年轻男子再次俯身，伸手捏起自己适才放下的棋子又重新放下，转过头看着君小姐，说道，"你看，在这里添上一个子，就是一个猪字了嘛。"

方承宇有些好奇地站起身，只可惜君小姐和这年轻男子的身形挡住了棋盘，而君小姐看着棋盘，整个人都蒙了。她呆呆地伸手捏起那枚棋子，再放下，再拿起，再放下，眼前的黑白子由一个字又变成一局棋。

"这棋局精妙至极，蕴含着天地人三道。"师父坐在蒲团上，神情凝重严肃，"你如果能把它参透，就算真的会下棋了。"

为此，她一年翻遍了所有的棋谱，背下了无数的棋局，走出的步子还是都被师父摇头否定，最终还是他指点自己落了一子，才解了她这一年的困扰。君小姐扑哧笑了，又立刻绷住脸，她知道，他一直不喜欢收她当徒弟，千方百计地为难她，表面上慈爱，其实心里在骂她吧。

君小姐的眼泪忽然涌出，抬起袖子大哭起来，这突然的变化让室内的三人都愣住了。

年轻男子忙跳开几步，说道："哎哎，这可不是我骂你啊，这是这棋局逗人玩呢。"又嫌弃地说道，"有什么好哭的啊，不就是五千两银子嘛。"

"谁稀罕银子！"君小姐哭着喊道。

年轻男子摸了摸鼻头再次退后一步，想了想，说道："是，我说错了，你当然不在乎银子。你的棋艺很高超，这一点是无可否认的，但是棋艺再高超的人也不是战无不胜嘛，毕竟像我这样的聪明人虽然不多见，但也不是没有。"

君小姐的哭声更大了，她从来没有这样哭过，像个孩子似的，站在原地用袖子掩着脸，放声地宣泄着。那哭声里有绝望有悲伤，让听的人心都要碎了。

方承宇的脸上浮现焦急和难过，他拄着拐杖疾步向这边走来，说道："表姐，你别难过。"

年轻男子似乎也有些于心不忍，别扭地说道："好了好了，你不要哭了，我说实话，这个不是我发现的。"

君小姐的哭声陡然停了，她放下衣袖，泪眼婆娑地看着年轻男子。

"我遇到过一个人，你刚才问我那句话是谁说的，就是那个人。"年轻男子抬眼向上看，不情不愿地说道，"他为了讨好我，拿出这个棋局逗我开心，因为实在是太特别了，所以我记得很清楚。"

君小姐看着他上前一步，哽咽地问道："是一个男人吗？"

"废话，小爷我才不会跟女人磨磨叽叽。"年轻男子翻着白眼，说道。

君小姐其实心里早就确定了，她跟了师父六年，虽然不知道他的过往、有没有亲人、认识什么朋友，但她知道，那句话一定是师父说的。

君小姐哽咽地问道："他为了讨你开心？"

"那是，要不然小爷就揍他了。"年轻男子说道，"所以你不用哭了，这个棋局你败给我，不是你不聪明，这只是个意外。"

他的话音才落，就听到哇的一声，女孩子的哭声几乎刺穿了他的耳朵。哭声还传到外边，惹来更多的民众围观。

年轻男子又无奈又火大，心想怎么这么倒霉，碰着一个精神不正常的人。他喃喃说道："我一没打二没骂，还好言好语地哄着，这都不行？早知道还不如动手呢，果然我是不能当好人的，当好人是费力不讨好的。"

方承宇没有理会年轻男子的嘀嘀咕咕，又是焦急又是难过地看着站着哭的君小姐，不知道该怎么办，一时束手无策，最终什么也没有说，只是拄着拐杖站在君小姐身边，面上同样悲伤弥漫。

君小姐其实也不知道自己为什么哭，但她就是想哭，倒没有觉得天道不公，她只是觉得师父不公平，她跟随了师父六年，却似乎根本就不认识这个人。更悲哀的是，她不认识的这个人已经死了，再也见不到了，那种悲伤如同潮水般瞬时将她淹没，那种悲伤比当初看到师父尸体时还要难过千倍万倍。

君小姐透过泪眼看着年轻男子，见他正悄无声息地向后退，她忙再抓住他的胳膊，喊道："不许走！"

年轻男子哀号一声，大喊道："你到底要干什么啊？"突然想到什么，肯定地说道，"是为了那个告诉我棋局的人？"

君小姐看着他点点头，心里涌出无数的问题，但到了嘴边又不知道该怎么问。

"你这个棋局，也是那个人告诉你的？但是没有告诉你怎么解？"年轻男子已经先问道。

君小姐再次点点头，眼泪又簌簌掉下来。

年轻男子干笑两声，坦然地说道："小姐，很抱歉，关于这个人，我也没什么可跟你说的，我和他只是一面之缘，还是很久以前。你要找他的话，我帮不到你。"

说完，他看到这女孩子脸上的悲伤更浓，心中又哀号一声。

女孩却怅然地喃喃说道："不，我不是要找他。"

她只是想听听师父的事，想看看别人眼中的师父是个什么样子。

"总之不管是什么我都帮不了你，我也就和他有过这一面之缘，说了这么两三句话而已。"年轻男子摊手说道。

君小姐嗯了声，垂下视线，松开了抓着年轻男子胳膊的手。他整个身子都松懈了，试探着说道："所以，我是不是可以走了？"

君小姐伸手擦了擦脸上的泪痕，觉得自己今日有些过于失态了，想了想，问道："你叫什么名字？"

年轻男子并没有推辞回避，闻言爽朗一笑，冲君小姐抱拳，说道："某，行不更名坐不改姓，名叫令九。"

君小姐听后神情变得有些古怪，问道："你为什么叫令九？"

年轻男子心里又忍不住翻个大大的白眼，心想这小姐怎么那么多为什么……

他压制住不耐烦，对君小姐微微笑道："因为我在家排行九，我姓令，所以就叫令九了，粗浅得很，让小姐见笑了。"

君小姐看着他，若有所思地说道："这样啊……令九是这么来的啊。"

年轻男子对她保持着笑容，亮出白白的牙齿，问道："要不然呢？"

第四十四章

◇

砍柴人的名字

君小姐之所以问他，是因为她曾经也叫过令九这个名字。第一次叫这个名字还是在十岁那年，翻爬进成国公家的墙头被人发现后，她一时着急，主动报上自己的身份和名字——张先生的徒弟，令九。当然后来这些人没有客气地请她进去，反而一脚将她踹得地上，还好东宫的护卫追过来，将她拎了出来。成国公和父亲都被吓得不轻，不过因祸得福，师父不得不来给她看病，然后她才有机会抱着师父的胳膊拖行十里地，终于得到跟师父学医的首肯。想到这里，君小姐抿嘴一笑，点点头。

"那我就先告辞了，咱们青山不改绿水长流有缘再见。"耳边响起年轻男子拔高的声音。

君小姐回过神看着他，笑着点头还礼。

这位叫令九的男子脸上笑意更浓。他的眼睛圆而明亮，此时笑起来，眼睛弯弯，带着几分文雅，如同日光般温煦。君小姐看着他微微一怔，脑子里陡然冒出一些混乱的念头，随即不由自主地说出了一个名字："朱瓒。"

她的声音不大，嘴唇几乎没有动，似乎只有自己能听到，但那位已经笑着转身的令九身形陡然挺直，人未转身，刀锋般的寒气陡然四散。

"小心。"雷中莲的声音猛然响起，人也扑过来，但还是晚了一步。

君小姐只觉得厉风袭来，尚未回过神，脖子已经被一只手掐住，顿时窒息，人也被拎起按在了柱子上，剧烈的碰撞使得她更加窒息。这个叫令九的男人一只手掐住她的脖子，另一只手握住了雷中莲的手腕。

雷中莲手里握着一把软剑，那是他缠在腰间的暗器。就在发出喊声的同时，他拔出软剑扑了过来，但这个男人轻松避开他的袭击，不仅如此，还握住了他的手，抓着他的剑对准了君小姐的心口。

方承宇拄着双拐，站在原地一动不动。

室内鸦雀无声，气氛凝滞，如同被寒冰冰封住。

朱瓒盯着在手里随时能被扼断脖子的女孩子。她因为窒息，原本柔美的脸已经变得铁青，五官也有些扭曲，但她的眼里除却惊讶和不可置信之外，竟然没有恐惧。

而君小姐也没想到，他竟然真的是朱瓒，甚至她吐出这两个字时，自己都没有反应过来。她看着近乎咫尺的男人的眼睛，那双眼睛的神态很熟悉，非常像小时候偷偷给过她蜜馋的成国公——朱山，而朱瓒应该就是成国公的儿子。

君小姐看着他，有些想笑又有些淡淡的酸涩，她没想到竟然就是他，虽然他们以前从未见过面，但她还是凭着直觉叫出了他的名字。嗓子的疼痛忽然减缓，握着脖子的大手卸去了力气，气息大口大口地涌进，君小姐不由得急促地喘了几口气。那只手还稳稳掐着她的脖子，将她牢牢禁锢在柱子上。

她看着眼前这个男人，他的表情严肃，目光犀利，冷静地问她："你是谁？"

君小姐听出他声音里的一丝疑惑。想起高管事曾提过京城的锦衣卫正在查他，他又这样山西河南的乱窜，且无比警惕，显然是在躲避追捕。

"你的眼里没有杀意，没有惊慌。"朱瓒的声音淡淡响起，似乎看出她眼里的疑惑，"你不是为我而来的人，你是谁？"

君小姐轻叹一口气，慢慢说道："我是原抚宁县令君应文之女，我跟随父亲在抚宁长大。抚宁多得成国公庇护，成国公曾到抚宁巡查，小女子有幸见过成国公，也有幸远远得见世子爷一面，世子爷英俊潇洒，自然令人难忘。"

她的眼睛很漂亮，娇憨又明亮，仿佛夜空中璀璨的星星，再加上先前哭过，红肿泪痕未消，盈盈一脉，如同落满了星光的湖水，被这样一双眼看着，再加上那一句令人难忘满含羞涩的话，谁能受得了？

朱瓒呵呵笑了一声，收回手摸摸头，将雷中莲的手向后一推，自己则跨开一步，难为情地说道："是吗？原来是这样啊，我这人的确是令人过目不忘。"

随着他的动作，原本刀剑相逼的三人已经分别站开，雷中莲的软剑垂在手里，君小姐的脖子上只余下瘀痕，她靠着柱子带着几分娇弱地站立着，而她面前的朱瓒摸着头像个愣头小子笑着。

仿佛刚刚一念生死的对峙只是幻觉。

君小姐对朱瓒施礼，说道："唐突了，还请见谅。"

她没有再提他的身份，也没有再盯着他看，确认他是朱瓒，她的很多疑惑就解开了。比如师父留下的棋局为什么他能解开，以及为什么他会与他们在路途中相遇。

"你看你又客气了。"朱瓒伸手拍了下君小姐的肩头，笑道，"咱们谁跟谁啊！"

正要迈步的君小姐被拍得踉跄一下，看了他一眼。朱瓒再次笑道："你不是说了嘛，我对你有救命之恩，更何况你对我还久仰。"

君小姐对他笑了笑，刚要说话，那边啪嗒一声响，大家忙看过去，见是方承宇的拐杖倒在地上。雷中莲忙向他走去要搀扶，却见掉了拐杖的方承宇不仅没有摔倒，反而跟跄地迈步，跌跌撞撞地向君小姐走去。君小姐神情惊讶，旋即露出笑容，冲方承宇伸出手。

雷中莲停下脚步，他知道这段日子君小姐在不断地引导方少爷自己走路，每天早晚都会拉着他在屋子、院子里慢慢走，最少一两步，最多也不过三四步。他知道这有多艰难和不容易。方少爷可是一个瘫了快要十年的人，小姐说大概到六月，他就能放下拐杖了，现在看来是要提前了。

方少爷走到君小姐身边，扑过去抱住她，将头埋到她的肩头，带着哭意地大声说道："吓死我了。"

虽然是个比自己小一岁的瘦弱少年，但这样猛地扑过来，还是差点把她撞摔倒。她笑着晃晃几步站稳脚，也伸手抱住方承宇，拍着他的后背，安慰道："没事，别怕。"

方承宇抱着她不放，晦涩地说道："我都不知道，我原来这么怕死。"

君小姐还没说话，朱瓒在一旁笑着一本正经地说道："小朋友你不要害怕，等你长大了就知道，人都是怕死的，不用害臊。"

雷中莲不满地看着朱瓒，朱瓒也挑衅地看着他。

这边方承宇依旧抱着君小姐，低声说道："我一直以为自己不怕死的，可是刚才我真的非常害怕，怕你死了。"

君小姐笑了，抚了抚他的肩头，安慰道："好了，没事了，我们回去吧。"

方承宇这才直起身，脸上满是委屈，又带着几分不好意思，松开君小姐想要后退一步，人就一歪跌坐在地上，委屈地说道："我还不会走呢。"

君小姐看向朱瓒，对他笑了笑，说道："多谢公子。"

朱瓒戏谑地看着她，挑眉说道："虽然不知道你为什么谢我，不过不用谢，我就是这么一个助人为乐的善人。"

雷中莲心里翻个白眼。

君小姐再次笑了笑，伸手拉方承宇，说道："那就有缘再见吧，我们先回去了。"

雷中莲也忙过来，两人一起将方承宇扶起来。

"我刚才能走只是个意外。"方承宇眼睛亮晶晶地说道，"我还是用拐杖吧。"

君小姐笑着挽住他的胳膊，说道："没事，我扶着你呢。"

方承宇哦了声，在她的挽扶下一步一步地慢慢走远。雷中莲松开手，眼中满是欣慰，这才转身捡起地上的拐杖跟了出去。

朱瓒在后看着走向门口的被女孩子挽扶着的方承宇，喃喃说道："小瘸子难道不是天生的小瘸子？有意思。"朱瓒走到门口，坦然地迎着围观民众八卦的视线，看向坐上马车的君小姐三人。

君小姐察觉到视线看过来，朱瓒对着她微微一笑，君小姐垂下视线，说道："走吧。"

跟着君小姐的胡贵忙夸张地冲围着的民众摆手说："让让。"说着扶住车就要坐上去。

朱瓒却突然从茶楼的台阶上一跃而下，三步两步走到车前，抬手将胡贵划拉到一旁，自己坐在了车上，他抬手打个呼哨，不待雷中莲甩鞭子，马就嘚嘚地前行。

"哎哎你……"胡贵晕头转向地喊着要追上。

围观的民众都笑起来了，还有人揪住胡贵，说道："你添什么乱，人家才是一起的。"

胡贵只得一脸委屈地看着马车沿街而去。

对于朱瓒坐上马车，君小姐三人都没有说话反对，在马被催赶走动后，雷中莲只是轻轻地扯了扯缰绳指挥着马行走。

朱瓒靠在车上，神态轻松，熟稔地问道："这是你们谁的家乡？"

"我的。"君小姐在内答道。

朱瓒哦了声，说道："怪不得你在这里跟个霸王似的，果然是个纨绔子弟。"

君小姐笑了笑，没有说话。

不过她还记得朱瓒是个话痨，且不管是真的话痨还是装疯卖傻，总之只要他愿意就能把话题继续下去，不管有没有人答话："我今天刚到汝南，你说巧不巧！你们这汝南有什么好玩的？你们脚程够快的啊。你们去阳城干什么？就是为了赌钱吗？哈哈哈哈，那真是对不住，让你血本无归了。所以上山挖药材？哈哈哈哈，那真是对不住了，你差点摔死，药草也丢了。"

听到这里，坐在车厢里的君小姐忍不住打断他："不是丢了。"

朱瓒立刻说道："就是丢了。"

"那你为什么要说对不住？"君小姐说道。

朱瓒看着她，郑重说道："因为我是个善人啊，见到别人这么倒霉，我是很同情的。我就忍不住替瞎了眼的老天爷道声对不住喽！"说到这里，又带着几分同情看着君小姐，"希望你别难过，这种事只是太巧了。"

君小姐看着他，又生气又好笑，无奈地说道："是啊，太巧了。"她垂下了视线，所以没有看到朱瓒眼中闪过的一丝疑惑。

"你说你在抚宁长大，你会不会说抚宁话？"朱瓒又忽然问道。

君小姐会不会说抚宁话，她不知道，但是她会，师父会很多方言，当时跟着师父看舆图，他几乎是指到哪里就说几句那里的话，而她又能过耳不忘。

君小姐沉默一刻，说道："不会，我父亲母亲在家只说官话。"

朱瓒笑了，又挑眉问道："带着河南味的官话？"

君小姐看着他，说道："公子，官话本就是河南味。"

旧都在霭州，而如今的南京成为都城也不过几十年，南方为官的朝官们都已经改南京话为官话，但很多在北地的官员还在用霭州方言，很大一部分原因是为了讨好成国公，因为成国公一直以收复失地重回旧都为己任。

君小姐说完这句话，取过扇子看着车外慢慢地摇，并没有在意朱瓒神情微微一变，他嘀咕一句："真巧。"

君小姐笑了笑没说话，她知道为什么他说巧，因为她适才说的这句话，成国公也说过。当时父亲和成国公在书房，成国公说话带着河南口音，父亲打趣他还是说官话吧，因为成国公本也是南京人，成国公就说了这样一句话。那时候她已经接过成国公递来的蜜饯，正视这个男人为神仙，神仙说的话她自然牢牢记住了。

朱瓒继续东问西问，君小姐有一搭没一搭地回答着，时间很快过去，转眼间就回到了住处。一行人有序地下车，雷中莲上前打开了门板。

朱瓒打量着四周，随口说道："开店啊，开的什么啊？"说着他已经抬起头看向门匾，神情一顿，慢慢念着匾额上的"九龄堂"三个字。

"九龄小姐。"一个声音同时从一旁传来，让朱瓒不由得一怔，见一个老妇人颤颤巍巍地举着伞走过来，冲扶着方承宇进门的君小姐施礼。

"是要问诊吗？"君小姐说道，"请进来吧。"

说罢她察觉到朱瓒的视线，便看过来，朱瓒看着她，问道："你叫九龄？"

君小姐笑了笑，说道："是啊。"说罢便转过头，迈进了门内。

老妇人欢喜地紧跟着进去，雷中莲又卸下了两块门板，堂内顿时变得亮堂。朱瓒还站在门口，看看堂内又看看匾额，喃喃道："九龄……"他的眼中闪过一丝复杂的神情，旋即低下头掩去，再抬起头看向堂内，说道，"还真是巧。"

暮色降临，雷中莲将堂内打扫完毕，再将九龄堂的门关上。

后院里，君小姐亲自从厨房里端出两碟菜，香气顿时四溢，方承宇早就在廊下的桌案前坐好。

"好饿好饿。"他满脸带笑地看着君小姐将饭菜摆在桌子上，说道，"我们都没吃中饭。"

"一顿饭不吃哪有那么饿。"朱瓒的声音传来，人也从屋子里一步跨出，盘腿坐下，抓起桌上的碗筷。君小姐没有理会他，径直又去厨房端菜。

"我还小啊，正长身体呢。"方承宇看着他，认真说道，"特别容易饿，自然不能跟哥哥你比。"

朱瓒哦了声，伸手捏了捏方承宇的胳膊，说道："也对，是太瘦弱了。"说着将一盘酱肉放到方承宇面前又说道，"来来，多吃肉，长得结实。"

方承宇看着摆在面前的肉，犹豫地叹口气，将肉推回去，说道："我也很想吃啊，可是我还在吃药，不能吃。"

朱瓒笑笑没再继续说话，不客气地抓起一块饼，将肉撕开卷起来，大口吃起来。又端菜走出来坐下的君小姐看着他狼吞虎咽的样子，没有说话，招呼从前边进来的雷中莲吃饭。雷中莲用盘子拣了饼子、肉菜到一旁坐着吃，君小姐和方承宇则按照以往的节奏，伴着朱瓒含混不清的说笑吃完了饭。

暮色褪去，夜色铺上，里里外外的灯也点亮了。

"要准备他的房间吗？"雷中莲看着走进厨房的君小姐，低声问道。

君小姐回头看了眼站在廊下好奇划拉她晾晒的药草的朱瓒，说道："他还不放心我们，等他确信我们无害，自然会离开。"

"他是不是有麻烦？"雷中莲问道，他担心这人会引来麻烦，威胁到他们。

君小姐笑了笑，说道："不用担心，我们也有麻烦，麻烦来了正好谁也别想自在。"

雷中莲点头，突然想到刚接到的来自方家的信，问道："老太太让我们回去，蔡州府票号这边的人手也都准备好了。少奶奶，我们什么时候启程？"

"家里还有人来，等他们来了再走吧。"君小姐说道。

信送来得快，人马脚程慢，在送出信的同时，方家精挑细选的护卫也在赶来。对于方老太太这做法，雷中莲不觉得大惊小怪，毕竟这是方家唯一的血脉，而且也发生过方家男丁在路途中遇难的事，虽然凶手已经抓住，但小心一点总没有错。他忍不住问道："不知道审出当年那些'匪贼'的来历没？"

"回去就知道了。"君小姐笑了笑，说道，"说等咱们回去就问斩，当众会宣布罪行，以前的那些事肯定都问出来了。"

雷中莲应声"是"。

"九龄！"那边传来方承宇的声音。

君小姐忙看过去，见方承宇被朱瓒拉住，一脸的委屈。雷中莲顿时紧张起来。

"你干什么？！"君小姐疾步过去，不悦地说道。

朱瓒将手放开，也是一脸不悦地说道："真是小孩子，动不动就喊别人，不害臊。"

君小姐拉住方承宇的手，将他掩在身后。

"我本来就是小孩子啊。"方承宇认真地对朱瓒说道，"我自己不能照顾自己，当然要喊别人，要不然自己逞能惹祸，还是要麻烦别人的。"

朱瓒一副见鬼的样子，瞪眼说道："我第一次见有人当小孩子当得这么理直气壮。"

君小姐微微皱眉，不悦地说道："你干什么？他身子还没好呢，你别欺负人。"

"我欺负他什么了？"朱瓒更瞪眼。

方承宇轻轻摇了摇君小姐的手，说道："哥哥没有欺负我，他是想教我强身健体的法子，我不知道我能不能学，所以问问你。"

朱瓒打量方承宇，没好气地说道："你个小屁孩子，真是奸猾，我没得罪你吧？现在装好人，刚才那委屈样是干什么？"

"好了。"君小姐皱眉打断他，"你现在不能学，你的身子弱现在不适合，等身子再好点，我也有很多强身健体的法子。"

方承宇绽开笑，点点头。

"走吧，该去吃药准备睡了。"君小姐说罢对着朱瓒略一施礼，方承宇也礼貌地道别，被君小姐扶着胳膊转身迈步。

"小朋友们这么早就睡啊。"朱瓒靠着柱子指天色，摇头感叹道，"真是浪费生命啊。"

君小姐和方承宇已经走进去了没有理会他，朱瓒转头见雷中莲还戳在院子里看着他，本也想跟他调侃几句，但雷中莲也不理他，伸手指了指一间屋子，闷声说道："那边是客房。"不待朱瓒再说话，就低头疾步去前堂了。

朱瓒讨个没趣，也磨磨叽叽地向客房走去。

院子里恢复了安静，几人带着各自的心思渐渐睡去……

一座城镇的街道尽头还亮着灯火，在夏日的夜色中显得很孤单。

那是经营夜宵的摊子，主要供应给打更人和巡城的兵丁差役解乏解饿，食寮很简单，只安置着两个锅子，一锅胡辣汤，一锅羊肉烩面，散发着诱人的香气。此时摊子上只有一个男人守着，正低头坐在灶火边打着瞌睡。

有两个打更人说笑着走了过来，如往常一样打招呼。其中一人说道："老田头，老规矩。"

另一人已经将更鼓放在桌子上，一面摇着衣袖扇风，继续说着先前的话题："你见到那个砍柴人他怎么说……"话音刚落，一阵厉风袭来，同时一只手按住了他的肩头。

"老田你干什么……"打更人扭头有些不悦地说道。然而，话没说完就戛然而止，因为那只手已经到了他的咽喉上。

"你，你是谁？"另一个人也看过来，结结巴巴地喊道。

在棚上悬挂的灯照耀下，那人看到一张慈善又普通的脸，确是他们不认识的面孔。陌生人问道："哪个砍柴人？"

两个打更人也回过神,顿时尖叫着喊道:"你什么人?想干什么?老田头呢?杀人啦!"

陌生人迅速一手就把他们按在桌子上,不过这动静在夜色里很是显眼,恰好一队巡城的兵丁经过,急急围上来用刀枪对准了陌生人。

"你是什么人?"为首的兵丁喝道。

陌生人微微一侧身,抬胳膊将腰转向他们,平静地说道:"办差的人。"

兵丁一怔,视线落在陌生人的腰间,一把绣春刀从衣服下露出来。众兵丁顿时面露惊惧。为首的兵丁忙恭敬地说道:"原来是大人,怪小的眼拙,没认出大人是……"如果是本地锦衣卫所的,他们不可能不认得,但眼前这位面生得很。

"京城的。"陌生人一边抬腿踩在凳子上,一边答道。

这个动作让他的衣袍撩开,露出其内挂着的一个腰牌。为首的兵丁小心看了一眼,顿时忙后退几步,直起身说道:"大人办差,速速回避。"话音未落,这些兵丁就收起刀枪飞也似的退开。

这一问一答间,被称作大人的陌生人始终挟制着两个打更人,而他们甚至都没来得及喊话,转眼间这边的草棚里又只剩下他们三人。

两个打更人也看到大人身上露出的绣春刀以及悬挂的腰牌,顿时不敢大喊大叫,战战兢兢的,仿佛随时都要哭出来。

"就是问个话,好好说。"大人平和地问道,"砍柴人是什么样的人?"

两个打更人被问得有些蒙。

"大人是要找砍柴的?"一个打更人大着胆子结结巴巴说道,"他们都住在乡下,清晨的时候会进城来卖柴。"

"最近有没有陌生人自称砍柴人?"大人审视他们,慢悠悠问道。

"大人,我们昼伏夜出,对卖柴的不熟,不过我们明天立刻就去问。"打更人立刻结结巴巴说道。

"不过卖柴的只有那些人,很好问的。"另一个打更人也反应过来,忙说道。

大人却看着他们,没有说话,若有所思。

"百户大人。"有脚步声从夜色里传来,伴着喊声又走来四个男人。看到这些人,大人松开手,两个打更人顿时瑟瑟地挤在一起。

"怎么样?"大人看着来人,问道。

四个男人摇摇头,说道:"没有他的踪迹。"

大人一时没有说话,转身对着两个打更人摆摆手,两人立刻一溜烟地跑了,连打更的鼓都没顾得上拿。

"大人是发现了什么吗?"一个男人这才问道。

大人沉声说道:"我在这里煮了两天饭,没有发现有价值的消息。"他停顿一下,继续说道,"不过你们说他会不会去砍柴卖钱?毕竟他也是砍柴人……"

"我想起来了。"走出几道街的一个打更人终于反应过来自己丢了锣,也想起了一件事,"我知道一种砍柴人。"

另一个有些不解，脱口问道："什么意思？"

先前的打更人意味深长地说道："你忘了？很久以前，在漠北有一种柴不是树木，而是人，所以就有一种新的砍柴人。"

"难道是梳碧湖的砍柴人？"另一个打更人也恍然说道，他的神情旋即变得复杂，"那可是一个传奇，很久以前，一个强大王朝覆灭前有一群凶悍的士兵，以砍杀草原马贼为乐，自称砍柴人，而在他们当中有一个来自梳碧湖的强者最为传奇。这些传奇早已湮灭于历史的尘埃中，直到成国公杀入北地，有一群人追忆先人勇士，便私下组成一支砍柴人队伍，经常孤身直入黎人境内劫杀黎兵，如同先人的勇士一般，他们自称这种行为是砍柴，他们是砍柴人。"

"黎人曾悬赏捉拿这些砍柴人，曾经只要描述这些人长什么样就给赏钱。"一个打更人说道。

"这么厉害？"另一个打更人惊叹道，旋即又掩住嘴。

两人正沿着小巷子小心翼翼地走着。

"是啊，后来这个发布文书的黎人官员就被砍柴人找上了，砍柴人说你要看我什么样，看了给钱，那给我钱我让你看个够。"一个打更人继续低声说道，在夜色里忍不住想象着砍柴人的动作语气。

"后来呢？"另一个打更人听得紧张又激动，伸手咬着手指，急急问道。

"后来那个官员就被砍柴人割下了头。"先一个打更人猛地一挥手在同伴的脖子上比画了一下，吓得同伴惊叫一声。

这叫声在深夜里格外瘆人，小巷子两边亮起了灯火，伴着人声询问，两个打更人便不再说话，忙疾步跑了。

夜色重新陷入沉静。

灶火上的锅子被端起，咕嘟咕嘟的胡辣汤被舀了出来。被称作百户大人的男人稳稳地将汤碗逐一摆到坐着的四人面前，四人端正地坐着，乖巧得如同等候长辈分饭的孩童。

"百户大人，要不查一查这些砍柴的人？"其中一个男人问道。

百户大人将锅子放回灶火上，拿起腰里的手巾擦了擦手，说道："可以查一查，不过这些事让当地的这些锦衣卫来做就行，我们还是继续向南。"他说着伸手在桌子上画个方向，"怀庆蔡州府这一片加多人手。"

坐在桌前的一个男人端起碗大口地喝汤，吐了吐舌头，含混不清地说道："马上就六月了，我们还是抓不到这小子，真想把他作为大人大婚的礼物送去。"

"说笑，大人要他做礼物干什么。"百户大人和气地说道，"大人和他又不熟。"

四个男人不再说话，端起碗继续喝汤。

"但是为什么千户大人要我们南下查询？"一个男人放下碗，说道，"他逃也应该是逃回去啊，怎么会往南逃？那不是自投罗网吗？"

百户大人摇摇头，说道："大人说的总没错，照着做就是了。"

四人应声"是"，不再说话，呼噜呼噜地将胡辣汤喝完起身离开了，而百户大人则利索地收拾碗筷，在夏夜里哼着小曲洗涮着，用毛巾擦拭干净摆放在碗箱里，又逐一熄灭了灶火，这才背着手慢悠悠离开了。

天蒙蒙亮的时候，一间客栈里，四五个男人小心地站在窗户边向外看去。

"真是奇怪了，怎么突然多了这么多锦衣卫？"一个男人低声说道。

"多就多呗，他们办他们的，咱们办咱们的，互不干涉。"另一个男人说道。

话没说完就被前面的人拍了一巴掌，那人瞪眼说道："怎么互不干涉？咱们办的是什么正大光明的事吗？咱们这样行事，很容易被锦衣卫盯上的。这些人最能无事生非，到时候打草惊蛇把大人牵涉进来就麻烦了。"

那人缩缩头应声"是"，又小声说道："那怎么办？那方家的小瘫子就不看了？"

身旁的男人们都瞪他一眼，将窗户关上。

"不看就不看，他又不会永远躲在汝南城里不出来。"为首的男人沉吟一刻，说道，"跟大人说一声，计划有变，等候安排。"

第四十五章

◇

启程回方家

清晨的院子里响起响亮的咕噜声。

朱瓒跟着君小姐、方承宇、雷中莲蹭过早饭后，又死皮赖脸地跟着他们来到了九龄堂的前堂大厅里。看到门外等候的人群时，朱瓒吓了一跳，好奇地说道："怎么这么多人？不会是来砸场子的吧？你小小年纪靠不靠谱？"

话音未落，民众的反应已经告诉了他，大家热情地喊着君小姐的名字，排在第一位的病人激动地在问诊桌案前坐下，其他人则各自按照顺序在堂中摆着的长椅上坐下等候。病人们有的问诊，有的抓药，君小姐和雷中莲都有条不紊地安排。方承宇则坐在君小姐身后，那里安置着一张几案，堆着书卷、账册和笔墨纸砚，他要么低头看书翻看账册，要么就看君小姐诊病。

堂内人来人往，不像别的医馆里愁云惨雾，这里每个进来的人都激动而欢喜，还有轻松随意。朱瓒甚至看到几个明显是逛街买菜的老妇进来歇脚，篮子里装着的鸭子、鸡都跑了出来，她们一边捉着鸡鸭，一边低声说笑着。

"搞什么啊，这是医馆吗？"朱瓒一脸愕然地说道。

"小哥你一看就是外地人。"一个排队等候抓药的老妇听到后说道。

"有那么明显吗？"朱瓒挑眉说道。

"这九龄堂一直都是这样，当初君小姐爷爷在时就是这样，街坊邻居都喜欢来这里坐坐。"老妇一脸怀念又欢喜地说道，"老大夫不在后还以为九龄堂也不在了，现在好了，君小姐又回来了，九龄堂又开了。"

朱瓒哦哦两声，挑眉没说话，不过看了没一会儿，他又哎了声，发现一个大问题。

"等等。"他上前抓住雷中莲，面容肃重，"你忘了收钱。"

雷中莲看着他，说道："我们这个月不收钱。"

"不收钱是什么意思？"朱瓒问道。

雷中莲看向君小姐和方承宇，说道："少爷和少奶奶说九龄堂重新开张，为了回报父老乡亲，首月医药费全免。"

"我去。"朱瓒转头看向那对少年夫妇，忍不住惊叹道。

察觉他的视线，方承宇看过来，对他展颜一笑。

"还笑啊，笑得出啊。"朱瓒疾步走过去，咬牙说道，"喂，你们知道自己在做什么吗？"

"知道啊。"方承宇认真答道。

君小姐则没有理会，正提笔给面前的病人开药方，说道："这个只能慢养，先用人参吃一个月吧。"

朱瓒越过她的肩头，伸手捏住她的笔杆，不可置信地说道："当饭吃啊？"

那问诊的老汉也是激动又惶恐，颤声说道："这个太贵了，这个太贵重了，吃不起啊。"

"我请你吃啊。"君小姐笑了笑，说道。

老汉抹着泪，哽咽地说道："我知道是小姐请我吃，可是吃得了一时吃不了一世，我不是富贵人却得了富贵病，就算了。"

君小姐笑了笑，说道："不用吃一世，吃一个月就好了，我说过药到病除，不骗你的。"

她说着用力抽笔，朱瓒却捏着不放。

"别耽误我看病好不好？"她有些无奈地说道。

"你这是看病吗？"朱瓒低声说道，"你这是糟蹋年景啊。"

君小姐抬起胳膊肘撞向他的肚子，朱瓒没料到她会动手，身子后退松开了手，君小姐拿好笔认真写了药方。

朱瓒皱眉要说话，有人在背后用笔杆捅他。他瞪眼看过去，方承宇认真对他说道："不用担心，我们有钱。"他指了指面前的账册，"看，随便花。"

朱瓒看向账册，"德胜昌"三个字闯入视线，他的眉头挑起来，拉长声调，说道："行啊，原来这么有钱啊……"

方承宇温和一笑，君小姐继续看病，没人再理会他。

朱瓒靠在柱子上看着来来往往的人，口中啧啧不断，已经好几天了。

终于这一日，日落天晚，堂里求医问药的人都离开了，朱瓒才神情肃重地走到君小姐面前，说道："我觉得你这样做不对，你这是损人不利己。"

这几天，朱瓒已问清君小姐和方承宇的身份来历，自然也听说了那场君九龄大战严老胖的戏。

君小姐整理着桌案没有抬头，说道："你错了，我这是利人利己，我九龄堂扬了名，百姓得了好处，这是你好我好大家好的好事。"

"你又不是为了跟严家作对争口气，不就是想要你这九龄堂扬名而已。"朱瓒说道，"靠着这医术早晚都能做到，何必花钱呢？"

君小姐抬起头，无所谓地说道："因为我有钱啊，有钱自然是想花就花了，干吗要想那么多？"

朱瓒还没说话，方承宇扶着桌子站过来，说道："九龄别这样说，那是你有钱你自己这样想，不是所有人都能这样想的。"说着又看向朱瓒，"其实我们就是想要为君家做些事，毕竟九龄堂是君家的祖业，想要百姓更加记住它，恰好我们也不缺钱，这又是做善事，所以没想那么多。"

朱瓒摸了摸下巴，说道："既然你们这么有钱，也不在乎遍地撒钱，那不如撒点有意义的，不如我们做笔交易？"

　　君小姐和方承宇都看着他，方承宇说道："做什么交易？"不待朱瓒回答又笑着说道，"哥哥和我们不需要做交易的，你有什么需求就说，你是九龄的救命恩人。"

　　朱瓒呵呵干笑两声，说道："你们今天为什么不关门？别的时候你们可是正在上门板了，是因为你们等的人要到了吗？"不待君小姐和方承宇说话，他攒了攒手又说道，"不如这样吧，你们出钱，请我来护送你们回家。"

　　屋子里的三人都看着他。

　　朱瓒挑挑眉，说道："很奇怪吗？你们就是出来避祸的啊，现在就要满一个月了，事情也解决了，自然就要回去了。德胜昌这边准备了人手，但你们家里肯定要再派人来接啊。再说能让你们避祸跑出来这么远的，肯定敌人很厉害，正好需要我这样厉害的护卫，这一切不是很明显吗？"

　　雷中莲无语地看着他，不知道该说什么好。

　　朱瓒看着他们的神情，抚了抚额头，哈哈笑道："当然，也是我这人太聪明了些，其实没什么，只是你们可能没见过我这样的聪明人。"

　　方承宇脸上带着笑意，没有说话。

　　"找德胜昌打听的而已。"君小姐一边说着，一边起身向门外走去。

　　方家抓住内贼的事当然不会在汝南宣扬，但作为方家产业的德胜昌，至关重要的宋大掌柜被揭穿身份必然会引起人事变动，详情肯定也都传达得清清楚楚。朱瓒那么聪明的人，想打听点内幕自然不是什么难事。

　　"哥哥真厉害。"方承宇一脸真诚地说道，"我真的没见过哥哥这样聪明的人。"

　　朱瓒哈哈大笑，拍了拍方承宇的肩头，又忍不住自夸起来……

　　雷中莲再也听不下去了，跟着君小姐来到门口，突然他眼睛一亮，伸手指着前方，说道："少奶奶，人来了。"

　　暮色下的街道上，一队人马风尘仆仆地赶来，为首的男人正掀起斗笠看过来，他欢喜地大声喊道："少奶奶！"

　　"高管事。"君小姐含笑迈过门槛相迎。

　　"少奶奶，您这里真是太好找了。"高管事大声笑道，"都不用让票号的人引路，刚进了地界，一提到九龄堂，人人抢着给指路。"

　　君小姐含笑听着。

　　"高管事，是你来了啊。"方承宇也走出来，说道。

　　他走得很慢，甚至门槛也没能全部迈过，一只脚在内一只脚在外，手扶着门看出来。高管事一眼看到他，原本笑着的脸顿时僵掉，旋即碎裂，人从马上滚落下来。这边的人都惊呼一声，声音还没落，就看高管事又爬起来，跌跌撞撞地冲到方承宇的面前，跪倒在地，抓着他的衣角，激动地说道："少爷，苍天有眼啊，你终于好了！"说罢，高举双手，仰天大哭，"我的亲娘老子。"

　　站在门边的朱瓒一脸惊吓地说道："这也太夸张了吧，这是给了多少钱才哭成这样啊。"

　　高管事的夸张行为一直到夜色降临还没散去，他坐在院子里视线一直盯着方承宇，眼里含着泪水。

"虽然已经听说少爷好了，可是……"他抬手按了按眼，吸了吸鼻子，哽咽地说道，"这亲眼看到跟想象的完全不一样。"

"那你想象的你家少爷是有多惨啊？"有声音插话说道，打破了这悲伤又温馨的气氛。高管事看了眼坐在廊下跷着二郎腿的年轻男子，从一进门就看到这个陌生人，看着做派不像是汝南这边票号送来的使唤人，但少奶奶不说，他也不问。

"不是惨啊，是欢喜，想象的冲击还是没有亲眼看到的大。"他擦了擦眼角的泪，和气地说道，"这下太好了，我得提前给家里打个招呼，让她们做好准备，免得吓到老太太和太太她们。"

"祖母、母亲和姐姐们都好吧。"方承宇温和地问道。

高官事点点头，欢喜地说道："都好都好，就等着你和少奶奶回去呢。你不知道，家里……"他说到这里的时候，又被咳嗽声打断。

"家里的事不要详细说了，你也说了想象和自己亲眼看到的不一样。"朱瓒站起来说道，"还是自己回去看吧。"他走过来几步又说道，"还是说说什么时候走，毕竟我也很忙的。"

高管事再忍不住惊异地看着他。

不待高管事说话，朱瓒就已经自己开口介绍道："或许你还不知道我是谁，我来自我介绍一下，我是你们少奶奶的救命恩人。"

高管事神情惊骇，刚要开口，朱瓒又抬手制止道："不许哭，说重点，我没那么多时间浪费，救命的事已经两清不用再追忆了，现在我们来谈谈我护送你们这两个有钱人回家的报酬吧。"

高管事看着眼前的男人，虽然脑子里还没反应过来怎么回事，但作为票号管事对金钱的本能让他脱口问道："你值多少钱？"

朱瓒得意又高兴地说道："我值很多钱的！"

六月天娃娃脸，一阵风过滚雷阵阵，大路上行走的队伍立刻变得有些忙乱。

"快点，快点！"队伍里有人大声喊道。

"到底是快点向前赶找地方避雨啊，还是就地扎帐篷避雨啊？"也有人大声问道。

"你傻啊，这前后十里无村无店，荒野一片，哪有地方避雨？"先前的人说道。

"那就扎帐篷。"便有人答道。

"你傻啊，扎什么帐篷啊，这是过云雨，一会儿就没了。"那人又喊道。

高管事再也听不下去了，看着要往前又要往后原地抽搐的队伍，问道："令公子，那到底要快点干什么？"

前方的朱瓒回过头，他的手从马背上拎起一个包袱，横眉说道："快点穿雨布啊，不是都有吗？还问什么问！"

高管事看着他，咂咂嘴。

朱瓒一边继续叨叨，一边快速穿好了雨布。高管事实在听不了他的啰唆，忙扭头喊人要找自己的雨布，总算是躲开了。

虽然大雨要来，山风清凉，高管事还是伸手摸了摸额头和脸，擦下一手的汗。

"我说这哪请来的？"一个随从上前，低声问道，"行不行啊？一路上都听他的啊？"

高管事唑唑两声，说道："必须听！"他说完，看了眼马上穿着雨布也遮挡不住伟岸身姿的男人，又嘀咕道，"花了一万两银子呢，不用，浪费啊。"

随从没听到，又说道："不过，这人还行，安排得也不错，咱们行路又快又轻松，就是有一点不好，话太多。"

他话音刚落，就听得那边朱瓒又喊了声："高管事。"

随从缩缩头，对高管事做个同情的神情。高管事将雨布披在身上转过身应声"是"，认命地堆起笑脸催马过去，继续听朱瓒的叨叨……

两人说话间，大雨便倾盆而下，朱瓒忙将斗笠戴上，自己催马上前，大喊道："都精神点，把眼眯起来，催马小步赶路！"

高管事忙吐口气，也拉了拉斗笠，迎着噼里啪啦的雨点加入队伍中。

正如朱瓒所说，过云雨没多久就停了。雷中莲一手抖着缰绳，一手摘下斗笠，将其上的雨水甩下去，有马靠近来，不待雷中莲看过去，朱瓒就跳上马车，他的马自觉地跟在车旁。

"路程走得不快啊。"车内传出君小姐的声音，同时掀开了车帘。

比起来时的轻便寒酸，此时的马车宽敞而豪华，安置着几案茶桌，熏着香炉，甚至还有一个小小的书架。方承宇靠在锦垫上，手里摇着扇子，透过卷起的车帘看着车外，神情愉悦而轻松。君小姐手里也拿着把扇子，轻轻摇着，看着朱瓒。

"怪我啊？"朱瓒没好气地伸手说道，"茶，茶。"

君小姐向后伸手，靠坐着的方承宇已经在朱瓒开口的同时起身斟茶，捧着茶杯递过来。君小姐接过茶杯递给朱瓒，朱瓒仰头一口倒进去，将茶杯一扔，接着说道："还不是因为你。"

君小姐伸手接住。

"非要等到现在出发，这时间段正好走这段难走的路。"朱瓒说道，"如果按照我说的五月二十三走，现在早就到怀庆府了。"

"说好了问诊一个月的，怎么能说话不算数？"君小姐说道，"被人当作说大话多不好。"

"是啊，我们有钱的，花得起。"方承宇也跟着说道，"一诺千金的。"

朱瓒转头对车外呸了声，说道："你把千金直接扔给他们，或者扔给别的大夫药铺，让他们随便去看去拿，不是一样吗？"

"那怎么能一样？"君小姐说道，"别的大夫哪里能跟我比？"

朱瓒哈了声，说道："没看出来啊，还挺自恋的。"

君小姐摇着扇子微微一笑，看着朱瓒，又有些感叹地问道："你这么多年一直在北地吗？"

"不在北地我去哪？"朱瓒靠在车厢上，晃悠着几乎挨着地的大长腿说道。

"你父亲身子还好吧？"君小姐又问道。

"很好啊。"朱瓒看着水洗后的天，说道。

"冬日的咳嗽痊愈了吧？"君小姐忍不住又问道。

朱瓒转过头，明亮的双眼看着她，说道："看来你果然对我父亲很关切。"

君小姐笑了笑，说道："我们这些临近北地，得他护佑的人都很关切他。"

朱瓒呵呵干笑两声，扫视她一眼，便转开视线看向前方，不再说话。

前方荒野渐渐走出，山林迭现。

君小姐笑着才要说话，朱瓒忽然跳下马车说道："停。"

雷中莲的缰绳一收，马儿抬蹄落下不动了，而前后的队伍被他喊得有些不解，有停下的，有前行几步才停下的。

高管事催马从前过来，问道："九公子，有何吩咐？"

朱瓒看着前方，说道："前边，不太平。"

大家都看过去，因为适才大雨，又是荒山野外，一眼望去看不到行人，只有雨水洗刷过后的浓翠安静，令人心旷神怡，空中偶尔有鸟雀鸣叫着飞过。

"前方怎么样？"高管事高声问道。

前方自有哨探，随着喊声问去，几匹快马向前，不久之后，前方的山林就亮起一束烟火，这是约定好的平安无事的标志，在场的人都松了口气。

"九公子，你看，去看过了，没事。"高管事轻松地说道。

朱瓒一直抱臂看着前方，神情虽然依旧轻松，但眼神凝起，说道："我觉得有事。"

"怎么看出来的？"高管事问道。

"直觉。"朱瓒说道。

这话让周围一阵轻微的骚动，显然都不大信他。

"你们不要瞧不起一个砍柴人的直觉。"朱瓒嘴角弯了弯，说道。

高管事实在听不懂，只得看向君小姐，向她请示。

"绕路。"君小姐说道，"从这片林子绕过去吧。"

"绕路，绕路。"高管事立刻遵从地大声说道。

"绕路要走好远呢。"有人忍不住提醒道。

"那你是愿意费力多走些路呢，还是省事一闭眼去阎王殿？"朱瓒问道。

那人缩缩脖子不说话。

高管事催马向前引路，队伍在大路上掉转向另一个方向走去……

未完待续

君九龄

JUNJIU
LING

贰

希 行

著

长江出版社
CHANGJIANGPRESS

目 录

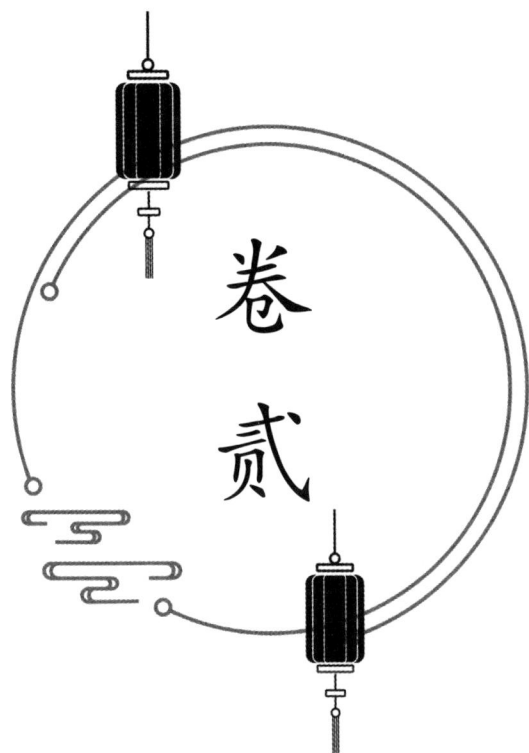

卷
贰

第四十六章

◇

路上遇埋伏

六月炎热的日光下，大路上扬起一阵尘土，让行路之人都灰头土脸的，显得狼狈不堪。

高管事站在日头下看着前方的峡谷矗立不动，抬手擦了擦汗，对朱瓒说道："九公子，已经探了好几遍了，真的没发现问题，你现在直觉怎么样？"

朱瓒冲他翻个白眼，说道："我只觉很不好。"

一路走来，高管事已经听过好几遍这样的话了，他无奈地说道："九公子，这里是必经之路，真没法再绕。"

朱瓒看着前方，皱眉道："你们到底惹了多少仇人啊？怎么一路上都不安宁？我这钱收得有点亏。"

这一路上是不安宁，但都是您老人家草木皆兵、大惊小怪、一惊一乍啊！高管事在心里说道。

"算了算了。"朱瓒摆摆手道，"绕不过那就走吧，管它什么不太平，杀过去就是了，我就是这么有血性的人。"

高管事觉得有点蒙，又看向车内的君小姐，君小姐说道："按九公子说的做吧。"

高管事只好应声"是"，纵马向前，高声喊道："前后列队，过山谷喽！"

队伍里也齐声喊道，响亮的声音一声声地传入山谷，又在山谷中回荡，一方面为了清路，一方面为了警示山贼、路匪，表明自己人多，震慑一下对方。朱瓒没有骑马，而是又坐在了车上，带着几分漫不经心地把玩着手里的一把刀，一旁他的马身上还挂着一张弩弓，被垂下的布遮挡着，弓弩是官府管制的武器，一般人拿不到。

"我觉得有点吃亏。"朱瓒说道，"这次收的钱少了。"

"因为弩弓吗？"君小姐说道。

"对啊，你们连弩弓都能拿到，可见本身就很厉害，这么厉害都被逼得不得不逃走，可见对方更厉害。"朱瓒说道。

"其实我们不是逃走。"君小姐想了想说道。

朱瓒转头，神情古怪地看着她，忽然恍然大悟，大声说道："我去！原来你们是诱饵啊，那我岂不是赔大发了！你们胆子可真够大的！"他的话音刚落，四周便传来轰然的叫嚣声，"此路是我开！此树是我栽！要想过此路！留下买路财！"

　　一声接一声，听起来有些杂乱，但又奇妙地融汇在一起，此起彼伏地盘旋，一时间整个山谷都回荡着他们的声音，行进的队伍变得有些惊乱，护卫们神情惊讶，马儿都惊得仰头喷气，雷中莲的身子顿时僵硬，他握紧缰绳，紧张地看着前后冒出的一群人马，他们举着刀枪棍棒，穿着破衣烂衫，正大声地叫嚣着。

　　"果然是亏大了。"此时，朱瓒叹气的声音在一旁响起，他将手里的刀往腰里一别，跳下马车吐口气，抬了抬下巴，喊道，"前三、后四、左五、右八。"这是一路上每次他直觉不安宁的时候让大家摆出的阵仗，这么多次后已经熟练得很，听到他的声音，大家都下意识地动作起来，队伍很快各就各位，严阵以待。

　　车里的方承宇看着山谷出现的人，也握紧了拳头，颤声道："他们终于来了。"

　　君小姐握住他的手，镇定地说道："别怕，该来的总要来。"

　　方承宇用力反握住她的手，点点头说道："我不怕，我们不就是等着这一刻吗？"车外跟着的雷中莲听到他们的对话，心中五味杂陈，小少爷好不容易渐渐好起来，现在又得暴露自己当诱饵，真的是太艰难了。

　　"雷大叔，你觉得这些人熟悉不熟悉？"君小姐的声音从后传来。

　　雷中莲看着四周，僵硬地说道："熟悉，就是这些人，我终于能再见到他们了。"他说着激动地伸手抓起他一直随身携带的木棍。

　　"雷大叔，你那一次没有准备，败得措手不及，这一次你想不想再试试？"君小姐的声音又响起。

　　雷中莲愣了下，转过头看着君小姐，见她继续说道："雷大叔的功夫很厉害吧？那这次还要你帮忙护着承宇了。"

　　雷中莲惭愧地低下头看着右手，君小姐也看着他的手说道："我能让你的右手暂时恢复功能。"雷中莲不可置信地抬头看着君小姐，激动得一句话也说不出来。

　　"我君九龄药到病除、妙手回春，不打诳语，做不到你砸我招牌。"君小姐看着他，微微一笑，旋即郑重地说道，"不过，只是暂时，而且，以后你的右手就真的废了。"

　　雷中莲忽然笑了，笑得眼泪闪闪，他看向那边的山谷，将手中的木棍指向山石上站立的人群，说道："别说废了，如果能再与他们一战，死而无憾。"

　　"那好，雷大叔你进来，我给你施针。"君小姐说完这话，方承宇便伸手从书架上取下针盒。

　　雷中莲将腿迈上车，要挪进车内时又停顿了一下，说道："少奶奶，你这次让我来做赶车人，是不是就为了完成我的心愿？"

　　君小姐笑着说道："倒也不能这么说，我只是在想，一个能十五年不服这口气的人，肯定是个很可靠的人，而那时候在方家，我找不到完全可以相信的人。"

　　雷中莲有些想笑，眼眶却发热，他郑重地说道："那就有劳少奶奶了。"说罢，没有丝毫犹豫地进了车内。

　　高管事看着严阵以待的队伍松口气，他转身要安抚马车内的少爷，却见车帘已经放下，而雷中莲也看不到了，而此时，朱瓒对他喊道："你去看着车以防马惊了好及时卸车，这场面你也没别的用处！"

高管事顿时一脸无语的表情，他向外走去毫不畏惧地站到严密的护卫队伍外，冲着两边的山贼拱手说道：“诸位好汉借个路。”

站在山石上的几个山贼闻言大笑，其中一个毛发浓密得像个熊的男人拍了拍大腿，大声说道：“好说好说，不过还是不要借了，有借就要还，怪麻烦的，你们还是买吧。”

高管事也朗声笑道：“看来诸位都是豪爽的好汉，我喜欢，这样谈买卖最痛快了。”

山上的山贼们再次大笑，为首的山贼迈步向前说道：“那这位大爷，你开个价吧。”

“你们求财我们求命，命贵，我开三万两。”高管事痛快说道，“好汉们觉得如何？”

三万两的数额让山贼们一阵骚动，说笑声也更大了些，为首的山贼不得不制止大家，又看着高管事，拍着黑乎乎的胸膛，挑眉带笑地说道：“贵人们真是豪爽，不过我想……”但他的话没说完，就听得嗡的一声响，一支箭直直穿透了他的咽喉，他只来得及呵呵两声，便瞪大眼直直栽下山石，这变故发生得太快，两边的人都没反应过来，场面一度凝滞。

“干得好！”高管事脸上的笑容还没散，便听得身后一声喊，同时有一只手抓住他的肩头，将他向后一甩，“你现在可以去看车了，取弓！放箭！”

听到朱瓒的指挥，护卫们迅速掀开马背上的布解下悬挂着的弓弩，拉响了弓弦，箭如雨般从四面八方飞向山贼，还没从失去头领的震惊中回神的山贼们顿时被箭雨射中，一时间山谷里的叫骂声、痛呼声、厮杀声不断响起，场面一度混乱。

高管事守在马车前，手里也拿着一把刀，虽然没杀人的功夫，但马惊了砍断套绳、防止车翻的力气还是有的，他握着刀，听着满耳的厮杀声，冷汗直冒。而山上的山匪回过神后，也纷纷找地方躲避，举着刀枪叫骂个不停，护卫们手中弓弩不停，保持着队形，围着马车缓缓前进。

“别让他们跑了，杀啊。”失去贼首的山贼们似乎很快就选出了新的首领，伴着这声号令，躲避在山林里的山贼们都举着刀枪冲了下来，他们的动作很快且灵活地利用山石树木躲避护卫们射来的弓箭，而护卫们在移动中射箭，速度以及准确率都降低了很多。

“停止前行！”此时，朱瓒高声喝道，移动的队伍立刻停下，“前两排保持弓箭，后一排换长枪。”伴着他的声音，护卫们整齐划一地行动。

那边，已经冲下山的山贼被箭雨射倒了一片，但他们的数量极多，又一个个不要命似的飞蛾扑火，双方之间的距离不断缩短。

“二排退后换大刀。”朱瓒大喊道，“弟兄们，不管你们接这差事能赚多少钱，但此时此刻是你们拼命的时候了，不是为了钱财，而是为了你们自身的性命！现在为了自己，拼吧！”他说着将腰里的刀拔出来，双手握住，在身前举起，又大喊道，“弓弩手后退，长枪上前，大刀跟上，杀！”

伴着朱瓒激情的演说和呐喊，护卫们的士气大涨，个个都随着朱瓒齐声呐喊，声音瞬时压过了叫嚣的山贼们，高管事也握紧手中的刀，只觉得寒毛倒竖，浑身冒火，激动而又紧张地跟着呐喊。

远远的山崖背后都听到了呐喊声，一块山石后站出几个男人，其中一个男人皱眉说道：“动静不小啊，难道很棘手？”

　　"怎么会，去埋伏的都是精挑细选的人，虽然算不上精锐，但对付方家这些没见过厮杀的护卫不在话下。"另一个男人则带着几分轻松地说道。

　　"是啊，沿途也都看到了，这些护卫的确是行路的好手，又很敏锐，但这样恰恰说明他们只会保命，跟咱们这些拼命的不能比，杀红了眼，他们就溃败了。"又一个男人也说道。

　　"要以防万一啊。"先前的男人依旧神情肃重，"现在必须万无一失，要不是为了防止走漏风声，应该再多安排些人手的……"

　　"这次也是怪了，怎么走到哪里锦衣卫的那些人就出现在哪里？他们到底要干什么？难不成真是盯上咱们了？"另外两个男人也皱眉说道。

　　"总之万事小心，速战速决。"先前的男人说道，"尽量不要再动用那些人手。"

　　另外两个男人都点点头，又轻松地说笑了一阵，没过一会儿，就有人奔过来急急说道："六爷，情况不太妙啊。"这话让三人的笑声戛然而止，齐声问道，"怎么不妙？"

　　"弟兄们有些啃不下啊。"来人焦急地说道，"硬得很啊。"

　　三人对视一眼，其中一个男人立刻摆手道："走。"几人疾步向这边山谷走去。

　　与此同时，另一边也有人抬手摆了摆，他们也是隐匿在山石后的人，葱郁的草木遮住了他们的身子，有人低声说道："现在还不出手吗？看起来他们顶不住了。"

　　"不，他们还顶得住。"先前的人透过郁郁葱葱的草木看着山谷里激战在一起的双方，说道。

　　虽然隔得有些远，但也能看到一拨又一拨的山贼扑上，似乎永无止境。

　　战阵早已经散了，所有人都在为自己拼命，而间隙里也有山贼逼近了马车。

　　高管事一边喊着，一边将手里的刀狠狠砍过去，那山贼避开转头被及时赶来的护卫一刀劈死，高管事松口气，但下一刻身后厉风袭来，他眼角的余光看到不知道什么时候又冒出一个山贼，带着狰狞的笑举刀劈下来，他避之不及，只觉得脑子里一片空白，此时，耳边突然传来一声暴喝，一根木棍从车中直直飞了出来，闪电般穿透了那个山贼的胸口，紧接着啪嗒一声，刀和山贼都倒在了高管事的脚下，刀还险险擦着他的鞋边。

　　高管事看过去，见雷中莲从车中跳了出来，他的手还握着那根穿透山贼的木棍，而另一只手也握着一根木棍，人还站在车架上，看上去威风凛凛，高管事的嘴角抽了抽，僵硬地说道："老雷，你这出场还不错……"

　　话音未落，就见雷中莲从车上跳下来，将手中的木棍扔下，从地上捡起两根长枪，大喊着冲向山贼："孩儿们，你们雷爷爷来了！"

　　高管事被吓了一跳，心想他该不是疯了吧，一个十五年没有动过刀枪的废人，这是干什么呢？但他的念头刚闪过，旋即瞪大了眼，看着已经冲进厮杀阵营的雷中莲，不但没有立刻被乱刀砍死，反而手中的双枪舞出一片亮光，这光亮炫目如莲花盛开，凡是被亮光扫过的人都倒下一片，他目瞪口呆地看着眼前的一切，喃喃道："这就是双枪花莲啊……"

　　朱瓒从一个山贼身上收回刀，瞪眼看着这边的雷中莲，惊讶地说道："我去！看来给他的买命钱更多。"

　　雷中莲已经看不到别人，他的眼中只有这些凶悍的山贼，十五年了，他没有一天停止练枪，做梦都等着这一天。当君小姐将金针刺入他的胳膊时，他感觉整个手臂都燃烧了起来，充满了力量和怒气！现在他将这份力量和怒气化作手里的双枪，凡是被他碰到的山贼无一幸免，哀号遍地，倒下的山贼身上的伤口因为快速刺入、刺出，血突突地往外冒，就好像盛开的花。

不知什么时候，这边的护卫们都停下来，就连朱瓒也将冲过来的山贼一脚踹到雷中莲的身前让他处理，枪影扫过，那山贼便扑通一声跪在地上死翘翘了，雷中莲的疯狂击垮了山贼强撑着的最后一丝胆气，他们再也无法承受伤亡终于溃败而逃。但雷中莲已经杀红了眼，竟然没有让这些人逃走，其他护卫不得不护住那些跪下投降的山贼劝道："留下活口。"

似乎转眼间，山谷里的山贼死伤一片，残余的数人也都被护卫们刀枪束缚，朱瓒带着人快速清点一遍，满意地说道："战绩还不错，贼人来时大约百多人，此时死七十六人，重伤十一人，生俘十三人，逃走的忽略不计。"

护卫们也露出欢喜又不可置信的神情，朱瓒称赞道："不错，你们八十人，以损伤仅仅十三人的代价取得如此结果，更何况还是对抗这些训练有素的……"他点到为止，余下的话没有再说。

高管事心里还想着，这位九大爷竟然没有夸自己，真是难得，就听到朱瓒的声音又响起："当然，你们这些菜鸟能取得如此战果，全靠我指挥得当，英雄无敌……"

高管事心中忍不住翻个白眼，稳稳心神，忙上前说道："九公子，我们还是快点离开这里吧，这里毕竟太危险了。我们也有伤亡，大家都很疲惫，如果再有山贼来，可没这么幸运了。"

朱瓒皱着眉，不悦地说道："你这人怎么说话呢，这怎么叫幸运呢？这是真本事。"

"是，我说错了。"高管事可不敢跟这位大爷争辩，忙道歉，"我们还是快走吧，您就是再厉害，也架不住他们车轮战啊。"

朱瓒点点头摆摆手，说道："撤吧。"高管事忙指挥着护卫们携带俘虏立刻撤退，重新列队向前方急行，走了一段路后，朱瓒又忍不住说道，"这群山贼也是着实拼命，几乎全军覆没才溃败逃退，可惜了，这般拼命却浪费在这里。"

"他们不是山贼。"雷中莲却说道，"他们是官兵假冒的，所以才如此悍勇，当初劫杀大爷的就是这种人。"

高管事听后，看着雷中莲，神情有些复杂，他也看出这些山贼的奇怪之处，他们比亡命之徒更有纪律，明显像是练过一般，他叹口气，对雷中莲说道："老雷，这次我们会好好审问的，义友行的镖师果然厉害！"

义友行是雷中莲所在的镖局，十五年前那一场护镖中，行里的师兄弟全部折损，没了撑场面的镖师又走镖失败跌了名头，镖局也因此被迫关了门，雷中莲只觉得眼发涩，哑声说道："多谢赞誉。"

"你的手……"高管事又忍不住问道。

就在这时，朱瓒忽然勒住马，厉声喝道："停！"

高管事忙攥紧了缰绳，问道："九大爷，怎么了？"

"前方来人了。"朱瓒神情肃穆地看向山谷尽头，说道。

所有人的心都提到了嗓子眼，刚经过一场厮杀，身子都还微微颤抖着，耳边马蹄声嘈杂，一群人马渐渐出现在视线里，旌旗猎猎，铠甲鲜明。

"是官府的官兵。"所有人顿时松口气，神情变得激动而欢喜。

高管事整了整衣衫，脸上堆起笑，眼中保持着劫后余生的焦灼，忙催马就要上前迎接，突然耳边一声轻响，这声音他现在很熟悉，是弓弩上箭的声音，他的身子瞬时绷紧，眼角的余光看到朱瓒举起了弓弩，沉声说道："前三、后四、左五、右八，上弓弩。"

此言一出，众人心中顿时咯噔一下，但战斗过后的护卫们已经惯性地听从，虽然神情有些茫然，但还是很快调整队列，拿出弓弩，再一次严阵以待。

"你们是什么人？"前方的官兵们也停了下来，大声询问，"可是你们有报遇上了山贼？"

他们的确有派人报告，高管事犹豫一刻，并没有像上一次那样催马走出去，而是在队中大声说道："是的，我们遇到了山贼，你们是什么人？"

那边的人马再次走动起来，大声说道："我们是怀庆府的驻兵，正奉命剿匪，听闻来报，立刻赶来。"

但他们没走出几步，一支箭伴着厉响准准刺到为首官兵的马匹前方，马儿一声嘶鸣，被其上的官兵勒住，他愤怒喊道："你们干什么？"

朱瓒将弓弩对准他，慢慢说道："怀庆府的驻兵？你们安抚使是谁？座下总管是谁？都监是谁？你们属于哪个都寨？团练是谁？剿匪手令可有？"一连串的问话抛出后，对面的官兵一阵沉默。

场面变得凝滞，就在大家几乎要窒息的时候，对面的官兵发出一阵狂笑声，笑声使得整个山谷都摇晃起来。

朱瓒没动，依旧稳稳举着弓弩，盯着对面为首的官兵，护卫们身上都已经伤痕累累，但大家也都神情肃重地握紧手中的兵器。

高管事则悲愤地忽然说道："老雷，我信了！"雷中莲没有理会他，拿起手里的长枪，但这一次，他只能用左手拿起一支长枪，右手已经毫无知觉。

对面的官兵停止狂笑，随着为首的官兵一挥手，整齐亮出弓弩对准了他们，朗声说道："白鹤梁山贼横行，烧杀抢掠无恶不作，今又有过路商人方氏一行数十人遭遇伏击，全体覆灭，特奉命剿杀白鹤梁山贼，以安民心，抚慰遇难者。"

护卫们听到后顿时面色惨白，看来这些官兵是要将他们歼灭，甚至都提前找好了理由，高管事下意识地看向朱瓒，朱瓒也看向他慢悠悠地说道："别看我，你们出的一万两是刚才的价码，已经钱货两讫。"

高管事结结巴巴地开口说道："我再出一万两。"

朱瓒冷哼一声，抬着下巴指着前方，说道："你精明我也不傻，现在这场面，一万两我可不干。"

"那两万两？"高管事下意识地说道。

朱瓒冲他翻个白眼，说道："生命无价，我可不是那种只认钱的人。"

朱瓒转头看向马车，对君小姐说道："喂，我说，螳螂已经引出来了，可以请你的黄雀出场了，再等下去，你的人没被打死也被吓死了。"

高管事有些蒙地看向君小姐，见她掀起车帘，笑了笑将手伸向车外，手里拿着一根竹筒，其上安置着一支烟花，另一只手轻轻一甩，火捻子亮起，点燃了烟花，噌的一声，尖厉的嘶鸣声起，烟花腾起，在山谷的上空炸开一片黑烟。

这一次，轮到那边的官兵们神情不安了，马匹也骚动了起来。官兵们下意识地看向上空，紧接着，四周响起如雷般的轰鸣声，山谷和山崖上突然冒出无数的人马，同样的铠甲鲜明，弓弩刀剑齐备，团团围住了这群官兵。

"河南路都巡检办案，缴械不杀。"一声声呐喊此起彼伏地席卷整个山谷，这一次，被围困的官兵们面色惨被，神情惊惧。

惊慌的不只官兵们，方家的护卫们也有些回不过神，高管事一脸惊吓地问君小姐道："这是护着咱们的人吧？"

"是，这是赶来护卫咱们的河南路巡检官兵，河南路巡检都营大约有四千精兵，此趟调集赶来的有三百众。"君小姐笑着说道。

护卫们也听到了君小姐的话，顿时神情大喜，但他们还没来得及雀跃，朱瓒就冲着两边的官兵大骂道："让你们来巡街还是露脸了？还不立刻开弓射箭，那才叫扬威呢！"

"高兴什么呀你们，那些官兵虽然被围住了，但我们就站在他们前边，他们要是亡命起来，跟我们同归于尽怎么办？"朱瓒抬脚踹了下前边放下弓弩的护卫，又说道。

护卫们顿时再次紧张起来，将手中的弓弩对准了距离他们最近的这些官兵。

"他们亡命，咱们也拼命就是了。"高管事也握着手中的刀，大约是有了底气，也豪气冲天，"咱们的家人、子孙都有方家照料，子女们想要学徒就去票号学徒，想要读书就去领束脩进学堂，衣食、婚丧、嫁娶全权负责，还有什么后顾之忧！都已经杀到这种地步，谁还怕谁！"

护卫们亦是豪情满满，齐声喊道："谁怕谁！"

"我怕啊。"朱瓒喊道，"那你们挡好了，别连累我。"

高管事翻个白眼没有理会他，他们这边喊声未落，新来的官兵便如同朱瓒喊的那样，一波箭雨射向那边的官兵。

官兵们顿时人仰马翻，惨叫声不断，很快就缴械投降。

"还以为多凶悍呢，连那些山贼都不如。"高管事不屑地说道，"连拼都不敢拼一下。"

"不，他们不是不凶悍。"君小姐说道，"当然，那些山贼也不能说凶悍。"

高管事看向她，朱瓒也看向她，见她伸手指着那些正缴械的官兵说道："咱们不过是一介草民，山贼与咱们没有任何勾连，无所顾忌，所以才悍勇，但他们面对官兵就不一样了，且不说官大一级压死人，就说秋后算账累及家人这点，谁也要掂量掂量。"

高管事等人听后连连点头，一旁的朱瓒却冷笑一声说道："官大一级压死人，好像压着别人他们就能无所不能似的，遇到事跑得比谁都快，哼，拴着链子的狗算什么悍勇！"

"这话说得就不对了。"君小姐看向朱瓒说道，"没有规矩不成方圆，没了链子只会肆意妄为的狗只能算是悍，却算不上勇。"

朱瓒大怒道："胡说八道！"

这小子一路上插科打诨，胡言乱语，倒是第一次见他发怒，他发起怒来阴沉着脸，眉宇间满是戾气，就连刚经过生死厮杀血都染了衣袍的护卫们，也忍不住打个寒战。

高管事想要迈步挡住他，但方承宇先从车里挪过来挡住君小姐，认真说道："哥哥，君子动口不动手。"

朱瓒呸了声，说道："我才不是君子，你们这些读书人说起话来头头是道，却不知道多少事说起来容易做起来多难。"

"我知道啊，很多事说着容易做起来却很难。"君小姐说道，"但不能因为难，就要责怪那些道，道可道，非常道，也不都是说说而已。"

耳边官兵们的呵斥声、伤者的哀号声不断，君小姐和九大爷却在这里论道，高管事一脸呆滞，却不敢多言，还好一向喜欢和人辩个分明的朱瓒没有继续说下去，他不屑地笑了笑说道："我走了。"

大家还有些没回过神，却见朱瓒已经大步向前而去，同时打了呼哨，在一旁的一匹马噔噔地跟上他，君小姐看着他的背影，忍不住喊道："令九！"

朱瓒停下脚步回头看她，君小姐想说些什么，又觉得没什么可说的，她笑了笑心里又默念了几声"令九"这个名字，忽然有些促狭地问道："相识一场同行一路，你可记得我的名字？"

朱瓒冲她挑了挑眉说道："君小姐，相识一场同行一路也没什么大不了的，我们钱货交易而已，已经两清，你不要想太多了。"

君小姐笑了笑没有再说话，朱瓒也不再看她，翻身上马向前驰去，那边的官兵看到了阻拦，齐声喊道："什么人？现在不许乱走。"

"往家里报信的。"朱瓒停也没停，喊道。

官兵们向君小姐这边看过来，高管事迟疑一下伸手做个确认的手势，官兵们不以为疑，便没有再理会。

君小姐沉默地看着朱瓒消失在视线里，心想真是出现得突然，离开得也突然，就如同人生一样，瞬息万变，永远猜不到会发生什么。

"是方少奶奶吧？"看着朱瓒走远后，一个年约四十的魁梧将官对君小姐说道。

纵然亲眼看着这些人剿杀了适才的官兵，但护卫们仍心有余悸，对他很戒备，手里的弓弩毫不客气地对准他，将官脚步停下，视线扫过他们，面露赞叹，他笑了笑，摆手制止亲兵们的跟随，孤身迈步上前到这些护卫前几步才停下，拿出一块木牌，说道："德胜昌方曹氏说此事交由你处置。"

听到德胜昌和曹氏，高管事深吸一口气，原来都是方老太太的安排，他稍稍放心，整了整神情，上前接过木牌，他认真检查后才转身捧给君小姐，君小姐接过看了看，转手又给了方承宇，说道："这是祖母的令牌，现在你就是德胜昌的大东家了。"

方承宇没有丝毫推辞伸手接过，他慢慢走下车稳稳站住，对着将官施礼道："辛苦大人了，我是德胜昌的方承宇。"

　　将官也看向方承宇，这个少年不过十四五岁，面容俊秀，虽然看上去有些瘦弱，但姿态高雅，面容平静，丝毫不像刚经历过一场劫杀，将官佩服地点点头，夸赞道："不错，不错。"

　　方承宇站直了身子，温和地说道："那么就再劳烦大人来审问，他们为何来？听从何人之命？何为证？同党多少，如何联络？"他这几句话说出来，将官也收起先前的笑容，神情肃重地应声"是"。

　　方承宇接着说道："大人，这些冒充匪贼的官兵都交给您了，望您勤谨查出真相，揪出乱军之人，为我方家十几年的冤案平复，勿负众望。"

　　将官站直了身子，大声说道："方公子放心，末将明白。"

　　看着将官转身大步而去，在场的护卫们都看向方承宇，满是敬意，高管事更是激动又欣慰，眼里不由得泪光闪闪，但没过一会儿，方承宇仿佛又变成孩子一般，捏着自己的手指，转身不安地对着君小姐说道："九龄，我刚才这样做行不行？我快吓死了。"

　　君小姐笑了笑说道："你做得很好，而且你不用害怕，我们都不用害怕了，现在该别人害怕了……"

第四十七章

◇

亲自手刃凶手

　　泽州府，阳城县已经连续炙热了好几日。

　　此时，清晨的大街上，一辆马车前呼后拥地行驶在街道上，一看就不是一般人家，马车一直行驶到城门外的一处酒楼前，掌柜早就在门前迎接，不待马车停下就上前，亲手扶着方老太太下车，恭维地笑道："老太太今日您又早了些。"

　　方老太太哈哈笑道："再早也没早过你。"

　　"可不敢，这还是跟老太太您学的。想当初我接手这酒楼，您也忙着生意，那时我可暗地里较着劲呢，结果整整一年，您每天都比我去店铺里早，我是彻底认输了。"掌柜笑着说道。

　　方老太太点点头，不由得感叹道："转眼都过去十几年了啊。"掌柜也感慨地点点头。

　　"祖母，你们又在忆苦思甜吗？"方玉绣一边从马车上下来，一边笑着说道。

　　"二小姐，您可是稀客啊。"掌柜忙笑道。

　　方老太太笑着搭上方玉绣的手臂，和掌柜说笑着走进酒楼，路边的人纷纷投来好奇的视线，议论方老太太最近的奇怪行径。近来，方老太太常来这里喝茶，有人说是避暑，有人说是散心，更有人说是方家出了大事，众说纷纭，各有各的想法。

　　外边的人议论纷纷，酒楼里最高处的包厢里却安静祥和，一如往日，方老太太坐在窗边专注地看着窗外的大路，此时，大路上已经有不少人行走，虽然可以看得很远，但也不一定能看清。

　　方玉绣站在方老太太身后也看着外边，正心想这能看见啥，就见坐着的方老太太猛地站起来，激动地说道："来了！"听到方老太太这句话，方玉绣的手不由自主地握紧，心也揪了起来，忙瞪大了眼。

　　"红的！红的！十九年了，十九年了！"方老太太人语无伦次地喊着，方玉绣却听得懂祖母说的话，十九年了，她们等来了好几次亲人的消息，以为再也看不到红色的生的希望，现在终于等来了，她一向平静的脸上也难以抑制地溢出泪水。

　　大路上疾驰而来的车马越来越多，领头的人马疾驰穿过街道直奔向县衙，马上的人明显是官差，行人纷纷躲避，看着人马直接进了县衙。

　　此时，李县令正惬意地在县衙内院的花园里避暑赏荷花，身边一个书吏拿着扇子摇着，赔笑道："千算万算，他们还得经过白鹤梁山。"

"方家这次准备得很周全，也不知道怎么行了大运，正赶上锦衣卫办差，害得咱们那边的人束手束脚。"李县令躺在摇椅上闭着眼说道，"所以莫要小瞧他们，蚂蚱还能蹦三蹦，看看他们这次能蹦多高。"

"蹦得再高也不过是秋后的蚂蚱。"书吏笑道，"这次咱们准备得也很周全，先是散勇，然后才是正身，就算他们逃过散兵的攻击，后面出现的官兵，他们肯定不会起疑。"

李县令睁开眼叹气道："想想也怪可怜，绝望之际看到救兵从天而降多欢喜，结果却……"他说着抬手一挥做个砍头的动作，"这得是多悲伤的事啊。"

书吏却摇摇头说道："也不一定，王江他们手上动作很快，说不定手起刀落，他们到死还能保持着欢喜。"

李县令看着他，两人对视一眼，同时哈哈大笑。

书吏端起茶恭敬地递过去，李县令接过饮茶再次惬意地躺回去，说道："这一次方家算是可以彻底地退出德胜昌了。"

书吏也感叹道："为了这一天，大人也是不容易啊，可以说费心了一辈子呢。"

李县令摇摇头，敲着膝盖说道："这样想就不对了，做什么事能不费力气啊？这荣华富贵是要享受一生的，自然得来不容易，我寒窗十年，才得来这半生官身，谋划二十年，能得来这子孙后代的富贵，一点都不辛苦。"

"大人不骄不躁，坚韧如松，实在令人佩服。"书吏诚恳地恭维道。

他的恭维声刚落，就听得外边传来一阵骚动，李县令皱眉看过去，见一个官差连滚带爬地冲进来，一脸惊恐地指着外边喊道："大人，不好了，王大人他们，败了！"

李县令一脸的不可置信，书吏也大为震惊，他们异口同声地喊道："怎么可能？！"

"什么时候败的？怎么败了？王六呢？怎么一点消息也没有？"李县令一迭声地质问道。

来人跪在地上，神情惊慌地说道："我不知道啊，什么消息都没传来，我就是等不到消息去问，才知道王大人他们出事了。"

李县令和书吏顿时面色惨白，李县令脑子一团乱，书吏颤声道："方家竟然这么厉害吗？大人，怎么办？"

李县令气急败坏地狠狠将面前的茶杯摔在地上，书吏又焦急地说道："王六他们不会供出我们吧？或许是因为方大爷的事，方家护卫严密，王六他们才栽了跟头？"

李县令咬牙说道："他们那边肯定抄了王江的底，那我们就去抄方家的底。"

"大人，理由呢？"书吏下意识问道。

李县令一脚踹开他，大声喊道："我弄死方家还需要理由吗？！黎人奸细，格杀勿论！"

是时候撕破脸了，书吏跳起来就要领命，但他还没站稳，门外又有个家丁跌跌撞撞地冲进来，惊恐地说道："大人，不好了，县衙外被官兵围了！"

李县令还没反应过来，就听得外边山呼海啸，伴着重物落地的声音，那是县衙大门被推倒了，此起彼伏的喊声也铺天盖地地响起："奉山西路经略使、太原知府大人之命，捉拿黎人奸细李长宏，凡有妄动抗命者，格杀勿论。"

下一刻，李县令就被冲进来的兵丁按倒在地……

暗无天日、阴暗腥臭的牢房里，宋运平抓住栏杆，冲外边喊道："拿点水来，我要喝水！"

他喊了半天，才有两个牢卒一脸不悦地走过来，没好气地说道："喊什么喊？"

"倒茶来。"宋运平也没好气地说道。

两个牢卒瞪眼说道："我说宋运平，看来你这牢是越坐越舒坦了？"

"少废话，拿水来。"宋运平横眉喝道。

"都要死了，还这么横？！"牢卒骂道。

宋运平冷眼看着他们，心想现在让你横，等我出去后要你们好看！

此时，外边传来一阵脚步声，伴着呵斥声，两个牢卒惊讶地说道："又有重刑犯来了？最近没听过谁犯事啊。"

"给爷爷拿水来。"宋运平又喊道。

两个牢卒没理会他，看着几个兵丁拎着一个男人进来，这兵丁从来没见过，他们不由得停下脚步刚要询问，那几个兵丁看过来，满脸的凶悍，吓得两人一时忘了说话。

"宋运平在哪？"为首的兵丁问道。

牢卒下意识地伸手指过去，兵丁拎着这男人向这边走来，说道："开门。"

牢卒没敢询问，忙前去开了门，看着兵丁们拎着男人过来，这男人衣衫凌乱，披头散发，遮住了脸，但这身形有些眼熟，还没来得及多想，兵丁们已经越过他们将这男人扔了进去，指了指其内，说道："这是钦犯，看好了。"

这可是被圣旨缉捕的犯人，牢卒们顿时点点头，应声"是"。

兵丁们走后，牢卒们也赶紧离开了，宋运平舔着干裂的嘴唇，狠狠拍了一下栏杆，才不情愿地坐回去骂道："你们这群杂种，等老子出去了，有你们好看的！"他坐了一刻，看着被扔在地上的男人，抬脚就踢了一脚，撒气地骂道，"滚开，别占了老子的地儿，知道老子是谁吗？"

躺着的男人吃痛地小声呻吟道："大胆，我是……"

"我管你是谁……"宋运平骂了一半，看到地上的男人挪动侧身，露出半边脸，声音猛地拔高，"啊！李大人！"事情太突然，宋运平吓得后退一步，不可置信地看着地上躺着男人，他揉了揉眼，声音颤抖地试探着喊了声，"李长宏？"

李县令适才被按倒在地又急又上火，一下子就晕了过去，此时醒过来看着四周有些茫然，然后他便看到了宋运平的脸，同时也想起发生了什么事，啊的一声叫着坐起来，他还没来得及说话，外边便响起说话声："李大人。"

宋运平和李县令同时看过去，看到方老太太走进来，身旁只跟着一个女孩子，她疾步冲过来，惊慌地问道："你怎么了？出什么事了？这是怎么回事？"

看着方老太太的反应，李县令心中各种念头闪过，官兵进门拿下他的理由是黎人奸细，莫非这真是一个误会？并非是方家事发？

"方老太太，你怎么来了？"李县令心里莫名地松口气，挤出一丝力气说道，"别担心，我是被诬陷的，我不是黎人奸细，上边会明察的。"

方老太太神情悲戚地看着他，颤声喊道："李大人！"

李县令也努力挤出一丝笑容走到栏杆前看着方老太太，但她忽然吐了他一脸口水，他猝不及防，被喷了一脸，眼睛都睁不开，发出一声惊叫。

"李大人，我告诉你我孙子的下落，你很开心对不对？"方老太太脸上的焦急、担忧、恐慌顿消，哈哈大笑道，"我也很开心，真是太开心了！"

李县令神情惊惧地看着面前有些癫狂的方老太太，忍不住打了个寒战，他一直以为自己把方家的女人当猴耍，没想到，这方家的女人竟然把他耍了……

当一队官兵突然冲进阳城县且砸了县衙大门的那一刻，整个阳城就陷入混乱。

民众以为是黎人杀进来或者闹了兵乱而举家要奔逃，还好泽州府以及太原府来了一大群官员，民众虽然认不得这些都是什么官，但看他们穿着官服，带着官兵走街串巷，喊着缉拿黎人奸细的口号，并没有闯家凿户，更没有烧杀抢掠，也就安下心来。

惊恐的气氛很快散去，甚至还有人大着胆子探头探脑地出来打听详情，跟街上为数不多的人聚集在一起议论这件事，只可惜县衙那边戒备森严，别说官员们，连吏员差卒都被严格看管起来，里面发生的事根本就传不出来。

城门那边忽然走来一行人，他们风尘仆仆显然是赶路而来，众人好奇地张望，见是七八个男人簇拥着一个十四五岁的少年，少年身穿紫红色的精致衣袍，腰上垂着洁白无瑕的玉牌，头上束发的玉冠上插着碧玉簪子，脚上露出五彩祥云鞋子，一看就是有钱人家的少爷，众人再看向少年的脸，温润如玉，耀眼夺目，视线一时被吸引住，一直追随着他。

少年的视线也在街上流连，他看着身旁的护卫，说道："原来白日的街上是这般安静啊，莫非夜市才热闹？"

护卫的脸色有点僵，两边的众人也都愣了一下，心想这少爷莫非是外地人？

"不是的，少爷。"一个护卫说道，"其实别的时候很热闹。"

"是啊是啊，这位小公子，你难道不知道？"一旁的一个路人忍不住说道，"县里出事了，抓了黎人的奸细，还戒严呢。"

少年哦了声，有些不好意思地对这路人笑了笑，说道："我很久没有出来过，看得出神，忘了。"

"少爷，我们现在往县衙去吗？"护卫轻咳一声说道。

少年点点头，说道："今日也不急着看，我改日再游览街景。"一行人果然向县衙那边去，民众忍不住都跟着过去，跟着的人越来越多。

县衙的大门已经重新修好，但门前还残留着前日被砸破的狼藉，重装的兵卫们森严地守在门外，看见人靠近立刻阻拦询问，路人们不敢走太近远远停下，看着那少年的一个护卫上前跟兵卫说了两句话，兵卫们便让开了路，那少年大步走了进去，县衙的门再次关上。

民众又议论纷纷，大胆猜测少年的身份来历，正说得热闹，有适才查问的兵丁被轮换走下来，皱眉说道："你们胡说什么呢？这是你们阳城人啊，是德胜昌方家的少爷。"

民众顿时愕然，一时都有点蒙，一个民众忽然喊道："对啊，我想起来了，我说怎么看着有点面熟，正月十五灯会的时候，我见过他，确实像是方家的那个瘫子少爷啊。"

"是啊，但方家的那个少爷不是病得要死了吗？"另一个民众呆呆说道。

兵丁耸耸肩，有些不耐烦地说道："病了就不能治好嘛，有什么可大惊小怪的？"说罢，就要起身离开，刚走出去两步，就听得身后轰然一声，吓得他下意识地握住刀转身戒备，却见这些民众跟炸了锅一样四处散开，有的民众还边跑边喊道："快来看啊，方家的瘫子少爷活了，能走路了！"

外边的喧闹传进县衙内，让在牢狱外站着的官员们神情微微讶异，还好及时有随从进来回禀，而那个少年也走到了大家的视线里，方承宇对官员施礼道："见过诸位大人，大人们辛苦了。"虽然不会像外边民众那般失态，但官员们也都带着几分惊讶地打量他，德胜昌的八卦事他们多多少少也都听说过，这个少年可不像是活不过今年的样子。

"草民先进去看看祖母。"方承宇又对着诸位官员再次施礼，这才走进监牢。

牢房里依旧阴暗腐臭，原本关押的犯人都被带走了，没有了呻吟和哀号，十分安静，但这安静更让人心惊胆寒。

啪的一声响，牢房里一个被链子拴住的男人却一动不动像睡着了一般，方老太太的手拍在桌子上，人也从椅子上站起来，怒声喝道："李长宏，你说不说！"

方老太太毕竟年纪大了，再加上强烈的感情冲击，不由得咳嗽两声，身子也有些发抖，方玉绣忙伸手扶住她，突然有另外一只手也伸过来扶住她，随之声音响起："祖母您坐，这些事，由我来吧。"这声音温和清亮，在阴暗压抑的牢房里听起来如同清风一般，让人精神一振。

方老太太整个人都颤抖起来，要说什么，却一时激动得说不出口，方玉绣看着不知什么时候走过来站在她们身后的方承宇，眼泪唰地喷涌而出，一旁的几个官员及随从听到方玉绣的喊声，也都将视线投向他，见他对着方玉绣说道："二姐，快扶祖母坐下吧。"

方玉绣抬手擦泪，扶住方老太太，方老太太就像个不会走的孩童，听话地被搀扶着乖乖坐下，终于哑声开口道："承宇，你回来了？！"

方承宇含笑答道："那边的事一处理完我就立刻赶回来了，祖母，二姐，你们歇息下，交给我吧。"

方玉绣才止住的眼泪再次汹涌而出，方老太太也觉得嗓子火辣，这么多年了，从来没有想过能听到这句话，一时百感交集，激动万分，她哽咽地说道："嗯，你去吧。"

方承宇应声"是"，但他并没有直接走向牢里，而是先对着一旁坐着的几个官员恭敬地施礼，官员们没有说话，方承宇也没有说什么客气感激的话，礼毕便转身迈向牢房。

牢房里的栏杆都被卸掉了，原本狭窄的空间变得稍微宽阔，这里的刑架上绑着两个人，正是李县令和宋运平，两人原本一直半闭着眼装死，方承宇进来后他们睁开眼，因为已经知道方承宇被治好了，所以神情也没什么震惊，反而冷笑几声又闭上眼。

方承宇停在李县令面前，说道："你们不用打算什么都不说，有人会替你们说话。"

李县令只是笑了笑，眼皮也没抬一下，说道："我不知道哪里得罪了你们，你们方家如此害我。你们说什么就是什么，我没话可说。"

方承宇看着他，点头说道："是的，我们说什么就是什么，所以，我们打算给你定罪谋叛。"李县令的眼皮稍微波动，显然被方承宇的话所影响。

方承宇却没有给他说话的机会，继续说道："李大人你二十中进士，至今为官将近二十多年，肯定知道谋叛是什么意思。"他说着伸手指了指一个方向，"你将会在阳城的东街口被当众斩首，不需要押解进京，不需要重审，也就是说，我们不会给你再见别人和说话的机会。"

李县令睁开眼，冷笑一声，淡淡说道："什么时候阳城多了一个山西王啊？"

这话让四周坐着的官员神情有些不悦，他们皱眉看向坐在其中的一个男人，这个男人五十左右，面容精瘦，神情肃穆，这是太原知府马升之，这次的事是他主导的，但自从进了牢房以后，他就没有再说过话，现在亦是如此，他不开口，其他官员也都收回视线不表态。

方承宇神情依旧，似乎根本不觉得自己说的话有多不合适，他看着李县令微微一笑，继续说道："你不用觉得这话合适不合适，你只需要知道这件事我们能不能做到就足够了，闲话不多说，李大人，这么说你是在二十多年前就盯上我们方家开始筹划了是不是？"

"随便你怎么说。"李县令不咸不淡地说道。

方承宇也不在意，继续说道："我拿到了你的履历，你二十岁中进士，先后出任鲁亭主簿、台州参军、庆阳知县、安阳知县、登县知县、卫辉节判，到现在阳城知县，而且你历任的地方仔细看起来都是在河南、山西这里打转。"他说着用手比画了一下，"也正因为如此，你结识了河南武将王才均，也就是王江的伯父。"

听到这里，李县令笑着说道："你把我的履历研究得很透彻，但那又如何？我是来到阳城后才跟你们家结识的，正如你所说，我历任这么多地方，结识的人多了去了，这有什么问题？你问问在座的官员，哪个不认识一些武将？"

方承宇对他摇头道："不，这些都没有问题，如果非说有问题，就是别人都汲汲营营地升迁，而你却汲汲营营地留在这一片地方。"他伸手再次画了一个圈，"在我们方家附近为官，二十几年从未变过。"

李知县笑了笑要说话，方承宇摆手制止又说道："我知道，这些都没问题，这二十几年你从来没有跟我们方家有过任何牵涉，除了有一年……"

在场的人都看向方承宇，见他继续说道："你有一个表姐夫曾任东平知县，在永显三年到永显六年，那时候你任台州参军恰逢丁忧，你就是在这时候盯上我曾祖父的吧？"

李县令哈哈笑道："这跟我有什么关系？难道我表姐夫做过你们方家祖籍的县令，我就该跟你们有深仇大恨？你问问这在座的官员或者他们的亲族朋友，有没有跟东平县有过关系的？"

在座的官员响起低低的议论声，方老太太看着方承宇，有些担忧又有些不安，方承宇面色温和地看着大笑的李县令，说道："永显五年，你到过东平县。"

"笑话，难道我不能去吗？"李县令冷笑道。

"九月十八，你在伏牛山。"方承宇说道，"你看到了，对不对？"

此话一出口，方老太太猛地站起来，李县令也终于色变。

虽然依旧没人说话，但牢房里的气氛陡然变得紧张起来。

"你怎么知道？"牢房里同时响起两个声音，一个是方老太太，一个是李县令。

"承宇，你！"方老太太已经站起来了，神情有些忧急。

"这不是王江那边审出来的。"方承宇对方老太太做个安抚的神情，"这是我自己查出来的，我想这世上的事横竖不过'因果'二字，有果必然有因，所以你一定跟我们方家有关系。我查了你以及你亲族的所有信息，还查了东平县志翻了一些诗集，然后我找到了一首诗，这首诗是东平县的一个秀才写的，写得并不好，也就不赘述了，吸引我的是这诗的小题记，写的是记与县令曹尊永显五年九月十八伏牛山登高乐事，有友王子清、黄业、李长宏同行。李大人该不会说这是与你同名同姓的人吧？"

竟然是从诗里查到了李长宏出现在东平县的证据，在场的人面色微微惊讶又有些动容。

李县令眼神闪烁飘忽一刻，说道："那又如何？我去过伏牛山怎么了？你也说诗上写了我是与人同游登高，跟你们方家有什么关系？那是不是说当日那些同游的人都是害你们方家的人？"

在座的人都竖起了耳朵，李县令面带冷笑，眼神中还有几分期待，方老太太则有些紧张，人又上前一步，扶着她的方玉绣可以清楚地感觉到她紧绷的身子。

就在这微微的沉默窒息中，方承宇温和的声音再次响起："李大人，你扯太多了，别人去过那里当然没什么，因为现在被绑在这里的不是别人，只是你啊，而且我说这个不是要向你求证。"方承宇说话的同时负手后退，慢慢踱步到一旁的兵卫前，冲一个兵卫略一施礼，温声说道，"兵大哥，可否借你的刀一用？"

兵卫神情微微讶异，不由得看向在座的官员，一个官员再也忍不住提醒道："方少爷，不可动私刑。"

方承宇恭敬地说道："大人放心，小的知道国法家规。"

那官员便不再说话了，看了眼马知府，马知府依旧一副木然的神情，似乎有些神游，兵卫便不再犹豫，拔出腰刀递给方承宇，他再次道谢，握着刀走到李县令身前，继续方才的话："我只是告诉你，我知道你有秘密，现在不是我要给你证据，而是我要你说出你的秘密。"

李县令哈哈大笑，但他的笑声才起就停下来，因为方承宇把刀架在了他的脖子上，说道："你们大概也知道生病是一件很无趣的事，我病了这么久看了很多书，很多有趣的书，其中有一本讲的就是自古以来的刑讯、刑罚手段，我一直怀疑真伪，现在大概可以在李大人你身上试试。"

"你以为你是谁？少在这里装腔作势。"李县令听得心里直打战，忍不住破口大骂起来，掩饰内心的慌张，但他的话音刚落，方承宇的刀就猛地收回又猛地刺出，李县令吓得出了一身冷汗，眼睁睁看着那把刀擦着他的肩头插在了身后的墙上。

"你到现在还没清楚我们是谁、我们能做到什么地步吗？"方承宇贴近他的耳边，压低声音说道，"要是真有人替你说话，能解救你，我这把刀现在就不会靠近你，醒醒吧，哼，还不如我这个孩子清醒。"

李大人有些慌张地看着他，嘴唇微微颤抖。

"别的我不需要知道，我只要你说一件事。"方承宇的声音陡然拔高，"这是你自己要做的，还是有人指使你？你只需要回答"是"或"不是"，我就给你个痛快。"

牢房里的气氛一阵凝滞，李大人先是呆滞一刻，旋即癫狂地大喊道："是我自己要做的，我为什么不能做？你们方家能做我也能做，谁都能做，为什么不能换我来？"

牢房里的人都吓了一跳，李县令剧烈挣扎着，锁链发出哗啦哗啦的响声，他大喊道："我就在后边呢，我也看到了，你们方家不就是抢先一步捡到了那……"

他的话刚说到这里，方老太太猛地上前一步大喊道："杀了他！"她的话刚说出口，方承宇手里的刀就干净利索地压在了李县令的脖子上，刺啦一声，血飞溅出来，李县令余下的话就卡在嗓子里，瞪大眼睛，垂头不动了。

牢房里一阵安静，旋即哗然。

一切发生得太突然，一旁的宋运平发出尖叫声，原本坐着的官员都站起来，个个神情惊骇。

方玉绣瞪着大眼伸手掩住嘴堵住尖叫声，方老太太亦是神情惊骇，眼泪顿时涌了出来，她跟跄地扑过去喊着方承宇的名字，方承宇几步扶住她，他的手上还拿着刀，身上、脸上都溅了血迹，她抱着方承宇大哭。

兵丁们握着刀站到了官员身前，官员纷纷喝道："大胆，竟然敢行凶杀人，拿下！"兵丁们没有动作，这让喊出这话的官员有些尴尬地看向马知府，他也站了起来，终于开口道："怎么能就把人杀了呢？"他的声音平淡无波，连一丝怒意都没有。

方承宇一手握着刀，一手拍抚着方老太太，悲愤道："祖母，不要难过了，他承认了，我也替祖父、父亲手刃仇人了。"听到马知府的询问，他扶开方老太太，扑通跪下来，悲恸欲绝地哭喊道，"大人！"

这突然的转变倒把这些官员吓了一跳，明明刚才还一脸淡定地刑讯逼供甚至提刀杀人，猛地又变成可怜巴巴的孩童。

"大人，我实在是恨啊！他杀死我家多少人啊，今日老天终于开眼啦！"方承宇撕心裂肺地哭喊着，跪行着向前几步。

因为他的手里还抓着刀，刀上血迹斑斑，官员们不由得紧张后退几步，纷纷喊道："拿下他的刀。"

现场再次混乱，这一次不待马知府开口，兵丁们主动拿走了方承宇的刀，但并没有为难他。马知府并没有慌乱，他推开众人上前几步，沉声道："人也抓住了，你们有冤说冤，为什么还要置国法、律法不顾，做下杀人的罪行？"

方承宇哭着连连叩头道："我知道国法、律法，但我祖父、父亲的惨死，我十年的病痛，让我心如刀割，只想手刃仇人，为我方家的亡灵报仇雪恨！"

方老太太也忍不住扑过去抱着方承宇哭喊道："承宇，我们报仇了，我们给你爷爷、爹爹报仇了！"

方玉绣也扑过去，牢房里顿时响起一片凄惨的哭喊声，看着这场面，兵丁们和官员们都忍不住动容，马知府叹口气说道："十几年的血仇，害了将近三条人命，人证物证确凿，"他又指着地上拥在一起痛哭的祖孙三人，"看看，残害了人家三代人啊，此等恶人死有余辜，就算不是这孩子动手，本官的尚方宝剑也能斩了他，我看李县令是畏罪自杀了，也将宋运平押监待斩吧……"说罢，便大步走了出去。

官员们面面相觑，都听懂了这马大人话里的意思，看着他已经走远，忙疾步跟了上去，剩下的兵丁则收拾李县令的尸首，以及架起宋运平。

"不关我的事，我是被李长宏指使的！"宋运平挣扎着歇斯底里地喊道，但没有人理会他，很快兵丁们离开了，宋运平的声音渐渐远去，牢里恢复了安静。

方承宇抬起头，他的脸上还残留着眼泪，神情已然平静，他对着方老太太和方玉绣说道："祖母、二姐，不用哭了，现在我们该笑了！"

仇人已经手刃，根由也找到了，孙子已经痊愈，这真是天地同庆的大喜事，方老太太放声大笑起来，方玉绣也抿嘴跟着笑，方承宇慢慢将二人扶起，方老太太看着他，只觉得有一肚子的话要问，又不知道从何问起。

"祖母，这里不是说话的地方，我们回去说吧，母亲和大姐她们等得着急了。"方玉绣适时说道。

方老太太点点头，紧握住方承宇的手，说道："是的，走，咱回家。"

方承宇却没有迈步，带着几分委屈和羞涩地说道："祖母，等一下，我的脸和衣服都脏了，我要换洗一下。"

方玉绣和方老太太都愣着看着他，他的脸上身上都沾染了血迹，看上去确实有些吓人。

"这样走到外边不好看。"方承宇接着说道，"要是被人看到了多不好意思。"

方老太太和方玉绣忍不住笑了，方老太太说道："好，先让你换换衣裳，洗洗脸。"

祖孙三人堂而皇之地用了李知县的后宅和家私梳洗更衣，再次出现在官厅时已经焕然一新，方老太太上前跪下叩头，哽咽道："多谢青天大老爷们。"方承宇和方玉绣亦是跟着方老太太一起叩头道谢。

"你们且回去吧，这件事我们会很快定性公之于众。"马知府说道。

方老太太再次道谢，方承宇和方玉绣忙扶着她起身，祖孙三人搀扶着离开了官厅。

门慢慢被打开，祖孙三人刚抬脚迈步，就听得一声喊叫："出来了！"随即，喧哗声如潮水般涌来，祖孙三人吓了一跳，脚步停下抬头看去，这才看到县衙前乌压压满是人，似乎整个阳城的人都出来了。

方老太太不解地看着人群，一旁的方玉绣忽然扑哧笑道："小弟，他们都是来看你的。"

方老太太看向方承宇，方承宇微微一笑，说道："对，我进城的时候是走着的，有人大概……"他的话还没说完，人群中又爆发一阵喧嚣声，让还站在门槛后的祖孙三人神情愕然。

方玉绣叹口气，忽然说道："这可怎么办，亏大了。"

方老太太和方承宇都看向她，见她认真说道："我们没有准备平板车，不能装瓜果。"

美男出门，掷果盈车……

方老太太和方承宇都笑了，方承宇看着县衙前看热闹的人，神采奕奕地说道："比那一次的人还多呢，祖母你看，我说洗漱更衣是对的吧。"

方老太太先前止住的泪水再次奔涌而出。

"祖母，不用担心，以后你想哭就哭，想笑就笑，没人看你哦。"方玉绣在一旁打趣道，"大家都看承宇呢。"

方老太太又被逗笑了，瞪眼说道："你是说我老了丑了吗？"

方玉绣抿嘴，伸手抚了抚脸，叹道："我年轻漂亮也比不过小弟啊，以后我们可不要跟小弟一起出门。"

方承宇哈哈大笑道："你们以后不用出门，有什么事让我去做就行了．你们去坐车吧，我走回去，让我好好认识一下我生活了十五年的阳城。"他拂了拂袖子，款步迈过门槛，"也让阳城的人都认识认识我。"

他一步一步走出县衙，随着他走出来，原本喧闹的民众反而安静下来，无数视线凝聚在他身上，站在前边的一个老者好奇地问道："你是方家少爷？"

"是。"方承宇含笑答道。

虽然已经知道，但听他亲口说出来，人群又开始喧闹起来。

"你去哪里了？你的病怎么治好了？"人们争先涌过来，纷纷好奇地问道。

护卫们在前挡着，方承宇一边走一边逐一回答听到的问题："我去治病了……我现在真的好了，你看我的腿……"他还伸手拎起衣袍伸腿给大家看，然后还跳了跳，和气又天真的行动，立刻引得人群中笑声不断。

因为在人群中穿过，还不时说话，从县衙到方宅原本只有半个时辰的路程，他们足足走了一个多时辰，方家的大门已经打开，门前站着神情激动的护院，远远看到方承宇一行人，顿时扯着嗓子向内喊道："少爷回来了！"

方承宇在门前停了停脚，抬头看了看方家大门上悬挂着的匾额，自信地迈步上前。

第四十八章

◇

如玉少年归来

门外的回禀声传进来前，方家大宅早已不再平静。

事实上所有人都已经等候在大门前的院子里，自从方承宇进了县衙，随从们便已经报来了消息，方大太太激动得差点晕过去。

当听到门外传来少爷回来的声音时，下人们都欢喜地跑向大门口迎接，元氏和方云绣原本也要跑出去，但看到方大太太坐着没动，她们也就收住脚，一脸欢喜地张望着，不过方大太太不是不想起来迎接，是根本就没力气起身，她握紧了扶手，向大门口紧张地张望，一个少年人出现在视线里，她的眼泪瞬时就模糊了双眼。

"娘。"少年的声音在耳边响起，方大太太这才看到方承宇已经站到了面前。

"太太，太太。"元氏哭着伸手搀扶她，方承宇已经先伸手按住她的胳膊，自己也跪下来，仰头看着她笑道，"娘，我回来了。"

方大太太激动地伸手抱住他大哭，哭了好一会儿，又哽咽道："承宇，对不起，当初是我害了你……"

方云绣靠在元氏的胳膊上哭得都站不住了，元氏也泪流满面，丫头下人们纷纷跟着哭起来，一直在后跟随着方承宇慢行，此时归来的方老太太和方玉绣站在门口，也忍不住再次哭起来，方家宅院顿时陷入了一片哭海中……

但就在这一片喜庆的哭声中，响起一个尖厉的喊声："我家小姐呢？"柳儿不知什么时候从里面跑出来，在人群中一通乱撞，并没有找到君小姐的身影，她转过头瞪眼尖声喊道，"你们是不是把我家小姐扔了！"

悲伤的气氛顿时消散，看着扑过来的柳儿，丫头们也不敢阻拦，方承宇起身松开方大太太，转身拉住她，含笑说道："我因为有事快马先赶回来了，她不急便慢慢行路，也免得太辛苦。"

柳儿一脸的不信，说道："真的假的？"

方承宇拿出一封信递给她，说道："这是你家小姐给你写的。"

柳儿将信将疑地伸手接过打开信，不自觉地念起来："要用那床绿萝花的被褥，帐子用莲花细纱的，花房的花你去挑，新鲜的就行……"念的过程中，她脸上的担忧和怒气消散，取而代之的是绽开的笑容，她念完最后一句话，将信纸拿在手里，转身蹦蹦跳跳地跑开了。

柳儿的出场打破了这边悲伤的气氛，元氏拭泪笑道："少爷也累了，快，咱们进去说话。"

一家人便热热闹闹地向屋里走去，丫头仆妇们欢天喜地地准备着接风的宴席，如今家里就这些人，方老太太也没有隐瞒，将方承宇杀了李县令的事转告给大家。

方大太太深吸一口气，神情悲愤交加，方云绣也抬手擦泪，元氏则恨恨地说道："真是便宜他了，死得这么痛快。"

方大太太伸手拉住方承宇，欣慰又怜惜地说道："你能为你爷爷和你爹亲手报仇，他们泉下有知能瞑目了。"

"是啊，真没想到小弟会这样痛快地下手。"方云绣说道，"当着那么多官员的面敢动手杀人。"

方承宇笑了笑说道："大姐，生死这种事我是最不怕的，也是最有胆量的，别忘了，我可是最接近死亡的人……"

随着夜色的降临，外边的喧嚣沉寂，但偶尔还有笑声传来。

"快点，少爷亲自发红包呢。"一个小丫头在院门口喊道。

方锦绣坐在窗边，无神的眼睛转动着，听到这句话后打了个激灵，眼一下子亮起来，猛地抓住窗栏喊道："谁？"她许久没说话了，声音有些沙哑、僵硬，听着很是怪异。

小丫头们回过头看着窗边的方锦绣，一个丫头回了一句："少爷回来了。"说罢拉着另外一个丫头噔噔跑了。

"他怎么样？他怎么样？"方锦绣激动地扶着窗户站起来，人几乎从窗子里探出去，急切地喊道，但小丫头们早就跑远了，没有人理会她。

方锦绣立刻抬脚从窗户上跳了下来，因为身子虚弱，跌趴在地上，用力撑起身，向外走去，此时暮色已经沉沉，家里都亮起了灯，路上偶尔走动的丫头仆妇们看到走过来的方锦绣都吓了一跳，纷纷站住看着她，她也躲躲闪闪，似乎怕被人看到。

元氏站在一旁的路上正好看到这一幕，陡然一阵酸涩，一向以男儿自居、天不怕地不怕的三小姐竟变得这般瑟瑟畏惧，她深吸一口气，对身边的仆妇低语两句，仆妇点头越过她从路上疾步走出来，对着那几个丫头仆妇喊道："你们干什么呢？"

丫头仆妇忙收回视线，后退几步，方锦绣也有些局促，仆妇却没有看她，摆手催促道："快点，少爷现在在老太太那里，饭已经吃过、话也说完了，就要回去歇息了，你们再去少爷院子里帮忙收拾。"

丫头仆妇都是机灵人，看了眼一旁站着的方锦绣，明白这仆妇是在告诉她少爷在哪里，急忙跟着那个仆妇向方承宇的院子走去，而远处的元氏则掉转方向离开了。

四周恢复了安静，方锦绣怔怔地站了一刻，又自嘲地笑了笑，咬了咬下唇疾步而去，路上又遇到更多的丫头仆妇，但都对她视而不见，她很快就走到了方老太太的院门前，院子里一阵热闹，方老太太的门帘被丫头们打起，有人走了出来，她下意识地躲在了一旁的大树后。

说话声、笑声接连不断，搅动着整个夜空都热闹起来，少年温和清亮的声音传来："祖母，你不要送了，我明日再来看你，二姐，你也快些歇息吧。"

方锦绣探头看去，灯笼辉映下，那少年一边含笑侧头听方云绣说话，一边缓步而行，他面容俊逸，姿态丰润，再也不是以前那般死气沉沉的样子。

方锦绣的眼泪顿时汹涌而出，她忍不住要迈步走出去，刚抬脚又羞愧地停下，她抠紧树皮看着方承宇来回走动着说道："大姐，我给你们买了礼物呢。"

"你还顾得上给我们买礼物啊。"方云绣嗔怪地笑道。

"当然啊，出门就要买礼物回来嘛。"方承宇带着几分小得意地说道，"我虽然没有出过门，但这个规矩还是知道的。"

方云绣和方玉绣都笑了起来，方锦绣也忍不住破涕而笑，她看着他们在丫头们的簇拥下远去，方老太太的门前也恢复了安静，她呆呆地站了一刻，转过身慢慢向回走。

院子里的丫头们不知道什么时候回来了，方锦绣没在她们也没有惊慌，对她的归来也没有惊喜，只是一如既往简单说道："水烧好了，饭也摆好了。"

方锦绣也不理不睬，径直进了屋子，屋子里已经点亮了灯，摆放了冰盆，驱散夏日的闷热，她看着这个熟悉又陌生的屋子，却蓦然感觉，这里再也不是她的家了，她的视线落在惯坐的窗边的罗汉床上，那里摆着一个新送来的小包袱，她微微一怔慢慢走过去，迟疑了好一会儿才伸手打开包袱，里面装着一堆小东西，有巴掌大的香包，有泥捏的小狗、小猫，有铃铛等，似乎一路走一路买来的，她的眼泪再次汹涌而出，原来，送的礼物还有她的那一份……

夜色渐渐沉静，有的人欢喜得无法入眠，有的人则悲伤地睡去。

天刚蒙蒙亮的时候，清晨的早汤茶摊子支起了炉火，牛老汉在这条巷子口卖汤茶已经快二十年，此时的他正娴熟地煮着一锅香喷喷的山楂汤茶，香气飘满整条巷子，很是诱人。

正忙碌的时候，有人走到了摊子前，说道："老板，我要一碗茶汤。"

牛老汉抬起头看到了一个少年的面容，他长得俊俏，穿着华丽，一看就是个富贵人，不过牛老汉却认不得他。

"年轻人，起这么早啊。"牛老汉一边利索地盛了一碗茶汤，一边热情地搭话道。

年轻人在一旁的小板凳上坐下来，捧着碗小口小口地喝着，热气氤氲中眉眼间都是满足和开心，他问道："老伯，我记得这附近应该还有个卖糖人的吧？"

牛老汉想了一刻才想起来，说道："那个啊，六七年前就不做了，你小时候吃过？"

"是啊，我小时候吃过一次。"少年人露出几分羞涩的笑容，"好多年没出来，都不知道他不做了。"

牛老汉有些不解，但少年人没有再说话，将茶汤喝完，站起身取出钱递过去说道："我再要一碗带走。"

牛老汉利索地装了一碗，说道："喝完了，碗送回来就好。"

少年人笑着应声"是"，拎着盖碗迈步而去，牛老汉看着他向城门的方向走去。

城门外，雷中莲精神抖擞地用左手甩着鞭子，驱赶着马车前行，他的右手因为伤重，裹了伤布吊在身前，但并不影响他愉悦的心情，他转身对车内说道："少奶奶，我们到了，您看这么早城门竟然打开了。"

城门不仅打开了，还有一个人站在城门前，他也看到了马车，高兴地大喊道："九龄！"

君小姐掀起车帘向城门的方向看去，看着疾步而来的方承宇。

"饿了吧？"方承宇站定在车前，第一件事就是将汤茶递来，"我刚才尝过了，可好喝了。"

君小姐微微一笑伸手接过，将手指在耳朵上捏了捏，说道："还烫着呢，昨晚走了一路，现在真的饿了。"

君小姐回到方家后，方家又是喜庆一片，最高兴的自然是柳儿，她围着君小姐团团转，又跑前跑后地张罗。

君小姐不得不拉住她说道："不要乱跑了，有什么事让她们做，你跟着跑什么，跑得我头晕。"

"我不是怕她们做不好嘛。"柳儿摇着君小姐的衣袖，忽然哇地哭起来，"小姐，你瘦了，肯定在外边没吃好。"

君小姐笑着抚着她的头，屋子里其他人也是第一次因为这丫头的哭而跟着心酸。

"蓁蓁……"方老太太刚要开口就被方承宇打断，他几步走到方老太太身边，扶住她的胳膊说道，"祖母，蓁蓁现在不叫蓁蓁了。"

方老太太哦了声说道："叫假假了？"

屋子里的人一怔，旋即轰地都笑起来，君小姐也抿嘴笑，柳儿原本觉得方老太太打趣她家小姐是不敬而不高兴，但看到小姐笑了，便也就跟着笑。

"哎哟——"元氏笑得最夸张，眼泪都出来了，"老太太还会说笑话。"

方老太太看了她一眼，说道："你以为就你会啊。"元氏再次大笑。

"好了祖母，蓁蓁现在有新的名字，是她祖父留给她的。"方承宇说道，"叫九龄。"

"啊，我们家的九龄堂。"柳儿第一个喊道，"是我们家的九龄堂。"

"我回到汝南想要重整祖业，所以以医馆名为名，以示激励和提醒。"君小姐笑着解释道。

"蓁……九龄，你的医术一定能的。"元氏立刻恭维道。

君小姐含笑没说话，方承宇接过话说道："当然，九龄可厉害了，你们不知道在汝南发生多少事。"他看着专注倾听的人们笑了笑，"不过九龄赶路归来很累了，等她休息好了再说吧。"

屋子里又响起一阵笑声和咳声，还有丫头大着胆子凑趣道："少爷，不带这样的。"

听着这笑声，方大太太忍不住又要拭泪，家里多久没有这样轻松愉悦的气氛了，每个人都是发自内心的欢喜自在，不像以前总有几分强装，她深吸一口气说道："好，有什么话以后再说，大家都去休息，养足了精神，明日我们去看斩。"

明日由太原知府亲自主持斩首宋运平，并公布李长宏的罪行，屋子里的人神情都肃重起来，齐声道："是。"

"明日我们去祭奠老太爷和老爷。"方大太太又说道。

大家再次齐声应是后纷纷离开。

君小姐回到自己的院子后便歇息了，醒来时已经到了傍晚，窗外，夏雨正在淅淅沥沥地下着，不知道下了多久，她嗅到清新的凉意，坐起身，看到了坐在炕桌另一边看书的方承宇。

"你醒了。"他立刻察觉到君小姐醒来，笑着一边侧身斟茶一边说道。

"还是家里睡着踏实。"君小姐笑了笑起身接过茶问道，"你没睡会儿？"

"眯了一会儿。"方承宇说道，"柳儿还在睡呢。"

君小姐喝了几口茶，说道："她累坏了，让她好好睡吧。"

方承宇点点头说道："你要不要吃饭？厨房的饭已经准备好了，我也跟祖母和母亲说了，今晚大家就不一起吃了，都好好休息一下。"

君小姐笑着说道："我去梳洗一下就来吃饭。"

方承宇便扬声喊了麦冬，麦冬忙进来陪着君小姐进了净房，等她梳洗换了衣裳出来，屋子里已经点亮了灯，饭桌也摆好。

"天热，你又赶路多日，所以准备得清淡些，也不知道合不合你的口味。"方承宇将筷子递过来说道。

君小姐接过坐下来，笑着说道："我吃饭不挑的，什么都能吃，什么都要吃，尝人生百味才是乐趣。"

方承宇笑着点点头，麦冬和白芍给他们分别盛了饭，便低头退出去，两人安静地吃过饭后，便在屋子里慢悠悠地踱步听着外边的雨声。

君小姐先开口道："家里有校场，你也跟祖母一样，以后每天都要坚持锻炼，虽然病好了，但这身子伤损得很厉害，底子不好。"

"我知道。"方承宇一边伸出手握成拳头一边说道，"我今天早上起来就去走了好几圈，还打了你和祖母的木桩呢。"还将拳头伸到她面前，"你看是不是还红着呢？"

君小姐哈哈笑了，她似乎又看到九褣伸着手站在她面前撒娇的场景，笑容中增添了几分酸涩，白芍和麦冬此时走进来施礼道："少爷少奶奶，热水备好了，床也铺好了。"

不知不觉已经到了该睡觉的时间，只是现在怎么睡？以前是要治病，在汝南则是要防备，那现在还睡一起吗？方承宇低头抠着手指，犹豫地说道："还有一件事，我还没跟你说。"

"那就去床上说吧。"君小姐说道，方承宇立刻高兴地点点头，麦冬和白芍听后一如既往地拉上门退了出去。

"我跟你说，我把李县令亲手杀了。"一进内室，方承宇就压低声音说道，"当然不是因为我太恨他不能控制情绪，而是他要说出一个有关我们方家的秘密，而这个秘密似乎不能被人知道。"

君小姐点点头先坐到了床上说道："我们坐下说。"方承宇没有犹豫，也盘腿在床上坐好，将那日的情景口述了一遍……

君小姐听后点点头说道："你说得对，你们家肯定有个秘密，而这个秘密能调动山西河南两地的兵马官员，而且还不可公之于众，就连你也不知道，我想你母亲也不知道。"

方承宇点点头，若有所思地说道："这大概就是雷大叔说当初我父亲遇难是官兵所为，祖母为什么那么肯定地说不可能的原因。"

君小姐点点头，没有说话，两人沉默一刻，君小姐先说道："不管是什么，既然祖母不能说，肯定就有不能说的道理，我们要相信她。"

方承宇点点头含笑说道："是，所以我一句也没问，说起来，我小时候觉得好多奇怪的事，这样一解释就都通了。"

"什么事？"君小姐顺口问道。

方承宇兴致勃勃地讲起小时候的一些事，有好多事他自己都记不清了，一边讲一边想，等他讲完向君小姐求证时，才看到她不知什么时候已经靠在枕头上睡着了，方承宇轻轻将薄被搭在她的腰上，看着另一边屋子里的床犹豫了一会儿，吐口气吹灭了床前的灯放下纱帐小心翼翼地躺下来，闭上眼掩住了眼里的欢喜。

窗外细雨淅淅沥沥地打在芭蕉叶上，方家的宅院陷入沉睡中。

方锦绣如同往日一样躺在黑暗里睁着眼发呆，忽然外边传来脚步声，紧接着门被推开，元氏的声音在黑暗里响起："三小姐。"

方锦绣心中奇怪元氏的到来，却懒得动身子，只是头微微转了转，屋子里嗞的一声亮起了灯，照着站在桌前解雨披的元氏，她已经换了就寝的衣衫，因为冒雨而来，衣衫的裙角被打湿了，她开门见山地说道："我是怎么想也睡不着，你打算怎么办？"

方锦绣收回视线，闭上眼不理会她，她走过来坐在床边，叹口气说道："你就打算这样在屋子里装死一辈子吗？你现在才十四岁，一辈子还长着呢。"

方锦绣依旧没有理会，元氏沉默一刻，忽然说道："你走吧，离开这里吧。"

方锦绣放在身侧的手紧紧攥了起来，元氏接着说道："这不是老太太、大太太的决定，这是我的想法。"

方锦绣攥着手没动，元氏也没想要她答话，干脆盘腿坐上来，拍了拍她的肩膀，继续说道："我知道你想什么，我这人大家都知道，没有自己的想法，一切都是老太太、大太太的想法，而且还总拿你这个暴脾气当枪使。"

方锦绣似乎不愿意被人接触身子，猛地向里挪了挪，元氏毫不介意，郑重说道："锦绣，我跟你不一样，我其实很没用又胆子小，所以当初才留在方家不走，方家这么有钱，虽然没了男人但只要讨好老太太、大太太，就能过得舒服自在，我别的本事没有，就是会讨好人，但是你跟我不一样，你是方家的三小姐。"

方锦绣的嘴角扯了扯，心中自嘲地笑了笑，她算什么三小姐，她的存在就是个意外，或者根本是算计，一只手又拍抚在她的背上，她的悲伤被拍没了，人也一个激灵坐起来，有些愤怒地瞪着元氏。

元氏看着她，语重心长地说道："你是方家的三小姐，不管现在还有没有人承认但你以前是，而且也被当作正经的三小姐精心教导过，你会读书写字，会看账算筹，会辨认票号来往票据，会骑马，敢与生意人、伙计们打交道，你聪明伶俐又技艺在身，不管你是不是三小姐，这些技艺都属于你。"

方锦绣看向元氏，无神的眼睛第一次凝聚在她身上，她认真说道："锦绣，你跟我不一样，你会那么多本事，且年轻又勇敢，你有翅膀你可以飞的，没有了三小姐和方家这个身份和靠山，你依旧可以飞起来，飞到别的地方去吧，你肯定还能过得很好。"

方锦绣看着她，灰败的眼慢慢变得幽暗，似乎有泪光闪闪，她垂下了视线。

"家里人并没有怨恨你，你应该也感受得到。"元氏叹口气，又说道，"只是出了这种事，大家真的不知道该怎么互相面对，这真不是迁怒和怨恨，而是尴尬。"

方锦绣的眼泪滴落在膝头，她的视线看向床边的角落，那里摆着方承宇送的小包袱。

"锦绣，事情已经这样了，再怎么想也无法改变，不如就此放下重新开始吧。"元氏柔声说道，"不是方家三小姐，而是作为方锦绣，开始新的生活。"

方锦绣看着自己的膝头，元氏伸手再次抚住她的肩头，用力地摇了摇，说道："听姨娘的，一切都会过去的，只要你自己不放弃，没有事过不去。"

方锦绣抬起头看着她，沙哑地开口说道："她为什么……"她想要说什么又似乎说不下去，眼中有泪强忍着。

元氏知道她指的是谁，轻叹一口气，说道："她，我真不好评价，说实话我也不理解，但这世上难以理解的事多了，也没什么奇怪的。"

方锦绣低下头，元氏停顿一刻，又说道："不过，锦绣，当时她原本不用说那么多的。"

方锦绣抬头看着元氏，元氏继续说道："当时事发本就在老太太的掌控中，老太太问她是不是很奇怪为什么会这样，她回答说不明白，因为这一句不明白才和老太太说了那么多话，将事情怎么设计怎么安排又怎么会变成这样，都说得明明白白。"

方锦绣攥着手看着元氏，元氏也看着她说道："锦绣，你觉得她是真的不明白吗？当看到灵芝那样，再听到老太太那样问，她怎么会不明白？她口中藏着毒药，本可以立刻自尽，却还是问了那么多为什么。"

自从那日事后，方锦绣从不肯回想，现在她第一次回想当时的情景，苏氏当时问了很多个为什么，似乎对事情变成这样很惊讶。

元氏的声音还在继续："她这为什么不是为自己问的，她是为了你，为了让大家知道，你是无辜的，是被她利用的，这件事是和你无关的。"

方锦绣的眼泪顿时汹涌而出，她哭着大喊道："那有什么用！她生了我，我永远跟她有关系，要是她真为了我，就不该生下我！"

元氏抓住她的肩头也喊道："她是生下了你，但是你跟她没关系！你被生下来后就是独立的，别人做错事是别人的责任，跟你无关，你不用为了她，陪葬自己的一生！"

方锦绣扑进她怀里，放声大哭，不知道哭了多久，哭到雨都停了……

细碎的脚步声在深夜的宅院里响起，很快就停在角门前，角门的门锁半挂着并没有锁，方锦绣默默看了一刻忍不住回头，夜色漆黑一片，灯光偶尔在其中闪闪，她似乎看到黑暗里有人影绰绰正看着她，又似乎只是看花了眼，她自嘲地笑了笑，低头看着手里的小包袱，这是元氏给她的，她原本打算什么都不带，但元氏说做人不要那么呆板，硬是塞给她一个小包袱。

方锦绣将包袱背在肩头，抬起头拿下角门的锁，推开门大步走了出去，东方即将发白，新的一天又要到来了……

第四十九章

◇

祭奠方家的亡灵

天色大亮的时候，街上已经挤满了人，似乎整个阳城的人都出来了，不止阳城的人，乡村邻县的人从昨晚起就在城门口排起了长队，等着围观问斩德胜昌大案的案犯——宋运平。

当拉着宋运平的囚车走出街道的那一刻，街上等候的人群立刻喧嚣起来，早已经准备好的烂菜叶子也如雨点般砸了过去，这些烂菜叶子早已在凌晨就被方家的下人们从县衙大牢门口一直摆到东街斩头台前，供民众使用，民众也没有浪费此番好意，尽情地向宋运平仍去。

囚车里的宋运平被砸得狼狈不堪，背上插着的牌子也歪了，上面的字都被菜叶子遮住，他又愤怒又恐惧，在阳城活了二十多年，成为被人称赞的忠孝好人，就这么轻易地毁于一旦，他突然有些后悔，但已经来不及了，因为有官兵开路，囚车很快就穿过拥挤的大街来到行刑台前，行刑台前，官兵们围起一片空地，高台上坐着太原府来的大小官员们。

宋运平被拖下囚车，引得现场又一阵喧闹，旋即又陡然消散，宋运平下意识看过去，见密密麻麻的人群中让开了一条路，有一群披麻戴孝的人走了过来，这些人几乎都是女人，为首的正是白发苍苍的方老太太，以及扶着方老太太的方承宇。

看到这群人走来，官兵们自觉让开路，显然提前被打了招呼，宋运平有些畏惧，害怕这些女人当场打死他，所幸方家诸人并没有扑上前，而是在行刑台下站住，一个个神情悲愤地盯着他，他默默地垂下视线。

人群安静片刻后又骚动起来，因为刽子手上台了，如同监斩官一样，刽子手也是从太原府特意请来的，凶神恶煞的样子让看到他的民众吓得倒吸一口凉气，随着刽子手站好，民众也都屏住呼吸，而台上的官员开始宣读罪状，足足念了半个时辰，百姓们听得入神，时而恍然，时而惊叹，时而哀伤，时而愤愤。

判决宣读完毕，监斩官验明正身，喊出宋运平的名字，刽子手上前一步，满场民众顿时寂然无声，所有视线都凝聚到刽子手的鬼头刀上，宋运平已经木然，反而生出一种豪气，高喊道："二十年后又是一条好汉！"

这声音让民众更加躁动，响起阵阵的呵斥声和议论声，高台上的官员扔下火签，高喊一声："开斩！"

刽子手一把抽出宋运平身上插着的牌子，高高举起鬼头刀，暴喝一声，用力砍下去，众人都屏住呼吸，咬紧牙关，却没有看到人头落地、血喷三尺的场面，刽子手的鬼头刀砍在了宋运平的肩头，险险地只擦到了他半边脖子，血喷涌而出，人也惨叫着倒下，却没有丧命。

这比人头落地还吓人，因为那个人还活着，还在惨叫，围观的人群齐声尖叫，随之震耳欲聋的爆竹声响起，压过了众人的尖叫声，也吸引了他们的视线，众人看去，见是站在行刑台前的方家下人点燃了一排爆竹，扬起一片硝烟，还有个下人举起了白幡，拉长声调高喊道："祭，方守义。"

伴着这喊声，方家的女人们纷纷跪地大哭，方承宇则举起一坛酒洒在前方的地上，扬声喊道："爷爷，大仇得报！"

伴着他的话音落，台上的刽子手再次举起刀，这一次依旧没有砍下宋运平的头，而是砍在了他的另一边肩膀上，血不断奔涌，人号叫着满地打滚，众人吓得魂飞魄散、尖叫连连，官员们也一脸惊骇地站了起来，显而易见，这刽子手是被方家买通，要让宋运平尝尽苦痛后再悲惨死去。

"以为在牢里动手杀人够吓人了，原来当众行刑更吓人……"一个官员忍不住脱口说道，"差不多行了吧，这也太残忍了。"

"比凌迟还残忍？"马知府神情木然，瞥了那官员一眼，又看向台下说道，"比二十年被算计、接连被害两位男丁，孙子遭受十年折磨还残忍？果然刀不砍在自己身上不觉得疼。"

这话让那官员面色涨红不说话了，大家的视线都看向台下，台下白发苍苍的老妇，人到中年的美妇，豆蔻年华的少女，身形单薄的少年，皆穿着孝衣，神情悲愤，在林立的白幡中跪地，号啕大哭。

台下又是一阵爆竹声响，又一个白幡被举起，下人高声喊道："祭，方念君。"

方承宇再次拎起一坛酒洒在地上，高声喊道："爹爹，大仇得报，你走好！"

民众总算明白怎么回事了，心惊胆战又忍不住好奇地看着台上，宋运平还没断气，剧烈的疼痛反而让他异常清醒，紧接着刽子手再一次举刀砍下，这一次刀起头落，结束了行刑。

第五十章

◇

走失的君小姐

长长的一条街上不止有看热闹的人，还有叫卖的小贩到处乱窜。

"糖人，糖人，看砍头，吃糖人喽。"一个小贩叫卖着从人群中窜出来，手里的糖人只余下寥寥几个，他正准备站到人少的角落里数钱时，抬头看到角落里站着一个女孩子，她穿着粗布衣衫，却不伦不类地用纱巾裹着口鼻挡住面容，小贩心里啧啧两声，再次瞅了她一眼，眼睛不由得一亮，惊喜地说道，"哎，这不是方家小姐吗？"

听到她的名字，被面纱遮住脸的方锦绣下意识地后退一步，露出的大眼里满是戒备和躲闪。

小贩已经扛着糖人跳过来，迭声问道："你怎么在这里啊？你怎么没去前边啊？"

"你是？"方锦绣看着面前的小贩，一时没认出来。

"是我呀，我们在缙云楼见过的，我是陈七啊。"小贩指着自己高兴地说道，"托你的福，我那天可是发了大财了。"

方锦绣终于想起来了，一想到那日的惊险刺激，今日的落魄不堪，眼泪顿时忍不住掉下来。

陈七吓了一跳，忙说道："你别难过了，你看你们家的仇人已经得到应有的惩罚，你们也报了仇。"他停顿了一下，忍不住又说道，"不过，你怎么不去前边？"

方锦绣抬起袖子擦了眼泪，瞪眼看着陈七，喊道："因为我没资格去前边，我连穿孝衣哭长亲的资格都没有，你知道了吧。"

陈七听得有些蒙，结结巴巴地问道："怎么……怎么就……"

方锦绣喊出这句话反而觉得轻松，扯下面纱，说道："怎么就没资格吗？因为我是方家的三小姐。"

陈七一怔，旋即恍然。方家的恩怨人尽皆知，他自然听说过那个意图夺家产的姨娘生的女儿，就是方家的三小姐，适才官府的宣告书上，也提到了这件事，那作为意图谋害方家子嗣的凶手的女儿，她现在的身份和处境自然很尴尬……

陈七看着方锦绣，神情也很尴尬，不自在地从竹竿上拿下一支糖葫芦，说道："那个，你要不要买个糖人？"

方锦绣掉头就走，陈七咳咳两声忙追上去，方锦绣没有理会他，低头疾走。

"不是，不是。"陈七一边紧追着，一边说道，"我说错了，我请你吃糖人好吧，你不要生气嘛。"

方锦绣差点被陈七举着的竹竿戳到脸，不得不停下脚步，伸手狠狠一推，没好气地说道："你干什么？！"

陈七一时没抓稳，竹竿掉在地上，其上的糖人散落一地。他忙蹲下去一个一个捡起，心疼地嘀咕道："这可都是钱哪。"

方锦绣无所谓地撇撇嘴，下意识地摸向腰间的钱袋，却发现日常总是鼓鼓的钱袋，此时却空空如也，她懊恼地垂下头刚想疾步跑开，却见陈七还蹲在地上捡糖人，嘴里仍嘀咕不停："一次也就赚这七八个糖人的钱，真是可惜了，我做了好久呢。"

方锦绣停下脚步，别扭地说道："我不是生你的气，对不起了。"

陈七抬起头笑了笑，将糖人在草圈子上一一插好，说道："没事没事，你不生气就好。"

经过刚刚一闹，方锦绣心中的郁结散去不少，她低下头继续向前走去，陈七又追上，问道："那，你现在，是怎么样了？"

"没怎么样。"方锦绣爱答不理。

陈七看到她肩头的小包袱，咂咂嘴，说道："其实被赶出来也好，出来了反而更自在。"

"我没有被赶出来。"方锦绣瞪他一眼，说道，"是我自己要走的。"

陈七赶紧点头又问道："那你以后打算怎么办？你打算去哪里？"

方锦绣停下脚步，没好气地说道："关你什么事？"

陈七嘿嘿笑道："你看你这不是我们恰好认识，又恰好遇到了？你现在一个人，我总要关心一下吧。"

"用不着，我跟你也不熟。"方锦绣说着继续前行，陈七忙跟上，继续问道，"你是要离开阳城吗？你一个人行不行？到底是个女孩子……"

方锦绣翻个白眼，懒得再跟他说话，刚要迈步，顿时怔住了。

陈七跟着看过去，见街对面站着两个女孩子，其中一个丫头手里举着一大堆吃食，嘴里还鼓鼓囊囊，她看向这边，眼睛陡然瞪圆，发出一串咿呀声，丫头旁边的小姐也向这边看过来，接着，俩人一起向他们走来。

正是君小姐和柳儿。

努力将食物咽下去的柳儿终于腾出了嘴，看着方锦绣，问道："你在这里干什么？"

方锦绣自然不理会她，柳儿的视线又落在陈七身上。陈七对她咧嘴一笑，柳儿撇撇嘴嫌弃地看着陈七扛着的糖人，带着几分恍然地说道："哦，你是不是想买糖人没钱啊？"

方锦绣离开方家的事柳儿自然也知道，不过她并不认为是"离开"，而是"被赶出去了"。

方锦绣翻个白眼没理会她，柳儿也翻个白眼没想让她理会自己，翻出钱袋就递给陈七，大声说道："你这糖人我替她都买了。"

陈七看着递过来的钱袋眼睛一亮，伸手就接，高兴地说道："好啊好啊。"

方锦绣抬手就打在他手上，钱袋落在地上，陈七缩回了手，讪讪说道："不买就不买嘛，干吗打人嘛。"

方锦绣没有理会柳儿和君小姐，越过她们走进一条小巷子，陈七扛着糖人，看了看地上的钱袋，一咬牙没捡，忙跟了过去。

"真是不知好歹。"柳儿气得直跺脚，从地上捡起钱袋，没好气地说道。

君小姐则看了看方锦绣消失的巷子，收回视线。柳儿不解地问道："那卖糖人的干吗跟着她？她有钱吗？"

"不是要卖给她糖人。"君小姐说道，"这个卖糖人和她认识。"

君小姐抬脚向前走，柳儿哦了一声忙跟上，与方才的叽叽喳喳不同，她略沉默一刻，有些犹豫地开口说道："小姐，要不你说句话让她回来吧？你说的话，方家的人肯定听。"

君小姐笑了，伸手抚了抚柳儿的头，认真地说道："我不能让她回去，那样是为难她。她是个好孩子，且自在随意吧，这样她才能过得舒心一些。"

柳儿倒可以理解君小姐说的这番话，方三小姐那么倔的人，待在方家肯定不自在。君小姐接着说道："老太太、承宇还有大小姐、二小姐，都会暗地里照看着她的，不用担心。"

小姐说的话肯定没错，柳儿重新展开笑颜，二人一路说笑着，很快走进了县衙。前边有些嘈杂，两人停下脚步看过去，县衙里正有一群官员带着随从走出来，看样子要上马离开。君小姐收回视线，和柳儿继续前行。这些官员以及随从有序地沿街而行，双方擦肩而过，没走一会儿，君小姐猛地停下脚步，似乎想到什么，人陡然转过去，视线落在刚擦肩而过的人身上。

柳儿发现君小姐停下了脚步，忙回头不解地问道："小姐怎么了？"

君小姐没有回答她，只是看着街上正在骑马而行的这群人。柳儿也跟着看过去，这些官员多是文官，年纪在三四十岁，他们已经习惯众人的注视，虽然察觉到路边两个女孩子看过来，但丝毫不在意，依旧目不斜视地端正而行，只有一个青衣随从看过来，君小姐也正看着他，这个男人面皮白净，留着两撇小胡子，相貌普通。随从看了一眼她们，并不在意，伸手抚了抚两撇胡子，收回了视线。

君小姐的视线也随之移开，同时眼中难掩惊讶，喃喃说道："他怎么会来这里？"

"谁啊？小姐认得的人吗？"柳儿也张望着问道，"是老爷的同僚吗？"

并不是君应文的同僚，他是太监袁宝，曾是齐王的随从，她小时候见过他。后来齐王登基，宫里新人换旧人，齐王就把他留在了山东守潜邸，虽然已经过去那么多年，她还是一眼认出了他。

君小姐神情变幻一刻，心中充满了疑惑：这个袁宝难道是像锦衣卫一般被安插下来监视地方的官员？还是跟这次方家的事有关？

"柳儿。"君小姐想了想，说道，"你且先回去等着老太太她们，告诉她们，我觉得有些事不太对，去看一看，可能会晚点回去。"

柳儿立刻紧张地问道："什么事？"

"什么事我还不知道。"君小姐说道。

"那，我陪小姐一起去啊。"柳儿更紧张地说道，"万一有事呢？小姐一个人可咋办……"

"我一个人行事才方便。"君小姐柔声说道，"而且你去告诉家里人，这样万一有事，才能更好地帮我啊。"

柳儿虽然不放心，但还是听话地点头道："那小姐你小心点。"

君小姐点点头，对她摆摆手。柳儿依依不舍，看着君小姐沿着大街疾步而去。

"方小姐！"陈七看着前方依旧疾步而行的方锦绣喊道。方锦绣充耳不闻，陈七只得加快脚步绕到她前边伸手拦住。

"干什么？"方锦绣没好气地说道，"你跟着我干什么？"

陈七吐口气问道："方小姐，你在这巷子里乱钻，到底要去哪里啊？"

方锦绣看向前方，巷子口外就是一条大街，说道："我要出城，我要走了。"

陈七看了看外边，也认出正是出城的大街，又抬头看看天色，日光已经倾斜，劝道："方小姐，你就是要走，也别挑这个时候啊，你出了城走不了多远天都要黑了，你想好去哪里了吗？是走着去，还是弄个车啊？"

这些事方锦绣哪里想过，她昨夜离开家，在街角枯坐半夜，本来决定一大早就走的，但还是想要看看坏人被砍头，看看家里的祭奠，也算尽一尽方家女儿的心意。至于离开后去哪儿，她根本就没想过。一把推开陈七，她疾步向外走去，边走边无所谓地说道："反正只要离开就行了。"

陈七只得再跟上，劝道："我说你看起来挺聪明的，怎么也这么糊涂啊？你既然都决定离开方家了，就得想好以后的生活怎么过啊！你这算什么，赌气啊？"他说着，一头撞在方锦绣背上，吓了一跳忙后退一步，却并没有见这姑娘扭头转身打他，反而贴着墙边向外看。

陈七也跟着探头去看，不解地问道："怎么了？"

看来行刑台那边已经结束，看热闹的人都聚集在街上神情激动地手舞足蹈，显然在讲述砍头的热闹。陈七又顺着方锦绣的视线看去，巷子口不远处站着说话的两个人，是一个中年男人和一个女孩子。

他不由得咦了声："那不是刚才那位……"

话没说完，就被方锦绣打了下手，低声喝道："别说话。"

方锦绣一眼就认出那个跟君蓁蓁说话的是林瑾儿的父亲——林主簿，她心中充满了疑惑，显然林主簿没道理会跟君小姐若无其事地在大街上交谈。她小心地看着那边，君小姐在说话，林主簿听得很认真，一会儿摇头叹息，又一会儿点头微笑。

"看起来他们谈得很愉快。"陈七在方锦绣身后说道。

方锦绣似乎忘了他的存在，被吓了一跳差点跑出巷子，这边的动静也引得街上说话的人看了过来。方锦绣忙将陈七推回巷子里，陈七猝不及防，差点跌坐在地上，不满地问道："你干什么？"

"别说话。"方锦绣瞪眼，低声喝道。

陈七忙捂住嘴，神情严肃地点头。方锦绣懒得理会他，再次小心翼翼地扶着墙探头出去，却已经看不到林主簿和君蓁蓁的身影，她忙跑到大街上张望，依旧无影无踪。

"也许走了吧。"陈七在她身后小心翼翼地凑过来，低声说道，"要找他们吗？我对城里很熟，沿街的小贩们我也都熟，找个人不是什么难事。"

方锦绣收回视线，站在原地不动，闷声道："不用。"

陈七思忖一刻，伸手指着街边一个茶棚，说道："对，别人的事咱们先不管，现在最要紧的是你的事。我们先去那边坐下来商量一下，去哪里合适，什么时候启程，坐车还是骑马，考虑周全，前路才无忧。"

这一次，方锦绣没有像先前那般闷头向城门外冲去，而是迟疑了一下。陈七立刻抓住机会："我觉得骑马好，天热，骑马快。"一边说着一边向茶棚走去，"不过天热，骑马晒得慌，还是坐车吧……"

"先想去哪里吧，再看路程决定骑马还是坐车。"方锦绣跟过去，绷着脸说道。

陈七连连点头，摸着头哈哈笑道："还是你想得对，我都糊涂了。"

看着两人说笑着走进茶棚，老板忙笑着打招呼："陈七，又哪儿骗钱呢？"

陈七对老板呸呸两声，一边从钱袋里拿钱递给他，一边说道："我可是好好做小买卖呢，上好茶啊。"

方锦绣瞥了一眼陈七的钱袋，里面也不过十几个钱，而他嘚瑟的样子，跟捧着金山银山似的。

"过惯了好日子的方小姐，可喝过这样的茶？"陈七将茶碗推到方锦绣面前。

"你以为我没喝过吗？"方锦绣端起碗喝了一大口。她学会骑马后跟着票号的人出过一次门，赶路途中也曾在路边简陋的茶棚歇脚喝茶。

连喝几口，茶水的苦涩适应了，倒也挺解渴。

肚子咕噜一声，陈七看过来，方锦绣的脸红了一下，从昨天半夜出门到现在，她腹中空空如也。

"老板老板，再来一碗过油肉。"叫完吃食，陈七又对着方锦绣笑道，"不好意思，我现在没什么钱，只能请你吃碗过油肉，你别介意。"

方锦绣刚要说什么，陈七抢先道："当然也不要推辞，咱们就是朋友相见，坐下来吃顿饭、喝口茶这么简单，当然，我也不是同情你。"

方锦绣冲他翻个白眼："我没什么要说的，也没你想得这么多，你能闭嘴吗？"

陈七嘿嘿笑了，伸手做了个捂嘴不说话的动作。此时，过油肉也端了上来，方锦绣拿起筷子才要吃，又拿起桌上的一个空碗，给陈七拨了一半。

"我不吃，我吃过饭了。"陈七忙摆手道。

"我吃不完。"方锦绣将拨了一半的碗推给他，"又不是什么好东西。"

陈七不再客套，端起碗大口地吃起来，方锦绣也低头开吃。一碗肉，两碗茶，两人很快就吃完了。

"你今天可以先住我家。"

方锦绣瞥了他一眼，陈七忙又解释道："我家没别人，只有一个娘，总之我的意思是……"

方锦绣打断他："我住客栈。"

陈七惊讶道："你有钱吗？"

方锦绣看着手里的小包袱，昨晚背着出来时她一直没顾得上打开看，刚才吃饭时看了看才发现里面放了两袋子钱，一袋碎银子，一袋金叶子。她决定不再固执，不辜负大家的心意，打算用这些钱住店、行路，开始新的生活。她撇撇嘴："我有钱啊。"

陈七哦了声，看向她的小包袱，喃喃说道："有钱啊，白装大方了，还不如你请呢……"

陈七的嘀咕声方锦绣自然也听到了，但她懒得理会，吃完便沿街而行寻找合适的客栈。陈七又跟上来，走了没两步方锦绣便停了下来。

"又怎么了？"陈七看着街道两边，"还是不要选太好的客栈了，就算是有钱，也要省着点花，现在你的钱可是用一点就少一点。"

方锦绣没有打断他，前方有人声传来："三小姐！"

急急跑过来的是柳儿。

方锦绣就要掉头，柳儿已经先开口着急地问道："你有没有看到我家小姐？说是往这边来了，怎么看不到了，也不知道出什么事了？"

方锦绣停下脚步，绷着脸没有说话，柳儿急着说道："难道真的是事情不对了？"

"事情怎么不对了？"方锦绣脱口问道。

"我也不知道啊，小姐说事情可能不对她要去看看，让我回去跟老太太说一声，我已经告诉老太太了，忙来寻她，找了好一会儿工夫也没找到她，路人说往这边来了。"

"事情怎么不对了？她看到什么了？"方锦绣攥紧了手。

"也没什么啊，我和小姐看完砍头往回走，路上遇到一群官员，那是太原府的官员们，小姐就看着他们，看着看着不知道想起什么就说有些事情不对。"柳儿说道，"就让我回去跟老太太报个信，她则先去看看……"

方锦绣绷着脸："跟林主簿走了。"

林主簿这个名字太意外，柳儿一时没反应过来是谁，想了一会儿才恍然，着急问道："跟林主簿干什么去啊？"

"我怎么知道。"方锦绣没好气地说道。

柳儿撇撇嘴，怀疑地看着方锦绣。

方锦绣气恼地甩下一句"你爱信不信"，疾步向前走去。陈七忙扛着糖人追上去，柳儿看着方锦绣的背影撇撇嘴，也不再理会，又着急找她的小姐去了……

陈七喋喋不休地劝说方锦绣心态要放开，不要怨恨方家，好好计划将来……方锦绣听得耳朵都要长出茧子了，有一搭没一搭地回他的话，两人一路说着便走到了一家客栈前。

"我就住这里了，多谢你，咱们后会有期吧！"说罢，方锦绣便抬脚迈步。

陈七忙跟上："我还是送佛送到西吧，等你安顿好了我再走。"

但他刚跟上，却见方锦绣又停下来看着前方，他随着方锦绣的视线看去，还没看清人，就听到哭声，接着柳儿哇哇哭着从前方跑过来，她头发散乱，脸上还有显眼的巴掌印，引得街上的人纷纷侧目。

陈七哈哈笑道："这丫头是被人打了？"

方锦绣眉头皱起来，抬脚就冲了过去，抓住哭着跑的柳儿，问道："是林家的人打了你吗？"

柳儿仍哭个不停，鼻子和嘴角都有血迹，这估计是她自成为君小姐的丫头后第一次挨打。方锦绣伸手戳了戳柳儿的头，骂道："真没出息！你哭什么哭！窝里横啊！"

"他们人多，我怎么打得过！"

"打不过就跑嘛。"陈七在一旁忍不住插嘴。

"我家小姐还没找到呢。"柳儿哭道。

方锦绣咬着下唇，没好气地说道："别哭了，林主簿怎么说？"

柳儿抹着泪："我没见到林主簿，他们说林主簿不在家。你是不是在骗我，故意害我去挨打？"

"你个蠢东西。"方锦绣最终只得甩手说道，"我去林家找人，你回去告诉方家的人说找不到你家小姐了。"

柳儿将信将疑地看了她一眼，向方家跑去。

方锦绣则向林家疾步而去，陈七也扛着草圈子追上她，一边追一边劝她不要冲动。方锦绣要他走，他以认识林主簿家的方向为由，仍死皮赖脸地跟着。

黄昏到来时，他们已经走到了林家巷子，巷子里没有孩童们奔跑玩闹，一片安静。

陈七将肩上的草圈子扛高，示意方锦绣跟上，自己则大步向内走去，边走边喊道："卖糖人，卖糖人喽！"

这声音打破了巷子里的安静，也让隐在巷子里的人们探身出来。陈七在阳城也算是名人，这里的人都认得他，看到是陈七，这些人皱了皱眉头，但神情放松下来，林家的一个下人没好气地说道："陈七，别在这里乱晃了，没你的生意做，快回去吧。"

陈七笑着应答，人却沿着巷子越走越深，这条巷子贯通四周，从这边进去，别的地方也能出去，人们便也不在意，任凭陈七去了。

拐过一条巷子后，陈七稍微松口气，低声说道："这是特意守着的人呢，以前可没有。"

方锦绣也看向前方，这边巷子口也站着三四个男人，一边说话一边戒备地盯着四周。

"竟然这么戒备，一定有事！林主簿家在哪？"

陈七点了点头，伸手指向一个宅院，两人疾步过去。

持续的敲门声后，门终于打开，开门的仆妇一脸不耐烦，她认出陈七，没好气地说道："陈七你敲我家的门干什么？"

陈七将怀里的竹竿晃了晃，笑嘻嘻地道："王妈，给家里的小姐少爷们买几个糖人吧。"

王妈呸了声，神情松懈，不满地说道："你这小子，什么买卖都做，怎么又摸到我们这……"话没说完，站在陈七后边的方锦绣一步上前伸手推开门，人也迈步跨过门槛。

王妈吓了一跳，叫起来："你谁啊？你想干什么？"

方锦绣没再向前走，就站在门内看着她："告诉林主簿，我是方家的人，也就是那个刚刚让阳城人看了一场三刀不掉头的行刑的方家，方家来要人了。"

仆妇面色惨白，神情惊惧。陈七则看着方锦绣，一脸的崇拜。

第五十一章

◇

深夜大闹林家

暮色沉沉，林主簿的客厅里站了很多人，气氛格外压抑。

林夫人看着方锦绣，叹气道："方小姐，我家老爷真不在家，君小姐也没有来过。"

"我亲眼看到他们一起说话一起走的。"方锦绣说道，"林夫人是说我在说谎？"

林夫人无奈地说道："我可不敢说方小姐说谎，只是我不知道君小姐跟我家老爷还有什么可说的。"

"我也觉得他们没什么可说的，但既然说了，那一定有必须说的事。"方锦绣说道，"我坦白告诉林夫人，我不知道是什么事，也不感兴趣，我只是要当面问问林大人和君小姐的去处，毕竟天色不早了，她还没回家。"

林夫人无奈地说道："我真不知道！你也知道李知县被抓，县衙里的其他人也都被看管查问，老爷已经好几天没有出过门，今天马知府宣告解禁，老爷才出门的。"她停顿一下，有些迟疑地说道，"至于他为什么出门，我也不知道，老爷只说有事，其他的我也不便细问。"

方锦绣深吸一口气，问道："那他去哪里了？"

林夫人摇摇头，坦然说道："老爷没说。"

陈七插话道："他有说今天回不回来？"

林夫人的神情微微一滞，摇头说道："说不回来了，但是他去哪里我真不知道。"

陈七嘿嘿笑道："林夫人，你这夫人做的，连丈夫去哪里都不知道啊。"

林夫人的面色涨红，眼中很是气恼，但碍于礼仪，没有当众反驳。

"那劳烦林夫人说一下林主簿可能去哪里了？"方锦绣又说道。

林夫人握在一起的手紧紧攥起，咬着牙慢慢说道："我还真不知道，可能在官衙吧。"话没说完，一个仆妇急急走进来，在林夫人耳边低语几句。

方锦绣看到林夫人面色陡变，看向自己的视线也猛地犀利，随即便听见她拔高声音，不屑地说道："方小姐，我忘了问，是你要找我家老爷，还是方家要找？"

方锦绣心里咯噔一下，随即明白自己被赶出方家的事曝光了。

"这有什么区别嘛。"陈七干笑道，人向方锦绣身边挪了一步，手也握紧了竹竿，"方小姐问就是方家问喽。"

林夫人冷冷笑道："是吗？可是我听说，方三小姐已经被赶出方家了。"伴着她这句话，屋子里原本唯唯诺诺的丫头仆妇们也都挺直了腰背，"你是想打着方家的旗号招摇撞骗吧，把她给我拿下！"

丫头仆妇们顿时气势汹汹地围上来，陈七立刻将手中的竹竿一甩，大叫道："都别动。"其上的草圈子被甩了下来，砸在围过来的丫头仆妇们身上，引起一片惊叫，人也纷纷后退。趁着这空当，陈七跳过去用竹竿架住林夫人的脖子，大喊道："都别动！都退后！"

丫头仆妇们吓得面色惨白，林夫人尖叫连连，还是得力的仆妇们忙摆手大家退开，颤声道："有话好好说。"

竹竿虽然不是刀子，但陈七是个男人，用竹竿勒死人也不是不可能。方锦绣看着陈七神情复杂，欲言又止。

"你们想干什么？你们这是要劫掠吗？你们以为能逃脱吗？"林夫人尖声喊道。

"林夫人，我没有别的意思，我就想知道林主簿在哪？"方锦绣深吸一口气，木然说道。

"我家老爷在哪里关你什么事？"林夫人喊道。

"我说过我要找君小姐，方家的人也在找她。"方锦绣说道。

林夫人一边抓住竹竿，一边嗤笑道："方锦绣，你的生母害方家的少爷，要断了方家的香火，我真不知道，你跟方家还有什么干系，你少打着方家这杆大旗来吓唬人！你说方家要找人，方家的人怎么不来，反而让你这个害了方家的人来？你当我傻？"

方锦绣攥紧了手，咬住下唇，正要说话，林夫人突然激动地抓着竹竿挣扎起来，力气大得差点把陈七推倒，她尖声喊道："我告诉你，你就是把我杀了，也休想走出去！"

陈七忙再次用力，用竹竿控制住林夫人。林夫人尖锐地惨叫一声，屋里的丫头仆妇们以及外面赶来的林家男丁也都乱了阵脚，进退两难。

正混乱时，一个下人疾步进来，大喊道："夫人，不好了，方家的人把咱们家围起来了！"

屋内顿时一滞，安静下来，这才听到外边传来的喧嚣声和轰轰的砸门声。陈七默默收回竹竿，退回到方锦绣身边。林夫人面色惨白，身子瘫软，跌坐在地上。方锦绣低下头，绷紧的身子缓缓松懈下来，一滴眼泪悄悄落在手背上。

暮色被燃烧的火把驱散，鼻息里都是松油燃烧的刺鼻气息。

浑身颤抖的林夫人被人搀扶着从厅堂里走出屋子，纵然有影壁挡着，也能看到大门外黑压压的一群人。方锦绣也在陈七的搀扶下向外走去，绕过影壁，她一眼就看到骑在马上的方承宇，林家的下人们都惊恐地退后，门前的地上还躺着三四个人，都捂着脸蜷缩着呻吟。

"就是他们打我。"柳儿的尖叫声划破了这令人窒息的气氛，"仗着人多欺负我。"

方承宇嗯了声，温声道："好了，现在咱们人多，你也可以欺负他们了。"

柳儿哼了声，上前看着地上的几人，恨恨抬起脚踹过去，一边踹一边骂道："让你们打我，也不看看我是谁！"

整个林氏一族都被惊动了，族长更是连饭都顾不得吃，急匆匆赶过来，看到柳儿的行为，难掩惊怒，竭力控制住，沉声问道："方少爷，你这是什么意思？"

方承宇在林家族长出现的那一刻就下马了，听他说话，端正地施礼道："林老爷，打扰了，我只是想要找个人。"

林族长气得直发抖，冷声问道："方少爷要找什么人？我林家是藏了钦犯还是藏了奸细？是不是明天也要拉到行刑台前斩上一斩？你们方家有仇报仇，有怨报怨，现在终于等到这个机会，新仇旧怨随你们说。"

方家与林家缙云楼结怨的事，林家的族长自然是知道的。

方承宇笑了，再次施礼道："林老爷你想多了，没有仇怨，我们来只是找个人。"

林族长冷笑一声，刚要说话，一个女声先响起："你不用东想西想，这件事很简单。"林族长回头看向从倒下的门内走出来的女孩子。

"我看到林主簿和方少奶奶在街上说话，然后一起走了，而方少奶奶现在未归也没有消息，所以我们就是来问林主簿，可知道方少奶奶的下落？"方锦绣说道，"小丫头来问被打了，我来问被关了，所以才闹成这样。"

林族长看着门内被几个仆妇搀扶着的林夫人，神情一沉，看着方锦绣，问道："你说他跟方少奶奶在一起，可有证据？"

"只要你们请出林主簿一对质便知，如果我说谎，我给你们在门前长跪一日认错。"方锦绣答道。

"要是错了，我亲自来给你们修门。"方承宇也认真说道，"林老爷，你也知道我们方家最近风雨招摇，实在是如惊弓之鸟，我们两家又有些小过节，你怀疑我们借机报复也正常，但是将心比心，当知道林主簿和我妻子一同离去至今未归，我也是很不安的。"

林族长的视线在这两人身上扫来扫去，眉头微皱，转头看着林夫人，问道："老三家的，三郎呢？"

林夫人自然又是答不出来，只一个劲儿地抽泣，林族长又气又无奈，立刻吩咐下人去寻找林主簿。

夜色越来越浓，林家院子里的气氛也越来越凝重，出去寻找林主簿的下人们陆续归来回禀，均没有带回林主簿身在何处的确切消息。

方承宇依旧神情温和，林族长脸色却越来越难看，他忍不住猛拍着桌子，喝道："这个混账，到底去哪里了？！"

"少奶奶可有回去？"方承宇也温声问道。

旁边一个随从向外看了一眼，答道："少爷，小的一直看着，并没有少奶奶回家的讯号。"

方承宇听后便站了起来，林族长也跟着站起来，神情僵硬地说道："方少爷，你先回去，我找到他，会第一时间告诉你们的。"

方承宇对他笑了笑，说道："还是不麻烦林老爷了，我们找到林大人后，会第一时间告诉你们的。"

林族长顿时面色铁青，正要说什么，方承宇已经向外走去，在火把和夜色交汇的映照下，他的身形似乎看起来并不算很单薄，反而带着几分凌厉。

"方少爷，还是让我们来吧，你放心，我们林家对自己人还是熟悉些。"林族长不放心地又说道，方承宇没有回头，也没有再说话。

林族长吐口气，瞪了身边诸人一眼，喝道："还不快去找，那些私娼窑子也找找去！"

下人忙应声"是"，纷纷向外跑去。

大街上响起嘈杂声，原来是县衙的官员们也赶过来了。李县令被伏诛后，现在的县衙暂时由县丞暂代县令之职，而且考虑到阳城这次的动荡不小，太原府还特意留下两个官员坐镇。为首的官员对方承宇劝道："不管有什么事，明天再说。有话好好说。"

方承宇没有说话，官员还要再劝，又听到一阵喧哗，见一队人马拥簇着方老太太过来了。她顾不得跟官员们施礼，看着方承宇，径直问道："还是没找到吗？"

方承宇垂下头，又抬起，坚定地说道："祖母，我一定要找到她，我不要她出事！"

方承宇的声音已然沙哑涩涩，"出事"二字说得有些含糊不清，但落入方老太太耳内如同响雷，本来就不好的脸色顿时煞白，她紧绷的身子不可抑制地颤抖起来，身子不由得摇晃几下，方承宇忙扶住了她。

"怎么会出事？"方老太太深吸几口气，竭力让自己平复下来，"林主簿不会对她怎么样的，以前不能，现在又是这个时候。"

"她说事情有古怪。"方承宇沉声说道，"她不说谎。"

方老太太点点头："我知道她不说谎，我是说林主簿他不可能这么胆大，不该事情有古怪啊。"

方承宇沉默片刻，说道："祖母，事情真的有古怪，你还记得我在牢里为什么杀了李长宏吗？"

方老太太顿时紧张起来，迟疑了一下，说道："承宇，有件事，我现在还不能告诉你……"她看着四周竖着耳朵听的官员们，最终没将接下来的话讲出来。

"老太太，"一个官员沉声道，"时候也不早了，林家和你们都派人去找林主簿了，不如你们先回去等消息，不管有什么纠葛都坐下来好好说一说，千万不要再冲动了。"

"是啊，方老太太，凡事适可而止，李县令的事情刚刚过去，你们不能在这个时候借机报复任何一个有过节的人啊，你想想，这会让阳城的百姓怎么看你们方家……"另一个官员也语重心长地说道。

方老太太沉默不语，神情却稍有动容。官员们看出方老太太的迟疑，继续晓之以理，动之以情。

林家族长也适时站出来，郑重说道："方老太太，我可以向您保证，我林家对你们方家没有什么不解之仇。而且三郎我很明白，他绝不会在这个时候做出这种事。我林家在阳城已经上百年，我们不会做出这种自毁基业的事。"说着对她略一施礼，"请您放心，我们一定会找到三郎，给方家一个交代！"

方老太太依旧沉默，神情有些犹豫，躲在一旁的方锦绣攥住了手，柳儿不知道从哪里钻了出来，大声嚷嚷着让人赶紧去找她家小姐。

方老太太终于开口，却是对着柳儿说道："你不要急，这不是都在找吗，你且跟我们回去，再仔细说说今日事情经过，我们再去找蓁蓁。"

柳儿顿时跳起来，委屈地放声大哭起来，哭声回荡在深夜的大街上，格外刺耳。

此时，阳城三十里外的城北驿站，已经陷入夜色的安静。

城北驿站位于阳城与高平的交界，位置以及管辖都有些尴尬，略一快马加鞭都能赶到目的地，没必要在坡沟交错的驿站里落脚，因此这驿站便越来越破日。但今夜，因为路过的太原府官员们入住在此，马圈里都安置不下马匹，只得拴在前院甚至门外，驿站里只有一个驿丞带着一个老卒，忙得脚不沾地，不得不让家眷也来帮忙。

此时大多数官员都歇息了，但还有个别屋子里还亮着灯，夏日夜晚闷热，窗户开着，可以看到内里正在铺床的一个身穿常服的男人，而另一个留着胡子、相貌普通的仆从则垂手站在一旁，神情若有所思，仆从低声问道："他们到底是怎么发现的？"

铺床的男人闻言立刻转过身，恭敬地答道："这种事也很难说，大人……"

男人还要说些什么，那仆从忽然抬手，同时眼神犀利地看向窗口，大喝一声："谁在那？"伴着他的喝声，人已经走到门边打开了门，同时传来一声惊呼，有人跟跄地后退。

这是一个十四五岁的女孩子，穿着简朴，头发也乱糟糟的，夜色里只看到黝黑的脸庞，她的手里拎着一个木桶，里面热气腾腾，看起来像是正拎着水桶经过，被突然走出来的人吓到，惊慌地站在原地一动也不敢动。

"干什么的？"官员也走出来厉声问道。仆从自觉退到他的身侧，低垂着眼，打量着女孩子。

"我……我送水的。"女孩结结巴巴，一边说着一边指了指旁边的一间屋子，屋子也亮着灯，显然有人还没休息。

这个女孩子应该是那个驿卒的家眷，官员放松警惕，随口问道："还有热水吗？"

女孩神情惊恐地说道："这是，这是那边先要的，我再去烧，大人请稍等！"

官员也不是为了要热水，摆摆手转身进去了。女孩慌里慌张地施礼后拎着木桶向旁边的屋子走去，仆从一直站在门口看着女孩敲响了旁边的屋门，一个已经换了里衣的男子打开门，伸手接过木桶，关上了门。女孩吐口气，抬起袖子擦了擦头上和脸上的汗，接着疾步向后院走去。直到她走远，仆从才收回视线，默默站了一刻，转身进屋关上了门。

"是有什么问题吗？"屋子里的官员问道。

仆从笑了笑，说道："暂时还想不到，时候不早了，先歇息吧。"

官员没有再问，恭敬地应声"是"，将屋子里的灯吹灭，室内陷入一片黑暗，黑暗里响起低沉的声音："床铺好了，您歇息吧。"伴着窸窸窣窣的上床声，片刻之后，一切归于安静。

寂静的深夜里，一个人影从驿站破败的半边土墙上翻了出去，借着若隐若现的星光撒脚狂奔，这是刚刚拎着水桶的女孩子，此时的她只穿着里衣，而外衣则在怀里抱着，脸上的灰还没有褪去，只剩下一双大眼睛如星光一般闪亮。

今日没有白来，一句"大人"的称呼至少确认了一件事，这就足够了，此地不能再留。

第五十二章

◇

一个圣旨可掀城

林家巷子外，柳儿的哭声还在继续。

方老太太被她的哭声闹得心口发堵，不耐烦道："不要哭了，你家小姐还没死呢，像什么样子！"

柳儿哭喊道："我看你们就是不想救我家小姐，我家小姐把你孙子治好后就没用了是吧，你们也犯不着为了我家小姐得罪人是吧，所以才不积极找她！"

方老太太面色铁青，气得一口气没上来，身子一个踉跄。方承宇忙伸手扶住老太太，厉声对柳儿说道："柳儿，你不要说了，祖母不是这个意思。"

"我不管你们什么意思。"柳儿哭着向林家巷子冲去，"你们不找，我找！"

林家的族长瞧着这个小丫头又泼辣又胡搅蛮缠，觉得再拦着她又要惹什么是非，说更难听的话，便也没有拦她，让她进去了。方老太太面色铁青还未缓过来，方承宇轻轻拍抚着她的心口。

"要不，方老太太，你在我们这里歇息静候？"林族长说道，"我们也不是不找人，人当然要找的。"官员们也连连点头表示赞同。

方老太太还没说话，方承宇却对他们笑了笑，说道："劳烦诸位稍等，我跟祖母有话还没说完。"官员们和林族长都微微皱眉，但还是大方地退开几步。

"你要说什么？也要说我无情无义吗？"方老太太哑声说道。

方承宇笑着摇摇头："祖母不是那样的人，我要说的是方才还没说完的话。祖母，你还记得我在牢里为什么杀了李长宏吗？"

方老太太叹了口气："承宇，这件事我会告诉你的，但不是现在。"

方承宇摇头打断她的话："不，祖母，你想错了，我不是因为你喊了杀了他才动手的，而是我答应他了。"

方老太太愣了一下。

"我当时问他，要他告诉我一件事，他对我们方家做的这些事，是他自己要做的，还是有人指使。"方承宇说道，"只要他回答是或者不是，我就给他个痛快。"

方老太太神情惊愕，方承宇又说道："然后李长宏就忽然发狂，要喊出那句你不想让他喊出来的话，而这句话，他自己显然也知道我们方家是不会让他说出来的，要不然这么多年，他也不会这样小心翼翼却又有恃无恐。"

方老太太沉默片刻，不可置信地问道："所以你的意思是？"

方承宇点头道："他一心求死，要么是知道必死无疑，要么就是接到了别人让他去死的示意，但不管是哪一种，他的反应都明确回答了我，所以我才给了他一个痛快。柳儿说表姐是看到一队官员过去才说有古怪的，我想她大概也是发现了我猜测的事，这事大概就是李长宏在牢房里突然一心求死的原因。"

方老太太闻听此言，原本颤抖的身子瞬间僵硬，这一次人真的向后倒去，方承宇一个人竟然没扶住，方锦绣冲过来合力搀扶，才让方老太太坐在地上，避免直挺挺地倒下。一旁的林族长和官员们也吓了一跳，急忙上前几步。

"你有话好好说，现在这个时候，要吓死祖母吗？"方锦绣瞪着方承宇喊道。

方承宇一脸歉意愧疚，抚着方老太太的胸口，哑声说道："祖母，您别急，也许是我猜错了。"

方老太太没有晕过去，只是原本煞白的脸色变得灰白，一双眼睛也暗淡无神，她沉声道："你没猜错。我也常常告诉自己，你祖父和你父亲的死只是意外，不是阴谋，所以不去猜不去想，结果这阴谋陷害却无休无止。"她闭上眼，眼角有泪水滑落，喃喃道，"我不懂这是为什么。"

"祖母，你别着急，表姐她一向机敏，肯定会保护自己的，我这就尽快去找她。"方承宇扶着方老太太上车，"祖母你先回去，这件事让我来。"

方老太太按住他的手，暗淡无神的眼睛重新浮现几分锐利，她悲愤地说道："不，这件事你一个人办不到，蓁蓁她定是因为治好了你的病，才成为仇人的眼中钉。仇人这是要毁了我们方家，他们毁了你祖父，杀了你父亲，毒害了你，现在又要毁掉她。"她按着方承宇的胳膊站直了身子，沉声说道，"来人，取我的拐杖来！"

林族长和官员们都皱眉不解，方承宇也对这个拐杖没什么印象，但既然祖母发话了，他立刻应声"是"。

此时方家亦是灯火通明，所有人都神情紧张地侍立，方大太太坐在厅堂里，君小姐和林主簿始终找不到的消息也都传了回来，她的神情满是担心。

有护卫疾步走进来禀报："太太，老太太让取拐杖来。"

听到护卫的话，屋子里的人都有些惊讶，平时方老太太几乎不用拐杖，此时众人便有些担忧老太太是不是受了打击。方大太太却知道方老太太说的那根拐杖，那是一根竹杖，方老太爷去世之后，方老太太大概是悲伤过度，那几日不得不拄着拐杖行走，但也只用了几天就收起来了；再一次用就是为念君去世，那一次方老太太抱着拐杖日夜不离身，但很快又收起来了；再然后就是承宇出事，方老太太抱着拐杖哭。那根拐杖日常就放在方老太太的屋子里，十几年的时光让它变得有些陈旧，想必对她来说，更多的是寄托吧。现在又到了需要拐杖的时候了？难道君蓁蓁真的出事了？

方大太太不安地站起来，神情一变，缓缓说道："去取老太太的拐杖来，告诉大家，我们都去，一定要找到少奶奶！"

闻听此言，方云绣和方玉绣难掩喜色，姐妹两人紧紧握住手，元氏亦是点头，应声"是"后便疾步而去。

林家巷子外的大街上依旧站满了人。

明亮的火把照亮了半边的天，林家族长和官员们再次围住方老太太劝说，但不管他们说什么，方老太太一概不理，只是答道："我等我的拐杖。"众人无奈。

方锦绣已经重新退回路边，陈七忍不住问道："累了吗？要不要去给你祖母请个大夫？"

方锦绣默然片刻，说道："不用，这事用不着我操心。"

陈七打个哈欠，说道："那我们回去休息吧。"

方锦绣当然没理会他，而是在街边坐了下来。陈七揉了揉脸，没再说什么，刚要跟着坐下，方锦绣却又猛地站了起来。陈七吓了一跳，忙问道："又改变主意了？"

方锦绣没有理会他，看着前方，前方传来嘈杂的车马声。

众人都看过去，见又有一群人过来了，都是女子。

因为今日祭奠方老太爷和方大爷，家里的女眷都卸去钗环，穿着素衣，此时在火把的映照下，更显得缟素一片，方承宇喊道："母亲。"

方老太太也从车上下来，方大太太已经疾步走到她面前，将手里的拐杖捧过来，说道："母亲，您要的拐杖我送来了。"

方老太太伸手接过拐杖，又看着方大太太和跟来的方云绣方玉绣姐妹、元氏以及家里的丫头仆妇们，问道："你们怎么都来了？"

"母亲，大家是一家人，既然要找人，当然是一起找了，多一个人多一分力嘛。"方大太太说道。

"是啊，老太太，大家能骑马的骑马，不能骑马的走路，能做什么就做什么。"元氏含笑说道，"总好过在家里坐着等。"

方老太太视线看向她们身后，果然随行的有车有马。她还没有说话，街上又有马蹄声传来，众人看过去，见是高管事带着一群人骑马而来，其中有票号的掌柜伙计，还有右手裹着伤布的雷中莲。高管事高声说道："老太太，阳城的人都叫来了，再远处的已经送了消息，正在陆续赶来。"

方老太太目光扫过众人，脸上浮现笑意，扬声说道："干什么，找个人而已，你看你们这么兴师动众的，搞得咱们跟匪贼乱民一般要掀翻了这座城似的。"

"老太太，你们不要这样，这件事交给我们。"为首的官员忙说道。

林族长脸上也没有先前的温和，一脸不悦地拂袖说道："你们这是什么意思？好啊，你们能找，那你们找吧。"

方老太太看向他们，脸上的笑意渐渐散去，将手中的拐杖握住，慢慢说道："就是掀了这座城，也没什么大不了。"

在场的人都愣了一下，还没回过神，就见方老太太将手里的拐杖狠狠砸在地上，这突然的动作让四周的人不由得后退一步，还有女子低呼出声。

伴着咔嚓一声，竹杖在地上碎裂，从中滚出一个细长的卷轴，站得近的诸人看过去，神情惊讶。方老太太已经俯身捡起卷轴，撕下外边的油纸，火把照耀下，明黄色刺目，在场的人神情顿变，又不可置信。

方老太太打开卷轴，高高冲众人举起展开，神情决然，一字一顿说道："奉天承运皇帝，诏曰如朕亲临，阳城天上地下，搜查林家无阻，如有抗阻，杀无赦。"

竟然是圣旨！方大太太看着火把照耀下鲜红的大字和玉玺，震惊得浑身发麻，忙伸手掩住嘴阻止脱口而出的惊呼声，那个被方老太太随意使用、摆放得毫不起眼的拐杖里，竟然藏着一张圣旨！方大太太滚烫的眼泪随之奔涌而出，忙俯身跪下叩拜。

"我的亲娘姥姥。"陈七看着方锦绣，喃喃道，"怪不得你们方家能如此豪富，原来是奉旨敛财啊。"他慢慢跪下来，方锦绣根本就没听到他说的话，整个人也震惊得呆住了，被陈七拉着跪下来。

官员们已经跪下，神情惊骇又恍然，这样方家能调动官兵、官员的行为就说得通了，而李县令被割喉，自然也跟此有关。林族长更不知道说什么好，呆呆看着方老太太举的圣旨跪下，喃喃道："这下好了，她们真的能把林家拆，把阳城平了。"

大街上原本站立的拥挤的人群都呼啦啦地跪地山呼万岁，大街上如同开了锅的水，瞬间变得炙热起来。方承宇神情恢复，略一跪下便起身，上前接过方老太太手里的圣旨，翻身上马，淡淡说道："搜！"护卫们随着方承宇上马调转马头，高管事也扬起鞭子，雷中莲一只手上马，同时从马背上抽出一根木棍。

方玉绣说道："大姐你跟着元姨娘，我跟着母亲一路。"方云绣对方玉绣的安排从来是言听计从，元氏也应声"是"，拉住方云绣，两人上了一辆马车，方玉绣和方大太太也上了车，身旁的丫头仆妇们，坐车的、步行的、骑马的，各自忙而不乱，轰然向四面八方滚滚而去。

官员们顿时召集人手，也行动起来，一阵哄乱后，林家巷子前的大街恢复了安静，林族长还呆呆跪在地上，一个随从怯怯挪过来，颤声问道："老爷，咱们怎么办？"

"还能怎么办？快去找人，找不到，咱们林族都要陪葬。"林族长喊道，几乎要从地上跳起来。

与此同时，城外的一处庄园里，沉沉夜色中还亮着点点灯火，间或有女子的娇笑声传出来，廊下站着的两个小厮揣着手打瞌睡，猛地一点头醒来，听到这笑声不由得搓了搓脸，低声嘀咕道："怎么还不睡啊？"

旁边的小厮咻咻笑，挤眉弄眼地说道："都睡了一下午了，得缓缓精神嘛。"

正低声说笑着，外边有敲门声传来，在深夜里格外吓人，两个小厮吓了一跳，对视一眼，一个小厮说道："这大半夜的，什么人？"

"路过的投宿人？不用理他！"另一个小厮猜测道。

敲门声停下来，但片刻之后又急急响起，这一次连屋里的人都听到了，有男声问道："怎么回事？"

"三爷，不知道，要不要去看看？"小厮忙答道。

屋子里的人还没答话，外边敲门的人已经急切地喊起来："三爷，快开门，家里出事了！"

小厮们吓了一跳，屋子里瞬时无声，片刻之后，便有女声的娇嗔，紧接着便是男子低低的安抚。男子拔高声音说道："让他们滚，也不看看是什么时候！"

门被拍得山响，小厮对着门外喝道："别拍了，快滚。"

外边的人似乎被骂急了，不止用手，连脚都踹上了，急声喊道："快点，出事了！族长老爷亲自下的命令找您，快点！"

这声音也传到了屋子里，其内的人很生气，横眉喝道："屁大的事，还闹到了族长那里，真是还不够丢人的，今日我就不开门，看谁敢进来！"

这声音震慑得门外的敲门声顿消，里外重新陷入安静，林主簿吐口气，带着愤怒又不屑，才要甩袖进去，就听到砰的一声，紧闭的大门飞砸向院中。这突然的状况让两个小厮失声惊叫，下意识抱头，与此同时，门外亮起了无数的火把，急促的马蹄声和喧闹声如同潮水般涌来。

林主簿站在屋门口目瞪口呆，透过被撞飞的大门看着外边涌来的人群，明亮的火把刺目得一时间看不清，待适应这光线后才看到一队官兵持着兵器站在门外。

"我的娘。"他瞪眼脱口喊道，"不就是养个外室吗？至于连官兵都惊动了吗？"

小小的庄园里灯火通明，两个小厮被按在廊檐下瑟瑟发抖.此刻的院子里有官府里的差丁，有铠甲严明的兵士，还有普通的护院家丁，还有一些像是伙计仆从的人，甚至还有一个手上裹着伤布的残废。

"冤枉啊！"屋子里的林主簿大声喊道。

"冤枉什么？你到底有没有见过方少奶奶？"林族长气急败坏地喊道。

林主簿有些莫名其妙，委屈地喊道："我见过啊，可是我没和她在一起啊，我们只是在街上说了几句话而已，后来她就走了。"

"你们说了什么？"方承宇问道。

林主簿说道："我只是在街上恰好遇到了方少奶奶，主动问好，并再次表达上次我女儿事件的歉意，然后方少奶奶就说有事，我就告辞离开了。"他好不容易解禁，满心欢喜地偷偷跑到养的外室家里享受了一番，直到被敲门弄醒，谁想到外边竟然闹成了这样……

"你是说你不知道她去了哪里？"方承宇又问道。

"我真不知道啊。"林主簿急着说道，"我向城外走，她向城里去了。"

方承宇没有说话，整个屋子便陷入沉默，所有视线都凝聚在这个少年和他手里拿着的卷轴上，似乎下一刻的生死都由他掌握。

"三郎，你最好老实点，你以往背着我干的那些事我都睁一只眼闭一只眼，但这次可是事关重大，你休想再托滑。"林族长受不了这沉默，忍不住喝道。

"方少爷我真的没有说谎，天地可鉴啊。"林主簿恨不得跪下来。

方承宇又开口问道："你见到她的时候，她正在做什么？"

"我看到她时，她正站在街边，似乎在等人……"林主簿立刻回忆道。

"也许是在找人？"方承宇插话道。

林主簿想了想，那姑娘当时看着城门外，神情的确有点古怪："她是不是在找我不知道，不过后来她倒是问了一句闲话。"

"什么闲话？"林族长急急问道。

"方少奶奶问我，今趟阳城都来了哪些外地的官员。"林主簿说道。

林族长愣了一下，斜眼看着方承宇，说道："这事她问你做什么？你关着呢，哪里知道来了什么人，你别胡乱说攀扯别人。"

林主簿再次喊冤道："我也是这样跟方少奶奶说的，然后她就告辞不再问了。方少爷，你要信我，我真犯不着……"

方承宇看着他点点头，温和一笑，认真说道："我信林大人，你没说谎。"

林主簿简直感动得要哭。

门外又传来一阵喧闹，原来是闻讯的方老太太这一路人马赶过来了。

不待林主簿和林族长解释，方承宇已经上前："不是他。"

方老太太看了眼神情忐忑的林族长和林主簿，没有再问什么，沉声说道："走，继续向外找。"

方承宇神情沉重地看着夜空，慢慢将视线转向北方："祖母，在城里找，把整个城都翻起来。"

方老太太愣了一下，不解地看着方承宇。

"我们适才只是追查跟林主簿有关的踪迹，查的人家也是与此有关，现在我们全部都查，全部都搜。"方老太太神情愕然，正要提醒承宇不要把事情闹得太大，却听他接着说道，"就是要闹大，闹得越大，她越安全！"

方老太太看着方承宇坚决的样子，最终点点头，吩咐下去："召集所有人马回城，搜城。"

院子里外的人马呼啦啦如潮水般退去，转眼就消失在已经发白的夜色里，只留下林家已经惊呆的诸人。

原野里越发漆黑，一声低呼，奔跑的黑影扑倒在地上，却没有丝毫停留，径直跃身而起，将散落的衣服捡起来，一瘸一拐地继续向前。

与此同时，城北驿站矮小的屋子里本已经睡着的人猛地坐起来说了一句"不对"，就下床向外疾步，睡在地上的人猝不及防被踩了一脚，发出一声惊叫。

"出什么事了？"地上的人惊慌喊道，起身看向门口，见门已经被打开，那个仆从冲了出去。

原本陷入沉睡的驿站变得骚动喧闹，灭掉的灯火逐一亮起，披着衣衫、睡眼惺忪的人都从屋子里走出来，向后院而去，那睡着的驿卒一家已经被叫起来了，驿卒和老妇、女儿瑟瑟挤在一起，神情惊恐地看着眼前的男人。

"我的钱丢了。"仆从伸手指着缩在老妇身旁的女孩子，"只有你来过我这边。"

女孩子吓得浑身打战，要躲进娘的怀里，却被老妇推开，颤声问道："娃儿，是你不？"

女孩子被推出来，样貌暴露在众人眼前。仆从的视线犀利地扫过她，虽然现在穿着里衣，跟当时穿的衣服不同，但那乱蓬蓬的头发、惊恐的神情、没有洗而沾染着灰垢的脸，都跟当时看到的差不多。

"我没有我没有。"女孩子颤抖地说道。

连口音都一致，仆从皱起眉头，喝道："你没有去我们那里送水吗？"

女孩子惶恐地点点头又摇摇头。

"到底有没有？"仆从又喝道。

"大爷，我家娃这一晚上送了十几次水，哪里都去了，但这偷东西，真是没有的。"驿卒哀求道，"大爷，真的没有啊，老儿拿性命担保。"

仆从没有理会驿卒，只是盯着瑟瑟发抖的女孩子，跟适才他看到的夜色里的女孩子背景做比对，突然眼睛一亮，终于发现古怪之处——他看到的那个背影带着一种纤弱感，却是那种高门大户从小锦衣玉食才能养出的纤弱感。

"你们今日到底几个人……"仆从上前一步，喝问道。

他的话音未落，就听得外边一阵喧闹，有人大声地招呼那些跟过来看热闹的人："快点，知府大人要立刻出发。"

所有人都愣了一下，仆从也停止了询问，大家纷纷问道："出什么事了？"

"方家拿着圣旨，把阳城翻了。"那人喊道。

众人一阵安静后旋即哗然，此起彼伏的询问声四起："方家怎么会有圣旨？方家怎么把阳城翻了？"

但那人也顾不得回答细节："不知道，好像是家里一人跟阳城一个主簿有仇，闹起来了。"说着又催促道，"快点快点，知府大人已经先走了。"

众人不敢怠慢，急忙向外跑去，仆从却站在原地，神情复杂，官员小心地问道："还问吗？"

仆从望着人嚷马嘶的外边，嘴角闪过一丝轻笑，喃喃道："圣旨啊，方家还真是……胆子大。"说罢又看了一眼那老卒一家，目光扫过瑟瑟的女孩子，转身迈步，"走。"

临近黎明，最黑暗的那一刻慢慢过去，东方渐渐发白。

昨夜的动静搅动了整个县城，那些喊着奉旨追查的人也不是官兵，圣旨更是看不到，还好那些人只是在家中四处搜索、盘问有没有见到林主簿，没有破坏家中丝毫，等搜查过去，天色渐亮，民众也大着胆子走出家门围观议论起来。

对于身后探头探脑渐渐聚集的民众，一直坐在城门前大街边的方锦绣视而不见，她只是看着城外，身后传来马蹄急响，方锦绣转过身子，看到一队人马疾驰而来。靠着她肩头睡得正香的陈七差点栽在地上，此时揉着脸迷迷瞪瞪地醒过来，擦着口水问道："什么时辰了？找到了吗？"

方锦绣没有理会他，站立起来看向驰来的方承宇以及方老太太，再远处还有更多的人汇集过来，火把早已经熄灭，每个人的脸上皆是疲倦和焦急，看他们的神情，方锦绣就知道，还没有找到君蓁蓁。

"这才找了一夜而已。"方承宇的神情依旧，脸上甚至还浮现笑意，"祖母、母亲、姐姐，你们先回去歇息，我再接着找，白日消息传得更快，打草惊蛇有时候也不是坏事。"

方大太太心疼地看着他，本就瘦弱，此时脸色更显得憔悴，这样熬下去，可怎么受得住，忍不住说道："承宇，你先回去歇歇，我们接着找。"

"是啊，我和大姐来吧，你和祖母都回去歇息，然后再来替换我们。"方玉绣也说道。

方承宇含笑摇摇头："人要是一口气提着就不会累，这个时候千万不能停，停下来泄气反而不好。"

方大太太神情焦灼，脱口问道："那要是今天还是找不到呢？"

方承宇笑了，疲惫的眼神中又透着真挚和坚定，他说道："今天找不到就明天找，明天找不到就后天找，一天天找下去，总会找到的，总之，绝对不能不找！"

方老太太看着这么有担当、有魄力的方承宇，欣慰地笑了，对面前的媳妇儿、孙女们说道："只要我们还有一个人在，就要一直找下去，既然上天要我们方家过这样的日子，我们便不惧不退缩，就过给它看。"

方大太太、方云绣、方玉绣等人都面色肃重地点点头，齐声说道："是，祖母、母亲，你们放心，我们一定会找下去。"

"好了，那现在我们要分工，我和云绣、元氏先回去歇息，承宇你和你母亲继续寻找，等过了午后我们再来替换你们。"方老太太说着又看向身边的护卫、丫头仆妇以及票号的诸人，"你们也都各自分班轮换。"诸人齐声应"是"。

这边正热闹着，城门外又有人马疾驰而来，为首的人厉声喝道："方曹氏，你休要再胡闹了！"

这些人风尘仆仆，虽然身穿常服，但大家还是认出了他们，正是昨日离开阳城的太原府几位官员，发出呵斥的便是知府马升之。

"你知道你在做什么吗？"马知府不待马站稳就跳下来，疾步到方老太太身前呵斥道，"先皇给你圣旨是让你扰民的吗？你知不知道你在做什么？"他又看着四周躲躲闪闪的民众，压低声音说道，"你知不知道这意味着什么？"

方老太太当然知道这意味着什么，要不然这么多年她也从来不敢泄露半分，这圣旨是方家的依仗，也必然是杀器，这其中还牵涉更多的疑问和揣测，势必引起轩然大波。

方老太太沉默片刻，道："大人，我知道我在做什么，圣旨没有让我扰民，但是，圣旨也是为了保我方家，现在我方家遇到如此劫难，我此时不用更待何时？"

马知府伸手指着方老太太，压低声音："你方家遇到什么劫难了？现在你的孙子治好了，仇人伏诛了，正是大难过后福至的时候，不就是一个媳妇一夜未归吗？你至于要翻天吗？"

"我这孙媳就是我方家的天。"方老太太亦是咬牙，神情带着几分决然和狂暴，伸手指着天，"她出事，天就翻了，我方家就翻了。"

马知府面色铁青，才要说话，有一个女声从人群中传来："出什么事了？谁出事了？"

第五十三章

◇

君从何处归来

听闻此声，马知府等官员尚没来得及反应，方承宇第一个转过头去，紧接着便是方家的妇人们，一直站在他们之外的方锦绣也不可置信地循声看去，外边围了一圈的护卫们被这视线看得下意识分开，也扭头看去。

他们身后，站着一个女孩子，衣衫发髻有些散乱，沾染着尘土，看上去有些狼狈，但她面容柔和，双目明亮，精神十足。她手里拎着一个竹筐，其内摆着一些药草，就像一个清晨归来的采药人。

满场陷入一片寂静。

君小姐视线扫过诸人，神情亦是惊讶，迷惑而不解地再次问道："出什么事了？"

包括方锦绣在内的全场人都呆呆地看着发声的君小姐，大多数人都认得她，惊讶于她有些狼狈的样子，也有少数人并不认得她，比如马知府及其随行的官员们。

马知府审视着这个女孩子，大约十四五岁的年纪，虽现在衣衫凌乱，也掩盖不住大家闺秀的温婉气质，再看一眼方老太太等人的神情，他大概猜出了这位女孩子的身份——传说中那位冲喜治好方少爷的少奶奶。随着他的视线，身边的官员们也都看去，尤其是站在最后的那个仆从更是眯起眼。

马知府装作不认识，伸手指着君小姐，喝问道："她是谁？"

这显然是明知故问的嘲笑，方老太太还没回话，尖尖的女声响起："小姐！"

大家还没反应过来，不知道从哪里钻出来的柳儿已经扑到君小姐面前，一把抱住她放声大哭："小姐你去哪里了，你吓死我了！"

这一下不用方老太太再开口，在场的人都知道这女孩子是谁了，所有人都蒙了，他们翻天覆地，一晚上找不到的人，就这样突然出现了。

"蓁蓁，你去哪里了？"方大太太忍不住喊着，疾步走过去。

君小姐被柳儿抱住大哭，又看着面前聚集的人，显然也很蒙，呆呆地回答道："我去采药了。"

在场的人都愣住了，整个阳城因为她翻了天，而她却轻轻松松地出现，又轻轻松松地说采药去了。方大太太气得浑身发抖，唯一的念头就是给眼前这个女孩子狠狠一巴掌，她疾步过来，冲着君小姐扬起了手。同时，也有人疾步冲过来，似是无意却又恰好早了一步，抱住君小姐的肩头，欢喜地喊道："表姐，你回来就好！"

方大太太的巴掌被挡住，落在他的肩头，方承宇啊了一声，似乎才注意到母亲的动作，转过身看着她，真挚地哀求道："母亲，你不要生气好不好？"方大太太神情复杂，没想到她也能尝到儿子护着媳妇的滋味，讪讪地收回了手。

马知府冷笑一声，看向君小姐，语气加重："你又不是大夫药农，为什么去采药？"

君小姐带着几分歉意地回道："我的确是一个大夫。"

马知府皱眉看着她，显然不相信她说的话。方老太太上前接过话："大人，的确是这样，我亲家是行医世家，女婿虽然做了官，但家里的传承并没有丢，她从小就跟着学医术。"

君应文不是山西路的官员，但因为是方家的亲戚，马知府在来之前自然也查看过他的履历，君家行医倒也是知道的。他又看向君小姐，再次喝问道："你为什么采药？"

"大人，表姐是为了给我治病啊。"方承宇的声音响起。

马知府又皱起眉头，方老太太再次开口："大人，此事说来话长，您想必知道我家承宇原本有病将死，大家也看得出他现在好多了，事实上，承宇就是我这外孙女治好的，用的就是君家的医术。"

众人微微一怔，旋即哗然。

"这事要从很久以前说起。"方家的厅堂里站满了人，马知府等官员被请进方家，方老太太命人捧茶，开口说道，"当初承宇犯病，我们遍寻名医都无解，那时候亲家公还在，我们也请了他，他也束手无策。没想到，亲家公一直惦记着承宇的病，潜心研究，孜孜不倦，记下了许多偏方，只是可惜尚未解出便亡故了。亲家公去世后，我的外孙女不仅接过了家传的医术，也记挂着承宇的病情，她按照亲家公的笔记……"

大厅里，众人看向君小姐，站在人群后的仆从眉头微皱，似乎迷惑又似乎恍然。

"她翻遍了医书，在汝南，在抚宁……"方老太太的声音还在继续。

看着她一副老生常谈、追古忆昔的神态，马知府带着几分不耐烦，打断道："这些事无关紧要，大家都知道你们方家被仇人陷害，也知道你们筹划翻身不容易。"他看向君小姐又问道，"不过你到底为什么会去采药一夜不归，而家里人却一点都不知道？"仆从也抬起眼皮看着君小姐。

"这真是太巧了。"君小姐一脸歉意地说道，"我也没想到竟然出了这种纰漏，引起大误会。"

屋子里的人都看着她，君小姐轻叹一口气又说道："我的确跟林主簿说话了，他也没说谎，说完话我就告辞了，原本是要回的，但经过一条街的时候，我看到一个人……一个卖柴的人。"大家都竖起耳朵聚精会神地听。

"卖柴的怎么了？"方老太太不耐烦地催促道，"你痛快点说，磨磨蹭蹭，干什么呢？"

君小姐神情踌躇，似乎有些不安地说道："主要是我怕我说了你们不信。那个卖柴的人带着一个小孩，小孩的手里拿着一朵花，这朵花是一味药材，对承宇的病有帮助，且很难得，我找了很久一直没找到。所以我问卖柴人从哪里摘来的，因为想要早拿到早用药，就让卖柴人的小孩来给家里捎个口信，我则直接去采药了。看来，口信没有捎到……"

屋子里的人鸦雀无声，有人忍不住脱口问道："这是不是有点太巧了？"

君小姐没有丝毫被冒犯的不悦，而是很赞同地点点头："真的是太巧了，说出来我自己都不相信。"

屋子里的人再次沉默，站在角落里的一个方家下人想到什么，突然开口说道："说起孩子，我想起来了，的确有个孩子曾到家门口，不过那时候老太太你们才回来，家里的人进进出出，忙乱收拾祭奠的事，那孩子靠近时大家以为是看热闹的便呵斥了两句，他就掉头跑了。"

君小姐很显然有话说，她看向方老太太，眼神闪烁地问道："我们家真的有圣旨吗？"

圣旨还能有假吗？要是假的，拿出来岂不是自寻死路？对于君小姐的明知故问，众人都忍不住在心里翻了个大白眼。

"当然是真的，我亲手拿了一晚上呢。"方承宇立刻如同孩童般，欢喜又认真地对方老太太说道，"祖母，祖母，快给表姐看看。"

马知府重重哼了一声，沉着脸问道："方曹氏，你打算怎么跟民众解释昨晚的事？"

屋子里一阵沉默。

突然听到扑通一声，有人跪下来说道："老太太，这都是我的错。"

大家似乎才注意到门口角落里站着的女孩子，以及她身边那个陌生的男人。

见大家看过来，陈七有些讪讪地说道："我……我……少奶奶你知道，我是卖糖人。"

"陈七！"一个管事低声喝道，"不要胡言乱语。"

"他是跟我进来的。"方锦绣立刻说道，适才方老太太一行人启程回家，虽然没有指明让方锦绣回来，但她还是犹豫地跟了回来，她本以为自己再也不会踏入方家，至少这一段时间不会再回来，没想到才一天，她就又回来了。因为紧跟在方锦绣身边，陈七就这样进来了，还站到了不是谁都能进来的方家的厅堂中。

"其实我也不想的。"陈七喃喃说道，"进来了再出去多不好意思。"

不再理会陈七的打岔，方锦绣看着方老太太叩了个头，认真说道："这事是我引起的，我认罚。"

方老太太看了她一眼，没说话，方大太太自始至终都没有看她，元氏神情复杂，方云绣和方玉绣眼中带着几分忧色。

君小姐开口道："这怎么能怪你呢？"

"就是怪她，小姐，就是她说你被林主簿抓了，引得我们去闹呢。"柳儿擦泪说道，"她肯定是看到小姐你在家中地位坐稳了，而她被赶出去了，嫉妒……"

在场的官员和那个仆从都皱起眉头，显然对方家的麻烦事有些不耐烦。君小姐并没有质问，只是笑着抚了抚柳儿的头，说道："不是的，不怪她，她说的是事实，我的确跟林主簿说话了，然后也巧了，林主簿和我都没有回家，更巧的是我跟林主簿还有些旧怨，换谁也会这样认为的，难道你没有这样认为吗？"

柳儿哦了声，想到昨夜的事又是一阵后怕，点点头哭着说道："有。"

方锦绣还要说什么，方老太太拍了拍桌子打断她："都闭嘴！"她再看向马知府，"这有什么好解释的，我家孩子有可能被坏人劫持了，我找人不是很正常吗？"

马知府气急而笑，横眉喝道："正常？你们方家拿着圣旨在阳城横冲直撞、翻天倒地，这叫正常？"

方老太太神情木然地说道："对啊，当初先帝赐予我家圣旨，就是为了护佑我们，让遇到难处的时候来解难的。"

马知府气得伸手指指君小姐，又指指方老太太，最终冷声说道："方曹氏，这件事既然你们是奉旨而行，那我没有办法也没资格给民众解释，你们自己解释吧。"说罢，转身拂袖，大步而去。

方家门前围观的民众看着官员呼啦啦走出来，忍不住涌上前等着听到期盼的消息，但官员却只是在兵丁的护卫下纷纷上马，驱散众人，竟然一句话都不说，就离开了。方家门前民众哗声更大，引得走出去的人回头看，神情亦是复杂。那个仆从倒是没有回头，又恢复了先前那般老实随和，紧紧跟在官员的身后。

送走官员后，方家的人还没有散去，君小姐接过方承宇递来的圣旨展开，认真专注地审视后，喃喃说道："真的是圣旨啊！"而且是皇祖父亲手写的圣旨，她心中滋味复杂，有些怅然，有些心酸，又有些欢喜。

先是昨夜通过只言片语确认，袁宝果然身份有假，他被那官员称呼为大人，虽然袁宝现在只是一个潜邸太监，但也算是跟皇家有关系，现在又看到了圣旨，就更确定了，这方家并非与自己无亲无故。

"所以，表姐你不用担心，没事了。"方承宇再次笑道。

君小姐将圣旨收起递给他，对他笑了笑，然后看向还跪在地上的方锦绣道："多谢你关心我。"

"我没有关心你。"方锦绣木然说道，"我只是实话实说，而且就算是好心，也不是所有的好心都值得道谢。"

君小姐笑着说道："我也只是实话实说，没别的意思，你别想太多。"

方锦绣瞪眼看着她，她却已经不再看她，对方老太太施礼道："外祖母，这次是我的过错，我没有安排好就随意行事，别的时候也罢了，偏偏是在大家最紧张的时候。"不待方老太太说话，她又对方大太太施礼道，"舅母，让你受惊了！"

方大太太看着她，神情缓和下来，摆手说道："你既然什么都明白，以后可记着了？"

君小姐应声"是"，乖巧的样子让方大太太有些不认识了，她刚要再说些什么，君小姐已经走到方云绣和方玉绣身前，伸出手，说道："姐姐，让你们担惊受怕了，辛苦了。"

看着她伸过来的手，方云绣有些慌乱，想拉住她的手又似乎有些迟疑，方玉绣已经先伸出手握住君小姐，方云绣这才小心地握住她的另一只手。君小姐屈膝施礼，方云绣和方玉绣也忙屈膝还礼道："虚惊一场，妹妹没事就好。"

君小姐再次含笑点头道谢，松开她们的手，又站到了元氏身前。元氏吓了一跳，忙笑着摆手道："哎哟，不用谢我啦，这是我的本分。"

君小姐含笑对她施了半礼，说道："能做到本分的人，更值得谢啊。"

君小姐还没有停下，又冲着屋子里侍立的陈七和其他在场的下人们说道："辛苦大家了，让大家受惊了。"屋子里的诸人忙受宠若惊地还礼，先前的沉闷气氛被这一番施礼道谢一扫而光。

方承宇一直含笑看着，满脸的与有荣焉，就好像君小姐不是在给人道谢赔礼，而是接受大家的膜拜。方老太太皱眉轻咳一声，说道："好了，大家也都累了，先去歇息吧，余下的事过后再说。"众人应声"是"，虽然有满腹的疑问，但不敢多问，都退了出去。

"我们呢？"陈七忍不住问方锦绣。

方锦绣已经起身向外大步而去，边走边说道："走了。"

陈七忙跟上，方云绣和方玉绣看着他们的背影要张口又停下，最终跟在方大太太身后迈出了厅堂。

屋子里的人都退下，只余下君小姐、方承宇和方老太太，方老太太问道："是巧合意外还是真的有问题？"

君小姐慢慢在椅子上坐下来，说道："我原本不知道是不是真的有问题，但看到了一个不该出现在这里的人，所以昨晚我去确认了。"

方承宇眼睛一亮，说道："果然是吧，就是我跟你说的，我在牢房里觉得有些不对，难道真的有古怪吗？"

"承宇真机敏。"君小姐赞叹道。

方承宇笑了，有些不好意思又有些得意，就像得到夸奖的孩童。

"是什么人？"方老太太问道。

"那个人……"君小姐说道，"我跟着父亲在抚宁的时候见过。"她声音轻柔缓慢，让人觉得她说得很认真，并不觉得她是在思考、组织一个合情合理的谎言，"那时候父亲因为政绩优良被表彰，京城有嘉奖传来，且有太监来宣旨……"

方老太太点点头，虽然不跟女婿女儿一家来往密切，但这么荣耀的事她也是知道的。

"我今日在大街上看到官员身旁的一个随从，长得很像当时来宣旨的太监的随从……"君小姐接着说道。

方老太太的眉头一挑，却没有很震惊。方承宇问道："太监的随从难道又给别人当随从？这个随从是太监随身带来的，还是当地官员送来服侍的？"

君小姐摇摇头："这个我就真不知道了。"

"这个仔细说起来也没什么奇怪。"方老太太说道，"毕竟我们家有圣旨，皇帝派随侍看着点也是理所应当，那这件事情你们还有什么疑虑？"

"疑虑的是这背后的人到底是谁。"方承宇说道。

方老太太皱眉道："那个随从也许并不是跟李长宏一般的人。"

"不管是与不是，这件事到此为止。"君小姐开口说道。

方老太太看向她，方承宇则痛快地点点头："好，对于现在的我们，只要知道背后有人就行，至于背后的人是谁反而不重要了。"

方老太太则微微皱眉："你们的意思是，我们还要像对付宋运平和李长宏这样做？"

君小姐点点头："宋运平和李长宏显然不敢大张旗鼓地害我们，而且现在我们也给了他们一个狠狠的教训，鉴于这两点，一段时间内他们不会再出手，要让我们认为敌人已经不存在，危机已经解除。"

"我们也就装作危机已经解除。"方老太太想了想，"继续钓鱼。"

"是的，害人之心不可有，防人之心不可无。"君小姐带着几分感慨，"这世上没有完全的准备，也没有不变的保证。"

方老太太也长叹一口气，郑重说道："这也是生而为人的乐趣。"

"与天斗与人斗，其乐无穷。"方承宇笑道。

"乐不乐的，那得看是赢家还是输家。"君小姐说道，"作为输家没什么可乐的。"

方承宇哈哈大笑，方老太太横了她一眼，站起身，说道："好了，你们下去歇息吧。"

君小姐却坐着没动，说道："外祖母，还有一件事，我不明白……"

话没说完，方老太太打断了她："这件事你现在不用明白，你只需要知道我们方家的确有圣旨，这圣旨也的确是真的，至于这圣旨的来历我不能告诉你。"

"我知道这是真的，只是为什么……"君小姐再次说道。

方老太太再次打断她："我不想对你说谎，但当初我们方家已经发誓要信守承诺，不会将这圣旨的来历告诉他人。"她接着说道，"我并不是说你是外人，而是这件事只能一个人知道，父死传子，子死传孙，当初老太爷病得急，来不及告诉你舅舅，所以才告诉了我，我谨守这个秘密，等着告诉你舅舅，结果……现在连承宇也不知道这件事……"

方老太太看向方承宇："过些日子我会告诉你。"

方承宇含笑点点头，没有说话。

君小姐神情复杂地说道："我知道，我疑惑的不是圣旨的来历，我不明白，外祖母怎么会在这时候把圣旨拿出来？"

方老太太神情愕然，连她都没有想过这个问题，当时只是形势所迫，没有多想就拿了出来，她突然有些莫名烦躁，没好气地绷着脸，说道："这没什么不明白的，很简单，你能治好承宇，留着你很有用，明白了吗？"

方老太太的话音刚落，君小姐便站起身上前一步伸手抱住了她，她的身子陡然绷紧，人也忍不住受惊般地后退一步。这个娇小的女孩子牢牢抱住她的肩头，柔软浓密还带着泥土腥气的头发贴在她的脸上，轻柔地在她的耳边说道："我明白了，外祖母，你对我真好，你们对我真好！"

那夜其实她很害怕，她没想到那个记忆里很老实的袁宝会这样精明，当他在屋门口审视她的时候，她真的寒毛都竖起来了，她知道他肯定会事后起疑追赶她，所以她事先已经计划周全，确认后就拼命奔跑，好几次她都似乎听到了身后的马蹄声，甚至还有弓弩上弦的声音。她一直跑一直跑，没想到竟然跑到了天亮，跑回了城中，然后她看着喧闹的阳城里方家正拿着圣旨着急找她，她并不惊讶方家有圣旨，她更惊讶的是，方家的人竟会对她这么好！甚至不理智地拿出方家最后的底牌！他们是真的把她当成亲人了！

"我们当然要对你好，我们只有承宇一个男丁，万一他要再有个病、灾什么的，谁来给他治。"方老太太伸手推开抱着自己的女孩子，没好气地说道，"起开，别搂搂抱抱的，什么样子。"

方承宇在一旁笑着看着，君小姐听话地松开她，方老太太瞪了她一眼，说道："圣旨的事我会安排，跟着这次行刑，把那些前尘旧事一并解决。你们不去休息，我老人家顶不住先去歇息了。"说罢似乎唯恐再被抱住一般急急走了。

第五十四章

◇

戏说方家的事

轰隆隆的雷声滚过，黄豆大的雨点砸下来，大街上顿时一片忙乱，但也没有驱散街上聚集的民众。

方家拿出圣旨搜城的事已经过去两天，官府装聋，方家作哑，至今没有人给出解释，民众只得自己猜测打听，各种消息层出不穷满天飞。这几日原本就生意好的茶楼里更加拥挤，除了喝茶的人，又挤进许多避雨的人，到处都是高谈阔论，喧嚣声盖过了外边的雨声，自然谈论的都是德胜昌方家的事。

"那圣旨是假的……"

"你拉倒吧，要是假的，马知府还不抓了他们……"

"其实这都是官府的安排，除了李县令，还有黎人奸细，所以要搜城……"

"李县令不是跟方家世仇吗？"

"……"

民众三五成群地议论着，甚至有人争执到面红耳赤，就差撸袖子打起来。

在这一片混乱中，有人凑了过来，说道："你们说得都不对，这件事其实很简单。"

争执者立刻同仇敌忾地转向说话的人，齐声质问道："你知道什么？我们说的怎么不对了？"

说话的是一个中年男人，眯着眼捻着胡须，一副高深莫测的样子，他带着浓浓的口音说道："我？我当然知道，因为我是山东东平人。"

"山东的怎么了？你知道的就对啊？"有人不屑地说道。

那男人不急不恼地笑道："对不对，你们听我一说就知道了。你们知道方家祖籍在山东，但知道方家祖上是做什么营生的吗？"

本来静下来的民众顿时一阵嘘声，显然大家都知道是做香料生意起家的。

男人忙哈哈两声，又突然踩在凳子上，说道："但是，你们知道方家的香料生意最主要的供应是哪里吗？"这一次不待民众回答，他伸手一指北方，"河南河北路！当初旧都尚在，北地未沦落，方家的生意来往于北地，后来黎人南下，成宗皇帝御驾亲征被掳，朝中大乱，先帝登基为帝南下……"

这一段旧事民众都知道，但这男人说得极有气势，语速也快，大家一时听得停下喧嚣，有人忍不住问道："这跟方家有什么关系？"

男人意味深长地说道："当时先帝迁都南下的路上不仅有黎人大军追击，另有无数奸细混杂，先帝不得不易装潜行，但是，"他猛地一顿，看了看被吓了一跳的民众，满意地点点头，继续说道，"还是被奸细追上了，围困在一处乡下的院落中。就在这时，有人恰好路过，不顾险阻击杀奸细，救出了先帝，而此人，便是方守义的父亲，德胜昌的创始人方德昌。"

围观的民众瞪大了眼，旋即哗然。

"说时迟那时快，方德昌上前一步将那贼人一脚踹倒，背起先帝就跑……那方德昌并不知道自己救下的是何人，只觉得背在身上的人如有千金重，天子真龙之躯自然不同凡人。方德昌性情忠厚，心想救了人就不能再丢下，咬牙一路狂奔……方德昌看着围过来的人，还以为贼人不死又追来，正想着逃无可逃，对那男子感叹一声，称兄弟两个这次看来是插翅难逃了……却不想那男子一笑，冲围过来的人抬手，众人便跪下高呼万岁。方德昌几乎吓死在原地……先帝说道：'你叫朕一声兄弟，朕虽然不能做你兄弟，但是朕可以赐予你其他想要的……'方德昌叩头谢恩，却并没有索要恩赐……先帝爱他老实忠厚，当场提笔写下一张如朕亲临的圣旨赐予方德昌，叮嘱道：'日后如遇到危难，就如同你解朕今日危难一般，朕与你解难……'这便是昔年俞良逢上皇，今时德昌际龙主，若是福德深厚人，富贵迟早又何妨。"

啪的一声，一段书说完，茶楼里的茶客纷纷叫好，听得入神的堂倌们这才纷纷拎着茶壶穿梭添茶，茶客们或议论或围着说书人继续询问。

坐在二楼靠近栏杆处的一个客人站起身来，身旁四五个护卫紧紧相随，一边开路一边护着他，不止这做派，还有他的相貌穿着都十分引人注目，此人便是方家少爷——方承宇。

茶楼的众人注意到方承宇后，纷纷围过来大声询问。方承宇含笑不语，在护送下下楼。到了楼下，围过来的人更多了，大家都纷纷问道："方少爷，到底是不是真的啊？真的救过先帝吗？你就告诉我们吧。"

方承宇停下脚步，含笑看着这些人："那个是不是真的其实不重要，大家知道我们的圣旨是真的就足够了，是不是？"

在场的人都愣了一下。

"总之圣旨是真的。"方承宇抬手向京城的方向抱拳道，"皇恩浩荡也是真的，大家还要问别的什么真假呢？"说罢在护卫的拥簇下径直而去，留下茶楼里呆愣的众人。

皇城的一间值房里，有人也在等着消息。

值房阴暗窄小，纵然外边六月炙阳，内里依旧昏暗，尤其是乍一从外边走进来，根本就看不清坐在其内的人。进来的是一个白胖的太监，他眯着眼好一会儿才找到屋子里的人坐在哪里。一个几案后，穿着大红衣袍、身材瘦削如刀的年轻男子正低头翻看公文。

"哎哟，我的陆大人，这屋子太暗了，仔细看坏了眼。"太监笑盈盈，有些夸张地说道。

听到这话，年轻的男子抬起头，他面色瓷白，那一双幽暗的眼更显得阴寒："原来是郭公公。"

　　他的声音跟他的相貌不同，醇厚中还带几分木讷，单听这声音，没人会把他与那位杀人不长眼的镇抚司掌刑千户陆云旗联系在一起，只会把他当作一个淳朴老实的兵丁。大概也是因为这样，陆千户在人前很少说话，他站起身来施礼，论官职他并不高，眼前这位姓郭小名奴儿的太监是皇帝的近身太监，在司礼监也是数一数二的。

　　看到陆云旗起身，郭公公笑着疾步上前，神情恭敬地说道："千户大人，可别这么多礼。"

　　陆云旗便没再施礼，站直了身子，径直问道："陛下是有吩咐了吗？"

　　郭公公说道："陛下说这件事他知道了，事情过去太久了，他也记不得是怎么回事了。"

　　"下官去查。"陆云旗说罢，抬脚就走。

　　郭公公忙拉住他的胳膊，笑着说道："我的大人，奴婢还没说完呢，陛下说这个圣旨的确是有的。先帝一共过两个如朕亲临的圣旨，一个隐去了名讳，一个给了成国公，现在看来，那个隐去名讳的就是这阳城方氏了。"

　　陆云旗面无表情地看着他："那现在需要让他们永远隐去吗？"

　　郭公公忙笑着摇头道："大人，陛下说这些都是小事，大人您和九黎公主的亲事才是大事要事，其他事都不用管。"

　　陆云旗点点头："那我告辞了。"说罢抬脚迈步，郭公公都还没来得及反应，陆云旗已经迈出了门。

　　等他走远后，郭奴儿才打个哆嗦，浑身的肥肉颤了颤，自言自语道："真是奇怪了，这人怎么看你一眼都让人害怕，真不知道当年九龄公主怎么跟他过的日子，或许就是因为实在过不下去了，才自己寻了死，还爱妻如命呢，真是怎么都看不出来。"

　　他整了整神情，晃晃悠悠地哼着小曲往宫内走去，没注意到，在他身后一直垂头侍立的小太监抬起头，眼睛亮亮地看了一眼他的背影，旋即垂下头，谦卑而又谨慎地小步跟随。

　　陆云旗走出宫门，外边早已侍立的一队腰胯绣春刀、身穿飞鱼服的锦衣卫士见他过来，齐刷刷地施礼，他尚未上马便有一个锦衣卫从宫内出来，疾步上前，大礼一拜，这才起身到他耳边低语几句。

　　陆云旗的面容未变，似是被日光晒得发热而抬手轻轻按了按嘴角，说道："他说他看不出来吗？"那锦衣卫退后，垂目静候他的吩咐。

　　"那就让他看看吧。"陆云旗说罢便翻身上马。那锦衣卫应声"是"再次后退，看着他的马踏步向前，其他人则在两侧后方拥趸而去。

　　经过两边的各部衙门，他们一队人马引得不少人侧目，议论纷纷。陆云旗一行人丝毫不在意，很快就来到一间衙门前，门上悬挂着一个毫不起眼的牌子，但其上的字却很扎眼——北镇抚司。

　　早有几个校尉上前施礼，准备接马，陆云旗却示意不用，他径直向前而去，随众继续跟随，走出官衙大街，来到一条略偏僻的街道上。这里有一处庄院，还有一座王府，分别位于街的东西两头，几乎比适才的镇抚司门前还要冷清，只有他们一队人马的马蹄声回荡。最先经过的是王府，如同所有王府一般修建得富丽堂皇，门匾高悬"怀王府"三字，但跟其他王府不同，这里大门紧闭，似乎荒无人烟。

陆云旗在门前停了一刻，跟九黎公主的婚期已经临近，未婚夫见一见未婚妻也没什么可非议的，况且他又是陆云旗。随众停下来静候吩咐，但只是片刻，他再次催马前行，很快就来到最西头的宅院前，这里跟王府那边又不同，有很多人进进出出忙碌着，本就豪华的宅院被布置得越发富丽堂皇，高悬其上的"陆宅"二字也被粉刷一新。

"大人回来了。"看到陆云旗，很多人涌出来纷纷施礼，门房小厮也要来接马。

陆云旗依旧没有下马，他看了这热闹的宅院片刻，收回视线，再次催马，拐过几条巷子走上大街。他们的出现让大街上又热闹起来，陆云旗依旧视而不见，只是看着前方催马而行，似乎要去哪里又似乎并无去处，只是沿着路不断前行。

千里之外的阳城，方承宇巡视一番后回到家中，方老太太和方大太太都关切地等候着，一个吩咐摇扇子，一个吩咐端凉茶。

方承宇欣然接受她们的关怀宠溺，笑着说道："都没问题了，现如今满城都在演说，从山西各地票号传来的消息，其他地方也都传开了，还有先帝迁都线路，河南境内已经安排好乡野传言旧事。"

方大太太笑着说道："母亲，你不知道，承宇还在那旧地安排了一口井，传说是当初先帝被爷爷背着逃难时跌倒踢出的泉眼，后被村民围成了井。"

"编故事嘛，怎么也要编得周全。"方承宇看着方老太太，"祖母，我这样安排可不可以？"

方老太太看着他，很是欣慰："你安排得很周全，我都没想到，你能做得这样好。"

方承宇笑道："也不是很好，我看书多，书上写过好多这样的故事，我现学的。"

方老太太看着这样懂事又有担当的方承宇，眼中忍不住发涩，方大太太在一旁也忍不住拭泪，承宇好了以后，她反而更爱哭了。哽咽地问道："那接下来呢？"

"接下来我们就好好经营票号，做好本分。"方承宇说道，"我病了那么多年，除了得病的原因是我的困扰外，别的事都看透了，现在我唯一的困扰解决了，就没有问题了。"

方老太太欣慰又感慨地点了点头。

"表姐说走就走，不知道现在走到哪里了，一路上顺不顺利……"方承宇忽然说道。

方老太太和方大太太对视一眼，方大太太一脸担忧地说道："上次来消息说已经过了河南，这孩子也是，说去京城就立刻走了，还走得这么快，难道是日夜不休吗？"

"表姐自有安排，肯定没事。"方承宇又笑着说道，"祖母和母亲不用担心。"

"承宇，圣旨的事已经安排好了，还有一件事我要告诉你。"方老太太忽然说道。

方大太太打个激灵，脱口喊道："母亲！不要！"

方老太太停顿一刻，看着方承宇缓缓说道："承宇，你和你表姐的亲事是假的。"

方承宇脸上的笑意凝固，他其实知道很多事都是假的，但他宁愿装作不知道，屋子里一阵沉默。

"承宇，你先坐下来。"方大太太不安地说道，又看着方老太太，"母亲，这件事说来话长，不如等蓁蓁回来后大家一起说说。"

"蓁蓁是为了我们，当然要我们来说清楚。"方老太太说道，"事情是她做，还要她来解释，总觉得太可怜了。"

方大太太看着方承宇，她这个儿子明显已经把君蓁蓁当妻子了，而且还情根深种，这突然说是假的，他可怎么接受啊……

方承宇忽然笑着问道："这事怎么能假呢？"

"承宇，这就是为了给你治病掩人耳目的。"方老太太说道，"你也知道她怎么给你治病的，那些事只有成亲的夫妻来做最合适。"

方承宇不说话，方大太太忍不住再次哀求地喊了声母亲，方老太太严肃地说道："你和她在一起那么久，除了给你治病，她可有跟你做过夫妻该做的事？"

方承宇面色愕然，方大太太面色窘迫，不由得着急说道："母亲，承宇他那时还病着呢，怎么做那种事……"

"那可有夫妻之情？"方老太太盯着方承宇，再次问道，"你是个聪明的孩子，有没有你心里清楚。"方承宇沉默不语。

"有件事你一直没问，我们也一直没说。"方老太太没有停下来的意思，"当初她为什么要给你治病，你知道吗？"

"母亲。"方大太太面色大变，上前抓住方老太太的衣袖，哀求地摇头。

方老太太拂开她的手，只看着方承宇："因为这是一个交易，治好你的病，她要拿报酬。"

方承宇依旧沉默。

"不是的母亲，蓁蓁不是要报酬，她是要和我们一样过好日子。"方大太太急着说道，不安地看着方承宇。

"那你当初说出那句如果承宇真能保住命，愿意将承宇该得到的一切都拱手相送时，她是怎么回答的？"方老太太看向方大太太。

"母亲，那只是随口的玩笑而已。"方大太太说道，"是为了表达大家互相信任的决心。"

方老太太皱眉："玩笑？你是这样认为的？但我看蓁蓁她可没把这事当玩笑。"

方大太太还要说什么，方承宇开口了："母亲，她当时怎么答的？"

方大太太看向他，摇摇头，直接说道："她说好啊，舅母别忘了说的话。"说罢，一脸担忧地看着方承宇。

方承宇的神情有些恍然，笑了笑，说道："这样啊……原来她真的那么打算过……"

方老太太和方大太太怔了怔，方大太太握住他的胳膊："不过承宇你不要想太多，其实事情不是这样……"

方承宇反手握住她的胳膊，含笑打断她："母亲，是的，事情已经不是这样了，她已经不这样想了。"

方大太太再次一怔，方老太太则皱眉，说道："承宇，男子汉大丈夫，不要纠结这些儿女之情，要拿得起放得下，当断则断当舍则……"

她的话也没说完便被方承宇打断："祖母，是的，这件事必须给个交代。"

方大太太还要急着解释，方老太太先问道："承宇，那你的意思是？"

方承宇含着笑，神采奕奕："这件事不仅要让我知道，还要让满城民众甚至神明都知道！"

她为了他，骗过天地，骗过神明，骗过满城民众，那么他就要告诉天地，告诉神明，告诉满城民众，她是怎样的一个好人，又做了怎样的功德，这才是对她的公道！

啪的一声脆响，挤满人的茶楼里安静下来，所有视线都看向高台，说书人打开折扇，缓缓说道："今日旧谈方家事，新说玲珑人。暇日攀今吊古，多有好男儿，履危临有神机，但不仅男儿，妇人也有权奇，缇萦救父古今稀，代父从戎事更奇。今日要说的这位奇女子，便是这方家的少奶奶，忠义青天君应文之女，君小姐。"

茶楼里的人一边吃着桌上的吃食一边好奇又紧张地看着台上，店伙计拎着茶壶穿梭其中，因为是新说的书，他们也不时抬起头去听。

"君小姐终于在八月十五灯节上见到了宁十公子，那当真是惊为天人，从此更是相思成灾，当即作诗无数……"说书人将折扇合起，做出女子娇羞的样子，思索着提笔写诗，"东边一盏灯，西边一盏灯，恨不为月下灯，照到玉人头……"

君小姐先前因为婚约而闹的荒唐事民众多少都有些了解，这些事经过说书先生添油加醋一番后更加夸张，引得茶楼里一阵哄笑。

"哎哎，不对啊。"有人突然反应过来，拍着身边的同伴，嘀咕道，"这拿方家少奶奶的事作乐可怎么行！方家现在可是有圣旨的！"

同伴也反应过来，带着几分惊慌地说道："是啊，这可有点过分了，方家可是对县令说杀就杀的，咱们可别受池鱼之殃。"

在场的其他人听到后，也都小声议论猜测起来，这样荒唐可笑的往事被人拿来演说，会是谁的授意，方家还是锦衣卫？一想到锦衣卫，众人又想起此情此景跟上一次锦衣卫授意说书人宣告陆千户和九黎公主婚事时如出一辙，顿时一个激灵，笑声和议论声渐渐沉寂。

大厅里只有说书人高亢的声音回荡，显得有几分诡异："端的是这君小姐闹得不可开交，一根绳索吊死在客栈，幸得众人发现得及时方救她一命。老太太赶来抱着君小姐大哭一场，我丧夫又丧子丧女，只余下你和承宇两个血脉，承宇是活不得，你是不想活。罢了罢了，命不由天由人，我认了这白发人送黑发人的命，你想死便去死，你生不能进宁家的门，死了我便送你入宁家的坟……"

纵然台下的人鸦雀无声，精神紧张，但也忍不住跟着难过伤心。

说书人一合折扇，声音清亮，朗声说道："这真可谓善恶终有报，这君小姐终于是幡然悔悟走正途，得此良婿好家门。"

茶楼里的听众看客也不知道该表达喜还是悲，神情木然地看着台上的说书人。

又啪的一声脆响，将众人吓了一跳，原来是那位说书人将折扇拍在桌子上，继续说道："但侠客从来久，韦娘论独奇。如此行善得福报人人皆能，又算得上什么奇女子。你们知道吗？不论是痴恋宁氏公子还是与方公子成亲，本就是那君小姐早做下的安排。"

茶楼里的人再次愕然。

"这要从君小姐的来历说起，你们可知这君小姐是什么人？你们只知道她是方家的外孙女，她的父亲是鞠躬尽瘁的好青天，但可知道她君家世代行医，百年传承，她的祖父君逢春乃是汝南名医。而她便是藏在深闺，深得其家族真传的汝南神医君九龄！"

茶楼里的人目瞪口呆。

"那君小姐有心救父却无力回天，悲痛不已，自此更加潜心研修医术，本要回汝南，便在这时外祖母方氏前来相接。君小姐要承继家业回汝南重开九龄堂，本要拒绝外祖家的好意，但当听到来人描述方家种种悲戚，又听闻外祖父大舅父皆是被人所害，而命不久矣的表弟也并非是不治之症，而是中毒。君小姐深感亲人苦痛，又知方家危机重重，决心救治表弟，协助方家度过危机，就此设下一条计策。自此便来到阳城，先是纠结宁家婚事闹得人人皆知，继而顺理成章嫁给表弟，对于方家和她来说似是走投无路无可奈何，无人起疑，仇人更是沾沾自喜不以为意。君小姐借着夫妻身份，掩人耳目给方少爷解毒治病，这便是你我所见的种种事，都是这君小姐所安排的一场戏。

"甚至为了引出宋大掌柜身后的主谋李长宏，君小姐不惜以身涉险，携病弱带老残，跋涉归汝南，迎埋伏闯陷阱，跟踉过杀场，这才将那李长宏官兵勾结做下的弥天大案一举揭破。这便是装疯卖傻做癫痴，君家女假成亲设下计玲珑！这便是为什么玲珑女一夜未归，方老太不惜圣旨翻城！那是因为这君小姐是这方家大功大德之人！"啪的一声再一次脆响，说书人扇收整衣肃立。

茶楼里鸦雀无声，旋即轰然叫好。

最近的阳城热闹非凡，方德昌救先帝的故事已被遗忘，而方家少奶奶君小姐的故事则又掀起新的一波热闹，城门口的茶棚下坐满了歇脚避暑的人，高谈阔论的自然是君小姐的故事。

"编故事也要有个度，现如今他们方家不同以往，想要个体面的少奶奶也可以理解，但按个别名号也好，哪怕只说来这里忍辱负重是为了协助方家少爷治病也好啊，何必说是神医呢？"这人一边摇头一边说道，"他们到底知不知道神医是什么意思？"

"是不是神医，去找君小姐看看病不就知道了。"有人笑道。

这话也引来一通白眼，有人说道："你去找找试试，那可是方家，手里有圣旨呢，治不好也说治好了，你能怎么样？"

茶棚里正说得热火朝天，大路远处驶来一辆车，停在了茶棚前。赶车的是个年轻小伙子，大日头晒得他脸色通红，头上和脸上都冒汗。

"掌柜的，来三碗茶。"

掌柜应声"是"，一边盛茶一边招呼小伙子："进来坐。"

那小伙子却没有进来，而是小心掀起车帘，问道："娘，爹怎么样？"

掌柜正端茶过来，好奇地往车里瞥了眼，吓得叫出声响，也让茶棚的热闹停下来。大家都看过去，那小伙子面色更加通红，带着几分讪讪放下车帘，看着后退的掌柜，没有伸手接茶，犹豫地说道："对不住，我爹病了。"

掌柜已经回神，连连道歉将茶水递过去，说道："是我大惊小怪了。"

小伙子也是渴极了，没有再推辞，将茶水递进车里给父母两碗，自己也端着一大碗大口喝起来。

"小伙子，听你们的口音是河南的？"掌柜忍不住好奇地问道。

小伙子憨厚地笑道："是，我是蔡州府汝南的。"

汝南？这两个字传出来，安静的茶棚里响起咦声。

"汝南的怎么来我们阳城了？"掌柜已经先问道，"而且还带着生病的老人家。"

他问出这句话，小伙子反而露出奇怪的神情，似乎他的问题更令人不解，说道："来看病啊，君九龄君小姐现在不是在阳城她外祖家吗？"

茶棚里一阵安静，小伙子并不在意，放下茶碗给了钱，问道："请问君小姐住哪里啊？"

没有人回答他，小伙子看着这些人，也有些不解："难道你们不知道？君小姐那么有名。"

掌柜最先回过神，给他指路，那小伙子千恩万谢地赶车进城去了。待他离开，有人抓着掌柜询问车里的人什么样，怎么吓了他一跳。掌柜一边伸手比画着，一边带着几分余悸："脸上长个疮，这么大！"茶棚里立刻哗然。

之后陆续有很多汝南人来到阳城询问君九龄君小姐的住处，这让阳城刚掀起的热闹更甚。

"骗人？俺们吃饱撑的，这么远跑过来骗你们？！"面对民众的质问，在城门前问路的汝南人很恼火，"俺们原本还羡慕你们呢，君小姐就在这里，你们真是占了大便宜，没想到，你们竟然瞎了眼都不知道，真是没见识！"

阳城人倍感委屈又不服气，纷纷跟着这些汝南来求医的人来到方家，遗憾的是君小姐不在家，那些前来求医的汝南人都被方家妥善安置，方家少爷亲自接待并承诺将他们的病情写信告知君小姐，如果愿意等的话就在这里等君小姐回来，食宿由方家承担。

这个承诺让阳城人再次哗然，汝南人却都神情平静，似乎见怪不怪了，他们对激动的阳城人鄙视地说道："这很夸张吗？君小姐和方少爷在汝南的时候就是这样做的。"

阳城的说书人最近很不高兴，刚开的玲珑人巧设玲珑计才说了没两天，原本应该正是最受欢迎的时候，结果茶楼、酒楼里的听众少了一半。最近城里来了很多汝南人，到处热情宣扬君小姐开九龄堂的种种事迹，将所有民众的视线都抢了过去，自然把他们的生意也抢了。

"君小姐重归旧居，严老爷推屋倒墙；君小姐不退不让，断壁残垣间重开九龄堂；一诺千金，行善扬名；三服药、两行针让残废人的大力重回；严老娘教子，九龄堂重修；当街巧遇故旧，君小姐强留有缘男……"

"打住，打住，这个不能说。"高谈阔论的男人说出上一句故事时，被旁边的汝南乡亲顿时喝骂，男人这才察觉失言，红着脸咳嗽一声，"这个不说了。"

正听得聚精会神的阳城民众顿时嘘声起哄："说，说，就说这段。"

"这段没有，这段没有。"汝南的人齐齐摆手否认，一副威武不能屈、富贵不能淫的神态，君小姐是他们汝南人，不管怎么说，当街搂抱强留一个年轻男子的事总是不光彩，他们自己知道也就罢了，在外人前还是要维护的。

"方家出多少钱请你们来啊，还分什么能讲什么不能讲，是不是没提前编好啊？"有人冷嘲热讽道。

这样嘲讽质疑的声音从汝南人到阳城的第一天起便经常发生，每一次质问和嘲讽，汝南人都会不解而愤怒，双方也因此发生口角争执，但随着他们从阳城人口中得知方家往事，也变得冷静下来。

"其实你们这样想也不奇怪。"这一次，一个汝南人制止同伴们的争执，站出来，神情温和地看着那边一脸不屑的人，"君小姐带着方少爷刚到汝南时，也没人相信她会真的开医馆，更没人相信她能在汝南站住脚，所以那胡贵才敢卖了房子，严老爷才敢推倒了房子，因为她孤女一个，年纪又小，父母双亡，族亲皆无，这样一个人，真的很难相信她有那种对抗欺辱的本事，这就是所谓的以貌取人吧。"

这话让笑闹的人群渐渐安静下来。

"你们对方家的种种揣测不也是如此吗？"他接着说道，"因为他们是商户，士农工商，商最低贱，纵然有钱，怎么可能拿着圣旨让那么多官员低头听从调派，但是你们到底质疑什么呢？你们都看到了啊，官老爷也确认了啊，圣旨的确是真的。就跟当初在汝南，君小姐在倒塌的房屋上重开九龄堂，免问诊、医药费且保证药到病除时，我们也不相信。她治好了一个、两个人时，我们都认为她是用方家的钱买来的名医药方；但她接着治好了三个、四个人，她能治的人都治好了，所有人都看着，全是她一个人做到的，所以我们才相信了她。你们其实也亲眼看到了啊，方家少爷不就是活生生的例子吗？我们在汝南看到方少爷的时候，只认为他是个瘸子，根本就没想到他原来是个将死的瘫子。但你们是看着他长大的，方少爷过去什么样你们再清楚不过，现在方少爷什么样你们也都亲眼看到了啊……"

大街上鸦雀无声，原本面带讥笑嘲讽的人面色涨红，神情躲闪。

站在远处的方承宇露出笑容，一旁的方玉绣低声问道："承宇，这个人是不是花了很多钱？"

"二姐，"方承宇看着她，委屈地喊了一声，"这些人真不是我花钱请来的，这些可都是九龄的功劳，大家真的是为她而来。"

方玉绣抿嘴笑道："是，我知道，九龄很厉害，九龄无所不能，一呼百应。"

方承宇再次笑起来，自豪地说道："是的。"

方玉绣伸手戳了下他的额头，说道："她这么厉害的人，才不会去呼呢，这呼总是你做的吧？"

方承宇嘻嘻笑着不承认也不否认，他又看着那边的人群："他们总质疑我们骗人，可是他们忘了一件事，这世上不是谁想骗人就能骗的，骗人也需要有真本事，如果九龄没有做过这些事，仅仅靠钱，怎么能做到这般一呼百应？"

街上忽然一阵爆竹急响，大街上的人循声看去，见已经有人向爆竹声所在地边跑边扬声喊道："快去看，有人新开了一个镖局！"

泽州多票号，镖局也多，不过开一间镖局可不容易，必须要有名头的师傅，有足够的镖师，才能得人信服，这可不是随随便便谁都能开的。众人都好奇地涌过去，只见街上略偏僻且有些破旧的一间门面前，正被爆竹炸起一团团烟雾。烟雾散去，一个身材瘦削的男人踩着梯子，正用一只手将一块匾额挂在门头上，门匾有些陈旧，如同这宅子，上边的字重新油漆过。

义友行，三个字在日光下锃亮。

第五十五章

◇

义友行重新开张

围过来的很多年轻人不知道，但一些年长的人还有些印象，义友行是山西老拳师张鹏所创。张鹏一双拳在山西很有名，人称张拳头。张拳头行侠仗义、乐善好施，无儿无女的他收养了一群弟子，蹉跎半辈子，在泽州开了一个镖局，又经过半辈子的打拼，将镖局做得数一数二。也正是如此，十四年前才能在一众镖局中脱颖而出，被方家选中护镖，本以为就此能扬名更上一层楼，谁想到世间事，福祸相依，也正是因为这一趟镖，义友行精心挑选的十几个得力弟子全赔了进去，方家大爷亦是重伤不治而亡。

满山西哗然，十几个镖师折损在一群山贼手里，义友行成了一个笑话，张拳头悲愤交加，吐血而亡，义友行从此凋敝，消失在众人的视线里，没想到过了十四年，又能重新看到义友行开张。

大家的视线落在那位挂好匾额下来的男人身上，有人哎了声，喊道："这不是老雷吗？"

纵然毫不起眼，在德胜昌赶车十几年，大家也都混了个眼熟，德胜昌赶车的老雷在这里挂匾额，难道说，是德胜昌开的镖局？七嘴八舌地询问声响起："这是德胜昌开的吗？"

雷中莲看着人群摇摇头，搬起梯子说道："不是德胜昌，这是我师父张老拳师的义友行重新开张了。"果真是义友行！现场知情的人又惊讶又意外。

"老雷你不是赶车的吗？跟张拳头有什么干系？"有人不解地问道。

雷中莲一只手抓住梯子，闻言回头看着那人："我原本是义友行的赶车人，拜在张老拳师门下学艺，十四年前承镖护送方家人，一直未有完成托付，直到前些时候，我护送方少爷和方少奶奶从汝南平安归来，至此义友行承镖守诺完成，所以我也能重整义友行了。"

四周的人听得目瞪口呆，随即又恍然，遥想到说书人讲的君小姐跋涉归汝南中的"老残"，应该说的就是他了，众人的视线再次凝聚在雷中莲身上，见他正一手扛起梯子，另一只手抬起扶着，衣袖滑下，露出僵硬的右手，枯皱而扭曲，站得近的人看到后都忍不住低呼一声，果然他就是那个"老残"。

有人忍不住好奇又问道："你的手残废了，肯定不能再舞刀弄枪了吧？那你怎么开镖局？是方家给你钱让你做东家，然后招一些镖师？"

"不是。"雷中莲将梯子放进门后，回头答道，"我不请镖师，打算招一些徒弟，教授他们功夫，再带着他们走镖。"

现场的人更加愕然，又纷纷议论起来，一个残废的人也能教徒弟走镖？

雷中莲已经走进去，隔绝了外面嘈杂的议论声。

这边正议论着，街上有马蹄声急促传来，伴着呵斥声："让让，让让。"

众人看去，见是四五个兵士拥簇着一个将官疾驰而来，这些兵将威风凛凛、气势汹汹，民众很畏惧，忙躲闪避开。

兵将一行人停在了义友行门前，齐刷刷地下马，兵器铠甲哗啦乱响，很是骇人。兵将们散开站在门前，面容肃穆，为首的将官并没有闯门而入，而是整了整衣衫，扬声喊道："雷师傅。"

雷中莲闻声从内里走出来，看到这将士，眉头皱了皱，说道："田大将，你怎么又来了？"

被唤作田大将的人笑了笑："俺们大人说了，要三顾茅庐，所以俺就再来请您了。"

雷中莲没有任何受宠若惊，反而现出几分烦恼，叹口气说道："田大将，我说过了，承蒙大人青睐，只是我真不能去怀庆路军中为大人效力了，我的手已经残废了。"

那田大将显然装不了斯文，闻言上前一步，眼中带着几分狂热："雷师傅，你别谦虚了，在白鹤梁山谷你杀敌的功夫俺们可是亲眼见过。俺们也打听了，原来你就是双枪花莲啊，这双枪的本事你说第二，没人敢说第一了。"

围观的民众顿时哗然不可置信地看着雷中莲，双枪花莲的名头和张拳头的名声差不多，听过的人不在少数，不过谁也没将双枪花莲和德胜昌这个不起眼的赶车人老雷联系在一起。

雷中莲轻叹一口气："大人，我的手早已经用不了双枪了，十四年前护送方大爷遇贼时我的手就已经受伤废掉，白鹤梁山谷一战，是方少奶奶用金针与我刺通血脉，让我得以最后一战，一战过后，我的手就彻底残废了。"

门前的嘈杂声顿消，所有人都看着雷中莲，这其中的信息太多，大家听得有些蒙。

田大将脸上布满遗憾和惋惜。

"田大人不用担心，我并不觉得难过和遗憾。"雷中莲一向木然的脸上浮现笑容，"我完成了心愿，纵然付出了代价，也是值得的。"

田大将爽快地笑道："不过，雷师傅你虽不能亲自上战场，但也可以教授兵士们啊，你可以做个教官嘛。"

雷中莲点点头："我也有此打算，虽然我的手残废了，不能耍双枪迎敌，但我人没残废，心没残废，我还可以教授弟子，将双枪传下去。"

田大将大喜道："那请雷师傅快跟我们走吧，我们大人已经向上面请了告身，师傅你来了可以得到一个从九品的官身。"

虽然是个武官的从九品，但那也是官身，多少人当一辈子兵也得不到，围观的民众又一阵哗然，但雷中莲依旧没有接，他施礼道谢："多谢大人抬举，雷某还是不能从命。"

直来直去的田大将耐不住脾气，恼怒地说道："你也是个习武之人、江湖好汉，怎么跟那些读书人一般推三阻四、婆婆妈妈的？也不怕告诉你，这从九品官身已经是俺们大人能做到的极限，给不了你更大的前途。"

雷中莲并不恼怒，诚恳说道："大人我不是这个意思，我不能从命，第一是我的双枪是走江湖的，适合独战，不适合兵士们学，兵士们还是应学些简单有效的枪法，且要讲究战场上的相互配合和战阵，这样比我的双枪更厉害。"

田大将面色缓和："你说得也对，学你的枪法是要投入很大的时间和精力，咱们这些兵将可真没这个工夫，不过，你也可以把你的枪法简化嘛，这样用在军阵群战上肯定更有效。"

雷中莲再次道谢，认真说道："多谢大人厚爱，除了第一点，还有更重要的一点是，我还是想要把义友行办起来，也对得起死去的师父和师兄弟们。"说到这里，他声音有些发涩，"我已经让他们等了十四年，不能再等下去了。"

忠孝节义，这是田大将也敬重的信念，所以他不再劝说，对雷中莲再次说了几句敬佩，便利索地上马，带着兵士疾驰而去。

门前围观的民众一哄而上，争先抢后地询问。无数问题向雷中莲砸来，他只是将一张收徒的告示贴在门外，然后啪地关上了门。

虽然雷中莲没有详细说有关他的事，但这并不能阻止事情传开，毕竟除了雷中莲，方家还有其他护卫也参与了。阳城的说书人立刻又高兴了，花费了钱财淘到了"迎埋伏，闯陷阱，踉跄过杀场"的细节，这种危急时刻显神威的情节更吸引人，立刻席卷全城，重新抢回了被汝南人霸占的地盘。

虽然这个故事的主角是雷中莲，但君小姐的形象却被衬托得更加神秘和厉害，很多人觉得自己认识、熟知的君小姐原来还有另一面，很期待看看现在的君小姐，不过可惜，君小姐出门了。

这也更印证了君小姐的亲事是假的，要不然怎么能到处乱跑、来去自如？这只有做客的亲戚能这样，做人家的媳妇可没这么自由，方少奶奶这个称呼渐渐没人提起，按照汝南人的习惯，阳城人也开始称呼君小姐或者九龄小姐，并且热烈期盼君小姐的归来。

第五十六章

◇

又回到了京城

六月中旬的热风随着马儿的疾驰呼呼打在脸上，纵然蒙着面纱、带着帷帽，柳儿还是不得不眯上眼，将身前的君小姐抱得更紧了，她忍不住问道："小姐，你渴不渴？"

前方如同她一样装扮的君小姐轻松握着马缰绳，腿脚有节奏地碰触着马腹部调整速度，她答道："不渴，马上就能看到京城了。"

被马儿颠簸得疲惫的柳儿顿时挺直腰背向前看去，炙热的日光下，一座城池渐渐从地平线下升起，呈现在她的视线里，她激动地问道："小姐小姐，我们先要去哪里？"但刚问出这话她就后悔了，小姐也是第一次来京城，应该也不知道啊，她刚要再说话，就见身前的君小姐松开缰绳，从马背上抽出一张卷轴展开，就那样空手放马而行。

越过君小姐的肩头，柳儿瞪大眼看着卷轴，念着其上歪歪扭扭的几个大字："朝京里程图。"

这张图柳儿并不陌生，是高管事送的，后来小姐曾叮嘱她把这张图还给高管事，没想到小姐又拿回来了，她好奇地问道："小姐，这图是干吗用的啊？"

"这图上画的都是京城吃喝玩乐的地方。"君小姐笑着说道，"虽然图画得丑了些，但胜在清楚明了，对于我们这些第一次来京城的人是很有帮助的。"柳儿听后，立刻兴奋地倚在她的肩头边看图边指指点点。

一路走来，尤其是到了京城附近的驿站，到处都有兜售这地图的，这个图虽然官府会查，但很多时候都睁一只眼闭一只眼。很显然驿站的驿卒都被朱瓒完美利用了，他可是发了一笔大财，想到这里，君小姐抿嘴笑了笑，虽然已经能看到京城的城池，但走起来还需要一段距离，京城虽然是她的家，但家的范围也仅限于皇宫那一小片地方，其他时候她都在外地，对于京城，她的确不是太熟。

君小姐又低头看着手里的图，回头看着柳儿，问道："柳儿，累不累？"这一路疾驰，就连好些大男人都受不了，更何况一个常年跟随富家小姐的丫头，刚开始，柳儿下了马都走不动路，但她这一路也坚持下来了。

柳儿冲她摇头，大声说道："不累啊。"她伸手抱紧君小姐的腰，"小姐，我们快赶路吧。"

君小姐拍了拍她的手："柳儿真厉害，坐好了！"

画图收了起来，君小姐握紧缰绳，马儿在大路上疾驰，扬起尘烟飞腾。

炎热在京城绿荫环绕的茶楼里被淡化了很多，宁云钏端着茶站在窗前，出神地看着街上的绿荫，身后的同伴们喊道："云钏，添茶。"

宁云钏举着茶杯，转头看向一众人，他们笑道："反正你也坐不住，不如给我们添茶。"

宁云钏也笑了，果然依言走到一旁亲自煮茶。

"云钏，你家里真没事吧。"一个同伴走过来，低声关切询问，"我看你这段时间一直等着家书呢。"

宁云钏笑了，真诚地答道："真没事，不是我家的事，是一些别的事。"

同伴听后，虽然好奇，但都是有分寸的人，也没问太多，笑着说道："没事就好。"

话音刚落，门外传来蹬蹬的脚步声，紧接着门被拉开，一个年轻学子一头汗地跑进来，压低声音，激动地说道："大消息大消息。"

屋子里的人都惊讶地看着他，来人进门后，顾不得坐下来，端起一碗茶大口喝完，才压低声音说道："是陆千户的大消息。"

在座的人都坐直了身子，有人脱口问道："肉腰刀被抄家了？"

不待来人回答，另有同伴已经笑着说道："不可能，你们没听说吗？司礼监的郭老奴，那可是皇帝潜邸时就跟着的太监，前几天刚被陛下用砚台砸破了头，当场被拖下去杖刑打个半死，赶去给先帝守陵了。"

"这个听说了啊，因为郭老奴收了人钱，故意留置了半日的奏章被陛下发现了，陛下最恨太监弄权，这才如此严惩。"有人答道。

"怎么？难道这跟肉腰刀有关？"有人问道。

说话的同伴一副神秘的样子，低声说道："当然，如果不是肉腰刀出手，郭老奴那种深受皇帝信赖的潜邸太监怎么可能轻易就被扳倒？"

屋子里顿时就着郭老奴的话题七嘴八舌地议论着，完全夺去了来人要讲大消息的风头，他不得不敲了敲桌子，说道："听我说，听我说。"大家这才重新看向他。

"对于肉腰刀来说，一个潜邸太监也没什么大不了的，你们知道他最近做了什么事吗？"来人轻咳一声。

"别卖关子了，快说。"大家纷纷催促道。

"他在五米巷子里买了一个宅子。"来人说道。

此言一出，同伴们齐齐嘘声。

"你们知道他那个宅子是做什么用的吗？"来人哼声说道。

"囚禁用私刑的地方？藏财帛？"大家纷纷猜测道。

来人只是摇头，再没人猜了之后才身子前倾，压低声音慢慢说道："他，在那宅子里养了一个女人。"

众同伴一阵安静，旋即哗然，纷纷不可置信地说道："这怎么可能？他这个月就要与九黎公主成亲了。就算要纳妾养小，也得等成了亲之后啊。"

来人对于大家的震惊反应很满意，得意地说道："千真万确，你们知道那个女人是谁吗？"

同伴们安静下来，都看着他，来人说道："大家还记得四月樱花时，他也出来在湖边赏花吗？"众人点点头，陆云旗白日出街的时候很少，所以大家印象深刻，来人接着说道，"他当时进了一个茶棚是不是？"众人再次点点头，来人坐直了身子带着意味深长的笑容说道，"陆千户用一座宅子养起来的，就是这茶棚里烧茶的少女。"

屋子里的年轻人都愣住了，旋即神情兴奋，又热烈地议论起来，他们都是十八九岁的年轻人，为了明年的大考疯狂刻苦地读书，难得出来休息一日，又涉及朝中权臣的男女之情，当然很感兴趣。

宁云钏没有参与这个话题，他又走到窗前看着窗外，突然他眼睛一亮，跟同伴说道："我有事先走一步。"说着人已经向外而去，拉开门便疾步远去。

屋子里的同伴们都还没反应过来，靠近窗户的同伴向外看去，看到宁云钏已经走出茶楼站到大街上，指着不远处从人群中走过来的小厮，说道："瞧，云中又寄锦书来了。"

站在门口的宁云钏冲小厮招手，人群中晃着头寻找哪家茶楼的小厮也终于看到他，高兴地加快了脚步。

与此同时，接近京城城门的君小姐却停了下来，背后的柳儿问道："小姐，我们不进去了吗？"

君小姐看着四周，一边调转马头，一边答道："先不进城了，图上说城外有家客栈干净又安静，而且毗邻票号大街，我们住那里去。"

临近京城的地方，十里之内已经繁华得超过了她们一路上走来遇到的所有城镇，这个叫作北关的地方店铺林立，人头攒动，君小姐牵着柳儿和马穿行其中，柳儿好奇地看着周围。

"说京城最好吃的肉脯就是这家。"君小姐摇了摇柳儿的手，看向一个方向说道。

柳儿瞪眼看过去，见街道的一角摆着一个摊子，挑着一面花旗写着"董"字，压低声音说道："这是那……那图上标记的吗？"小姐说这图在京城是违禁的，所以她并没有直接说出来，君小姐对她赞许地点点头。

柳儿嘿嘿笑了，挺直了脊背，又压低声音说道："不过，小姐你记得可真清楚。"

君小姐抿嘴笑道："我只是记性好而已。"她跟随师父六年，被养得什么都吃、什么也都敢吃，而且也颇爱吃，而京城里哪家酒楼好，什么小吃妙，她也听陆云旗介绍过，只是这个董家肉脯倒是不在其中，看来这是朱瓒的口味。

君小姐看着董家肉脯摊子前围着的人，很显然一多半都是面带风尘以及新奇之色的外地人，想必大家手里都有这张朝京里程图。

"别急，别急，这就好了。"忙得满头大汗的老板安抚着等候的人们，利索地将一块块肉脯烤好放进纸袋里。

"真的好吃吗？"等候的人们不停询问着。

"当然好吃，我都在这里卖了二十年了。"老板答道，"不信去京城打听打听，谁不知道。"

一个小伙子接过递来的肉脯，说道："京城怎么说我不知道，我也没工夫打听，图上说你这家好，我且来试试，不会是你给了钱而夸大其词吧？"

老板一副茫然的神情，问道："图？什么图？"

那小伙子刚要说，旁边的人已经轻咳瞪眼做着提醒，小伙子讪讪笑了笑，将肉脯咬了一口，嚼了两下，眉头扬起来，含糊地称赞道："真好吃。"

不待他再描述，等不及的人群已经把他挤了出去。

一番等待后，柳儿也拿着买到的肉脯挤出来，高兴地递给一旁等候的君小姐，她接过吃了口，亦是满意地点点头。

"真好吃，真好吃。"柳儿连连说道，"小姐，还有什么好吃的？"

看着柳儿被晒得通红的脸，君小姐笑着牵起马，说道："有好多呢，我们先去客栈梳洗歇息，再逐一去吃。"说罢，便牵着高高兴兴的柳儿和马继续沿街而行。

京城的夜色跟阳城不同，似乎永远都没有安静的时候，君小姐平复了一下气息起身下床，柳儿在窗边的床上睡得很沉。

这是一间普通的客栈，屋里设施简陋，只有两张床，但很干净，正如朝京里程图上所标记的那样，有点钱不想受罪又想低调一些，这里是首选。君小姐站在柳儿的床边将她踢下床的薄单子拿起来搭上她的腰，穿好衣服，转身拉开门走了出去。

客栈里日夜随时有人投宿，君小姐穿过大堂里进进出出的人，走入夜色里。过了子夜，虽然街上还有人行走，但到底比不过白日，除了几条闹市以及青楼妓馆所在，其他地方都陷入了沉睡。

君小姐穿过城门，沿着大街向东，穿过一条巷子向北而行，这里没有灯火，只有月光铺路。穿过一条街，眼前便出现两个天地，不用朝京里程图，她也知道，一边是最繁华的夜市街，另一边则是御街，那边有官府衙门，有皇宫，也有她的家。她站在夜色里一动不动地看着，姐姐是个刻板的人，作息规律，将九裕管得也很严，现在这时候他们肯定已经睡了。

不知道站了多久，一队巡城从那边的夜里走过来，那边明里有巡城，暗里还有更多的卫士，有锦衣卫，有禁卫，君小姐低下头转身向夜市大街走去，身后巡城的队伍从身边走过，马前的灯笼将这里照亮，有人发现了她，特意将灯笼举过来，君小姐侧头，向路边避了几步。

夏夜的大街上灯火明亮，分街而过的河水中花船璀璨，弦乐声笑声在河面上飘荡。君小姐站在桥上，看着桥下的花船，酒味香粉味随夜风扑面。这种花船是做什么的她很清楚，所以没有好奇，但也没有羞涩回避，不知道哪里又传来炙烤的香气，君小姐从花船上收回视线，轻快地一步步跳下桥，转到这边的大街上。大多数店铺都关了，更多的是街边临时支起的摊子，炉火腾腾，风灯摇晃，照着街上三三两两走过的人，这些摊子都在售卖各种吃食，君小姐还看到适才过去的那一队巡城也正坐在一个摊子上吃喝说笑着。

"小姐，要尝尝吗？"摊贩招呼道。

君小姐摇摇头，一路看过去，她倒是想一路吃过去，但出来得随性，没有带钱，不过这一路看过去也蛮有趣，谁能想到她会在子夜后游逛在京城的大街上，旁边三四个醉醺醺的男人歪歪扭扭地笑唱着不知哪里学来的小曲踉跄而过，一行排开占据了整条街，君小姐避开退到一个巷子口，嘴角含笑地看着这群醉鬼走过去。

　　君小姐站在巷子口正歇脚，想着是回去还是再接着转一转，就听得身后的巷子里传来细碎的脚步声。这边是闹市街，很少有人居住，不是茶楼酒肆就是一些脂粉场所，君小姐回头看了眼，巷子里有些昏暗，只有不远处挂着几盏灯笼晃晃悠悠，隐约有笑声从内传来，巷子里有四五个人正行走着，高矮胖瘦，皆是男人，不知道是从哪家走出来的，但并没有往大街这边走，而是背对着向内而去，君小姐一眼掠过便收回视线，刚要抬脚。

　　"我骗你们干什么？你们听我的没错……"巷子里传来男声，似乎有些不高兴，声音略微拔高。

　　君小姐停下脚步，再次转过头，街角有人提着风灯走过，照着她惊讶的脸，是朱瓒？她看着昏暗的巷子里那几个人中最为高大的身影，虽然越走越远，但认真看就能认出来。

　　他怎么也来京城了？皇帝要锦衣卫抓他入京，他半路跑了啊……这家伙，想干什么呢？君小姐心中好奇，看着沿着巷子越走越远的几人，迟疑一下，转身跟了过去。

第五十七章

◇

夜遇砍柴人

穿过巷子来到另一条街上，相比于这边的大街，这条街更窄小也更安静，一条街上只有零星摊子亮着灯笼，老板正坐在炉火后打盹，听到脚步声揉着眼站起身，看着已经在桌子旁坐下的四个男人，问道："几位要吃点什么？"

"切一盘子肉来，拿果子和一壶酒。"其中一个有着浓密胡须的男人朗声说道。

老板忙应声"是"，不多时就将点的食物一并端上桌，点菜的男人迫不及待地搓搓手："好久没有吃过这家的酿果子了，大家快尝尝，你们虽然是京都人士，只怕也不知道这家的酿果子最好吃。"

老板闻言，惊讶又欢喜地笑道："客官真是过奖了！"

原本还想再絮叨几句，但另外三个客人面色带着几分不耐烦，其中一个还摆手说道："去，去。"老板忙畏畏缩缩地退开了。

夸赞果子好吃的胡子男跟这三人不同，心情愉悦地拿起筷子大口吃起来，一边斟酒一边热情地招呼道："来吃、喝！今天我付钱！"

那三人却没有动筷子，一个个皱着眉头，带着几分沉闷，其中一个四十多岁的矮胖男人低声说道："我说你们上头到底有没有个准信？"

正嚼着卤肉的胡子男用一碗酒将肉顺下去，说道："你这话说得就瞧不起人了，我们领头人那是什么人物？一言既出驷马难追，今天说砍八十根柴，明天就绝不会少一根。"

蹲在炉火边的老板听到后，心想原来是砍柴的，不过现在砍柴也成了需要谈的生意？很显然是大生意，至少对桌上坐的三人来说，他们的神情看上去都很凝重。

"钱我们可都给了，我们要的货，你们可保险点。"另一个男人说道，"别拖欠太久。"

"说了不会的。"胡子男啧了声，"我们领头人那是什么人，怎么会做这种没信誉的事？"

"你们领头人到底是个什么人物，你这么崇拜他？"另外一个男人忍不住好奇地问道。

胡子男带着满脸的敬佩，郑重说道："他是天下第一厉害的人。"

"我倒不管他是第一厉害还是第二厉害，只要如期给我要的货就行。"矮胖的男人愁眉苦脸地说道。

"刘四，你看看你这点肚肠，做个买卖，大方点。"胡子男拿着筷子，伸手拍了拍他的肩头，说道。

被唤作刘四的男人还没来得及说话，就见落在自己肩头的手猛地向一个方向一扬，两根筷子如利箭一般向夜色里飞去，啪嗒几声似是撞在街边的墙上。

"出来吧。"说着胡子男人也转过去，他没有起身，只是大马金刀地坐着，看着一个方向，"鬼鬼祟祟的多不好看，又不是躲得多高明。"

坐在桌子前的其他三个男人紧张地站起来。

缩在隐秘角落的君小姐也绷紧了身子，透过昏暗的夜色看着落在不远处的两根筷子，筷子已经折断散落，可见投掷的力度多大，如果是人的话，估计已经被刺穿身体了，她屏住呼吸一动不动，快要窒息的时候，耳边终于响起细碎的声音，夜色中突然冒出五六个人，她心里吐口气，依旧一动不动。

"什么人？"看到这几人围过来，站在胡子男身后的三个男人神情惊骇地问道。

"还能什么人，一见面就亮出兵器，可见不是什么好人。"胡子男说道。

那边啪啪声响，原来是摊子的老板撒脚跑了，与此同时，街上亮着的其他两家摊子也熄了灯，街道顿时漆黑一片，只剩他们两方对峙的人。

"看到没，这就是京城人的素质。"胡子男带着几分赞叹地说道，"江湖事江湖办，不会遇到点事就吓得大喊大叫，到底是大城市见惯了大场面的。"

站在他身后的三个男人神情复杂，似乎不知道怎么回应，矮胖男人颤声喊道："朋友，你们想干什么？是不是有什么误会？"

那边还没回答，胡子男又啧了声，说道："你是不是瞎啊，能干吗？用刀给你切肉伺候你吃酒吗？"他瞪着这三人，"告诉你们小心点，你们进城是不是被发现了？引得你们的对家仇人跟来了？早跟你们说了，这买卖虽见不得光，但也好几家争着要做呢，干你们这行的哪个不是狠角色，干掉你们，生意就归他们了。"

三人神情不安，更添几分惊惧，一个人颤声问道："那，那怎么办？"

"还好我这人是讲规矩和义气的。"胡子男说道，"既然已经做了生意，咱们自然就是一伙的。"他说着一撩衣衫，从背后拔出一把刀，人也站起来，"我来砍了他们。"

三人松口气，还没开口，胡子男又回过头，说道："不过，你们得出些钱。"

站在墙角的君小姐在夜色里忍不住翻了个白眼，就知道他又要来这一套……

那三人显然还有些没反应过来，矮胖男人脱口问道："为……为啥？"

"你们也知道我们的规矩。"胡子男严肃地说道，"我们除了砍柴不收费之外，砍别的可都是要收钱的，我得对得起我的刀以及我们领头人的规矩。"他说着就要将刀收起来重新插回去，"你们可以再想想……"

三个男人看着越来越逼近，如同鬼魅般悄无声息的来者，尤其是他们手里明晃晃的兵器，只觉得头皮发麻，忙齐声说道："好，好，给钱！"

"那按照规矩，这些人……"胡子男打量逼近的男人们，就像打量一件件货物，"身手不错，兵器也不错，虽然算不上上品，中等也差不多，就收你们每人五百两吧。"说罢又转头看着这三个男人，问道，"现付还是打欠条？"

"现付！"三个男人都快哭了，一边颤抖着从袖子里取出银票一边说道，"现付！"

胡子男接过银票捏了捏，似乎还要对着灯看一看。

"大哥!"三个男人齐声喊着,人也向后躲去。

那五六人已然逼近,手中的兵器齐齐向他们砍来,胡子男没有矮身躲避,将银票往怀里一塞,人也一步跨迎过去,手中的刀直直劈了过去。

嚓啷声响,兵器相撞,激起一片火光。

君小姐贴在墙角什么也看不到,只听到外边兵器相撞,伴着兵器入肉的闷声,但她并没有听到半声惨叫痛呼,心想这些来人能忍受这么大的痛苦,必定不一般。

君小姐心中想着要不要去帮忙,但念头刚起,外边的声音陡然停了下来,随即听到胡子男的声音:"快走,快走。"

挤在摊位灶台后的三个男人这才战战兢兢地站起来,看着地上滚躺着的六个男人。有的不动了,有的在挣扎着起身,伤者这才低低呻吟。

"这钱花得值不值?"三人看得胆战心惊时,胡子男说道。

三个男人咧嘴强行挤出一丝笑容,齐声说道:"值,值!"

胡子男冲他们摆手,三个男人这才挪出来。

地上的一个男人忽然抓着刀站起来,三个男人吓得叫出了声,那男人摇摇晃晃,用刀撑住身子勉强没有倒下,胡子男浑不在意地继续冲三个男人摆手,亲自带着他们前行。

"你以为你跑得掉?"那男人声音沙哑地开口说道。

三个男人吓了一跳,胡子男也做出吓了一跳的样子,说道:"哈,你认得我?"

男人似乎被这话说得有些无语,只是看着他,胡子男摆摆手,说道:"行了,我能不能跑掉是我的事,你们能不能抓住我是你们的事,我们各自操心自己的事吧。"

"有本事你杀了我们。"男人用刀指着地上的人,冷笑着喊道。

三个男人不由得看向地上,黑夜里啥也看不清。

胡子男耻笑一声,嘲讽地说道:"要想死在我手里,可是要花钱的,你们没付钱,不配小爷我动手。"说罢,不再理会他们,大步而行,三个男人忙跟上。

大街上旋即变得热闹起来,不止这条街,很快似乎整座城都骚动起来,但这些热闹总是被甩在身后。

君小姐看着前方敏捷穿行在大街小巷的身影,再次赞叹,能打且能逃,这才是师父口中会被称为好汉的人。几番穿梭迂回,眼前城门开着,但城门前已经站了好些巡城,明亮的火把照耀下,他们神情都有些紧张,很显然接到了一些消息,想要出城只怕没那么容易。君小姐心里想着,念头才闪过,却见前方的身影没停,向城门直冲而去,大声喊道:"你们还在这里干什么?不是让你们搜城?"

突然冲出来一人,巡城吓了一大跳,刚要呵斥,胡子男已经举着手里的腰牌,严肃道:"动作快些,但不要大张旗鼓,成国公在京中好友旧将众多,如果让他们知道成国公世子来了,肯定会阻止抓捕。"

巡城们看到腰牌,又听到这话,神情放松又恍然。为首的巡城说道:"原来是要抓成国公世子啊,怪不得上边只说要戒严,却没说是谁,那我们是不是要关了城门?"

"不用关,世子爷既然进了京城,肯定就不敢出来了,自有人在城中庇护他。"胡子男说道。

"大人还有什么……"巡城又说道，话音未落，就见走到他们面前的胡子男猛地劈手，几个巡城猝不及防尖叫着倒下，城门前顿时混乱。

"关城门！"喊声乱起，但胡子男已经夺过马匹，用手里的刀挥出一片寒光，杀开一条路，他大笑着闪电般穿过城门，扔下未散的嘲笑声，"关城门吧你们这些蠢蛋！"

巡城们也立刻上马，却见城门外一群牛羊猪叫着冲进来，原来是胡子男打开了城门下的羊马墙，那些被关在其中等待售卖的牲畜都跑了出来，这让追出来的巡城被冲击得人仰马翻，守城的兵丁也忙着驱赶这些牲畜，城门前陷入更大的混乱。

"阿爹阿爹，羊跑了羊跑了。"混乱中还听到女孩子的尖叫声，城门前的兵丁巡城闻声看了一眼，见一个女孩子慌慌张张地跑在牛羊猪中间。而城门外还有更多的人涌过来，这些都是来售卖牲畜的，本来在牛马墙外的草棚里睡得正香，此刻都被惊醒。巡城们呵斥着这些人赶快处理乱跑的牲畜，并没有注意到那叫喊着阿爹的女孩子没有再进来。

不知奔跑了多久，牛羊牲畜的骚臭味已经消散，君小姐用力嗅了嗅，感受到一丝若有若无的香气，这是她随身带着的药粉，主要用于防身，但也可以用于追踪，朱瓒在城中与人争斗时她趁机撒在了大街上，奔走的朱瓒曾踩在其上。

君小姐看了看前方，夜沉如锅底，这是黎明前最黑暗的时候，但这并不妨碍她辨认方向，这方向不是北而是南，甚至根本就没有离开京城多远。她的视线落在前方疾行的人影身上，跟着他走了一段路后，前方隐隐可见一个村落。

君小姐停下脚步，看着四周又看向前方，这里应该是陆家庄——陆云旗的老家。她并没有来过这里，但陆云旗跟她说起过。她看着蒙蒙夜色里的人影，心里叹口气，陆云旗出生时丧母，十岁丧父，家中无亲友相护，靠着继承父亲的锦衣卫差事混饭吃才没被饿死，这个陆家庄他连房子都没有，早就不把这里当家了，除了祖坟。

君小姐看了眼前方，视线似乎一瞬间变得雾蒙蒙，就像浓墨中点入一滴清水，旋即越来越多的清水注入，夜色褪去，青光蒙蒙，东方渐白，蒙蒙青光里的身影也变得更清晰，此时走在旷野上非常显眼。他忽然停下脚步，君小姐迟疑一下，站在浓密的灌木中没有动，前方的男人并没有回头，伸手扯下脸上的胡子，蒙蒙青光里露出光洁俊美的侧颜，果然是朱瓒，比起怀庆府一别，他没什么变化。

朱瓒伸手摸着脸，浓密的眉毛皱起来，似乎有些不满意，然后卷起袖子，俯身捞着路边草木上的露水洗脸，直到自我感觉干净后才直起身。之后他又用沾着露水的手理了理头发，仔细擦了擦衣衫上的尘土和血迹，血迹怎么也擦不干净，他有些恼火地拍了拍，嘀咕一声后放弃，又挺直了脊背，再次向前大步走去。

君小姐回头看了眼身后，见没有人追过来，便没有再迈步跟上，想着等他走远，自己就掉头离开。但朱瓒却迟迟走不远，不像昨夜那般疾行，他慢慢悠悠晃着头左看右看，就像一个起早闲逛的村民。

君小姐觉得自己算是很有耐性的人，但此时也有些不耐烦，刚要转身离开，就见朱瓒在路的一旁停下来。青光又褪去几分，君小姐的视线也变得更清晰，除了朱瓒，她还看到路旁有个类似守墓用的木屋，一般人家的坟地有个坟头就不错了，好一点的立个碑，再好的还会更讲究地配着明楼暗阁，当然规格都比现实中的小很多，表明与活人所用的不同。而此时，朱瓒一旁的木屋明显是专门供守墓人用的，只有王公贵族的坟地才配有守墓人。

陆家庄有王公贵族的陵墓吗？念头闪过，君小姐的身子陡然僵硬，垂在身侧的手也攥了起来，她从灌木丛后走出来，疾步向朱瓒走去。朱瓒已经在路旁消失，她站到他刚刚站立的地方，看到前方的陵墓。陵墓里的墓并不多，零零散散的六座而已，都修葺得整整齐齐、干干净净，可见这里的守墓人照看得很周到，而有一座看起来规格很高也很新，墓前还摆着供品，显然不久前有人拜祭过。

君小姐看着墓碑，清楚地看到其上的字——九龄公主圹志。竟然是她的墓，君小姐的视线变得有些模糊。与此同时，清晨的第一道日光冒出来，照在墓前站立的朱瓒身上，他似乎有些拘束地伸手摸了摸，然后从怀里小心翼翼地掏出两个小瓶子，将一个小瓶子倾倒在墓前的石台上，好似是一团干枯的烂叶。

君小姐微微皱眉，然后看到朱瓒将另一个瓶子倾倒，这个瓶子里是暗色的汁水，汁水落在烂叶上，烂叶瞬间被打湿，竟然变成了红色，而且舒展开，像是一朵绽开的大红花。她认得这朵花，但她从没亲眼见过，北地沙桦，这是只生长在镇北以北的花，开在悬崖峭壁上，盛开时在悬崖上如同一团团火，但摘下便立刻枯萎，传说只有靠人的鲜血滋养才能保持鲜艳持久，所以那里的很多人都用这种花来表达对爱人的心意，摘下它，割破自己的手，流着血将花献给自己喜欢的人。

君小姐看着拿着花的朱瓒，见他抬手一扬，花稳稳地落在墓碑上，日光也在这时彻底露出，铺照在红花上，让它看起来像新采摘下来一般鲜嫩欲滴。他改名换姓，易装易容，从北地跨过千里，东躲西藏，南奔北走，漏夜而行，晨露净面，就只是为了在这墓前递上一朵花吗？

君小姐站在原地，似乎被日光晃了眼，什么也看不清了。她觉得自己应该想些什么，但实际上她什么念头都没有，而且有疾风袭来。

"朋友，你要看我就下来看吧，一晚上离我这么远看得清吗？"朱瓒的声音随之响起。

君小姐只觉得双腿突然剧痛，人便不受控制地向前跪倒。前方是逐层矮下的台阶，她就像当初从成国公家墙头摔下来那样，伴着扑通一声，人已经趴在了地上，眼泪顿时汹涌而出。

"我去！锦衣卫现在的女钉子就这水准？派错人了吧，你是不是该去青楼里办差啊？"朱瓒说着走近。君小姐并没有起身，依旧趴在地上，疼痛慢慢退散，奔走一夜的疲惫让她一旦躺下就起不来了，她干脆这样趴着，侧头看向朱瓒。朱瓒也看到了她的脸，顿时瞪大眼如同见鬼一般，惊吓地说道，"是你？"

君小姐挤出一个笑容："是啊，真巧啊。"

朱瓒上下打量她，有些愕然又有些失笑地问道："这一晚上跟在后头的是你？"

君小姐用袖子擦了擦眼泪，慢慢起身："你知道有人跟着你啊？"

"我当然知道。"朱瓒说道，"不过这些人就这样，虽然打了他们一顿，但他们要跟着还是得让他们跟，反正也奈何不了我，这就叫打一棒子给个甜枣。"又胡说八道，君小姐垂下视线。

"这不是胡说八道，你没听过好人不和疯子斗吗？"朱瓒看出她的心思，"给这些疯子一些甜头，让他们觉得自己挺厉害的，办事才方便嘛。"

君小姐没有理会他，起身向自己的墓走去。朱瓒立刻大叫道："喂，你干什么？"

君小姐已经站在墓前，她的身子有些不可抑制地发抖，看着墓碑上的字，墓志的内容她闭着眼也能念出来。她闭上眼，想要感受这复杂的心情，但才闭上眼就有淡淡的药味传入鼻息，墓前摆放的供品瓜果显然不是这个味道，那就只有那朵诡异的花了。君小姐不由得睁开眼，顾不得感慨，用手沾起汁液凑到鼻息间嗅了嗅，不可置信地转头，对着一旁的朱瓒问道："这是什么？"

"水。"朱瓒爽快答道。

君小姐呸了声，没好气地说道："你家的水是这样的吗？"她再次抹了一把汁液闻了闻，"这是不是紫英仙株？"

朱瓒挑眉，说道："知道你还问？"话音未落，君小姐已经一步站到他面前，头几乎撞到他的下巴上。朱瓒哎了一声后退，君小姐已经伸出手将汁液抹在他衣服上，并着急地说道："这是紫英仙株，你知道它多珍贵吗？"

师父这么多年才找到一株，她也好容易遇到一株，这个朱瓒竟然这么随意使用，君小姐气得下意识抬手恨恨地打过去。朱瓒忙躲闪着说道："你这女子有毛病啊，我当然知道这紫英仙株多珍贵，还用你说！"

君小姐恨恨地看着他，喝道："知道你还这样糟践！"

朱瓒冷笑一声，不屑地说道："糟践？就因为你没用上就是糟践？你所谓的珍贵是对于你珍贵的用途，对我来说，这就是最珍贵的用途。"

君小姐回头看着墓碑上的花，已经不复先前的鲜嫩，在晨光的照耀下渐渐恢复灰败干枯，她伸手指着花，说道："就这一朵破花……"

话没说完，就被朱瓒打断："关你屁事。"说罢转身就走。

君小姐气得咬牙："你别走！"

朱瓒回头，伸手指着她，脸上没有一贯的嬉笑，冷冷说道："我不管你是什么人，也不问你为什么又跟着我，但你最好别再惹我。哪里轮到你来论贵贱，别忘了你的命就是用这药草换来的，你觉得我糟践了，你的命就那么贱吗？"

被他指着鼻子这样一骂，君小姐虽然有些羞恼，但也冷静了下来，她缓和语气，说道："朱世子，我不是这个意思，我……不是为了紫英仙株，他的确是你的了，你要怎么用你自己做主。"朱瓒看了她一眼，嘀咕了一句，似乎对她情绪的变化有些惊讶，没再说什么，又转身要走。

"朱世子。"君小姐忙又喊道，"你怎么来京城了？你……你跟九龄公主认识吗？"

朱瓒头也不回，听到最后，干脆撒脚跑了。

君小姐抬脚就追，边追边喊道："你跑什么！你给我站住！"

但真要跑起来，君小姐哪里是朱瓒的对手，她的腿适才摔得不轻，视线里的人越来越远。日光更亮，大路上走动的人渐渐多起来，看到跑得气喘吁吁又有些狼狈的君小姐，路人都投来惊讶的注视，但她不予理会，咬着牙继续向前跑。纵然草药味已经散去很多，但她还是能勉强追寻，跑着跑着，她就看到了城门。

此时，有很多官兵以及身穿飞鱼服的锦衣卫站在城门前，神情严肃地搜查一长排的进出者。君小姐的视线在人群中搜寻朱瓒的身影，没多久，就看到站在队伍最后的他。君小姐咬牙疾步追上，刚接近排队的人群，就见他忽然不耐烦地举起手，一边向前挤去，一边大声喊道："快点行不行？"

本就因为排队焦躁的前后人群变得有些骚动，被朱瓒挤得东倒西歪的人陆续爆发出咒骂声，让整个城门都混乱起来。朱瓒却依旧向前，边挤边说："你们这些孙子，让我先过去，你们就能随便过了。"

这话又引得众人一顿咒骂，城门前的官兵开始呵斥，同时向这边奔来。君小姐不由得攥紧了手，以为双方又要打起来，却见被人群围着推搡的朱瓒并没有拿出兵器，而是猛地举起手大喊道："我是朱瓒！我是成国公世子！快来抓我呀！"

君小姐顿时愕然。

喧闹的人群一阵安静，所有的视线都落在举着手的年轻人身上，朱瓒他们不熟，但成国公人人皆知，京城消息灵通，夜里出了新事件，天明后大街上就能传遍，成国公世子打人闹事要被皇帝押解进京但又跑了的事，大家早就知道了，没想到成国公世子竟然出现在这里。一阵安静之后，众人顿时哗然，城门前陷入一片混乱，官兵和锦衣卫差点被挤翻。

"休想再来这一招。"有锦衣卫伸手拔出绣春刀，喝令道，"锦衣卫办差，挡者斩。"

一片锵啷刀出鞘的声音，伴着砰砰的击打声，与此同时，官兵们也都纷纷抽出了兵器，气氛顿时变得紧张，民众再顾不得看热闹，纷纷抱头蹲下，只剩朱瓒一人独立其中，格外显眼。

锦衣卫和官兵一哄而上，把他围起来。君小姐蹲在人群中抬头看过去，见他依旧没有奔逃或者动手的意思，仍高举着双手，似笑非笑地大喊道："啊逃不掉了，被你们抓住了。"

"拿下。"为首的锦衣卫冷冷说道。

虽然知道这个男人有多厉害，但锦衣卫们没有丝毫畏惧，持刀上前，但官兵却突然挡在了朱瓒的身前，为首的将官说道："慢着。"

"武大人。"锦衣卫首领看着将官，冷冷说道，"你们什么意思？"

"多谢江百户大人协助，如今罪将已经落网，余下的事交由我们兵部来处置吧。"被唤作武大人的将官大咧咧说道，"我会禀明上峰感谢你们镇抚司的。"

江百户看着他，并没有丝毫退让的意思，冷冷说道："陛下将这件案子交给镇抚司办，武大人是要抗旨了？"

武大人啧了声，瞪眼说道："你们北镇抚司的人说话太吓人，别一上来就大帽子一扣，事情可得先说清楚，怎么这案子就是交给你们镇抚司了？陛下明明命我们兵部严查，我们不查才是抗旨呢。"

江百户冷冷说道："陛下命你们兵部严查，你们查了吗？人都不去镇北，所以陛下才让我们去。"

武大人摸着脖子，哈哈笑道："哎呀我知道你们帮了大忙，回头让我们大人拉一车酒，我们都去镇抚司，跟你们大喝一场。"

这边豪爽大笑，那边冷冷冰冰，形成了诡异的对峙。在场的民众就算不抬头也忍不住打着寒战，生怕下一秒双方打起来，偏偏谁也不敢乱动。

原来一直有人护着他，君小姐看着这边的对峙，明明已经到了锦衣卫的眼皮下，但这些人还是敢护着他，可想而知，如果昨晚他去找这些人，锦衣卫只怕根本就见不到他的面，可他还是出城了，就为了去自己的墓前送那朵花吗？君小姐不由得又看向朱瓒。

"哎呀，你们都别吵了。"朱瓒将手一甩，"你们两家我哪都不去，我要去见陛下。"

锦衣卫和官兵都转头看向他。

"世子爷以为陛下跟您一样闲吗？"江百户冷冷说道。

朱瓒看着他，笑道："你说话真是不好听，声音也不好听，可真该跟你们千户学学，看人家说话声音多柔善。"

陆云旗对自己的声音最忌讳，尤其被当众拿来调笑，在场的锦衣卫顿时色变，眼中再不掩饰愤怒。江百户将手中的刀挥向前，大喝一声："武大人，让开！"

锵啷一声，锦衣卫俱挥刀向前，官兵也同时将兵器举起对准了他们。

"江百户，咱们要是在街上打起来，可就不好看了。"武大人神情凝重地说道。

江百户一语不发，只是一步一步上前，武大人则神情肃重，站在原地一动不动。

朱瓒忽然一甩手，大步向城中奔去，边跑边喊道："你们慢慢商量，我先进宫见陛下。"伴着这话音落，人已经如疾风般冲向城中。

对峙的双方顿时忙乱地喊道："快追！"

一个追着要抓，一个追着要护，你争我抢地向城内涌去，眨眼间，城门前就只剩下抱着头蹲在地上的民众，直到看到一个女孩子起身跑向城内，众人才一哄而散。

大街上人仰马翻，朱瓒穿行其中，将锦衣卫、官兵都甩在身后，直奔皇城所在，但他刚转过一条街，就看到前方街道上一排人马并立，日光下清一色朱黑相间、花纹繁复的衣袍，格外刺目。朱瓒停下脚步，看着前方的人马，嘴角浮现一丝笑容。在他身后追击的锦衣卫和官兵也放慢脚步，锦衣卫反而后退几步，摆出阵势将这边堵住，与那边的锦衣卫形成合堵，官兵则继续向前站在了朱瓒身后。虽然很畏惧，但跟着看热闹的民众也不少，看到这场面大家也都停下脚步，紧张又兴奋地向这边张望。

"那不是陆小枣嘛！"朱瓒的声音在安静的大街上扬起，"真是好久不见了。"

陆小枣是谁？民众相互好奇地对视询问。站在人群后的君小姐神情木然，没有任何的疑问和好奇，因为她知道，陆小枣就是陆云旗。来了京城就是好，那些以为再也见不到的人，就这么随随便便地在街上见到了。君小姐神情平静，垂在身前的手紧握住。

人马分开，一人从后走出来，就算清晨的朝阳也不能在他的身上添上一丝暖意，瓷白的脸上面无表情，如同蜡塑。

"千户大人。"前后的锦衣卫齐声施礼，震得围观的人不由得心头直跳。很少有人敢直视陆云旗不移开视线，一来是他的身份令人畏惧，二来是他的样子总带着一种阴寒，尤其那一双眼睛格外冰冷，让人看了总觉得不舒服，所以一看到是陆云旗，民众的视线便都垂下避开了。君小姐却没有躲闪，对她而言，陆云旗再凶悍也不过是个臣子，成亲后他在她面前更是柔顺和善，她握在身前的手再次攥紧。

"你还是一点也没变啊，依旧这么惜字如金。"朱瓒的声音在寂静的大街上格外响亮，"怎么见了人连招呼都不打了？"

朱瓒跟陆云旗很熟吗？君小姐闪过这个疑惑，之前从来没听陆云旗提过，还有"惜字如金"，这个评价也让她很陌生，跟她在一起时，陆云旗的话可不少。

陆云旗依旧面无表情，也没有说话的意思，他看了眼朱瓒，只是微微晃了晃头。他这微微一晃头，气氛陡然凝固，锦衣卫齐齐举刀向朱瓒冲去，对那些挡在朱瓒身前的官兵视若无睹。武大人带着官兵神情决然，一步也没动，没想到双方才碰面连句话都没说就直接开打了，陆千户做事果然强横干脆，民众吓得四下逃散。君小姐被人群推搡着退到了墙角，仍一瞬不瞬看着。

杂乱中又有马蹄声传来，伴着呵斥声："住手！"

君小姐看去，见又来了一队人马，人马护着一个四十多岁的红袍太监走出来，他尖声喊道："住手住手！这是干什么呢！"

朱瓒看到他，立刻大喊起来："公公，快救命啊！陆大人要杀了我！"说着，他已经跑到太监的身前，抓住太监的衣袖，如同惹了祸被追打的孩子。

"世子爷，您现在不是小孩子了，不要这样胡闹了。"太监叹口气，说道。

朱瓒看着他，咦了一声，欢喜地说道："是杜公公你呀，又是你救了我。"

"朱世子，您不要胡闹了，陆大人为什么要抓你，您自己心里也清楚。"

"我知道啊。"朱瓒认真说道，"所以我要去跟陛下解释和认罪，你快带我去见陛下。"他说着看了眼那边的陆云旗，陆云旗依旧面无表情，"你看，他多吓人，我可不要被他带走。"

"陆大人。"太监看向陆云旗，抬手施礼道，"陛下有令，召朱世子进宫。"

陆云旗听后沉默地伸出手，太监立刻心领神会地拿出手令，一个锦衣卫上前接过仔细查看后，转身对陆云旗点点头。陆云旗摆摆手，锦衣卫再次齐刷刷地将刀入鞘，让开了路。

"世子爷，请吧。"太监说道。

朱瓒应声"是"，彬彬有礼地说道："杜公公请。"

二人在五城兵马司的拥簇下向皇城走去……

第五十八章

◇

故人又相逢

晨光明亮，大街上重新恢复了热闹，人群像是突然从地下冒出来一样，都挤在一起议论着适才的惊险和热闹。君小姐贴在墙边，静静看着这热闹，好一会儿才回过神走出来。她的心里有些乱，以至于神情有些茫然，呆呆地在人群中穿行，直到有人站到她的面前，挡住了她的路。

"君小姐？"有男声问道。

君小姐抬起头，看着面前站着的年轻人，惊讶道："宁公子？！"

宁云钊只觉得眼有些花，竟然真的是她！他昨夜几乎一夜未睡，反复看着阳城送来的信，脑中无法停止胡思乱想，一直撑到天亮，干脆叫醒同伴们出来吃早饭，没想到在茶楼上看到了锦衣卫抓成国公世子的一幕。等街上锦衣卫和官兵们相继散去，人群重新熙熙攘攘，同伴的议论也随之而起，宁云钊一边喝着茶汤一边看着外边，突然被一个身影吸引，他猛地站起来，茶汤也扔在了桌子上，神情惊讶又不可置信，转身就向门外跑去，留下莫名其妙的同伴们。

"这真是太巧了。"君小姐说道。

宁云钊笑了笑，这情况太突然，他还没来得及想该说什么，别扭地说道："是啊，真巧，你，怎么来了？"

当他问出这句话时，身后响起询问声："这是谁呀？"

宁云钊一怔，不知什么时候同伴都跟了过来，站在身后好奇地打量着君小姐。他微微有些窘迫，旋即又为自己的窘迫而哂笑，坦然说道："这是我的同乡。"

同伴们神情古怪，看看他又看看她，拉长语调："同乡啊。"

宁云钊微微皱眉，看向君小姐。君小姐微微一笑，对着这边的年轻人屈膝施礼道："我姓君，是阳城人。"

她落落大方，神情恬静，笑容真诚，没有丝毫窘迫和觉得被冒犯的不满，她现在的神情如同他初见时一样。但宁云钊面上的笑意很快就凝固，因为他看到她的面容很狼狈，头发有些散乱，衣衫凌乱且沾染着尘土杂草，而且她裙子被擦破了，还有斑斑点点的血迹。宁云钊觉得很懊恼，竟然没有注意到这些，忙问道："你这是怎么了？"

君小姐低头看了一眼自己的样子，垂头说道："刚才街上人多，又突然乱跑，我被挤倒了。"

"伤到哪了？"宁云钊忙问道。

君小姐摇摇头，再次谢道："没事，就是腿上有一些擦伤。"

"怎么来看这热闹，这很危险的。"宁云钊这才想起来，忙问道，"你家人呢？"他左右四下看，并没有看到方家的人。

君小姐还没说话，有人惊讶地喊了声："君小姐！"

大家看去，这不是方家的人，而是宁云钊的小厮小丁。小丁神情惊讶看着君小姐，说道："你从阳城追来找我家少爷了？"

此言一出，原本就神情古怪的同伴们更是瞠目结舌，他们的视线在宁云钊和君小姐身上转了转，意味深长地笑了起来。

宁云钊被小丁的话喊得恼火，不由得大喝一声："胡说什么！"

君小姐笑了笑，没有理会小丁，对宁云钊说道："我自己来的。"她吐口气看看天色，忙对面前的众年轻人施礼，"我先回去了。"

年轻人们忙还礼，宁云钊又惊讶地问道："你自己来的？"

君小姐点点头："我和我的丫头住在城外北关的客栈。一大早我就出来了，丫头还不知道，我先回去了，免得她一个人在客栈害怕。"

看着她转身，宁云钊忙跟上："我送你回去。"

君小姐看了眼他的同伴们，说道："不用了。"

"我觉得这是应该的。"宁云钊想了想，又看了眼君小姐的腿。

君小姐不善于拒绝人，于是不再说话，向前走去。宁云钊对呆呆的小丁低声叮嘱了几句，小丁向街上跑去，宁云钊则跟上了君小姐，将神情怔怔的同伴们抛在了原地……

宁云钊看着面前的客栈，忍不住称赞道："这家客栈很不错，是你自己挑的？"

君小姐想了想，手掩着嘴向他身边倾了倾，低声说道："按照图上介绍选的。"

宁云钊立刻就明白了，抿嘴笑道："你这样谨慎很对。"他又解释道，"如今京城有些紧张，你适才也看到了，在这里做事说话都要谨慎一些，你来，也没打个招呼……"

君小姐刚要说话，宁云钊却又抢先说道："阳城那边都说你出去给人诊病了，没想到你是到京城来了。"说完觉得不对，忙又补充一句，"这次阳城的事涉及圣旨，所以闹得很大，京城里自然也知道了。"

君小姐看着他，咽下了本要说的话，该说的不该说的他都说了，她也没什么可说的了，改口道："因为这次来是办些私事，所以除了家人并没有告诉别人，多谢宁公子了。"

宁云钊含笑点点头，小丁此时也追上来，近前将手里一个包袱递过来，高兴地说道："公子，买好了。"

君小姐看着宁云钊转手递过来的包袱，听他坦然说道："随便买了件替换的衣服，以防万一。"

君小姐微微一笑，伸手接过，亦是坦然说道："还真防对了，我轻装简行，昨日才到，还没来得及去买新衣。"

宁云钊看着她，含笑说道："真巧。"

君小姐施礼，亦是含笑答道："是真巧。"

　　清晨的客栈里一如既往，并没有因为某人的哭闹而骚动，房间里亦是安静无声，君小姐轻轻推开门，窗边的床上，柳儿还在摊着手脚睡觉。

　　"还没醒？"宁云钏在门外站住，轻声问道。

　　君小姐点点头，低声说道："我们一路骑马而行，走得很快，她也累了。"

　　"那真是很厉害。"宁云钏带着几分钦佩地说道，"我第一次骑马走远路的时候，下了马都不能走路了。"

　　君小姐笑了笑，看了眼手里的包袱。

　　"你先去洗漱吧。"宁云钏立刻说道，"我在前边坐一坐。"说罢便走开了。

　　君小姐什么也没说，摇摇头走进了房间。室内的动静让柳儿醒过来，她先是伸个懒腰，又因为身子酸痛而轻咳几声，然后想到什么猛地起身喊道："小……"

　　话未出口，就见坐在镜子前梳头的君小姐转过来，含笑说道："你醒了。"她的面色清亮，施了粉黛，看起来精神奕奕，衣服也换了新的。

　　柳儿摸着头："小姐你这么早就醒了啊。"

　　君小姐笑了笑："饿了吧，快去洗漱，我们去吃饭。"

　　柳儿应声"是"，高兴地下床。君小姐指了指桌子上的包袱，又说道："还有新衣服。"

　　柳儿走过，眼睛一亮，高高兴兴拿出一套新衣服："小姐你去买的？"

　　君小姐对着镜子戴上耳坠，说道："不是，别人送的。"

　　柳儿哦了声："肯定是少爷吩咐了票号里的人。"说罢，抱着衣服高高兴兴地进去了。君小姐从镜子里看着她，要说什么，又作罢。

　　柳儿很快洗漱完，换了衣服走出来，跟着走在前方的君小姐，期待地问道："小姐，我们去哪里吃？"

　　君小姐嗯了一声没说话，刚走下楼就看到小丁在前边探头探脑，看到她们顿时眼睛一亮，缩了回去。

　　"小姐小姐，我们去哪里吃？"柳儿跟上来又问道。

　　"等会儿看看别人的意思吧。"君小姐说道。

　　柳儿愣了一下，跟着君小姐迈进前厅，尚未看清厅内的人就听到有男人的声音响起："旁边就是郑家店，已经点了一些饭菜，这家我常去吃，厨子是汝南人。"

　　柳儿眼睛都亮了，虽然她和小姐是在抚宁长大，但君老爷是汝南人，带的家仆也都是汝南的，所以家里的吃喝都是汝南习惯。柳儿满意地看向这说话的人，脸上的笑容顿时凝固，瞪大了眼，结结巴巴地说道："你你……"她又看向君小姐，"小姐我不是在做梦还没醒吧？我怎么看到宁十公子了？"

　　宁云钏笑着说道："因为我也正巧在京城。"

　　"我适才出门正好遇到宁公子了。"君小姐解释道。

　　"既然遇到了，又是同乡，我比你们先来这里，自然也该尽地主之谊。"宁云钏接过话。

　　柳儿看看宁云钏，又看看君小姐，喃喃说道："你们挺默契啊。"

　　宁云钏微微一笑，视线看向君小姐，见她只是一笑，连一丝窘迫都没有。

"现在倒要尽地主之谊，以前在阳城怎么不尽啊？"柳儿犹自愤愤不平地抱怨道。

"因为那时候我们还不认识。"宁云钗不急不恼地答道，说罢又看了君小姐一眼。

"你到底饿不饿啊？"君小姐笑了笑，对柳儿说道。

小姐这意思就是不让问了，柳儿还是听得出来的，立刻闭嘴，欣然跟着他们一起去吃饭了。

跟君小姐吃过饭，送她回客栈后，宁云钗便带着一路的好心情回到自己的住处，此时，屋子里散坐着一群同伴，个个神情不善地盯着他。

宁云钗愣了一下，说道："都这时候了，你们怎么还不去读书？怎么可以虚度好时光？"同伴们一拥而上按住他，有的嚷嚷着让他还早饭的钱，有的逼问他跟君小姐的关系，屋里顿时乱作一团。

有人拉开屋门看到这混乱的场面，惊讶地问道："你们这是干什么？"

众人抬起头，看着站在门口的年轻人——宁云钗的堂弟，宁炎的次子，宁家排行十一。他读书不如兄长们，已经决定不走科考，走荫补为官，现在跟着父亲做副手，学习官场事务。一来繁忙，二来怕打扰宁云钗读书，他很少来这里。

"你们现在就这样用功读书的？"宁十一又问道。

"十一，你来得正好，你哥哥简直无耻，请我们吃饭结果不付账跑了。"有人忙招呼他。

宁十一顿时愕然。

"别听他们瞎说，我是忘了。"宁云钗笑道。

"你自己说你是为什么大事忘了？"

屋子里再次乱起来，宁十一进屋坐下："什么大事也没我说的事大。你们知道吗？成国公世子被抓了。"

屋子里的人看向他，安静片刻，旋即又都笑起来，齐声说道："是的，我们不仅知道，还亲眼看到了！"宁十一惊讶地瞪大了眼睛。

"不仅亲眼看到成国公世子被抓，还看到宁云钗重色轻友跟着一个同乡女子跑了。"年轻人们齐声说道。

"什么同乡女子？"宁十一不解地问道。

"不要听他们胡说。"宁云钗笑道。

"一个阳城来的君小姐……"一个同伴已经先答道。

然后大家就看到宁十一的神情一怔，突然不可置信地说道："阳城来的君小姐？你那个未婚妻？！"话一出口，俱是神情惊讶，屋子里再次陷入混乱。

"说来话长，且容我长话短说。"宁云钗挣脱着大声说道。

屋子里的人这才停下："说！"

"婚约是有的，但是种种原因下，已经取消了。"宁云钗说道。

同伴们一怔，旋即又喧闹起来，宁云钗对着他们忽然郑重施礼道："云钗不打诳语，此事的确如此，而这其中种种原因也不便对外人道，还望诸位见谅，怎么取笑我都无妨。"停顿一下，又说道，"只是对那小姐口下留情。"说罢再次施礼。

屋子里的喧闹顿时消散，一向被誉为春风公子的宁云钊，还是第一次说话这般……强硬。

宁十一轻咳一声，缓和地说道："十哥，我们都知道你谨守君子之风，但这又没有外人，你这样就让大家尴尬了，开个玩笑嘛，难道我们真会到处去嚷嚷这种事？"

同伴们到底是剔透机敏的年轻人，大家都笑着说道："云钊你既然这样说了，可不能开玩笑，为了让我们封口，得月楼的宴席你要请三场。"

宁云钊也笑了，将钱袋拿出来，说道："一言为定，这次我先付钱！"

众人再次哄笑起来，纷纷起身告辞。

屋子里只剩下宁云钊和宁十一兄弟二人，宁十一拉住他，啧啧说道："十哥，方家不就是有个圣旨嘛，你至于怕她怕成这样？你看看你刚才说的话、做的事，都不像你了。"

宁云钊微微皱眉："不要乱讲，倒是你，怎么能这么失言？"

宁十一讪讪笑道："是不太好，这样一说，想要给你说亲的人家都要吓跑了。"

宁云钊看了他一眼，没说话。

宁十一挑挑眉："那君小姐是真的来找你了？她要干什么？莫非她要拿着圣旨要挟与你的亲事？"说到这里又哈哈笑了，"那卖你的五千两银子是不是得先还回来？"

宁云钊没有理会他："成国公世子的事，陛下会怎么处置？"

这话题转移得太生硬，宁十一再次笑道："不过这君小姐也不用在意，她好歹是方家的少奶奶，总不能真做出勾引良家男子的丑事吧。"

虽然很想转开话题，但听到这句话，宁云钊还是皱眉道："她不是方家的少奶奶，那是为了给方少爷治病而作假。"

宁十一愕然地问道："这还能作假？"

"这事已经公布了，阳城人都知道。"宁云钊说道。

宁十一看着他，不解地问道："阳城人都知道，难道京城的人也都知道了？我怎么不知道？"

"你被文书缠住了，这种消息，文书上传得最慢，民众间传得才是最快的，多去酒楼茶肆坐坐，有时候比守着案牍更有用。"宁云钊边整理书桌边严肃地说道，"比如这成国公世子被抓住的事，大街上都传遍了，大家都在猜测陛下怎么处置他。"

"还能怎么处置，难道真能论罪罚他啊？"宁十一顺口答道。

"只要定罪就能罚啊，至于有没有罪，"宁云钊说道，"只是看能不能以及行不行罢了。"

宁十一摇摇头："我觉得不能。"

第五十九章

◇

三堂会审世子爷

　　此时的皇宫内，早朝已经结束，商议过朝事的高官重臣相继离开了皇帝的书房，陆云旗如同普通当差的锦衣卫一般侍立在廊下，这些红袍大臣虽然表面对陆云旗视而不见，却都在背后小声议论他又要成亲的事。这些议论都是见惯的，不管听到还是没听到，陆云旗都不在意。

　　朝臣们都离开后书房里却并没有变得安静，内里传出喊冤的声音："陛下，我是冤枉的。"敢在皇帝面前这样大声说话的人可不多，要么是胆子大，要么就是装疯卖傻，很难得，里面那个喊冤的人两样都占了。

　　"陛下，我不是故意要跑的，我也是没办法……您是不知道锦衣卫那些人多吓人……我可不敢落在他们手里，有什么话我要亲自跟陛下说，经过他们，谁知道话传成什么样。"内里传来啪的一声，似乎是皇帝将什么东西砸碎了，喊冤人的声音顿消，内里一片安静。

　　"朕有那么闲吗？听你在这说废话，这国事奏章谁来看？世子爷您来吗？"皇帝的声音中带着愤怒，皇帝一直脾性温和，像这样发怒的情况是很少见的，门外站着的太监们都忍不住瑟瑟低头。

　　"来人，来人。"皇帝在内喊道，太监们忙推开门，皇帝更大的声音传出来，"陆云旗呢？让他进来！"太监们忙冲陆云旗示意，陆云旗抬脚迈步，"还有，大理寺的人呢？让谭松也过来！"陆云旗继续迈步，"让兵部的韩烽也过来，看看他手下的都是什么兵！"

　　陆云旗的脚步微微停顿一下，心想这是要三方会审啊。迈进室内后，他看到朱瓒跪在皇帝的书案前，身边散碎着茶杯，但他的脸上没有丝毫畏惧和惊慌，反而抬起头，一脸的欢喜。

　　"这样就太好了，三方都审问我，也就不怕一家之言独大了。"朱瓒不顾面前散落的碎瓷，俯身叩头，大声说道，"陛下圣明。"

　　一下又一下连叩了三个，再抬起头，额头上已经被碎瓷扎破，渗出血迹，但他的脸上仍带着几分孩童般纯真欢喜的笑容。坐在书案后的皇帝当然不会相信眼前这年轻人真如孩子般纯真，不过任谁看了这笑容，也难免消去几分火气。

　　"滚下去。"皇帝板着脸说道，"等真问出你的罪，你就知道朕是不是真圣明了。"

　　朱瓒再次叩头谢恩，陆云旗也低头应声"是"。

　　既然是皇帝亲自下令，几位大臣又被特意招来，于是谁也不敢怠慢，立刻押着朱瓒来到了大理寺，看着院子里站着锦衣卫、兵部的人，大理寺诸人神情复杂。

"这都要三堂会审了，成国公世子爷还真是犯了大案。"有人低声笑道，"看来这次陛下可是真动怒了。"

这话引来旁边一人的嗤笑："要是万岁爷真动了怒，哪里还会让他三堂会审。"几人转头看去，见是一个老吏在说话，"但凡遇到三堂会审，那就是案件重大，但也偏偏因为这三堂会审牵涉势力太多，最后不是东风压倒西风，就是西风压倒东风——这一次陛下是要给兵部一个面子喽。"

"那这么说，是要锦衣卫没面子喽？"有人问道。

老吏啧了声，低声笑道："锦衣卫要啥面子啊，他们又不需要脸。"

几人都忍不住笑起来，话虽然这样说，锦衣卫一想到这朱瓒一路把他们当猴耍，就憋着一肚子的怒火，现如今，他们奈何不了他，只能恨恨地盯着他。

"这朝京里程图到底是不是你做的？"其中一个锦衣卫说道，"你是不是还要否认，我们人证物证都有，世子爷若不信，我们可以对质。"

朱瓒哦了声，爽快地点头说道："是我做的。"

"那你可知道你这是什么罪？"一个锦衣卫又呵斥道。

朱瓒老老实实地摇头："不知道。"

"朱瓒，"一个锦衣卫冷冷说道，"你利用兵权便利指使驿卒售卖京城地图，这是滥用职权、中饱私囊、祸国殃民。"

朱瓒瞪大眼："别瞎说啊，怎么就滥用职权了？这个地图是民众所需，驿卒们售卖挣些钱还可以改善驿站，我可没有中饱私囊，不信你们问问兵部，是不是驿站这边的银子省了很多？"

兵部的人已经站出来，一个将官说道："没错，的确缓解了兵部经费的紧张，驿站这边省很多钱而且条件也改善了，最明显的是驿马愈加精良。"说着冲一个文吏摆摆手，"拿账册来。"

一个文吏立刻捧着账册走出来，手沾了唾沫翻开，念道："去年十月，驿马损失十匹无补……"

"停下，停下。"锦衣卫们喝道，"谁要听你念账册，你们的账册你们怎么说都行。"

那兵部的将官顿时瞪眼："哎，你们这话什么意思？是说我们兵部造假账了？想查我们的账吗？"

锦衣卫众人顿时也火冒三丈，一个横眉说道："查账有什么难的？你们想被查吗？"

场面顿时紧张起来，兵部诸人哗啦上前一步，锦衣卫也毫不示弱。

"这是干什么！"朱瓒的声音在后响起，"不是正说我的案子吗？你们又扯哪里去了？"他说着看向台上坐着的三部主管，"几位大人也不管管！"

大理寺卿半眯着眼，代替兵部尚书来审案的侍郎大人面色沉沉，另一边的陆云旗则神情无波，他抬手敲了敲桌面，众锦衣卫便立刻退后，兵部诸人也随之退开，大堂里人人神情都不好看，只有朱瓒笑眯眯的。

"继续，继续。"大理寺卿拍了拍惊堂木，"这京城图只要花钱就能买到，已经流到黎人境内，这的确是很危险的。世子，你身为保家卫国的将兵，这意味着什么，你难道不知道？"

朱瓒脸上的笑容散去，整个人突然变得杀气腾腾，大理寺卿也忍不住微微向后移了一下。

"大人，正因为我是一个将兵，我自然知道什么能做什么不能做。"朱瓒开口说道，"这图只标注了吃喝玩乐行住，半点没有涉及城防和官衙皇城所在，提到的任何地方都以前后左右标示，没有精确的丈量，根本都算不上舆图。对于任何一个兵将来说，这张图都是无用的。"

大理寺卿皱着眉："可是这东西毕竟是京城的图，黎人若是拿到了……"

朱瓒嘴角弯弯一笑，截断了他的话："是的，这是张呈现京城繁华的图，黎人看到了必然会垂涎三尺，就是要他们看看这日思夜想的京城是多么的繁盛！"

"所以这不是摆明将肥肉端给猎狗，请它来吃吗？"一个锦衣卫冷笑道。

朱瓒慢悠悠地看向他："果然同类相通啊，看到好东西，你们第一个念头就是去吃去抢啊。"

锦衣卫诸人又大怒，锵啷一声就拔出了绣春刀，而另一边兵部的人也都亮出了兵器。

大理寺卿看着堂下转瞬又刀枪相向几乎打起来的双方，心里叹口气，愤怒地将惊堂木重重一拍，喝道："肃静肃静！"

"退下，听大人审案。"兵部侍郎也随之开口。

陆云旗一如既往地敲了敲桌子，双方再次愤愤退开。

"就是嘛，先问案子，不要扯开话题。"站在后边的朱瓒再次笑道。

大理寺卿看了他一眼，深吸一口气，严肃说道："世子爷，既然你也知道这对黎人有多诱惑，怎么还能……"

朱瓒再次截断他的话："诱惑又怎么样？我们就是要让黎人知道，让天下人都知道，他们黎人垂涎，难道说来吃就能吃到吗？"他说着，展开一张朝京里程图，"在北地，很多人一辈子都没有来过京城，这辈子也不可能来，通过这张图，他们就能知道他们守护的大周朝国多么繁华富饶，这也是我们将兵驻守北地、巡防边境的原因和意义。你们觉得，单凭这一张图，黎人就能侵入，让国不稳、民不安？你们是把我们这些将兵当什么！把我大周朝的兵部当什么！把我们堂堂大周朝天子之威当什么！"说到这里，他激动地将地图往地上一拍，"他们要来，便让他们来，他们敢来，我们就敢让他们有来无回！"

此言一落，早已经激动得双眼放光的兵部诸人顿时齐声吆喝，喊声如雷，几乎掀翻大理寺问案堂的屋顶，也让外边探寻的人吓了一跳，不是审案吗？怎么好像成了大军宣誓？里面到底在干什么呢？

朱瓒大手一挥，屋子里的喧嚣声陡然消失，兵将们脸上的激动还未褪去，眼里还冒着光，胸口剧烈地起伏着，好像这时候只要朱瓒的手向外一挥，就会毫不犹豫地举着刀跨上马冲出去。朱瓒当然不会那么做，他对着高台上坐着的三位会审大人施礼道："当然不可否认，一开始我的确是想用这个赚点儿钱。"他看着兵部侍郎，"黄大人你应该还记得，那时候正值隆冬，我们北地的一笔军费因为种种原因一直没有到账，兄弟们总不能饭不吃，冬衣也不穿吧。"

兵部侍郎脸上带着歉意，开口道："让你们为难了，今年入冬的军费过了六月就会拨去。"停顿一下，"这个地图，毕竟是小钱，又不合规矩，以后还是不要做了。"

朱瓒应声"是"，摊着双手，一脸无辜："原本就不做了，只不过这虽然看起来是小钱，但想要赚这小钱的人多得是，而且这种图还很简单，略识几个字会画几笔便都能做出来，我也没办法，我们的买卖都被坑了。"

大理寺卿心里呵呵两声，心想能坑世子爷的人可不多见，事到如今他已经亲口承认这件事，又承诺以后不做了，这就够了，交由陛下论断吧。

"那件事暂且如此，待我列入律法，由陛下定夺论处。"大理寺卿看了看左右两位，"黄大人，陆千户，你们看，这样可行？"兵部侍郎当然没意见，陆云旗神色无波。

"那就这样了！"大理寺卿一拍惊堂木定案，"那就……"

"慢着。"一个锦衣卫站出来，"成国公世子把胡御史的马车推进河里的事还没交代呢。"

说起来，皇帝之所以要成国公世子来京城，便是因他把京城派去北地的巡按御史扔进了河里，胡御史一辈子没遭受过这种羞辱，当即气得离开北地，跑去跟皇帝告状去了。皇帝质问，成国公父子一口咬定军情急报，无意冲撞。

"这件事啊，"朱瓒看着兵部的人，"不是已经了结了吗？"

兵部侍郎这才恍然想起什么，一拍头对陆云旗说道："哎哟我给忘了，陆千户，是这样的，前一段时间我们奉命调查，胡御史说这是误会，他当时饮酒了醉得厉害，记错了。"

大理寺卿神情愕然，就连在场的锦衣卫都一副见鬼的样子。成国公果然好手段啊，胡御史都能被说服，大理寺卿心里又感叹，怪不得敢让儿子被送到京城来，这显然已经都安排妥当了。

"是啊，我们还没来得及禀告，等着世子爷来了一起对质后再结案陈词。"兵部侍郎又看着大理寺卿说道，"胡御史说世子爷当时已经给他说清楚了，是有紧急军务要报，他也是要让开路的，但因为喝多了站不稳，结果就掉进了河里，还是世子爷把他救起来的。"他说着又对堂下站着的兵部诸人抬手，"去请胡御史来。"

堂下的兵部诸人应声"是"，刚要走，陆云旗站了起来："不用了。"这是他进来后说的第一句话，所有人都停下，看着他从堂上绕过几案走下去，神情木然地一直走到朱瓒面前。朱瓒带着一丝笑意，看着他。

"最后一个问题。"陆云旗开口道，"砍柴人的领头人是谁？"

众人听到后有一瞬间愣神，立刻又反应过来，毕竟对于兵部来说，砍柴人也是个让人头疼的存在，大家的视线都落在朱瓒身上。

朱瓒笑着认真说道："我也真的很想知道，可惜他们不喜欢我们这些当兵的，所以很难见到。不过我听说他们的首领是个很睿智、心胸开阔的长者，虽然他不能亲自砍柴，但在所有人眼里，他却是最优秀最好的砍柴人。"

陆云旗嘴角动了动，似笑非笑地看着他。

"你不就是一个砍柴人吗？"旁边的锦衣卫立刻说道，"需要我们拿出人证物证吗？"

朱瓒笑了，似乎有些不好意思："不用不用，没错，我是说过我是砍柴人。"

"是做过，不是说过。"陆云旗接过他的话。

朱瓒冲他翻个白眼："是啊，砍柴人那么酷，老子当然要去试试了，不过我太差劲了，根本就没让我入场，连他们的老巢都没摸到，更别提见到领头人了。反正你们问我我也不知道，想怎么样就怎么样吧。"

锦衣卫神情更难看了，大理寺卿看着朱瓒耍无赖的样子，也忍不住伸手捏了捏额头，主动开口问道："黄大人，陆大人，你们看这件事……"

"这件事就这样吧。"陆云旗没看大理寺卿一眼，而是一直盯着朱瓒。

朱瓒对他笑了笑："那就是说陆大人你肯放过我了？"

陆云旗亦是笑了笑，再次上前一步，压低声音："你知道我为什么不能奈何你吗？因为你有个爹。"

朱瓒看着他哈哈大笑，也压低声音："我当然知道，你知道你现在为什么能这样嚣张吗？"他靠近陆云旗一字一顿地说道，"因为你没有爹，一个没有爹、没有人伦、没有人性的畜生，当然可以嚣张。"他们虽然都压低了声音，但还是被在场的人听见了，大堂里鸦雀无声，气氛再次凝滞。

陆云旗当然有爹，虽然是一个默默无闻、穷困潦倒的男人，但这个男人留给陆云旗一个锦衣卫世袭的小旗，正是如此，他才没有饿死，又让自己名扬天下，令人闻风丧胆。没有人能容忍被人这样骂，就是街头的窝囊废，也要在地上吐口唾沫以示愤慨。

在场的锦衣卫已经都握紧了手里的刀，只待陆云旗一个眼神就动手，陆云旗却神情平静地说道："我当然知道。"说罢，越过朱瓒，向外走去。

他的脚步如同猫一般落地无声，以至于大堂里依旧安静无声，锦衣卫一时都没反应过来，看到陆云旗走出去几步才忙跟随，云靴踩地，绣春刀随着走动磕碰，刺啦刺啦的声音打破了大堂的凝滞。

"后来呢？"得月楼里几个年轻人催问道。

宁云钊将茶杯放下，缓缓说道："后来这案子就审到这里了，大理寺卿写了审案卷宗，兵部和北镇抚司各自签字画押确认，呈交皇帝等候裁决。"

年轻人们纷纷摆手，七嘴八舌地问道："这是当然，谁要问这个，那肉腰刀就真的走了？"

宁云钊哦了声，笑着说道："没有，陆千户带着人等在大理寺外，当朱瓒走出来时，他们一拥而上用麻袋套住他，狠狠打了一顿。"

屋子里的众人都神情惊骇，鸦雀无声，有人结结巴巴问道："真，真的？"

"假的。"宁云钊严肃地说道。

众人一怔，旋即喷笑。宁云钊微微一笑："这怎么可能，就跟案子会审到这里不了了之一样，陆千户当然不会和成国公世子打起来。"

大家纷纷感叹："真是有个好爹不服不行啊，肉腰刀被骂成这样也无可奈何。"

"真是大快人心，肉腰刀要被气死了。"另一人笑道。

宁云钊斟茶摇头道："那可不一定，陆云旗这个人……"他停顿一下，斟酌地说道，"他自己都不把自己当人，又怎么会在乎别人怎么待他。"

正如朱瓒所说，陆云旗这个人还真是个畜生，当初为了逼供一位官员，他将人家的孙子沉了塘，别说一直以来说杀人就杀人，不管对方是高官大臣还是平民百姓，更没有男女老幼之分。

众人摇头，不想再提这个周兴、来俊臣之流的酷吏，转移话题又聊了几句，纷纷饮尽手中的茶，结束了早饭聚会。

走出得月楼，宁云钊独自而去。

第六十章

◇

在京城开九龄堂

而此时，京城的茶楼酒肆、桥头街角也都在谈论着大理寺的这一场审案，只过了一晚上，当时大堂上的应对问答都已经传遍了，尤其是朱瓒骂陆云旗那一段，最让民众激动——还有什么比看到凶恶的人吃瘪更好玩的事情？

"这成国公世子虽然来京城的时候不多，但哪一次来都能名震京城。"

"当初可是连皇子都打的人。"

"一个没有出身没有家世的陆……大人他当然不怕。"

几个捧着茶汤蹲在桥头的人正议论得热烈。

这个朱瓒还真是到哪里都能兴风作浪，君小姐微微一笑，将几个钱放在桌子上起身，茶棚的老板忙招呼道："小姐走好。"

君小姐穿过桥头熙熙攘攘的人群向城外的客栈走去，刚走到客栈门口，几个车夫说笑的议论声传入了她的耳朵："那又怎么样，陆千户还是最厉害的，再过几天就要跟九黎公主成亲了……"

君小姐深深叹口气，抬脚迈进客栈，只觉得脚有千斤重，耳边继续传来车夫的说笑声：

"娶公主又怎么样，先前已经娶过一个了，这娶公主并不能表明他有多厉害……娶公主之前，还能随意养女人，这才是最厉害的……"

君小姐不由得停下脚步，有些惊讶地看着这几个说笑的车夫，陆云旗怎么可能？他不是这种人啊，以前多少人要巴结他献上美人，他要么不要，要么转手赠人，甚至还恶趣味地将这些女人送去北镇抚司，让试着训练成奸细用。

"这怎么可能？"车夫们也都纷纷压低声音，"那可是公主。"

君小姐在门口的长凳上坐下来，侧耳继续倾听。

"所以才说陆千户厉害啊，"先前的车夫说道，"没骗你们，现在很多人都知道了，那女人不是别人，是帽儿胡同老乔家的女儿。"

"老乔家的？卖茶汤的老乔？他的女儿？"车夫们惊讶地纷纷询问。

"是啊，就是他家的三丫。"先前的车夫说道，"老乔可是一步登天了，陆千户给了好些钱，还给他们家新买了一个宅子，一家子都搬过去享福了。"房子和钱，是这些车夫一辈子的梦想，闻言皆是羡慕无比，一群人开始嬉笑着胡言乱语。

君小姐收回视线转向街上，人还在条凳上坐着，愣怔片刻又笑了，自己都已经死了，皇帝天下也坐稳了，他的凶名也树起来了，就开始为所欲为了，肆无忌惮了……

"那个公主知道后会不会气死啊？"低低的笑声又传来。

君小姐放在身前的手握了握，心想姐姐绝对不会的。她不想动了，就那样坐在门口的条凳上，看着街上的人来人往。

街上，宁云钊突然收住脚步，似乎觉得有什么不妥，其实他就是想看看君小姐搬家了没，本想让小厮来看看就行，但他还是忍不住冲动地向客栈的方向走来，他有些尴尬地挠挠头，生怕突然造访让她多想。

正进退两难，转头时眼角的余光看到了客栈门口坐着的女孩子，视线也正看向他，宁云钊的身子顿时僵硬，脚底发麻，街边的喧闹顿消，只余下那个看过来的女孩子，心想这也太巧了吧……

眨眼间，宁云钊就醒过神，迎着女孩的视线大步走过去，含笑说道："君小姐，这么巧。"

君小姐回过神，这才看到站到面前的宁云钊，一时有些茫然。

"我刚和朋友们在得月楼吃过饭，正要去我叔父家。"宁云钊含笑说道，"没想你在这里坐着。"

君小姐笑了笑，施礼道："那真是巧。"

宁云钊有些紧张地问道："你怎么坐在这里？"

君小姐心里闪过一丝怅然，垂下视线："就，随便坐坐。"

宁云钊面色有些窘迫，一时没说话，二人之间陷入沉默。

君小姐先醒过神来，笑问道："那进来坐坐？"

宁云钊笑着摇头："不了，下次吧。"

君小姐哦了声，含笑点头。

宁云钊犹豫地问道："对了，你一直住在这里吗？"

君小姐摇头："后天就搬走了，票号那边安排好了，离这里不远，就在那边买了一个宅子。"说着伸手指过去，将具体的位置告诉他。

宁云钊点头笑道："我知道了，那边位置不错，到时乔迁之喜，我送个红包吧。"

君小姐哈哈笑道："乔迁之喜就算了。"

宁云钊尴尬地笑了笑。

"不过，开张之喜你可以送个红包。"君小姐含笑接着说道。

宁云钊一怔，旋即恍然地说道："九龄堂？"

君小姐点头："是的，我是来京城开九龄堂的。"

原来如此，宁云钊点点头，脸上散开笑意："那真是太好了，哪一日开张？"

"六月二十八。"君小姐爽快地答道。

宁云钊真诚地恭喜，又问道："有什么需要我帮忙的？"

今天已经六月二十三了，距离六月二十八没剩几天，他担心会有点匆忙，但又想到方家肯定都为她准备好了，自己看来又是多此一问，他念头反复间，君小姐已经笑着摇头道："多谢，不用了，没什么可准备的。"

宁云钊笑了笑，柳儿从客栈里跑出来，喊了声小姐，又好奇地说道："宁十公子，你又来了？"

宁云钊坦然笑道："我恰好路过遇上了。"

柳儿瞥了他一眼，拉长声音："那可真巧。"

"是啊，真巧。"宁云钊对君小姐笑着抬手，"我就先告辞了。"

君小姐点点头还礼。

"哦对了，我住在城南的国子监，你要有事就去那里找我，跟门房说找我就行。"宁云钊又说道。

君小姐再次施礼，爽快地说道："好。"

宁云钊笑了笑，转身大步向城内走去，脚步轻快，转眼就消失在人群中。

宁云钊这边刚走，又有四五人走过来，对着君小姐恭敬地施礼道："君小姐，少爷的东西送来了。"君小姐便带着柳儿，跟着那四五人向德胜昌走去。

德胜昌票号就在这里不远，看到君小姐走进来，店内的掌柜伙计们都恭敬地施礼，掌柜亲自引路，恭敬地说道："君小姐这边请，少爷送来的东西在后院。"

后院里，马车还没卸下，拉着一个长长的木盒子，包装得严严实实，柳儿围着转了转，说道："这次又是什么啊？打开打开。"

几个小厮看着君小姐，见君小姐点头，才上前小心翼翼地打开木盒子，揭开厚厚的一层布，露出一块匾额，新油漆过的"九龄堂"三字在日光下锃亮。

柳儿哇了一声，高兴地说道："九龄堂，这是咱们家九龄堂的匾额呢，这么快就送来了！"

"小姐，匾额先放这里，等那边的院子收拾好了再送过去吧。"掌柜说道。

是的，五天后将要开张的九龄堂还没有收拾好，这本是进京后的临时起意，她还没有跟方家的人说，这孩子竟然把这个送来了，君小姐也有些惊讶。

"少爷的信。"一个伙计捧出一个竹筒，说道。

君小姐接过拆开，纸短字少："匾额贵重，九龄随身不离。"君小姐抿嘴一笑，这孩子把她没想到的提前想到了，她轻抚着"九龄堂"三个字，心中感慨又欣慰。

"君小姐，真的要二十八就开张吗？"掌柜在一旁迟疑地问道。

君小姐看向他，问道："怎么？不行吗？"

掌柜的忙摇头："不，我是怕太仓促了，准备得不周全。"

君小姐笑着说道："有钱什么买不到？"

这个小姑娘还真霸气，掌柜更恭敬地说道："那些摆设用具自然都可以，我的意思是，开张当日要邀请京城的同行以及有名望的人士，时间太仓促，小姐您也知道，对那些人来说，有钱不一定有用。"

君小姐拍了拍匾额，示意盖上，接着道："不用，别说这些人了，就是没有药柜，只要把屋子收拾干净，诊案桌子摆上，我的匾额挂上，就可以开张了。"

"君小姐，这毕竟跟阳城不一样，这是京城，居大不易啊。"掌柜诚恳地说道。

君小姐点点头："是啊，做什么事容易呢。"她看着已经盖好的匾额，迈步向外而去，"走了。"

柳儿应声"是"，疾步跟上，掌柜无奈地摇头笑了笑，忙疾步跟上，恭敬地相送。

炎夏的午后，窗边浓绿的芭蕉叶带了几分清亮，窗边对弈的中年人和年轻人也带着几分悠闲，两边的丫头们一边打扇子，一边观看棋局。

宁云钊沉思一刻，捻起一子落下。

对面穿着道袍，与他面容几分相似的中年人顿时笑道："输了，云钊你的棋艺真是越来越厉害了。"

一个中年妇人从外走进来，身后跟着两个端着托盘的丫头，闻言笑道："云钊的棋艺从小就厉害，你总是不服气。"

宁云钊起身喊了声婶婶，这二人自然就是宁炎宁二老爷以及宁二夫人。

"喝了清凉补。"宁二夫人示意他坐下，同时也亲自端了一碗递给宁炎。

宁云钊端了丫头捧给他的那碗，轻松自在地拿起勺子喝起来，他人生多半的时间都跟在叔父面前长大，在这里比在家里还自在。

"六月二十八要送的贺礼都准备好了，你再过目一下吗？"宁二夫人的声音传入耳内。

宁云钊口中的勺子一顿咬住，抬起头，惊讶地问道："叔叔婶婶，你们也知道她要开张了？"

宁二夫人问道："什么它开张了？"宁炎和宁二夫人同样惊讶。

宁云钊回过神，将勺子放下："不是，我是说，六月二十八要准备什么贺礼？"

宁二夫人知道他在刻意回避，含笑顺着话说："九黎公主和陆千户的大婚啊。"

"是六月二十八？"

"是啊。怎么了？"

宁云钊哦了声，摇摇头，低下头，继续拿起勺子，答道："没事没事。"

竟然也是六月二十八，真是太巧了，九龄堂……九龄，他猛地一个寒战，看到薄夏衫滑落，胳膊上显现密密的鸡皮疙瘩。

天刚亮，门就被敲响了，听到伙计通禀走出来的柳儿看着院子里站着的宁云钊，惊讶道："又是你？"

"我有事见君小姐。"宁云钊说道。

柳儿哦了一声，一边转身一边嘀咕道："你的事还不少啊，干吗昨天不一起说完？十公子稍等。"

宁云钊并没有等多久，君小姐很快就出来了，含笑开口说道："吃过了吗？要不要一起？"

宁云钊一愣，随即笑道："好啊，这边的街上有一家炸豆腐果很不错，也只有早晨才有卖。"

"王婆婆家？"君小姐问道。

宁云钊含笑点头："看来名气果然不小，你尝过了？"

君小姐笑了笑，她听说但还没尝过，那是回门的时候，九裕说想要吃，但让人买回来的并不好吃，陆云旗说这要当场吃才好，这话让他们姐弟三人都沉默了，因为他们是不能踏出这个王府的，尤其是九榕，这辈子都不可能。

"还没有。"君小姐摇摇头，"听人介绍过，但还没去。"

宁云钗伸手做请，君小姐迈步，宁云钗边走边说："我是想到一件事，你家的医馆叫九龄堂？"

君小姐看了他一眼，嗯了一声，眼中闪过一丝复杂，还有几分惊讶，她已经猜到他大概要说什么，但又觉得他不该说这个。

"这个名字可能有些不妥。"宁云钗说道，"跟故去的先太子之女九龄公主同名。"

君小姐看着他，好奇地问道："你也知道九龄公主？"

宁云钗笑了笑："当然。"

"跟公主同名的多了。"君小姐淡淡说道，"要论起来，我家九龄堂可是先出现的，公主的忌讳并不需要回避的，我想官府朝廷不会因为这个来治我的罪。"

小姑娘说话带着几分倔强，宁云钗笑了，放缓了声音："是，我知道，我担心的并不是这个。"

君小姐的眼睛圆溜溜的，又大又亮，很可爱。宁云钗忙移开视线，说道："你也知道九龄公主是北镇抚司陆千户的前妻。"

"所以呢？"君小姐说道。

"陆千户这个人脾气很古怪，为人也很捉摸不定。"宁云钗坦然又真诚地说道，"我怕他会无事生非。"

"他会注意到我这个九龄堂吗？"君小姐问道。

宁云钗点点头："会。"

君小姐却笑了笑："那也不错，我九龄堂就出名了。"

宁云钗有些无奈："你不要这样耍脾气。"

"我没有耍脾气。"君小姐说着，继续向前走去。

宁云钗忙跟上一步："也是我多心了，只是京城居大不易，想要你更稳妥一些。"

君小姐侧目看他一眼，说道："哪里居容易？我在阳城在汝南居都不太容易。"

宁云钗忍不住笑了，忙道："是，我说错了，你不要耍脾气。"

少爷竟然也会这么低声下气？小丁在后面听得打了个寒战，果然那些小厮说得对，少爷们一旦沉迷女色就变傻了。

君小姐皱眉看他一眼："这是事实啊，本来都不容易啊。"

宁云钗笑着应声"是"，又说道："当然你家祖传的医馆不能改名，我就是说有这么一件事，万一有人以此寻事，你心里也好有个准备。"宁云钗收住笑，"对了，有件事一直忘了问你。"

君小姐看他神情郑重，收起杂思，看着他。

"当初阳城花灯节上的那个棋局后来怎么样了？你解开了吗？"宁云钗说道。

他的话音才落，就见这君小姐原本平静的神情一僵，面上显出几分羞恼，干脆说道："不想提这件事。"

宁云钗一怔，不由得笑着说道："我还想请教你呢，我想了这么久一直未能解，看来真是精妙的棋局。"

"一点都不精妙。"君小姐再次干脆地说道，加快了脚步，"快要到了吧？"

宁云钊有些无奈又有些微微懊恼，忙含笑答道："快了，拐过去就是，早上人很多，我们可能要等一会儿。"

"我刚进城的时候买了好几个小吃都要等，等才说明好。"君小姐主动接过这个话题。宁云钊笑着应声，又挑了几个无关紧要的话题跟君小姐闲聊着，两人快要走到时，突然停下了脚步，前方被人群挡住了路，而将这些人隔离在路上的是一群锦衣卫。

锦衣卫围起来的，正是那家王婆婆炸豆腐果店，一辆马车停在门前，两边都被锦衣卫围着，阻止其他人靠近。

宁云钊忙询问周围的人出了什么事，有热心人眉飞色舞地说道："不是犯事了，是陆大人来这里吃炸豆腐果子呢。"

陆云旗？他在京城可是几乎不在外边吃饭的，只在家里，她曾说过他几次，他只是笑说吃不惯外边的饭，也就随他了。

"这样啊。"宁云钊点点头。

但立刻又有另外一人转过头，神情古怪地压低声音道："不只是陆千户，还有他的……"

宁云钊好奇地看向那人，心想应该是同僚或者朋友吧……

"女人。"君小姐却突然说道，她的视线正看着店门口，宁云钊一怔，随之看去。

简陋的店门内有两人走出来，一脸不安的胖男人自然是店主，被小心陪侍着的男人自然是陆云旗，他并没有穿着飞鱼服，而是一身黑袍，对身边点头哈腰的店主视而不见，迈出门槛停下脚，向后伸出手，一只女子的手搭在了他的手上，紧接着，一位娇弱的女子出现在众人的视线里。

围观的民众顿时更为骚动，纷纷踮脚兴奋地张望，可惜，那女子用薄纱遮挡了面容，只看到身形瘦弱，似乎被外边围观的民众吓到，低着头怯怯地跟着陆云旗。陆云旗扶着她的手一步一步走到马车前，亲自扶着她上了马车，自己也坐了进去。夏日的马车薄纱竹帘，让其中的人影影绰绰，锦衣卫挡住了民众的靠近，却挡不住大家的视线和听觉。

一队锦衣卫先行两队左右相护着马车缓缓而行，人群自动分开，看着马车穿过，车中目不斜视的陆云旗忽然微微转头，这动作太突然，让街边正大着胆子看着车里的民众吓了一跳。他的视线扫过众人，看到一个风姿俊秀的年轻人和一个女孩子，这二人并排而立，在人群里很亮眼，也正看着他。这个年轻人陆云旗当然认得，宁云钊被他看着，虽然有些惊讶，但也没有畏惧，眼神依旧平和。陆云旗的视线越过他，落在女孩子的身上，这个女孩子，一如宁云钊般安静平和，没什么特别之处，他便淡淡地收回了视线。

"走吧。"宁云钊看着虽然神情平静但身形却难掩几分僵硬的君小姐，"要不我们换一家？"

君小姐收回视线看向他，不待她说什么，宁云钊又指着王婆婆的店："你看，人太多了，都去凑热闹了。"

"凑凑热闹呗。"君小姐无所谓地说道，"去听听说的什么。"

她说罢便向前走去，宁云钊怔了怔又失笑，含笑跟了过去。

　　王婆婆店狭小的室内挤满了人，嘈杂一片。

　　"都别吵吵，到底要不要吃？我们还做生意呢。"老板实在应付不了，拎着勺子喊道，"要说话，先买一份豆腐果。"

　　民众笑骂着，或走出去或掏钱买，小丁已经先占了一个位子，让宁云钊和君小姐坐下，柳儿跟着要坐下，被小丁拉住衣袖带去了一边。

　　炸豆腐果要等，君小姐并没有不耐烦，而是听着旁边的人围着老板问话："陆千户为什么要来你家？"

　　"废话，当然是吃豆腐果了。"老板得意地说道，旋即一想，陆千户吃过的豆腐果不知道会不会背上骂名，顿时愁眉，又不敢太显露，忙又解释道，"其实不是陆千户想吃，是那位小娘子……"

　　就等着这句话呢，民众的眼睛顿时亮了，纷纷问起那娘子的身份以及跟陆千户的关系。老板被吵得头疼，将勺子敲了又敲，说道："你们是真不知道还是假不知道啊，那小娘子就是老乔家的三姐儿。"

　　君小姐点点头，又继续半转身，听着那边的议论。无非是这陆云旗怎么看上了乔家的三姐儿，她忽然没心思继续听下去，便若有所思地看着宁云钊，说道："你相信一见钟情吗？"

　　宁云钊被问得有些想笑，他可没想到自己有一天会和一个女孩子议论别人的风流韵事，认真想了想，说道："不太信。"

　　"不太信世上有一见钟情？"君小姐又问道。

　　宁云钊笑了笑："怎么说呢，爱美之心人皆有之，很多人觉得一见钟情的'钟情'二字是源于对女子样貌的倾倒，但我认为的一见钟情，是超越样貌的灵魂上的相互吸引，就像青楼里的美貌女子多得是，男子见到后，也会一见钟情，但离开青楼后，便会抛在脑后。这种情，就不是灵魂契合的那种一见钟情，所以，我不太相信一见钟情……"

　　他的话音刚落，君小姐就掩面笑了起来。

　　"你这笑容就让我尴尬了。"宁云钊一本正经地说道，"我哪里说得不对，你说，不要笑嘛。"

　　君小姐摇摇头："没有，只不过我没想过这种事，所以不知道对错。"

　　宁云钊笑了笑，尴尬却坦然地说道："其实我也没想过这种事，就是瞎想。"

　　这个宁十公子的确很会说话，虽然有时候说的话有些莫名其妙，但他的态度很好，人坦然又真诚，怪不得在阳城如此受欢迎。君小姐再次抿嘴笑道："我的意思是，你信他们这是一见钟情吗？他这种人会一见钟情吗？"

　　此时店家喊着他们的炸豆腐果好了，因为小丁和柳儿都在外边，宁云钊便自己起身去端了过来，一边将筷子递给君小姐，一边说道："这种男女情事，本就是很私人的事，不管是不是，都是他们的事，与我们无关，对不对？"

　　君小姐笑了笑，嗯了一声，压制住内心的慌乱，接过筷子低头吃了起来。

　　"可还合口？"宁云钊看着君小姐一个劲儿猛吃，问道。

　　君小姐含糊地嗯了一声，点点头继续大口吃起来，似乎顾不上回话。宁云钊嘴角轻扬，没有再问，也大口地吃起来。

第六十一章

◇

公主出嫁的日子

怀王府的大门从不打开，隔开两个天地，外边无论发生什么都跟他们没有关系。

六月二十八，天还未亮，一座富丽堂皇的大府邸笼罩在青光中。此时，庭院深处，铺垫着各色花砖的甬路上有人慢慢走着，这是一个年轻女子，素白的裙摆随着走动如同飘着细碎的浪花，她身姿窈窕，走动婀娜又端庄，青光笼罩着她，就像蒙上了一层薄纱。

年轻女子很快走进一间厨房，其内的灯笼都亮着，但空无一人，她挽起袖子，拿起挂在一旁的围裙系上，打开灶火，开始熟练地准备早餐，没多久，一锅香气四溢的汤面新鲜出锅。女子解下围裙放下袖子，如同来时那般拎着食盒走了出去。

天光已经放亮，夏日的晨雾散去，年轻女子走到一间院门前，抬手推开，门的响声打破了院子里的安静。听到这动静，一个七八岁的男孩子跑出来，用清脆的声音喊道："姐姐，真香！"

晨光照在男孩脸上，现出一双亮晶晶的大眼和一笑便露出的两个酒窝，门前站着的女子也露出笑容，晨光下眉目如画，神态清雅，如同一株含苞欲放的春兰。

"九榕，你怎么没穿鞋啊？"女子柔和地说道。

男孩吐吐舌头，身后一个侍女手里拎着一双鞋忙跟过来，带着几分不安地对女子施礼道："九黎公主好，王爷正穿鞋的时候听到声音，知道是公主来了，就先跑出来了。"

"快穿鞋，洗过手来吃面。"九黎公主说道。

九榕应声"是"，张手要侍女抱起来回到内室，很快洗漱好了跑出来。隔壁临窗的几案上已经摆好两碗面，九黎坐着看着窗外，听到动静便转过头，柔声说道："快来吃吧。"

九榕点点头坐下来，先深深吸口气，称赞道："好香啊，姐姐亲手做的寿面最好吃了。"

九黎莞尔一笑，自己先拿起筷子，说道："吃吧。"

九榕拿起筷子，姐弟二人对坐，无声地吃面。

晨光渐渐明亮，院子里几个太监和宫女已经开始走动，为首的太监笑吟吟地说道："公主殿下，该准备上妆了。"

九黎起身，一旁的九榕也站起来，到底是小孩子，神情难掩几分紧张，九黎伸手拉住他，含笑说道："走，去陪姐姐梳妆。"

九榕点点头，随着九黎走出去，院子里的太监、宫女们齐齐施礼道："恭贺公主大喜！"一声声传出去，将安静的王府变得热闹起来。

九黎拉着九榕，笔直地越过他们，款步而行。

噼里啪啦的爆竹声陡然在清晨的街上响起，路过的人吓了一跳，大家看过去才发现，是一家店铺开张。

"是做什么的？"众人好奇地围过去，有人已经指着门上的匾额念道，"九龄堂，是个医馆啊。"

医馆门前只站着两个伙计以及两个年轻女子，爆竹放完后，两个伙计便跑进去拿了扫帚等物出来准备洒扫。既然是医馆，就不能对民众发出热情的邀请，也没人会对他们说恭喜发财，场面显得很冷清，两个女子也随之进去了。

京城里每天开张的店铺多得是，也没什么可稀罕的，尤其是这里，既没有人来送贺礼，也没有人出来发红包，不知道哪个民众说了一句："今天是九黎公主大婚的日子，我们不如去早点占个地方等着看。"围观的人立刻一哄而散。

门外的热闹议论声散去，屋子里的君小姐环视一眼堂内，满意地点点头，对柳儿说道："今天这么好的日子，咱们吃碗面庆贺庆贺吧。"

柳儿欣喜点头："好啊。"

御街上挤满了民众，巡城的兵将在街上列队，但这次并没有驱赶民众，只是将他们拦在路两边。

"来了来了。"有人喊了一声，瞬间引起一阵骚动，街上的民众纷纷探头看去，见一队人马从一间宅子内走出来，为首的新郎官正是陆云旗，喧闹声瞬时消散，所有的视线都落在他身上。今日的陆云旗穿的不再是繁复而艳丽的飞鱼服，而是黑深衣，黄下裳，头上还带着垂着珠玉的冠帽，在这一身浓重的婚服映衬下，他的脸虽然依旧白皙得吓人，整体线条却柔和了很多。

一队喜庆的人马就在这安静中穿行，场面很怪异，不知道哪个胆大的人喊了一句："千户大人大喜。"紧接着，这声音在人群中星星点点地散开，更多民众结结巴巴地跟着喊了起来，仿佛像被谁威胁了一样，整条街道重新变得热闹起来。陆云旗神情无波，对于周遭环境的变化毫不在意。

这条街道并不长，他很快就来到另一边的街头，同样装扮喜庆的怀王府门前，此时大门已经打开，站着一排太监宫女，明黄的告牌旗帜云集，彰显着皇家的气派，陆云旗在门前下马，独自一人走了进去。

怀王府在京城就好像一个被遗忘的地方，只有在这个时候，大家才想起来有这么一个地方，这个地方有一个王爷，一个原本会是天子的王爷。怀王府上一次打开门，还是九龄公主出嫁时，民众纷纷挤在怀王府门前，好奇又兴奋地踮脚向内张望。

据说皇帝特意将这里修建得如同缩小版的皇宫，也有前殿后宫，富丽堂皇，民众借着这机会一边窥探一边闲谈，还有小孩子大着胆子钻过兵卫的阻拦，好奇地去看那些告牌和旗子，当然很快就被呵斥赶了回去，这也让门前更添了几分热闹。并没有等多久，噼里啪啦的爆竹声、锣鼓声再次响起。

"出来了！快看，九黎公主出来了！"这一声喊叫又引起门前民众的一片拥挤，很多人猝不及防，被挤得东倒西歪。人群中一个看似十五六岁的女孩子如同莽汉一样向前边用力挤着，引起群众的极大不满，但她依旧往前挤，很快就踩着骂声站到了最前边。

新郎陆云旗已经迈过了门槛，在他身后是被人背着的新娘，新娘的盖头遮住了面容，黑裳黄裙的大礼服遮盖着身形，虽然被人背着，也显得姿态端庄。君小姐只觉得呼吸急促，嗓子发涩，她伸手揪住了衣襟，紧紧盯着那新娘子。

"是三皇子来送亲呢。"民众在耳边低声议论着。

背着九黎公主的，是当今皇帝的三子，尚未成亲，深受皇帝和皇后的宠爱，年纪比九黎公主要小几岁，送亲的人还有其他皇子、公主、县主等皇亲国戚，将怀王府门前衬得熠熠生辉，引得民众惊叹连连。君小姐的视线扫过这些人，寻找九褣的身影，但是无果，他是要被民众遗忘的人，不能出现在世人的视线里，就算是姐姐出嫁，他也不能亲自送出来。

九黎公主已经坐进花轿中，这是皇家公主出嫁特有的仪仗和车辇，煞是富丽堂皇，在一片艳羡、惊叹中缓缓驶动，街上的民众如同潮水般随着车队涌涌而去。

原地不动的君小姐如同汪洋中的小船被撞得东倒西歪，她目送着九黎公主的车驾远去，又收回视线看着怀王府，皇亲国戚们也都说笑着各自上了车马，随着这些贵人的离开，怀王府的大门再次关上。几乎是一眨眼间，原本热闹的门前冷清下来，只余下一地的碎花彩屑，以及爆竹痕迹。

"小姐，我们也快点跟过去。"柳儿终于能从人群中挤到君小姐的身边，伸手指着街上行进的车队，欢喜地催促道。君小姐看着已经远去的车队，忽然转身向另一个方向疾步走去。柳儿还没反应过来，被扔在原地，忙喊着追上去，但君小姐跑得很快，转眼就转过了街角。

绕过一条巷子，翻过一家矮墙头，来到了怀王府的后院外。怀王府的后院里有座人工堆起的小山，站在山上的小亭子上能俯瞰这半条街。此时的小亭子上有一个小小孩童的身影，

君小姐的脚步猛地停下，虽然看不清他的面容，但她却知道，他正专注地看着街上行进的出嫁队伍，就像自己出嫁那次一样，只不过那一次他的身边还有姐姐相伴，这一次就只有他自己一个人了。

陆府，灯火通明，到处都是喜庆的大红色。

天地已经拜过，合卺酒也喝过，新娘子坐在洞房里，新郎则来到大厅里给亲朋好友敬酒。阔朗的大厅里坐满了人，侍女们穿行其中布菜斟酒，在座的人都穿着喜庆的常服，但他们的神态却不像是来做客而是来听候命令的，仿佛只待一声令下，便能立刻如狼似虎地冲出去。

"我陆云旗没有亲朋好友。"陆云旗举起酒杯，"敬酒。"

他的话言简意赅，甚至有些没头没尾，不熟悉他的人有时候会听不懂他的话，但在场的人都听得懂，他的意思是，他们这些人就是他的亲朋好友。

在座的众人齐齐站起来拿起酒杯，大声喊道："敬大人。"

　　一群人齐刷刷地将酒一饮而尽，连饮三杯。陆云旗示意大家坐下，自己转身向洞房走去。洞房这边侍立的太监宫女看到陆云旗走来，纷纷含笑施礼，让安静的气氛变得热闹起来。

　　屋门被推开，为首的太监笑眯眯地说道："驸马爷请。"

　　陆云旗走进屋子，太监和宫女们都留在门外，屋子里陪侍新娘的两个侍女也都低头退了出去，房门被关上，一阵细碎的脚步声后，廊下站着的人都退开了。

　　屋子里燃着大红喜烛，散发着香气，桌上摆设着皇家才能用的器具，彰显着这场婚礼主角的身份。大红喜帐的床上，已经掀去盖头、换了大红色吉服的新娘端坐着，微微垂头，露出光洁饱满的额头，听到陆云旗的脚步声，她没有动作，身形依旧，并没有新嫁娘的紧张和拘束。

　　陆云旗没有走到床边，而是径直在桌子前坐下，拿起其上摆着的酒壶、酒杯，斟了一杯酒，一饮而尽。他就这样坐在桌子前连饮了三杯，大红烛照耀下，白皙的脸上却半点酒色也没有，他忽然说道："殿下，要不要来一杯？"

　　坐在床边的九黎公主抬起头，因为是新娘妆面，原本相貌素雅的她，眉被描得更弯，嘴被刻意点小描红，看上去有些不像她，但也显得很喜庆。她起身走过来，在陆云旗对面坐下，轻柔地答了一声："好。"

　　陆云旗斟酒递给她，九黎公主接过抬袖掩着一饮而尽，陆云旗自己也斟酒一饮而尽。

　　九黎公主拿过酒壶自己斟了杯，这一次她慢慢浅饮着，酒壶被二人轮番拿起，斟酒、放下，一个一饮而尽，一个则慢慢地品。

　　陆云旗忽然将斟满的一杯酒倒在了地上，一杯倒下，他接着又要倒一杯。

　　"她不喝酒的。"九黎开口说道，慢慢抿了口酒。

　　陆云旗的手僵了僵，没有再动作，九黎则拿过酒杯继续斟酒慢饮，谁也没有再开口说一句话，屋子里只有大红喜烛欢快地跳动着。

　　暮色笼罩街道，街上的马灯、风灯逐一点亮，在蒙蒙夜色中璀璨生辉。

　　宁云钊想来想去还是不放心，便去九龄堂找君小姐，但九龄堂却关了门，他焦急地等在原地，终于看到了她的身影。他深吸几口气，平复了焦急的心情，上前问道："你去哪里了？"

　　低着头慢悠悠走路的君小姐似乎被他吓了一跳，有些意外地说道："宁公子啊。"

　　夜色让她的面容有些模糊，声音也很低沉，宁云钊立刻就察觉到她不开心。他看着她身后的柳儿，问道："怎么了？"

　　柳儿要说什么，君小姐先开口说道："没事，就是随便走了走，你找我有事？"

　　宁云钊脑子里迅速过了好几条借口，但最终只摇摇头，笑着说道："没事，就是来看看你，没想到你没在。"

　　君小姐哦了声，好像还在出神，忽又回过神，一边让柳儿开门，一边忙问道："你什么时候来的？等了很久了？进来坐坐吧。"

　　"你还没吃饭吧？不如我们找个地方坐坐，顺便吃饭？"宁云钊提议道。

　　君小姐笑着说道："原来你是来找我吃饭的，你请了我两次了，有来有往，这次我请你。"

宁云钊笑着说了声好，没有丝毫客气。

君小姐想了想又看了看天色，说道："朱雀大街上的夜市现在也开了，我记得有人说那边有一家老杨家炙烤铺挺好，适合下酒。"

宁云钊点点头："三元楼就在那边，三元楼售卖的眉尖酒甘醇绵柔，最适合配炙烤的肉食来吃。"

君小姐伸手做个请的姿势，宁云钊笑了笑，跟她同行而去。

"看不出来，你酒量不错啊。"君小姐坐在临河的草棚下，捏着一个小酒杯，看着对面的宁云钊。

宁云钊的手里拎着一个小酒壶，正将酒壶倒过来，他看着君小姐摇头道："我也没看出来，你说的喝酒就是一杯酒喝到天亮吗？"

君小姐抿嘴一笑，浅浅地抿一口酒，看着夜空中细如柳眉的弯月："喝酒喝的是心情，多少都一样。"

宁云钊哦了一声，再次拿起酒壶晃了晃："意思是心情好的时候多喝点？心情坏的时候就少喝点？"

君小姐笑了，她真不善于跟人这样聊天，以前她的身份注定没有人敢跟她平起平坐地聊天，后来出宫跟着师父走南闯北又很少与人打交道，而师父也没正经跟她聊过天，她认真想了想："这个应该是因人而异吧。"

将心比心，他心情不太好的时候也不喜欢被人问，就想自己安静地做想做的事，所以，宁云钊没有再问，默默地端起碗喝了一大口酒。他们没有再说话，一个大口畅饮，一个小口浅抿，望月，观街景，听着身旁夜市的喧嚣热闹。

第六十二章

◇

各有各的烦恼

宁云钗醒来的时候天已经大亮了，他睁开眼，头脑发昏，这是宿醉的结果。

其实他很少喝酒，总觉得喝酒是没意思的事，吟风咏月并不一定要有酒才能尽兴，但昨晚喝了一场，觉得还挺有意思，他抬手按住额头，似乎为了缓解酒后的不适，用力揉了揉，撑着身起来。

外间的小丁听到动静，跑进来唤了一声："少爷。"他手里端着一碗水，水的颜色微黄，闻起来有点酸甜。

宁云钗好奇地问道："这是什么？"

"这是君小姐昨晚给的药粉，说能解宿醉的不适。"小丁笑着答道，"少爷您肯定不知道，您昨晚都喝多了，一直在前边走着，没看到。"

宁云钗神情微窘，接过碗一饮而尽，入口酸涩，却让人精神一振，额头的闷胀顿消，又问道："我喝得很多吗？没有失态吧？"

"没有，没有。"小丁忙摇头说道，"少爷一直保持着彬彬有礼，一点都不像喝多了。"

宁云钗哦了一声，一边放下碗，一边拿起旁边的毛巾擦了擦脸，想要努力回忆昨晚的情景，却一点都想不起来，看来是真的喝多了。他摇摇头，将用过的毛巾递给了小丁，小丁放下毛巾，看着宁云钗在屋子里打了一套拳，又伺候他换上干净的衣裳后，笑嘻嘻地说道："少爷，我还知道君小姐昨晚去了哪里。"

宁云钗哦了一声。

"君小姐去看九黎公主出嫁了。"小丁迫不及待地说道。

宁云钗再次哦了一声，想起昨日是陆千户和九黎公主成亲的日子，半个城的人都去看热闹了，对于一个女孩子来说的确会感兴趣，不过看了成亲后，为什么不开心？

"少爷，您说君小姐不高兴是不是看到别人成亲，感怀自己的缘故？"小丁再次说道。

"感怀自己什么？"宁云钗不解地问道。

小丁垂手站好，压低声音："君小姐原本是要和少爷成亲的……但这婚约不是没了？"

"胡说八道。"宁云钗皱眉说道，"她哪有这么无聊。"

小丁撇撇嘴，低下头，应声"是"。

宁云钗站起身跺了跺脚，理了理衣裳，说道："好了，我去见先生了。"小丁忙从桌子上将已经摆放好的书卷和笔记拿起递给宁云钗，看着他走了出去。

路上树荫浓密，百年的古树散布，夏日里更添幽静，宁云钊的脚步放慢一刻，看着前方的书舍，听着隐隐传来的朗读声，微微皱起眉头，忍不住想，她真的是因为这个事烦恼吗？而自己又为什么如此在意她的情绪呢？难道自己不仅仅因为她是同乡而多关照一些吗？

他定在原地，久久未动，初次感受着从未有过的情绪冲击。

与此同时，君小姐还躺在床上没有起身，昨晚她没有喝醉，而且睡得很好，但她就是不想起身。她现在的住所在一栋小院子里，前院是药铺，后院有一栋三层小楼，中间由一个小院子隔开，院子里种着一棵老槐树，树阔叶茂，遮阳蔽日，让住所一片幽静，她当初一眼就相中了这里，一来是因为设施齐全，闹中取静，二来这三层小楼在这条街上最高，她在自己的三层小屋内，就可以透过云纱窗看到远远的街景以及皇城，皇城脚下有条街，街上住着她最亲最想见的人。

君小姐起身坐起来，透过云纱窗眺望窗外的京城，脑中杂乱的思绪不断，姐姐、父亲和弟弟的身影不断地在她的脑中来回旋转，她试图抓住一个，却一个都抓不住。她烦恼地又躺回引枕上，将鹅黄褸衣的袖子搭在脸上，思考着接下来该怎么做……

"小姐。"柳儿从门外探头进来，"要吃饭吗？"

"不吃了。"君小姐闷闷答道。

柳儿哦了一声，没有再多问，拉上门退了出去，哼着小曲，噔噔地下楼来到前院，自己盛饭吃。两个小伙计已经上工来了，从堂内探出头，问道："柳儿姑娘，今日开门吗？"

"开门呀。"柳儿说道，"干吗不开门？"

可是君小姐还不来坐堂啊，两个伙计不解地看向后边。

"小姐不来，门也可以开啊，"柳儿晃着筷子，"可以抓药嘛。"

抓药？别人家的医馆都是有好大夫来吸引人抓药，他们这里大夫都不在，谁来抓药啊，更何况还是一个新开的医馆……

京城德胜昌的掌柜进来时，除了两个伙计坐在药柜后打瞌睡以外，屋子里空荡荡的，一个人都没有。他敲着桌面，皱眉问道："怎么回事？你们在做什么？"

两个伙计被惊醒，忙站起来，只得实话实说："我们什么都不用做。"

掌柜扫了一眼室内，又问道："君小姐呢？又出去了？"

两个伙计摇摇头伸手指了指里面，低声说道："还没起呢。"

掌柜的眉头紧皱，第一天开张就关了门，第二天日头都这么高了大夫还不起床，真是胡闹。

"柳爷，要不要跟少爷说一声。"掌柜的随从低声问道，"问问少爷怎么安排。咱们总不能这样干看着什么都不做吧。"

掌柜点点头，再次看了眼空荡荡的室内，摇摇头走了。

票号之间的信件来往本就频繁，自从君小姐离开阳城后就更加频繁了。一个小厮跳下马，如同往常一样越过门房，没有任何阻拦地径直跑进方家的大门，穿过前院进了后院，来到方承宇的院子里。

院子里并不只有方承宇一个人，方云绣和方玉绣也在，他们坐在廊下，支了桌子，生了泥炉，正在煮茶说笑，另有两个丫头在一旁弹琴助兴，夏日里平添了几分悠闲宁静。小厮进门立刻施礼道："少爷，京城的来信。"

坐在廊下闭目养神的方承宇接过信，扫了一眼，脸上露出笑意，对两位姐姐说道："九龄堂果然在京城开张了。"

方云绣也伸手接过看信，方玉绣则继续煮茶，方云绣看着信上提到的日期："这么说昨日就开张了，表妹真是能干，能将祖传的家业在京中打响名号。"

"京城可不像汝南，"方玉绣看向方承宇，"要是再像汝南那样经营药铺只怕不行。"

方承宇笑着点头："九龄知道的，要不然信上这些人就不会明里暗里地说君小姐什么都没准备，不像开张的样子，来请教该做些什么……"

"那她要怎么做？"方云绣问道。

"我不知道九龄要怎么做，但我知道我该怎么做。"方承宇起身看着小厮，"跟京城说，一切事都听从君小姐安排，让他们做什么他们就做什么，如果不说，他们就什么都不要做。"

小厮忙应声"是"，便有侍女取来笔墨，小厮当场提笔写后呈交给方承宇。方承宇看过后从荷包里拿出一块对牌，对牌亦是印章，沾了红印泥按在信纸上，小厮用火漆封住信，转身疾步告退。

小厮刚离开，又有一个侍女疾步进来，在方玉绣耳边低语两句。听罢，方玉绣脸上浮现笑意，对方承宇和方云绣说道："那今日是双喜临门了，还有一个妹妹的生意开张了。"

窄窄的巷子里，一间院门打开，一辆独轮车被晃晃悠悠地推了出来，车上架着木架子，上面插满了糖人。

"慢点慢点。"咯咯吱吱的车声伴着陈七的说话声，"你行不行啊？"

原来是方锦绣亲自推着车，陈七则一脸紧张地张开手护着，不断地唠叨："左边左边，右边右边。"

方锦绣将车放下来，震得车上的糖人乱晃，陈七也跟着大呼小叫，她实在忍不了，大喝一声："你闭嘴，我都练了很久了，我会推的。"她说着瞪了陈七一眼，将车子再次推起来，虽然她身形瘦小，推着车子摇摇晃晃，但并没有让车上的糖人掉下来。

"我不是说你不行，我是说既然我在呢，让我推嘛。"陈七笑道，"不管怎么说，我也是合伙人。"

"你的职责是提供糖人的磨具和材料，我是负责售卖的。"方锦绣专注地看着前方，"我又没有雇你打下手。"

"那我也不用跟着你了？"陈七说道。

"不用。"方锦绣说道。

陈七果然停下脚步，看着方锦绣推着车出了巷子。

离开窄巷，街上的人陡然多了起来，街口上奔跑的小孩子看到推着糖人的车，顿时都围上来。方锦绣心中一慌，脚步踉踉跄跄就要摔倒，后边的陈七似乎不敢看，抬手挡住眼，但并没有听到女孩子的尖叫声和车子的倒地声，他从手指缝隙里看到，方锦绣已经将车子支在了地上。

方锦绣忍不住抬手擦了擦额头的汗，心快从嗓子眼跳了出来，她看着面前的独轮车，又有些想笑，想到当初学骑马的时候都没这么害怕，苦笑一下，站直身子，对着围过来的小孩子以及街上投来的好奇视线，含糊不清地嘀咕了一句……

"这是卖的吗？"倒是围过来的小孩子主动问道。

"是。"方锦绣忙点头，"你，你要吗？"

小孩子咬住手指，双眼放光地看着糖人，大声说道："要！"

方锦绣大喜，忙拿起一根糖人递给小孩子。一旁的陈七哎了一声想要阻止，但还是晚了，小孩子接过糖人立刻就舔了一口，其他的孩子顿时蜂拥而上，抢着说道："我也要！我也要！"

孩子们几乎要把车撞翻，方锦绣忙护着车又挡着孩子们，顿时手忙脚乱，等她终于回过神对举着糖人的孩子要钱时，那孩子立刻就转头跑了。方锦绣顿时目瞪口呆，大喊道："钱！"

小孩子已经跑到对面的巷子口，方锦绣想要追过去又不敢扔下车，又不甘心被拿走的糖人，急着喊陈七的名字。陈七叹了口气疾步跑来，方锦绣把推车给陈七后，就径直向那孩子追去。那孩子已经站到一个胖妇人身后，胖妇人瞪着冲来的方锦绣喝道："干什么？"

"他买了我的糖人没给钱。"

小孩子将糖人塞进嘴里，手上沾满了口水，胖妇人看了一眼孩子，撇嘴一笑，猛地拔高声音喊道："买？我可没说买，你跟一个小孩子说买，你骗人哪？！"

方锦绣被喊得后退一步，说道："我没骗人，他说要买我才给他的。"

胖妇人呸了声，伸手指着方锦绣："他是个孩子，他说什么就是什么吗？他要说买你，你也卖吗？"

方锦绣的脸顿时涨红，瞪眼喝道："你怎么骂人啊！"

但她才说了一句，那胖妇人就一拍大腿喊了起来："我就骂你了，就骂你个小娼妇，怎么着快来人啊，她拿着糖人哄孩子骗钱呢！"

街上的人顿时都看过来，方锦绣咬住下唇，忍住跟妇人打一架的冲动，调头跑开了。

她攥紧了拳头，一句话不说推起车就走，身后还传来那妇人的骂声，陈七跟在她身后，小心翼翼地说道："市井妇人就是这样，你别……"

"我知道了，我不难过。"方锦绣打断他。

陈七哦了声，沉默片刻，又忍不住说道："废掉一个糖人，等于今天赚的钱要少一半。"

方锦绣回头狠狠瞪他一眼："我知道，是我没做好，下次不会了。"又停顿一下，"钱从我的那份扣。"

陈七忙笑道："不用，我就是提个醒，让你记得这次犯的错，下次就不会犯错了。"

方锦绣收回视线继续看向前边，路旁有一间悬挂着"义友行"三字匾额的门面，院子里传来呼喝声。方锦绣停下脚步，向院子里看去，里面一群年纪不等的孩童正在练拳，蹲着齐齐的马步，伴随着出拳的呼喝声，雷中莲一只手拿着木棍在其间走过，不时地指点一番。

当初她决定留在阳城，就是因为雷中莲，这样一个人能留在方家十八年最终完成心愿，却又舍弃方家赠予的大笔金钱和优越舒适的生活，以残废之身重开镖局，他能做到，自己这么年轻又肢体健全，为什么做不到从头再来？

方锦绣深吸一口气，看着人越来越多的街道，推起车大步而行，大声喊道："卖糖人喽！"

喊出第一声后，方锦绣松了一口气，感觉也没有那么难，脸上浮现笑容，再次提高声音："卖糖人喽！"

她的声音轻快、好听，引得街上很多人都看过来，但她没有丝毫畏惧，推着车迎着人群走去，边走边喊："尝尝糖人吧，香甜浓郁的糖人。"

陈七跟在身后放慢了脚步，也松口气，露出几分欣慰的笑容，忽然听到什么动静，他转过头看去，见巷子口那边的胖妇人和孩子还在，孩子正一脸陶醉地舔着糖人，那个胖妇人跟孩子要糖人想要尝一尝，却被孩子扭头躲开，胖妇人戳了戳孩子的头，孩子一晃脑，不小心将糖人掉到了地上，顿时哇哇大哭起来，胖妇人忙心疼地要去捡，刚弯腰就感觉腿一阵酥麻，整个人跪趴在地上，脸正好砸在糖人上，口水、糖和土糊了一脸，胖妇人发出一声尖叫，孩子在一旁哈哈笑了，街上顿时哄笑四起。

看到这一幕，陈七也哈哈笑了，突然想到什么，他看向大街，街上的人都看着胖妇人大笑，独有墙边站着两个看似闲汉的男人揣着手若无其事。陈七收回视线，向前方穿行在街道上大声叫卖的女孩子追了过去。

第六十三章

◇

走街串巷当铃医

京城夏日的燥热让热闹的街道变得安静了许多。

君小姐坐在高楼上慢悠悠地摇着扇子，她的视线一如既往地扫着远处的皇城以及皇亲国戚们居住的地方，似乎在想什么又似乎什么都没想，忽然楼下传来一阵清脆的铃声，君小姐向下看去，见是柳儿举着一串铜铃做的占风铎在院子里晃动着走来走去，清脆的铃声回荡着。

君小姐将扇子一收，坐直了身子，原本散漫的双目凝聚，重新变得炯炯有神，她想到怎么解决现在这个烦恼了。

与此同时，德胜昌京城分号的掌柜也收到了来自阳城的信，信中自然说的是这边的德胜昌要听从君小姐的一切安排，没有她的指令不许轻举妄动。掌柜虽然有些担忧和不解，但也只能听从命令，并默默注意君小姐的一举一动。

清晨，远离大街的巷子里响起清脆的铃声，引得巷子里玩耍的孩童们看过去，见到两个女孩子慢悠悠地走过来，一个女孩子扛着一个幡子，上面龙飞凤舞地写着字，孩童们也不认得，目光落在后边的女孩子身上，女孩子肩头挎着一个小箱子，手里摇着一个铃铛，清脆的铃声就是从这里发出的，孩童们都围上来，七嘴八舌地喊道："是卖糖的吗？"

"不是卖糖的，是卖药的。"柳儿回答道，"你们要不要买药？"

吃药对孩童们来说是很可怕的事，他们顿时吓得一哄而散。君小姐跟在后面，笑着将手里的铃铛一收，打开药箱子，说道："有糖，有糖。"

孩童们看到她从箱子里抓了一把花纸包着的蜜饯，顿时又高兴地涌过来，君小姐将糖一一分给他们，柳儿在一旁说道："别光顾着吃糖，去问问你们家有人生病要看大夫不？"

她的话音刚落，便有一个妇人听到动静走出来，正好看见君小姐递糖给孩子们，顿时哎哟一声，一边冲孩子招手，一边说道："你们是干什么的？二宝快回来，小心被花子拍去。"

孩子们吓得一哄而散。

"娘，有糖。"一个孩子举着适才分到的蜜饯，对妇人说道。

花纸已经被打开，露出一块亮晶晶的东西，妇人看了看又闻了闻忙抬手打掉，说道："哎哟，这什么啊……"蜜饯落在地上和尘土滚作一团，小孩子顿时啊啊大叫起来。

柳儿也瞪眼喊道："你干什么！这可是我们九龄堂特制的蜜饯，很贵的！"

妇人一脸嫌弃地说道："什么九龄堂啊！"她戒备地将孩子拉在身后，"哪里来的骗子！"

柳儿还想说什么，君小姐将她拉住，自己上前一步，晃了晃手里的铃铛，又指着柳儿抱着的幡子，说道："大姐，我不是骗子，我是铃医，你看……"

妇人顺着她指的方向看了一眼，又打量了君小姐一眼，撇撇嘴："我不识字，干干净净的一个小姑娘，学什么不好，学人家当骗子。"说罢一边揽着孩子向家里走，一边对着其他孩子说道，"别跟奇奇怪怪的人说话，也别要别人的东西，小心往你们肚子里放了虫子，咬死你们。"小孩子们吓得顿时将手里的蜜饯都扔在地上，一窝蜂地跑回家去了。

看着被扔下的蜜饯，柳儿气得跺脚："这些人太过分了！"

君小姐神情依旧，将箱子盖好，淡定地说道："这有什么过分的，理所应当，不奇怪，慢慢来就好。"她说罢继续向前而行，手里的小铃铛再次摇起，柳儿忙跟上。

柳掌柜站在街上，看着前方走着的女孩子，清脆的铃声随着她的走动洒了一路。

"柳掌柜，你看，真的是当铃医呢。"一个伙计低声说道，"已经好几天了，满城乱晃，到处给小孩子糖吃，好些家人都找来了。"

"这么说，他们都知道九龄堂了？"柳掌柜说道。

小伙计扯了扯嘴角："是，君小姐跟人说她是九龄堂的，所以那些人都找来了，说九龄堂再这样扰民，他们就要放狗了。"

柳掌柜嘴角抽动，喃喃说道："也算是出名了。"

巷子里又传来呵斥声："你这小姐在这巷子乱转，到底想干什么啊？"

"你看，掌柜。"小伙计忙说道，"又被人抓住了。"

柳掌柜看过去，见君小姐被一个妇人拦住，这个妇人竟然是京兆尹东厢判司簿尉周大人家的夫人。京城这里有朝官衙门，又有京兆尹府治，更有临近的三县十八乡，各类型的官员遍地都是，走在街上随便一撞就能撞上个京官选人，虽然很多京官选人日子过得跟普通人没什么区别，甚至还有些困顿，但那也是官，阎王好见小鬼难缠，得罪了人指不定哪里就被下了绊子，所以对于这些官吏身份，德胜昌的伙计们都要背熟认清。

"这位周大人最能无事生非。"小伙计有些紧张地说道，"掌柜要不过去解个围吧。"

柳掌柜抬抬脚又忍住，他们做票号的，一个最基本的要求就是守信，大东家方少爷说过一切听从君小姐的安排，君小姐没开口他们就不能动。他对小伙计说道："再看看吧。"

那边的君小姐对那妇人含笑施礼道："我是九龄堂的铃医。"

妇人看着她手里的幡子，念着其上的字："专治各种疑难杂症，妙手回春，药到病除。"接着笑道，"小姑娘，口气不小啊。"

君小姐笑道："没有真本事不敢出师。"

妇人倒没想到她竟然也不客气，摇摇头："小姐，你既然有医馆就该去坐堂，你如果是铃医就不该有医馆，你这打着医馆的名号满街乱晃是什么意思？"

"道不轻传，医不叩门，我九龄堂新开张，民众不知道，所以我就先做铃医，便利民众求医。"君小姐答道。

妇人似笑非笑地说道："小姑娘，你原来也知道医不叩门啊，你这满街乱窜，哄小孩子闹腾乱吃东西，已经不是叩门，你这是扰民了。"

"夫人，我给孩子们的蜜饯是我九龄堂特制的解暑丸，如今暑气湿重，小孩子不思饮食，吃一些对身子好。"君小姐和气地说道。

"小姑娘，这里是京城。"妇人伸手指着外边，"这条街上就有三个医馆，不敢说里面人人都是名医，但其中一家的大夫也多少有些名气，我们身子不舒服了就近就能医治，怎么会专门等着你来治病呢？"

"夫人自然用不着我。"君小姐依旧和气，"我是在等用得着我的人。"

妇人摇摇头，懒得再跟她掰扯，又看着门房，没好气地说道："把门前洒扫干净了，别什么人都往里面放！"

这话喊的是门房，骂的却是君小姐。巷子里看热闹的民众都对着她们指指点点，议论纷纷，君小姐却神情平静，柳儿虽然带着几分不悦，但因为小姐的叮嘱，也只是抱紧了幡子。

"走吧。"君小姐转过身，又摇起了铃铛，清脆的铃声不紧不慢地回荡着。

柳掌柜紧皱的眉头散开，神情多了几分惊讶，竟没想到君小姐这耐性可真不错。他凝神沉吟片刻，按以往对君小姐的了解，她可不像是这么好脾气的人啊，他抬脚迈步追了上去，施礼道："君小姐。"

君小姐停下脚步，含笑说道："柳掌柜，有什么事吗？"

"我有一事不明。"柳掌柜开门见山，"君小姐为什么要做铃医？如果是要打响名气，我们有很多办法啊。"

君小姐笑了笑，说道："上门来打响的名气，对我来说不够。"

"那您这样做真的能打响名气吗？"柳掌柜态度诚恳，"这些人都不需要看铃医。"

"能啊。"君小姐说道，"只要我找到需要看铃医的人。"

这偌大的京城，到处都是医馆，遍地都是名医，真的能找到需要看铃医的人吗？柳掌柜想不明白。

宁云钊却理解君小姐的做法，他思考了一会儿，叫来小丁，询问道："君小姐今日还出门吗？"

小丁一脸无奈："少爷，您要实想见君小姐就去吧，我一天跑三趟去看君小姐也代替不了您啊……"

宁云钊皱着眉头："什么话，我要见她自然是有事，没事我去见她做什么。"

小丁干笑几声，宁云钊又起身走了几步，问道："她今日会去西城吗？"

小丁哦了一声，说道："应该是，昨日君小姐在西城还没转完呢，根据我这几日的跟随观察，君小姐很有耐性和条理，她把东城分四条街逛完后才去西城，那么西城肯定也要这样。"

宁云钊停下脚步："十一的姨兄的奶兄弟家就在西城，你去告诉他，要君小姐治病。"

小丁听得有些晕，怔了怔才想起来少爷说的是谁，问道："那我跟他说是少爷您说的？"

"你说是我说的，那他还会相信吗？"宁云钊皱着眉，"你去找他闲谈喝酒，把汝南的事讲给他听。"

小丁顿时恍然，笑呵呵地说道："少爷高明，这样他就不会疑心了，君小姐也不会想到是少爷您在背后帮忙，少爷您对君小姐真是太好了！"

"那是因为她自己好，她要是没那般医术，我也不会这样做。"宁云钊淡然说道。

小丁摸摸头，忍不住又问道："但别的人有这样的医术，少爷也会这么做？"

宁云钊笑了笑，没有回答这个问题。

熟悉的铃声在巷子里不急不缓地响起，小丁忙躲到墙角，巷子里的小孩子们看到拿着铃铛背着药箱的女子走过来，顿时一哄而散。

"那个骗人吃药的女花子来了。"小孩子们的叫喊声让整个巷子都热闹起来。

小丁都有些同情君小姐，虽然她第一次来这个巷子，但好事不出门坏事传千里，如今城中都知道有个走街串巷的女骗子，还好这边的喧闹没有引来大人的骂声，有人喊住了君小姐："这姑娘，姑娘。"

这是一个老妇人，正是宁云钊婶娘的妹妹的儿子的乳母王曹氏。小丁撇撇嘴，暗自为自己鼓掌，总算功夫没白费，不枉他昨日找王小哥喝酒吹嘘半日，王小哥听没听进去不知道，王曹氏想必是听进去了，少爷考虑得真好，王曹氏这种年纪的妇人最爱传话，而且她又跟福建蒋氏有主仆之谊，很有说服力，如果君小姐治好了她，那名声肯定就能好转。

小丁探头看去，见君小姐站到了王曹氏面前，含笑问道："婆婆您有什么事？"

王曹氏打量她几眼，有些存疑地说道："这么小啊，你真是汝南名医君逢春的孙女？"

"小姐，这位婆婆知道老太爷呢。"柳儿激动地说道。

但君小姐神情依旧，没有丝毫惊喜，含笑答道："正是。"

"那你快给我看看，我总是夜里睡不好。"王曹氏忙说道。

这话一出，让四周闻声看热闹的街坊很惊讶，有好心的邻居提醒道："王老太太，你可别乱问，你多走几步到街口让黄老大夫瞧瞧吧。"

"黄老大夫瞧过了，药吃了一大堆也没管用。"王曹氏不客气地说道，"我看他是不行的。"她又看向君小姐，"小姑娘，你给我看看呗，我知道你家名气可大了呢。"

这句话又让四周的邻居很惊讶，纷纷凑过来看热闹，小孩子也挤到大人中间看热闹。有几个大孩子曾吃过君小姐给的糖，趁此机会，又用可怜巴巴的眼神盯着君小姐的药箱。君小姐察觉到，立刻打开药箱拿出一把蜜饯，这一次，家长虽然不情愿，但碍于王曹氏的面子谁也没说话，小孩子便一哄而上，抓了就塞进嘴里吃起来，一边吃一边喊着甜，还有人伸手再跟君小姐要，小巷子里一下变得热闹起来。

一旁偷偷观察的小丁忍不住笑容满面，这一次少爷的安排算是圆满了，现在就差君小姐给王曹氏露一手治好她的病，就算是开张了。王曹氏被孩子们闹腾得不耐烦，一边驱赶，一边再次招呼君小姐："君小姐，你快给我看看吧。"

君小姐将药箱盖上，对王曹氏摇摇头："婆婆对不住，你的病我看不了。"

此言一出，所有人都愣住了，小丁都顾不上被发现了，探身怔怔地看着君小姐。

"你看不了？"王曹氏也不解，旋即想到什么，脸色顿时惨白，一把抓住君小姐的手，紧张地问道，"我……我这病是不是很严重？"

四周邻居也回过神，神情复杂，果然是江湖铃医的手段，往往将你的病说得很严重坑一大把钱，扔下一些狗皮膏药就跑了。君小姐拍了拍王曹氏的手，柔声说道："不是的，婆婆你想多了，你的病没有什么大碍，去街上再找个医馆大夫看看，抓些药吃几服就好了。"

这话让众人一怔，竟然说没什么大碍？那这到底是什么意思？王曹氏忙说道："那你给我看看开服药呗。"

君小姐笑了笑，指了指柳儿举着的幡子，说道："我是专治疑难杂症的，你的病不值得我出手。"

在场的人目瞪口呆，小丁也张大嘴，呆愣在原地。

两个伙计小心翼翼地看着从后院走出来的柳儿，见她将手里的幡子晃了晃，一个伙计大着胆子问道："柳儿姐姐，君小姐还要出去吗？"

柳儿撇了他们一眼，一脸不解："当然要去啊，为什么不去？"

另一个伙计委婉地说道："现在街上到处都在骂君小姐，这个时候是不是躲一躲比较好……"

"骂什么了？他们骂他们的，关我家小姐什么事，他们就是不够资格让我家小姐治病，该羞耻的是他们自己。"柳儿哼声说道。

两个伙计顿时讪讪地闭了嘴……

此时，有人从门外走进来，问道："君小姐在吗？"

"宁公子？"柳儿看着来人，"有些日子不见了啊。"

宁云钊正想解释一下为什么没常来，君小姐就从后边背着药箱走出来了，看到他，立刻含笑说道："宁公子，你来了，有事吗？"

宁云钊看着她平和的神情，开门见山地问道："是不是因为我，所以才拒绝诊病？"

君小姐被问得怔了一下，随即恍然，笑着摇摇头："那个王曹氏啊……当然不是，宁公子你想多了。"

宁云钊疑惑地问道："你知道王曹氏是什么人？"

君小姐笑了，刚要脱口说出宁炎的名字，话到嘴边忙收住，说道："是你表兄的乳娘吧。"

宁云钊惊讶地看着君小姐，视线又落在堂中两个伙计身上，心想德胜昌盘踞京城多年，京中那些错综复杂的人物关系他们清楚得很，她应该是从他们那里得知的吧……

君小姐看着他疑惑的神情，顿时恍然："原来王曹氏是宁公子你帮我介绍的啊。"

宁云钊自嘲地笑了笑："惭愧了。"

"不，"君小姐摇头笑道，"我知道她是什么人，但并不知道这件事跟你有关系，宁公子，你想多了。"

宁云钊看着她坦然的神情，喃喃说道："我又想多了吗？"

君小姐笑着点点头，她本就知道王曹氏的底细，这个人是宁炎姻亲家的下人，像宁炎这般的高官重臣，他身边的亲友及下人住哪里、做什么，陆云旗都掌握得清清楚楚，她倒真没有想到王曹氏是宁云钊安排的，想到这里忍不住再次笑了。

看到她的笑，宁云钏神情有些不自在又有些想笑："那这么说，你也不是因为不想受我的人情才拒绝诊病的。"

君小姐抿嘴笑，这次没有回答。宁云钏了然："那你的意思是，需要找能真正帮到你的人来治病？"

君小姐点点头。

"我理解你的意思。"宁云钏眉头微微皱起，"但要找这样的人是不是不容易？"

"虽然不太容易，但也不是做不到。"

"那你需要帮忙的话，跟我说一声，别……客气"

"我从来不是个客气的人，宁公子应该最知道……"

宁云钏去找君小姐的事，自有伙计报告给了柳掌柜，他不放心便又跟尾随着君小姐和柳儿走街串巷，王曹氏的威力很明显，民众看待君小姐的眼神已经不是先前的戒备，而是嘲笑和不满。

铃医之所以是铃医，一是为那些住得偏远看大夫不方便的人看病，二就是给那些看不起病的百姓看病，拿些便宜的药，收几文钱的诊金，自己积少成多糊口，别人则买个熬日子的希望，但现在君小姐不仅不听建议去京城外的乡下行医，反而对求医的人拒诊，这名声算是彻底砸了。

四周的议论声不断，多说的是一些难听的话，但君小姐却一点也不在意，而柳儿自然也跟着不会在意，单从这一点，柳掌柜就很佩服她们主仆，他跟着她们又穿过一条巷子进了另一条巷子，君小姐一直有节奏地摇晃着手里的铃铛。

此时，从一家门内走出七八个年轻人，他们不知道说了什么，发出粗犷的笑声，接着柳掌柜就看到前方悠闲而行的君小姐猛地站住，那几个年轻人背对着柳掌柜，他暂时认不出是什么人，但单看背影也都气势不凡，他刚站住脚，就看到前方的君小姐忽然抬脚冲那些人追着喊道："朱瓒。"

前边几个年轻人听到喊声，停下脚步回过头看，但有一个人没有回头，依旧大步晃晃悠悠地前行。君小姐几步追到这些人跟前，再次喊道："朱瓒！"

那年轻人依旧不回头，反而加快了脚步，而停下脚步的年轻人都较有兴趣地盯着君小姐看，君小姐并没有对他们的审视畏惧，径直从他们中间穿过，抓住了向前走的年轻人的胳膊。

"喂！"年轻人如同沾了水的猫一般立刻跳起来甩开她的胳膊，也终于回过头。

此时柳掌柜才终于看到这年轻人的面容，他瞬时僵住，他认得这个人——成国公世子朱瓒。万万没想到，君小姐竟然和成国公世子相识，他瞪大眼睛，见成国公世子甩开了君小姐的手，但并没有恼怒。

"你干什么！不要动手动脚。"朱瓒瞪大眼，压低声音，"这里又不是汝南。"

君小姐哈哈笑了，又问道："你怎么在这里？"

他们说着话，其他年轻人也走过来，带着几分好奇地打量君小姐。有个面皮白净、细眉长眼的年轻人搭上朱瓒的肩头，冲君小姐一笑，说道："谁呀这是？介绍一下呗。"

朱瓒肩头一错，甩开他："不认识。"

"不认识，人家能叫出你的名字啊。"年轻人笑道。

朱瓒嗤声道："没办法，小爷就是这么引人注目。"

年轻人都笑起来，注意到这个君小姐脸上没有丝毫惶恐和羞涩，甚至还跟着他们一起笑，不由得对她的兴趣更浓厚了几分。

"小姐。"柳儿抱着幡子跟过来。年轻人的视线自然落在柳儿举着的花哨的幡子上。

"专治疑难杂症，药到病除，妙手回春。"面皮白净的年轻人一边念着，一边惊讶地再次看向君小姐背着的药箱，以及她手里拿着的铃铛，"你是大夫？"

君小姐应声"是"，屈膝施礼道："铃医。"

这些年轻人当然知道铃医是什么，神情更加惊讶，七嘴八舌询问起来："小姐你真是大夫啊，你会看什么病？"

柳掌柜心里吐口气，心想这君小姐要找的能助她扬名的人，是成国公世子吧……

听到年轻人的询问，君小姐一一笑答："我是大夫啊，我会看很多病。"

年轻人都怀疑地打量她，面皮白净的那位笑眯眯地问道："你多大了？当大夫的不都是年纪大才厉害吗？"

君小姐笑答："虽然我年纪小，但我天资聪慧啊。"

面皮白净的年轻人没忍住，扑哧一声，其他年轻人也跟着神情古怪地笑起来。

"怪不得跟朱二认得。"年轻人拍着朱瓒的肩头，笑道，"原来都是聪明人啊……"

朱瓒一脸不耐烦："走走，在这里废什么话。"

但年轻人却没动，大家都饶有兴趣地看着君小姐。

一个面色古铜色的年轻人想了想，说道："我最近总是肩膀疼，你来看看怎么回事？"

君小姐还没说话，朱瓒呸了声，没好气地说道："能怎么回事，一个过肩摔就摔得你还装病了。"

年轻人都笑起来，君小姐也笑了笑，说道："是右肩头疼吧？跟针扎似的，白天不疼，晚上疼。"

她的话音刚落，那年轻人咦了声，瞪大眼："对！你怎么知道？"

"因为我是大夫啊。"君小姐低头打开药箱，"我来给你扎两针，再给你一服药。"

听到君小姐这样说，说肩膀疼的年轻人跃跃欲试，刚要走到君小姐面前，就被朱瓒长臂一拉捞了回来。他瞪了君小姐一眼，没好气地说道："装神弄鬼。"说罢，转身就走。

在场的年轻人都愣了一下，柳掌柜也怔住了，朱瓒的声音从前边传来："你们走不走？不走，以后别找老子玩。"

年轻人都神情复杂地看了君小姐一眼，面皮白净的年轻人冲君小姐挤挤眼，小声说道："小姑娘，看来你真把朱二得罪得不轻，对不住啊，我们可不敢得罪他。"说罢，笑着大步追过去，其他年轻人也疾步跟了过去。

"朱瓒，我开医馆了，就在街上，还是老名字。"声音轻柔又带着几分欢快。

柳掌柜抬起头，走开的年轻人都转过头，君小姐站在原地，神情含笑。

"这小姑娘有意思。"面皮白净的年轻人再次拉住朱瓒，"怎么认识的？什么人啊？干吗不理人家？"

朱瓒依旧头也不回地大步向前，欠扁地说道："认识我的人多了，我为什么要理会？"

面皮白净的年轻人搭着他的肩头："二哥，你是不是在人家手里吃过亏啊？"

朱瓒干笑两声，甩开他的手，加快了脚步，众人笑着跟上去，没有再回头看君小姐。

君小姐收回视线，脸上的笑意还没散去，柳掌柜走过来，开门见山地问道："君小姐，您是要请成国公世子帮忙吗？"

"帮什么忙？"君小姐反而有些不解。

"君小姐，我知道您打算一鸣惊人，但成国公世子这边只怕行不通。"柳掌柜郑重地说道。

君小姐似乎听明白了，这柳掌柜是误会她想要靠美色跟朱瓒攀关系，她笑着摇摇头："我可没想让他帮忙，这种事他能帮上什么忙。"

这意思怎么听着像是瞧不起成国公世子？柳掌柜更加不解，才要说话就见君小姐神情一肃："我等的人来了。"

柳掌柜微微一怔，顺着君小姐的视线看去，见巷子口走来几个妇人，为首的是一个三十左右的美妇，身边有两个丫头、一个老仆妇相拥，拎着大包小包，似是刚从外边采买回来，脸上还带着笑意，显然心情很好。那妇人一看就不是什么大人物，也不像是身体不适的样子，柳掌柜满脸不解。

君小姐已经带着柳儿慢悠悠地迎着那妇人走去，手里的铃铛在巷子里发出清脆的声响。这动静自然吸引了妇人一行人的注意，她们也抬头看过来，君小姐已经走到她们面前，似乎要擦肩而过，但视线一扫又停下脚步，后退一步，站在这妇人面前，柔声说道："这位夫人，我看你有凶兆。"

柳掌柜眼珠子差点瞪出来，君小姐这是在治病，还是算命啊？妇人也吓了一大跳，心想这铃医怎么还搞起算命的勾当了，反应过来后，带着几分恼怒地啐了一口，说道："呸呸，真晦气。"

丫头仆妇也反应过来，忙恼怒地推搡着君小姐，呵斥道："快走开，快走开！"

柳儿扛着幡子挡住她们，喊道："干什么！我家小姐说你有凶兆就有凶兆！"

还没见过这么凶的丫头，这几人被吓得一时没动，趁着他们发愣的机会，君小姐含笑再次施礼，一边将柳儿拉到身后，一边又柔声说道："夫人，我是九龄堂的大夫，我看夫人面色郁结，印堂发黑，脚步虚浮，想必这些日子夜不能寐且精神不济，这样下去，夫人的身子可熬不住，此乃大凶之兆。"

丫头仆妇听她说完也回过神，更加羞恼地呵斥道："你胡说八道些什么！"

柳掌柜也摇头叹气，眼前这位妇人，明显神采奕奕，这君小姐非说人家面色郁结，印堂发黑，岂不是明摆着找骂？

妇人笑了："好了好了，我不跟你这孩子一般见识。"她说着对仆妇摆摆手，"给这孩子两个钱，让她走吧。"

仆妇果然拿出几个钱塞到抱着幡子的柳儿怀里，愤愤说道："下次讨钱说些吉利话。"

柳儿立刻又要骂，君小姐却按住她摇摇头，那妇人不再理会她，径直向前走去。

"夫人，你不想治这病也罢了，只是如果想要晚上清净些过几天好日子的话，就在门边撒上一把松针，这样它就不敢进来了。"君小姐看着夫人的背影，又说道。

这大白天的，柳掌柜听了这话也不由得打个寒战，那边的丫头仆妇亦是更加恼怒，纷纷呵斥道："你说什么呢！"

君小姐却没有再理会她们，略一施礼，转身款步走开了，她继续摇着手里的铃铛，柳儿也冲这些人吐了吐舌头，晃着幡子跟着走了。丫头仆妇还在愤怒地指着君小姐的背影咒骂，柳掌柜侧着脸从她们身边疾步而过，唯恐被认出来受到牵连。

"好了。"倒是那妇人说了声，"回去吧。"

一众人这才继续前行。

从那条巷子离开后，君小姐没有再逛，直接回了九龄堂。

"君小姐，适才那位妇人是怎么回事？"柳掌柜径开门见山。

"很明显啊，她就是我要找的病人。"君小姐答道。

"这么说，您在京城转了这么多天，就是为了她？"柳掌柜问道。

君小姐又摇摇头："确切地说，是为了她这种类型的病人。"

柳掌柜叹口气："君小姐，恕我直言，您这是打算骗还是撞？"

站在一旁的柳儿顿时瞪眼，君小姐先笑着说道："柳掌柜，这怎么能是骗呢？心生鬼，意生神，病来乱心意，气弱邪祟入，要不为什么百姓总说一个身子弱的人容易招邪呢？其实是他身子弱，精气散，意念容易恍惚。"

柳掌柜听得一愣一愣，又问道："那您的意思是那妇人真有病？"

"当然是真的。"君小姐说道。

柳掌柜左思右想，回想那妇人的形容举止，忍不住说道："我怎么看不出来她有病？"

"因为我是大夫，你不是啊。"君小姐含笑说道。

这话说得好有道理，让人无法反驳，柳掌柜顿时无语。

"我自然是看到她与常人不同，要不然我为什么转了这么多天，见了那么多人，单单拦住她呢？"君小姐接着说道。

"但是，您说她有病就有病，怎么能说是大凶兆呢？"柳掌柜说道，"这有点太不严肃了吧？"

"病，害命，当然就是凶兆了。"君小姐认真说道。

这才是一本正经说瞎话，柳掌柜算是明白了，他郑重说道："不过君小姐，您跟我说这些道理我是懂了，但对方不懂啊，您这样说，对方根本就不会信您的话，更不会让您治病的。"

君小姐哦了声，笃定地说道："她会的。"

"为什么？"

"因为她有病。"

柳掌柜顿时哑口无言，神情复杂地默默离去。

第六十四章

◇

只治疑难重症

夜色渐渐沉寂。

京城另一处宅子里，有人从沉睡中惊醒，一跃而起，悄然离开住所，来到了禁卫苑的值房里。很快，一间房内亮起了微弱的灯火，几个男人从睡梦中醒来。

一个面色古铜的年轻人睡眼惺忪地看着突然到访的朱瓒，不解地问道："世子爷，我没事啊。"

朱瓒没理会他，而是对身后的人，说道："你，给他看看。"

在他身后站着两个只穿着里衣的男人，神情都很不高兴，显然也是被人从睡梦中叫醒的，他们手里都拎着药箱，闻言上前一边查看一边问道："公子哪里不舒服？"

年轻人无奈地笑道："我哪里都没事啊。"

"张宝塘，你不是说你肩膀疼吗？"朱瓒说道。

被唤作张宝塘的年轻人一怔，旋即笑道："世子爷，您竟然记着呢。"

白天他就那么一说，没想到世子爷这大半夜的，竟然带着大夫跑来了，他有些不知所措，诚恳地说道："世子爷你对我真好。"

朱瓒一脸嫌弃，又带几分不自在："我不是怕摔到你了吗？罪名可不能安我头上，我现在还是戴罪之人呢。"

张宝塘憨厚地笑了笑，那两个大夫闻言便径直揉按着他的胳膊查看，按到一处，张宝塘咧嘴说道："就是这里有点疼。"

大夫们揉按一刻，又问了从什么时候起，是怎么开始疼的，当得知是跟朱瓒比武时被摔的，大夫们便没好气地站开，说道："就是跌打扭伤，实在怕疼就用些活血化瘀的药，不用也没事。"

张宝塘忙摇头："没事，不疼了。"

"你们好好看看。"朱瓒却神情不悦地盯着那两个大夫，一脸不信任地说道，"你们确定没事？"

两个大夫本就窝了一肚子火，半夜被叫起来以为是什么事关生死的急病，结果是一个被摔了一下的精壮结实的小伙子，他们不咸不淡地说道："世子爷，我们学艺不精，真看不出什么问题，您不放心就另请高明吧。"

朱瓒绷着脸要说话，张宝塘忙起身劝道："二哥，我真的没事。"他又对那两个大夫施礼道谢，让小兵取了一袋钱给他们，还命小兵亲自送回去，两个大夫这才缓了脸色走了。

"你确定没事？"朱瓒又问道。

"我真没事，我当时就那么随口一说……"张宝塘说到这里一怔，回想起那位铃医说过的话，终于恍然地又问道，"世子爷，那位小姐的医术很厉害吗？"

朱瓒哼了一声，皱眉说道："你不用理会，那不是个正经人。"

张宝塘忍不住还要开口问，朱瓒却已经甩袖大步而去，扔下了一句："你睡吧。"

闷热的夏夜里忽然起了风，院子里的大树枝叶一阵轻摇，发出轻微的碰撞声，枝叶摇晃，一下一下地伸向小楼三层大开的窗上，一个人影忽然如同猫一般从树上跃进窗，旋即又像猫一样整个身子弓起，手脚扒住窗沿一动不动，东方渐渐发白，站在窗上可以模糊地看到挨着窗户的床上，薄纱帐子让其内侧卧的女孩子若隐若现。

"喂。"窗边的人影发出一声低喝，"你快醒醒。"

床上的女子似乎睡得很沉，一动不动，人影却微微侧头小心翼翼地耸肩，不知道从肩头咬下了什么。

"别乱动。"床上的女孩子带着几分刚睡醒的重重鼻音，"别以为我会留给你冲我发暗器的机会。"

人影果然停下动作，呸了一声："真是小人心啊，睡个觉都设下这等歹毒的陷阱。"

女子仍躺着没起身，笑着问道："那世子爷您大半夜地爬我的窗户所为何事？"

朱瓒干笑两声："没事，正巧路过而已。"

床上的君小姐笑而不语，慢慢坐起来，拉开了纱帐，问道："那真是巧了，世子爷要喝杯茶吗？"

"行了姓君的。"朱瓒没好气地说道，"快点把这鬼东西撤走，我来是有话要问你。"

君小姐笑了笑，起身下床向窗边走去，她走得很慢，明明距离窗边几步之遥，她却左一步右一步走得缓慢，此时天色渐亮，借着青光可以看到地上散布着密密的银丝金线，勾勒出一个方阵。

朱瓒翻了个大白眼，没好气地说道："你得罪了多少人啊，在自己的屋里设这种陷阱，连自己都得小心翼翼？"

"话不能这么说，我是个采药人，采药是很危险的。"君小姐柔声说道，"世子爷也知道的，我不得不小心布防。"君小姐收起了金丝银线，指着一旁的桌椅，"好了，请坐吧。"

朱瓒从窗上跳下来，看起来很猛，落地却无声，他没有坐下，开门见山地问道："我那位朋友的肩膀疼，真是有病吗？"

"当然，我是大夫，不骗人的。"

朱瓒冷笑一声："不骗人？那咬着树枝可以治嗓子痛，是什么？"

君小姐想起初次相见时的荒山上，互相防备却又互相帮助，咬着树枝背着自己下山的他，哈哈笑了起来。

朱瓒冷冷看着她："好笑吧？一个大夫随口用生病骗人。"

　　君小姐收住笑：“你当时在山上说话那么多，水又喝得少，才嗓子干涩，我让你咬住树枝，你说话就少了，还会生津液滋润，嗓子自会好很多，这不是治病了？”说罢，不待朱瓒说话，她自己又哈哈笑了起来。

　　君小姐抬手掩住嘴，好容易才止住了笑，郑重说道：“你朋友肩膀痛不是跌打损伤导致，他是伤风咳嗽肺经伤引起的。你可以问问他，前一段时间是不是淋过雨，就是那个时候埋下了病根。”

　　“他现在年轻身子壮，吃些活血化瘀的药，贴几贴膏药，也就不疼了，但若拖到年老，这个胳膊积攒的病痛就会要了他这条胳膊。”君小姐又说道。

　　朱瓒哼了一声，上下打量她一眼，问道：“多少钱？”

　　君小姐抿嘴笑道：“原本我想说不要钱。”

　　“要紫英仙株来换是不是？”朱瓒接过话。

　　“可现在紫英仙株没了，那就……”

　　朱瓒打断她：“先欠着，不就一个紫英仙株吗，我再找一个给你就是了。”

　　君小姐点点头，迟疑了一下，又说道：“那你跟九龄公主……”

　　朱瓒再次抬手打断她：“君小姐，你为什么来京城我不感兴趣，现在我来找你是求医问诊的，至于其他的事，我们没有谈的必要。”

　　“好，我白天不在家，你明日……”她看了眼外边的天色，东方已经发白，“今日傍晚让你的朋友来，我给他针灸，我现在去给你拿药，你让他先吃一剂。”

　　朱瓒看着她，一动不动。

　　“我先换衣裳，你要在这里等，还是去楼下？”君小姐一边向净房走去一边说道。

　　朱瓒这才反应过来这女孩子还穿着亵衣，他哼了一声，抬脚上了窗，再回头看，那女孩子已经进了净房。他一步跃出去，攀着房檐、树枝，几下就荡到了地上，不知不觉天光已经放亮，一般这正是他起床的时候。他习惯性地活动了一下身子，看到院子里还立着一根木桩，显然是打桩用的，不禁啧啧两声，上前对着木桩砰砰打了起来。

　　朱瓒打了十八式，这边君小姐也下楼来到院子，含笑问道：“我做的桩怎么样？”

　　“一般般。”朱瓒说着，拍了下木桩，跟着她向前院走去。

　　街上已经有人走动，两个伙计来到九龄堂前，说笑着拿出钥匙正要打开门，却听到内里啪嗒一声响，门锁被打开了，两人还没反应过来，就见一个男人走了出来。

　　“那晚上再来。”君小姐的声音也从内传来。

　　两个伙计顿时呆立在门外，朱瓒看了眼这两个伙计，大步而去。

　　“你们来了。”君小姐见状，指了指朱瓒的身影，解释道，“拿药的。”

　　两个伙计呆呆地点点头，挤出一丝笑，君小姐转身进去了。

　　而在昨日巷子里的一间宅院里，一个妇人也正吃早饭，只不过面前的碗筷没动，她看着窗外，似乎有些心神不宁。一个仆妇急匆匆走进来，说道：“夫人，打听清楚了，这人真是个铃医，街上也有间九龄堂。”

　　“以前没听过啊。”妇人好奇地问道，“新开的吗？”

　　仆妇点点头：“新开的，不过已经很有名了。”

妇人并没有什么反应，反而拿起筷子拨着碗里的饭菜，哦了一声。

"她在城里转了好多天了，的确是开着医馆，但偏偏不坐堂，说什么当铃医，在城里东走西走，很是惹人烦。"仆妇兴致勃勃地又说道。

"新开张的，又年纪小，生意不好做，难免扰民吧。"妇人捡了口菜吃着。

"不是的。"仆妇就等着她这一句话，拍了拍手，"不是没人找她看病，是找了她但她不看。"

妇人咬了咬筷子，又放下，端起汤碗，拿着小汤匙舀起一小口，随口说道："是看不了吧？"

"这就不知道了，只是她就是不看。"仆妇眉飞色舞，"那个槐花胡同的王曹氏知道吧，她叫住了这人，结果这人竟然说王曹氏的病不值得她看。"说到这里，她忍不住哈哈笑起来，"把王曹氏气得脸都歪了。"

妇人却没有笑，举着的汤匙放下来，问道："为什么不值得她看？"

"不知道，听那意思并不是说不会看，而是王曹氏的病无足轻重，她还指点王曹氏去街上看大夫。"仆妇忍不住掩嘴笑，"好笑不好笑，她自己就是大夫，有病人让她看病，她却让人去找大夫。"

妇人依旧没有笑，似乎有些魂不守舍，那仆妇看妇人一副恍惚的样子，便默默地退了出去……

暮色降临，张宝塘在九龄堂外站住，看了看匾额，又带着几分迟疑地迈了进去。坐在柜台后打盹的两个伙计忙站起来，带着几分不安地看着进来的青壮男人，不敢打招呼。

张宝塘神情也有些不安，先开口问道："请问，君大夫在吗？"

两个伙计更是不安了："不，不在。"

"是还没回来吧？"张宝塘干脆在堂里长凳上坐下来，"君大夫让我来的，那我等会儿吧。"

两个伙计对视一眼，立刻热情地说道："是，您稍等，君小姐就要回来了。"

他们正急着要端茶倒水，就听到有铃铛的响声从外传来，同时柳儿扛着幡子迈进来，忙又说道："回来了。"

张宝塘忙施礼，也不知道该说什么，憨憨地唤了一声："君小姐。"

"坐吧，我洗一下手，就来给你用针。"君小姐径直说道。

没有过多的客套，更没有闲谈，张宝塘暗自松口气，早上朱瓒让他来看病，他原本以为朱瓒会和他一起来，结果他根本就不理会，他又不敢不听他的话，只好乖乖过来了。

君小姐洗过手，从药箱里拿出金针，含笑说道："衣服脱了。"

张宝塘依言褪下外衣，露出肩头，君小姐伸手在他肩头按揉一刻，才缓缓行针，柳儿点亮了灯举着站在一旁……

夜色沉沉，妇人面容疲惫，丫头仆妇将帐子放下，留了一盏夜灯，逐一退了出去，里外都陷入一片安静。

坐在帐子里的妇人却又起身，她看着门外，面上浮现几分惊惧，同时从枕头下摸出一个小罐子，打开盖子，露出满满的松针。昨晚她真的按照那个铃医说的，将松针撒在了门边，没想到真的睡得很好，这么久了，她第一次睡得这么好。妇人看了松针片刻，将盖子盖上塞到枕头旁，躺下来闭上眼。

夜越来越深，越来越安静，在这安静中似乎又有些嘈杂，熟睡的妇人猛地睁开眼，整个人都紧绷起来，她慢慢看向门口，就见没有风的室内帐子猛地摇晃掀开，视线里出现一个人，正从门外迈进来。妇人顿时发出一声尖叫，抓过枕头旁的松针罐子就砸了过去。这声音让安静的小院骚动起来，灯火逐一点亮，脚步声涌来，伴着丫头仆妇的呼唤声。

那妇人也从床上连滚带爬地下来，扑进值夜的仆妇怀里，惊恐地喊道："快，快去请那个铃医……"

宅院里灯火通明，丫头仆妇都神情不安地站在廊下，屋子里传来低低的哭声。

"不要哭了，没事的。"君小姐柔和的声音从内传来。

床上的妇人神情惊恐，泪流满面地紧紧抓着君小姐的手，如同抓着救命稻草，哭着说道："他天天来，自我来了京城，他就天天来。我都不敢睡，当初我不是故意跑了的，我想着要是出事了，还能给他留个根啊。"她颠三倒四地说着，一旁的仆妇听得心惊胆战，还有两个神情不悦，要说什么，看了眼坐在床边的君小姐，又咽了回去。

君小姐没有好奇询问，她只是看着一个方向，说道："不，况老爷不怪你的，是有话和你说。"她的声音轻柔，但屋子里的几人却如同阴风拂面，毛骨悚然，屋子里响起低低的惊呼声，几个仆妇都挤到一起，如同床上那妇人一般神情惊恐。

妇人已经吓得不能说话了，君小姐将她的手再次握紧："夫人，我先给你用药吧。"

两只香被柳儿点燃，淡淡的药香味在室内散开，屋子里的人如同吐出一口浊气，贪婪地吸着这药香，心绪渐渐平稳。君小姐又从药箱里拿出药瓶倒出两丸药，仆妇小心地扶起躺在床上的妇人，喂她吃了药。

"每晚点着安神香，再把这药丸吃着，晚上就没事了，就能睡好了。"君小姐说着将药箱合上。看她要走的样子，妇人忙挣扎着撑起身子，唤道："君小姐，这就行了吗？"

"可以睡好觉了。"君小姐含笑说道，"能睡好觉，夫人的病情就好了。"

妇人看着她，又看看身旁的仆妇，两个仆妇神情都有些复杂，一个仆妇上前一步，问道：

"君小姐，这病能除根吗？"

"睡好了，自然就除根了。"

那仆妇欲言又止，想说什么又不敢说……

"这诊费……"君小姐接着说道。

话没说完，那妇人从床上趔趄起身，扑通就跪在地上，跪行几步，抓住君小姐的衣袖，哭着哀求道："君小姐，求求你，你问问我家老爷一件事吧，这样我的病才真的能根除啊……"

两个仆妇神情惊慌，忙上前拉住妇人，劝道："夫人……你……"

话刚说出口，就被那妇人甩开喝道："都这个时候了，还瞒什么！君小姐都主动来解难了，还隐瞒她做什么！我们现在还有别的办法吗？君小姐可是能看到老爷的，现在只有问老爷这一条路了，要不然，大家要么离开，要么就耗死在这里吧！"

两个仆妇吓得不敢说话了，妇人再次抓住君小姐的衣袖，颤声说道："君小姐，你既然能看到老爷，你就帮我问他一件事吧！"

君小姐哦了一声，不待那妇人说出要问什么事，便朝着一处墙角伸手一指："你要找的那个东西，就在那面墙里。"

此言一出，妇人顿时神情惊骇地呆愣在原地，两个仆妇更是扑通一声，给君小姐跪下了……

寂静的夜里，屋子里响起叮叮当当的敲击声，几个丫头仆妇举着灯对着一面墙仔细地敲打着。灯影映照下，她们的身影在屋子里交错乱晃，影影绰绰。君小姐站在廊下看着室内，神思却飘向了远处……

"况海镇，大都督府统军检官，因为台州军库贪腐案入狱问斩，夺去了子孙荫荣，三代不许进京，子孙三代不许科举为官。虽然当初抄了家，但像况海镇这种官场老手，肯定私藏了家产，他的家产就藏在宝元胡同宅子里的东厢房右墙夹缝里。当初况海镇死得突然，没来得及交代家人具体的位置，过了两年，况家的人坐不住了，还挺聪明，让况海镇一个私养的外室进京，这个外室为了让儿子得到况家的庇护，也甘愿铤而走险进京来找东西，她真以为没人知道她的身份吗……"

听到这里，她转过头看着身后的男人："那你们怎么不抓她？"

将她拥在怀里的男人一笑，月光下面容柔和，说道："现在没必要啊，小鱼小虾的，况且这件事已经揭过去了，再拿出来陛下会不喜。"

哗啦一声乱响打断了君小姐的出神，她看向室内，听到其中传来惊喜的低呼声："找到了，找到了！"

她笑了笑，将药箱背上，冲身后的柳儿摆摆手，向门外而去。

晨光蒙蒙，宁云钊从屋子里走出来，在廊下伸展一下身体。一眨眼就到了七月，考期越来越近，他也不自觉地调整节奏，晚上多看了几卷书，所以一觉醒来还是带着几分疲惫。

"少爷少爷。"小丁从外边急匆匆进来，"我看到德胜昌的人都在找君小姐。"

宁云钊一怔，撒腿向外跑去，小丁忙跟上。清晨的街道上，来往的人不多，宁云钊疾步而行，一边询问道："她去哪里了？到底怎么回事？"

小丁在后小跑跟随着答道："说是出诊去了，也不知道是真是假，白天还在街上转，没人求诊呢，大半夜的怎么会被人叫走……"

"难道伙计们不知道她去哪家了？"宁云钊又问道。

"说是没有伙计在九龄堂值夜班，晚上只有君小姐和柳儿两个人。"小丁说道。

宁云钊的眉头皱起，没有再说话。继续疾行，很快就看到了九龄堂。

九龄堂前站着不少人，且还有人进进出出，面容都焦急不安，看这样子，人还没找到。

宁云钗停下脚步，小丁忙问道："少爷，要过去问问吗？"

宁云钗怕这样贸然去问会让德胜昌的人多想，想了想说道："再看看吧，还不行的话，我去让叔父想想办法。"

小丁神情惊讶，找二老爷帮忙找君小姐，这下不得全家人都知道？少爷这是豁出去了啊，他搓搓手不说话了，站在他身后看着九龄堂，日光渐渐明亮，街上的人也渐渐多了，只是人来人往中，始终没有那个女孩子的身影。

"走。"宁云钗沉思了一下，转身说道。

小丁有些不安地跟着转身："少爷，我再去问问他们找得怎么样吧。"

"不用问了，他们这样找也不是办法。"宁云钗吐口气，转头，又看了眼九龄堂门口，"他们，毕竟不是方老太太。"

小丁哦了声，刚想劝说，宁云钗已经大步向前走去，他只好摇摇头跟上，走了没两步就见宁云钗停了下来。

小丁下意识地看向前方，喃喃说道："君小姐……"

就在他们前方，君小姐和柳儿正说笑着缓步而来，她们身上披着晨光，眉间带着几分倦意但神采奕奕，柳儿手里还拎着两个油纸包，好像才逛了早市归来。

"宁公子，"君小姐也看到了他们，几步上前，含笑施礼道，"这么巧？"

"你们这是去哪里了？"宁云钗径直问道。

"我们去早市吃饭了。"柳儿说道，"宁公子，你该不会是又来请我家小姐吃饭的吧？这次可不巧了，我们吃过了。"

宁云钗吐口气，笑了笑说道："是，那这次真不巧了。"

君小姐将药箱递给柳儿，柳儿心领神会地冲小丁招手，一边将油纸包递给他，一边引着他后退一步。待柳儿退后，君小姐含笑问道："怎么了？出什么事了？"

"你这九龄堂还是多留几个伙计吧。"宁云钗伸手指了指身后，"看，又都吓坏了。"

君小姐看着那边神情不安的伙计们，顿时恍然地说道："这个真是没想到，是我疏忽了。"

宁云钗担忧地说道："虽然你能确保你平安无事，但是我……我们不知道，还是会担心的。"

君小姐点点头："是，我以后会留伙计在店里，晚上接诊的话，两个跟随，一个守店等候消息，这样大家也都放心。"

这女孩子说倔也倔，但知错就改，态度还诚恳，宁云钗反而不知道说什么了，笑了笑："快去吧，他们都急了。"

店里的伙计也看到了君小姐和柳儿，忙喊道："掌柜的，你看，君小姐回来了，还跟一个男人在一起，好像结伴归来，柳儿还在和那小厮分东西。"

在场的人都愣了，柳掌柜看过去，刚好看到君小姐和那个男人施礼道别，他脱口说道："那是宁家公子。"

"是宁家公子吗？"一个伙计凑过来说道，"但跟那天的那个男人不一样。"

一个男人清晨从九龄堂中被君小姐送出来，又一个男人跟一夜未归的君小姐同行，到底几个男人？柳掌柜猛摇头甩开乱七八糟的念头，看到君小姐走进堂内，忙疾步迎了过去，焦急地问道："君小姐，您去哪里了？"

君小姐看着走过来的他们，带着几分歉意地说道："我去出诊了。"

"您这突然出现，可是吓坏了我们，找了您一夜都没找到，您下次不能这么莽撞了。"柳掌柜着急地对君小姐说道，"这里虽然是天子脚下，但也是鱼龙混杂。"

君小姐点头："掌柜放心，我晚上出诊的都是我知道的人家。突然找上门的，我自然不会去，并且下次去之前，一定先知会您一声。"

"什么知道的人家？"柳掌柜不解地问道。

"我不随意给人看病的，当然也不是什么人半夜来问诊我都接的。"君小姐说道，"昨晚来求诊的，是我要诊病的那位妇人。"

柳掌柜愣了愣，脱口问道："凶兆？"

君小姐笑了笑，点点头。

柳掌柜刚要说话，有两个仆妇走进了九龄堂，一看到君小姐，就扑通跪下，叩头道谢，柳掌柜吓了一跳。

"你们家夫人已经没事了？"君小姐含笑问道。

那两个仆妇抬起头欢喜地点头，齐声道："是，已经没事了。"

柳掌柜也认出来了，这两个仆妇果然是那日被君小姐拦住说凶兆的那家人。

"昨夜她家夫人突然急病，还好她们记得我说过的话，就来请我治病了。"君小姐对柳掌柜解释道。

柳掌柜看着那两个仆妇，见她们一边抹着泪一边激动地说道："是啊，我们当时没听君小姐的话，没想到夫人真的发了急病，可不就是应了凶兆了？万幸君小姐提醒，告诉我们九龄堂，要不然我们还没办法求医。"

柳掌柜点点头，欣慰地看着君小姐："人没事就好。"

那两个仆妇再次感谢，小心翼翼地拿出一个小锦盒，说道："君小姐，这是约定的诊金。"

"不急，确定你们夫人好了再给我也不迟。"君小姐含笑说道。

两个仆妇看着她，神情复杂，昨晚这君小姐指出东西所在就回避了，告诉她们病治好以后再把诊金送来就可以了，丝毫没有询问是什么东西，更没有询问是怎么回事，这样知分寸又能治病的大夫真是不好找，但转念一想，她都能跟死人沟通了，还有什么事是她不知道的？大夫可以得罪，但能通鬼神的大夫可不能得罪，于是天一亮，收拾好情绪的夫人忙派她们把诊金送来了。

柳掌柜心想，诊金而已，能有多少钱，便笑道："九龄堂就在这里跑不了，如果病有反复，再来就是了。"

君小姐笑了笑没有说话，伸手接过锦盒打开，柳掌柜捻须含笑，随意地扫了一眼，惊得他不自觉地揪下了几根胡须，倒抽一口凉气，竟然是五千两！哪个大夫能看一次病收五千两诊金……

送走了两个仆妇和仍处在震惊中的柳掌柜，君小姐吩咐店伙计今日还是不开门，便带着柳儿进去睡觉了。

好不容易等到没人，柳儿立刻兴奋地压低声音问君小姐："小姐，你当时真的看到鬼了吗？"

君小姐笑了笑，说道："当然没有。"

柳儿啊了一声，不解："那你怎么知道那妇人晚上睡不着觉是见到鬼了呢……"

君小姐靠在枕头上，摇着扇子看着窗外："我猜的，她虽然看起来精神很好，实则眼神恍惚，这是长期睡不好的表现，但她又竭力做出精神很好的样子掩盖，可见她并不想让别人知道发生了什么事。这件事要么关系到自己私密的利益，要么匪夷所思，她心有所虚，再加上这么久睡不好，恶性循环，越发神魂不稳，易幻觉，易惊惧，所以我就猜她是幻障了……"

当初况海镇出事，这个外室第一个就逃了，后来看况家虽然伤了元气，到底是有根基的大家，过了三代禁令后家族就能再次繁盛过来，她就动了让儿子入况家的心思，而当初逃跑的事到底是对不住况海镇，这也是不愿意告诉况家人的事。

柳儿似懂非懂，又好奇地问道："那小姐又怎么推测出她要找东西以及东西在哪呢？"

"还是瞎猜的。"

"管它呢，反正小姐把她的病治好了，咱不偷不抢不骗，两相情愿。"

"柳儿说得对。"

"那接下来我们九龄堂就能名声大振，财源滚滚了吧。"

"这个，并不会。"

第六十五章

◇

挑剔病人的理由

正如君小姐所说，九龄堂依旧没人上门问诊。

柳儿能坐得住，但柳掌柜却坐不住了，他看着整理药箱准备出门的君小姐，提议道："君小姐，我觉得也许应该让那天被诊治的妇人家送个匾额什么的，我想她们应该不会拒绝的。"

君小姐笑了笑："这个就为难人了。"

柳掌柜愣了一下，旋即反应过来，那家愿意拿钱但不愿意大肆宣传，应该是这病不能被外人知道："不急不急，君小姐真有如此本事，万事不愁。"

"是啊，不急。"君小姐说着将药箱背上，拿出铃铛，和柳儿走了出去。

清脆的铃铛声又回荡在街上，柳掌柜目送她们离开。

但几日后，柳掌柜还是悄悄打听了一下，结果得知那日巷子里遇到的妇人一家竟然离开了京城，原本还期望私下宣传一下，毕竟很多大夫的口碑都是这些内宅妇人互相吹捧起来的，没想到人竟然直接走了……

柳掌柜叹口气摇摇头，不过经过这一件事，每日再听到君小姐带着柳儿去街上乱逛，也不着急了，这君小姐虽然行事有些古怪，但看起来还是很有分寸的。

而在另一边的大街上，几个年轻人正结伴而行。

"张宝塘，请你出来吃顿饭可真难啊。"一个年轻人拍着张宝塘的肩头。

张宝塘憨笑，还没说话，又一个年轻人搭上他的肩头："宝塘不是病了吗，遵医嘱不能饮酒。"

"张宝塘，你真病了？"身边的人纷纷问道。

张宝塘依旧没来得及说话，那年轻人嘻嘻笑道："当然是真病了，咱们世子爷为了张宝塘的病，半夜携两个大夫闯进禁卫营，如今谁不知道。"他说罢人就向后看，按着胸口用力地咳嗽两声，装可怜地说道，"二哥，我也病了。"

走在后边的朱瓒抬手将他一抓，说道："是吗，四凤妹妹，来让哥哥给你治治。"

被唤作四凤的年轻人忙怪叫着求饶，其他年轻人则哄笑，他们五个人的笑声盖过了一街的热闹。

看到他们这群年轻人，街上的人都纷纷避让。他们有家族荫荣，刚出生就得了官职，长大了就去禁卫，吃喝不愁，横行霸道，可是惹不起，尤其是那个有名的成国公世子，当年跟十二皇子当街打架的事早已经传遍大街小巷，人人都知道他是个恶霸王。

"朱二哥说有病没用。"张宝塘终于找到了说话的机会，"君小姐说才管用。"

被唤作四凤的年轻人凤眼一挑，又看着朱瓒，问道："是那位铃医小姐？真……这么听话？"

朱瓒一挑眉，不过这次他还没说话，张宝塘先开口道："君小姐很厉害的，我的肩膀不痛了，夜咳嗽也好了。"

朱瓒补充道："你们知道，我回京的时候经过汝南，我是在那里见到这位君小姐的，我见识过她的医术，没问题。"听到朱瓒主动说认识这位君小姐，年轻人都挤眉弄眼地追问除了医术之外，还有没有别的趣事……

"别的我怎么知道，我跟她又不熟。"朱瓒翻了个白眼。

四凤搭住他的肩头，笑嘻嘻说道："但看起来这小姐跟你很熟啊。"

朱瓒哈哈笑道："哪个女的见了我不是自来熟，谁让我这么招人喜欢呢，挡都挡不住。"

"真不要脸。"年轻人纷纷笑骂道。

正闹腾着，张宝塘咦了声，说道："君小姐在那边。"

真是说曹操曹操就到，年轻人们忙看过去，果然见旁边的巷子里一个女孩子正缓步走着，身边的丫头举着幡子，如今有个自称铃医的女孩子满城转，且还挑拣病人的事已经传遍全城。看到君小姐过来，小孩子们都围着笑闹，大人们则面色鄙夷地指指点点，但君小姐一概不以为意，只是在巷子里摇着铃铛穿行。

忽然，她停在几个说笑的妇人面前，看着其中一个妇人，说道："这位大婶，我看你有凶兆。"此言一出，说笑的几个妇人愣住了，跟过来的张宝塘等年轻人也愣住了。

四凤没忍住，扑哧笑道："这君小姐看病的风格还真是清奇。"朱瓒在后，一脸嫌弃。

巷子里的妇人听到君小姐的话，顿时气恼地摆手喝道："一边去，别来我们这里，晦气。"说着就要推搡君小姐，突然传来男人的喊声："哎哎，干什么呢！"妇人看过去，见是一群高大壮硕的年轻人冲了过来，顿时吓了一跳。

这些年轻人围过来，一个个拽拽地喊道："干什么啊？这么多人欺负人家小姑娘？"

这些妇人自然认得这些衙内，顿时忙躲开了。年轻人便围住君小姐，其中一个穿得花里胡哨的年轻人嘻嘻笑道："君小姐，真巧呀。"

君小姐看着他们，展颜笑道："是啊，真巧啊，看来是要给张大哥庆贺康复了。"

年轻人顿时发出嘘声，都嬉皮笑脸地推搡着张宝塘。朱瓒看着一旁面不改色心不跳的君小姐，摇摇头，心想这女人的脸皮可真厚……

"君小姐，张宝塘说你医术可好了。"四凤说道，"你也给我看看我有没有什么病？"

君小姐坦荡的视线落在他身上，认真地说道："好啊。"

从来没有女孩子敢这样直视异性，饶是见惯各种风月场合的年轻人被这么专注的视线看着也有些尴尬，但君小姐不仅看，还拂袖伸出过手去，四凤下意识地后退，脱口问道："干什么？"

朱瓒抬脚踢了四凤一下，刚退后一步的四凤被踹到君小姐的面前，君小姐没有被吓到，四凤反而叫了一声，朱瓒哈哈大笑起来，其他年轻人也都跟着大笑起来。

君小姐也跟着笑了笑，把手放下，说道："别怕，不用诊脉了，你的身子好得很，没有问题。"

四凤看看她又看看大家，不可置信地问道："我这是，被调戏了吗？"

"是啊，是啊。"朱瓒拍拍他，"恭喜四妹妹，你也有这一天。"这话让大家再次大笑起来。

四凤摸了摸下巴，突然看着朱瓒，问道："不过，你为什么要说也？难道你也被君小姐调戏过？"

朱瓒脸上的笑容一僵，四凤看着他吃瘪的表情，顿时恍然地拍着他的肩头大笑，众人均挑眉看看朱瓒又看看君小姐。

"公子说笑了。"君小姐笑道，"这怎么能叫调戏呢，我是大夫，望闻问切都是诊病，不分男女。"

四凤收了笑容，看着君小姐郑重说道："君小姐，我现在知道你真是一个大夫了，你这种波澜不惊的气度，除了上阵杀敌的将军，也只有大夫能有了。"

"你们不要闹君小姐了。"张宝塘对着君小姐施礼说道，"君小姐，你说我的病好了，能喝酒了，所以我们要去吃饭。"他直起身子又说道，"相请不如偶遇，你也一起来吧。"这话刚出口他就愣住了，瞬时很尴尬，哪有一群男人邀请一个女孩子去喝酒的，这叫什么话。

四凤赶紧挤眉弄眼："君小姐，我家三哥邀请了，心意哦。"

朱瓒拿出钱袋扔给君小姐，哼道："行了，给钱就行了，多谢君小姐，小小心意还请笑纳。"这太羞辱人了，张宝塘的脸上现出几分不安，忍不住按住朱瓒的手臂。

君小姐却已经接住了钱袋，神情没有丝毫的羞恼，笑道："多谢了。"

啧啧啧，朱瓒心里冷哼一声，转身大步向前走，其他年轻人也都忙对君小姐施礼，追着朱瓒而去。

他们走后，柳儿终于松口气上前："小姐，这些人真讨厌。"

君小姐笑了笑，看着朱瓒等人的背影，说道："也不算真讨厌，最多口舌无状，只要别像我以前见过的一些人，以玩弄人为乐就好。"

柳儿赞同地点点头，跟着君小姐继续前行，之前被朱瓒赶走的妇人没有走远，还在一旁对着她们指指点点，甚至说些难听的嘲讽话语，但君小姐和柳儿充耳不闻，目不斜视地继续前行。就在这时，巷子外走进来一个妇人，她脚步匆匆，面色焦急，左看右看，似乎在寻找什么，看到君小姐和柳儿手里举着的幡子，她顿时眼睛一亮，疾步走到君小姐面前，期盼地说道："君小姐，你看我有凶兆没？"

巷子里的议论声顿时停下，众人都好奇又不解地看向那妇人，见那妇人很面生，不是他们这里的街坊。

君小姐淡淡看了这妇人一眼："你没有。"说罢，便越过这妇人要走。

但那妇人显然不想让君小姐就这么走了，忙又跟上，哀求道："君小姐，你再看看呗，我真的有凶兆！"

君小姐看着她："这位大婶，你真的没有凶兆，放心吧。"

妇人听后却没有丝毫欢喜，更加不安地伸手抓着君小姐的衣袖："君小姐我确实没有，不如你去我家里看看，看看谁有凶兆？"

巷子里看热闹的人目瞪口呆，竟然没想到还有人这么执着地找人看凶兆……

君小姐有些无奈地笑了笑，还没说话，那妇人已经再次哀求道："君小姐，求求你了，你就看一眼吧。"

"我就看一眼，如果没有的话，你们要另请高明，不要再缠着我了。"君小姐无奈地说道。这位妇人闻言大喜，连连说好，唯恐说晚了君小姐反悔，忙在前边带路而去。

看着这一行人走了，巷子里的人呆愣了一会儿，旋即哗然，议论纷纷，好些人都涌了出来跟着前行的三人。

转过一条街，妇人带着君小姐主仆来到一家门前，看这门面虽然不算高门大户，但也是殷实之家。妇人敲开门，门房看着君小姐主仆，神情有些复杂地说道："三娘，这样不好吧。"

妇人瞪了他一眼，低声说道："你一个男人家懂什么，不要乱说话！"说着又对君小姐歉意地笑了笑，似乎唯恐这门房的言语惹怒了君小姐。

君小姐笑了笑并不以为意，妇人忙说道："君小姐快请。"门房只得让开，看着君小姐主仆跟着这妇人走了进去，无奈地关上了门。

"君小姐，我家夫人跟豆娘是手帕交，她临走前竭力引荐君小姐，说遇到难事一定要找您。"引路的妇人忽然低声说道。

豆娘就是那日晚上求诊的妇人，一旁的柳儿满意地点点头，心想原来是她宣传了小姐高超的医术。君小姐含笑点点头，依旧没有说话。妇人心里再次松口气，越发相信这君小姐是个高人。

君小姐跟随那妇人穿过一座花墙，来到后宅，屋檐下站着丫头，院子里跑着几个孩子，屋子里更有女子的说笑声传来，空气中似乎都弥散着脂粉的香气，想必这里是女人和孩子生活的地方。

"君小姐来了。"妇人对丫头们说道。

院子里的人都看过来，一个丫头忙打起了帘子，君小姐神情平静地上前，心里却暗自高兴，终于等到这一天，她真正需要的，就是这样一个机会——一个行走于深宅内院的机会，她要一点点在深宅内院中聚集名气，俘获这些高官重臣身后的女人，继而通过她们的关系，一步一步走到姐姐和弟弟的跟前……

第六十六章

◇

陆大人的风评

陆家大宅的内院里，丫头仆妇云集，但她们都脚步轻轻，没有丝毫嘈杂声，有两个丫头从外碎步而来，低声询问道："公主呢？"

屋檐下的丫头伸手指了指一个方向，答道："在花园里。"

这条街上原本有很多人家，但随着怀王府和陆宅安置在此，很多人家都搬走了，陆云旗这个宅子占据了两家的地方，修建得阔朗，尤其是花园，更是草木丛生，花开四季。

"当初怕这些花木养不活，大人就干脆把别人花园里的土，挖地三尺一并移了过来。"花园里两个丫头指着前方一片浓郁盛开的鲜花说道。她们此时坐在小亭子里，身后是一片湖水，这小亭子几乎是五彩玻璃打造的，绿茵湖水映照下，熠熠生辉。

九黎公主坐在地上的毯子上，正在绣架上穿针走线，百褶的裙子如同花一般铺撒在地毯上，坐在这一片五彩玻璃亭子中，不施粉黛、素衫素裙的她却显得格外亮眼，她偶尔抬头看一眼前方的花圃，脸上始终带着浅浅的笑意，时不时地柔声称赞道："是啊，真不错呢。"

两个丫头来到这里，恭敬地施礼道："公主，大人今日说不回来了。"

九黎公主含笑点点头："好，我知道了。"

丫头们便低头退开，但有一个丫头迟疑一下，端着茶上前，跪下说道："公主……"

九黎公主放下针线接过茶，看着前方的花圃没说话。

跪在地上低着头的婢女忍不住抬起头，着急地说道："公主，大人又新纳了一个女人，是西城门吏的……"她又低下头，怯怯地说道，"西城门吏的小妾。"

九黎公主看向她，哦了一声，将茶杯放回丫头的手上，再次拿起针线，神情专注地继续绣花。丫头不免忐忑，疑惑片刻，到底不敢再多说话，捧着茶退开了。

相比于安静的内宅，京城的大街上正是最喧闹的时候，酒楼茶肆里人满为患，但就在这高声笑语中，忽然响起一阵喧哗。

"让你们给我们七爷把包房让出来，你们聋了吗？"有两三个人站在二楼的走廊里大声喊道，几个店伙计忙神情不安地对着房内的人施礼。

坐在楼下散客席的朱瓒抬头看去，啧了一声，说道："谁啊这是，竟然比咱们还嚣张。"

同坐的年轻人也啪地一拍桌子，说道："就是，我们还坐在散座呢。"他们说话时那二楼的人已经让出了屋子，不知道说了什么，不仅没有愤怒，反而跟店伙计一样对那三人点头哈腰，毕恭毕敬。

"看来是个大人物啊。"一个年轻人挑眉说道。

"京城竟然有这大人物咱们不认得？"张宝塘也说道。

四凤看着那边几个店伙计走下楼，干脆抬手喊道："过来！"

店伙计自然认得这几人，不敢怠慢，忙上前赔笑道："四爷，您有什么吩咐？"

"那小子谁？"四凤指了指二楼。店伙计神情有些复杂，支支吾吾，不敢说。

张宝塘抬脚踢了他一下，骂道："有屁快放！"

店伙计苦着脸捂着屁股，支吾地说道："是西城门门吏蒋鹏。"

此言一出，桌上的年轻人都喷笑一团，店伙计被笑得神情尴尬，又带着几分不安。

"这小子靠谁？"一直没说话的朱瓒问道。店伙计神情更加古怪，再次支支吾吾。

"不敢说？"朱瓒挑眉说道，"看来跟我们是熟人喽？"

在座的年轻人一怔，随即都恼火起来，这店伙计支支吾吾不想让他们知道对方是谁，肯定是怕知道了以后他们会起冲突。

"快说！"四凤恼火地一拍桌子喝道。

"是陆千户大人。"店伙计吓得立刻说道。

年轻人顿时挑眉，一副想挑事的表情。

"不对啊，陆千户大人眼高得上了天，一个小门吏怎么能靠上他？"四凤说道。

"四爷，您不知道，"店伙计压低声音，"他自然靠不上陆大人，但他走运了，他新买了一个小妾被陆大人看上了……"

四凤正端着酒喝，闻言呸的一声吐在地上，说道："真恶心，开什么玩笑！"其他年轻人也都神情惊讶。

"千真万确，那天陆千户从城门过时遇到了来给门吏送饭的小妾，就看上了，门吏当晚就把人送去了。"店伙计又低声说道。

年轻人们对视一眼，四凤说道："喜欢人妻？"

"也不尽然，不是先前有一个什么卖茶的少女吗？"另一个年轻人说道。

四凤啧啧两声，做出一副感叹的样子："骄奢淫逸啊，没想到陆千户这么一个苦出身的孩子，也跟咱们一样堕落了。"

"这样不行啊。"朱瓒站起来，痛心疾首地说道，"这样为陛下办事的好孩子，怎么能被下边的人连累了清白？"

店伙计听得一头雾水，不过看着其他几个年轻人也随之站起来，卷着袖子握着拳头，顿时心一凉，这是要闹事啊，忙头一缩躲开了……

很快，酒楼里响起喧闹声，紧接着酒楼里的很多人跑了出来，喊道："打架了！"

街上的人顿时涌过来，还没来得及进去看清楚，就见三个人被人从酒楼里扔了出来，身上的衣服都被扒光了，只有一件遮羞短裤。

围观的人顿时哄然大笑，还有人认出一个来，喊道："这不是蒋门吏吗？"

此言一出，那原本要护着身子的男人忙用手掩住脸，在哄笑声中跑了。

　　这热闹没多久就在大街上传开了，夜幕降临的时候则传到了一间内宅里，室内布置得富丽堂皇，正中的一张圆桌正有两个人对坐着吃饭，穿着家常青袍的年轻男子正是陆云旗，另一个衣衫鲜亮、二十左右的女子，自然是他的新宠。

　　陆云旗的神情不似外边那般木然，或许是在灯下的缘故，他的眉眼显得柔和了很多，正伸出手将一筷子菜夹给对坐的女子："你尝尝这个。"

　　对坐的女子似乎有些欢喜又有些畏惧，柔声说道："是，多谢大人。"

　　"叫我陆云旗。"陆云旗收回筷子，说道。

　　敢当面叫陆千户名字的人只怕没几个，女子身子微微发抖，颤抖地说道："陆，陆云旗。"

　　陆云旗看着她笑了，回应了一声："哎。"

　　女子小嘴微张，看着对面露出笑容的男子，那笑容在他瓷白的脸上绽开，让整个屋子都亮了起来，一时竟然看呆了。

　　门外响起轻轻的敲击声，女子看到陆云旗脸上的笑容瞬间褪去，恢复了先前的木然，阴寒的视线掠过她。她吓得忙低下了头，耳边听到有人走进来，来人说道："大人，蒋鹏来了。"

　　听到蒋鹏这个名字，女子的心怦怦直跳，脸上更添了几分不安。

　　"他想怎么样？"陆云旗慢悠悠地吃着饭，随口问道。

　　"他什么都没说，就说想见见大人。"来人说道。

　　陆云旗拿起一旁的锦帕擦了擦嘴角，将锦帕扔在地上，慢慢说道："我不想见到他了。"

　　来人应声"是"，一句话不多说便转身出去了。女子坐在桌子前紧紧攥着手，眼角的余光落在地上那块锦帕上，心中揣测，不想见到他是什么意思？是像这锦帕一样被扔掉吗？

　　"怎么？舍不得？"陆云旗醇柔的声音在耳边响起。

　　女子吓得一个哆嗦站起来，连声说道："不，不，不是的，大人。"

　　"叫我陆云旗。"陆云旗看着她，又强调道。

　　女子咬着下唇，颤声说道："陆，云旗。"

　　陆云旗的脸上再次浮现笑容，柔声说道："别怕，没事，快坐。"

　　女子心惊胆战地坐下来，看着陆云旗拿起筷子，大着胆子唤道："陆，云旗。"

　　陆云旗抬起头看着她，脸上的神情更为喜悦，说道："嗯？什么事？你说。"

　　女子深吸几口气，柔声说道："我，我对那蒋鹏没别的意思，你不要生气，我跟他……"

　　不待她说完，陆云旗笑着打断女子的话，同时又夹了菜给她："我知道，快吃吧。"

　　女子呼吸急促，眼神明亮，只觉得欢喜得喘不过气来，她忙拿起筷子吃菜，边吃边含糊地答道："是，是……"

　　陆云旗含笑看着她，只是灯下那笑容越来越哀伤……

夜市的酒肆里，朱瓒等人散座饮酒，有人疾步走来，对张宝塘附耳低语几句。

"陆千户把蒋鹏扔出京城了。"张宝塘说道。

四凤哈哈笑道："不错，不错，陆大人知错能改，善莫大焉，以后还是个好官。"

大家都笑起来，唯有朱瓒摸着下巴一脸不高兴地说道："还是不爽。"

大家的笑声停下来，四凤忽然说道："要不咱们再去打这小子一次闷棍？"

这小子自然指的是陆千户，在一旁售酒的老汉将身子竭力挪出去，似乎听到这话都能惹上麻烦。

"打也不是不能打，但这小子胆小如鼠，不是不出门，就是出门被一大群人护着。"张宝塘认真说道，"机会，不好找啊。"

四凤叹口气，饮了一口酒："是啊，真是想念那时候，说打他就打了。"

大家都笑起来，唯有朱瓒没有笑，四凤问道："二哥，你不想念吗？"

朱瓒拿着酒壶喝了一口，看他一眼："想啊，我真想再打他一顿，像以前那样。"说罢，他将酒一饮而尽，幽幽地看着河面，脸上的笑意散去，在河灯的映照下，神情忽明忽暗。

第六十七章

◇

帮手的合适人选

八月的天已经有些凉意，当听到巷子口响起铃铛声的时候，很多人家都打开门，孩子们如同被放出的小狗一般涌出来，围住君小姐喊着要糖吃。

君小姐含笑摇摇头，可惜地说道："天凉快了，不用吃糖了哦。"

孩子们的脸上满是遗憾，家里的大人听到后立刻走出来对孩子们喊道："别打扰君大夫。"

半个月前，他们也会喊住自己的孩子，但却并不是怕打扰君大夫，而是怕君大夫害了孩子。柳掌柜站在巷子口，难掩惊讶："怎么突然就变了态度？她也没有救治什么惊天动地的大病啊？而且九龄堂依旧没有什么名气，这些日子到底发生了什么？"

柳掌柜看向身后的伙计，伙计也是一脸不解地摇头："没做什么啊，倒是有些人主动问君小姐自己有没有凶兆，也不知道是玩笑还是认真的。"他说着伸手指了指，"掌柜的，您看……"

柳掌柜看过去，果然见巷子里的人都急切地看着走过来的君小姐，还有人问道："君大夫，您看看我有凶兆没？"

君小姐含笑摇摇头，一句话不说，依旧向前走，而没有得到回答的人脸上浮现欣喜的笑容，甚至还对旁边的人得意地说："这说明我身体健康，没有邪祟。"

柳掌柜看得目瞪口呆，巷子里又有人奔出来，这是几个妇人，其中一个怀里还抱着小孩子，她们惊慌地喊道："君大夫，您快看看我家姐儿是怎么了？"

君小姐看了眼被大人抱在怀里的小姑娘，伸手向外一指："无妨，这个你们去街上的医馆扎一针就好了。"

柳掌柜再次一愣，听君小姐这样说，这家人没有丝毫愤怒反而神情欢喜，两个妇人还激动地说道："太好了，佛祖保佑，君小姐说没事！"

君小姐说没事就好了？她的话已经是佛语纶音了？柳掌柜愕然地看着这一家人抱着孩子从身边跑过，他又看向前方的君小姐，却见她收起了铃铛转过身来。

"小姐我们再去哪里？"柳儿忙跟上，问道。

"哪里也不用去。"君小姐说道，"回九龄堂。"

柳掌柜看了看天色，心想她们今日回去够早的，但接下来伙计却跟他说君小姐不出门了，一天两天不出门可能是累了要休息，但接下来的几天，君小姐都坐在九龄堂里。

"这么说不当铃医了？"柳掌柜不解地问道。

"好像是，现在君小姐每天在九龄堂里捣鼓药呢。"伙计答道。

"也是啊，就她这样只想找一出手就千两银子的，哪有那么好找，靠这个扬名真不如踏踏实实地接诊，我看她的医术也不错，这样慢慢积累才最好。"柳掌柜深深叹口气，又说道，"把这段也写信告诉少爷。"虽然不指望少爷会对君小姐的事做出安排，但按照吩咐，半个月要给阳城寄一封信，现在又到了该送信的时候。

而此时君小姐也在给方承宇写信，寻找她想要的帮手……

清晨，阳城的街上，店铺已经开门，人开始渐渐增多。

此时，一辆小推车已经停在街边，车上的架子上插满了各种各样的糖人，在日光下显得晶莹剔透，方锦绣一边推着车走街串巷，一边用清脆的声音大声吆喝着："糖人，卖糖人喽！"

临近中午，糖人已经卖出去不少，方锦绣便把车停在街边，拿起帕子擦了擦额头的汗，又从车上解下一个水壶喝口水，润润干涩的嗓子。有人走到车子的旁边，一阵清香扑鼻而来，方锦绣看过去，见是方玉绣一边伸手摆弄着架子上的糖人，一边挑剔地说道："这不行啊，这糖人总是这一个样子，怪没意思的。"

方锦绣翻个白眼，没好气地说道："不买就别动。"

方玉绣看着她，调戏地说道："你这是待客的态度吗？你把我哄高兴了，我把这一车都包了，你今天可就赚大了！"

方锦绣撇撇嘴："你闲得没事吃什么糖人……"

方玉绣挑挑眉，示意方锦绣看她的身后："你把车停我门口了。"

方锦绣回头看去，这才看到果然是德胜昌，不由得笑了，一开始她还刻意避开德胜昌以及方家所在的街，现在也不在乎了……

"要个糖人。"还有一个小伙计跑出来要买。

方锦绣利索地接过钱，拿下糖人递给他，小伙计颠颠地跑进去了，双方都没有丝毫的不自在。

"不过我说真的，"方玉绣打量着车上的糖人，"这糖人做来做去就这样，没新意啊。"

"有什么新意，糖人再有新意也是糖人。"方锦绣不以为然。

"你会不会做生意啊？"方玉绣皱着眉头，"以前学的那些白学了？做出新鲜的样子啊，加些更好的料子啊，那才吸引人嘛。"

"你才是纸上谈兵。"方锦绣没好气地说道，"这是糖人，只有孩子们会吃，利本来就少，更何况要做新鲜的样子，就得学就得浪费很多材料，付出和回报不成正比。"

方玉绣笑道："说那么多，不就是没钱嘛……"

方锦绣顿时瞪大眼睛，不满地看着她。方玉绣掩嘴一笑："说正经的，我给你介绍一个大本生意怎么样？"

方锦绣较有兴趣地看着她，方玉绣递过来一封信，说道："给，这是君蓁蓁给你的信。"方锦绣迟疑了一下，没有接。

方玉绣又说道："你跟她在一起经历了不少麻烦事，她如果有求于你，我建议你还是考虑考虑。"

她这话刚说完，方锦绣就将信一把抓了过去塞进怀里，推起车，吆喝着走开了。

方玉绣看着她的背影笑了笑，方云绣从内走出来，带着几分担忧："让她去京城好吗？"

"三妹妹现在已经想开放下了。"方玉绣说道，"她有能力做更大的事，不该让她困在阳城卖一辈子糖人。"

方云绣点点头叹口气，跟方玉绣一起转身回到了德胜昌。

方锦绣居住的宅院是她租来的，并不宽敞，却收拾得干干净净。此时，她正坐在院子里看着手里的信，信上君小姐向她发出了去京城的邀请，也强调让她考虑清楚，还说这只是邀请，去不去的决定权在她自己手里。

方锦绣撇撇嘴将信扔到一边，心想这个君葳葳可真爱多管闲事，还说什么学了做账房的本事别浪费，既然方家的票号做不了，就来给君家做吧……转念一想，君葳葳说的话虽然讨厌，但也在理，自己卖糖人确实有点大材小用，既然这样，那就去呗！

方锦绣立刻回屋拿出一个包袱，打包起来……

第六十八章

◇

盛名招揽了生意

京城的一栋豪宅里，气氛有些紧张，绿荫遮掩的后宅内不时传来低低的哭声。

一间客厅里，一个中年男人皱着眉来回踱步，当看到被仆妇引来的老者从内里走出来时，忙迎上去焦急地问道："江太医，贱内怎么样？"

老者正是太医局太医江友树，他闻言神情平和地答道："林侯爷，夫人的药接着再吃几服看看。"

中年男人闻言，眉头紧皱，身为侯爷有些话不便明说，一旁的仆妇看到后立刻明白，询问道："大人，这药已经吃了很久了，怎么一点也不见效？我们夫人还是夜夜疼得死去活来，这样下去，可怎么得了……"

"病来如山倒，病去如抽丝，林夫人这病积患久矣，这可急不得。"江太医说道。

听他这样说，林侯爷也没有办法，只好说道："那就有劳您费心了。"

江友树如今在太医局资历最老，又深受皇后、太后的信赖，林侯爷不敢怠慢，亲自送出二门。刚送走江太医，就见两个仆妇引着一个老尼进来，这是京城慈光寺的空镜师太，林侯爷摇摇头，妇人就是这样，有了病，除了看大夫，还要找和尚尼姑来家里作法，他虽然不信这个但也不能阻止，对于生病的妇人来说，有时候慰藉也是一味药。但这一次这慰藉似乎不管用，空镜师太在林夫人的住处收走了三个小鬼，烧了一盆黄标后，林夫人依旧是疼痛难忍，哭泣不止，这种情况已经持续了七八天，生生把一个红光满面的林夫人熬得形容憔悴。

"照这样下去，不等那些药管用，我就先熬死了。"林夫人在内哭喊道。

屋子里外的媳妇丫头都跟着哭起来，哭得林侯爷心烦意乱，他对下人吩咐道："再去寻些名医来。"

"这京城中哪有比江太医更有名的。"林老夫人顿着拐杖，说道，"还是再去请个高僧来，这就是入了邪祟了。"

母子二人争执不休，外间站着的一个粗使仆妇听到这里心思动了动，大着胆子一咬牙叩头说道："老夫人，侯爷，奴婢倒是听说京中有一个神医，是听我那老姐姐说的，就是那个曹粮库家。那家夫人的孩子只是晚上发癔症，白日里与常人一样，药也吃了，庙里也请人看了，就是没办法，刚好那夫人的朋友临走前曾千叮万嘱，若她遇到疑难杂症，一定要去找九龄堂的君小姐。那夫人便决定试一试，让人请了这君小姐来，来之前也没告诉她是谁病了，而是让一家子都在她面前，让她看看谁有凶兆，没想到，她都没有诊脉，只是看了一圈，就指出了孩子有事。"

听粗使仆妇说到这里，一个妇人皱眉打断她，说道："那君小姐整日在街上转，说不定她已经打听到这孩子有病呢。"

粗使仆妇咧嘴笑着说道："也有这个可能，但是那君小姐只用了一剂药，扎了一次针，这孩子就好了。"屋子里的妇人们都惊讶地对视一眼。

"那君小姐只医治有缘人，她在街上根本就没接诊过，但她接诊的这两个病人都被治好了。"粗使仆妇继续说道，"现在街上的人可都不敢笑她了。更有趣的是，大家谁身子不舒服了都愿意往她跟前转转，只要那君小姐不说凶兆不理会，大家就知道不是什么大病，欢欢喜喜地找别的大夫看去了。"

门外又有一个仆妇疾步进来，对林老夫人施礼道："老夫人，打听清楚了，君小姐是汝南人士，抚宁县令君应文之女。"

屋子里的妇人们更惊讶了，纷纷说道："竟然还是个官宦之后？"

"是啊，汝南九龄堂，是君家的祖业。"仆妇接着说道，"特意找汝南人问的，满口的夸赞，说她可了不得呢，在街上也打听了，她来了没两个月，新开了九龄堂，也的确是在街上做铃医，但却不给人看病，还总说些奇怪的话，看病也挑拣。"

"老奴没说谎的。"粗使仆妇也知道林老夫人肯定会让人打听，不会只听自己说就信了，此时听到印证，忙高兴地补充道，"这街上都传遍了，不会有假的。"

"不过她真的没有看过几个病人。"仆妇又说道。

林老夫人一顿拐杖，沉声说道："到底是故弄玄虚还是真的只渡有缘人，试一试就知道了，请！"

九龄堂的两个伙计按照君小姐的吩咐刚买药回来，就看到门前停着一辆马车。这是一辆黑漆平头车，看起来并不起眼，但拉车的马以及站在车旁的车夫都带着几分富贵之气，两个伙计立刻明白这不是一般人家，正心里琢磨着来这里干什么的时候，就见君小姐从九龄堂里走出来，一个较年长的妇人引着她，这妇人的姿态像个仆妇，但衣着面容却带着大气，一看就是高门大户里的管事娘子。

君小姐看到在一旁站着的两个伙计，说道："我去出诊了。"

拎着药箱的柳儿将一张帖子递给伙计，又说道："正好，你们看门，不用跟去了。"

一个伙计接过帖子，看着其上的字，神情惊讶。

"什么人家请君小姐？"另一个伙计忙上前看，当"定远侯"三个字闯进他的眼里时，伙计不由得倒吸一口凉气，"君小姐什么时候入了定远侯的青眼了？"

柳掌柜看着伙计递来的名帖，神情也是惊讶，算起来君小姐并没有治几个人，医术高明的名声也没有传出去，他怎么也想不明白，这名声是怎么传到那些富贵人家的耳内，且还被邀请去治病的……

君小姐乘坐的马车径直驶入定远侯府的角门，一直走到二门才停下来，外边的仆妇搀扶君小姐下车，一旁的柳儿则拎着药箱。君小姐扫了一眼，这座宅子比阳城的方家还要富丽堂皇，但她的神情无波，一旁的柳儿亦是如此。

二门来接的两个仆妇看到两位淡定的神态，更加敬重几分，忙恭敬地说道："君小姐，这边请！"

君小姐点点头，跟随仆妇很快就来到林夫人所在的宅院。帘子被丫头打起，君小姐主仆迈入室内，看到屋内珠围翠绕，坐在正中的是一个满头白发的老妇，神情威严，这是定远侯老夫人宁氏，君小姐对她很熟悉，以前，宁氏逢年过节进宫觐见时都会笑着拉着她的手温柔地问候，君小姐垂下视线，上前施礼。

"君小姐。"林老夫人伸手指了指内里，"请先看看我这媳妇吧。"

君小姐又略微施礼。内室里，帘子被掀起，林夫人半坐在床上，君小姐对她略施礼，便上前诊脉、开药、扎针，没过一会儿，林夫人便出了一身热汗，人也昏睡过去了。

而君小姐吩咐完用药的注意事项，便也没再多话，跟林老夫人说第二日再来扎针，便告辞离去。

第二日，君小姐照常来到内室，看到林夫人虽然依旧憔悴，但精神好了很多，她走到近前打量林夫人，微微笑道："夫人气色好了。"

林夫人亦是笑道："昨晚，我第一次睡了个好觉，君小姐真是医术了得！"

君小姐打开药箱，拿出金针，柔声说道："我来给夫人再扎几针。"

丫头们上前帮林夫人褪了衣裳，林夫人转过身趴在床上让君小姐行针，君小姐一边行针，一边低头询问林夫人的感觉，林夫人也一一回答。

"还有一件事，我觉得……"林夫人欲言又止地说道。

君小姐不待她说完，就半跪在床边，在林夫人面前附耳。林夫人对她窃窃低语，君小姐一边点头，不知道说到什么，林夫人忽然扑哧笑道："你个小姑娘懂不懂啊？"

君小姐看着她，神情淡然地说道："夫人，我不仅是小姑娘，我还是大夫啊，大夫什么都要懂。"

林夫人抿嘴笑了，再次对她附耳，君小姐神情认真地听着，不时点点头……

外间一直看着这边的林老夫人很欣慰，对身边的人说道："且不说这君小姐医术如何，咱们女人看大夫，还是女的来最好，要是那些太医可敢这样用针？"

身边的妇人们都笑了，一个妇人说道："别说用针了，除了诊脉，太医都不敢多看夫人两眼。"

"是啊，医者望闻问切，缺一不可。"林老夫人说道，"要不然问诊用药就会偏差，尤其是咱们女人有些私密的病痛，别说跟太医说，就是跟仆妇也不愿意多谈。"她说着指了指内里，"看看这样，多方便，多清楚。"妇人们均是感叹。

外间的说笑声不时地传进内室，君小姐并没有太在意，用针过后，柳儿也熬好了药，自有丫头上前服侍林夫人吃药。外间的林老夫人也进来，询问君小姐几岁学医之类的闲谈。

正说着话，有仆妇进来禀告："老夫人，陆千户家来请方厨娘。"

屋子里的说笑声一顿，坐在凳子上的君小姐则低下了头。

"应该是为了九黎公主，"林老夫人笑道，"公主以前很喜欢吃咱们方嫂子做的红豆糕。"

"是啊，有几年没吃了。"林夫人也说道。

屋子里沉默片刻，九黎公主姐弟三人避居怀王府，没有与外界来往，他们当然不可能去送什么吃食。林老夫人又笑道："九黎公主可不是会和人要嘴吃的，定然是陆千户知道她喜欢这个。"

屋子里的妇人们便都跟着笑道："也是有心人。"

"不管怎么样，女人能跟个知冷知热的人好好过日子就很好，"林老夫人感叹道，"别的，都是虚的。"

屋子里的妇人们都应和，君小姐低头看着自己的药箱，沉默不语。

毕竟说的是陆千户和九黎公主的事，自己家闭门怎么说都行，当着外人就要注意点，有人看到君小姐轻咳一声，提醒大家有话不能乱说。

"那我去安排一下。"一个媳妇忙说道。

林老夫人点点头："去吧，也就一个厨娘，不用怕什么忌讳。"

那媳妇应声去了。

君小姐起身拿出一把香递给仆妇："夫人晚上睡觉时点着就可以了，我明日再来。"她说罢便施礼告退。

林老夫人满意地点点头，显然对君小姐清高又懂礼数的样子甚为满意，她和气地说道："有劳君小姐了。"

"明日再来。"林夫人亦是含笑说道。这才见了两次，她就觉得跟这个小姑娘亲近得很。君小姐没有再说话，施礼带着柳儿告退，两人一路走到二门，那里的车马已经等候多时，除了她来时坐的车之外还多了一辆，马车前的一个仆妇正催着一个厨娘上车，叮嘱道："到了那里不要多说话，让做什么就做什么。"那厨娘连声应"是"。

君小姐停下脚步，心想这就是要去见姐姐的厨娘吗？她呆呆地看着马车从面前驶过，忍不住抬脚想要跟上去。但一个仆妇的声音响起："君小姐，请上车吧。"

君小姐忙收回视线，垂目上车，马车驶出了定远侯府，与先出门的那一辆左右分别而去。

回到九龄堂，君小姐吩咐完两个伙计将买回的药材洗了，便独自一人向街上走去，临近午时的街道、茶楼、酒肆等地方，均是人满为患。

君小姐穿过街道、胡同，来到相对安静的一条街道，她站立着，一时迷茫，不知道该何去何从，放在身前的手也不自觉地攥了起来。她曾跟着师父研究针对父亲病的药，经过反复的试验和摸索，终于研制出一个药方，师父警告她不能乱用，因为她父亲的病经不起一点错，所以她一直不敢拿给父亲试用，直到有一年在回京途中遇到了一个跟她父亲一样病症的年轻小伙子。

后来她瞒着师父和父亲，偷偷将这小伙子带回京城让他用了这个药方，并跟他约定半年之后如果他平安无事，便许他一个泼天的富贵。但后来她并没有等来这个小伙子的任何消息，反而等来了父亲病逝的消息，那之后，她没有找到这个小伙子。她虽然不甘心，但也认命了，没想到两年后，她在进宫给太后娘娘拜寿时，被一个叫冰儿的小宫女私下偷偷拦住，告诉她她的父亲不是病死的，并曾用过她的药方，而且那个小伙子也被治好了，根本就没有死。她立刻明白父亲是被齐王所害，于是她提着刀闯进宫里决定以死相搏，结果却失败了……

但现在还有机会，君小姐幽幽地看着前方，当初她给那个小伙子试药的事没有人知道，后来她死得突然，不管是宫里的冰儿，还是那个小伙子，都还没有暴露，只要他们好好活着，依旧是证据。现在还不是去见姐姐的时候，君小姐在心中做出决定后，便要抬脚迈步转身回到胡同，胡同里却猛地走出一人，两人猝不及防地几乎撞在一起。

君小姐低呼一声被撞得向后跌去，那人伸手抓住了她，待看清对方，两人都咦了一声，朱瓒抓着君小姐的手立刻松开，皱眉说道："又是你。"

原本站稳的君小姐差点被他推倒，跟跄几步，扶着墙才站住，她看着朱瓒："朱世子，真巧啊。"

朱瓒瞪她一眼，伸手点着她："你适可而止啊，我对有夫之妇可没兴趣。"

君小姐失笑道："我不是有夫之妇了，你去打听打听阳城发生的事就知道了。"

朱瓒嗤声，退后一步，说道："你是也好，不是也罢，我对你们的事不感兴趣，你别再跟着我了。"说罢，转身就走。

君小姐笑了笑，看着走开的朱瓒，又看了眼另一边不远处关庙后的胡同，跟了上去，喊着朱瓒的名字。

朱瓒仿佛没有听见般，加快了脚步，君小姐只好也加快脚步跟上，口中不断呼唤他的名字。他被叫得极心烦，转身走到君小姐的面前，气呼呼地说道："现在可是在京城，你别以为在汝南，你到底想要干什么？！"

君小姐笑着看着他，丝毫没有被他的坏脾气影响，调皮地问道："我没事啊，就是想问问你京城哪家的红豆糕最好吃？"

朱瓒瞪眼看着她，呸了一声，说道："我不知道。"说罢，再次转身疾步而行。

"你知道的吧，你对京城那么熟。"君小姐笑着喊道。

朱瓒再没回头，钻入一条胡同后便消失了。

君小姐笑了笑，原本郁郁寡欢的心情顿时散去，她沿街慢行，心想红豆糕这个东西其实一点都不好吃，姐姐偏偏喜欢吃这个，真是古怪的口味。

陆府，一个丫头将小碟子轻放在九黎公主的面前，她看着其上被切割成方正小块的红豆糕笑了。

"公主，您尝尝。"一个仆妇讨好地说道。

九黎公主拿起筷子夹了一小块放入口中，抬头看向一旁，说道："嗯，是定远侯家的。"

站在一旁的陆云旗闻言嗯了一声。

"公主真是好灵敏，这是大人特意从定远侯府家请来厨娘做的。"仆妇笑道。

九黎公主没有说话，接连吃了两块才放下筷子，说道："这味道跟以前一点也没变，你也尝尝。"

陆云旗没有动，答道："我不吃这个，公主高兴就好。"

九黎公主再次拿起筷子："你也不吃这个啊，这么好吃的东西你们却不喜欢，真是古

143

怪的口味。"她笑了笑，看向陆云旗，"多谢你有心了，记得她说过的话。"

这个她是谁虽然没点明，在场的丫头仆妇心里都明白，忙低下头。屋子里气氛很安宁，夫妻二人一坐一站，相敬如宾。丫头仆妇都知道他们至今没有圆房，而他们也没有要刻意瞒着，似乎这一切都是理所应当。

"公主开心就好。"陆云旗说道。

九黎公主点点头："好。"

陆云旗又施礼道："我先出去了。"

九黎公主含笑颔首，看着陆云旗走了出去。

丫头仆妇们屏气噤声，九黎公主神情平和地吃着红豆糕，又突然对身边的仆妇笑道："成亲还是挺好的，红豆糕以后可以随便吃了。"

仆妇忙赔笑道："公主喜欢，让大人把定远侯家的厨娘留下就是了。"

"君子不夺人所好。"九黎公主将最后一块红豆糕吃完，"况且再好的东西总是吃，也就无趣了。"

九黎公主的脾气特别好，从来没有斥责、为难过下人，丫头仆妇在她面前也就渐渐不那么拘谨，听她这样说，丫头仆妇都笑着说道："公主说得有道理。"

九黎公主放下筷子，取过一旁的针线，继续坐在绣架前绣了起来，丫头仆妇便自觉地轻手轻脚，收拾了碗筷，退了出去……

而此时的大街上人来人往，一如往日的喧嚣热闹。

街边的一个摊贩前围满了人，热腾腾的红豆糕刚出锅，被搁在案板上用大刀飞快地切成小块，装进纸包里，围着的人群逐一递出钱后拿到一个纸包，排在最后的君小姐也终于拿到一个。就在这时，街上响起一阵急促的马蹄声，人群如同潮水般散开，君小姐被挤得东倒西歪，手里的红豆糕也被挤掉在地上。

"哎，别踩啊。"君小姐竭力挡住四周的人群。

"别吵，是陆千户来了。"人群中响起嘈杂的喊声。

这声音让拥挤的人群顿时更加混乱，弯身的君小姐被挤得后退，看着那纸包里的红豆糕被踩烂。她抬起头看着街上被锦衣卫拥簇的陆云旗疾驰而过，随着陆云旗驶过，人群重新涌上街道，对着远去的锦衣卫指指点点，议论纷纷。

君小姐站在原地，看着脚下踩烂的红豆糕一阵心疼，她蹲在地上小心翼翼地试图将踩烂的红豆糕捡起来，但一双脚却停在碎成泥的红豆糕边上，另一只脚抬起来碰了碰她的膝头。

"哎哎。"朱瓒的声音从头顶落下。

君小姐抬起头看着站在身旁遮住日光的朱瓒，明暗交汇里看不清面容。

"别那么丢人啊。"朱瓒的声音里满是嫌弃，"堂堂德胜昌的小姐，拿着银子撒着玩的主儿，装什么节俭啊。"

君小姐不想跟他说话，垂下头站起来，转身便走开了。

身后脚步声跟来，君小姐回头说道："世子这次不是我跟着你了。"

"我是来问你，你跟着我干什么？"朱瓒眼中带着几分审视。

"我没跟着你。"君小姐皱眉。

"你说这话自己信吗？"朱瓒说道，"你拍着良心想一想，从一开始到现在，怎么我走到哪你都到哪？"

君小姐心里叹口气，幽幽说道："大概是缘分吧。"

朱瓒啧啧两声，刚要说话却见君小姐继续向前走去，他忙跟上，站到她的面前："我跟你说清楚，你我两不相干，我也不追究你想干什么，以后别再让我看到你。"

君小姐的眼泪吧嗒吧嗒地掉下来，朱瓒吓了一跳，忙跳开看了看左右："我去，你又来了，这可不是你们汝南！"

君小姐又忍不住扑哧笑了，有些没好气地瞪了朱瓒一眼。

"有什么好哭的啊，你以为哭一哭我就心软了吗？事情就能如你所愿了吗？"朱瓒哼道。

君小姐抬手擦了眼泪："我只是哭我的红豆糕，你不要多想了。"

朱瓒再次哼了一声，忽然伸手递过来一个纸包，竟然是红豆糕。君小姐愣了一下，有些惊讶地看着朱瓒。

"别多想。"朱瓒又伸出另外一只手勾了勾，"拿钱。"

君小姐再次笑了，果然拿出钱袋子，认真数了十个钱放在他的手心里，他这才将红豆糕递给她，一句话不说，转身就走。

"哎……"君小姐刚要说话。

朱瓒头也不回地抬手，说道："记住了，两不相干，别再跟着我。"

君小姐没有再跟上，摇摇头笑了，低下头看着手里的红豆糕，打开捏了一小块放进嘴里，眉头皱了一下，慢慢嚼着，沿街而行。

第六十九章

◇

有朋自远方来

八月的京城繁华热闹。

"到了！"一辆马车上赶车的人摘下斗笠，露出风尘仆仆的面容，站起来激动地指着前方喊道，"我看到京城了。"

方锦绣从车里探出身子，皱眉看着赶车的人，嫌弃地说道："陈七，你别丢人现眼了，还有一段路呢。"

陈七瞥了一眼两边的路人，露出憨憨的笑容，讪讪地坐下来："看起来挺近的，没想到要走这么久，真是累死了。"他说着便伸了个懒腰，捶了捶肩头。

"谁让你跟来的？又不会骑马。"方锦绣已经坐回车内，没好气地说道，"我要是自己骑马，早就到了。"

决定来京城后，方锦绣便去跟陈七以及陈七的母亲告别，毕竟这段时间多得他们的照顾，没想到第二天走的时候，陈七死皮赖脸地非要跟着她进京发大财，她拗不过他，只得让他跟过来。因为陈七不会骑马，方锦绣只得买了一辆马车，两人日夜不停地行走了半个多月，终于来到了京城。方锦绣看着前方的城池深吸一口气，拿出信又看了一眼，信上的地址她早已烂熟于心。

走了一个时辰，两人终于进了京城，陈七一路上目瞪口呆地牵着马拉着车，四处张望周边繁华的风景，还不忘回头跟方锦绣搭话："不知道君小姐的医馆怎么样？算起来才开了不到两个月，京城这么大，就算有德胜昌的帮忙，也不是一朝一夕就能成名的，打听九龄堂肯定没几个人知道。"

方锦绣哼了声回道："那可不一定，你不了解她。"

"我知道，阳城人都知道，君小姐是神医嘛。"陈七笑着说道，"但是那也是下了很大力气花了很多钱，才被人知道的，现在还没那么快嘛。"

方锦绣再次哼了声，没说话。

马车行驶到九龄堂所在的街上，陈七看了看四周，皱眉道："这地方有些偏僻啊，应该开在更热闹的地方嘛，德胜昌又不是租不起铺子。"

方锦绣呸了声："留不留你还是一回事呢。"

陈七哈哈笑了，牵着马左右晃着头看，很快眼睛一亮，伸手一指，高兴地说道："在那里！"

方锦绣看过去，九龄堂的匾额出现在视线里，她的心里不由得一热，跋涉奔波这么久，终于到家了，这个念头闪过，她又呸了一声，莫名其妙，她怎么把这里当家了……

陈七勒住马停在九龄堂前，回身要搀扶方锦绣，她已经自行跳了下来，他再次皱眉："这里够冷清的啊。"

"医馆又不是集市，顾客盈门才是出事了呢。"方锦绣说道。

陈七耸耸肩不说话了，两人迈进堂内，堂内两个伙计正坐在一起一边吃瓜子一边说笑，都没注意到进来的人。方锦绣眉头微皱，她管票号的时候，就算没人伙计也都正襟危坐，像这样懒散的伙计，说明要么这个医馆一直很冷清，要么当家的不在乎、不当生意来做，所以大家才成了习惯。

陈七啧啧两声后又咳嗽一声，两个伙计这才看过来，其中一个伙计问道："什么事？"

陈七皱着眉头问："君小姐……"

他的话音未落，门口就传来说话声："小姐我们今天中午就吃这个吧，我买了好多。"

"好啊。"君小姐的声音也传来。

方锦绣深吸一口气转过身，看着正站到门前的主仆二人，几个月没见，乍一见，熟悉又有些陌生。

"君……"陈七也堆起笑脸准备打招呼，但门外有人抢先一步，一个妇人急切地喊道："君小姐，君小姐。"

君小姐停下脚步看向妇人，陈七和方锦绣站到了门口，而那妇人也站到了君小姐面前，一脸期盼："君小姐，你看我有凶兆吗？"

陈七和方锦绣震惊得瞪大了双眼，陈七忍不住抬头看了眼匾额，心想，没错是九龄堂啊，难道九龄堂来京城不再是医馆了？

方锦绣则翻了个大大的白眼。

九龄堂的后院因为方锦绣、陈七的到来，变得热闹起来。

"怎么走这么慢啊？住处都准备好了，我亲自收拾的呢……你们尝尝这个，京城里的小吃啊，你们肯定没吃过……"柳儿的声音不断响起，其间夹杂着陈七的应答，君小姐和方锦绣倒没什么话说。

"先洗一洗，歇息一下。"君小姐先开口说道。

"不用，不累。"方锦绣答道。

二人对视一眼，又再次沉默。

"你这里有什么账册需要我看？"方锦绣先开口问道，"有生意吗？"

君小姐笑道："有啊。"

似乎为了印证她的话，伙计从前堂过来，请示道："君小姐，有人要买凝神丸。"

陈七觉得两个伙计很奇怪，便说道："我去看看。"

伙计看看他又看看君小姐，君小姐笑了笑："听陈公子的吧。"

伙计应声"是"，跟着陈七来到堂前，对他介绍道："这个丸药不多了，小姐吩咐过一日售卖不超过三瓶，这是今日最后一瓶了。"

陈七在堂内看到一个穿着体面的妇人正等候着，见他出来，虽然不认识但也神情恭敬，陈七心想这京城人的态度就是不一样，甚为满意，便也恭敬地对妇人说道："大姐您来得不巧，这个药只剩下一瓶了。"

妇人的神情顿时变得狂热，她上前一步，抓住陈七的衣袖，喊道："一定要卖给我啊。"

陈七被吓了一跳，心想这是什么药啊，救命仙丹吗？至于这样吗？他稳了稳心神："好，好，大姐您别激动，还有一瓶既然您要，自然是卖给您。"

妇人立刻欢喜得一个劲儿点头。

"去拿来吧。"陈七对伙计说道。

伙计应声"是"后去拿药，妇人则从袖子里拿出钱，恭敬地双手递给他，说道："这是药费……"

陈七看着递来的银票，目测好像还不少，心想买个药也需要用银票？京城人真有钱……伙计拿来了药，陈七看到这是一个巴掌大的小瓶子，不知道里面装了几个药丸。

"这是凝神丸。"伙计说道，"药费一千两。"

陈七惊得一时被口水噎住，猛地咳嗽起来……

一直到夜色降临，陈七还举着灯在前堂里，除了吃饭就没出来。方锦绣从后边走进来，问道："你干什么呢？"

陈七正站在高高的药柜前伸手指着查看，闻言回头，压低声音问道："锦绣，你看账册了吗？"

今天君小姐给他们接风洗尘，柳掌柜因为方锦绣的身份没有亲自过来，但送来了两个厨娘，住处也都收拾好了。吃过饭，君小姐将账册给了方锦绣，就带着柳儿去做药了，忙完便去睡了，没有再跟他们有过多的交流。这也正合方锦绣的意，她们本就没什么可说的。

"看了。"方锦绣说道。

"怎么样？"陈七急急问道，"发财了吗？"

方锦绣坐下来，抚着桌面："收的诊费是很高，但是发财可算不上，一来并没有几笔生意，再者这商铺购置，伙计的工钱，日常吃喝算下来，还亏得很呢。"

"那些都是无关紧要的，这里肯定能发财。"陈七指着那些药柜，"我已经看过所有药品的价格了，这可不是医馆药堂，这里简直就是奇珍异宝售卖馆。"

"又胡说。"

"没有胡说，你知道这药的价格是多少吗？"陈七伸手环指，今日卖出一瓶丸药带来的震惊不仅没有散去反而更强烈，"动辄都是千两银子，这些还没有装满，要是装满了可真是发财了！"

方锦绣看过账册，自然也知道这些丸药的价格。

"这些药能起死回生吗？"陈七看着药柜，一脸不解，"这些人怎么就疯了似的，拿这么多钱买药？"

"为了换一杯庙里的香灰水、香油钱，成千上万撒进去的人也多得是。"方锦绣敲了敲桌面，说道。

"你不能这样想。"陈七却不赞同，"她有没有把病治好？"

"治病就治病，这不是骗吗？"方锦绣翻了个白眼。

"治不好是骗，如果能治好，所有人都愿意被她骗。"陈七的两眼放光，"这可真是大买卖了。"

"但愿大买卖不要引来大麻烦。"方锦绣叹口气。

"这话又不对了，人生在世就会永远处在麻烦中，麻烦可不是你躲就不来的，有真本事就不怕麻烦。"

方锦绣瞪了他一眼："这真是如你愿了，有什么大志，先睡一觉歇歇再说吧。"

第七十章

◇

同行的质疑

天色大亮，江友树走进了太医院，作为太医院掌院的他并不轻易给人看病，大多数时间，他都只是听听下属以及弟子们关于医案的讨论和研究，并略做指点。

如往常一样，众人讨论了医案后下属们便各自散去，江友树坐在椅子上却总觉得有什么事忘了，他翻了翻自己的医案，太后、皇后昨日都例常问诊了，宫里的贵人们用的药也都查过了，他对弟子询问道："我还应了哪家去诊病吗？"

弟子摇摇头："最近除了定远侯府，并没有。"

江友树想起来了，定远侯夫人的病该再去看看了，算起来药也吃了一段时间，应该有所减轻，可以再次诊脉商量接下来的治疗，不过最近没有见定远侯府的人来催啊。

"最近他们的药都按时配着呢吧。"江友树一边起身一边问道。

弟子打开定远侯府的医案记录看了看，答道："配着呢，都按时送去的。"

江友树嗯了一声不再问，带着小童坐车来到了定远侯府，定远侯府的门房看到他，有些惊讶地说道："江太医来了。"

江友树也有些惊讶，见到他来，门房为什么是这种神情，跟他不该来似的。江太医轻咳一声，说道："我来看看定远侯夫人。"

门房这才哦了一声报进去，一边引着他进门，一边说道："侯爷没在家，老夫人在呢。"

定远侯没在家？这些日子为了他夫人的病，他可是谢绝了一切宴请，根本就不出门，看来这病久了也就习惯了。

江太医来到了定远侯老夫人的院子里，没进门就听到内里传出的女子的笑声，院子里的丫头也散坐着说笑玩闹，江友树再次愣了一下，心想这定远侯夫人的病才过了七八天，这些人就这么欢欢喜喜的，实在太不像样子了。

江友树被请进屋子里，年轻的女子、媳妇都回避了，定远侯老夫人坐在堂中笑呵呵地看着他问道："太医怎么今日有空过来了？"

江友树被问得愣了一下，先前是老催着请他，现在这是嫌弃他了？没受过这等冷待遇的他，脸色微微沉了沉："夫人的药吃了一段时间了，我来看看夫人，也好定夺接下来的药方。"

定远侯老夫人一拍手，似乎刚想起来什么，说道："啊呀，我老糊涂了，原来忘了告诉太医你吗？我媳妇她好了。"

江友树又愣住了，正要问什么意思，有丫头进来禀告："夫人来了。"

江友树忙转头看去，见定远侯夫人不用仆妇的搀扶就走了进来，神采奕奕，满面笑容，果然是好了。

定远侯夫人也看到了江友树，神情惊讶地问道："江太医怎么有空来了啊！"她又看着定远侯老夫人，"母亲您没事吧？"

"侯夫人，您怎么好了？"江友树惊讶地问道。

定元侯夫人笑了笑，说道："吃了三服药也就好了。"

江友树满脸的惊讶。

"药不算什么，君小姐不是说了，主要是用针的缘故。"定远侯老夫人说着又指向江太医，"正好江太医来了，让他再看看是不是真好了，那君小姐到底年纪小，还是让年长的把把关。"

定远侯夫人笑着应声"是"，一边坐下来一边伸出手，说道："江太医，那就劳烦你了。"

江友树将信将疑地探脉，神情更加惊讶，果然是好了，他问道："夫人这病，不是吃我开的药后好的？"

定远侯夫人含笑点点头："原本是要吃太医你的药，恰好有人介绍了九龄堂，九龄堂的君小姐来了三天就给我治好了。"

江友树大为震惊，心想三天治好怎么可能，这种病他看了一辈子，最短也要半年才好的……

此时在京城一家医馆里，几个人急匆匆抬着一个妇人冲进来喊道："大夫大夫快给看看。"

看起来是个危重的病人，伙计们忙让开，大夫疾步走过来，却见这几个男人脸上都带着笑，大夫不由得愣了一下。

"快看吧大夫，你能看好的。"一个男人一脸欢喜地说道，"九龄堂说了，这病不要紧。"

大夫一脸愕然地看着这几人，心想什么时候我能不能看好病，别人说了算？还有，九龄堂是什么东西？佛语纶音吗？然而，九龄堂这个名字，似乎在一夜之间，充斥在京城人的嘴边、耳边，当然并不是在任何场合，多是在医馆里。

"我这个病去九龄堂看过了，她说不治，我这就放心了。"

"你真是好运气啊，让九龄堂看过了，那我这个怎么办呢？不让她先看一眼，我实在是不放心。"

看着两个在他药堂里聊天的人，老大夫气得直吹胡子，不满地说道："那你们为什么还要来我这里看病？为什么不让九龄堂治病？"

两个人同时看向他，异口同声道："那九龄堂是谁都能看的吗？人家是治命的，病这种小事才不管呢。"

老大夫听得一头雾水，又问道："什么治命不治病？还有九龄堂到底是什么？"

"九龄堂当然是个医馆。"他们再次异口同声道，"那里有汝南名医。"

且不说从来没听过这个名字，光听这些民众的描述，也觉得这个九龄堂是个彻头彻尾的骗子药堂，简直给他们大夫抹黑！老大夫气得拍案而起，立刻冲出去要去看看这个无耻败类是什么人。而像他这种念头的大夫不少，一路上老大夫遇到了好几个，大家相互交流一下，听到了更多匪夷所思的言论，越发义愤填膺，遂一起来到了九龄堂前。

大夫们以为九龄堂应该是顾客盈门，人满为患，没想到这里竟然这么冷清，此时两个伙计正坐在门口的凳子上说笑。

"你们不知道规矩。"旁边提篮叫卖的小贩看到他们站在这里神情迷茫，便笑着解释道，"九龄堂并不是每天都问诊，每月逢三六九才接诊的，而且也不是谁都能被君小姐接诊的，那就要看有没有让君小姐治病的缘分了。"

大夫们心里都咔了一声，愤愤说道："明日就是初九，我们明日再来，倒要看看她怎么作妖。"

第二日，当他们相约再次来到九龄堂的时候，虽然也猜到人会不少，但还是被排起的长队吓了一跳，队伍从门前一直排到了街口，一目扫去不下百十人，男女老少皆有，而且一个个神情虔诚，哪里像看病，简直像是进庙拜佛。

陈七从窗口看到这些人，也皱了皱眉头，沉吟片刻，说道："我觉得三六九还是不够合适，效果不够。"

两个伙计看着外边的队伍吐了吐舌头，心想这是规矩公布的第三次，比起前两次的人数多了将近一半，可想而知，接下来会有更多的人来。

"以后规定不仅三六九才接诊，而且每次都要限制人数。"陈七想了想又说道。

一个伙计不解地说道："这排队的人进来一半多都被君小姐拒诊了，限制人数后，那能被问诊的岂不是就更少了？"

"少怎么了？"陈七说道，"物以稀为贵，咱们九龄堂就是贵，就是稀少。"

两个伙计看着他，没敢反驳，陈七现在是九龄堂的掌柜，三六九这个规矩就是他定的，君小姐并没有反对。

"朝令夕改。"方锦绣从后堂进来，不满地说道，"刚定下的规矩，怎么能又改？"

陈七立刻赔笑应声"是"，说道："你说得对！"

两个伙计对视一眼，看来这九龄堂是这个账房小姐说了算。

"这个规矩没必要改。"方锦绣看了眼在她身后走进来的君小姐，说道，"因为排队的人再多，接诊多少也都能由她自己掌握。"

君小姐嗯了一声，径直坐到了问诊的几案前。

"但是我们的药可以用这个规矩。"方锦绣看着药柜又说道，"药的话就可以一直做限定，首先价格要高，这样自动就做了筛选。"

陈七连连点头："你说得对，就这么来，等君小姐做好了药，我们再根据价格分别商量定下限定数额。"

方锦绣点点头，看了看天色以及外边人群，说道："开门吧。"

两个伙计应声"是"，一起上前推开了门。

排队的人群顿时蜂拥而入，排在最前边的人欢喜不已，迈进门的时候差点被绊倒，站在一旁看着的大夫们一脸不忍，来医馆看病的人大多都因为病痛而愁眉苦脸的，哪有这样欢天喜地的？

进去的人很快就出来了，等候在队伍里的人忙急切地问道："怎么样？"

"君小姐说不看我的病。"那人欢喜地说道，"我可以去别家看了。"

亲眼看到这一幕，大夫们气愤更甚。第二个人一如先前也被打发出来，欢天喜地地走了，直到第七个，他欢天喜地走出来，说道："君小姐说让回家等候，她明日会上门给我家夫人治病。"

这很明显是个家仆，家中病人重不能起身来，或者不便抛头露面，就让仆从来问诊。

"哪有这样看病的？不见病人就能问诊？"一个大夫皱眉说道。

旁边的小贩啧了声："跟君小姐描述就可以啊，以前有人夸张描述试图让君小姐接诊，但君小姐根本不上当，几句话就指出他的漏洞。"说到这里又点点头，"就说了嘛，君小姐接诊是要看有缘人的，根本就骗不了。"

几个大夫忍不住翻白眼，这就是相面算卦的把戏。

"哎，你们看。"忽然一个大夫冲一个方向指了指，低声说道，"是江太医。"

大夫们随着他指的方向看去，果然见街道的另一边站着一个老者，正是太医院的掌院江友树。江友树并没有看排队的人群，而是神情沉重地看向九龄堂，一回想到在宁远候府时那些女人的冷嘲热讽，他就火冒三丈，但他不和这些内宅妇人一般见识，也不嫉妒别人比他医术高明，文无第一，医术也是如此，不可否认有些大夫针对某一病症有独特的技艺，他便来请教一下，没想到看到这种场面。

医者，凡大医治病，必当安神定志，无欲无求，先发大慈恻隐之心，不问其贵贱贫富，普同一等，他从来没见过这样挑拣病人的大夫，这简直是医者的耻辱！江友树抬脚上前，队伍里的人看到后忙喊道："哎哎，那上年纪的，排队。"

站在门口的两个伙计也忙阻拦，说道："老丈排队。"

江友树一把推开他们，径直迈了进去，说道："我不是看病的。"

"不是看病的来这里……"两个伙计还要阻拦。

那群旁观的大夫顿时也都跟过来了，乱哄哄地说道："这是太医院的掌院江太医。"他们推开两个伙计，也跟着涌了进去。

原本安静的堂内顿时变得拥挤。

君小姐以及正在问诊的人都转过头看着他们，陈七不满地问道："你们是什么人？"

"这是江太医。"大夫们纷纷说着，站到了江友树的身后。

"太医啊。"陈七皱眉说道，"太医来这里看病也得排队啊。"

大夫们在后呸了一声，刚要开口反驳，江友树制止他们，自己上前一步对君小姐说道："我不是来看病的，我是来请教的。"

陈七挑眉看着他，怎么都感觉像是挑事的，但这种事也不可避免，便没有再说话，后退一步，撞到了闻声从后边进来的方锦绣，她问道："没事吧？"

"没事，有人送上门助咱们扬名来了。"陈七低声笑道。

方锦绣看到了江友树，咦了声，喃喃说道："是江太医啊。"

"太医也不用怕。"陈七说道，"我相信君小姐更厉害。"

方锦绣笑道："当然不用怕，本来就是手下败将。"

君小姐自然也认出江友树了，但江友树还没认出她，一来他见的人多不可能都记住，二来这君小姐的姿态打扮，也与先前在阳城方家那场闹剧中不同。

"太医稍等，"君小姐说着，再次看向面前求诊的人，"你家夫人只是这些症状的话不用来我这里看，寻个医馆听从医嘱就可以了。"这个妇人闻言欢欢喜喜地起身。

"慢着。"江太医喊住这位妇人，"你家夫人是什么病症？"

"正好，君小姐不治这个，太医你给看看开个药吧。"妇人听到是太医问，便欢喜地说道。

站在江友树身后的大夫们顿时愤怒地又要质问，江友树制止他们，对那位妇人伸手示意说道："好，你讲来听。"

妇人便将病症讲了，听了这病症，身后的大夫们神情更不悦，江友树没有立刻给这妇人说开什么药，而是看向君小姐，问道："你知道这是什么病吗？"

君小姐点点头："我知道。"

江友树拂袖拿起她面前几案上的笔，唰唰几笔写下一个药方，递给君小姐，又问道："这药方可使得？"

君小姐点点头："使得，正对病症，最为贴切。"

一看是君小姐确认过的药方，一旁的妇人欢喜地伸手要接，江太医却没有给她，而是看着君小姐，问道："你能治，为什么不给她治？"

君小姐尚未说话，那妇人已经先开口："你这人不懂啦，这种俗尘小病哪里用君小姐来治？"

"什么叫俗尘小病？她不是开医馆吗？不是大夫吗？如果说不会治可以挑拣，又不是不会治，却说不治，这是什么道理！"大夫们再也忍不住了，纷纷质问道。

妇人被这些大夫的愤怒吓了一跳，不敢再说话。

江友树制止身后大夫们的质问声，晃着药方看着君小姐，严肃说道："有缘人才治病，无缘就不治，什么叫缘？你以什么来论缘？你不给她治，不就是因为她家底单薄不是豪富人家，所以用不着你在其上浪费时间吗？"

"哎，你不要乱讲啊。"陈七忍不住说道。

"我乱讲了吗？"江友树说道，"你进京开了这九龄堂之后，接诊了五家，这五家不是大富就是权贵，诊费药费动辄上千，难道不是真的吗？"

民众和几个大夫听到后都震惊得一阵哗然，纷纷议论起来……

"我这个药方。"江友树晃了晃手里的药方，对妇人说道，"以及我适才问诊，总共收你十两银子便可。"

妇人挤出一丝笑容，十两银子虽然有些贵，但这毕竟是太医，对她来说还是出得起，也舍得出的。

"那你呢？"江友树又看向君小姐，"如果是你，要收多少钱？"

君小姐淡淡说道："一千两。"

屋子里的人都愣住了，那妇人更是惊讶地看着君小姐，陈七抬手揉了揉脸，似乎有些不忍直视。

"请我的诊金一千两，药费另算。"君小姐接着补充道。

妇人神情惊骇，她可出不起这价钱，怪不得这君小姐不给她开呢，这么说并不是因为她不是有缘人所以不给她家看病，而是因为她不是有钱人才不给看啊。外边围着的民众也都神情各异，很多排队的人开始散去。

四周气氛变得诡异，看着民众神情的变化，大夫们则心情舒畅。

"你为什么收一千两？"有大夫义愤填膺地喊道。

君小姐却笑道："那当然是因为我医术比你们高超了。"

这话让大堂里再次一阵安静。

江友树却怔怔地看着这女孩子，恍惚中总觉得这话有些熟悉。

很久以前，也有个人突然出现在京城，请他诊病简直难于上青天，他也曾质问过他，得到的回答跟这君小姐一模一样，这个不要脸的人叫张青山，后来他终于离开京城，消失在人世间，没想到过了这么多年，竟然又见到一个这样的人，还是个小姑娘。

"所以啊。"君小姐接着说道，"我只治你们治不好的病，而像这位大婶家的病症，不是非我不可，找你们治就可以了，也没必要在我这里多花钱。"

"荒谬！"江友树沉声喝道，"什么叫我们治不好的病？你……"

但这一次他的话没有说完，君小姐看着他，再次笑道："比如阳城方家少爷的病，再比如定远侯夫人的病……"

大夫们面面相觑，不解地询问，而江友树则愣住了，他看着君小姐，记忆里模模糊糊地出现嘈杂混乱的阳城方家屋子里，带着几分漫不经心独坐喝茶的女孩子，突然伸手指着她，震惊地说道："哦，你啊。"

大夫们愣愣地看看江太医，又看看君小姐。

"是啊，正是我，江太医，许久不见。"君小姐施礼说道。

江友树一脸惊讶地打量她，带着几分恍然地看着四周，说道："你，你是方少奶奶？这里是德胜昌的医馆？"

"不是的，我既不是方少奶奶，这里也不是德胜昌的医馆，这是我君家九龄堂。"君小姐说道，"此时说来话长，又是家事，不必详说。不过有件事您是否知晓，方家少爷的病已经好了。"

"这不可能！"江友树脱口说道。

那个少年经脉郁结，五脏受损，现在应该早已经埋进土里了，除非是神仙在世，否则决不能好了。

"江太医。"有声音从后传来。

大家转头看去，见不知什么时候德胜昌的柳掌柜来了，此时上前施礼道："我家少爷真的好了，已经在主持家里的生意了，您打听一下就知道了，这个不骗人的。"

江友树只觉得不可思议，又反应过来君小姐说的话，不可置信地问道："你，你治好的？"

君小姐点点头："是的，也是我治好的。"

江友树张了张口，有些不知道该说什么，便沉声说道："就算如此，医者也不该这样行事，你能治而不治，只是为了钱。"

"也不算是只为了钱，这也是公平。"君小姐说道，"毕竟我治的，都是你们治不了的病。"

在场的大夫们看着她，神情羞恼。

"难的事自然要多付出一些，疑难杂症不治是要命的，这相当于买命了，自然要贵一些。"君小姐又说道，"毕竟命是无价的，拿金山银山来换也不为过。"

听起来好像很有道理，在场的大夫们一时不知道说什么好。

江友树凝神看着她："那既然如此，你的意思就是，我们治不了的你都能治好了？"

这是要下战书了吗？大家都看向君小姐，陈七和柳掌柜有些担心刚想阻拦，君小姐就含笑点头："是，你们真的束手无策的病症，可以来我这里试一试。"

这是瞧不起他们的医术吗？大夫们又都羞恼地看着她。

"好。"江友树看了眼君小姐，没有再说什么，转身走了。

见江太医走了，其他大夫也忙跟着走了，而因为君小姐的一番言论，门口排队的人群也都散去了很多，剩下的少数人也都徘徊在门口，对着堂内指指点点却不进来。

看着门外不再进来的民众，陈七有些不安地看向君小姐，没想到大业还没开始，就被这个什么太医给搅和了，果然京城居大不易啊，他担忧地说道："这样，以后只怕来看病的人就少了。"

君小姐摇摇头："不会啊，不管有没有人来排队，我要治的还是个别的人。"

况且她也不是真的来治病的，正如江友树所说，她本就是带着目的来的，所以才只接诊那些大富和权贵人家。她只是来救济自己和亲人的，想到这里，君小姐暗自笑了笑，转身回到位子上，提笔写起了医案。

看着安静提笔的女孩子，柳掌柜和陈七对视一眼，默默地散去，各做各的事。

第七十一章

似曾相识的女人们

江友树一路气呼呼地回到了太医院。

天下没有不透风的墙，又或者是定远侯府故意为之，不过半日，大家都知道江友树在定远侯府被嘲讽了，下属和弟子们都小心翼翼地看着江友树，生怕哪句话说得不对，惹他不高兴。江友树叫来一个弟子，吩咐道："你去北镇抚司打听一下阳城德胜昌方家少爷的事。"

要论消息的真假，最可靠的便是这个最可怕的北镇抚司了，江太医与北镇抚司的关系还算可以。

"江友树？他问这个做什么？"陆云旗正翻看一卷卷厚厚的笔记，随口问道。

下属自然已经打听清楚了，开始报告事情的原委，刚一提到九龄堂，陆云旗的手一顿，问道："九龄堂？"

下属被打断，应声"是"，忙答道："治好定远侯夫人的医馆就是九龄堂。"

他说完看着陆云旗，等待他的下一步询问。陆云旗握着卷宗，神情木然，淡淡说道："我不喜欢这个名字。"

陆云旗喜欢的东西不多，不喜欢的东西也不多，但他喜欢的要得到，而不喜欢的就要让它消失。下属恭敬地站立着，立刻说道："我们马上去办。"

"不是江友树要办吗？"陆云旗抬眼说道。

江友树因为九龄堂吃了亏，又跟九龄堂下了赌注，现在来打听九龄堂的来历，自然是要知己知彼，跟九龄堂对上了，既然有他出头，也就不用他们出面了，一个小小的医馆还用不着他们出面，下属应声"是"，退了出去……

江友树看着锦衣卫送来的文卷很惊讶，他以为锦衣卫只会和他说一下，没想到竟然还把卷宗给送来了。卷宗上记载的信息可是极其详细的，他记得有些官员私下议论，锦衣卫最擅窥探人私密。

"有关九龄堂的信息不多，主要也没什么信息，我们还没深入查问。"来人说道，"千户大人说江太医是太医院掌院，关系皇上以及整个后宫嫔妃的健康，但凡与医有关的事都不容疏忽。"

江友树含笑接过道谢。

一间华丽的室内，对镜梳妆的十六七岁的女子转过头来，好奇地问道："果然这样厉害吗？"她的声音有些沙哑，干涩得像被塞了一团破布。

"是啊，三娘子，都这么说，而且定远侯夫人就是被她治好的。"仆妇低声说道，"定远侯夫人吃了江太医的药十天半个月不见效，这才找了这君小姐，三天三服药就好了。"

被唤作三娘子的女孩子伸手按住脖子，喃喃说道："那我的嗓子也能很快治好吧。"

仆妇点点头，看着桌上摆着的药碗，低声说道："三娘子，这药你吃了好几天了，也不见个好，那大夫只说让你接着吃。"她又指了指外边，"可咱们等不得啊！"

外间传来女子的娇笑声，这声音显然让三娘子神情不悦，她有些恼怒地将篦子扔在镜台前。

"三娘子，你嗓子哑后，大人已经好几天不见你了。"仆妇拿过篦子替她梳头，接着说道，"如今家里的人可是越添越多，你是最先来的，可别反而落于人后，你想想如今过的日子，这可是多少人求不来的。"

三娘子低头看着自己的衣袖没说话，这华丽的衣袍是她以前见都没见过的，如今轻松就能穿在身上，还有满匣子的珠宝，吃的、喝的、用的全是最好的。虽然人人都说陆千户可怕，可是他在她们面前和气可亲，有求必应，这样的日子，还有自己家人随之而得到的日子，简直跟做梦似的。

"好，去跟门上说，我要再请个大夫来。"三娘子想了想抬起头说道。

马车晃晃悠悠来到九龄堂门前时，这里已经停了两辆车。

让很多大夫和民众气愤的是，虽然九龄堂前没了排队的人，但它的生意却没有断，且来往的明显都是富贵人家的车马，不变的还有君小姐接诊的规矩，坐在几案前的仆妇将自己家夫人的病情说完，带着几分期待地看着君小姐。

但君小姐沉吟片刻，还是摇了摇头："这个病不用我治。"

仆妇神情迫切地说道："可是我家夫人的病已经好一段时间了，君小姐你不是给定远侯夫人治了吗？"

"我给她治是因为她的病可以这样治。"君小姐说道，"贵主的不适合，贵主的病要慢慢养，治得快了反而不好，这个大夫开的药非常合适，你们不要着急。"

她说得既客气又合情合理，仆妇只好说道："那真是多谢君小姐了。"

"有什么问题可以随时来咨询我。"君小姐说道，"比如某些不方便给大夫描述的可以跟我说，我可以跟大夫来酌的药方。"

仆妇听后大喜，再三谢才慢慢离去。看着她离开，下一位等候的仆妇忙上前，一边递上一个名帖，一边说道："我是城南杨学士家的。"

这也是君小姐看病的规矩之一，要自报家门，这妇人坐下来，低低窃窃地跟君小姐说话，似乎是怕别人听到。

站在柜台后的陈七马上明白过来，低声对方锦绣笑道："我看她以后就是妇人医了。"

"这也很好啊。"方锦绣说道，"这样也跟那些大夫没什么冲突，毕竟他们那些男人看起妇人病来不方便。"

"而且女人的钱好赚。"陈七低声笑道。

方锦绣瞪了他一眼："在医馆里别嬉皮笑脸的。"

陈七忙收了笑应声"是"，而那边的仆妇已经和君小姐讲完了病情。

"这个不用我出诊，你拿一瓶药就可以了。"君小姐提笔写了药方递给仆妇，"吃完这瓶药，就没事了。"

仆妇高兴地拿着药方来柜台这里，两个伙计一个收钱一个取了一瓶药，看着这仆妇欢天喜地走了。

这边仆妇离开，那边立刻有仆妇迈进来："君大夫，我家小娘子嗓子哑了，您去看看吧。"

君小姐示意她坐，随口问道："你是哪家的？"

"城西的。"仆妇坐下来。

没有拿出名帖，也没有报家门，君小姐微微皱眉："怎么哑的，什么时候开始的，你先说说吧。"

仆妇哦了一声，将得病的经过、吃了什么药讲了一遍，君小姐听后，笑着说道："这个无碍的，那大夫开的药对，照着吃就行了。"说罢，看着门外又走进来问诊的人，准备迎接下一位。

但这仆妇却依旧坐着不动，又说道："君大夫，还是去看看再说吧。"

君小姐还没说话，新进来的仆妇不高兴地说道："你这人，不知道君小姐的规矩吗？这意思就是你家人没事，找别的大夫看去吧。"

那仆妇撇嘴笑道："我家就要君大夫看。"说着她轻咳一声，对外扬声喊道，"来人啊，请君小姐问诊。"

陈七和方锦绣都皱起眉头。

"哎你这人，仗势欺人啊。"新进来的仆妇看不下去了，"这么多人来，谁不规规矩矩的，就连定远侯府都如此，你哪里来的……"她的话说到这里忽然停下来，看着迈进门的几个人，神情陡然惊恐。

陈七和方锦绣也神情一僵，这几人身穿飞鱼服、腰挎绣春刀，神情阴冷，让大堂里的气氛陡然凝固。

对于堂内的安静以及大家的神色，仆妇显然很满意，含笑说道："君大夫，请吧。"

君小姐神情依旧，站起来对方锦绣说道："这样啊，锦绣给我药箱。"

仆妇有些得意地笑了，心想算你识相。

"行不行啊？"方锦绣将药箱递给她，低声问道，"我去找柳掌柜？"

"行，没问题的，没有我看不了的病。"君小姐笑道。

"君大夫这样最好了。"仆妇换上和气的笑容，忙走在前面引路。

看着君小姐坐着马车离开，站在堂内的仆妇才敢吐口气，放松下来。

君小姐坐在马车里并没有向外看，直到车停下来，仆妇掀起车帘，对君小姐说道："君大夫，到了。"

君小姐向外看去，交握在一起的双手松开，手心里有浅浅的汗，她看着面前不起眼的门宅，垂下视线，低头下车。这次走的还是后门，一个老苍头开的门，斜眼打量她一眼便不理会了。

看着门面不大，这宅院却不小，人似乎也不少，远远就听到说笑声，绕过一道花墙，就看到树荫掩照中，有女子的身影如同飞燕荡起，还伴随着银铃般的笑声，这是女子们在玩秋千啊。君小姐看了一眼便收回视线，目不斜视，但那几个女子却看到了她，其中一个女子问道："黄妈妈，这是谁啊？"

君小姐循声看去，见那边的秋千架子下站着四五个女子，一眼看去花枝招展，形态各异。她的脚猛地停下来，心中涌起一阵奇怪的感觉。

这几个女子……好像在哪里见过一般？但仔细想又似乎没有印象。

仆妇并没有停下，轻咳一声，回道："这是新请的大夫。"

那几个女子便笑着七嘴八舌地冷嘲热讽起来……

仆妇只当听不到，闷头向前走，君小姐也跟着迈步，心想这家里人似乎不是很和睦，气氛有些奇怪，待见了这要问诊的被仆妇称为三娘子的女子，君小姐心中奇怪的感觉更浓了。

这三娘子住的屋子华丽，穿戴也华丽，只是举止形容总有些违和，就好像这住的穿的都不是她的一般，不过她的病并不奇怪，就是急火燥热所致的哑声。

"想要尽快开声？"君小姐说道，"其实再养个两三天也就好了，没必要花这么多钱。"

"哎呀君大夫，谁在乎那几个钱啊。"仆妇说道，"我们三娘子就想要快些好了。"

三娘子也看着君小姐点点头，君小姐便不再说话，打开药箱拿出一包药粉，取过水冲开递给三娘子，说道："喝了这个，一盏茶的时间就可以了。"

三娘子欢喜地接过大口喝下去，刚喝完就哇地吐了起来，将仆妇吓了一跳，忙迭声喊道："怎么了？怎么了？"

三娘子却说不出话来，伸手按着脖子，神情惊恐又难受。其他女子也都凑了过来，正好瞧见这一幕，顿时都笑着嘲讽起来。三姐儿只是掐着脖子说不出话，仆妇则急得直跺脚，看着君小姐焦急地问道："这怎么回事啊？你给她吃了什么？"

君小姐神情淡定："无妨，再等片刻就好了。"

果然话音刚落，那边三姐儿发出咳咳几声，喊道："黄妈妈。"

她的声音变得清亮，屋子里外的人都愣了一下，仆妇和三姐儿则欢喜若狂。

"我能说话了。"三姐儿喊道，"我的声音没事了。"

黄妈妈欢喜地点头，其他的女子则看着君小姐很是惊叹，一个女子开口道："这让她吐一吐就好了？挺神啊。"

君小姐刚要说话，有声音在外响起："什么挺神？"

这是一个醇厚的男声，令人闻之神安，但君小姐却如同雷轰，瞬间僵直了身子，她的眼转动，看到了站在门口的人。那个人尚未褪去朱红官袍，日光下面容瓷白，站在一群花枝招展的女子身后，就如同一尊石像。

竟然见到了陆云旗，还是在这里！君小姐的视线又慢慢转动，扫过这些女子，心里恍然，这里自然也是陆宅，就是外边人说的陆云旗养了很多女人的地方。女子们已经欢喜雀跃地扑向陆云旗，纷纷喊着他的名字。

君小姐看着被女子们围起来的陆云旗，神情有几分怔忪。

"陆云旗。"一个清亮的女声再次响起，盖过了那些女子的娇声。

君小姐不由得再次一僵，先前说话还不觉得如何，但喊出陆云旗这个名字后，听起来怎么有些熟悉。那位被自己刚治好的三娘子，正怯怯地看着陆云旗。

陆云旗也看向她，脸上浮现笑容，伸出手说道："来。"

三娘子忙欢喜地扑了过去，其他的女子被挤开，露出嫉妒又委屈的神情，也不甘心地再次挤过去。

看着这莺莺燕燕、左拥右抱的场面，独坐在椅子上的君小姐觉得有些想笑，还有莫名的恶心。这个场面很熟悉，她那时候只能待在家里，整日无所事事，每日陆云旗跟她讲外边的事是她最开心的时候。陆云旗那时很少出门，出门归来的时候，她都像这样喊着他的名字，而他也高兴地冲她伸出手，就好像多么欢喜一样，原来这种欢喜对谁都一样，她垂目，自嘲地笑了笑。

与此同时，拥着女子们的陆云旗注意到坐在椅子上的女孩子，问道："她是谁？"

君小姐站起身来，屈膝施礼。

"云旗，这是我请的大夫，就是她治好了我的嗓子。"三娘子拉着陆云旗的胳膊，其他的女子也不甘落后，纷纷介绍君小姐的厉害。

陆云旗并没有理会她们，只是看着君小姐，他的视线就像一条窥视猎物的蛇，冰冷而阴寒，盯着她看了一会儿，才说道："是你。"

君小姐顿时觉得毛骨悚然，心想自己披着这张皮，他不可能认出自己的。

屋子里陷入凝滞，女子们都停下说话，看着君小姐，神情复杂，眼中闪过紧张和嫉妒。

"你是北留宁氏？"陆云旗又说道。

他的声音打破了屋子里的凝滞，君小姐也只觉得一口气透上来，她垂着头再次屈膝。

三娘子抢先说道："不是的，她是九龄堂的大夫君小姐。"

陆云旗的眼神没有移开，更阴沉了几分，看着垂头的君小姐，缓缓念着"九龄堂"这三个字。

屋子里的气氛再次凝滞，女子们都战战兢兢，显然都察觉到陆云旗生气了。

君小姐抬头看着被女人们围着的陆云旗，淡定答道："是，汝南九龄堂。"

陆云旗没有反应，其他女子则忍不住又说笑起来，试图缓解现在诡异的气氛，女子们的说笑似乎起了作用，陆云旗收回了视线，问道："诊金一千两？"三娘子忙应声"是"。

"不是。"君小姐说道，"诊金一千两，药一千两。"

屋子里的女人都咋舌。

"给她拿一万两。"陆云旗说道。

女人们再次震惊。

"哎呀，这是大人给你的体面。"黄妈妈对三娘子低声说道，眉眼满是欢喜。

屋子里的女人们神情难掩嫉妒，三娘子则激动得有些无措。

"多谢大人了，只是该是多少还是多少。"君小姐说道。

下人已经将银票取来，黄妈妈亲自拿过去塞给君小姐，得意地说道："君小姐你就不要客气了，这是我们大人高兴，你不要扫兴。"

"两千两是诊金，余下的钱，是要你把医馆的名字改了。"陆云旗又说道。

所有人的神情再次一怔，女子们的视线都看向三娘子，难掩嘲讽和幸灾乐祸。

"哦。"一个女子忽然说道，"可不是嘛，九龄堂，那是犯了公主的忌讳了。"

女子们也纷纷反应过来，劝君小姐立刻改名。

君小姐笑了笑，说道："陆大人，九龄堂是我家传祖业，至今已经传承百年……"

她的话没说完就被陆云旗打断，他摆摆手："这个我知道，拿钱走，改名字。"

说罢，陆云旗已经不再看她，拉住三娘子，挽着她向外走去。其他女子又是嫉妒又是羡慕，自然不肯放过这个机会，纷纷跟了出去。

被抛在屋子里的君小姐显得很尴尬。

黄妈妈也欣慰地笑了笑，再看向君小姐时，带着几分倨傲地说道："君小姐，多谢你了，请吧。"

君小姐背起药箱向外走去，仆妇一路嘀嘀咕咕，话的主要内容自是要感激陆千户的大方以及劝她回去立刻改名字。君小姐只是安静而行，并没有回答半句，除了听着仆妇的嘀咕声，还有身后女子们的笑声，以及清亮的读经卷的声音。

君小姐没有回头，她看着前方影壁有几个小厮转进来，合力抬着一个雕花镜台，镶嵌着金银宝石，日光下熠熠生辉。

"啊呀我们三娘子的新镜台送来了。"黄妈妈高兴地甩下君小姐疾步上前，围着镜台左看右看，啧啧称赞，又叮嘱小厮道，"小心点，慢点。"

君小姐在路边停下避让，看着从身边经过的镜台，视线落在铜镜上映照出镜中的自己。一个十几岁女孩子的面容在眼前浮现，柔美娇憨又带着几分稚气，这是君蓁蓁啊，跟自己长得真不一样。

咔的一声，似乎有一道雷当头劈下，君小姐猛地转过头，看着在廊下围着陆云旗的女子们。她终于知道为什么觉得她们好像在哪里见过一般，她的视线扫过那些女子，那是她的眼，那是她的脸，那是她的鼻子，还有她的声音……

君小姐看着廊下的女子们和陆云旗绽开笑容的样子，不由得呼吸急促，脚步慢慢后退，转头疾步冲了出去，直到出了大门，她体内翻江倒海的感觉再也压制不住，扶着墙干呕个不停，冷汗狂冒。

跟出来的仆妇和赶车的车夫都吓了一跳，仆妇忙问道："哎哟，君小姐你没事吧？"

君小姐强压住恶心，按住胸口，冲她摆手说道："我没事，没事。"她说着颤抖地打开药箱，拿出一丸药嚼碎咽下。

黄妈妈一边伸手做请一边说道："大夫也会不舒服啊，那你快上车吧。"

君小姐对她摇摇头："不了，我这样坐车更不舒服，我还是自己走一走，走回去吧。"

听她这样说，黄妈妈也没有再客气，说了一句："那君小姐你自己小心点。"便转身进去了，见仆妇如此，车夫自然也跟着走了。

　　君小姐扶着墙站立片刻才开始迈步，顾不得脚步虚浮越走越快。此时，她的心里只有一个念头，就是快点离开这里。但她走了一段时间后却有些茫然，她来的时候坐着马车，没有注意行进的路线，适才又闷头乱走，现在一时竟不知身在何处。她背着药箱慢慢走动片刻，忽然看到一处门宅，熟悉的感觉顿时扑面，这是成国公府，是她第一次出宫到的最远的地方。

　　君小姐慢慢走过去，比起十年前，现在的成国公府显得有些破旧，可能是因为成国公不在这里常住，没有人细心打理吧。她走进府邸，沿着高大的围墙慢行，走了一段时间，停下脚步抬起头看，有郁郁葱葱的树冠从斑驳的墙头探出来，在墙边洒下一片浓荫。她的嘴角不由得抿了抿，那时候她就是从这里甩了绳子爬上去的，那这附近还有个狗洞，不知道还在不在，她忍不住低头探寻，却听得身后脚步声传来，同时有人咦了一声，是朱瓒的声音。

　　君小姐忙转过头，见果然是朱瓒，他身旁还有个圆滚滚的同伴并行。

　　朱瓒却装作没有看到她，接着说道："咦……你们什么时候去的，我怎么不知道？"

　　他身旁的同伴也咦了一声，说道："呀，不是刚跟你说过吗？那时候你还没回来呢，你没听到吗？"

　　朱瓒哦了一声，目不斜视地继续前行，又说道："我忘了，我毕竟是戴罪之人，比较焦虑，记忆就衰退了。"

　　那同伴哈哈笑了，君小姐也笑了，看着越过自己向府门而去的朱瓒喊道："朱瓒。"

　　朱瓒哈哈笑着搭上同伴的肩头，朗声说道："得月楼的饭菜有什么可吃的，我们去城外啃羊腿去。"

　　那同伴也哈哈笑着伸手拉下他的胳膊，一边转过身一边说道："羊腿待会儿再说，现在说说后边的小娘子是谁吧！"他长得胖乎乎的，眼几乎被脸上的肉挤成一条缝，视线落在君小姐身上。

　　君小姐也看到了他，神情微微一怔，竟然是十二叔——皇祖父最小的儿子，被封为贤王，特恩准留在京城不外放的十二叔，也就是当初那个跟朱瓒打过架的十二皇子。还以为打过架之后就老死不相往来了，没想到他竟然会跟朱瓒这般勾肩搭背说笑。

　　贤王看着君小姐也微怔了一下，拍着肚子笑眯眯问道："这位小姐贵姓啊？认识朱世子啊？"

　　君小姐看着他，虽然她从小跟十二叔来往得少，但到底是亲人，突然间被当陌生人询问来历，心中难免有些心酸。她张口刚要回答，朱瓒已经三步跨过来，一把揪住她的胳膊将她推着向后几步，伸手点着她的鼻尖，咬牙低声说道："我跟你说过什么，你是不是忘了？你还找我家来了，你行啊。"

　　"我真是无意中走到这里的。"君小姐无辜地说道，"这是巧了。"

　　朱瓒呸了一声，回头看了一眼，那边的贤王正探头向他们这边看，笑眯眯问道："说什么悄悄话呢？"

　　朱瓒瞪了他一眼，再看向君小姐，没好气地说道："姓君的，你也不是傻子，这世上哪有什么巧合，都是人为。"

"你要这样说也是，我的确是有事才走到这里来的。"君小姐说到这里，又再想起自己来这里的原因，原本压制下去的情绪顿时再次涌出，翻江倒海直冲上来，她弯下身张口就剧烈地干呕起来，眼泪也随之涌出。

朱瓒吓了一跳，忙喊道："你干什么？！"

君小姐什么也不想干，只想呕吐，把那恶心的情绪全部呕出来。她伸手按着胸口不停地干呕，眼泪也不断流下。

看她这个样子，朱瓒站在一旁皱眉，又嫌弃地说道："喂，你没事吧？你别以为这样就能赖上我啊。"

"赖上？"贤王刚走过来就听到这句话，又看着哭着干呕的君小姐，神情惊讶，"你把她肚子搞大了？"

"我去，"朱瓒闻言瞪眼说道，"你胡咧咧什么呢！"

贤王的话，君小姐也听到了，大概因为是十二叔说的，她并不觉得被冒犯，只觉得很好笑，她又大笑起来，贤王啧啧两声，看着有点疯癫的君小姐，笑眯眯说道："看看你把人家害惨了。"

"真有病！"朱瓒翻个白眼，将蹲在地上的君小姐拉起来，拿出汗巾在她的脸上一顿乱擦，"你清醒清醒，要吃什么药你快吃。"

君小姐被他擦得差点窒息，不过这也管用，她的干呕停下来，眼泪和大笑也被揉散，朱瓒一脸嫌弃地将手帕扔在她身上，又说道："你装疯卖傻也没用，离我远点。"

贤王也点点头，带着几分同情地说道："是啊，小姑娘，别说你有孩子了，就是为他死他也不会理会的。你不知道要为他死的女孩子在北地可是前仆后继啊，他可是眼都不眨一下。"

朱瓒瞪眼呸了一声，君小姐再次笑了，柔声说道："王爷说笑了。"她说着打开药箱，从药箱的一个夹层里竟然拿出小镜子，湿巾，篦子，甚至还有脂粉，侧身利索地擦拭起来，几乎是一眨眼间，她就整理好了仪容，再次转过身略一施礼，说道，"失礼了。"

朱瓒和贤王被她这一套行云流水的动作惊得愣住了，还没说话，君小姐已经背起药箱走开了。

"这女孩子倒像是个老江湖。"贤王这才回过神，说道。

"当然是个老江湖。"朱瓒哼声。

"不过一个老江湖这样失态，看起来是真的很伤心啊。"贤王看着朱瓒，啧啧说道，"你真是红颜祸水啊。"

"关我什么事。"朱瓒看着那个女孩子的背影，嗤声说道，"她一天到晚都是这副伤心样子。"

贤王咦了声，较有兴趣地要追问他跟那位君小姐认识的过程，朱瓒已经大手一甩背在身后向家门走去，被留在原地的贤王笑了笑，看了眼那女孩子远去的背影，跟上了朱瓒。

君小姐回到九龄堂时已经恢复了情绪，看不出任何异样，看到她回来，陈七、方锦绣以及赶过来的柳掌柜都松了口气。

"是哪个大人的门庭？"柳掌柜关切地问道。

"有没有被刁难？"陈七问道。

方锦绣没说话，看着她的眼，微微皱了皱眉头。

"就是一个小吏，家里人的病也不重，不过是嗓子痛。"君小姐说道，"一服药就好了，因为没多远，我就自己走着回来了。"

柳掌柜点点头："走着回来也好，家里的中秋贺礼，我给您送来了。"

后天就是中秋节了，真快啊，君小姐含笑点点头："看看外祖母给我送来了什么。"

"好大一车呢。"陈七也跟着凑趣，"刚送进后院，柳儿正收拾呢。"

方家果然送来一大车的中秋节礼，柳儿等人热热闹闹收拾完已经到了傍晚，如今有陈七和方锦绣，伙计们就不在这里留宿，关上门后纷纷离开。四人吃过饭又坐在院子里商量后天的中秋节怎么过，最后决定先去柳掌柜家吃饭，然后再去街上赏花灯。

"京城的花灯肯定比阳城的热闹。"陈七兴奋地说道。

"我们自己也做一些吗？"柳儿问道。

"当然要自己做一些，这才应景。"陈七说道。

看着陈七哄逗柳儿，方锦绣坐在了君小姐身边，有些别扭地问道："那个，你没事吧？"

君小姐看她一眼，问道："什么？"

君小姐没有跟女孩子打交道的经验，方锦绣也不爱说话，自来了之后，二人还没怎么说过话，陡然听她这么一问，君小姐有些没反应过来。

"这里不比阳城，锦衣卫也不是林家能比的，是受了委屈吧？"方锦绣盯着院子里的大树，说道。

"没有。"君小姐明白还是被她发现了，"我是大夫，患者给钱大方就可以了，至于言语客气并不要求，所以也没有委屈这一说。"

方锦绣哦了一声。

"我委屈的是别的事。"君小姐接着说道。

方锦绣有些意外，没想到君小姐会跟她继续说，她哦了一声，绞着手指没有说话。

"至于什么事呢，跟你的情况差不多，就是明明什么都没错，反而就遭了厄运，又气愤又无奈又没地方可说理，所以觉得委屈。"

听君小姐说到这里，方锦绣心想确实她两个的经历还挺相似，委屈又无奈："其实也没什么，至少还活得好好的，人活着有点事做也不错啊。"

"我写信叫你来，你怕不怕？"君小姐看着方锦绣，问道，"你看，在这里做事还真是挺吓人的。"

方锦绣对她翻个白眼，说道："我怕不怕你心里不清楚吗？"

君小姐笑了笑，正要说话，外边传来敲门声。

大家还没反应过来，方锦绣已经跳起来，扔下一句："我去看看是谁。"跑开了。

方锦绣走到前堂，一边点亮了灯，一边打开了门板，门外站着一个年轻男子，随着她打开门，上前一步，两厢一照面，都神情一怔。

"方三小姐。"宁云钊面上浮现笑意,说道,"你来了啊,我找她。"

又来!到京城也这样吗?这还有完没完了!方锦绣在心里翻了个大大的白眼,不满地问道:"宁公子这么晚找她有什么事?这么晚谈事是不是不大合适啊?"

宁云钊笑了笑,刚要回答,身边的小丁忍不住先说道:"这有什么不便的?我家公子常来探望君小姐,还一起喝酒……"

宁云钊制止了他,没让他说完,但方锦绣已经一脸震惊了。

"谁啊?"君小姐的声音从后传来,"什么事?"她原本以为是求诊抓药的人,但在后面好一会儿不见方锦绣回来,便不放心出来看看。

听到她的声音,小丁忙摆手喊了声君小姐。

君小姐走过来,看到站在门外的宁云钊,笑着说道:"宁公子是你啊。"

宁云钊对她笑了笑:"原来方三小姐也进京了,我这段日子闭门读书,竟然不知道。"方锦绣瞪眼看着他,又看了看君小姐,后退一步不再说话。

"宁公子找我有事?"君小姐问道。

宁云钊的神情似乎有一丝窘迫,他的视线扫过方锦绣,以及在后堂探头看不清的男人,犹豫着要开口,君小姐却先一步开口说道:"进来说吧。"

"哎?宁公子,你来了?"柳儿从内走出来看到他,"你是从你叔父家回来恰好路过吗?"

宁云钊看着柳儿笑了笑,认真说道:"不是,我是来找你家小姐的。"

柳儿哦了一声,心想我就随口一问,管你顺路还是特意。

方锦绣转身进去,招呼柳儿:"我的那份节礼给我放好了没?没有少了吧?"

柳儿撇撇嘴:"谁稀罕啊。"她说着也跟着进去了。

陈七还站在门帘后探头,被方锦绣一把揪住拉了进去。

九龄堂里恢复了安静。

"坐。"君小姐含笑伸手做请,说着转身去斟茶。

宁云钊却没有坐,说道:"不用了,我就是来说句话,就走了。"

君小姐依言停下,安静地看着他,等待他说话。

宁云钊想着自己要说的话,垂在身侧的手稍微攥起,自从那一天他站在国子监的竹林外探问自己的心意,到现在已经有一个月的时间了,这一个月他刻意没有来九龄堂找她,就是想先明确自己的心意,现在他终于确定了,于是他深夜来到了这里……

宁云钊平静地看着她的眼,干脆地问道:"后日的十五,你愿意与我去观灯吗?"

"好啊。"君小姐带着几分轻松地说道,"我们先去柳掌柜家吃饭,然后就去观灯。"又想到他也是身在异乡没在父母跟前,提议道,"你是去你叔父家吃饭吧?到时候我们在哪里会合?"

"你真的……愿意与我一起观灯吗?"宁云钊不确定地看着她,再次问道。

宁公子的声音清朗,又带着几分微微的颤抖,在安静的夜色里听来添了几分悸动,君小姐愣了一下,再仔细观察宁公子的眼睛,这双眼明亮如火,满含着难以名状的情绪,她恍然顿悟。

君小姐有些微窘迫，她迎着宁云钗的眼睛，说道："我不太明白。"

她明白自己的意思了，宁云钗只觉得心跳加快，身子也微微发热，他沉默片刻，道："我也不明白，肯定不是一见钟情。"

君小姐认真说道："这件事有些不好说。"

如果此时此刻她是君蓁蓁，听到宁云钗的邀请，一定会欢喜不已，但如果此时此刻是君蓁蓁，宁云钗就不会说出这句话，君蓁蓁并没有让他一见钟情，让他做出如此决定的，是楚九龄。这其中复杂的纠葛，让君小姐一时不知道该如何回应……

"你不用现在就说。"宁云钗笑着说道，"你可以想一想，距离十五还有两天一夜的时间。"

君小姐笑了笑，看到她笑，宁云钗心里轻松了几分，便说道："那我先走了。"

君小姐却摇摇头："不用，这个问题我现在就可以说。"

不需要吗？宁云钗紧张地看着她。

"多谢公子邀请，只是很抱歉。"君小姐坦然又干脆。

"我能问问为什么吗？"

"不合适。"她想了想，又加上一句，"我不想。"

这回答精确而真诚，合情合理，没有任何可以反驳和挽回的余地。

宁云钗笑了笑，点点头："这样啊，好，我知道了。"

他答得也干脆利索，对君小姐抬手说道："那我就先走了。"

君小姐还礼，看着宁云钗走了出去，静静地立了片刻，上前关上了门。

第七十二章

◇

用实力赢得同行的认可

君小姐并没有将宁公子对她告白的事放在心上，毕竟她正面临更大的难题。

"这一万两银票有问题？"方锦绣的声音在身后响起，君小姐转过身，看到她走过来。

"你看了好一会儿了。"方锦绣说道，"我看过不是假的啊。"

君小姐笑了笑，说道："那天出诊的诊金是两千两。"

方锦绣神情一沉。

"多出的八千两，是要我改掉九龄堂的名字。"君小姐指了指门外的匾额，说道。

方锦绣怔了怔，有些不解。

"那天请我上门诊病的是北镇抚司陆千户……的女人。"君小姐说道。

方锦绣自然明白了君小姐话里的意思，脸色一阵红一阵白。

"那为什么……"方锦绣恍然，"九龄公主……"

听着别人说自己的名字，而自己其实就在这个人面前，但别人却不知道，这种感觉很有意思，君小姐看着方锦绣有些想笑，她知道她想到原因了。

"早就知道这个名字跟九龄公主重名，那陆千户肯定不愿意……"方锦绣眉头紧皱。

"怕不怕？"君小姐笑道。

方锦绣瞪了她一眼："没想到陆千户并没有那么可怕，竟然还了你钱，要是我就打你一顿，一分钱不给。"

君小姐哈哈笑了，方锦绣没有再笑，看向桌上的银票："我们要怎么做？"

"不知道，我还没想，就走一步看一步吧。"

陆云旗这个人，现在已经不能以她熟悉的那个他来推测其行事，依据大家的描述来看，这个陆云旗的行事不可揣测，也不可挑战试探，那就只有以静制动了。

方锦绣皱了皱眉头，刚要说话，门外传来一阵嘈杂。

"是她说的吗？"门外一个老者愤怒地说道，"好，那我来问问她。"

方锦绣和君小姐都站起来，看着门外冲进来一个满面怒意的老者，他身后还跟着一个妇人、两个男人，另有不少民众也聚过来。

"君大夫，是你跟别人说这个病我能治吗？你说我能治我就能治吗？治不好，我就是罪人吗？"老者涨红脸，挥着手喊道，"你以为你是谁？你说你自己就罢了，你管我干什么？"

　　方锦绣心里深深叹了口气，心想该来的总是要来，京城真是居大不易啊……

　　君小姐已经起身走到这位老者面前："怎么了？"

　　"你问我还要问你呢。"老者气愤地喊道。

　　"那你问吧。"君小姐客气地说道。

　　老者被噎得直瞪眼，更加恼火地伸手指着身后，说道："是你跟他们说我能看好她的病？"

　　君小姐看向老者身后，一个妇人神情不安地上前一步，一边递上名帖，一边说道："君小姐，我前几日来问诊过，你说我家夫人的病没有大碍，能治好的。"

　　君小姐不用看名帖也记得她，点点头："是啊，能治好的。"

　　老者顿时再次吹胡子瞪眼，喊道："能治好你治啊！你能治不治，却煽动这些人来跟我闹！"

　　老者从医这么多年深受民众爱戴，这还是第一次被人砸了医馆，这砸的是他的脸啊，是百草堂百年的清誉啊。

　　"你说能治，你治，你治啊。"老者带着几分决绝地颤声说道，"你治好了，我给你跪下，我关了这百草堂，我再不行医。"

　　君小姐看着激动的老大夫，以及被这阵仗吓得有些忐忑的妇人，说道："好，那我们一起去看看吧。"

　　老者激动的行为惹来了更多的人围观，更有一些大夫也闻讯赶来，询问道："怎么了？"

　　"这是百草堂的冯老大夫。"一个观看了全程的路人热情地介绍，"冯老大夫大家都知道吧，最擅长正骨。"

　　围观的民众纷纷点头，冯氏正骨也是传承了百年的，在京城很有名气。

　　"这家的夫人呢，出门上香的时候跌断了腿，找了冯老大夫接上。"路人说道，"但一直觉得疼不能走路，这不是九龄堂出神医了吗，就让人来问诊，九龄堂神医的规矩是什么大家都知道吧？"

　　"有钱。"围观的民众起哄喊道。

　　那路人笑着摆手："有钱当然是一方面，还有另外一个要求，那就是她宣称只治疗别的大夫治不好的病。这位夫人派出仆妇去问诊，君小姐就说冯老大夫能治好，所以她不治。"

　　"冯老大夫当然能治好。"有民众喊道。

　　路人干咳一声："有些病是能治好，但有些伤可说不准，比如腿断了、截了，难道一个大夫能让它完好无损吗？这是难为人啊。"

　　围观的民众愣了一下。

　　"对啊，病可以治，伤有时候落下病根，也是难免的。"一个大夫带着几分气愤地说道，这话立刻得到其他大夫的认可，大家纷纷附和。

　　"所以就因为九龄堂说冯老大夫能治好，这家人就认为冯老大夫一定能治好，不管冯老大夫怎么解释，他们就是不听，只怪冯老大夫不尽心，还砸了冯老大夫的医馆。"

围观的民众顿时哗然，纷纷义愤填膺地跟着君小姐和冯老大夫来到一处宅院前。

提前得到消息的门房将跟来的民众阻拦在巷子外，但民众并没有就此散去，反而越聚越多，在巷子外议论纷纷、指指点点。

相比于外界的喧闹，家宅里倒是安静得很，只不过这安静中还带着几分紧张。

几个男人瞪着冯老大夫，为首的中年男人恨恨说道："你个老东西还敢闹，我们砸你的店有什么不对？你看看你把我家夫人治的，连路都走不了了。"

冯老大夫气得直发抖，喊道："摔断腿，短短时日就想起来跑吗？那是神仙才能做到的，你们不该找大夫，该去找神仙。"

"什么短短时日，这都多久了！"男人立刻反驳道，"冯四六，要不是看在你久负盛名的面子上……"

眼看着双方就要吵起来，君小姐上前一步，说道："先看看病人吧。"

"君小姐，你也有错。"那中年男人看着君小姐，神情不悦，"你就该来问诊，只听诊就说别人能治好，这怎么可能！"

"是。"君小姐没有反驳，和气地说道，"我先看看病人。"

中年男人哼了一声，甩袖先行，君小姐跟上，冯老大夫也带着满面怒意跟去。

伤者是一个中年妇人，此时正神情憔悴地躺在床上，虽然没别的病症，但这种不能走路的痛苦也将人折磨得生不如死，一看到冯老大夫，她就抓起床头的茶杯砸过来，骂道："你个杀千刀的，害我如此！"

冯老大夫如果不是想要亲眼看看这君小姐怎么治好病人，肯定会掉头就走。

"夫人，这就是你不对了。"君小姐迈过碎裂的茶杯，和气说道，"你的腿伤可不是冯老大夫害的。"

冯老大夫冷笑，心想：用得着你假惺惺？

"还有你，你能治你为什么不治，不就是钱吗？"那夫人看着她亦是冷笑，"来人，给她钱，一千两，两千两，要多少给多少。"

两边的仆妇神情尴尬，只得低下头，中年男人并没有说什么，也只是冷笑。

"这种骨伤最能让人脾气暴躁，能发脾气就好，说明精神很好。"君小姐上前一步，"我看看夫人的腿。"

夫人哼了一声，忽然又流泪，旁边的仆妇忙将手帕递上，她拭泪侧头，仆妇领会意思，将夫人的裙子掀开，露出小腿，小腿上打着夹板，裹着厚厚的药膏。

"当时是……"仆妇的话没说完，就见君小姐退后不看了，前后不过看了一眼，仆妇愣住了，话也停下来。

"扶着夫人下来走一走，我看看。"君小姐又说道。

"根本就走不动的。"仆妇看了眼冯老大夫，"冯老大夫也叮嘱过不要走动。"

冯老大夫哼了一声，没好气地说道："这时候听我的干什么？"

"走不动站一站也行。"君小姐不以为意地说道。

中年男人轻咳一声，仆妇们忙上前小心翼翼地搀扶夫人起身，随着起身夫人连声呻吟，君小姐仔细看着她的神情动作。

冯老大夫知道她这是望诊，心中冷笑一声，心想都是女人装什么，何况又是骨伤，骨伤就是要触摸才能知道病症所在，他转过头懒得再看。

君小姐看着实在走不了路、表情越来越痛苦的夫人也不再勉强，请她重新躺下。

"君小姐，怎么样？"贴身仆妇忍不住问道，"你要不要看看，这骨头是不是没接上？"

君小姐笑着摇头："当然接好了，冯大夫接得很好，腿伤也愈合得很好。"

这话什么意思？在场的人都微微一愣。

"我的意思是冯大夫能治这个病，而且治得很好。"君小姐接着说道，"这个病不用我治。"

闻听此言，床上的夫人顿时大哭起来。

冯老大夫亦是冷笑道："你不用说好听话，也不用夸我，我自己来说，这伤腿我就治不了，你来治，请你来治。"

君小姐沉吟片刻，说道："这样吧，劳烦冯老大夫再给我演示一遍怎么接的骨，我看看跟我的手法是否一样，这样也好确定我治还是不治。"

冯老大夫哼了一声："好啊，老夫就班门弄斧了。"他说罢上前，仆妇再次将裙子掀起露出小腿，冯老大夫伸手虚浮着伤腿，一边动作一边说道，"先推……"

他刚说出一句话就被君小姐打断："这样看得不真切，不如去了夹板药膏，在腿上演示。"

冯老大夫再次冷笑，不过他什么都没有说，果然伸手拆了夹板，解下裹着药膏的厚布，露出被药膏染得黑乎乎的小腿，将手放在夫人的小腿上，虚不用力地微微动作，解说道："一探，二推。"

君小姐看得很认真，不时点点头，她伸手点了点小腿上的一个地方，说道："如果我来做也是这样，下一步是不是要揉这里。"

冯老大夫绷着脸将手移到她点的地方，说道："不是，这里不用揉，而是压……"

君小姐的手也伸过来就按在他的手上，似乎是有些好奇，猛地按下去，还问道："是这样压？"

陡然压下去让夫人发出一声痛呼，屋子里的人都吓了一跳，冯老大夫也吓了一跳，然后忽然僵住了，神情也陡然变得不可置信，额头上的汗水猛地冒出一层，怎么回事？这里的骨为什么还断着？难道是漏掉了？当初接骨的时候没有接上？

冯老大夫正骨一辈子，手放到哪里就能知道骨头是完好的还是断裂的，他不可能犯这种错误，他清楚地记得这条伤腿上断骨已经都接好了，但现在是怎么回事？冯老大夫只觉得里衣已经被瞬时冒出的汗打湿，脑子一片空白，手还摸着伤者的腿，但心里什么念头都没有了。

"怎么了？出什么事了？"身边的仆妇以及旁边站着的中年男人都急声询问道。

冯老大夫面色灰白地看向这些人，心想你们砸我的店还真砸对了，我不冤枉，他正想要这样回答，但有人比他先开口了。

"没事，疼也是好事，说明夫人的伤正在好转。"君小姐说道。

冯老大夫怔怔地看向她。

"冯大夫，这里原来要按啊。"君小姐却没有看他，神情认真地看着伤者的腿，"这样按了就能彻底接好了吗？我记得董氏正骨集上记载过一个医案，说有一种骨伤是愈而后裂，不知道按压的手法也适用不？"

这句话出口，冯老大夫眼前一亮，脑子顿时清明。董氏正骨集并不是一本医书，确切地说是一个姓董的大夫在行医中搜集的各种趣事，对于医术并没有具体讲解，但因为提到的稀奇古怪的案例很多，所以大家都会读一读，但多数是读而不精。此时经君小姐这么一说，冯老大夫也想起来，的确有这么一种情况，骨头一开始看起来完好无损，但会随着其他地方的骨伤愈合而断裂，这种情况很少见，但也不是没有，只要能发现也很好治愈，就是再补一次骨就好了。

冯老大夫一向沉稳的手微微地颤抖起来，耳边又传来君小姐的声音："冯大夫，是不是啊？"冯老大夫垂下视线，手慢慢放回这位夫人的腿上，这一次不再是点到为止地做样子，而是揉按了上去，颤抖地说道："我的手法是这样的，我不知道你的……"

因为他按、压、揉，夫人再次发出痛呼，让屋子里的人再次紧张起来。

"她的腿还没好呢，你这样乱按行不行啊？"中年男人质问道。

只两三下冯老大夫已经收了手，他没有理会中年男人，而是垂着头闷声说道："君小姐要试试吗？"

屋子里的人都看向君小姐，带着几分期盼。

君小姐摇摇头："不用了，我跟他的治法一样。"

屋子里的人顿时失望，那夫人更是伏在床上大哭起来。

"君小姐这就没办法了？"中年男人急道，"这样熬下去可怎么受得了。"

"也不用熬太久了，我想再过三五日肯定好转了。"君小姐说道。

中年男人哼了一声，生气地说道："三五日，三五日，你们就会这么说，这都过了多少三五日了。"

冯老大夫慢慢将药膏重新裹上，上好柳木夹板，拿起屋子里的纸笔写下一个药方，说道："我再换个药方，过三五日要是还不好，不用你们来砸，我自己关门摘匾。"他的声音没有先前的激动，似乎耗尽了力气，写罢放下拱拱手，便转身走了。

屋子里的人看看他的背影，又看看君小姐。

"君小姐，你看。"中年男人拿着药方。

君小姐对他点点头："冯老大夫一定能治好的，大人放心。"

中年男人叹口气，摆摆手示意送客。

君小姐走出门的时候，冯老大夫正被民众围起来询问，他一律不予理会，闷头挤开人群走了。民众又看到走出来的君小姐，想要围过来但又不敢，因为一辆车已经来接了，随从还有几个气势汹汹的护卫。民众只好看着君小姐坐车走了，却舍不得散去，站在原地好奇地猜测议论。

但这种猜测并没有持续多久，五日后大家就知道了结果，因为这个砸了冯老大夫医馆的人家亲自去给冯老大夫赔礼道歉，赔偿了砸坏的家具，还送了匾额。

"就说冯老大夫能治好嘛。"有民众义愤填膺地说道。

但这话没有得到应和，围观的民众听起来有些怪异，一个人还喃喃说道："君小姐也说他能治好。"

这话让民众陷入一阵沉默，纷纷站队开始辩论起来，大多数人还是站在冯老大夫这边，更有人前去百草堂安慰冯老大夫，却发现他不在堂内，不知道是不是因为这一番闹腾，身子经不住回家歇息了。

对于百草堂这边的热闹，陈七第一时间就知道了，在堂内对着两个伙计撇嘴笑道："就说我们君小姐说得没错嘛，这些人啊真是不知好歹。"

他说到这里，两个伙计咦了一声，用胳膊肘捅他。

"干什么？别跟着我这么没规矩。"陈七皱眉，"我好歹是大掌柜。"

"大掌柜，那谁来了。"一个伙计忙说道。

陈七抬头神情一怔，看到门口站着的冯老大夫，神情顿时紧张起来。

君小姐也从后边走出来，看到冯老大夫，问道："怎么了？"

她还没说话，冯老大夫忽然对她长身施礼，一揖到底，旋即转身走开了。

陈七和两个伙计都一脸愕然，陈七不解地问道："这老头是什么意思？"

这种长揖，是面对君亲师表达最诚挚的尊重时才会用到的，这不仅仅是道谢，更是尊重。到底发生了什么事，让这个之前还恨不得烧了九龄堂的老大夫，对一个这么年轻的后辈如此尊重？

"大概是因为我说他能治好吧。"君小姐将刚炮制好的一匣子药丸递过来。

陈七伸手接过："可是你先前也这样说啊。"

只因为跟着冯老大夫出诊了一次，这句话带来的效果就变了？那肯定不是因为这句话，而是发生了什么他们不知道的事。

"是信任和信心吧。"君小姐带着几分俏皮地说道。

她这意思明显就是说我不告诉你，陈七顿时无奈，摇摇头不再追问。

冯老大夫一口气走到街角才停下来。现在想想，这个小姑娘明知道他当初故意挑事，却不急不躁地跟去，又不动声色地帮他指出错误，还保留了他的颜面。又想到自己做过的蠢事，真是有愧于父亲的教导，他连一个小姑娘都不如，真是羞愧难当。现在多亏这位小姑娘，点出了他的错误，也点醒了他。所以她当得起他的师长，也当得起他一拜。

"冯大夫。"有人拦住了他的去路。

冯老大夫回过神，看到面前站着的一个年轻男子，他认得这是江友树的大弟子，便点点头："耿大夫。"

耿大夫带着几分关切："您没事吧？您的事我听说了，这次您真是无妄之灾，本来能好好治病，就因为这中间的一场闹剧败坏了。"

冯老大夫闻言，并没有如对方预料中的那样义愤填膺，而是神情不安地摆摆手，连声说道："不敢不敢，惭愧惭愧。"

耿大夫愣了一下，心想这是什么反应，他还要说话，冯老大夫已经抬手告辞，郑重说道："我还有几个病症要好好研习一下，学海无涯，不进则退啊。"说罢，越过耿大夫，疾步而去。

耿大夫一脸愕然："冯大夫……"

冯老大夫已经头也不回地走远了。

听了耿大夫的描述，江友树沉吟片刻，笑道："能有什么奇怪的，无非是欠人情了。"

耿大夫有些惊讶："师父，您的意思是冯老大夫真的没有治好这个病？"

江友树点点头："他应该是犯了一个错，没有尽心复诊，结果遇到了生骨裂。"

耿大夫自然知道生骨裂是什么："不会吧，这么简单的病情他没发现？"

"正因为简单，很多事反而会疏忽。"江友树将手里的医书放下，"这个君小姐原来很会做人啊。"

她肯定发现了冯老大夫的错误，不仅没有指出，还替冯老大夫做了掩护。这关系一生清名，冯老大夫自然对她感激不尽，也就绝不可能再说君小姐半句不是。

耿大夫想明白后又皱皱眉，嘀咕了一句："真是个废物。"

明明是个有名的大夫，却偏偏犯了这么蠢的错误，不仅没有挣回脸面，反而将把柄递与他人。

"这个君小姐可不是个废物啊。"江友树看着夹在一堆医案中的那卷有关九龄堂的信息，说道。

没想到方家那个少爷的病真的被治好了，按照当时的情况他真的束手无策，这九龄堂果然是有些真本事的。

"敢来京城混的自然有真本事，但她怎么可能什么病都能治？"耿大夫说到这里，下意识想到一个人，一个神仙般出现又神仙般飘然而去、不知所踪的人，"她又不是张神医。"

江友树面色微微沉了沉，说起来，这个君小姐跟张青山一样，都是神神道道的，偏偏就是好运连连。

"这次是冯老大夫自己出错办砸了。"耿大夫说道，"满京城这么多大夫呢，她的话放出去了，以后这种事会不断发生的，难道她都能遇上别人误诊？"

江友树捻须不语，心想那就接着看看吧，看看她能走多远。

正如耿大夫所说，这样的事果然接连开始出现，尤其是冯老大夫治好那家人的伤后。

"君小姐说能治好就能治好，你治不好是不是没尽心？是不是想多要钱？"一个年轻的大夫站在九龄堂内模仿着病人的话，比起年长没力气的冯老大夫，他的情绪更为激动，恨不得跳脚。

"我就是治不好，我就是不会治，你又不是我，你凭什么说我能治？"

陈七和两个伙计伸手挖了挖耳朵，如今他们都懒得惊讶了。

坐在几案后的君小姐神情平静："你能治啊，你会的，你们家是经方派，你肯定学过伤寒论，观脉症，知何逆，随症治，你怎么能说不会呢？你只是一时想不起来，我记得伤寒论里有讲到一个经方，就是说的这种黄瘀不断之症。"

年轻大夫愣了一下，下意识地说道："可是这个病人不是黄痰之症啊，他并没有黄痰……"

话说到这里，人猛地停下，旋即恍然，如同醍醐灌顶，激动地又说道："有有！先有黄痰，最早的是黄痰，是黄痰……"他不待说完转身就跑了。

陈七翻个白眼，干笑一声："我看这哪里是医馆，分明成医学堂了。"说到这里他也恍然，心想这可是传技授业了。

治疗别人不能治的病高明，而成为满城大夫的一字之师更为高明，这以后谁还好意思说她坏话，感激还来不及呢！陈七看着坐在几案后神情平静重新提笔写什么的君小姐，忍不住竖起了大拇指。

过了八月十五，天就变凉了，几场秋雨后，街上行走的人都换上了夹衣，在细雨中缩着肩头疾步而行。

街边的店铺都显得有几分寂寥，唯有九龄堂依旧人流不断，稀奇的是，去看病的人不多，反而去得最多的竟然是大夫……

此时，九龄堂里进来一个衣衫、头发都被打湿的大夫，他看着很狼狈，神情又带着几分紧张。

"君小姐。"他顾不得擦拭脸上的雨水，急切地问道，"我能不能治好这个病症？"

"哪个？"君小姐问道。

自从两次指点了大夫的医治后，这京城里其他药堂再接到被君小姐拒诊的病人，大夫们都格外认真地接诊，他们能治的就治，遇到自己束手无措的，就会跑来问询君小姐的意见。他们一开始还遮遮掩掩地悄悄问询，后来发现大多数大夫都这么干，就干脆正大光明地询问了。

听到君小姐的询问，这个大夫稳了稳心神，将病人的症状讲了，坦然说道："我以前没有治好过这种病症，这个病人恰好来我这里，我不敢也不好拒诊，所以就来请教一下君小姐，如果我真的治不了，希望君小姐能告诉这位患者，请他们另请高明。"

君小姐笑了笑："你以前是怎么治的？对于这个病症又怎么想的？"

这个大夫有些微紧张，就好像当学徒时面对师父的提问，他凝神思索一刻，将自己以前的药方以及想法讲给君小姐听，又带着几分期盼地看着她，希望能得到指点。

君小姐转开了视线，喊道："阿四。"

阿四是店伙计，闻言应声"是"，心想这是要送客了吧？大夫的神情有些尴尬。

"带这位大夫进去换件干净衣裳。"君小姐说道。

这个大夫一愣，面色微红地低头看了看自己的衣衫，湿淋淋的，贴在身上是不太雅观，他面对的是大夫，但也是个小姑娘。

"这个病我们坐下来说一说。"君小姐伸手敲了敲桌面，又说道，"说的时间可能要长一些，你穿这个衣服别受了寒。"这个大夫激动得不知道该说什么好。

"跟我来吧。"阿四说着前方引路。

那大夫也不再客气，对着君小姐一施礼，跟着店伙计进去了。等他换了干净的衣裳出来，君小姐对面的几案上已经摆好了一杯热茶，他再次施礼，恭敬地坐下来，握住了那杯热茶，只觉得身心都热烘烘的。

"适才你说这个病症开的药是熟地当归……"君小姐一边提笔在纸上写下，一边说着。

对面的大夫忙放下茶杯，神情凝重地肃容倾听。

街上斜对面的屋檐下，戴着斗笠的耿大夫透过窗户看到这一幕，将斗笠往下压了压，转身走开了。

回到太医院，他忙报告给江友树："如今满城的大夫都以她说自己能治好为荣，大家甚至都盼着她说自己能治好，因为只要她说，他们就一定能治好，治不好，她也会让他们治好。有人问她为什么要这样做，她说一医医一人，百医济万民。这哪里是跟全城的大夫作对，哪里是瞧不起百姓没有仁心啊，这简直是当菩萨度人了。"

江友树听后，面色沉了下来……

此时的北镇抚司几个锦衣卫也在汇报这件事。

"别人当大夫是为了糊口，为了生计。"一个锦衣卫面无表情地说道，"但是这位君小姐可不是。"

"是的，她身后有德胜昌，不缺钱也不缺生计。"另一个锦衣卫说道，"她只求名，不要利。"

"名利对人是束缚，但如果只要名不要利，那这个人就可怕了，传授技艺普度众生，"先前那位锦衣卫说道，"可不就是菩萨了？"

听到这里，江百户摸了摸下巴，骂道："这群没出息的大夫，真指望不上他们。"

锦衣卫们上前一步："大人，那我们动手吧？"

江百户摆摆手："我去请示一下千户大人。"

江百户来到陆云旗这里，却被门口的人拦住，冲内里做了个手势。江百户领会这是陆云旗在内安排任务便等在原地，没多久几个锦衣卫走出来，对门外的他们点点头算是打招呼，旋即离开了，陆云旗也跟着走出来。

"大人。"江百户说道。

陆云旗对他抬手制止，一句话不说就走了。

江百户看着陆云旗疾步而去，说道："大人要去宫里吗？出什么事了？"

虽然陆云旗一直都面无表情，看不出喜怒，但跟他在一起久了也能看出一些端倪，适才一眼便能看到陆云旗眼内的波动，这种神态他只见过一次，那是在九龄公主棺椁入土的那一刻，江百户心想，肯定是出大事了。

第七十三章

◇

名字引起的风波

下了几日的秋雨终于停了，两个店伙计再次加上几件衣裳，在后院里守着炉子扇着火。如今除了看店，他们也被要求一同做药，分到的工作是守炉子。

"这个火太大了。"柳儿在一旁嗑着瓜子。

陈七不满地将一包切好的药倒入水中，再拿起木棍搅动着，心想店伙计既然拿了工钱，就该多干活，但是他这个做掌柜的为什么也要干活……

"向一个方向搅动，别乱划拉。"方锦绣走过来将洗好的药材端走，还不忘提醒道，她负责的是烘干药材，就在屋子里，最闷热。

陈七撇撇嘴，站直了身子好好地搅动，抬头看到君小姐从后院走出来，对柳儿说道："柳儿我们出去。"柳儿应声"是"，将瓜子收起来。

"你们去哪儿啊？"陈七忙问道。

如今九龄堂依旧遵循三六九问诊的规矩，其余都是闭馆做药，而这时候君小姐几乎不出门，君小姐说道："好久没做铃医了，我出去转转。"

陈七心里想着真是闲的，当然不敢说出来，看着君小姐主仆走出去，柳儿还不忘回头吩咐道："别偷懒啊，今天这些都要做完的。"

真是吃人嘴软拿人手短啊，陈七摇摇头，用力地搅拌着大锅。

当听到铃铛声以及看到君小姐走来时，路上的民众顿时惊喜不已地涌过来，大家都知道君小姐的规矩，不敢主动开口询问，只热情地跟她打招呼，君小姐都一一含笑略点头而过，随着她的走动，得到消息的人越来越多，路边几乎是夹道欢迎。

君小姐已经绕了半个城，这边有些冷清，因为一路都没有人被指出有凶兆，大家知道跟下去也没什么意义，除了个别闲人等着看哪个好运气的有凶兆外，大家都散去了。

"小姐，那边是关帝庙。"柳儿一边递过来水壶，一边说道。

君小姐接过水壶，借着喝水停下脚步看着前方，心想时隔两个月她又来这里了，上一次没有走到要去的地方，这一次可以试试了。虽然这里比别的地方冷清一些，但随着这么多人涌过来，这边的巷子也变得喧闹起来，听到动静的民众走出来，看到君小姐都是大喜，纷纷夹道欢迎。

"君小姐，你看看我有凶兆没？"还有人大胆喊着，声音里带着期盼。

站在不远处提篮叫卖蒸饺的一个小伙计闻言忍不住笑道："真有趣，竟然有人喜欢有凶兆。"

旁边的民众瞪他一眼，说："你懂什么，能被君小姐看出凶兆，就能一生平安了。"说罢，热闹地跟上去。

小伙计嘿嘿笑了两声，并没有跟去看热闹，站在路边扯着嗓子叫卖。

就在大家以为这次君小姐依旧会一路走过时，她忽然停下来，看着一处宅院若有所思。

四周顿时安静下来，而站在那处宅院前的妇人只觉得头皮发麻，说不上是高兴还是害怕。

"君……君大夫。"她结结巴巴地说道，"我……我是不是有凶兆？"

君小姐盯着她一刻，说道："可以进去说吗？"

围观的民众顿时激动起来，又觉得很遗憾不能亲耳听到到底是什么凶兆，看着那妇人深一脚浅一脚地带着君小姐主仆进了院子关上了门。

站在院子里一阵询问后，那妇人激动得连连点头，紧张地说道："对，君小姐你说得对，我就是这样的症状，那要怎么救？"

妇人一边说着一边在心里盘算着家底，这君小姐诊病一次要一千两，开药也是起价一千两，她可拿不出这些钱啊，但又不甘心不治病等死。

"你这个事很简单，不用吃药。"君小姐伸手一指院墙，"你的邻居就能帮你治好，他院子里的这棵树如果能砍了，你家里的风水就变了，阴阳和顺，你的病也就能好了。"

妇人闻言大喜，高兴地说道："这样就可以？那太好办了。"

君小姐含笑说道："叫你邻居过来商量一下吧，我在也能帮忙说服。"

"不用商量了，我家邻居已经搬走了，这房子已经卖给我了。"妇人接着笑道，"我这就去把那棵树砍掉。"

君小姐的笑容凝滞在脸上。

"大人，不知道他们一家是什么时候搬走的，也不知道去了哪里，没有任何消息。"两个锦衣卫垂首站在陆云旗面前。

说完这句话，他们便感受到了屋子里越发令人窒息的沉寂，以及落在身上令他们发怵的视线。似乎过了很久，陆云旗的声音才响起，他淡淡说道："没有消息啊，那你们可以走了。"

这句话出口，两个锦衣卫的身子一僵，纵然低着头也可以看到耳根脖子变得惨白，这走自然不是让他们从这屋子里走出去，而是从生走到死，从阳间走到阴间。

看着两个锦衣卫的尸体被抬出去，院子里的人神情并没有什么变化，每个人都要为自己做错的事承担后果，能不累及家人已经是万幸。

陆云旗现在肯定心情很不好，江百户在门外踟躇一刻，可惜自己带来的也不是什么让人开心的好消息。他抬起脚进去，刚要说话，有人也跟着进来了，这是一个小贩打扮的年轻人，手里还拎着竹篮子，里面不知道放了什么散发着香气。这香气在这沉闷的屋子里并没有起到让气氛舒缓的作用，陆云旗神情木然地看着进来的两人。

"大人，四周没有什么异动，也没有特殊的人接近。"小贩说道。

陆云旗嗯了一声，没有询问和说话，小贩应声"是"要退出去，又想到什么停下来，欲言又止地说道："不过……"

陆云旗看着他："说。"

"不过今天有个铃医来关帝庙后的巷子了。"小贩说道，"还给那家的邻居诊病了。"

"是那个九龄堂的君小姐吗？"江百户插话问道。

小贩点点头："就是她，说那个妇人有什么凶兆。"

"看来最近没病人，当大夫、老师当得无聊了。"江百户趁机对陆云旗说了九龄堂这一段时间的事情，"所以现在看来，那些大夫不可能与九龄堂作对了。"

陆云旗哦了一声，看向江百户："九龄堂，她还是叫这个名字吗？"

江百户愣了一下，点点头："是的，大人，虽然一些大夫对她改观了，但有些大夫还没有，我再去找一些……"

陆云旗站起身来，微微动了动脖子，似乎是缓解一下长久保持一个姿势的僵硬，他淡淡说道："哦，不用那么麻烦。"

君小姐在街上缓步而行，手里的铃铛还在摇着，四周依旧围着热情打招呼的人群，她的神情虽然含笑但眼神里难掩几分焦灼。

冰儿的姐姐怎么会不见了？上一次她没有走近不敢去打听，现在终于能借着九龄堂和铃医的名头接近这里，也不会引起怀疑，没想到人竟然不见了。如果说一开始就没在倒也可以理解，一年前自己突然进宫行刺皇帝，这么异常的动作肯定会被调查，说不定冰儿会被查出来，那冰儿的姐姐自然也会被查出来，那样绝对不可能留着她们了。但是适才从那妇人口中打听到，冰儿的姐姐一家一直住在这里，就是这几天才走的，这就说明，那件事可能还没有曝出来，但怎么早不出事晚不出事，偏偏在她来到京城后就出事了？说明肯定有人也知道这件事，难道自己引起怀疑？绝对不可能啊，那到底是怎么回事？

"小姐小姐。"柳儿喊道。

君小姐停下脚步，微微平复一下心情，看向柳儿。

"小姐，你还要转吗？"柳儿不解地问道。

君小姐这才看到自己已经走到了九龄堂前，她心中懊恼自己的失态，暗忖必须要更小心些，继而脸上堆起笑容，说道："算了，太累了，今日就不转了。"

柳儿高兴地接过她的药箱先进去了，君小姐轻叹一口气，低下头跟了进去。

"你们回来啦，正好要吃饭了。"陈七在院子里甩着胳膊，笑呵呵地说道。

他这话带着几分酸意，不过遗憾的是君小姐心不在焉不理会，柳儿根本听不懂。

"你活干完了吗？"柳儿问道，"别只惦记吃饭。"

陈七被噎得翻了个白眼，正要说话，门外忽然一阵喧闹，伴着马蹄声、脚步声，似乎很多人到了门前。

在堂前看门的伙计面色惨白地跑进来，伸手指着外边："小姐，不好了，锦衣卫来了。"

院子里的人神情微微一僵，陈七镇定地说道："有什么大惊小怪的，又不是第一次来，肯定又是要来诊病的。"他说着摇摇头，带着几分无奈，"咱们的规矩对他们来说没用，只能委屈君小姐了，反正就算违背了规矩，别人也不会说什么，毕竟是锦衣卫嘛，大家也都理解，我看看去。"

他说着向外走去，方锦绣迟疑一下继续将药材倒在簸箩上，眼角的余光看了眼君小姐，她的神情看着有些僵硬，似乎还没回过神。从来没在她脸上见过这样受惊的神情，这件事一定很严重，方锦绣将手里的药材放下，拂下衣袖疾步向外而去。

君小姐也深吸一口气，抬脚向外走去，她跟上了方锦绣，又越过了她，方锦绣忍不住瞪她一眼，心想看把你能的！

君小姐走到堂内，见内并没有人，陈七站在门口看着门外，脸色有些难看。君小姐走过去，见门外肃立一队锦衣卫。街上围观的民众不少，但半点嘈杂都没有，所有人的视线都带着畏惧和躲闪。九龄堂前，骑在马上的男人着飞鱼服，佩绣春刀，深秋的日光下面色更加瓷白，满目的肃杀，竟然是陆云旗。

君小姐看着他，陆云旗却并没有看她，他的视线扫过九龄堂的匾额，说道："摘了。"

伴着他的话音落，两个锦衣卫立刻上前，抽出手中的绣春刀，跃身而起，用刀背敲在匾额上。吧嗒一声，九龄堂的匾额顿时跌落下来，街上的民众以及陈七、柳儿、方锦绣等人都发出惊呼。

九龄堂的匾额掉落地上，发出闷响，溅起尘土飞扬，四周的嘈杂惊呼也随之消散，现场一片死寂。

陈七看着地上完好无损的匾额咽了咽口水，心想这匾额做得可真结实，还有他们九龄堂一个小药堂怎么惊动了锦衣卫来砸店啊，到底是因为什么得罪了他们……陈七忐忑不安地盯着锦衣卫，方锦绣则是眼神复杂。

但随着这匾额落地，君小姐的心似乎也落地了，她平静地看着陆云旗："陆大人，您这是什么意思？"

陆云旗居高临下地看着她："你知道。"

"上次陆大人说的事，我很抱歉，恕我不能做到。"

陆云旗看着这个敢直视他的女孩子，心想胆子可真不小，淡淡说道："做不到，当时为什么不说？"

"当时，不敢。"

"你收了钱。"

"当时，不敢不收。"君小姐想了想又补充一句，"后来，不敢退还。"

听到这句话，陈七心里竖起大拇指，能将不是道理的事说得这么有道理，真令人佩服。

通过陆云旗与君小姐的一问一答，周围的民众也多少明白了事情的大概，看向君小姐的神情均满是佩服。

陆云旗看她片刻，翻身下马慢慢走着："你这不敢那不敢，却敢应而不守信，拿钱不办事，我看你很敢啊。"

以前的他一见她，会以最快的速度走近，从来没有这样慢悠悠的，似乎要走近又似乎满是厌恶，就像一头戏耍猎物的猛兽。

陆云旗在君小姐面前停下，他身材瘦高，挡住日光投下阴影，将君小姐罩住："那你要如何？"

君小姐垂目，对陆云旗屈膝施礼："九龄堂是我君家祖业，我祖父、父亲都已经不在，家中只有我一个人，秉承祖父和父亲的遗愿，我必须把九龄堂传下去，还请大人见谅，恕我不能舍弃九龄堂的名字。"

陆云旗要九龄堂换名字吗？在场围观的民众听到后都神情惊讶，低声议论起来。

就在君小姐屈膝之时，方锦绣上前举起一张银票低头捧上，陆云旗连看都没看一眼，干脆地说道："不行。"

君小姐还没说话，方锦绣先抬起头："陆大人，这九龄堂是君家的祖业，君大人为国尽忠已经不在了，留下孤女传承家业，您就高抬贵手吧。"

君小姐的身份来历早就在京城传遍了，百姓自然都知道汝南九龄堂君氏，抚宁县令君大人为国尽忠，这是一个济世救民的良家之后，更何况现在君小姐更是在京城仁心行善，四周民众又小声议论起来……

陆云旗面无表情地转头看了眼一旁的民众，就这一眼，这边的议论声顿消，不待陆云旗看另外一边，那边的议论声也顿时没了，四周再次陷入一片死寂。

"陆大人，陆大人。"柳掌柜的声音从外响起，紧接着人也了挤过来，对着陆云旗连连施礼，"大人，君小姐还小，有什么得罪您的地方请多见谅，您来和我说。"

锦衣卫围住了九龄堂，两个伙计都在堂内没有机会走出去，柳掌柜还是在第一时间赶过来了，可见日常在这边都派人盯着呢，陈七心里松口气，有德胜昌出面应该没事了。

看着柳掌柜，陆云旗后退几步："没什么可说的。"说完，他向前迈步，几乎是一眨眼就站到了地上的匾额前，抬起脚，向匾额重重踢去。

这一切发生得太突然，所有人都没反应过来，看到这一幕连惊呼都来不及，但有人同时扑了过去，大喝一声："你敢！"伴着女孩子拔高的喝声，人影径直撞上陆云旗。

陆云旗抬手，君小姐的双手推上他的胳膊，即便没有打出去，但也阻止了陆云旗落脚，他后退一步，抬起的脚落在地上，溅起尘土。站得近的人似乎感觉到地面都抖了抖，可见这一脚的力度多大。

匾额被砸已经让民众够受惊吓的了，然而更让他们惊骇的是——君小姐竟然敢打陆云旗！现在还没人敢打他呢，君小姐怕是要被当场打死，四周一片凝滞。

陆云旗也似乎被惊到了，他看着抓着自己胳膊的这双手，耳边还回荡着那句"你敢"。这声音并不熟悉，但为什么喊的那一瞬间他几乎灵魂出窍，就好像有个人、有个魂灵狠狠扑过来，扑到他身上，那个再也见不到的魂灵。

"君小姐。"柳掌柜的声音在耳边响起，带着颤抖。

这声音让陆云旗回过神，他的视线落在这双手的主人脸上，这是一张陌生的面容，与她没有半点相似，陆云旗的眼神眯起，现出杀机。

看着面前男人的眼神，柳掌柜只觉得脊背一寒，他人就要扑上去，但还是晚了一步，陆云旗的手已经翻动。原本被君小姐抓着的胳膊不知怎么就挣脱了，同时手伸向了君小姐的脖子，年过半百、经历过大小风浪的柳掌柜，一瞬间脑中一片空白，突然耳边疾风伴着一声响滑过，就见原本握住君小姐脖子的手猛地向旁边一甩，陆云旗后退两步，垂下来的手上有血滴落下。

现场一片安静，旋即骚动，在场的人忙四下张望，柳掌柜先回过神，立刻扑过去将君小姐护住，与此同时，耳边响起了男子的说话声："陆大人，你可真威风啊，当街欺负小姑娘。"

陆云旗的视线并没有看向说话的方向，而是看着落在地上的一颗石子，石子上还沾着他的血，其他人已经看到说话的人了，锦衣卫也疾步过来围住了陆云旗。

一条路让开，几个年轻人出现在民众眼前，看到这几人，民众顿时如潮水般退开，九龄堂前空出一大片地方。

"君小姐你没事吧？"张宝塘疾步过来，关切地问道。

君小姐摇摇头，对他笑了笑。

"姓陆的你要不要脸？"张宝塘生气地看向陆云旗。

"就是，陆大人，你这么大一个人了，怎么欺负小姑娘？"四凤也走过来，一脸痛心地摇头。

陆云旗看向他："李三冰，我欺负小姑娘有什么奇怪的吗？"

被唤作李三冰的四凤一怔，旋即扑哧笑了，又点点头："对啊，在你陆大人眼里只有人和犯人之分，没有男女老少之分，这还真没什么奇怪的。"这个笑话并不好笑，现场也没有人笑。

张宝塘再次上前一步，问道："陆大人，君小姐是开医馆的，是治死了人还是怎么了？你为什么要砸人家的匾额？"

陆云旗看着他没有说话，身边的一个锦衣卫冷冷开口道："我们做事需要给你理由吗？"

张宝塘面色顿时沉下来，四凤叹口气，痛心疾首地说道："陆大人，兄弟们也是为你好，你虽然早就不要脸面了，但兄弟们替你心疼啊。"看似是关切的语气，说出的却是羞辱的话，气氛更加凝滞。

"废什么话。"朱瓒大步走过来，围住陆云旗的锦衣卫神情紧张，握紧了手里的刀。

朱瓒没有走近陆云旗，所有人都有些不解地看着他，见他走到台阶下将九龄堂的匾额拿起来撑住，竖在地上，这才看向陆云旗，伸手招了招："来吧你要砸，我偏不让你砸，咱就看看谁厉害，谁如愿，就这么简单。"

四周的民众吓得再次向后退去，锦衣卫拔出刀，张宝塘、四凤站着没动，彼此交流一个眼神，各自看向两个方向，而和朱瓒先前站在一起的两个没有跟来的高壮青年，早已经眼神锐利地盯住了外围的锦衣卫，九龄堂前剑拔弩张，一触即发。

陆云旗看了朱瓒一眼，嘴角动了动，忽然一句话没说转身上马。看到他的动作，锦衣卫也都收起戒备纷纷上马，剑拔弩张的场面顿时消散，街上的民众让开路，看着陆云旗一行人催马疾驰而去。

不知道哪个民众先开口欢呼一声，虽然这声音很低，但也是很少见，随后也有零散的欢呼声低低响起，汇集在一起，让街面再次变得热闹起来。

"胆小鬼。"四凤对着陆云旗一行人的背影摇头说道，"越来越胆小，还不如小时候呢。"

柳掌柜看着还扶着九龄堂匾额的朱瓒，又是感激又是激动，要说这京城里能和陆千户这样肆无忌惮对抗且不落下风的，也就只有他了。

君小姐已经走到朱瓒面前，说道："多谢你了。"

朱瓒看了她一眼，毫不掩饰地嫌弃道："别自作多情啊，我们可不是为了你。"

张宝塘也走过来了接话道："我是我是，君小姐给我治病，又是这么好的大夫，被人欺负我们当然不能袖手旁观。"

朱瓒瞪了他一眼，将手里的匾额一推："那是你不是我。"

君小姐眼明手快地稳稳接住。

"我就是喜欢让陆小枣不痛快。"朱瓒又看了君小姐一眼，"别说这次是你，就是换另外一个人也是这样，你别多想。"

君小姐笑着点点头："我没多想啊，我谢的就是世子爷你这种不管是谁都会路见不平拔刀相助的好气概，不管得到帮助的是我还是别人，我都要谢啊。"

张宝塘、四凤以及走过来的另外两个年轻人闻言都笑了，四凤忍不住称赞道："这话说得好。"

朱瓒眉头挑了挑："你还真觉得跟我很熟了，说话越来越多了。"

当初在汝南，她的态度总是带着戒备和试探，怎么感觉一到京城，对他的态度来了个大转变，坦诚得吓人！女人可真可怕，就不能对她们有好脸色。

想到这里，不待君小姐再说话，朱瓒就一步越过她走开了。

相比朱瓒的冷漠嫌弃，张宝塘很诚恳，他热情地说道："君小姐你别怕，有事就让人来找我，我家在城东，你找张家一问就知。"

临川张家嘛，君小姐当然知道，世代将门，虽然重文轻武，但比起宁氏这种文官氏族，张家的家族也不容小觑。

君小姐对他笑着点点头，再次施礼道谢。

"走了走了。"四凤笑着催促张宝塘，二人跟上已经走出去一段的朱瓒。

随着朱瓒一行人的离开，街道上变得更热闹，大家都涌上来关切地询问，柳掌柜让伙计挡住涌来的民众，护着君小姐要进去。君小姐手里还扶着九龄堂的匾额，因为适才从门头上被敲打落下，沾染了灰尘，她拿出帕子弯身仔细地擦拭。

"还是进去擦……"柳掌柜低声说道。

陈七却眼睛一亮打断他："就在这里擦。"

受了欺负的女孩子含泪忍着羞辱，一点点擦拭着自己家传的匾额，这场景才更显得悲壮，也更能惹人同情。柳掌柜也想到了，但他皱了皱眉头，虽然不大认可，但也没有继续阻拦，他后退几步，让民众都能看到君小姐的动作。

君小姐并没有注意到陈七和柳掌柜的心思动作，她只是看到匾额上沾染了灰尘，想到陆云旗几乎要踢烂她的匾额，她好容易重新得来的名字，就想将它擦干净。

"小姐。"柳儿扑过来，也拿出手帕一边抹泪一边跟着擦，"这是老爷的，这是老太爷的，这是我们家的，老爷不在了，老爷白死了。"柳儿越想越伤心，干脆放声大哭起来。

看到这场面，围观的民众再没好意思上前询问，又是同情又是难过，尤其是听到柳儿那句老爷白死了，一些妇人也忍不住跟着掉泪。君小姐倒没想到让柳儿这般伤心，擦过几下匾额后，她的心情也恢复了平静，忙揽过她安抚。

"小姐，这个怎么办？"柳掌柜在一旁低声问道。

君小姐看他指着自己手里的匾额："挂起来。"

"挂起来。"柳掌柜听后忙吩咐两个伙计，"这匾额可是成国公世子护下来的。"

成国公世子为他们护住了匾额，他们却不敢挂，岂不是表示他们怕了？这让成国公世子的脸面往哪里搁！柳掌柜也发了狠，吩咐完，干脆亲自搬起匾额，两个伙计已经抬来了梯子，接过匾额挂了上去。

柳掌柜对围观的民众一拱手，才带着君小姐等人进去。围观的民众没有散去，大家看着重新挂上的匾额，神情复杂地低声议论着。

柳掌柜原本要安抚一下君小姐，但君小姐已经自己安抚了自己，还安抚柳掌柜道："柳掌柜不用担心。"

柳掌柜心里叹口气，就知道又是这样，这个女孩子什么时候都是个自有主意的，只得问道："不知道是因为什么？"

君小姐笑了笑："只是因为名字。"

柳掌柜难以理解，不过这半年多他已经习惯了这位君小姐的行事，正如方少爷次次都会叮嘱的那样，随她去，任她行，便没再追问，告辞离开了。

站在门外围观的民众还没散尽，柳掌柜抬头看了看匾额，心里再次一阵后怕，心想万幸有成国公世子今日来，要不然事情真不知道该怎么收场，也真是巧了，看来这君小姐跟成国公世子肯定是认识的，而且关系肯定匪浅。

"柳掌柜。"一个伙计从堂内出来，小心翼翼地附耳道。

柳掌柜被打断思绪，看了伙计一眼，伙计压低声音："这个成国公世子，就是那天清晨在九龄堂被君小姐送出来的男人。"

柳掌柜嘶的一声，揪下了几根胡子。

看到陆云旗走进来，院子里四面八方涌来的女人瞬时将他围住，纷纷柔情呼唤他的名字。

陆云旗含笑，伸手迎接女人们的投怀送抱。忽然一个女人惊叫一声："云旗你的手怎么了？"

女人们看过去，这才看到陆云旗伸出的右手背上血迹一片，皮肉翻开一块，顿时发出此起彼伏的尖叫声。

陆云旗冲她们嘘声，又说道："不要大喊大叫。"

有人还梨花带雨地哽咽着问道："云旗，怎么回事啊？"

陆云旗并不应答。

　　"云旗，疼不疼啊？"又一个女人心疼地问道。

　　陆云旗看向说话的人，这个女人被挤在外边，正眼巴巴地看着他。他推开怀里的女人向她走去，这女人因为惊喜不已，一时都忘了动作，直到被抱住，他的头埋在她的肩头，认真说道："疼。"

　　其他女人都醒过神，再次涌过来，七嘴八舌地说道："云旗，我来给你包扎下。""云旗，还有药，快去拿药来。"

　　而陆云旗只是枕在拥住的女子的肩头一动不动，任凭她们摆弄着自己的手。

第七十四章

◇

送来圣旨为她撑腰

方家的后院里，虽然深秋天凉，但方老太太和方大太太还是兴致勃勃地坐在凉亭里看着戏台上正热闹的大戏。

这是太原府刚来的有名的戏班子，是方承宇特意请来孝敬长辈的。大约是主持生意太久了，方家的女人反而不爱看文戏，就爱看武戏，此时锣鼓齐鸣，台上刀枪来往翻滚，煞是热闹，引得很多丫头仆妇都挤在这里看。

方老太太并不介意，以前因为家里冷清，故意让人多做出热闹的样子，但实际上看了心里很烦，现在则不一样了，看到这热闹心里很舒服。台上的丑角被踢倒在地，做出稀奇古怪的动作，引得大家笑声一片，正笑着，戏台上的人忽然停下来，随着一旁管事的示意纷纷退下。

方老太太不解地看去，见方承宇走进来，而跟进来的管事娘子也对四周的丫头仆妇摆手，这边的人立刻散去，转眼只剩下方老太太、方大太太和元氏三人，方大太太忙问道："怎么了？"

方承宇撩衣对方老太太跪下，说道："祖母，请把圣旨送到京城九龄堂吧。"

方大太太勃然变色，站起来呵斥道："承宇，你疯了吗？"

圣旨是方家最珍贵的东西，也是最大的秘密，方承宇如果说自己要拿走放在身边倒也没什么，他毕竟是方家的家主，但他竟然要把圣旨送到九龄堂，方大太太都以为自己听错了，但她又很清楚自己没有听错，方承宇的确会这么做，也敢这么做。

"你，你色迷心窍了是不是？"方大太太气得伸手戳着方承宇额头，最终说出一句。

方老太太制止她，看着方承宇，说道："起来说。"

虽然方承宇已经好了，但大家还是舍不得让他下跪，方承宇依言起身。

方大太太心里哼了一声，更生闷气，这个儿子太聪明了，但这聪明劲却用在这种儿女私情上，真是让人恼火。

看到方承宇起身并挨着自己坐下来，方老太太的面色缓和几分，问道："她在京城出什么事了？"

自从方承宇接手家里的生意后，她就不怎么出面，方承宇定期跟她说生意的事，自然也包括君蓁蓁在京城开九龄堂的事。她倒没放在心上，也没多追问细节。一来相信蓁蓁的医术，再来，即使不赚钱，她方家也养得起一个医馆。

听到询问，方承宇便将君小姐在京城的大小事详细叙述了一遍，听得方老太太、方大太太又是惊愕又是佩服。方老太太忍不住感叹道："这孩子走到哪里都这样。"

"那这不都好了吗？"方大太太用帕子擦擦细汗，端起茶杯润润嗓子，"名头也坐稳了，你还送去圣旨做什么？"

方承宇笑了笑，又说道："因为锦衣卫陆千户要砸了九龄堂的牌子，而陆千户这个人，我想唯有圣旨摆在九龄堂，才能镇住他。"

他说得轻描淡写，方老太太和方大太太一时都没反应过来。

方大太太猛地站起来，才擦去的细汗又冒了出来，她喊道："她，她怎么惹到陆千户了？"

"母亲，别急，没有什么事的。"方承宇起身挽住她的胳膊，安抚道。

"又是小孩子的口角吗？"方老太太神情复杂地说道。

方承宇依旧神情含笑，又走过来挽住方老太太的胳膊："祖母，不是的，连口角都没有，真的没有过节，只是因为名字……"

方老太太和方大太太一怔。

"九龄堂……九龄……"方老太太最先回过神，"九龄公主？"

方大太太这才明白，有些不可置信，又有些失笑道："就因为九龄堂的名字跟九龄公主一样？这是什么道理？"

陆千户对亡妻情深？连别人用这个名字都不允许？

方承宇却没有笑，而是认真地点头："虽然很可笑，但就是这个道理，天下叫这个的多得是，但九龄堂被他看到了。"

方大太太和方老太太沉默片刻，神情复杂。

"这叫什么事！"方大太太说道。

"所以这事也不算什么事，九龄她……"方承宇含笑说道。

他的话没说完，方大太太就拍桌子打断他，没好气地说道："还九龄九龄的，她叫蓁蓁，胡乱改什么名字啊！"

屋子里气氛一滞。

"母亲。"方承宇诚恳地说道，"她改名字，也只是因为这个名字是君家的祖业传承，是她要表明一力担起的决心，这是铭志，不是胡乱的玩闹，她一直努力地在做事，为了这个名字做事。"

方大太太喊出这句气话时也有些后悔，她也知道这件事不是君蓁蓁改名字的错，只不过心里憋着气总要找个由头，方承宇说的道理她自然也知道，但道理归道理……

她看向方承宇，自从病好了之后，方承宇长得很快，短短半年个头蹿高了一头，身子虽然还有些瘦，但脸上已经肉色饱满，精神奕奕，正是到了少年人最光彩夺目的时候。如今对阳城的女儿家来说，宁十公子因为长久不在，已经成了遥远的天上星，而方承宇则因为近在咫尺，成了大家最追捧和喜欢的对象，方承宇的亲事更是成了最抢手的。

"总之这次陆千户为了名字，蓁蓁为了名字，谁都不肯退步？"方大太太说道。

方承宇点点头："是，九龄绝不放弃这个名字。"

方大太太看着他："她需要什么你就给她什么？这次是圣旨，下次要是要我们全家的性命呢？"

"那当然也给。"方承宇没有丝毫犹豫地答道。

方大太太再次大怒:"你色迷心窍了是不是?我们方家走到今天多不容易,你怎么能这样?"

方承宇看着方大太太,没有惊慌也没有失措,认真说道:"母亲,不是这样想的。我们家走到现在不都是因为有她吗?所以是共生共存,并不是为了她而舍弃。"

方大太太看着他,苦劝道:"难道她救了咱们一命,咱们就要无休无止地偿还吗?"

"这不能说是偿还和亏欠,我觉得她是我们家的福星,你看自从她来了,我的病好了,仇人伏诛了,母亲,她与我们是福祸相依的,我们要竭尽全力去保住她的命,因为那样也是在竭尽全力地保住我们自己的命。"方承宇神情诚恳。

方大太太冷声说道:"你别用这些大道理来糊弄我,你敢说你不是因为喜欢她?"

方承宇点点头,坦然道:"我当然是喜欢她,母亲。"

方大太太顿时被噎得说不出话来。

一直沉默不语的方老太太开口说道:"好了,我知道了。"方大太太和方承宇都看向她,她站起来,"把圣旨给她送去。"

方承宇浮现笑容,方大太太焦虑地唤了一声:"母亲!"

"如果是你,你会放弃九龄堂这个名字吗?"方老太太看着她,问道。

方大太太怔了怔。

"就像我们这么多年这么苦这么难,你想过放弃吗?"方老太太又问道。

方大太太伸手按着心口,带着几分怅然:"想过。"

"但你没有放弃。"方老太太又说道,"因为什么呢?"

"因为不甘心。"

"没错,不甘心。"方老太太说道,"凭什么我们要退让,凭什么因为一个名字,我们就要放弃。"她冲方承宇一摆手,"去吧,拿着圣旨,供在九龄堂,天不欺人,人休想欺人。"

方承宇绽开灿烂的笑容,对着方老太太一鞠躬,转身欢快得如同小孩子一般跑开了。

今年的冬天比往年都冷一些,刚进入十一月就下了一场雪,天地之间变得寒意森森。

街上的行人裹着袄子缩头走过,路过一个店铺时有人从内走出来,掀起厚帘子,将里面温热的气息带了出来,让路过的人不由得打了个寒战。能将屋子烧得这么暖和的店铺可是财大气粗,路人抬头看到匾额是九龄堂,心想这可不仅仅是财大气粗,这个店里可是摆着先帝圣旨的,虽然大家都没有亲眼看过,但已经在街头巷尾传遍了:"这德胜昌方家可不一般,当初是救过先帝爷的,那圣旨写的是如朕亲临。当初在阳城,这君小姐因为采药一夜未归,方家急着找人就把圣旨拿出来了,将阳城翻个底朝天,那怪不得,采个药没回家方家都能用圣旨,这陆千户差点砸了九龄堂的牌子,方家岂能甘休……"

陈七袖手站在堂中,看着方锦绣摆弄算筹,眉飞色舞地说道:"我把房子租好了,过了年就把我娘接来。"距离过年还剩一个多月,陈七是要回去过年的,方锦绣和君小姐一样都打算不回阳城了。

"那三月三你岂不是还要再回去一趟?"方锦绣说道。

陈七拍着腰:"这种事让别人替我收就是了,缙云楼的信誉还是不错的。"他又兴致勃勃地说道，"过年你们打算怎么过？这京城过年肯定很热闹吧？要不干脆我带着我娘也赶来京城过年？"

正说笑着，有一男子掀帘子走进来，陈七忙肃正神情，和气地说道："今日不问诊。"

来人忙点头，亦是客气地说道："我想抓服药。"他说着递上一个药方，"这是保和堂孙大夫开的药方。"

医馆的大夫开药方让病人去别的医馆抓药，在京城也就九龄堂独一份了。陈七神情淡然地接过，不待他去拿药，来人已经恭敬地将银票捧上，方锦绣接过，陈七将一小瓶子的药递给来人，来人便欢天喜地离开了。

"这药可不多了。"陈七借着那来人掀起的帘子看向外边，"不在家做药，她又带着柳儿哪里玩去了？看这天快要下雪了。"

"不是玩，每个月她都要去做一次铃医。"方锦绣头也没抬地说道。

"去了也不接诊，其实也就是逛街玩了。"陈七嘀咕一句，继续查看药柜，算着该做哪一种药，要采买多少药材。

"小姐，快要下雪了。"柳儿抬头看看天色，说道。

君小姐停下脚步，伸手指了指前方："我们从这里穿过去。"

柳儿见前方有一条巷子，当下便点头应声"是"，抱着幡子先行。这条巷子是夹道，就算听到铃声也没人出来围观。主仆二人很快就穿过去，站到巷子口，柳儿咦了一声，说道："小姐这不是……那个公主成亲的地方吗？"

是啊，就是这里，她来京城快要半年了，上一次借着公主大婚的掩护来到这里，现在则借着已经被民众熟知的铃医旗号。

君小姐心里深吸一口气，对柳儿笑了笑："是啊，走吧，从这里过去，右边的街上有一家店，煮的羊腿锅子很好吃。"

在这即将下雪的天气吃这个最合适了，柳儿高兴地点头，主仆二人迈步前行。

这边的街上本就没有人经过，此时天气阴沉，更显得寂寥，随着走动，铃声回荡，格外清晰，而君小姐离最牵挂的地方则越来越近。

虽然阴云密布，君小姐还是能清晰地看到怀王府的匾额，她的视线又落在门上，装饰豪华的王府大门似乎有人天天擦拭，干净如新，真想冲过去把这个门推开，她攥紧了手，铃铛声一顿，而大门就在这时打开了。

君小姐身子一僵，雪粒子就在此时窸窸窣窣地洒下来，洒在了走出门的男子身上，他的年纪约三十，穿着简单的石青色棉袍，竹簪挽发，形容文雅，双目沉稳。他关上门看向天空，自言自语道："下雪了啊。"然后收回视线看向街上，隔着越下越急的雪粒子，有两个女孩子正看着他，他不认得她们。

君小姐却认得他，他是顾先生，是她跟陆云旗成亲后，陆云旗给九裕请的先生。这个先生叫顾清，湖州人，是一个没有考中进士的贡生，陆云旗说他学问还不错，她和姐姐也都看了，觉得人不错，就接受了。虽然那时候她已经离开怀王府，但过年见到九裕的时候，九裕很开心，想来是喜欢顾先生的，后来她不放心，也亲自跟顾先生聊过，发现他不仅说话温和风趣，进退有礼，并且他还很敬佩自己的师父张青山，她也就放心了。

顾先生平时就住在怀王府，如同怀王和姐姐一样也不再出门，至少她活着的那两年里，顾先生一次门都没有出过。

隔着雪粒子，仗着这张新的面孔和药箱，君小姐毫不回避地看着他。

顾先生的视线扫过她们，便迈下台阶，疾步向东而去，君小姐的视线追随着他，发现他去的方向是陆宅。

"小姐。"柳儿将幡子展开举起，问道，"那个人有凶兆吗？"

君小姐看了看被关上的怀王府大门，九褣……好想冲进去啊……她深吸几口气，再次看向顾先生，果然见他站到了陆宅的门前。

"我们回去吧。"君小姐说道。

不待柳儿反应过来，君小姐就原路返回也向陆宅走去。柳儿一怔，来不及多想，忙举着幡子追过去。

而陆宅这边的门房也被吓了一跳，因为他们很少见不是锦衣卫的人来喊陆宅的门，门房在内问道："你什么人啊？"

"我是怀王府的。"顾先生在外说道。

门后一阵沉静。

"我只是要见陆大人。"顾先生接着说道。

内里还是一阵沉默。

看着这个站在雪中被挡在门外的男子背影，君小姐站住，里面没有再回应，顾先生也没有再说话，就在门边站着，雪粒子渐渐变成雪花，北风也吹起来，将雪花吹得在天地之间舞动。

身上的雪瞬时就披了一层，虽然她们穿得厚，脚底却已经开始有些发冷，君小姐慢慢走过去，眼角的余光看到门前站着的顾先生跺了跺脚，他穿得有些单薄，看样子是急匆匆出门，连斗篷都没有穿，难道是出什么事了？君小姐慢慢走到那条小巷子里站住，虽然这里能避开顾先生的视线，但是她知道，这里避不开锦衣卫的视线，可她就是不想走，仗着这张脸、这个药箱，再冒险一次吧。

这个人一定有大凶兆，柳儿想到，用力将不大的幡子展开挡在君小姐的头上，虽然这根本就挡不住什么，但并没有等多久，急促的马蹄声就在街上响起。风雪里，陆云旗疾驰而来，原本一向围在前后左右的锦衣卫都被甩在了后边。不待马挺稳，他就跳下来，身上、头上亦是披了一层雪，同顾先生一样，他也没有穿戴斗篷帽子，似乎也是急匆匆从家宅中冲出来的。

君小姐一动不动，顾先生一听到马蹄声便从门前疾步迎来。他们站在一起，顾先生说了句什么，陆云旗没有再问，翻身上马向前，顾先生立刻跟着疾步，锦衣卫也随之跟上，一队人马几乎是未停就向前而去，方向是怀王府。

君小姐看着风雪里的人马，虽然听不到顾先生说了什么，但她从顾先生的口型中读出了两个字：怀王。

九褣……难道九褣也出事了？君小姐猛地转过身沿着巷子而去，柳儿又没反应过来，甩着酸疼的胳膊忙跟上去。

风雪里，盯着君小姐的阴冷视线收回，几个人影再次隐没风雪中。

第七十五章

◇

想办法替怀王治病

雪只下了一日，但雪后的天寒却让京城的百姓在家躲了好几日。

定远侯府的后宅里暖香袭人，屋子里满是珠环翠绕的女子。定远侯夫人穿着大红折枝花丝袄，正在镜台前轻匀薄粉，身后几个丫头捧着一盘盘的珠宝，等待梳头妈妈的择选。

"君小姐来了。"门外传来丫头们的声音，紧接着门帘被掀起。

不待定远侯夫人允许就进来，这也是她早就吩咐过的，表明了对君小姐的看重。定远侯夫人从镜子里看着走进来的君小姐，微微笑道："外边冷不冷？"

君小姐施礼说道："有点冷。"

定远侯夫人笑着，待梳头娘子将一只赤金菊花钗插在发鬓上，转过身来："我听说北边的人都怕冷。"

君小姐笑了笑，没有再多说话，将药箱放下，拿出脉枕："夫人气色很好。"

定远侯夫人抬手按了按脸颊，满脸笑意，她一边自然地伸出手放在脉枕上，一边说道："大家都这样说，吃了君小姐你的药丸，我的气色真是越来越好，大家都要求买你的药丸吃呢。"

"药可不能乱吃。"君小姐抬手搭脉，"而且也不是我的药丸起了作用，是夫人病好了，身心愉悦，寝食俱安，自然气色就好了。"

定远侯夫人的笑意更浓。

君小姐收回手，收起脉枕，起身说道："夫人的身子没有问题了，药以后不用吃了，安神香也不要用了。"说罢便施礼告退。

定远侯夫人有些想笑，别的人进了侯府巴不得多说话多攀扯，君小姐倒好，看完就走，除了说病症的事一概不多言，她忙挽留道："君小姐你先别急着走，老夫人说最近不太舒服，你正好来了，给她看看。"

能给定远侯老夫人问诊，多少人都求之不得，君小姐却站着没动，问道："别的大夫看过了吗？"

定远侯夫人笑了笑："君小姐，你放心吧，老夫人就是求你一句话安心，不会缠着你坏了你规矩的。"她亲自伸手拉住她，"来，来，跟我来。"

君小姐只得随定远侯夫人来到定远侯老夫人这里。

冬闲无事，老人家又爱热闹，屋子里聚集了很多妇人正打牌说笑，定远侯老夫人并没有打牌，而是看几个小丫头串珠子，见到君小姐来了很高兴，带着几分炫耀地给几个夫人介绍道："这是神医，不是谁都能有好运气被她诊治的。"妇人们显然都知道君小姐的名头，含笑看着她。

君小姐也给定远侯老夫人诊了脉，起身说道："老夫人身子略有不适，但并无大碍，找个太医开几服药就好。"

定远侯老妇人瞪了君小姐一眼，不悦地说道："你这孩子一点也不留情面，我才说了大话，你就打我的脸。"虽然她的神态、声音不悦，但眼里却是笑意，屋子里的人便都笑起来。君小姐也笑了笑没有接话，低头收拾药箱。

那边牌桌上还在继续，夹杂着闲谈：

"说到神医，我看太医院这次遇上麻烦了……"

"是怀王病了的事吗？"

君小姐的手微微一顿，旁边殷勤的要帮忙的丫头不解地看着她，问道："君小姐……"

君小姐已经将拿出来的手又伸进药箱里，拿出一个小瓷瓶，说道："老夫人有头疼的老毛病吧？"

丫头点点头，定远侯老夫人也听到了，高兴地伸手要过瓷瓶，说道："我的老毛病还能治？"

君小姐一一回答她的话，又对一旁的丫头仆妇叮嘱怎么用药，耳朵却一直竖着听着旁边牌桌上的说笑声。

"说是风寒，并不多重……"

"风寒……他可是个小孩子，又没有爹娘照顾……"

"你说什么呢，快出你的牌……"

话题到这里立刻就打住，几个妇人开始说一些无足轻重的家长里短，君小姐背起药箱，施礼告退。大家也都知道她的习惯，没有再挽留，自有仆妇送出去。

肯定是出事了，君小姐在街上疾步而行，丝毫感觉不到阴冷，她谢绝了定远侯家的马车相送，她必须走一走让冷风吹一吹，要不然她坐在马车上一定会疯。

自从那日离开陆宅的胡同，她一直想办法打听，但怀王府在京城是个被遗忘的禁忌，怀王府的事更是半点传不出来，根本就无从下手。还好有这些已经熟悉的高门权贵的内宅，她借着回访复诊接连走了几家，功夫不负有心人，终于在定远侯府听到了只言片语，就算是只言片语，也足够确定九褚出事了。

君小姐在怀王府所在的街道站住，按着身侧背着的药箱，心里盘算着，如果自己现在去怀王府门口摇铃铛说有凶兆，被请进去的可能性有多大？以现在九龄堂和陆云旗的矛盾，被当场砍死在怀王府外的机会倒是很大，君小姐握紧药箱站了片刻，转过身离开了。

看到君小姐进来，柳儿忙将热腾腾的药茶捧上，这个冬天格外冷，很多人都伤风发寒，君小姐便配了一味药茶让大家煮来喝，自己更是不忘喝，尤其是从外边回来后，她务必不能让自己病了。

正喝着茶和方锦绣说话间，有人带着一身寒意闯进来，将手里的信捧过来，恭敬地说道："君小姐，少爷的信。"

他穿着厚实，风尘仆仆，脸上、手上都有冻伤，说话口音很浓，明显不是京城德胜昌的伙计，而是从阳城赶来的，以往来往的信件都是票号传递过来的，这次竟然让家里人直接递来了，看样子很急。

"小莫。"方锦绣认出来人，这是原来票号的伙计，被方承宇选为近身使唤人，很受器重。

看到他竟然来了，方锦绣的面色不由得紧张起来，脱口问道："承宇还好吧？"

"少爷很好。"小莫对她憨憨一笑。

君小姐已经接过信打开，只看了一眼面色就微变，转身疾步向内，方锦绣和柳儿都没反应过来，君小姐走到门口又停下脚步，回头说道："柳儿给小莫煮茶，给他擦冻伤膏，安排他歇息。"

柳儿应声"是"，小莫忙道谢。君小姐已经进去了，落下的门脸挡住了视线，方锦绣神情复杂。君小姐坐到屋子里看着手里的信，神情也很复杂，这封信按理说应该迫不及待地打开看，因为适才她一眼扫过，其中提到了怀王，但也正因为如此，她有些不敢打开，此时她深吸一口气，打开信认真看起来。

方承宇的确是说怀王的事，而且开头便点明，怀王病了且很棘手，至于他是怎么知道的，是通过看账册，京城的账册因为君小姐的到来，被要求十天提供一次，当君小姐开了医馆后，方承宇的要求又多了两条，一个是京城大夫们在票号的动态，一个是药商们的动态，都要详细地注意标记。

就在十天前，方承宇如常接到了京城的账册，看到了几笔入账和出账。这是几个太医局大夫的银票，数额很大，就好像把全部家产都入账，管事跟其中一个太医很熟，虽然他们的行规是不过问客人任何事，但这个太医主动感叹京城可能待不下去了，因为接诊了一个比较棘手的病人，管事的旁敲侧击几句，就得知了病的极可能是怀王，方承宇记得君小姐跟他提到过怀王的名字，于是便加急给她送了信。

君小姐看完信的最后一行，只觉得心里五味杂陈，心想这世上怎么会有这么机敏的孩子？还是说自己一直以为的稳妥，其实在有心人眼里漏洞百出呢，她拿起信投入火盆里，看着其慢慢化为灰烬，心中一片暖意……

冬日的皇宫里更显得肃穆。

哗啦一声脆响，让站在屋外廊下的太监们再次将头低了低。

陆云旗神情无波，听着其内传出皇帝愤怒的呵斥声："怎么就不太好治了？不就是个风寒吗？你们这群废物连个风寒都治不好吗？顶着太医这个名头羞不羞啊？"皇帝一向温文尔雅，礼贤下士，此时说出这样的话，可见是多么生气和着急。

"陛下。"江友树的声音从内传来，带着几分疲惫，"王爷如今已经不单单是风寒了，病情反复过久，如今着实难医。"

"反复，反复怨谁啊？还不是怨你们，一开始给他好好治，又怎么会成了沉疾？"皇帝生气地说道。

"皇帝，也不能全怪大夫们。"一个苍老的女声响起，这是太后。

陆云旗依旧目视前方，听着太后的声音继续："小孩子本就容易得病，病了又跟大人一样，不好好吃药，稍微好点就乱蹦乱跳，今年冬天也冷，犯病的人多得很，咱们宫里好几个。"

"这些怀王府的下人都是废物，怎么照顾怀王的？都问罪。"皇帝又说道。

"先别说问罪的事了，还是好好治病吧。"太后说道，"发脾气有什么用，哪个大夫不想治好病人，可是有时候这病可不由人啊，皇帝你这样就苛刻了。"

屋子里响起呼啦啦跪地的声音，太医们的声音齐齐响起："臣有罪！"

皇帝仁孝，对于太后的话自然不会辩驳，屋子里沉默一刻，响起一声长叹："你们要记着，怀王是先太子唯一的骨血，你们要尽心啊，若不然，朕有愧于先皇和太子啊。"

陆云旗的耳边响起叩头声："臣等必当竭心尽力。"

陆云旗回来的时候，天已经黑了，内宅里灯火通明，但因为太过于安静而显得冷清，他站在院门前，微微停顿片刻才迈进去。

屋檐下的红灯笼照着静立的九黎公主，裹着斗篷，很显然在外站了很久。看着陆云旗走过来，她并没有失魂落魄，也没有愤怒焦急，只是上前一步，平静又柔和地问道："他怎么样了？"

陆云旗看着她，回道："不太好。"

九黎公主哦了一声，似是感叹似是怅然，喃喃说道："不太好啊。"

她没有悲伤也没有愤怒，什么都没有，但见惯了各种情绪的陆云旗却觉得这一声感叹难以忍受，他忍不住说道："公主，你可以去看看王爷。"

九黎公主柔和的脸上一瞬间亮起来，她看着他再次上前一步，说道："可以吗？"

她的声音里终于有一丝激动，陆云旗看着她点点头，沙哑地说道："可以。"

九黎公主笑着说道："那太好了，真是多谢你了，不管怎么样，人最终都是要去一个归宿的，只是临别前能有亲人在身边相伴，总归是很幸福的。"

陆云旗转过身，大步向外走去。

天色蒙蒙亮的时候，方锦绣没有听到惯常的击打木桩的声音，她起身出来看到君小姐站在木桩前一动不动，看上去像是发呆又像是冻僵了。

方锦绣的眉头皱了皱："累了就别打了。"

君小姐回过头对她笑了笑，抬手击打在木桩上，如常的击打声在院子里响起。

方锦绣在院子里走动转圈，待君小姐停下她也停下，活动了一下身子，问道："今天还要出去吗？"

君小姐抬袖子擦了擦额头的汗，摇摇头。

"不顺利吗？"方锦绣又问道。

君小姐闷闷地嗯了一声，又说道："所以我今天不出去了。"

方锦绣想要问，最终又觉得没什么可问的，便说道："别急，再想想别的办法。"

君小姐含笑点点头："我想到办法了。"

方锦绣不解地看着她。

虽然天刚亮，但太医院内来回走动的人并不少，有一行人从外边走进来，带着几分疲惫，为首的是江友树，面色阴沉，显然心情不是很好，几个学徒弟子忙上前伺候。

屋子里，众人用热毛巾擦了手脸，喝了热茶，舒缓了几分疲惫。

"真是没想到怀王这病这么棘手。"一个太医说道。

"该用的办法都用了，这药就是不起效，又有什么办法。"另一个太医不安地说道，"我看就这几天了……"

此话一出，在屋子里的弟子们忙都退了出去，在门外守好。

江友树将手里的茶杯放下，说道："大家再研究一下，因为一个小小的风寒就治不好、丧了命，说出去我们也没面子。"

几个太医对视一眼，一个太医咕哝道："因为风寒丧命的也多得是。"

"但这个人是怀王。"江友树看着他，说道。

别人死了就死了，除了自己的家人谁会理会，但怀王活着没人理会，死了全天下人都看得到，没个合情合理的理由，不知道又要引起多少胡言乱语，虽然太后已经开口维护太医们，但这是皇帝母子唱红白脸，他们的命运说白了还是不稳妥，到时候说不定他们就要做替罪羊。

一个太医捻着胡须的手放下来，说道："我觉得这不是风寒。"

比起以前，怀王府里的人明显多了很多，寝宫里宫女、太监端着热水汤药进进出出，屋子里满是浓浓的药味。

九黎公主从宫女捧着的水盆里拧了拧手巾，小心放在九榕的额头，相比出嫁前，九榕整个人都瘦了一圈，面色青白，双目紧闭，呼吸急促。

"公主。"一个宫女捧着药碗端过来。

九黎起身到床头，将九榕抱在怀里，拿起汤勺喂药，但九榕并不张口，药顺着口角流下，宫女忙擦拭着说道："公主，不行的，用壶灌药吧。"

昨日喂药还能吞咽，今日就不行了，九黎看着怀里九榕青白的脸，伸手抚摸一下，柔声说道："好。"

不管九榕的病看起来多严重，自从来了以后，九黎公主没有哭也没有慌乱，更没有责问太医们，她只是守在九榕身边，喂药、擦拭、更衣，日夜不离。太医们就在隔壁，宫女忙去取灌药用的鹤嘴壶，九黎公主将九榕揽在怀里，轻柔地抚着他的脸。

片刻之后，门外响起杂乱的脚步声，几个宫女神情慌张地跑进来，说道："公主不好了，太医们说王爷是得了痘疮！"

九黎公主的手微微一顿，看着怀里的九榕，并没有发现他脸上和身上起痘疮。她的嘴角浮现一丝笑，继续抚摸着九榕的额头，柔声说道："不怕，不怕，姐姐在呢。"

怀王府里无数用白巾蒙着口鼻的太监拎着药桶到处泼洒药水，另有不少太监宫女被驱散，哭声喊声不断，嘈杂而混乱。

陆云旗站在大门外，看着不断从内涌出的人从身边穿过，一动不动。

"竟然是痘疮，怪不得风寒怎么治也治不好，高热不退，原来是痘疮。"

"这可完了完了，那可治不了。"

太医院里也得知了最新的消息，几个门吏在门前低声议论，忽然有清脆的铃铛声传来，几个门吏原本不在意，专心谈论这最新的消息，但这铃声越来越近，他们不由得抬起头循声看去，见街的一边有两人正慢慢走来，然后停在了太医院门前。门吏们看向她，扫过她背着的药箱和手里的铃铛，以及旁边小丫头举着的幡子，顿时恍然，这就是九龄堂那个铃医。

"你来这里干什么？"门吏们沉脸，带着几分倨傲地说道，一面不耐烦地摆手，"快走快走，这里可没人求你看凶兆。"

"我不是来看凶兆的。"君小姐说道，"我是来找江太医的。"

门吏愣了一下，一个门吏忍不住问道："你找江大人干什么？"

君小姐微微笑道："江太医曾与我有约，他治不好的人我来治，现在我来应赌约了。"

听到门吏的禀报，太医们的神情都很愤怒，纷纷要求赶走那个狂妄自大来挑衅的女孩子，江友树却抬手制止，看着门吏问道："她说来应约了？她知道我在治什么病，什么人吗？"

门吏点点头，现在怀王得了痘疮的消息已经在京城四处散播，君小姐肯定也知道了吧。

"她知道啊。"江友树意味深长地说道，"既然如此，那就请她……"

话没说完，屋子里的太医们就站起来纷纷劝阻，一个太医察觉到自己的失态，忙轻咳一声，说道："怀王如此尊贵，怎能让这个黄口小儿接诊？"

门吏默默低头退了出去，看到门吏离开，一个太医又劝道："大人，这可不能开玩笑，可不能让这君小姐接诊，毕竟……"

毕竟怀王得的不是痘疮。他们虽然用药让怀王显出痘疮的症状，但他们骗得过其他人，甚至其他的大夫，但对君小姐可不敢保证，怀王的真实病情可不能让外人知道。

这一点江友树当然知道，不过他觉得这是一个机会，他端起茶杯慢慢转动："首先，怀王的病的确很严重，就算不是痘疮，也是如同痘疮般足以致命的，我们之所以说是痘疮，只是为了让民众明白，怀王这次病得严重凶猛。"

太医们看着江友树，神情不解。

"她指出我们误诊，这并不是什么丢脸的事，只要她能治好。"江友树又说道，"我们是大夫，只要病人能治好，怎么都行。"

几个太医对视一眼，一个太医忍不住脱口问道："她要是治不好呢？"

江友树端起茶杯递到嘴边，说道："那我们就没办法了，就不能怪罪我们了。"说罢，吸溜了一大口茶水。

太医们对视一眼，当即明白了江太医的意思。怀王的病肯定是治不好了，而怀王的身份到底特殊，虽然现在将病情改换成不治之症，但出了事肯定少不得一番议论，有人非要出来当替罪羊，他们何乐而不为？

君小姐和柳儿在门外站了好一会儿了，太医院连大门都关上了。

"小姐，他会不会怕了，根本就不敢应承？"柳儿撇撇嘴，带着一脸不屑地说道。

君小姐看着紧闭的大门："不会，他不会怕，他会很高兴。"

没过多久，太医们就商量好了，来到大门前，让门吏开门，请君小姐进来。门吏忙打开了门，但他看了看外面却愣住了，门外一个人影都没有，太医们站出来，神情愕然地说道："人呢？"

"大人，刚才真的在外边的。"门吏们忙说道，他们忙向两边看去，冬日的六部衙门街上空无一人。

"大概是自己说了又害怕了，就跑了吧？"一个门吏说道。

"现在想跑，晚了！"一个太医面色铁青地说道，"去九龄堂。"

君小姐并没有跑，她只是突然被人抓住拖到了一旁的巷子里，一击晕倒的柳儿被扔在墙边，君小姐则被按在墙上。

"朱瓒，你找我有事啊？"她不惊不恼，神情平静地问道。

朱瓒松开抓着她的手，人并没有退开，依旧把她挡在墙边，问道："你来这里做什么？"

"没什么，我来跟江太医履行赌约。"君小姐坦然地答道。

朱瓒皱了皱眉头，居高临下地看着她，又问道："你知道怀王是什么人吗？"

君小姐笑了笑，刚要开口，朱瓒先开口说道："我跟你做笔交易，你治好他我保你性命，你治不好他，我保方家性命。"

君小姐看着他，怔住，莫名地眼睛一涩，一瞬间似乎什么都看不清了。

她没有想到他会说这话，虽然他的话听起来有些古怪，但她却听明白了他话里的意思。

怀王本是一个不该存在的人，他活着就时刻在碍皇帝的眼，他死了皆大欢喜，他不死没有几个人会高兴，尤其是皇帝更不会高兴，那她这个治好怀王的人自然会有危险。而治不好怀王，那就更不用说了，皇帝一定会很高兴地让她承担一切后果而且还会牵连方家。这个朱瓒其实在护她，她若不在，则护她在乎的人。更令她心动的是，这个交易的目的是为了怀王，为了让她竭心尽力地去救治怀王。

君小姐看着他，哽咽地问道："为什么？"

朱瓒想都没想，利索地答道："我愿意，关你什么事？"

她一直以为只有她一个人，没想到除了她，还有人惦记着他们，她看着朱瓒动了动嘴，没有再说话。

朱瓒不耐烦地说道："你会不会做生意？做生意知道自己付出什么得到什么不就得了，别人的理由有什么重要的……"

君小姐突然伸出手扑过去抱住朱瓒，他正说着话，陡然被这女孩子抱住，立刻喊道："你干什么！"

他身子发力要将这女孩子推开，但才运力想到自己所求的事，又硬生生地收住，伸出手捏住这女孩子的肩头向外拽去，咬牙说道："我说你别太过分啊……生意是生意，我已经给了价码，你同意就同意，不同意就拉倒，别得寸进尺啊……这种便宜我是不会让你占的……"

君小姐闻言笑了，先是闷声笑继而大笑，她伸手拍了拍朱瓒宽阔结实的后背，朱瓒整个人绷住，咬牙喊道："别动手动脚乱摸！"

君小姐笑着松开了他，朱瓒立刻站开几步，神情嫌弃又戒备，君小姐看着他再次大笑，笑着笑着又有眼泪流出来，朱瓒翻了个大白眼，伸手点了点她，再次后退几步，转身就要走。

君小姐已经收起笑，郑重地说道："好，成交！"

朱瓒转过头看她，女孩子已经站直身子，收起笑容，用袖子擦去泪水。

君小姐俯身在柳儿身边按揉，柳儿很快就醒来，有些不知身在何处，伸手揉了揉肩头，不解地问道："小姐，我怎么睡着了？"巷子里已经没有了朱瓒的身影。

"没有，可能太累了，你晕倒了。"君小姐将柳儿扶起来，柔声说道，"我们先回去吧。"

柳儿不安地说道："我累晕了吗？我没什么事啊，怎么就累了，我是不是耽误小姐你的事了？"

君小姐笑着抚了抚她的头："没有，我的事已经办成了，我们回去等着吧。"

柳儿这才点点头跟着君小姐走出巷子，刚走出来就看到几个太医气势汹汹地走来，太医们也看到了君小姐主仆，停下脚步，彼此对视一刻，为首的太医开门见山地问道："你能治？"

"我能。"君小姐亦是干脆利索地答道。

为首的太医看着她，又问道："你愿意治？"

"济世救人，大医之道，我当然愿意。"君小姐说道。

"君小姐，我们大人会禀明陛下，请稍等。"为首的太医冲皇宫的方向拱手说道。

"好，我等。"君小姐说道。

"你说什么？一个女大夫？还是刚来京城的？"皇帝听了江太医的话后皱着眉头说道，"江友树，你在开玩笑吗？"

"陛下，下官不敢。"江友树说道，"这位君大夫乃是汝南名义君逢春之后，也是先抚宁县令君应文之女。"

皇帝微微怔了一下，一个县令他自然记不住，但既然是官宦之后，态度便要好一些，便说道："她祖父是名医，不一定她就是，这医者可不是能胡来的。"

"臣并不敢。"江友树诚恳地说道，"这君小姐的确是医术高明，在汝南、在阳城、在京城皆有名，臣在阳城还与她切磋过。"

皇帝带着几分惊讶地问道："真的会治病？"

江友树笑着说道："陛下，何止会治病，她的医术很好，臣遇到的病症治不好，她给治好了。"

皇帝的神情将信将疑。

"臣不打诳语，她不仅医术高超，而且还谦虚有礼，心怀阔朗。"江友树说道，神情满是敬佩和欣慰，"在汝南例行仁善行医，免费问诊赠药，在京城之后，对于同行更是知无不言、言无不尽，摒除门派师从之偏见，一心治病救人。"

皇帝哦了一声，敲了敲几案，若有所思："竟然如此盛名吗？好，你且下去吧。"

　　江友树没有再说话，应声"是"，退出殿内，就见到陆云旗走过来，便对他施礼。

　　陆云旗停下脚步，问道："你真的治不了？"

　　江友树有些惊讶，没有想到陆云旗会在这种场合、这种时候跟自己说话，他的神情变幻，遗憾地说道："我真的治不了。"

　　陆云旗瞥了他一眼，江友树顿时身子一寒，但他确实治不好，也没什么怕的，便挺直了脊背要说什么，陆云旗已经越过他走开了。

　　这个阴晴不定、难以捉摸的家伙，江友树皱皱眉。

　　殿内，皇帝神情平静地看着陆云旗，问道："这个君小姐的医术果然精妙吗？"

　　陆云旗垂目，没有回答皇帝的问题，而是说道："这个君小姐是阳城德胜昌方氏的外孙女，先帝的圣旨现在就在她的医馆里。"

　　殿内安静一刻，龙椅上的皇帝神情依旧平静，但两边站立的内侍却莫名觉得压抑，他们不由得把头低得更低了些。

　　似乎过了很久，又似乎只是一眨眼，皇帝的声音再次响起："既然这位汝南君小姐如此盛名，那就让她试试吧。"

第七十六章

◇

以名医的身份重见亲人

"好消息，好消息。"一个伙计急急跑进来，喊道。

柳掌柜眉头皱了皱，不悦道："注意点，大惊小怪的。"小伙计忙讪讪地站好。

"君小姐那边不用你们一惊一乍的，男人来拿药也好，来问诊也好，都把心思放正些。"柳掌柜一通教训后拎起茶壶斟茶，才问道，"什么事？"

"掌柜的，太医院请君小姐给怀王治病。"小伙计忙说道。

柳掌柜手一抖，茶壶里热腾腾的水顿时洒了出去，溅了他一身，小伙计忙上前帮忙。

还好冬天穿得厚，不至于烫伤，只是有些狼狈，不过现在柳掌柜也顾不得这些，急着问道："你说什么？给谁看病？"

"掌柜的您还记得不？当初太医院江太医曾和君小姐说过，他治不好的病让君小姐来治，现在他果然……"小伙计眉飞色舞地说道。

他的话没说完，柳掌柜没好气地一把推开他，喊道："去去，半天说不清个事。"不待那小伙计再说话，他人已经疾步冲出去了。

"太大惊小怪了吧，我还没说什么呢。"小伙计没回过神，一脸不解地喃喃说道。

柳掌柜赶到九龄堂的时候，柳儿正忙着收拾君小姐要带的东西，她一脸遗憾地说道："小姐我真的不能跟你去吗？"

"柳儿，那是痘疮，可是会被传染的。"陈七在一旁说道。

"我家小姐不怕，我当然也不怕。"柳儿瞪了他一眼。

"你家小姐厉害嘛。"陈七嘿嘿笑着，又看向君小姐，"这一去再回来就更厉害了。"

"君小姐，那是痘疮啊。"柳掌柜着急地说道，"这种病可不好治啊。"

君小姐嗯了一声，淡淡说道："但我会治。"

柳掌柜不知道该说什么，只好说道："君小姐，你知不知道那是怀王……"

他的话没说完便被君小姐打断："我知道，这不是病人是谁的问题，太医院治不好，我说过他们治不好的我能治，我们现在针对的是这个病症，不是这个人。"

柳掌柜苦笑了一下。

"小姐，太医院的车来了。"店伙计说道。

君小姐点点头，伸手拎起药箱，柳儿依依不舍，方锦绣带着几分担忧。

"别担心，没事的。"君小姐笑道。

君小姐的马车停在了怀王府前，大门紧闭着，口鼻之间都是浓浓的药味，这条街上更是人迹罕见，一片死寂。

一个太医将口巾遮住口鼻，上前敲门，早已经得到消息的门房打开了门，那太医并没有进，而是站在门外，说道："君小姐请吧，要不要给你……"口巾还没说出来，君小姐已经越过他进去了。

君小姐看着笔直的白玉甬路，缓步而行，心中激动万分，她终于回来了。其实对于怀王府，她也并不是很熟悉，她在这里生活了不到一年，就出嫁离开了——她走在怀王府的甬路上，跟随着太监，越过前殿，来到后宫。

这里装饰得奢华高贵，此时却空无一人，犹如陵墓。

"君小姐，这边就是了，你稍等，咱家去禀告。"太监说道。

君小姐颔首应声"是"，站在殿外略扫了四周一眼，九裕住的地方跟以前没什么变化，不过现在她也没心情管这个。她看向殿门，太监正将门推开，对内说道："公主殿下，太医院介绍的大夫到了。"

姐姐竟然也在！君小姐不由得上前一步。

"请进来吧。"女声从内传来。

太监回过头冲君小姐示意，她已经疾步迈过门槛，走进殿内。

有人闯入她的视线，君小姐的脚步一顿，看着眼前站着的人，殿内门窗紧闭，光线昏暗，陆云旗站在其中更显得阴冷，君小姐垂目略一施礼，低头越过他向内走去，屋子里弥散着药味，但她还是能从这药味中闻到若有若无的香气，那是姐姐惯用的香，她低着头，看着自己脚下的大青石，一步一步走过去，即便不抬头，她也似乎能看到前方坐在床榻上的女子，她俯身跪下来说道："公主……"

"不要多礼。"柔和的女声从头顶传来。

君小姐还是俯身叩头，冰凉的地面可以让她滚烫的身子冷却，免得她无法控制，扑过去抱住姐姐大哭。屋子里，一双阴寒的视线始终落在她的背上，似乎能看透她的魂灵。

两个宫女卷起了帘帐，君小姐起身抬起头看到面前的九黎公主，她穿着一身素衣，干干净净，发鬓整整齐齐，妆容清淡，没有丝毫面临亲人将死的悲痛和慌乱，她正用手巾擦拭床上男孩子的脸，神情恬静，就如同看着的不是病人，而是熟睡的孩子，还是和以前一样，就算再兵荒马乱，姐姐也云淡风轻，君小姐上前看着床上的九裕。

"要诊脉吗？"九黎公主转过头看向她。

两人的视线相对，君小姐不由得身子微颤，一时移不开视线。

"君小姐，要诊脉吗？"九黎公主再次问道，她的声音依旧轻柔，并没有因为被直视而不悦，也没有惊讶和不解。

君小姐垂目应声"是"，九黎公主起身让开，没有丝毫质疑，更没有询问她的来历。

君小姐上前垂目，俯身审视着九裕，一年多没见，他长大了许多。她伸手抚上九裕的额头、眼睛、鼻梁、脸颊和耳垂，最终落在他的脉上，这一刻，提了一年多的心终于落定了。

江友树走进了怀王府的门，几个太医疾步跟随。

一个太医上前问道："君小姐，你觉得怀王殿下这病如何？"

君小姐收起脉枕："怀王病得不轻。"

"是啊，我们真是束手无策了，想到君小姐医术高超，"太医叹道，"对痘疮这种病或许有破解之法……"

君小姐将脉枕放进药箱里，又拿出金针，听到这里，露出笑脸，太医们则幸灾乐祸地看着她，等着她说出"不是痘疮"……

眼前的女孩子也看着他们，笑意未减，她拔出一根金针，点点头："是的，我对痘疮有些研究，有破解之法。"

屋子里一阵安静，太医们都愣了一下，有些没反应过来。

"你说这是痘疮？"江友树开口说道，他已经想到什么了，还有些不敢相信。

君小姐看着他点点头，奇怪地说道："当然是啊，这不是大家都诊断出来的？江太医你还有什么疑问吗？"

江友树面色铁青地看着君小姐，没有再说话，这个奸猾之徒，她明知道这不是痘疮之症，但她就是不说，反而顺水推舟，分明也是要留个退路，其他太医也都一时不知道说什么。

"我知道江太医你的疑问是什么。"君小姐似乎并不懂江太医的疑问是什么意思，继续方才的话，"痘疮这种病的确很难治。"她说着笑了笑，"但再难治的病也有对症之药，不需要考虑这个病症有多难，最重要的是治好病，所以怀王殿下的病我真的能治，江太医你放心。"

不管是痘疮还是别的什么病症，要是治不好，一样没有什么好下场，不在于争这一时，想到这里，江友树点点头："那就好，那我们就放心了，民间多奇方，我也相信君小姐既然敢来，就定然是胸有成竹的。"他说着走到床边，又对九黎公主施礼道，"公主宽心。"

九黎公主微微颔首算是还礼，不管是君小姐诊脉，还是适才双方暗藏机锋的对话，哪怕君小姐说能治好，九黎公主都只是坐在床边看着怀王，神情没有丝毫变化，就好像什么都没听到一般。

江友树再看向君小姐："需要什么，药和人手，尽管吩咐。"

君小姐没有说话，笑了笑算是应答，江友树看了君小姐一眼也懒得再说话，转身走了出去，其他太医自然也跟着走了。

怀王寝宫里恢复了先前的安静。

不待谁开口，君小姐已经转过身将金针盒子展开，手里一开始就拿出的那根金针也对准了怀王的手指，慢慢捻着刺入。

屋子里鸦雀无声，陆云旗隐没在暗色中，自始至终都没有说过一句话。九黎公主站在床边只看着怀王，但偶尔有那么一刻，她的眼尾微微挑了挑，视线落在了君小姐的身上。

一套金针用完，怀王的十根手指上都渗出黑红血滴，君小姐的身上也被汗水打湿，但这还没完，她用锦帕一点一点擦拭怀王的手指，直到挤出的血变成鲜红，君小姐终于吐口气，忍不住伸手抚了抚怀王的脸。

"君小姐。"九黎公主的声音在一旁响起，"还需要做些什么？"

而另一边阴寒的视线也落在她的手上，君小姐身子微微一僵，自己还是有点失态了。

"高热已经退了一些。"她再次轻轻抚了抚怀王的脸，似乎是在试探体温，然后收回手，转过身看着九黎公主，"我现在去熬药。"

九黎公主看她一眼，柔声说道："那有劳君小姐了。"说罢便又回到床边坐下来。

"君小姐这边请。"一个宫女上前说道。

君小姐拎起药箱跟着她走出去。

每一样药她都仔细查看，洗和熬煮她都亲自来，没有让药离开视线半分，也没有让其他人有碰到的机会。等端着熬好的药来到怀王寝宫时，天已经黑了，寝宫里点亮了灯。

九黎公主和陆云旗都还在室内，一个站着，一个依旧坐在床边。

"殿下已经不能吞咽了，要用鹤嘴壶灌药。"宫女从一旁拿过摆着的鹤嘴壶，说道。

"不用，我来喂。"君小姐说道，"灌药很难受的。"

宫女看了眼陆云旗，陆云旗没有反应，宫女便低头退开了。

"公主，你揽着他坐起来。"君小姐说道。

九黎公主起身坐到床头，将怀王揽在怀里，君小姐一手端起药碗，一手按住怀王的前胸，一下一下地抚顺着，抚了片刻，昏睡的怀王忽然打了个嗝，君小姐便立刻舀一勺药送到他口边喂了进去，汤药沿着嘴角滴落，但很快就停下来，并没有像以前那样全部流出来，真的喂进去了。

一旁的宫女们忍不住惊讶和欢喜，看向君小姐的视线也带着几分佩服。君小姐继续抚按怀王的胸口，一下又一下，直到又打一个嗝，立刻再喂一勺药，然后重复这个动作。

"自己咽下去会更有效。"君小姐看着怀王，微微笑道，"等能喝得更快，更多，就给你块糖吃。"

垂目看着怀王的九黎公主抬头看了她一眼，没有说话又垂下头。

一碗药喂完，君小姐再次出了一身汗，她抬起袖子擦汗，吐口气，说道："能不能渡过难关，就看今晚能不能退热了。"

"这样吗？那真是挺快的。"九黎公主看向君小姐，"有劳君小姐了，快请去歇息吧。"

君小姐摇摇头："我是大夫，当然要看着病人，我就在这里，公主殿下去歇息吧。"

九黎公主笑了，也不再劝说："本宫是怀王的姐姐，当然要陪着，在这边再安个榻给君小姐。"

宫女们应声"是"，带人进出忙碌起来，君小姐也没有闲着，在屋子里四下看，吩咐打开一边的窗户，火盆摆在哪里，香炉撤掉，然后拿出自己带的药香点上。

九黎公主给怀王擦拭身子更换衣裳，或许是这屋子里不同以往的热闹，让她眼角的余光不时看向君小姐。那个女孩子站在殿内，灯火在她身上明暗交汇，或许是察觉到了视线，她转头看过来，二人的视线相对，一时谁也没有移开。

九黎公主突然觉得有些哀伤，就好像无数次的梦里，看到浑身是血的妹妹这样看着她，不言不语，不离开，也无法靠近，这个哀伤真是莫名其妙，她收回视线，轻轻拍抚着怀王。

夜色浓浓，床榻安置好，九黎公主抚着九榕的额头，看着走过来的君小姐，说道："君小姐去洗漱一下吧。"

行针、熬药、喂药，君小姐的衣服已经被汗打湿三次，闻言并没有推辞，施礼道谢。

"君小姐这边请。"一个宫女引路说道。

洗漱的房间就在隔壁，这是九榕的净房，君小姐视线逐一扫过，跟以前没什么变化。她慢慢走过一架壁橱，似是无意地伸手一探，准确探入壁橱与墙壁的缝隙，同时碰到一个盒子，她的嘴角弯弯，浮现一丝笑容。

"君小姐。"两个宫女从浴池边转过身，"水好了。"

她们说着话上前来服侍，君小姐没有丝毫拘束，她展开手臂，由她们服侍解衣，一件件衣衫解开褪下，直到不着一缕，宫女低头后退，看着君小姐款步迈入浴池，整个人没入水中。

这位君小姐倒真是淡定自如，两个宫女对视一眼，看到各自眼中的惊讶，她们放下纱帐垂头后退几步，侍立一旁静候。一个宫女走进来对两人低语几声，指了指外边的衣柜，两个宫女有些惊讶，但旋即应声"是"。

君小姐并没有洗多久，很快就出来了，两个宫女取出单子裹住为她擦拭，同时引着她来到外边。一个宫女打开了柜子，里面摆着整整齐齐的亵衣以及外套。君小姐看到这些是女子的衣衫，心想九榕病了，姐姐肯定吃住都在这里，衣衫自然也准备了。君小姐展开手臂，由宫女服侍穿衣，忽然她身子一僵，忍不住向前迈了几步。

宫女们猝不及防差点被绊倒，忙唤道："君小姐？"

她们见君小姐停在衣柜前正盯着一件衣衫，心想难道她还想要自己挑衣服？这就有点太不知礼数了。

君小姐看着衣柜里的那件衣衫，只觉得眼有些发涩，这不是姐姐的，这是她的亵衣，是她的一件旧衣衫，是父亲和母亲去世的前一年，自己生日的时候，母亲亲手给她做的，后来她也是穿着这件亵衣出嫁的，她死了，尸骨埋在陆家的坟地，留在姐姐和九榕身边的，就只有这件亵衣了吗？她伸手按住心口，低下头干咳以掩饰要涌出的眼泪。

"君小姐你没事吧？"两个宫女忙关切地问道。

君小姐伸手按住手腕上的一个穴位，刺激得她连声咳嗽，外边的宫女被惊动，端来茶水，君小姐慢慢平复，哑声说道："惭愧。"她一边接过茶水润润嗓子，一边用手帕擦去脸上的泪水，"我有这个干咳的老毛病。"

几个宫女对视一眼，心想这就是所谓的医不自治吗？

君小姐深吸一口气放下茶杯，平复了神情，说道："好了，我们出去吧。"

寝宫里的灯火又调暗了几分，怀王的床边只留了一盏夜灯，九黎公主坐在床边，正用筷子蘸了水润怀王的嘴唇。

陆云旗站在一旁看向走出来的君小姐，君小姐没有理会他的视线，也似乎根本没在意自己穿的是亵衣，就那样径直走到床边，俯身看了看怀王，抚摸额头脸颊耳后脖子片刻，又探了探脉，说道："现在还看不出什么。"

"那就等着吧。"九黎公主对君小姐笑了笑，"君小姐先歇息吧，你歇息好了，殿下也才能好。"

君小姐点点头，转身走向一边安置的床榻，脱了鞋子就躺下，说道："那我先歇息了。"

九黎公主看了眼陆云旗，说道："你也去歇息吧。"

"我就在这里。"陆云旗淡淡说道。他的声音醇厚，却不容拒绝，就像一个霸道的丈夫。

君小姐默默地闭上了眼，九黎公主也没有再说话，屋子里陷入安静。

但天亮的时候，九裕并没有退热。

"他的热是不好退。"九黎公主也没有着急呵斥，反而一副很理解的神态。

君小姐觉得想笑又想哭，她深吸一口气，一边拿出金针，一边说道："没事，我再来一遍，我觉得热已经退了一些了，我先给九……殿下用针，然后我再去熬药。"

听她说到这里，一直在旁安静而立、不发一言的陆云旗看过来，淡淡问道："为什么不让别人熬药？"九黎公主也看向她。

"这样不是更快吗？"陆云旗接着说道，一双阴冷锐利的眼看着她。

君小姐站直身子，迎着他的视线："因为我不放心，陆大人您也知道，我跟太医们是打赌的，有很多人等着我输，但我不想输，除了我自己，我谁都不信。"

陆云旗摆了摆手。

天色大亮，几个太医前来探视，却被君小姐挡在寝宫外，为首的太医不悦地说道："君小姐你这什么意思？"

"意思很明显啊，不想让你们偷师。"君小姐看着他们，"或者陷害。"

太医们面色顿时青白，呵斥道："你胡说八道什么，你把这救人治病当成什么了！"

"我跟你们打赌，跟治病救人没有冲突。"君小姐打断他们，"你们治不好怀王殿下，将这件事交给我了，那么这里的事就由我决定，如果听你们的，那这病治不好了算谁的？"

几个太医面色铁青，一个太医更是呵斥道："真是嚣张，你以为你这是在九龄堂啊。"

寝宫里原本对门外的事浑不在乎的九黎公主微微一顿，将视线从怀王身上移开，看向门口。那个女孩子站在那里，小小的身子却似乎一夫当关、万夫莫开，九龄……堂？陆云旗的身影挡住了她的视线，人也走过去，站在君小姐身后，他的个子比君小姐高出许多。

门外的太医控诉道："陆大人，您看看，您听听她说的话，这简直是胡闹！"

"谁在治就听谁的。"陆云旗视线扫过他们，"你们还要治吗？"

太医们神情一僵。

"我不管胡闹不胡闹。"陆云旗接着说道，"胡闹还是不胡闹，得看结果。"

太医们对视一眼，等怀王出了事，皇帝虽然因为太后的劝说不会真把治病的人怎么样，但这个陆阎王可不管，说砍就砍，说杀就杀。

"我们就是担心怀王殿下。"太医们带着几分委屈和无奈，"那随你吧。"说罢，拂袖而去。

君小姐看着门外两边的宫女太监，说道："我的一切东西，你们谁都不许碰，要不然怀王治不好，可不一定是我的责任。"

宫女太监面面相觑，这罪名他们可担不起，顿时齐齐向后退了几步，君小姐这才转过身，看到身后像一堵墙一般的陆云旗，淡淡说道："包括陆大人你。"

陆云旗眼中闪过一丝迷惑，低头看看这女孩子的脸，神情顿时恢复如常，眼中还闪过几分厌恶，他越过君小姐走了出去。

看着君小姐端了药进来，九黎公主主动将怀王揽在怀里，从君小姐端着的药碗里拿起汤匙，说道："你来帮殿下顺气，本宫来喂药。"

君小姐嗯了一声没有说话，伸手抚按怀王的胸口，一声嗝后，九黎公主舀了药慢慢喂进怀王的口中，忽然问道："你今年多大了？"

君小姐愣了一下，看了九黎公主一眼，接着伸手安抚怀王的胸口，回答道："十五了。"

"那明年就要十六岁了。"九黎公主说道，"也是个大姑娘了。"

君小姐低着头应声"是"，暗自撇撇嘴。

"这医馆是你祖上传下来的？"九黎公主又问道。

君小姐低头安抚怀王，嘴角微微上扬，带着几分促狭，身后有陆云旗的视线扫来，越发的阴冷。

君小姐将头更低几分，答道："是。"

怀王又打了一个嗝，九黎公主喂药，喂完药抬头看君小姐，君小姐也正看着她。

视线相对，九黎公主微微一笑，说道："这名字，很好听。"

君小姐心里一涩，嘴角弯起，也微微一笑，说道："是，多谢公主。"她垂目再次按揉怀王顺药。

九黎公主没有再说话，视线重新落在怀王身上，揽着他的手轻轻拍抚着他的肩头。

当药再一次喂进去的时候，君小姐抬起头，说道："我祖上医馆命名，是希望大家可以长寿。"

九黎公主看着她，神情柔和。

"所以，我希望怀王殿下可以长寿。"君小姐说道。

九黎公主笑了笑，柔声道："谢你吉言。"

这吉言应验得很快，又一个夜晚过去清晨到来的时候，半坐在床边疲倦得连连打盹的君小姐被人推了推肩头，她下意识地就抓住了碰到肩头的手。

"君小姐。"柔和的女声同时在耳边响起。

君小姐借着抓住九黎公主的手站起来，因为起得太猛，一瞬间有些晕，九黎公主的手再次扶住她。

君小姐站稳身子，伸手按了按额头，带着几分歉意和不安地说道："公主，不好意思，我睡着了。"

"你已经守了一天一夜了。"九黎公主柔声说道，意思就是不怪罪她睡着了。

君小姐笑了笑，转头去看怀王，怀王一如既往昏睡着，不过看起来比往日睡得更踏实一些，她忙伸手探上怀王的额头。

"我觉得好像不那么热了。"九黎公主在一旁说道。

君小姐伸手诊脉，脸上的笑意散去，忍不住俯身将脸贴上怀王的脸。

"退热了？"陆云旗的声音在后响起，大约也是熬久了，声音有些沙哑。

君小姐起身站直，九黎公主从她身上收回视线，看向怀王。

君小姐说道："是，退热了。"

"那就好了吗？"陆云旗问道。

君小姐没有说话，拿过一旁的药箱打开。

陆云旗看着她的药箱，里面并不是大夫常用的那种，而是精巧的格子拼凑填充，随着君小姐的手按压碰触，有个地方的格子就打开，里面装着一个瓷瓶。君小姐并不介意陆云旗审视她的药箱，她从瓷瓶里倒出一颗药丸掰开，然后扶起怀王。

九黎公主已经将水递来，看着君小姐将药丸喂进去，说道："果然是好多了，药丸都能自己咽下去了。"话虽然这样说，她的神情却并没有多少激动，似乎习惯了淡然，连激动都不会了。

"还没有好，只是性命无忧了。"君小姐说道，"醒过来还要等些时候。"说罢，拎起药箱，"我再去配药。"

怀王退热好转的消息很快就传了出去，太医们听后，神情都不怎么好看，嘴硬地说道："退热也不一定就算治好。"但三天后，传来了怀王醒来的消息，他们彻底没话说了。

第七十七章

◇

短暂的相处时光

怀王的精神越来越好，清醒后用药也更方便了，进入腊月，怀王甚至可以下床走几步，九黎公主坐在床边，看着走了几步后转回来的怀王，神情含笑。

"姐姐，我饿了。"怀王拉着九黎公主的手，说道。

九黎公主笑着拉住他慢慢走到另一边的床上，这里已经摆了炕桌，她一边坐下来，一边对宫女们吩咐道："传膳吧。"

看着送来的饭菜，九黎公主先拿起碗筷，怀王也欢喜地准备吃，端着药碗进来的君小姐看到这一幕，忙阻止道："殿下，我先看看这饭菜能不能用。"

一旁的宫女们侧目，自从怀王能吃饭之后，这位君小姐餐餐必看必尝，难道怕有人下毒吗？君小姐解释道："殿下正在用药，免得忌讳。"

"君小姐可否告诉我们忌讳？我们也好避开。"一个宫女忍不住说道。

君小姐正专注地用筷子逐一尝送来的饭菜，闻言看了那宫女一眼，说道："太多了，每日都变化，不好说。"她是大夫她说了算，宫女只得不说话了。

"好了，可以吃了。"君小姐检查完，含笑将药碗放在桌子上，"吃完饭就可以吃药了。"

九黎公主笑了笑，对于君小姐的行为没有阻止也没有夸赞，就好像是理所当然又或者是无所谓的事。吃过饭和药，怀王昏昏睡去，九黎公主则坐在床边，一如既往地拿起针线。还是跟以前一样，天天做针线，做了一年也没见她做出些什么，君小姐站在一旁看着九黎公主，微微出神。

"你叫什么名字？"九黎公主忽然问道。

出神的君小姐被问得一怔，迎着九黎公主的视线，九黎公主只是看了她一眼，就继续低头做针线，就像是在漫不经心地闲谈。这些日子她们很少闲谈，九黎公主不是爱说话尤其是询问别人的人，而她则是能不说话就不说话，毕竟身在皇帝和陆云旗的眼皮下，又面对的是自己朝思暮想的亲人，仇恨可以掩饰，温情和思念真的很难遮掩。

君小姐想了想，像是下定决心一般，看着九黎公主，答道："我叫九龄。"

九黎公主拿着针的手一顿，抬头看向君小姐。

"君九龄。"君小姐接着说道。

九黎公主看着她微微一笑，再次低下头继续穿针走线，柔声说道："真巧，我有个妹妹也叫九龄。"

"是吗，这么巧。"君小姐垂下视线。

九黎公主停顿一下，又叹口气："不过，她可没有你这么乖巧听话，她可是个让人很头疼的孩子。"

君小姐垂目扁嘴，眼里却有水光萦绕，九黎公主却没有再接着说下去。

"我其实也很让家人头疼的。"君小姐却不想这个话题就此结束，主动说道，"公主的妹妹……"话没说完，身后传来脚步声，同时响起陆云旗的声音："公主，怀王怎么样了？"

君小姐忙垂目。

九黎公主放下针线，看着他笑了笑："好多了。"

陆云旗点点头："那就请公主回家吧。"君小姐垂在身侧，被衣袖遮住的手微微攥住。

"太后娘娘会派人来照顾殿下。"陆云旗又说道。

九黎公主站起来，没有丝毫不满，更没有开口半句请求留下，转身抚了抚怀王的额头，说道："是，那本宫就回去了。"

陆云旗侧身让开，君小姐对九黎公主屈膝施礼，九黎公主没有再看她，甚至没有说一句有劳你照顾好怀王。君小姐看着九黎公主走出寝宫，在一队宫女的拥簇下离开了。

陆云旗挡住了她的视线，一步一步走近站在她面前，居高临下阴冷地看着她："你叫九龄？"

君小姐看着他："我是叫九龄。"

陆云旗神情木然："君蓁蓁，你为什么叫九龄？"

君小姐神情平和："这是我祖父的遗愿，我要秉承祖业，将九龄堂发扬光大。"

陆云旗看着她："你会如愿的。"

这醇厚的声音听起来本该让人愉悦，但配上这木然如白瓷、没有丝毫感情的脸，只让人觉得毛骨悚然，他说罢便转身离开了。

君小姐站在安静的寝宫里，慢慢吐口气。

"我姐姐走了吗？"醒过来的怀王看不到九黎公主，神情有些惊慌，但没有哭闹，只是颤声问道。

两个奉命从宫里来的女官含笑应声道："是啊，殿下，公主殿下是成亲的人了，有自己的家要照顾，殿下这里有皇上和太后呢。"

怀王的眼里泪光闪闪，哽咽地说道："是，多谢皇上和皇祖母。"

女官们脸上的笑更加慈爱，指着桌上摆着的丰盛的点心，又问道："殿下要不要尝尝？"

怀王坐正了身子，虽然眼中还带着几分泪光，神情却做出几分端正，就像另外一个九黎公主，他说道："好。"

君小姐上前一步："殿下还在用药，这些甜食暂时不能吃。"

两个女官看她一眼，哦了一声，笑道："既然这样，那就听大夫的吧。"她们示意宫女把点心拿开，"殿下要快点好起来，到时候想怎么吃就怎么吃。"

怀王乖巧地点点头，在床上躺下来，安安静静，就像一个来别人家做客的拘束的孩子。

"殿下，不能总躺着。"君小姐上前说道，"要多起来走一走，这样才能更有力气。"

直到此时，怀王才看向她。

"这样吗？"两个女官看着怀王，伸手搀扶，"那就听大夫的吧。"

怀王便点点头，安静地起身，宫女们忙上前给他穿衣穿鞋，看着怀王在屋子里慢慢来回走。他的步伐比先前稳了很多，君小姐将视线移向寝宫外，又提议道："殿下，今日天好，去外边走走吧。"

女官、宫女们都看向君小姐，君小姐说道："殿下在屋子里太久了，该去接接地气。"

两个女官对视一眼，心想应该有道理吧，毕竟是她治好了怀王，便点点头，宫女们便忙碌起来，给怀王穿上厚衣服，裹上斗篷戴上帽子。

"不一定非要走，先坐着轿子适应一下也行。"君小姐又说道。

宫女们又忙去让小太监抬肩舆来，怀王任凭她们安排，不言不语，很快坐上肩舆，在女官、宫女呼啦啦一队人拥簇下，被抬出了寝宫。

"君小姐去哪里走好？"女官问完又觉得这个问题有些怪，补充道，"是走得远一些还是近处转转？"

君小姐抬头看了眼四周，似乎在寻觅什么，问道："有没有花园呢？那种裸露多的土地还有树木多的地方就好。"

女官哦了一声，笑道："当然有。"她又对抬轿子的太监们吩咐道，"那就去凝萃园吧，离这里近，又多古树。"

太监们应声"是"，抬着肩舆迈步。

"君小姐你也跟着吧。"女官又看向站在一旁的君小姐，"殿下毕竟才好，你在身边跟着大家也安心。"君小姐应声"是"，拎起药箱在队伍最后慢步跟随。

凝萃园不是怀王府最大的花园，距离怀王的寝宫也不是最近，确切地说，是距离九龄公主原来的寝宫最近的地方，这里花草不多，多是参天古树，君小姐远远就看到那株最粗的古树，树下还有一个秋千架。刚搬进怀王府的那一年，她常常坐在秋千上慢悠悠地晃着，树旁埋藏着有关师父以及自己的过往。

陆云旗已经起了疑心，要尽快把埋藏的师父的手札拿出来……

爆竹声在京城此起彼伏。

坐在肩舆上的怀王探直了身子，说道："我听到爆竹声了。"

"是啊，快要过年了，小孩子们都在玩爆竹。"君小姐笑道。

怀王看了她一眼，扭过头："顾先生，顾先生，我们也能放爆竹吧？"

站在另一边的顾先生闻言笑道："能啊，我都准备好了。"

怀王的脸上绽开笑容，迫不及待："那我们现在就去吧。"

顾先生看向君小姐，笑着说道："这个要听大夫的安排。"

怀王这才看向君小姐，不过相比于对顾先生的欢悦，他的神情端正又疏离，九黎公主走之后，每日每夜陪伴怀王的都是她。虽然怀王对她的话言听计从，但态度始终疏离，大概是因为她是太医院和皇帝送来的人吧……

但对于顾先生，怀王是真心真意依赖。这个顾先生可是陆云旗的人，陪伴真是可怕，对于一个小孩子来说，根本就分不清谁好谁坏，君小姐心里叹口气，笑道："可以。"

怀王对她略颔首，转头对顾先生眉飞色舞地说道："先生快去拿！"

"殿下不如亲自去吧，走着去。"君小姐现在要求怀王多走动，小孩子对于喜欢的事都有精神，这的确是个很好的机会。

顾先生对肩舆上的怀王一笑，不待太监们屈身落轿就伸出手，怀王眼睛一亮张开手。

"飞喽。"顾先生笑着将怀王抱了下来。

怀王咯咯地笑着落地，拉住顾先生的手。

这场面在君小姐的眼里看着有几分心塞，怀王如今才七八岁，九黎公主已不在他身边，小时候的记忆很容易淡忘，他和这个陪伴他成长的顾先生感情将会越来越深厚。

"来这里放爆竹吧。"君小姐指了指前方的一片空地，"这里地方大。"

顾先生闻言点点头，怀王已经迫不及待地向前迈步，太监们抬着轿子，宫女们碎步跟随，一大群人热热闹闹地向前而去。君小姐却没有跟上来，一个女官回头看了眼，见她坐在秋千架上，还轻轻地荡了起来，女官笑了笑，收回了视线。

看着这群人消失在视线里，秋千上的君小姐放慢速度，她带着怀王已经在这里活动了七八天，终成大家认为的习惯。

顾先生的住处距离这里走路要一盏茶的工夫，虽然怀王玩爆竹心切，但顾先生一定不会让他走得太快，这样算下来，来回就有两刻钟，因为痘疮的缘故，怀王府的宫女太监少了很多，这不多的人要么追随着怀王而动，要么在怀王寝宫，凝萃园这边没有人，陆云旗适才也已经出门离开，今时今日终于等到最合适的机会。

秋千停下，君小姐拎起药箱疾步奔向古树，转到树后跪下来打开药箱按着某一处，一个格子弹出，露出一个小铲子。她拿出小铲子飞快地挖着地面，冬天的土冻得僵硬，震得手麻，但她不停，一下一下地用力挖下去，她的额头上出了一层细汗，耳朵竖起，敏感地听着八方，眼角的余光也看着四面，她似乎听到鸟鸣，看到枯枝叶落，终于，锵的一声，手中的铲子被阻隔震动，她大喜着忙挖着四周，很快一个铁皮匣子出现在眼前，她顾不得拿出来，就这样打开来。

四年前，她刚进怀王府，在一个月夜将匣子埋在这里，从此再也没有打开，甚至已经忘记了，她以为那些过往那些记忆都是可以抛弃舍弃的，却没想到这些过往竟然能左右她的命，且不只是她的命。

君小姐扫过匣子里堆放的一些小物件，那些都是她走江湖时师父送给她的防身之物，她的视线最终落在一本厚厚的册子上。这个册子她从来没有打开过，此刻，她将册子放进药箱里，要再去拿匣子里其他东西时，耳里传来细碎的脚步声，同时下意识地，眼角的余光看到一个人影出现在甬路上，是陆云旗。君小姐顿时浑身发麻，她快速思考一番，当机立断，飞快地将铁匣子盖上，放回原来的位置，再将土飞快地掩埋其上。

脚步声越来越近，她的呼吸也越来越急促，眼角的余光瞥到他正向自己的方向疾步走来，看来他是发现了自己，君小姐猛地抬起头，低声吟唱起来："花娘娘，草娘娘，土娘娘，石娘娘，哪个娘娘来，哪个娘娘去……"她轻松的吟唱声在安静的树下散开，身后已经接近的脚步声猛地停了下来，她将铲子在地上随意地划拉着，好像孩童在玩土一样，口中的吟唱声不停，"紫娘娘，白娘娘，绿娘娘，黄娘娘，哪个娘娘来，哪个娘娘去……"她唱到这里，将铲子用力地插进土里，同时身后传来淳厚的男声："你在做什么？"

"我在挖虫娘娘。"君小姐随口答道，同时起身转过头，"你知道什么是虫娘娘吗？"

她神情含笑，眉头飞扬，微微抬着下颌，将手扶在腰里看着眼前的人。她的视线与陆云旗相撞，顿时神情一僵，手放下来，肩头垂下，站直身子，唤了一声："陆大人，"便后退一步，将脚踩在被鼓捣过的泥土上，似乎试图用裙子遮住，"我在等殿下和顾先生过来，他们去……"

君小姐的话还没说完，几步外的陆云旗便大步跨过来，将她一把揽住按在了树干上。她猝不及防地惊叫一声，人已经被陆云旗箍住，他的脸几乎贴在她的脸上，冰冷地直视她的眼睛，她则因为受惊瞪大了双眼，胸口剧烈地起伏，急促地呼吸着。

"你在做什么？"陆云旗问道。

君小姐终于从惊吓中回过神，大喊道："你在做什么？"说着，她抬手对着陆云旗胡乱地打去，就像一只受惊的鸟儿。

陆云旗轻而易举地按住她的胳膊，再次问道："告诉我，你刚才在做什么？"

君小姐的神情看似惊恐又愤怒，她挣扎着喊道："陆大人，你，你干什么，你放开我。"在陆云旗的手里她就像一只可怜的蚂蚁，这挣扎毫无用处。

"我只是问你，你刚才在做什么？"陆云旗将声音再次放缓，同时看了眼脚下，被挖过的土还松散着，又被他们的脚踩过印上了脚印，小铲子也被踢到了一边。

君小姐竭力让自己平复下来，似乎终于明白他问的是什么意思，僵硬地答道："我没做什么，我就是等着殿下过来，闲着玩。"

"玩挖土吗？"陆云旗看着她。

"不是，就是挖一种虫子，这种虫子白白胖胖的，可以入药。"君小姐的身子紧贴在树干上，要避开贴近自己的男人的脸，有些气急败坏地喊道。

远处有杂沓的脚步声传来，伴着怀王的笑声，君小姐的脸上更加焦急和窘迫，眼里泪光闪闪，哽咽地喊道："你放开我。"

这一次陆云旗应声，松开了手站开，君小姐立刻踉跄地站开，差点被脚下的土以及自己的药箱绊倒，神情既愤怒又惊恐。

怀王一行人出现在视线里，伴着啪啪的爆竹响，君小姐如同看到了救星，拎着药箱急急忙忙向他们跑去。一道视线如芒在背，她的步伐有些慌乱，但脸上已经没有丝毫慌张，反而松了口气。她不用回头也不用担心了，她笃定陆云旗听了她的话后，就不会去猜测她为什么挖土了，因为曾经的九龄公主第一次跟他见面时，就在玩挖土游戏……

君小姐走到顾先生等人的身边，顾先生对她笑了笑，怀王依旧并不理会，只是开心地玩着爆竹。

"君小姐，你没事吧？"女官看了看她有点不太好的脸色，关心地问道。

君小姐竭力掩饰自己不安的神情，对她摇摇头："没事，没事。"

女官当然不会相信，她看了眼那边秋千下站着的陆云旗，心想又被陆大人训了吧，难怪这君小姐如此惊慌，女官笑了笑没有再问，继续看着怀王。

君小姐也看着怀王，竭力让自己放松平和下来，虽然没有看那边，但她也能感觉陆云旗的视线一直落在她身上，不禁心生厌恶。

夜色渐深，怀王寝宫里的灯暗了下来。

"殿下，您该睡了。"君小姐看着坐在床上的怀王，说道。

怀王哦了一声，躺下来，眼睛却还是睁着。

"殿下，要不我给你讲个故事吧？"君小姐瞧着他顽皮的样子，心中叹口气，在床边坐下。

怀王立刻向内挪了一下，客气地说道："不，不用。"

君小姐回头看了看寝宫，宫女太监已经退下，她大胆地向前挪了挪，眉头一挑，对怀王低声说道："殿下，你要不要听在山里打虎的故事？"

这是以前怀王最爱听她讲的故事，每次听都会很兴奋。她抑制住内心的紧张，温柔地看着怀王，心中说着："九褣啊，是姐姐啊，是九龄姐姐又来给你讲故事了。"

"不。"怀王没有任何反应，干脆利索地答道，同时身体再向内挪了挪，"你能起来一下吗？"他指了指被君小姐坐在身下的被子，又说道，"你压到本王的被子了，本王这样睡不好。"

他不像别的孩子那般哭闹撒泼表达自己的不满，就连表达厌恶也很有礼貌，带着贵族子弟高傲的风范。这臭小子，君小姐吐口气，想着再说何什么来吸引他，门外有人走进来，她顿时身子一僵，不用回头去看，就知道是陆云旗进来了。

"殿下今日玩累了，早点睡，这样明日才有精神接着玩。"君小姐说着从床上站起来，放下了帐子。

陆云旗并没有走进来，而是在外间坐下来。

这些日子他都是这样，九黎公主离开后他并没有离开，依旧夜夜宿在怀王寝宫里，丝毫没有回避同样在这间屋子里的君小姐，君小姐自然也不在意。但今日感觉不太一样，寝宫里灰暗的灯光中一道视线始终盯着她，而这视线也跟以前不一样，这当然是因为今日自己说的话、做的事。

君小姐在卧榻上躺下来，她有些庆幸今日度过了这个危机，但心里又有些焦躁。她在床榻上翻个身，被子里的手紧紧攥在了一起。

冬日的日光投进室内，明亮而温暖，几扇窗半开着，驱散了屋子里浓烈的药气，弥散着淡淡的清香。

寝宫里也比先前多了很多人，穿着官袍的太医们神情关切地看着正在给怀王诊脉的江友树。江友树神情肃重，诊完了左手又诊右手，好一会儿才收回手。

"怎么样？"太医们迫不及待地问道。

江友树点点头，脸上露出欣慰的笑容："好了。"

太医们的神情有些复杂，没想到这君小姐竟然真的治好了。江友树站起来拱手，感叹道："皇上和太后终于可以放心了，君小姐，江某甘拜下风。"

对于江太医诚恳的态度，君小姐神情平静，她只是点点头，这番姿态在太医们眼里很倨傲，又添了几分不满，君小姐自然更不在乎，她看着坐在床上神采奕奕的怀王，心中万般不舍，她很想留在弟弟身边，但此时他已痊愈，她也没有继续待下去的理由。

"既然如此，我便回宫向皇帝复命，君小姐也可以安心回去过个好年了。"江友树含笑说道。

君小姐没有说话，对他略一施礼表示道谢。江友树含笑离开，而其他太医则留了下来。

"君小姐，你有什么要吩咐的，就告诉我们。"一个太医似笑非笑地说道。

"我没有什么要告诉你们的。"君小姐立刻笑着答道，"殿下我是治好了，再有什么事就是你们的事了，到时候不要推到我的头上就行。"

太医们顿时面色铁青。

"你大胆，你这是诅咒怀王殿下吗？"一个太医横眉喝道。

君小姐笑了笑："没有诅咒能让人生病，只有庸医推卸无能，才能让病不治。"

太医们都愤怒不已，原本要强做出的欢喜、佩服也都舍弃了，站在一旁的顾先生则笑了笑，看向君小姐，眼中闪过一丝玩味。

君小姐没有理会这些，而是走到怀王面前，矮身蹲下来，看着坐在榻上的怀王，柔声说道："殿下，我要告辞了，您要好好照顾自己，不要乱吃东西，不要……"

她的话没说完，怀王就含笑冲她点点头，打断了她的话："多谢你了，本王会感激以及赏赐你的。"

君小姐还要再说话，怀王却已经冲顾先生招手，高兴地从榻上跳下来，说道："顾先生，我现在病好了，可以继续读书了！"

他疾步向顾先生走去，顾先生也迎过来，对他含笑点头："不急，不急。"

"要急的，我耽误很多功课了。"怀王带着几分认真和苦恼，说道。

太医们都笑起来，纷纷夸赞起怀王，气氛顿时热闹起来。

半蹲在榻前的君小姐如同被遗忘一般，她慢慢起身，看了眼对着顾先生露出欢快笑容的怀王，大约是察觉到她的视线，顾先生也抬眼看过来，他的眼里含着笑，又似乎有几分意味深长。

君小姐垂目对他施礼后便拎起药箱，头也不回地走了出去。

第七十八章

◇

太后的赏赐

君小姐的归来让九龄堂里也热闹起来。

柳儿摇着君小姐的胳膊蹦蹦跳跳，陈七也笑着问东问西，方锦绣虽然不言不语，神情确是愉悦了几分。

"怎么也不提前说一声好去接您？"闻讯而来的柳掌柜也是欢喜不已，又带着几分埋怨地说道。

"也没多远，闷了一个月，想走走。"君小姐笑着答道。

"我是说提前说了，我们就能更早地把信给家里送去。"柳掌柜笑道，"也免得少爷一天接一天地追问。"

君小姐带着歉意地笑了笑："我亲自给他们写一封信，正好一起送去。"她又对着大家施礼，"让你们担心了！"

柳掌柜笑而不语，陈七则拍着胸口："不担心，我们就知道你一定能治好的。"

"这有什么好担心的，当大夫的就是治病。"方锦绣则说道。

话虽如此，君蓁蓁本不该当大夫的，而这些人也不该来到这里，君小姐看着他们关切又欢喜的面容，心中感慨万分，当初她是要搭乘一下方家的船，所以才帮他们修补了一下破漏，没想到牵绊越来越深，这条船估计是下不来了，也不知道这对他们来说是幸还是不幸。

君小姐将自己的担忧写在了信上，快马带着信日夜不停地奔走四天，送到了阳城方家。收到信的方承宇、方玉绣等人，悬着的心终于放下，对君小姐的担忧又是气又是好笑，一阵打趣后，也都没放在心上，各自把自己的想法都写在回信中，寄了出去。

距离过年只剩两日，热闹的京城似乎在一瞬间安静了下来，除了此起彼伏的爆竹声，街上熙熙攘攘的人群都消失了，所有人都聚在家中，准备迎接年节。

九龄堂里的伙计已经回去过年了，陈七和方锦绣正看着两个仆妇洒扫收拾悬挂桃符。

"柳大娘做了什么好吃的？"看到君小姐主仆进来，陈七忙笑着问道。

"都是阳城的点心。"君小姐说着让柳儿打开拎回来的匣子，"你们尝尝。"

方锦绣和陈七走过来，招呼那两个仆妇也过来尝尝，正说笑着，突然响起了急促的敲门声。

"这么晚了，谁啊？"陈七吓了一跳。

"病还分早晚吗？"方锦绣翻了个白眼，"病可不过年。"

说罢就去开门，但来人却不是问诊的，而是柳掌柜。

"柳掌柜，你怎么来了？"柳儿不解地问道，她们刚从他家吃饭回来。

柳掌柜抬手擦了擦额头的细汗，急着说道："刚接到消息，太后请君小姐正月里随同命妇进宫朝贺。"

进宫朝贺，可是天大的恩赐，屋子里一阵安静后旋即雀跃起来。

"就说嘛，救了怀王怎么可能只给银两而没有赏赐？"陈七拊掌道，"原来赏赐在这里。"

到时候，太后当着那么多命妇的面夸君小姐的话，她的名气可就更大了，方锦绣也难得地露出了笑容。

"这进宫要用的礼服，我来安排，君小姐您不用担心。"柳掌柜又搓了搓手，"我也请了几个宫里出来的女官，到时候会来给您讲讲进宫的礼仪，您不用紧张。"

君小姐却笑道："柳掌柜，你不用紧张。"接下来本想说不用人来教，但看着大家这么激动、紧张，她有些莫名的酸涩，便又点点头，"时间是有些匆忙，但我会好好学的。"

柳掌柜欣慰地点点头，郑重说道："我这是通过关系得到的消息，很快就会有宫里的人来通知您。这次医治怀王，说到底是跟太医院斗气，贵人们都不太喜欢这种事，此次能得太后召见，对您的女医身份极其有利，到时候应对得当，就能缓解先前那些不稳妥的形象。"

君小姐笑着应声"是"。

柳掌柜捻须，神情欢悦，视线扫过九龄堂里挂着的圣旨，心想这下九龄堂在京城算是彻底站稳脚跟了，不由得感叹道："这个年能好好过了。"

正月初一，天蒙蒙亮，在柳掌柜、陈七、方锦绣的目送下，君小姐的马车离开九龄堂径直向皇宫而去。

马车上，柳掌柜请来的前宫女又认真地将觐见该注意的礼数一一叮嘱给君小姐，她一边听着一边笑了笑，喃喃说道："这么多规矩啊。"

"是啊，觐见的规矩可多了。"宫女郑重说道，"小姐不知道吧。"

君小姐点点头，心想她还真不知道。以前她是被觐见的那个，或被母亲拉着，或坐在皇后的身侧，哪里知道在外边等候是什么样……

太康三年的时候，皇宫重新修缮过一次，更加金碧辉煌。君小姐在宫门口下了马车，这里站了很多贵妇，正和相熟的亲朋好友熙熙攘攘地说笑着，独行其中没有品级的君小姐看起来格外扎眼，不过，看过来的视线虽多，但这些贵妇人都自持身份，并没有对她指指点点，她也并不理会这些人，随着队伍向内走去。

有人在身边咳了一声，君小姐看向声音的方向，见是朱瓒不知什么时候走了过来，他穿着世子礼服，乍一看还有些不习惯："你戴罪之身也可以来觐见啊？"

朱瓒干笑两声没有说话，大步越过她向宫内走去，身后几个年轻人嘻嘻哈哈说笑着也从君小姐身边走过，并没有和她交谈，君小姐尴尬地笑了笑。这边的热闹很快被两边的官员呵斥制止，宫门前再次安静下来，越过午门，男女也分别向不同的方向走去。

"君小姐。"有人招呼道。

君小姐抬头看去，见是定远侯老夫人冲她招手，还有其他两个伯侯夫人也与她打招呼。随着这两家人的招呼，君小姐是谁就传开了，看向她的视线更多，走过来的人也多了起来，或打招呼，或好奇地打量她。

"不认识的人多，紧张吧？"定远侯夫人对她低声笑道。

君小姐笑了笑摇摇头，几人很快说说笑笑，来到了太后所在的宫殿外等候。

太后、皇后现在都在前殿接受朝臣的奉酒，结束后才会回来接受后妃们的恭贺，接着是公主们，再然后才是这些内外命妇进殿。

君小姐出神地看向前方公主们所在，老姑母们都不在了，余下的都是姑姑们以及几个堂妹，这其中自然没有姐姐。自从获得公主封号搬到怀王府后，她们姐妹就再没有参加过朝贺。君小姐默默地垂下视线，听着前方的说笑声。

伴随着乐声，妇人们按照品级鱼贯进入太后宫中，君小姐自然站在最后，看着大殿最深处宝座上的太后刘氏，以及她身旁的皇后。

因为隔得太远，君小姐看不大清楚皇后的面容。因为皇后一直在山东，齐王登基后才来到京城，所以她们几乎没有打过交道，但太后不一样，她从小是在太后跟前长大的，虽然太后并不是她的嫡亲祖母。

父亲是先皇后吴氏所生，因为难产没能活下来，也正因为如此，父亲从出生起身子就一直不好，当时妃嫔们都害怕养不活父亲而受牵连纷纷躲避，只有刘氏主动请缨照顾父亲，之后她便步步高升，登上了皇后的宝座。而父亲也非常敬重刘氏，说刘氏虽然对他很严厉，却是真心为他好。她小的时候常常去刘氏的宫里玩，刘氏还曾亲自给她烧过鹿肉吃，当初她离开皇宫，刘氏很舍不得，之后每一次过年回来，她都要在刘氏宫里住一晚，后来她渐渐明白，这就是民间所说的祖孙情，不知道刘氏当时得知父亲死时是什么感觉，或者这一切都是如她所愿？现在她也不明白了……

有宫女端来酒杯，君小姐接过，随着司仪的唱礼，举起酒杯俯身一拜，再拜，三拜，大殿里响起齐齐的恭祝声，鼓乐齐鸣。

礼毕，殿内的气氛就轻松了很多，最先是公主们上前围着太后娇声软语地喊着皇祖母要红包，太后亦是笑着拿出红包给了她们，引得内外命妇们一起凑趣。君小姐站在殿内最末尾，随着旁边的人一起笑着，一个内侍凑近太后耳边低声说了几句话，太后似乎想到什么，视线向殿内看来，说笑声立刻停下，殿内恢复安静。

"那位神医君小姐呢？"太后的声音沉稳响起。

君小姐垂目迈出几步站在正中，对着太后跪下来，叩头答道："民女在。"

殿内所有的视线都落在她的身上。

"免礼。"太后的声音从远处落下来，"过来让哀家瞧瞧。"

君小姐应声"是"，再次叩了一个头才起身，端手微垂目向前迈步。

两边无数视线凝聚在她身上，看着她的发饰、面容、身姿和步态，见她小小年纪，举止却雍容优雅，丝毫没有任何拘谨和惶恐的神态。

君小姐款款而行，站定在太后面前几步外，她抬起头看向太后，太后也看向她。她已经很久没有见过太后了，自从父亲过世，他们姐弟进了怀王府，就连成亲，太后也没有见她，就好像整个人突然从他们的生活里剥离而去。

君小姐垂目屈膝施礼。

"果然是神医风范。"太后的声音落下来，"听说你看病规矩很大，那你看看哀家，有没有凶兆啊？"

太后的这个问题问得格外不客气，大殿里气氛顿时有些凝滞。

君小姐垂目笑了笑，对着太后再次屈膝施礼道："规矩是由命定的，规矩再大也大不过命，太后娘娘命中注定逢凶化吉。"

太后一怔，旋即笑着说道："果然是神医，说的话真是神，哀家都不知道你是夸哀家呢，还是夸你自己呢。"

看到太后笑了，四周的妃嫔、命妇忙都跟着笑了起来。

"这怎么是夸呢。"定远侯老夫人笑道，"太后娘娘您命格贵重这是事实。"

太后娘娘再次笑了，意味深长地看着定远侯老夫人，说道："我知道你，你是向着她的。"

定远侯老夫人笑着施礼道："娘娘明鉴，主要是我受过她的好处。"

她这话一语双关，在场的人也都知道指的是受过君小姐的救治，所以才会忍不住夸赞。

太后笑了笑没有再说话，伸出手又说道："君小姐，那就有劳你给哀家瞧瞧。"

旁边的宫女立刻取过凭几和垫子，君小姐将手放在太后的手腕上，垂目凝神了一会儿，便收回了手。

"怎么样？"皇后在一旁关切地问道。

"太后娘娘昨晚吃过的酱汤以后还是不要吃了。"君小姐柔声说道，"若不然这晚上的咳嗽还要持续一段日子。"

此话一出，皇后咦了一声，太后也微微挑眉，周围的人立刻就明白这君小姐说对了。

"诊脉竟然能诊出吃的什么饭吗？"一个站在太后身后的公主忍不住问道，这是皇帝的四女儿，封平公主，今年十岁。

"有时候也可以的。"君小姐恭敬地答道。

封平公主立刻抱住了太后的胳膊，撒娇地说道："皇祖母，我也要诊脉，让她猜猜我昨晚吃的什么。"

皇后带着几分紧张地说道："不要胡闹。"

太后并没有理会她，伸手点了点封平公主的鼻头，问道："好啊，君小姐猜对了，你给她什么赏赐？"

封平公主看着君小姐，带着倨傲地说道："本宫赏她一匣子桂花糕。"

君小姐对她笑着施礼道："多谢公主。"

"这可是特意给本宫做的桂花糕，别的地方都吃不到。"封平公主带着几分炫耀，又说道。

君小姐再次道谢。

"你先别谢恩，能不能拿到还不一定呢。"封平公主说着就在太后身边坐下，将手伸出来。

君小姐诊脉片刻，沉吟道："公主昨晚多吃了些烧鸭子，只怕今早不太想吃饭。"

封平公主咦了一声，太后抚着她的肩头，笑问道："她说对了？"

封平公主连连点头，摇着太后的胳膊，惊喜地说道："她真猜对了呢！"

"这可不是猜的。"太后看向君小姐，神情端正，"君小姐是医术高明。"

这是极高的赞誉了，定远侯老夫人想要提醒一下，站在前边的君小姐已经施礼谢恩了。

几个公主便都围过来，吵着要诊脉，太后却肃容扫过她们，公主们的声音便立刻停了。

她的视线又看向殿内诸人，说道："君小姐是大夫，可不是让你们来玩耍的。君小姐治好怀王，保得先太子血脉，功德无量，哀家要重赏。"

殿内诸人闻言皆跪下，齐声说道："恭喜太后！贺喜太后！"

君小姐自然也跟着跪下，在别人起身之后她还跪着，看着太监们将早已经准备好的赏赐一一呈上来。

"太后娘娘赏玉如意一对。"

"太后娘娘赏玻璃屏风一架。"

"皇后娘娘赏万事如意宫缎四匹。"

"皇后娘娘赏宝花一对。"

伴着一声声的宣禀和四周羡慕、赞叹的视线，君小姐不停地叩头谢道："谢太后、皇后隆恩！"

有着殿前太后和皇后的当众赏赐，走出太后寝宫的君小姐被更多人围住了，纷纷邀请她正月里到家里去玩，这就意味着她被京城的权贵所接受了。她们说说笑笑很快就到了宫门外，各家的男人等候多时，正在相互交谈，场面有些混乱。

君小姐在这混乱中一眼看到了朱瓒，他正和一群年轻人站着说话，似乎察觉到视线，二人视线相撞，君小姐对他笑了笑，他一脸嫌弃地转开头。君小姐犹豫着要不要去跟他说句话，却见他拍了拍马说了句什么，一群年轻人便都上马呼啦啦离开了。君小姐看着他远去的背影，笑了笑。

"君小姐。"定远侯老夫人从后面走来，君小姐忙对她施礼。

"今日在太后娘娘面前是露了脸了，以后这生意肯定不愁，而且也不用怕别人再来坏你的规矩。"定远侯老夫人笑道。

君小姐对她再次恭敬地施礼，真挚地说道："多谢老夫人！"

定远侯老夫人笑而不语，扶着定远侯夫人的胳膊走开了。君小姐目送她们离开，心想这都是医术的功劳，能让这些权贵妇人替她说话，这都是师父给她的安身立命的本事啊，将来会有更多的人受这医术的恩惠而替她说话吧。

"君小姐，您的马车到了。"一个太监在后面说道。

这是来送赏赐的太监，君小姐原本停在最外边的马车被牵了过来，她对他们点头道谢，退开几步让他们装上赏赐。

　　车载着满满的赏赐，以及众人羡慕和好奇的眼神，沿着御街驶入九龄堂所在的街道，早已等候多时的柳掌柜带着人放起了爆竹。爆竹声震动了一条街，黑压压地站了两排的德胜昌伙计们高喊的"谢主隆恩"又盖过了爆竹声，将九龄堂得了太后赏赐的消息传遍了全城。

　　君小姐坐在马车里，低头看着膝头摆着的匣子，似乎听不到外边震耳欲聋的喧嚣声。这是封平公主赏赐她的桂花糕，她打开匣子捏起一块放进嘴里慢慢嚼着。这桂花糕跟以前做的也不同了，想必宫里的厨子换了吧，好逢迎新主人的口味。

　　旧人的血已经被他们洗净，但旧人并不一定就会被遗忘，君小姐出神地将桂花糕慢慢咽了下去。

第七十九章

◇

痘疮病人涌入京城

这边的热闹坐在太医院里几乎都能听到，耿大夫有些愤愤地将耳朵里塞着的布团扔下来，对外喊道："吵死了，这般扰民五城兵马司不管吗？！"

"且不说九龄堂有先帝圣旨在，此次治好了怀王，太后、皇后公然赏赐，她就是把京城翻了天，五城兵马司也不会去管的。"江友树淡淡地说道。

他就是知道这个才生气的，耿大夫愤愤地坐下来，又说道："五城兵马司不敢管，锦衣卫怎么也哑巴了，陆千户不是跟她有私仇吗？难道因为治好了他小舅子，他就化干戈为玉帛了？"

江友树闻言，没忍住喷了声，说道："说什么呢，陆千户是这种人吗？"

"以往的凶恶难道是吹的吗？"耿大夫忍不住说道，但说完这句话他不由得脊背一凉，下意识地缩头四下看，心里有些后悔，又补充一句，"我是说他们这次对九龄堂太客气了。"

"他们可不是对九龄堂客气，而是对皇帝和太后。"江友树说道，"现在九龄堂风头正盛，连皇帝和太后都给予赞誉，难道锦衣卫要去打皇帝和太后的脸面吗？陆千户是恶，不是傻。"

"还不是师父您在皇帝和太后面前说她好话，皇帝和太后才给了她这么大的脸面。"耿大夫嘀咕道。

"蠢货。"江友树呵斥道。

耿大夫讪讪地说道："那怎么办？"

江友树笑了笑："君小姐的确有本事，她治好了怀王，也解了我们的危难，那我们也要给她送上一份贺礼啊。"

耿大夫一怔，旋即喊道："师父，我们要亲自去给她拜贺吗？"

江友树笑着说道："那种道贺太俗了，我们要送就送大功德。"

"师父，什么大功德？"耿大夫不解地问道。

江友树却没有再说话，只是捻须微微一笑。

正月过了初五，年节气氛未淡反而更浓，进京离京的官员络绎不绝，冬闲的人也重新熙熙攘攘地出现在大街上，酒楼茶肆，街头巷尾，到处都很热闹。

正月里，城门的核查比往日宽松了很多，城门守卫抱着胳膊一边闲谈一边有一眼没一眼地看着进城的人，但就算再宽松，有两个人还是引起了城门守卫的注意。这是一个妇人，拉着一个孩子，妇人穿的袄子打着补丁，手里挎着一只篮子，就像一个进城走亲戚或者叫卖的农妇，但她拉着的孩子却裹着厚厚的衣衫，将头和脸都包了起来，妇人一边走一边眼神闪烁，左右张望，似乎在避着什么人。

城门守卫们对视一眼，为首的守卫对两个兵丁抬了抬下巴，两个兵丁领会，向那妇人走去，拦住她："你，站住。"

那妇人吓得后退两步，把孩子抱在怀里，惊恐得浑身发抖。

吓成这样子，肯定有问题，两个守卫再不客气，喝问道："你干什么的？哪里人？"

"没，没，我探亲。"妇人结结巴巴说道，将孩子抱紧在怀里。

一个守卫立刻用刀柄抵住妇人的肩头，说道："过来，过来，这边来。"

而另一个守卫则猛地用刀柄掀起了那孩子裹着头脸的衣服，说道："是不是花子偷了孩子啊？"

伴着衣服被掀开，妇人发出一声尖叫，慌乱地去扯衣裳试图包住孩子，但还是晚了一步，那守卫已经看到这个孩子的样子了，他顿时双眼瞪大，大喊道："是，是痘疮！"同时将手里的刀对准了这妇人和孩子。

痘疮之症是会传染的，所以各地有发痘疮者都要禁闭，不得四处行走。这个妇人竟然带着长痘疮的孩童招摇过市，还闯进京城来，城门前一阵安静，旋即进出的人作鸟兽散。

"大胆，竟然敢擅离居所。"城门的守卫们齐齐将这妇人和孩童围住。

那妇人瑟瑟发抖，扑通跪倒在地上，将头重重地叩去，嘶声哭喊道："大爷！求求神医救命！求求神医救命啊！"

与此同时，京城的四门都有带着痘疮孩童的人出现，而更远处，隐隐可见密密麻麻或拉或背或抱着孩童的民众蹒跚而来。

站在城墙上看过去的门吏只觉得头皮发麻，慌乱地大喊道："快，快，关城门！"

太医院里脚步声凌乱，很多还在家的太医被召了回来，有些还带着酒意，问给谁看病，来人又不说，又看到站了好些兵丁，一个个神情肃穆。

"难道宫里的贵人出事了？"有太医揣测道。

正说着话，见五城兵马司的指挥使方大人和江太医从内里走出来，他们的神情亦是肃穆。

"诸位，请随我来。"江太医对众太医说道。

"大人，出什么事了？"有太医问道。

江太医："先去看看再说。"

诸位太医只得一头雾水地跟着前行，去的方向并不是猜测的皇宫，或者哪位贵人的所在，而是径直向城外而去。

走到城门前，太医们才发现城门竟然关闭了，有太医不解地问道："现在还没到关城门的时候吧？"再说了，过年过节期间城门是不关闭的。

方指挥使对守城兵将示意，城门被打开了一边，太医们不解地跟着走出去，还没看清什么情况，就听到一阵喧闹声，这声音有老有少，有男有女，夹杂着哭声以及扑通跪地的声音，太医们吓了一跳，这才看到城门外围聚的乌泱泱的人群。

"江大人请看看吧。"方指挥使指着这些民众，说道。

江太医转过头看着这些太医："大家都去看看，这些人是什么病。"

太医们神情惊讶地上前一步，民众顿时涌上前来，太医们也随之看去，发现这些民众的脸上都冒出点点斑疮，太医们顿时停下脚步，神情更惊讶了几分，这分明就是痘疮！

"这只是一个城门，其他四面都是如此。"方指挥使说道，"你们确信这就是痘疮？"

江太医看向其他太医，太医们纷纷给出了肯定的答复。

这么多病患聚集在京城真是太可怕了，方指挥使在得到太医们的确诊后立刻毫不犹豫做出决定，命令道："速速将他们驱离京城关禁。"

早已经待命的兵丁们齐声应喝上前，听到这番对答的民众纷纷跪地叩头哭求道："求大人们让我们进城，让我们寻神医救命啊！"

太医们一片恍然，怪不得这些人来京城呢，看来，怀王痘疮被治好的消息已经传遍了全国，他们忍不住转过头看向城内，神情变得诡异而复杂。

九龄堂里，陈七正坐在九龄堂里看着案头堆着的名帖，发愁该先去哪一家，一旁的两个伙计也有一搭没一搭地跟他说笑着，突然有人从门外闯进来，大喊道："不好了，不好了！"

陈七被吓了一跳，放下名帖，看着来人问道："又怎么了？"这个来人他认得，是德胜昌那边的伙计。

"七掌柜，不好了，城外来了很多人。"伙计气喘吁吁地道，"都是要来找君小姐的。"

陈七吐口气，抚了抚衣袖："叫我陈掌柜，还有，来找君小姐的有什么稀奇？"

"那些人都是得了痘疮的。"伙计说道，"来了好多人，都带着得了痘疮的孩子，现在城门已经关闭了，城中也人心惶惶。"

陈七身形微微一顿，刚要说话，君小姐的声音从身后传来："痘疮？"他们转头看去，见君小姐从内走出来。

"是啊，小姐。"伙计说道，"来了好多人，还有更多的人从远处赶来，都是求小姐治疗痘疮的。"

"小姐治好怀王，太后这么一赏赐，看来大家都知道了。"陈七看向君小姐，"不过这也没什么，痘疮嘛。"

君小姐哦了一声，神情微微凝重起来。

"是痘疮啊。"太医院里的一间屋子里忽然爆发出一阵大笑，笑声旋即被淹没，屋子里的太医们都掩住嘴忍着笑，摆出端正的神情。

"城里的民众已经都知道消息了。"一个太医说道，"简直乱了，把京兆衙门都围了。"

"无论如何也不允许这些痘疮病患进城，要求立刻驱逐。"另一个太医说道，"这的确是太危险了，京中有多少孩童呢。"

"怕什么。"江太医说道，"京中有君小姐。"

"可是君小姐治病的规矩……"一个太医带着几分同情。

这同情自然不是给君小姐的，而是给那些无钱、不够资格被君小姐救治的民众的，芸芸众生皆有灵，只可惜在君小姐这个大夫眼里是有三六九等的，太医们再次对视一眼，哈哈大笑。

有人疾步进来，打断了笑声。

"师父，陛下下令让君小姐去救治城外的痘疮病患。"耿大夫说道。

屋子里安静片刻，江太医拊掌道："这下好了，陛下圣明，苍生有救。"

太医们也都站起来，一脸欣慰。

"那我们就等着君小姐救治苍生，解除痘厄。"他们说道，"这真是一件大功德。"说罢，众人对视一眼，再次大笑起来，有人不得不扶着桌子椅子笑得直不起腰。

这一次江友树也跟着笑起来，伸手捻着胡须，眼中满是嘲讽和快意，心想先前你耍奸诈，顺水推舟将怀王的风寒当痘疮治，意图博名，现在报应来了，既然你能治好痘疮，那就去治吧，让你治个够。

第八十章

◇

奉旨医治痘疮病患

正月的京城阴冷，但这并不妨碍民众都涌上街头。

九龄堂前的整条街都挤满了人，虽然站着锦衣卫，但民众并没有畏惧退缩，而是满脸期待地看向九龄堂，除了锦衣卫，还有几个太监站在那边，一个太监将圣旨递过来，说道："君小姐，就有劳您了。"

君小姐起身接过："民女必当竭力而为。"

"事关痘疮的一切用人、用物都由君小姐您做主，五城兵马司和太医院皆听从调派。"太监说道。

君小姐再次颔首应声"是"，太监又叮嘱几句便离开了，九龄堂的诸人忙送出去。

看到君小姐出来，围观的民众顿时骚动，围住君小姐问东问西，生怕痘疮涌入城中，伤害到他们的家人。太监意图安抚，但他说的话没有人理会，直到君小姐抬手示意，乱哄哄的人群才安静下来。

"大家不要怕。"君小姐说道，她的声音一如既往的柔和，在安静的街上传开。所有人都竖耳听着，似乎听到这声音就能避除痘厄。

"我会去医治痘疮的。"君小姐又说道，"而且会在城外建立一个专门治疗痘疮的地方，不会让患者进城，不会影响到大家的生活。"

此言一出，在场的人都欢呼起来。

君小姐再次抬手示意，人们再次安静下来："大家不用担心，回去照看孩子吧，这两日先不要出门，不要聚众到人多的地方，具体的安排我会请五城兵马司的大人进行通报。"

"好了好了，都散了散了，君小姐说了不要聚众。"太监说道。

民众闻言便立刻散开了，眨眼间街道上便走得空空荡荡。

太监看得咋舌，对着君小姐笑道："还是君小姐说的话管用，那这件事就交给君小姐了。"说罢，在锦衣卫的护送下沿街而去。

夜色降临，九龄堂的灯火也一如往日地点亮。

看着摆在堂内的圣旨，陈七搓搓手，激动地说道："拿着这个就可以调动五城兵马司的人马？这一眨眼你们家就有两个能翻城的圣旨了。"

方锦绣瞪了他一眼，凝起眉头看向君小姐，见她正坐在几案前提笔写着什么，她的眉头也拧了起来。

"这件事是不是不好做?"方锦绣直接问道,"虽然治好了怀王,但痘疮病情也不一样,所以并非十拿九稳?"

陈七忍不住扯了扯方锦绣的衣袖,低声说道:"不要灭自己威风。"

君小姐停下笔看向方锦绣,笑了笑说道:"我没有治好过痘疮,怀王得的不是痘疮。"

陈七一口气没顺过来,差点呛死自己。方锦绣也瞪大了双眼,她猜到君小姐这次接诊痘疮大概有些麻烦,但没想到竟然是这么大的麻烦。

陈七在屋子里来回踱步,额头上的汗自从方才君小姐那一句话后就一直流个不停,他反复叨叨道:"这可怎么办?这可怎么办?"又骂太医,"这些不要脸的东西,治不好怀王就将病情推到不治之症上。"又抬手给了自己一巴掌,"都怪我自作聪明,宣传什么痘疮多厉害,这下可是吓坏大家了,搞得人心惶惶,可如何是好啊……"

"你站一边去。"方锦绣没好气地说道,"完什么完,要说完,我们方家早就完了,哪里用等到现在,以前没完,现在也完不了。"陈七被喊得立刻站住。

君小姐闻言也笑了笑:"如今事情变成这样也早在预料之中,毕竟是痘疮,我给怀王治好了,肯定会引起震动,慕名而来也在所难免。"

陈七忍不住嘀咕道:"那你当初怎么会将错就错,说怀王是痘疮?"

君小姐笑了笑:"那当然是我打算等这个机会了。"

"这么说你会治啊。"陈七伸手拍着心口,整个人都要软倒在地上,"我的君小姐啊,我的姑奶奶啊,你有话一口气说完好不好,你这大喘气可是要吓死人的。"

"你闭嘴。"方锦绣呵斥了他一句,再看向眉头拧起的君小姐,"是不是没多大把握?"

君小姐看向摆在一旁的药箱:"办法其实是有的……"说罢便陷入一阵沉思中……

天色蒙蒙亮的时候,陈七打着哈欠走出屋子,院子里传来击打木桩的声音,他打个哈欠:"她还挺有精神,看来杏子吃得很开心。"

昨晚君小姐莫名其妙非要吃杏子,还不吃杏脯杏干,而是要整颗的,最好是新鲜的,方锦绣和柳儿就大半夜敲开一家铺子买了一罐子腌杏聊以充数。

"到底在想什么呢?怎么不说要做什么,反而要吃东西。"陈七说道,"简直跟有孕的小媳妇一样稀奇古怪。"

从厨房走出来的柳儿闻言呸了一声,说道:"我家小姐想事情呢,想事情的时候吃些东西怎么了?少见多怪。"

"那她想得怎么样了?"陈七说道。

二人正斗嘴,君小姐从后院走出来,一边放下袖子,一边说道:"陈林,吃过饭你去五城兵马司,需要他们怎么做我已经写好了,你负责安排他们行事。"

陈七应声"是",看着君小姐越过他进了堂内,突然喃喃说道:"她喊我陈林……"

柳儿翻了个白眼:"你不是叫陈林吗?"

陈七摸了摸头,耸耸肩说道:"我是叫陈林,可是我第一次听她这样叫我,听着怪怪的,我都认不得我自己了。"而且陈林这个名字几乎没人叫过,也就在族谱上写着,他自己都要忘了,叫得这么正式,怪吓人的。

"让他们负责的就是这些，主要是秩序维护。"君小姐又说道，"你还有什么不明白的没？"

陈七拿着手中的几张纸还在低头看，闻言点点头："没了，都看懂了，很简单。"

"说起来简单，做起来不一定简单。"方锦绣在旁说道，"你认真点。"

"我当然认真，脑袋都挂脖子上了，我能不认真吗？"陈七说道。

方锦绣瞪眼："你胡说什么呢！"

君小姐笑道："他说得对，我们现在就是玩命了，玩得好大家都好，玩不好，都玩完。"

方锦绣皱眉看着她："你杏子吃多了？这么酸。"

君小姐哈哈笑了，陈七也笑了，将纸张一收："那我去兵马司了。"说罢便走了出去。

君小姐也拎起了药箱，方锦绣担忧地问道："你去太医院吗？我陪你去。"

君小姐想了想："让柳儿跟我去，你在家看着，接下来要用钱和用人的地方肯定很多。"

"不是官府出吗？"柳儿插话道。

方锦绣点点头："事情紧急，而官府的人和钱都要各种审批，不如我们自己动作快，你去吧，我在家，有事我会和柳掌柜一起办。"

君小姐点点头，带着背起药箱的柳儿走了出去。

九龄堂这边的动作是全城人的关注点，正如君小姐承诺的那样，会清楚通报进展以及安排。兵丁们适才沿街宣读朝廷征用京城外光华寺安置痘疮患者，同时各路设置关卡进行引导，截住闻讯赶来的路途中的患儿，避免其进城，同时已经备好驱厄消邪的汤药发放以及喷洒。

太医院的众太医自然也知道了这些安排。

"需要的药材和熬煮，按照君小姐的吩咐已经转给药工局了，最晚下午就能做好发放和泼洒。"一个太医看着坐在屋子里的君小姐，懒洋洋地说道，"接下来，君小姐还需要什么药只管吩咐，我们会一并送到光华寺。"

君小姐将一张单子递过去："需要的药都列好了。"

那太医伸手接过，看也没看就递给了一旁的吏员，站起身："我们会立刻准备好的。"君小姐却坐着没有动。

"君小姐还有什么吩咐？"太医有些不解地看着她。

"除了药，我还要人。"君小姐说道，"我需要不少于十个大夫，和我一起救助患者。"

那太医一脸惊讶，似乎她说的是多么奇怪的事："这怎么行！我们怎么能跟君小姐去救助患者，我们可是治不了痘疮的，我们要是去了，说不定君小姐能治好的也要治不好了，那我们可就成罪人了！"

这话君小姐并不陌生，就在年前治好怀王被赶走时，她对那些请教她的太医就表达过类似的意思，只是，没想到这么快，这些太医就用这句话来反驳她。

君小姐笑了笑："没事，你们不用自惭形秽，有我看着，不会出问题的。"

太医们顿时面色铁青，为首的太医气势汹汹地说道："多谢君小姐青睐，我们才疏学浅不敢领命，您另请高明吧。"说罢，一众人拂袖就要走。

"站住站住。"柳儿将手里的药箱猛地一拍,喊道,"现在就是要你们领命呢,我家小姐是奉旨治病的,陛下说了,人和物都要听从我家小姐的调派,你们要抗旨吗?"

太医们回头看着君小姐,神情不甘又有些犹豫,原本是要刁难她片刻,让她服个软、求个情,没想到她不仅不低头,依旧嚣张刁钻,若她真要用圣旨调动他们去城外治病,他们也不敢不从。

"君小姐误会了。"此时一个声音从外传来,太医们神情大喜忙让开,看着江太医带着耿大夫从外走进来。

君小姐也站起来,对江太医略一施礼。

"君小姐,是这样的,不是我们不去,而是不能去。"江太医开门见山说道。

君小姐看着他,没有说话。

"我们这些太医身负皇命,为宫妃、达官贵人问诊看病,各有职责。"江太医伸手指了指一个太医,"比如这位叶太医,就是负责三皇子的。"

江太医一一指着屋子里的太医,给君小姐介绍他们的职责所在,又坦然地继续说道:"君小姐,此次城外聚集的病患是别的也就罢了,就算我等医术浅薄也必然要竭尽全力,只是这次是痘疮,我们去的确不方便,一来大家都有病患轮值,二来说句诛心的话,我们不得不考虑这痘疮的传染性,如果我们去诊治,再回来给皇子、公主们治病,万一……"

在场的太医皆是神情肃重,纷纷点头。

"你我都是大夫,也都知道痘疮对于孩童多么可怕,宫里的贵人们也不敢冒险。"江太医拿出一个腰牌,又说道,"不瞒君小姐,已经有好几个贵人打过招呼了,说自己家的孩子身子不妥,要我们上门问诊,这几日最好不要离开,这什么意思,君小姐心里应该很明白。"

君小姐笑了笑,没说话。

"君小姐,我知道您奉旨办事,您如果硬要我们去,我们当然不能抗命。"江太医又对君小姐躬身施礼道,"只是我们真的做不到啊。"

看着江太医俯身,耿大夫更是愤怒地喊道:"君小姐,你别太过分了。大家都是大夫,我们已经很为难了,我师父处处为你说好话,你却只知道拿着圣旨、皇命来压人。"

太医们也跟着躬身,委屈又愤怒地说道:"掌院,你不要求她,我们去就是了。"

君小姐不言一声,抬脚走了出去,柳儿恨恨地瞪了他们一眼,拎着药箱跟上去。

看着这女孩子走出去,先前躬身委屈、愤怒的太医都直起身互相对视一眼,旋即无声地大笑起来。江友树也捻须一笑,眼中一片冷嘲。

柳儿跟上君小姐,又急又气地问道:"小姐,就这样算了?"她们已经走出了太医院的大门,身后的大门在她们刚走出去的瞬间就砰地关上了,站在台阶上看着外边比往日更加空寂的街道,柳儿又恨恨说道,"拿出圣旨来指使他们!竟然敢不听小姐的话,真是不知好歹。"

"算了,走吧,强扭的瓜不甜。"

"那小姐你一个人怎么办?"柳儿急道。她虽然没有亲眼见过,也听陈七说了外边来的病患最少也有几百人,小姐面对这么多患者,累死她一个人也不够用。

君小姐回头看了眼太医院，说道："无妨，我……"她的话没说完，便听到马蹄急响，一队锦衣卫出现在大街上，被簇拥其中的陆云旗看到了站在太医院门前的主仆二人，勒住了马，居高临下地看过来。

君小姐收回视线垂目，抬脚迈下台阶，对柳儿说道："走吧。"

"你来这里做什么？"陆云旗问道。

见陆云旗亲自问话，跟在他身旁的江百户微微惊讶，他可是从不这样直接问对方的。

"喂，大人问你……"江百户皱眉呵斥道。

陆云旗抬手，江百户的声音顿时停下，他又问道："不是让你出城治病吗？为什么还在这里？"

君小姐还没说话，柳儿却忍不住喊道："我们又没说不去，这不是来找人？这些人不去嘛……"

"柳儿。"君小姐喝止道。

柳儿的话停下，陆云旗木然地看着君小姐，然后翻身下马，看向太医院，说道："去，让他们都出来听从调命。"

江百户一怔，君小姐也愣住了，忙说道："不用的。"

但江百户已经反应过来，带着一群锦衣卫如狼似虎地冲向太医院，砰的一声，紧闭的太医院大门竟然被这些人硬生生地踹开，门板撞在墙上发出响声，震得地面抖了抖，也震断了君小姐要说的话。

君小姐看向陆云旗，眉头紧皱，有些惊讶。

还在厅堂中笑着的太医们陡然看到冲进来的锦衣卫，吓了一跳，连句话都不容说，就被连揑带打地赶了出来。

太医们不是第一次见到锦衣卫这般行事，但自己经历却是第一次。耿大夫看着面前这个锦衣卫，他前一段时间去询问有关九龄堂的事时，就是跟这个锦衣卫打的交道，那时候他神情虽然冷漠，但态度很有礼，今日却是一副认不得人的样子，自己才张口喊了声"文小哥"，就被他一刀鞘打趴在地上。耿大夫被打得眼冒金星，又被狼狈地拎起来，跌跌撞撞地推着向外赶。其他太医也被用同样的方式赶到了门外，一个个神情惊恐，形容狼狈，

江友树勉强维持着仪容，愤怒地看着门口的陆云旗，问道："陆大人，请问我们犯了什么事？"

"没犯事。"陆云旗神情木然，"请你们去做事而已。"

太医们面面相觑，神情惊讶，他们都低头看了看自己狼狈的样子，心想有这样请人的吗？不过锦衣卫这群人不可以常理论之。

江友树深吸一口气，尽量保持平静："陆大人有什么吩咐？"

"去城外治痘疮。"陆云旗淡淡说道。

江友树和在场的太医都一怔，大家的视线齐齐看向站在门口街边的君小姐。江友树的视线更是在陆云旗和君小姐之间来回转，心想难道这君小姐被他们刁难赶出来后，立刻向锦衣卫告状求助了？

太医们也似乎都反应过来，看向君小姐的神情愤怒不已，纷纷叫喊道："陆大人，我

们不是不去啊，这已经有人问诊了，我们总不能扔下病人不管吧？要是真这样，那还是劳烦君小姐去跟人说一声吧……"

陆云旗摆了摆手，江百户立刻呵斥道："让你们这么多废话！"伴着他的呵斥，锦衣卫立刻举起手中的刀向太医们劈头盖脸地打过去，一阵惊呼痛叫后，没人再敢说话了。

江友树也气得直哆嗦，刚要开口呵斥，旁边的锦衣卫虎视眈眈地盯着他，手里的刀就要落下来，让他硬生生地咽下了要说的话。

"让你们做事就做事，叽叽歪歪废什么话，"江百户呵斥道，"谁要问你们为什么。"说罢一摆手，"去，听候君小姐调遣。"

锦衣卫再次举起手里的刀，齐声喊道："去！"

太医们不想走又怕被打，又气又畏惧，慢慢挪动起脚步。

君小姐再也看不下去了："够了，多谢陆大人，只是这些人我不用。"

在场的人都安静下来看向她，陆云旗也看着她，君小姐站在街边，神情平静，却掩饰不住骨子里的傲气。

"你可以用。"陆云旗开口说道。

君小姐不再看他，目光扫过那些被驱赶的太医，说道："我自有人用，不用他们也罢。"说罢转身而去，柳儿冲他们一扬头，哼了一声，忙转身跟上。

太医院前陷入一片安静，江百户看着陆云旗，见他的嘴角弯了弯，垂目转过身上马。

"走。"江百户忍住心里的震惊，抬手示意。

锦衣卫呼啦啦地上马，簇拥着陆云旗像一阵风一般疾驰而去，剩下门前一群形容狼狈的太医呆立在原地。

第八十一章

◇

寻找可靠的帮手

伴着帘子被掀起，一阵风吹进九龄堂，方锦绣看着来人起身相迎："柳掌柜。"

"君小姐去了百草堂的冯老大夫那里，我看她的意思是要用城里的大夫们。"君小姐在太医院发生的事情，柳掌柜第一时间就知道了，"太医们不肯帮忙是意料之中的。"

"虽然是意料之中，但到底没想到人心可以坏到这地步。"方锦绣说道，"那些大夫肯帮忙吗？"

柳掌柜捻须，神情沉沉地说道："唉，这件事真的不太好办。"

方锦绣沉默片刻，又说道："柳掌柜，你是不是知道她这次没有多大的把握？"

柳掌柜看着她："痘疮这种病自古以来都是无解的，我知道这世上能人异士多，也没有什么绝对的，但是，她到底还是个孩子，不是神仙啊，以一己之力做神仙才能做的事，哪有那么容易……"

"君小姐请用茶。"冯老大夫将一碗茶亲手捧上，君小姐忙起身接过，二人再次分别入座。

"君小姐的意思是想要我一同治疗痘疮？"冯老大夫继续方才的话题。

君小姐点点头："因为患者众多，而且这病危急，我一个人做不来，所以想请您帮忙。"

冯老大夫迟疑片刻，惭愧地说道："君小姐，我的医术您也知道，我家擅长的主要是正骨，对于疮厄实在是接触甚少。"他说着起身施礼，"很惭愧，我只怕帮不上您。"

君小姐笑了笑，起身还礼道："冯大夫客气了，我是想这次的事也是一个机会，毕竟还没有人尝试治疗过这个病，人多一点成功的概率也会更大一些。"

冯老大夫垂在身侧的手心微微沁出汗，再次躬身道："是，我很惭愧。"

君小姐对他还礼道："那好吧，告辞了。"

冯老大夫没有起身，似乎不想被君小姐看到窘迫的脸，听到脚步声已经远去，他才直起身如同做贼一般悄悄地向外看去，见君小姐又走进了一家医馆。

冯老大夫看着君小姐的身影，心里直叹气。

"君小姐请等等。"当君小姐带着柳儿又走出不知第几家医馆时，有人在背后叫住她。

君小姐转过头，看到是冯老大夫，便问道："冯大夫，有什么事吗？"

冯老大夫神情有些复杂，迟疑地说道："君小姐您……跟大夫们说的时候，还是像跟我那样说的吗？"

君小姐笑了笑，似乎他的问题很奇怪，答道："当然。"

冯老大夫神情复杂地上前一步，压低声音说道："君小姐，您不要跟他们这样说。"

君小姐有些不解地看着他，冯老大夫却没有看她，眼神闪躲，满脸通红："您这样说他们是不敢去的，您跟他们说您一个人忙不过来，需要他们帮忙就行了，不要说别的。"

君小姐当时邀请他时，话里话外都表明自己没有治过痘疮，这是一次尝试。而她都不敢保证能治好，别的大夫哪敢蹚这个浑水，万一最后失败，可是身败名裂啊。这君小姐要是不用骗这个方式，估计没几个大夫敢跟着她干……

君小姐听后笑了笑，对冯老大夫施礼，诚恳地道了一声："多谢！"

冯老大夫知道君小姐听懂了，便涨红着脸回礼，打算转身离去，却又听到君小姐说道："不过，我不能这么做。"

冯老大夫微微一顿，不解地抬起头。

"我这次是要请大家帮忙，必须说明白。"君小姐说道，"只有让大家知道要做什么，才能做好。"

"可是你这样说有问题啊。"冯老大夫低声说道。

"我这样说没有问题，这种事必是要大家想明白，自己做决定的。"君小姐说道，"我的确需要人帮忙，但这并不代表我没有把握，事实上，我心中已有方论，只缺践行。"

冯老大夫苦笑了一下，说道："可是，践行岂不是最难？"

"难就不做了吗？"君小姐笑着说道，"如今，我们每次对症下药，不都是先辈们尝试践行得出的？如果没有他们的尝试践行，我们怎么知道毒乌头可用，砒霜可救人。"

冯老大夫看着她，动了动嘴唇要说什么又没说出来。

君小姐又对他笑了笑，屈膝施礼道："我知道这件事的确很冒险，冯大夫您来劝我，跟我说这番话，我非常感激。"

冯老大夫叹口气，摆手不受礼。

"但这件事我必须要做。"君小姐转头看向城外，"痘疮之毒，杀人无数，如同西北望，敌如狼，我等已经到了阵前，难道还要临阵退缩吗？就算杀不出一条生路，能杀几个就算几个，能为后人留下些许践行，也算不白忙一场。"说罢，对冯老大夫一施礼，带着柳儿转身大步而去，留下站在原地神情复杂的冯老大夫。

夜色笼罩京城，灯火渐渐明亮。

百草堂里还亮着灯，一个小伙计正趴在柜台后打盹，冯老大夫还坐在几案前，面前摆着医书，但从上午起就没有再翻过一页，油灯跳了几下，照着他沉重的面容，忽然他一拍几案站了起来，这声音惊醒了小伙计，揉着惺忪的眼睛，问道："师父，要回去了？"

冯老大夫嗯了一声，取过一盏灯笼提着便走了出去。小伙计高高兴兴地关门，却看到冯老大夫没有往家的方向走，而是提着灯走向已经陷入夜色的安静的大街上，不久之后，砰砰的敲门声打破了街道的安静，咯吱一声，门打开了。

"冯大夫？这么晚了您……"内里的人看到敲门的人有些惊讶。

"刘大夫，我们进去说。"冯老大夫一边将灯熄灭一边说道。

夜色越来越深，屋子里的灯已经亮了很久，小小的几案上摆着的茶已经变得冰凉，对坐的二人神情凝重，却并没有半点倦意。

"老冯啊，这件事真的太冒险了。"对面的刘大夫打破安静，叹口气说道。

冯老大夫点点头："是啊，我知道。"

"她有靠山，出了事德胜昌方家的圣旨一拿，皇帝也不会把她怎么着。她也是个姑娘家，到时候门一关回内宅嫁人吃喝不愁，可咱们呢？"刘大夫又说道，"这京城可就待不下去了，这医馆也开不了了，一家老小没准儿就全完了。"

"我知道，我知道。"冯老大夫再次点头。

"你既然都知道，那为什么还非要替她来游说？"刘大夫有些无奈。

冯老大夫端起面前早已经冰凉的茶水喝了一口，说道："因为，我觉得她可信。"

刘大夫愣了一下，又摇头说道："老冯，咱们现在是在说这件事的可行性，你别搞什么信任、理想之类的，那都是扯淡啊。"

冯老大夫哈哈笑了，他将茶杯放下，收起笑，严肃地说道："老刘，你说得对，我说的就是可行性，我相信出了事她会护着我们的。"

刘大夫皱了皱眉头："那是她能护住的事吗？"

"她既然开口请我们帮忙，我想她就一定会护得住。"冯老大夫说道，"要不然她不会说得这么坦然，不瞒你说，我还教她怎么骗你们呢，但她不肯。"说罢，将当时的对话转述了一遍。刘大夫神情既愕然又无奈，伸手指着冯老大夫想说什么，最终也没说。

"再者，我信她的医术。"冯老大夫的脸上闪烁几分光彩，"老刘，那可是痘疮啊，你不想将来在史书上留得一名吗？"

刘大夫失笑道："老冯，谁不想啊，但关键是，这事是想就能做到的吗？"

冯老大夫带着几分激动，立刻答道："我相信她，来京城这么久，你想一想，她哪一件事不是说到做到？她说她要百医济万民，她对我们传授技艺可有半点藏私？而她哪一次技艺传授不是精准到位、无可辩驳？老刘，她如今敢说能治痘疮，那就一定能，你信不信她？"

刘大夫看着他，觉得被握住的手微微颤抖，不知道是这老冯激动还是自己激动，终于他开口说道："我信！"

冯老大夫抬手拍了他的胳膊一下，哈哈一笑，站起来："我就知道你老小子是个有血性的，那我们明天见。"说罢，转身就走。

刘大夫忙站起身相送，夜风阴冷，吹得从屋子里走出来的二人都缩了缩脖子，刘大夫却看着冯老大夫向街上另一边走去，忙喊道："哎，老冯，你家不在那边啊。"

冯老大夫提着灯回头笑了笑："我再转几家。"

刘大夫愣了愣，看着向深夜街道上走去的冯老大夫，一跺脚喊道："老冯，你等等我。"他转身拿过灯笼就向夜色冲去，暗夜的街道上有两盏灯飘忽而行，不知道过了多久，街上的两盏灯变成了三盏灯、四盏灯，渐渐地照亮了京城沉寂的深夜。

君小姐准点醒来，如同往日那般打了一套木桩，这才吃了饭，和背着药箱的柳儿向外走去。

方锦绣已经等在前堂："有什么事就说，人手我们也可以调配，柳掌柜已经做好准备了。"

君小姐笑了笑："你记得让柳掌柜派人去找我要的东西。"昨晚君小姐在纸上写了一些她需要的东西交给方锦绣，请她转交给柳掌柜办理。

方锦绣点点头，替她们打开门，又停顿了一下，说道："这世上没有钱买不到的，不就是几个大夫嘛。"

君小姐哈哈笑了，她刚迈出门，就停下了脚步，跟在身后的柳儿被挡住，有些不解地询问道："小姐？"

方锦绣也皱眉从君小姐的肩头向外看去，只见门外不知什么时候站了十几人，有老有少，形貌不同，穿着不同，唯一相同的是身上都背着一个药箱，看到门打开以及站在门口的君小姐，这十几人都含笑上前一步。

"君小姐，可以走了吧？"为首的冯老大夫说道。

方锦绣只觉得眼眶一热，泪水瞬时模糊了视线，君小姐郑重地对着这些大夫屈膝施礼，大夫们也忙还礼，他们之间没有说话，更没有其他多余的动作，这简单的一个施礼一个还礼，让九龄堂前安静下来，在正月末的寒冬里显得格外肃重。

"好，咱们走吧。"君小姐犹豫地看了看一旁停着的车，说道。

她的犹豫神情落在大夫们眼里，冯老大夫立刻说道："君小姐您上车吧，您一个女孩子家本该坐车的。"其他大夫也都笑着纷纷点头催促。

正说话间，一阵嘈杂的车马响声，伴着柳掌柜的说话声："来了来了，车马都准备好了。"

看着过来的十几辆马车，大夫们又惊讶又欣喜。

"看来君小姐早就知道我们会来。"一个大夫说道，"车都准备好了，要是我们来晚一些，估计就去家里接了。"

"那还不如晚来一些，我还能在家热乎乎地多吃一碗饭。"另一个大夫开玩笑说道。

在场的人都笑起来。

"有，有的是饭，光华寺那边陈掌柜已经带着五城兵马司的人安排妥当了，住的、吃的都已经到位。"方锦绣大声说道，"你们一同去，有酒有肉，要什么有什么。"

"好，那我们就不客气了。"冯老大夫说着自己先上了一辆马车，其他大夫也互相谦让着各自上了马车。

柳掌柜对着小厮们摆手示意，小厮们立刻甩起鞭子，清脆的鞭子声回荡在街上，马车辚辚前行。

方锦绣和柳掌柜站在九龄堂前目送车队离开后，方锦绣才把君小姐写的纸递给柳掌柜，柳掌柜忙伸手接过打开一看，面色愕然地问道："要这些做什么？"

方锦绣摇摇头："她没有说。"

柳掌柜将纸张收起来："好，我这就去。"

九龄堂这边的动静一直受全城人的关注，看到街上驶过的一辆辆马车，民众都涌到街道两边为君小姐一行人送行，马车在民众嘈杂的议论声和送行声中一路驶出城外，向光华寺的方向疾驰……

第八十二章

◇

尽人事听天命

光华寺距离京城只有八里地，出了城没多远就看到官路上设了关卡，还设立了告示给痘疮患者指明去的地方，马车沿路疾驰很快就看到了矗立在一个丘陵上的光华寺，光华寺占地面积大又地势高，将患者关进寺庙里能阻止他们乱跑。

陈七已经带着人在寺庙外迎接，进了寺庙更是有患儿的家眷列队在门口，看到君小姐一行人便齐齐涌上，有人还大声哭喊道："君大夫，救命啊！"

陈七立刻冲那人啧了一声，瞪眼说道："这不就是来救命的吗！"

"多谢大夫，多谢大夫们！"其他人忙紧跟着喊道。

大夫们看着这些激动的人，更有不少人已经哭晕在地，心中又热血又沉重。

"被寄予这么大的厚望，如果做不到可怎么办啊？"一个大夫看着被劝走的民众，说道。

这话让大夫们的心情更沉重几分，一路上只顾着热血沸腾了，都忘了他们要做的事是没有多少把握的，现在民众的热情被彻底挑起，在他们眼里这些大夫就是来救命的，如果万一……

光华寺曾经是皇家寺庙，内里的佛像以及水墨画规格、笔法、着色、制式及规模都要比其他寺院气派很多，以往这里人潮涌动，现在寺庙里的和尚都被请走了，显得格外安静与肃穆，细碎的脚步声在这一片安静中响起，引得大家看去，见是君小姐走到墙边，带着几分好奇观赏着墙壁上的壁画。

"这是九佛十菩萨十明王十六罗汉。"君小姐的视线将堂内扫了一遍，"真是法相庄严，栩栩如生。"

光华寺的水墨画闻名遐迩，不过现在可不是欣赏这个的时候，大夫们看着君小姐，神情有些复杂。君小姐看完壁画，又站在正中抬头凝视面前的佛像，殿内再次陷入安静，但大夫们却静不下心来。冯老大夫跟她最熟，主动开口唤道："君小姐。"

话刚说出口，君小姐转头对他们做了个噤声的动作，轻声说道："你们听。"

冯老大夫等人有些不解，但还是安静地竖耳倾听，每个人都忍不住屏气凝神，大家的心渐渐安静下来，但一个大夫还是忍不住问道："听什么啊？"

"你们没有听到佛在说话吗？"君小姐说道。

大夫们神情惊讶，心想这君小姐在搞什么，他们这些医者最不信的就是怪力乱神了……

君小姐看着他们笑,合手微微垂目,柔声说道:"我听到佛说,但行善事,莫问前程。"

大殿里的大夫们一愣,心中默念这句话,旋即神情变幻,仿佛听懂了君小姐的意思。

"是啊,但行善事,莫问前程。"冯老大夫带着几分感叹,"我们知道现在在做什么以及要做什么就好了,至于能不能做到,尽人事听天命,只要尽了力,我们就问心无愧。"

另一个大夫也点点头,拱手说道:"是啊,先圣也说勿避险巇、昼夜寒暑、饥渴疲劳,一心赴救,无作工夫形迹之心。如此可为苍生大医,我等既然接诊这么多病患,那就一心赴救便是。"

其他大夫也都纷纷点点头表示赞同,心中那份焦虑不安被这一番话化解了,变得心安与淡定。

"君小姐,我们先做什么?"冯老大夫看向君小姐。

"我们先去看看患儿。"君小姐说道,"然后再集中商讨治疗办法。"

大夫们都点头应声"是",跟随着君小姐迈出佛殿。陈七带着人已等候在外边,他引路并说道:"患者们都在后殿。"

君小姐带着一众大夫跟着陈七向后殿而去。

将十几个屋子的痘疮患儿看完,大夫们又重新聚集到佛殿里,君小姐先说道:"关于怎么用药、开方、诊治的事,我们以后就在这里商议。"

大夫们听后立刻纷纷议论起来:"关于这痘疮,这些人大多数都是已经病发三天以上了,着实危重。""那这些人用药也必然不同。""那就用蜜麻之法吧。"

君小姐提起笔:"除了蜜麻,我还有一个方子。"

果然她有应对之法,大夫们心中松口气并看向她,见君小姐却没有落笔,反而停顿片刻,说道:"只是这个法子会让患者很痛苦。"

有个大夫立刻说道:"君小姐这时候就别想这个了,能治病救命就不错了,难道还能痛苦过丧命吗?"其他大夫也纷纷点头劝道。

君小姐笑了笑:"也是,不过这样吧,这个法子对三天以下病患用,他们的精神还能扛得住。三天以上的危重病人还是用蜜麻之法吧,同时用药让他们精神好些,然后再用我这个。"

大夫们纷纷点头看着君小姐提笔写下药方,是他们没有见过的方子,大夫们顿时信心大增,当下便纷纷向外走,边走边激动地说道:"我们这就按照这个方子配药、用药,肯定会有效果的!"

他们疾步而去,君小姐回头看了眼高大的佛像,垂目走出去。

清晨的光华寺薄雾蒸蒸,没有蜂拥而来的香客,也没有早课敲钟的和尚,望之空灵如同仙境,站在其中的人一时间不知身在何处,又有一种飘飘欲仙的感觉。

一声痛哭打破了宁静,这哭声尖锐刺耳,听得人不由得寒毛直竖,然而这只是开始,接二连三的哭声不断响起,大孩子的号哭、小孩子的尖叫笼罩了整个光华寺,饶是已经听了几日的陈七还是受不了,急忙用布团塞住了耳朵,后殿这边声音更响亮,不止孩子,大人们也在抽泣。

一间屋里弥散着浓烈的药味和酒气，仅有的三张床上躺着年龄不等的三个孩子，每一张床前都站着四五个人，三个大人按着孩子，两个大夫忙碌着，君小姐也在其中，她遮住了口鼻，正神情专注地用一块棉布擦着这个孩童身上的创面，另一边的一个大夫也在做同样的事。他们的身旁摆着一个药碗，其内盛着黑乎乎的药汁，这汁液里还散发着浓烈的酒气，每一次棉布蘸着药汁落在疮面上，被按住的孩子的哭声就拔高，身子也剧烈地扭动，三个大人几乎按不住他，可见这疼痛多剧烈。

"不治了，不治了！"屋子里响起一个妇人崩溃的哭喊声，她发疯一般推开围着床的大夫，扑过去死死抱住孩子，"我们不治了，这般受罪，还不如死了算了！"

君小姐被推到一边，另一个大夫也站在一旁，大家都没有说话，只是看着这个妇人，这种情况已经不是第一次了。这边的崩溃大哭并没有影响到另外两张床，那边的家人虽然早已经泪流满面，却死死咬着牙按着自己的孩子，那两个大夫则稳稳地毫不留情地将药棉擦在患儿的疮面上，哭声一声高过一声。

在一片哭声中，这边床前的妇人渐渐耗尽了力气，她看着怀里张口急促呼吸的孩子，他身上的疮面已经溃烂流脓，脸庞也发黑，已看不出原来的样貌。妇人抬手擦了眼泪，坐直了身子，按住孩子的肩头，声音沙哑地又说道："好了，大夫，请吧！"

站开的两个大人也上前重新按住孩子，那孩子已经熟知这动作，顿时号哭起来，君小姐和另外一个大夫没有说话，继续重复先前的动作。

相比这边的混乱，另一排屋子里则安静一些，但也并不轻松。

"三牛，快喝啊，接着喝啊。"一个妇人扶着一个闭着眼似乎没有知觉的大孩子，将手里的药碗递到他的嘴边，哭着催促道。

那孩子却一动不动。

"他娘，灌下去。"旁边的男人说道。

妇人将那孩子又扶起一些，将药灌了进去，那孩子尚且有意识地吞咽，但到底已经气力不足，被呛得连连抽搐，妇人看到孩子这个样子哭得更厉害。

大夫端着一碗蜜走过来小心地用棉布蘸了蜜在那孩子的疮面上擦拭，这并没有引起孩子的哭号，也许是因为这蜜糖的刺激很微弱，也许是因为这里的孩子已经性命垂危，没有感知了……

光华寺的情况每日都会有人报到太医院这里，一个太医啧啧两声说道："江太医，您是没听到那光华寺简直跟北镇抚司的大牢似的，惨不忍睹。"

"山下的人都吓跑了，听了都做噩梦。"另一个太医也跟着说道。

"治个痘疮用得着这么恐怖吗？"江友树皱眉说道，"她怎么治的？"

太医们对视一眼，一个太医说道："还能怎么治，蜜麻法呗，她要走了那么多蜜和升麻，自然是这样用的。"

"还要了很多酒。"又一个太医补充道。

"酒是用来驱邪的吧。"另一个太医说道。

大家都赞同地点点头。

"死的人很多吗？"江友树问道。

"应该是不少。"一个太医说道。

江友树皱起眉头，又问道："什么叫应该？你们没亲眼看到吗？"

太医们对视一眼，神情都有些讪讪。自从那日君小姐挑动锦衣卫来太医院闹了一场后，江友树虽然不让大家去告状，但却请病假回家歇了两天，这样将来说起的时候也是证据，且显得隐忍避让。

"大人您不知道，陆千户也在光华寺，严禁闲杂人等进出。"一个太医说道，"连我们送药材的车去了都不让进，他们内里有人出来接车。"

江友树再次皱起眉头，陷入了沉思……

"小姐，你快坐下，水就要烧好了，你先吃点东西。"柳儿围在君小姐前后急急说道。君小姐的确累了，便在廊下的蒲团上随便坐了下来，柳儿又去端了一碗参汤过来递给她。

"这是咱们家的还是……"君小姐问道。

柳儿嘻嘻笑道："当然是太医院的，皇帝说药材随便用嘛，陈七就顺便要了一些人参鹿茸什么的，让小姐和大夫们补身子，陈七说这也是治病。"

君小姐笑了，忽然她笑容一凝看向一个方向，柳儿也看过去，顿时脸也拉下来，小小的垂花门下站着陆云旗，他正负手看着君小姐。

"这人真讨厌，怎么又来了？"柳儿说道。

"他不是说奉皇命戒严光华寺？"君小姐回答后便垂目慢慢喝参汤，眉头皱了起来，心想这个人还真是阴魂不散，没想到那日自己的一个动作、一句话竟然效果这么大。

又有脚步声响起，君小姐抬头看去，见陆云旗似乎被人撞开几步，站到了院子里，垂花门下重新站了一个人，是朱瓒，君小姐虽然好奇为什么他也在这里，但还是下意识地看着他微微一笑。

陆云旗的视线再次落在君小姐身上，看到她的笑，他面无表情地说道："光华寺戒严。"虽然他没有回头，但这话自然是对朱瓒说的。

朱瓒也没看他，站在垂花门下挑眉说道："你死了心吧，我会那么傻给你借口抓吗？我也是奉命来的。"

陆云旗看向他，不过君小姐比他先开口问道："你奉什么命啊？"

"戴罪立功啊。"朱瓒说道。

君小姐扑哧笑了。

"笑什么笑。"朱瓒神情肃重地说道，"你还笑得出来啊？"

君小姐将参汤一饮而尽，说道："怎么？"

朱瓒伸手指了指后边，沉声说道："也不看看现在死了多少人了？你是来治病的吗？"

院子里的气氛一滞，一向天不怕地不怕的柳儿也攥紧了手，不满地瞪着朱瓒。

君小姐却没有气愤或者不满，她只是点点头，叹口气："是啊，死的人是不少。"她说完再次坐下来，将汤碗随手放下，院子里安静片刻。

朱瓒走过来几步，皱眉看着她，再次质问道："你到底在干什么啊？"

君小姐看着他笑了笑："我正在想办法，别担心。"

朱瓒瞪着眼，又上前一步："谁担心了？你从哪里看出我担心你了？"

君小姐抬头看着他笑了笑，又收起笑容，一本正经地说道："没有啊，我没说你担心我啊，我是说你不用担心这些患者，我在努力地想办法。"

朱瓒眯起眼看着她，嗤声说道："你最好快点，等这里的人死绝了，再赶过来的人可就不会这么乖乖地上这寺庙里来了，那些人一旦不信你就会暴乱，到时候场面就不是你能控制得了的。"

君小姐哦了一声，说道："我知道了。"

朱瓒瞪了她一眼，甩袖转身大步走开了，他走到门口又停下来，似乎这时候才注意到站在一旁的陆云旗，不满地说道："陆大人，走啊，现在不用盯着她，她跑不了。"

陆云旗看他一眼，没有说话，转身抬脚先走出去了，朱瓒紧随其后。

院子里又恢复了安静。

夜晚的光华寺点亮了灯，只是哭声也很多，在暗夜里传开很瘆人。

一间屋子里，蒙着口鼻的两个兵丁将一个尸首抬出来，其后跟着哭得直不起腰的妇人，她哭道："这是怎么回事啊？不是说能治好吗？"

"是这样的，这个病太重了，你们来得太晚了。"一个大夫说道。

那妇人要说什么又最终什么都没说，哭着跟着尸首走了，这尸首是不能带回去的，就在光华寺后就地焚烧掩埋，哭声在夜色里一路洒去，大夫站在原地未动。

"王大夫，时候不早了，您去歇息吃点东西吧。"陈七说道。

王大夫回过神，似乎没精神说话，对陈七点点头走开了。

佛殿里也点亮了油灯和火把，照得殿内竟如白昼，屋子里聚集了很多大夫，正在低声地交谈，看到王大夫进来，有人招呼他快坐下，王大夫摆摆手，径直走到低着头翻看医案记录的君小姐面前，沉声说道："君小姐，病情似乎没有丝毫缓解啊。"

这话让殿内都安静下来，低声交谈的大夫们也都看过来，神情有些复杂。

冯老大夫轻咳一声，说道："时候尚短。"

但这次他的话还没说完就被人打断了，一个大夫面色微微涨红："冯大夫，痘疮凶猛，七日就可以丧命，治疗这种病本就没有什么时候尚短之说。"

这话让冯老大夫沉默下来，另几个大夫也纷纷着急地看着君小姐，等待她的一个解释。

"怎么用了君小姐的酒渍升麻，很多人的病情还是在继续恶化？"一个大夫说道。

"这一日询问为什么怀王能治好，而他们治不好的人越来越多了。"另一个大夫说道。

君小姐并没有抬头，伸手翻过一页医案，淡定地说道："痘疮这个病其实本就无解，药只是辅助，能不能治好其实还是各安天命。"

大夫们对视一眼，一个大夫忍不住问道："君小姐，你是说你的药没用？"

君小姐伸手指着一份医案，抬起头："也不能说没用，也是有人好转的，我看这位患儿，应该能挺过去。"

这是个令人振奋的消息，大夫们忙围过来看着她所指的医案，暂时忘记了烦愁。

"他的高热降低了，有的脓疮已经开始结痂。"君小姐指着医案说道。

大夫们顿时高兴起来，一个大夫激动地说："必须给他换个房间，今晚就挪走。"

君小姐轻咳一声："其实不用，就让他在那里吧。"

一个大夫不解："那里还有好几个病危将死的患者，万一再被传染加重了病情……"

君小姐却摇摇头："没事，不会的。"

大夫们听君小姐说没事，也就不再争执，低声议论起这个病人的医案来。

江友树走进太后宫里时，几个妃嫔正带着皇子、公主在这里玩。

看到江友树走进来，一个妃嫔吓了一跳，忙伸手抱住孩子，神情戒备地问道："江太医，你最近去过光华寺吗？"

江友树在门口站住施礼道："娘娘放心，我没有去光华寺，我等技艺不精，君小姐并不需要。"

那妃嫔这才放心示意他进来，依着引枕的太后听到了江友树的话，皱了皱眉，问道："太医她都嫌弃技艺不精，那这痘疮她治得怎么样了？"

江友树在太后面前跪坐下来，拿出脉枕，一边给太后诊脉，一边恭敬地答道："这个臣不知。"

一旁的妃嫔笑着说道："太医怎么会不知道啊？"

江友树垂目说道："光华寺戒备森严，锦衣卫陆千户亲自把守，内里情形不外露，我们每日也就按照她的吩咐送药材，也不能近前入寺。"

太后笑了笑，对身旁的太监摆摆手："这么大的功德，干吗藏着啊？去问问陛下，就说哀家想知道，这痘疮的患儿君小姐治好了多少？"

太监领命而去，江友树则轻声细语地对太后说着日常需要注意的事情，又拉过小公主、小皇子望闻问切，都看完后，最终说道："挺好，挺好，都挺好的。"

"自从吃了太医的药，小公主已经不闹夜哭了。"妃嫔笑着说道。

"江太医的医术那是绝对放心的。"太后笑道。

江友树忙笑着说"不敢"，正说笑着，这太监回来了，神情有些不安，欲言又止。

"怎么了？"太后皱眉问道。

"回娘娘，陛下说，光华寺从收治到现在，治好了……"太监躬身说道，声音越来越小。

"多少？"太后拔高声音。

太监哆嗦一下，也大声答道："七个。"

大殿里鸦雀无声，在场的人都神情惊愕。

啪的一声脆响，太后将面前的茶杯摔在地上，抬手又将几案掀翻，横眉呵斥道："胡闹！哀家真是太失望了！"

大殿里的人呼啦啦都跪了下来，胆战心惊地伏在地上，齐齐颤声说道："太后息怒。"

江友树也跪在一旁，但他低垂的脸上闪过一丝诡异的笑容。

"光华寺至今收治一百三十人，到现在过去十天了，死者多达三十人，呈报确认治愈七人，这叫能治吗？这光华寺里天天鬼哭狼嚎，后院焚烧死尸几乎不断，犹如人间炼狱啊……据说已经有照顾患儿的成人染病了……"

随着太后的质问，消息传遍了朝内，顿时掀起轩然大波。

"他们这些人到底在里面干什么？拿她来问……"一个朝臣愤然说道。

听到这句话，陆云旗看向说话的大臣，问道："然后呢？"朝臣眉头皱起，还没说话，陆云旗又说道，"此时光华寺还有数十人，而其他地方赶来的人不计其数，如果带她走，将这些大夫问罪，那这些民众该怎么处置？"

"痘疮之毒迅猛，一旦控制不住，就如同洪水猛兽，天子脚下不容有失。"一个朝臣神情肃穆地说道，"这件事还必须保密，然后告之各地官府，核查禁锢痘疮患儿，待路途中的患儿顺利到达光华寺……"

"然后就没事了。"陆云旗接着说道。

在场的朝臣听得一怔，旋即都想起一件事：史书上曾记载岭南爆发痘疮，那时不仅小儿多亡，大人也被传染，来势凶猛，诸人无策，当时的驻军节度使干脆下令将所有患病者集中坑杀，事后节度使被朝廷定罪，但节度使的做法也是无可奈何的决然之举……这陆云旗不会也要这样吧……不愧是肉腰刀，冷血无情，那可是百余众啊……

朝臣的神情顿时变得惊惧，先前提出建议的朝臣捻须不语，似乎自己什么都没有说，也没有听懂陆云旗说的是什么意思。

"九龄堂说能治痘疮，民众信服。"一个朝臣轻咳一声，说道，"现在就算这样，她也没说不治，我们现在就是说她治不了，也没用啊。"

朝臣纷纷摇头叹息，不再说捉拿君小姐问罪的话，正低声议论着，太监来宣皇帝驾到，众朝臣忙整了整衣衫停止说话，向正殿而去。陆云旗却恰恰相反，看着这些朝臣鱼贯而入，转身离开了。

"君小姐。"佛殿里，陈七神情不安地走进来，看到诸位大夫都在，又停下话。

"有什么话就说吧，大家现在是一根绳上的蚂蚱。"君小姐笑着说道。

陈七干笑一声："又来了很多官兵，现在都不让外出了，以往伙计们还能出去轮换歇息，现在都被赶回来了。"

这意味着这里戒严了，很显然除了针对患者意外，也针对他们，大夫们听后神情微变。

"这也没什么，如今死的人越来越多，外边的人怕是已经开始质疑了。"冯老大夫开口说道，"也开始害怕了。"

"要不，咱们说治不了吧。"陈七忍不住说道，"主动承认，让朝廷想办法吧。"

"他们要是早能想办法，还用得着咱们在这里吗？"冯老大夫说道。

陈七讪讪地撇撇嘴，不说话了。

"君小姐一开始跟咱们说的就是一同帮忙，她并非有绝对的把握。"冯老大夫说道，"今时今日的状况，大家也都该想得到。"

大夫们都笑了，一个大夫说道："老冯你不用劝慰了。"他看着外边，听着始终没有停止的哭声，"到如今我们也不想走了。"

"是啊，我们走了，就真的再没有人管他们了。"另一个大夫也说道。

陈七看着这些大夫，心中感慨万分，当初小姐邀请他们来还费了些口舌，如今最艰难的时候，这些大夫竟然不用说服了。

陈七见大夫们都各自继续翻看医案，商讨用药，便说道："我去忙了。"

君小姐并没有再看医案，起身走了出去，刚走到门口便看到朱瓒大步走来并说道："你知不知道这里要被关起来了？"

"刚刚知道。"君小姐答道，神情依旧不急不躁。

"你到底行不行啊？"朱瓒皱眉说道。

君小姐没有回答，看向外边："这个还真不在我。"

朱瓒愣了一下，刚要再问，才走出去的陈七又跑过来，神情古怪地说道："君小姐，柳掌柜来了，他还带着很多牛……"

牛也可以入药吗？朱瓒心里想着，就见君小姐的脸上露出笑容："现在行了。"

光华寺外因为十几头牛的突然闯入变得热闹起来。

"柳掌柜。"君小姐带着陈七出来迎接，朱瓒也晃晃悠悠地跟在后边。

柳掌柜带着一脸的疲倦，上前说道："君小姐，按照您的吩咐，只找到这么多，实在是难找得很，我怕来不及就先送来一批。"

"辛苦了。"君小姐说道，她顾不得再说话，便越过他径直去看这些牛。

柳掌柜好脾气地笑了笑，陈七忙拉住他，低声说道："最近真的很急。"

柳掌柜笑了，看向君小姐："我当然知道。"

君小姐已经站到牛跟前，全然不顾牛身上的泥巴和散发的臭气，贴近牛的身子仔仔细细地查看牛腹部上的斑斑疮点，直到将十三头牛全部仔细检查完，她才直起身子看向柳掌柜："柳掌柜，你是众生的大恩人。"

柳掌柜顿时惊讶，旋即笑了，觉得这话有些夸张，又觉得心里莫名温暖，他笑着问道："君小姐，这些可都是你要的？"

君小姐点点头："柳掌柜办事真让人放心。"

柳掌柜再次笑了，陈七上前一步，问道："那这些牛都赶到寺里吗？"

君小姐点点头，陈七忙招呼人来赶牛，柳掌柜也立刻让赶牛来的伙计们帮忙，陈七却拦住他："柳掌柜，这些事我们来就行，你们也辛苦了这么久，快回去歇息。"

"不辛苦不辛苦，我怎么也得送进去。"柳掌柜说道。

陈七再次伸手拦住，坚决不让他进。

"行了，回去吧，如今光华寺只许进不许出。"朱瓒的声音从台阶高处传来。

柳掌柜身子一僵，视线扫过四周数名兵丁，心想这光华寺里面的情形难道已严重至此？

陈七拍拍他的胳膊，低声说道："回去吧，你在外边更方便。"

柳掌柜看向君小姐，君小姐已经抬脚向寺内走去，闻言站在台阶上回头看来，含笑说道："不用担心，一切都没问题。"

柳掌柜见君小姐胸有成竹的样子，没有再迈步上前，他说道："好，那我带着人先回去歇息，还有什么需要，再通知我们。"

君小姐点点头，转身疾步沿着台阶而上。

陈七则招呼四周的官兵："来来来，兵爷们帮个忙。"

兵丁们对视一眼，似乎不知道该不该帮忙，此时陆云旗的声音从后传来："帮忙。"

大家看过去，见他带着一队锦衣卫走过来，有了他的话，兵丁们便立刻上前。

通往光华寺的台阶上立刻变得喧闹起来，吆喝声、牛叫声混杂，虽然牛行动缓慢，但好在性子温顺，十几头牛很快就赶进了寺庙里。寺庙外剩下柳掌柜一行人，以及陆云旗带着锦衣卫，还有站在台阶上靠着树的朱瓒，柳掌柜收回视线带着人离开了。

陆云旗沿台阶而上，锦衣卫跟随其后，越过朱瓒时，朱瓒猛地伸手搭住陆云旗的肩头，锦衣卫齐齐动作，山路上气氛顿时紧张起来。陆云旗的手也按住了朱瓒的胳膊，二人面色无波，但衣服都鼓了起来，显然已经运了暗劲。

"小枣，来来来，我们说说话。"朱瓒笑着说道，手还是勾住了陆云旗的肩头将他带过来一步。陆云旗便站到了他的面前，二人个头差不多，但陆云旗比较瘦，朱瓒结实，显得更高一些。

陆云旗面无表情地看着他，朱瓒则是一笑，如同一个熟络亲密的朋友，他认真说道："我一直想问你，没人性灭良心的事做多了，你会不会做噩梦？"

两边的锦衣卫再次怒而欲动，陆云旗抬手制止，回答道："不会。"

"你为了毁掉一个名字，就要这么多人陪葬，真的一点都不觉得心里有愧？"朱瓒伸手拍了拍陆云旗的心口，又问道。

"不会。"陆云旗再次答道，"我还能毁掉更多人的名字，比如成国公。"

朱瓒哈哈笑了，抬手就给了陆云旗一拳，锦衣卫立刻扑上，朱瓒已经退步向后避开，陆云旗抬手制止住拔出刀的锦衣卫。

朱瓒说了一句"我等着"便转身大步而去。

陆云旗抬手擦了擦嘴角的血迹，用阴冷的视线看着朱瓒的背影。

君小姐也专注地盯着院子里的牛，自从把牛赶进寺庙后，她已经这样看了半日了。

柳儿也好奇地跟着歪头看了看，又提醒道："小姐，冯大夫他们都等着你呢。"

君小姐答道："不是，你告诉大家且等等，有好东西给大家看。"说罢，她便俯身看着牛腹部。

杂沓的脚步声从身后传来，君小姐回头见是冯大夫等人，他们都正看着满院子的牛，神情惊讶。

"君小姐，今日的医案都整理好了。"冯大夫说道。

君小姐却没有像往日那样立刻就跟他们去看医案，而是说道："医案你们先看着吧。"她说罢，又转过身看牛。

冯大夫等人面面相觑，交换了眼神，只得离开。

一直到第二天早上，君小姐也一直在盯着牛看，没有跟大夫们商量诊治方案，也没有给患者诊治送药。

"君小姐呢？君小姐是不是不管我们了？"情绪已经越来越焦躁的患儿家属不时地询问。

大夫们虽一一安抚，心中也是怨意渐生，有的大夫甚至产生了猜疑，所幸这君小姐没有再次消失一天，晚上，大夫们被请到佛殿里，尚未进门就看到君小姐站在殿内。

第八十三章

◇

种痘毒治痘疮

听到大家进来，君小姐从佛像前转过身，说道："诸位来了。"

大夫们一边点头一边走到几案前，看到几案上摆着一根一根细铜管，密密麻麻，足有百根。大夫们心中闪过疑问，君小姐的声音随之传来："今日我与大家说一说，我们来这里要做的事。"

大夫们都不解地看向君小姐，她笑道："我们来这里，真正要做的事，并不是治疗痘疮。"

佛殿里一阵安静后旋即哗然，大夫们的眉宇间已经难掩怒意，都瞪着君小姐等待她的解释。

"我说过痘疮这种病不在于用药和治疗，一旦得了这种病，七分看天命。"君小姐说道，"所以痘疮最关键的不是治，而是防。"

大夫们都不解地皱起眉头，一个大夫质疑道："这病怎么能防得住？痘毒无形无色啊！"

"痘毒是无形无色，但可以以毒攻毒。"君小姐说道，"不知道你们有没有注意，我翻看历来的医案医书杂记记载……"她说着指了指堆放在殿内的书架，上面摆放了很多她跟太医院要来的藏书，"有一本杂记记载过一件事，当初岭南痘毒流行，病死者十之八九……"

在场的大夫们都点点头，大家都知道岭南痘毒当时来势迅猛，死者无数，最后逼得驻军坑杀染病的人，极其惨烈。

"我在其中发现一件事，那时很多村落里的全部村民都染了病，但其中也有人幸免，而这些人就是小时候已经发过痘疮活下来的。"君小姐说道，"这些人在几乎全村都染病的迅猛痘毒之中，依旧安然无恙。"

大夫们一愣，他们并没有注意这个细节，不过这能说明什么？

"这说明得过痘疮的人就不会再被痘毒侵袭。"君小姐说道，"这说明痘毒可以以毒攻毒。"大夫们一阵惊愕，顿时议论纷纷。

"就算你说得对，"冯老大夫制止大家的议论，对君小姐说道，"那又怎么样？是要找患过痘疮的人来照料患病的人吗？"

君小姐笑道："不是，是让人人都得一次痘疮，这样就永远不会受痘毒侵袭了。"

此话一出，大夫们一愣，旋即再次哗然，君小姐敲了敲桌面，说道："我知道你们的意思，痘毒凶猛，谁敢保证染上能活命？但如果有一种痘毒可以让人发痘，但又毒性轻微不至于丧命呢？"大殿里静下来，君小姐接着说道，"这样这个人也算是发过痘疮，身体里有了痘毒，当再有痘毒来袭时他就不会再受其害。"

大夫们神情各异，眼中满是惊疑，一个大夫忍不住问道："有这种痘毒吗？"

君小姐点点头："有的。"

众人再次愕然，一个大夫注意到几案上摆放的密密麻麻的细铜管，灵光一闪，突然起了一身鸡皮疙瘩，人也下意识地后退一步，其他人被他这动作一带，也想到了什么，皆看向桌子，旋即齐齐后退，神情惊骇。

"这个，这个……"冯老大夫尚能自持，指着桌上的铜管，颤颤地说道。

君小姐伸手捏起一根细铜管："是，这里面存放的就是痘毒。"

虽然猜到了，但听到确切的答案，大夫们还是惊惧得再次后退一步。

"不用怕，这是我说的那种能让人发痘却又不会致命的痘毒。"君小姐笑了笑，将铜管放了下来。

"君小姐。"冯老大夫先开口问道，"你，你打算怎么做？"

"种痘。"君小姐说道，"给没有患痘疮的孩童种痘，让他们从此再不受痘疮侵袭，让人们再不畏惧痘疮之害。"

冯老大夫只觉得嗓子干哑，涩涩地问道："种痘，是什么意思？"

"顾名思义，"君小姐说着伸手拿起一根细铜管放到嘴边，这动作让屋子里的大夫们一阵心惊肉跳，"对准未患病人的鼻子，将其内的痘毒吹进去。"说罢，她便轻轻对着细铜管吹了一下，大夫们看得鸡皮疙瘩起一身。

"然后这个人就会被感染痘毒，开始发痘疮吗？"冯老大夫颤声问道。

君小姐点头说道："是。"

"君小姐，您有没有想过，您这样做是在杀人还是救人？"冯老大夫深吸一口气，严肃地问道。

君小姐冷静的视线扫过冯老大夫和佛殿里的诸人，说道："我不是第一个提出这样做的人，在民间早就有人拿着得了痘疮的患儿的内衣裹着没生病的孩子，做出这孩子也得病的假象，希望可以骗过痘邪之毒。"

大夫们显然闻所未闻，当然也可能是因为他们久居京城，对很多事情都不了解。

"这结果当然是很多人都死了，但也有人活了，这是杀人还是救人？我不知道。"君小姐又说道。

这不是杀人也不是救人，不过是无可奈何、壮士断腕，大夫们也不知道该怎么回答，佛殿里沉默片刻。

"君小姐，我明白你的意思。"一个大夫开口说道，"只是这太可怕了，痘疮虽可怕，也并非人人都会染病，没有人会愿意冒险主动感染痘疮来防止日后发病的。"其他大夫也纷纷赞同地点头劝说。

君小姐却笑了笑，摇头说道："不，你们还是没明白我的意思，我说的是过了这么久，已经找到更安全的痘毒，比如乌头砒霜也是毒啊，但也能安全入药，这个其实是一样的道理。"

"这个痘毒是安全的，君小姐可有验证？"一个大夫忽然想到关键问题，问道。

大夫们的眼睛顿时亮起来，齐聚到君小姐身上，君小姐说道："我昨天从牛的身上收集到了安全的痘毒。"

大夫们顿时哗然，纷纷问道："牛也会发痘疮吗？是要将牛的痘毒用在人身上？这太不可思议了吧，真的可行吗？"

"人是生灵，牛也是生灵，有些病并不是只有人才会得。牛也会发痘疮，但牛又跟人不同，痘疮对于牛来说没有那么大的影响，不至于危害性命。所以，牛身上的痘毒毒性会很小，正可以用在人身上。"君小姐一一回答大夫们的询问。

冯老大夫看着君小说："来历就不说了，就问最关键的，这个牛……牛痘疮效果怎么样？君小姐以前验证过没有？"

佛殿里安静下来，所有的视线再次凝聚在君小姐身上，君小姐看着这些大夫，平静地答道："没有。"

佛殿里继续安静，大家似乎没听懂君小姐的话。

"什么没有？"一个大夫结结巴巴地问道。

"我刚才说了，我是昨天才收集到的，"君小姐回答道，"所以以前没有验证过。"

佛殿里一片死静，所有人都看着她，这次是听懂了，但大家的脑子里一片空白。

"君小姐，你开玩笑呢？！"终于一个大夫清醒过来，大声喊道，这一句话如同油锅里倒入了水，让大殿里顿时沸腾起来。

"君小姐，您是确定要做这件事了？"冯老大夫的声音忽然响起。

"君小姐，有件事您可能不知道。"一个大夫忽然插话道，"我们之所以会来，一是受了您的邀请，二还是冯老大夫的相请。"

冯老大夫忙拱手阻拦道："没有的事，说这个干吗！"

其他大夫也纷纷开口："是啊，冯老大夫半夜上门找的我。"

君小姐的眼中闪过一丝惊讶，这些大夫并不知道她邀请他们，看起来是请他们帮忙，其实除了帮忙，更重要的是给他们一个天大的机缘，所以对于大家的信任，她很感激也会回赠，但并没有去问他们怎么做的决定，原来还有这个原因，君小姐看着冯老大夫，屈膝深深施礼。

"不用不用。"冯老大夫忙摆手道，"这是我自己的决定，也不是为了你，是我老骨头发了一次少年狂，想着如果能治好痘疮，这辈子青史留名也算是值了。"说到这里，他又脸一红，"是啊，其实我私心就是这个，济世救民什么的有点虚。"

"君小姐。"那位插话的大夫再次开口道，"我说这件事的意思并不是替冯老大夫表功，我只是要告诉你，我们遵从冯老大夫的决定。"

君小姐看向冯老大夫，冯老大夫郑重问道："君小姐，你是确定要做这件事了？"

"当然，我来这里就是为了做这件事。"

"你就这么确信能做到？"冯老大夫说道，"你可是说过，你从来没有验证过。"

君小姐看了眼桌上的铜管，自信地说道："当然确信！"

"好！就等这句话呢！我就知道这次的事不会就这样算了。"冯老大夫突然一边拍掌一边高兴地说道。

大夫们都愣了，君小姐却明白冯老大夫的意思，她笑着说道："是的，这次的事不算完，而是刚开始。"

大夫们总算是听明白了，一个大夫深深叹口气，说道："老冯，这种事，你信吗？"

"我当然信。"冯老大夫神情激动，"我为什么不信？君小姐说的话哪次不可信了？"

大夫们一愣，看着冯老大夫。

"她说她医术高超，能治咱们治不了的病，难道没验证过吗？是真的还是假的？"冯老大夫问道，"还有痘疮，来之前君小姐并没说她能治好这个，那现在不是也验证了，她没说假话啊。"

大夫们听了冯老大夫的话后，又纷纷议论起来，冯老大夫还要继续说，但君小姐却按住了他的胳膊。君小姐对他摇摇头，他便没有再说话，后退一步，看着君小姐的手再次敲在桌子上。

"是匪夷所思，是以前都没有过，但那又如何？"君小姐说道，"什么事都是从无到有的，不知道第一个将砒霜入药的人是怎么想的，而周围的人又怎么看他的。"

大夫们渐渐停下议论。

"君小姐，这痘疮跟砒霜可不同啊，砒霜是病了的人用，你这痘疮可是要用在没有病的人身上啊。"一个大夫叹口气，"你怎么就敢呢？"

君小姐抚着桌角慢慢地走了几步，站到佛像前，双手合十，镇定地说道："因为我问心无愧，我所做的一切虽然没有验证，但我敢对天地神佛起誓，我君九龄但行善事不问前程，我君九龄是救人还是杀人，就算人不知，自有天知道地知道神佛知道。"

大殿里安静无声，大夫们都直直地盯着君小姐，还没有从震惊中恢复过来。

冯老大夫先开口，干脆利索地问道："这件事要怎么做？"

"就是给没有患病的人种痘。"君小姐答道。

一个大夫回过神来，犹豫地问道："给所有人吗？"

君小姐摇摇头："暂时不用，主要是孩童，容易被痘疮侵袭的孩童。"

"这个我们知道。"又一个大夫无奈地说道，"但现在关键是怎么做？怎么跟人解释呢？"

"这痘毒是绝对安全的。"君小姐说道。

"君小姐，这话您跟我们说没用。"一个大夫苦笑道，"您的医术高超，我们信服，但现在不是我们信服就能行的，得让百姓信服才行啊。"

"要让百姓信服也简单，就是让他们看到这牛……痘有用，那就要验证它有效，但怎么验证呢？"另一个大夫说道。

其他大夫也都点头，刚要随声附和，就听得外边传来一声咳嗽和阴沉沉的声音："要验证啊，那很简单啊。"

众人下意识地随声看去，寒意顿生，见殿门外不知什么时候站了一圈人，一个个着猩红披风，神情阴寒，腰里的绣春刀随着披风的飘动若隐若现，门外守着的陈七则站在他们前边，被一个锦衣卫搭着肩头，身子似乎僵住了，一动不动，见大家看过来，便挤出一个笑，大夫们对视一眼，看来先前说的话，这些锦衣卫都知道了。

"你们有什么事？"君小姐看着站在陈七身边的江百户问道。

江百户笑道："我们没事啊，这不是听到君小姐你们有事，就来帮忙了。"

锦衣卫这些人不是破家就是灭门，什么时候帮过别人忙，殿内的大夫脸色顿时变得惨白，心想刚才的话想必这群锦衣卫都听到了，这下他们都要完了……

"帮什么忙？"君小姐神情平静地问道。

江百户笑了笑却没有说话，侧身一摆手，门前的锦衣卫齐齐站开在两侧，露出了在地上跪倒着的十几个男女。

大夫们上前一步，借着殿内倾泻而出的光亮看向这些人，惊讶地说道："哎，这不是患者的家人吗？"

那十几个男女被捆住了手脚、塞住了嘴，听到大夫们的询问，他们抬起头挣扎着呜咽求救。君小姐皱眉喝问道："你们干什么？！"

"验证吧。"陆云旗的声音从夜色里传来。

大家这才看到有人从明暗交汇的夜色里走出来，他站在殿门前："这些人，可够用？"

大夫们终于回过神，神情惊骇地看着陆云旗，这难道是要用活人来试用君小姐的痘毒？！

"废话。"江百户说道，"死人还验证什么？不是说要看看这牛什么的有没有……死不死人？"他说着伸手指着地上的十几个男女，"来，试试吧。"

随着他所指，一个锦衣卫上前拎起一个女人，这女人浑身颤抖，吓得几乎昏厥。

"你们干什么！"冯老大夫忍不住呵斥道，"怎么能这样呢？"其他大夫也忍不住跟着呵斥。

江百户阴冷的视线扫向这些大夫，吓得大夫们的质问声立刻停下。

陆云旗自始至终都没有理会这些大夫，只是看着君小姐说道："不够，还有。"

听这陆云旗的意思，若这些人试药死了，还要再去抓别的人来试药，这跟当初为了避免痘疮坑杀没有染病的人有什么区别，大夫们顿时愤怒不已，又不敢多言，只得干着急。君小姐也很惊讶，她没想到陆云旗这么听她的话，这边刚说要试药，他竟干脆利索地抓了一群人过来……

她心烦意乱，索性不看陆云旗，抬脚向前迈步，走到被抓来的那群男女面前，刚要说话，冯老大夫立刻激动地喊道："君小姐，绝对不能这么做啊，他们是病人，是家人，是来求医的，怎么能这样对他们，怎么能拿他们试毒啊！"

见冯老大夫开口，其他大夫也不再犹豫，纷纷大喊着劝说，君小姐神情复杂地看着地上捆着的众人，他们应该是不知道出了什么事，半夜里突然被揪住捆绑，一个个神情惊惧，现在突然听到"试毒"二字，顿时吓晕过去几个。

"冯老大夫，我的痘毒没……"君小姐回头对冯老大夫低声说道。

冯老大夫立刻打断她，严肃地说道："不管您对这痘毒多有信心，这件事都不能这样做，这不是有没有问题的事，这是有违天地人道的事。"

"对啊，君小姐，怎么能这样抓人试药？"其他大夫也纷纷说道。

"做这种事，都是自愿的，古有神农氏为民尝百草，先有华佗以身试麻沸散，今天就让我来试试这痘毒。"冯老大夫说着，转身就走向佛像前的桌子。

大夫们顿时哗然，大家神情惊骇地相互对视片刻，又有几个一咬牙跟着冯老大夫走到桌子前。

冯老大夫看向君小姐："来吧，您先给我试试。"其他几个大夫也都抢着要以身试痘毒。

佛殿里惊慌、惊惧的气氛顿消，取而代之的是激动和决然，看着这令人感动的场面，还被锦衣卫按着的陈七也忍不住鼻头发涩，他转头对身边的人哽咽地说道："都说医者仁心，我今日才算知道什么是仁心，你说是不是啊大兄弟？"

旁边的锦衣卫神情木然，陈七撇撇嘴不说话了。

君小姐看着这些争前恐后要试药的大夫，再次施礼道："好，那我自己也来给自己……"

她的话没说完就被大夫们打断了，大家纷纷说道："君小姐，您就算了吧。"

"我们这批人不行了，你还得给下一批人种痘呢。"还有大夫补充一句。

这话让大家都笑起来，君小姐也笑了，她没有再犹豫，径直走过去拿起一根细铜管："冯老大夫，您先吧。"

冯老大夫没有丝毫的犹豫："来吧。"

当异物入鼻，冯老大夫下意识地闭上了眼向后躲避……

"好了，大概到第七天，冯老大夫就会发热，但也就是发热，热退了就没事了。"君小姐解释道。

大夫们都点点头，神情各异。

"我来。"一个大夫带着几分决然地说道。

又有几个大夫纷纷出声："既然要验证那就多验证几个。"

君小姐拿起一根根铜管逐一将牛痘吹入他们的鼻子里。

站在门外的江百户看了眼陆云旗，除了说那两句话外，他没有再说话，只是看着佛殿里那女孩子的动作。江百户上前一步："大人。"

陆云旗转身一摆手，自己先一步走开了。

江百户松口气，也摆摆手，锦衣卫便拎着地上的男女齐刷刷地离开了。

夜色正在褪去，东方渐渐发白，陆云旗站在山寺外看着天边。

"大人。"一个锦衣卫如同魅影一般忽地出现在他身边，"适才成国公世子也在。"

这边闹出这么大的事，他不在才奇怪，陆云旗神情木然。

"现在他离开了，往城内去了。"锦衣卫垂头，"属下拦不住。"

陆云旗的视线微转，看向寺外长长的台阶："你们拦不住他。"

第八十四章

◇

痛苦的治疗过程

伴着脚步声，浓烈的酒气传来，对于院子的人来说，这气息很熟悉。

昨夜锦衣卫没头没尾地跑来，拎了十几人，被抓的、没被抓的都吓坏了，这些被抓的事后又被送回来，有些事肯定也瞒不住了。

看到他们走过来，坐在床边的妇人立刻站起来，神情惊恐，还下意识地护住床上的孩子，颤声问道："你们，你们要干什么？"

"我们自然是给他治病用药。"一个大夫柔声说道。

那妇人没有让开的意思，戒备又绝望地盯着他们，颤声问道："是治病的药，还是杀人的毒药？"

听到妇人的询问，院子里的人也都大着胆子喊道："说是要让我们都染上痘疮。"随着这喊声，积攒的恐惧爆发，很多人都大哭了起来。

"不是这样的。"一个大夫大声说道，"我们没有让你们来试药，而是冯大夫他们亲自来试的，如果真有心要害你们，又怎么会这样做？"

这话没有让大家的情绪得到丝毫缓解，有人哭起来："先是你们这些大夫，然后就轮到我们了。"这话让一片哭声更响亮了。

"不是这样的。"大夫们忙大声安抚，"我们试药，正是为了救大家。"

喊声、哭声四起，几个大夫有些招架不住，一时间无法制止劝住这些人，只能继续大声重复道："大家听我们解释。"

正喧闹着，脚步声传来，伴着阴冷的呵斥声："干什么呢？"

这声音让哭喊的人群顿时安静下来，神情惊惧地看着走进来的锦衣卫，院子里陷入诡异的安静。

君小姐和大夫们从屋里走出来，看着院子里神情惊惧却不敢再哭喊的人群轻叹一口气："我给大家解释一下。"

安静的院子里，女声清晰地响起，不急不缓，娓娓道来。她第一次告诉大家，痘疮能不能好还是看各人的运气，药只是辅助。虽然这些日子大家心里多少明白点，但听到这话还是难掩绝望，压抑的哭声再起。

"虽然痘疮难医，但是它是可防的。"君小姐继续说道，"这个办法我们已经找到了，现在在验证。"她的视线看向人群，也落在昨晚被抓去的那些人身上，"我们不会用你们来验证，大夫们自己来，就是你们昨晚看到的那样，如果验证成功了，这世间百姓将不会再受痘疮之毒害。"

众人怀疑地看着君小姐。

"真的假的，大家都在寺庙里，冯老大夫等人已经用了药，大家可以随时看着。"君小姐说道。

人群中响起低低的议论声。

"我们知道现在大家都很难过很痛苦，但不到最后时刻还是要坚持下去。"一个大夫站出来说道，他想到冯老大夫等人，眼圈忍不住发红，"坚持的不只是你们，还有我们。

冯老大夫等人的试验并没有让大家等到第七天，第三天，就有一个大夫开始发热，次日，他的身上冒出了红点，光华寺里变得紧张起来。

看着躺在床上呼吸急促、精神萎靡的大夫，有些大夫忍不住了，颤声喊道："给他用药吧。"其他大夫也神情复杂地看向君小姐。

"不用，没事的。"君小姐说道。

这个大夫还没好转，其他大夫也陆续发热倒下，最后只剩下冯老大夫还安然无恙。

"我的是不是没起效啊？"冯老大夫问道，"不如再给我加一个吧。"这话让紧张的大夫们哭笑不得。

"好啊，不起效就是没有种成功，如果过了七天还没有发热出痘，我再给你加一个。"君小姐却认真地说道。

第六天，冯老大夫也发病了，很快那些痘疮患者的家属们都知道了，还有人拿着胆子跑过来，隔着窗户亲自验证躺在床上的大夫是否真的痘疮发作，而大夫所在的屋里，君小姐正在检查他们的症状。

君小姐一手拿着金针在发病大夫的身上游走，专注地看着那些鼓起的结痂的痘包，当金针停在一个痘上时，她露出了笑容："你们看，这个就是最好的痘苗，苍蜡光泽，肥大厚实，这时候还短，再养养就能多一些。"随着说话，她另一只手拿着锉刀利索地将这已经结痂的痘锉了下来，放进铜管里，"看，就是这么搜集能种的痘毒，你们看明白了没？"

一个大夫担忧地说道："君小姐，咱们还是先说说冯老大夫他们的病吧，这都两天了……"

人还不知道怎么样呢，他们实在是不能平心静气地就拿着这犯病的人当物品研习。

君小姐看了眼躺在床上陷入昏睡的冯老大夫："没事，马上就好了。"

夜色降临，一天又过去了，君小姐揉了揉肩头，拎着又装了一些新痘痂铜管的箱子，走出冯老大夫等人的屋子，光华寺的灯已经亮起来，比起前一段时间，这里更显得空寂，哭声少了很多，似乎眼泪已经哭干了。

"小姐，这个回去还要碾成末吗？"柳儿问道。

君小姐点点头："是啊。"

她忽地脚步一顿，柳儿不解地看过去，也吓了一跳，看着不知道什么时候站在前方的陆云旗喊道："哎呀，吓死人了。"

陆云旗没有理会她，只是看着君小姐，君小姐垂目略一施礼，拉住柳儿向前继续走，就要越过时，被陆云旗伸手拦住。

"你想……"柳儿立刻瞪眼要跳过来，君小姐握紧她的手腕，将她按在原地。

"你不要担心。"陆云旗似乎没有听到柳儿的话，或者说在他眼里就从来没有看到这个人，他只是看着君小姐，"你什么事都不会有。"

他的声音淳厚而沉稳，夜色又遮掩了他的面容，让这声音更添了几分宜人，但君小姐并不觉得，她几乎同时开口说道："我当然不担心，我什么事都不会有，陆大人，我要回去继续做事了。"

陆云旗将手收回去，看着君小姐拉着柳儿走开了。

夜色沉沉，不知几人能安眠，一个坐在椅子上睡着的大夫猛地一点头差点栽倒，人也醒了过来，看到屋子里已经一片光亮。

大夫伸手揉着脸站起来向后看去，顿时瞪大眼，有些不敢相信地用力揉眼，再睁开眼看时，床上还是空无一人，他顿时脸色煞白，喊道："没，没了。"

原本躺在床上出痘发热的大夫怎么不见了？他转身冲出屋外，刚要喊人，就瞪大眼看着屋门口站着的人，这个人似乎刚起床，正在悠闲地活动手脚和身子，听到身后的动静他转过头来，用沙哑的声音说道："老黄，你醒了啊。"

被唤作"老黄"的大夫神情呆滞，颤声说道："你……你怎么起来了？"

"我这一早醒来就觉得身子没事了，就出来走走。"他说着还做了一个五禽戏的动作，"舒坦。"

黄大夫忽然抬手给了自己一巴掌。

"哎哟，老黄，你干什么呢？"屋外的大夫吓了一跳。

黄大夫已经接着喊出声："快来人啊！"

这一声嘶喊划破了清晨的宁静，杂沓的脚步声从四面八方涌来，原本愁云惨淡的院落里变得喧闹起来。

君小姐刚进来就看到被一群人围着的大夫，这是第一个发热出痘疮的姓曲的试药大夫。

"君小姐您看，曲大夫真的好了！"

曲大夫神情也有些激动，不自在地摸了摸自己的脸和手："君小姐您看，竟然没有落麻子呢。"

"牛痘的毒性已经拔除了很多，跟人痘不一样，当然不会那么严重，你发热了两天，已经是很严重了，不过得你的恩惠，下一个人用从你身上取来的痘毒就不会这么久了。"

二月的春风吹散了盘旋许久的寒意，光华寺的春意也滋生了许多。

五个发痘的大夫接连痊愈，大家喜笑颜开。

冯老大夫拍拍手，示意大家安静下来："君小姐现在已经验证了这痘毒是安全的。"他忍着激动，指着放在箱子里的细铜管，"但还有一个重要的问题，就是验证这样做了就不会再得痘疮。"

"这很容易，给未患病的孩子种上，然后让他们来这里，跟患病的孩子们在一起，就可以验证了。"

冯老大夫："等一下，要用孩子来验证？"

"当然啊。"君小姐笑道，"痘疮主要侵害的本就是孩子。"

佛殿里安静下来，所有人都带着几分惊惧看向殿外，生怕那群锦衣卫再突然抓一批孩子过来。院子里摇晃着灯笼，明暗交汇，锦衣卫一直没有出现，大家的心渐渐放松。

外边忽地响起杂沓的脚步声，夜色里有一队人走进来。

"喂，大夫呢？"有人大声喊道。

君小姐从内走过来几步，看着站定在殿前的男人，正是好些日子没见的朱瓒。她还没来得及开口，就见朱瓒指了指身后，其后的兵丁们散开，露出一团团小人影。

"孩子！"殿内的大夫一瞬间寒毛倒竖。

这是五个孩子，有男有女，最大的不超过十三岁，最小的看起来只有两三岁。

"来，给他们用药吧。"朱瓒指了指这些孩子。

果然又来了，大夫们都神情焦灼，冯老大夫焦急地说道："世子爷，不能这样做的。"

"我这个痘毒是没……"君小姐忍不住说道。

冯老大夫瞪眼打断她："不行，为救人先杀人，我们医者绝不能容忍这样的事情发生。"

"谁说让你们用活人试药了？！"朱瓒带着几分不耐烦地说道。

佛殿里的人都愣了。

"当然是用死人了。"朱瓒长手一探，将一个十岁左右的男孩子揽过来，冲大夫们抬抬下巴，"喏，他就是。"

男孩子身子干瘦，头发脏乱，看起来像是街边的乞丐，只是被头发盖住的那一双眼隐约闪着几分灵动。

冯老大夫叹口气："世子爷，他只要活着，不管命多贱，也是活人啊。"

朱瓒扑哧笑了，拍了拍男孩子的肩头："来，你告诉他们，你是死人还是活人。"

男孩子看向大夫们："我叫周京，真定人。"

大夫们不解地看着男孩子，见他神情平静地做自我介绍，没有像那些被陆千户抓来的人那般惊恐，他应该知道自己是来做什么的吧？

"我祖父是周本堂。"周京接着说道。

一个大夫"啊"了一声，惊讶地看着那孩子："周本堂？是那个真定府的豪族周氏！那个被判了通敌的周本堂？"

通敌是满门抄斩的大罪，这孩子……原来是个待毙的犯人。

"他们都是。"朱瓒指着余下的几个孩子。

大夫们一阵沉默。

"我跟陆下说了，如果他们来试药，能活下来就免去他们这几人的死罪，如果活不下来……"朱瓒拍了拍男孩子的肩头，"也没什么损失。"

大夫们神情复杂，不知道说什么好。

"我虽然已经在牢房里问过你们了。"朱瓒又说道，"在这里对着这些大夫，我再问一遍，你们可愿意试一试？"

"愿意。"周京第一个大声说道。

在他身后的几个孩子也纷纷开口，齐声说道："愿意。"

"我要找娘。"两三岁的那个小孩子摇着身边姐姐的衣袖，补充道。

那女孩子忙拉住他的手，小声安抚道："等做完事就能去见娘了。"

大夫们谁也没有说话，周京神情有些不安，他忍不住上前一步，迫切地说道："我们是真的愿意，我们真的愿意，让我们试试吧。"

冯老大夫忽然有些鼻头酸涩，忍不住扭头转开视线。

"冯老大夫，就试一试吧。"君小姐说道。

冯老大夫没有说话，其他大夫也没有说话，沉默地表示同意，君小姐便对那几个孩子招手道："来。"

周京的双眼闪过激动，毫不迟疑地上前，其他孩子也没有迟疑跟着他迈步。

"不要怕，很简单的。"君小姐示意他们坐下来。

"我们不怕。"

"不怕。"两三岁的幼童也学着应答，他正被姐姐抱坐在椅子上。

君小姐笑了笑，拿起一根铜管，又看向冯老大夫："冯大夫，这次你们来吧，也好尽快适应，将来咱们人手只怕不够用，大家都要熟练起来。"

冯老大夫深吸一口气，应声"是"。

大人试药跟小孩子果然不同。

塞痘的时候，大点的孩子还好说，只是这个三岁孩子鼻子里被塞入异物后，因为不适应老打喷嚏，还会不小心用手拽出来。

"不如这样吧。"君小姐想了想，"痘疮是通过接触感染，五窍通体内，不用五窍，那就开个口子来。"

众人还没明白是什么意思，君小姐已经拉下这孩子破旧的衣裳露出胳膊，拿起一根锉刀割了上去。顿时一个小血口子呈现，尚未流血，君小姐就将铜管里的枣核痘毒贴在口子上，又利索地用布缠住了他的胳膊。

那孩子这才反应过来，咧嘴哭起来。锉刀割破的口子没多大，缠上很快就不流血了，但大夫们还是吓了一跳，又苦笑着摇头。

"乖，不哭，不哭。"君小姐如同变戏法般将一块蜜饯托在孩子的眼前。

小孩子顿时不哭了，眼泪汪汪地看着蜜饯，奶声奶气地说道："杏子蜜饯。"却没有伸手，咽了咽口水扭头，"姐姐，是杏子蜜饯，好久没吃过了……"

一旁的大夫们心里叹口气，那女孩子点点头："谢谢大夫。"

小孩子这才高兴地伸手抓过，迫不及待地将蜜饯塞进嘴里。

"好了，还跟上次一样，带他们下去吧。"君小姐说道。

佛殿里人散去，变得安静下来。

"冯大夫，冯大夫。"清晨的寺庙再次被大夫们焦灼的声音打破，"最小的那个发热了。"

才一个晚上，就发热了。

冯老大夫有些紧张："君小姐说过，孩子和大人对痘毒的反应不同，孩子们更容易患痘疮。"

小孩子躺在床上，面色微微发红，呼吸急促，但人还清醒，眨着眼看向围着自己望闻问切的大夫们，开口说道："我病了，要吃药，要吃蜜饯。"

听到孩子这样说，大夫们又好笑又心酸。

"你是病了，但是没事的，不用吃药。"他身上已有浅浅的几个痘，君小姐摸了摸他的头，"明天就好了，等病好了再吃蜜饯。"

安抚完，冯老大夫有些不安："真的明天能好？而且这孩子身上出的痘怎么这么少？"

窗户边有探头探脑的影子，想必是其他几个孩子也不安，她走过去，说道："你们不用担心，是正常的，明天就能好。"

一个孩子脱口说道："我们不担心，我们相信世子爷！"他的话一出口，立刻被其他几个孩子瞪过去，还有人在后杵他。

"我们愿意，我们愿意的，不后悔。"周京忙说道。

冯老大夫有些惊讶，按理说周家的人通敌坏了成国公的威名，最恨周氏的人应该是成国公，怎么听这意思周家跟成国公世子似乎很熟悉且还很信任？这些事太复杂，不是他一个大夫可以乱想的，也跟他没关系。

"冯大夫。"君小姐的声音在耳边响起。

冯老大夫忙转过头。

"为什么发热这么快，是因为他年纪小。"君小姐说着又看了眼窗边站着的其他孩子，见他们听得很认真，又解释道，"而且我想还有方式的缘故。"

"方式？"冯老大夫问道。

其他大夫也围过来，认真听君小姐说话。

"血口子接触痘毒，"君小姐解释道，"这比塞入鼻子更快起效，如果是这样，我们以后就采用这种办法。至于他身上的痘疮出得少，说明痘毒更好，我这次给他用的是从曲大夫他们身上取下的痘苗。"

大夫们都了然地点点头："原来如此，痘毒能在人身上逐渐被拔毒，所以将越来越安全。"

君小姐点点头："放心吧，没有问题的，你们安排人看护他们就可以了。"

"我可以吃蜜饯了吗？"清晨的院子里响起孩童奶声奶气的声音。

一个大夫看着腿边的小儿，笑着蹲下来问道："毛毛，你吃完饭了吗？"

周毛毛那日只发热一日，第二日果然如君小姐所说就好了。周毛毛点点头，大夫又看向后边的杂工，这是陈七送来照顾已经病好的周毛毛的人，杂工笑着点点头。

"那这样吧，"大夫笑道，"你帮我去给你哥哥姐姐们送饭，然后我可以给你一颗蜜饯。"周毛毛连连点头，主动先向哥哥姐姐们所在的屋子跑去。

周家的其他孩子也分别在一两日后发热，比起周毛毛他们的症状更轻缓，虽然发热，但精神却都不错，并没有躺在床上而是坐着。

看到大夫进来还起身要施礼，周毛毛跑过去，认真说道："姐姐，你快吃饭，你好好吃饭就好得快。"

女孩子点点头，没有抚弟弟的头，而是刻意地往一边坐了坐，她担心痘疮传染。

大夫们一开始也不赞同让周毛毛在这里，但君小姐说没事，也只得听她的。三日后，所有周家的孩子都发热痊愈了，速度快得让大夫们都有些不可置信。

"会不会没成功啊？"大夫们反而疑问道，"就出了那么几个痘。"

"因为用了更好的痘苗啊。"君小姐笑着说道，"成不成功，验证一下就知道了。"

大夫们现在听到这个词都有些害怕，忍不住四下看。

"还要怎么验证？"一个大夫压低声音问道。

"我们这里是什么地方啊，我们可是有很多痘疮患儿的。"

大夫们心跳一停。

"所以让他们去痘疮患儿那边待着，就能验证会不会再受痘疮侵袭了。"君小姐说道。

大夫们一阵沉默，冯老大夫问道："这样真的没事吗？"

"没有问题。"君小姐说道。

冯老大夫点点头："好，那就试试吧。"

自从得知君小姐和大夫们找到防痘疮的办法后，光华寺的所有人都关注着这边的进展，议论纷纷，这天，除了君小姐等，还多了五个孩子来院子里送药，便是那几个试过痘毒的孩子。

院子里，不时传出来呻吟和哭声，有杂工抬着门板从屋子里走出来，盖着的白单子下是已经死去的孩童，身旁跟着已经哭干了眼泪的失魂落魄的家人。几个孩子看着这惨景，不由得互相攥紧了手。杂工们经过，大夫们垂首让路。

初春的风猛地吹来，将白单子掀起，几个不敢看又忍不住用眼角余光看去的孩子恰好看到死者的样子，满面黑疮狰狞，顿时吓得几个孩子失声惊叫起来，除了周毛毛个子矮看不到，也不知道什么叫害怕，仍笑嘻嘻的。大夫们伸手拉住这些孩子以示安抚，同时脸上也很不忍。

"好了，给他们收拾出一间屋子。"君小姐对杂工们吩咐道，"从今日起他们在这里帮忙做事。"

院子里的人更加惊讶了，这里可都是痘疮患儿，其他孩子躲还来不及呢，怎么还有往前凑的？

但这君小姐可没有开玩笑的意思，她冲孩子们招招手："你们做些力所能及的事就行了，递个药，帮忙分发饭食什么的。"便迈步去了屋子里。

一个大夫看着手里拎着的药箱，迟疑着不忍心递给这些孩子。孩子们脸上的惊惧还未散去，站在原地攥紧了手。

"怕什么？"周京忽然低声说道，"比死牢还可怕吗？"他说罢，深吸一口气，伸手从大夫手里拿过药箱，跟着君小姐走去。

其他孩子虽然神情畏惧，但都跟了上去。

"我也要拎着，我也要拎着。"周毛毛也迈着小短腿跑着跟上。

见还有个奶娃娃，院子里的人神情更加复杂。

第八十五章

◇

治疗初现成效

虽然光华寺被兵丁和锦衣卫严密围了起来，但里面发生的七七八八的事还是在京城传开了。君小姐等大夫治疗痘疮没有成效，死的人一摞一摞的消息，让满城的人都心惊胆战，已经有不少人家开始收拾东西，准备离开京城到别的地方避一避。但随之又有消息传来，君小姐找到了让人不犯痘疮的办法，随即掀起了一阵热烈议论，更有京城以外的人听说此消息后，纷纷带着孩童不远千里奔向京城。

石青将破头巾重新裹住了脸，抬头看着前边，已经隐隐可以看到关卡和核查行人的兵丁。身前身后的竹筐里各放置有一个孩子，一个大一点，一个小一点。

"大牛啊，快要到了，你再坚持坚持。"石青伸手将身前竹筐里的被子掖了掖。孩子没有丝毫回应，好似睡着了，他叹口气又回头看了眼身后，"二牛？"被子里探出一个头，露出一个脸蛋皱红的小童，大眼忽闪忽闪地眨着，石青的脸上浮现笑意，"坐好了啊，咱们继续赶路。"小童点点头又缩回了被子里。

石青刚要将扁担挑起来，一个路人忽然上前来，压低声音道："这位老乡，你是要去光华寺吗？"

石青回答道："是。"

那路人扫了一眼前后两个竹筐，有些同情："还是别去了，你还不知道吧？"

"我知道神医君小姐在光华寺治痘疮啊。"石青说道。

那路人摆手道："那都是骗人的，那边的痘疮根本就治不好。"

石青神情惊讶，心想怎么会呢……

"现在那边都不说，就怕你们乱跑，去了就关起来。"那路人说道，"听说光华寺里死的人一摞一摞的。"

"其他地方的官府都已经开始严禁痘疮患儿出门了，京城附近不让说，就怕你们乱跑。"路人说道，"快些回去吧，去了那里是等死啊。"说罢缩了缩头，疾步走开了。

石青呆愣在原地，看着身前竹筐里的孩子，心想去哪里都是等死，一咬牙弯身担起扁担，晃晃悠悠地大步向前而去，尽管说得那么可怕，光华寺也是唯一一个有希望的地方了。石青一路过关卡很顺利，他怀着小心思询问兵丁光华寺能否治好痘疮，兵丁斩钉截铁地说能，还亲自护送他来到光华寺。如果没遇到那路人，这种待遇会让石青感激不尽，但现在他心里越发的慌张，这其实不是护送，是押送吧，如那路人所说，怕他们乱跑。

但不管怎么样，石青还是挑着两个孩子来到了光华寺。

"来这边登记。"有杂工招呼他。这里看起来井然有序，大家神情也轻松。

"你这两个孩子都是吗？"一个杂工问道。

石青摇摇头："这个大的是，小的并没有患病。"他哀伤地看着两个孩子，"他们娘不在了，我家也没别人，大的患了病，别人都害怕，我这小的也没地方寄送，只得自己带着。"

他的话音刚落，就听得脚步声响，接着一个童声响起："哥哥，竹竿子哪里还有？"

石青下意识看去，见一个七八岁左右的男孩子，或许是因为跑动，他的脸蛋红扑扑的，这是一个健康的孩子，石青很惊讶。

"小四啊。"杂工对那孩子招手道，"竹竿我去送，你先把这位大叔和他的孩子带进去给接诊的大夫。"

被唤作"小四"的孩子应声"是"，对石青招手，石青神情不安地挑起担子跟上去，一路上视线不停地在这孩子身上打转儿，他忍不住问道："你来这里多久了？"

小四蹦蹦跳跳地走路，闻言回头："十几天了吧，记不清了。"

"你是来这里做工的吗？"石青再次问道。

"也不算是。"小四说道。

石青还想问什么，就见小四加快脚步，喊道："况大夫，又来病人了。"

一个大夫闻声走来，看着石青和煦一笑打过招呼，就俯身查看竹筐里的孩子，说道："病的时间不短了。"

石青涩涩地点头，哽咽地说道："求大夫您救救孩子。"说罢就要下跪。

况大夫忙扶住他："我们尽力而为，不过你也知道痘疮不好治。"

石青心里有些失望，但又能怎么样，他无助地点点头。

"我看看这个孩子。"况大夫说着又去看另一个竹筐，咦了一声。

"这个孩子没病。"石青说道。

"没病啊。"况大夫看着这个孩子，若有所思，"你把他也带来了？"

石青忙将自己的难处说了，又看向还站在一旁的小四，越想越按捺不住，问道："大夫，没犯病的孩子在这里没事吗？"

况大夫笑了，也看了看小四，又看向石青说道："没犯病的孩子啊，在我们这里还真的没事，虽然我们不一定能治好患了病的孩子，但我们能让没患病的孩子不受痘疮侵袭。"

石青如同雷击。

况大夫伸手指着小四，笑道："他就是啊，不止他，我们这里还有四个孩子呢。"似乎是为了验证他的话，此起彼伏的童声从内传来，石青看到四个孩子抬着一大盆衣服走出来，似乎要去晾晒，这四个孩子最大的十一二岁，最小的才三四岁，小尾巴似的跟着跑，还奶声奶气地说道："哥哥，让我也抬。"

石青浑身发麻，他忽地扑通就跪下来喊道："大夫，请救救我的孩子，让我的孩子也不受痘疮侵袭吧。"

"君小姐。"冯老大夫迈进佛殿里，一排架子上摆着一个一个的药箱，药箱里装着这段时间收集的痘苗。

"那个新来的被种痘的孩子怎么样了？"君小姐转过身问道。

冯老大夫点点头，含笑说道："没有问题，都没躺下，昨天发热，今天就跟着周毛毛四处跑了。"

"那大家还有什么疑虑没有？"君小姐又问道。

冯老大夫摇摇头："没有。"

"那么，我们就宣布这个消息吧。"君小姐走到佛殿门口向外看去，"也好让大家知道，我们这光华寺不是杀人之地，这里一直都是活人救命之所。"

晨光蒙蒙亮，上早朝的大臣已经到了皇宫里，虽然不是大朝会，但来的朝臣也不少，毕竟三年一次的大考就要来临，主考已定，还有很多事要商议。但大家来到殿前，却没有立刻被召进去，因此皇帝在内商议事情。

"你们听说没，光华寺的事？"一个朝臣忽地低声对身边的人说道。

"是痘疮治不好无法控制的事吗？"一个方脸官员说道，眉宇间很是不悦，"这种哗众取宠的事闹到如今都无法收场了。"

但这次没人附和他，先前说话的人低声说道："郭大人，不是那件事，说是光华寺有能让人不得痘疮的药。"

"这种事也是哗众取宠。"郭大人皱眉说道，"怎么能信！"

"可是据说那些大夫都试用了，而且成国公世子将通敌的周家的几个孩子送进去试药了，也都平安无事。"旁边的人凑过来，低声说道。

这话引来更多的人纷纷议论起来。

"谁看到了？"郭大人皱眉说道，"这都是传言。"

他的话音刚落，就见大殿的门大开，陆云旗走了出来，朝臣们的议论声戛然而止。让他们安静下来的，并不是陆云旗，而是紧跟在陆云旗身后的五个孩子。五个孩子都不大，其中一个还被同伴抱在怀里。

有太监疾步从后面而来，唤住陆云旗："陆大人，太后娘娘要看看周家这几个孩子。"

陆云旗应声"是"，带着那五个孩子向后宫而去。

看着他们走开，殿门前的朝臣顿时一阵热闹，那位郭大人的脸色更僵硬了几分，殿内的太监走出来重重咳嗽两声，朝臣安静下来，按照职位高低鱼贯走入殿中，不过大家心思都不在将要到来的大考上了，而是在痘疮之事上。

且不论朝堂上的议论，后宫里，太后、皇后将那五个孩子仔仔细细地看了好几遍。

"这个就是发的痘吗？"太后伸手指着一个孩子胳膊上的斑点，问道。

痘疮已经结痂落下，只余下浅浅的斑点，皇后还有些畏惧，下意识地拉住太后的胳膊。

"是，我发的比较多。"周京说道。

"这还叫多啊。"皇后忍不住说道，"在山东的时候我可是见过那些痘疮儿的，满身都是。"

太后又看了看周京胳膊上的痘印，接着招手让那个最小的孩子过来，问道："这孩子也种痘了？"

不待太监们回话，周毛毛已经点点头，主动指着脖子说道："回娘娘的话，我的在这里，只有三个。"

太后被逗笑了，看了看他脖子上的痘印，坐直了身子，问道："果然都是真用了药的？"

陆云旗应声"是"。

"果然一直跟那些痘疮患儿在一起？"太后又问道。

陆云旗再次应声"是"。

"具体是怎么样做的？"皇后忍不住问道，"你说详细点啊。"

"就是种痘。"陆云旗说道。

太后笑了，她看着周毛毛，说道："他可是惜字如金，你问他等于没问，你说说你是怎么种痘的？"

"哥哥姐姐们是塞鼻子。"周毛毛没有丝毫拘束，指手画脚道，"我的鼻子小塞不进去，就在胳膊上割开一个口子放进去。"

皇后和太后神情一怔，齐声问道："还要划开口子？"

周京忙拉开周毛毛的衣衫露出胳膊："不大，就一个小小的口子，都没怎么出血。"

皇后和太后围上去，认认真真地看。

"二牛弟弟也是割破胳膊的。"周毛毛又补充一句。

"二牛又是谁？"太后问道。

"是一个求医人未患病的儿子。"陆云旗答道。

"如今也没事？"太后问道。

陆云旗应声"是"。

太后坐直身子沉吟片刻，摆摆手，陆云旗便施礼带着五个孩子退了出去。

他们一离开，皇后就有些迫不及待地颤声说道："娘娘，这太好了，真的没事的话，就再也不用怕皇子、公主们染病了。娘娘您不知道，在山东的时候，我跟王爷的大儿就是染了痘疮……"她说着就拭泪。

太后皱眉瞪她一眼："哭哭啼啼的干什么？没半点样子。"

为了避免被猜忌，齐王没有与豪门大族联姻，就在山东当地娶了一个中等人家的女子，这女子能当上齐王妃已经惊喜不已，更没想过有一天会成为皇后，虽然由太后亲自教导几番，但遇到事时难免战战兢兢。被太后呵斥，皇后怯怯地低下头。

太后也懒得理会她，自言自语道："如果真是能克制痘疮的良方，那真是……了不得的大事。"她沉吟片刻，对太监摆手，"去问问皇帝陛下打算怎么处置这件事。"

太监领命而去，片刻归来，回禀道："朝堂上已经议论过了，事关重大，务必慎重，着重臣携太医们前去验证。"

这是理所应当的流程，太后懒得听，直接摆摆手，沉声说道："朝臣验证也验证不出来什么，告诉陛下如此泽被苍生的大事，发布消息告之民众，让其子女们种痘，以避痊疫之害。"

太监和皇后都打了个寒战，这意思是要让天下的孩子为皇室子弟们试药了？

太监垂首俯身应声"是"。

因为光华寺被戒严，里面的人不能外出，所以消息是通过锦衣卫报上去的。君小姐走出来，看到坐在寺庙外石头上的朱瓒，含笑走过去，朱瓒似乎没听到有人走近，手里揪着一把草一根一根地扔出去。

"你这次怎么这么大方啊，不是来这里戴罪立功的吗？"君小姐走站在朱瓒背后，"怎么不带着周家的孩子去见皇帝？"

朱瓒头也没回："那是让他替我办事，论人罪过就是他们的事。"

君小姐在朱瓒一旁的石头上坐下来，还没坐稳就被朱瓒推开，他皱眉说道："去去，离远点。"

君小姐笑着依言挪开，又说道："那你就不怕他隐瞒这里的消息？颠倒黑白？这种事也是他们的专长吧。"

朱瓒转头，挑眉笑了笑："他虽然是个畜生，但皇帝可是有子女的，没了皇帝，他连畜生都当不了。"

君小姐望着京城方向："那明天我们这里就要民众盈门了。"

但让君小姐和大夫们意外的是，这种情况并没有出现，当然这也没什么意外的，痘疮的可怕已经在人们的心中根深蒂固，君小姐之前谎称治好了怀王的痘疮，已经让大家对她的医术有些存疑，这次痘疮治不好，又说有防痘疮的药，这种匪夷所思的话，大家哪里会这么轻易就相信，自然不会有人来。

街上围观的民众看着官府张贴的告示指指点点、议论纷纷，但几乎没人愿意将孩子送到光华寺去。柳掌柜默默看了片刻民众的反应，便转身离开回到了九龄堂，他对方锦绣说道："价格怎么定得这么低？"

因为光华寺被戒严，所有的消息都被锦衣卫严防，公布种痘防痘疮的消息也是君小姐他们写好了交给官府来做的，柳掌柜这边根本就插不上手。

"这是要天下人都来种痘，不是单单针对有钱人，所以要普罗大众都能用得起。"方锦绣说道。

柳掌柜摇摇头："我知道她的意思，但是如果人人都信她，这么做是大功德的善心，现在关键是大家都不信，价格定这么低，一反常态，就更不信了。"

方锦绣显然也知道外界议论，沉默片刻，说道："总会有人信的。"

是总会有人信，但柳掌柜不想等了，他径直回家，让人备车，并抱来小孙子。

柳老太太喊道："你要带他干什么去？"

"当然是去种痘。"

柳老太太扑过来拉住他："你疯了，咱们柳家可是三代单传。"

跟过来的儿媳妇也不敢说话，只是眼泪汪汪地看着被柳掌柜抱在怀里的孩子。

"你放心，君小姐说没事就没事。"柳掌柜说道，"她的医术咱们还不知道？"

柳老太太坐在地上拍着大腿哭喊："她的医术我不知道，我就知道那是痘疮，你忘了咱们两个儿子是怎么死的？"

"我就是知道，所以才不要小宝也遭痘疮的罪，给他种痘就可以放心了。"柳掌柜说罢，不再理会妇人，马车疾驰而去，怀里的孩子不知道发生什么事，最喜欢快马跑，在祖父怀里咯咯笑，与家里传来的妇人的哭声相呼应。

虽然民众对于官府公布到光华寺种痘防止痘疮的事不信，但大家还是关注着有谁去。

"德胜昌跟君小姐是一家人，他不去谁去？"大家纷纷说道。

看到柳掌柜到来，君小姐等人并不意外。

"没想到大家竟然会这么谨慎。"柳掌柜说着坐在椅子上，神情虽然竭力平静，但眼里还是带着几分紧张。

冯老大夫正在给他的小孙子种痘，小孩子的胳膊被轻轻戳破，刚咧嘴要哭，君小姐已经将一只糖人递给他，小孩子忙接过，眼泪挂在脸上忘了哭，冯老大夫利索地用布裹住了孩子的胳膊。

"也不怪大家谨慎。"冯老大夫直起身子，"当初我们这些大夫比大家还谨慎。"

柳掌柜接过孩子抱在怀里："我回去后再给大家多解释解释。"

冯老大夫倒是不急："新药推行本就是要大家慢慢接受。"

第八十六章

◇

全民争着要种痘毒

太医院里，太医们也都聚在一起低声议论，比起前一段时间的悠闲自在，如今他们都有些不安，这些日子，他们随着官员奉命去光华寺查看情况，亲眼看到除了被请到皇宫里的周家的孩子，其他求诊的患者和孩子都被种了痘，且依旧平安无事。那些大夫还给他们当场演示种痘的过程，要说不信，他们自己也无法解释，要说信……这可真是大功德，肯定要被天下人当神佛供起来的……

"种痘之事事关重大，我们当请皇命，由太医院接手。"江友树忽然说道。

在场的太医眼睛一亮，都坐直了身子，神情激动地点头赞同。他们现在应该趁着民众才知道消息，接手将种痘推广开来，那么，这种痘的技艺就完全掌握在他们手里了。

"大人，我们这就进宫……"太医们纷纷站起来。

就在此时，门外有脚步声急响，耿大夫气喘吁吁地跑进来："师父，不好了，好些人都去光华寺种痘了。"

太医们神情惊讶，江友树也站起来说道："一个柳掌柜让自己的孙子种痘，满城的人就信了？"

耿大夫摇头摆手道："不是，是城外，是京城外来了好多人，都向光华寺去了。"

这边，柳掌柜听到消息后，看到这里已经排起了长龙，他惊讶地问道："这都是什么人啊？"

"听口音是山西的，也不都是，还有河南的……"民众听到询问，纷纷答道。

君小姐是汝南人，让她家乡的人来情理之中，柳掌柜点点头，心想公子安排得很周到。

"还有陈留的……还有颍昌府的……蔡州，寿州，庐州……"一个一个地方报出来，柳掌柜听得有些怔怔，这好像是沿途所经过的地方，看来人们虽将信将疑，种痘防止痘疮这种大事，人们也不会放过这一丝希望。

柳掌柜抱着孩子，满是佩服和惊讶，后来又陆续听到排队的人议论的话，他才恍然大悟，这些人根本不是少爷安排的，都是冲着君小姐的医术而自发前来的。

听到外边的喧哗，君小姐和冯大夫等人也都走了出来。寺外弯弯曲曲的台阶下挤满了人，五城兵马司的兵丁正在维持秩序，粗略一眼扫去，不下数百人。

冯老大夫等人也吓了一跳，不由得看向君小姐："怎么这么多人？"

此时有眼尖的人看到这边，胡贵激动地举起手，大声喊道："君小姐！君小姐！"

这话让其他人都看过去，顿时都跟着挥手激动地大喊君小姐的名字，有的人还喊着："君小姐请跟我们回去吧！乡亲们等着您来种痘救命啊！"

冯大夫等人惊讶得目瞪口呆。

君小姐嘴角浮现笑意，说道："是他们来了啊。"

他们都是被君小姐救过命、施过恩的人，是信她、听她一呼便百应的人。

队伍中的柳掌柜笑着上前，对一个正排队的胖男人说道："这位老乡，你进城先找个地方住，孩子们种了痘，大概今天半夜就会发热，不过别担心，让他们多喝点水，大概明日下午发几个痘就没事了。"

胖男人眼睛一亮，看着他抱在怀里的孩子，立刻猜测到什么："你这个孩子种过啦？"

柳掌柜含笑点点头："看脖子里那几个痘，今天已经没事了。"

其他民众也都围上来，惊讶又认真地看着，直到柳掌柜的小孙子被看得哭起来。

胖男人对柳掌柜拱拱手："谢了，我这就找个地方住去。"

柳掌柜想了想又唤住他："你要是不嫌弃，我可以给你安排住处。"

胖男人瞪眼问道："你，你谁呀你？"

"我是德胜昌的。"柳掌柜含笑说道，刚要再次介绍，胖男人已经哦了一声，摆摆手说道，"原来是君小姐一家人，你们又要做善事了，不用，这次给大家种痘已经是天大的善事，我老严家有钱，你们就不用管我了。"说罢，拉着四个孩子大摇大摆地走了。

能带着孩子从那么远赶来京城的，当然是有钱人，但也有很多没钱的人，尤其是沿途听到消息赶来近处的。

柳掌柜拍了拍怀里的孩子，对伙计说道："去安排下，城门外的所有客栈我们德胜昌包了，只要拿着种痘条子的人，都可以免费入住，提供一日三餐。"

四周的民众不可置信地瞪大双眼，看着柳掌柜。

"这般积大功德的事可是难得一遇，这是我德胜昌的荣幸。"说罢，柳掌柜再无半点担心，转身施施然而去，留下一群神情各异的民众。

这边发生的事像风一般席卷了整个京城，大家也不用看柳掌柜家的小孙子了，那些种痘的民众都住在城门外的客栈里，将近一两百人，想看多少有多少。

光华寺前排队的人持续不断，很快京城的民众发现有朝中官员家眷也去排队，躲躲闪闪的仆从带着孩子试图插队，被不认识的五城兵马司呵斥，那仆从无奈小声报了名号，无奈此时的五城兵马司有成国公世子朱瓒坐镇，谁也别想搞特殊，那兵马司还大声呵斥道："管你什么翰林学士三司使，都去排队。"

翰林学士三司使！这么大官员的子女都来了，围观的人神情更加震撼。

很快又一个消息传来，光华寺防治痘疮的痘苗快要没了，还有一些从阳城汝南来的乡绅，正在极力邀请君小姐回去给当地的民众种痘，这一下，观望的民众再也坐不住了，纷纷向光华寺涌去。

很快光华寺宣布限种，虽然种痘的价格未变，却如同当初九龄堂的规矩一样，限时限日限人数，痘苗要没了，君小姐要走，赶不上了错过了，没想到守在眼皮子底下，竟然让一群外来的抢先占了便宜，各种念头在京城民众中传开，京城如同开锅的水沸腾了起来。

方锦绣站在九龄堂前，看着百姓聚众谈论光华寺种痘的事，她沉寂一个多月的脸上终于浮现笑容，抬起头看着空中掠过的布谷鸟，心想又熬过了一个冬天，春天来了。

街上的柳条似乎在一夜间变得绿意盎然，寒意散去了很多，风也柔和了很多，人们换上了春衫，但街上并没有因此而熙熙攘攘，因为再过三天就是礼部试了，准备考试的读书人都在做最后的准备。

不过相比于以往民众和朝廷对科举的重视，这一次倒是鲜少谈及，如今所有人的视线和心思都落在城外的光华寺。在朝中大臣接连去光华寺种痘后，京城的王公贵族也坐不住了，就在昨日，贤王入宫请求皇帝解除对光华寺的禁令，好让君小姐来给贤王府的孩子们种痘。

很快，皇帝便派太监去了光华寺。

"公公说笑了。"君小姐对来访的太监恭敬地说道，"当然不能让贤王来排队，而且光华寺也没有不让外出啊，只是这里的病人多，又是痘疮，我们不方便走开。"

太监听到这个回答很高兴，陛下下的禁令可不是针对他们，而是因为病人多和痘疮这种特殊病情，免得引发大家的恐慌。

"现在每日限制人数，我们几个大夫也都忙得过来。"君小姐又说道，"既然贤王要种痘，那让一个大夫去贤王府就可以了。"

太监再次高兴地点头，又带着几分掩饰地压低声音问道："还有，不知这痘苗可够用？咱家一路过来看到这种痘的人可不少啊。"

"痘苗是可生的，用而生，生而用。"君小姐说道，"请公公放心。"

太监听到这话，便也安心了，君小姐安排了一个大夫跟太监去贤王府。

"还是君小姐亲自去一趟吧。"太监犹豫了一下又说道。

"其实一直以来都是这些大夫种痘的，说起种痘技艺，他们比我要熟练得多。"君小姐笑道，"我只是做痘苗。"

太监有些遗憾，但也没有说什么，适才他的确亲眼看到了，来之前也询问过那些种痘的人，在寺庙外种痘的都是其他大夫，君小姐始终在寺庙里。

直到太监远去，冯老大夫等人的神情仍有些复杂，这太监的到来意味着皇帝终于接受种痘，这次让大夫给贤王家的孩子们种痘，下一次就要给皇子公主们种痘了，这也就意味着，种痘终于可以天下推行，而君小姐显然把这个任务交给了他们几个大夫。

"君小姐，虽然你很少亲自种痘，但是论种痘熟练，没有人能比过你。"冯老大夫说道。

"我是很熟练啊。"

"那你为什么还要我们去做？"

"因为你们能做啊。"君小姐看了他们一眼，"我早说过了，我只治你们治不好的病，也只做你们做不到的事。"

大夫们又听到君小姐这看似狂妄的话，没有像以前那样义愤填膺，反而都笑了，笑得有些复杂，他们都知道，这君小姐是在给他们机会，与他们共享荣誉。

"君小姐，我们没白来。"冯大夫对着君小姐施礼道。

其他的大夫也随之施礼。

"怎么会白，做了事就不会白做，这是公道。"君小姐笑道，"但行善事莫问前程，因为老天爷自有公道。"

正如大家所猜测的那样，两日后，皇帝就请君小姐进宫给皇子公主种痘，这也宣告着这次的痘疮事件正式结束了。

虽然这次的痘疮之毒未被治愈，但民众已经不在意这个事情，因为君小姐能让人不得痘疮，这才是更大的神迹。

而光华寺那边，因为还有不少痘疮患儿，虽然并没有奇效药，但君小姐等大夫从来没有放弃不管，所以这里依旧暂时作为种痘的地方。那些失去病患儿的人则收拾东西开始准备离去，相比于外界的欢喜，他们的神情有些悲伤，走出来却看到君小姐带着一干大夫站在院外相送。

君小姐和大夫们施礼，齐声说道："惭愧。"

一礼、一声，让这些人莫名鼻头一酸，妇人们的眼泪流下来，心中的积郁一瞬间消散，

他们乱乱地还礼，为首的一个老者用沙哑的声音说道："君小姐，你们千万别这样说，病治不好也不是你们的错，你们做得够多了。"其他人也都赞同地点点头，纷纷道谢。

"你们家中还有子女的，可以带来种痘，拿着这些条绳不用排号。"

陈七忙带着两个杂工上前，杂工手里拿着一条条红绳，上面写有"九龄堂"三字，并且盖有印章。如今种痘的人很多，他们再清楚不过，听说有人甚至开始倒卖排号，五城兵马司好一顿严查才制止，人们不由得再次感激。

"逝者已矣，大家还要好好活下去。"君小姐又说道。

"还有你们带着孩子过来，种痘的费用德胜昌出了。"陈七跟着说道。

众人更是激动地拜谢，悲伤与沮丧散去了很多，领了红绳，对着君小姐和大夫们一拜而别。

相比于喧闹的光华寺，太医院越发冷清，来往的人屏气噤声，眼神闪烁。

江友树沉着脸从屋子里走出来，就见两个太医站在院门前，沉声喝道："你们怎么还在？不是该去平宁公主府了吗？"

两个太医神情尴尬，欲言又止："大人，我们去了，只是，被赶出来了。"

江友树觉得火气顿时就冒了出来，呵斥道："怎么回事？是不是你们又推三阻四，将病情说得云山雾罩了？我不是说过，做事要有分寸……"

不待他说完，两个太医忙委屈地摇头说道："大人，不是的，我们很规矩的。只是公主府要给家里的孩子们种痘，已经约了光华寺那边的大夫，怕我们上门被人误会家里的孩子身子不妥，就把我们赶出来了。"

光华寺公告了种痘前后注意事项，身体抱恙情况下暂时不宜种痘，但很多人唯恐错失种痘机会，孩子染上病也瞒着去排号，当然被大夫发现后还是会被拒绝，但为了种痘忌讳到连太医都不让上门的地步也太荒谬了。

君小姐与太医院的纷争虽然没有闹得尽人皆知，但这些精明的豪门贵族可是心里明白得很，江友树在心里恨恨地骂了一句，他没好气地赶走两个太医，在这里再也待不下去，便走了出来。刚走到太医院门口，就看到一辆马车驶来，车前引路的太监江友树也认得，是太后娘娘跟前的大太监。

江友树站在门前有些怔怔，旋即面色铁青，透过被春风掀起的车帘看到其内坐着的两人，这两个人他都认得，一个是君九龄，一个是冯老大夫。

马车在宫门前停下，君小姐和冯老大夫先后下了车。

冯老大夫站在宫门前，神情紧张："君小姐，别的地方我们去，这皇上、太后娘娘们跟前您来就行了，我还是在外边等着吧。"

君小姐不解地看了冯老大夫一眼，他像个学徒一般被看得战战兢兢，又改口说道："要不我给您拎着药箱吧。"说罢，伸手就夺过了君小姐手里的药箱。

"要是拎着药箱，陈七还等着来呢。"君小姐淡淡说道。

冯老大夫抬袖子擦了擦额头的细汗，低声说道："君小姐，我知道您这是抬举我，这个真不用，别的地方抬举就足够了。"

君小姐有些哭笑不得："冯老大夫，进个宫而已，你怕什么啊。"

冯老大夫也有些哭笑不得："君小姐，您怎么不紧张，进宫跟进自己家似的。"

君小姐一阵默然，心想这里还真是我的家……当然现在不是了……

"冯大夫，你要是再这样忐忑下去，惹恼了皇帝，有可能连大夫都做不了了。"她伸手又拿回自己的药箱放在车上，"我们谁都不用拿药箱，宫里什么都有，我们只拿着痘苗就可以了。"

这一席碎碎念让冯老大夫心绪也平复了很多，讪讪一笑，没有再说话。宫门处的太监笑眯眯地对他们招手，君小姐带着冯老大夫走了过去。

太后宫里，好似整个皇宫的人都聚集在这里，比起过年朝贺时见到的妃嫔、孩子，还多了一个，君小姐看着坐在正中穿着龙袍的中年男人，垂目跪下："参见陛下。"

小的时候，因为不常来往，她对这个皇叔没有什么印象，倒是他从山东送来的土特产，尤其是腌制的肉，她特别喜欢吃。后来父母都不在了，皇叔也都是和蔼可亲的，直到他登基，他们姐弟三人迁居怀王府，一切都变得不一样了。她曾经也理解皇叔，觉得怀王府被隔离、被监视、被遗忘，都是理所当然的，从没有怀疑过什么，现在想想，自己真是傻，一腔诚心待人，却不知道对方狼子野心……

那时候她跪坐在皇帝面前，当他如同往日般摆出慈爱的神情询问她时，她突然质问她父母是怎么死的，并抽出了剑，紧接着内侍扑过来，奏章、砚台、笔架砸过来，几案被砸翻，卫士们冲进来，向她乱刀砍下，直到死，她都没有得到答案……

"平身。"皇帝温和的声音从头顶飘落，打断了君小姐的沉思，她和冯老大夫谢恩起身。

太后已经等不及了，召过君小姐询问了一些种痘的详情和疑问，君小姐一一回答，太后便看向皇帝，请示道："陛下……"

皇帝点点头："那就请君小姐给皇子、公主们种痘吧。"

君小姐应声"是"，转身唤冯老大夫，冯老大夫虽然难掩紧张，但还是依言上前。

"为什么不是君小姐你来种痘？"皇后忍不住问道。

"回娘娘的话，我只是做药，种痘的实际操作都是冯老大夫他们来做的。"君小姐说道。

皇帝、太后闻言没有异议，冯老大夫便战战兢兢地给几位皇子、公主种痘，皇子公主虽然哭闹，也算顺利完成，但种完之后他们不能立刻就走。

"暂且在宫里留值，以备不时之需。"皇帝说道。

这是意料之中的，君小姐和冯老大夫应声"是"。

皇后带着妃嫔、孩子们告退，君小姐和冯老大夫随同而去，殿内只剩下皇帝和太后。

皇帝的视线落在君小姐的背影上，和煦的神情散去，变得有几分阴沉，他忽然说道："什么都好，就是这个名字不好。"

太后神情淡淡："什么都好，名字又有什么，不想好好的，抹去就是了，人要自己不惜福，能怪谁？"她看着皇帝，"皇帝，你就是极有福气的，得除痘疮，四海升平，天之佑。"

皇帝起身对着太后施礼，真诚地说道："多谢母后。"

夜色降临，灯火点亮其中，让白日里威严的宫殿显得柔和了几分。

冯老大夫听到门响，立刻紧张地站起来，却见君小姐走进来，含笑说道："没事，我就是来跟你说一声，好好歇息，今晚我看着。"

冯老大夫点点头，擦了擦额头的细汗，说道："好好，劳烦了。"

君小姐没有多说便离开了，陪同的小宫女提着灯引着她向另一边的宫殿走去，皇子、公主们也都没有回自己的住处，一起安置在一间宫殿里，方便照顾。廊下的风灯摇曳，和小宫女提着的灯交汇，拉长了君小姐的身影。

忽然君小姐一个趔趄，小宫女眼明手快地扶住，关切地问道："君小姐，你没事吧？"

君小姐摇摇头，带着几分不好意思地说道："没事，有点紧张，我第一次留宿宫里。"

小宫女了然地抿嘴一笑，没说话。

"姐姐是太后宫里的？"君小姐又问道。

小宫女嗯了一声。

"上次没见过姐姐。"君小姐又说道。

小宫女想到了君小姐正月里曾被召见，羞涩一笑，说道："我可没资格进正殿伺候。"

"姐姐的家里有要种痘的孩子吗？"君小姐忽然说道。

小宫女眼睛一亮，不由得握紧了宫灯，忙点头说道："有。"

"你回头把地址写给我。"君小姐笑道。

小宫女忙不迭地点头。

"哦，还有我上次在正殿有个叫冰儿还是什么的姐姐给我斟酒。"君小姐又想到什么，看着小宫女说道，"不知道她家里还有没有需要种痘的孩子。"

小宫女咦了一声，说道："没有吧。"

君小姐的手悄悄地握紧。

"君小姐，您记错了吧。"小宫女接着说道，"在正殿给您斟酒的肯定不是叫冰儿。"

君小姐哦了一声，有些不好意思地说道："大概是吧，我那时候太紧张了也没听清，听着好像是冰儿。"

小宫女点点头说道："肯定是错了，不会是冰儿的。"

君小姐抿嘴一笑，一面迈步向前，一边随意问道："听你这么说，好像的确有个叫冰儿的？"小宫女点点头，宫灯的映照下脸上闪过一丝哀伤，"是有一个，只是前年已经病故了。"

君小姐的脚步一顿，思绪有些微乱，忙带着几分歉意地说道："那真是不好意思。"

小宫女摇摇头："冬天冷，容易得风寒，有的人身子弱，难免熬不过来。"

冬天，的确是自己死了之后……

君小姐对小宫女笑了笑，迈步上台阶，宫殿里的宫女拉开殿门出来迎接，屋子里孩童们笑闹的声音、妃嫔们的呵斥声倾泻而出，很是热闹。

三天之后，君小姐和冯老大夫走出了皇宫，随之而来的是大笔赏赐，以及在宫门就围上来的王公贵族。

这些养尊处优的人也顾不得有失身份，一个个亲自前来邀请，恨不得伸手抓住冯老大夫将他就此拎回去，无奈怕惹恼了他，虽然焦急也不敢冒犯。

"都有都有，大家不要急。"冯老大夫镇定地说道，他没有被这么多人吓到，也没有受宠若惊，"大家不要急，对于种痘我们会有筹划和安排，不会遗漏谁，也不会耽搁。"

他的泰然让有些骚乱的人群安静下来，认真听着冯老大夫说话，或许知道君小姐不会亲自给人种痘，众人也忽略了她。

君小姐越过人群，看到了站在御街上的朱瓒，不只是朱瓒，还有周家的那五个孩子。他似乎是在等人，又似乎只是恰好出现在这里。看到君小姐看过来，朱瓒立刻转开了视线。

在他转身赶着周家几个孩子要走的时候，君小姐笑着追了过来，说道："我说过没事的，你不用担心。"

朱瓒停下脚转过头："把'你'字去掉。"

君小姐哈哈笑了。

"如果连这点本事都没有，就敢进皇宫种痘，那你早死了八百回了，哪里还用别人担心？"朱瓒说道。

君小姐点点头，看向周家的五个孩子，他们也正偷偷地看着她，此刻都有些害羞地避开她的视线。她笑道："他们的事办好了？"

当初朱瓒说让周家的孩子试药，成功了就免他们死罪，现在光华寺的禁令解除了，是时候解决这件事了。

朱瓒嗯了一声，说道："我送他们走了。"

"回真定吗？"君小姐问道。

"你问那么多干吗？"朱瓒挑眉说道，"你想干什么？"

君小姐哈哈笑了，摆摆手说道："我不想干什么，好，我知道你要出门了，回见。"

"你这人果然是自作多情。"说罢，朱瓒便转身大步而行。

五个跟着朱瓒迈步的孩子忽然停下来，依次转过身，齐齐对着君小姐俯身施礼，久久不起身。

"这个真不用谢我。"君小姐摇摇头，"对我来说，谁都一样，选中你们的不是我。"

孩子们依旧没有起身，朱瓒转过身大手一伸，将他们揪起来："怎么那么多事，还赶不赶路了？"周家的孩子们被他拢着、赶着如同小鸡仔似的走开了。

冯老大夫和君小姐一起上了马车，在围众的簇拥下离开了皇城。

第八十七章

◇

传授种痘的技艺

皇帝给皇子、公主们种痘，算是彻底宣告了种痘的功效，京城的人不分贵贱都向光华寺涌去，其他地方听到消息的人，尤其是各地官员也赶了过来，光华寺里吵闹声一日不停，原本安静的寺庙如同闹市一般，此时，佛殿内也异常热闹，人们争执不休，互相叫喊着要请君小姐跟他们回家乡种痘。

正提笔写字的君小姐手一停，抬起头按了按额头，冯老大夫立刻拍了拍桌子，喊道："大家不要吵，这件事我们自有安排，陛下有令，普天之下都要种痘，都会轮到的。"

这种套路话对于官员们来说太熟悉，指不定要等到什么时候呢，佛殿里的争执声依旧不停。

"我们会马上召集更多的大夫，君小姐会教他们学种痘，保证每个地方都派一个大夫去种痘，并教会你们当地的大夫。"冯老大夫大声说道。

佛殿里安静下来，所有视线都看向君小姐，她自始至终都安安静静，此时听到冯老大夫提到她的名字，抬起头来，对着众人笑了笑，点点头……

光华寺要招大夫学习种痘技艺的消息再一次惊动了京城，天下之大，孩童之多不可计数，如今会种痘的大夫就这么几个，可想而知这技艺多么稀缺。满城的大夫听到此消息后，都毫不犹豫地向光华寺直奔而去。

"这种事就该我们太医院来做。"

"种痘事宜事关重大，各地官府出面，那自然应该由我们来接手，这样才能更安全。"

看着眼前这些义愤填膺的太医，值房里翰林院的官员神情平静，指着桌上的几张红色条，说道："但百姓只认九龄堂。"

这不是普通的纸条，这样的红色纸条被剪成了两半，种痘的孩子留存一半，上面盖着九龄堂的印章，以及负责种痘大夫的印章，而另一半则留存在九龄堂，标记着种痘孩子的籍贯、名讳。这般详细，是因为种痘事关重大，很是慎重小心，就算没有这红色纸条，除了九龄堂、光华寺那几个被民众熟记名字和模样的大夫，其他人休想给人种痘。当然，将来会有更多的大夫，而这些大夫要想被民众接受，必然要拿着九龄堂给予的证明。

官员看着这些太医，太医们当然也知道这个，原本想趁着民众还没接受种痘这件事时就入住光华寺，但还是晚了一步。

271

"当然也不是没有办法。"官员看着他们，神情平静地说道，"若想让百姓认可太医院，那请君小姐做太医院的掌院。"

太医们面色顿时铁青，愤然离去。

翰林院一直面色平静的官员撇了撇嘴，看到桌上有九龄堂标识的红色纸条，他又露出了笑意，带着几分小心翼翼地收了起来，他家里的孩子们刚排上号，君小姐特意派了冯老大夫亲自来给种痘。

接连两场春雨后，京城内外一夜之间变得春意浓郁，光华寺里山茶花怒放。

学习种痘技艺的第一批大夫也顺利通过考验，在自己的医馆前悬挂上九龄堂种痘的标记，可以接收民众来种痘，除了种痘技艺，光华寺医治痘疮患儿的经验也同时教授给了他们，光华寺外的兵丁、锦衣卫早已经撤去，患者也被其他医馆接收，这里恢复了以往的安静，被迁出去的僧人终于回来了，时隔一个半月后，香火、钟声以及诵经重新出现在寺庙里。

柳儿撑着一把伞，伞下沿台阶而下的君小姐忽然停下脚回头看去。

"光华寺的僧人在为亡故的患儿诵经做法事。"跟在后边的冯老大夫说道。

"柳掌柜还捐了香油钱。"陈七补充道。

为此，寺庙里还立了一座碑，光华寺的主持亲自题写痘儿记事，君小姐、冯老大夫等人的姓名都在其上。君小姐收回视线继续沿阶而下，一行人到了城门口，看到了一派热闹景象，虽然下着雨，仍有不少车马进出，而且很多带着官府标识。

"这是离京去往各州府的大夫，今天应该已经走得差不多了。"冯老大夫说道。

虽然很多地方都想冯老大夫去，但鉴于种痘的重要性，翰林院建议成立一个专门的痘司，负责安排各地种痘事宜，皇帝同意了，并且批准冯老大夫掌管此事。冯老大夫得了医官的身份，虽然只是一个不入流的官职，但也是官，对于准备子子孙孙都做正骨大夫的他来说，是做梦都想不到的事。

"其实这个医官应该由君小姐你来做。"虽然已经过去几天了，冯老大夫还是难掩激动，又带着几分惭愧地说道。

"这个官你能做，不用我来做。"

冯老大夫知道她的脾气，也不再客套，再说这个官谁来做也没什么关系，这件事是谁做的，民众都清楚得很。

"君小姐回来了！"不知哪个人先看到了他们，大声喊道，原本拥挤的城门顿时让开了路，所有人都激动又欢喜地看着君小姐向她道谢，同时纷纷让开路，让他们的车马穿行，直到走到一条街前，路被堵住了。

虽然下着小雨，但这条街上却人头攒动，纸伞相撞，骂声、笑声、喊声不断，似乎正在进行一场混战。

"这是怎么了？"柳儿不悦地说道，因为这些人竟然没有关注小姐。

冯老大夫怔怔片刻，一拍头，带着几分恍然："今天三月十八，是国子监放榜了。"

君小姐神情也是恍然，从伞下向前看去，说道："真是山中不知岁月，原来礼部试已经结束了。"她看着涌动的人群，以及不时爆发的欢呼哭叫，可以想象榜前有多少人的情绪被掀动。她忽然想到那个年轻人，对一个姑娘表达喜爱之情也能坦然轻松的人，喃喃说道："不知宁公子考得如何？"

春雨绵绵的九龄堂越发显得安静。

"小姐回来了！"柳儿的喊声在门前响起。

站在堂内的方锦绣有些惊喜地起身，看着走进来的女孩子，脱口说道："怎么也不说一声！"她又看向外边，见只有她们主仆二人，连陈七都没有跟着。

"陈林和冯大夫去翰林院了。"君小姐说道，"种痘事宜要筹备很多，他去给冯大夫帮忙。"

方锦绣点点头："种痘的事说难也容易，以免有贼人利用民众迫切之心，反而影响了种痘的成效，不得不小心。"

从最初有人收买排号，到现在隐隐有传闻说有人私下研制痘苗，虽然君小姐痘苗的来历只对冯老大夫等十几人讲过，且这十几人也发誓绝不外传，但种痘以毒攻毒的道理却是对很多人讲过，只怕会让人利用。

"这个我已经给冯老大夫他们讲过，他们会安排官员严查。"君小姐说道。

方锦绣知道这些事她肯定有安排，提了一句就不再提了，虽然早就放心了，但看到君小姐站在面前还是松口气，又莫名地叹了口气。君小姐笑着问道："是不是太累了？"

方锦绣对她翻了个白眼："你知道就好。"

正说笑着，有人从门外跑进来喊道："君小姐，中了。"

方锦绣被喊得眉头挑了挑，她认得这个伙计，是跟着陈七的随从。

"多少？"君小姐却很明白这哑谜的意思，含笑看着这随从，问道。

宁炎的府邸虽然比不上阳城老宅的阔朗，但也精巧雅致，此时绵绵春雨中，后院小桥流水，越发令人赏心悦目。

不过此时坐在凉亭里的宁云钊和宁炎却没有赏景的雅兴，二人对坐，面前摆着笔墨纸砚，几案上已经摆了两三张写满字的纸张。宁炎手里拿着一张正在看，宁云钊还在认真地疾书，很快宁炎看完了几案上的三张，宁云钊也停下笔，宁炎不待墨干就拿起来专注地看完，说道："虽然你礼部试只得了第三名，但没到殿试一切都未定，这几篇文章我先不做评价，你自己且修改，等晚上拿来我们再详谈。"

宁云钊应声"是"，起身相送，看着宁炎连伞都不撑，在细雨中离开。

站在远处的小丁探头探脑，宁云钊笑了笑对他招招手，小丁立刻乐颠颠地过来，脸上难掩激动，相比于外边看榜的人，宁云钊昨日就知道名次了——礼部试第三名，这意味着殿试肯定会在前十。

虽然殿试就在几日后，但宁炎还是立刻用驿马将礼部试的名次传到家里，信上自然叮嘱一句切勿失态，虽然他本可以等待殿试结束后再将最终的消息送回去，这样就不用叮嘱这句话了。

但宁氏子弟的前程，关系宁氏家族风光延续的大事，饶是宦海沉浮多年的宁炎也无法做到不失态。宁炎做不到，小丁这个仆从就更没必要做到了，他压低声音问道："公子，你想吃什么？我去外边给你买点。"

为了迎接殿试，宁云钊这几日并不比前些时候轻松，功课也不少。

"我又不是贪嘴吃的小孩子。"宁云钊笑道，"没什么想吃的。"

小丁哦了一声，搓着手有些站不住，总觉得自己应该做些什么，然后他就听到公子的声音再次响起："光华寺那边怎么样了？"

小丁站住脚，哦了一声，他突然想到一句诗，"何以解忧，唯有杜康"，别人解忧是酒，对公子来说应该是佳人。

"君小姐应该回九龄堂了，已经没人往光华寺去了。"小丁答道，"我一路走来见到好几个医馆都燃放爆竹，这几个医馆的大夫都是当初跟随君小姐治痘疮的，现在都挂了九龄堂痘苗的牌子，可以接诊种痘的人了。"

宁云钊笑了笑，吐了口气，心想不知道她是否知道礼部试的成绩，又想到她正忙着事关天下苍生的大事，这种小事自然无暇关注，自嘲地笑了笑，才要拿起写好的文章，有小厮从外边疾步而来，说道："十公子，有您的贺礼。"

宁云钊含笑点点头，示意小丁接过来，却并没有看的意思，心想等殿试结束后再一起回礼。小丁接过礼帖，扫了一眼，神情一怔，咦了一声，一边递给宁云钊，一边说道："公子，是君小姐的贺礼。"

宁云钊微微一怔，看向小丁手里的帖子，上面有清秀的小字以及九龄堂的印章："好，先收起来吧。"

说罢，他便拿起几案上的文章，专注地看起来，提笔修修改改。

后院里，方锦绣正跟君小姐谈论给宁公子送贺礼的事情，突然有伙计面色紧张地从前堂走来说道："君小姐，陆千户来了。"

君小姐手扶着桌角站起来，向外前堂走去。

九龄堂外被锦衣卫围住，这是陆云旗出行的惯有阵仗，君小姐看着站在堂内的陆云旗，低头施礼，垂目说道："大人有什么吩咐？"

她的面容平静，声音柔和，态度还有些柔顺，但在陆云旗看来，她却是在疏离地跟他保持距离，不过这些对他来说司空见惯，也是无所谓的，除了那个人，想到这里，他心中微微一颤，面上保持平静："怀王可以复诊了吗？"

听到这句话，垂目的君小姐睫毛扇动了一下，她知道这句话的意思，当在光华寺种痘验证成功时，朱瓒就提议她先去给怀王种痘，但被她找理由拒绝了。

能去见怀王，她自然是乐意的，不管以哪种理由，便答道："是该复诊了，我去看看。"

陆云旗对她笑了笑，虽然依旧低着头的她没有看到，但柳儿看到了，瞪着眼有些惊讶地看着陆云旗。

"小姐小姐，这个人还会笑呢。"柳儿去拿药箱时忍不住拉着君小姐说道。

他当然会笑，实际上她还有点惊讶他不笑呢，君小姐心里想着，又停顿一下，想到柳儿肯定不会无缘无故说这话，所以是他适才对自己笑了吗？

君小姐眉头皱了皱。

"小姐。"柳儿将药箱递过来，打断了君小姐的走神，方锦绣也从后堂掀帘子走出来。

君小姐抚平了眉头，对她们一笑，接过药箱，便转身走了出去。九龄堂外，除了锦衣卫，还多了不少民众围观，正对着这边指指点点，君小姐便在众人好奇又担忧的视线中淡然上了马车，陆云旗立刻催马而去。

君小姐在正殿见到了怀王，他穿着王爷的礼服，看起来比三个月前又长高了一些，面色也好了很多，她含笑说道："王爷身子恢复得很好。"

怀王对她亦是含笑点头，礼貌地答道："都归功于君小姐医术高超。"

"那现在需要用药吗？"站在一旁的顾先生问道。

对于顾先生的明知故问，君小姐觉得很有意思，毕竟怀王得痘疮的事是对外公布的，得过痘疮的人无须用药也是已经告知民众的事，她看着顾先生摇摇头，答道："再等三天更好。"

对于她的决定没有人有异议，怀王甚至有些高兴，向顾先生投去一个眼神，说道："先生，那今日的功课不用推迟了。"

这也是让告退的意思，君小姐看着怀王，心里叹口气，刚要施礼告退，顾先生却开口说道："说到功课，我倒有功课想请教君小姐。"

君小姐不解地看向他。

"殿下可以先去书房等我。"顾先生却没有请教，而是含笑对怀王说道。

怀王眼中闪过一丝惊讶，不过很听话地起身。

"有劳大人送殿下过去。"顾先生又对陆云旗说道。

君小姐的眼中也闪过一丝惊讶，惊讶顾先生竟然可以这样跟陆云旗说话，也惊讶地看着陆云旗侧身后退一步，等候怀王走过去跟上，一大一小的身影消失在殿内。

"君小姐是如何发现种痘克制痘疮这个方法的？我对这个很好奇。"顾先生开门见山。

君小姐将种痘的事解释一遍，顾先生笑着点点头："这个我听不太懂。"

君小姐微微皱眉，才要再说话，顾先生接着说道："我也不关心这个。"

君小姐再次皱眉，但依旧没有来得及说什么，站在对面的顾先生又再次问道："我很好奇，君小姐是在治疗痘疮的时候想出这种办法的？"他的视线落在君小姐身上，"还是师从他人？"

君小姐只觉得背后一麻，心想难道有人发现她师承于谁了吗？按理说师父行踪飘忽不定，很多人知道他的名号，却有极少人真的认识他，更是极少人能认出他的医术传承，但这个从湖州而来，一直闲居怀王府的贡生却认出来了？或者说是陆云旗认出来了？

"你不用多想，陆千户不会理会这种事。"顾先生似乎看透了她的念头，"他这种人不会去猜测什么，只会做事。"

君小姐笑了笑："这没什么可多想的，顾先生说得都对，我师从祖上，虽然这个法子是我在治疗痘疮的时候想出来的，但严格来说并不是我一个人做到的，而是先祖们历代传下的经验和教诲累积到今日的结果。"

顾先生笑了，点点头，走过来几步："君小姐说得有道理，适才的问话实在唐突，我没有别的意思。"他停顿了一下，又说道，"只是想起了一个故人。"

"故人？"君小姐带着几分合情合理的惊讶问道。

"是啊。"顾先生追忆道，"他也曾提过痘疮可以以毒攻毒来防止。"

君小姐大为震惊，面上带着几分惊讶和惊喜："是吗？先生的故人也是大夫吗？哪里人？现在在哪里？"

顾先生笑了笑："他啊，不是大夫。"

君小姐心中五味杂陈，面上保持好奇地问道："那？他是？"

"他是一位大才之人，当得一声'先生'之称。"顾先生说道。

这句话当初顾先生来到怀王府时就跟君小姐说过，那时候她心里想的事太多，只是觉得这话有些古怪，但也懒得理会，此时再听，顿时恍然，原来古怪的是，顾先生没有像其他人一样称呼师父为神医，或者大夫，莫非真是故人……

君小姐神情激动："是吗？虽然不是医者，但能想到这些，定然是个人才，不知道顾先生能否引荐？"

顾先生无奈地笑了笑，又摇摇头。

"不行啊？"君小姐有些不甘心，"虽然种痘的方法我找到了，但还有很多不解之处，顾先生说的这位先生对此早有建议，不知道能否与我探讨解惑？"

顾先生笑容平和，神情浮现几分怅然："说是故人，是因为许久不见了，我也不知道怎么找到他。"

君小姐啊了一声，神情很是失望，又带着几分期盼："那许久不见，也不一定就永远不见，先生如果见到，定要为我引荐。"说着便郑重地屈身施礼。

顾先生忙还礼道："那就有劳三日后君小姐再来给怀王殿下复诊。"

君小姐应声"是"，再次施礼，拎起药箱转身迈过门槛，走上甬路，两个太监前方相引。

三月春光浓郁，怀王府亦是花红柳绿，君小姐却觉得满心凄凉……

第八十八章

◇

陆千户的聘礼

君小姐迫切地要回到九龄堂看看那个一直存放在药箱最底部从未打开过的手札，锦衣卫的马车还没停稳，她就掀起车帘跳下去，径直进了九龄堂。

"我回来了。"君小姐看向堂内，堂内一如先前安静，却站着不少人，陈七、锦绣、柳儿、伙计们以及柳掌柜也在，闻声转过头来，他们的神情都很惊讶。

"我回来了，怀王的身子养得很好，也不用针药。"

没有人回应她的话，连柳儿都没有蹦跳着扑过来，他们都站在原地，神情惊讶地看着她。

"怎么了？"君小姐有些不解。

陈七和柳掌柜站开几步，君小姐看到堂中摆着的裹着红布的几个箱笼，神情不解又惊讶。

"君小姐。"柳掌柜看着她，神情复杂，"陆千户大人要纳您为妾，您知道吗？"

君小姐顿时愕然，愣在原地。

九龄堂里气氛异常诡异，君小姐看着堂里摆着的箱子，朱漆红布彰显着浓郁的喜庆，跟这诡异的气氛极其不搭，她问道："这什么时候的事？"

她的话音刚落，陈七松口气，对方锦绣竖起拇指，说道："果然锦绣说得对，君小姐肯定不知道这事。"

君小姐看着这聘礼，眉头皱起，心里快速思考着该怎么处理当下这件诡异又尴尬的事情。

方锦绣皱了皱眉头："那是你们不知道她，君蓁蓁怎么会去给人做妾？"

"就是嘛。"柳儿也跟着说道，"就是要嫁，我们小姐也要当正妻。"

柳掌柜咳了一声，神情凝重地问道："君小姐，这到底是怎么回事？您原来不知道啊。"

"我当然不知道。"君小姐立刻说道。

这些日子陆云旗除了老盯着她以外，并没有再接近她，更没有再说过什么话，虽然他似乎是有些什么话要说，盯着她的眼神也跟以前不同。君小姐不难理解，跟陆云旗圈养的那些女人相比，她的行为举止更像九龄公主，自然吸引了他的注意。

陈七伸手指了指门外的匾额，幽幽道："看来这陆千户是要用纳妾的方式逼君小姐啊，他娶了君小姐，败坏了小姐的名声，这九龄堂自然就开不下去了，名字也就不存在了，这招可真够狠的……"

君小姐是一个女大夫，现在她前脚给怀王看病，后脚就被怀王的姐夫看中纳入家门，这要是传开了，大家只会认为陆千户和君小姐有了勾当，就算是治好了怀王的恩人，九黎公主也不愿意看到自己的丈夫被勾引吧……

"我家小姐不答应不就证明没这事了？"柳儿反驳道。

"不答应并不能起到绝对的作用啊。"陈七说道。

尤其是君小姐还是靠着给内宅妇人看病起家扬名的，去人家里看一次病就被家里的男人看上，那以后谁还敢请她去看病？

柳儿瞪眼说道："我家小姐长得好人又好，被人喜欢理所应当，关我家小姐什么事，难道为了给人看病，要把脸毁了啊？不管教自己的男人，反而嫉恨我家小姐，那这些人就病死好了，谁在乎她们啊。"

陈七和柳掌柜看着柳儿，一时无语，君小姐哈哈笑了，她伸手摸了摸柳儿的头："是啊，谁在乎。"

堂内的气氛因为她的一笑而轻松了几分。

柳掌柜站在窗前轻叹一口气，低声说道："老天爷真不公道。"

"这也没什么烦恼的。"君小姐接过柳儿捧来的茶，"这种事算不得什么大事，男女之事总是要两情相悦的。"

柳掌柜含笑点点头："是的，且不说婚嫁是父母之命、媒妁之言，如今君小姐您声名大噪，逼婚这种事哪怕是皇帝也不行。"

陈七跟着点头连声应"是"，接着他的视线落在堆放在一起的箱笼上，问道："这个怎么办？还跟上一次给一万两银票那样吗？"

方锦绣皱了皱眉头："这个不能装，这可不是钱的事。"

陈七从椅子上起身，想了想，说道："陆千户既然用这手段，就是要闹得尽人皆知，那还不如我们先下手，将东西直接扔在陆千户的门前，让大家看看我们的愤怒。"

方锦绣还没说话，喝茶的君小姐放下茶杯："好啊。"

陈七愣了一下，不确定地问道："你确定要这么做？"

君小姐走过去，抬手将箱笼上的红绢拉了下来，淡淡说道："确定啊，我们已经跟他撕破脸了，还需要客气吗？"

柳掌柜哈哈笑了，看向陈七："七掌柜，是你去还是我去？"

"柳掌柜说笑了，咱们还分着你我呢，我们九龄堂的事怎么劳烦你们德胜昌来？"说罢，陈七抬脚向外走，"我去备车叫人。"

方锦绣却喊了一句"等等"，将一张银票拿出来，说道："把这聘礼送回去的时候，上次那八千两银子也还给他。"

陈七嘿嘿一笑接过银票，大步走了出去。

而此时的陆云旗也走进了陆宅内，丫头仆妇难掩欢喜有些忙乱，陆大人好久没回来了，不过值得高兴的是，他这期间也没去外宅，九黎公主也闻声走出来，在廊下迎接。

"公主。"陆云旗在几步外施礼。

九黎公主还礼道："回来了。"她虽然没有离人归来的惊喜，但脸上的笑意也浓了几分，伸手做请，"晚饭已经准备好了，大人请吧。"

九黎公主的厅堂里春意浓浓，丫头仆妇轻快地进出，将美酒佳肴一一呈上。

"大人辛苦了。"九黎公主亲自将一杯酒递过来。

陆云旗起身接过："并不辛苦。"他坐下来停顿了下，又说道，"怀王殿下再过三日会再复诊。"

九黎公主眼中的笑意更浓，自己也斟了杯酒，说道："辛苦了，没想到这位君小姐竟然能克制痘疮。"

陆云旗垂目饮酒，没有答话，似乎没听到。

九黎公主将酒一饮而尽，放下酒杯，含笑问道："不知道她是怎么做到的？"

陆云旗的酒慢慢饮尽放下来，依旧没有说话。

旁边站着的仆妇心里有些焦急和不安，刚想着要打个圆场，还没开口，有男人疾步进来，在场的仆妇丫头忙都垂目后退一步。那男人在陆云旗耳边低语一句，陆云旗神情依旧木然，人却站了起来，说道："我出去一下。"

九黎公主含笑点点头，看着陆云旗转身走出去了，外边脚步声响，一个丫头神色慌张地走进来："公主，不好了，外边出事了……"

屋子里的仆妇丫头面色微变，但她们不是因为"出事"二字，而是因为丫头说出"外边"二字，一个仆妇疾声呵斥道："在家里说什么外边！"

那丫头被喊得有些讪讪，但还是伸手指着外边："不是，不是那个外边，是咱们家门外，有人在扔东西。"

屋子里的人都愣了，就连九黎公主也停下碗筷，微微惊讶地问道："扔什么东西？"

丫头神情古怪地说道："说是聘礼。"她说罢，便垂下了头。

满屋子顿时一片寂然。

随着最后一个箱子被扔下车，哗啦一声响后，陆宅门口暂时恢复了安静，但没过一会儿，陈七站在车边拍了拍手，发出清脆的响声，然后从袖子里拿出一张银票，对站在门前的陆云旗挥了挥："对了，还有这个，上次的钱。"说罢一甩，银票便飘落在散了一地的箱子上。

门前的锦衣卫肃立，阴沉的视线让暮色陡然变成了黑夜一般，陆云旗却没有任何的动作，视线落在那飘落的银票上，淡淡说道："现在，敢了。"

这话听起来莫名其妙，但陈七却知道这是什么意思。就在年前，陆云旗甩给君小姐一万两银票让她改名字，君小姐那时不想改但也没有像现在这样拿着钱甩回来，这才过了半年，她就变了，面对陆云旗给的东西，不仅不收，还敢这么嚣张地拉到陆宅扔下来。陈七看看陆云旗，又看看两边肃立的锦衣卫，再看看地上散落的箱子，不由得咽了口口水，手下意识地按了按胸口。

陆云旗依旧站在门口，神情木然，一动不动。

"陆大人，下次不要开这种玩笑了。"陈七抬抬手说道，"告辞了。"

陆云旗依旧没有说话，也没有阻拦。

陈七立刻摆摆手，几个伙计呼啦啦地上车，车夫一甩鞭子，两辆马车沿街疾驰而去。

"大人。"一个锦衣卫再也忍不住喊道。

他们的面色铁青，阴冷的眼中怒火燃烧，只待陆云旗一声令下便将眼前的一切都撕碎，但陆云旗却神情依旧，看着地上散落的箱子，说道："收拾一下吧。"说罢便转身进去了。

锦衣卫面面相觑，从彼此的眼中看出了强烈的不甘心，一个锦衣卫冷冷说道："当然不能这样算了。"

"对付这一个杂种还用得着君子报仇十年不晚吗？"另一个锦衣卫亦是冷冷说道，"九龄堂有圣旨，咱们砸不得，这一个杂种当场弄死了又能如何？"

"如果圣旨就在这杂种手里呢？"一个锦衣卫淡淡说道。

在场的锦衣卫沉默片刻，视线看向四周，虽然这边的街上由于怀王府和陆云旗的存在没有人敢接近，但还是有些民众认出了九龄堂的陈七，悄悄跟过来躲躲闪闪地看到了这一幕，此时被锦衣卫一扫眼，顿时一哄而散。

而走出这条街的陈七也顿时没了气势，衣衫从里到外被冷汗打湿了，其实他来决定做这件事时，也以为自己会死在当场，但君小姐临行前，将一个卷轴递给他并说道："这是圣旨。"陈七当下就愣了，这可是先帝的圣旨、方家的命，君小姐就这样轻易地给了他。

陈七回到九龄堂时，暮色已经很浓，街上的灯都点亮了，陈七远远就看到一个女孩子站在门口，不由得咧开嘴笑了，立刻跳下车喊道："你站在这里做什么？"

方锦绣看他一眼转身进去，陈七笑呵呵地跟着。柳掌柜、君小姐都在堂内，看到他进来都站了起来。

"正如你所料，他没有任何反应。"陈七将圣旨拿出来递给君小姐，"这个也没用上。"

柳掌柜松口气捻须点头道："这件事陆云旗做得也太冒险，虽然他是借着和小姐这段时间相处的机会来栽赃坐实，但小姐如今的声名真不是他轻易就能污蔑的，惹急了小姐，到皇帝跟前告他一状，我想就算不看在先帝圣旨面子上，皇帝也不得不顾忌民意。"

方锦绣和陈七点点头，陈七说道："就是嘛，君小姐现在的身份可不一样了。"

方锦绣却看到君小姐似乎在走神，问道："你有什么想法？"

君小姐回过神："我知道大家担心我的名声受损，但他陆云旗污蔑我，是他底气不足，毕竟我的名声要比他好一些。"

柳掌柜、陈七都笑起来，方锦绣也抿抿嘴。

君小姐又叹口气，说道："我现在更担心的是，冯老大夫这个没有当过官的老大夫能不能镇住场子？"

柳掌柜笑着说道："这个您放心，我已经给他找了三个幕僚，都是极其可靠精明的。"

"是啊，这个官跟别的官不一样，会做官的反而不一定能做好。"陈七也笑着说道。

话题就此岔开，大家又谈论一番痘苗的事，看时候不早了，柳掌柜便告辞离开，方锦绣则拉着君小姐、陈七、柳儿一起吃夜宵。

九黎公主的屋子里，晚餐已经撤下。

"公主，我要跟你说件事。"陆云旗径直开口说道。

九黎公主笑了笑，柔声说道："我能不同意吗？"

"不能。"陆云旗干脆直接。

屋子里，丫头仆妇早已经退出去，夫妻二人一个坐着一个站着，安静相对。

九黎公主笑了笑打破沉默，说道："可是人家不愿意啊。"

"这世上不愿意的事多得是。"陆云旗说道，"没有人愿意住进镇抚司的大牢，但镇抚司的大牢从来没有空过。"

九黎公主轻叹一口气："可是，这个女孩子刚刚做了与民有功的大事，济世救民功德无量啊，你这样做是欺负人吧。"

陆云旗忍不住笑了："我欺负人不是很正常吗？"他越笑越想笑，面色在灯下更显得瓷白，笑意从眼里溢出，映衬得整张脸炫目逼人。

九黎公主依旧柔和地看着他："可欺负这个人不好吧。"

陆云旗看着她，忽然一撩衣，单膝跪下来："所以请公主上书皇帝，这样就不欺负人了。"

九黎公主有些无奈地笑了笑："我的脸面算什么荣耀吗？"

"至少对于一个要进门的女子来说够了。"陆云旗抬头，含笑说道。

九黎公主看着他："我能说不同意吗？"

"不能。"陆云旗含笑摇摇头。

九黎公主看着单膝跪在面前的男人，似乎有些不知所措，她也是第一次见他这样，其实她跟他也不熟。

陆云旗又主动开口问道："公主，难道你不想看到她吗？"

九黎公主的眼中闪过一丝怅然，还有一丝不易察觉的哀伤，她喃喃答道："并不想。"

"我想。"陆云旗起身，脸上带着笑容慢慢向后退去，再次说道，"我想。"

九黎公主也站起来："陆云旗，你能别这样了吗？你这样有意思吗？"

陆云旗停下脚步看着她："以前你可没有这样觉得。"他就像得到赞扬的孩童，细长的眼内闪着亮光，"你也觉得她好像是不是？特别特别像是不是？"

九黎公主看着他，莫名有些酸涩，这酸涩不是因为他在外面养了多少女人，而是看到他这么牵挂失去的那个人。她叹口气，再次说道："陆云旗，她不是她，再像也不是，这世上只有一个她，你能别闹了吗？"

陆云旗笑着摇头："不能！"说罢便转身大步向外走去。

九黎公主向前走了几步，又说道："陆云旗，"她的声音虽然依旧保持平静，但气息还是微微乱了几分，"她已经不在了，你能不能让她安稳一些？你做的这些事，都将加诸她的身上，何苦给她平添无辜烦恼？你就不能放过她吗？"

陆云旗的脚步停顿，人却没有回头，坚定说道："不能。"说罢，拉开门跨过门槛迈入夜色中。

天色大亮，等待早朝的官员再一次被拦在了殿外。

痘疮的事已经安排妥当，马上就要殿试了，这次又是什么事比殿试更重要？官员们凝着眉头，带着几分不悦。

殿内传来一声脆响，似乎是茶杯被摔碎的声音，官员们眉头挑了挑，竟然能惹皇帝这样生气，看来事情肯定很严重。

"你是不是疯了？"皇帝的声音也随之从殿内传来。

官员们竖起耳朵，但殿内又悄然无声，没有人认错也没有人辩解，似乎在与皇帝僵持。

"朕没空管你这狗屁倒灶的破事，滚滚滚。"皇帝的声音过了很久再次传来，带着愤怒。

但这话却让官员们神情有些复杂，听皇帝这意思是默认了这个人的行径，不知道是谁又是什么事能让皇帝这样动怒却又默许。大家正猜测着，殿门被打开，陆云旗走了出来，众人顿时恍然，原来是这个疯子，不知道哪个人撞在陆云旗手里要倒霉了，众人平复神情，又带着几分同情，不再理会走过去的陆云旗。

殿试的日子很快就到来了，天不亮御街上就站满了人。

皇城的禁卫列队两边肃穆，新科进士有的沉默不语，更多的则是和相熟的同窗低声说话，而在更远处还有不少围观民众，这里面有新科进士的家人，更多的是京城闲人。

不过，相比于以往议论的话题主要以殿试为主，这一次的议论中还夹杂着一些"陆千户给君小姐下聘礼"的奇怪话题，很快，这个话题又传到了茶楼里，被歇脚的外地人听了去。一传十，十传百，很快街头巷尾的民众都知道了，还分成两个阵营，一个阵营站陆千户这边，认为君小姐嫁给陆千户是喜上加喜，但更多的人都站在君小姐这边，认为摆明了是陆阎王要欺负君小姐，纷纷替君小姐鸣不平，两边阵营各持己见，争执不休，甚至还打了起来……

相比于外边的议论和混乱，九龄堂里依旧安静，只不过柳掌柜在椅子上似乎有些坐不住，他焦虑地说道："这还真是死缠烂打了，送回去又给送来，给他在门前怎么扔怎么说难听话都没有反应，现在街上的议论越来越稀奇古怪了，他这摆明了恶心人。"

"恶心就恶心，议论就议论，谁怕谁。"方锦绣说道，"这算什么恶心，我们方家的女人受过的恶心多了去了，要是这就能被恶心到，我们也活不到现在。"

柳掌柜笑了笑，说道："当然不是怕，只是觉得不公道。"

"无所谓。"方锦绣说道，"反正我们照样得好好的。"

陈七从外边走进来，柳掌柜说道："这次挺快啊。"

陈七摆摆手，先坐下端起茶一饮而尽："下次更快，真是服了，你们知道吗？有人在酒楼因为议论这件事打起来了，被打的人跑到北镇抚司去举报打人的人骂陆千户。"柳掌柜哎哟一声坐直身子。

陈七说道："别担心，没有抓人。"他说着示意方锦绣再给斟茶，方锦绣瞥了他一眼，还是起身给他斟茶。

陈七端起来再次一饮而尽："锦衣卫不仅没有抓骂人的人，还把告状的呵斥了一顿，说的话义正词严，简直不像人。"

"这时候装好形象，是不是有点晚了？"方锦绣说道，"有什么用？"

柳掌柜苦笑一下，说道："这不是装好形象，这是装深情。"

陈七伸手揉了把脸："这群家伙真是太不要脸了，这简直是癞皮狗啊，打不走骂不走地恶心人啊。"

"是啊，就是恶心人啊。"柳掌柜说道，他的话音刚落，门外有人走进来，飞鱼服、绣春刀，阴沉着脸，让春日的九龄堂顿时一暗，陈七吓得跳了起来。

看到来人不是陆云旗，也并没有抬着刚被扔回去的聘礼，陈七松了一口气，问道："你干什么？"

"请君小姐。"锦衣卫说道。

"请我家小姐干什么？"陈七说着伸手拿起桌上的圣旨，满脸戒备。

锦衣卫还没有回答，君小姐从内院走进来，手里拎着一个药箱："是去怀王府复诊吧。"锦衣卫应声"是"，转身走了出去。

"还要去复诊啊？"陈七说道，"这时候了都……"

君小姐看了眼手里的药箱："什么时候也得去啊。"

"君小姐，不如让冯老大夫去吧。"柳掌柜提议道。

"这时候陆云旗肯定在怀王府。"方锦绣说道。

"那正好，我也正要跟他谈一谈。"君小姐笑了笑，"事情总这样不解决，也不是办法。"

陈七和柳掌柜对视一眼。

"跟那种疯子，能谈明白吗？"柳掌柜说道。

"谈谈试试吧，凡事试试才知道。"

方锦绣想到当初在缙云楼，面对女儿清誉被毁暴跳如雷的林主簿，她也是突然说要单独跟林主簿谈谈，在那种情况下看起来完全是失心疯的举动，却出人意料地让林主簿变了个样子，想到这里，方锦绣点点头："你去吧，好好谈。"

君小姐知道方锦绣的意思，只不过这一次只怕要让她失望了，毕竟陆云旗不是林主簿，但她不能流露出不安的情绪，免得这些人更担心。对大家笑着点点头，她便走出九龄堂，坐上自己的马车离去。

第八十九章

◇

君小姐的答复

"你来了。"陆云旗站在殿前。

引路的太监低着头飞快退开，殿内也没有怀王的身影，君小姐停下脚步，问道："陆大人，你是什么意思？"

陆云旗看着她："就跟君小姐现在还肯来怀王府一个意思。"

"我来怀王府是医者仁心，陆大人对我这般羞辱，难道也是仁心？"

陆云旗忽然迈步，站到君小姐面前，低头看着她，说道："医者仁心？你叫这个名字，你做出千般姿态，你直奔千金问诊王公贵族，你跟太医们赌斗，不就是为了来这里，见到九黎公主，报上你的名字吗？"

"大人或许是做锦衣卫时间长了，想得太多了。"

"不，我想得不多，也从来不喜欢想那么多。我想得很简单，我不管你想做什么，为什么来，既然你想来，我就让你来，让你永远留在这里。"说着他伸出手在她的肩头拍了拍，就像抚摸一只小猫小狗，"医者仁心，你哪有那种东西，不要说笑了，你来这里只是因为你想来，你不舍得不来。"

君小姐任他随意动作，没有惊讶甚至没有愤怒，她淡淡说道："陆大人，你信不信我能杀了你？"

陆云旗手收回，说道："不信，殿下在后花园钓鱼。"说罢再不多言，越过她而去。

随着陆云旗离开怀王府，散落在四周的锦衣卫也随之而去。

不知隐匿在哪里的太监低着头悄无声息地走出来，仿佛适才什么也没发生过，对君小姐说道："君小姐。"

君小姐收回视线跟着他向后而去，端在身前的手握了握。如果她够狠，适才陆云旗已经死了——她的手腕上戴着含有剧毒的镯子，口中也藏有致命的毒，若她在他的手上咬一口，或者她抬起手对他的脸打上一巴掌，都能在他伤害到自己之前夺了他的命。但她不能，当然不是怕死，她不怕死，她怕惹到皇帝，皇帝一怒，会毁掉她好不容易在京城积攒的人气，还有九龄堂、德胜昌，最重要的是她不能离开姐姐和弟弟……

君小姐思绪万千，面上却保持着一贯的平静，她一路跟着太监走，很快来到湖边，一眼便看到一个小小的身影坐在湖边大树下，她的神情变得柔和，又带着几分坚定。

"君小姐来了。"顾先生转过身看着走近的女孩子。

怀王依旧端坐在湖边，握着鱼竿神情专注地看着湖面。

"是要复诊吧。"顾先生似乎怕惊扰了怀王要上钩的鱼，做出并不是怀王故意不理人的掩饰。

君小姐笑了笑，也压低声音应声"是"。

三人站在湖边沉默片刻，顾先生忽然想到什么，说道："说到复诊，我去叫内侍过来，他说殿下晚上有些睡不踏实，让他给你描述一下。"君小姐瞥了眼怀王点点头，顾先生转身走开了。

湖边只剩下君小姐和怀王二人，君小姐放下药箱，看着坐得笔直的男孩子，因为大病一场，他的背影越发显得单薄，她忍不住问道："殿下喜欢钓鱼吗？"

怀王嗯了一声，一动不动，君小姐再次上前一步，看着怀王身边的鱼篓，又问道："殿下钓了几条了……"

话没说完，怀王猛地转过身，手里的鱼竿也啪地甩过来，拔高声音喊道："你怎么这么讨厌！你吓跑我的鱼了！"

鱼竿猝不及防地砸在君小姐身上，她顿时愣住了，虽然小孩子的力气没有多大，但她仍觉得胳膊上火辣辣的疼。眼前的怀王脸紧紧绷着，眼里带着毫不掩饰的厌恶，她的视线又落在脚下跌落的鱼竿上："你钓鱼不用鱼钩啊。"

怀王的脸再次绷紧，抬手再次扬起鱼竿，喊道："大胆，你竟然如此称呼本王。"他带着孩童的恼怒，将鱼竿冲君小姐打来，"你个贱婢！"鱼竿再次打在君小姐的胳膊上、肩头上，她只觉得整个人都火辣辣地疼起来。

她的九镕不是这样的，她记忆里的九镕虽然调皮但很懂事，会求她带他玩，会崇拜她。虽然他们相处的时间并不长，九镕待在姐姐身边的时间要比她多得多，但她觉得九镕会成为一个彬彬有礼的善良少年，绝不是这样，对他的救命恩人没有丝毫感恩，甚至充满恶意，动手、谩骂……

君小姐一脸震惊，呆愣在原地，九镕还在尽情地骂着，再次举起手里的鱼竿，但这次，君小姐没有让他得逞，她及时回过神，伸手握住打来的鱼竿。九镕用力扯了几次没扯回去，神情更加暴怒，他尖声喊道："你放开！"

"你为什么打我、骂我？"君小姐看着他。

"本王打你、骂你还需要理由吗？"九镕喊道，他用力要拉回鱼竿，但眼前这个看起来比自己大不了几岁的女孩子力气竟然那么大，被她握在手里的鱼竿纹丝不动。

九镕更暴躁了，干脆甩掉鱼竿左右看，看到一旁摆着的小几案，他弯身就要抓起来，但有人比他动作更快，他手还没碰到几案，后背便被人拎了起来。他今年已经八岁了，虽然前段时间因为生病瘦了很多，但被一个女孩子这样拎起还是生平第一次，他一瞬间有些恍惚，竟然忘了惊怒，曾经与二姐玩耍的回忆突然蹿入脑中，还没来得及喊一声"二姐"，屁股上就被重重打了一巴掌。

他是太子的长子，是皇帝的皇孙，他有着天下最尊贵的血统，长这么大从来没有人打过他，还打得那么狠，火辣辣的疼痛随之散开，一波接一波，九镕打个机灵，从恍惚中醒过神，听到有女声喊道："你这个臭小子！你想死啊！"

这声音很陌生，但动作却不陌生，有手掌重重打在他的屁股上，一下又一下，疼痛终于撕裂了九榕的呆滞，他发出一声尖叫："你这个贱……"但他的声音才起，落在屁股上的手掌力度更大，啪啪的声音盖过了他的喊叫，并且他喊得越大声，身后落下的巴掌也越快，力度也越大，终于，到嘴边的骂声一张口变成了哭声。

九榕放声大哭起来，哭声格外响亮，落在身后的巴掌渐渐减缓，直到停下来，他被放在地上，久久地趴在地上哭。

"你为什么骂人？"

"本王愿意骂人，关你什么事！"

"你当然可以骂人，但你要分清什么人能骂，什么人不能，你为什么骂我？"

"你，你勾引人！你逼迫我姐姐上书请你进门。"他说着再次大哭起来，哭声里有愤怒还有绝望，"你欺负我姐姐，你们都欺负我姐姐！"

君小姐愣住了，鼻头一涩，眼泪差点涌出来，心中又一阵愤怒，她没想到他们连这种事都要告诉九榕，外边发生的任何趣事、美妙的事，他们从来不告诉他，把他隔绝在这里，像枯草一样任他生、任他死，但却把这种羞辱他唯一亲人的事肆无忌惮地告诉他，让他愤怒，让他无奈，让他绝望。

君小姐环视四周，如果此时有人出现在她的视线里，她一定会毫不犹豫地将对方打一顿逼问，但让她失望的是，她闹这么大的动静，竟然一个人都没有出现，这湖边就好像被隔绝了一般，她自嘲地笑了笑，看九榕还趴在地上哭，慢慢蹲下来，伸手拍了拍他的头。

这手掌的记忆太深刻，九榕下意识地抖了一下，愤怒、戒备地看向君小姐。

"不要哭了。"君小姐看着他，"我没有做那种事，也没有想嫁给谁，更不会逼迫你姐姐。"

九榕显然不信她的话，脸上还挂着泪水，神情依旧愤怒。

"我说没有就没有。"君小姐看着他，又郑重说道，"我是不会伤害你和你姐姐的。"

九榕带着几分倔强，仍不肯移开视线，她也不敢再张口，唯恐那句"我是你姐姐九龄"冲动地冒出来。

有脚步声打破这诡异的沉默。

"君小姐，我把人带来了……"顾先生走过来，有些惊讶地看着眼前二人，一个趴在地上，一个蹲在地上，"殿下……这是怎么了？"

虽然打在屁股上看不到，但九榕脸上残留的泪痕和哭红的双眼以及凌乱的衣衫，要说没事只能骗瞎子，君小姐站起来随口编了个谎言："哦，方才殿下不愿意用金针，哭闹了。"

"是吗？"顾先生惊讶地问道。

君小姐看着九榕，顾先生也看着九榕，九榕抬起头，眼神里带着愤怒，他猛地跳起来，扑向顾先生，委屈地喊了一声"顾先生"。

顾先生忙伸手抱住他，九榕一脸的委屈和恼怒，却没有再说话，这算是默认了君小姐的话。

"没事没事。"顾先生拍着九裕的肩头，"殿下，您都多大了还怕这个，外边好多小朋友可都不怕呢。"

现在种痘已经不采用最初的鼻塞，都是用金针锉刀刺破皮肤，顾先生认为怀王害怕的是这个所以哭闹，九裕抱紧了顾先生的腰绷着脸，依旧一句话不说。

顾先生哈哈笑了笑，再次拍着九裕的肩头："好了，殿下是男子汉大丈夫，不要让人看笑话。"

或许是这"男子汉大丈夫"刺激了一个男孩子的自尊，九裕猛地站直身子，大声说道："本王只是被打扰了钓鱼而不高兴。"

顾先生笑着又说道："事有轻重缓急，鱼就在这里，等复诊完了，我们可以继续钓。"

九裕绷着脸没说话，顾先生对君小姐使个眼色，君小姐垂目，从一旁拿过药箱打开，问道："要去屋子里吗？"

"不用，在这里就行。"君小姐说道。

顾先生便拉着九裕："来，坐下来，一会儿就好。"

九裕下意识地被他按坐在一旁的凳子上，刚坐下去身子立刻弹起，同时口中咝的一声，顾先生被吓了一跳。君小姐打开药箱的手也一顿，他忙问道："怎么了？"

九裕脸色一阵红一阵白，别扭地说道："本王不坐，本王就要站着。"

顾先生笑了："坐下也是男子汉。"

九裕哼了声扭过头。

君小姐拿着锉刀金针转过来："没事，站着也可以，很快的。"

顾先生便不再坚持，解开九裕的衣衫露出肩头，看着君小姐利索地刺破皮肤埋入痘苗裹上，笑道："原来这般简单。"

"会者不难，难者不会。"君小姐说着将东西收起来。

"君小姐，听说种痘后要发热出痘，不如你留下来看一天吧。"顾先生说道。

君小姐看向顾先生，又看了眼九裕，九裕扭过头不看她。

"不用。"君小姐说道，"发热出痘时不用紧张，多喝水休息一下就好了，如果超过两天还没退热，我再来。"

顾先生哦了一声，神情带着几分意味深长。

九裕则拉了拉他的衣袖："先生，先生，我们钓鱼吧。"

顾先生笑了笑，再次说道："有劳君小姐了。"

他说着看了九裕一眼，九裕带着几分不情愿对君小姐略一点头，也算是符合他身份的道谢。

君小姐含笑施礼，拎起药箱向外走去，不知道什么时候又出现的太监再次引路，拐过一道弯时，君小姐回头看了一眼，九裕和顾先生已经没有再看她，二人又站到了湖边，正说说笑笑地钓鱼。她心中叹口气，收回视线迈过门槛，攥紧药箱走出了怀王府。

九龄堂里，诸人看到君小姐回来都松口气，同时神情又有些复杂——民众已经开始变着味儿地传谣言了，关于君小姐和陆云旗。

"城里也不知道是谁在散布谣言。"陈七有些恼火地说道，"说些乱七八糟的话。"

"有锦衣卫的人，还有太医院的人。"方锦绣说道。

"真是下作，就会在男女之事上搞花样。"陈七愤愤说道，"正大光明的比不过，就搞这些事，如果君小姐是个男人，他们还敢这样吗？"

"这有什么奇怪的，他们不就是这种人吗？"方锦绣说道，"就不要做这种无聊的质问了。"她看向君小姐又问道，"谈得怎么样？"

君小姐摇摇头："不怎么样。"

方锦绣神情顿时变得沉重起来。

"没关系啊，大家都谈不拢，就继续呗。"君小姐笑道，"谁怕谁，我不能奈何他，他也不能奈何我。"

陈七笑了笑："你快些休息吧，我去给柳掌柜说一声，免得他惦记。"

夜色降临之后，九龄堂里陷入了宁静。

陈七将面前的浓茶一饮而尽，声音沙哑地说道："家里应该已经收到信了吧？"

柳掌柜跟他的神情差不多，因为熬了夜，满脸的疲惫，他说道："换人换马一路不停，三天已经到了。"说到这里他又苦笑了一下，"其实少爷知道了又能怎么样？家里要钱给钱，圣旨也给了，能给的都给了。"

陈七摸了摸鼻头，眼睛突然一亮，兴奋地说道："还可以给人啊，姓陆的纠缠小姐，如果小姐成亲了，他还怎么纠缠？"

柳掌柜看着他似笑非笑，问道："你是说少爷啊？"

"对啊，以前为了少爷，君小姐把自己给了少爷，现在少爷也可以反过来以身相许啊。"陈七说道。

柳掌柜笑了，又叹口气，说道："首先，少爷和君小姐的亲事已经有过一次尽人皆知的假成亲，有一便有二，这次又是在危急时刻，没有人会相信，锦衣卫更不会信。"

陈七皱眉要说什么，柳掌柜伸出一根手指又说道："再者，就算小姐和少爷成亲又怎么样？陆云旗的外宅里又不是没有他人的妻。"

陈七摸了摸鼻头："纠缠未婚的小姐和纠缠他人的妻子，终归是后者更惹众怒。"

柳掌柜抚着桌子笑着说道："惹众怒的事锦衣卫又不是没干过，众怒又能奈何？"

陈七拎起茶壶倒了一杯茶，说道："我明白你的意思了，不管怎么说，就算有圣旨在手，方家也只是一个商户，他们再怎么怒、怎么抗议，对于权势熏天的陆云旗来说都无所谓。"

柳掌柜也斟了杯茶，说道："是不是很残酷的事实？"

陈七笑了笑，坐了一晚上身子也疲倦，他瘫软在椅子上："残酷什么啊，既然是事实，就不残酷，大人物有大人物的残酷，小人物有小人物的办法，那就这么着吧，也没什么可怕的。"

"是啊，没什么可怕的。"柳掌柜也踢下鞋子盘坐在椅子上，二人开始哈欠连连，刚要说歇息一下，门外陡然传来爆竹声，不由得都下了一跳。

"怎么了？"陈七忙坐直身子，"不会是抢亲去了吧？"

柳掌柜侧耳听了片刻，那爆竹声忽远忽近，忽然恍然地一拍大腿，说道："新科状元出来了，殿试结束了。"

三年一次的状元试是很大的事，陈七来京城之前还想着三月赶回来看状元游街，自己也能去皇家的园林转转，运气好说不定还能看到皇帝，不过年前年后一连串的事让他忙得早忘了状元的事，现在听柳掌柜一说，顿时睡意全无也来了精神，他兴奋地说道："谁中了状元？走，看看去。"

御街上人头攒动，不时响起爆竹声，甚至还有人当街发赏钱，引得街上人潮汹涌，所幸有官府兵丁维持秩序不至于造成混乱。

陈七和柳掌柜顶着一脸的疲倦，在几个壮丁的簇拥下一路挤过去站到了金榜前，一眼就看到了状元的名字——宁常，二人都有些怔怔，觉得这个名字既熟悉又陌生。

"山西阳城北留宁氏十子，名常，字云钶。"柳掌柜说道。

陈七这才反应过来，佩服地说道："宁氏又出了一个状元啊，真是厉害。"

身为状元，宁云钶直接就进入了京官序列，得到了别人一辈子都得不到的地位，这就是士，天下人最高等的一阶，官员中最受敬重的出身，要是成为他的妻子，陆云旗肯定就惹不得了吧？陈七忽然冒出一个念头，但旋即又笑了，笑得有些怅然，要想成为他的妻子哪那么容易，要不然君小姐也不会有今日了……

陈七有些意兴阑珊，拉了拉柳掌柜的衣袖："走啦走啦，看过了，忙咱们自己的事吧。"

而此时的君小姐也走出了九龄堂。

虽然昨日没有留宿怀王府，但心里到底是有些惦记，她还是决定去看一看，街上的喧闹引得她不禁好奇。

"是放榜了。"赶车的伙计说道。

君小姐看向街上，身边的方锦绣问道："是谁啊？"

"北留宁常，宁炎的侄子。"伙计眉飞色舞地说道，"君小姐，是你们阳城人。"

方锦绣挑眉："呵，原来他的名叫这个啊，真难听。"

君小姐笑了笑，对方锦绣说道："钶，刓也，摩去器芒角，但气长存，再备个礼吧。"

方锦绣点点头，转身进了九龄堂，君小姐则坐上马车而去。

金榜贴出，民众最喜欢的新科进士戴花游街的时刻就要到来，纵然此时还没有那般热闹，街上的人潮也是不断，有关种痘和君小姐、陆云旗的男女纠葛在这一刻都被人忘了，所有人都议论、关注着新科进士们，谈论着有关状元、榜眼、探花的事情。

今日陆云旗不在，但怀王府的看门小厮看到君小姐过来，没有丝毫迟疑地就把大门打开了，这肯定也是陆云旗吩咐的。

君小姐走进怀王的寝宫，见顾先生并没有在他的身边，宫女和太监紧张地说道："殿下说有些不舒服，但他并没有发痘。"

怀王趴在床上面向里，似乎睡着了。

"我看看有没有发热。"君小姐说道。

宫女走到床前，轻轻翻转怀王的身子，低声说道："殿下非要这样睡，大概是因为不舒服。"

君小姐在床边坐下来，制止宫女的动作，轻声说道："不用，我这样就能看。"她说着伸手抚上怀王面向内的脸颊，手下的怀王微微一抖，有些羞恼地转过头。

君小姐再次将手放在他的额头上，说道："别动。"

怀王放在身侧的手攥起来，但头却没有动，君小姐摸了片刻收回手："有些发热。"她说着拿出一袋药粉吩咐道，"把这个煮开。"

宫女和太监忙应声"是"，接过退了出去。

君小姐倒没有料到宫女和太监都走了，殿内只剩下她和九裕二人，安静得有点不适应，她先开口说道："我给你擦些药吧。"

九裕趴在床上，将头再次转向内里，闷声说道："不用。"

君小姐忍不住笑了笑，伸手拍了拍他的肩头："好了，别闹了，上药不是丢人的事。"又停顿一下，"打你是我不对，我是太着急……"

她的话没说完，趴在床上的九裕身子微微发抖，人猛地撑起身子跪看向她，瞪大了双眼，颤声问道："你……你是谁？"

君小姐的话一顿停下，身子顿时僵住。

寝宫里陷入安静，气氛有些凝滞。

怀王九裕跪在床上，小脸通红，君小姐看着他，心思一片杂乱。当她走进怀王府，看到姐姐和九裕，虽竭力掩饰，但心里还是期盼他们会发觉什么，但当九裕真的问她时，她又一片慌乱，只知道，九裕这么问她，只是单纯怀疑她，肯定不会把她跟九龄公主想成一个人……

君小姐看着怀王，认真地说道："我是汝南人，我是个大夫，我不会伤害你和……"话没说完，九裕就再次打断她的话："你是我姐姐吗？"

君小姐只觉得脑子轰的一声，就好像被人迎面打了一拳，鼻子酸涩，泪瞬间模糊了眼，她很惊讶他是怎么想到的？难道就因为自己打了他一顿？

"你是我姐姐吗？"颤抖的童声再次追问道。

君小姐抬起眼，让眼泪倒回去，尽量让自己保持平静，慢慢说道："我，认识你姐姐。"

九裕失望地看着她，似乎积攒的力气一瞬间被抽去，肩头塌了下来。

"你姐姐曾跟我提过你，也托付我照顾你。"君小姐柔声说道。

九裕抬起头看她一眼，嗯了一声躺下去，忘了屁股上的疼，刚躺下就哎哟两声弹起来，君小姐忍不住笑了，九裕又瞥她一眼，趴下来面向内，不说话了。

君小姐看着趴在床上不动的九裕，有些心酸，也没有再说话。

门外传来脚步声，太监和宫女端着煮好的汤药走了进来，随之进来的还有顾先生，他笑着施礼道："君小姐过来了。"

君小姐起身还礼，看着走过来低声询问九裕的顾先生，心里突然现出一个古怪的念头，她总觉得这两次她和九裕独处，是顾先生故意安排的，并且这不是陆云旗的意思，也不是为了套出她什么话，只是为了让她和九镕独处，这念头太疯狂了……

　　君小姐看着顾先生，不知道他低声说了什么，九镕转过头对他笑起来，顾先生喂完了药，便含笑看过来，问道："君小姐，殿下应该没有大碍吧？"

　　君小姐点点头："没有，今天发热发几个痘，卧床休息三日便好。"说罢，施礼告退。

　　看到她施礼告退，九镕从床上跪坐起身，顾先生也站起来说道："君小姐，今日是不是放金榜了？"

　　君小姐愣了一下，说道："是。"

　　顾先生顿时兴致勃勃，一脸好奇地问道："状元是谁？"

　　君小姐看着他，心中一阵酸涩，心想这么大的消息被关在内院的他们又怎会知道？她面上保持镇定，微笑说道："是北留宁氏宁炎的侄子，宁常宁云钊。"

　　顾先生哦了一声，含笑点点头："早有耳闻，早有耳闻，宁氏子弟。"

　　这个话题君小姐并不想跟他探讨，再次垂目施礼道："告辞了。"她转过身向外走去，感觉身后九镕的视线一直在跟随，她强忍住不回头，径直走了出去。

第九十章

◇

状元来解围

君小姐乘坐的马车驶离怀王府所在的街道，金榜引起的喧闹再次扑面涌来，听着外边的喧闹，君小姐心中思绪万千，既来之，则安之，九馅对她的怀疑想想也在情理之中，她最终目的本来就是要待在他们身边照顾他们，其他的一切烦恼和怀疑都不是事儿。想到这里，君小姐心情好转，且好心情一直保持到下车，直到看到九龄堂前又摆上了陆云旗的聘礼，她懒得再多看一眼，说了一句"扔回去"便抬脚进去了。

伙计们熟练地装车，赶着车向陆宅而去，陈七看着他们离开，径直回到九龄堂坐下喝茶，对方锦绣说道："就等着他们忍不住将咱们的人打一顿呢，他要是敢打，我们就能拿出圣旨。"他的话音才落，门外有人噔噔跑进来，一个伙计面色惨白地喊道："七掌柜，不好了，打起来了。"

陈七和方锦绣都站起来，陈七说道："咱们的人没事吧，我叮嘱过你们的，抱头跑，大声喊，喊得越惨越好。"陈七说着催促方锦绣，"快拿圣旨来！"

方锦绣刚要去，那伙计喘着气摆手道："不是，不是咱们的人，是成国公世子跟陆千户打起来了。"陈七和方锦绣愣住了，听到动静从内堂走出来的君小姐也愣了。

"那等他们打完了，你们再将聘礼扔回去。"陈七先回过神来。

伙计神情有些古怪地说道："可是，那聘礼被成国公世子拖走了。"

陈七和方锦绣一怔，不由得扭头看向君小姐，莫非成国公世子打陆云旗，又是因为君小姐？就像上次那样……

一向人迹罕见，官员们路过也屏气噤声的北镇抚司衙门外，此时一阵喧哗，哗啦一声乱响，一个箱子被砸在北镇抚司青灰色衙门的大门上，箱子滚落在地上，盖子被摔开，其内的金银珠宝也散落一地。

一只穿着沾满泥土青靴的脚踏上这些珠宝，将其踩得咯吱响，朱瓒扬声说道："陆云旗，滚出来。"他手里还拎着一只箱子，随着喊声扬手又砸了进去。

箱子穿过大门落入院子里，发出巨大的声响，金杯银盏在青石地面上翻滚，落在一个人的脚下，朱红的飞鱼服在日光下熠熠生辉，盖过了脚下光彩夺目的金器、银器。陆云旗站着一动不动，看着门外的朱瓒，见他穿着一件粗布衣衫，面色风尘仆仆，但这并不妨碍他咄咄逼人的气势。

"你个不要脸的东西。"朱瓒抬脚就要迈进门，又骂道。

门内十几个锦衣卫齐齐涌上，将手中的绣春刀对准朱瓒，他长臂一探，人如同一块巨石直直就冲刀尖撞了过去，一个锦衣卫被撞开，一个锦衣卫的刀被握住转向另一个锦衣卫，人撞人，刀撞刀，人跌滚，刀飞落，十几个锦衣卫堵着的门口几乎是一眨眼被"撕"开，朱瓒也到了陆云旗面前。

陆云旗未退未闪，抬手直直向朱瓒迎去，躲在门外窥视的人似乎都能听到骨肉相撞的声音，痛得大家都不由得闭上眼，不忍直视。围观的人越来越多，多是附近衙门里的人，看着院子里缠斗在一起的两人，神情惊骇，互相低声询问道："这是怎么了？"

没有人能给出答案，大家的视线又落在一旁的车马以及几个仆从身上，车马是九龄堂的，车上还剩余几个红绢捆着的礼盒箱子，几个挽着袖子的小厮神情呆滞，在场的官吏立刻联想到君小姐和陆千户的那点风流韵事……

赶过来的陈七看着眼前的场景咽了口口水，低声问道："怎么回事？"

伙计们看到他终于稳住了神，纷纷指着衙门里正缠斗的两人，七嘴八舌地说道："我们也不知道，本来要去陆宅的，成国公世子突然过来了，让我们把车赶到这里来，然后就……"

杂沓的脚步声响起，更多的人从另一边涌来，来者是五城兵马司的官兵，这是闻讯来维持秩序了。

"干什么？"为首的将官喊道，"竟然敢在这里聚众闹事，真是少见。"

兵丁驱赶人群，站到了衙门口前，将官神情严肃地喊道："都住手！成何体统！不像话！"

而此时，北镇抚司衙门里，越来越多的锦衣卫涌向缠斗在一起的两人，护住陆云旗打向朱瓒。

外边的将官立刻喊道："喂！这么多人打一个，太不要脸了！"他喊着跳下马，如狼似虎地冲了上去。跟着他的兵丁自然也不落后，喊叫着冲进去，几乎撞翻了北镇抚司的大门，顿时衙门里混战成一团，街上的人看得目瞪口呆。

这里毕竟是皇城边，金榜公布后还有很多事要准备，昨夜无数朝官忙碌未散，这边的喧闹很快报过来，禁卫军被惊动，一众熬了一宿没怎么睡的朝官也怒面而来，随着他们的到来，这边的混战终于被喝止，双方是被分开了，骂战还没停。

"姓陆的，你个不要脸的东西！"朱瓒指着陆云旗骂道。

虽然不知道为什么要骂，一群兵丁也毫不犹豫地紧跟着骂道："不要脸！"

相比于朱瓒的安然无恙，陆云旗要狼狈一些，他抬手擦了擦嘴角的血迹，依旧如同往日般沉默不语，他沉默，身边的锦衣卫虽然神情阴沉，但也不发一言。

"够了！"闻讯赶来的御史中丞黑着脸喊道，"成何体统！"

朱瓒点点头，对着陆云旗伸手喊道："没错，成何体统。"他开口，兵丁也跟着重复喊同样的话，这场面让外边围观的人忍不住笑出声。

御史中丞等朝官的脸色则又黑了几分，御史中丞喝道："朱瓒，你为什么来这里打架闹事？"

"因为他不要脸。"朱瓒没有丝毫迟疑地答道。

"他做了什么就不要脸了？"御史中丞喝道。

朱瓒看着御史中丞，一脸认真地说道："白大人，他做什么都不要脸。"

又有急促的马蹄声传来，众人看去，见是几个太监过来了，这边距离皇城这么近，又是北镇抚司出事，皇帝肯定知道了。

"到底怎么回事？"为首的内侍声音尖厉地喊道。

看到这太监，朱瓒立刻就冲过去左看右看，问道："哎？杜公公呢？"

内侍翻个白眼，杜公公这孙子跑得快，听说是成国公世子的事便遁了，皇帝跟前只剩下自己，只能自认倒霉前来。

不待他说话，朱瓒已经毫不客气地抓住他的胳膊喊道："刘公公，我是冤枉的，我要见陛下。"

刘公公干笑两声，说道："世子爷，陛下说了，有什么话你就在这里说，你们能在人前打架，自然也能在人前说话。"他说这话时，用力想要甩开被朱瓒抓住的胳膊，当然无果。

朱瓒的手就如同铁钳般稳稳不动，又大声喊道："我绝对不做这种让陛下蒙羞的事，我要见陛下。"

围观的人再次忍不住笑了。

宁炎刚好从官署中走出来，他停下脚步，微微皱眉问道："那边出什么事了？"跟在宁炎身后的宁云钊也闻声抬头看过去。

宁炎昨夜待在衙门里等殿试的结果，殿试结束时已经入夜，新科状元宁云钊也不想回去，干脆拿着当日做的文章去找宁炎研讨，叔侄二人便畅快地聊了起来，不知不觉竟然到了天亮，就在衙门里倒头睡去，直到伴当们催促才醒来回家去，他们叔侄酣睡不知外边发生的事，随从却已经看了半日的热闹。

"是成国公世子和陆千户打起来了，来劝架的五城兵马司也跟着混战。"一个随从眉飞色舞地说道。

对于成国公世子和陆千户，宁炎一向没什么好感，冷声道："成何体统。"

随从忙收了收表情，恭敬说道："白大人已经喝止他们，陛下也让人来训斥了。"

宁炎肃容没有说话迈步要走，宁云钊却看着那边没有动，又问道："他们为什么打架？"

宁炎不满地看了眼宁云钊，随从已经迫不及待地答道："因为九龄堂的君小姐。"

宁炎的脸色更难看了，宁云钊皱起眉头向那边看去，隐隐看到九龄堂的车马，以及散落在地上的箱笼和被人踩在脚下的红绢。

陆云旗天天往九龄堂送聘礼，据说还有九黎公主写的亲笔信，而九龄堂则次次将聘礼扔回陆宅门外，双方不吵不闹，你来我往地进行着一场沉默的拉锯战，很显然，沉默的拉锯战被成国公世子的归来打破了。

"这不是第一次。"人群里有一个小吏低声说道，"以前就因为君小姐打过架。"

"我也听说过，好像是君小姐惹恼了陆千户，陆千户去砸九龄堂，然后成国公世子就不干了，跟陆千户打了起来。"有人也凑过来低声笑道。

这话引得更多的人凑过来，你一句我一句地叽叽喳喳议论起来。

宁炎和宁云钊在人群中穿梭前行，听到这些议论，他皱了皱眉头看着身前的宁云钊。

似乎察觉他的视线，不待他说话，宁云钊就转过头来低声说道："这样闹起来，两人可能都受罚？"

宁炎却摇了摇头说道："陛下知道。"

这意思是说陛下不管了，宁云钊眉头皱了皱，再次向前走了几步，似乎要看清内侍要怎么处置这两人，宁炎张了张口最终没有喊住他，将来在朝中为官免不得要跟这两人打交道，关注一下也是正常的。

场中的内侍被朱瓒缠得有些狼狈，但还是死死咬住口，喊道："世子爷，陛下不见你们，也不管你们的事，你们当众闹事就当众解释吧。"

"这种事有什么解释的！"朱瓒说道，"自然是陆千户做出天怒人怨的事，大家谁心里不明白。"

"我不明白。"一直沉默的陆云旗终于开口说话，边说边向朱瓒走过来。

朱瓒的眉头一扬，脸色沉下来，站在人群中的宁云钊也面色一沉。

"我不明白世子爷为什么来闹事。"陆云旗神情木然地说道，"砸了我北镇抚司的大门，用的还是我的聘礼，请问我的聘礼怎么惹到世子您了？"

人群变得有些骚动，陆云旗很少说话，尤其是在人前，在场的人还是第一次听到他说这么多话，看起来还要接着说，而且要说的还是男女之事。

"我对君小姐心悦之，诚心求娶，世子爷您是为了什么？"陆云旗接着说道。

人群的骚动一瞬间平息，所有人都在兴奋地屏息等着世子爷的回答。

"你心悦之求娶怎么了？"仿佛等了好久，朱瓒终于呸了一声，神情冷嘲地说道，"你做这种事，是个人都要唾骂。"

陆云旗依旧神情木然地看着他："为什么要唾骂？"

朱瓒笑了，眉眼变得犀利，松开那太监："因为她……"

话刚出口，就听到一个清朗的男声传来："因为她是我的未婚妻。"

场中凝滞一片，所有人都下意识地闻声看去，只见一个年轻男子缓步从人群中走出来，他额头饱满，鼻梁高挺，相貌出众，神情和煦，穿了件青色长衫，日光下长身玉立，俊逸洒脱。

"陆大人可能不知晓。"他对着陆千户微微一笑，"我与君小姐自幼有婚约，所以大人的行径委实不妥当，勿怪世子爷不平。"

朱瓒眉头挑起，陈七惊愕地张大了嘴巴，而站在人群中的宁炎则呆愣在原地……

刘公公一回宫，就立刻向皇帝回禀，皇帝握着手里的奏章，惊讶地问道："说是宁云钊的未婚妻？"

刘公公躬身应声"是"："自幼定亲。"他小心地抬头瞄了眼皇帝的神情，"说很多人都知道这个事，当初方家遇难为了捉拿仇人做了一出戏说是解了婚约，约定科考结束就再议亲事，可能陆千户就此误会了，但朱世子知道实情，所以才会因为陆千户的行为而怒不平，这是误会。"

皇帝忽然笑了笑，说道："还真是真的，朕也想起来阳城的说书人提过这个故事，既然宁云钊说是真的，那就是真的。"皇帝带着几分意味深长，"没想到咱们的新科状元，是个多情人啊。"

刘公公立刻点头赔笑，但笑得有些难看，他知道皇帝要借这次机会给朱瓒一个教训，没想到半路杀出一个宁云钊。

皇帝将奏章扔在几案上，发出啪的一声脆响，殿内的内侍不由得抖了抖，他又含笑说道："久旱逢甘霖，他乡遇故知，洞房花烛夜，金榜题名时，真是恭喜宁状元了。去告诫陆千户，不要做让人扫兴的事了。"

第九十一章

◇

假作真时真亦假

九龄堂里，方锦绣坐立不安，君小姐看她着急的样子，正要提议出去看看，突然听到脚步声急响，陈七一头闯进来，方锦绣立刻问道："怎么样？"

"他……"陈七张口刚要说话，有人从后进来，一手将他推开，站到了君小姐面前。

"哎，我说你，到底有几个丈夫啊？"朱瓒皱眉问道。

方锦绣皱眉，君小姐笑了笑，答道："你见过一个。"

朱瓒哼了一声，冲她伸出二根手指说道："今天见到第二个了。"

"那个，适才在北镇抚司，宁十公子说他与你有婚约。"陈七在后解释道。

大家都是聪明人，立刻就明白发生了什么事，方锦绣满脸震惊，脱口说道："他疯了吧！"

宁家的宅院里，丫头仆妇忐忑不安地站在院子里，宁二夫人以及几个子女也都神情不安地看向一间屋子。就在适才，期盼了一天一夜的宁炎和状元宁云钏回来了，不待他们将准备好的庆贺摆出来，宁炎就拉着脸阻止他们，一句话不说带着宁云钏进了书房。

书房里，宁炎将手重重地拍在桌子上，沉着脸看着宁云钏问道："是你疯了，还是我疯了？"

宁炎的愤怒并没有影响到宁云钏，他淡定地说道："叔父，当然不是发疯，是路见不平，聊发少年狂吧。"

宁炎看着他，恨铁不成钢地说道："少年狂？你也知道你不是少年了？你知不知道你在做什么！"

宁云钏带着几分惭愧地笑了笑，却没有懊恼和后悔，他含笑点点头："当然知道，虽然初听很荒唐，但事后大家一打听就知道了，这毕竟是事实。"

宁炎在心里呸了声，横眉喝道："我是问你是不是事实吗？况且事实是这样吗？别以为我不知道你和那君小姐的婚约早已经解除了，你知道你此时出头意味着什么吗？"

宁云钏点点头，神情平静地说道："我知道这意味什么，但我觉得这不是坏事，相反是好事。"

宁炎看着他问道："怎么个好事？"

"我与君小姐的婚约是事实，解除婚约也是事实，而且婚约解除是不算光彩的事实。"

宁云钊说道，"不管怎么被戏说，叔父，这件事是我宁家背信弃义，这也是事实。"

宁炎沉声说道："这一点，我不否认。"

"大家只要知道事实，也会这样认为。"宁云钊说道，"这次成国公世子和陆千户聚众闹事，看起来是他们和君小姐的事，但牵涉到君小姐的婚事，那必然也会牵涉到我们的曾经。叔父，我如今中了状元，必然成为京城人的焦点，这件事我也避不开的，与其等着被人拿来说当初对君小姐背信弃义，倒不如我主动承认婚约，也可以免去被人说笑，质疑我宁氏的品行。"

宁炎皱起眉头，沉默不语。

"君小姐为天下孩童种痘，解除万千民众忧患，可谓济救苍生。"宁云钊又说道，"如此大功德大善之人，叔父，可能不相护？"

宁炎凝重的神情变得有几分沉寂。

"这样啊。"九龄堂里，君小姐、方锦绣听完陈七转述事情的原委，神情都有些复杂，一时都不知道该说什么，堂内一阵安静。

"哼。"男子重重的哼声打破了这安静。

君小姐看着坐在一旁椅子上冷笑的朱瓒，听他说道："真是没想到啊，君小姐竟然这么风流。"方锦绣皱起眉头不满地看着朱瓒，君小姐则笑了笑。

"一个有钱的小朋友，一个有才的状元公。"朱瓒站起来抱臂挑眉看着君小姐说道，"怎么都成了你丈夫？你到底有几个丈夫啊？"

君小姐伸出三根手指，认真说道："三个。"

"三个？"朱瓒不可置信地问道，"还有谁？"

君小姐抿嘴一笑，伸出手指向他："你呀。"

朱瓒顿时瞪大双眼。

"不要乱开玩笑。"方锦绣皱眉说道。

"没有开玩笑啊。"君小姐看着朱瓒，"要是宁公子晚一步开口，你不就也是了吗？"

朱瓒嗤声说道："真是自作多情。"

陈七一头雾水，方锦绣怔了怔，随即便明白过来，这君小姐的意思是，若当时宁云钊不说出那句话，想必这朱瓒也要说同样的话，那他可不成了第三个丈夫嘛……一想到君小姐和这几个男人纠缠不清的孽缘，方锦绣一个头两个大，眉头再次皱了皱。

君小姐已经站起来对朱瓒施礼，郑重说道："多谢了！"

不管多荒唐、多出人意料，今日朱瓒在人前毫不犹豫地挺身而出，就足以当谢，方锦绣和陈七也躬身施礼，朱瓒则毫不回避地受了他们的礼。方锦绣虽然觉得不妥，但也知道君小姐有很多秘密，比如跟这个成国公世子之间的秘密，她借口去煮茶告退了，将舍不得走的陈七也一同拉走，堂内只剩下君小姐和朱瓒两人相对而立。

"到底怎么回事？"朱瓒说道，"你怎么让他发疯了？"他说着打量君小姐一眼，"仅仅是个名字，还不至于。"

君小姐的嘴边再次浮现笑意："我当时要做一件事，为了避免被他发现，就故意引诱了他一下。"

朱瓒呸了一声，忽然问道："怀王还好吗？"

君小姐微微怔了一下，他没有问她要做什么事，更没有问她做了什么能引诱到陆云旗，甚至对"引诱"这个词都没有表现鄙夷或者惊讶。

她微微笑了笑，答道："怀王很好，昨日给他种痘了。"

朱瓒甩甩手，转身就走，君小姐忍不住喊他一声。

"干吗？"朱瓒回头，不耐烦地问道。

君小姐笑眯眯的："不干吗呀，你什么时候回来的？这么短时间到不了真定吧？周家那五个孩子是你托人送去了？"

朱瓒转过身："又来了，我的事你不要管，你的事我也不管。"

这京城想要与成国公交好的人多得是，值得成国公关切的人也多得是，而怀王都不应该算在其列，不仅不值得，反而是个麻烦，是个忌讳，但他偏偏只关心他，到底是为什么？难道是因为成国公？君小姐百思不得其解，忍不住问道："你为什么对怀王这么好？"

"关你什么事。"朱瓒依旧一副浑不在意的嚣张，说罢再次向外走去。

"喂，你就走了？那我的麻烦怎么办？"君小姐问道。

朱瓒头也没回地扬声说道："找你的状元丈夫去。"

君小姐哈哈笑了，看着他走出九龄堂，消失在视线里。

夜色笼罩九龄堂，柳儿和厨娘将屋子里的灯点亮，摆上饭菜，但大家似乎都无心吃饭，君小姐和方锦绣正坐在饭桌前说话，突然听到脚步声响，方锦绣以为是柳掌柜来了，忙迎过去，却见宁云钊走了进来，她脚步一停，迟疑一下，垂目屈膝道："宁公子。"

这还是方锦绣第一次见到他主动行礼，宁云钊笑了笑还礼，看向室内："我来得不算太晚吧。"

坐在饭桌前的君小姐已经站起来："不晚，你还没吃饭吧？"她笑了笑伸手做请，"不如边吃边说。"

不管哪一次，这女孩子的开场白，宁云钊都觉得贴切自在，他亦是一笑，抬脚走过去说道："好啊。"

方锦绣看着两人，忍不住翻了个大白眼。

九龄堂的厨娘是柳掌柜精心挑选送来的，会做阳城和京城两种菜肴。

"可合口？"君小姐问道。

宁云钊尝了一口菜，含笑点点头："叔父家也有阳城的厨娘，他虽久不在家乡却改不了口味，倒是姐妹兄弟们更适应京城的口味了。"

"毕竟宁大人是在家里长大的，口味是变不了的。"君小姐笑道。

坐在另一边的方锦绣端着碗，不满地看着二人，心想怎么还闲聊起来了，能不能说正事……

"原本这时候家里也该吃饭了。"宁云钊看着君小姐一笑，说道，"不过今日还没顾上。"

终于要切入正题，方锦绣坐直了身子，心想宁家现在估计已经闹翻了吧，之前就老死不相往来，现在宁云钊突然当众说有婚约，宁家怕是要气得人仰马翻了。一想到那场面，方锦绣忽然有些幸灾乐祸，她用筷子多夹了些菜，吃了一大口。

君小姐则放下筷子，看着宁云钗，问道："怎么这么巧？"

宁云钗笑着解释道："昨日殿试结束天已经晚了，我没有回去，去了我叔父的官署，斟酌殿试的文章。"

君小姐笑了笑："原来宁公子也会做谢安。"

"并不是。"宁云钗笑道，"是因为太激动了，不敢也不想去面对众人，干脆就躲一躲心静一下，免得在人前失态，也能显得本状元云淡风轻。"

君小姐哈哈大笑，方锦绣也莞尔，但旋即又拉下脸。

"后来天快亮时就和叔父在官署歇下了。"宁云钗接着说道，"一觉醒来已经午后了，出来就看到北镇抚司前的热闹，当时陆千户要在人前诉衷情。"说到"衷情"二字，他看了眼君小姐，君小姐笑了笑，他接着说道，"先前礼部试殿试闭门读书，不闻窗外事，不知道陆千户有这般行径。"

君小姐点点头："也是刚发生的事。"

"陆千户这人自然是什么都不在意的。"宁云钗接着说道，"因为成国公世子本就戴罪，又做如此荒唐之事，陛下是下定决心要他们当众受罚。"

君小姐默然片刻，说道："其实朱瓒也是个什么都不在意的。"

"他们是什么都不在意，但君小姐你不能这样。"宁云钗说道，"或者说你不能被这样对待，所以正巧我们恰好有旧事，这旧事又恰好前一段时间在方家的故事里被戏说，你能为外祖家舍弃婚约，我们自然也能为忠义不弃约，这种事合情合理且高义，当时我只来得及想到这里，便去做了这件事，如有不妥，还请君小姐见谅。"

君小姐忙对他笑着摇头，又颔首施礼。

"那是假的喽。"方锦绣突然冒出一句。

"当然是假的。"宁云钗笑道。

"只有你和我们知道是假的？"方锦绣看着他，又问道。

"当然，直到不需要作假的时候。"宁云钗说到这里又看向君小姐，"你如有不便，随时可以不作假。"

方锦绣看着眼前含笑淡然的年轻人，有些说不上是什么滋味，忍不住又问道："宁公子，你为什么这样做？"

宁云钗看向她："因为……我跟君小姐认识啊。"

方锦绣扯了扯嘴角，看着宁云钗没有说话。

"君小姐不该被如此对待。"宁云钗神情认真，"这是我应该做的，也是当初欠你的，该还的。"

方锦绣放在桌上的手攥起，又松开，神情有几分怅然。

君小姐轻轻吐口长气，只觉得心底似乎有什么郁结散去，这郁结并不是她的郁结，大概是君蓁蓁的吧，到底是条人命，等来这一声"应该的"……她看着宁云钗，亦是认真点点头，说道："宁公子，现在，你不欠了。"

小丁和宁云钗走在回家的路上，他有点搞不懂公子的心思了，一边提着灯笼为宁云钗照路，一边皱着眉头小心翼翼地说道："我当然懂公子你对君小姐的心意，但我觉得你这样行事还是太不好了。"此时，他们已经穿过喧闹的夜市，走在比较安静的街道上。

"你不懂，我这样行事，并不能以旁人的视角来论好与不好，那不重要，"

"那以什么论好不好？"

"以是否顺心意。"宁云钊笑道，"只要是自己想做的事，纵然千不好万不好，那也是好。"

虽然听不懂，但小丁知道公子现在的确心情很好，脸上的笑意简直比春风都荡漾。

夜风吹来，小丁手里提着的灯笼一阵摇晃，他微微皱眉："公子，我说的不是这个，我是说，这样做对君小姐不好。"

宁云钊饶有兴趣地看着小丁。

"你这样会让君小姐跟夫人不好的，将来婆媳关系就难相处了。"小丁一脸认真。

宁云钊一怔，旋即哈哈大笑起来。

"你笑什么啊，公子你不懂的，这女人之间的事很麻烦的。"小丁焦急又忧愁地说道，"大夫人本就不喜欢君小姐，你这样突然宣布跟君小姐婚约依旧，大夫人肯定要气死了。"

"那母亲也是气我，这事情是我做出来的嘛。"宁云钊笑道。

"所以说公子你不懂。"小丁摇头说道，"大夫人不会生你的气，只会恨君小姐，就算君小姐什么都没做，在大夫人眼里就是她的错，都是她的错。"

宁云钊又哈哈大笑起来，认真地跟小丁请教婆媳之间如何正确相处的疑难问题，虽然这种事情压根儿就不会发生，但他突然觉得很有趣……

第九十二章

◇

一家欢喜几家忧

另一边的宁家，宁炎一脸愁容，发愁写信怎么能平和地将这件事告诉宁云钊的母亲，他都能想象得到大嫂知道这件事的样子，想必得气得昏厥吧！他与宁二夫人商议了一番后，最终决定还是先简要写封信，之后再亲自回去跟大嫂细说……

宁家的书信比德胜昌晚了一些，宁家书信还在路上的时候，方承宇已经拿到了信，并将信的内容转述了方家的女人，她们听后除了替君小姐度过危机高兴之外，还有些紧张和戒备，尤其是方老太太和方大太太，他们实在不理解宁云钊的行为，两人都觉得他们宁家和那个宁公子有什么阴谋，方承宇和方家两姐妹好一阵解释和相劝，两人才安下心来。

而北留镇宁家大宅的人络绎不绝，均是来向宁大老爷和夫人道喜的亲朋好友、左邻右舍，

后院屋里坐满了妇人，宁大夫人众星捧月在其中，已嫁为人妇的宁云燕也回来了，正陪在宁大夫人身边，听着众妇人的恭维道贺。

很快话题就转到了宁云钊的婚事上，妇人们亦是一阵说说笑笑，边恭维着边趁机引荐自家的小姐给宁大夫人认识。宁大夫人心中自是一阵鄙视，但面上带笑，时不时回应她们，又闲聊了一阵，便听到外边报太原知府马夫人来了。

宁大夫人忙率着妇人们起身，马夫人含笑走来："恭喜恭喜，真是双喜临门。"

宁大夫人一边道谢一面挽着马夫人的手入座，马夫人笑着寒暄道："这状元酒什么时候喝？"

"明日戴花游街，后日就和他叔父起程回来。"宁大夫人笑着说道，"到家最快也要二十三四了。"

马夫人笑着点头说道："到时候还要来讨杯酒喝。"

"那是自然。"宁大夫人点点头，笑着请马夫人喝茶。

马夫人含笑浅饮了一口茶，放下茶杯又笑着问道："那宁公子的喜酒什么时候喝？"

"这个不急。"宁大夫人笑道，"总得一件一件来。"

马夫人笑着点头说声"是"，又问起宁老夫人，没有再提宁云钊的亲事，也没有暗示哪家姑娘好，宁大夫人自然也不会主动问，转移话题道："老夫人怕吵，过了年就身子不爽利，如今天气好了，就去庄子上住着了。"

马夫人点点头，笑眯眯说道："那你们不用愁了，等新媳妇来了，就能妙手让老夫人回春。"

宁云燕忍不住靠近一些，听马夫人的意思是要给哥哥介绍一个好姑娘了，还是一个会医术的姑娘？

宁大夫人含笑答道："又不指望她们晚辈伺候老夫人。"

马夫人哎了声，笑眯眯说道："可别，多少人求都求不来，我今日可得先要个人情，等君小姐进了门，你得带她去我家做客，到时候无论如何也不能跟我们说找别的大夫。"

宁大夫人脸上还带着笑，脑子却怔了怔，她似乎听到了一个奇怪的名字，屋子里的其他人也都赔笑着，有的没听到，有的也似乎没听清，气氛显得有些古怪。

马夫人却没有察觉，看宁大夫人没说话，便再次开口道："你可别说你这个当婆婆的也管不了她。"

"马夫人，你说什么呢？"宁云燕再也忍不住了，干脆问道，"你要给我哥哥说哪家女子？是做什么的？"此言一出，屋子里的人都看着马夫人，带着同样的疑问。

马夫人却愣了，看看宁云燕："你说什么呢？我怎么会给宁公子说媳妇，他不是有媳妇了吗？"

宁云燕神情一怔，宁大夫人脸上的笑容也一凝，她尴尬地说道："马夫人说笑了，还没有呢，等他回来后再说亲，不急的。"

马夫人也笑了笑，带着几分语重心长地说道："还是早些成亲吧，如今宁公子和君小姐都声名显赫，早些成亲早些安心。"

宁大夫人不解地看着马夫人，不明白她为什么要提到那个讨厌的名字。

"什么？君小姐要跟我哥哥成亲？"宁云燕尖锐的声音先响起。

马夫人皱眉看着宁云燕："是啊，你们不知道吗？就是那个治痘疮的君九龄君小姐啊，跟你们定过亲的德胜昌方家的外孙女，先抚宁县令汝南君氏君小姐啊。"

此言一出，满屋子陷入静谧，一个个神情愕然地看着马夫人。

宁大夫人更是惊愕，她又稳住心神，挤出一丝笑容："你说这件事啊，以前是有过婚约的，后来是个误会，已经解除了……"

马夫人笑了，伸手拍了一下宁大夫人的胳膊："哎呀，你就不用掩饰了，方家的事已经解决了，就不用再做戏了，宁公子在金榜唱名第二日就当众说了跟君小姐依旧有婚约，约定考完之后再成亲。"

屋子里依旧鸦雀无声，所有人的神情由愕然变成了惊骇，宁大夫人如五雷轰顶，怔怔地看着马夫人，突然眼前一黑，晕了过去……

"快来人啊！"一阵尖厉的喊声撕裂了宁家上空笼罩的喜庆。

仿佛做了一个又长又可怕的梦，梦里的宁云钊和君小姐正在拜堂成亲，无论她怎么喊叫着阻拦，都无济于事，宁大夫人一声尖叫，满头大汗地从梦中惊醒，猛地坐了起来。守在床边的丫头仆妇立刻围过来嘘寒问暖，宁大夫人喘着气看着四周，屋内灯光昏暗，人影绰绰，才反应过来刚才是做梦，她深深吐了一口气，只觉得身上都被冷汗打湿了。

宁大老爷走近床前，她顾不得这么多人在场，急着说道："老爷，我刚才做了个噩

303

梦，梦到云钏跟那个君荽荽成亲了，他是被胁迫的……"她的话音未落就见四周的仆妇低头退后，宁大老爷神情复杂，原本要进来的妇人也纷纷止步后退，屋子里的气氛变得异常诡异。

宁大夫人的心慢慢沉下来，举着的手无力地垂下来。

"母亲，那不是梦。"宁云燕冲过来抓住宁大夫人的手，"那是真的，京城人都知道，天下人都知道了。"宁大夫人一阵眩晕，人也向后倒去。

屋子里又是一阵混乱，仆妇忙着叫大夫，宁三夫人急得训斥宁云燕，好在这次宁大夫人没有晕过去，她无力地摆摆手："你们都出去吧，我要跟老爷说几句话。"

赶来的大夫查看了一下宁大夫人，对宁大老爷示意没事，宁大老爷点点头，屋子里的人便忙依言退出去，宁云燕还不肯走，被宁三夫人和宁四夫人强拉了出去。

屋子里安静下来，宁大夫人撑着身子坐起来，看着宁大老爷，哑声问道："到底怎么回事？"

宁大老爷神情复杂，搪塞地说道："还不清楚，已经让人去京城问了。"

宁大夫人显然不信，她咬着牙，定定地看着宁大老爷，一副现在不告诉她便当场咬舌自尽的样子。

宁大老爷没办法，叹口气拉过椅子在床边坐下来，慢慢将从马夫人那里打听到的情况一一向宁大夫人转述，听到那段宁云钏当着众人的面说君小姐是他的未婚妻，且宁炎也在场并没有反驳，宁大夫人顿时既激动又愤怒，哭喊着宁云钏是被那杀千刀的君荽荽胁迫的，宁大老爷好一阵劝说才暂时平息了她的怒火。

宁大夫人越想越不甘心，又挣扎着起身吵吵着去告御状，宁大老爷严肃制止她并说已经写信催促宁云钏尽快回家，宁大夫人虽不甘心却也做不了什么，只好在心里咒骂君荽荽千遍万遍，抓着被子痛哭流涕，宁大老爷万般无奈，又是一阵劝说安抚。

宁家夜里哭声不停。

日光洒落在皇城前，几百人列队而立，对着皇城屈身拜礼。

每个人的手上都捧着御赐的官袍官靴笏板，从今日起他们就不再是平民士子，而成为官身，几十年的寒窗苦读终于有了回报。

站在位列最前边的宁云钏在太监的服侍下换上了官袍、官靴，低下头戴上帽子，同时太监将一朵金花簪在其上，日光下金丝彩绢的扎花熠熠生辉。他无视众人好奇又探究的视线，整了整衣冠，看着游街用的马匹被内侍逐一牵出来，宫廷的鼓乐再次吹响，太监高声请进士们上马，他翻身上马，其他进士们也紧随其后，由他先行。

虽然宁云钏没有癫狂的欣喜，但这一刻的感觉也很奇妙和激动。一想到今后不会像以前那样小心翼翼地引导别人，而是能正大光明且有这个权力引导、帮助他人，尤其是能在她遇到麻烦的时候相助，宁云钏的内心就格外澎湃，嘴角不自觉地浮起大大的笑容。

此时他们已经走到皇城外，看到宁云钏，围观民众的喧哗声如潮水般涌来，宁云钏从思绪中回过神，入眼的是人山人海，仿佛全京城的人都来了，恐怕还有更多人来自外地。宁云钏隐约听到人群中除了赞美他的才学之外，还夹杂了一些他与君小姐婚事的议论声，但他毫不在意，背脊挺得笔直，时不时对着街边的民众含笑摆手。

围观的人看到他的动作，更加肆无忌惮地笑闹，有人甚至还大胆地扬声，要他替群众向君小姐问好，并惹来了更多人的跟风叫喊，宁云钊却不显丝毫尴尬，反而笑意更浓，不知道是有意还是无意，甚至对着说话的那边点了点头，这让街上的热闹更甚，喊声铺天盖地袭来，一浪高过一浪。

突然前方一阵骚动，让行进的队伍更慢了，跟在宁云钊后方的进士忍不住探头看去，人群中出现一个穿着鲜艳亮丽的女孩子，竟然是君小姐！

宁云钊一眼就看到了她，她穿着鹅黄色的春衫，白色的裙子，站在街边的人群里如同春花般绚烂，好像第一次见她穿这般鲜亮的颜色，宁云钊脸上的笑意更浓，对那女孩子点头灿烂一笑，街上的鼓噪声顿时更大了。

如同他一样，君小姐并没有在意这些鼓噪，更没有害羞，亦是含笑点头。

"宁公子！"柳儿更是热情地踮着脚挥手，跟着街边的围观者大喊。

陈七也学着柳儿的样子喊了一声，做出一副花痴的模样，方锦绣恨不得把头转到后边去，太丢人了。

夜色降临，宁云钊带着小丁来到了九龄堂。

"恭喜状元公。"陈七笑着施礼道，"琼林宴归来。"

宁云钊笑着点点头，看向室内，君小姐已经闻讯走出来，一边掀起帘子，一边问道："刚散吗？"

宁云钊笑着摇头："下午就散了，做了几篇文章，同窗们互相认识认识，吃过陛下赏赐的宴席就结束了。"

"姑爷。"柳儿从一旁跳出来，端着一杯茶，笑眯眯地捧上，说道，"喝茶解酒。"

宁云钊含笑接过，柳儿像变了个人似的，殷勤地围着他嘘寒问暖。方锦绣看在眼里，忍不住翻个大白眼，拉着聒噪的她和陈七退了出去，前堂只剩下君小姐和宁云钊。

"坐。"君小姐自己先坐了下来。

宁云钊依言坐下，开门见山地说道："我明日和叔父要回阳城，想问问你要不要一起回去？"看到君小姐的迟疑，宁云钊又笑道，"当然，回去后还得热闹，不过这些交给我来办，毕竟事情是我做的。"

君小姐笑了笑："我不是担心这个，我暂时不想离开京城，如果不是为了留在京城，也不会等到要你出面相助。"

宁云钊理解地点点头："没错，自己呕心沥血得来的成就，当然不能轻易就拱手让人。"

"你放心，有了状元公的护身符，至少没人敢来骚扰我。"君小姐笑道。

"希望我的名字有点用。"宁云钊郑重说道，"不过，陆千户这个人可是个疯子，不可按常人待之。"

君小姐点点头："当然有用了，再被人纠缠我就没有错了，他们会背上恶名被人不齿，我会小心的，你们也一路顺风。"

宁云钊点点头，含笑起身，利索地拱手告辞，便转身迈步离开了。

君小姐亲自送出去，站在门口目送他，待看不到人影了才要回转，一旁却停下一辆车，跳下来一个仆妇，她神情有些忐忑，焦急地施礼道："君小姐，我家老爷病了，问了几个大夫都说治不了，不知道君小姐还出诊不？"

自从忙于痘疮，她已经三个月没有问诊治病了，君小姐看了看匾额，含笑点头："好，我去看看。"

宁云钊天不亮就离开了，特意叮嘱不要相送，君小姐也没有客气，只让陈七去送了饯行酒。随着宁云钊离开京城，有关状元公和君小姐的事还在流传，但也没什么可说的，祖辈婚约，女为报仇舍弃婚约，男感忠义不离不弃，女行医济世救民，男文才武略一举夺魁，真是天造地设一双人，好事从来不如坏事更能引起大家的兴趣，这陆千户和成国公世子为了君小姐大打出手的事儿，反而成了街头巷尾最热闹的谈资。

第九十三章

◇

不死心的刁难

种痘事宜在冯老大夫的主持下平稳推行，君小姐也开始了问诊，规矩依旧。来求诊的仆妇带着君小姐来到了一处宅院，君小姐诊治完后，穿着家常道袍的王大人对君小姐感叹道："内人病重时能有君小姐来治病，也是一种幸运。"

君小姐还礼道："夫人的病要慢慢养，王大人不要心急，也要宽慰夫人急不得。"

王大人含笑点头："君小姐说没事，我家夫人就足够宽慰了，我们说再多话也不如您一句话。"

"所以医者贵重，不敢随便说话。"君小姐笑道。

"君小姐请。"王大人点点头，亲自相送。

君小姐也没有客气，落后一步向外走去，还没走到门口就听得一阵喧闹，有个老仆跌跌撞撞地跑来，颤声喊道："老爷，不好了！"

王大人皱眉问道："何事慌张？"

"老爷，锦衣卫的人……"老仆喊道，他的话还没说完，一阵脚步嚓嚓响，十几个飞鱼服锦衣卫就冲了进来。

王大人面色微凝，君小姐也怔了怔，视线扫过，这其中并没有看见陆云旗。

"你们要干什么？"王大人说道。

为首的一个锦衣卫走出来几步，冷冷说道："王廉，有人告你贪渎，我们奉命搜查。"

王大人面色一变，旋即皱眉："胡说八道，搜查可有诏？"

那锦衣卫冷冷一笑，将腰牌拿出来晃了晃，说道："这就足够了。"说罢，不待王大人再说话，一摆手，身后的锦衣卫便如狼似虎地冲了进去。

"你们大胆！"王大人面色铁青，厉声喝道，"拦住他们。"几个家仆夯着胆子去阻拦，却给了锦衣卫动手的机会，顿时宅院里一片哀号，锦衣卫踹门破窗，扔桌子踢椅子，整个王宅尖叫声、哭声不断。

"奸佞！奸佞！"王大人气得浑身发抖。

有丫头哭喊道："老爷，老爷，夫人晕过去了。"王夫人本就病重，陡然被锦衣卫破门搜宅，根本就受不得这惊吓。

王大人闻言也差点喘不上气，跌跌撞撞地就向后宅跑去，君小姐也忙跟上，但一个锦衣卫却拦住她："官差办案，闲杂人等回避。"

"我是大夫，里面的人晕倒了，我要救命去。"君小姐沉声说道。

锦衣卫冷冷地看着她，一边摆手，一边说道："谁知道你是救命还是同伙夹带私逃，赶出去！"

几个锦衣卫听后立刻神情阴冷地齐齐上前一步，君小姐冷冷地看着这些锦衣卫，慢慢后退，直到站到了门外。

门外已有围观者，但看到站在门口的锦衣卫，顿时又忙退后躲开，在远处小心翼翼地探头张望。门前独自站立的君小姐显得格外扎眼，所幸并没有等太久，锦衣卫也并没抓人，搜查一通便扬长而去。

君小姐这才急忙进了王宅，王家小小的宅院里一片狼藉，家仆们神情惶惶，不少家仆还受了皮外伤。君小姐先去看王夫人，王夫人的屋子里一片哭声，君小姐忙上前一番忙碌，万幸保住了王夫人的性命，但比起先前，病情又重了几分。

"这些虎狼之辈，这些虎狼之辈啊！"王大人神情悲愤地喊道。

君小姐亦是默然，这是她第一次看到锦衣卫行事，这位王大人是从四品的谏议大夫，在朝中亦是重臣高官，没想到在这些锦衣卫面前毫无尊严，她低声说道："大人节哀。"

"我夫人的病就劳烦君小姐费心了。"王大人忍着悲愤，说道。

君小姐应声"是"，郑重地说道："这个病我能治，我说到做到，大人放心。"

王大人点点头，坐在王夫人床边，神情哀切，君小姐施礼退了出来。

门外站了不少围观的民众，皆是指指点点，低声议论，看到君小姐出来，都带着几分同情关切，询问君小姐有没有吓到。君小姐笑着一一回答，并表示自己没事，但心里却充满疑惑，这群锦衣卫到底是不是冲她而来？难道是她想太多了？

事实证明，君小姐的确没有多想，几日后她去另外一家上门出诊，这样的事情又发生了。就诊结束后，两个管事恭敬地将她送出来，正说些恭维道别的话，那群锦衣卫又骑马冲了过来，停在门前，两个管事顿时愕然。

"韩童韩学士，"为首的锦衣卫冷冷喝道，"有人告你结党营私，现奉诏搜查。"

紧接着，不待两个管事回过神，锦衣卫已经下马拔出绣春刀冲进了韩家宅院，院里顿时一阵鸡飞狗跳，喊叫声、呵斥声、哭声四起。君小姐站在门外，贴在墙边一动不动，门外的锦衣卫如同没有看到她，不呵斥也不赶走，但也不让她进内，似乎就是要她看着、听着。

君小姐看了片刻，径直走向门外把守的锦衣卫。锦衣卫将手里的刀对准她，冷冷说道："公差办案，闲杂人等回避。"

君小姐在他面前停下，镇定地说道："我要见你们陆大人。"

锦衣卫立刻收起手里的刀，阴冷的神情忽然变得柔和，人也恭敬地对她屈身，说道："好的君小姐，请您跟我来。"

君小姐看着眼前的锦衣卫，心想这才是她印象中锦衣卫该有的样子，温顺、恭敬、谦卑。

君小姐坐上自己的马车，车夫诚惶诚恐地驾着马车跟着引路的锦衣卫走到了陆宅的门前。君小姐下车后，看到陆宅的大门被两个锦衣卫推开，恭敬地引她进了陆宅，大门旋即关上，留下不知所措的车夫在门外。

　　来京城这么久，君小姐还是第一次回到这个曾经的家，一路扫着熟悉的院景，走到一间会客厅的门口，曾经的她偶尔会在这里看书，等陆云旗回来。君小姐站在门口环顾四周，见门窗展开，光线透亮，一眼就能看到坐在其中的陆云旗，他依旧一身红衣，一脸的阴沉。她大步迈进去，视线下意识地略一扫过室内，这里的摆设依旧没有变，那边的小书桌上甚至还摆着茶壶、茶杯，茶杯里冒着丝丝热气，就好像有人刚刚坐在这里饮茶看书，是她惯用的茶具，以及她爱喝的茶。

　　"看来你是想明白我的意思了。"陆云旗的声音传来。君小姐看过去，见他放下手里的书卷，抬起头看着她。

　　"陆大人，我是想不明白你是什么意思才来见你的。"

　　"这有什么不明白的，我是在为难你啊。"

　　"我明白你在为难我，我只是不明白你想怎么样。"

　　陆云旗嗯了一声，一步一步向她走近，边走边说道："怎么会不明白，你既然已经来了，就留下来。"

　　君小姐并不退避："留下来？跟那些女人一样吗？"

　　陆云旗神情木然："不，你可以留在这里。"

　　"陆大人胆子真大，竟然敢留我，你要知道我是一个大夫，大夫能救人，也能杀人。"

　　陆云旗嗯了一声，面色无波："我虽然不是大夫，但我也能让人想死死不了，也就是大家说的生不如死。"

　　"我要是不留呢？"

　　"那你就不能留在你最想留的地方。"陆云旗说道，"说实话，我非常不想看到这张脸，你怎么能长这样的脸呢？"他的眼中现出几分疑惑、不满，以及癫狂，不由得抬起手要去捏君小姐的脸。

　　君小姐自然不会允许，抬手就打了过去，陆云旗手臂抬起挡住，但并没有弹开君小姐纤细的手，她似乎不是为了打他，而是为了抓住他的胳膊，刺痛从手臂上传来，很明显被异物刺入。

　　一般人陡然遇到刺痛，下意识地会摆动甩开，但陆云旗就好像没有知觉，一动不动，春衫已薄，有血迹从君小姐的手缝里渗出。

　　"戒指。"陆云旗看着自己手臂上抓着的手，在血的映衬下越发显得白嫩，手指上原本戴着的一枚金圈戒指，此时已经消失不见，应该是刺入了自己的胳膊。

　　"你喜欢这种东西啊。"陆云旗看着君小姐，真诚地说道，"我有很多，给你玩。"

　　"你不怕有毒，毒死你吗？"君小姐淡定地问道。

　　陆云旗嘴角弯了弯，认真说道："你舍得吗？"

　　君小姐的手一用力，人也向后退去，挣脱了陆云旗的手，陆云旗没有再跟来，垂手肃立。

　　"我是舍不得我的命。"君小姐说道，"所以我不会怕的。"说罢便转身而去。

陆云旗并没有追来或者喝止，只是视线跟随着她，门前的锦衣卫看到她过来也没有阻止，而是恭敬地将门打开，屈身施礼恭送。

这般待遇，君小姐知道除了陆云旗以外，只有两个人能享有，一个是楚九龄，一个是君九龄。

可是这一次，君九龄再也不会做楚九龄了。

看到君小姐出来，站在外边面色苍白的车夫见她衣衫整洁、神情淡定，松口气低下头请她上车，甩着鞭子催马而去。

君小姐从陆宅离开后并没有回九龄堂，而是又来到适才的韩学士府，门外还聚集着不少民众在低声议论着。

如同先前那一样，锦衣卫并没有抓人，而是打砸一通离开了。听到叫门，适才送君小姐的一位管事走了出来，相比于适才他看上去憔悴了很多，听了君小姐的来意，他带着几分疲惫地说道："君小姐，小姐没事，家里有些乱，就不请你进去了。"

君小姐一阵默然，想必韩学士也已经揣测到什么，便说道："好，韩小姐的病也不是很严重，就是要养一段时间，我回去做好药，明日让人送来。"

管事犹豫一下，施礼说道："我们明日自己去拿吧。"

君小姐默然片刻，应声"是"，转身走开了。

管事在后面神情复杂地看着她的背影，最终叹口气关上了门。第二日，韩学士家果然没有人来拿药，而是另外又请了太医问诊。君小姐从陈七那里听到这个消息，神情无波，依旧做着自己该做的事情……

四月初的京城繁花似锦，街上人来人往。

四五个红衣护卫拥簇着一个肥头大耳的男人威风凛凛地沿街而过，这种红衣护卫是大学士一般地位的官员才有资格配备的，看到他过来，街上的行人纷纷避让，神情带着几分畏惧，又有几分厌恶。

"黄大人！"街上响起欢快的喊声。

骑在马上的男人带着几分倨傲，回头看去，见是一个四十岁左右的官员催马过来。

官员的脸上堆起笑意，人也躬身让自己的身高看起来比这个男人矮上几分，说道："黄大人，您上朝啊？"

被唤作"黄大人"的男人从鼻子里哼了一声，说道："李大人啊，你也去见陛下吗？"

李大人的身子更躬低几分，赔笑道："下官哪有这个资格，我是去吏部，整理文档。"

黄大人哦了一声，没有再理会他。

李大人却依旧小心翼翼地跟着说道："黄大人真是辛劳，天天被皇帝召见。"他说着从马背上挂着的布袋里拎出一个小盖盅，讨好地递过去，"这是下官亲手熬制的养身羹。"

站在街边的路人看到这一幕，眼珠子差点掉出来，纷纷鄙视地小声议论起来。

黄大人也被逗笑了，笑着说道："李大人会做羹汤？原来还学过厨娘手艺吗？"

路人的惊讶，黄大人的嬉笑，李大人都浑不在意，面不改色地诚恳说道："下官小时候家贫，老母病重，所以都是下官洗衣做饭，才能温饱。"

"李大人真不容易啊。"黄大人点点头说道，示意护卫接过盖盅。

李大人欢喜欲泣，有些哽咽地说道："不敢不敢，黄大人才是辛劳，每日要应陛下召对，下官位卑浅薄不能为陛下分忧，能给黄大人分忧，也算是不负天地君亲师。"

黄大人也有些受不了，不耐烦地说道："是，是，我知道了。"

李大人这才在马上深深躬身，说道："那就不耽搁黄大人了。"他说着抬起袖子拭泪，"今日能见到黄大人真是太高兴了。"

黄大人不耐烦地对他摆摆手算是还礼，催马前去。一直目送黄大人拐上御街，李大人才从马上直起身子，察觉到街边的人对他指指点点，顿时横眉呵斥起来，适才那谦逊恭敬的笑容消散。到底是官，街边的民众忙缩头避开了，李大人拂了拂衣袖带着几分威严骑马离开。

看到他离开，街边的人再次露出不屑，往地上呸了声，低声说道："又一个认贼作父的。"

站在一间药行前的陈七收回视线，看向黄大人远去的方向，问道："那位就是黄大学士吗？"

陈七在京城也混了快要一年了，高官权贵他已经背熟，三大首辅之一的内阁大学士黄诚他自然知道，不过这种高官他还没有见过。

街边的人嗤声说道："黄大学士早就走不动了，那是他儿子，黄小大人。"

陈七惊讶地说道："黄小大人竟然也能用黄大学士的仪仗？"

"何止用仪仗，他已经代替他多了，内阁的事他也做主。"路人低声说道，"黄大人跌伤了腿走不动了，却不肯请辞，竟然让他儿子代替他。"

陈七瞪眼说道："还能这样？皇帝竟然同意？"

"皇帝仁厚啊，对于老臣是格外优待。"路人感叹道，又带着几分警惕地说道，"黄小大人的事可别多谈，谈不得。"说罢缩头急匆匆离开了。

陈七再次看向御街那边，心想被民众畏惧可不是什么好名声啊，这位黄小大人看起来并不像是应该被仁厚的皇帝优待的人啊。

"七掌柜，你不知道啊，这个黄小大人也是作恶多端啊。"一个伙计在他身边低声说道，"锦衣卫是凶恶，他则是奸恶，再简单点说，黄小大人擅于构陷，锦衣卫擅于落实构陷。"

陈七惊讶地瞪大眼。

"是啊，都说丧命于锦衣卫手下的官员多，其实那一多半都是拜黄小大人所赐。"另一个伙计低声说道。

陈七再次瞪眼，拍拍胸口："还好我们不是官，惹不到他，我们快回去做药吧。"

陈七带着伙计们沿着街道走去，街上的人也都纷纷各自散开，在这人来人往中，没人注意一旁的墙角站着一个十六七岁的瘦弱女孩，她穿着一身素衣，垂着头，视线始终看向御街的方向，似乎在期待，又似乎茫然无神。

而走到御街上的黄小大人也正看着护卫递来的盖盅，问道："是什么？"盖盅被掀开，并没有香气溢出，反倒是流光溢彩。

黄小大人愣了一下，旋即恢复了淡定的神情，说道："是金沙啊。"他伸手从其中捏起一把，日光下金沙滑落，"这汤羹是真补人。"

不过这汤羹可不是一个自称从小家贫、老母病重、勉强温饱的人能做得起的，不知道这是搜刮了多少人才拿出来的。

当然这些小事，黄小大人才不在意，他将盖盅盖上，说道："这李冲不错，回头看哪里有缺漏，给他补一个，在吏部抄文书抄了这么多年也是怪可怜的。"

护卫收起盖盅应声"是"。

此时，又有人唤了一声："黄大人。"黄小大人向声音的方向看去，见一个三十多岁的官员疾步走来，身后还跟着两个小吏，小吏手里各自捧着一个箱子，看起来很吃力。

"唐大人。"黄小大人说道，"怎么这时候过来了？"

"真是太过分了。"唐大人神情恼恨地说道，"我们知谏院弹劾成国公的奏章又被何大人拦下来了。"

黄小大人哦了一声，伸手拍了拍肚子，说道："何伯伯年纪大了，脑子就容易轴。"他想到什么，又咦了一声，问道，"陆云旗呢？他那边就没什么动静吗？"

陆云旗的奏章可没人能拦得住，唐大人更是一脸嫌弃地说道："陆大人现在忙着消受美人呢，正事都不做了。"

黄小大人哈哈笑道："还跟那君小姐闹腾呢，哪里用得着那么费劲，直接把人抢了不就行了，真是个老实孩子。"

唐大人懒得理会这些儿女事，点点头立刻转回了正题，又愤怒地说道："可不是，他不务正业，何老大人则只手遮天，竟然说我们弹劾成国公与黎人勾结是可笑的蠢话，拿到皇帝跟前说丢人，还说我们御史是风闻奏事，不是闻声狗吠。"

黄小大人一脸同情地说道："这可就不好了，怎么能骂人呢？"

"就是，这怎么能是没有证据？这是北地传回来的，有很多人说过。"唐大人恨恨说道。

黄小大人再次点点头："莫须有，也是有嘛。"他说着伸出了手，"来，奏章给我，我去跟陛下说说，是不是蠢话、笑话，该由陛下定夺，吾等怎么能越俎代庖呢。"

唐大人大喜，对身后的小吏一摆手："拿过来。"两个小吏忙上前低头将箱子举起。

黄小大人似乎很惊讶，又摇头啧啧道："这么多？一个人、二个人可以说是污蔑，这么多人说，那可真是……"说着，他看向身后的护卫，"这样搬进去可不好看，你们先收着，我先跟陛下打个招呼，这么多让陛下看到了岂不是伤心？"护卫们应声"是"，下马将箱子接过。

唐大人愤怒的脸终于稍有缓和，他立刻侧身让路，对黄小大人施礼，恭送他过去才直起身子，看向适才走出来的官署，恨恨说道："老不死的，看你还能怎么办……"

日光偏斜的时候，君小姐来到一家高门大户门前，身边的柳儿拎着一个纸包，说道："小姐，是这家吧？"

君小姐点点头，柳儿便高兴地上前拍门，门应声开了，一个面容和蔼的门房看过来，问道："姑娘，你找谁？"

"我是来送药的。"柳儿将手里的纸包举起。

门房一怔，旋即看到站在柳儿身后的君小姐，面色顿时一变，啪地将门关上了。

门差点拍到柳儿的鼻子上，她顿时叫了一声，喊道："你干什么？你们家买的药，不要了吗？"

"不要了不要了，谢谢，你们快走吧。"门后传来门房颤颤的声音。

"喂，那钱我们可是不退啊。"柳儿喊道。

"不用退不用退。"门房立刻说道。

柳儿转过身，眉开眼笑地说道："小姐这挺好，赚了。"

门房没想到听到这一句话，差点趴在门上，心想这丫头肯定得被教训，都没人看病了，竟然还能笑得出来，但并没有，门外传来的是君小姐的笑声。门房摇摇头，听着脚步声响，门前恢复了安静，他也松了口气，心想谁也不想这样啊，只能怪锦衣卫太凶恶了，不能为了看病搭上性命吧……

"他们是不是傻？"走在街上，柳儿再次说道。

君小姐从街边的摊贩手里接过一串糖葫芦递给柳儿，含笑说道："也不算是，也是没办法。"

柳儿高兴地要接过，有人从身边急匆匆走过撞在她身上，让她差点掉了糖葫芦，她顿时生气地喊道："你撞到我了！"

这是一个穿着花衫、挎着篮子的女孩子，她正低着头走路，闻声回过头，只是哦了一声，又转过头疾步向前走去。

"这京城的人真是太没礼貌了，都不道歉，是不是啊，小姐？"

君小姐却没有说话，而是看着那个女孩子的背影，有些出神地喃喃说道："好像啊……"

好像？像什么？柳儿不解地再次看过去，那女孩子已经混在人群中不见了。君小姐还在看着街道出神，眉头皱了起来，眼里有些哀伤。

柳儿有些不安地摇着君小姐的胳膊，问道："小姐，是认识的人吗？"

君小姐摇摇头，她其实不认识那个女孩子，只是觉得那个女孩子的眼神很熟悉，就像当初自己进宫刺杀皇帝时那般，是赴死的决绝眼神。看她的年纪也不过十六七岁，比当时的自己还要小几岁，穿着打扮虽然俭朴，但面容娇美细腻，必然是富贵人家养出来的，只是这般年纪这般人家的姑娘，到底遇到了什么只能赴死的难关呢？

"我们去看看。"君小姐想了想，说道。

"是有事吗？"柳儿握着糖葫芦，紧张地问道。

"去看看，还不知道，希望没事吧。"君小姐抚了抚柳儿的头，"吃吧。"

第九十四章

当街行刺官员

一支仪仗队穿街而过，驱散了人群，向一个巷子前进，巷子里有三个宅子，都属于内阁大学士黄诚，是皇帝为了让他静养专门赠予他的。黄小大人自然不会辜负圣恩，自己占据了一间宅子，据说其内美人成群，布置得极其奢华，还时不时地邀请朋友来宅子里寻欢作乐，能有幸来这里享受过的人无不交口称赞。

黄小大人今天也要准备一场欢宴，因为今天皇帝接受了他的意见，知谏院的弹劾奏章明日可以呈上，而且不止知谏院，还有几个北地来告御状的，可想而知明日朝堂上将会是一场盛宴啊，所以一离开皇宫，黄小大人就高兴地邀请了很多人来家里玩，包括陆云旗。

"让陆大人来方便吗？"亲随低声问道，"已经给他打过招呼了，明日何老大人那些人反驳时，让他把那些人的隐私罪状列出来，陆大人已经应允，这时候让他来，会不会被人指责咱们勾结？"

黄小大人笑了笑，无所谓地说道："怎么会，陆大人这种人怎么会与别人勾结？咱们这次邀请他来，他正好看着咱们啊，看看咱们是不是私下勾结陷害忠良了，也好回禀皇帝嘛。"

随从恍然地应声"是"，说道："怪不得陆大人答应了呢，他可是很少参加宴请的。"

黄小大人笑着点点头："陆大人也不傻呀。"

说笑间，自己的家宅已经到了眼前，而身后也有喊声传来："黄大人。"

黄小大人勒马停下看过去，见是先前见过的知谏院唐大人，他翻身下马，对唐大人低声笑道："来得够快啊，看来对我这里的美人你也是很迫不及待。"

唐大人脸红了红，忙摆手说道："没有没有，我是来跟您说一声，我今晚就不过来了。"

"怕什么，你就是不来，该说你我勾结的人还是要说。"黄小大人笑道，"人活在世上，谁能不被人说，被人说两句就不活了？日子不过了？事情不做了？"身边的人都赔笑应声"是"。

唐大人讪讪地说道："其实是还有些别的事，多谢大人招待，不过待明日功成再聚也不迟。"

黄小大人笑着点点头："唐大人兢兢业业，快忙去吧。"他们一边说笑一边走，街上的人纷纷避开，此时已经走到了巷子口。

或许是人群躲避拥挤纷乱，有个女子慌不择路地撞过来，一个护卫立刻呵斥一声，同时手里的杀威棒就打了过去。女子痛呼跌倒在地上，同时一个篮子跌落，其内的卷饼散落。大家都看过去，见是一个十六七岁的女孩子，穿着粗布衣衫，正浑身颤抖地趴在地上叩头求饶："大人饶命，大人饶命。"

见是个提篮叫卖的民女，亲随懒得计较，摆摆手示意赶走，但黄小大人忽然抬手制止，或许是这女孩子黄莺般的声音引起了他的注意，他看过去，待看到趴伏在地上的女孩子俭朴的衣衫也遮挡不住的玲珑身形时，不由得眯起了眼。

黄小大人一向对美人很爱护，他温声和气地说道："别怕，快起来吧。"

女孩子听到这句话，似乎有些不敢相信，怯怯地抬起头看了一眼。这一抬头让黄小大人更是赞叹，果然是个美人，他俯身拎起地上的篮子，柔声说道："都掉了怪可惜的，快拿着去吧。"说着话走过去几步，将篮子递给这女孩子。

女孩子有些惶恐又满是感激，颤声道谢，伸出白嫩嫩的小手接住了篮子。黄小大人却并没有松手，而是用力将这女孩子拉了起来，女孩子懵懵懂懂地被拉起来，似乎还没回过神，人已经被抓着篮子的黄小大人拉到了面前，他含笑问道："你这卷饼怎么卖啊？"

女孩子抬头看着他，秋水般的眼里有迷惑不解还有感激，结结巴巴地答道："两个……钱……"

黄小大人没有理会她说的话，伸手向后招了招，示意背后的亲随待会儿拿钱买了这女孩的卷饼，以及这个女孩子……

耳边娇滴滴的声音还在继续吐出最后一个字："……一张……"

黄小大人的脸上浮现笑意，头也向后转去，刚要说话，眼角的余光突然有白光一闪，紧接着那女孩子便扑了过来，他下意识地抬手一挡，脖子便传来一阵剧痛，他一阵眩晕，眼前闪过女孩子放大的凶狠的脸。

黄小大人死死地用手捂住脖子，发出一声惨叫，倒了下去，血顿时喷溅而起。那女孩子也跟随着他一起扑倒，血迹喷在她的脸上，让那张变形的脸显得更恐怖。

或许是第一次杀人，第一次见到血，女孩子也发出尖叫，手却紧紧握住匕首不肯松开。这一切发生得太快，四周的人都没有反应过来，站得最近的唐大人只觉得两耳嗡嗡，旋即发出一声嘶哑的喊叫："杀人了！"

柳儿正兴致勃勃地舔着糖葫芦，听到这话一失神，差点咬到了舌头。

街上一片混乱，君小姐和柳儿跑过来时，已经挤不过去了，前方人头攒动，嘈杂一片。

柳儿咬着手指头踮着脚张望，却什么都看不到，君小姐心中了然，那女孩子果然是要去赴死。

黄诚因特别会恭维，当初哄得皇祖父和他的父亲很高兴，任其不断往上爬，坐上了重要的位置，后来继位的齐王也出于一些考虑，而任其在内阁肆意，种种看重让人私欲勃发，黄诚的儿子便变成了比老子更变本加厉的人，那个黄小大人明面上道貌岸然，私下却做着买官卖官、招权纳贿、打压不顺从者的勾当，葬送在他手里的官员不计其数。

君小姐想着适才见到的那个女孩子，也许就是哪个被迫害的官员的家人吧，被陷害致家破人亡、走投无路，就像当初的自己，只想与仇人同归于尽。

一阵急促的马蹄声从后方传来，街上的民众如潮水般散开，君小姐被推到后边，远远看过去，见是陆云旗带领的一群锦衣卫，他正向君小姐这边看过来。四周的人也都随着看过来，这才注意到是君小姐，人群顿时一阵骚动，但没有人敢说话，陆云旗收回视线，骑马过去。

看到陆云旗过来，黄家众人也让开，露出了躺在地上的两个人。陆云旗下马先走到黄小大人这边，见他还没有死，正瞪着眼发出呻吟声，手还捂在脖子上，血顺着手不断地涌出，围着黄小大人的人小心翼翼地要将伤口堵上，半点不敢碰匕首。

"千万不能拔……"黄家找来的大夫说道，"现在有匕首堵着，老爷还能有口气，一旦拔了就彻底没救了。"

陆云旗又看向另一边，见地上躺着一个女孩子，腿脚都被砍伤了，像一个破布娃娃，血迹染红了地面，但她没有死，而且脸上不仅没有痛苦反而带着笑意，一双大眼只死死地盯着黄小大人。

"她一定有同党！"几个人看着陆云旗，指着地上奄奄一息的女孩子，愤怒地喊道，"陆大人，你们一定要拷问出来，这简直太无法无天了！"

陆云旗没有理会他们的愤怒，他的神情依旧木然，指着那女孩子说道："是工部尚书万大春的孙女。"

一听到这个名字，黄家诸人顿时恍然，四周民众心生同情，这话很快便在人群中传开，君小姐也听到了。

三年前，工部尚书万大春状告黄小大人贪占修筑河道款，以致江南三地被淹民众死伤无数。

因为是尚书身份的官员上告，再加上水患伤亡重大，朝廷当即立案调查，但就在立案后，万大春却带着一家老小自焚于家宅中，同时烧掉的还有工部要递交朝廷的河道账册。万大春死后，账册重新收集，却发现这账册记载的并不是黄小大人贪占，而是好些钱款都被万大春侵占了，皇帝大怒，万大春虽然已经死了，也被定罪。

但对于很多人来说，这件事疑点重重，既然是万大春贪占，又怎么会一开始自己提出查问，那岂不是搬起石头砸自己的脚？官府解释说是万大春贼喊捉贼，意图为自己洗脱，且趁着黄大人养病在家，将罪过推到黄大人身上，好能获取成为下一任内阁大学士的机会。

后来有几个灾民来到京中，说要拜谢万大人，说万大人变卖了私产安置灾民，这消息顿时让原本就对这件案子质疑的民众哗然，但这几个灾民很快又在京城消失了，锦衣卫几番清查后，也没有人再谈论这件事。没过几年，大家已经遗忘了这件事，没想到万大春的孙女冒了出来，还以如此决绝的方式出现。

"万大春竟然还有孙女？万家的人不是都死绝了吗？"黄家的几个人神情不解地问道。

"当初万大春死之前，其孙女被一个老仆送出府，一直寄养在外。"陆云旗说道。

黄家的人愣了愣，旋即愤怒地喊道："陆大人，你知道为什么不把人抓捕归案？你这是欺瞒陛下！"

对于黄家诸人的不客气，陆云旗没有恼怒，神情依旧木然："因为陛下只判了万大春之罪，并没有罪责亲眷族人，无法可依怎么抓人？"

黄家诸人顿时瞪大眼，竟一时无法反驳。

"陆云旗，你什么意思？"一个苍老的声音响起，陆云旗看过去，见原来是得知儿子出事，自称腿脚不利索的黄诚黄老大人出来了，被一众仆从簇拥，满头白发看上去如同寿星的老大人神情悲愤。

陆云旗对他施礼道："我的意思是现在说这个已经没有意义了，还是先救治黄大人要紧。"

黄老大人当然知道陆云旗这是扯开话题，但也没有别的办法，他只有这一个儿子，如果儿子出事，那黄家就完了。

黄老大人看见躺在地上奄奄一息的儿子，顿时老泪纵横，哽咽地说道："你这个孽障啊。"他一边颤颤巍巍地奔到儿子跟前，一边喊道，"快救人啊！"

大夫也快哭了，无奈地说道："老太爷，伤得太重，我也没办法，已经请太医了。"正说着话，几个太医闻讯坐车奔来，五城兵马司的人也随之而来，驱赶街上的人群，街上再次变得嘈杂起来。

几个太医看到黄小大人的样子也是出了一头的汗，一个太医说道："这，这没办法啊，这伤的可是咽喉。"

"是啊，按理说就死了。"另一个太医也说道，"但黄大人用手挡了一下，恰好卡住，没有隔断气脉。"

"但是要命的也是这个，只要刀子一拔出来，就断了。"大家异口同声地说道，"这个，我们真治不了。"

四周的人闻言看向地上的黄小大人，见他原本养得红润的脸事发后变得惨白，此时由惨白变得灰青，他张着嘴已经发不出声音，呼吸急促且出多吸少，显然是马上就不行了。

一时间，场中的人心中滋味复杂，近处的人自然都是悲伤，但被五城兵马司兵丁隔在外边的民众眼中都浮现难掩的欢喜。与此同时，一个女子的笑声不合时宜地响起，所有的视线都看向笑声所在，见是那个四肢被废、瘫软在地上的女孩子正大声笑着，边笑边说道："爷爷、奶奶、爹、娘、叔叔、婶婶、姑姑、哥哥姐姐们，你们看到了吗？"她的眼泪不断涌出来，冲刷着脸上的血迹。

这话让黄家诸人大怒，一个家丁上去就是一脚踢在她的脸上，那女孩子顿时吐血，倒在地上不动了。

"别打死了。"黄老大人转过头，哑声说道，"不能让她这么容易就死了。"

四周的民众闻言面色都有些不忍，站在一旁被溅了一身血的唐大人脸上也难掩惊恐和茫然，场中嘈杂一团，陆云旗轻咳一声，说道："你们治不了，是好事。"

这话让嘈杂声顿时停下来，黄老大人神情阴冷地看向他，问道："陆大人，你这是什么意思？"

陆云旗淡淡说道："我的意思是，既然太医们治不了，那专治不治之症、妙手回春的九龄堂君九龄君小姐就可以出诊了。"他说着同时伸手向人群中的君小姐那边一指，"你看，君小姐已经来了。"

这话让现场再次安静下来，黄老大人混浊的眼一亮，随着陆云旗的所指看去，其他人也都随之看去。陆云旗的一指，如同一刀劈过，人群纷纷散开，将君小姐主仆展露在人前。

"哎！能看到了！"正踮着脚向这边看热闹的柳儿陡然视线阔朗，顿时高兴地喊道，"死了没死了没？"

这话让安静的气氛一滞，不过听到这话的黄老大人并没有丝毫愤怒，反而露出期盼和热切，他哑声喊道："君小姐！君小姐快救命啊！"

君小姐听到这句话却没有动，似乎被吓呆住了。

"君小姐能救还是不能救？"陆云旗淡淡问道。

所有的视线都凝聚在君小姐身上。

"这可是个将死之人，或者是已死之人，君小姐要是能救，那就可就是起死回生的本事了。"站在陆云旗身边的江百户似笑非笑地说道，"九龄堂名更扬，人人趋之若鹜，这京城可真是离不开你了。"

前几天陈七说人都被陆云旗吓得不敢来找君小姐看病，不过是权衡利弊，觉得犯不着为了看个病而丢了命，但如果君小姐能有起死回生之术呢？大家的权衡肯定要倾斜到君小姐这边，没想到这么快机会就来了，而且这一次，陆云旗不仅不阻拦，反而主动送上前邀请，不知道意欲何为……

君小姐看着地上躺着的男人，心想这个男人她还真的能救，但陆云旗显然不会这么好心……

"不过，君小姐是不想救吧？"江百户指了指躺在地上的男人，再次诚恳地说道，"这个黄大人可是恶贯满盈，不知道多少人都恨不得他死呢，救了这种人，将来不知道多少人还要死在他手里，君小姐救他岂不是也成了共犯？"

此言一出，在场的人神情都变了，黄家的人面色铁青，正要开口骂，黄老大人却制止了，他知道陆云旗是想借儿子败坏君小姐的名声，让她被民众所厌弃，但这些他都不在意，只要他的儿子活着……

"别这样说。"陆云旗再次开口，斥责了下属，又看向君小姐，"君小姐是医者仁心，一视同仁，再说，君小姐还有规矩。"他又看向黄老大人，"黄大人应该出得起君小姐的诊费吧。"

黄老大人掩去眼中恨意，取而代之的是悲痛和祈求，在仆从的搀扶下颤巍巍地走向前，说道："君小姐，求求你。"苍老的老人脸上泪痕遍布，声音嘶哑颤抖，"请救救我的儿子，别说身家，就是我的性命，我都给你。"他说着便扑通冲君小姐跪下了。

黄老大人突然的下跪，让在场的人都吓了一跳。

"君小姐，我这双腿，只跪过天地君亲师。"黄老大人因为腿疾身子发虚，几乎是整个人都趴伏在地上，这一刻大家只看到一个垂垂老者，都忘记了他的身份、地位。

"求求你。"黄老大人一下一下地以头碰地，花白的头发变得散乱，额头上沾了尘土，混着眼泪，让整张脸变得狼狈不堪，很多围观的妇人都忍不住流下了眼泪。

"君小姐，你能不能救啊，给个痛快话吧。"江百户喊道，"大家都等着呢。"

君小姐终于抬起头，说道："我能。"

此言一出，黄家的人顿时激动起来，四周围观的民众则神情复杂，黄老大人被仆从搀扶着起身，似乎浑身发颤的他低着头，没有人看到他眼底的凶光。

君小姐迈步走过来，忽然又响起了叩头声，她的脚步一顿，看向叩头的方向，见那个适才被一脚踢昏死过去的女孩子不知什么时候醒了过来，她用力地梗着头，一下一下在地上碰着，血迹斑斑的脸抬起，发红的眼看着她，哑声说道："求求你，求求你。"

君小姐看着她，她的身上满是刀口，这刀口比不上当初的自己，但她肯定比自己痛苦，自己索性已被砍死再感受不到痛，但这个女孩子却未死，她要忍受接下来更大的痛和生不如死，就算如此，先前她的眼里也满是欢喜，因为她的心愿已然达成，但现在，她的眼里满是绝望。

"求求你，不要救。"女孩子一下一下地叩头，喃喃说道，"不要救他，求求你！"

君小姐眼睛发涩，视线顿时模糊。

"贱人！"旁边黄家的家丁骂道，抬起脚就冲着这女孩子的脸再次踢过来。君小姐伸手抓过柳儿手里的药箱同时转身，好巧不巧，药箱重重打在这个家丁身上，他哎哟一声，踉跄向前趴去，抬起的脚又落在地上，绊倒了另一只脚，整个人摔趴在地上。

"啊，对不住。"君小姐忙伸手去搀扶。

"你这人怎么不看路？"柳儿不高兴地喊道，"你挡着我家小姐了，还想不想给你家人看病了？！"

旁边的人被柳儿喊得有些蒙，不过现在也顾不得这个，黄老大人喊道："都让开，快请君小姐！"听到这句话，有些乱的家丁忙停下。

君小姐看着躺在地上的黄小大人，将手里的药箱拎了拎，就要抬脚迈步，而不知道从什么时候开始，出现在人群中的朱瓒听到这句话，也将肩头一顿，抬脚迈步。

跟朱瓒在一起的四凤，手一直按在他的肩头，朱瓒一动，他立刻察觉，手上顿时用力，低声喊道："别动。"他扣住朱瓒的肩头，阻止他迈步，神情肃重又带着几分紧张，"真的不用，现在这样挺好，不算糟糕，这姓黄的一躺，少说半年足够解困局。"

朱瓒没有看他，依旧看着场中，四凤顺着他的视线看去，落在那正迈步的君小姐身上，急切地说道："君小姐，只要治好他就好，名声而已，也不算困局，现在不动才是无忧。"

朱瓒肩头一甩，人大步向前而去，四凤竟然没能再抓住，心里暗叫一声不好。

朱瓒大步走向拦着人群维持秩序的兵丁，大声喊道："出什么事了？"

兵丁陡然听到询问声靠近，不由得紧张起来，待看到来人是朱瓒，神情一松，旋即想到这场中站着陆云旗，神情更加紧张，忙喊道："世子爷，您且留步。"

朱瓒耸耸肩站住，说道："我只是看看用不用帮忙。"

您老帮忙？不添乱就谢天谢地了，一个将官在心里说道，一边对朱瓒向另一边做请，一边低声说道："不用不用，没事没事，多谢世子爷了。"

朱瓒撇撇嘴："黄小大人受伤了吗？真不用帮忙吗？"

将官上前压低声音："正因为是黄小大人受伤，所以世子爷你还是回避一下。"

"我又没做贼，回避什么？"朱瓒无所谓地说道，但还是向旁边停着马匹的地方走去，看到他转身走，将官以及远处要追来的四凤和张宝塘都松了口气。

朱瓒站到了一匹马前，这匹马健壮俊逸，正喷着鼻息老老实实地站着，他摸了摸马，说道："最近的马都不错啊，不是以前那些瘦的长毛马。"

将官笑着点点头："是啊，牧监司终于也肯大方一次，给咱们……"

话刚出口，就见朱瓒抬手抚上了马背，看到这个动作，正走过来的四凤忽然打个冷战，他下意识地要张口喊，但还是晚了一步，只听得一声马儿嘶鸣，就见这原本温顺站立的黑马扬蹄子摆着头尾跃起来，再一落下就扑到了几步外，嘶鸣着直直向黄小大人那边冲去。

大街上顿时尖叫声四起，正向黄小大人走去的君小姐下意识地停下脚步，还没看清就被柳儿一把抱住向后拖去，柳儿尖声喊道："危险啊！"

伴着尖叫声，黑马已经撞开了围着这里的兵丁，冲了进来，散站着的黄家诸人如同风中稻谷一般扑倒，黄老大人被仆从搀扶着扑向一旁，黑马从他们身边险险跃过，晃着头摆着尾巴嘶鸣着落下蹄子。

因为黄家家丁的突然散开，原本站在人后的唐大人站在了最前边，不知道是吓傻了还是震惊了，他站着一动不动，看着逼近的黑马，跃起、扬蹄、落下来，蹄子好巧不巧地落在躺在地上的黄小大人身上。黄小大人被踩得如同虾子一般一弯，然后在地上翻了起来，再跌趴下，那把插在脖子上的匕首在地上一撞，又往里进了一分，黄小大人的头抖动一下，旋即一动不动了。与此同时，血喷溅过来，唐大人猝不及防再次被喷了一脸一身，他再忍不住，发出一声变调的尖叫声，人也扑通跌跪在地上，另一边也响起扑通一声，那匹踏过黄小大人的黑马倒在地上，溅起一片尘雾。一个高大的身影被尘雾和血液喷溅，他背对着众人，手中握着弯刀，脚下滚落一颗被砍下来的马头。

这场面诡异又骇人，直到他将手中的刀举起来，如同受惊般大声喊叫起来："马惊了！马惊了！太可怕了！太可怕了！"

这一切似乎都发生在一眨眼间，快得众人都没反应过来发生了什么事。

君小姐只觉得心如擂鼓，眼前的一切都有些模糊，耳边更是嘈杂，似乎听到哭喊声，又隐约看到有人跑，有人在地上翻滚，她的视线渐渐凝聚，然后透过纷乱的人群看到了趴在地上一动不动的黄小大人，不用过去看都知道，他必死无疑。

"他死了吗？"嘈杂中有孱弱的女声传来。

君小姐回过头，看到正用力梗着脖向那边看去的女孩子，她的脸上满是期盼，似乎想要爬过去看，她再次问道："他死了吗？"

"他死了。"君小姐答道。

那女孩子抬起头看着她，眼里的火苗燃起。

"我说他死了，他就死了。"君小姐再次低声说道，"我是君九龄，你信我的话。"

女孩子忽然大笑起来，只不过她已经没有力气发出笑声，笑着笑着眼泪流出来，将头在地上碰。

君小姐看着她："需要我帮忙吗？"

那女孩子似乎有些不明白。

君小姐脚一勾，将不知哪个家丁掉落的一把刀踩住，她用力踩住刀把，刀柄翘了起来，在日光下闪闪发亮。

女孩子看看她，又看看面前翘起的刀，笑着说道："谢谢。"她似乎想再多说些什么，又动了动嘴唇，最终什么都没有说，眼一闭伸着脖子向前扑去。

君小抬起头看向一旁，脚下似乎跟跄不稳一搓，她的裙角、鞋子上便溅上了血，血是热的，像火一样在脚面上燎起来。

君小姐伸手掩住脸，发出一声尖叫，站在一旁没关注这边的柳儿吓了一跳，也跟着叫起来，所有人都被这边的叫声吓了一跳，闻声看过来的黄家人看到脖子架在刀上的女孩子，顿时气急败坏地冲了过来，慌了神的君小姐主仆则被他们赶到一边。

黄家的人没有理会君小姐，几个人弯身探那女孩子的鼻息，有一个人不甘心地问君小姐："君小姐，还有救吗？"

君小姐还捂着脸，听到问，才看了一眼，说道："没了。"

家丁也知道没救了，确认后就不再问，抬脚在那女孩子的身上又狠狠踹了一脚，恨恨地说道："哼，便宜她了！"

君小姐后退几步，撞倒一人，柳儿再次叫出了声，君小姐站住看过去，身子微微一僵，见木桩一般的陆云旗正垂目看着她，眼神幽暗。

君小姐神情不变，陆云旗忽然笑了，吐出一个字："装。"他果然看到了，那又怎么样，君小姐看着他不说话，缓缓放下了手。

"君小姐，君小姐。"黄家的人冲过来抓住她，"快看看我们老爷。"

君小姐便借机疾步向黄小大人那边走去，将陆云旗的视线抛在身后。黄小大人趴在地上一动不动，身下血迹蔓延，君小姐站着看了一眼，便说道："不用看了，已经不行了。"

闻听此言，黄家诸人最后一丝希望破灭，几个人凶狠地喊道："你不是能起死回生吗？你不是能断人生死、妙手回春吗？"

柳儿忙挡在君小姐前，亦是凶狠地喊道："你喊什么喊！我家小姐又不是阎王爷，还能不让人死了？再说人又不是我们小姐杀的。"

这个小丫头虽然不客气，但说的话也提醒了黄家的人，坐在地上神情呆滞的黄老大人猛地抬起头，哑声问道："是谁？"

"能是谁，那个女的呗。"柳儿没有丝毫畏惧地伸手指着一旁，说道，"那个女的自己死了，也算是一命抵一命。"

"是谁？"黄老大人又喊道，人也从地上站了起来，看向死了的马匹。

大家的视线也都看过去，那边站着一堆兵丁，似乎在悼念死去的马，听到这边的喊声，兵丁并没有散开，但有人伸胳膊推开几个兵丁，同时伸手指着地上的死马，说道："是它。"

君小姐神情惊讶，适才惊马太快，面前跑动躲避的人又多，她并没有注意到有什么人跑过来，当然马惊得太巧了，巧得实在令人不得不怀疑，但她真没想到竟然会是朱瓒。

朱瓒站在兵丁中间，身上染了一片血迹，手里的刀还在滴血，脚下那匹黑马已经死透了，血还在地上蔓延。

黄老大人身子晃了晃，眼睛眯起，旋即瞪大，声音嘶哑地喊道："朱瓒，是你！是你杀了我儿子！"

朱瓒呵呵一声，震惊地说道："黄老大人，你说什么呢？"他伸手指着地上的死马，"这马惊了会害人，我把它杀了是救人，你不用为了维护它就说它是你儿子吧？"

现场一片凝滞，不知道哪个人没忍住扑哧一声笑了出来，黄老大人原本竭力压制的怒火再也控制不住，大喊着："朱瓒，你别跟我装疯卖傻！"人也向他冲去，"是你让马惊了，是你故意要害死我儿子，你今日就拿命来！"风烛残年的黄老大人在朱瓒面前自然构不成威胁，但黄家诸人一个个身强体壮，闻言都向朱瓒冲去。

"你们疯了啊！我见义勇为还有错？！"朱瓒愤怒地喊道，手里握着的刀也举了起来，他神情激动，眼神却越发明亮，透过涌来的黄家诸人，直直地盯在黄老大人身上。

站在一旁的将官按住腰里的刀，身子不由自主地绷紧，立刻喊道："都住手！不许当街斗殴！"

随着他的示意，兵丁都涌上前，将朱瓒围住，也挡住了奔来的黄家诸人。

黄老大人更加愤怒地喊道："好，好，你们护着他。"他伸手指着这边，"给我打，给我狠狠打，谁敢反抗，谁就是杀我儿子的同谋！"

论嚣张，黄家的家丁在京城也是极有名的，当初有个官员没有及时避让黄小大人的车马，硬是被黄家的家丁指着鼻子骂，骂得那官员气晕了过去。在黄老大人的吩咐下，家丁毫不犹豫地举起棍棒冲这些兵丁打去。

将官当然不敢说还击，这可不是面对锦衣卫，武将面对文官，尤其是黄老大人这般地位的文官，是真不敢动手的，兵丁只得用兵器抵着，将官也被抽了好几棍子，气得他面色涨红。

场面陷入了更大的混乱，喊声、骂声、痛呼声，以及黄家闻声出来的女眷围着黄小大人尸首的哭声，将整天街都掀翻了。

在这一片热闹中，独有锦衣卫安静而立。

陆云旗站在君小姐身后："死人了啊，这下麻烦了。"

君小姐没有理会陆云旗，只是看着那边混战的双方，满脸的忧色。

"黄小大人今天刚跟皇帝说，有很多弹劾成国公的奏章呢。"陆云旗的声音在后又传来，"陛下让黄小大人明日呈上，这下可不好办了。"

君小姐垂下的手，猛地攥住。

街上急促的马蹄声响起，更多的官兵向这边边冲边喊，手中的马鞭毫不客气地甩下，街上的人忙四散让开路。

除了官兵，还有几个太监，来人大声喊道："都住手！快将他们拉开！陛下有令，此事严查，所有人等全部拿下！"

听到这话，陆云旗抬了抬手："干活吧。"

站在一旁看热闹的锦衣卫立刻拔出绣春刀，齐声喊着："都住手，违者视为抗命，杀无赦。"说着拿刀对准了混战在一起的人，场面没多久就被控制住了，混乱的街上恢复了安静，民众被驱散，朱瓒、兵丁和黄家诸人也都被分开。

"你们真是疯狗！真是瞎了眼！"朱瓒被四五个兵丁按住，还在破口大骂，"老子好心救人却落得如此下场！"

"朱瓒，你不要装疯卖傻，这一套跟我说没用。"同样被四五人搀扶护着的黄老大人，喘着气说道，"我要让你们父子陪葬！"

"你试试啊！你个老不死的！"朱瓒骂道，同时向前扑过来。几个兵丁死死抱住他，饶是如此，还是被拖着向前几步才停下。赶来的将官和太监吓得出了一头汗，官兵再次紧张地将他们分别围住。

"有什么话见了陛下再说。"将官呵斥道。

"我也要见陛下。"黄老大人神情悲痛地看着地上儿子的尸首，说道，"抬起来，让陛下看一看。"

将官之间忐忑对视，旁边的太监轻咳一声，神情悲痛地上前扶住黄老大人，说道："陛下也要见您。"他们的声音低沉哀伤，"还有黄小大人。"

黄家诸人顿时再次号哭起来，一面喊着冤枉，一面喊着陛下圣明。

"冤枉啊！冤枉啊！"朱瓒干号的声音也夹杂其中。

将官和内侍擦了擦额头上的汗，连忙招呼着要带参与闹事的一干人等带回皇宫去。突然一个太监看到了君小姐，带着几分狐疑地问道："君小姐怎么来这里了？"

"我是去那边街上的武大人家送药。"君小姐伸手指了个方向，答道，"听到这边出事就赶过来了。"说着垂目，"很遗憾，我还是没能救治伤者。"

太监点点头，看向陆云旗，陆云旗看也没看他们这边，已经翻身上马押送朱瓒及一干兵丁向前而去。

见陆云旗那边没什么意见，内侍便对君小姐点点头："真是太遗憾了。"说罢，他便拱手作别，追上人群急急离去……

很快，这边发生的事情像风一般传遍了全城，高官，罪官之后的刺杀，惊马踏死，这么戏剧的事就连说书先生都编不出来，三年前的万大春案件也再次被揭开，民众纷纷猜测此事背后的一连串因果报应，各种消息让整个京城都沸腾了起来。

第九十五章

◇

朱瓒有了大麻烦

"真是太刺激了。"陈七在九龄堂里来回踱步，眉飞色舞地说道，"这万家的女孩子真是厉害！"

"别乱说话。"方锦绣瞪了他一眼，"现在还不知道怎么回事呢。"

陈七感叹道："还能是怎么回事，群众的眼睛是雪亮的，所以说这世间是有公道的，可惜万家的公道是拿命换来的。"

方锦绣一阵默然，又抬起头问道："那惊马是真的巧合吗？"

自从回来后就一直沉默的君小姐闻言看向她："是不是巧合，那就看皇帝怎么说了。"

黄小大人死了，好巧不巧，朱瓒出现在当场，如今朝里文臣对成国公很不满，这一次又牵涉到黄小大人的死，只怕……

陈七停下脚步，神情凝重地说道："怎么偏偏是成国公世子呢，我去打听一下消息。"

君小姐没有阻止他，提议道："去柳掌柜那里，德胜昌人脉多。"

陈七应声"是"，急急地走了出去。并没有等多久，暮色降临的时候，消息就传了出来，毕竟这件事太大了，而且牵涉到三年前的案子。

当这群人来到皇宫后，一向心软性慈的皇帝哪里见得了白发人送黑发人，在殿外和黄老大人抱头痛哭，黄老大人哭得昏厥过去，皇帝也被内侍顺着胸口喂药，唯恐伤了龙体。皇帝当场问罪凶手，虽然凶手死了，但也被鞭尸，又命悬于城门示众，至于成国公世子……

"成国公世子一口咬定委屈，说看到马惊了，他路过看热闹，才出手制止，马惊了不关他的事，他也不知道马为什么惊了，说不如查查马的事，以前五城兵马司的马从来没有这样过，怎么牧监司新送来的马就成这样了？"陈七夸张地学着朱瓒的语气，说着又看着堂内的人，"你们知道牧监司的老大是谁吗？"

"不是让你说书呢。"方锦绣冷冷说道。

陈七讪讪地说道："是王子阳，王判官，是黄小大人的干儿子。"

听起来无懈可击，但皇帝信吗？君小姐、方锦绣都看着他，没有人为此鼓掌雀跃。

陈七垂头摊手，又说道："好吧，然后皇帝就命禁卫对朱瓒杖五十，削去团练使，押入诏狱待定罪。"他说着叹口气，"宫里传来消息说打得可狠了，皇帝亲自夺过禁卫手里的铁锤打朱瓒，因为有了皇帝的动作，后来的杖刑也极其狠厉，朱瓒当场昏死过去。"

方锦绣也握紧了手，下意识看向君小姐。按理说这个世子爷跟她们不算熟，然而君小姐一向平静的脸上柳眉簇起，手交握在身前。

"诏狱怎么了？"方锦绣不太懂这些，问道。

"诏狱是北镇抚司掌握的地方。"柳掌柜在一旁说道，"当初成国公世子进京，皇帝看起来很愤怒，却让三司会审，很明显就是偏袒，要不然就直接交给北镇抚司审问了。但现在皇帝下令将他交给北镇抚司，怕是不会保他了……"

君小姐的手握得更紧了。

暗无天日的诏狱里响起低沉的脚步声，随之而来的是药草的味道，只不过这里的腐臭味太大，药味很快混合其中不见了。

"我这里也是很紧张的。"昏暗中，一个木讷低沉的声音响起，"只能勉强给你腾出这个单间，有点小，世子爷见谅。"

脚步声停下，声音也停下，一束火把照亮了屋里，如墨的墙壁上混杂着赤红的血迹，其上悬挂着各种刑具，旁边站立着两个干瘦的锦衣卫，在这明暗交汇中犹如鬼魅。

"给世子爷用药吧。"木讷的男声再次响起。

两个锦衣卫迈步走向另一边，那边安置着一张木板床，此时一个人趴在其上面向里，似乎已经昏睡，两个锦衣卫动作利索地去解这人身上的衣服，主要是下裳。

这边的火把也被点亮，照出满是血迹的衣裳，布已经和血肉粘在一起，一般人见了只怕会束手无策，但两个锦衣卫却没有丝毫的犹豫，抬手就把这衣裳扒了下来，屋子里似乎响起了刺啦一声，就好似揭下了一层人皮。

虽然不是真的被揭下一层皮，但疼痛不亚于如此，木板床上的人身子剧烈地抖动，双手也猛地攥住，但他依旧面向内，半点闷哼也没有。

"朱瓒，你这又是何必呢？"陆云旗说道。随着说话，人从阴暗中走到火把照耀下，他的身后还跟着一个身形佝偻的老头，这老头手里托着一个药碗，被腐臭掩盖的药味就是从这里面散发出来的。

木板床上的朱瓒转过头来，咬牙说道："陆小枣，你这下贱的东西，也配直呼我的名字？看来这几年没揍你，你记性不好了。"

两边的锦衣卫顿时神情愤怒地要上前，陆云旗抬手制止，在跳跃的火把照耀下，他的脸忽明忽暗，依旧木然得没有半点神情，他说道："世子爷，其实你不用杀了黄子清的，就算他要弹劾你们父子，皇帝也不一定就听信。"

朱瓒抬眼看着笑道："你就是这样审案逼供构陷的？就你这龌龊的手段，要不是卖了良心，这锦衣卫哪轮到你耀武扬威！"

这话让两个锦衣卫更恼怒了，但看陆云旗并没有示意，都隐忍着不动手。陆云旗仿佛陷入了沉思，过了好一会儿，才又木然说道："既然如此，你们就尽心点，别让世子爷瞧不起。"说罢便转身迈步，隐没于黑暗中。

两个锦衣卫顿时来了精神，立刻跃跃欲试地要将木板床上的朱瓒拎起来，跟随陆云旗进来的一直悄无声息如同影子般的佝偻老头迈上前一步，说道："先别急，先别急，世子爷还没用药呢。"

"老鬼,你又要用什么药?"两个锦衣卫不悦地说道。

被唤作"老鬼"的老头呵呵笑了两声,举着手里的药碗上前,看着木板上的朱瓒,火把照耀着他被杖击的伤口,老鬼的脸上也浮现激动的神情,他说道:"这宫里的太监行刑的手法越来越厉害了,看这伤口多漂亮。"他说着伸出手按了上去,在血肉模糊中揉了两下,就如同孩童玩泥巴。

朱瓒的身子一抖,却依旧没有痛呼出声,他抬头皱眉看着老鬼,说道:"真该送你去镇北,让你玩个够。"

老鬼举起了手,手上已经满是血迹,嘿嘿笑了两声,说道:"世子爷,您别骂我,我是要给您治伤,您别误会,我可不是他们这样的坏人。"他说着再次笑起来,露出嘴里的龅牙,"我是一个大夫,专门给受刑的人看病的,免得你们受不住刑死了。"他说着指了指旁边的两个锦衣卫,"他们有一百种手段让人死去,我则有一百种办法让人死不了。"他越说越激动,"听说那个君小姐能让人起死回生,我这算不算也是如此?"

这句话刚说出口,不待朱瓒说什么,旁边的两个锦衣卫沉脸喝道:"老鬼,做你的事,少说话,君小姐是你能提的!"

那老鬼显然也察觉失态,原本欢喜的脸上浮现几分不安和惶惶,他嘀咕道:"我不是故意的,我这也不是不敬,我对君小姐很是敬仰。"说着伸手从药碗里挖了一把,将黑乎乎的膏药如同刷墙一般抹在了朱瓒的伤口上。

这药顿时让朱瓒的身子猛烈地颤抖,他的手也紧紧抓住床板两边,牙关紧咬,闷哼依旧没能冲出口。

"用了我的药,他们就能对你用刑了,随便用,不怕你受不住死了。"老鬼的声音在逼仄的牢房里碎碎念,火把将他佝偻的身影投在墙上,如同风中摇摆的枯枝老树。

君小姐从床上坐起来,外边的天色蒙蒙亮,很显然还没有到她习惯醒来的时间。大概是因为她做梦了,梦到了成国公,他还坐在父亲的书房里,冲她伸出手,摊开的手心里有一颗蜜饯,温和地要送给她,她还没有接过蜜饯,人就惊醒了,看了一会儿窗外春末的浓绿景致,君小姐吐出一口气,起身下床。

吃过早饭,君小姐苦思冥想,终于想到了能帮到朱瓒的办法——给他制药治病,方锦绣听到君小姐的打算后,虽认为这个时候去找陆云旗说要给朱瓒治疗肯定会吃闭门羹,但又想到,不管做什么都比让她一人坐在那儿干着急、胡思乱想强,便也勉强支持她;陈七自然是不理解的,本想再劝劝君小姐,但被方锦绣一个眼神吓退,也默默地表示赞同。

君小姐一旦做了决定就立刻去制药了,而方锦绣则和陈七留在堂前,方锦绣认真核算起有关痘苗的账目,陈七则决定去找冯老大人商议痘苗的事。不过他人刚走出九龄堂,就看到一辆豪华的车马在护卫下驶来,这种车马护卫只有皇亲国戚才能用,一看就知道是贤王的座驾。

先皇的子嗣虽多,但留在京城的却只有贤王一个,这个贤王深得太后宠爱,虽然挂着"贤"字,却没有做什么贤事,吃喝嫖赌样样不落,更是动不动就进宫找太后、皇帝哭穷要钱,在朝中也是多次被弹劾,跟御史们的关系闹得很僵。尤其是去年早些时候,他私服装扮去青楼,跟人争花魁、打架,御史们纷纷上书要赶他出京,皇帝大怒,好一顿责罚,最后太后出面才拦住，这件事后贤王老实了很多，有些日子没有出来逛了，今日出行这么招摇，惹得街上行人退避在两边，指指点点，议论纷纷。

陈七也停下来避让，神情带着几分艳羡，这是真正的王侯，不是陆云旗还有成国公世子这种权臣勋贵子弟能比的，贤王的座驾在街上疾驰渐近，却并没有驶过，而是停下来。陈七愣了一下，看着一个内侍从马车上下来，抬头看着匾额，问道："君小姐在不在啊？"

陈七怔了怔，忙施礼应声"是"，又问道："公公……"

话没出口，那内侍已经转过身不理会他，恭敬地对着车内说道："王爷，到了，君小姐在呢。"伴着这声音，车帘掀起，穿着华丽衣袍的胖乎乎的年轻男子走下来。

陈七忙恭敬地施礼，贤王看都没看他一眼，抬手摆了摆，迈步进去。陈七虽有些惊讶，但也不敢怠慢，忙跟了进去。而街上的人看到这一幕也都聚集过来，虽然看不到堂内的情景，也不能阻止他们议论猜测。

陈七赔笑着上前施礼，问道："王爷有什么吩咐？"

"我最近觉得不太舒服，那些太医也看不出个一二，只会给本王灌些苦哈哈的没用的药。"贤王拍着肥胖的身子环视四周，笑眯眯说道，"君小姐是神医，所以本王就来让君小姐看看。"

陈七听后顿时大喜，正想去叫君小姐，君小姐已经闻讯从后院走了出来，她的神情也有些惊讶："王爷要看病？"

贤王看向君小姐，笑眯眯说道："是啊，君小姐，本该上次就请你的，不过好饭不分早晚。"

陈七听得一头雾水，不解地看向君小姐。

"殿下，您没有病，不用请我。"

陈七恨铁不成钢地在心里啧了一声，用眼神示意君小姐，可惜她装作没看到，九龄堂里微微安静。

"那真是太好了。"贤王笑眯眯地拍抚着鼓起的肚子，打破了这安静，"有君小姐这句话本王就放心了。"

君小姐对他含笑施礼，心想，这个皇叔，从前没有亲近，此时更是陌生人，还是敬而远之吧。

"不过本王没事，不知道本王家里的人是不是也没事。"贤王又笑眯眯地说道，"君小姐去本王府上看一看吧。"

陈七欢天喜地地瞪着君小姐，恨不得自己开口应下，还好这一次君小姐没有拒绝，看着贤王施礼应声"是"。

陈七也松口气，立刻欢喜地说道："马车准备好了，我让柳儿收拾一下跟你去。"说罢便转身进去了。

贤王很满意，又笑眯眯地环视九龄堂内，说道："这里都是好东西吧？有什么本王能用的，给装一箱子。"

君小姐失笑道："又不是玩的好吃的，哪里用装一箱子。"

"君小姐这里都是好东西嘛，好东西就不能错过。"

"好，王爷先回，我给王爷找一些好东西带上。"

贤王笑眯眯地点了点头，便先行离开了九龄堂。君小姐拿了药箱坐上自己的马车，尾随其后。

相比于怀王府，贤王府更显得奢华贵气，这奢华贵气并不是说怀王府的摆设装饰不如贤王府，而是人气。

无数的宫女内侍穿梭其中，更有迎接贤王归来涌出的一大群妻妾子女，到处都是欢声笑语，贤王府的妃妾亦是珠光宝气，比宫里的妃子穿得还要奢华。君小姐对这样的事情已经见怪不怪，她甚至可以理解贤王这样的作为，她看着被一群女人簇拥环绕的肥胖的贤王，莫名有些心酸。

她记得贤王小时候也是勤学苦读，还爱好骑马射箭，曾经对皇祖父和父亲说要将失去的国土抢回来，要给被黎人所害的曾祖父报仇。也正是因为勤练武艺，才跟朱瓒遇上打架，但是做一个骄淫奢侈、骂名一片的王爷对于皇帝和太后来说，才是最安全的，为了活下来，他不得不把自己养废了。这就是九裕的未来吗？

"君小姐，请吧。"贤王的话打断了君小姐的出神，她低头应声"是"，柳儿将药箱递过来，君小姐将贤王府的女人、孩子逐一仔细地查看了一遍，有问必答，恭敬和善，引得殿内笑声不断，甚至到最后，连内侍、宫女都忍不住凑过来询问，君小姐亦是来者不拒，有问必答。

君小姐看完病后，从内殿走出来，贤王笑道："君小姐，辛苦了。"在贤王身边的两个侧妃乖巧地退开。

"不辛苦。"君小姐施礼说道，"我带了一箱子的药来，多数是补养调理的，也有一些是应症时疫的，怎么用都写好了。"

贤王哈哈笑了笑，称赞道："好好，那就多谢君小姐了。"

君小姐对他再次施礼，抬起头忽然说道："您是受成国公世子之托，才请我的吧。"

贤王一拍肚子，突然变了脸色，带着几分怒意地瞪眼喝道："大胆，胡言乱语，本王做事难道要别人指挥吗？"

贤王虽然瞪着眼，胖乎乎的脸上也显不出威严，但殿内的气氛还是微微凝滞，君小姐并不畏惧，含笑施礼。

"你这人，就是这样对待别人的好意的吗？"贤王继续瞪眼说道。

"当然不是。"君小姐含笑摇头，"我很感激王爷，我也接受您的好意。"她说着再次施礼。

贤王拍了拍肚子，重新恢复了笑眯眯，说道："好吧，他不是傻瓜，他认识的人自然也不是傻瓜，你说得没错，是那姓朱的小子让我请你来问诊的。"

就知道是朱瓒，君小姐忍不住笑了笑，心想他俩的关系什么时候这么好了，好到让贤王在这个时候贸然请她，她屈膝又深深施礼，诚恳说道："谢谢殿下，纵然是受人所托，殿下此举也必然是对我真心怜惜，诚心相助。"

贤王拍着肚子哈哈笑道："你这嘴可真甜，怪不得朱瓒那小子对你避之不及，其实你跟朱瓒这小子还是蛮相配的，要不是……"他的话说到这里又停下，似乎觉得不妥。

　　君小姐闻言一阵失笑，心想他是哪里看出她跟朱瓒相配了……

　　"不过，本王帮忙也的确是应当的。"贤王停顿下又说道，"君小姐治好了怀王，此功甚大，本王很感激啊。"

　　君小姐神情一涩，鼻头突然一酸，这样的话，她听过很多遍，此时听他这么一说，却觉得受到了感动，因为她看到了他说这话时眼里流露的真情，怀王被治好，他是真的开心和感激，原来除了朱瓒，还有一个人这样在意他们姐弟三人吗？

　　君小姐再次屈膝垂头施礼掩饰失态，声音涩涩地说道："谢殿下！"

　　虽然极力掩饰，贤王还是一眼看出了这女孩子的失态，但他实在不善于跟女人打交道，更不懂安慰，于是摸摸头，笑眯眯地说道："不用谢，以后君小姐在京城，怀王少不得还要你多费心。"

　　这句话的意思是贤王会罩着她，让她安心留在京城，不会被陆云旗赶走，好安心照看怀王。贤王觉得应该能安抚到她了吧？结果却看到她又抬起袖子擦了擦眼，再次尴尬地摸了摸头。

　　"谢谢殿下信任。"君小姐此时已经抬起头，神情恢复如常，"只是不能受托付了，我要离开京城，回去了。"

　　"怎么好好的要走了？"贤王微微愣了一下，惊讶地问道，"就算那么难，不是也过来了，不是有句话叫作否极泰来，君小姐神医之名尽人皆知，以后会顺的。"说着一拍肚子，又笑眯眯地说道，"且不管别人，本王一家老小还要靠着君小姐呢，谁欺负君小姐，本王第一个不依。"

　　君小姐笑了笑，说道："谢谢殿下，我不是觉得艰难才离开的，我是想要走了，请殿下放心，至于怀王，有殿下在，我也放心。"

　　看着她绽开的笑脸，贤王突然有种莫名熟悉的感觉，他轻咳一声，笑眯眯点头说道："这样啊，怪不得君小姐给本王送来一大箱子的药，原来是饯别啊。"

　　君小姐又深深躬身施礼："多谢殿下，我走了，不过，我肯定还会回来的。"

　　贤王哦了一声，虽然面容竭力地维持笑眯眯，心里却一阵怪异，熟悉的感觉越来越强，君小姐再次对他施礼，继而转身走开，柳儿拎着药箱跟上。

　　看着这女孩子一步步地离开，迈过门槛，就要消失在视线里，贤王突然觉得有些伤感，这个念头闪过，他猛地打个哆嗦，心想这个女孩子真像那个死去的侄女，可惜……

第九十六章

◇

用离开的代价为他疗伤

君小姐的马车离开怀王府后，并没有回九龄堂，还是径直去了北镇抚司。柳儿没有跟着去，她自己回到了九龄堂，马车停在北镇抚司的门外，车夫深吸一口气，有了上一次去陆宅的经历，这一次停在这里，他的腿虽然还是有些发软，好歹站得稳当。

君小姐下了马车，还没迈步就听到马蹄急响，有男声响起："君小姐？"她回头看去，见是四凤、张宝塘等几人。

"君小姐，你来了，那太好了。"张宝塘翻身下马，又回头看着身后的一个中年男人，"梁太医，你可以回去了。"

"稍等下。"四凤忙制止，看着君小姐，神情复杂，"还是让梁太医来吧。"

张宝塘咦了一声，说道："可是君小姐比梁太医的医术好啊。"他说罢又忙看向梁太医，带着几分歉意，"梁太医，我不是说你不好……"

不待张宝塘说完，梁太医就忙摆手，诚恳地说道："不，君小姐的医术比我好，有君小姐在更好。"

君小姐对梁太医施礼，四凤则摇摇头，苦笑一下，说道："不是说医术的问题，君小姐，这是我们来的第二次，还不一定能进去，如果带着你的话，肯定是进不去了，他怎么会允许你去给世子爷看伤？"

张宝塘这才恍然，只顾着君小姐的医术，忘了陆云旗跟君小姐的恩怨，且又是医治朱瓒，这，必然不让进啊……

张宝塘在心里骂了一声娘，对君小姐施礼道："世子爷的杖刑是皮肉伤，暂时还用不着君小姐出手，最要紧的是找个靠谱的大夫看一看就好，君小姐不用担心。"

君小姐摇摇头："还是我来吧，要不然你们还是进不去。"

张宝塘愣了一下。

"我去见陆云旗。"君小姐接着说道，"你们稍等。"说罢，不待四凤、张宝塘等人说话，转身向北镇抚司的大门走去。

这个大门被朱瓒用箱子砸过，破损的地方当然已经修好了，两个锦衣卫站在门口，似乎没有看到在门外说话的他们。

张宝塘刚要迈步喊住她，被四凤拦住说道："她说得对，也许只有她能让我们进去见到二哥。"

看到那原本像木桩一般的锦衣卫对君小姐屈身恭敬地施礼，张宝塘将余下的话咽了回去，又见君小姐施施然地迈了进去，他神情复杂："可是，她这是要去求陆云旗了吧，陆云旗肯定要提条件吧，万一……"

君小姐是第一次进北镇抚司的门，这里青砖灰墙，洒扫得干干净净，也没有来回奔忙的官吏，四周安安静静，比起其他衙门倒多了几分闲适，君小姐随着指引走到一间官房前，一身朱红衣袍的陆云旗站在屋檐下，微笑说道："你来了。"

就像主人热情地迎接久候的客人，君小姐忍住内心的厌恶，站住脚。

"不进来坐坐？"陆云旗侧身做请，问道。

"什么条件，我可以见见他，给他治伤？"君小姐没有回答，而是开门见山地问道。

陆云旗轻叹口气，说道："你这样惦记其他的男人，会让我不高兴的，不过没关系，你来了就好。"

君小姐一阵默然。

"条件很简单。"陆云旗冲她伸出手，接着说道，"来。"

他站在台阶上，居高临下地伸出一只手，没有多余的话，只有这一个字，和一个动作，这意思并不是再次邀请她进屋，而是要她把手放在他手里，让她的手落入他的手中，在他的掌控下，成为他的所有。君小姐没有前进，而是后退一步，陆云旗站在台阶上，淡然而笃定地等待着。

"我离开京城。"君小姐看着他说道，"立刻马上就走。"

陆云旗看她片刻，忽然将手放下来，说道："好啊，成交。"说罢，喊了声来人。

不知从哪里冒出来一个锦衣卫站在了君小姐的身后，陆云旗冲他略一抬手，此人便应声"是"，侧身避让，说道："君小姐，请跟我来。"

君小姐没有再看陆云旗，转身跟着那锦衣卫走了出去，身后的视线很快被院墙隔绝。

君小姐在院子里停下脚步，对引路的锦衣卫说："我还有几个同伴，想让他们跟我一起去。"

锦衣卫神情迟疑片刻，但还是恭敬地答道："好的，我这就去请他们进来，君小姐稍等。"

看到站在院子里的君小姐，张宝塘忙加快脚步，神情有些惊讶也有些复杂，他小心翼翼地说道："君小姐，这次有劳你帮忙了。"

君小姐点点头没有回话，她有些惊讶地看着进来的人，除了适才在门口见到的他们几个兄弟，梁大夫已经走了，但是又多了十几个虎背熊腰的兵丁。

惊讶的不止君小姐，还有锦衣卫，为首的锦衣卫沉着脸喝道："让你们几个人进来，你们怎么来这么多？"

四凤看他一眼，认真说道："这可不怪我们。"他环视一下四周，又故作害怕地说道，"这里可是北镇抚司，多可怕的地方，就我们几个弱男子，可不敢进来，当然要多叫些人来护着壮胆。"说罢摆摆手，"快快，走走。"随着他的招呼，兵丁不再犹豫，将站在面前的锦衣卫挤开。

"大人，这……"锦衣卫带着几分恼怒询问。

为首的锦衣卫看了眼陆云旗的所在，又看了看君小姐，摇摇头摆摆手，锦衣卫便忍住恼怒，看着这群人呼啦啦地向诏狱所在涌去。

虽然早有准备，但迈进诏狱的那一刻，四凤、张宝塘等人还是骂出了声，这环境、这气味，还有趴在门板上的人……

骂声在牢房里不断响起，还有几个扑过去揪住一旁的锦衣卫啐一脸，推推搡搡地要打起来。锦衣卫的人这次没有还手，为首的锦衣卫冷冷说道："这是诏狱，你们这些贵少爷，知道什么叫牢狱吗？进了牢狱难道是来享福的吗？"

四凤制止吵闹的诸人，对锦衣卫说道："你们都出去。"

"怎么？还怕我们越狱吗？"四凤似笑非笑地说道，"是你们太瞧得起我们，还是太瞧不起你们？"

不待锦衣卫再说什么，兵丁已经涌上将他们推了出去。

"大哥、三哥，你们看着点。"四凤指了指四周，对另外两人说道。

这里毕竟是锦衣卫的大牢，人虽然退出去，谁知道暗地是不是还藏着耳目，两个兄弟明白，点点头跟着出去了。

"二哥！"张宝塘上前。闹这么大动静，朱瓒却一直面向内趴着一动不动，似乎昏死。

这声"二哥"喊出来，张宝塘的眼圈都红了。君小姐已经打开药箱，见朱瓒上身穿着衣裳，下身只是裹着一块单子，说道："给他脱下来。"

张宝塘和四凤忙伸手，但看着血迹斑斑似乎与身体长在一起的单子，有些不知道如何下手，只能小心翼翼地慢慢往下揭。

"你们没吃饭吗？"朱瓒的声音沉闷响起，人也微微转过头。

听到这话，张宝塘差点哭出来，忙哽咽地问道："二哥，你还好吧？"

"好什么好，这能怎么好！"四凤没好气地说道，他半跪下来压低声音，"伯父已经派人来了，姓黄的在家装死，要逼陛下杀了你，但陛下不会把你怎么样，关键是你一定要撑住。"

"嗯。"朱瓒从鼻子里发出一声，但下一刻就身子一抖，嗷地叫了一声，他半撑起身子扭头向后看，围在他身边的四凤、张宝塘吓了一跳也向后看去，见君小姐站在朱瓒的身边，正将他臀腿上的单子揭下来。

"你干什么？"朱瓒哑声喊道，人就要挣扎着起来，一面伸手去护自己的单子。

刺啦一声，君小姐利索地将其扯下来，站直了身子，朱瓒疼得顿时叫了一声，不知道是疼的还是吓得，四凤、张宝塘也哆嗦了一下。

"你……你……你不要脸。"朱瓒瞪大眼说道，挣扎着要去掩住自己没有了遮盖的下身。

四凤忍不住笑了，张宝塘则认真解释道："二哥，君小姐是大夫，脱你裤子是给你看伤呢。"

"为什么让她来！"朱瓒喊道，"你们认识的大夫都死绝了？"

"因为君小姐能让我们……"张宝塘感叹地说道，话没说完就被四凤用胳膊杵了一下，四凤接话道，"当然有别的大夫，但好容易进来，还是希望稳妥，一劳永逸，君小姐毕竟是最厉害的。”

“她算什么厉害……”朱瓒的话没说完就再次嗽了一声，人也趴回床板上，大家再次吓了一跳，看到原来是君小姐拿出一块被药汁浸染的棉布，按在了朱瓒的伤口上。

“君小姐，你也打个招呼。”四凤抚着胸口说道，“让他做个准备。”

君小姐嗯了一声，没说话，朱瓒的话却说个不停，张宝塘很耐心地安抚着朱瓒，四凤也忍着笑站在一旁，看着君小姐敷药查看伤口，低声问道：“怎么样？是不是很重？”

君小姐看着狰狞结疤的伤口，用药布在其上一擦，拿起来嗅了嗅：“这大夫很厉害，伤基本已经好了。”

四凤眉头一挑：“锦衣卫这么好心？”

君小姐摇摇头，将朱瓒的伤口上擦拭完，再拿出一罐药膏，她俯身用手仔细地涂抹药膏在伤口上：“当然不是好心，不过是不让他伤重致死，用药吊着他的命罢了，根本就没有把这身子当个人，这里的伤好得快，别的地方损耗得快，拆了东墙补西墙而已。”

四凤忍不住骂了句脏话，沉声说道：“就知道这些家伙没人性，那就有劳君小姐了。”

君小姐嗯了一声，又递过来一个瓷瓶，说道：“将这个喂他吃。”

四凤接过，走到朱瓒面前，不顾朱瓒的阻拦，硬将药塞进他嘴里，逼他咽了下去，朱瓒咽下药，呕了一声。

四凤看了眼在后面仔细认真上药的君小姐，又看向朱瓒，叹口气说道：“你这是何必呢，如果真要做，咱们商量一下，换个别人来也不至于如此。”

“是啊。”张宝塘也忙说道，“你要是出点事可就完了。”

床板上的朱瓒闭着眼嗯了一声，哑声说道：“完不了。”他说罢，旋即无声，似乎不想多谈这件事。

张宝塘和四凤对视一眼，也不再追问，开始询问他的伤情，锦衣卫怎么刑讯逼供，朱瓒有一句没一句地答，渐渐地就不说话了，人也不动了。

“二哥？”张宝塘吓了一跳忙喊道，又回头看着君小姐，“他晕过去了。”

“不是，吃了药解了先前吊着的精神，人就有些迷糊，这也是休息，对他好。”说罢，又认真地对朱瓒的伤口上药。

朱瓒的确没有晕过去，片刻又睁开眼，嘀嘀咕咕地抱怨上药，张宝塘要安抚，却被四凤拉住，他看了看四周，说道：“那君小姐你忙，我们出去看看，有什么话都可以说。”说罢，拉了拉有些不解的张宝塘出去了。

牢房里陷入了安静，君小姐将最后一个伤口仔细地抹完药，朱瓒发出一声闷哼，生气又委屈地说道：“你能不能小心点，疼死了。”

君小姐看他一眼：“怎么？看来在他手里受了不少伤，熬不住了？”

朱瓒嗤声说道：“我在那畜生手里熬不住吗？那我岂不是畜生不如？”

君小姐哈哈笑了起来，朱瓒没好气地说道：“笑什么笑，药上完了没有？上完了就快点给我盖上。”

君小姐特意看了眼朱瓒裸露的身子，凉凉地说道：“没什么可看的呀。”

朱瓒骂了一声，要撑起身子，喊道：“你个登徒子。”

君小姐再次哈哈笑了起来，又看到扔到一边血迹斑斑的单子，她收了笑，轻叹一口气，将身上的披帛解下裹住了朱瓒的伤口。

"谁要你的东西，快拿开。"朱瓒没好气地说道。

"要不要喝酒？"

朱瓒听后立刻转过头来，眼睛亮晶晶的："喝呀。"

君小姐转身从药箱里拿出一小酒瓶，冲他晃了晃，朱瓒手撑着床板："这才是探监该拿的东西，那几个浑小子跟女人似的磨磨叽叽，该拿的东西都没拿，算你有点用。"

君小姐已经矮身在他面前蹲下，将酒瓶送到他嘴边。朱瓒就着她的手喝了两口，舒坦地吐口气，探头示意再喝，君小姐将酒瓶递过去，忽然说道："是不是因为我？"

朱瓒一口酒喷了出来，他咳嗽几声，瞪眼说道："呸，你可真抬举你自己。"

君小姐看着他没有说话，朱瓒伸手将酒瓶子拿过来，再次喝了口酒："我是一定要他死，因为他不死，我父亲就得死。"

君小姐有些惊讶地看向朱瓒，他继续说道："这两年有很多人弹劾我父亲，说我们父子如何嚣张。"说到这里呸了一声，"真是胡说八道，我们这么老实的人。"

君小姐失笑道："这可真没看出来。"

"那是你瞎。"朱瓒嗤声说道。

君小姐抿嘴笑而不语，朱瓒冷笑一声，接着说道："总之，他们就是看我父亲不顺眼，而且又都是些贪生怕死之辈。"

君小姐好奇地问道："成国公那么德高望重，为什么呢？"

"有人想要舍弃真定以北六郡。"朱瓒说道。

君小姐神情惊讶地站起来："怎么可能，那是好容易才夺回来的。"

朱瓒笑了笑，讥讽地说道："对他们来说很容易，上阵厮杀、流血丧命的又不是他们，而且在他们眼里，只看到因为这六郡，黎人侵扰不断，不如直接舍弃换来一时的安宁。"

"难道忘了皇……帝是怎么死的，都城是怎么陷落的吗？"君小姐说道。

朱瓒喝口酒："哼，商女还不知亡国恨……那些弹劾的折子，基本都是姓黄的示意收集的，真定周家也是被他陷害的……"

君小姐的神情更惊讶了，她轻叹一口气，伸手从药箱里拿过另一壶酒，也仰头喝了一口。

"朝廷常常短缺北地的军饷补给，都靠周家等乡绅豪族贴补，为了打压我父亲，震慑这些乡绅豪族，姓黄的不惜引黎人入真定……"朱瓒接着说道。

这句话没说完，君小姐惊骇地站起来，脱口喊道："什么？"

朱瓒看着手里的酒瓶，扯了扯嘴角："多荒唐，是不是，为了一己之私不惜引狼入室，让多少百姓惨遭杀害，那可是信奉他们为父母的百姓啊……"他说着仰头喝了口酒，余下的话便都随着酒水咽下，"杀了这种人，不应该吗？"

君小姐看着他，昏暗的牢房里，朱瓒面色憔悴，他年纪也不过二十二三，却背负着太多的责任，还为她做了这么多事，她心中顿时生出一丝心疼……仰头喝了一大口酒，她呛得自己咳嗽几声，许久不这样喝了，一时还不习惯。

朱瓒鄙视地看她一眼，说道："不会喝酒喝什么喝！"

　　君小姐也不说话，就慢慢地喝酒，朱瓒将酒瓶的酒喝完，意犹未尽地舔了舔嘴唇，又说道："怎么这么点，还有吗？"看着君小姐手里的酒瓶，忍不住又伸手要。

　　"你别喝了。"君小姐笑着侧身躲过，将剩下的酒一饮而尽，顺势在他伸过来的手上搭了下站起来。

　　朱瓒再次嗷地叫了声，喊道："别对我动手动脚。"

　　君小姐哈哈笑了，将酒瓶扬手扔在地上："我给你吃的药足够你再撑一段时间，我走了，以后有机会再见吧。"

　　朱瓒对她翻个白眼："你一个大夫，谁愿意见你！"

　　君小姐哈哈笑了，冲他一摆手，再没有说话，拎起药箱转身出去了。

　　君小姐的平安归来，让九龄堂的诸人松了口气。

　　"这药材不多了，明日再去采购些。"陈七一边翻看着账册对伙计吩咐，一边看着君小姐，"趁着这段不忙，我想回家一趟，把我娘接来。"

　　"好啊。"君小姐笑道，"正好我们一起走。"

　　陈七笑呵呵地点头，忽然笑容一收，有些惊讶地看向君小姐："你说什么，一起走？你要去哪里？"方锦绣和柳掌柜也带着几分意外地看过来。

　　"我想离开京城。"君小姐说道。

　　方锦绣站起来，激动地问道："为什么？你是懦夫吗？"

　　柳掌柜忙摆手示意她别这样，沉声说道："怎么能这样说，君小姐从来都不是这样，是有事要回去吧？"他看着君小姐，"出来时候也不短了，是该回去看看了，少爷、老太太他们肯定很高兴。"

　　君小姐笑了笑，说道："是。"

　　"那干脆我就不回了，君小姐，你回来的时候把我娘带来就行。"陈七说道，"九龄堂可离不开人。"

　　"我不是人吗？"方锦绣翻了个白眼，"本来也没人问诊，卖个药而已，离了谁不能啊。"

　　陈七嘿嘿笑了一声，君小姐也笑着说道："是，以后九龄堂就卖药，锦绣你一人也可以的。"她说着又看向陈七，"你的母亲还是你亲自去接一趟吧，我回去了就暂时不打算进京了。"

　　陈七、柳掌柜默然片刻，柳掌柜带着几分严肃地问道："是贤王殿下说了什么？陆千户？还是成国公世子？"

　　君小姐摇头说："没有，谁都没有说什么，而且贤王很好，以后在京城他会照看九龄堂的，我只是觉得，如今做的事没有达到我预想的目的。"

　　"虽然屡屡受阻，但如今九龄堂也算是名满天下了。"柳掌柜说道，"我想君小姐没有辜负您祖父的期待。"

　　"名医名扬得民心，但很多医者都死于官宦权贵之手，文挚被齐闵王烹杀，扁鹊死于秦太医的陷害刺杀，华佗更是无妄之灾。"

　　陈七方锦绣柳掌柜默然片刻，意思是说，大夫只是大夫，纵然得了一些名声，在遇到这些权贵时什么都不是，随时能被欺凌舍弃。

"所以还是受影响是不是？"方锦绣说道，"怕了是不是？"

君小姐笑摇头，虽然她可以用神医之术治病救人，帮助九裕，但这远远不够，而且陆云旗太疯狂了，如果她还在京城，在他眼前，不知道还要惹出多少事。

"不是怕了，如今九龄堂声名鹊起，如果此时留在京城，势必要跟陆千户纠缠，虽然我不怕，也有很多人会护着我，但跟疯子斗，也会变成疯子。九龄堂不问诊还可以卖药，好些药我都教给你们怎么做了，这样大家可以来这里拿药，陆千户就是想找麻烦，也不好找，这也算是以退为进。"

堂内三人默然，柳掌柜故作轻松地说道："既然如此，我们就安排回程的事。"

"那我就准备一下。"陈七也跟着说道。话是对君小姐说，却看了方锦绣一眼，果然一直沉默的方锦绣不待君小姐说话，先开口说道："你早就想着这一天吧？请我们来京城做账房、掌柜，其实是想让我们在你走了之后也能撑起九龄堂，让它继续照常运转。"

"是，我做事是想得多一些。"君小姐看着方锦绣，"你现在还可以再想一想，要不要做九龄堂的账房。"

这是当初在邀请方锦绣来京城时信上写的话，隔了半年多再次提起，似乎这一刻才是真正的询问。

方锦绣对她翻了个白眼："你都想好了，我还想什么。"她说着转身向内走去，"柳儿。"

喊叫声让在厨房忙碌的柳儿吓了一跳，她不高兴地探头出来："喊什么呀，你自己该买个丫头了啊，别总使唤我。"

方锦绣瞪了她一眼："给你家小姐收拾行李。"

柳儿惊讶地瞪眼，再看君小姐也走出来了，问道："小姐，要收拾行李？"

君小姐含笑点点头："对，我们到别的地方走一走看一看去。"

"好呀好呀。"对于小姐的决定，柳儿从来都是雀跃拥护的，闻言一句话不多问，高高兴兴向屋子里跑去。

君小姐站在方锦绣身边，说道："遇到什么事，京城里贤王可以信赖，承宇也会看着，你不要自己逞强，这世上除了人，没有什么不可舍的。"

方锦绣嗯了声，说道："我知道，我没那么傻，当个账房拿钱而已，犯不着搭上自己的命。"

"正是如此。"君小姐含笑说道。

方锦绣忽然扑哧笑了，挑眉说道："你确定要回去？"倒是很少见她笑，又是这副幸灾乐祸的样子，君小姐不解地看着她。

"回去之后你婆婆会不会天天堵门骂？"方锦绣笑道。

君小姐一怔，这才恍然想起说的是谁，宁云钊当众宣布与自己有婚约，这么轰动的事肯定已经传回阳城，而且这件事事关重大，在宁云钊和宁炎到家告知真相之前，宁大夫人肯定不会善罢甘休。

"不用担心。"她抿嘴一笑，对方锦绣带着几分俏皮地眨了眨眼，"她骂不过我，说不定这次我能从她手里拿到更多的钱。"

上一次宁大夫人对着君小姐当面骂，君小姐拿到了五千两，方锦绣想起来就忍不住笑。看到这两个女孩子站在院子里笑得欢悦，陈七和柳掌柜也松口气，含笑说道："那就这样吧，以后就辛苦你们两个了。"

陈七嘿嘿笑了笑，诚恳地说道："以后争取不让柳掌柜您辛苦。"

柳掌柜笑了，亦是眉飞色舞地说道："那我就去准备回程的事，少爷知道这个消息肯定高兴得不得了。"

马车停在了怀王府前，有了之前的经验，这次车夫倒是淡定了许多，倒是君小姐那边有一丝犹豫，心中存疑这样径直到访，怀王府的大门会不会打开，如果不行的话，就只能再去麻烦贤王了。正思忖间，君小姐已经站到了怀王府的大门前，迟疑片刻，她抬手叫门，门应声而开。

"是君小姐啊，里面请。"门房恭敬地说道。

君小姐心里微微惊讶，对门房含笑还礼，走了进去。

"君小姐先去殿内稍等，殿下正在写字，我们去通禀一声。"闻讯迎接过来的内侍笑着说道。

"有劳公公了。"

内侍让一个小内侍陪同君小姐向殿内去，自己则急急地向后边走去，君小姐也不急，跟随小内侍慢悠悠地走着，结果刚迈进殿内，就听得身后脚步疾响，似乎有人飞快地跑动，君小姐下意识地回头，就看到九裕飞奔而来。

君小姐看着他，好像又回到了以前，她从外地归来过年，每次刚迈进宫门，九裕都是第一个跑出来迎接她的。君小姐眼眶一热，几乎是下意识地转过身迎上前一步，同时伸出手，门口站着的男孩子顿时好似踩在弹弓上，嗖地直直扑过来，这一扑跨过了时间和空间，君小姐的手将他稳稳接住，顺势抱起来转了一个圈。

这动作几乎是一瞬间发生的，连做出动作的人都似乎没有反应过来，而且九裕也不是三四岁的小孩子，君小姐却依旧是十五六岁的年纪，这猛然一扑一抱一转，纤瘦的君小姐脚下有些踉跄，九裕也踮脚撑住地，二人一时间僵持，大眼对小眼，都能从对方的眼中清晰地看到彼此的窘迫。

"殿下身子才好，不要跑跳。"君小姐说着将九裕放稳在地上。

九裕脸色发红，满脸窘迫，但转开的眼神中有些茫然，还有些失望，他嗯了一声，挺直摆正身形。

君小姐见他手上沾染着墨汁，神情越发柔和，心里也是一阵酸涩，所以他听到自己来了，就放下笔跑来，连手都顾不上洗吗？她收起沉思，柔声问道："跟着先生习字的吗？"

九裕嗯了一声，将手攥住背在身后，向前走去。

君小姐看着他这故作大大人的模样笑了笑，又回头看了看殿门外，没有内侍宫女，也不见顾先生的身影，神情更复杂几分，心想是谁故意给她和九裕独处的机会？是顾先生？顾先生这个人，到底是敌是友？

"你是来给我看病的吗？"九裕的声音传来，打断了君小姐的出神。

她忙跟着走过去，看着坐在正中的九裕，一边打开药箱，拿出脉枕，一边问道："是啊，你最近觉得怎么样？"

九褣将手伸出来："我最近很好，前几天我还和先生吃了鱼脍。"或许是说到了令人难忘的事，九褣的脸亮起来，眉头飞扬，"你吃过鱼脍吗？原来鱼肉可以生着吃。"

君小姐笑了笑，探着他的脉息："我吃过啊，我也是跟我先生一起吃的。"说到这里又撇撇嘴，"不过不好吃。"

九褣顿时瞪大眼睛："好吃！很好吃的！"

"好吃也要少吃，你现在还小，身子弱。"君小姐收回手，看着瞪圆眼神采奕奕的小家伙，下意识地顺手刮了下他的鼻头，这动作让九褣再次一僵。

君小姐也再次后悔，掩饰着说道："吃多了伤脾胃。"

九褣哦了一声，带着几分好奇地问道："你也有先生吗？"

看着九褣眼里的激动和期盼，君小姐觉得不能再说下去了，便说道："是啊，要学本事当然要有先生教。"

"那你的先生也是大夫吗？"九褣坐直了身子问道，眼睛亮晶晶的，"你的先生叫……"

"殿下。"君小姐打断他，"您的病已经痊愈了，以后好好吃饭，多锻炼就没问题了。"

九褣哦了一声，还要接着说话，君小姐再次打断他，柔声说道："那我该告辞了。"

九褣脸上浮现遗憾，但还是坐正了身子，点了点头："好。"他犹豫片刻，羞涩地说道，"那下次见。"

君小姐的眼泪差点涌出来，先前她一心要亲近不得，现在九褣愿意主动接受她、亲近她，她却要走了，她极力压制自己的情绪，挤出一丝笑容，看着九褣说道："下次只怕要很长一段时间了，因为我要走了。"

九褣的神情一僵，似乎有些不解："走？"

"我要离开京城了。"君小姐说道，"其实今天我是来跟你告别的。"

九褣的脸瞬时变白，小胸脯剧烈地起伏，瞪圆的眼圈泛红，突然大声质问道："你不是说你答应我姐姐照看我的吗？"

君小姐的心仿佛骤然被人揪了一把，她想伸手安抚九褣，但九褣却猛地甩开她的手，从椅子上跳下来，飞奔向外跑去。

"九褣。"君小姐吓了一跳，忙喊着追上去，九褣却跑得飞快，转眼消失在视线里。

这孩子肯定是又躲起来了，他就喜欢躲在湖边假山旁那棵古树的树洞里，君小姐径直往那边去。

快要走到时，顾先生从一边走来，含笑说道："君小姐。"君小姐停下脚步，对他施礼。

"今日你来是？"顾先生开门见山问道。

君小姐看着他，也径直答道："我今日来是告辞的，我要离开京城了。"

顾先生神情有些惊讶："怎么要走了？出什么事了？"说着又笑了笑，"你知道，我们这里大门紧闭，从来不知道外边发生了什么事。"

君小姐看他片刻，将宁云钊当众表明有婚约解围，到锦衣卫侵扰每一个被她诊治的人家，到黄小大人被万大春孙女刺死，朱瓒当街惊马被皇帝下了大狱等事逐一讲了。

顾先生听得惊讶不已，他神情复杂地说道："竟然发生了这么多事。"他欲言又止，最终笑了笑，"君小姐当断便断，不受其乱，干净利索，很好很好。"说着又施礼，"那就祝君小姐一路顺风，心想事成。"

君小姐笑了笑，最终也只是屈膝施礼道："告辞了。"说罢，便直起身子转身而去。

身后似乎传来九裕的声音："她骗人。"这声音听起来还带着哭意。

君小姐鼻头酸涩，忍不住泪眼模糊，但她强忍着没有回头，她来京城是为了九裕，走也是为了他，总有一天他会明白的。

四月的清晨，细雨如丝，让天色更显得雾蒙蒙的，夜市早已经散去，早市还没开，街上显得很安静，九龄堂前却很热闹，十几个人马、三辆马车在门前排开。

陈七站在门外指挥着两个小厮将油毡布铺在车上，盖住满满一车物什。

"是不是带得太多了？这都占了一个车。"方锦绣举着伞站在一旁，皱眉说道。

"从京城回去怎么能少了礼物？"陈七有些不安，"要不我还是别回去了，还是让君小姐安排人把我娘送来。"

"她忙得很，别让她操心你这些闲事。"方锦绣说道。

陈七嘿嘿笑道："行，我知道你一个人在京城也没问题。"

"回去别大吹大擂，招惹一堆人跟着你来讨生计。"方锦绣叮嘱道。

陈七再次笑着应声"是"，站在一旁的柳掌柜笑眯眯地看着。一个管事提醒道："掌柜的，问问七掌柜，我们的东西跟他们一起走，还是放他车上？"

柳掌柜冲他摆摆手："急什么，一会儿再说，别打扰人说话。"

管事不解，又有些焦急地看看天，心想这马上要下大雨了，得赶紧起程才对啊，他们正说着话，君小姐和柳儿从里面走出来了，二人都已经换上行装。

君小姐屈膝施礼道："这些日子辛苦了。"柳掌柜等人忙还礼。

"以后就更辛苦了。"君小姐再次施礼。说罢便转身上车，柳儿高高兴兴地跟上。

陈七冲护卫们一摆手，大声说道："出发。"说着他也上了另外一辆马车。

"一路顺风。"柳掌柜等人齐声说道。

按理说他们应该送出十里外，但君小姐说自己来得悄悄，所以也想走得悄悄，柳掌柜等人不违背她的意思，站在九龄堂外目送车队向城外而去，渐渐消失在蒙蒙雨雾中。

这个时候的城门还没有开，陈七拿着早已经申请的文牒上前。

"君小姐要走啊？"守城吏神情有些复杂，"还回来吗？"

"当然回来。"陈七忙笑道，"只是回家探亲。"他还想跟门吏说些什么，那门吏却转身走吩咐守卫开了门，自己则站在门边，一副不愿意再靠近他们的样子。

"走了。"陈七哼了一声也懒得理会这门吏，转身上了马车，但他刚上车就被前边的护卫喊住，他们的声音听起来有些惊讶。

陈七没好气地看过去，顿时也愣住了，城门外站着密密麻麻的人，男女老少都有，他们有的举着伞，有的披着蓑衣，有的则什么都没有，都寂然无声地站立在雨中，陈七只觉得浑身发麻，起了一身的鸡皮疙瘩，这些人是……

站在城门边的门吏将手里的鞭子重重地在地上一甩，发出清脆的响声，随之高声喊道："送君小姐！一路顺风！"门外安静的人群也随着门吏齐声高喊着同样的话。

陈七顿时一阵感动，欢喜得顾不得上车，跑到君小姐的马车前，急着说道："君小姐，好多人来送你！"

柳儿早已经掀起了车帘，摆手催促道："看到了，快，别挡着！"陈七笑着立刻站开。

看到君小姐出现在视线里，城门外的民众更是激动，七嘴八舌地说着一些挽留君小姐的话，还有大人催促着孩子们叩头。

君小姐从车上下来，将孩子们拦住，又对着面前的民众还礼，一一回答纷乱的询问，又笑问道："你们怎么知道我要走了？"

"我是听大夫们说的。"民众们异口同声地答道。

君小姐决定离开京城，自然也跟冯老大夫打了招呼，冯老大夫并没有说什么，也没有来相送，原来已经把消息告诉了其他大夫，大夫们又都告诉了民众。

君小姐笑了笑，陈七在后面也笑了，原来这些大夫的送行在这里啊，他还埋怨怎么满城一个大夫都不来送。

君小姐的马车在民众的簇拥下，缓缓前行，最后在民众依依不舍的目送下，一路向西而去。

第九十七章

◇

离开京城回阳城

雨越下越大，冲刷着青灰的墙壁，发出杂乱的声音，北镇抚司的牢狱里，最内的牢房里散发着浓烈的药味，此时，牢房里除了站着锦衣卫和佝偻的老头外，还多了一个太监。

"世子爷，您可就认个错吧，不是咱家说您，您这次可真是胡闹过头了。"太监看着床板上的朱瓒，细声细气地说道，。

而趴在床板上的朱瓒听到这句话，撑起身子，愤怒又委屈地喊道："我哪里胡闹了？我明明是多管闲事，我以后再也不多管闲事了，管它马惊了还是驴惊了，管它死多少人，都算不到我头上。"

太监忙伸手拍扶他，劝道："您喊什么啊，这不是让您好好说话嘛，陛下让您到刑部去，您到那里可要好好说话，不要再这样了。"

此言一出，站在牢房外的江百户眉头皱起来，去刑部大牢就脱离了他们锦衣卫的掌控，兵部以及维护成国公的人就能插手了，皇帝竟然这么快就同意把朱瓒送去刑部，这才几天？成国公在朝里还真是人脉不少，以前他还避讳，暗藏实力，这次为了儿子就顾不得这么多了，这是个将成国公一伙人一网打尽的机会，他转头对着陆云旗说道："大人……"

他身后似乎与墙壁融为一体的陆云旗冲他抬手，江百户将话咽了回去，继续听着内里朱瓒吵闹的声音。

朱瓒似乎并没有意识到去刑部意味着什么，依旧很生气，人也干脆从床上起身，不知道是趴得太久还是身上的伤太重，他的身子一晃，差点跌跪在地上。

牢房里响起太监大呼小叫的声音："世子爷您小心点。"人也赶紧去搀扶，但鬼大夫比他更快，先抓住了朱瓒，太监吓了一跳。

鬼大夫带着几分嫌弃地忙向后退："您竟然能下床了？"

朱瓒甩开他的手，虽然还有些摇晃，身子却是站直了，冷哼道："就凭你们那几下，难道我还能废了吗？"

鬼大夫激动地打量他，如同看到奇珍异宝："君小姐的药竟然这么厉害，让我看看伤口，怎么会好得这样快，到底是什么药，我也要闻一闻、尝一尝……"他的话没说完，手刚碰到朱瓒的腰带，就被朱瓒一脚踹到了墙角。

"现在是个人都能来脱小爷的裤子了吗？"朱瓒骂骂咧咧的声音在牢里回荡。

太监伸手抚了抚额头，担心地说道："世子爷，您快坐下吧。"

适才那一脚的动作很显然让朱瓒的伤口扯到了，他发出嗞嗞几声，在太监的搀扶下下意识地坐下去，才挨着床板又跳了起来，大喊道："我都伤成这样了，还怎么坐！"

太监瞪眼看着他，伸手揉了揉耳朵，心想叫这么大声，一看就是没啥大事。

"不坐了。"朱赞瓒没好气地说道，"不是说去刑部吗？走走走。"说罢，先一瘸一拐地向外走去，太监忙跟上。

走到牢房外，看到站在门外的陆云旗，朱瓒脚步不停，陆云旗也没有阻拦说话，身子更往回退了退，将路避开，朱瓒看也没看他，越过而去。

一只黑面的斗牛靴将一块石头踢了一脚，因为前几日下雨土松软，石头立刻滚了下去，四凤将嘴里的一根草吐出来，转头看着身后的兄弟们："那群没出息的家伙害怕了，都缩回去了。"

张宝塘晃了晃头，活动了下肩头、胳膊，发出清脆的声音："这就是那什么色厉内荏吗？"

四凤伸手推了下他的头："让你多读点书，什么色厉内荏！"

张宝塘憨憨地笑了笑，摸了摸头，又问道："我们还守着吗？"

四凤看向京城的方向，拍了拍身子站起来："不用了，二哥说了，如果京城附近的陆云旗的人退回去了，那就不用担心，他们肯定是去想别的办法了。"

听到这句话，张宝塘的脸色更加不安："那他又会想什么办法？这君小姐岂不还是很危险，我们不能不护送啊。"

四凤笑着说道："能护一路又不能护一辈子，你放心，君小姐也很厉害，我们只要在京城这边帮她挡住一些时候，等她回到阳城，到了她的地盘，又有方家在，锦衣卫想伸手也没那么容易。"

张宝塘脸色稍缓，高兴地说道："那咱们走吧，天黑就能赶上君小姐了。"

四凤沿着斜坡向下滑去，头也没回："赶上她干什么？回京。"

张宝塘神情惊讶："不去送别吗？不见君小姐一面吗？"

"二哥叮嘱咱们不要去见的，你忘了吗？"四凤说着人已经滑到了山坡下，打个呼哨，一匹马从密林中跑来。

张宝塘跟着滑下来，叹口气说道："我就是觉得二哥为君小姐做了这么多，君小姐却不知道，二哥怪可怜的，而且你干吗不让我说是君小姐求了陆云旗，咱们才能进去见他的？不知道君小姐答应了陆云旗什么条件，君小姐可是要走了，说不定回去就成亲……"

四凤哈哈笑道："有句话叫作此时无声胜有声，二哥不说，君小姐不一定不知道。"说着拍了拍张宝塘的肩头，"你还小，不懂。"

张宝塘摇摇头，但既然是朱瓒的吩咐他也不好违背，骑上自己的马，一众人消失在山路上。

与此同时，阳城有一队人马也疾驰在街上，为首的方承宇骑着一匹通体朱红的高头大马，穿着一身素白暗花锦袍，腰里悬挂着金玉挂饰，戴着白玉冠，插着一支金灿灿的簪子，街上的姑娘看到他，顿时发出羞涩又激动的喊声，甚至还有一些老婆婆站出来，对他挥着手帕。对于街边的呼唤声，方承宇笑着摆手一一回应，惹来女子更高的呼声。

方承宇纵马疾驰，很快就离开了阳城城界，身边的护卫紧紧跟随，一直跑了半天，才放慢了速度，四周已经看不到城池，只有零星的村庄点缀。

"少爷，累了就休息会儿。"护卫们说道。

"不会啊。"方承宇用手帕擦擦汗，笑道，"我已经会骑马了，你们别担心。"他看向前方，笑容从眼底溢出，"九龄看到我会骑马，一定很高兴。"说着又拍了拍马上挂着的弓箭，"我还会射箭。"

护卫被方承宇孩子气的一面惊到，有些无语又有些好笑，心想少爷平时做事滴水不漏，俨然一副当家的成熟模样，结果一接到信说君小姐要回阳城，他立刻就骑马带着人从家里出来迎接……

"我们要在哪里等君小姐？"一个护卫提出建议，"碧山湖那边的宅子最合适，正好在君小姐要走的路上。"

方承宇却摇摇头，看着前方，含笑说道："不等了，一直向前迎接，直到见到她。"

护卫的神情更惊讶了，大家正要劝，却见方承宇猛地勒住马，突然紧张又慌张地说道："快，快掉头！"

旋即听到前方嘈杂，再看大路上出现一队人马，人似乎很多，还有高牌彩旗。

"是宁状元回来了。"方承宇说道，"我们快避一避。"

护卫顿时恍然，看着渐渐走近的人马，认出其中被簇拥的年轻人，正是宁十公子。

方承宇已经向小路上驶去，直奔不远处的一个村庄，还自言自语道："论情论理，我都该对他道贺，但我就是不想见他……"

护卫紧紧跟随着他离开了大路，听得身后的喧闹声由近渐远。

而君小姐此时还在路上不急不缓地行驶，这一段走的是官路，平整稳当，马车的摇晃也缓和了很多。

柳儿在车内的小书架上翻了一遍，问道："小姐要看哪本书？"

君小姐忽然问道："今天是第几天了？"

"十三天了。"柳儿答道，"七掌柜说还有五天就能到阳城了。"

君小姐哦了一声，点点头："走了这么久了。"说着伸手拿过药箱打开，从其内拿出一本书。

柳儿看她看书，便不再问，靠着引枕玩从路上买来的泥人。

君小姐的手有些微微颤抖，将这本有些粗糙的自制厚本子放在几案上。一直没有机会看这本书，唯恐被人发现，现在离开了京城，无人可窥探，她终于能看看师父的手札了……

君小姐深吸一口气，掀开书，第一页的一行字闯入视线，她神情不由得一僵，是龙飞凤舞的几个大字："我是一个傻瓜。"她做梦也想不到打开会有这么一句话，当初翻这本手札，她是直接划拉到中间看的，内里都是密密麻麻的字，也没看清写的什么，她一直认为是医书，是师父自己的行医心得……

君小姐呆愣片刻，扑哧笑了，旋即又眼眶发红。再次翻开一页，是折叠起来的一张大纸，她将这张纸抽出展开，竟然是一张舆图，上面山川、河流、城镇、乡村等地方都做了详细标志，密密麻麻的地名很多都不认得，最顶端标注了州府名字——涿州。她认得这地方，曾在皇祖父书房里的舆图上见过，呼吸不由得急促，伸手再次翻过一页，依旧是舆图，这次是幽州，再往下翻，直到翻了十六页，竟然都是舆图，分别标注着儒州、檀州、蓟州、应州、寰州……

这些地方都曾经属于大周，但在百年前被夺去，后被成国公夺回六州，至今驻守阻挡着黎人的侵袭，因为始终处于兵家必争之地，又多次被黎人占据，所以，就连皇宫大内珍藏的舆图上都只有寥寥几笔。成国公夺回六州后，花费人力、财力勉强绘制了六州的舆图献给了皇帝。他献图的时候君小姐看过，虽然记不清，但可以肯定完全没有师父手札中画得这么详细，至于精准不精准，她没去过也不知道……但，师父是怎么画出来的，难道他去过这些地方，舆图多么难画她是知道的，师父的年纪也不过四十多岁，这么多州府的地域，难道师父真是神仙啊？这当然不可能，君小姐心乱如麻……

一杯热茶被放到手边，打断了君小姐的出神，她吐口气抬起头，对上柳儿瞪圆的眼，二人视线相对，都吓了一跳。

君小姐眨眨眼问道："怎么了？"

柳儿拍拍胸口："小姐你发呆好久，又自言自语，吓我一跳。"

君小姐冲她安抚地笑了笑："没事，我想事情入神了。"

柳儿自然不会问想什么事情，听到她说没事，便又高高兴兴地继续摆弄手里的玩偶。

君小姐透过纱窗看了眼外边，凉风习习，旁边有护卫的说笑声传来，心绪平复片刻，她再次低下头向后翻看。还好第十七页不是舆图了，但却依旧让她愣了一下，这页画着一副铠甲，并十八般兵器，铠甲锈迹斑斑，似乎废弃了许久，兵器散落在其后形如凤翅，颓败中又添了几分莫名的杀气，这又是什么意思……

师父虽自称是个文人，但他的举止、做派多数时候都有些粗鄙，功夫是否精通不知道，但一路跟随他几次跑逃抢掠，还是能看出有些底子的。而且他还会做暗器，虽然都被他用来装毒药，但做工极其精巧，不是一般匠人能做到的，比如她这个药箱，在阳城高管事找了好几家好几个工匠一起才做出来，但比起当初师父用的那个还是差很多，师父那个在落下山崖时摔裂但并没有坏，她将它和师父葬在了一起。

君小姐抚了抚铠甲画揭过去，这一张没有图也没有画，只有几个字：敢则生，不敢则死。听起来气势冲天，胆气雄壮，不过师父这种怕麻烦躲闲事的人也会说出这种话啊？虽然觉得莫名其妙，她还是在心中默念几遍，仿佛又在聆听师父的教诲。

君小姐默然片刻，又揭过这一页，下一刻她的双眼再次瞪大，神情惊愕。这又是一张图画，不是舆图，也不是铠甲，而是阵图，兵阵方圆，线点为人，如同乾坤八卦布列，一眼看去如同真人兵将浮现，刀枪挥动，君小姐只觉得浑身发麻，啪的一下，将手札拍合上。

先是舆图，接着是铠甲，然后是血气的宣言，再是排兵布阵，这俨然是一本兵书，跟医术没有半点关系，师父到底是什么人？君小姐想起顾先生说过的那句话，他是一位大才之人，当得一声"先生"之称，又想起师父曾说过他本不是大夫……君小姐看着这本泛黄的手札，似乎面对着一个陌生人，心中思索着师父到底是什么人？张青山真的是他的姓名吗？

暮色渐起，马车停在了一间驿站前。君小姐将几案上的手札放进药箱夹层里，自看到兵阵合上之后她就没有再打开，一来进入了一段难走的官道，颠簸摇晃得厉害，二来她也想让心绪平复片刻。

"君小姐！"看到陈七递来的驿券，驿丞脱口喊道，神情惊讶，声音变调。

这种反应陈七一路走来已经习惯了，他懒洋洋地说道："啊对，你可以喊了……"

话没说完，果然那驿丞已经看向后边，激动地喊道："快来啊，是君小姐，是种痘的神医君小姐来了。"听到喊声，驿站里的人都涌了出来。君小姐一下车，人们便惊喜地围过来，有道谢的，有询问种痘事宜的，驿站门前，掀起一阵热闹。

陈七和护卫已经司空见惯，留下几个护着君小姐，陈七则带着人安置车马，自己选了房间，去厨房选了饭菜，等君小姐从驿站的人群中走出来，夜色已经铺下，饭菜也摆上了桌。

而此时的宁家大宅里，恭贺的亲朋好友都散去，宁大老爷一家人终于可以坐下来了。

宁大夫人坐在屋子里，手中捻着佛珠，脸上还带着招呼亲朋好友时惯有的笑意，但两边站着的丫头仆妇却都低着头，神情战战兢兢。

"母亲，"一旁的宁云燕迟疑了一下，说道，"要不您先吃点东西，叔父和父亲他们说话肯定要些时候。"

"我不吃。"宁大夫人干脆说道，脸上还带着笑意，眼底却是冰寒一片，"我现在吃了，怕一会儿吐出来。"

宁云燕没敢再劝，自从得知宁云钊与君蓁蓁宣布婚约之后，宁大夫人晕倒躺了两天，在大家以为宁大夫人会一直躺到宁云钊回来时，第三天她却起来了，不仅恢复如常，还继续接见来道贺的亲朋好友。但前来道贺的人，都会提及宁云钊和君蓁蓁的婚事，且无一例外地都流露出对这门亲事的赞叹和羡慕，各种夸赞声不断，听得宁云燕几次都要晕过去，宁大夫人却还能保持微笑，当然待离开人后，她会气得一口饭都吃不下，连连干呕。宁云燕几次劝说都劝不住，宁大夫人就这样一直撑到了现在，整个人都瘦了一圈，好在精神一直很好。

此时，门外传来脚步声，仆妇禀告道："夫人，公子来了。"

宁云燕身子绷紧，欢喜又紧张地看向门口。门帘掀起，宁大老爷先迈进来，紧跟着宁云钊。宁大夫人和宁云燕的眼睛都亮了起来，适才已经见过了，但那是被众人围簇，宁云钊更是被宁老夫人拉在身边，母子、兄妹都没有说几句话，此时只有他们，感觉又激动又紧张，还有欢喜……

"母亲。"宁云钊含笑施礼道，"燕燕。"

宁云燕的眼泪啪嗒啪嗒掉下来，喊着"哥哥"就要扑过去。宁大夫人伸出手拦住她，说道："云钊啊，我有话要问你。"

"母亲还没吃饭吧，咱们一边吃饭一边说。"宁云钊上前来扶住她。

宁大夫人的神情柔和了几分："不急，就一句话，说完了就去吃。"

不等她接着问，宁大老爷已经先笑道："不用问，我告诉你，这婚事是假的，你可放心吧。"宁云燕雀跃得几乎要喊出声，宁大夫人也重重地吐口气，整个人放松下来。

"这件事也是他二叔的意思。"宁大老爷接着说道，"当时的情况危急，这样做是最合适的。"

"好了，母亲你可以去吃饭了吧？"宁云钊笑着再次伸手搀扶宁大夫人。

宁大夫人将手放在他的胳膊上，却没有起身，而是看着他，忽然又问道："那什么时候宣布是假的？"

宁云燕跟着点头："对，这才是最关键的。哥，你不知道这些日子整个阳城都传遍了，再不说大家可都当真了。"

宁大老爷捻须轻咳一声，开口说道："这个嘛，是这样的……"

宁云钊接过他的话，含笑说道："父亲，我来跟母亲说吧。"他握住宁大夫人的手，诚恳而坦然，"暂时还不能说，要等些时候。"

宁云燕神情一怔，急切地看着他。

宁大夫人也含笑看着他，只是这笑看上去有些僵硬，执着地问道："那要等到什么时候？一个月，两个月，三个月？"

"这个我和君小姐商议过后才能定。"

宁云钊话音刚落，宁大夫人抓紧了他的胳膊，大声喝道："跟她商议？要是她这辈子都不肯说呢？你也要这辈子这样了吗？"

屋子里气氛有些凝滞。

宁大老爷被吓了一跳，轻咳一声，说道："你喊什么啊，有话好好说嘛。"

"我好好说话，他能好好说话吗？"宁大夫人深吸一口气，让神情柔和几分，"云钊，你不用报喜不报忧，你实话告诉我，是不是她威胁你了？"

宁云钊笑了笑，拍了拍宁大夫人的手，说道："母亲，真没有，我们去吃饭，事情的原委我从头到尾好好讲给你听的。"

"不，我是妇道人家，不用跟我说太复杂，就三言两语告诉我怎么回事就可以了。"宁大夫人坐下来，将桌子上的一碟点心推过来，"云钊，你要是饿了，就先吃一口垫垫。"

"哥，你现在说吧，饿就忍一忍，你知道母亲多久没有好好吃饭了吗？"宁云燕也说道。

宁云钊笑着应声"是"，依言在宁大夫人身边坐下："那我就简单说说，这件事很简单，也是没办法，想必母亲已经知道君小姐和陆千户的事了吧。"

"知道知道。"宁云燕忙点头，"她勾引了陆千户，还有那个成国公世子。"宁大夫人也点点头。

宁云钊看宁云燕一眼，又看向宁大夫人，含笑说道："言传千里果然就变了，其实是因为九龄堂与陆千户有嫌隙，陆千户一心要赶走君小姐，你们也知道，君小姐在京城声名鹊起，济世救人，民众敬佩爱戴，陆千户在别的地方没法做手脚，这才使出男女之事的手段。"

宁大夫人显然并不想听这个，她不满地说道："他们的事我不关心，我就想知道，他们之间的事，怎么牵扯上你了？是不是她为了摆脱困局，又拿当初的婚约说事，意图得到咱们家的庇护？"

宁云钏笑着摇头："不是，我方才说了君小姐在京城盛名，民众拥戴，所以这件事闹起来之后，陆千户受了斥责，为民众所不齿。"说着看向宁云燕，"这也是为什么成国公世子会出面，他是为君小姐不平。"

宁云燕忍不住翻了个白眼。

宁大夫人再次皱眉，说道："这些事都无所谓，还是不知道怎么就又扯上你了？"

"君小姐的事闹大了，又牵涉到男女之事，民众少不得要探问她的私事，这样我与她有婚约的过往就必然也要被拿出来说。"宁云钏干脆利索地说道，"她声名赫赫，我又新中状元，婚约的旧事肯定要被拿来议论，这最终必然要把我牵扯其中，所以……"

"所以我们就化被动为主动，将这件事直接揽过来，堵住悠悠天下之口，而且还能得美名。"宁大老爷再也忍不住接过话，"所以就这么简单。"

宁大夫人和宁云燕神情愕然，看看宁大老爷，又看看宁云钏。

"这不对啊，这怎么就化被动为主动了？"宁大夫人问道。

"以君小姐如今的盛名，云钏又中了状元，一旦被议论婚事，肯定要提到当初的事，到时候如果被有心人利用，给云钏安上一个背信弃义的名声，那这仕途可就麻烦了。"宁大老爷摇头说道，"你们妇人不明白这个官场的凶险。"

"所以母亲你问是不是她威胁我以得到庇护，其实不是的，事实上我这样做，是为了自己得到庇佑。"宁云钏说道。

宁大夫人茫然地说道："我是不太明白，已经有人质问了吗？"

"还没有啊，所以先主动啊。"宁大老爷说道，"难道要等到被质问才行动吗？"

宁大夫人点点头："对啊，到那时候怎么了？别人质问，咱们就不能答了吗？这件事我们又不理亏，是她跑来要了五千两银子退婚的，整个阳城都知道，这有什么不能答的？"

"那算什么光彩事吗？"宁大老爷皱眉说道，"拿出来说，吵吵闹闹的，云钏是状元呢，官职也授予了，到时候还没做出成效来，就顶着五千两银子的身价被人笑吗？你们这些女人，到底懂不懂？"

"母亲，这件事是对我们双方都有利的事，我能得一个好名声，君小姐她也能解了困局，可谓一举两得。"宁云钏含笑说道。

宁云燕却突然激动地站到宁云钏的面前，质问道："不对，哥，你是不是喜欢君蓁蓁？"

这话让屋子里的人都愣住了。

"哥，你这么聪明，这么厉害，难道会怕别人拿你的婚事做文章吗？"宁云燕接着说道，"我的哥哥才不是那种人，除非是你自己要拿婚事做文章。"

宁大夫人回过神，也看向宁云钏，沉声问道："云钏，你是不是喜欢君蓁蓁？"

宁云钏神情依旧柔和，没有不安，没有惶恐，眼神清亮而坦然，他沉着地答道："是的，母亲，我是喜欢她。"

屋子的里气氛仿佛被冰陡然冻住，随即碎落一地。

宁云燕伸手掩住嘴发出一声尖叫，宁大老爷有些茫然，似乎没听懂，宁大夫人则看着宁云钊，嘴唇剧烈地颤抖着，等了那么久，一口气撑了这么久，竟然听到她珍宝一般的儿子，光耀门楣的儿子，喜欢那个贱婢？宁大夫人眼一黑，向前栽去。

宁云燕的尖叫声再次扬起，划破了宁宅入夜的宁静。

一如既往，天不亮陈七就开始准备启程，三辆车都认真检查了一遍，驿站还将最好的驿马送来拉车，护卫牵着马向外走去，驿丞陪着陈七说笑着，刚走到门外，就见蒙蒙晨光中，站着一队人马，四周还支着三顶帐篷，路边只有马儿在晃着尾巴，似乎人都在帐篷里歇息。

"昨晚驿站住满人了吗？"陈七愣了一下，问道。

驿丞摇头："咱们这是山西河南交界的大驿站，哪能轻易就住满了。"

陈七疑惑地看着这些人，刚想再问，一个驿卒上前说道："不知道，半夜来的，根本就没有上前来询问，就在路边歇了。"

"去跟他们说说，让一让，让我们的车马过去。"陈七皱了皱眉头，对护卫吩咐道。

护卫应声上前，站在帐篷前几步外，喊道："老乡，能不能让个路？"

帐篷里却没有人回答，只有路边的马儿闻声好奇地看着他，护卫回头看了眼陈七，陈七对他摆摆手。

"怎么了？"君小姐和柳儿也收拾好走了出来，问道。

"有人在驿站外歇脚，挡住了路。"陈七说道。

驿丞再等不得，忙招呼驿卒，叉腰说道："快去，把人赶走，别挡了君小姐的车驾。"

驿卒忙从内跑出来要冲过去，原本安静的帐篷里却猛地跳出来一个人，大声喊道："九龄！"

驿卒猝不及防被吓了一跳，陈七也吓了一跳，一时没反应过来。

柳儿在身后啊了一声，喃喃说道："这个人好面熟啊……"

来人正是方承宇，他看着眼前的君小姐，既激动又有些紧张，他们已经快一年没见了，他怕她已经记不清自己的模样，尤其是，这一年他又长高了许多，样貌也稍微有些变化，他不安地攥住手，紧张地看着君小姐。

"什么面熟。"君小姐的声音传来，如同以前一样，清脆明亮又柔甜，"是承宇啊。"

方承宇紧张的心顿时放松，绽开笑容向她疾步奔去。

"你半夜就来了怎么不进来？"君小姐说道。

"你睡了啊，那么晚。"方承宇笑道，"把你吵醒不好。"

君小姐笑着摇摇头。

"而且，这样，不更惊喜吗？"方承宇眉飞色舞地接着说道，"你一走出来，就看到我跳出来，想不到吧？"

君小姐笑了笑点头，陈七则满脸同情地看了看跟着方少爷来的护卫，心想为了他的惊喜，这些人怕是没少受苦吧……

而方承宇和君小姐也没多说，一队队人马再次整顿，各自上车离开了驿站，热热闹闹地向阳城的方向而去。

宁家宅院里，上上下下一片安静，整个宅子里弥漫着紧张的气氛，进出的丫头仆妇都小心翼翼。宁大夫人在宁云钊回来的那天就病倒了，请了大夫看也看不出什么，宁云钊衣不解带地守着，谢绝了一切宴请来访，已经过去了好几天，宁大夫人并不见好转，屋子里的哭声总是断断续续地在宅院里飘荡。

"老爷，公子，好消息，好消息。"一个仆妇欢天喜地地跑进来，打破了紧张的气氛。

宁云钊掀起帘子走出来，问道："什么事？"

"公子，君小姐回来了。"仆妇高兴地说道。

宁云钊一怔，神情有些惊讶，她……他还没来得及问，就听得宁云燕的声音在后响起："她回来了算什么好消息？"

宁云燕也走了出来，瞪着那仆妇。仆妇被宁云燕生气的神情吓得结结巴巴地说道："君小姐，是神医啊，夫人的病……"

话没说完，宁云燕就火冒三丈地尖声喊道："滚！"

仆妇吓得慌慌张张地跑出去，宅院恢复安静。宁云钊看着宁云燕气急败坏的样子没有说话，向屋内走去，宁大夫人面向里睡着，外边的事似乎听不到，也看不到。

宁云钊在床边坐下来，端起一碗汤羹，说道："母亲，吃点东西吧。"宁大夫人仿佛睡熟一般，毫不理会。

"哥！"宁云燕从门外进来，咬着牙喊道，"你要真关心母亲，想要她好起来，就快去解决这件事。"

"婚约的事，当然是要解决的。"宁云钊说道。

"你是要解婚约还是跟那贱……"宁云燕尖声说道，"贱"字刚说出口，宁云钊将汤碗放在桌子上，似乎是不经意，磕碰在一旁的茶壶上，发出清脆又有些刺耳的声响。

宁云燕吓得一个哆嗦，停止说话，旋即又红了眼眶，她知道这种动作不会是不经意的，就是故意的，就因为自己要骂那君蓁蓁"贱婢"，哥哥竟然给她脸色看，她的眼泪唰地喷涌而出。

"有话好好说，不要哭哭闹闹。"宁云钊的声音随之传来，依旧温和可亲，但宁云燕却再没有以前那种被哥哥宠爱纵容的感觉，她的哭声更大了。

"你说谁呢？"宁大夫人从床上猛地坐起来伸手一指，横眉喝道，"你滚出去，我这里不用你伺候，摔摔打打的，你做脸子给谁看？"说着浑身发抖，"我就当没有生养你这个儿子。"说罢又躺下伏在枕头上哭喊，"我那时候身子弱，因为怀了你差点死过去，大夫都劝不要留，我哪里舍得，拼了命生下来，结果现在还是要被你要了命。"看到母亲哭，宁云燕的哭声更大了。

宁云钊在两个女人的哭声中端坐如松，神情没有丝毫变化，他温声说道："母亲，这些我都知道，您不要哭，事情总是要解决的，您适才也听到了，她回来了。"

宁大夫人停止哭泣，看向他问道："你要跟她怎么解决？"

"问过她才知道。"宁云钊认真说道。

"我现在不要问她，我要问的是你。"宁大夫人喝道，"不管她说怎么解决，你都还是喜欢她是不是？就算她说解除婚约，你也要非她不娶是不是？"

宁云钗笑着说道："非她不娶这个承诺太大了，没有人知道以后的事，这个话我也不敢说。"

"云钗，"宁大夫人带着几分哀求地拉住他的手，"你绝不能喜欢她，就算现在喜欢，以后都不许喜欢了，我再给你找一个好姑娘，你也说了，没有人知道以后的事。"

"母亲，喜欢不喜欢这种事哪有这么容易。"宁云钗揽着宁大夫人的肩头。

宁大夫人心如死灰，自己都躺下绝食了，儿子看似孝顺地伺候着，却始终还在说服她，没有半点要顺着她的意思。她猛地推开宁云钗，哑声喊道："滚出去！我没有你这个儿子！"

宁云钗依旧不急不恼，轻叹一口气，说道："母亲息怒，我听您的话，您别生气，我先出去了。"说罢，真的退了出去。

看着走出去的宁云钗，宁大夫人将桌上的汤碗狠狠地扫落在地上。

"娘，怎么办啊？"宁云燕哭道，"哥被那个狐狸精迷住了。"

宁大夫人攥紧了手，咬牙说道："除非我死了，我就不信他真敢为了那贱婢不要我这个娘。"

宁云燕稍微松口气，左右看了看，从一旁的小抽屉里拿出几块点心，劝道："您快吃点，别真饿坏了，就让那贱婢如意了。"宁大夫人沉着脸伸手接过。

第九十八章

◇

状元上门来寻妻

此时，方家大宅里站满了人，与外界的喧闹不同，这里很安静。

方老太太和方大太太看着眼前将近一年没见的君小姐，神情有些恍惚。她长高了许多，眉眼也长开了，先前少女的娇憨已经褪去，含苞初放的光彩渐生，只是眼底的沉静让这份光彩变得柔和，不那么咄咄逼人。

"怎么，这么久不见，大家对我生疏了？"君小姐将披风解下，笑着说道。

一旁的方承宇立刻伸手接过，柳儿瞪了瞪眼，毫不客气地从方承宇手里将披风拿走。

方老太太还没说话，方玉绣先说道："怎么会。"她说着站到方老太太身边看着君小姐，神情认真，"我们可是天天听你的事，跟在家一样，天天吓得一惊一乍的。"

以前那些鸡飞狗跳瞬间浮现脑海，先前的陌生、疏离顿消，眼前的女孩子又成了他们熟悉的那个人。

看着似嗔怪又关切的一张张脸，君小姐笑道："我还以为都习惯了呢。"她说着向方老太太和方大太太屈膝施礼，"外祖母，大舅母。"

因为长途归来疲惫，方老太太并没有大办宴席，甚至没有留君小姐吃饭，几人简单又说了几句话，方承宇就高兴地带着君小姐离开，向他们的院子走去。

晨光再次穿透薄雾照在方家大宅，校场上已经很热闹了，伴着嗡嗡声，一只只羽箭在靶子上摇曳着，击掌声也随之响起，方承宇将袖子挽起，露出结实的手臂，他的鼻头上闪着汗珠，虽然已经空弦，弓却还舍不得放下，转过头来，迫切地问道："还可以吗？"

君小姐笑着点头，手继续拍着发出脆响，称赞道："何止可以啊，很厉害呢！"

方承宇脸上的笑容更灿烂了："是啊，我也觉得我很厉害呢！"

君小姐伸手接过他的弓箭摩挲着，有片刻出神，又想起了师父手札的事……

"在家里无聊的话，我们去打猎怎么样？"方承宇的声音在耳边响起，打断了君小姐的出神，她抬头看到少年关切又不安的眼神。

"在自己家里怎么会无聊。"说着她将弓在手里挽个花，"别把我当客人。"

方承宇的心中顿时乐开了花，正想再说什么，柳儿的尖声从一旁传来："灵芝！你这个小蹄子怎么还没死？"

方承宇心里咯噔一下，君小姐已经闻声看过去，柳儿正从花墙下揪出一人，她被柳儿

351

揪住了头发，不知道是疼还是吓到了，嘤嘤哭起来。见君小姐看过来，扑通就跪下来，哭着叩头求饶："少奶奶，饶命啊！"

君小姐看着眼前跪着的女子，嘴边浮现笑意："好好的，饶什么命？"

听到这句话，灵芝身子一颤，停止哭泣，大着胆子抬起头。将近一年的时间，她虽然还在少爷的院子里，但从来不被允许到少爷面前，没有人苛待她，但也没有人理她，这种不死不活的境遇，简直让人发疯，昨日听到君小姐回来了，她突然觉得这是机会，只要她替少爷向君小姐解释当时的事情，让她相信当初的事是假的，那少爷一定会重新看重她。

这个念头一起，灵芝再也控制不住，悄悄躲在这里等待着，原本想等少爷和君小姐走过来时再装作偶遇，没想到这个柳儿眼尖竟然发现了她。她的眼神惊疑不定，方承宇则紧握住手，神情难掩不安忐忑，还有一丝失落。

听到君小姐的话，柳儿哼了一声，上前就赏了灵芝一巴掌，叉腰说道："少在那儿装可怜，跟我家小姐要你的命似的，你这贱命我家小姐要来干什么！"灵芝被打得再次俯身在地嘤嘤地哭。

"好了，哭什么？"君小姐说道，"你是找我吗？"

灵芝哭着说道："少奶奶，那件事还请少奶奶不要怪罪少爷，是我……"

话没说完，方承宇就打断她的话，先说道："九龄，那件事是我的主意，我那时候是针对你，也是真的要和这丫头做那件事，没有别的理由，也不是作假，就是，真的。"

他这一句话说出来，在场的三人都愣了，君小姐还好，旋即恢复了平静。

柳儿哼了一声，说道："早就知道是真的。"

只有灵芝愣过之后有些不知所措，她结结巴巴地再次开口说道："不，不是的，"说着向君小姐跪行，"是我勾引……"

"灵芝，不要说这种话了，说出来多寒碜。"方承宇再次打断她，"跟九龄不用玩这种把戏，太无聊了。"

灵芝被说得更加不知所措，君小姐只是神情平静地看着，不急不恼，也没有不耐烦。

"我留着你，就是为了证明当时的事不是你的问题，就是我自己的主意。"方承宇说道，"至于你后来做选择入了这局中，那是你的事，跟我做的事也是两回事。"他说着看向君小姐，"九龄，我和灵芝的事，是我自己要做的，而且也是真的，我错了，对不起。"

君小姐笑着说道："对不起倒是不用，那时候我们也不熟，再加上故意瞒着你、引导你，这对不起，真的不用说。"

方承宇不安地看着她："真的吗？可是真的很丢人。"

柳儿哼了一声："你丢人就丢人呗，关我家小姐什么事。"

方承宇看着柳儿，说道："因为我是在九龄面前丢人，我很在意。"

柳儿冲他翻了个白眼："我家小姐又不在意。"

君小姐忍不住笑道："以前我们不熟，我又是为了给你治病，那时候与其说我是你表姐，还不如说我是一个大夫。"她说着冲方承宇伸出手，方承宇握住她的手，但神情依旧满是委屈和不安。

"什么叫大夫呢，华夷愚智，普同一等，我怎么会因为病人做的事生气在意呢？"君小姐又说道。

方承宇眨了眨眼，问道："那现在呢？"

"现在你要是再做出这种事，我当然会生气，而且绝不原谅你。"

方承宇的脸上瞬时绽开笑容，如同冰雪融化，云散日出，本来一脸不屑的柳儿都忍不住看呆了，心想这家伙笑起来真好看。

"九龄，那现在你要做什么？"方承宇又欢快地问道。

"我要看书了，你不要吵我。"君小姐说着松开方承宇的手，向前走去。

方承宇笑着跟上："那我去看账册了，回来的时候给你带些吃的可好？街头新开了一家馒头店，特别好吃。"

君小姐笑而不语，二人一前一后前行。柳儿紧跟其后。

转眼前眼前就没了人，只剩下灵芝呆愣在原地。

柳儿正忙将方承宇的摆设都换成小姐喜欢的，听到有人叫她，走到门口向外看，没好气地问道："谁啊？"

一个十二三岁的小厮笑嘻嘻地施礼道："柳儿姐姐。"

柳儿看他一眼，转身就往回走："不认识。"

小厮忙上前连连作揖，讨好地低声说道："柳儿姐姐，我是受人所托，是你的老熟人。"

柳儿皱了皱眉看着她，那小厮左右看了看，伸手指了指一个方向，柳儿顺着他所指看去，小厮接着说道："……请你过去说句话……"话音未落，就听得柳儿啊地叫了一声，眼睛顿时亮起来。

"小丁。"柳儿喊道，又想到什么，声音更是拔高，"是姑爷来了？是姑爷来了吗？"

方家门房的人被吓了一跳，街上经过的人也被吓了一跳，所有人的视线顿时看向那个方向，站在墙角探头的小丁被这话以及陡然凝聚而来的视线吓得缩回去，有些不安地转头看着身后站着的宁云钊，小心翼翼地说道："公子，这……"

宁云钊还没说话，那边柳儿已经三步并作两步跑过来，大声喊道："姑爷你来了啊，你是来找我家小姐的吗？"

小丁顿时无语地伸手扶额，偷瞄了一眼周围，看到围观的人神情都一阵惊讶，同时说笑询问声也随之传来。虽然宁十公子每次露面都会引起追捧和围观，但小丁还是忍不住脸发热。

"姑爷，姑爷。"柳儿站到了宁云钊的面前，再次大声问道，"你是来找我们家小姐的吧？"

民众的视线也都凝聚在宁云钊身上，期盼地等着他的回答……

先前宁十公子跟君小姐的事已经传遍阳城的街头巷尾，民众早就想当面询问宁十公子，无奈他一直闭门侍疾不见客，一直找不到询问的机会，而昨天君小姐刚回来，闭门不出的宁十公子今天就出现在方家的门前，自然不能放过这个机会，所有人的心都提到了嗓子眼儿，紧张地盯着宁十公子，许久以来的谜就要解开了！

这如火一般的视线，小丁被看得都忍不住缩脖子，他身后的宁云钊则笑着上前一步，看着柳儿说道："是啊，君小姐在吗？"

不待柳儿答话，四周民众顿时喧闹起来。

"姑爷，我家小姐在呢。"柳儿在这一片喧闹中声音依旧响亮，"小姐正等着你呢。"

这话让四周民众更喧闹了，小丁又忍不住扶额，宁云钊则在柳儿的热情引路、民众激动的注视下，大方地走进了方家大门。

方家的门房也被这场面吓到了，呆呆看着柳儿将人领了进来。

"这个，通报一声吧。"宁云钊说道。

柳儿理所当然地说道："通报什么呀，姑爷你来还通报什么呀，快进来吧。"说着又看向前边，咦了一声，"看，她们也来迎接了。"

正走过来的方老太太和方大太太听到后顿时脸一黑，宁云钊上前施礼，恭敬地说道："方老太太，大太太，初次见面，打扰了。"

"姑爷，姑爷，去见小姐吧。"柳儿在一旁催促道。

方老太太拉着脸，方大太太则掩藏了自己的情绪，含笑还礼道："宁公子。"

"可以去见……"柳儿又说道，话没说完就被方老太太不悦地打断了，她看向宁云钊，说道："你还待这里干什么？还不去请你家小姐，忘了问了，宁公子是来找谁的？"

宁云钊似乎看不到方老太太的脸色，神情依旧温和，也没有丝毫拘束，闻言含笑，坦然说道："晚辈是来找君小姐的。"

"哦，那里面请。"方老太太说着再次瞪了一眼柳儿，"还不去请你家小姐？"

柳儿不客气地回瞪她一眼，哼了一声，甩手向内疾步走去。

"宁公子，这边请。"方大太太含笑柔声说道。

宁云钊再次施礼，这才随之迈步。

德胜昌里，已经升任二掌柜的高管事接过账册，再转身递给方承宇。坐在几案前的方承宇手拄着下颌，并没有看账册，而是在出神，这种姿势已经好长一段时间了。

屋子里的管事、掌柜互相看了眼，高掌柜带着几分了然地说道："少爷，今天的账册我都看过了，还有一些没送来，不如您先回去，我过了午就送去家里？"

方承宇哦了一声，坐直身子，眼睛亮亮地说道："也好。"他说罢便起身。

两个小厮忙跟上，方承宇又问道："去买了吗？"

两个小厮连连点头："已经让人去了。"

"买到了就马上送来，放凉了就不好吃了。"方承宇又吩咐道，说着便疾步如风地走了出去，留下一屋子人面面相觑。

方承宇站在街口，看着两个小厮满头大汗地跑近，将手里的纸包递上来："少爷，还烫着呢，按您说的买了四个。"

方承宇接过，吸着凉气在手里倒着。

"少爷，我们拿着吧。"两个小厮忙要接过。

方承宇却没有递给他们，已经转过身疾步单手上马，催马前行，走了没多远，就见街上的人突然增多，和他向一个方向涌去，带着几分喧闹嘈杂。

方承宇不得不放慢马的速度，耳边听到了宁十公子亲自去方家见君小姐的只言片语，顿时勒住了马，一脸的委屈。

方家的厅堂里气氛倒是很愉悦。

"这么说那些考题也不难？"方大太太好奇地问道。

"也不能说不难。"宁云钊笑道，"会者不难，难者不会。"

他没有过分谦虚，也没有夸张地炫耀，言语风趣平和，让人不由得心生好感，方大太太发自内心地绽开了笑容，方老太太虽然还绷着脸，但也没有打断他。

"姑爷！"但还是有不合时宜的声音从外边传来，打破了厅内愉悦的气氛，方老太太拉着脸看过去，见君小姐走了进来。

宁云钊站了起来，看着走进来的女孩子露出笑容。

"你来了。"君小姐含笑说道。

"姑爷一大早就过来了。"柳儿在后面高兴地说道。

方老太太咳了一声，瞪了君小姐一眼。君小姐抿嘴一笑，对柳儿轻摇头，柳儿立刻乖巧地站到一旁不说话了。

"昨日才到家。"君小姐说着在另一边椅子上坐下来。

"君小姐归来举城欢庆，大家都很高兴。"宁云钊也坐下来，笑着说道。

君小姐再次笑道："状元公回来，大家也很高兴。"

"但不能跟你比。"宁云钊笑着摇头，"我考中状元载誉归来，大家是为我捧场，你医术高超，载誉归来则是关系大家。"

"我医术高超，关系大家生老病死，宁公子你状元之身为官，从此就是民之父母，难道就不关系大家生老病死？"君小姐笑道。

宁云钊顿时哈哈笑起来。

方老太太和方大太太神情古怪地看着他们，方老太太懒得再敷衍，直接问道："宁公子来是有什么事？"

宁云钊收了笑容，郑重说道："我想问问君小姐一件事。"

"哦，问吧。"方老太太没有半点回避的意思。

但君小姐已经站起来，说道："好啊，那请跟我来。"

方老太太的脸再次沉了几分，柳儿终于得到了说话的机会，高兴地说道："姑爷，姑爷快请。"说罢便乐颠颠地引路。

宁云钊对方老太太和方大太太施礼，这才跟着君小姐向外走去，方老太太和方大太太实在做不出硬要跟着去的事，只能眼睁睁看着这两人走了出去。

君小姐带宁云钊回到自己的院子，来到书房，自己先在窗边坐下，然后说道："请坐。"

宁云钊收回打量的视线，含笑在她对面坐下，问道："你的书房？"

"是啊，本来是我家小姐的。"柳儿接过白芍递来的茶，撇嘴说道，"虽然现在被方少爷占着，不过过几天就让他腾出来了。"说罢，又冲白芍瞪眼摆手，白芍低头退了出去。

听了柳儿的话，宁云钊再次打量室内，眼中闪过一丝了然，很明显这里就是当初她和方少爷假成亲后的住所。

柳儿将茶放在宁云钊面前："姑爷用茶。"宁云钊含笑点点头。

"上次没机会，这次能请你尝尝我家的茶了。"君小姐说着伸手做请。

宁云钊笑着端起茶一饮而尽，称赞道："好茶！"

君小姐也含笑饮了半杯茶，问道："你要问我什么事？"

"你怎么突然……"宁云钊问道，话没说完，有脚步声传来，同时响起轻快的声音。

"九龄，我回来了。"随着声响，有人站到了门口，"你看我给你带了什么？"少年面带微笑地将手里的纸包举起，但下一刻就愣住了，似乎才发现屋子里多了一个人。

"这是……"方承宇有些不好意思，带着几分不安地说道，"你有客人啊？"

宁云钊看着这个穿着华丽，却因为俊美的面容而丝毫不显得浮夸的少年，站起身来含笑说道："方少爷，在下宁常。"

方承宇的眼睛亮起来，惊喜地说道："原来您就是宁十公子。"说着上前几步，似乎想要握住宁十公子的手，又有些羞涩地停下，"久仰大名，只是我一直在家里无缘得见。"

宁云钊含笑施礼。

方承宇想到什么又郑重地对着宁云钊长揖，谢道："多谢宁公子仗义相助。"

宁云钊忍不住看了眼君小姐，心想贴身丫头都不知道，这个小表弟却知道，他面上含笑说道："方少爷多礼了，已经谢过了。"

方承宇起身，一脸真诚地说道："九龄谢是她的，我也要谢的。"

宁云钊笑而不语，没有再推辞。

"你买了什么？"君小姐看着方承宇，问道。

方承宇忙将手里的纸包递过去，兴奋地说道："早上我不是和你说了，有家做的馒头特别好吃。"他说着将纸包打开，"你快尝尝，凉了就不好吃了……"说到这里又看向宁云钊，"宁公子，也尝尝。"他说着羞涩地一笑，"我刚好买了两个。"

宁云钊含笑点头伸出手，好奇地说道："是新开的一家吗？我很久没回来了，原先帽儿胡同老杨家的馒头很好吃，我尝尝比之如何。"

还真吃啊！方承宇看着他，有些惊讶又有些委屈。

柳儿斜刺里将一个琉璃盏递来，另一只手捧着一盒子澡豆末，说道："姑爷，洗手。"

方承宇被挤得后退一步，低头捏住了手指，更加委屈了。

这边君小姐将纸包放在桌子上，自己也净了手，宁云钊已经坐下来拿起一个馒头，掰开尝了口，眼中满是惊喜，点头称赞道："嗯，不错不错。"

君小姐闻言也拿起一个掰开，想到什么又看向一旁站着的方承宇，将手中的一半递过去，说道："来。"

宁云钊神情有些歉意，忙也将另一半递过去，说道："看我，还以为方少爷吃过了。"

方承宇扬起笑脸："我吃过一个了。"他说着伸手接过君小姐手里的半个，顺势在她身边坐下，"再吃半个就可以了。"

宁云钊笑而不语，斯斯文文地又吃了起来。

柳儿高高兴兴地给他们添茶，说道："姑爷吃了饭再走吧。"

"是啊。"方承宇嚼着馒头，嘴里鼓鼓囊囊，瞪圆眼看着宁云钊，"宁公子特意来了，怎么也要吃顿饭。"说着又几分探问，"应该不耽误宁公子吧？"

宁云钊摇摇头："不了，我是特意来问件事，今日还要赶回去。"

君小姐哦了一声，问道："你方才要问什么？"

方承宇坐在君小姐身后，乖巧又认真地继续吃手里的半块馒头。

"我要问你怎么突然回来了？"宁云钊担忧地问道，"不是一开始说不回来的？发生了什么事？"

他的话音刚落，君小姐还没开口，方承宇再次抬起头，感激地说道："宁公子真是有心了，的确是发生了不少事。"

宁云钊看着他，方承宇却又不说了，伸手推了推君小姐的胳膊，说道："九龄，你来说，你说得清楚。"

宁云钊笑而不语。

"事情就是这样。"君小姐将宁云钊走后京城发生的事逐一讲了，随着她的讲述，宁云钊时而沉静，时而皱眉，听她讲完，神情沉寂下来，一语不发。

"不过你也不用生气。"君小姐笑了笑，"这也是预料之中的事，如果他能因为我们有婚约就收手，那也不是陆阎王了。"

柳儿瞪眼看着宁云钊，心想，他在生气吗？她怎么看不出来？

"的确是。"宁云钊说道，"他这种人不被打死，是不会善罢甘休的。"

"所以，我离开京城也没什么坏处。"君小姐含笑说道。

"嗯，我们不是怕他。"方承宇插话说道，神情认真又坚定，"我们还会回去的，一定会去京城的。"

宁云钊站起身："是，那我们过几日一起回京吧。"君小姐有些惊讶地看着他，旋即又笑了。

"宁公子，你过几日就能回京？"方承宇带着几分惊讶地说道，"你母亲不是还病着吗？这样不好吧？会不会被御史弹劾说你不孝？我听说当初有个官就是因为没有侍母疾被弹劾得贬了。"说到这里又有几分不安地捏住了手指，"那个我也不懂，就是瞎说。"

宁云钊听懂了他内含的意思，含笑看着他，没说话。

"是啊，承宇说得对，按理说朝廷给了你一个月的时间呢，你也不要急着回去。"君小姐说道，"别的时候提前回去是好事，但现在宁大夫人病着，如果就这样走了，肯定会成为他人攻击你的把柄。"她说着笑了笑，"你别以为你比我轻松，我们现在绑在一起，你也是很多人的眼中钉了。"

宁云钊嘴边的笑意浓浓。

"是啊，我们现在看似退让，其实并不是怕，而且如今一切都还好。"方承宇接话，"宁公子不用太担心。"说罢摇了摇君小姐的衣袖，"九龄是不是？"

君小姐则对方承宇点点头，似乎被他的话提醒了，又看着宁云钊，说道："是啊，我现在不担心，所以宁公子，我们婚约的事可以解决了，这样你也好……"

"这样我也不太好。"宁云钊摇头打断她。

方承宇站在君小姐身旁眨了眨眼。

“毕竟时候尚短。”宁云钊带着几分思索和郑重，眉头微微皱起，接着说道，“况且又赶上我母亲病了，这时候如果解除婚约，只怕反而会被有心人说我不孝忤逆，由此再揣测当初我们宁家背信弃义。”

听到这句话，方承宇不满地挑了挑眉，宁云钊没有理会方承宇的神情，对着君小姐拱拱手，苦笑道：“说到底，这件事也是我们宁家承君小姐你的情，要你帮忙了。”

君小姐笑了笑：“这时候也别分这么清了，大家互相帮忙。”

方承宇则轻叹一口气低下头，捏了捏君小姐的衣袖，委屈地说道：“我们九龄也是怪倒霉的。”

宁云钊依旧没理会小孩子的童言无忌，对君小姐施礼道：“那我先告辞了。”

君小姐和方承宇齐齐对他还礼，方承宇上前一步：“我送宁公子。”

君小姐停下脚步，对宁云钊点头相送，看着宁云钊和方承宇走了出去。

宁云钊被方承宇送了出去，君小姐就继续坐下来准备看师父的手札。

“姑爷知道我们回来就立刻来了呢。”柳儿犹自高兴地重复说道。

“柳儿，以后不要喊宁公子姑爷，对他不好。”

柳儿愣了一下，满脸的疑惑不解，但小姐既然吩咐她了，她便乖巧地点头哦了一声，还要说些什么，方承宇从外边探头进来，笑嘻嘻喊道：“九龄。”

君小姐对他笑了笑，问道：“宁公子走了？”

方承宇点头：“我亲自把宁哥哥送到了大门口。”

君小姐看着他，扑哧大笑起来，想起初见朱瓒的时候，这孩子可是毫不客气地称呼他为大叔，这次算是客气多了。

看着君小姐笑，方承宇迈进来，嘻嘻笑着将手从背后拿出来，问道：“九龄，还要吃馒头吗？”

才收住笑的君小姐再次笑了，又意味深长地看着他。方承宇在她面前坐下，低着头似乎不敢看她，只用手捏着纸包，小声说道：“我是为你买的嘛。”君小姐依旧笑而不语。

“是啊，我是不喜欢他。”方承宇似乎受不了这样的注视，梗起头委屈地说道，“就不想给他吃。”

君小姐哈哈笑了，柳儿听到竟然有人不喜欢她姑爷，顿时噘嘴瞪眼。

“我为什么要喜欢他，当初他们家对你多不好。”方承宇干脆将腿盘起来，凑近君小姐哼哼道，“现在说帮忙，谁帮谁还不一定呢。”

君小姐伸手拍了拍他额头：“不要胡说了。”她伸手拿过桌子上的纸包，“买了几个啊？”

话题就此岔开，方承宇也没有再坚持，高兴地说道：“四个，这里还剩两个，我们一人一个，我让厨房一直热着呢，还没凉。”

君小姐看着他，抿嘴笑道：“不错，还很大方，没有只拿一个进来。”

方承宇坦然地接受了夸赞，得意地说道：“那是，我倒是不在乎他觉得我有没有礼貌，不管怎么说，也是九龄你的客人，不想他觉得你的人没礼貌。”说完这句话又心虚地看了眼君小姐。

君小姐已经掰开馒头吃了一口，并没有注意他的话有什么小心思，嗯了一声，点点头说道："也不算没礼貌，宁公子又不是看不出想不通。"

方承宇哼了一声，说道："他大人不计我这小人过咯。"说着自己也掰开馒头，塞了一大口。

宁云钊主仆一路疾驰奔到宁家的大门口，宁云钊刚翻身下马，就有人从门内跑出来，尖声喊道："哥，你去哪里了？你进城了吗？你进城做什么去了？"

宁云钊看了一眼宁云燕，没有理会她，将马扔给小厮，阔步向内走去。

宁云燕跟紧着宁云钊，再次追问道："你是不是去见君蓁蓁了？"

"是。"宁云钊脚步未停，含笑答道。

宁云燕咬住下唇，攥在手心里的指甲几乎扎进了肉里，她跺着脚喊道："哥，母亲都这样了，你还去见她，你为了这个女人，就不管母亲死活了？"说着掩面放声大哭起来。

"不要哭了。"宁云钊看她哭泣的样子，沉下脸来说道，"母亲还病着，你就这样在家哭哭啼啼的，让母亲烦忧。"

宁云燕的哭声一顿，带着几分畏惧地看了眼宁云钊，旋即更加悲愤，掩面越过他向宁大夫人的屋子哭着跑去。

宁云钊依旧不急不恼地继续阔步前行，路边的丫头仆妇这才敢低着头经过。

宁云钊却忽然停下脚步，唤住一个仆妇，吩咐道："你去一趟石家，给姑爷捎句话，就说我说的，让他来接云燕回去。"

仆妇吓了一跳，从来只听过丈夫让娘家来接人，这娘家让夫家来接人的还是第一次，看来小姐彻底惹公子不高兴了，公子这怒气可真是不小！仆妇面色忐忑不安，脑中思索着要不要先去跟宁大夫人报告一下，念头刚闪过，宁云钊的视线落在她身上，沉声说道："怎么？没听明白？需要我再说一遍，还是我再去找个人吩咐？"公子一向温润如玉，对人和蔼有礼，但这话落在耳内，在内宅浸润了几十年的仆妇都忍不住打个寒战。

仆妇吓得立刻恭敬地说道："奴婢听明白了，这就备车去。"

宁云钊对她颔首说道："姑爷来了让他来见我。"

仆妇再次应声"是"，转身急忙忙向外跑去。

宁云钊走进宁大夫人的屋子，见宁云燕正趴在宁大夫人床上哭，宁大老爷也在，正不耐烦地揉耳朵。

看到宁云钊进来，宁大夫人直接伸手，哑声喊道："你滚出去。"

宁云钊当然没有滚，宁大老爷皱眉，打着圆场，说道："有话好好说嘛。"

"好好说？你说你干什么去了？"宁大夫人看着宁云钊喝道。

"母亲，君小姐回来了，我去见她。"宁云钊坦然答道。

宁云燕的哭声更大了，宁大夫人也伸手按着心口，似乎喘不过气来，哑声说道："你见她，就别再见我。"

"母亲，事情总是要解决的。"宁云钊柔声说道，"这样哭哭闹闹的，终归不是办法，我去见君小姐，是问她为什么回来，当初说好了她暂时不回来，她这样突然回来，京城里肯定有事不妙，我担心我们家。"

听他说到这里，一旁的宁大老爷眉头一挑，待要接着听，宁大夫人已经开口打断宁云钊，她冷脸说道："你少来给我扯这些大道理，我还不知道你们男人，说得冠冕堂皇，不过是为了自己心里的小九九，那贱婢回来不回来还能天塌了，急巴巴地去问不过是想见……"

"够了！"宁大老爷突然一声怒喝，打断了宁大夫人。

屋子里陷入一片凝滞，宁大夫人有些不可置信看着宁大老爷，宁云燕也吓得噎住停止哭泣，惊恐地看着宁大老爷，她还是第一次见父亲动怒……

宁大夫人显然也很意外，旋即面色铁青，眼里噙满了泪水，颤声说道："你是在说我吗？你是说我够了吗？"

宁大老爷面色阴沉："当然是说你。"

虽然屋子里只有他们一家四口，但宁大夫人还是觉得像被当众抽了一耳光，脑子里轰的一声，浑身像着了火，眼泪瞬时滚滚而下，抽泣道："你……你怎么能这样对我？"说着俯在床上大哭起来，宁云燕则神情惊惧地跪坐在一旁，似乎还没醒过神。

宁大老爷没有像往常那样不耐烦地走出去，也没有去安慰，而是沉着脸看向宁云钊，问道："你方才说京城有什么事不妙？你们当初在京城怎么说好的？"

宁云钊已经坐到宁大夫人身边安抚，听到父亲问，便站起身子："当初我和叔父离开京城，曾问君小姐是否一同回来，但君小姐觉得这件事已经足够被压制揭过，不用回来，毕竟皇帝当时已经下令斥责陆云旗。"

宁大老爷神情肃重地问道："那她为什么回来了？难道一切并没有就此平息。"

宁云钊再次点点头，轻叹一口气，说道："自我和叔父走后，京城又发生了很多事，黄小大人的死，其实也多少跟君小姐有关。"

黄小大人的事事关重大，宁大老爷自然知道了，宁二老爷也是因此急匆匆地返京的。

"这么大的事，你怎么不早说，还在意这些鸡毛蒜皮的小事干什么！"宁大老爷生气地说道，拂袖向外走去，"跟我来。"

宁云钊看向宁大夫人，温声说道："母亲，您别这样，我去去就来。"

不待宁大夫人说话，那边走到门口的宁大老爷已经再次回头，没好气地喝道："让你快点没听到吗？越来越婆婆妈妈了，简直有辱斯文。"

宁云钊应声"是"，这才疾步跟去，留下一脸惊恐的宁云燕和面如死灰的宁大夫人，屋子内陷入一片死寂。

方家，君小姐这边一直没闲着，跟方承宇一起吃完馒头后，先是见了高管事闲聊了片刻，接着方老太太和方大大太又过来找她。

"京城里是不是发生什么事了？"方老太太径直问道。

君小姐自从回家后，她一直没有机会仔细询问，虽然信中说君小姐是想家了回来看看，但方老太太还是起了疑心，总觉得哪里不对劲，于是抓住机会便来找君小姐询问。

"京城是发生了很多事。"

果然，方老太太和方大太太了然，神情沉了下来，

"不过，这些事并不是我离开京城的原因。"不待她们询问，君小姐接着说道，"京城那边能得到的我已经得到了，再待下去也不过如此，所以我就先回来想想看接下来怎么做。"

"光一个种痘，九龄堂就已经名满天下了。"方大太太柔声说道，"蓁蓁啊，你祖父、父母泉下可以瞑目了。"方老太太亦是这般神情。

君小姐笑了笑，顺着她们的话说："学海无涯，活到老学到老，有些事没有止境。"

其实还是在京城的行医之路受阻了吧，方老太太和方大太太心里想着。

"那就在家慢慢想。"方老太太站起来，"反正你的医术谁也不能否定抹杀。"

君小姐应声"是"，起身相送。

方老太太示意她留步，又扫了一眼四周，似是随口问道："承宇呢？"

君小姐指了指另一边的书房，说道："看账册呢。"她又看了看外边站着的丫头，"要叫他吗？"

方老太太摇头："不用，让他看吧。"说着带着方大太太走了出去。

此时暮色已经拉开，君小姐站在院门口目送她们离开。

与此同时，北留镇的宁宅里，宁云钊也和宁大老爷转述了君小姐跟他讲述的京城的事，宁大老爷捻须久久不语，神情变幻不定，忽然眼睛一亮，说道："我看黄阁老这次要完，那你叔父就有机会……"

宁云钊笑了笑："一切都未定，看叔父进京后怎么说吧。"

宁大老爷点点头，在屋子里来回踱步，似乎这样才能让心境平复，忽然他停下脚步又说道："暂且不说京城的事，眼前有要紧的事要办，你和君小姐立刻成亲吧。"

听到这句话，宁云钊倒是愣了一下，虽然觉得不合时宜，但听到父亲这样说，他还是笑意散开，但婚事是假的，立刻成亲自然不可能。他无奈地笑了笑："父亲，这不可能，我们现在是假的，她一直认为是假的……"

"那你就去告诉她你是真的啊。"宁大老爷瞪眼说道，"还磨磨叽叽干什么？去了趟方家见君小姐，不说正经事，说什么暂不解除婚约，你这不是傻嘛。"

宁云钊有些想笑。

"你想娶她就让她知道，现在外边都不知道是假的，你们赶快把假的办成真的然后成亲进京，这样名正言顺，这件事就揭过去了。"宁大老爷的声音还在耳边回荡，"一日不成亲，这件事就会被人拿来说，成亲了，一切就过去了，而且君小姐名声赫赫，在民间有威名，与我宁家珠联璧合，你和你叔父在朝中也能如虎添翼，这才是最重要的，你纠结真假做什么……"

"好，我去跟她说说。"宁云钊打断了父亲的话，"但不一定能行。"

宁大老爷哈哈笑了，伸手拍了拍他的胳膊："别这么没信心，我们云钊怎么会不行，你可是我们阳城的第一公子。"

宁云钊无奈地笑了笑，走出宁大老爷的书房，他看着夏夜空中的点点星辰，神情一如往日，只是那双眼更明亮了几分。

夜色笼罩天地，万物静籁，虫鸣渐起，君小姐几案前的灯也被挑亮。

"九龄，你还不睡吗？"方承宇在门外探头说道。

"我看会儿书。"

方承宇并没有进来："那你慢慢看，我先睡了。"他说罢便摆摆手离开了。

君小姐低下头翻开手札，从第一页开始，又重新仔细看起来。

这一次翻看，她发现了一个之前没有注意到的细节。这兵阵图上画的几个兵将很有意思，前几张看的时候并没在意，但接着看下去却发现，这几个兵将的面容没有变过，他们活灵活现，表情丰富，贯穿了十张兵阵图，就好像是真实的人，且应该是师父熟悉的人。这些人年纪不等，有三十多岁的，也有满脸稚气的少年，每一张阵图里表情都不同，或笑或沉静或奋勇，栩栩如生。

君小姐再一次一页页翻过，认真地看着这些人的面容，十张兵阵图后，终于出现本该出现的内容了，一个被称为神医的人该写的内容——医案。她松口气，端茶喝了一口，继续看这个医案，与前边清晰明了的图和字不同，这医案的字迹有些潦草，还有好多错字，且描述也很混乱，似乎想到哪里写到哪里，她脸上的笑意更浓，心想这才是师父的作风……

不过可惜的是，这个医案没有提到具体的地方和时间，得不到师父过去的信息，君小姐接着翻看，接连几页都是师父随意记录的医案，字迹依然潦草，没有条理，像在自言自语。她停顿片刻，再次掀过一页，然后视线微凝，坐直了身子，这一页的字迹更加潦草，但她还是看出来，整页都写满了四个字——紫英仙株。她顿时有些哀伤，能深刻感受到师父当时的焦虑，甚至绝望。

窗外传来沙沙的声音，君小姐放下手札走到窗前，细雨随风扑在脸上，带着几分清爽。紫英仙株真的能解师父的绝望吗？其实算起来她已经见过两个了，只可惜一个被朱瓒抢了，想到朱瓒，不知道他现在怎么样？伤肯定是没事，她有信心，但朱瓒卷入的麻烦他自己可有信心解决？至于另外一株……

君小姐心中一阵焦躁，另外一株还埋在怀王府的树下，不知道九嵘现在是不是睡了，还有没有伤心生气，对于九嵘她还是放心的，毕竟还有顾先生在，能陪着他，念头闪过，君小姐又苦笑一下，原来不知不觉中她已经把顾先生视为可以信赖的人了，又想到了姐姐，不晓得姐姐知不知道她离开京城了？她的心情又是如何？或者早已经记不起她了……

君小姐伸手抚了抚脸，擦去薄薄的一层雨水，心中思绪万千……

而此时的京城，夜空明朗，无雨也无风，夏日的闷热已经初现，陆府的宅院里灯火明亮，几个丫头仆妇将新的冰块摆在室内四角，屋子里顿时一阵清凉。

丫头仆妇都退出去了，卸了妆、换了家常衣衫的九黎公主正借着灯光看着手里的卷轴，含笑说道："九嵘写的字果然进步多了。"说着又抬起头含笑看着对面坐着的陆云旗，"你请的这个先生真的很不错。"

陆云旗神情木然："不是我请的，他是自己要来的。"

"可如果只是他要来，也不一定就能来啊。"九黎公主含笑说道。

"但是他要再这样用这种办法传递消息给你，就真的太蠢了。"陆云旗看着九黎公主手上的卷轴，"我虽然没有读过书，但也不代表我不识字，看不出什么叫藏头诗。"

九黎公主笑了笑，将卷轴放回桌子上，说道："他也没想瞒着你，要不然就不会写了。"

九黎公主从一旁拿起针线，开始在灯下绣花，她的眉眼平和，嘴角还带着笑意。

"为什么得知她平安回到阳城，公主会这么高兴？"陆云旗忽然问道。

九黎公主手中的针线不停，含笑答道："因为看一个人能自由自在地活着，总是让人开心的事。"

陆云旗神情无波，又问道："我的意思是阳城也好，京城也罢，又有什么区别？"

九黎公主停下手中的针线活，抬起头看着他，无奈地说道："你还是不肯放过她？"

"我为什么要放过？"陆云旗坦然地说道，"我做到今日今时的地位，得到今日今时的一切，就是为了她啊。"

"陆大人，"九黎公主默然片刻，"你为了她照顾我和九裕，在不可能之中给了我们最大的可能，我没资格也不能指责你，只是她已经不在了，她不是她，你就放过她，也放过自己吧。"

陆云旗自然知道公主说的两个"她"分别是指谁，他淡淡说道："我现在能够不放过，就没有道理要放过。"说着站起来，"这大江南北，天上地下，锦衣如卫，天罗地网，在京城也好，在阳城也好，在天涯海角也好，对我来说，又有什么区别。"

九黎公主看着他，心想他已经入魔了，柔声说道："那又如何，你又能奈何她？你难道不觉得她很厉害？"

陆云旗迈了一步，人也站到了灯下，灯光落在他的身上瞬间变得暗淡了许多，淡淡说道："我的爹没有本事，除了吃酒、打我，这辈子没有别的成就，不过，他留给我一个吃饭的差事，还留给我一个好名字——云旗、运气，我的运气一直还不错。"他说着转过身，慢慢向外走去，很快消失在夜色中。

天光渐亮，阳城的锦衣卫所变得热闹起来。

几个锦衣卫说笑着走进院子，交流着最新的趣闻，正说到了兴头上，却被站在院子里的两个锦衣卫制止，他们指了指屋里："金爷来了。"

山西锦衣卫千户所的金十八，是掌管山西锦衣卫的重要人物之一，是陆云旗一手提拔起来的心腹，几个锦衣卫立刻噤声肃容，看着站在屋门口的四个男人，这四人是金十八的心腹，探查、刑讯、逼供都是好手，但这金十八游走不定，突然来阳城不知道有什么事？

屋子里，阳城锦衣卫的统领神情亦是肃重，他恭敬地说道："金爷的意思我明白了，虽然这方家和宁家势大，阳城上下官吏也对他们敬畏三分，但是，监控一个人也不是做不到，这件事我们办就行，不用劳动金爷您出手。"

金十八摆摆手："高总旗，不是监控，而是要抓人，这件事我亲自来办。"

高总旗闻言更紧张了："金爷，你应该也知道这君小姐是什么人，她还没回来的时候，阳城上下就把她奉为神仙了，她回来的那天那场面简直比过年还热闹，她在阳城的一举一动，无数人都盯着，现在的威望怕是比念智和尚还要厉害，说句大不敬的话，她如果招手一呼说要造反去，阳城这百姓一多半都会跟着去。"

金十八哈哈笑道："这个君小姐，我还真不是只听说过。"他说着摸了摸短须，眼睛眯了眯，"我还亲眼见过两次呢，自然知道她的厉害。"

"她的一举一动可是备受关注，暗地里要下手很难。"高总旗再次低声说道。

金十八嗯了一声，拍了拍桌子站起来说道："那就明着下手好了。"

高总旗也忙站起来，神情惊讶，心想暗着都不行，明着怎么来啊……

清晨一过，天就闷热起来。

柳儿将扇子挥得哗啦啦响，看着白芍和麦冬往屋里摆冰块，她一边对着君小姐摇扇子，一边抱怨道："这些冰块是不是不行啊？捡着好的送来啊，比起抚宁差远了。"

君小姐斜躺在美人椅上看书札，闻言笑道："抚宁就是没有冰块也凉快啊。"虽然她还没去过抚宁，但听师父说过，念头闪过，她忍不住又去翻看舆图，试图从图中再找出一些新的线索，可惜仍没有丝毫头绪。

"九龄。"方承宇的声音传来，君小姐抬头看到他站在窗前，应该是刚从外边回来，脸上有细细的汗。

"我都不敢出去了。"方承宇走进来，一边接过麦冬捧来的手巾擦脸，一边顺势歪坐在君小姐一旁。

这话说得没头没尾，君小姐看着他笑着问道："怎么不敢了？"

"我一出去大家都问你啊。"方承宇说道。

君小姐哈哈笑了，将手札扣在身上，打趣地说道："所以你觉得我的风头盖过了你，害怕了吗？"

方承宇也哈哈笑道："九龄，你真逗。"

君小姐抿嘴笑，方承宇的视线不经意地扫过她扣在一旁的手札，想了想说道："在阳城也开个九龄堂吧。"

君小姐摇摇头："我在家不觉得无聊，你不用担心。"

柳儿在一旁愣了一下，心想难道方少爷建议开九龄堂只是怕小姐无聊？真是孩子气，她撇撇嘴懒得再听，忽见一个小丫头对她招手，她皱起眉头，看了眼不知道因何事笑得前仰后合的方承宇，便走了出去。

"柳儿姐姐，外边有人找你。"小丫头讨好地低声说道。

"不见，不见，瞎找什么啊。"柳儿没好气地摆摆手。

小丫头忙递过来一张字条："他让柳儿姐姐你先看看这个。"

柳儿皱眉接过，展开一看，眉眼顿时扬起，惊呼了一声："是姑……"话刚出口，随着视线扫过字条，她的声音又停下来，字条上刻意叮嘱她不要声张，不要喊叫，免得对君小姐不好，柳儿硬将余下的话咽下，对小丫头摆摆手，一溜小跑地向门外跑去。

小丁请人传递字条的事情方老太太那边立刻就知道了，自然又是一顿生气，立刻派人去盯着他们，随时跟她汇报消息。

而在另一边，柳儿见过小丁后便一直忍着，等到方承宇离开，才上前跟君小姐说了宁公子想请小姐去城外落梅轩相见的事。

君小姐听后，看着柳儿问道："有什么事？"

柳儿摇摇头："宁公子没说啊，只说请你去。"她说着又小心地看了看左右，压低声音，"别告诉别人。"

君小姐顿时失笑，心想这个别人指的是方承宇吗？

此时的宁家，宁大老爷和宁云钊在书房里正说笑着，门外有仆妇战战兢兢地探头，低声说道："老爷，夫人不太好……"

宁大老爷的脸立刻沉下来，宁云钊说道："父亲，这件事对母亲来说，的确难以接受，归根结底是我的错，如果我早些让母亲知晓我的心意，就不会如此了。"

宁大老爷看出宁云钊一直向着他母亲的孝心，满意地点点头："这本不是心意不心意的事，婚姻大事是你的事，也是家族前程的事，这世上哪能事事遂心意，要讲道理嘛。"

宁云钊应声道："父亲说得是，我会和母亲好好讲道理，道理是要讲才能让人接受，如果不说不问是不行的。"

宁大老爷点点头，满意地看着宁云钊跟着仆妇疾步走出去，正感叹着，有女声哭着跑近，宁云燕闯进来跪下，抓住宁大老爷的衣袖，泪流满面地哭喊道："父亲，哥哥要把我赶回婆家去！"

宁大老爷吓了一跳，皱眉看着跟进来的两个仆妇，一个仆妇忙说道："老爷，是姑爷来接小姐了，说亲家夫人身子也不舒服，家里实在周转不开，想让小姐回去安排一下，再来侍奉我们夫人。"

"不是！"宁云燕摇着宁大老爷的衣袖，尖声喊道，"是哥哥把他叫来的，是哥哥要赶我走。"

宁大老爷皱着眉头若有所思，过了一会儿，又柔声对宁云燕说道："这话怎么说的，你回你家，怎么能叫赶呢？"

宁云燕不可置信地看向父亲，宁大老爷接着说道："燕燕，那是你婆家，也是你的家，不要再耍孩子脾气了，快点跟你夫婿回去吧，好好过你的日子。"

宁云燕再次咧嘴哭道："父亲，母亲还病着，你们就赶我走，你们不要我了！"

宁大老爷沉下脸："燕燕，你不要跟我胡搅蛮缠，你母亲是不是病，你心里清楚得很，我为什么赶你走，你心里难道不清楚？"

宁云燕心里咯噔一下，想到宁大老爷先前对宁大夫人发火的样子，颤抖地说道："父亲，我没有……"

宁大老爷再次打断她，沉声说道："你不是小孩子了，别人也不会再哄着你，你心里想什么你清楚，别人也清楚，你不喜欢就阻扰可以理解，你耍脾气闹小性子都行，但是，你不能乱了家里的安宁和前程。"

宁云燕看着父亲，心如死灰，绝望又茫然，心想她明明是宁家被捧在手心的宝贝，君蓁蓁才是被嫌弃的烂泥，怎么突然就反过来了？

晨光未亮宁大夫人就醒过来了，其实她因为饥饿，一直睡得不踏实。昨天一整天都没见到宁云燕，仆妇说石家来人接走了，说石夫人身子不太好。

宁大夫人没好气地撑起身子，宁云燕不在连吃的都没人给她拿，宁云钊还一直守在这里，好在晚上退到外间去，只是她不知道宁云燕把吃的藏在哪里了，又不好起来翻找，只得忍着。

宁大夫人看着外间，门被带上了，外间悄然无声，想来宁云钊还睡着，她起身下床在屋里到处翻找吃的，但她不小心碰到了桌子，因为用力过猛，发出咣当一声。

这声音吓了宁大夫人一跳，外间也响起了脚步声，宁云钊疾步进来，担心地问道："母亲？你没事吧？"

宁大夫人顺势坐在椅子上，板着脸，哑声说道："我没事，还死不了，不能如你愿。"

话音刚落，门外又响起杂乱的脚步声，宁三夫人、宁四夫人走了进来，身后还跟着仆妇。眼前陡然出现这么多人，宁大夫人只觉得眼晕，一时间看不清，但她却仿佛闻到了饭菜的香气，更加饥饿难耐。

宁三夫人、宁四夫人将宁大夫人左右围起来，仆妇也将手里的美食佳肴摆在桌子上，亲切地围着她嘘寒问暖，宁大夫人只觉得一阵嘈杂，却听不清她们说了什么，视线如同着了魔一般黏在桌子上。

屋子里挤满了女人，宁云钊慢慢退后到一边，看着宁三夫人亲手递到嘴边的炸糕被神情有些茫然的宁大夫人咬了一口，他的脸色缓和，浮现一丝笑意。

今日日光明媚，天气很好，君小姐没有事先通知方家任何人，便悄悄出门了。但她虽然没有告知，不代表方家的人不知道，她前脚刚迈出方家的大门，方承宇和方老太太便知道了。方承宇虽然有些伤心，但也没去找她，反而是方老太太知道她是去赴宁十公子的约会，神情又是愤怒又是着急，知道孙子不会做什么，她盘算了一下，便叫了马车，尾随着君小姐一同离去。

城外的落梅轩里，宁云钊站在窗边翘首以盼地等着君小姐的到来，左等右等，终于视线里出现了方家马车。他深吸一口气，看着马车越来越近，停在了门前，正准备挥挥手打招呼，却看到后边还有一辆方家马车驶来，这辆马车也停在了门口。看着从上下来的人，他摇摇头笑了，心想今日是又不能安静相谈了，他收回视线向外走去。

等他下楼，君小姐和方老太太已经进了大厅。

"怎么这么巧，你也来了？"方老太太正认真地询问君小姐，"怎么突然想起来落梅轩了？怎么一个人来？也不叫上承宇、云绣、玉绣他们？"

听到这里，宁云钊笑了笑，迈步向前说道："这么巧。"

看到是宁云钊，方家的丫头再次发出惊讶的低呼声，方老太太则挑眉说道："真够巧的，宁公子你也在这里啊。"

宁云钊含笑要说话，君小姐已经先开口说道："我与宁公子相约在这里，正巧外祖母您也来了。"

方老太太满意地点点头："这样啊，那宁公子也随我们一起吧。"

宁云钊身后跟着的小丁看着方老太太及她身后的那些丫头，心想公子跟君小姐的谈话怕又是要泡汤了，指不定连说话的机会都没有，忍不住在心中深深叹口气。

"真是不巧，今天这里人不少啊。"又有声音传来。

厅内的方老太太、宁云钊等人都闻声看过去，见不知道什么时候门口又来了几个客人，他们背对着光，身材高大，一身黑衣，站在门口似一堵墙遮住了日光，让原本明朗的落梅轩瞬时变得阴暗。

看到他们的面容，伙计们面色一白，方老太太、宁云钊都收起了笑容，唯有君小姐神情依旧，这几个人她记得，很久以前在缥云楼三月三那天见过一面，锦衣卫嘛，的确该出现了。

大厅里鸦雀无声，但这安静却引得很多包厢的门打开，落梅轩中响起此起彼伏的低呼声，看来今天并不能愉悦而谈了，宁云钊在心里轻叹一声。

宁家，宁大老爷站在窗前，宁大夫人的屋里挤满了女人，女人们都在叽叽喳喳地劝说宁大夫人，他捻须摇摇头走出院子，刚要乐滋滋地哼小曲，就见宁云钊缓步而来。

宁大老爷愣了愣，抬头看了看天气，心想他去见君小姐，怎么这么快就回来了，正想要问，宁云钊已经含笑上前，将手里的纸包举起来，说道："父亲，我给您带了一瓶梅子酒，已经让人送到书房去了，这是给母亲带的梅子糕，刚做的。"

宁大老爷心中一阵欣慰，但还是皱眉问道："怎么这么早回来了？她没见你吗？"

"怎么会，她不是那种言而无信的人。"宁云钊停顿一刻又说道，"见是见了，就是见的不止她一个。"

宁大老爷更不解地问道："来来，快说说怎么回事？"

宁云钊先将糕点递给丫头，让送进去宁大夫人的屋子里，这才跟着宁大老爷离开。而宁大夫人的屋子里，妇人们看到丫头拿进来的糕点，又是一阵猛夸，接着语重心长地继续劝说。

宁云钊跟宁大老爷刚在书房坐定，宁云钊就将今天的事情简述了一下，他说道："本来只约了君小姐，但方老太太突然出现，紧接着锦衣卫也凑巧出现，所以在落梅轩里简单喝了一壶酒，大家就散了，并没有说什么。"

宁大老爷似乎也能想象当时的场景，脸上的神情很不愉悦。

"这也是预料之中的事，陆千户自然不会就这样罢休。"宁云钊再次说道，"但这里毕竟是阳城，落梅轩里很多客人都看到了君小姐，而且还有更多闻讯而来的人，方老太太虽然来得随兴但也带了护卫，所以不用担心锦衣卫会对君小姐做出什么威胁的事，我也亲自送她和方老太太回家，看着她们进了家门才回来……"

"就这样？"宁大老爷打断他，皱眉问道。

宁云钊点点头："就这样，不用担心。"

"谁担心这个！"宁大老爷皱眉，再次打断他，"就是说你又没有跟她说成亲的事？"

宁云钊稍稍愣了一下，没明白宁大老爷说的是什么意思。

"锦衣卫都已经到了家门口，说明陆云旗要下手了，你们必须成亲，将这件事了结。"宁大老爷瞪眼说道，"你怎么这么傻？竟然还是什么都没有说？"

宁云钊怔了怔旋即笑了，摆摆手说道："当时方家老太太一直拉着我询问科举考试的事情，真没有机会询问这件事。"

宁大老爷沉声说道："你看出来了没？这方家老太太就是故意的。"

宁云钊默然笑了笑。

"所以，你更不能再耽搁了。"宁大老爷一拍桌子，忽然说道，"不愧是六亲不认的方老太，她已经从君小姐身上捞了这么多好处，还霸占着不放，真是无耻。"他说着上前一步，"既然她为老不尊，为难你一个年轻人，那我也就不客气了，我要亲自去方家商议你和君小姐的亲事。"

屋子里陷入一片宁静，宁大老爷看了看儿子的表情，见他并没有因为自己要替他出头而欢喜，宁大老爷突然觉得一阵尴尬。

"父亲能这样想，我很开心。"宁云钊想了想，说道，"只是在需要父亲这样做之前，我想先跟她谈一谈，问问她的想法。"

宁大老爷了然："好，那你就再去一次，只是这一次，可千万不要再耽搁了。"

第九十九章

◇

刚回来又要离开

从落梅轩回到家后，君小姐便拿出师父的手札，手札的后半部，不知道是不是因为师父的情绪越来越糟糕，写得越发混乱、潦草，更多的是一些胡言乱语，她努力地辨认和思考话的意思，但到最后发现都是没有意义的。

君小姐轻叹一口气，翻开手札继续往下看，翻到新的一页，她怔了怔，这一页没有凌乱的字，只有一张图，不是舆图、兵器，也不是阵图，而是一张画，画的是一座山，郁郁葱葱，似远似近，夏日里看起来不由得有几分清凉。她笑了笑继续往下翻，再次怔住了，这一页呈现在她眼前的是一张人像画，与阵图的全身人像不同，这是一个女孩子的头像，大大的眼睛，圆圆的脸，甜甜的笑容，如同集市上的阿福娃娃一般可爱。

这是手札里第一次出现女人的画像，君小姐下意识地伸手抚上自己的脸，觉得师父是在画她，但仔细看，却发现这个画中的女孩子明显不是她，这个女孩子看着只有四五岁，她跟着师父的时候，已经十岁了。

君小姐仔细观察画像，突然发现这个女孩子的双眼像极了师父，心中不免猜测她会不会是师父的孩子？君小姐的眉头皱起，再次看了眼这画像，翻过一页，这一页竟然还是这个女孩子的画像，只是年纪大了几岁，有七八岁，她接着向后翻去，后面几页都是不同年纪女孩子的画像，有十岁左右的，还有十一二岁、十三四岁的，再翻便戛然而止，纸上一片空白。

君小姐怔了怔，不相信地再向后翻，直到手札的最后一页，什么都没有，一片空白，她抚着手札有些怅然，低下头看着手札上的白纸，莫名鼻头一酸，有眼泪滴落在白纸上，瞬时晕开。

"小姐。"柳儿的声音从外传来，君小姐吐出一口气，眨了眨眼，抬起头。

柳儿并没有看她，而是看着手里的一封信，说道："小姐，是京城冯老大夫的信。"她看了其上的名字，才抬头递过来。

是出什么事了？君小姐眼神微凝，伸手接过信。

"师父！千真万确！"太医院里空荡荡的掌院室内，耿大夫的声音回荡着，他的声音虽然大，却并没有让这屋子变得热闹，反而更显得寂寥。

江友树皱眉："真的出事了？"他的眼底闪过几分激动，但神情还是保持平静，他不得不保持平静，之前多次期盼九龄堂倒闭，君小姐身败名裂，但每一次她都能化险为夷，甚至将九龄堂的声望更推上了一层楼，即使她前一段时间离开了，九龄堂竟然生意依旧，看病拿药的人络绎不绝，反而是他，原以为神医不在，那些王公贵族会重新找他看病就诊，但实际上，找他的人仍是寥寥无几，江友树一想到这里，便有些烦躁地站起来。

"但这一次可不是别的药。"耿大夫说道，"是痘苗。"

"千真万确吗？"江友树皱眉问道。

耿大夫有些委屈地说道："师父，难道您不信我，还信九龄堂吗？消息还压着，但是我已经打听出来了，因为这痘苗，那边死了不下七八个孩童了，如果不是官府压着，都要乱套了。"

江友树的眼睛顿时亮起来，沉声问道："这么大的事，竟然还压着吗？"

耿大夫点点头，低声说道："那姓冯的压着呢，非一口咬定这是个例，还说痘苗本就是毒，孩童身体状况不同，可能会出事，这出事可能是痘苗的缘故，也可能是本身有别的病，不能因为种过痘就说是痘苗的缘故，一定要经过检查之后才能定论。"

江友树冷笑一声，说道："他当然要压着，他如今的一切都是靠这个得来的，怎么会甘心因此失去，不过我可不答应，我要去替这些可怜的人抱打不平。"

耿大夫眼睛也亮了起来，兴奋地问道："师父，我们要怎么做？"

"去告诉陆云旗，我要为民请愿。"江友树沉声说道。

耿大夫顿时明白，这天下没有瞒得住锦衣卫的事，师父去皇帝面前请愿，自然需要陆云旗来做证。

"就凭陆云旗和君小姐的仇，他一定很乐意的。"江友树捻须冷笑。

正如他所料，当报上自己的名号，北镇抚司的锦衣卫立刻恭敬地将他们请了进去。

江友树一看到坐在几案后阴冷的男人，便开门见山说道："陆大人知道我的来意吗？"

"我知道，痘苗出事了。"

"为君分忧、为民谋福是我等的职责，不能因为某个人造出的声势大，就任凭这等荼毒生灵的事发生。"

"是。"

"那就有劳大人了。"江友树说着对陆云旗拱拱手，"告辞了，我明日就上奏。"说罢便转身要走。

"江大人稍等一下。"陆云旗却唤住他，"有件事正好要你帮忙。"

盛夏炎炎，但走进北镇抚司的牢房，就如同进了冰窟，让人一阵阵发寒，脚下不知踩到了什么，软软的，耿大夫不由得发出一声尖叫，将身边江友树的胳膊一把抱紧，原本神情淡然的江友树被他吓了一跳，差点也跟着叫出来。

前方领路的锦衣卫闻声回头，毫不掩饰地嘲笑道："别怕，这里耗子比较多，没想到你们当大夫的怕耗子，我还以为见惯了生死什么都不怕呢。"

江友树自觉很丢脸，狠狠瞪了耿大夫一眼。耿大夫讪讪地站直身子，将药箱拎好，此时他们已经来到牢房深处，两边黑乎乎的，都是牢房，其内发出呻吟声，但偏偏看不到人。

江友树才要出声说话，前方的锦衣卫停下来，打开了一间牢门，说道："江大夫，就是这里了。"

江友树嗯了一声，站在牢房门口向内看了看，光线昏暗什么也看不清，只看到一个人躺在地上，不知死活。

耿大夫忍不住再次抓住他的胳膊，小声说道："师父慢点。"

江友树没有理会他，走了进去，对锦衣卫说道："麻烦点起灯。"

锦衣卫应声"是"，将墙上的一支火把点燃，光亮驱散了恐惧，江友树和耿大夫顿时心里一阵轻松，也看清了地上躺着的人。也不知道这人关了多久，他的毛发杂乱，散发着腐臭，江友树抬手掩了掩鼻息，这才走上前，粗略地看了一遍。

"这能治好吗？"耿大夫小声地问道。

"给他上点药，暂时死不了就行了。"江友树皱眉，漫不经心地说道，"进了这里面还想活着出去吗？"

耿大夫应声"是"，转身去拿搁在一旁的药箱，忽然叫了一声。

捏着鼻子的江友树没好气地回头瞪他一眼，低声喝道："干什么！"

耿大夫这次没有立刻噤声，反而喊声更大了："师父，门……门关了！"

江友树猛地站起来，看向牢房门口，发现原本陪同而来的锦衣卫不知什么时候不见了，牢房门也被关上了，拴着门的铁链子在火把映衬下闪着冰冷的光。

"怎么回事？"江友树扑过去抓住牢房的门狠狠地摇晃，大喊道，"来人，人呢？"他的喊声在漆黑的牢房里回荡，回应他的只有若有若无的呻吟声，令人毛骨悚然。

这该死的陆云旗难道是要把他关起来？江友树面色铁青，耿大夫已经跪坐地上，发出变调的喊声。

"陆云旗，你什么意思？"江友树再次喊道，"你竟然敢私自将我下牢狱？你就不怕太后怪罪吗？"

依旧没有任何人回答，江友树又气又急又怕，狠狠地踢向牢房门，铁链子发出哗啦的响声。

"你是大夫？"突然，一个干涩、刮人耳膜的声音陡然响起，同时一张枯皱如树皮的老脸出现在眼前，如同鬼魅。

江友树猝不及防，吓得叫了一声，后退一步，这才看清来者是个老头，身形佝偻，并没有穿锦衣卫的衣裳，他顿时愤怒地上前喊道："快把门打开，我要见陆云旗。"

枯皱的老头摇摇头："我可不管这个。"他眼睛发亮地盯着江友树，"你是大夫吗？你是太医吗？你医术很厉害吗？"

江友树一脸嫌恶地看着他，喝道："没错，我是大夫，我是太医院掌院，我是太后娘娘的御医，你是什么人？"

老头脸上绽开笑容，兴奋地说道："真巧，我也是大夫……"

"宫里那边怎么说？"江百户给陆云旗恭敬地戴上官帽，小心问道。

"有个犯人病了，很棘手，要江太医费心。"陆云旗说道，"江太医这个人，大家是知道的，一向尽职尽责，所以干脆住进了牢房，不看好病人不罢休。"

江百户忍不住笑了，又忙收住笑，哼了声，说道："这老小子真是不知好歹，揍了他一顿还没记性，竟然又打君小姐的主意，君小姐岂是他能觊觎的。"

陆云旗嗯了一声，整了整原本就严整的衣襟，薄薄的嘴唇紧紧抿着，吐了两个字："是的。"

"那河北西路痘苗死人的事……"江百户迟疑一下，又问道。

"她的痘苗她解决。"陆云旗说道。

江百户再次躬身应声"是"，陆云旗迈步向外走去。

"大人要进宫？"江百户忙跟上又问道，"成国公世子的事还没定论？"

陆云旗嗯了一声。

"没想到宁炎竟然会站在成国公这边。"江百户又感叹道。

"为了他自己而已。"陆云旗说道。

江百户想了想也明白了，黄诚死了儿子，又年老，这内阁大学士的位置也许可以空出来一个了，从资历上来说，宁炎是最有希望的，他低声说道："但是黄诚的人脉不少，最关键的是，皇帝对成国公本身要……"他的话没说完，有个锦衣卫疾步从外奔来，看到这个人，江百户忙停止说话。

"大人。"锦衣卫近前，将一个小小的纸卷递给陆云旗。

陆云旗揭开看了一眼，薄薄的嘴唇忽然弯了弯，说道："宁炎好运气，朱瓒也好运气。"说罢，将手里的字条捏成一团。

江百户虽然不知道发生了什么事，但也猜到不是什么好事，神情顿时微沉。

方承宇刚走到屋门口，就看到君小姐的面色微沉，柳儿看到他要张口喊，方承宇忙冲她摆手，当然这是没用的。

"小姐，少爷来了。"

君小姐抬起头，方承宇便笑嘻嘻地走进来，问道："九龄，冯老大夫来信了？京城还好吧？"

君小姐摇摇头，将信递给他，说道："京城没事，河北西路有事。"

方承宇快速地将手里的信扫了一遍，看明白了大概："还是北边啊，最近北边真是事不少啊。"

君小姐不解地看向他，方承宇收了笑，神情严肃地说道："黎人攻破了河间府。"

君小姐惊讶万分，黎人进攻城池也不是什么稀罕事，但自从成国公镇守北地以来，黎人都是小打小闹，而且都在冬天，冬天对于黎人来说有些难熬，所以会来侵扰抢掠，但这样大夏天明目张胆地攻破一个府城……

"兵马严整，是黎人铁骑。"方承宇又说道。

君小姐的神情也变得肃重起来，黎人这是要发起战争了，她不由得感叹道："又要打仗了啊。"算起来北地安稳了还不到十年呢。

"如今国泰民安，成国公也还没老，正值壮年。"方承宇笑道，"黎人选的这时候不对呀。"

君小姐笑了笑，却没有说话。

"不过不用担心，成国公在北地，已经控制住黎人了。"方承宇笑道。

"是的，有成国公在，我放心。"

"不过这个痘苗的事，就不能靠成国公了。"方承宇一脸担心，"九龄，你觉得这是怎么回事呢？"

"痘苗会死人也不是不可能，它毕竟是毒，虽然毒性减弱了很多，但凡事都没有一定。"

"我相信痘苗是好事。"

"我也相信，所以我不会让这件事影响到痘苗的推广。"君小姐说道，"我要去一趟河北西路。"

"好，我这就准备。"方承宇说到这里，捏了捏手指，"不过，这次九龄你听我的话好不好？"

"说来听听。"

"北地有些不安稳，所以我希望这次你不要一个人出门，"方承宇认真说道，"多带些人手护卫吧。"

君小姐伸手摸了摸他的头："好啊，那就有劳你除了给我准备钱，还要准备人了。"

方承宇绽开笑容，伸手拍着胸口说道："交给我办。"他又想到什么，"不过，九龄你以后不要再摸我的头了，我是大人了。"

君小姐哈哈笑道："是，我们承宇是大人了。"

君小姐向来是个说走就走的人，第二日就把这件事告诉了方家诸人，方老太太等人当然不会阻止，感叹了一阵，又叮嘱了她一番，正说笑着有丫头跑进来，对君小姐说道："君小姐，宁公子给您的信。"

方老太太一挑眉，要说什么，又看到方承宇看着她，不停地眨着大眼睛，突然拔高声音喊道："哎哟，宁状元的信啊，真是稀罕。"

这陡然的一声把屋子里的人都吓了一跳，方承宇没忍住差点笑出声，方玉绣则拍了拍心口，说道："祖母，您怎么比蓁蓁还激动呢，要是祖父还在，肯定不高兴了。"屋里顿时都哄声一团。

"你这丫头，连我和你祖父都敢编派了。"方老太太笑骂道。

这边君小姐已经含笑接过信，看后便说："约我明日顺德楼一见。"

屋子里的人对视一眼，停止了说笑，屋内变得鸦雀无声。

"那，你见还是不见？"方老太太先问道。

怎么问得这样小心翼翼？君小姐有些不解："见啊，可能他也知道……"

她的话没说完，方老太太一拍手，大声说道："当然要见，以前我们蓁蓁想见宁公子都见不到，现在他主动来见了，我们当然要见。"说着对方大太太摆手，"你去安排一下，明日把顺德楼包下来。"

君小姐有些愕然："这，不用吧……"

但屋子里已经热闹起来，方大太太应声"是"，喊着丫头们准备车马出门的元氏还大声说道："给宁公子送信来的人是谁？请进来喝茶了没？包个红包给他。"

君小姐不解地看着屋子里的热闹，有些无奈地摇摇头。

夏日的日光炙热，官路两旁的大树都变得有些无精打采，路上行人就更少了。

宁云钊看着马车里已经融化的冰桶，又看了看正在擦汗的宁大老爷，无奈地说道："父亲，天这么热，您真不如在家里歇着。"

宁大老爷将扇子摇了摇，驱散了几分闷热，说道："我还是跟着来吧，要不然我不放心。"

"我这次一定会说明白的。"宁云钊笑道。

宁大老爷哼了一声，带着几分凝重："我不是不放心你，我是不放心方家那个老太婆，这老太婆为了逐利可是无情无义，当年连自己爹娘都能挥棒相向。"

"我想这种事总不会是一个人的错。"

"还没成亲呢，你就这么护着那老太婆。"

"我只是护着道理，当然我还不是圣人，道理也有亲疏远近。"

纵然夏日炎热，马车里闷热，父子二人相谈甚欢，阳城的城池很快就到了眼前，宁大老爷透过竹帘向外看了一眼，皱起眉头："怎么这么多人？这大热天的，今日也不是庙会的日子啊。"

宁云钊也向外看去，果然见城门附近乌泱泱的，一面说笑着一面向这边张望，似乎在等待什么人，马车越来越近，城门前人群的说笑声也渐渐传入耳内。

"不知道宁公子这次找君小姐又要说什么事……听说君小姐回来的第二天他就找上门了，紧接着宁十公子还约君小姐在落梅轩喝酒呢，很多人都看到了……这才过了两天不到，宁十公子又来见君小姐了，真是一日不见如隔三秋……"

宁大老爷和宁云钊对视一眼，宁大老爷皱眉问道："这信又闹得大家都知道了？"

宁云钊摇摇头，这次送信是特意让面生的小厮去的，小厮回来说方家也安静地接过信，没有如上一次那般。两人继续竖耳听着外面的议论声，外面的民众依旧围绕君小姐和宁公子的事议论着，有人甚至将君小姐当初默默追宁十公子，被宁家嫌弃闹着上吊的事翻出来重提，这话一出口，又引起一番激烈的议论，有的站在君小姐这边，大骂宁家背信弃义，有的站在宁十公子这边，说他不过是坚守本心罢了，但宁十公子战队的人显然占少数，很快就被压制了下去……

马车安安静静甚至有些小心谨慎地穿过人群，直到驶过城门，宁大老爷才一口气吐出来，用手帕擦着满是汗水的脸，一面挥舞着扇子，沉声说道："得亏我跟你来了，肯定是方家那老太婆将这件事宣扬出去的，就是要羞辱我们！"

宁云钊沉默一刻，低声说道："让父亲蒙羞，是我的不是。"

宁大老爷轻咳一声，说道："这怎么能怪你。"他说着又将扇子挥了挥，"你别听那些人胡说八道，什么前倨后恭，管他们呢，这是羡慕嫉妒，等君小姐到了咱们家，对咱们前倨后恭的就是他们。你虽然是圣人弟子，但是毕竟在这俗世间，可不能真过得不食人间烟火，你要是为了形象掉头就走放弃君小姐，那才是中了方家人的诡计，真是亲者痛仇者快。"

宁云钊哈哈笑了笑，说道："父亲，我始终从心而终，哪里在乎他人说什么。"

此时，外边的小厮掀起竹帘，怯怯说道："老爷、公子，顺德楼到了，我们要不要过去？"

宁大老爷皱眉要斥骂这小厮，却从掀起的竹帘看到外边顺德楼前站满了民众，又是议论纷纷。

"宁十公子要见君小姐就包了顺德楼……真是大手笔……真是情深意切一掷千金……"

这方家真是不要脸，明明是年轻人私下见一面，竟然被他们嚷得满城皆知，宁大老爷气愤难耐，在心中一连串地咒骂。

宁云钊却笑着掀起帘子："车就停在这里吧，我走过去。"

宁大老爷伸手拦住他："慢着！"

宁大老爷愤怒地顺着人群向顺德楼看去，果然看到一个穿得花团锦簇的老太太走出来站在门口，脸上带着得意的笑容，他的火气再也压制不住，将宁云钊按在车上，冷声说道："既然方老太太来了，那我这个做长辈的自然也该见见，你先等等。"说罢，掀起帘子就下了车。

宁云钊想要拉住他无果，只得任他向前走去。

宁大老爷的出现立刻引起了人们的注意，所有人都盯着他的动作，同时用眼神寻找宁十公子的身影。

宁大老爷面不改色地穿过人群，走到顺德楼前，冲方老太太绽开笑容，热情地喊道："亲家老太太。"他说着将手高高拱起一拜，"您能如约前来，我真是太高兴了。"

方老太太顿时一怔，围观的民众亦是一怔，旋即了然，原来竟是宁大老爷请方老太太吗？并不是宁十公子相约君小姐？看着酒楼前的两个长辈，民众微微有些失望。

方老太太回过神来，冷冷笑道："不管怎么说，宁十公子亲自相约，我们怎么也得来见见。"

这次，民众听得一头雾水，纷纷议论起到底是哪边先约了哪边……

宁大老爷哈哈笑道："一家人不说两家话。"他说着向顺德楼里迈步，"亲家老太太，我们进去坐下说。"

方老太太看着停在人群外的那辆安静的马车，冷笑一声，说道："是啊，没想到宁大老爷您亲自来了，见您一面真是不容易。"

宁大老爷亦是呵呵笑道："彼此彼此，以前也没见过方老太太您啊。"

围观的民众瞪眼听着两人绵里藏刀的对话，感觉气氛一阵古怪，正纳闷时，一个男人摇摇晃晃地从人群中走过来，身后还跟着四个男人。

随着他们的走动，喧闹的人群如同被泼了一盆冷水般，瞬间安静下来。

"这么多人？"金十八爷故作惊讶地问道，"今天这德顺楼生意这么好？"

德顺楼前一片安静，宁大老爷先笑了笑，对金十八拱拱手："金大人，真是不巧，今日有事被我们家包了。"说罢，看了眼方老太太。

方老太太看也没看他，径直说道："今日这里有事，你们到别的地方去吧。"

金十八挑起眉，真是士别三日当刮目相看，一个和气生财，一个和气做官，两个掌家人都突然对他这么不客气了啊，他看向内里，笑呵呵说道："莫非是君小姐在这里？"并不在意这两人的不客气，"那真是巧了，我正好有些不舒服，想请君小姐给瞧瞧。"说罢便抬脚迈进去。

"你……"方老太太和宁大老爷都要阻拦，但那四个男人已经站过来，轻而易举地将他们挤开进了顺德楼，直接就冲一个房间去了，可见他们早就窥探到了，知道君小姐在哪个房间里。

方老太太跺跺脚就要跟上，却见那几个进了房间的人又出来了。

"君小姐呢？"金十八皱眉问道。

方老太太愣了一下，透过打开的房门看到其内空无一人，与此同时，宁大老爷停在外边的马车也被锦衣卫掀开，里面同样空无一人。看着空荡荡的马车，宁大老爷怔了怔。

"现在的年轻人哪。"金十八摇头带着几分感叹地说道，"真是世风日下，越来越不像话啦。"

"外祖母跟来不是我的本意。"此时，窄小巷子口的一处茶寮里，君小姐正对宁云钊说道。

这间小茶寮垂下几幅竹席遮挡了阳光，也正好遮挡了内里客人的脸，形成很好的隔断，随着风吹过竹席，若隐若现地露出宁云钊的半边脸，他微微一笑："只是盛情难却。"说着拂袖将一碗茶递过去，"我也是。"

君小姐接过他递来的大碗茶，端起饮了一口。

"我父亲觉得应该拿出诚意来，弥补以前的亏欠。"宁云钊神情坦然。

君小姐笑了笑："我外祖母也是。"

"虽然过去的亏欠永远不能弥补，但身为子女还是不忍让他们太过难堪。"宁云钊说道。

君小姐看着他再次笑了笑，眨了眨眼："我也是，但我们现在做的好像让他们更难堪了。"

就在适才，宁大老爷走下马车，坐在车上思忖什么时候走下去合适的宁云钊忽然察觉有石子打在车窗上，他转头看去，透过竹帘看到街角的君小姐正冲他招手，他便下了车，跟着君小姐来到了这里。想到这里，宁云钊忍不住笑了，感觉就像读书时趁着先生不注意偷偷从学堂跑出去玩，当然，他从来没有干过这种事。

"那边是不能好好说话了，锦衣卫肯定盯着，就让外祖母和宁伯父陪他们吧。"君小姐说道，"这里虽然简陋，说话倒也自在。"

"你是怎么想到这地方的？"宁云钊低声笑问道。

"承宇给找的。"君小姐说道。

宁云钊笑了笑，没说话。

"哦，对了，北地发生的事你知道了吗？"君小姐问道。

宁云钊摇摇头，君小姐便跟宁云钊讲了黎人攻占河间府和河北西路痘苗的事。

宁云钏听后神情微沉片刻，说道："这，只怕要不太平了。"

"成国公在北地，应该没事的。"君小姐说道。

宁云钏摇摇头："自古以来福祸相依，事情没有绝对。"他笑了笑，"都说不定，不过我相信，北地英雄豪杰不会任凭黎人肆虐的。"

君小姐也笑着点点头。

"那这么说，今日这茶是饯别了？"宁云钏指了指眼前的茶碗，又说道。

方承宇聪明，宁云钏也不傻，当然也猜到了自己的打算，君小姐笑着点点头。

"那一路顺风。"宁云钏端起茶碗。

君小姐笑着举碗，二人各自一饮而尽，放下茶碗后，君小姐突然问道："对了，你找我是什么事？"

宁云钏抬起袖子轻轻揉了下鼻头，似乎适才喝得太快，有些呛口，原本想当面倾诉爱慕，可现在看着她，却什么都想不起来，也不知道该如何说起，他不由得自嘲地笑了笑。

君小姐对他的笑容有些不解，问道："怎么了？"

宁云钏抚了抚茶碗："说来有些惭愧，我还是想问问上次问过你的问题。"

君小姐不解地看着他。

"就是你拒绝过的那个问题。"宁云钏含笑说道，"很抱歉，我还是不死心，且更难自禁，我是真的喜欢你，喜欢君九龄。"

君小姐看着他，神情一瞬间迷茫，旋即恍然，看着宁云钏片刻，笑道："宁公子是个好人，但我对这种事情真的没有经验，不知道怎么回答会让你舒服点，但我真的不想了。"

宁云钏看着君小姐，她的神情淡然，眼神平静，没有丝毫面对异性向她表白时的激动、欢喜、慌张、厌弃，她此时的反应就像一潭死水。

"九龄。"宁云钏深深皱起眉头，坐正了身子看着她，问道，"你有什么事吗？"

君小姐看着他，微微笑了笑："有，但不可说。"

"两个人做总比一个人要好吧。"宁云钏不死心，"谁都有要做的事，但事要做，人生也要过，我希望我能有机会和你一起做。"

君小姐笑着摇摇头："宁公子，我不适合你，我原本想说很抱歉先前对你以及你们做的那些表明心意的事，让你们误会了，但我觉得你应该不会误会。"

"当然，如果是因为你曾经做的事我才这样，那也不会等到今日了。"宁云钏笑道。

"所以，过去的事就过去了。"君小姐看着他，认真说道。

宁云钏笑了笑，果然第二次被拒绝就熟练一些，好像没有那么尴尬了。

"很感激也很高兴你对我的帮助和关心，你的心意我也明白了，只是很抱歉。"君小姐接着说道，一面低头施礼。

宁云钏忙摆手："不，你既然知道这是我的心意，那就真的不用抱歉。我还是那句话，很高兴你没有拒绝我的帮助和关心，谢谢。"他说着也低头施礼。

这种表明心意被拒绝的场合，本该很尴尬、伤感，两个人却互相真诚地道歉，气氛古怪又融洽，两人对视一眼，又都笑了。

话说开了，各自心中都轻松了很多，又相互称赞几句，闲聊几句，喝了几口茶，宁云钏拱手道："那我就先告辞了，顺德楼那边的事要解决，正好趁着你外祖母和父亲见面，有理由解除婚约。"

君小姐对他点头施礼，含笑说道："告辞了！"

"一路顺风，路上小心。"宁云钏含笑说道，"就算要做事，首先得要有人，人在才有事可做。"

君小姐点点头："是，我知道了，也祝你一路顺风。"

解决了婚约的事，宁云钏回阳城的目的也就达到了，他也该回京城，开始他的官宦生涯了。宁云钏再次拱拱手，转身迈步，君小姐也没有再停留，掀起垂下的竹席子，向另外一个方向而去。

炎热的大街上行人不多，一时没有人注意这两个背向而行的年轻男女。

未完待续

Staread
星 文 文 化

君九龄

JUNJIU
LING

叁

希行

著

长江出版社
CHANGJIANGPRESS

目　录

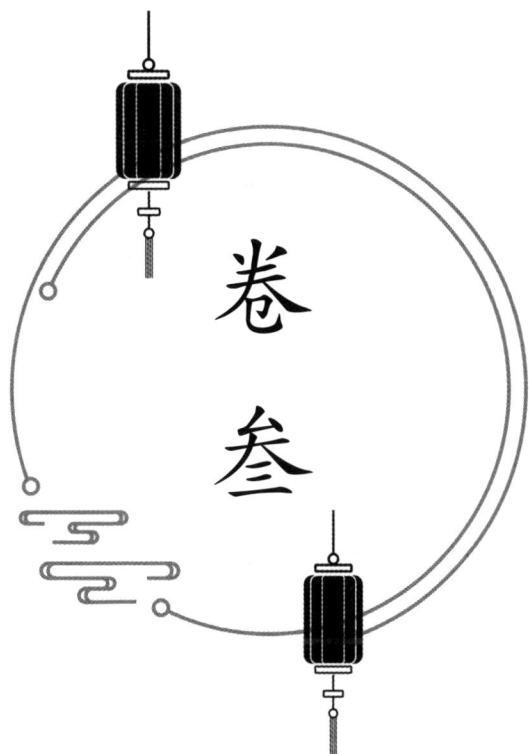

卷

叁

第一百章

◇

君小姐被绑架了

宁云钗和君小姐的婚事还没谈妥就又解除了，不知道内情的民众又是一阵议论纷纷，而得到消息的宁家和方家则一方欢喜一方忧，宁家的长辈自然因为摆脱了君蓁蓁而欢喜不已，方家也为君蓁蓁解除婚约而高兴，但同时，又因为她要离开而有点忧伤，当然，最忧伤的莫过于方承宇。

夏日里天亮得早，一队车马在蒙蒙日光中驶出城门，如同从京城离开那样悄无声息。这次并没有民众相送，毕竟河北西路痘苗致死的事不光彩，所以这次离开，方承宇并没有大肆宣扬，不过护送君小姐的车马人数可不少，除了方家的护卫，还有十几个青壮男人。

"原来是请了雷大叔你们镖局护送啊。"君小姐看着车外骑马跟随的雷中莲，笑道。

将近一年没见，雷中莲瘦了一些，但神采奕奕："多谢方少爷看得起，君小姐不要嫌我们添麻烦。"

"好啊，但这次如果需要我帮忙，雷大叔你得付钱。"

"君小姐现在也喜欢跟人要钱了啊。"

听到一个"也"字，君小姐立刻想起朱瓒和他们在汝南发生的事，雷中莲还不知道那个自称令九的家伙到底是什么人吧。

"不知不觉已经过去一年了，雷大叔，你开的镖局怎么样？"她看着已经排开阵势的十几个镖师，阵形有些熟悉，就是当初朱瓒护送他们回阳城时摆出的阵形，她笑意浓浓。

"虽然相处的时间短，但那位令公子教授的经验却极其管用，这一年，我们按他的做法行事，还躲过了一次凶险，要不然我这才拉起的镖师队伍就要散了。"

他的经验当然管用，那都是杀人血战中得来的，君小姐掩下心思："镖局怎么样？"

"收了几个小徒弟，承蒙少爷照顾接了几单生意，又养了几个镖师，也算是起家了。"

车队在晨光里远去，与此同时，金十八带着一队人马也驶出了阳城，悄悄尾随在君小姐的车队后。

炎夏炙热，烤得大地冒了烟，但在皇宫大殿上，上朝的官员们却如同置身冰窖，这并不是因为殿内摆放着冰块，而是因为皇帝铁青的脸，以及扔在地上的几本奏章。

"朕将江山交给你们，这样信任你们，你们要人给人，要钱给钱，要什么朕都给你们，你们就是这样回报朕的？！"一向和气的皇帝正在破口大骂，"天天跟朕说国泰民安，结果呢？南边闹水患，民众钱粮损失惨重，北边黎人长驱直入，连河间府都抢走了，这叫国泰民安？这叫满目焦土，这叫生灵涂炭！你们当朕是死了还是瞎了？"他拍打着几案，其上的奏章香炉再次跌落，而随着喝骂，皇帝的眼泪也流了下来，"这是上天对朕的惩罚吗？朕不配做一个皇帝吗？"

这句话喊出来，在场的官员们心中都是一凛，配不配做一个皇帝，大概是皇帝心里最大的隐忧，也是最大的忌讳，此时当众喊出来，可见内心的愤怒已至极致。满殿官员跪下来，流泪喊"臣有罪""万岁息怒"。

站在最前列的黄诚哭得最厉害，他摘下梁冠，以头磕地，花白的头发散乱飞舞，他哭得上气不接下气，嘶声喊道："陛下，一切都是臣等过失，都是臣的罪责。"

朝堂上顿时乱成一团，不管是真哭还是假哭，都垂着头，就连御史都忘了朝堂礼仪而跪下来陪哭。只有一个人还站立着，一身朱红衣袍的陆云旗神情木然，似乎没有看到眼前的这一切，也不会因为生灵涂炭而悲愤。

皇帝骂也骂了，哭也哭了，砸也砸了，在臣子们的哭劝中渐渐平静下来，拭泪道："朕心痛啊。"

朝臣们也都松口气停止哭泣再次认罪，但黄诚的哭声还未停，在安静下来的大殿里格外刺耳。皇帝看着这位老臣，眼泪再次流下来，让太监扶他赐座，又问道："现在怎么办吧？"

一个大臣犹豫片刻，躬身道："其实只是攻破了一个府城……"

这话让刚平静下来的皇帝顿时又急了，喝骂道："难道狗咬了一口不算咬吗？朕还要伸出腿让它咬掉才能喊痛吗？那是朕的子民，别说一个府城，就是一个百姓，也是心痛啊。"

那臣子早已经跪在地上连连叩头认罪。皇帝犹自不解气，喊人将这官员免职，拖下去问罪，看到这场面，宁炎等几个大臣的面色微沉，被太监搀扶着坐下的黄诚则眼中闪过一丝冷笑。

"陛下，"宁炎站出来说道，"陛下息怒，这是刚收到的急报。"他说着躬身拿出一封信，"成国公已经收复了河间府。"

"亡羊补牢！死掉的百姓们还能活过来吗？"皇帝拍案呵斥道。

"陛下，"黄诚颤声道，"黎人骑兵尚未离开边境，依旧驻扎，可见其贼心未退。"

"陛下，成国公已经率部迎战，势必击退黎贼。"宁炎立刻接过话，郑重说道，"陛下，成国公这么多年征战，请陛下放心。"

他不说这话还好，听到这话，皇帝再次恼怒，一拍几案，大声说道："成国公征战多年，朕信任他，将北地交给他，如今却出了这种事，这就是他说的为朕守门夜不寐，让朕安睡？朱瓒呢？把朱瓒从大牢里拎出来，朕要问问他，他们父子是不是在北地天天睡大觉呢？"

此言一出，本被呵斥的宁炎眼中闪过一丝喜色，他忙低下头掩去喜色，沉重地说道："是。"

朱瓒跟着禁卫、太监晃晃悠悠走过来，他还穿着囚服，胡子拉碴做出一副凄惨的模样，但眼神却格外明亮，神采奕奕。

陆云旗笑道："看来刑部大牢的伙食不错啊，世子爷好像又胖了些。"

朱瓒看着他，忽然抬手就冲他脸上打来，禁卫、太监都吓了一跳，忙上前阻拦，却见陆云旗已经先一步抬手挡住，朱瓒对他咧嘴一笑："看看，我是不是力气还大了？"

陆云旗看着贴近的他，神情木然："世子爷运气真好，老天爷都帮你。"

朱瓒"呸"了一声，啐了他一脸，冷冷道："果然只有畜生听到边民遭难、生灵涂炭，还只想到是别人的运气。"

禁卫和太监紧张地看着他们，太监尖声道："世子爷，陛下可……"话音未落，朱瓒已经甩开陆云旗，大步向殿内走去，人还没有进去，就已经先扬声喊起来："陛下，冤枉啊！陛下再不见臣，臣就要死在大牢里了。"这话喊得无比凄凉，可惜声音中气十足，几乎掀翻勤政殿，来者实在不像一个快要死了的人。

原本气氛沉郁的殿内随着朱瓒的到来，陡然变得热闹起来，而陆云旗犹自站在殿外，从袖子里拿出一条锦帕，慢慢擦着啐在脸上的口水。

朝堂的争执一直持续，连午膳都顾不上用，一直待在外面的陆云旗神情木然地走进殿内，见跪在正中的朱瓒正委屈地喊道："陛下，臣冤枉……"

话音未落，皇帝就从面前的箱子里拿出一本奏章砸向他，怒声道："这是参朱山延误军机的。"又拿起一本砸向朱瓒："这是参朱山欺诞不忠的……这是参你们父子截留军费扩建府邸的……"一本又一本，不断地砸向朱瓒。

朱瓒跪着一动不动，任凭这些奏章杂乱地打在他的头上、肩上、脸上。

皇帝砸了一通似乎也累了，喘气指着两个箱子："看到没，这些都是弹劾你们的，朕信任你们，压下这些，结果呢？结果你们是怎么回报朕的？朕的脸都被你们抽肿了。"

"陛下，是黎贼……"朱瓒认真地要辩解。

皇帝更是恼火："是黎贼抽朕的脸，不是你们父子抽的吗？你们守北地守得让黎贼来去自如，还很得意吗？"

"陛下，臣不是这个意思，臣冤枉。"朱瓒一脸委屈。

皇帝气得直瞪眼，将一个木箱子一脚踹倒，其内的奏章哗啦倒了一地，又呵斥道："你们冤枉？你们拥兵自重、侵占军资、避战，还谎报军情，你们冤枉？朕还冤枉呢，怪不得北地都说南有皇帝，北有成国公，你们真是厉害啊。"

这话可言重了，在场的大臣们吓得纷纷跪地。

"不是这个意思。"朱瓒大声辩解道，"那句话是北地的百姓感恩皇恩浩荡，说有陛下您在，才有我父亲在，才有北地安泰。"

皇帝被气笑了，笑骂道："你个兔崽子，照你这么说，北地现在不安不泰，都是朕的缘故了？"

"怎么会，陛下您又想歪了……"朱瓒立刻喊道。

皇帝抬脚将另一个木箱子也踹翻，呵斥道："朕想没想歪，北地现在都是不安不泰，民众生灵涂炭，这就是你们父子给朕的回报！"

朱瓒猛地向前跪行一步，重重叩头，声音盖过了皇帝的呵斥，然后再抬起头，郑重说道："陛下，臣请立刻回北地，臣一定将折干答的脑袋给陛下您送来当球踢！如果臣做不到，臣就将自己的头给陛下当球踢。"

"朕不爱踢球，要你的头有什么用！"

宁炎上前一步，躬身道："陛下，请让成国公戴罪立功，成国公至今未有自辩，亲率兵马追击黎贼，还请陛下给他一个机会。"接着，另有七八个官员也都站出来纷纷劝请。

皇帝余怒未消，看着这些官员，最终长叹一声，喊道："陆云旗呢？"站到最后的陆云旗应声"是"上前，皇帝看向一旁的太监："拟旨，拿不到折干答的头，就让锦衣卫拿你的头来见。"

太监飞笔写下，将圣旨高高举起，尖声喊道："钦赐！"

陆云旗上前接过："臣领命！"

说完这些，皇帝面色苍白，气喘吁吁，显然耗费了心神，他拂袖转身："退朝！"

大臣们纷纷躬身高呼万岁，朱瓒的声音夹杂其中："陛下，那我呢？"他起身看着要迈步的皇帝，皇帝冷冷看了他一眼："你？你就去京城司牧监养马吧，免得打不过黎贼又说马惊了。"说罢拂袖而去。

朱瓒不服气地要追上，被宁炎拦住："世子爷，不可不可。"

朱瓒看他一眼，冲他一拱手，转身大步向外而去，殿内的官员们也纷纷离开。

接了圣旨的陆云旗当然不会亲自去北地，他安排了一队锦衣卫跟随传旨的太监以及握着尚方宝剑的监察使者，驰出了京城；朱瓒去了司牧监养马，陆云旗自然不信他能乖乖在那儿待着，让江百户安排人紧紧盯着他；至于君小姐……陆云旗并不着急，他要等她解决了痘苗之事，没人再庇佑她的时候，再找机会……

大雨过后，路上一片泥泞，行进的车队变得缓慢，人喊马嘶也显得有些忙乱、嘈杂。

雷中莲催马来到君小姐的车边，此时，他们已经离开相州，沿着河北西路向更深处而去，炎夏的气息消退，雨后很凉爽，车帘掀起，柳儿正倚着窗户抖着一把野花哼小曲，君小姐则神情淡然地看着外边的苍翠，只可惜如今的情形，并不能让人放松警惕，更不能悠然自得地欣赏风景。

雷中莲低声道："锦衣卫的人又跟上来了。"

锦衣卫的人其实一直跟着，君小姐也知道，他们一行五人，不远不近，甚至不躲不避地跟着。痘苗致死的事发生在相州境内，经过半个多月的处理，已经安稳。君小姐突然离开相州向西而行，三天后又突然转向北，此时已经进入磁州，这样突然行进，就是为了甩开这五个锦衣卫。

"他们看起来只是跟随监控，并没有对我们不善。"君小姐说道，"但我跟他们真的不熟，他们这样跟着我也不是闲的，只是还没到动手的时候罢了。"

"那现在到动手的时候了？"雷中莲很恼火又很不解，"那我们不是应该往回走，一路上走熟路？"

"熟路就没问题了吗？"君小姐笑了笑，"我说过了，他们先前不动手，不是因为我们人多势众，只是还没有到他们打算动手的时候。"

雷中莲点点头，他曾远远看过那几个锦衣卫的身影，一看就是身手不凡。

"至于我为什么向这边走，看起来像是绕远路，"君小姐笑了笑，"其实是跟令九公子学的。"

雷中莲愣了一下，想起那个砍柴人。

"他当初是从北地向京城去，"君小姐说道，"但是却绕路到山西，也是为了甩开这些锦衣卫。"

"令九公子是谁啊？"柳儿在一旁问道。

"成国公世子啊。"君小姐答道。

雷中莲有一瞬间愣怔，突然恍然，他竟然是成国公世子！

"锦衣卫跟着也别太紧张。"君小姐接着说道，"让他们跟上也不一定是坏事，如果他们发现我们失踪不可控了，就会将我们逼迫得更甚，反而不利于我们甩脱他们。"

雷中莲觉得思绪有些恍惚，下意识地脱口问道："这个也是令公子……不，成国公世子的办法吗？"

君小姐笑着说了声"是"，他就是靠着这个，让锦衣卫一路未能限制他的自由，顺利到达了京城。她看向前方，现在到了磁州，距离成国公所在的保州还有很远的距离，但是，也许可以试试往那边走……

与此同时，从草丛里站起来的金十八将一根嚼烂的草吐出来，前方的山路上一个人影都看不到，这里已经到了河北西路庆源府境内，相比于先前走过的路，这里人烟要稀少一些，尤其此时还处于太行山内，他们在这里蹲守快要一天了，别说马队，连个鬼影都没看到。

"这小娘子还真挺厉害的。"金十八说道，"抚宁属于北地，难道在抚宁当个文官都能教出哨探一般厉害的女儿？"

"明明冲这个方向来的，竟然不见了。"身旁的一个男人也皱眉说道，眼中还有几分羞恼。

"看来他们要进庆源府了。"另一个书卷气沉稳的男人低声说道。

"这君小姐到底想干什么？她难道不是要回阳城？"相比于这两人的沉稳，另外两个五大三粗的男人就有些不耐烦了。

"她是要回阳城，所以才绕路。"金十八说道。

"那这绕得也太远了吧，都要到真定府了。"男人说道。

"为了甩掉咱们，这君小姐可真是有耐心和魄力啊。"金十八笑着说道，"怪不得千户大人如此喜欢。"他摆摆手，带着几分肃然和阴冷，"恰好我们也没别的本事，就是有点耐心，这一次，她就是插翅也难逃。"

君小姐一行人很快来到了庆源府，庆源府城并不大，但因为是商路要道，北地又平安多年，因此，小小的府城人来人往，很热闹。当然这种热闹不能跟南边比，来往的人穿着打扮要穷困很多，街边路上也有很多流民乞丐。

君小姐到庆源府之前已经提前通知县衙，庆源府的城门口也早早贴了告示，吸引了大批民众涌向城门口。因为真定和河间府接连出事，纵然位于河北西路中部，庆源府的戒备也比先前森严，城门口更是兵马众多，盘查严苛，但此时这些兵丁并没有在盘查人员，而是围在城门左边，将那里围出一片空地，阻止人群靠近。

他们围起来的地方贴着大红告示，官府配备的书吏正在宣读其上的字："宣告京城九龄堂君小姐亲自来庆源府种痘事宜，凡家中有年满周岁、十三岁以下小儿……"

听闻君小姐前来，围观的民众顿时轰然，那书吏余下的声音被盖住了，民众左盼右盼终于盼来了大夫，竟然还是神医本人，整个庆源府像炸了锅一般沸腾了，民众激动地奔走相告，雀跃得如同过年，城门前来围观告示的民众也持续不断。更有不少人听到传闻，从外地赶来确认消息的真假，但没想到城门外竟然戒严了，比起前几天，又多出更多的官兵，一个个神情肃重，如临大敌。

不知道情况的民众忙询问周边的人，竟然得知告示被偷了，听到这个消息的民众顿时很愤怒，一边质疑消息的真假，一边又担心君小姐会不会跟这告示一样，突然飞走了。他们不知道的是，君小姐已经坐在了庆源府的官衙里。

看着坐在堂内的君小姐，庆源知府周塘笑得眼睛都快看不见了。庆源府虽然在河北西路中部偏北，但附近不远的真定府已被黎贼侵袭，庆源府也并不是个安全的地方，知府周塘压根没想到君小姐会来，当看到人送来的告示时，他还以为自己做梦呢。即便德胜昌票号的掌柜再三声明，他也只能将信将疑，直到此时看到坐在面前的女子，他才确信自己真的撞大运了。

"没想到君小姐竟然到我们这里来，知道消息太晚了，没能迎接。"周知府忍不住说道。

"我是没打算来。"君小姐说道。

这话让周知府愣了一下，雷中莲也微微侧目，气氛顿时有点尴尬……

"在相州结束之后我是打算回京城的，但我接到了成国公的信。"君小姐接着说道。

这话让周知府再次愣住，而雷中莲则眉头皱了皱。

"成国公邀请我来为庆源府的民众种痘。"君小姐平静又坦诚，"他说北地民众疾苦，不容易，受过劫掠又常常被侵扰，如果能解决一些病痛之苦，保住一些孩童，一是百姓之幸，二也是北地之幸，毕竟人才是国之根本，有人绵延不绝，也才能对抗黎贼。"

周知府听得目瞪口呆，变得更激动了几分。

雷中莲神情呆滞，心想君小姐编谎话编得这么信手拈来，着实令人佩服，这等于白送了成国公一个好名声，难道是因为那位令九公子吗？

那边周知府已经激动地说道："真没想到，原来是成国公，成国公为了我北地百姓真是思虑周全，我等惭愧啊。"

说起来他们这些文官对于武将一向瞧不起，来到北地又被成国公压制，心中难免不满，如今北地两府接连出事，虽然惊慌和痛惜，但私心里还有一丝报复的快感，听说朝廷要派锦衣卫监察使调查成国公的事，大家都憋着一口气，不说成国公不好，但也绝对不想说他好，现在听到君小姐竟然是成国公请来的，还特意点出了庆源府，周知府就不得不考虑一下了……

"成国公希望我保密，不要提他邀请的事。"君小姐又扔出一句话，"或许是怕我拒绝，面子不好看吧。"

周知府立刻知道该怎么做，说出一些感激的话后，顺便表明自己对种痘事件的关切和焦急。

"真是辛苦了，周知府。"君小姐安静地听周知府说完后，柔声道。

周知府叹口气："食君之禄，忠君之事，作为一方父母官，这是职分所在，为了请君小姐来，本官辛苦也是值得的。"

此时，门外响起急促的脚步声。

周知府看着走进来的将官："出什么事了？"

"不知道哪个兔崽子连城门的告示都守不住，告示被谁偷走了都不知道。"将官忍不住愤怒地说道。

周知府显然也知道这件事，无所谓地说道："一个告示而已，说不定是被风刮走了，被人捡了，怎么就是被人偷了，没查清楚不要乱讲，你这是扰乱民心。"说着忙给将官使眼色，示意他身边多了一个君小姐，不要乱说话。

将官这才注意到君小姐，忙躬身施礼，小心说道："是，我再找找，昨天风挺大的。"

君小姐刚刚一直在旁边安静地听着，见将官对她施礼，她也微微还礼，适时微笑点头，却没有询问。

"君小姐，您快去歇息吧，等明日就要开始种痘了。"周知府一边含笑说着，一边对屋子里的书吏、婢女使个眼色。

婢女、书吏忙上前引路，君小姐道谢后，便跟着去了。周知府一直含笑目送君小姐，直至看不见，才捋了捋胡须。

"君小姐真亲自去我们营堡种痘啊？这多不好意思，我们也来排队好了。"将官搓着手，嘿嘿笑道。

德胜昌来传达君小姐到来的消息之后，还将种痘的具体操作规矩安排了，固定场所排号交钱，但说了一个例外，就是官兵的子女可以不用来府衙排号，集中到最大的镇堡统一排号就行，君小姐会亲自去那里给官兵子女种痘。

"君小姐的安排，听从就是了。"周知府说着又警告地看了那将官一眼，"说话注意点，别什么都说。"

将官忙应声"是"，看着周知府负手乐滋滋地离开，神情又郁闷又不解，自言自语道："但是，真的是被人偷走了，这庆源府还有这样厉害的小贼？"

从第二天起，热热闹闹的种痘便开始了，府衙前排起了长长的队伍，热闹又嘈杂。但到了七月，府衙前排队的人没那么多了，君小姐也不再亲自种痘，而是从庆源府挑选了五个大夫，教授他们种痘的技艺，待这些人学会后，君小姐一行人也要准备离开了。

周知府也并不奢望君小姐亲力亲为，只要她曾出现在这里就足够了，带着几个大夫轮番感谢后，周知府便询问君小姐接下来的去处。

"真定府。"君小姐说道。

看来这是要把河北西路几个府城都走一遍，周知府心想，亦是激动地说道："这真是百姓之福啊，我这就让官兵护送君小姐去真定府。"

消息递出去，不只官兵护送，真定府那边肯定也要来接，这样路途就安全多了，雷中莲的神情放松片刻。不过，他这几日又发现了金十八等人的踪迹，他们摆出一副我就是无赖的样子，似乎就是要让他们看见，这些人真是难甩掉，雷中莲忍不住对君小姐抱怨，君小姐倒是无所谓，安抚了他几句，雷中莲也稍微心安了一些。

此时他们已经出了庆源府，但君小姐想要去乡下看看，免得有些不知道消息的孩童错过种痘。

"是要去赞皇吗？"围过来的路人好奇地问道。

君小姐顺着他的话点点头。

"那可千万别走这条路。"那路人神情紧张。

"那边怎么了？"柳儿不解。

"那边有一座山，山上有土匪。"路人压低声。

君小姐等人怔了怔，人群里又响起一个声音："胡说。"

众人看去，见是一个老汉蹲在路边，身边摆着一个竹筐，似乎怕被拥挤的人群挤到，一直小心地护着，老汉接着说道："那边山里才没有土匪呢，很安全，有官兵驻守呢。"

君小姐看着这个老汉，他面容黝黑、手指粗大，还有他蹲在地上的姿势，一看就是长年劳作的。路人已纷纷开始议论。

"没有土匪吗？我怎么听说是有……"

"那是你记错了，土匪当然有，但在赞皇山。"

"赞皇山好像真的有土匪。"

"不过那边……驻军……有吗？"

"……"

北地好几路军队，除了大名鼎鼎的永兴广信永宁顺安军外，还有一些散兵驻扎，甚至还有很多暗哨，一片山地中有没有驻军还真说不准，这边路人议论纷纷，那边马蹄急响，一队官兵出现，呵斥道："让开让开，别耽搁君小姐行程。"路人忙让开，那老汉也拎着筐退后。

因为单独给官兵子女种痘，君小姐在官兵中是如神明一般的存在，见到君小姐，他们纷纷下马，堆起笑容："有我们护送，君小姐尽管放心。"

"有你们护送，我真的很放心。"君小姐笑道。

路人意犹未尽地散去，那老汉抬脚将竹筐一踢拎起来，将手背在身后，慢慢悠悠也走开了。

七月的山间凉风习习，营地的热闹随着篝火渐渐熄灭而沉寂下来，除了来回巡逻的兵丁，所有人都陷入了沉睡。

天色渐亮，雷中莲猛地睁开眼站了起来，有护卫看到他醒了，笑问道："雷爷，你说锦衣卫那些人追上了没？"

"应该追上了，锦衣卫那么厉害。"雷中莲说道。

"不知道他们见营帐里躺着几个光腚兵丁会是什么表情。"一个镖师笑道。

雷中莲轻咳一声，示意他们不要再说粗话，护卫、镖师们忙收正神情。雷中莲走到君小姐的营帐前唤了声君小姐，却没有得到回应，他立刻掀开营帐帘子向内看去，待看清内里的情形，顿时僵住了，尖叫道："君小姐……不见了！"

营地里先是一片安静，旋即乱作一团，所有的护卫、镖师都涌过来，透过被扯下的帘子看向营帐内，见营帐里只有柳儿还躺在地垫上一动不动，并没有君小姐的身影。

"是不是出去走走了？"一个护卫说道。

"君小姐哪一次自己单独行动过？就是要走也肯定会跟我们打招呼。"有人立刻反驳道。

"柳儿！"雷中莲大喊道，柳儿还是一动不动。

有护卫想要冲进去，被雷中莲拦住，他解下腰里的刀沿着地向营帐里的地上滑去，只听噌的一声，地面上弹起一道道细丝将刀缠住，不仅被缠住，白刺刺的刀身上似乎是割破了地上的青草，瞬时染上几道绿汁，站在营帐外的雷中莲等人都打个寒战。

"柳儿！"雷中莲再次喊道。

护卫们也都学着他的样子，将刀沿着地垫滑过去，并没有机关再次弹起，雷中莲再无顾忌，冲进营帐。躺在地垫上的柳儿也在这时伸个懒腰翻过身，睁开眼看到冲进来的男人们，顿时尖叫一声，坐起来喊道："你们干什么！"她这陡然的动作让雷中莲等人也吓了一跳。

"你们干吗吵我睡觉？"柳儿瞪着眼看向一旁，突然大喊道，"我家小姐被吵……小姐呢？"

雷中莲等人心里更是一片冰凉，他用一只手从背后再次拔出一把刀，咬牙喊道："找！"

已经找了半天，仍然一无所获，雷中莲站在山路中间面色惨白，不只是找不到人，一点蛛丝马迹都没有，四周干干净净，好像什么都没有发生过，这简直不可思议，就好像君小姐凭空蒸发了。

"我家小姐呢？我家小姐呢？"柳儿的哭喊声在四周回荡。

"雷爷，通知官府和票号吧。"一个护卫同样面色惨白。

雷中莲点点头，向外迈步："只能这样了，幸好官兵们还没走远。"

"我们这就去……"护卫的话音未落，就见雷中莲猛地扑向一旁的草丛。

锵的一声，兵器碰撞，护卫、镖师们顿时围过来，看着从草丛里跳出五个男人，雷中莲的刀和其中一个人的刀架在一起，二人四目相对。

那男人要继续动手，雷中莲却不动了，惊讶地问道："你们怎么在这里？"

这是什么把戏？他们一直都跟着他们啊，他们不是早知道吗？金十八笑了笑，坦然说道："真是巧，我们恰好路过。"

眼前围过来的镖师、护卫们神情戒备又愤怒，雷中莲更是没因为这个话露出半点冷嘲，只是凶狠地说道："放人。"

金十八皱眉问道："放什么人？你们在干什么？"

柳儿的哭声也在此时传到几人的耳内，金十八面色微变，其他几个男人也对视一眼，金十八问道:"什么意思?君小姐怎么了?"

雷中莲等人继续戒备地围着他们,雷中莲将手里的刀一翻:"少装蒜。"

那边的几人也再次挥刀,二人再次兵器相撞,而另一边金十八忽然跃过草丛,直向坐在营帐前哭的柳儿扑去,很快就抓住她,喝问道:"君小姐呢?"

柳儿陡然被抓住,发出尖叫,但她没有畏惧,挥动着手脚,扑腾着乱抓。

"你们把君小姐带到哪里去了?"雷中莲等人也紧跟着围过来呵斥道。

四个男人已经护在金十八的身前,因为怕伤到柳儿,雷中莲等人并不敢上前攻击。金十八也没有再逼问柳儿,他已经猜到发生了什么事,嗤笑道:"你们把戏花样还真多!这样玩有意思吗?"

"别耍这种把戏,我知道是你们做的。"雷中莲握紧兵器,"把人交出来。"

金十八上下打量他,双方陷入诡异的对峙。

柳儿已经被金十八扔到了一边,坐在地上垂泪,又抬起头看到还在对峙的双方,顿时火气噌噌地冒出来,人也跳起来,大喊道:"你们到底要不要找君小姐?都快去找人!在这里瞎吵吵什么!"

双方都看向柳儿,见她抓起地上不知道谁扔的刀鞘,就冲雷中莲和金十八劈头盖脸地打过来:"都耽搁这么久了,小姐要是被狼叼走,这时候也要被啃完了!你们这些废物,小姐白养你们了!小姐要是有事,你们谁都别想活!"

柳儿突然发狠地冲两边打过来,谁都没有下意识地躲避,雷中莲和金十八被一顿打得失了对战的架势,一时间都有些发蒙。

"快去找!"柳儿再次尖声呵斥道。

尖厉的声音几乎划破了在场人的耳膜,雷中莲和金十八下意识地跟着喊道:"找找。"在场的护卫、镖师以及锦衣卫都忙散开,直到沿着草丛山路找了片刻才渐渐回过神。

"真的找啊?"几个护卫、镖师低声问道,同时看了眼那边也在路上认真查看的锦衣卫们,以及跟金十八站在一起、几乎肩贴肩并立在一处草丛里扒拉的雷中莲。

"雷爷说了,找,且盯着他们,就不信他们真没有留下蛛丝马迹。"一个护卫低声传达雷中莲的命令,也看向那边的锦衣卫,"说不定他们趁机要毁了踪迹。"

护卫、镖师们心领神会,不仅继续找,且向那几个锦衣卫靠拢,而另一边的四个锦衣卫显然也得到了吩咐,看着靠近的护卫、镖师冷笑。

"金爷说了,他们要演戏就陪他们演戏,他们不就是要拖着咱们?不怕,凡事只要做了就一定有痕迹。"其中一个低声说道,"找。"其余几人点点头,沉默地看着靠近的护卫、镖师。

"都快点找!"柳儿的尖叫声再次响起,她站在路边挥舞着手里的刀鞘,"不许偷懒!"

山路上的人们再次快速行动起来。

不久后,急促的马蹄声传来,一队队官兵神情紧张地奔来,为首的彭大将喊道:"君小姐出事了!"

就在遇上锦衣卫之前，雷中莲已经派人去通知官兵，毕竟这片地方他们人生地不熟，行事不如这些官兵方便。

雷中莲看了身边的金十八一眼，不咸不淡地说道："有人居心不良，尾随千里，此时动手也是意料之中。"

金十八嗤声一笑，也不咸不淡地说道："有人自以为聪明要独行千里，小心聪明反被聪明误。"

彭大将顾不得管他们之间的暗讽，气急败坏地说道："你们在说什么？我是说君小姐出事了，真让人恼火，这些贼也太胆大包天了。不过你们放心，我们一定会将君小姐平安解救回来！这群杀千刀的，竟然还写了勒索信，真是失心疯了，连君小姐都敢绑。"

"你说什么呢？你们知道君小姐怎么了？"雷中莲听得一头雾水，不解地问道。

"是啊，我们接到一封勒索信，一群贼说是他们绑了君小姐，要我们筹钱来换。"彭大将说着拿出一封信一抖。

此时，柳儿已经冲过来先抢过信，快速扫了一眼，尖声喊道："是绑架！是勒索！"她转身看向护卫们，"快去拿钱换人！"

第一百零一章

◇

请君去山里种痘

摇摇晃晃的车停下来，身上盖着的草被掀开，君小姐不由得闭了闭眼，再睁开就看到三张大脸，昨天晚上没有机会看清他们的样子，现在看清了，原来是两个三十多岁的男人和一个十一二岁的男孩子。

昨夜，她睁开眼的时候，冰凉的匕首已经抵住她的咽喉，同时她的手以及嘴都被制住。她的嘴里、手上都藏有一击致命的暗器，但她却连眨眼的机会都没有。接着她就被人迷晕抱起来，轻盈地跃过屋子里布置的阵法，摘下门帘上的暗箭，越过熟睡的马匹，擦过巡逻的护卫、镖师，如同鬼魅一般消失在夜色里。再醒来时，她躺在平板车上，身边木柴杂乱又有章法地搭出一个空隙，其上覆盖着青草，遮盖了明亮的日光，也不会让人觉得气闷。

"你们是什么人？"君小姐冷静下来，这些人并没有塞住她的嘴，显然他们不在乎她敢呼救，当然她也不会做这种蠢事。

面前的三张脸露出笑容，齐声道："君小姐别怕，我们不是坏人。"

"这个，恕我眼拙。"君小姐柔声道。

三个人愣了下，似乎一时没有想明白她的话，旋即那少年反应过来，哈哈笑道："她说话真逗。"

两个男人瞪他一眼，骂骂咧咧道："一边去。"

少年缩头站到一边，两个男人再次对君小姐露出笑容："君小姐，我们是来请你的。"

君小姐"哦"了一声，淡定说道："这个，也没看出来。"

两个男人一点都没有不好意思，郑重说道："君小姐，我们可不是山贼马贼，我们是官兵。"

君小姐狐疑地看着他们："这个……"她刚开口，两个男人神情微变，哗地将青草盖上，君小姐的视线重新变得暗淡下来，同时有马蹄声传来。

"官兵来了！"有喊声响起，同时杂乱的马蹄声震得地面颤抖，她所在的马车也似乎被人推了起来，飞快地前行，颠得她左右乱晃。

君小姐的神情更沉重了几分。

"君小姐，我们真不是坏人。"行了一段路后，君小姐身上盖着的青草再次被掀开，两个男人的笑脸也再次展现在眼前。

"你们虽然很轻易地抓了我，但这不表示就没有麻烦。"君小姐说道，"要不然你们也不会见了官兵就跑，我是什么人你们肯定都知道，而现在想必官兵已经开始找我了。"

"是啊，肯定开始找了，我们已经把绑架信给他们送去了。"

君小姐默然一刻，沉声道："但假的就是假的，很快就会被戳穿的。"

两个男人憨厚地笑了，其中一个年长的男人说道："不会很快的，君小姐，一匹马拉车向前跑会跑得很快，两匹马就说不定了，三匹马就更容易乱了，尤其是其中两匹马还在互相争斗。"

君小姐的心中更沉了几分。

"君小姐，你是在躲避什么人吧。我们看到了，有人在跟踪你们，而且你们还故意用官兵护送却私下离开，就是为了扰乱追踪者。"那男人憨厚地说道，"所以，现在寻找你的有三匹马，但他们的心思应该不一样。"

她消失得这样诡异，而雷中莲也知道锦衣卫的人要抓她，所以第一个怀疑的就会是锦衣卫，而锦衣卫也知道她一路都在想办法甩掉他们，这样突然不见了，只会认为这是她的计划，官兵则是接到了绑架勒索信，要去追查，但雷中莲和锦衣卫都会认为这是障眼法，根本就不会认真对待，三匹马三个目标，能跑快才怪呢。

"我们不需要永远瞒下去，事实上也不可能永远瞒住。"另一个男人摸摸头，憨厚一笑，"我们只要得到带你回去的时间就够了。"

"你们到底是做什么的？"

两个男人对视一眼，彼此交流一个眼神后，齐声道："我们是种地的。"

君小姐心中翻个大白眼，凉凉说道："这个，真没看出来。"

两个男人嘿嘿笑了笑："没事，等到了你就看出来了。"

"二叔，"那少年探头插话道，"咱们快走吧，家里都等着呢。"

两个男人哎哎两声，又盖上了青草："君小姐您再受累。"

君小姐的视线透过树枝青草看向一旁，那少年似乎闲来无事，在车的四周转悠，忽地嘿嘿一笑，用脚一挑，短短一根细细的被折断的树枝被挑了起来，那树枝上带着血迹，被她用指甲掐出三条线痕，这是她一路放下的线索。君小姐看着那少年将细枝轻轻一抛落在车上混入树枝中，青草密密堆积，遮盖了她的视线。

那边的彭大将果然将目标锁定在了赞皇山，他自称认得绑架信上的字迹，坚称是赞皇山上的大板牙干的，并带着雷中莲和金十八的人马直冲赞皇山山底，经过一整天的商议布阵，他们在夜里突袭上山，终于将大板牙等一众山贼拿下，整个山寨都被荡平了。

但彭大将将大板牙严刑拷问一番，大板牙却死不承认绑架了君小姐，还口口声声称是他的敌人干的，将官不死心地派人将山寨翻了个底朝天也没有找到君小姐的身影，才恍然醒悟，君小姐真的不在这里……

而跟着彭大将折腾了一天一夜的雷中莲和金十八此时也终于明白过来，这不是双方玩的把戏，君小姐是真的遭人绑架了……

天快亮的时候，拉着君小姐走了一夜路的三人终于停了下来，君小姐躺在车上隐约听到又来了几人，猜想这三人是跟自己的同伙碰面了，正要再侧耳偷听他们说话，身上盖着的青草呼啦被掀开，晨光顿时倾泻下来，她不由得闭了闭眼，然后慢慢地睁开。

首先入目的是北方初秋才有的高远、清亮的天空，紧接着又是三张人脸，却是三张陌生的脸，年纪跟绑架自己的两个男人差不多，对上君小姐的双眼，他们也挤出一丝笑容，君小姐垂下了视线，已经不想再问他们是什么人了。

那几个人似乎有些紧张，其中一个男人忙说道："君小姐您别着急，马上就到了。"

"君小姐躺很久了，可能不舒服，不如坐起来吧。"另一个男人忙说道。

君小姐再次抬起头看向他们，见她这样，提建议的男人顿时高兴地搓着手喊道："快快……三狗子。"

被叫到名字，一个有些孩子气的声音不情不愿地响起："我也大了。"

君小姐突然觉得有些好笑。

"君小姐，非常之时行非常之事。"那男人看出她的神情，搓着手忐忑不安地又冲那边喊了几声，那个绑架她的少年才不情不愿地走过来，将君小姐扶着坐起来。

虽然身下铺了草，躺一晚上也是很难受的，君小姐不由得吐了口气，活动了一下僵硬的身子，同时视线扫过四周，这是一条山路，但前方看起来地势平缓，有泥土、家畜、炊烟的气息若有若无地萦绕，这里好像是一个村落。

"君小姐，您坐好了。"男人说着又推起了车子，其他男人则跟在四周，彼此低声交谈着，他们似乎一点都不担心她逃走。君小姐默然听着他们的交谈声，听到"常见的把戏""阵法暗器"等字眼时，她顿时惊讶起来，她身上的暗器可是师父教的，竟然被这群山贼称作小把戏，那他们得多厉害啊，再往下听，又听到了"猪生小崽子""卖干菜"等字眼，又觉得他们真的只是农夫……

君小姐疑惑地看向这些人，也第一次看清他们的样子，一共有七个男人，年纪最小的十一二岁，最大的四十多岁，穿着粗布麻衫，脸部粗糙，口音貌似都是当地口音。见她看过来，几个人停下说话，年长的男人忙问道："君小姐有什么需要？"

君小姐没有说话，转开了视线，男人们也没有再询问，年长的男人摆摆手示意大家继续前行。车被推着拐过了一个山脚，君小姐的眼前顿时豁然开朗，果然是一片平地，散落着房屋，有孩童玩闹奔走其中，晨光普照，明亮又祥和。君小姐心中的疑惑更大了，她向前看去，顿时浑身一麻僵住了，她看到一个山村，村子背后靠着一座山。

"这是……这是……"

"这是山啊，我们都是山民，打猎种地的……"

君小姐只觉得浑身都颤抖起来，她哑声问道："这山是……张青山……"

"君小姐原来知道啊？我们嶂青山这么有名吗？"

嶂青山——张青山，果然是假名字，果然都是假的……

君小姐看着这座山，眼泪突然流下来，哽咽道："张青山……张青山。"

几个男人吓了一跳，齐声问道："嶂青山怎么了？"

她终于见到嶂青山了，但张青山却死了！君小姐掩面大哭起来，几个男人吓得后退一步，你看我我看你，都一副不知所措的样子，正挠着头，想着怎么劝说，有喊声传来：

"二叔。"

一队人马从村中走过来，几个男人忙迎过去，对着为首的男人喊道："屯长。"

被唤作屯长的是一个四十多岁的男人，他的视线落在君小姐身上，沉声问道："这是怎么了？"

"谁知道，好好的，就突然哭了。"几个男人齐声说道。

屯长摇摇头："你们啊，不会哄孩子，肯定是你们吓到她了。"

几个男人一脸委屈地要解释，屯长已经越过他们站到了君小姐面前，神情柔和，声音放低几分："君小姐，你不要怕，我们不是坏人。"

君小姐停下哭，放下衣袖看过来，待看清面前男人的脸后，泪眼猛地睁大，她认得他，虽然比起笔墨勾画的军阵图上的那兵士看上去老了很多，但于她这样过目不忘的人来说，很轻易就能认出来。

"你，你……"君小姐动了动嘴唇，刚开口就又忍不住闭眼号啕大哭，比起先前哭得更凶猛了。

周围的人都吓到了，屯长站在原地很尴尬，偏偏还有不长眼的探过头来，不死心地说道："屯长，你把人吓到了。"

"你们男人让开。"闻讯又聚集来一些妇人，看到这场面立刻喊道。

"君小姐，你不要哭，不要害怕，我们真没有恶意。"为首的妇人柔声道，"我们只是想请你来种痘。"其他妇人也都点头附和，还有人拍抚她的肩头，"不瞒君小姐，我们不方便去府城，所以只能请君小姐来。"

"你们为什么不方便去？"

"因为我们是官兵嘛。"

君小姐试图在妇人脸上找出心虚的神情，但她亦是一副理直气壮的样子，同时，其他妇人也都理直气壮地附和，君小姐顿时扑哧笑了，眼里还含着泪水。

君小姐现在相信他们真的是不便进城，或许是为了掩饰身份，或许还有别的难处，他们穿着打扮破旧，面容带着常年操劳的印迹，很显然日子并不富足。她一一扫过眼前的男人、女人以及孩子们，最终落在师父手札军阵图中描绘的那张面孔上，问道："你叫什么名字？"

被问到的男人有些意外，但并没有迟疑，立刻答道："我叫夏勇，是这里的屯长。"

夏勇，君小姐在心里默念一遍，起身下了车，对他施礼道："我是君九龄，见到你很高兴。"

这动作和话语让大家都有些意外，夏勇更是手足无措地忙还礼道："高兴，高兴，我们也高兴。"

一旁的妇人更是高兴地说道："我是夏勇家的，快快，别在这里说话了，进家坐下说。"

君小姐伸手按住眼，心想这个家也是师父的家吧，只是师父再也回不来了……

看她这样子，周围人不安地噤声。君小姐却又放下手转身看向车上，说道："我的药箱。"

一旁的男人忙上前拿出药箱，说道："这儿呢，这儿呢。"

君小姐接过药箱，紧紧搂在身前，深吸一口气。

"请，君小姐快请。"众人再次说道。

君小姐在众人簇拥下向村中走去……

与此同时，在一间官厅里，彭大将对着桌上摆着的一张图点了点，说道："在这里，大板牙说的那伙人应该就是在这里。"

雷中莲和金十八看着这舆图，雷中莲倒没有什么反应，金十八却皱了皱眉，说道："你这也叫舆图？能看出个鬼啊？"

彭大将面色涨红，没好气地说道："有这个已经不错了。"他说着在舆图上拍了一下，"就算不用看这个，我们也知道这地方在哪里。"

"这是嶂青山？"金十八没有再纠结舆图的事，看着图上的小圆点，以及其上歪歪扭扭写着的三个字，"所以这群人也是山贼？"

"肯定是山贼。"彭大将冷声道，"大板牙说了，这群山贼还想夺他的赞皇山，鬼鬼祟祟地侵扰了很多次，还自称是什么官兵剿匪。"说到这里，想到自己竟然被这群山贼当猴子一样耍，顿时火气噌噌地往上冒，一巴掌拍在了桌子上，桌子应声折断，"简直是胆大包天。"

雷中莲却神情依旧，再次看了眼舆图上的名字，转身就走，彭大将忙喊道："你干什么去？"

"我去叫人。"雷中莲头也不回地说道。

彭大将撇撇嘴，转眼看到金十八也向外走去，边走边说道："我也去叫人。"

彭大将皱眉看着这两人都走了出去，将地上的桌子一脚踢开，大喊道："调集永宁军的兵马来。"

调集兵马可是大动作，整个河北西路正是风吹草动都能让人紧张的时候，肯定会惊动河北西路巡抚甚至成国公，就为了围剿一伙山贼？

副将不由得擦了擦汗，低声说道："大人，这个嶂青山不大，不到赞皇山的一半，能有几个山贼？咱们连赞皇山都能攻下，一个嶂青山算什么啊，找这么多弟兄来，显得咱们没本事，多丢人啊。"

彭大将"呸"了一声，说道："你懂什么，君小姐来河北西路种痘，结果在咱们眼皮子底下被绑了，这传出去，整个河北西路的脸都别要了。现在咱们就得闹大声势，显得咱们河北西路多么重视，到时候君小姐被解救出来，才能多少给咱们些脸面，要不然等着挨骂吧！"

副将再次点点头，又叹口气说道："我们现在真是担不起一点骂了，京城的监察使、锦衣卫都来了。"

彭大将看他一眼，又喊道："那还不快去叫人！"

副将一个激灵站直身子，大声应是，跑了出去。

"快请坐。"夏勇媳妇将搬来的竹凳子用袖子擦了擦，对站着的君小姐笑着说道。

君小姐含笑点点头，依言坐下来，有些好奇地看着这座宅院，严格讲这不是宅院，简单的三间矮土房，篱笆院墙，放眼看去，四周多数都是这样的房子。

"我们这里穷了些。"夏勇媳妇将一碗茶端上来，带着几分惭愧又有几分坦然，"君小姐多多担待。"

君小姐看着面前的粗碗，又看向院子里站着的人，她并没有找到军阵图上出现的另外两张面孔，以及最重要的那个——那几张单独认真画出来的女孩子。她突然猛地站起来，说道："得快点给我的人送个信告诉他们我没事，要不然就闹大了。"

围观的人被吓了一跳，夏勇比较淡定，开口道："君小姐，我们没有恶意，种痘之后就一定送你回去。"

君小姐摇摇头："种痘的时间不够，他们肯定会比你们预料中来得快。"

夏勇等人互相看了一眼。

"官兵比你们预料中攻下赞皇山的时间要快。"君小姐接着说道，"我的人和要抓我的人发现事情不对的时间也比你们预料的快，最重要的是，你们被发现也要比你们预料的快。"

听到这里，夏勇再次明了，这是在说服他们："君小姐，我们这里孩子不多，时间够的，您不用担心。"

"不够，第一，你们还是低估了我失踪后的影响，我猜测现在整个河北西路都知道我被绑架了，毕竟是我做出的种痘。"君小姐微微抬头看着他们，似乎很是自傲，"这可是种痘啊，最关键的是，你们也不是没有破绽。"

夏勇眼睛眯了眯，而站在其后的男人们则抓头嘀咕道："有吗？把水搅浑了，不就好了？"

"把水搅浑是对的，只是搅浑的时候，你们也站到水里了，没有站在岸上。"君小姐立刻接话，"你怎么想到的赞皇山？你们是不是跟这些山贼交过手？甚至失了手，所以才想要借着官兵的手一举两得？"

"我们没有失手，我们只是不方便跟他们动真格的。"那男人立刻喊道，一脸不服气。

他的话音刚落，站在前边的夏勇就回过神，抬手给了他一巴掌，呵斥道："瞎嚷嚷啥！"

君小姐扫过其他人，还有人不服气地跟着说道："对啊，咱们可没失手。"

君小姐一语诈出实话，便笑而不语。夏勇气急败坏地看着还没反应过来是怎么回事的几个男人，呵斥道："都给我闭嘴。"

几个男人都不说话了，四周安静下来。

夏勇干脆地说道："总之君小姐不用担心，我们不会占用您太多时间，也请君小姐放心，我们不会伤害您，也不会少了您的诊金。"说罢对君小姐一施礼，"君小姐先请歇息，我们这就去安排村子里的孩童先准备。"

不待君小姐说什么，他转身对围观的人摆摆手，又叫过夏嫂子叮嘱几句，便带着众人离开了。院子里转眼只剩下夏勇媳妇和几个妇人，夏勇媳妇说道："君小姐，虽然您可能不信，但我们真没有恶意，让您受累了……"

"我相信，你们没有恶意。"

"不管是真信还是假信，咱们老实人不会说，君小姐您就看咱们怎么做吧。"

"是啊，我是真信还是假信，你们看看我怎么做就会知道的，不过夏婶子，还是让我给我的人写封信打个招呼。"

夏勇媳妇笑了笑，岔开话题："快，给君小姐做些吃的，这都熬磨一晚上了，累坏了。"她转头对其他妇人招呼道，又挽住君小姐的胳膊："来，君小姐，屋子都收拾好了，你且歇息。"

她的手粗糙但却有力，君小姐看了一眼，应该也是常年练出来的，叹口气："那你们注意点，外边应该已经很热闹了。"最终顺从地向屋内走去。

此时，彭大将站在大街上看着如潮水般涌向一个方向的人群，惊讶地问道："发钱？什么意思？"

"能是什么意思？找人呗。"庆源知府没好气地说道，再次擦了擦额头上的汗，自从得知君小姐被绑架失踪了，他的汗就没停过。

"德胜昌发钱给大家，让大家一起找人？"彭大将似乎明白过来，又问道。

"当然，人家这是表明了不信任咱们。"周知府冷冷说道，"让你们护送君小姐，你们却把人丢了，谁还敢让你们去找人，说不定还会不小心把人给害死了。"

"我说过了，是君小姐不让我们跟着，自己要走的。"彭大将涨红着脸争辩道。

周知府哼了一声，彭大将不愿意继续这个话题，不待他说话就上前一步，皱眉道："这些人能干什么啊，简直是胡闹。"

那边的雷中莲有条不紊地安排着涌来的人群，并大声重复喊道："我们需要你们做的事很简单，找到有关嶂青山的一切消息，打探到消息的额外还有钱领。"

"君小姐真的被人绑了？"人群里也响起询问声。

这个消息已经瞒不住了，雷中莲点点头："从目前的消息来看，是嶂青山附近的人做的，我们初来乍到对这里不熟，所以就拜托诸位辛苦了。"他说着施礼，德胜昌的众人也忙跟着施礼，他指了指另一边："请到那边领几个钱作为辛苦费，是我们的心意。"

看到雷中莲指过来，几个伙计将桌子上盖着的布扯开，现场顿时轰然，桌子上摆不下十几个大笸箩，内里装得满满的，都是钱。顿时，人潮汹涌。

周知府和彭大将在一旁也是看得目瞪口呆，而在街上另一边站着的金十八看到这一幕，笑道："如果君小姐真是我们抓的，只怕我们大概真的走不出去了。有钱真好。"

奇怪的是，喧闹的人群中却有人不仅未向前涌来，反而后退了几步。

一个老者神情激动："君小姐是为了给我们种痘才来到这里，也才遭此不幸，我们去找君小姐理所应当，怎么能要你们的钱呢。"他说着抬手拍了拍自己的脸，"这位小哥，你这是打我们的脸啊。"话音才落，四周的群众纷纷赞同地跟着喊起来。

"不错，这下有钱又有情义，挺好挺好。"金十八似笑非笑道。

"看看，这就是我庆源府民众！"周知府也激动地对身旁的书吏叮嘱道，"记下来。"书吏忙应声"是"，彭大将也一副与有荣焉。

雷中莲等人也有些意外，同时亦是感激："君小姐的事不是你们的错，你们的心意我们都知道，这也是我们的心意。"

"那不如这样吧。"庆源德胜昌的掌柜说道，"大家现在不收钱，有消息报来，我们再给钱，这是给大家的茶水费。"他指了指桌子上摆着的笸箩，又对群众施礼，抬起袖子擦了擦即将涌出来的热泪，"这钱就摆在这里了，还请大家不要再拒绝，君小姐对我们很重要，大家就让我们花钱买个心安吧。"

围观的群众纷纷落泪，先前的老者转身对民众颤声道："君小姐多重要，咱们也都知道，有君小姐这样的神医在，咱们的子孙都能被庇佑，君小姐这样的神医医术传承，咱们的子子孙孙后代也必将被庇佑。"他说着举起手，"大家都快去打听，一定要找到君小姐，一定要保君小姐平安，如果那些山贼要钱，咱们一人一文钱，也能给他们凑够了，只要放了君小姐，怎么样都行，要什么都给。"

群众轰然应声，如同潮水般向两边退去，而另一边，金十八命人叫的十几个锦衣卫也闻讯赶来，一行人在群众及彭大将与周知府的震惊视线下，也加入到了寻找君小姐的队伍之中。

第一百零二章

◇

手札上的女孩子

大山的村落里，君小姐端起碗，用筷子将碗里肉汤泡着的最后一块饼吃掉，将汤喝光，这才将碗筷放下，拍了拍肚子，意犹未尽："我吃好了。"

一旁站着的妇人们犹自震惊，心想这女孩子是真的饿了还是心大呢，自从她进了村，一点拘束都没有，真像做客来了，还是熟客。

"粗茶淡饭，君小姐见谅。"夏勇媳妇笑着说道。

君小姐站起身："我们开始种痘吧。"

这个村子里的人并不多，算下来也就二三十人，孩子就更少了，一路走来收集的痘苗足够用，等最后一个孩子种痘结束，也不过刚正午。

君小姐看向夏勇媳妇，问道："还有别的孩子吗？"

夏勇媳妇摇摇头："没了。"她从一旁拿出一张大红纸，"按照君小姐您说的，年满周岁、十三岁以下小儿，就这些。"

君小姐一看便知，这告示就是彭大将说的被偷走的那张种痘告示，原来自己一进庆源府就被盯上了，她抿了抿嘴："其实十三岁以上、十七八岁以下的孩子也可以种痘，大人也可以，之所以没有说，是因为孩童们最容易受到侵袭，痘苗数量也有限，所以先尽着他们用。"

"你们这里有十三岁以上、十七八岁以下的孩子吗？"君小姐问道。

师父手札上画的那个女孩子，年纪从六七岁到十二三岁，适才她已经看过这些幼童，并没有画像上的人，如果师父是按照年纪画的人像，那女孩子如今应该十五六岁了。之后便有三男两女来种痘，年纪都是十五六岁，但依旧不是君小姐要找的人，她掩下情绪。

"老夏，妞妞今年也十五了吧……"夏勇媳妇的声音忽然传入耳内，君小姐耳朵一动，手下的动作不停，但整个人已经绷紧。

夏勇媳妇的话没有说完，就被夏勇咳嗽一声打断了。君小姐用眼角余光瞥到，他们走到一边正低声争执，片刻之后，夏勇夫妻停下说话，夏勇走到一边，而夏勇媳妇则走了出去。

"还有需要种痘的孩子吗？"

"没有了。"夏勇对众人挥挥手说道，"大家都散了吧，让君小姐歇息。"

院子里只剩下夏勇，他先请君小姐坐下，忽然问道："君小姐，这种痘的技艺是您祖上传下来的？"

"怎么了？有什么问题吗？"

人总容易被问题吸引，果然被这样一反问，夏勇忙摆手道："没问题……没问题，我对君小姐的祖传没疑问，我的意思是，有没有人来问您种痘的事？"

君小姐将手放在膝头："问种痘的人很多啊。"

"不是来看病的，也不是大夫。"夏勇挠挠头，似乎有些不知道该怎么描述，"就是很好奇，但是也懂种痘……不知道您明不明白，就是那种人……"

他越发不知道怎么说，抬起头看着君小姐，却见她点点头说道："我明白。"夏勇愣了一下，听她继续说道："我知道你说的意思，种痘这种事肯定不是凭空冒出来的，是自古传承，很多人都猜想过，只不过因为种种原因没有做出来，比如不好做、不便做、不能做。"

"对，他就是这样说的，君小姐，你见过他吗？"

君小姐鼻头有些发酸，装作不解："他是谁？我的意思是有这种人，但你具体说是谁？"

"他……"夏勇激动地张口，"我不知道他是谁。"

君小姐顿时愕然，夏勇自嘲地笑了笑："我的意思是，我不知道他在外边用什么名字，或许我知道的是个假名。"

原来不只是自己，师父真正的姓名是个谜，君小姐说道："你说来听听，说不定我听过呢。"

夏勇迟疑一下，刚要开口，夏勇媳妇急急地从外走进来："当家的，嫂子同意了。"

听到这话，夏勇顿时欢喜地说道："君小姐，还有一个人要劳烦您种痘。"

君小姐在夏勇媳妇跑进来的那一刻就已经心跳加速，待听到这句话，抑制不住地吐了口气："好啊。"

"这个孩子要劳烦君小姐去她家里。"夏勇媳妇有些歉意。

"当然可以。"君小姐说着便站了起来。

夏勇夫妻引路，君小姐将药箱抱紧跟了上去，三人说说笑笑，很快就来到了山脚下。

从远处看这嶂青山不算大，近了看却密林遍布，山石嶙峋，颇有气势。

沿着山路向山上走去的夏勇夫妇回头招呼跟在后面的君小姐，夏勇媳妇更是伸出手："君小姐，是在山上，我扶着你吧。"

君小姐没有回应，先迈步上山且加快速度越过她，又回头冲她一笑，继续向前而去。夏勇夫妇一阵失笑，没有再说话，也跟着向上走。

这道路很明显是人工修葺过的，是为那个女孩子修的吗？那个女孩子为什么住在山上？君小姐一边走一边想，忽地被人喊了声："停下。"

君小姐立刻停下脚步，下意识地向声音的方向看过去，面前林木交错，初秋的草依旧生机勃勃，铺陈一地，这些草……有些不对。日光斑斑点点地落在山林间，君小姐的视线便在这草丛里勾勒出纵横交错的一道道线，看来这草丛里布置着暗阵。

山路上布置有暗阵，可见那个女孩子一定很重要，且被保护着。君小姐看了眼夏勇夫妇，他们神情紧张，呼吸急促，是有什么危险逼近吗？这一停顿、一转念，不过是一眨眼的工夫，君小姐的耳边响起嗡的一声响。

暗阵被触动了！君小姐将药箱抱紧，见日光下的草丛里弹起一道道细线，林间也响起一声怪叫，同时一只色彩斑斓的野鸡飞扬在君小姐的视线里。君小姐顿时愣住了，耳边响起夏勇媳妇的笑声和击掌声："这次抓了个大的！"

日光斑驳地洒在林间，静谧的山林里回荡着说笑声，以及野鸡干涩的叫声。

"不错不错，能卖好几个钱，这羽毛也长得好，比肉还值钱。"夏勇媳妇摸着野鸡，高兴地说道。

君小姐站在原地，看着夏勇将那只被千丝万线缠住却一根毛都没有掉的野鸡拎起来，呆呆地问道："你们布置这个，是抓野鸡？"

夏勇媳妇回答道："是啊，这山上布置了好多呢，什么都能抓，野鸡最值钱的。"

野鸡有多值钱，君小姐不知道，但她终于知道为什么那三个人能这么轻易地将自己从营帐里掳出来了。原来这个暗阵是用来捕猎的，师父曾说这是古往今来最厉害的杀阵，郑重其事地叮嘱她不得滥用，其实根本就是拿来哄孩子玩的，也就她当个宝贝似的。真是欺负人，就会欺负她，君小姐伸手掩面哭起来。

夏勇夫妇顿时愕然："这，这怎么了？好好的……"

夏勇媳妇疾步过来，不安地问道："君小姐，你怎么了？是不是被虫子咬了？"

君小姐哭着摇头："我没事，你们不用管我，我就是突然想哭一哭，哭一哭就没事了。"夏勇夫妇对视一眼，夏勇媳妇有些愧疚："君小姐您别怕，真是对不住了，今天我们就送您回去。"

"我不走！"君小姐哭喊道。

"你们怎么来了？"有粗哑的男声从前方传来，很显然他听到了哭声，"出什么事了？"

君小姐下意识地看过去，一张脸模模糊糊出现在视线里，她忙用袖子擦眼泪，瞪大眼看着又一个面孔从军阵图中走到面前来。

"我们请了一位能种痘的大夫来，跟嫂子也说过了，来给妞妞种痘。"夏勇媳妇神情有些尴尬，却见君小姐已经停下哭，上前一步，吸了吸鼻子，郑重地问道："你叫什么名字？"

这个男人比夏勇年轻几岁，但比起军阵图上还是沧桑一些，师父大概画的是他们年轻时候的样子吧。男人陡然被问，愣了一下，回答道："我叫杨景。"

"我叫君九龄，初次见面。"君小姐立刻施礼，低头说道。

她带着鼻音，但姿态却是郑重其事，看起来很是诡异。三人都愣了一下，杨景更是有些手足无措，不知道说什么好。

"我是来种痘的，说这里还有一位。"君小姐再次对杨景说道。

"种痘吗？果然有人能种痘了啊。"杨景感叹地说道。

"那我们快过去吧。"夏勇媳妇说道，"嫂子估计已经到了。"

听到"嫂子"二字，夏勇也收起心思，伸手做请。

君小姐和夏勇媳妇在前，夏勇和杨景落在后边，那只野鸡被随手扔在地上。

在山路上行走了没多久，来到一处平缓的地方，这里被人特意修整过，盖起了几间房屋，围着篱笆，跟山下的村落一样，只是独立在山间，显得有些孤零零。此时，一妇人正在晾晒衣衫，看到这背影，君小姐不由得脚步一顿，抱紧了身前的药箱。

"嫂子。"夏勇媳妇高兴地上前。

那妇人转过身，对她一笑："来了。"

她的年纪四十左右，如同其他人一样，脸上布满了风霜，但依旧可以看出年轻时的风采，但并不是画上的女孩子。

"嫂子，这就是君小姐。"夏勇媳妇说道。

那妇人看向君小姐，低头对她施礼道："有劳君小姐了，特意来我们这么偏僻的地方。"

看来这妇人并不知道她是怎么来的，君小姐对她一笑："我很高兴来这里。"

妇人闻言笑了，将手在衣服上擦了擦："那我们更高兴，来，快坐，我去叫妞妞来。"

没一会儿，一个女孩子走了出来。她个头并不高，身形瘦弱，站在妇人身后被完全挡住。妇人说："别怕，不是看病的大夫，是种痘的大夫……"

她不像十五六岁，更像是十三四岁，深深低着头，脸还被一块布遮挡了起来，君小姐不知道她是不是师父画上的那个女孩子。

遮住脸，一是不想被人看到脸，再者就是不便被人看到。君小姐心中猜想着。

"君小姐，可以种痘了。"夏勇媳妇揽着女孩子的肩头，夏勇、杨景已经回避转过身。

见君小姐看过来，女孩子明显后退一步，将头低得更低。

"是在肩头就可以吧？"夏勇媳妇问道。

"是，肩头露出一点就可以。"

"婶子没骗你吧，不是那种给你看别的病的大夫。"

君小姐轻咳一声，说道："不过，我得先给她诊脉。"

这话让在场的人都愣了一下，那女孩子更是推开夏勇媳妇站到了母亲身后。

"君小姐，不是不用诊脉吗？"夏勇媳妇不解地问道。

夏勇和杨景也看过来，神情带着几分戒备。

"告示写了，身体不适的孩子不能种痘，因为痘苗到底是毒。"君小姐看着缩在妇人背后的女孩子，"所以我要确认她是否可以种痘。"

那女孩子忽然转身向屋内跑去，边跑边说道："我不种痘！"

她的声音尖细，人跑得很快，转眼就冲进屋子，门也被关上了。夏勇媳妇和妇人忙跟上去，一边拍门，一边喊道："妞妞。"

门内传出低低的哭声："我有病，我有病。"

君小姐也上前一步，突然想到：那紫英仙株应该就是用来给小女孩治病的吧……

"我是大夫。你有病的话我可以给你看，给你治的。"

内里女孩子的哭声更大了："我就知道你们是骗我的！"

夏勇媳妇神情焦急："君小姐，你别这样说。你不知道，我们妞妞有些事不方便。"

此时，妇人拉住她，摇摇头，面带歉意地说道："这孩子是有病，吓到您了。"

君小姐用力摇着头，眼圈突然变红，急着说道："我真的会治病，我的医术很高的。"她深吸一口气，反手挣开夏勇媳妇，抓住了妇人："让我看看她是什么病。"

"你想干什么？"杨景看向夏勇，呵斥道，"你找来的这是什么大夫？"

"我不知道她是什么人，她能种痘，引人追捧，我们就把她绑来了。"夏勇尴尬地说道。

妇人和杨景都神情一僵，显然他们是不知道这件事的。

"你们怎么能这样？"妇人皱起眉，"既然请人来种痘，还不客气点，竟然这么无礼。"

夏勇面色涨红，神情不安："这样快一些。"

"你这样做也罢了，只是这么轻易就带到嫂子和妞妞这里来，万一出了事，你担得起吗？"杨景呵斥道，"你怎么跟大哥交代？"

妇人的神情一黯："我们的事不用给他交代。君小姐，这件事是我们的不对，我替我这兄弟给您道歉，您大人大量，就原谅他们一次吧。"说着便施礼。

夏勇三人忙喊大嫂，君小姐已经避开且还礼道："我当不起，你们听我说，虽然说起来有些复杂，但我也在找你们。"

四人愣了一下，都不解地看着她，此时此刻，也顾不了那么多了，君小姐开门见山："有个叫张青山……"

刚开口就听得山下响起了敲鼓声，紧接着视线里腾起一团青烟。夏勇、杨景等人面色一变，杨景望着更远处铺天盖地腾起的青烟，沉声道："不好，有外敌入侵，人数近千众！"他不满地再次看向夏勇："你干的好事！"

夏勇的面色一阵惨白，苦笑道："君小姐，您说得不错，您的人来得真快。"

"不用担心，我去跟他们说……"君小姐的话音未落，夏勇就上前用绳子将她捆住，夏勇媳妇也同时伸出手将她的嘴按住，她余下的话成了呜咽……

"把她带下去。"杨景冷声说道。

夏勇媳妇一句话不说，将君小姐扛起来就走。

而伴着鼓声，安静的小山村变得沸腾起来，放牛的孩子们将鞭子扔在地上，从一旁的草筐里拔出镰刀，烧饭的妇人们则一瓢水泼灭了灶火，将烧火棍握在手中挽出一个花。男女老少从四面八方奔来，在村口的大树下汇集成整齐的队伍。几个男人将树下的石头抬起，露出一个洞口，四个孩子顺着绳索跳进去，很快，数把长枪大刀被递了出来。汇集的男女老少分别上前抓起长枪大刀，随着站在石头上的两个男人手中挥舞的旗帜分成几队，向不同的方向奔去。

第一百零三章

◇

一触即发的对战

不久，村落的上空便腾起一阵青烟，彭大将带着披挂严整的兵将和雷中莲、金十八等人，向嶂青山逼近。

杨景看着前方腾起的青烟，说道："烽烟已经六束了，披挂严整，是永宁军，算上前方一路的暗哨，我们一共三十五人。"这话让林间的几人一阵沉默，三十五人对六七百人，这仗恐怕没那么容易打……

"以前咱们又不是没干过。"一个男人拍了拍胸脯，"怕什么！"

杨景看向他，十几年了，大家头上都生了白发，早已经不是从前的样子，况且他们当中还有孩子、妇人，纵然大家天天操练，又有兵器、暗阵相助，对付一些山贼、马匪不在话下，但真跟官兵动手……

"我们也是官兵。"另一个男人忽然喊道。

这话让大家再次沉默，一个男人声音带着哭意："我们不是官兵，要不然为什么我们在这里这么久，都没有人理会？为什么他说去给我们要公道、要身份，却一去不回？他……他骗我们！"

他这句话刚说出口，旁边立刻有人冲过来揪住他的衣襟，亦是红着眼喊道："你胡说什么！你再说一遍！他骗我们什么了？他骗我们从千军万马里杀出来吗？他骗我们妻儿父母护得周全吗？他骗我们被民众夹道相迎欢送吗？他骗我们学得一身本事百战不死吗？"

被揪住的男人眼里也有泪光闪闪，大喊道："但他不要我们了，他不要我们了……"

一直沉默的夏勇转过身说道："够了，不要闹了，他会回来的！"

"是的，他会回来的，要是他回来看到我们这样子，又该是一通嘲笑。"杨景说道，"不管是三百还是一千，他们已经来了，只有战才有生路，难道我们要不战等死吗？"

"敢则生，不敢则死。"一个男人将手里的弓弩举起来大喊道，接着更多的人把弓弩举起来跟着呼喊，齐声的呼喝在山间回荡。

夏勇对他们摆手道："老规矩，弓弩手在前。"

男人们挺直身子，齐声应"是"，旋即向四面散开，隐没于山间崖壁。

夏勇转身看着杨景："你护嫂子和妞妞走。"

杨景看着他，动动嘴唇，最终点了点头，一句话没说，转身就走。

"老杨，"夏勇又唤住他，"这次是我惹的麻烦，小豹子已经不在了，我要是不在了，你一定要护住嫂子和妞妞，大哥一定会回来的。"

杨景没有回头，身子挺直，冲夏勇一扬手，大步而去。夏勇看了眼山村所在的方向，将弓弩拎起来，大步迈入林间。

"停。"彭大将勒马抬手，警惕地看着前方，身后的兵将立刻停下。

"大人，怎么了？"有副将问道，"还没到嶂青山附近呢。"

彭大将看着前方安静的山路，沉声道："我总觉得有些不对，虽然还没到，但这些山贼最善于布置陷阱，大家小心。"

众人应声"是"，继续前行。

"看，他害怕了。"金十八笑着对雷中莲说道。

雷中莲不想应和他，与金十八相比，他更相信彭大将，便冷着脸说道："你不害怕，你去前边啊，就会躲在后边，算什么好汉。"

金十八呵了声："你的主家，你去前边啊。"他说着又笑了，"我本来就不是好汉。"

话音刚落，就听到前边突然马儿嘶鸣，金十八和雷中莲同时心中一惊，就见最前方的兵丁们接连栽倒，再仔细看，发现原本平整的山路上不知从哪里冒出一根根绳索，兵丁们身下的马儿纷纷被绊倒，喊声不断响起。

"绊马索！"

这不是常见的绊马索，这些绳子不是固定在路上，而是如同蛇一般乱转，绊倒前方的马后还不断地转向后方，更多的马儿如被扯断的珠子一般纷纷栽地。

下有绊马索，四周必然有弓弩手，彭大将在心里大骂，瞪大了双眼，大喊道："举盾！"伴着他的声音，嗡嗡声已经破空而来，举起盾牌的兵丁躲过，没有来得及举起盾牌的兵丁被射中，纷纷发出痛呼，原本安静的山路顿时变得喧嚣沸腾。

彭大将看着落在脚下的箭，破口大骂："这群杀千刀的山贼！竟然是铁镞重箭！他们难道抢了军械库吗？"

站在山石上，夏勇冷静地张开手里的重弓，大拇指上的扳指压住了箭，正准备安排人进行下一轮的进攻，不知哪里突然传来一声尖厉的喊声："都住手！"这是女子的尖厉嗓音，不是从前也不是从后，而是从上方传来。

同时，林间的树丛中有人如同飞鸟一般掠下。

"屯长，"一个男人惊讶地喊道，"有人开了天罗！"

夏勇惊讶地看着那个从头顶掠过的女孩子，她的双手攀着一物，悬在天罗绳上，急速地滑下，衣裙飘飘，恍若神仙下凡，竟然是君小姐，夏勇的神情由惊讶变成骇然。

山路上布阵严防的兵丁亦是目瞪口呆，不可置信地看着从天而降的女子，彭大将更是喃喃说道："我的亲娘，真是怪事年年有，今年特别多。"

一眨眼间，君小姐已经滑落到山路上空，她松开手跃下，同时再次喊道："都住手，我是君九龄，我没事！"

金十八、雷中莲闻声立刻向君小姐的身边迅速奔去，齐声喊着："都住手，是君小姐。"他俩急得一头汗，唯恐这些慌乱的官兵以为君小姐是山贼乱箭射死她，又担心埋伏在四周的山贼也射死她，恨不得立刻扑过去以人为盾护着她。

君小姐落地之后，先冲向路的左边，在一片乱石杂草中摸索什么，片刻后，听得嘎吱一声，还在乱转的绳索便停了下来。金十八和雷中莲此时也冲了过去，一前一后将她护在中间，同时举着盾，戒备地看着四周。

彭大将终于清醒过来，举起手中的弓弩对着四周："护着君小姐！"

"屯长，现在怎么办？"一个村民紧张地盯着君小姐问道。

夏勇收起了弓弩，沉声道："撤！"

众人很快离开藏身之地，消失在山林中。

"守不住？"看着退回来的夏勇等人，匍匐在沟壑里的人都神情惊讶。

夏勇苦笑道："君小姐已经跑了。"

人们顿时骇然，正想询问，夏勇媳妇从后边跑来，惊慌地喊道："不好了，君小姐不见了！"

竟然到现在才发现，夏勇心中更沉了几分，夏勇媳妇更加不安："我……我不知道她怎么跑的……"

夏勇冲她摇摇头："我们已经知道了，这不怪你。"说着又看向其他人："现在大家知道这君小姐多厉害了吧？"

"这么说，我们这里对她来说破绽百出，她能来去自如？"杨景的声音从后面传来。

"你怎么来了？你们怎么还没走？"

"既然她这么厉害，你觉得我们能走得了吗？"跟在杨景后面的妇人对着大家笑了笑，"更何况，我自己走有什么意思，一起来的，当然要一起走，走不了，就走不了呗。"

"嫂子，这次都是我……"夏勇自责地说道。

"不要说这些了，不是还没有到最后吗？"

夏勇点点头说道："是，没错，还没到最后呢。"

众人才要领命，妇人又开口道："不如让我先试试吧。"众人都愣着看向她，"我觉得这个君小姐应该很好说话，我们给她赔个礼……"

她的话没说完，就被夏勇打断了，他哑声道："然后呢？把我们都抓到牢里去吗？然后像小豹子那样困死在牢房里吗？"这话让众人一阵沉默，妇人的神情也浮现哀戚。

"大嫂，我们哪里都不去，大哥说要我们在这里等着，我们就算死也要死在这里。"夏勇接着说道，"免得他回来了找不到我们。"他将弓弩举起，"第二道防线准备。"

他的话音刚落，众人便果断握着兵器，各自散开，整个山村又陷入一片寂静，静得令人窒息。

不知道过了多久，前方传来一声鸟鸣，一根长枪从林间露出来，但下一刻，握着长枪的人愣了一下，自言自语道："不对，这声音不对。"

后边的人神情也变得惊疑，纷纷议论起来："说是进来了，但又说古怪，是什么意思？"

此时，有一个小孩子飞一般地从路上奔来，跳进沟壑里，喘着气说道："那些官兵都没带兵器。"

夏勇狐疑地贴近山头，小心探头看去，看到山路上，官兵们正在行走，最前方的是君小姐，手中的刀枪弓弩都不见了，不仅没有兵器，连铠甲都卸了，他们想干什么？夏勇的念头刚闪过，就见走在君小姐身边的一个男人重重咳嗽一声，高声喊道："村民们，我们是来谢谢你们的，谢谢你们，剿匪有功……"

夏勇惊得差点从山头栽下去。

"乡亲们，我们是来谢谢你们的，谢谢你们剿匪有功，谢谢你们救了君小姐！"君小姐身边的男人持续高喊着，他每喊出一句，后边的兵士们就跟着重复一遍，喊声响亮，回荡山地之间。

虽然声音响亮，但每一个兵士的神情都有些茫然，走在队伍中间的彭大将除了神情茫然，还带着几分羞恼："你知道我现在是什么感觉吗？我现在觉得自己像一只没毛的鸡。"

身边副将没忍住扑哧笑出声，忙又绷住，有些不安地低声说道："大人说得对，不打也就算了，怎么还能进来？"

"说什么山民，老实人。"彭大将哼声道，"哪个老实的山民有那么厉害的绊马索，还有重箭？我们现在一件兵器也不带，就这样走进去，不是任人宰割吗？"

副将看向走在最前方的君小姐，簇拥着她的人也都卸了兵器，低声道："他们也不劝劝君小姐，说什么自己的确是被山贼劫持，但被这嶂青山的山民救了，是大家误会了，这种话哄小孩子都不会信，不知道是她傻还是山贼傻？"

彭大将哼了一声："她不傻，山贼也不傻，就我们傻。"

副将听着四周还在持续地喊话，戒备地看向前方的一队人马，虽然绣春刀已经卸下，但那一身飞鱼服还是让人心悸，小声嘀咕道："不听话能行吗？前面那群人更惹不起啊……"

"好了。"君小姐跳下马走过来说道，"彭大人，你可以放心了，真的没事了，你们回去吧，这次惊扰你们了，是我没有及时给大家送消息，让大家担心了。"

彭大将愣了一下，忙问道："君小姐，你不回去吗？"

君小姐摇摇头："我就在这里四周转转，他们只是山民，彭大人，你真的不用担心。"

"既然如此，那我们就先行告退了，君小姐您有需要尽管吩咐。"

君小姐含笑点点头，再次施礼道谢，彭大将神情复杂地带着人离开了。

"喂，夏屯长，夏嫂子，你们快出来吧，我已经给他们解释过了。"君小姐扬声喊道，"他们已经走了。"

"好了，出去吧，别躲了。"站在杨景身后的妇人说道，"人家都知道咱们躲在这里，如果真要为难，是轻而易举的事。"

听得几声尖厉的鸟鸣，金十八和雷中莲惊讶地看着从四面八方涌出来的山民，都是衣衫破烂的男女老少。

夏勇上前一步，沉声问道："君小姐，你想要怎么样？"

"我想要你们……"君小姐忽然转身指着金十八，"把这些锦衣卫都抓起来。"

此言一出，金十八等人面色顿变，雷中莲一声低喝，跃身上前冲向金十八，护卫们则扑向余下的锦衣卫。金十八虽然没想到，也立刻反应过来，从腰里抽出两支短矛，雷中莲险险避过。

"不是让把兵器都扔下吗？"一个镖师看着同样也拿出兵器的四个锦衣卫，愤怒地喊道，"真无耻！"

"亏得我们不傻，没有真听你们的话，把兵器都扔下。"一个锦衣卫冷笑道。

雷中莲等人神情戒备地看着这些锦衣卫，随时准备以肉相搏。

金十八一边防备着雷中莲，一边警惕地看着四周的山民，此时，他们似乎被这接连的意外震惊得傻掉了，一个个神情呆滞。他看着他们手里拎着镰刀、烧火棍等兵器，郑重说道："我们是锦衣卫办差，闲杂人……"

话没说完，就见站在正中的男人一挥手，金十八双眼一挑，手中的短矛直直挥出，四周的老弱妇孺已经冲了过来，镰刀、烧火棍砸飞了金十八手里的短矛，而另一边的老头、孩子们也齐声呼喝，前进错步上前。

仿佛一瞬间，金十八只觉得眼前一花，整个人竟然被掀翻在地，同时手脚被绳子缠了起来。他们的动作很快，等金十八恢复过来看清四周，其他四个锦衣卫也都被绑成了粽子一般，而雷中莲等镖师护卫甚至还都是一副随时上场的架势。

一旁的君小姐露出笑脸，又隐隐有些得意和心酸，这些人是师父的人，是她的同门，他们竟然这么厉害，且一说让帮忙，没有丝毫迟疑就上前。

"夏嫂子，把他们关起来。"君小姐一脸欣慰。

夏勇说道："去吧，按照君小姐说的做。"

夏勇媳妇点点头，招呼大家上前。

"君小姐，你不要以为这样就……"金十八竖眉呵斥道，话没说完，就被一个妇人用手按住了嘴，刺鼻的辛辣酸臭让他差点流出眼泪，他甩头避开这妇人的手，却发现嘴唇、舌头辛辣酸麻，很快半张脸都麻了。话自然是说不出来了，没有机会再问出什么，就被这群人抬着离开了。

雷中莲等人适才清清楚楚看到这些人进退整齐，这哪里是一群老弱妇孺，分明就是训练有素的杀将。

"君小姐，你这是什么意思？"夏勇问道。

"不要误会，我就是来给你们种痘的，也愿意给你们种痘。"君小姐说着拍了拍心口，"还好赶上了，要不然真打起来就糟了。"

一直沉默的杨景开口问道："君小姐，接下来，你需要我们怎么做？"

"我要你们做的，你们已经做了。"君小姐指了指金十八被抬走的方向。

夏勇媳妇说道："我派人守着呢，这次不会让他们跑了……"

君小姐知道她的意思，摇头笑道："不用，放心吧，除了我，也没人能逃出来。"

夏勇佩服道："君小姐真厉害。"

"那你们知道我为什么这么厉害吗？"君小姐一步一步走向夏勇，神情渐渐变得肃重，缓缓说道，"因为我认识一个叫张青山的人。"

刚听到"张青山"这三个字时，所有人都听成了"嶂青山"，夏勇等人愣了一下，旋即反应过来，可能说的是同名的人，随口问道："这个人很厉害？"

君小姐点点头："很厉害，种痘就是他教给我的。"

夏勇想要张口说些什么，却又什么也说不出来。

君小姐先替他开口道："你不是问我，有没有人和我提过种痘的事？我当时没有回答，现在我告诉你，有一个人不仅和我提过，他还告诉我怎么做，他还说能做这件事的人简直不是人，所以他不做，他只是教会我。"

夏勇僵住了，妇人不解地问道："她二叔，你们在说什么？"

夏勇还有些呆呆的，君小姐又看向妇人，郑重问道："我可以看看您女儿吗？"

妇人愣了一下，夏勇回过神，哑声喊道："嫂子，让她看看妞妞。"

妇人似懂非懂，最终柔和一笑："好啊，跟我来吧。"

第一百零四章

◇

道姓名问离人

山村似乎恢复了安宁，一行人安静地走在山路上听着林间回荡的鸟鸣，很快走到了山上的房子前。君小姐环顾四周，忍不住问道："这里有能离开的地方吗？刚刚只剩下妞妞在这里，会不会很危险？"

"是，这里有人留下会带着妞妞走。"杨景说道。

"你知道怎么离开吗？"夏勇忽然冒出一句。

君小姐叹口气，有些心酸地说道："我不知道。"

师父从来都没有跟她提过过往，她只是知道按照师父的习惯，他们这里一定会有万全的准备，至于具体准备的是什么，她也是看到了才知道。

夏勇还想问什么，妇人已经站到了屋门前，一边推开门，轻声唤道："妞妞。"

女孩子怯怯地叫了一声："娘。"但突然看到站过来的君小姐，顿时惊叫一声，将门砰的一声关上，"我不要看大夫。"

"我不是大夫。"君小姐立刻上前拍门喊道，"我真不是大夫。"

"我有病，我有病，我爹不要我。"

君小姐鼻头一酸，泪水滚落下来，她再次用力地推门喊道："你爹没有不要你，你爹让我来给你治病。"

此言一出，一片安静，站在一旁的妇人看向君小姐问道："你说什么？"她的声音虽然依旧平静，但君小姐还是能看到她身子微微发抖。

"大嫂，是大哥，她认识大哥……"夏勇再也忍不住激动地喊道。

杨景神情愕然："大哥？你是说大哥？"

"是啊，她认识大哥，是大哥让她来的……"夏勇再也抑制不住激动的情绪，急切地说道。

妇人转过头，镇定地说道："二叔，让她说吧。"

激动的夏勇立刻停下说话，攥住手站在一旁。

"君小姐，你认识赵志宜？"妇人再次看向君小姐，平静地问道。

君小姐摇摇头："他告诉我他叫张青山。"

"那你怎么确信你说的这个人是我们这里的？"妇人问道。

"因为你们能轻易抓我过来，"君小姐说道，"而我也能轻易从你们的手里逃脱，我会的那些，你们也会，你们会的那些，我也会，这些都是他教我的。"

夏勇忍不住再次插话道："怪不得你能找到天罗，那大哥他……"

妇人打断了他，问道："那他，是你什么人？"

君小姐犹豫一下，想着该怎么回答合适……

"你今年多大了？"妇人忽地又问道。

君小姐笑着答道："我已经十六岁了，他是我师父，他……"

但她的话没说完，就被那妇人打断，她神情平静："君小姐，你认错人了，我们不认识你的师父。"

"我们说的那个叫赵志宜的人，已经死了。"妇人接着说道。

杨景和夏勇神情复杂："大嫂。"

虽然不知道妇人说这句话是因为爱还是因为恨，君小姐心里还是一酸，眼泪掉下来。

屋子前一阵安静。

君小姐不想让他们看到她的眼泪，低着头用力挤了挤眼，眼泪被憋了回去："我能见见妞妞吗？也许真是认错人了。"

妇人立刻说道："不用了……"

"嫂子。"杨景和夏勇有些急切。

门就在这时被拉开了，四人都吓了一跳，看向站在门口的女孩子，她依旧怯怯的，手紧紧抓着门，似乎这样才能支撑她站在这里，她颤抖着想说什么，却什么都没说，忽然伸手将脸上的遮挡扯了下来。妞妞从来都躲着不见人，更不会在人前解下脸上的遮挡，连大夫也不能看，此时，可见她心里有多期盼。

妇人平静的脸上也现出几分酸涩，她刚要上前揽住女儿，君小姐已经上前一步，待看清女孩子的脸后，顿时惊愕到愣在原地，眼中充满了不可置信。女孩两边脸颊如同绽开了两朵菊花，由肌肤里的一根根血丝拼成，弯弯曲曲的血丝在脸上蔓延，又丑陋又可怕。

怎么会是这样！君小姐忍不住连连摇头："不是，不是……"

"不是君小姐你要找的人吧。"妇人说话的声音虽然平静，但眼里还是闪过一丝黯然，说着上前温柔地揽住女儿的肩头。

杨景和夏勇的神情变得颓然，女孩子则伸手捂住脸就要尖叫起来。但有人却比她更快，君小姐掩面哭起来，哭得似乎都站不住，趔趄几步蹲下来："是因为这个……是因为这个吗？"

师父为了一株药草丢了性命，是因为这个，才蹉跎在外，到死也没能回来？君小姐捂着脸放声大哭。

"太失望，所以太伤心了吧。"妇人轻叹口气，带着几分怅然，"这种感觉的确不好受。君小姐，你不要难过了……"

"不，我不难过，我很开心。"

妇人接着说道："君小姐，虽然这次没找到……"

君小姐屈膝施礼，哽咽道："九龄，见过师母。"

妇人愣住了，夏勇立刻问道："这么说，我赵大哥真是你认识的人？"

"他虽然没有跟我说他叫赵志宜，但我可以肯定他就是你们说的赵志宜。"

"那是你说的这个人，让你来这里找我们吗？"妇人平静地问道。

"肯定是啊，要不然君小姐怎么会……"夏勇有些激动。

君小姐对她摇摇头，夏勇等人又愣住了。

"我来到这里是巧合。"君小姐说着又噙满了泪水，"现在看来是天意，是师父让我来的，我说我怎么一直想往这边走……"

妇人的神情越发平静，又问道："也就是说，你从来不知道我们这个地方？你的师父也没有跟你提过这里？"

"师母，我跟师父的关系有些特别。"君小姐斟酌后说道，毕竟她是郡主身份，师父其实一直没有把她当作真正的徒弟吧，有些事不跟她说也是正常的，"但师父一直记挂着你们，他虽然没跟我说，但是他写下来了。"她说着忙找药箱，拿出手札。

"师母，您看，这是师父留下的手札。"她说着看向杨景和夏勇，"杨大叔、夏屯长都被画在了手札中，所以我一眼就认出了他们。"

"大哥画了我们？"夏勇的声音已经有些哽咽，"大哥画画是特别厉害的。"

杨景不像他这么外露心情，只是看着妇人，说道："嫂子，您快看看是不是？"

君小姐双手捧着手札递到了妇人身前，妇人的神情却依旧平静，她看了一眼，伸手推了回去："我说过，赵志宜已经死了，跟你的师父不是一个人，你再去别的地方找找吧。"她说着转身走向屋门口，门也被关上了，"杨兄弟，你们送客吧。"

君小姐捧着手札，愣在原地。

屋子前又陷入一阵安静。

君小姐迈步追上去："师母。"

"君小姐，你真的认错人了。"内里传来妇人轻柔的声音，"我不认识你的师父，师母这个称呼不妥当。"

"师母，你不要生气，你先看看书札。"君小姐急着喊道。

"君小姐，我很感谢你对我们的维护，避免我们跟官兵冲突，如果你愿意在这里停留几日，我们很欢迎。"妇人微微扬声，"杨兄弟，你和夏兄弟招待好君小姐吧。"

君小姐还想说话，杨景上前阻拦："君小姐，现在别说了。"

"是啊，这个消息太突然了，让嫂子冷静一下吧。"夏勇也低声说道。

"君小姐，您先跟我们去歇息下吧。"夏勇说着伸手做请。

君小姐无奈地点点头，跟着夏勇、杨景离开了。

听着外边的脚步声远去，屋内的女孩子看了一眼坐在床边做针线的妇人，女孩子迟疑一下慢慢挪到窗边，透过窗缝向外看去，山路上已经看不到人影了。

"我师父跟你们是怎么回事？我师父是什么人？他什么时候离开这里的？他……"林间回荡着君小姐的说话声。

夏勇叹口气，望了一眼山上，说道："君小姐，你不要问了，我们大嫂没有开口之前……"他说着又摇摇头，"我们不认识你师父。"

到了山下，夏勇夫妻搬到别的地方住，屋舍就让给了君小姐等一行人。

"去把柳儿接来吧。"君小姐对雷中莲说道。

雷中莲应声"是"，又低声说道："河北西路的锦衣卫那边会不会询问金十八的行踪？"

"暂时不会，金十八肯定跟他们说，不招不来，也不会让他们询问的，至于以后……"君小姐看了眼四周，有村民走动，远处有牧童放牛唱歌，她在简陋的木条摇椅上坐下来，藤椅摇摇晃晃发出咯吱响动，她头枕着手臂半眯起眼，"我不是一个人，我有你们，还有这里的人，也是我的家人啊……"

师父的家，也是她的家，虽然这里的人暂时还不接受她，但她和他们有着共同认识的人，学着共同的本事，一举一动都互相熟悉。只要她继续待在这里，慢慢说服他们，总有一天，大家迟早会接受她的，一想到这里，君小姐就充满了信心，止不住闭上眼含着笑，继续摇晃着藤椅……

第一百零五章

◇

跋涉而来的诚意

秋日的京城也是最美的时节，米粮瓜果、肉蛋鸟鱼堆满了集市，到处繁华热闹。

城外牧监司的马场也迎来了一年牧草饲料囤积的时候，只不过相比往年的快速，这次的车队在马场外排起了长队。

"怎么回事？还没完吗？牧草还要查吗？以前不查呀……"秋日虽然凉爽，但日光依旧耀眼热辣，再加上马场里散发的臭气，令等候送货的人非常恼火。

"到底怎么回事啊？是不是要收钱索贿啊？这都几天了，磨磨叽叽没完没了。"一个五大三粗的汉子扯开衣裳敞开胸膛，不耐烦地喊道，"也不看看老子是谁……"

在场的人都认得他是牧监司判官的亲戚，绰号万七，这里一多半的牧草都是他送来的，以往他过来，马场里的小吏们都会前来迎接，这一次他却只能怒气冲冲地冲进去，众人忙探头目送，很快就听到马场里一阵嘈杂，旋即传来一声惨叫。

众人正想着不知道哪个倒霉的小吏被打了，这万七小时候可是个泼皮，又练得一身横肉，就见有几个小吏扯着一人扔了出来，众人忙围上去，看清地上躺着的是被打得鼻青脸肿还被塞了一嘴马粪的万七，再次哗然。

此时，有人推着空车从内出来，看到这一幕，撇撇嘴、缩缩头，带着几分后怕地低声说道："都老实点吧，现在管事的可是成国公世子！"

众人惊讶，心中都在猜测：这成国公世子不是被罚来养马的，怎么成了管事的了？

啪的一声响，一束草被摔在了桌子上。

"我为什么要查你们这牧草？"马场草房前搭着的棚子下，朱瓒不满地说道，"我是奉旨来养马的，知道什么叫奉旨吗？"

两边站着的一溜小吏纷纷点头，赔笑着应声"是"。

"我既然奉旨来养马，养不好马，不就是抗旨吗？"朱瓒甩着牧草，"你们敢抗旨吗？"四周的人忙纷纷摇头，"所以，马怎么才能养好，关键是吃草。"朱瓒指着面前站着的一个商户，"这牧草，你拉回去先喂你家猪，别说喂半年，只要喂一个月你家的猪不死，你所有的牧草我就都要了。"

商户的脸上沁出一层汗，在适才看到朱瓒一拳打飞万七，又塞了他一嘴马粪后，他半点不满也不敢显露，连声说道："是，是，小的错了，小的牧草不好，立刻去找好的来。"

朱瓒瞥了他一眼："算你有自知之明，滚。"

这不客气的话，却让商户如蒙大赦，立刻高兴地施礼道："谢世子爷。"他说罢，冲伙计们摆手，飞也似的带着车跑了。

站在不远处的江百户抱臂挑眉说道："这监马场也成他的天下了，这人怎么就没一点脸皮？"

身边的锦衣卫不知道该怎么回答，想了想问道："告诉陛下，让陛下斥责他？"

"斥责什么，现在整个北地都靠着他爹呢。"江百户哼道，"真是有个好爹。"

这边正说话，就见又有两人走到朱瓒面前。

江百户再次挑眉道："这不是邓待制家的人吗？"

邓待制是御史台的重要官员，在朝中的地位不容小觑，这些年御史台对成国公是不遗余力地弹劾，怎么会来找朱瓒？那两个随从恭敬地施礼，朱瓒似乎带着几分不耐烦，两个随从不仅没有恼怒，反而更恭敬地拿出几件文书递给朱瓒。

江百户抬了抬下巴，身边锦衣卫低头退开了。朱瓒接过文书看了一眼又说了什么，那两人再次拿出一张文书，朱瓒这才点点头，转身迈步，那二人高高兴兴地跟了上去。

片刻之后，打探消息的锦衣卫回来说道："是来给邓待制要马的。"

朝廷官员到了一定职位，都有官府配备马匹随从，邓待制的身份自然也够资格，不过，江百户皱着眉说道："牧草他管，领马他也管吗？"

"这个他原本是不管的。"锦衣卫说道，"只是大家都喜欢找他来挑选马匹，说世子爷挑的马又听话又健壮。"

又有锦衣卫从一旁走来，施礼说道："大人，北地那边的消息来了。"

江百户看了眼监马场："你们盯好他，倘若出京城界一步，杀无赦。"

江百户回到北镇抚司后，见独坐室内的陆云旗正拿着一封信在看。

"对成国公核查的情况怎么样？"江百户迫切地问道。

陆云旗"哦"了一声，微微抬了抬下巴，说道："不知道，还没看，你看看吧。"

江百户拆去火印打开，一目扫过，惊讶地说道："真是见鬼了，这些人怎么都说成国公的好话？"

"那是我们蠢笨？"陆云旗说道。

"不可能啊。"江百户摇头看着手里的信，"肯定是哪里出问题了，不如我们做些手脚？"

"不关我们的事。"陆云旗再次低下头看着手里的信。

这是不管的意思了？江百户奇怪地看着陆千户，见他突然笑了笑，江百户吓了一跳。

"被山贼捉去了。"陆云旗说道。

江百户再次吓了一跳，问道："谁？"

江百户顿时恍然，紧张地说道："君小姐？金十八这废物还不如山贼吗？君小姐怎么样？"

"她把山贼变成了她的救命恩人。"陆云旗嘴角现出一丝笑意，将信扔到桌子上。

江百户一头雾水，伸手拿起信看了一遍，更是惊讶不已："那这君小姐还真厉害，她用什么办法笼络住这些山贼的？"

陆云旗没有说话，仿佛陷入了沉思，神情也变得很古怪。

"大人，"江百户的声音在他耳边响起，"这上面说君小姐留在那山村里，金十八也跟着呢，这算是行踪暴露了，要不然就干脆以保护君小姐的名义，让他们把君小姐带回来？"

"她连山贼都能笼络住，你觉得她会乖乖让他们把她带走？"

"君小姐，还真是，挺厉害的。"

陆云旗收起嘴角的笑意："我去河北西路。"

江百户顿时愕然，忙劝道："大人，这，这不行。"

陆云旗看向他。

"不是，我是说这太危险了。"江百户忙改口道。

陆云旗在京城基本是昼伏夜出，从来没有单独行动过，这要是离开京城，跋涉那么远去不太平的北地，可真是太危险了。毕竟想要陆云旗死的人太多了，一旦他离开京城，那些人肯定如同蝗虫般扑来。

陆云旗笑了笑，向外大步而去，这是不肯听了。江百户追上去，又急着说道："而且，陛下不会同意的，您是为陛下分忧的，可不能离开陛下身边。"

"你说得对，我是为陛下分忧的。"陆云旗说道，"现在成国公赞誉有加，我不该去替陛下看看到底怎么回事吗？"

江百户愣了愣，再次说道："大人，让小的去吧，小的一定把君小姐带回来。"

陆云旗径直前行。

京郊马场里，送牧草的、领马的人都被赶走了，朱瓒靠在拴马桩上，正在看一封信。

"伯父说什么？"张宝塘忍不住催问道，"是不是被刁难了？"

四凤给了他一手肘，低声说道："伯父是那种喜欢不报忧的人吗？更何况，这不是很明显的事吗？难道现在北地那边的文官还会说伯父好话？以前明里暗里都说坏话呢，这次岂不是更逮住机会了。"

张宝塘抬手捶了木桩一下，神情愤恨。

朱瓒抬起头，神情却有些古怪，慢慢说道："不过，父亲这次的确是报喜。"

四凤和张宝塘愣了一下，听朱瓒讲了监察使查问的结果，神情也变得古怪起来，齐声问道："竟然这样吗？是伯父做的？"

朱瓒摇头，将手枕在脑后："父亲说他没有做什么，因为实在是顾不上，他也不知道为什么。"说到这里，自嘲地笑了笑，"大概是疯了吧。"

"是被黎贼吓疯了吧，毕竟伯父出事，北地出事，对他们也没什么好处。"张宝塘嘿嘿笑道。

四凤摇摇头："不过，这总归是好事，先别想这些了，后方安稳就好，等安定了边境再查。"

朱瓒"嗯"了一声，看着天空默默出神。

四凤看着朱瓒闷闷不乐的样子，轻咳一声，说道："还有件奇怪的事呢，君小姐在庆源府被山贼绑架，然后被一群山民救了。"

张宝塘显然也是刚听到这个消息，惊讶又紧张："怎么会有山贼，山贼竟然这么厉害……"

他的话没说完，就被朱瓒打断了，他嗤声道："厉害什么呀，再厉害还不是被这女人骗了？这群山贼也是自己作死，不长眼的绑她做什么，这下好了，好好的山贼做不成了，被人哄得当良民了。"

张宝塘和四凤都扑哧笑了起来，四凤说道："那君小姐那边暂时不用担心了，有这群良民护着。"

"本来就不用担心。"朱瓒说道，"就让她在那边祸害良民吧。"

京城陆宅里，一如既往的灯火通明，今日笼罩着紧张的气氛。

九黎公主的屋子前站着很多丫头仆妇，一个个神情焦虑不安，院门外一阵热闹，穿着官袍的陆云旗在夜色里大步走来，丫头仆妇们忙不安地迎接。陆云旗径直迈进屋子里，几个正在低头交谈的太医看到陆云旗进来，连忙施礼。

隔着五彩珠帘，可以看到侧躺在床上的九黎公主，他收回视线看向太医，问道："公主什么病？"

陆云旗的话音刚落，内里的九黎公主就一阵咳嗽。灯光下九黎公主的面色惨白，喝了几口水压住咳嗽，便躺了回去。

"你觉得怎么样？"陆云旗站在床前几步外，问道。

关切倒是真情，只是这态度不像丈夫般亲密，更像是随从般恭敬，屋子里没有人敢对此有任何质疑，甚至看都不敢多看一眼。九黎公主摆摆手没有说话，紧紧闭着嘴似乎为了避免一张口就咳嗽。

陆云旗没有再问，转过身走了出去，太医们忙跟上，一个太医斟酌着先开口道："并无大碍，只是风寒略重些。"

陆云旗面无表情地问道："也就是说，你们不知道能不能治好？"

这话让太医们紧张不安，一个太医一咬牙，说道："陆大人，我们能治好，只是这风寒之症不是短时间就能好的，如今又入秋将冷，对于风寒更不妙，公主需要调养。"

陆云旗嗯了一声。

太医们松口气："那我们去配药了。"

陆云旗再次嗯了一声，太医们忙退了出去。

陆云旗在厅中站了片刻才又走入内室，九黎公主似乎在床上睡着了。他忽然开口说道："陛下同意我出京了。"

九黎公主睁开眼，哑声问道："为了那位君小姐吗？"

"她在北地玩得太过了，那里可不是京城，不安全。"陆云旗说道。

九黎公主失笑，这笑立刻引得一阵咳嗽，她忙伸手掩住嘴，陆云旗将水递过去，长手伸着，人却没有靠近，九黎公主摇摇头示意不用，陆云旗便放下水杯垂手。

"陆大人，对她来说，京城才不安全吧。"九黎公主含笑说道。

"我病了，你能不去吗？"

陆云旗沉默无声，仿佛过去了好久，他缓缓说道："好。"

"谢谢。"

"不用谢。"陆云旗说道，"都一样，都是为了她。"

九黎公主突然怅然地说道："当初是她托付你照顾我们的吗？也是难为你了。"

他们姐弟是尴尬的存在，如果病死或者出了其他意外，会遂了很多人的心愿，所幸有陆云旗接过掌管他们的一切事宜。与世隔绝的怀王府和陆宅，是囚笼也是保护罩，但对他来说，要做得合情合理，不惹怒皇帝也不引起质疑，是很不容易的，所以现在她病了，陆云旗是绝对不能离开的，他要亲自守着，才能杜绝一切意外。

听了她的话，陆云旗的神情在灯下闪过一丝黯然，他木然地说道："不，她并没有。"

"那更要谢谢陆大人了。"

"公主不用谢我，只是下次不要再做这种事就好。"

九黎公主愣了一下，似乎有些不明白他的话。

陆云旗站起来："你也说过她不是她，你怎么能为了她伤了你自己，她会高兴吗？"

"我就知道这事瞒不住你，是我捎信让他给我找来能生病的药。"九黎公主对陆云旗低头施礼，"对不起，是我要挟你的善意了，同时也要挟了顾先生，这不关他的事。"

陆云旗的神情依旧木然，他淡淡说道："公主好好养病吧。"说罢，便转身迈步。

"陆大人。"九黎公主唤道。

陆云旗停下脚步却没有回头："公主放心，你这不是装病，是真病了，我不会离开京城的。"

九黎公主看着他的背影："你能不能告诉我，她是怎么死的，她是为什么死的？"

陆云旗的背影一僵，垂在身侧的手攥起。

当初接到九龄公主死讯赶去，九龄公主已经入殓完毕，她只是拉着怀王站在棺材前看了眼遗容，就按照礼仪坐在灵堂里哭丧去了。

"九龄公主的身子骨太弱了，还是从小养在外边的缘故。"当时皇亲这样对九黎公主感叹过，她只是拭泪却不发一言，自此也没有再说过一句有关九龄公主死因的事，甚至连什么病都没有问过。

"别的事我不评价，现在至少我知道一件事，陆大人你对我妹妹，是真心的。"九黎公主的声音从后面传来，"你对我和怀王也是尽可能相护。"

"人都死了，知道怎么死的，有必要吗？"

"生得糊涂，死得明白一些，也算不枉为人。"

陆云旗转过身："那一天，她说想吃城外曹家的猪油饺饵，我立刻去给她买……"明亮的灯下，他的面色越发惨白。九黎公主眼圈也不由得红了，有眼泪就要滴落，她瞪大眼认真地看着陆云旗，唯恐错过一句话。

"曹家开门晚，我不想惊扰逼迫，免得他这种状况之下做出的饺饵不好吃，所以我就等着。"陆云旗的声音继续，"第一笼饺饵做好的时候，他们过来告诉我，九龄进宫了，我就知道要出事。我赶到的时候，她已经死了……"

九黎公主闭上眼，眼泪沿着惨白的脸颊滑落，果然是因为进宫刺杀皇帝而死的，她哑声问道："她是怎么死的？"

陆云旗神情木然："她是被乱刀砍死的。"

他看着眼前，似乎又看到那一片血泊，血刺得他目眦欲裂，但他没有半点避开，要把眼前的一切都看清楚，看着她被砍断的骨肉牵连的胳膊，看着她扭曲的身形，看着那件她最喜欢的衣衫被血染红，看着她面目全非。

室内一片死寂，不知道过了多久，才听到九黎公主的一声轻叹："这样啊……多疼啊……"

陆云旗转身走了出去，一言不发跨上马，催马疾驰。锦衣卫们左右前后簇拥围护，马蹄声、火把的亮光，将京城安静的夜色惊乱。

随着陆云旗一行人疾驰而过，街边一阵骚动后，又恢复如常。

人群中一个不起眼的男人悄无声息地走到一间行会会馆前，跟门口的伙计低声说了几句话，那伙计就忙引着他向内而去，而会馆的门也随之被关上，门上的灯笼也被取下熄灭，表明这里已经关门了。内里随着伙计的引路，男人停在一间屋门前，再次整了整衣衫拉开门走进去，屋内灯光柔和，窗边坐着的一个老者，此时正低着头认真地写字。

男人含笑上前，恭敬地长身作揖，开口道："拜见黄大人。"

写字的老者抬起头，灯光照着他枯皱的脸，正是黄诚黄大人，他神情和煦："如果我现在去见陛下，说我捉住了黎朝的太子司仓大人，陛下一定会很欣慰。"

自从当初黎人攻占霭州掳走当时的皇帝，皇帝死在黎国，后朱山为皇帝报仇，于征战中一箭射死了被黎国皇帝最为看重的皇子后，两国就不共戴天，此时黎人出现在京城，还真是件很吓人的事。

站在厅内的男人笑了笑，再次躬身施礼："如果能得黄大人的引见，郁迟海死而无憾。"

黄老大人笑了笑，将最后一笔写完："听说郁大人写得一手好字。"

郁迟海笑着走过去，在黄老大人的几案前恭敬地坐下，认真地看着写好的大字，称赞道："黄学士的书法果然不负盛名，这三幅楷书写得如此惊艳。"

黄诚笑了笑，一边拿过一旁的手巾擦手，一边说道："我当初给宗奕皇帝抄了五年的起居录，宗奕皇帝那时候说了，我别的本事没有，也就是老实和字写得好。"

听到宗奕皇帝，郁迟海收起笑，带着几分沉重地低头说道："宗奕皇帝的事我也很悲痛。"宗奕皇帝就是当年被掳走、死在黎国的皇帝，当今皇帝的祖父。

屋子里再次陷入一阵沉寂，黄诚慢慢擦着手："悲痛……你知道失去至亲有多悲痛吗？"

郁迟海形容更悲痛，同情地看着黄诚："黄大人，您保重。"

黄诚笑了笑："不，我的意思是，做父亲的失去儿子又悲又痛，但做儿子的失去父亲也许就没这么痛了。"

郁迟海愣了一下，心想这个黄诚为人奸诈狠毒又睚眦必报，如今失去了儿子，人看起来更不正常了。

黄诚将手巾扔在桌子上："看来郁大人最近日子过得还不错，有闲情跑我们京都来。"

郁迟海顿时苦笑道："黄大人，我们日子要是好过，也不会冒着这么大危险跑来这里了，不瞒您说，我来之前在家里丧事都办过了。"

"危险也不大嘛，你还不是来到这里了？"

郁迟海施礼："这都是托黄小大人的福，黄小大人一言既出驷马难追，虽然人不在了，他留下的人脉还都在帮我们，要不然我真的来不了。"他说着抬手拭泪，"只可惜没能亲见黄小大人一面。"

黄诚凉凉地说道："你是在威胁我？"

郁迟海在几案前坐正身子，俯身诚恳地说道："不，黄大人，我是在哀求您，我们的日子真的不好过，马上就要入冬了，正因如此，才不得不来贵境借一点米粮好过冬，真是无心挑起征战啊。"

黄诚摇摇头："蛮人真是无耻啊。"

郁迟海垂目："我们是真心求和，前两次的事我们可以补偿，只要两国能重归于好。"

黄诚捋须笑了笑："成国公只怕不想要啊。"

"成国公毕竟是成国公，这大周的天下，不是还是皇帝陛下的吗？不是说皇帝陛下最仁善，难道陛下不想国泰民安，反愿意看大家受征伐之苦吗？"

黄诚面色一沉："我们的陛下轮不到你这小儿来论是非。"

郁迟海立刻俯身："我错了。"

室内再次陷入一阵沉寂，远处隐隐有更鼓声传来，黄诚说道："你们想要两国重归于好？"

"当然。"郁迟海立刻抬头，毫不犹豫地将右手按在心口，"我们是真心实意的，还请黄大人向陛下转达。"

"重要的是你们怎么做。"

郁迟海露出笑脸，从怀里掏出一张礼单推了过去："我们会让陛下看到诚意，我们愿意割让两郡，而这些则是我们给大人您的诚意，已经送到贵府了。"

黄诚看也没看递过来的礼单，拿起几案上的茶壶倒了杯茶，慢慢说道："我老了，酒吃不得，肉咬不动，穿不惯绫罗，踩不动皮靴，这些对我来说，也没什么意思。"

郁迟海又拿出一个礼单推过去，诚恳地说道："黄老大人高风亮节尽人皆知，只是也该为儿女们着想，黄小大人不在了，他的妻妾子女还要过活啊。"

听提到儿子，黄诚的神情显出几分哀伤，郁迟海忙垂泪继续说道："黄大人，他成国公妻儿双全又安稳，哪里知道这骨肉分离阴阳相隔的痛，一将功成万骨枯啊，他为了他的功，踩的可是大周子女、我黎人子女的枯骨啊，我那三儿都已经上战场了，我这把老骨头真恨不得替他们去啊。"

黄诚忍不住问道："你都这地位了还要送子上战场啊？"

"我大黎如今被朱山逼迫，别说我们了，皇子王爷们都不得不披挂征战。"郁迟海说着又抬手拭泪，"刀枪无眼，战场混乱，谁还顾得了谁，已经有好几个皇子受伤了，皇子都受伤了，我的儿子们……不知道我这回去之后还能不能见到他们。"

黄诚一脸同情，抬手劝道："郁大人啊，节哀。"

黄诚劝了两三次，郁迟海才起身，掩面道："失态了，让黄大人见笑了。"

黄诚给他斟了一杯茶，顺手将礼单放到一旁，将茶杯推过去。郁迟海再三道谢，接过茶一饮而尽，黄诚沉吟片刻，问道："你们真想两国重归于好？"

郁迟海忙放下茶杯，诚恳又迫切："大人，如果不是为了这个，我何必千山万水地过来？"他说着又拿出一张文书，"您看，这是我皇帝陛下的印信……"

他要递过去，黄诚却没有接，淡淡说道："既然如此，那就看你们的诚意了。"

"我们的诚意方才已经给大人说了，割让……"

黄诚抬手制止他："这个是你们给天下人看的诚意，我是问，你们给陛下看的诚意。"

郁迟海微微一愣，郑重施礼道："请黄大人指点。"

黄诚笑了笑，一边斟茶一边说道："成国公这个人，可是很喜欢痛打落水狗的，你们主动求饶，那岂不是证明他很厉害？"

郁迟海苦笑一下："他的确很厉害。"

黄诚端起茶杯："那这么一来，何止北有成国公，整个大周就只有成国公了。"

郁迟海似乎明白了什么，他眼神闪烁着倾身问道："那黄大人的意思是……"

"你们可敢拼力一战，用你们黎人将士的血肉，来表达诚意？"黄诚似笑非笑。

郁迟海顿时愕然，脱口问道："大人您这是……"他的话音刚落，就看到这个垂老的黄诚混浊的眼神变得一片冰寒，"说真的呢？"

黄诚的视线已经垂下，将茶杯吹了吹，喝口茶："这深更半夜，我不眠不休，难道是特意来跟你说笑话呢……"

第一百零六章

◇

都是同门的亲人

暮色降临下来，笼罩了整个山村。

"小姐！"柳儿的喊声从山下传来。

已经在院子里站了好几天的君小姐，今天照例将手札收起来，看着在灶间忙碌的妇人："婶子，我回去了。"她的样子丝毫没有在这里枯站一日的尴尬和失望。

妇人转过身："君小姐走好。"

妇人一副浑不在意受到叨扰的样子。

柳儿和君小姐一路慢悠悠地回到了村里，此时家家户户都升起了炊烟。

"小姐回来了，可以吃饭了。"柳儿先跑进院子里，高兴地喊道。

夏勇媳妇也含笑把手放在围裙上擦了擦，说道："君小姐，饭好了。"

夏婶子告退离开。雷中莲等人已在院子里摆好桌椅，将热腾腾的饭菜端上了桌，烙火烧、切丝的白菜疙瘩腌菜、一大盘切好的卤野兔肉、山上采的蘑菇炖野鸡，还有滚着菜叶的米粥，这些都是山上地里所出的野味，简单又美味。

"总吃这个也不好吃了。"柳儿拿起一个火烧夹了兔肉递给君小姐，有些不满地嘀咕道，"这里的面不香，不知道掺了什么。"

君小姐接过咬了一大口，肉很香，面的确吃着有些粗糙，应该是掺了糠："很好吃啊。"

"再好吃也架不住天天吃嘛。"刚要吃饭，柳儿看到一旁木墩上摆着一个银镯子，那是夏勇媳妇做饭时摘下的。

"她忘了，我给她送去。"柳儿放下碗筷，"我看她对这个镯子可宝贝了。"

君小姐点点头："快去吧。"

柳儿抓起镯子颠颠地跑到了夏勇的院子里，但此时，院子里却没有人的踪迹，柳儿喊了一声："夏婶子？"屋子里也没有动静，似乎没有人。

柳儿想着她也许去隔壁串门了，便又跑到隔壁院里，但奇怪的是，这一家依旧没有人。她又不死心地跑了几家，找了一会儿，听到一间院子里传来热闹的说话声："二牛，这是你家的饭，大刘，这是你家的，三个人的……"其中还夹杂着孩童迫切的喊声，"我的我的……别抢，都有……"

蹲在墙角的柳儿愤愤地起身，重重地咳嗽一声，冲了进去。院子里的人被这陡然的一声吓了一跳，转过头来看到是柳儿，顿时都畏惧地向后躲去，更有人把手里的饭碗往身后藏。

"柳儿姑娘，"夏勇媳妇神情尴尬又慌张，"你怎么来了？"

柳儿看着院子里的人，不客气地说道："我呀，来看看你们吃什么好吃的呢。"她说着就冲身边一个妇人走过去，那妇人吓得连忙躲闪，被柳儿一把抓住，碗掉在地上，滚出一块黑乎乎的饼子。柳儿愣了一下，又去看她身边的人，无一例外都拿着这种东西吃。

"这是糠饼子。"君小姐不知何时出现在这里。

"君小姐，"夏勇媳妇忙阻拦，变得局促不安，"你吃不得……"她的话音刚落，君小姐已经咬下一口，用力嚼着，咽了下去。

"我们也不总是吃这些。"夏勇神情不安。

"君小姐，"夏勇媳妇上前拉住她的手，神情带着几分歉意又有几分坦然，"我知道你心里不好受，其实这没有什么，我们这里田地不行，山货也就那样，但谁家待客也是要拿最好的出来，这不是打肿脸充胖子，是我们的心意。"

君小姐点点头，又用力咬了一口饼子，使劲咽了下去，笑着用力点头道："是，我知道，我知道，我很开心。"

"你快别吃这个，好了好了，以后我们不这样了，大家一起吃糠咽菜嘛。"

君小姐笑了笑点点头，转身喊了柳儿过来，吩咐道："带人进城去，缺什么买什么，想要什么拿什么。"

柳儿激动地点头，立刻转身跑了出去。

柳儿带着一群护卫连夜离开了嶂青山，等到第二日暮色降临时热热闹闹地归来，一辆辆马车在村口排开，十几个伙计忙碌着扯开其上盖着的油布，听到热闹的村民三三两两地聚集过来，大人们还好，站在稍远的地方好奇地看，孩子们则忍不住走得近些。

"来。"柳儿从车上跳下来，带着几分得意地举起两个大纸包喊道，"吃蜜饯。"

孩子们看到她伸手，吓得都后退。

"蜜饯啊，庆源府最有名的。"柳儿说着将纸包里的蜜饯拿出来扔进嘴里，"当然，这货色不如京城的。"

孩子们到底是孩子们，看着蜜饯忍不住咽口水，一个孩子咬着手指说道："我见过，我跟二叔进城时见过。"

柳儿带着几分得意地走近他们，将另一个没打开的纸包递过去说道："喏，吃吧。"

站在最前边的孩子不由自主地伸出手接过，直到拿到纸包，他还有些呆呆的。柳儿已经从中捏起一个塞进他嘴里，其他孩子再也忍不住，一哄而上都抢着抓了蜜饯，除了塞进嘴里，还高兴地举着跑向自己的家人，要递给家人们吃，叽叽喳喳，好一阵热闹。

一包蜜饯就能引起这样的热闹，君小姐在一旁看得特别心酸。

"这些蜜饯不算什么。"柳儿带着几分炫耀，指着身后的车马，继续说道，"我什么都买了，整个庆源府最好的米面油糖盐醋肉菜鱼，而且还订好了，每隔七天，新鲜的菜肉鱼就会从府城里送来，十个杂货铺，也会每隔七天往这里送一次杂货，吃的喝的玩的，要什么有什么。"

"你们在干什么？"有声音从后传来。

是夏勇夫妇走了过来。

"夏二叔，"君小姐上前说道，"我让人送来一些米粮吃食，你看怎么分给大家？"

夏勇的神情微沉，夏勇媳妇则给了她一个感激的眼神。

夏勇说道："君小姐，你的米粮吃食你自己用，我们不能分。"

听到他这话，原本手里还拿着蜜饯的孩子们忽然都将蜜饯放回纸包里，捧着纸包的孩子也跑到柳儿身边，将纸包塞给她。柳儿还没得及喊他，那孩子便像兔子一般跑开了，所有的村民都后退避开，动作整齐划一。

"你们干什么啊？有吃的还不要啊。"柳儿没好气地说道，"非要啃糠饼子啊？"

没有人说话，也没有人上前，他们的视线甚至不再看车马上的货物。

"夏二叔，你们也知道我没有恶意。"君小姐说道，"我只是想做些什么，而我恰好也能做。"

夏勇点点头要说什么，夏嫂子先诚恳地说道："君小姐，你的心意我们都明白，只是，我们的心意，也希望你能理解。"她的眼眶有些发红，对君小姐慢慢地摇头，"你为什么这么做，你心里清楚，我们心里也清楚，很抱歉，我们不接受。"

君小姐默然，夏勇夫妇对她施礼后便转身离开了，村民也毫不迟疑地散开，转眼间村口就只剩下了他们。

"真是不知好歹！"柳儿瞪眼跺脚，气呼呼说道。

君小姐看她一眼，柳儿吐吐舌头闭嘴。

君小姐对雷中莲说道："先收起来吧。"

雷中莲应声"是"。

柳儿期期艾艾地问道："那我们今晚能吃吗？"

看到柳儿可怜巴巴的样子，君小姐笑了笑点点头，柳儿顿时举手，欢呼雀跃。

又一夜过去，天刚蒙蒙亮，君小姐和杨景就走在了山中的小路上。忽然，她停下脚步，抬头看看前方，又低头看看拿着的手札，索性先在路边坐下，手挂着下颌出神，想着该怎么说服他们，而身后跟着的杨景则默默站立着。

突然一阵敲打梆子的声音传来，君小姐下意识张望，看到田间山坡上散布着不少村民，有老人、妇人还有孩子，他们正手持农具，有节奏地进行敲打。甚至还有两两一队的男女老少在相互对战。

"你们一直这样吗？"君小姐忽然问道。

"我们是官兵，当然要每日勤奋练习，不可懈怠。"

"你们是哪里的官兵？师父也是吗？那为什么又在这里？师父又为什么……"

杨景垂目打断她："君小姐，我不认识你师父，也不知道你师父的事。"

"杨大叔，你别这样了，有什么事大家说开不好吗？"

"是啊，有什么事大家说开，好好说，不好吗……"

君小姐能从他的话里体会到他骨子里的愤怒和悲痛，更加好奇师父当年到底做了什么。杨景却一副不想多谈的样子，转身继续向山上走，君小姐下意识地喊住了他。

"君小姐还有什么吩咐？"杨景回头说道。

"我想请你们帮个忙。"

杨景神情戒备地看着她，一时不知道该怎么回答。

"我的护卫们，"君小姐含笑指了指她住的地方，又看向杨景，"我想请你们训练他们。"

杨景愣了一下，一时没明白她说的意思。

"不瞒杨大叔，我之所以会到这里来，其实真正的原因是我正被人追捕。"君小姐接着说道。

杨景顿时恍然："是那几个锦衣卫？"

"你们抓他们很轻松，我的护卫们功夫就差很多了。"君小姐接着说道，"我将来回程还要面对更多的锦衣卫，所以我想让护卫们练一练。"

杨景迟疑道："我们其实也不会什么，功夫并不好。"

"是，你们这些人里老的老、少的少，力气不如我的护卫们，"君小姐说道，"但是独木不成林，你们合作起来，连这些锦衣卫都不是你们的对手。"

"那倒是，"杨景伸手抚了下短须，下意识说道，"我的兵当然很好。"

"所以我希望你们帮我训练护卫，"君小姐说道，"护我平安回到山西。"

"好吧，君小姐你大人大量原谅了我们，我们为你做些事也是应该的。"

"我会给你们报酬的。"

"不，不用……"

但君小姐不理会他的话，对他摆摆手，扔下一句："我去安排了。"便转身跳跃着沿着台阶跑去。

到了中午，杨景终于知道君小姐说的报酬是什么了。

"这是你同意的？"夏勇指着院子里堆积如山的米粮菜肉，对杨景说道。

杨景神情愕然又尴尬："我没同意啊，我只是同意帮她练兵。"

"是啊，所以这是练兵的报酬。"

"这孩子，那怎么办？退回去吗？"

"问问嫂子吧。"夏勇媳妇忽然说道，"退回去也怪不好看的。"

杨景和夏勇对视一眼，立刻跑到山上询问妇人。

正在织布的妇人说："她送给我们米粮菜肉，是为了她自己，不是为了……别人，那就收下吧，大家互惠互利，都开心，挺好的。"

杨景和夏勇有些惊喜地看着妇人，齐声唤道："大嫂……"

妇人似笑非笑："怎么？我在你们眼里，是那种一根筋好坏是非不分的人吗？"

杨景和夏勇忙摇头，齐声说道："怎么会，大嫂是世上最好的人！"

妇人笑了笑，轻叹一声，低头继续织布，杨景和夏勇对视一眼，没有再说话施礼告退了。

食物很快被分到了村里的家家户户，村民们一个个高兴得跟过年似的，有的人当场就把点心拆开吃了。暮色下，饭菜香气飘荡在村落，各家各户点亮了火把，足以让山村变得如同星辰般璀璨明亮。

深秋的山村早晚已经带着寒意，柳儿裹着被子在床上打了好几个滚，才慢悠悠地起床走出院子。外面已经很是热闹，雷中莲等护卫、镖师都已经扛着锄头、镰刀，跟着村民们一起说笑着走向村外。

柳儿回屋找了一圈，没见着君小姐，猜想君小姐也早早上了山，她撇了撇嘴，在村子里悠然晃荡。

而此时，君小姐正在山上采药，这段时间，她并没有去师母家，自从那日决定让雷中莲他们跟着练兵之后，她就没有再去，但每日她都会上山，只是为了采药。一早上的工夫她已经采了一竹篓，今日已足够，便擦了擦汗准备下山。她穿行在山林里，不时有野鸡、兔子跑过。

虽然才来没多久，君小姐在这山上已经行走自如，她避开了两个暗阵，并将一个暗阵抓住的两只兔子收了起来，顺便将暗阵重新布置好。刚布置好，察觉到身后有动静，她转身看到杨景拎着一捆柴站在身后，便指着地上用草捆住了腿的兔子，问道："杨大叔，这个给你还是给夏二叔？"

"给他吧。"杨景说道。

村民的猎获都统一交给夏勇，等着定期进城变卖换回米粮再统一分配，君小姐已经知道他们这里的规矩，含笑点点头，将兔子拎起来，高兴地说道："那我下山了。"

杨景看着女孩子欢悦的样子，忍不住说道："君小姐，有几个坏了的地网是你修好的？"

君小姐笑着点点头："是啊，看到坏了就顺手修补一下。"她说着又指了指几个方向，"还有村口的绊马索，河里的桩箭。"

杨景神情复杂："我们只会用，不会修，时间久了坏了，就只能扔着了。"

君小姐笑着点点头："以后不用担心，有我呢，我会修，我来修。"

杨景对她施礼，君小姐则摆摆手，迈步之前有意无意地看了他身后一眼。见她看过来，杨景心里一紧要说些什么，君小姐已经走开了。

杨景站在原地未动，怯怯的女声从后边传来："那些，她真的都修好了？她这么厉害啊？"

杨景转过身，看着山石后蹲着的妞妞，她身形瘦小，被山石掩住了。

"是啊，她真修好了，她很厉害。"

妞妞抬起头，布遮住了她的脸，只余下一双眼露在外边，此时又惊讶又嫉妒："这都是我爹教给她的吗？"

听到妞妞问这句话，杨景神情尴尬："那个，是君小姐的师父教的。"

妞妞坐在石头上看着山下："杨叔，大家都知道她师父是谁，只不过我娘不认，你们也不敢认罢了。"她说着又停顿了一下，"杨叔，你放心，我不当着我娘的面说。"

杨景苦笑一下，讪讪地说道："妞妞最懂事了。"

妞妞垂下头，喃喃道："懂事又怎么样，我爹也不要我。"

杨景顿时神情不安："不是这样的……"他想要说些什么，又不知道该怎么安慰人，正手足无措时，山下有人跑来，远远地对他们举起手，激动地喊道："杨大哥，杨大哥，快来看啊，君小姐说要给铁脚换个脚。"

杨景听到这话，立刻也激动地问道："真的吗？"

"是真的，刚才君小姐去给老赖媳妇送药，遇到了铁脚，她看到铁脚的脚，就突然说该换了，这只脚戴的时间太久了。"那人一边冲杨景招手，自己也掉头向山下跑去，"大家都过去看了。"

杨景也忙向山下疾步，走了几步，又回头说道："妞妞啊，我先去看看。"

妞妞冲他点点头，看着杨景跑下山，再向远处看，见村落里有不少人都在向一个方向跑。

铁脚叔为什么叫铁脚，这个故事妞妞从小就听过，那是一场惨烈的战斗，但如同其他时候一样，他们还是胜利了，只是铁脚叔因此失去了一只脚。那时的他因为残废而伤心，爹就说要给他做一只脚，让他能走路，没想到爹后来真的做到了。从此以后，铁脚叔不仅能走路，骑马、拉弓、射箭、杀敌，样样都行。

但之所以说是故事，是因为妞妞没有亲眼见过，她印象里的铁脚叔，每日拄着拐，连羊都放不了，只能做些妇人们做的活，沉默寡言。现在君小姐也跟爹当初说的那样，要给他换一只脚，可见她跟爹一样，也很厉害啊。

妞妞慢慢抬起手捂住了脸，隔着一层布也能感受到脸上的崎岖坑洼，她起身向山林中跑去，惊起林间的鸟儿、野兔纷乱。

几声尖厉的鸟鸣从远处传来，这是村外暗哨传递消息，听到这一长两短的鸣叫，坐在地上揪草根的孩童们噌地跳起来，欢呼雀跃着向路上奔去。

三辆马车在孩童们的簇拥下停在了村口，夏勇媳妇带着妇人们也接了过来，劳作归来的男人们虽然没有围上来，但也停下脚步，蹲在大石头上说笑闲谈。

"这次没有吃食了。"拉车的货郎说道，"因为要入冬了，所以送来些布匹丝绵，让大家做冬衣。"货郎说着扯开车上的遮盖，露出五颜六色的布匹。

亮丽的布匹对小孩子和女人们来说如同奇珍异宝一般，村口顿时爆发出一阵惊呼，孩子们围了上去，急着用手摸着布匹。

"把脏手拿开。"妇人们急急呵斥孩子们，欢喜又小心翼翼地护着车上的布匹，立刻跟身边的妇人们商量起如何运用这些布匹。叽叽喳喳的说笑声和议论声片刻不停，原本蹲坐着的男人们也忍不住探头看过来，村头欢声笑语不断。

"说起来，好像真的是很久没有穿过新衣了。"妇人轻柔的声音在后响起。

这妇人很少下山，君小姐闻声，顿时惊喜地转过身喊道："云婶子，您来了。"

"我姓云，单名织。"

这是报姓名了，君小姐忙端正神情，施礼道："君九龄。"

"多谢你费心了。"云织含笑说道，"大家从来没有这么开心过。"

君小姐忙摇头说不敢当，迟疑一下，看着自己背着的药箱，迟疑地说道："师母……"

云织伸手拦住她："我告诉你我的姓名，就是让你称呼我的名字，而我要谢的是你和你对我们真诚的心意，至于别的事，我们还是不要多说了。"

君小姐收回手，笑着点点头。那边的妇人们也看到了云织，纷纷笑着打招呼，云织对君小姐笑了笑，便走了过去。君小姐没有跟过去，拎起药箱向山上去了。

大多数药城里都能送来，但为了不让村民们觉得不自在，她很多时候都是在山上采药，顺便也熟悉一下师父在这嶂青山里藏了多少机关暗器。

放下一筒竹箭，君小姐坐在山石上歇息一刻，身后有窸窸窣窣的声音传来，她转过头看到妞妞站在树后，便笑着站起来，唤了一声她的名字。

"汗青。"女孩子忽然说道，她的声音细小，说话又快，君小姐愣了一下没听懂。

"我叫赵汗青。"女孩子再次说道，这一次声音大了点。

君小姐脸上笑意更浓，她认真地对这女孩子屈膝施礼道："我叫君九龄。"

赵汗青虽然神情怯怯，但还是下意识地屈膝还礼，她的动作很生疏，但规范得体，明显受过教导。

"你坐。"君小姐指了指自己身边的山石，赵汗青没有走过来，手扶着树干，微微抬眼看向她，问道："他是什么样的？"

这个"他"说的是谁，君小姐立刻就明白过来，她笑了笑，伸手比画着："他长得很好看，个子这么高，有点瘦，但很结实，走路喜欢晃悠悠的。"她一边说着一边学着师父的样子走了几步，站到了赵汗青的面前。

赵汗青见她陡然站到面前，眼神有些躲闪地后退一步，下意识抬手挡了下脸。

"他的眼跟你的眼长得一样。他还给你画像了，画了你从小时候到现在的样子。"

赵汗青眼里的光芒如同点燃的火苗，各种情绪都从眼中流出。

"你要不要看一看？"君小姐更轻柔地说道，唯恐声音大了吓跑她，也不待她回答自己，转身走回山石边坐下来，打开药箱拿出手札，"你娘不同意，我也不为难你，不让你看别的，就只看一眼你的画像，你看看像不像？"她自顾自地说着，翻开手札，一直翻到最后才停下来。窸窸窣窣的声音渐渐靠近，身边也有一片阴影投下来，君小姐没有抬头，手抚着纸上女孩子的画像："这个，是你小时候吧。"

"这不是我。"赵汗青说着人就要向后退去。

君小姐已经抓住她的胳膊，抬头看着她："这是你。"她一只手再次翻动，翻到最后一张十四五岁的画像，"这就是你。"

赵汗青的神情变得激动起来，她指着手札上的画像，喊道："这怎么是我？我这么丑，她那么好看，我这么丑……"

君小姐握着她的胳膊不放，郑重地说道："你不丑，你是因为生病，你的病治好了就是这样，你爹画的是你治好的样子。"

赵汗青胸口剧烈地起伏，身子也不停地发抖。

"你爹就是为了给你治病才离开的，他走了很多地方，就是要找给你治病的药。"君小姐接着说道，用力握紧她的胳膊。

赵汗青怔怔地看着画像，又看向君小姐，质问道："那他呢？为什么不回来？"

虽然是质问，但她的眼神里却现出藏不住的期盼。君小姐差点忍不住要流泪，她定了定神，认真说道："因为还有一味药没有找到，但是已经找到了药方，我先给你治，等你爹拿到最后一味药回来，你的病就能彻底治好了。"

赵汗青将信将疑地看着她。

"你应该也知道你爹很厉害吧。"

赵汗青垂目，君小姐的声音继续在耳边响起："他非常厉害，他既然把你画得这么好看，你就一定能变得这么好看，你不相信我，难道还不相信他吗？汗青，你让我给你看病吧。"

她说完这句话，二人之间陷入沉默。但没多久，赵汗青伸手扯下遮面，看着君小姐，认真地说道："我不信他，但我信你。"

夜色深深，屋子里的灯火依旧明亮。

君小姐重新站到几案前，揉了揉酸涩的眼，她终于从师父手札里的只言片语中，了解到赵汗青的病由。在师父的手札里，她的病被叫作菊花疮，生下来的时候并不明显，随着年龄的增长越来越大。对一个女孩子来说，长在脸上等于毁了一生，更不用说还会恶化，说不定什么时候就会被夺去性命。

君小姐叹口气，毫无疑问，师父要紫英仙株就是为了赵汗青的病，但一株、两株，显然不够，她现在更是缺很多。

君小姐揉了揉脸，心想师父既然已经开始找药了，一定是有了办法，只要把这手札里的混乱信息再好好研究一下，肯定能找出药方。

屋子里的灯逐一熄灭，山村的夜陷入静谧。

"你是怎么给铁脚叔做脚的？"

听到声音，君小姐抬起头看着蹲在树上的赵汗青，笑着说道："很麻烦，也很简单。"她说着小心地将一棵药草挖出来，"熬牛筋，做脚，打铁做骨架。"

扑通一声响，赵汗青从树上跳下来。常在山上奔走，在树梢间跳跃很是轻松随意，夏勇媳妇说过，因为脸上有疮，母女二人一直住在山上，赵汗青更是不与村民来往，从小就是一个人在山上玩，一直由杨景带着打猎，教授一些技艺，上树攀爬对与山为乐的人来说并不是什么难事。

"这些都是他教你的吗？"赵汗青问道。

"是啊。"君小姐点点头，又笑了笑，"他教我的不止这些，很多我当时都没有注意，后来才知道是多重要的技艺。"

赵汗青低头看着自己的手："他很喜欢你，你长得这么好看。"

君小姐放下手里的铲子："首先他并没有很喜欢我，再者他不是因为好看或不好看才离开你的，最后，你不难看，你只是生病了。他是喜欢你才离开你的。"

赵汗青抬眼飞快地看她一眼，又问道："并没有喜欢你，为什么会教你这么多？"

君小姐眨眨眼："因为我缠着他，他没办法，其实他很讨厌我的。"

赵汗青很少与人打交道，对这样的话，她听不懂，更疑惑了。

"不要想那么多了，我们还是干活吧。"君小姐拍拍她的肩，"你也可以帮忙。"

"我？我能帮什么？"赵汗青说道，"我又不会采药治病。"

君小姐揽着她的肩头，指着一棵树说道："你看到那树上的秋蝉了吗？"

君小姐的话音刚落，赵汗青点点头。

"你会上树，去帮我捉五只……"君小姐的话还没说完，就见赵汗青从腰里摸出什么扬手一扔，伴着一声急促的嘶鸣，秋蝉从树上跌落。

君小姐顿时愕然。

"不用上树，这样就可以。"

君小姐满脸惊讶："你真厉害啊。"

大概是没有被人夸赞过，赵汗青有些拘谨地低下头，再次看着自己的手，低声说道："这算什么厉害，就是飞镖而已。"

君小姐看着她腰里挂着的飞镖，再看她身后背着的弓箭，好奇地问道："那你射箭也很厉害吧？"

赵汗青点点头，说道："我会，杨大叔教我了。"

"来，快给我看看。"

赵汗青依言拿下弓箭，对着山林间专注扫视，忽地拉弓松弦，嗡的一声，箭如流星，草丛里一只野兔被钉在了地上，抽搐片刻，一动不动了。

山林间响起君小姐的欢呼声和赞叹声："你太厉害了，你太厉害了。"

赵汗青被夸得有些不知所措，但还是露出了笑容。

"你爹就没有教我射箭。"君小姐突然眼睛一亮，"不如这样吧，汗青，你教我射箭，我教你识草药。"

"我，我能学吗？"赵汗青迟疑一下，眼神里有些期盼又有些不安。

"当然能，来吧。"君小姐笑着拉住她的手，"我们先去找几种治跌打损伤的药。"

赵汗青被她拉着，有些无措地跟上去。君小姐回头看她，握紧了她的手。

看着两个女孩子手拉手行走在山林间，站在不远处的杨景露出了笑脸，又收起笑容，沉声道："大嫂，妞妞对大哥好奇是没办法的事，你不要怪她。"

站在一旁的云织笑着说道："怎么会，他们是父女，我怎么会因为我自己的喜好牵制她？"

杨景听到"父女"二字，神情微微欣喜，忍不住说道："大嫂，那大哥你是能……"

"不能。"云织打断他，干脆地说道，"不能原谅。"

杨景忙低头应声"是"。

一场寒雨打下满山落叶，北风乍起之际，君小姐给铁脚做的新脚也完成了。

经过这一段时间的调养，铁脚被磨伤的小腿也养好了，安上新脚后，他小心翼翼地迈出第一步，围观人群爆发出欢呼声，一向沉默寡言的铁脚也难掩激动，脸色通红地坚持走了一阵。

离开热闹的人群，君小姐走到村口，看着庆源府德胜昌的掌柜翻身下马，他的神情带着几分焦灼，俯身施礼，低声说道："君小姐，出事了，黎人和大周正式开战了。"

君小姐神情亦是一沉。黎人和大周自从十年前签订协约之后，就一直在偷偷摸摸地干一些侵城烧杀抢掠的勾当，但那都不叫开战，现在竟然说正式开战，所谓的正式开战……

"下了战书。"庆源德胜昌掌柜肃容说道，"目前黎军已经集结万众，从东西两边压来。"

君小姐默然片刻，问道："他们哪来的底气敢这样做？"

"或许是积攒了十年的力量，想要再次一试。"掌柜沉声道。

"他们积蓄十年，成国公也没有荒废十年，他们敢来，咱们自然也不惧。"

掌柜点点头："是的，成国公已经传令各府备战，永兴军、广成军也都调动集结，此时各地百姓日子还算如常，按照要求储备米粮，减少外出。"

"这里的米粮也足够了。"君小姐说道，"你们暂且不用费心。"

掌柜应声"是"，又将最近北地的动向说了说，递上了方承宇寄来的家信，便离开了。

他刚走到院子里，又被柳儿揪住要买马。他的眉头挑了挑，忍不住看了眼君小姐。君小姐点点头："买吧，有了马匹，出入行走都方便很多。"

"那每人一匹？"掌柜问道，"如果是这样的话，粮草就要重新准备了。"

"先来十匹马吧。"君小姐说道，"日常行路够用了。"

掌柜应声"是"，带人离开了，柳儿立刻高高兴兴地去给大家宣布买马的消息。

君小姐则将开战的消息告诉了夏勇、杨景。两人并不惊慌，只是说道："君小姐不用担心，我们这里偏远，且易守难攻。"

"这里是庆源府，如果真到那个时候，就说明朝廷的防线被攻破了，那才是应该担心的事。"君小姐笑着说道。

杨景木然："那就是朝廷担心的事了，与我们无关。"

君小姐探究地看着他，夏勇已经轻咳一声，郑重地说道："当然担心，当然有关，这件事要告诉大家，从今日起，更要从严戒备。"说罢，拉着杨景告退，传达消息去了。

君小姐看着他们的背影，若有所思。

第一百零七章

◇

黎兵突然压境

敌兵压境，民心惶惶，纵然有成国公以及五路大军屯守集结，整个北地还是笼罩在一片阴云下。

放眼望去，繁华热闹的集市已经消失，来往奔走的兵将一刻不停，一个个披挂严整，让人望之畏惧。路上的人摩肩接踵，推车赶马，拖家带口，离开居住的村庄，按照官府的布置汇集到城防严密的府城，以及就近的屯堡。人可以走，但很多牲口粮食就不得已要抛下，损失是不可避免了，不过只要人还在，成国公守住边境击退黎贼，那些损失也不算什么。而且北地已经安稳十年了，大家相信，成国公依旧能保北地安稳，所以尽管阴云密布，奔走转移的民众却并不慌乱。

消息传到京城，却引来一阵骚乱，虽安稳了十年，但二十多年前黎贼铁蹄踏破国都，长驱直入，连皇帝都被掳走的记忆还残存在很多人的心底。朝堂上更是气氛紧张，朝会从天不亮一直到天黑，朝官重臣才得以出宫回家，第二日又继续开。

"河北西路、河北东路全部戒严，全境闭门清道。"宁炎看着众人，宣读道，"如今贼奴压境，吾等上下同心，必击退贼寇。"

坐在龙椅上似乎有些焦虑不安的皇帝打断他，疲惫地说道："成国公怎么做的朕不想再听了，有没有确定这次来了多少贼奴？谁为统帅？"

宁炎尚未说话，坐在一旁的黄诚幽幽开口道："贼奴五万，由大鹏王拓跋乌为帅。"

听到这数字和统帅，朝堂上响起一阵吸气声。

"当年国难时也不过三万贼。"一个须发花白的官员喃喃道。

"而且这次竟然是拓跋乌为帅。"另一个官员亦是自言自语道。

当年其兄拓跋苏被成国公于乱军中射死，黎贼皇室陷入纷乱，拓跋乌逃亡五年归来，砍杀其弟，扶持拓跋苏长子登位，被封为大鹏王。拓跋乌跟其兄关系要好，此时来势汹汹，肯定是要报仇雪恨。

宁炎清楚地看到皇帝的脸色变白，再看朝堂中的氛围，他忙抬手示意，沉声道："他们报仇雪恨？我们才是血海深仇，他们五万贼兵，我们大周泱泱十几万兵将又有何惧？"他说着对皇帝拱手，"北有成国公帅五路军，西有太原，东有山东，南有河南，总兵数众，我大周犹如铜墙铁壁，任他黎贼来势汹汹，也势必无功而返，剿杀殆尽。"

"养兵千日用兵一时，陛下，我们大周的兵将岂会畏惧黎贼，当初黎贼割我州郡、夺我子民，今日也是我们报仇雪恨、夺回失地的时候了。"另有几个大臣站出来叩首。

"陛下，宗奕皇帝棺椁还被囚居黎地，为万民之安，我们奉约守信，此次黎贼毁约破信，臣请陛下命大军迎回宗奕皇帝之灵啊。"更有两个老臣哭了起来，以头抢地，花白的须发越发凌乱。

这让大殿里先前的畏惧惊骇气氛一扫而光，取而代之的是悲愤，而悲愤也是力量之源，一时间更多大臣纷纷站出来向皇帝请战。

皇帝也被这悲愤抚慰，神情恢复平静，坐直了身子，说道："爱卿们……"

话刚出口，就听得外边传来一声尖厉的禀告声："急报！急报！鹞子关失守！黎贼过了拒马河，容城失守，雄州告急！"伴着喊声，一个禁卫冲进来，在他身后跟着太监，太监手里高举着一封文书。

朝堂里顿时鸦雀无声，站在队列最后的宁云钊抬起头，自言自语道："这可是，不妙了。"

大殿上顿时一阵哄乱，皇帝从龙椅上走下来，几个武将指点出具体的位置逐一报告。

皇帝额头上冒出细汗，扶着太监的胳膊，问道："成国公在哪呢？"

宁炎伸手指着一个地点："成国公如今正在遂城，率领广信军布防。"

"这布什么防？布什么防？这黎贼都过来了……"有大臣急着说道。

"过来又如何？"宁炎亦是呵斥道，打断了这大臣的话，伸手点着舆图上的拒马河一线，"黎人五万大军，下了战书，一鼓作气，攻破一个拒马河，攻破府城又有什么奇怪的！"

四周的人都愣了一下，嘈杂声停下来。

"战事才起，胜败不定，一时的胜也不是胜，一时的败也不是败。"宁炎再次伸手在舆图上点了点，"我相信，不日之后成国公大军赶到，那才是真正的对战，我也相信，成国公一定会胜！"

大殿里一阵安静，适才的烦躁慌乱平息几分，皇帝面色也渐渐好转。

"黎贼既然敢来侵犯，我们就要他们知道，十年前我们能打得他们退避三舍，十年后，我们依旧能。"宁炎肃容道，"这一战，就让黎贼听到我们大周就害怕，让他们再也不敢踏入我大周境一步。"他说着转身对皇帝施礼，"陛下，万胜！"

一众大臣纷纷跟着施礼高喊："万胜，万胜！"

皇帝看着众臣，挤出一丝笑："好，好，万胜！"

大殿里气氛再次热烈，几乎所有人都躬身高呼，除了永远木桩一般的陆云旗，以及被恩赐君前对坐的黄诚。对陆云旗来说，除了皇帝的话，他别的什么都听不到，不管是家国大事，还是黎民生死；而黄诚则坐着微微俯身，并没有抬手，他垂下视线，似乎睡着了。

除了一些军政要臣留下继续商议处理政务，其他朝臣都散朝离开。

陆云旗一向不参与这些事，相比那些三三两两做伴低声说话的朝臣，他一个人走在最后，显得有些孤零零。

宫外锦衣卫们等候着，见他过来，纷纷施礼道："陆大人。"

一旁似乎也在等候自家大人的男仆走过来，手里捧着一个食盒。

"黄大人还要一刻才会出来。"陆云旗看他一眼，说道。

"有件事想要托付大人。"男仆说道，"我家老爷身子不好，这是太医叮嘱要服用的补药，不知道大人能不能帮忙送进去？"

"听闻公主身子不适，这味补药也正对咳疾，所以大人特意吩咐准备了两份。"男仆接着说道，"我家大人一直惦记公主和怀王，希望他们百病无忧。"说罢，将食盒高举过头顶，不再多发一言。

陆云旗嘴角勾了勾，江百户立刻会意上前接过。那男仆道谢便躬身退开了，江百户将食盒打开，看到里面果然摆着两个盖盅，散发着清香。

"给黄大人送去吧。"陆云旗说道。

江百户递给一个锦衣卫，那锦衣卫立刻捧着向皇宫疾步而去。

"不知道黄大人想要你做什么？"江百户低声说道。

"我能做什么？"陆云旗说道，"无非是睁一只眼闭一只眼罢了。"

"成国公世子现在在做什么？"陆云旗问道。

"适才在喂马，刚才送来消息说是在给马刷毛。"江百户嗤声一笑，"他肯定知道消息了，还做出一副淡定的样子。"

"不是做出来的。"陆云旗看着前方，"人家有个好爹。"

刷子在马身上刷过，枣红马摇着尾巴甩起，朱瓒抬手打下去，马儿打了个喷嚏，似乎很享受他的服侍。

"二哥，你别急，拒马河破了，容城失守，雄州告急，并不是我们不行。"一旁的张宝塘急急说道。

朱瓒嗯了一声，围着马转过来："我不急啊。"

张宝塘也忙跟着转过来："黎贼的兵力全部压在了雄州线上，他们退避抵挡不住也正常。"

"不正常。"朱瓒手里的动作没停。

张宝塘点点头，又突然愣住，愕然地看着朱瓒。朱瓒神情依旧，轻快地刷着马毛："拒马河那边因为受过一次侵袭，父亲定然加强布防，纵然五万黎贼能攻破拒马河，也不可能这么快就拿下容城，安肃军一定是出了问题。"

张宝塘神情变幻，再次说道："你别急。"

朱瓒嗯了一声："我不急呀。"

张宝塘瞪眼看着他："你为什么不急？"

朱瓒拍了拍马背，初冬的日光下，枣红马越发显得膘肥体壮，他神情平静："第一，我相信我父亲能解决这件事；第二，我在这里急，也没有用，所以何必呢？"

张宝塘沉默一刻，扬起笑脸，坚定地说道："没错，有伯父在，肯定没问题。"

"那当然。"朱瓒说着拍了拍马臀，枣红马打着喷嚏走开了，另一匹马立刻晃悠着走过来，乖乖站到朱瓒的面前。

"要不你再去找皇帝闹一闹？"张宝塘又说道，"能尽快回去最好。"

朱瓒哼了一声："闹多了就烦了。"

"这是忠孝两全，理所应当的事啊。"张宝塘说道。

朱瓒用毛刷子拍打着马背，皱眉说道："理所应当的事多了去了，行了，你不用管了，我自有分寸。"

张宝塘点点头，朱瓒却又停下动作："不用担心，最多两天父亲就能到雄州。"

张宝塘算了一下距离，有些不安："黎贼那边已经分出三路去阻拦伯父，实在不行，放弃雄州反而更好。"

朱瓒握着毛刷子认认真真地刷着马背，沉声道："一寸江山一寸血，血怎么能白流。"

夕阳如血，雄州府城尸首遍布，喊杀声一片。

一个个穿着铠甲的黎兵叫喊着借着长梯爬上城头，伴着石头、热油、火把，与城头上的大周兵将浴血奋战，将扑上城门的黎兵击退。城头上的厮杀暂时告一段落，但呜咽的号角还在城外不断地响起。

四十多岁的李先林站在城头上，他满身血迹，接连三天的恶战让这个征战多年的汉子神情显得非常憔悴，他向前走了几步，似乎想要看清城外还有多少黎兵集结，但脚下一个跟跄，被先前战死的兵士绊了一下，放眼望去，城墙上到处都是死伤的兵士。

"民夫呢？"李先林带着几分恼怒地喊道，"还不快把城墙上的人抬下去。"

站在他身旁的五个将官神情悲痛，一个将官哑声说道："大人，已经没有民夫了。"

李先林怔了怔才想起来，昨天最凶险的时候民夫们也都上城墙加入了战斗，手无寸铁的他们几乎都已战死，而城中的青壮年今日也都握着刀枪上了城墙。

"就只有妇人可以来做民夫了。"另一个将官低声说道。

李先林沉默片刻，迈过死尸伤兵望向城外。城外的黎兵正在集结后退，他们也死伤无数，损毁的云梯需要修复，而城下的黎兵只剩下千众，且都带了伤，不足为惧。他在意的是更远处，雄州城地势平阔，一眼可以望到很远，就在城外西北两里，大营里旗帜林立，兵马肃然列阵，至少有五千人马，甚至更多。黎贼五万众，因为骑兵快速，所以分成三路，这五千众就是三路中一路派来的主力人马，这几日兵马不断地轮流出动攻击雄州城。

"援兵如果来的话，恐怕要从南边走才更容易。"李先林忽地说道。

这话让身后的将官们神情一黯，一个将官喃喃道："不会有援兵来了。"

他们已经坚守七天，如果有援兵，早就该来了，现在却只看到越来越多的黎兵集结，援兵的影子都没有。

"哨探说，黎贼兵分三路，其他地方也自顾不暇，要么是没有多余的兵力来，要么来的途中也受到了阻拦。"另一个将官低声说道。

几个将官沉默，雄州城已经没有救援的意义了，还不如坚守其后的城池，作为将官，他们也明白这个道理，也理解这样的决定。

李先林的腮帮子动了动，握紧了手里的刀，沉声说道："会有援兵来的，大家打起精神，休息一下，我估计黎贼会在夜里再次攻城。"他说着转过身，"我去跟童知府说，再换一批丁壮上城。"说罢，他大步走下城墙，分外悲壮。

而府城内亦是一片哀戚，按照先前的号令，治下的民众都躲到了城池坚固的府城，此时大街上都睡满了人，富户、豪商们也早已经将家中的米粮放开，填补民众的口粮。

"你们知道破城之后会怎样吗？"有个老汉神情呆滞地坐在地上喃喃说道，"我记得十几年前黎兵入境，我们相邻的城破了，整个县城的人都被杀了，杀了还不算，塞进井里，挂在树上，点火烧了……"

"我们的城不会破。"一个沉稳的声音从头顶上落下。

民众忙抬起头，一个瘦削的中年男人不知什么时候站了过来，纵然街面一片狼藉，他的官袍、官帽干净严整，看起来威严肃重。这是雄州知府童杰。

"知府大人。"民众忙纷纷施礼道。

"我们雄州城不会破，李监军率军拒敌，而援兵也马上就要到了。"童知府沉声道，"大家同舟共济，定能渡过难关。"

先前呆滞的老头也渐渐冷静下来，跟着民众喊道："是，凭大人吩咐。"

差役们上前，按照童知府的安排，将这些老弱妇孺分成三班，负责照顾伤兵以及从城墙上抬死尸。

大街上民众纷纷奔走忙碌，童知府的眼内闪过哀伤，他转过身，对李先林低声问道："还能扛多久？"

李先林的腮帮子再次动了动："最多今晚，黎兵又增加了。"

童知府震惊得身形都摇晃了一下，幽幽道："那援兵……"

"援兵会来的。"李先林打断他，声音有些急促。

童知府深深叹口气："李监军，我不想问援兵的事了，我只想问，为什么只有你们两千人守雄州城？其他广信军呢？"

广信军主力近五千人，辅兵也有六千七百余，如今来守卫雄州城的却只有两千众。听他问这个，李先林的脸上现出几分茫然。为什么他们守城守得这么艰难？因为本该都来的广信军却突然消失了，原本以为他们去了别的屯堡，但如果真是附近屯堡，不可能不来救援，哨探也探查回来，说广信军已经退走。他喃喃道："我不知道。"

呜咽的号角声陡然传来，这让说话的二人猛地打个哆嗦，旋即便是脚下传来的马蹄踏地聚集而来的撼动。

"黎贼攻城了。"童知府面色顿时变得惨白，"这才刚结束没多久。"

"看来他们是要在天黑之前拿下雄州城了。"李先林说道。

"怎么办？"童知府脱口问道。

李先林拔出腰刀，厉声呵斥道："能怎么办，拔刀，拉弓，一死而已。"

李先林重新上了城墙，如血的残阳还未消失，照得城墙上如同血染一般到处通红，李先林的脸亦是红艳艳，看着城下滚滚而来的黎兵，狼头旗一片铺天盖地，一眼扫去足有千人，个个如同饿虎下山，志在必得。

李先林回头看着城墙上待命的兵将，准确地说是残兵以及府城里能集结的男人们，一个个神情茫然，很多人连握刀枪的姿势都不对，这完全就是送死了……

"大家想想身后的妻子儿女。"李先林的眼里充满决绝的悲壮，回首看府城内，"能守住一刻，他们就能多活一刻，等援军到了……"

四周将官神情已经木然。

"退，退了！"一个声音忽然响起，李先林看向那人，那将官神情愕然地伸手指着城外，颤抖地说道，"黎兵，在退！"

李先林忙望过去，待攻城的黎兵忽然如潮水般退去，远处战鼓传来，如同万马奔腾，敲击在每个人的心上，同时一面旗帜出现在天边，先是一面，紧接着是两面、三面，铺天盖地，密密麻麻，而旗帜下则是密林般的长枪。

在这一片旗帜长枪林立中，一杆大旗渐渐出现。与那些鲜红的旗帜不同，这面大旗是黑色的，其上写着大大的"朱"字，黑旗红字，与天边降落的残阳融合，随着旗杆越来越高，就像将夕阳又挑了起来，整个大地变得明亮。

"成国公……"李先林喃喃道，似乎看到那旗帜下端坐着一个威武高大身影，隔得再远他也认得出，没有人认不出，那是成国公，他激动地扑过去，高喊道："成国公来了！"

第一百零八章

◇

成国公世子出逃

伴着寒风，雪粒子飘落，京城的街道上，行人变得匆匆忙忙。

这个冬天的雪下得格外早，京城里乞丐的日子变得很不好过。大约一个月前，很多北方口音的男女老少拖家带口奔了京城，长途跋涉后的他们精疲力竭，也没有手艺本事，只能混迹于街头乞讨为生。看来，北地的战事还在持续，甚至并不乐观。

朝堂上的气氛亦是凝重焦灼，皇帝愤怒地喊道："竟然连丢了三城，这就是你们说的一时败不是败吗？这都败了几次了？"

宁炎站在堂前，神情坚定："黎贼来势汹汹，避其锋芒也是正确的，更何况成国公退兵时已将百姓护送周全，黎贼占据的只是个空城，既不能补给也没人力重建，反而耗费、分散了兵力。"

黄诚在一旁笑道："依照宁大人这么说，这败得还很光荣，还要嘉奖了？"

宁炎毫不在意他的嘲讽："这不是败，这是战略，将在外君命有所不受，就是因为战场上形势瞬息万变，只有身在其中的人，才知道怎么做才是最好。"

"这都是成国公的一面之词。"又有大臣站出来，"我看是他自找借口，好大喜功，才导致节节败退。"

"没错，短短时日，丢了三城，失了一个总管，死了两个监军，还口口声声说什么策略，还有功了？"另一个大臣亦是满面愤怒，"还要各地援军皆听从他的号令，他想干什么？"

面对质问，宁炎并未有丝毫畏惧："你们怎么只看到我们的伤亡？黎贼折损的数额你们都忘了吗？"随着他的话音落下，有几个大臣也站出来，将黎军的伤亡数量报上，相比大周官兵的折损，黎兵的确更甚。

"谁知道是真的还是……"一个大臣哼了声。

另一个大臣顿时瞪眼急了，愤怒地喊道："你这什么意思？你是说成国公谎报军情？"

"这谁知道，反正整个北地如今都在他成国公手中。"

"你是说成国公一手遮天？"

"我可没说，这话是汤大人你说的。"

"……"

朝廷里顿时吵成一片，几个大臣面红耳赤，唾沫四溅，恨不得打起来，这种场面每日都在上演。

"都住口。"龙椅上的皇帝按着额头喊道,他的声音有些无力,"朕不想知道这是什么策略,朕就想知道,黎兵什么时候能退?"

大殿里一阵安静,宁炎沉声道:"陛下,征战不是一朝一夕之功。"

"那就要累及数千将士吗?"黄诚幽幽道。

宁炎转头看向他,沉声问道:"累及?黄大人这话是什么意思?将士们为国征战而亡是错吗?"

"那要看是为国而亡,还是为他成国公好大喜功而亡。"黄诚不咸不淡地说道。

"黄大人……"宁炎刚开口,门外传来一声急报。

举着急报的太监跪地颤声喊道:"启奏陛下,开德府失守,知府杜妙殉节。"

开德府,那是河北东路靠南的一个府城,二十多年前黎人就是冲进这里围住了都城,四方救不得,皇宫被困,皇帝被掳,这是大周皇室不想回忆的耻辱,也是天下人都不想记起的噩梦,没想到隔了这么多年,这一幕竟然又出现了。

大殿里死一般安静,旋即,皇帝从龙椅上站起来,颤抖地喊道:"来人……"一语未了,人抖了抖跌坐回龙椅上。

太监们吓了一跳,朝臣们也顾不得争执,纷纷向龙椅涌去:"陛下,快宣太医。"

大殿里陷入一片混乱。

"这也太巧了。"朱瓒将嘴里的牧草吐出来,用手点了点地上,地上勾勒出一个简单的舆图,摆放的石块代表城池,一根根牧草则摆出黎人行进的路线。

"只有一股精兵,在多方黎兵的掩护下,硬生生闯进这里,与其说是攻占,不如说是孤军深入地冒险。"张宝塘说道,"我们都知道黎兵善骑射,行动迅速,做到这一点也不是不可能。"

"也许不只是黎兵的掩护。"四凤忽地说道。

张宝塘愣了一下,朱瓒神情无波,平静地问道:"你查出来了?"

张宝塘不解地看向四凤,他出门消失了一段时间,说是有公干,原来这公干是朱瓒的吩咐吗?

"具体查不出来,但有些将官阳奉阴违、不战而逃是真实的。"四凤说道,"虽不能说明什么,但现在出现这样的局面就太巧了。"

朱瓒抬脚将地上的石子、牧草踢乱,冷声道:"我明白了,这黎兵并不是为了战,而是为了吓。"他说着踩着适才标记为开德府的地方,"一切行进都按照曾经破我国都的路线来,就是为了让皇帝、朝臣、百姓想起当初的事,心生畏惧。"

张宝塘听明白了,扑哧笑道:"这黎贼还会玩这个把戏了。"

"这个把戏很管用。"朱瓒说道。

四凤沉默片刻,说道:"适才皇帝下令,要成国公调兵援救开德府,同时驻守霭州。"

张宝塘顿时瞪大双眼:"伯父怎么能动,牵一发而动全身,不用伯父回来,这股黎贼在开德府也长久不了。"

四凤苦笑一下,低声说道:"因为,陛下害怕。"

朱瓒拍了拍衣衫，看向西北方向，忽然说道："我要走了。"四凤和张宝塘愣了愣，似乎没反应过来他说了什么，"你们今天来，告诉我开德府失守的消息，我现在跑去为国杀敌，理所应当，合情合理，也不会怪罪到你们身上。"

"你怎么走啊？"四凤问道。

朱瓒已经走开几步，闻言回头笑了笑："就这么走啊。"他说着抬手放在嘴里打出几声呼哨，马儿嘶鸣，同时地面震动，只见一群群马从马厩中冲出来，向着四面八方奔去，整个监马场如同滚雷袭来。

"马惊了！"朱瓒大喝一声，人向着马儿奔去，他的速度极快，很快混入混乱的马群中，再一眨眼已经跃身上马。

整个马场都被惊动了，所有人都跑出来，却没有办法阻拦如同滚滚洪水的马群，只能眼睁睁地看着马群跃出围栏，向四面八方奔去。四凤和张宝塘呆立在原地，看着视线里已经远去的人影，张大嘴巴，久久合不拢。

京城里人仰马翻，兵丁、侍卫、差役们在街道上奔驰，锦衣卫们也一队队疾驰向四面八方，百姓纷纷色变。

"还不够乱！还嫌不够乱是不是？"皇帝生气地将几案掀翻，指着一屋子的官员，"你们都是废物，都是废物。"

满屋子的官员跪地齐声称有罪。

"陛下，民众已经安抚、解释清楚了。"一个官员上前说道，"趁乱闹事煽动的已经抓了一批，因为拥堵踩踏的伤者也都有安置。"

皇帝眉角抽了抽："怎么解释的？"不待那官员回答，就接着说道，"监马场的马是跑了，但要追的不是马，而是成国公世子。"

官员迟疑一下，应声"是"。

皇帝的脸色更难看了："看到成国公世子这样跑了，民众一定很高兴吧？"

官员忍不住抬袖子擦汗，还没想好怎么说，那边皇帝已经从地上捡起一本奏章又砸下来，愤怒地呵斥道："废物！你们这群废物！一个被看管的罪犯就这样跑了，在朕的眼皮子底下就这样跑了，闹得人仰马翻，比黎人打进来还吓人，这是让全京城的百姓看朕是个废物吗？"

官员们再次叩头齐呼："陛下息怒，臣等有罪。"

皇帝怒骂一通，气喘吁吁地坐回龙椅上，横眉呵斥道："到底怎么回事？那么多人看着朱瓒，怎么就让他跑了？人都是死的吗？"

几个官员对视一眼，一个官员硬着头皮站出来："不是人的事，是他让那些马突然都跑了，人根本就拦不住。"

皇帝的眉角再次抽了抽："你们的意思是，人不听他的话，畜生听他的？"

官员们对视一眼，低着头不敢答话……

皇帝又是一通砸、骂后，喘着气又开始垂泪，哽咽道："真是内忧外患，难道是上天在惩罚朕。"

"陛下，这件事要立刻通知成国公。"一直安静无声的黄诚忽地说道。

"朕当然要通知他。"皇帝恼火地说道,"看看他养的好儿子。"

黄诚躬身施礼道:"还请陛下再次下令成国公调兵回防开德府。"

"不是刚发了诏令吗?还没走出多远呢。"皇帝没好气地说道。

"如今情势危急,多发几道诏令,也可以显示陛下对成国公的倚重。"黄诚的神情带着几分哀求,看上去可怜巴巴。

皇帝的身子微微发抖,他深吸几口气,放缓声音说道:"再发一道怎么够,再发两道,不,三道,十道。"

"陛下,此时万万不能诏令成国公回开德府。"大殿里,宁炎的声音响亮而坚持。

这句话他已经说了好几天了,但诏令还是按照皇帝的吩咐,一天一封,发向北地成国公,今日是第十道诏令待行。

皇帝听得也麻木了:"难道就看着开德府生灵涂炭?"

"陛下,各地的援军就要赶到了,没有必要让成国公那么远跋涉奔来,成国公地位重要,北地战事正紧,一旦他动,那整个北地都要动乱,入侵开德府的毕竟少数,如果北地失守,那几万黎贼就要涌入……"宁炎急声道。

皇帝干脆地打断他:"朕信任成国公,朕相信他能做好这件事。"

宁炎还要说什么,门外传来一声急报:"陛下,成国公奏请不回防。"

皇帝的眼一凝,大殿里顿时一片凝滞,但急报的声音还没完,一声接一声的成国公奏请从殿外疾奔而来,回应着一封接一封发出的诏令——九封诏令,九封拒奏。坐在龙椅上的皇帝已经面色铁青。

"陛下,臣请治成国公朱山大逆不道之罪。"黄诚站起来,再没有以前的颤颤巍巍,大声说道。

更多的大臣也随之站出来,一声声弹劾在大殿里此起彼伏,原本要反驳的宁炎的声音被淹没。

冬日的嶂青山阴寒干冷,但劳作并没有停止,清晨的山村里传来一如既往的梆子声,以及男女老幼的呼喝声。君小姐跟村民们的作息一样,每日他们去练兵,她则上山去,跟着赵汗青练箭,然后带她辨识草药。

山林里时刻响起女孩子清脆的笑闹声,杨景走过来,轻声唤道:"君小姐,城里送来的信。"

这些日子局势越来越不好,商户都关门了,德胜昌也不例外。过冬的米粮储备丰足,君小姐便让他们不要再过来,消息用信鸽传递。对于信鸽,夏勇等人竟然也很熟悉,所以君小姐干脆让他们接收传递。

君小姐停下笑闹,接过小卷轴,看完寥寥一句话,神情变得肃重起来,低声说道:"形势已经这么糟糕了啊。"她吐出一口气又抬起头,"杨大叔,麻烦你安排下,我要进趟城。"

一阵寒风吹过,地上的枯叶乱飞,在城门前盘旋,一个男人瞪眼看着紧闭的城门,惊讶地说道:"一个多月没来,这城里怎么变成这样了?"

"黎人不是还没有打到这里来吗，怎么这里也变得像空城一般？"雷中莲想起他们来种痘时的繁华热闹，跟如今比差别真是太大了。

"形势果然很糟糕。"君小姐骑在马上，看着城门上严阵以待的兵丁，"叫门吧。"

君小姐的名头很好用，城门立刻就打开了，周知府也赶了过来，他惊讶又不安地说道："我的君小姐，您怎么还没走？这都什么时候了，您怎么还在我们这里？"

君小姐安抚他，问起战事怎么样，周知府笑着打哈哈："当然没问题，有成国公在，君小姐放心就是。"

君小姐一行人来到德胜昌，掌柜的神情沉沉："有成国公在，的确是没有问题，但现在最大的问题是，成国公能不能在。"他说着拿出正要派人送去的更详尽的书信，这些信有来自京城方锦绣的，也有阳城方承宇的，看完这些信，京城发生的事，以及朝堂上的纷争，君小姐就都了然了。

"成国公不会离开的。"君小姐说道，"离开才是中了黎人的奸计，朝堂上有人被吓糊涂了，成国公可不会糊涂。告诉北地所有德胜昌，如果遇到成国公世子，竭力相助。"

德胜昌的掌柜愣了一下，但想到方少爷的吩咐，立刻躬身应"是"，因为要连夜赶回去，君小姐便不再停留。

"现在北地太乱了，很不安全，请知府派兵士护送吧。"掌柜看着院子里站着的男人们，除了雷中莲等两三人，其他的都是一身土气、神情呆呆的村民。

"不用，他们足够了。"君小姐说道。

掌柜只好躬身应"是"，又给他们准备了几袋子米粮驮在马背上，看着他们离开。

暮色降临的山路上，连鬼影子都看不到，想到沿途看到的颓败荒芜的村落，君小姐的心情很沉重。忽地一阵脚步声传入耳内，君小姐在马上陡然坐直了身子，而走在前方的杨景也伸出了手，行进的队伍顿时停下来。

"哈！竟然遇到大肥羊了！"怪叫声从路旁传来，同时树林中跳出七八个男人，手里举着刀斧，神情凶恶又兴奋。

果然乱世多匪贼，君小姐看着这些人，叹口气说道："杀了他们。"

仿佛就在一瞬间，跳出来挡路的七八个男人还没来得及吆喝，就纷纷人头落地，无一幸免，雷中莲甚至都只来得及下马，手里的刀都还没抽出，便惊愕地看着已经收刀站直身子的杨景五人。

"国难当头，这些人不去杀黎贼，只会欺负自己人。"她扫过地上的尸首，带着几分冷厉，"真是畜生败类，将他们悬挂于路上，以示警诫。"

君小姐一行人很快消失在暮色里。

第一百零九章

◇

砍柴人再出山

比庆源府更靠南的开德府，四野人迹罕至，极目远眺，村落残破，还有未燃尽的黑烟冒起，一派凄凉。

黑烟冒起的方向荡起无数烟尘，伴着一声声怪叫，十几骑铠甲披挂严整的人疾驰而来，他们的穿着打扮明显与大周将士不同，而且马背上驮着满当当的袋子以及四五个年轻女子，他们疾驰在大路上，如入无人之境，很快向前方而去。

烟尘渐渐平息，路边沟壑的枯草忽地抖了抖，一个人头冒了出来，他的脸上、身上都灰扑扑的，如同在土里滚了一圈，也正是如此，趴在草丛中如同一体，未被发觉。

夜色降临，冬日的大地寒意森森，一座颓败的村落里燃起了大火，夹杂着怪笑声。

火光映照着十几个骑兵穿行其中，一路走一路放火烧村舍，这个村落很显然已经没有人了，但即使是一座空村，他们也要把能烧的都点燃烧光。

在村外支起帐篷，铠甲卸下，马背上驮着的包袱、女人都被扯了下来，肉被架在火上烧，女人们则发出凄厉的惨叫声。

一老一少，趴在燃烧的房屋旁的沟壑下，神情迷茫又绝望，村里的人死的死逃的逃，他们本躲进了地窖才逃过一劫，爬出来却遇到这一幕。这是开德府，不是黎人的境地啊，眼前区区十几人，竟然如此猖狂。

老人眼泪直流，死死捂住怀里孩子的嘴，唯恐他发出声音来。身后忽地伸出一只手，暗夜里无声无息，老人吓得失声，那只手已经按住了他的嘴，声音一丝不漏地被堵住。

"别怕，砍柴的。"耳边低沉的声音也随之响起。

这是一个年轻男人，脸上灰扑扑的，只一双眼如星辰般璀璨，他单手举着一把弩弓，说话的同时对准了空地上的黎军，一个正搂着一个女子作乐的黎兵一声惨叫，趴在地上抽搐两下，不动了。原本欢笑的营地顿时变得混乱，十几个黎兵抓起身边的兵器，厉声叫骂着，四下乱看。

老人吓得浑身发抖，呜咽着低声说道："你快走，我引开他们……"

年轻人并未转身跑开，而是跃身向那群黎兵而去。老人喊都喊不出来，抱紧了怀里的孙子，又是怕又是心酸，流泪不止。

那年轻人手里的弩机已经换成了大刀，他动作极快地冲到那些黎兵面前，一个黎兵手里的长柄刀还没有挥起来，年轻人手里的刀已经刺入他的心口，黎兵发出吼叫，人也被带着甩向一旁，砸在另一个黎兵身上，两个黎兵都惨叫着跌倒。年轻人又一个回转，手中刀还带着适才那个黎兵的血，就准确地割断了身后举刀劈过来的黎兵的脖子，那黎兵一声未发，人已经打着旋儿向后跌去。

只见那年轻人几乎是一刀毙命，刀刀不落空，一人抵十人。嚣张凶狠的黎兵脸上浮现惧意，还没来得及跑，就命丧于刀下。

年轻人在死去的黎兵身上翻找，似乎没有找到满意的东西，骂骂咧咧道："真是穷死了。"他又对那些村民说道："你们快走吧，我没时间也没办法护送你们到安全的地方。"说罢，人已经疾步冲入夜色，如同来时一般，眨眼就不见了。

天色大亮，耳边的吼声让蹲在表山堡上打瞌睡的兵丁猛地醒过来，一个个忙打起精神。

"都什么时候了，你们还敢偷懒。"丁军头愤怒地骂道。

"大人，我们不是想偷懒，实在是熬不住。"

"对啊，大人，援兵什么时候到啊？"

表山堡军头丁大山脸色黑了黑，显然这两个问题他都不想回答，能推搪的理由这半个月都用光了，忽地他眼睛一亮，说道："看那边。"

兵丁们忙看过去，只见一阵尘烟翻腾，日光下一队人马铠甲鲜明，但却与他们明显不同。这是占据了七里台的黎兵，仗着开德府里的三千黎兵做后盾，耀武扬威，到处劫掠，从北地直杀入这里，极其凶悍，装备也极其精良。

因为形势不明，留守的各路驻军一时不知道该如何行事，只被吩咐等候援军，援军也不来，又不敢冒险出战，只能眼睁睁看着黎兵在面前耀武扬威，横行霸道，欺凌百姓。

"这群狗贼又要去哪里祸害？"几个兵丁狠狠地啐了口，骂道。

黎兵已经来到了城堡前，却没有像以往那样挑衅叫骂，而是沿路向前方而去，城头上的兵丁神情愤怒，但丁军头低声嘱咐别惹事，只能压制住，戒备又恨恨地看着这些黎兵。

但有一个兵丁忽地眼神变得通红，握紧弓箭，猛地跳起来喊道："狗贼！还我爹娘命来。"

伴着喊声，手中的箭离弦，黎兵队伍里的一人噔地叫了声，翻下马来。

丁大山出了一身冷汗，低声呵斥道："马都，你干什么？"

被唤作马都的小兵浑身发抖，似乎也没有料到自己能射中，神情似喜似悲，颤声喊道："是他杀了我爹娘。"

这是不共戴天之仇，丁大山也不好说什么，沉吟一刻，肃容说道："备战吧。"

城堡上的兵丁们立刻行动起来，将弓弩对准了城下的黎兵。黎兵尚处于混乱中，跌下马的黎兵并没有被射中要害，正着着伤口哇哇叫骂着，其他黎兵则羞恼地掉转马头将弓弩对准这边，但为首的一个黎兵将领喊了几句什么，这些黎兵带着几分不情愿地收起弓弩，对着城墙上的人骂了几句，上马走了。

这群黎兵这样离开了，虽然不知道原因，但丁大山还是松了一口气。

"看他们的方向是去开德府，估计是叫帮手了。"有兵丁低声说道。

丁大山拔出腰刀，大吼道："传令，备战。"

但一直等到第二日，也没有黎兵再杀来。丁大山派人出去打探，很快得到了消息，原来这些黎兵不是去搬救兵了，而是回了开德府，这几日并没有再出来。

"七里台的黎兵被人一晚上杀了十二个？"丁大山惊讶地喊道。

这话让整个屯堡的兵丁都围过来，神情既惊讶又敬佩："这是哪个地方的兄弟们干的？没听到调兵的动静啊。"

哨探摇头道："不是咱们的人干的，而且不是很多人，有目击者说是一个人干的。"

原本喧闹的众人瞬时安静下来。

"是什么人？"丁大山立刻好奇地问道。

"目击者说，他自称是乡下砍柴的。"哨探说道。

众人再次安静，纷纷在心中猜测这砍柴人的身份。

"这日常都砍的什么柴啊？"丁大山喃喃说道。

哨探没有听到他的喃喃，想到什么，又忙从袖子里拿出一个卷轴，说道："还有，大人，这是发布的通缉令。"

丁大山皱眉接过，没好气地说道："都什么时候了，还顾得上通缉谁。"说着展开一看，"成国公世子啊……传令下去吧。"

一片荒凉阴森中，有细碎的脚步声传来，衣衫凌乱的朱瓒穿行在山中，他的腰间别着一把斧头，低着头似乎在寻找什么，不时地翻开脚下的石头，很快就到了半山腰，转过一个山弯，他停下脚步，用力地嗅了嗅，抬起头看着空静的山林露出笑脸。

片刻之后，四面八方传来脚步声，紧接着如雨后春笋般冒出十几个男人，这些人穿着打扮普通，相貌年纪不同，相同的是，他们腰里都别着一把斧头。

朱瓒取过一个男人手里的包袱，背对众人，一番动作，再转过身就成了一个络腮胡大汉，头发也斑白遍布，除了那一双眼依旧灵动，整个人变老了二十岁。

直到这一刻，四周聚拢的男人们才齐齐后退一步，拱手俯身，齐声喊道："大哥！"

朱瓒按住腰里的斧子，沉静地说道："干活吧。"

马都已经在城堡上守了三天，熬得双眼通红也不肯去歇息。

一阵尘烟在远处扬起，是骑兵，马都顿时绷紧了身子，牙齿咬得咯咯响，城堡上的其他人也紧张起来。但很快就发现驶来的骑兵是隔壁一个屯堡的守军，十几个周兵在一个四十多岁的军头的带领下，来到了城墙下。

"王大哥，你们怎么来了？"丁大山迎出来，惊讶地问道。

"丁老弟，那个消息你听说了没？"王军头神情激动地问道。

丁大山叹口气，低声说道："毕竟北地战事这么紧张，成国公世子他急着回去也是情有可原，但另一方面，军令如山，皇命不可违，他这样越狱私逃，的确是大逆不道，抓住了之后大家好好劝劝他，他这样做不仅帮不了成国公，反而更添乱不是。"

王军头神情古怪："你说什么呢？关成国公世子什么事？"

丁大山也瞪眼问道："不是通缉成国公世子的消息吗？"

王军头"呸"了一声，说道："谁说那个。"他神情激动地拉住丁大山的胳膊，"开德府的黎兵被杀了十几个。"

丁大山"咦"了一声："王大哥，你消息也太闭塞了，我早就知道了，说是乡下人……"他的话没说完，王军头打断他："又杀了十八个！"

丁大山只觉得心都要跳出嗓子眼儿了，心想这到底是什么样的英雄好汉啊！

丁大山的家里挤满了人，这些都是被召集来的就近的几个屯堡军头，几人正在兴奋地议论着那十八个黎人的人头被悬挂在开德府城门前的事情，忽地有兵丁神情慌张地跑进来，喊道："大人，不好了。"

屋子里的军头们顿时都挺直了身子，兵丁神情有些古怪，伸手指着外边说道："是一群自称砍柴人的人来了。"

丁大山横眉呵斥道："这叫什么不好了，这些让黎狗闻风丧胆的好汉来咱们这里，是天大的好事！"

众人回过神，纷纷喊着："开门，请，看看这等让黎狗闻风丧胆的好汉，列队相迎。"

迎面走过来十几个男人，他们身形不等，年龄不等，穿着粗布麻鞋，腰里都别着一把斧头，不管年纪大小，面容都灰扑扑的，似乎蒙了一层黄土，这让他们的眉眼变得模糊，是一群扔到人堆里毫不起眼的人。

丁大山稳了稳心神上前，有机灵的兵丁忙引见："这是我们军头。"

丁大山微微让开路，其中一个男人说道："这是我们头领。"

一个身形魁梧、鬓发斑白的络腮胡男人站到丁大山的面前，用低沉的声音说道："你好，我是砍柴的，你可以称呼我老九。"

"我，我是丁大山。"

老九点点头，视线扫过丁大山身后的军头们，这些人也正好奇地看着他，此时莫名地有些慌乱。老九先开口说道："我们进去谈？"

丁大山等人回过神忙伸手做请，驱散了民众，拥着这些砍柴人向屋子里走去。落在后边的几个军头对视一眼，跟了上去。

老九看着屋里的众军头，开门见山地说道："不用了，时间紧迫，长话短说。"

"那好，不瞒老九你，我们刚才正说到你们，你们真是厉害。"丁大山说着竖起大拇指，其他军头也忙附和称赞。

老九神情淡然，摆摆手："不值一提，吓破胆子没什么值得高兴的，我们要的是他们死。"

丁大山等人咽了咽口水，有点不知道怎么接这个话。

一个叫王军头的轻咳一声，严肃地说道："是啊，黎狗真是人人得而诛之，我们正……"

"那我们就一起弄死他们吧。"老九打断他的话，拍了拍腿站起来，"明晚袭击开德府，将这些黎狗一网打尽，收复开德府。"

满屋子一片寂静，似乎连呼吸都停止了。

丁大山结结巴巴地说道："老九啊，这件事我们再商量……"

"当然要商量。"老九打断了他的话，"我就是知道你们今日都聚在这里，所以才过来大家一起商量一下。"

他竟然能探知他们的行踪，在场的军头们忍不住对视一眼。

老九再次坐下来："来，商量吧，干，还是不干？"

丁大山等人惊慌失措，看着大马金刀坐在面前的男人，如同看到了要抢亲的恶霸。

"老九啊，这事得从长计议啊。"丁大山这一次不敢再停顿，唯恐被这男人打断，"我们现在人不多，就近的五个屯堡加起来也不过一千人，再远处倒是还有三个屯堡，人数多一点，但毕竟没有上峰命令，我们也不好调动他们。"

"杀黎狗，还需要上峰命令？"老九看着他说道。

丁大山抹了把汗，叹口气："不瞒好汉你，我们接到等候援军的命令，再者每个屯堡都收留着近千的百姓，不是我们怕死，实在是不敢死、不能死。"

其他军头也都纷纷点头，诚恳地说道："我们比不上好汉你们来去自如，痛快淋漓，但对黎狗的恨是一样的。"

老九点点头："其实我们过来，成国公是知道的。"

丁大山等人一怔，屋子里的人心神再次微乱。

"是这样的，北地大军压境，"老九缓缓说道，"成国公也再次围剿我们，说北地军务要紧，容不得半点疏漏，不许我们扰乱军情战事。"

丁大山等人神情肃穆又崇敬，想要夸一句成国公英明，但念及这砍柴人身份，还是咽了下去。

"成国公英明。"老九却点点头，毫不掩饰敬佩地说道，"我们很崇敬他。"

丁大山等军头也忙跟着喊道："成国公英明！"

待他话音落了，老九才继续说道："所以我们听从他的话退开了。成国公还跟我们说北地黎兵太多了，我们杀百十来个也没什么意义，如果我们真想杀黎贼，不如拣着黎贼少的地方去杀，那样，黎贼死一个就损失一块地方。"他说着拍了拍腿，似乎在模仿成国公的神态，将手伸出来一指，"所以你们去开德府吧。"

丁大山等军头顿时恍然。

"所以，我们就是援军。"老九看着他们沉声道，"你们说上峰命令，那杀黎贼就是成国公的命令。"好像也是这个道理，丁大山等军头有些懵懂地点头。

"那大家商量好了吧？"老九说道，"干还是不干？"

丁大山忙说道："这件事非同小可，我们好好商量。"

老九点点头："好，我们来商量一下。"他说着用脚在地上一扫，勾出一个四方框，"这开德府城你们比我们熟悉，有什么办法能潜入城中吗？"

众人有些怔怔，但有人下意识地开口道："开德府城墙坚固高大，易守难攻，但也不是进不去。"

"是啊。"另一人也忙跟着说道，"当初留了几个暗道。"

"但是这暗道都被毁了。"也有人摇头道，"原本当初是有人要护送知府从这暗道离开的，知府拒绝了，并亲手毁了暗道，誓与城共存亡。"

想到那场惨烈的战事，屋子里一阵沉默，丁大山忽然攥紧了拳头："还有一个暗道。"

大家都看向他，丁大山是距离开德府最近的守兵，对于府城的军事机密也最了解，他说有那就一定有。

"有暗道又怎么样？一次只能过去一个人，而城中有兵马精壮的黎兵三千人。"一个军头摇头道。

"所以才要大家一起。"老九用脚在地上点了点，"我们进去，杀了守城，打开城门，你们再一起进来攻城。"

丁大山等人咽了口口水，老九笑着拍了拍身后的斧头："怎么攻？拿命攻！我们常跟黎贼打交道，这些人是很凶恶，单兵作战能力很强，但他们有一个弱点，大概是因为人丁稀少，特别不能承受大量伤亡。"这个还真没有听说，在场的军头们专注地看着他，老九看向他们，伸出一个巴掌，"我可以告诉你们，只要干掉黎贼五百人，就足能让他们五千人溃散。"

军头们眼睛不由得一亮，老九用脚点地勾勒出开德府城："我们会先在这里、这里放火，这里住着大部分黎兵，然后干掉西城门的守兵。"随着他的指点，军头们下意识地围过来，"你们进城迎敌，我们则趁乱杀向詹铁木所在。"

詹铁木就是开德府黎兵的首领，擒贼先擒王对黎人也是通用的，火烧，能解决一部分黎兵，引起混乱，而杀掉詹铁木则会让黎兵失去主心骨。夜色掩护下，他们比黎兵更熟悉地理环境，知道哪里能躲藏，怎么伏击厮杀。

军头们神情变得有些激动，丁大山轻咳一声："我们只有一千七百人，而且黎兵本就装备精良，又占了开德府的兵器库，我们只有破刀烂枪，连像样的铠甲都没有。"

老九用脚踩了踩地上的图，挺直了身子："明晚才开始，你们有时间考虑，城门照计划打开，来不来你们自己做主。"

众军头哭笑不得，要说什么，老九已经向外走去，走到门口又停下，转过头说道："哦，还有一件事，这是我们自己的行为，与成国公无关，免得给他惹上麻烦，坏了大局，所以希望你们隐瞒我们的身份，如果我们死了，就当没有这回事，如果我们成了……"他看着身后的军头们，"那是你们奋勇杀敌，夺回失地，为国为民尽忠。"

此话一落音，屋子里五个军头的眼里顿时噌噌蹿出了火苗……

冬夜寒风呼啸，安置在开德府城门前的燃烧的火堆，被吹得几乎要熄灭。

开德府四个城门这几日才设置了这种大火盆，明显是为了防止夜间有人接近府城，但今晚北风狂作，有些地方忽明忽暗，增加了城门上守兵勘察的难度。

一阵窸窸窣窣，漆黑夜色中似乎人头涌动，狂风在原野上席卷，怪声呜呜，掩盖了行进的脚步声。

"月黑杀人夜，风高放火天。"丁大山看着前方若隐若现的府城，低声说道，"今日太适合夜袭了，你说老九选今日，是巧合还是提前知道天象？"

一旁的王军头翻个白眼，只可惜深夜里没人看到，他低声说道："就别关心是巧合还是天象了，看他们能不能顺利打开城门吧。"他又回头看了眼，"茅老七看来是不肯来了。"

他们一同去说服另外三个屯堡的军头，两个同意了，但一个没有明确答复，说要考虑一下。

"这么短时间还考虑什么，摆明了就是不敢来。"丁大山啐了口，说道。

"不来就不来吧。"王军头看着前方，握紧了手里的兵器，"说不定我们也是白来。"

如果那些砍柴人进不去开德府，或者进去之后没能成功打开城门，那他们就没有办法了，丁大山亦是握紧了手里的兵器，低声喃喃道："等等吧。"

趴在冻硬的地面上，寒风吹过，丁大山有些恍惚，他忍不住转过头，咬牙说道："老王，你掐我……"

话音未落，就见身边的老王跳了起来，哑声喊道："着火了！"他的声音颤抖着，不知道是冻的还是激动的。

丁大山看去，前方的夜色里腾起浓浓的黑烟，伴着火光，丁大山身子绷紧，牙关相撞，发出咯咯的声音。

"城门开了。"只一眨眼的工夫，前方的哨探传来了消息。

丁大山只觉得浑身发麻，明明冷得彻骨寒，热汗又噌地冒出来，他跳起来就要喊杀，声音未出口，就听得另一边已经传来了喊杀声，同时无数火把亮起。丁大山等人看去，顿时瞪眼喊道："茅老七！竟然不声不响地跟来了，还想抢功……"他话音才落，王军头已经举着刀冲了出去："杀敌！"

一群兵士喊叫着向府城涌去，丁大山差点被撞个趔趄，骂道："一个个都谨慎斟酌，被老子逼着入洞房似的，现在见了功劳一个个跑得比兔子都快。"虽然是骂人的话，声音中却带着喜悦："小的们，报仇雪恨的机会来了！"他一声嘶吼，也向前冲去，在他身后紧跟着的是那个叫马都的小兵，他手握长枪，眼里闪着亮光，如同利箭一般直刺向府城。

冬日的深夜，火光汹汹，喊杀声搅动了半边天空。

天还黑着，冬日的早朝已经开始，殿内灯火通明，地龙烧得热腾腾的，但每个人心里还是凉冰冰的。

坐在龙椅上的皇帝精神很不好，他已经很久没有睡个安稳觉了，满朝官员正吵闹不休，围绕的话题自然还是成国公的抗令不归以及成国公世子的戴罪而逃。

吵到最后，每个人都带上了火气，有官员对着黄诚呵斥道："黄大人，你这个时候弹劾成国公，难道不是公报私仇？"

"没错，你就是对同僚使计，故意害成国公。"有人也跟着喊道。

皇帝拍了龙案，呵斥道："难道每一个御史弹劾都是挟私报复吗？荒唐！"

黄诚嘴边闪过一丝冷笑。

"当然不是每一个。"宁炎示意那两个官员退后，站出来沉声道，"但黄大人与成国公向来不和，尽人皆知，如今前方战事吃紧，黄大人却在后方阻挠，这是要将北地拱手送给黎贼吗？"

黄诚白眉一挑，拔高声音："这不是我要把北地送给黎贼，是成国公好大喜功才闹出今日北地战事。北地如今这般乱，也许正是成国公想要见到的，如此才能显示他对朝廷多重要。"

满朝的人神情瞬变，宁炎呵斥道："黄大人，你不要胡言乱语。"

"不然，为什么这么久都无法克制黎贼？为什么放任开德府不理？"黄诚亦是呵斥道，"距离京城这么近的开德府任凭黎人占据，威胁朝都，人心惶惶，他是要吓唬谁，是要挟谁？发出了十道诏令，他都拒绝了，就是拿准如今没人能动他吧？"

这简直是给成国公扣上大逆不道谋反的罪名，宁炎面色铁青："黄诚，你其心可诛。"

"谁心可诛？心不诛，将开德府收回来啊。"黄诚冷冷说道，"将黎贼赶出去啊？"

殿内一阵沉默，黄诚的脸上浮现一丝冷笑。他正要再说些什么，门外传来一声急报，龙椅上的皇帝顿时抓紧了扶手，官员们也神情各异，目光都落在冲进来的内侍高举的奏报上。

不待皇帝问话，内侍已经扑通跪下来，高声喊道："陛下，开德府大捷。"

大殿里一片安静，所有人都愣住了，皇帝也神情怔怔，似乎一时没反应过来开德府是哪里。

"陛下，开德府收复了。"内侍再次大喊，同时俯身在地，呜呜地哭起来，"恭喜陛下贺喜陛下，开德府收复了。"

大殿里顿时轰然，奏报被递到了皇帝手上。

"果真是大捷。"皇帝终于找到"开德府大捷"五个字，确认不是在做梦。

"恭喜陛下。"宁炎第一个躬身叩拜，其他人也忙跟着跪下来，黄诚也俯身在地，掩住了阴沉的神情。

几番道贺之后，众人才起身询问具体事宜，当听说是开德府附近五个屯堡的驻兵所为，朝廷里安静下来，旋即再次哗然，纷纷询问其中细节。

将官将一个木匣子呈上，高声说道："这便是黎贼詹铁木首级。"

"可见黎贼外强中干，我等将士英雄，驱逐黎贼指日可待。"宁炎再次对皇帝施礼，"恭喜陛下，贺喜陛下！"

"是啊，陛下。"黄诚也站出来说道，"这真是可喜可贺，陛下可安心了。"

宁炎斜眼看他，皇帝神情更加欣慰，笑着抬手道："赏，重重有赏。"

"陛下，有此等良将勇士，"黄诚抬头看着皇帝，神情诚恳，"就算成国公回防，我大周又何惧黎贼狂妄，何惧黎贼五万大军压境。"

宁炎面色一沉，心里咯噔一下，就知道这黄诚不安好心，开德府失守，成国公要调回，开德府收复，皇帝反而更有理由调回成国公，这可怎么办？他忙开口道："陛下……"

有一个声音也响起来："陛下，开德府大捷，正是在成国公的指挥下才取得的。"

众人再次愣住，看向说话的兵部官员。兵部官员伸手指向被放置在龙案上的奏报："奏报上写了啊，丁大山等人正是在成国公的安排指导下，制定了作战计划，一举成功。"

皇帝方才只顾确认那五个字，倒没有看奏章里别的话，他伸手拿起奏报一字一字地看去，果然出现了成国公的名字。

隆冬的旷野寒风呼啸，片刻就吹得人透心凉，但开德府城门前密密麻麻的人群却没有丝毫畏怯，反而一个个面色发红、神情激动。

丁大山等人激动地张望前方，没过一会儿，便望到前方出现旗牌仪仗，声势煊赫，这场面他们长这么大还是第一次见到，顿时都不敢说话，神情紧张。

迎面而来的是一系列高官重将，有操守，有守备，有游击将军，这些都是他这个小军头往日只可远望的人物，今日却是特意为他们而来，不只这些将官，还有一个举着明黄圣旨的文臣和内侍。

丁大山激动得身子直发抖，有人噌地从他身边越过，冲着近前的大人就迎头叩拜行礼，一面大声地说道："茅铁头参见大人。"丁大山顿时在心里大骂，忙也抢着迎接。

接下来一切按照事先安排好的进行，丁大山等一千八人得了封赏，升官赐爵，随即换上了新官袍，激动地在一众官员面前随侍，所谈所说依旧离不开那场战争。

"那这是成国公的命令，可有书信来往？"一个将官忽地问道。

丁大山摇头正要说，茅铁头抢着答道："没有书信来往，是成国公派了一个传令兵来的。"

"那传令兵传达完消息就回去了。"丁大山不甘落后，忙说道。

这将官并没有在意这二人之间的争抢，若有所思地点点头。

一个不起眼的男人忽然阴恻恻地问道："你们在这里可见过成国公世子？那位传令兵该不会是成国公世子吧？"

"没有，绝不是。"丁大山等人非常肯定。

"我们接到成国公世子的通缉令了，也都下发张贴了。"王军头说道，"绝不可能认不出来，更不可能隐瞒不报，大人明察。"

男人淡淡地笑了笑，说道："黎贼已经驱逐，这件事几位大人也要放在心上，免得乱了军务国法，动摇人心。"

丁大山等人忙起身应声"是"。

夜色降临，开德府并没有大肆犒赏欢宴，守城的依旧，哨兵们也各司其职。

丁大山等人走进了一间营房，问屋里的人："你们明日就要走？"

"怎么？还要我们帮你们守城？"老九凉凉地说道。

"只是觉得太匆忙了。"丁大山搓了搓手，面色涨红，"更何况，你们什么都没有得到……"

"我们该得到的自然有地方去得。"老九打断他的话。

丁大山只得收起这些客气，忽然看着老九问道："哦，对了，你认识成国公世子吗？"

"当然认识。"老九立刻答道，"成国公世子那般年纪轻轻就有经天纬地之才、定国安邦之智，卧龙凤雏才貌双全，仁义侠气并存，英明神武，谁能不认识呢？"

丁大山等人听得目瞪口呆……

"成国公世子在我们北地那是尽人皆知……成国公世子三岁能上马……"屋子里老九低沉的声音还在继续。

丁大山忍不住拭汗，忙打断他："老九大哥，原来你们跟成国公世子很熟啊。"

老九摇摇头，干脆地说道："不熟。"丁大山等人再次无语，听他接着说道，"虽然不熟，但成国公世子这样的人谁不知道？他年纪轻轻就有经天纬地之才、定国安……"

丁大山等人忙打断，附和着称赞了成国公世子一番，老九才满意地点点头，止住了对成国公世子的夸赞。

　　"有件事我们也不瞒你们了。"茅铁头在后面忽然说道，"成国公世子可能就在这里，他要往北地去，但现在他正被朝廷追缉，消息也散开了，黎人肯定也要抓他。"

　　"所以我们希望，如果见到成国公世子，能帮就帮一下。"丁大山也忙跟着说道。

　　"我们虽然不能明着帮，但私下绝对会给便利。"王军头也说道。

　　老九看着他们笑了笑："我们离开正是要做这个，找到成国公世子，护送他平安回北地。我们告辞了。"

　　丁大山等人忙施礼相送。老九走出营房，四周兵丁中也逐渐有人走出来，看似不经意，但慢慢都汇集到老九身后，很快隐没在夜色中。

第一百一十章

◇

接了一个新生意

隆冬时节，庆源府的街上更是冷清，不过相比前一段时间要好很多，甚至有商铺重新开门了。

黎兵还是没退，但也并没有越过成国公的防线，而且传来最新的消息说开德府也收复了，流窜的黎兵逐一被清理干净，后方还算安稳。

"有什么事说一声我们过去就行，君小姐您别总是亲自过来。"庆源府德盛昌的掌柜说着送君小姐出来。

院子里站着十几个男人，随着君小姐上马，众人也纷纷上马。

"掌柜，你回去吧，有什么事你捎信，我过来就是。"君小姐说道。

掌柜有些无奈又好笑地看着君小姐，她来这里短短时日，反而成了主人，自己倒成了客人。

君小姐一行人很快来到了城门前。城门上的周知府和彭大将忙疾步走下来，对君小姐含笑点头。君小姐下马，施礼道："大人们辛苦了。"

周知府和彭大将忙摆手："不辛苦，不辛苦，职责所在，食君之禄。"说完又觉得有些怪，这小女子倒像是上官来慰问一般，周知府收起古怪的心思，关切地说道，"君小姐行路要小心。"

"让我们护送吧。"彭大将大声说道。

"万万不可。"君小姐说话的声音轻柔却不容拒绝，"如今敌军在境，成国公军令再三，不可将兵私用。"

彭大将被她说得一怔，面色微红，君小姐含笑继续说道："况且我出门也有分寸，这些好汉足以护我安全。"

"附近皆布置有哨兵，如有危险，君小姐要立刻求救。"彭大将郑重说道。

君小姐点头应声，上马在一众人的护送下出了城门。

日正中的大路上空无一人，不远处点缀的村落也毫无人烟，在隆冬时节看上去格外萧索。

路旁的沟壑里慢慢探出一人，小心翼翼地观察四周，还没看两下就被人一巴掌拍在脑袋上，一个破锣嗓子呵斥道："有什么可怕的？我们是做贼的，不是做鬼的。"

被打的人缩头腹议，却不敢说出来，让开路看着身后站着的粗壮汉子。这汉子三十多岁，脸上一道刀疤，略显狰狞，手里握着两把斧子。随着他跳上大路，身后二三十人也呼啦啦地从沟壑中跃起，一个个都凶神恶煞。

"人人都说这庆源府内繁华依旧。"刀疤男人看着前方，眼中闪烁贪婪，"虽然看起来人烟稀少，但却没有荒败之气。"他说着搓搓手，"弟兄们，咱们可以好好过个肥冬了。"

身后的男人们纷纷呼喝怪叫。

先前领路的男人神情依旧怯怯，低声说道："刀哥，这个庆源府境内据说有伙专门杀匪贼的匪贼，其他的匪贼要么被杀死，要么就跑了。"

刀哥闻言嗤声道："什么专门杀匪贼的匪贼，无非是黑吃黑罢了。"他将手里的双斧一挥，"我才不怕，也不管他是匪贼还是良民，遇到了我，就得死。"

"走走，找肥羊，开荤开荤。"刀哥当先迈步。

众人忙热闹跟随，沿路越行越开心，甚至在一处村落里发现了锁着的大门，内里还有圈养的鸡，这说明这家的主人只是暂时出门躲避，中间还会回来探看。

"这庆源府还真是过得不错。"刀疤男人喊道，"换作别的地方，哪儿还有这个心情。"说罢，一斧头将木门劈开，男人们蜂拥而进，将院子一阵翻腾，只可惜没有翻找出钱和米粮。

在村子一路扫过，也没什么收获，最终只是往身上挂了十几只鸡。刀疤男人说道："这是个好兆头，一个空村落都能有收获，我们很快就能遇上肥羊了。"

众人皆是振奋欢喜，刚出村落，就听得一阵马蹄急响，大路上一行人马迎面而来，刀哥等人忙停下脚步，那队人马也忙勒马，似乎也被吓了一跳。他们一行十一人，多数是瘦小的男人，三四十岁，马背上鼓鼓囊囊的，似乎驮着什么，而且这群人中还有一个年轻女子。刀哥一行人顿时眼前一亮，面露惊喜地喊道："肥羊！"

"匪贼！"与此同时，对方也喊道。

刀疤男人将手里的斧头一挥，大喊道："弟兄们……"

却有女声比他先说出来："动手。"

紧接着，就见对面的人一夹马腹，马儿顿时扬蹄。刀疤男人冷笑，下意识地摸上了腰里的绊马绳，但下一刻他就发现那些人不是要跑，而是向他们冲来，同时如变戏法一般，从马背上抽出一根长枪。刀疤男人眼睛瞪圆，念头未转，长枪已经到了眼前，亏得他积年的经验，本能地抬斧子一挡，"当啷"一声，锃亮的枪头与斧子撞出火花，他觉得虎口发麻，斧子差点掉在地上，人跟跄后退，好歹逃过。

但其他人可没有他这么好运，耳边响起一声声惨叫，刀疤男人只觉得头皮发麻，这些男人骑着马冲到了他们面前，手中皆是长枪，如同叉鱼一般将他的弟兄们叉在地上，一眨眼间，二十四个兄弟被钉了七八个在地上，另外的人则被马踢倒，在地上翻滚，惨叫声连连。

"是他们！"身后传来男人的尖叫声，"就是他们！他们就是那些杀贼匪的人！"

刀疤男人心里顿时乱作一团，他大喊一声："跟他们拼了。"说罢，将手里的斧子砸向眼前的人马，看似进攻却转身向后边的村落跑去。但他才跑了三四步，一根长枪就从后穿透，他慢慢栽倒在地，一动不动。

惨叫声渐渐平息，手起枪落，待最后一个男人倒在地上抽搐几下不动了，大路恢复了安静。

"收工。"君小姐骑着马儿越过一地死尸，踩着血迹，向前驶去。

男人们将长枪镰刀重新塞回马背下遮挡，催马跟上。

君小姐一行人回到嶂青山的时候，已经暮色沉沉。

数九寒天的山村炊烟浓浓，如今家家户户都分得了灯油，虽然一开始不习惯，但柳儿在村子里走了一遍，质问不点灯是不是想贪了她家小姐给的灯油，被训了一顿后，原本舍不得点灯的村民都老老实实地点灯，还有妇人竟然开始奢侈地在灯下干活。

"辛苦。"在村口的大树下，君小姐对护送自己的十几个男人含笑施礼完便离去了。

夏勇迎面走来，问道："今天怎么样？"

一个男人顿时神采飞扬："今天可真不错，遇到二十多个匪贼。"

"是呀是呀，还以为又要白跑一趟呢。"另一个男人也高兴地说道，"这都好久没有遇到了。"

暮色里，夏勇的神情看上去有些昏昏沉沉。

一个村民伸手扯了扯眉飞色舞要接着讲述的两个男人，他们讪讪地停下说话，场面有些诡异。

"屯长，我们……"一个男人大着胆子要解释。

夏勇却抬手制止他："应该的，既然吃了人家的，就要给人家做事，回去吧。"

男人们这才松口气，高高兴兴地越过夏勇走开了。

夏勇站住脚，看了看村外，迟疑一下便走向君小姐的院子。

灯火明亮的院子里，雷中莲等人的说笑声从隔壁院子传来，那是柳儿和厨娘给他们送去了饭菜。

君小姐这边倒显得有些安静，夏勇斟酌了一下言语，就要跺跺脚轻咳一声走进去，屋子里突然传出一个女声："外边好玩吗？"

夏勇停下脚步，神情惊讶，竟然是汗青，这么多年她几乎没有下过山，此时却进了其他人的家，还主动问起外边的情况，夏勇沉默片刻，转身走开了。

屋子里的君小姐并不知道夏勇在门前踟蹰又离开，她将刚洗好的头发散开，看着坐在桌子前好奇地摆弄着笔墨纸砚的赵汗青，招呼道："给我烘头发。"

赵汗青放下手里的笔走过来，动作熟练地帮君小姐在火盆上熏头发："加些柏枝和干花味道好闻。"

君小姐看她一眼，赵汗青写得一手好字，跟师父的字完全不同，应该是云织教的，她虽然长住山林不与外人来往，又善于翻山攀树、射箭打猎，却并不顽劣粗俗，一举一动都透着良好的仪态。

云织，君小姐在默念这个名字，脑中搜索着有哪家大家世族是云……云……北地……

她猛地站起来，头皮被拽得一疼，赵汗青也哎呀一声，两人同时说道："我没注意。"

说罢，两人对视一眼，都笑了。

"是我想事情走神了。"君小姐摸了摸头发，"你去看我写的医书吧，我自己来。"

白日里君小姐带着她识别草药，晚上还要求她来看医书，这医书，就是君小姐将从师父那里学到的记录编撰成书，等将来完成，她会写上赵志宜的名字，当然还要加个别号，青山先生。

北边云氏，就是被黎人灭了的项国皇室。项国也曾经声名显赫，当然那是很久以前的事了，二十多年前黎人攻破大周国都劫掠皇帝之前，项国已经先被黎人灭国。

应该不会吧？君小姐看着认真读书的赵汗青，神情复杂。

而此时的山上，杨景和夏勇也神情复杂地在云织的门外站着。

院子里、屋子里都亮着灯，屋子里燃着炭盆，杨景和夏勇并没有进屋子的意思，坐在门内的云织也没有觉得不妥。

"她说是让人护送，其实是带着这些人到处寻找匪贼流寇。"夏勇不安地说道，"这些日子把庆源府境内的匪贼流寇都杀光了，余下的也都吓跑了。"说到这里又苦笑一下，"我看她下一次说不定要去庆源府以外的地方了。"

"她给了吃喝，雇咱们的人护送，大家跟她出去也不好不听她的话。"杨景说道。

云织笑了笑："剿匪啊，她还真是医者仁心。"说到这里停顿下来，"他那种人，怎么教出这样的徒弟？"

杨景没什么反应，夏勇欲言又止，忍不住说道："大哥，其实也是仁心。"

"既然她想做这些事，关键是她又给了丰厚的报酬，"云织避开夏勇的话题，"一手交钱一手交货，两不相欠，各取所得，挺好的。"

杨景和夏勇应声"是"。身后传来脚步声，还伴着女孩子的哼唱。这小曲杨景、夏勇并不陌生，那是他们也惯常唱的，但听到赵汗青哼唱却是第一次，三人不由得惊讶地相互对视。

"娘，杨大叔，夏叔，你们都在呢。"赵汗青走进来，笑着扬了扬手。她的手里拿着遮面布，竟然连脸都不遮了。

"晚上嘛，也不会吓到人。"赵汗青自顾自地解释道，三步并作两步地迈进屋子里。

忽然，赵汗青想到什么，从内里探头说道："对了，娘，两位叔叔，九龄姐姐再去外边的时候，我想也跟着去。"她的神情有些扭捏，说完又忙补充解释，"要去府城买些药，咱们山上没有，顺便让我去药行认识更多的药材。"

三人的神情更加惊讶，云织笑道："我花了十几年的心思，不如她短短月余，这真是让人有点挫败。"

"好消息。"戴着厚帽子、护着耳朵的庆源德胜昌掌柜高兴地喊道。

君小姐裹着厚厚的斗篷刚下马，问道："什么好消息？"

掌柜刚要说话，不由得愣了一下——除了以往那十几个男人，君小姐的身后多了一个女孩子，这女孩子裹着斗篷，连脸都裹上了，似乎很是弱不禁风，紧紧揪着君小姐的衣袖。

君小姐拉着那女孩子走进屋子里，一面解下斗篷，问道："汗青，喝茶吗？"

掌柜顿时明白了，忍不住惊讶地打量，那女孩子敏锐地看向他，似乎有些畏惧地往君小姐身后躲去。君小姐安抚地拍了拍她，掌柜立刻若无其事地吩咐小伙计上茶。

"好消息是，黎人要跟咱们和谈了。"掌柜并没有忌讳屋子里多了一个陌生的女孩子。

"果真？"

掌柜面带笑意："千真万确，从北边得来的最新消息。"他说着伸手捋须，带着几分得意，"早说过在成国公手里讨不得好，最后还不是灰溜溜地投降认输，何必呢？"

"那大家也能过个好年了。"

"是呀。"掌柜看着外边的积雪，"瑞雪兆丰年，早些安定下来，不耽误春耕。还是成国公厉害，他们一点便宜也讨不到，顶不住了才不得不和谈投降。"

"成国公厉害我们知道，跟成国公交手多次，他们会不知道？说打就打，打了又立刻说不打了，实在是有点儿戏。"

"谁知道他们是怎么想的。"

"我觉得事情没这么简单，你们关注这件事。"

掌柜应声"是"。

雪后的大地一片白茫茫。

"原来庆源府这么大啊。"赵汗青策马从前方奔回来。

"庆源府不算大。"君小姐笑道，"还有更大的地方，到时候我带你去看看。"

赵汗青眼睛顿时亮晶晶的，兴奋地问道："是你说的那些匪贼吗？"

一旁的雷中莲笑了笑说道："赵小姐，能不能遇上匪贼就要看运气了，咱们庆源府的匪贼几乎绝迹了。"

他的话音刚落，就听得前方传来一阵嘶喊，伴着惨叫声、喊杀声和马儿的嘶鸣声。

君小姐看着赵汗青一笑："你运气不错。"

一把刀飞了出来，砍在一匹马的腿上，马儿一声嘶鸣栽倒，溅起雪花一片，马上的人也滚落在地。身后人群涌动，十几个人围上来，手中长矛长刀，冲滚落在地的人砍去。锵锵的撞击声让地面再次溅起一片雪花，旁边已经有三人骑马冲来阻挡。

"老八，你们不要管我。"地上的男人焦急地喊道，"快护着夫人走。"

在他们一旁，还有一辆马车，那三人正护着马车不让这十几人靠近。地上的男人说着话已经就地躲过长矛，并顺手抓住，硬生生地夺了过来。马上的人被拽下，地上的人反手一推，长矛刺入他的心口，那人惨叫着倒地。

"你们快走，你们快走，护着夫人。"他从地上爬起来，下一刻，一声闷哼，一柄大刀砍在胳膊上，他一个趔趄。

一个女声传来："你们在干什么？"

"滚。"为首的男人没好气地将手里的长刀一挥，骂道，"没见过抢劫吗？"

此言一出，却并未出现落荒而逃的场景，那女孩子又问了一遍："抢劫？你们是劫匪吗？"

"是劫匪。"为首的男人瞪眼怒吼道，"再不滚，要你们的命！"

"杀了他们。"又一道女声响起。

随着一声命令，十个男人瞬时拿出弓弩，上前一步一字摆开，脚蹬上弦，抬弩放箭，动作整齐划一，十支箭齐发，箭尚在飞行，他们又一次脚蹬上弦，重复这个动作。弓弦几乎成为一道虚影，嗡嗡的破空声连绵不绝。随之而起的，是接连四起的惨叫声。

君小姐一行人已经收起弓弩长枪，掉转马头要走了。

"小姐，请留步。"一个温和的女声响起。

君小姐闻声看去，见那辆马车帘子掀开，一个妇人走下来。她的年纪四十多岁，脸有些方正，再加上微挑的长眉，让她整个人显得有些严肃。虽然穿着暗色布袄，但也掩不住气势威严，不似寻常百姓。这妇人好似见过，君小姐心里莫名闪过这个念头，仔细想却又想不起来。

"多谢相救。"妇人施礼道。

"不用客气，匪贼祸害，人人见了都会这样做。"君小姐说道。

四个男人神情复杂，且看她只是在马上还礼，并没有要多说的意思。

"小姐义薄云天，"妇人点点头，"我们在奔逃中丢失了钱财，没办法略尽心意相报，惭愧。"

君小姐笑了笑，再次施礼道："夫人的心意我收到了，告辞了。"说罢掉转马头。

"小姐，"妇人向前迈了几步，再次唤道，"不知道雇小姐护送我们一程，需要多少钱？"

君小姐的眉头微微一挑，眼中显出几分惊讶，这妇人还真敢想……

"这般好身手，真的很吸引人。"妇人似乎看出她的心思，"我要去一个地方，一路走来遇到几次劫杀，我受了伤，我的人也只剩下这么多了。"

四个男人神情羞愧又悲伤，为首的男人垂下头，哽咽地低声说道："是我们没用。"

妇人冲他抬手："是贼人太凶残。"她说着又看向君小姐，"与小姐有缘遇到，如同一线希望，所以开口试一试。"

君小姐看着妇人，心中觉得这妇人的行事作为可真是像极了朱瓒，一样的单刀直入，直奔主题。有意思，她的嘴角微微一弯，看着这妇人问道："你，值多少钱？"

人以钱论，这话说得极不客气，但那妇人并没有羞恼之色，她想了想说道："人的命说贵也贵说贱也贱，那我就斗胆定个价，五万两白银，如何？"

君小姐看着妇人笑了笑："比我贵。"

"哦？此话怎讲？"

"我之前有一次也需要人护送。"君小姐笑道，"他跟我要了一万两。"

"那价钱并不高，小姐，你应该值更多的钱。"

君小姐抬起袖子掩嘴笑："不是，他是给自己开价，说要请他，他值一万两。"

"那小姐你对我的这个价格还满意吗？"

"好吧，成交。"

妇人再次微微屈膝施礼道："谢谢。"

"不过，你们都受伤了，先到我家处理一下伤吧。"

"好，就有劳小姐了。"妇人干脆利索地说道。

君小姐带着这一行人进村，村民们并没有好奇地围观。跟在后面的四个男人及妇人心中虽然惊讶，但面上却无表露，一路安静地跟着君小姐来到一处院落门前。

马车停稳后，君小姐一边招呼身后的四个男人，一边又指着他们的马，说道："跟我来吧，你们的马送去马棚，有人伺候马，也调养调养。"

其中一个男人拱手施礼道："我叫梁成栋，君小姐可以直呼我全名，那就有劳您了！"

君小姐点了点头，招手叫过蹲在大青石下玩的孩童，让他们把马牵到马棚去，孩童们高高兴兴地牵着马去了。

"你们这里的马都是一起养的？"梁成栋又问道。

"我们这个村子小，人也少，活一起干，饭一起吃，有什么都是一起养、一起用。"君小姐答道。

真是奇怪的村落，梁成栋心中想着，但也没有多问。此时，柳儿带着几个男人从院内迎出来，君小姐便吩咐她搀扶妇人下车，那妇人也没有推辞，搭着柳儿的手走下来。

"饭都做好了，屋子也收拾好了。"柳儿叽叽喳喳地说道，"雷大叔他们热水也准备好了。"

"雷大叔，他们的外伤你处理下。"君小姐又吩咐道。

雷中莲应声"是"，对几个男人伸手做请。四人都看向那妇人，妇人点点头，说道："去吧，既来之则安之。"她又拍了拍柳儿的手，"有这个小丫头可以伺候我，你们去歇息吧。"

柳儿断然拒绝道："我可不伺候你，我伺候我家小姐呢。"

四个男人的眉头皱了起来，妇人不以为意，笑而不语地冲他们摆摆手，梁成栋等人没有再坚持，低头应声"是"。

夜色降临，三盏灯点亮，瞬时照亮了这间石头屋。屋里烧了火炕，暖意浓浓，炕上铺的被褥又软又暖，炕边的石台上摆着两个美人瓶，各自插着一把兰草。

妇人环视了一下屋内，伸手摸摸被褥坐了上去，忽然闻到一股浓浓的药香气，见是那个叫柳儿的小丫头正往窗台上摆着的香炉里扔了一把东西。

"火炕容易燥热，这是祛燥气的药，晚上用了，早上起来不会口干舌燥流鼻血。"刚走进屋子的君小姐先解释道。

"小姐颇懂医理啊。"妇人含笑道。

"事实上不仅仅是颇懂。"君小姐笑了笑，打开一旁的柜子拿出药箱，"其实我是一个大夫。"

"真是人不可貌相，海水不可斗量。"妇人惊讶地看着君小姐打开药箱，拿出一个瓷瓶。

"妇人是伤了脚踝了。"君小姐说着，在床边半蹲下来。

妇人并没有因为她这动作而不安，配合着将衣裙拉起："是，前几天从马车上摔下来被马蹄踩了，疼了几天就不疼了，也没当回事，这几天却严重了。"

君小姐从瓷瓶里倒了药酒，在手上搓了搓，按在妇人的脚踝上："有点痛啊。"

妇人笑了笑："痛了好，要是不痛可糟了，我这脚也就废了。"

"废了也没事啊。"一旁的柳儿自信地说道，"我家小姐能给你再做一个新的。"

虽匪夷所思，妇人仍是赞同地点点头："原来小姐的医术这么厉害啊。"

君小姐揉按了一盏茶的工夫才起身，让柳儿拿药给妇人吃，又说道："夫人的脚踝伤得很重，我能治好，不过需要静养几日。若夫人急着赶路的话，倒也可以，这个由您来决定，毕竟我是收钱办事，一切听您的安排。"

妇人笑了笑："我只需要安全到达目的地，至于怎么去以及其他事我就不操心了，既然我出钱请你，那一切就都由小姐你费心了。"

就喜欢跟这样爽快的人说话，君小姐笑着点点头："好的，那夫人先歇息吧。"

此时，门外传来雷中莲的声音，是他带着梁成栋过来了。君小姐想着主仆二人自是有话要说，便请他进来，自己带着柳儿告退了。

离开妇人所在的屋子，君小姐带着柳儿、雷中莲、厨娘来到山上云织的家中，杨景和夏勇已在等候，虽然君小姐自己决定将人带回来，哨兵也提前跟大家报告过有外人进村，但该交代的事情还是要交代一下。

"你们说话。"云织对柳儿、厨娘招手道，"东西拿这边来吧。"说着带她们和赵汗青一起进了另一间屋子。

"汗青已经跟我们说了当时的事。"夏勇主动开口道，"这位夫人要去哪里？"

"他们要去大名府。"君小姐答道。

如今黎人的大军主要集中在河北西路的河间博野以北，与成国公对峙，开德府困局已解除，又因为皇帝受惊，大周军力已经增援驻守到大名府一线，所以大名府暂时是最安稳的地方，很多人都想往那边去。

"我带着我护卫走一趟。"君小姐接着说道，"这一段路我很熟，你们放心，我最迟正月十五就能赶回来。"

杨景忽然说道："明年开春还要买些耕田的牛，听说现在外边什么都涨价了。"

夏勇顿时明白他的意思，郑重地说道："不知道君小姐缺不缺人手？我们跟着走一趟，君小姐能给多少钱？"

君小姐心中顿时一阵暖意，他们是不想让她一个人涉险，才提议要跟着。

"报酬嘛……我收五万两白银，怎么也得分给大家二万两，可别嫌少，虽然是大家出力，但我还是要拿大头的，毕竟是我谈下来的生意。"她收起笑容，又郑重说道，"我保证，我带大家去，就会带大家回来。"

君小姐的话音刚落，夏勇和杨景的神情微变，而内里的云织也惊得忽然伸手捂住了嘴巴。

"人选杨大叔、夏二叔你们定，也不要分我的人还是你们的人，谁能胜任，你们就选谁。"君小姐接着说道，"还有，虽然让他们住进来了，但我们的身份还是不要暴露。"

"这很简单。正好快要过年了，大家开始忙年吧。"夏勇说道。

"是啊，腊月了，好啊，走之前，先把家里的事都忙完。"君小姐笑道。

又到了一年最忙碌的时候，男人们聚在一起杀猪，女人们则围在院子里打年糕，村里一片热闹景象。

一处房屋的院子里，君小姐端着一块切好的刚出锅的年糕走到妇人面前，含笑道："夫人尝尝。"

妇人正坐在门口晒太阳，脚悠闲地搁在小凳子上，她伸手拿起一小块，笑着说道："我小时候看过打年糕，之后就很少见了。"

"小心烫。"君小姐在妇人一旁坐下来，看着她将年糕倒了倒手，放进嘴里，"我跟夫人相反，小时候没见过，长大了才见，夫人的家人在大名府吗？"

"没有，我的家人现在都不在一起。"

君小姐有些惊讶："你的家人也不在一起啊。"

妇人喃喃道："在不在一起也没什么，天涯若比邻，也不在朝朝暮暮。"

君小姐被妇人巧妙的比喻逗笑了："夫人贵姓？"

"免贵姓郁，单名一个兰字。"

君小姐没想到妇人答得这么爽快，正要说出自己的名字，一阵急促而尖厉的喊声传来，德胜昌的掌柜疾步进来，他满头大汗，满脸紧张。

君小姐的心一沉，顿时预感有坏事发生了……

第一百一十一章

◇

黎人议和的条件

世间竟有如此匪夷所思的事，宁炎看着站在朝堂中的两个男人，有点蒙。

这两个男人穿着打扮与众官员不同。一个男人顶着一头油腻腻的小辫子，穿着皮袍子，裸露的肌肤黝黑粗糙，一双眼睛桀骜不驯，一看就是个胡人；另一个男人虽然也穿着胡服，但发髻整齐、面容白净，是个汉人。

前一段时间送来急报，说黎人要求议和、停战，皇帝大为高兴，几次朝议后，立刻派人送出同意议和书。没过多久，黎人的使者便来到了京城，礼部递交黎人的国书后，皇帝便同意接见，并且安排在大朝会上，毕竟黎人求和意味着大周的胜利，意味着荣耀，皇帝当然不肯放过这个机会，尤其是担惊受怕了这么久。朝官们也很高兴，不仅解决了这件事，还能论功行赏，但事情似乎并未按照预料中发展。

胡人在朝会上既不施礼也不低头，一脸桀骜，叽里呱啦说了一通，看这样子、听这语气，一点也不像在哀求，待通译将这胡人的话翻译后读出来，满朝堂的人都愣住了。

"……结盟友好，互不为乱，一、要内中平等相交，开放互市……"那通译柔声细语地说道。

自成国公镇守北地严查边关以来，别说互市，连走私都没了，此举不仅让黎人大受损失，北地的豪商也受到了牵连，他们闹了几次罢市，还告到了朝廷上，当时成国公当机立断，以通敌罪名砍杀了三个大商杀鸡儆猴，从此北地再无人敢跟黎人通商往来。自此后，原本就物资匮乏的黎人，日子过得越发艰难。

"互市也不是不可以……"一个官员斟酌了一下，说道。

但他的话没说完就被宁炎打断了，他神情肃穆："互市不可以，尔等物资之缺，可以另行商议解决的办法。"

皇帝轻咳一声："让他说完。"

宁炎等人躬身应声"是"，礼部的官员示意那黎使继续。黎使听通译低语了几句，脸上桀骜的表情更甚，还带着几分讥笑，又叽里呱啦地说了几句。他话音刚落，殿内就有几人"啊"了一声，他们的声音虽然小，也引得一阵躁动。负责朝堂秩序礼仪的几个御史不满地看去，只见那几人神情惊骇，显然听懂了黎使的话。

是什么话，让他们忘乎所以，失礼发声？

通译开口道："我大黎的第二个要求便是，疆界重划，保州、雄州、霸州、清州、祁州、河间府，归还我大黎。"

疆界重划，六郡割让，这哪里是来投降议和的，这分明是来挑衅的！朝堂里一阵安静，旋即哗然。

但这还没有完，那黎使又挥舞着手大声喊了几句，通译也跟着大喊道："如果不然，我大黎将再集结五万男儿南下，不夺回故地不罢休。"

此话音落，嘈杂的朝堂又安静下来，所有人都神情愕然地看着这黎使，包括龙椅上的皇帝，这是赤裸裸的公然挑衅和威胁！

一阵安静过后，朝堂再次哗然，宁炎等人的呵斥声连接响起："大胆！荒唐！贼奴好大胆！"

屋子里，听了掌柜传来的消息，君小姐叹了口气，说道："真是贼心不死，既然如此，就直接拔兵集结来战便是，还跑去京城耀武扬威做什么？"

"是威胁恐吓吧。"掌柜也叹口气。

君小姐冷笑一声："以江山黎民为要挟，他这是吓唬人还是自己作死？如果皇祖……先帝还在，当朝就能斩了这来使，将头颅扔回黎贼所在。"

掌柜赞同地点点头："是啊，就算再来五万，怎么就笃定自己会赢，不过是战事更激烈一些、时间更久一些罢了。"

君小姐站起来："久又如何，当初成国公等人用了将近十年驱逐黎人夺回北地，大不了再来一个十年，谁又怕谁。"

明明不是什么好消息，掌柜却忍不住笑道："君小姐一个女子家都不怕，我们这些男儿当然就更不怕了。"

"成国公更不会怕。"君小姐笃定地说道，"你们且安心。"

掌柜哈哈笑道："这话本是我要跟小姐说的。"随着这一番说笑，掌柜接到消息时的紧张也散去了。

"路上还是不太平，有什么事你不要来回跑，我去你那里就可以。"君小姐再次叮嘱道，"你们毕竟是平民百姓。"

我们是平民百姓？那你们难道是官兵？掌柜怔了怔，没有说什么，躬身应声"是"，便打开门走到了院子里。

院子里，欢声笑语不断，两个妇人看到他，笑着将一个盒子捧上："新打的糕，您拿去尝尝。"

掌柜笑着接过，忍不住看了眼坐在正屋门前晒太阳的妇人，来的时候他就注意到了，这是个陌生的妇人。

察觉到他的视线，那妇人也看过来，对他微微颔首。掌柜下意识地忙低头施礼，礼毕才有些蒙，心中暗自揣测此妇人的身份，正犹豫要不要询问，就见有人急匆匆跑进来喊道：

"君小姐，"这是个瘦小的村民，手里还捏着一只竹筒，"城里的信。"

君小姐闻声走出屋子，接过信筒拆开，只看一眼便神情大变，她生气地说了一句："荒唐！"便将手里的信筒、信纸狠狠摔在地上。

院子里的说笑声顿消，所有人都看着君小姐，神情又惊讶又不安，这位小姐第一次这样生气，出什么事了？君小姐沉着脸在院子里来回踱步，院子里的人都不敢上前询问或者劝说。

"小姐，怎么了？"柳儿先跳过来，"谁惹你生气了？"

君小姐一脸愤怒地来回走动，并不接话，柳儿只能跟着干着急，院子里一片安静。

"君小姐，来，过来。"此时，郁夫人沉稳的声音在安静的院中响起，不容拒绝。

君小姐瞪大了眼睛，却没有依言过去。

郁夫人看着她，继续说道："不想看就烧掉吧。"

君小姐吐口气，俯身将竹筒和信纸捡起来，直起身对院子里的妇人们说道："婶子们，出了点事，年糕等一等再做吧。"

妇人们松口气，齐声说道："好的好的，我们先去把做好的分了。"说着便利索地将东西收拾好，离开了院子，院子里再次陷入安静。

郁夫人没有再说话，扶住她身边一个年轻男子的胳膊就要回屋子里去。

"皇帝，"君小姐忽然开口，她的声音有些沙哑，显然在竭力压制情绪，"要跟黎人议和。"

郁夫人突然停下了脚步，挺拔的身形微微一僵，掌柜焦急地问道："怎么议和？难道真的要按照黎人的条件……"

君小姐将手里的信纸狠狠撕烂，愤怒地说道："是的，那个废物……"她的眼泪喷涌而出，模糊了双眼。

掌柜沉重地摇摇头，下意识后退一步，无奈地说道："国公爷没败啊，来再多黎贼，国公爷也不会败啊，三万……五万……十万……国公爷都不会怕……怎么就……"

"他怕什么？"君小姐哽咽道，"我们都不怕，他怕什么？！"

郁夫人不知什么时候已经扶着年轻人转过身来，她的神情肃穆又沉静，反倒是身边的年轻人脸上青筋暴起，一脸震惊和愤怒。

君小姐定定地看着年轻人，问道："现在我给你一把刀去杀黎贼，你可敢？"

年轻人不到二十岁，腼腆害羞，来这里两天，还没有开口说过话，此时听到君小姐询问，立刻喊道："我当然敢！"

"是啊，我们都敢，他为什么不敢？"君小姐冷笑一声，喃喃道。

"因为每个人都有自己畏惧的。"郁夫人冲君小姐招招手，"好了，孩子，不要想不开，有时候不能以己度人。"

君小姐被郁夫人的比喻一打岔，破涕为笑，抬手揉了揉鼻子，撇撇嘴，情绪稍稍平复下来，深吸一口气，又看向掌柜，说道："等具体消息吧。"

掌柜立刻点头："我这就回去。"说罢，便转身疾步走出了院子。

君小姐看着他离开，站在院子里未动，或许是妇人们已将这边的事传开了，村子里原本的笑声已经消失，恢复了往日的安静。

"我做梦也想不到。"君小姐自言自语道，她曾觉得皇帝是个狠毒无耻、忘恩负义的人，却唯独没有想到，他竟然还是个这样色厉内荏的废物……

朝廷和黎人要议和的事已经在京城传开，起初民众也以为黎人要投降认输，城内一片欢喜，但当十万黎兵要来袭的消息又传出来时，整个京城顿时阴云密布，陷入混乱。

那时，一听到黎使的条件，宁炎等官员很愤怒，当场便将黎使赶了出去，在随后的朝会上更是请奏要斩杀了黎使送往北地前线，以示永不叙好。但不打仗总是好事情，除了愤怒的主战派，还有一众以黄诚为首的维稳派跟主战派唇枪舌剑，甚至还在朝堂上动起手来，惹得皇帝气晕了过去。

随后，黄诚代表朝廷又去跟黎使谈判，黎使稍稍让步，最终同意可以不开互市，只要三郡，而且可以对大周称藩属，上岁币。皇帝听后甚为满意，尤其是黎人肯向他俯首称臣这一点，对他来说，让一个曾经的仇敌俯首称臣，那可是成就，可以在列祖列宗面前告慰的大成就……

然而，皇帝满意，朝臣却不满意，尤其是以宁炎为首的主站派。他们认为黎人此番让步并不算什么，他们此举依旧是威胁，于是，宁炎等人顶着冒犯圣意的风险向皇帝请奏，结果可想而知：十二月十八日，编修江景因诽谤朝廷被贬昭州；十二月二十日，谏议大夫李楠颠倒是非、荧惑圣听被罢官，下诏狱问罪；十二月二十五日，参知政事宁炎被罢黜……

村落里一片安逸，屋里的君小姐一眼扫过手中的信，淡淡说道："这么说，议和无可阻挡了？"

这次没有发怒，掌柜收起小心，轻叹口气："是，大学士黄诚全权负责议和之事。"

君小姐嘲讽地笑了笑："我知道了。"

掌柜再次轻叹口气，低声说道："有最新消息我再送来。"说罢，便施礼告退而去。

君小姐坐在屋子里久久未动，自言自语道："我当初真不该……真不该就那么死了，真该杀死他，这样一个废物我都没杀死，真是失败……"

门外传来脚步声，郁夫人穿着这边村妇们送的花袄正走进来，她休养了几日，脚上的伤已经痊愈，现在行动自如。

君小姐回过神，站起来："郁夫人，我准备一下，明日或者后日我们就出发去大名府。"

郁夫人却摇了摇头："不，君小姐，我不打算去大名府了，我要换个地方。"

君小姐微微一怔，旋即了然，郁夫人应该是听到那天她和掌柜的对话了，也知道战事出了问题，大名府不再是安全的地方。

"换个地方可就要加钱了。"君小姐笑着说道。

郁夫人也笑了，她坐下来说道："当然，价钱要重新谈。"

君小姐也重新坐下来，等着她说话。

"朝廷是要议和了吧？"郁夫人忽然说道。

君小姐"嗯"了一声。

"果然如此，"郁夫人接着说道，"那我去大名府也没有什么意义了。"

"夫人还是离开河北西路吧，到了京城西路更好一点。"

"君小姐，我去大名府不是为了避难的，我是要去见个人。"

君小姐疑惑地看着她。

"朝廷要割让保州、雄州和霸州吧？"郁夫人却又换个话头。

君小姐微微皱眉，再次应声"是"。

"三郡人丁可不少啊，难道都要送给黎人了？从此就不是汉人了，这真是晴天霹雳。"

简直无颜见祖宗，君小姐在心中深深叹口气："夫人不用担心，只是议和，不一定能成，而且，我相信成国公会有办法的。"

郁夫人笑了笑："他能有什么办法，不过是死扛而已。"

"郁夫人，您想去哪里？"君小姐微微皱眉。

郁夫人却沉吟道："君小姐，你们到底是什么人？"

君小姐径直问道："郁夫人，您到底想说什么？"

郁夫人冲她抬手，不急不缓地说道："君小姐不要急，是我不知道该怎么说，所以说得有些乱。"

君小姐轻叹口气："夫人也不要急，你有什么要说，直接说吧，大家都是痛快人，我能做就应下，不能做也不会耽误夫人。"

郁夫人点点头："好，我想请君小姐带着你这里的人，随我北上护三郡百姓过河间。"

这位夫人说得这么痛快，君小姐反而有些没听懂她话里的意思。

郁夫人看着这女孩子呆呆的样子，郑重说道："我就说这件事有点混乱，黎人要和朝廷议和的消息我们早就知道了，黎人奸诈不可信，和好不可恃。"

君小姐越发惊讶地看着郁夫人。

"所以我决定前去大名府见清河伯，想要阻止这件事。"郁夫人接着说道，"君小姐，应该知道清河伯吧？"

君小姐当然知道清河伯。成国公以军功封爵，清河伯邹江也是以军功封爵，比起成国公，清河伯资历更老，纵横南域剿匪灭盗，亦是威名赫赫，人称北山南江，守护大周安稳。此番黎人越境，清河伯也被召集，以京西节度使率军守京东西路。或许是因为年纪大吧，当年父亲好像跟这位清河伯的关系没有跟成国公密切，君小姐小时候并没有见过他，不过听陆云旗说这个清河伯为人倨傲且十分贪财。

"我先前说过，成国公哪有什么办法，不过是死扛而已。"郁夫人接着说道，"对黎人不怕，战事再多变也能掌控，只是自己人最难掌控，尤其是这一次，北地将官多有调换，兵马粮草更是处处受牵制。"

竟然是这样？君小姐更加惊诧地看着郁夫人，难道她是北地将官的家眷？

"朝中有人主张议和并不意外，从几次后方驻军无命而退，有令不遵，到开德府失守，就能知道，这一切意味着，有人不想打仗了。"郁夫人又说道。

这一次君小姐不再沉默，站起来问道："你是说，有人通敌？"

郁夫人笑了笑："通敌算不上，只是有人对黎人的想法不同，所以我要去见清河伯，我要说服他，稳固后方安定。"

君小姐看着郁夫人，熟悉的感觉渐渐来袭，突然，她似乎想到了什么，一阵酥麻从脚底直冲向头顶。

郁夫人继续说道："但现在已经没有必要了，陛下已经被说服，清河伯的态度已不可扭转，割让三郡已经不可阻挡，而成国公的脾气会让局面变得有些糟糕。"她说着伸手按了按额头，眉眼里浮现几分疲倦，"别的事我也帮不上，现在唯一担心的就是那三郡数万民众，一旦议和达成，北地驻军必然要撤回，驻军易撤，百姓难行。"她抬起头，顿时倦意消散，神情肃重而坚定，"土地可以抛，子民不能抛，大周不要他们，他们只要还要这个大周，我就要护着他们，带他们一起走。所以，我想请君小姐帮我一起护送这数万百姓平安过河间。这件事，你开价多少钱？"

君小姐不可置信地看着郁夫人，喃喃地问道："你究竟是谁？"

郁夫人笑了笑："我是成国夫人，我的丈夫是成国公朱山。"

果然……真是朱瓒的母亲，怪不得觉得有些熟悉，君小姐忍不住欢喜，旋即又打了个冷战，如果当时她没走到那里，那国公夫人岂不是……

"您怎么回事？怎么会有人追杀？"君小姐急急问道。

郁夫人微微怔了一下，心想这女孩子变脸怎么比翻书还快，且她竟然对自己的身份没有半点质疑，听后反而现出一副熟人之间才有的关切，难道她们之前认识？

"还有没有别的地方受伤，我也没有仔细看。"君小姐神情不安，"您坐下我来看看。"

郁夫人忍不住笑了笑："没有，君小姐多虑了。"

君小姐这才松口气，好奇地看着郁夫人，突然想起小时候曾在母亲宫里，偷听到其他命妇形容郁夫人是土匪的女儿，那时成国公为了得到这些土匪的助力，便"以身相许"，才娶了郁夫人……想到这里，君小姐又不由得笑了起来。

郁夫人轻咳了一下："我的身份可能你不信，如果你跟我去，我会给你验证……"

但她的话没说完就被君小姐打断了："我信啊，这有什么不信的。"

郁夫人愣了一下："君小姐是个痛快人，那关于请你一起去河间府的事，我再跟你详谈……"

君小姐再次打断她，摇摇头，又点点头："不用，我跟你去。"

郁夫人再次愣了，心想这也太痛快了吧。

"你说怎么做，我就怎么做。"君小姐又笑吟吟地补充一句。

郁夫人看着她："君小姐，你，认识我？"

君小姐收起笑容："天下谁人不识国公和夫人。"

"君小姐就凭这个名字，就这样信我？"

"我信国公和夫人做的事是精忠报国，守土护民，既然您说去做，那就去做。"

这样的话郁夫人听了一辈子，已经有些麻木了，但此时听眼前这个女孩子说出来，心里莫名微荡，她也郑重说道："好，那这件事，君小姐开价多少？"

"这个，怎么也得十万两吧。"

看到君小姐和夏勇、杨景一起过来，赵汗青对着君小姐晃了晃手里的弓箭，说了一句"我在后山等你"便主动走开了。

"是说要送那位夫人去大名府吗？"云织没有停下手里的针线活儿，"算着时候也该出发了。"

夏勇和杨景认为今日君小姐来找他们也是为了这件事，夏勇说道："我们已经挑选了二十人，随时可以跟君小姐出发。"

君小姐却摇摇头："婶子，那位夫人不去大名府了，要去河间府。"

"距离差不多，虽然靠北一些，这些人手应该够用了吧。"云织说着看了一眼杨景和夏勇。

杨景点点头："够用。"

"距离也差不多。"夏勇补充道，"反而河间更快些。"

"君小姐想什么时候出发？"云织问道。

君小姐却沉默了，云织和夏勇、杨景二人对视一眼，神情微微疑惑。

"君小姐不用担心，匪贼我们不怕，就算往北边走，遇到黎兵，也没什么可怕的。"夏勇忍不住说道。

"这次去河间府，不仅是护送这位夫人……"君小姐想了想说道，"婶子，朝廷要议和了，要将保雄霸三州割让给黎人……"

"君小姐，朝廷的事我们不想知道，也无法左右。"云织打断君小姐的话，"你就直接说，要做什么吧。"

"跟那位夫人去河间府，护送三郡的百姓南下过河间。"

屋子里的三人顿时神情惊愕地看着君小姐。

"很抱歉，君小姐，这钱我们挣不了。"云织旋即回过神，立即说道。

屋子里陷入一阵沉默，夏勇、杨景的神情复杂，想说什么又不敢说。

"不，我不是这个意思，我就是来说这钱不好挣，所以请你们的人就不用去了。"

屋子里再次陷入一阵沉默。

"君小姐，你不是一个大夫吗？"云织先开口说道。

君小姐明白这是觉得自己管得太多，她叹口气："我是大夫，但我要救的不仅仅是生病的人。"停顿了一下，"不过我还是会争取很快回来的。"这是父亲的江山、子民，她救不了父亲的命，怎么能眼看着他的江山和子民陷入危乱而不管？

云织"嗯"了一声，重新拿起针线，夏勇和杨景似乎不知道该说什么。

"那我去跟汗青玩了。"君小姐便笑道。

云织又"嗯"了一声，低头飞针走线，夏勇和杨景看着君小姐转身走了出去。

第一百一十二章

◇

整装待发的人马

村子里又一阵热闹，村民都聚集在村口的大树下，看着整装待发的人马。

马是新送来的马，且是一人双马的配备，君小姐并没有动用村里的马，虽然那里面有雷中莲等护卫镖师的份额。

"为什么这次不让我们去？"有村民忍不住问道。

雷中莲轻咳了一声，解释道："这有什么为什么，说明我们比你们厉害呗。"

听了雷中莲的话，村民们又说笑了几句，气氛正轻松时，见柳儿带着金十八等人走了过来。村民的笑容散去，若有所思地看着那群人，心中不免猜测此时将他们放出是何缘由。

"雷大叔，他们来了。"柳儿喊道。

雷中莲撇撇嘴吩咐道："给他们行装，挑马。"

"他们也要去啊？他们可不厉害吧？"有村民再次忍不住问道。

村民们不免揣测，君小姐这次是不是做了一去不回的准备……

"我不去啊，我在这里等小姐呢。"此时，柳儿欢快的声音从后传来，"小姐很快就回来了。"

这一幕他们似曾经历，那个人也曾说很快就回来，但直到现在也没有回来……

身后传来脚步声，大家忙回头看，见君小姐和那妇人一起走来，她们也都换上了行装，一辆新马车跟随其后。

夏勇走过去："君小姐，都准备好了。"

"多谢夏二叔。"君小姐说着揽住蹦跳着过来的柳儿，"这丫头劳烦你们多照顾。"

夏勇忍不住鼻头一酸。

"我哪里用他们照顾。"柳儿已经不满地抗议道，"小姐你放心，你不在我会照顾好他们的，让他们吃好喝好。"

此时，德胜昌的掌柜从外疾驰而来，他顾不得这么多人在场，脱口喊道："君小姐，君小姐，不好了。"

君小姐抬手制止他："事情早就不好了，所以没有什么更不好的。"

掌柜忙应声"是"，咽下要说的话，将一封信递给君小姐。

君小姐拆开扫了一眼，神情木然，看不出悲喜，她转头将信递给郁夫人："事情不太好。"

郁夫人接过看了一眼："嗯，比我预料的还要快、还要糟。"

君小姐神情坚定："那我们就走更快些吧。"

夏勇没有跟去，也没有再目送，直接拉着掌柜走到一边，着急地问道："又出了什么事不好了？"

"你知道朝廷要议和了吧？"掌柜说道。

夏勇点点头。

"朝中反对议和的官员贬的贬，问罪的问罪，已经没有人敢反对了。黄大人和黎人初步达成了议和内容，但成国公从北地发来奏章，坚决反对议和。"掌柜深深叹口气，接着说道，"成国公的奏章上说黎贼奸诈，不可信，且如今贼奴气势低迷，锐气沮丧，北地将官百姓气势正盛，现在正是功败垂成之际，希望陛下不要被奸人误国。"

"然后呢？"夏勇问道，"成国公这么厉害，皇帝听了吗？"

"皇帝没听，皇帝让成国公退兵三郡。"掌柜又深深叹口气，"成国公拒绝了，然后，皇帝大怒下令北地撤兵……"

可想而知，现在的北地有多混乱，一退气势如洪泄，黎人必将势如破竹，如饿虎下山。

朱瓒手里拿着信，手止不住地微微颤抖，他凄然一笑，愤怒地将手里的信撕碎一扬，信纸如雪片般在苍茫的冬日飞扬飘落，他恨恨说道："这是在自掘坟墓啊……北上！"

一个男人上前一步拦住他，劝道："大哥，可是夫人在大名府啊。"

朱瓒脸色微沉，另一个男人也上前劝道："大哥，现在有了皇帝的命令，很多人都会有异心，清河伯本就跟国公不和，且最是媚上，肯定会抓住夫人的。夫人去大名府是身陷险地啊，我们如果不去……"

朱瓒沉着脸看向大名府的方向，再看向更远的北地，攥紧了双手，咬牙说道："我娘肯定也知道消息了，她最厉害了，一定有办法自保的。"

身边的男人们神情复杂又焦急。

"北地撤兵，黎人肯定会破开防线南下，那样的话来不及逃走的百姓就糟了。"朱瓒沉声道，"我们必须赶过去协助父亲，那可是事关万千百姓生死的事。赶路，日夜不休，敢有阻拦者，不论官兵匪贼……"他将腰里的斧头拿出来一挥，做个下劈的动作，"走！"

其他男人立刻齐声应和，纷纷拿出斧头翻身上马，一众人在旷野上疾驰而去。

咯吱一声，传来树枝折断的声音，低着头上山的夏勇抬头看去，就见赵汗青坐在前面的大树上，她怀里抱着什么东西，正眺望着远方，脚不经意地晃动着。

"妞妞。"夏勇喊道。

赵汗青看到他，猛地跳起来，三下两下便冲进山林里不见了。夏勇愕然，旋即又叹口气，低下头继续沿着山路疾步前行，很快来到云织这边。

云织正如同往日那般坐在日光下纺线，虽然君小姐送来的衣裳、布料都很充足，但云织还是保持每日劳作不停，她头也不抬地问道："她走了？"

夏勇点点头，欲言又止。

"你有什么想说的就说吧。"云织说道。

"公主。"夏勇忽地喊道。

"公主"这个称呼让云织停了手里的活儿，她笑了笑说道："什么公主，国都亡了几十年了。"

夏勇施礼道："那公主也是公主。"

云织看向他："你想做什么？"

夏勇踌躇一刻，鼓足勇气抬起头："请公主恕罪，夏勇想要跟君小姐一起去河间。"

"老夏，你说什么呢！"杨景从后面疾步冲来，狠狠给他一拳，"你忘了大哥的叮嘱了吗？"

夏勇踉跄后退几步，神情却越发坚定，他哑声道："我没忘，大哥让我们照顾好大嫂、妞妞和大家，可是我心里一直后悔，后悔当初没有跟着大哥去外边找官府要公道，后悔什么事都让大哥一人去做。大哥他多累啊，他也是人啊，他做不到的时候，肯定也很难过，可是我不在他身边，我什么都帮不上他。"他说着抬手捶着胸口，"这十年来我天天后悔，我想大哥要是回来了，他再要出去，我一定跟着，就像当初杀敌那样，我跟着他，是死是活都要在一起！"

杨景的眼圈发红，攥紧了手，要说什么却什么也说不出来。

"大哥走的时候，我没跟着。"夏勇伸手指着山下，哽咽道，"现在大哥教出的徒弟，也要去杀敌为民，我不想在这里等着，我要跟她一起去，能回来就一起回来，回不来也无妨，我再也不想等了。"他说着跪下来对着云织叩头，"请公主恕夏勇不能守约了。"

云织看着他："是他说要带着你们建功立业，是他说跟他出生入死就能得富贵荣华，是他说你们将被万民敬仰，什么都是他说的……就算最后什么都没有，你们也愿意跟着他出生入死，然而他扔下了你们。夏勇，你们要记得，不是你们对不起他，是他不要你们，是他对不起你们。"

"大嫂你不要说了。"杨景急得又抬手给了夏勇一拳，"你胡说八道什么呢！"

夏勇伏地叩头，没有说话。

云织站起来："你要记住，你们现在去河间府，不是为了他，而是为了君小姐，更是为了这乱世的可怜百姓。"

夏勇和杨景都愣了一下，有些怔怔地看着她。

"当然，做这些不是为了什么建功立业、万民敬仰，只不过乱世可怜人罢了。"说罢，云织将头上的簪子拔下来。这与其说是一枚簪子，不如说是一枚令符。

"夏勇，请发兵。"云织将令符递给夏勇。

夏勇颤抖着接过令符，大声喊道："末将遵令！"

呜呜的号角声忽地在山村中回荡。

原本或围炉说笑或忙碌做饭的村民们，听到后瞬时怔住，但下一刻又都反应过来。这跟以往的梆子声不同，这是成军集结、是杀敌上阵的大号，很多小孩子、年轻人一时没反应过来，他们虽被教过各种号角、梆子、旗子的含义，但真正听到这种成军大号，还是第一次。

对那些年长者来说，也很久没有听到了。正用自己的新铁脚一歪一歪拖着一捆柴的铁脚在路上呆呆站着，身子开始颤抖，他猛地将柴一把扔出去，大喊道："杀敌！杀敌！"

终于所有人都反应过来，男人们穿上鞋子，女人们泼灭炉火炭盆，孩子们扔下手里的石子玩具，所有人都向外跑去。除了号角，视线所及还有红色大旗子挥舞着，给村民们指向一个方向——山脚。村民们很快向山脚汇集，杨景肃立，看着在山脚下列队成阵的村民，虽然大多都是老弱妇孺，整个列队看上去有些弱势，但大家都稳稳地站着，神情肃穆。

号角声停下了，杨景一挥手，大喊道："开库。"

几个男人上前，分四面抱住一块巨大的山石，一声齐吼，山石转动，原本陡峭的山壁咯吱响动，土石滚落分开，露出一个洞口。

"战兵，披甲！"杨景沉声说道。

村民列队走进去，杨景已经带人点起火把，照亮了整个山洞。山洞宽大，随着一块块毡布被扯开，入目的是一副副盔甲。外边锣鼓紧密，村民列队，安静地拿起铠甲，穿好甲衣又走向另一个地方。那边是密密的兵器架，他们论序上前，拿下马刀、长矛、锁子剑，背上弓弩、盾牌，向外而去，一切井然有序。

随着披挂好的村民走出来，外边响起了此起彼伏的报数声，一声接一声，一队接一队。

村口的大树下，马匹也全部披挂，安静地列队等候着。夏勇站在大青石上，他穿着铠甲，帽子几乎遮住了脸，这让他看上去非常严肃。一阵密集的鼓点之后，锣鼓声停了下来，夏勇沉声喊道："全队报号。"

他的声刚落，接二连三的报数声便响起。夏勇的目光一一扫过他们，看向前方，沉声喊道："迎旗。"

肃立的村民转头看去，就在适才他们奔来的方向，杨景带着七八人大步而来。这些人拉着三辆车，车上的东西看起来很沉重，道路被轧出一道道深深的痕迹。除了车，杨景手里举着一把未展开的旗，到了近前，杨景站定，将手中的旗猛地举高一挥。这是一把赤红的旗，随着挥动，其上青龙、白虎、朱雀、玄武的花纹翻腾，中间露出金黄色的三个大字。

"迎旗！"村口顿时爆发出一阵又一阵的欢呼声。

看着山下烈风滚旗，呼喝声声，站在山路上的赵汗青眼睛发亮，她大喊着："娘，我去了！"

云织拉住她，仔细端详，赵汗青穿了一身红色棉甲，脸上的遮挡也换成了红色，瞧着是前所未有的精神奕奕。

赵汗青有些着急地喊道："夏二叔他们就要走了，军规迟到了是要砍头的。"

云织笑着拍拍她："去吧。"

赵汗青喜笑颜开地抱了抱云织，便转身大步向山下跑去。

"照顾好我家小姐，你可不要偷懒。"柳儿在后急急喊道。

赵汗青头也没回，如同一朵红云在山路上飞驰。

车马在路上停下来，有隐隐的争执声从前方传来。

郁夫人掀起车帘，微微皱眉，喊道："成栋，又怎么了？"

梁成栋面色微微发红："夫人，他们走的方向不对。"

"我的方向没错。"君小姐在后说道，"从这里走有条小路，能最快穿过真定府往河北西路去。"

"你走过吗？"梁成栋质疑道。

君小姐摇摇头："没有。"

没走过怎么就这么笃定？！梁成栋顿时瞪大眼，要反驳。

"好了，听君小姐的。"郁夫人先说道。

梁成栋不服，还要说什么，君小姐忽地冲他嘘声。梁成栋竖耳一听，地面有隐隐震动，这是大批人马行动的征兆。

视线里出现了一群人马，首先入目的是铠甲，果然是官兵，梁成栋想着，不知道是哪一路军？他眯眼看着，队伍中一杆大旗也闯入视线——青山军！

身边的君小姐发出一声短促的低呼，梁成栋讶异地看过去，见适才神情淡然的她已经变了脸色。

腊月的寒风中，铠甲严明的兵士纵马疾行，一杆赤红大旗在他们头顶迎风飘扬、猎猎声响，金黄的大字在日光下熠熠生辉——青山军。

君小姐的泪水顿时模糊了双眼，原来这就是师父的身家来历，青山，成军……

第一百一十三章

◇

青山军成军上路

一阵狂风卷着雪袭来，旷野上，一群拖家带口、衣衫褴褛的人顿时被吹得东倒西歪，还有两三个孩子哭着跌倒在地，他们明显是逃难的人，正强忍着饥饿和冰冷，艰难地前行着。

地面突然隐隐震动，远处传来马蹄疾响，逃难的人以为是黎兵来了，顿时惊慌地四处躲闪，但四周一片空旷，连个藏身的地方都没有，最终只能呆立在原地，等着远处的一大队人马渐渐走入他们的视线。昏昏的日光下，这些兵丁身披铠甲，挥舞着大旗，不是黎兵，是周兵。看到是周兵，逃难的人却没有松口气，仍警惕地看着这些走近的人马，这些日子，奉命南撤的周兵很多，他们不仅不理会逃难的人，有时候反而会抢劫他们……

为首的将官抬手示意，人马便停了下来，将官冲着大声呵斥道："你们是哪里人？要到哪里去？"

逃难的人群顿时一阵骚乱，人们吓得纷纷向后退。

"不要问了，他们看起来很害怕。"一个女声传来，同时一匹黑马驶出，马上的女子用布遮挡住了脸，看起来很诡异。

那女子招招手："你们来领些热粥吧。"

这群人马后方的一辆马车上跳下好几个妇人，她们都身穿铠甲，头发束扎在帽子里，也是一派官兵打扮，其中一人也大声招呼道："来，两锅热粥，你们快过来吃。"

寒风里，两口大锅被放在地上，冒着热气，香气瞬时四散，逃难的人群蜂拥上前，抢着要粥。

"排好队，一个一个来，不要抢，足够你们吃。"

一阵骚乱后，难民们排好队有序地领粥。事毕，这队人马向前行驶，其间连多余的话都没有说，似乎他们停下就是为了放下这两锅热粥。

"这些恩公是哪一路官兵啊？从未见过这样的官兵。"几个难民捧着饭碗，看向已经远去的人马，喃喃说道。

"那旗上有字。"一个老者颤巍巍地抬头，指着远处还在风中飘扬的大旗，一字一顿地念道，"青山军。"

大路上，人马继续疾驰，他们穿过旷野，离开大路，行走在几乎只容得下两匹马并行的小路上，这小路似乎看不到尽头，两边的村落早已空无一人，残破不堪。

看着在前方带路的赵汗青，梁成栋的眉头越拧越深，忍不住说道："这路对不对？这里都没路了。"

旁边的人目不斜视，似乎没听到他的话，倒是另一边的雷中莲比较好心，不忍看梁成栋被冷落的尴尬样子，开口问道："你是官兵吗？"

他们同行已经有些时候了，君小姐没有瞒着雷中莲，向他说了郁夫人的身份，不过郁夫人的护卫不一定是官兵，也可以是家丁，家丁跟官兵是完全不同的。

梁成栋看了他一眼："我是官兵。"

雷中莲"嗯"了一声："我还以为你不是呢，你跟他们不像。"他指了指前后左右几人，又收回手，看着右边的金十八，"他不算。"

或许是人在屋檐下不得不低头，金十八等人也穿上了铠甲，自行路以来，几人都很老实，与村民等人没有两样。梁成栋并不认得金十八，也懒得理会，但出于礼貌，他还是问道："怎么不像了？"

"他们听令而行，从来不问东问西，更不质疑。"雷中莲说道，"我以为官兵都是这样的。"

这雷中莲是变相在骂他啊……梁成栋顿时大怒，正要出口反驳，就听见赵汗青欢喜地喊道："前边有河！"

梁成栋顾不得愤怒，忙抬起头看向前方，此时暮色已经降临，大地一片苍茫，不远处一道弯弯曲曲的河流勾勒出一条线。

"白杨河到了。"君小姐的声音从后边的车里传来，"今晚在这里扎营，明日就能进入河间府了。"

竟然真的像她说的这么快，梁成栋顾不得惊讶，忙跟着其他人一起下马卸东西，搭帐篷。

君小姐从车上走下来，眺望四周的原野，赵汗青则和妇人们说笑着埋锅造饭。

"这价钱果然值得。"郁夫人的声音从后传来，"君小姐对这里真是驾轻就熟，没想到这么快就到了。"

君小姐回头看去，见郁夫人也下了马车，梁成栋陪着走过来，她笑着打趣道："没有金刚钻不揽瓷器活。"

"但我觉得我们本可以更快。"梁成栋忍不住插话道。

君小姐明白他指的是一路来救助那些难民耽搁了时间，她刚要开口解释，郁夫人先开口道："我们去河间为了什么，不就是为了民众？那里的民众是难民，这里的也是，同是难民，遇到了自然不能无视。"

梁成栋顿时羞愧得面色微红，忙应声"是"后退开了。

"他就是个大老粗，给他说个目的就只会奔着去，脑子不会转弯。"郁夫人看着君小姐说道。

"但夫人你一点他就通了呀，夫人真厉害。"

郁夫人又被她的花言巧语逗笑了，一会儿后，她看着眼前的荒野，神情微沉："议和尚未完成，黎兵尚未入境，这一路走来已经是满目疮痍。"她俯身从地上挖了一块泥土，

"好土啊，只可惜明年的春耕是完了。"

"所以战则生，不战则死。"君小姐也沉声道，"说成国公好大喜功还贪战，他们却不知道，正是为了不战，成国公才这样战而不退。"

"君小姐果然是个好大夫，且是个上医。"

"我们这是互相吹捧吗？"

郁夫人忽然想到什么，从袖子里拿出一个红包递给君小姐。

"这是？"君小姐好奇地问道。

"今天是初一了。"郁夫人说道，"给你的压岁钱。"

君小姐伸手接过，带着几分感慨："我都这么大了……"

她有好几年没有收过压岁钱了，先是父亲、母亲去世，后她又成亲成了大人，就更没有压岁钱可收了。

"在长辈面前，永远都是孩子。"郁夫人笑着又捏出一张，"这个是给我儿子准备的，他可是一把年纪了。"

君小姐没忍住笑了，又有些好奇，不知道朱瓒有没有跟郁夫人提过自己？

"姐姐，"赵汗青的声音传来，"可以吃饭了。"

君小姐咽下要说的话，对郁夫人伸手做请。郁夫人也不客气，将手自然搭在她的胳膊上，踩着乱泥向已经点燃了篝火的营地走去。几根竹子扔进了篝火里，旷野里响起爆竹声，在孤寂的夜空里传开，添了几分新年的气息。

而在同一片夜空下，有人也将一根竹子扔进了篝火里，清脆的爆竹声接连响起。

"我娘该给我压岁钱了，不知道今年涨没涨。"朱瓒看着篝火，烦躁地伸手挠了挠鼻头。有人急匆匆走来，听到这句话脚步一顿，篝火照耀下神情复杂。

"有话就说，我又不是娇滴滴的小娘子，有什么消息受不住的。"朱瓒头也没回地说道。

"大名府没有夫人的消息。"朱瓒挠着鼻头的手一僵，听那人接着说道，"在通往大名府的各个州府也没有发现夫人的行踪。"

朱瓒一下一下挠着鼻头："娘这一趟出来当说客，肯定有人会阻拦，她行踪保密也是正常。再说已经议和了，娘也知道清河伯肯定不会再跟父亲合作，没有去的必要了，说不定已经回去了。"

身后的男人没有说话，只听得篝火噼里啪啦的燃烧声。

"还有什么不好的消息，一起说了吧。"朱瓒没好气地转头说道。

篝火照得男人脸色忽明忽暗，他沉声道："有五千黎兵从狼城寨进了霸州。"

到底还是破了成国公的防线，朱瓒立刻跳起来，沉声道："继续赶路。"

四周的夜色里随之接连跳起人影，马儿嘶鸣，伴着一阵喧嚣，在夜色里疾驰。

霸州府的消息传来，河间府这边已经乱了。

早在几个月前就不断有三州的难民涌来，这几日更是汹涌，但官府突然下达不许难民进城的命令，这使得位于府界，尤其是临近霸州的几个镇堡外一片哀号。

"大人，那是我们的百姓啊。"长丰城内的官衙里，几个将官红着眼咆哮着，似乎看不到面前武将文官的官袍，忘记了级别，"难道就眼睁睁看着他们被黎贼屠杀吗？"

长丰军操守李国瑞神情也不怎么好，面色铁青地呵斥道："难道我想吗？五千黎兵已经到了霸州，下一刻就能冲进河间来，为了那些难民，就不顾河间这些民众了吗？"

这边的知县孙三杰也叹口气："我们是河间的壁垒，一旦被破，整个河间就完了。"他说着又凄然一笑，"至于霸州，也许不会屠杀，那些民众以后就是黎人的子民了。"

霸州即将被割让给黎人，这个消息已经尽人皆知，这话让大厅里的气氛更加凝滞，有一个将官忍不住喊道："好好的汉儿怎么就突然成黎人了？我不能看着这些民众在城堡外哭喊，我不能告诉他们我们不要他们了、他们是黎人了，这话我说不出口。"

李国瑞呵斥道："我们没有援兵了，附近的兵都退了，你要怎么救他们？成国公都守不住了，我们这些人怎么守得住？"

那将官攥紧了拳头，想再说什么，终究没有开口。

门外有兵丁小心翼翼地探头，不安地说道："大人，外边来了一群人，他们说是援兵。"

厅内诸人愣了一下，李国瑞皱眉问道："这时候哪来的援兵？哪一路军？"

兵丁的神情更加忐忑，他伸手指着外边，说道："不知道是哪一路军，只说是青山军。"

来到城门外，看着眼前站立的援兵，李国瑞和孙三杰有些失望——他们虽装备齐全，但却兵丁稀少，且这些兵丁中老人和小孩还不少，甚至还有女人，感觉这群人像是路上拉人拼凑而成的队伍，如果不是这肥硕的马、精良的铠甲，说他们是逃难的民众也有人信。

"你们是什么人？"李国瑞皱眉问道，"来这里干什么？"

"当然是增援了。"赵汗青伸手指着前方的城门，"快点打开城门，让难民们进来。"

李国瑞不耐烦地说道："叫你们主事的人出来说话。"

队列分开，人未现身，声音先传了出来："李大人，我们的确是来增援的。"

是轻柔的女声，李国瑞和孙三杰皱着眉头，看着从队伍中走出来的女子，她身穿棉袍、裹着大红斗篷，脸上粉粉嫩嫩，一看就施了淡妆，一副小姐出游的模样。

"让你们主事的出来说话。"孙三杰有些没好气地说道。

"我就是。"走出来的君小姐说道。

李国瑞、孙三杰愣了一下。

"我就是青山军主事的。"君小姐接着说道，"我们是来助你们守城的，请打开城门让难民们进来，这是成国公的印信，请过目。"

君小姐说着递过去一张信封，李国瑞、孙三杰一怔，李国瑞下意识地伸手接过打开一看，果然有成国公的大印，他低声询问孙三杰："真的假的？"

孙三杰是文官，辨别笔记、印章很在行，更何况他常和成国公打交道，一眼便能分出真假。他看了一下，神情复杂地说道："是真的。"

李国瑞顿时激动起来，孙三杰也有些小小的感动，二人当下再无多言，郑重地齐声说道："末将遵命。"

长丰虽然是个小县城，但地理位置很重要，自古便是兵家必争之地，因此，这里不仅有重兵把守，城池也建得格外坚固，各地难民的第一选择便是涌向这里。

此时日正中，站在城墙上可以看到城门外一片乌泱泱的民众，虽然被拒之门外，但很多人都舍不得离去，旷野上还搭起了很多窝棚，俨然成了一个聚居地，但天寒地冻，再加上饥寒交迫，聚居地的人们早已被磨得没了人性，为争夺食物而爆发争斗的情况经常发生。

伴随着一声尖叫，一个女童手里拿着的黑乎乎的馒头被人夺去，人也被一个面黄肌瘦却又形容凶恶的男人拎了起来。

"饶命啊……饶命啊……"一个老妇扑过来抱住这男人的腿不停地求饶。

"上次欠我的馒头还没还，你们想赖账？"男人狠狠呵斥道，"不还馒头就拿人来还。"说罢，一脚将老妇踢开。

四周的人有的愤怒，有的则麻木，没一个人站出来制止，这种事见得多了也管不过来，自己能不能活下去还不一定呢，哪顾得上去管别人。

老妇被踹得爬不起来，抬头看着天哭喊道："老天爷啊，你还有没有眼啊……"话音未落，就听到扑通一声，抓着女童的男人直直向地上栽去，手里的女童也随之跌落。男人的脖子上插着一支羽箭，老妇顿时尖叫起来。

忽然一个难民喊道："城门开了！"众人这才看到紧闭半个月的城门竟然打开了，所有人都爬起来向城门涌去。站在不远处的那队官兵一字排开，手中弓箭长矛对准了这些难民。

"难民可以进城，乱民不可以进城。"那队官兵中走出一个男人，高声喊道，"凡是有抢劫强奸盗窃者，一概不许进城，老弱妇幼先行，凡有乱民者，人人可以指出。"

旷野中有不少人变了脸色，但神情还是将信将疑，慢慢地，有老弱妇幼上前，在那些官兵的注视下向城门内走去。

"进城后向城隍庙去，那边设有粥厂。"官兵又喊道。

难民们安静而有序地排队进城，忽然人群里响起一声尖叫，一个妇人扑上前抓住一个干瘦的男人喊道："他杀了我女儿！他杀了我女儿！"

那男人眼神闪烁，忙甩开妇人："我没有，你胡说。"

赵汗青听后立刻将弓弩对准了他，问道："有没有证人？"

人群中安静片刻，忽地一个瘦小的孩童站出来，指着那个男人，结结巴巴地说道："我……我看到了。"旋即，更多的人跟着站出来指认那男人的恶行。

那男人吓得立刻举着手大喊："是她跟我要吃的。"同时，他喊着甩开妇人便向城门跑去，但跑了没两步，赵汗青的箭便穿透了他的身体……

先前的老妇人颤巍巍地牵着孙女起身，喃喃问道："这是什么兵？我要记着恩人哪。"

"那旗子上写的是……"一个穿着破襦袍的老者听到了，眯眼看着官兵身后的大旗念道，"青山军！"

站在城墙上观看了全程的李国瑞揉了揉鼻头，心想这群人看着不起眼，做起事来可真是够狠，但他还是忍不住问身边的君小姐："杀黎贼也就算了，为何要杀自己人呢？"

"这怎么能叫自己人？"君小姐冷冷说道，"这些人品行败坏，既然敢趁乱欺辱弱小同胞，将来若与黎人对战，也必然能倒戈反水，坏我城防，这种隐患决不能留，有时候仁慈就是残忍。"

李国瑞苦笑一下，看着城门缓缓关闭，他大喊道："加强城防！有难民来了，核查了身份就让他们进来。"

适才吃了援军带来的酒肉，兵丁们此时听到将官的命令，只觉得浑身充满了力气，精神振奋，他们齐声应"是"，洪亮的声音响彻城门内外。

而不只是长丰，河间边界都传达了此命令，除了坚壁清野，对北边来的难民不能拒之门外、置之不理。

这边发生的事很快就传到了河间府，比起长丰，河间城池十几里，城墙更加坚固，镇府内有通判，有河间守备，有从前方撤回来的将近一万的兵马守卫着这河北西路的中心重镇，纵然黎兵来犯，依着城池也足能平安无事。

但此时，官府内的文官武将却并不轻松，个个都眉头紧皱，神情沉重，为首的通判田大人满面愁容："这样搞，河间会不会乱啊？"

"我不觉得接收逃民会乱。"一个将官涨红着脸说道，"我们真不想退……"话说到这里，又硬生生咽下了接下来想说的话。

"这青山军是什么来头？成国公帐下可有这路军？"通判问道。

在场的将官们都摇头。

"莫不是私兵？"通判又问道。

将官们纷纷摇头，异口同声道："不会，成国公连家丁都不养，更别提私兵了。"

"那就奇怪了，该不会是假的吧？"通判揣测道，"毕竟印信是死物。"

"也没什么奇怪的，成国公仁心爱民，肯定要护着百姓，不会任凭百姓被黎贼践踏不管。"一个将官沉声道。

割地舍民的确是很丢人的事，通判叹口气："那就听从他们的命令吧，护着百姓，总不算是违抗圣意。"

这也就是默认那青山军的行径了，将官们都点头赞同。

"大人！"门外有令兵冲进来，手里捧着一封文书，"长丰那边的守军进霸州境内了。"

在场的文武官员都大吃一惊。

"干什么？"通判更是脱口喊道，"谁下的命令让他们跨境？他们要干什么？这印信一定是假冒的。"通判愤怒地一拍桌子，"这青山军莫不是黎人奸细！"

官厅里一阵骚动，人人色变。

第一百一十四章

◇

这支军队很勇猛

正月，苍茫的大地上一片凄凉，灰蒙蒙的天空中忽地蹿起一道亮光。

伏在沟壑枯草里的哨兵立刻跳起来疾步向后奔去，旷野里肃立着一群官兵，足有千人，哨兵大声说道："前方有黎贼！"

这话让肃立的官兵一阵骚动，但队列中有一片人动也未动，束马肃立，李国瑞觉得有些没面子，低声训斥道："都镇定点，又不是没打过黎兵，怕什么！"

骚动的兵丁们很快安静下来，李国瑞深吸一口气刚要说备战，那边君小姐已经先开口问道："多少人？"

狼烟、梆子可以传递来众多少，不过刚才没看到狼烟更没有梆子敲响，李国瑞再次看向空中，灰蒙蒙的，一片空无，不免在心中揣测他们是怎么传达消息的。

"一千五百人左右。"那哨兵说道。

此话出口，李国瑞的神情顿时大变，而刚安静下来的队列也再次骚乱，他们只有不到九百人，对战这么多的黎兵，又没有城堡可依托，这根本是以卵击石啊。李国瑞立刻喊道："快走快走。"

"不准走。"君小姐亦是喊道，"备战。"

君小姐的声音刚落，两个男人立刻站出来，挥动手中的旗帜，大喊道："布阵！"

决定率兵来霸州境内之后，这位君小姐就让青山军的人简单训练了一下长丰军的三千兵丁，主要将布阵的口号、旗语教给他们，以便能听懂君小姐的口令。虽然有些腹议，但因为有成国公的印信，李国瑞也没有说什么，胡思乱想间阵型已经布好，原本在队末的辎重车被推到了最前方。

说起这辎重车，李国瑞心里也有抱怨。深入险境当然要灵活简便才好，这些青山军非要带着三辆车来，车上装的是锅碗瓢盆，随时能埋锅造饭，他们这些人一路就是靠此车做饭充饥，同时，一路走来遇到的难民也因为一碗热粥得以续命向前。

看来今天是要战死在这里了，李国瑞的神情有些木然，害怕倒不害怕，这样死了反而也心安理得。

一阵烟尘滚滚，马蹄声、怪叫声夹杂着民众的哭喊声自远处传来，声音越来越近，隔着沟壑也能看清荒野上一群百姓在狂奔，而他们身后则跟着密密麻麻的黎兵队伍。

十几个黎兵从行进中的队伍中奔出来，举着马鞭，怪笑着抽打着这些疯狂奔跑的民众，他们多是老弱妇幼，身上、脸上都被抽打得血迹斑斑。忽地有个妇人摔倒在地上，一个黎兵纵马大笑着就要向那妇人的头上踩去，眼瞅着要发生悲剧，却听得嗖的一声，那纵马跃起的黎兵怪叫一声从马背上跌了下去，落下的马蹄正好踩在他的头上，马蹄踏破头颅，溅起一片血迹。

前方静立着一个方阵。方阵的最前方，一个看不清面容的兵丁独立在前，举着弓弩对准黎兵。看铠甲便知是周兵，黎兵踌躇着，一时不敢轻易上前。

而民众如同看到了曙光，哭喊着向周兵的方向冲去，同时，周兵列队中响起整齐的呼喝声："分左右，向后去。"威严的声音让神志慌乱的百姓下意识地依言分左右奔向这群周兵的后方。

黎兵并没有追来，十几个先头黎兵纵马绕了几个圈，对这边的周兵发出几声怒骂，便奔回队列中，开始列队且向前缓慢前进。

李国瑞发出急促的喘气声，他不自觉地握紧了手里的长刀。这是他第一次和这么多黎兵野外对战，说不害怕是骗人的。

黎兵队伍越来越近，且已经举起了弓弩，但这边丝毫没有动静，李国瑞再也忍不住举起弓弩就要大喊，一个高亢的男声却先一步响起："放！"

辎重车上猛地有一块木板陡然翻转，其上几颗黑乎乎的石头向前飞了出去，紧接着地面一阵颤抖，一阵火光浓烟腾起，那些逼近的黎兵则惨叫着滚倒在地。

"放！"妇人们在辎重车后用力地压下木板，又有几颗黑乎乎的石头飞了出去，轰轰几声，黎兵又瞬时倒下一片。刺鼻的浓烟，腾起的火光，夹杂着血肉四溅，原本肃正的黎兵队列已经陷入一片混乱，地上躺着几十具尸首，更有几十人翻滚着惨叫。

伴着呼啸声，三个石头再次以完美的线路落在敌方军阵中，轰轰三声，又一片黎兵倒下，三次过后，原本凶猛的黎兵阵营溃不成军。

李国瑞等人已经看呆，耳边嗡嗡声响不断，脑子里也一片混乱。但这还没完，只见旗帜唰唰挥舞，妇人们将辎重车翻转过来，眼花缭乱的一番动作后，辎重车变了个样子，十个妇人一起转动车上的绞盘，随着转动，原本放在车底的一杆杆长枪斜斜升起，紧接着长枪在一声命令下，接二连三地飞向了黎兵的阵营……

那边战况激烈，这边长丰城内的气氛亦是紧张，眼瞅着天色渐晚，外出的人已经走了好几天仍未归来，孙三杰等将官又急又恼，他们愤怒地喊道："一千人，竟然敢深入霸州境，你们知不知道霸州如今有多少黎兵？"

孙三杰伸出一只手掌："将近五千。"

"你还有脸说。"通判大人再也顾不得礼仪，兜头啐道。

孙三杰忙冤枉地喊道："我原本说带两千人去的，但那君小姐说一千人就够了，两千人太多拖累行动，而且说守城人还是多一点，万一黎兵袭来，也能靠着人数获胜。"

通判大人再次"呸"了一声："谁问你这个！我是说你们是不是疯了，一千人就敢往黎人所在的地方跑。"

孙三杰神情肃重："大人，成国公之命，险而不惧，视死如归。"

通判大人一阵语塞："你们有没有想过，如果这不是成国公之命呢？"

孙三杰愣了一下。

"这个什么青山军你们听过吗？"通判大人再次呵斥道，"从来没有听过这么一路军，也没听过成国公帐下有这些人，万一这些人是黎人奸细呢？这一去就不回来了，我们的一千人就入了狼口了。"

孙三杰摇摇头，迟疑地说道："应该不会吧，那青山军还留着人在这里呢，好像是那君小姐的……娘。"

"在哪里？"通判大人没好气地问道。

孙三杰忙伸手指着一个方向说道："在城隍庙那边给灾民施粥。"

自从打开城门开始接收难民后，长丰城内已经聚集了将近四五百人，每日都有往河间府更南的地方走了的，但同时又有新的难民逃来。

十几口大锅摆在城隍庙前，正是吃饭的时候，难民们排着队依次上前，虽然人众多但安静且有序。

通判大人指了指大锅前施粥的人，问道："这些好像是难民？"

孙三杰忙点头道："是啊，君小姐说官兵城防，这些小事让百姓自理就可以了，从熬粥、施粥到收拾碗筷，都是难民自己做的。"他笑着又伸手指向一个方向，"有青山军在这里，大家都很听话。"

通判大人等将官皱眉随着所指看去，见城隍庙前一杆大旗呼啦啦地迎风飘扬，其上写着"青山军"三个大黎字。

"有这个旗在，大家都很守秩序。"孙三杰解释道，"青山军很讲究秩序，而且说话算话，所以民众都听他们的。"

通判大人的眉头拧得更紧，沉声问道："那个君小姐的娘呢？"

"那夫人在庙里歇息呢。"

通判大人带着人大步向庙里走去，庙内的人看到来人都穿着官袍，忙不安地起身，独有一个妇人仍坐在佛像前安静地吃粥，她穿着花袄，为了保暖裹了头巾，看上去就是一个寻常村妇。

孙三杰抢着上前，压低声音对那妇人说道："夫人，这是河间府的通判田大人，是特意为青山军来的。"

他的话音刚落，就见眼前的妇人放下勺子，用帕子蘸了蘸嘴角转过头来："田尧吗？你过来了。"

这妇人竟敢直呼通判大人的名讳！孙三杰吓了一跳，还没反应过来就听得一声低呼，他看过去，见适才还气势汹汹的通判大人神情惊骇地跪在地上，声音颤抖地参拜道："成国夫人！您怎么来了？！"

孙三杰顿时惊骇得双腿颤抖，不可置信地看着妇人，她竟然是成国公朱山的夫人？朝廷一品诰命夫人？

郁夫人点点头："我来这里看看。"

果然是成国夫人，孙三杰有些恍惚，但城隍庙里已经响起了一片扑通跪地的声音，同时伴随着民众激动的喊声："成国夫人。"

见到成国夫人，田尧等将官再不质疑青山军的身份，却更添忧愁，毕竟他们去了危险之地。

田通判担忧地说道："区区千人不到的兵马去往霸州境内，实在是太危险了，这都去了几日了，还没回来……"

城隍庙里一阵安静，几个将官面色涨红，想要说什么却又不敢说，只有郁夫人神情平静："不用担心，他们会回来的。"

此时，外边一阵喧哗，有兵丁急忙跑来喊道："李大人回来了！"田尧神情惊讶，一旁的郁夫人脸上却浮现一丝笑意。

"来了很多人。"兵丁伸手指着城外，激动地继续说道，"接回来两千难民！"

田尧等将官也顾不得身份，来到城墙上，望着城外乌泱泱的难民，忍不住再次问道："你们去了多少人？"

"九百多。"孙三杰再次说道。

田尧等将官忍不住咂咂嘴。那行进的队伍整齐地分前后护着百姓慢行，只有一匹人马没有在队列中，她或绕着官兵跑动，或疾驰向前如风，或勒马停下，如同一个不服管教的小马一般肆意而为，随着跑动，她的头巾滑落，露出一头乌黑的长发。

城墙上，田尧等将官瞪大双眼，不可置信地问道："这就是那位君小姐吗？"

孙三杰摇摇头："这个不是，那君小姐并不会舞刀弄枪，君小姐是个小娘子。"

田尧又指着队伍："青山军？"

孙三杰点点头，伸手指着城下，此时赵汗青已经先一步纵马到了门前，她的马上绑着一杆旗，鲜红的大旗呼啦啦地随风飘动，其上"青山军"三字很是显眼，她高声喊道："开门。"

城门徐徐打开，赵汗青一马当先，冲了进去，大声喊道："夫人，粥厂那边准备好了吗？来的人可不少。"

前来迎接的郁夫人含笑点点头："都准备好了。"

田尧迫不及待地问李国瑞："这些都是霸州的民众？"

李国瑞看起来精神不好，人有些恍惚，喃喃地答道："是。"

更多的将官忍不住纷纷询问："竟然这么多，你们走了多少地方？"

李国瑞似乎有些没反应过来，一时没有回答。

"好了，好了。"田尧主动制止道，"李大人也辛苦了。"

"谁说没遇上黎贼，缴获的物什在车上，一共二百二十三个首级，铠甲一百二十三副，战马十八匹。"他停顿一下，"我记不太清了，大概是这么多吧。"说罢，李国瑞便看向田尧等将官，见他们都目瞪口呆。

田尧颤声问道："什么意思？你们，遇到黎贼了？"

"遇到了三股，第一股人数多些，剩下的两次人就很少了，跑得快，也没怎么打。"

孙三杰忍不住咽了口口水，紧张地问道："人数多，是有多少？"

"一千五百多吧。"

城门前响起低低的吸气声，孙三杰再次咽了口水，不可置信地问道："你说，你们九百多人遇上了一千五百多黎贼？"

而田尧等将官已经疾步走向那边的车马，站在马车旁的兵丁让开，露出车上摆满的俘获，堆积的人头、铠甲还带着浓烈的血腥气。

田尧看向李国瑞，又问道："你们，伤亡多少？"

"伤十三人。"李国瑞说道，"没有亡者。"

"你们……怎么打的啊？"田尧不可置信地问道。

一旁有一群官兵已经下马，他们年纪不等，瘦弱又木讷，但却肃立不动，就像一根根长枪戳在地上，散发着森森寒意。李国瑞指着他们，说道："是君小姐他们打的。"

一个年轻女子催马慢慢驶来……

官衙里众人团坐，郁夫人自然为首，那位君小姐也不谦让，坐到了郁夫人的另一边。

有文吏上前汇报，难民以及黎人的缴获比李国瑞所说的数量更多一些，虽然已经过去大半天了，田通判等人再次听到这数字还是难掩震惊，田尧对郁夫人施礼道："成国公治下兵将果然神勇。"

郁夫人却摇摇头："不，这不是成国公的兵，如今北地一线兵马紧缺，成国公绝不会随意调动兵马。"她说着伸手指了指君小姐，"这是君小姐的。"

自从进城以来，她几乎没有说过话。

"其实我们是种地的。"君小姐含笑说道，"来帮个忙。"

厅内鸦雀无声，李国瑞更是嘴角抽了抽。

"田大人你来得正好，我也正要去见你。"郁夫人接过话，"请田大人下令河间驻军迎接护送三郡民众南下入境。"

田尧的心颤了颤，心想成国公要抗命，他们这些小官可不敢，他一咬牙说道："夫人，不是我们怯战，只是如今朝廷有命……"

"朝廷的命令是割让三郡土地。"郁夫人不客气地打断他，"但没有说割让三郡二十万百姓。"

厅内的诸人愣了一下。

"地割让可以，陛下可没有说人也割让。"郁夫人接着说道，"让你们现在去迎我大周百姓南下，这是理所应当，不仅没有抗命，且是遵从皇帝的旨意。"

郁夫人看向官厅外，隐隐可以听到外边的喧闹，又肃容说道："几十万人口，你们悉数护送迎回，彰显陛下的仁慈，这不是抗命，这是功绩。土可以割舍，民不能弃之，我们接回自己的子民、自己的同胞、自己的兄弟姐妹，有何不能？有何不敢？"

几个将官神情激动地站了起来，脱口喊道："我能！我敢！"

附和声渐次响起，厅内气氛瞬时一阵高涨。

田尧没料到郁夫人会这样说，且似乎合情合理，他深吸一口气，忙示意厅内的诸将冷静，又对郁夫人说道："黎贼势大，进入霸州的已经有五千众，而且防线已破，其后不知还有多少黎贼将至，我军进入霸州境内实在是凶多吉少。"

也有两个将官跟着点头说道："是啊，我们可以对难民来者不拒，但如今河间只有万众兵马，跟黎贼对战实在是难胜，如果黎贼趁机攻来，别说霸州的民众无法得到护佑，河间府几十万军民都难以幸免。"

这话让沸腾的厅内渐渐安静下来，将官们面色一阵红一阵白。

"不是由你们河间兵马独做这件事。"一直安静的君小姐突然说道，"我们青山军会协助。"

田尧问道："那青山军还有多少兵马可用？"

"就是你们看到的，四十人，不过，足够了。"君小姐说道。

田尧不可置信地瞪眼看着她，李国瑞突然喊道："我信。"自从回来后，他一直有些恍惚，似乎累坏了，也没有怎么说话，此刻他站起来，神情激动，双眼明亮，"我信青山军四十人就能所向披靡，横行霸州，无人能阻。"

田尧微微皱眉："怎么就横行无人能阻？"

李国瑞神情更激动了，他指着外边，喊道："怎么能？你们去看看那两百多首级！去看看他们怎么打仗的，看看黎贼在他们面前是怎么狼狈奔逃的！你们去看看就知道，他们怎么就能所向披靡！"

田尧等将官再次看向君小姐，忍不住好奇地问道："他们，怎么打的？"

"他们简直不是人，那么大的石头扔过去死一片……一辆车原来就是一把弩机，射出的箭能把十个人穿透……"街道的角落里，几个霸州归来的兵丁被众人围着讲述经过，众人听得目瞪口呆，匪夷所思。

几个归来的兵丁喊道："看那些缴获的物什，还有那几百黎兵就是死在他们几十人的手里。我们在霸州走了三天，遇到三次黎贼，竟然毫发无伤地全部活着回来了，这在以前是绝对不可能的事。"

兵丁们神情惊骇又复杂，此时刚好有人从身边经过，讲话的兵丁忽地站直身子。

"看，这位就是青山军的好汉。"一个兵丁低声说道，"我亲眼看到他一个人杀了不下十个黎贼，就靠着一把长刀。"

众人忙看过去，见一个将近四十的男人牵着马缓步走过，卸下铠甲后，这人看起来更老更瘦更没有气势，不知道想到什么，那人忽地一拍头，抓住缰绳急急上马，就在抬腿的瞬间，有东西从他的腿上掉了下来，竟然是一只脚！却见那男人既没有流血，也没有哭号，只是神情淡然地俯身将脚捡起拎在手里，翻身上马走开了。

街边的兵丁们都目瞪口呆地僵在原地……

"你说什么？河间府顺安军的长丰驻军动了？"深州操守姜成惊诧不已，"他们又撤了吗？"

前来报信的哨兵摇头道："不是，他们往霸州去了。"

姜成从椅子上跳起来喊道："河间府的人疯了吗？"

但很快他就知道，河间府的人没有疯，而且还拿到了斩杀二百多黎贼、俘获大批铠甲的战功。

"这是吃了熊心豹子胆了吗？"姜成更惊愕了。

"不是吃了熊心豹子胆，而是成国夫人来了。"几个将官带着更详细的信息连夜赶来报告。

听到是成国夫人让这样做，姜成神情复杂，一阵沉默，深州紧邻保州，原来在保州的一部分永宁军此时撤退到这里来，成国夫人要求顺安军动作，肯定也会要求永宁军的，他问道："理由就是接回三郡的民众吗？"

将官们点点头，一个将官激动地说道："倒也合情合理，这样做真不算抗命，大人，那咱们……"

"不算抗命吗？"姜成沉声道，"陛下让成国公退兵，他不仅不退，反而派了兵来这里。"

"不。"一个将官忙说道，"听说不是成国公的兵。"

"这么强悍的战斗力，不是成国公的兵？"姜成说道，"成国公可是从来没有家丁的，这是尽人皆知的。"如果说是他的兵，这是罪，如果说是家丁，这更是欺君之罪，甚至会扣上豢养私兵的罪名，在这种情况下，他们听从调动去做这件事，肯定难辞其咎。

官厅内陷入一阵沉默。

而位于长丰城的田尧也沉默了好久，最终开口道："夫人您说得都对。"他又看向君小姐："君小姐的青山军也很厉害，不管是从情理还是可行性来说，这件事我们都可以做。"

郁夫人看着他："然而呢？"

"然而夫人要说清楚，这青山军到底是什么来头？"田尧说道。

"说清楚了啊。"君小姐说道，"这是我的人，我们是种地的，我们不是成国公的兵马，只是顺便来帮忙。"

田尧看着她："那小姐您是什么人？为什么要来帮忙？"

"这有什么为什么。"君小姐皱眉道，"这种事……"

郁夫人笑了笑，打断了君小姐的话："好吧，不瞒田大人，这君小姐，是我未过门的儿媳妇。"

在场的人都愣了。

"是我儿子朱瓒的未婚妻。"郁夫人接着说道，"她原本在家种地，听说这边局势紧张，我要来河间府，成国公无法抽身照顾我，所以她才带着她的乡亲陪我来这里走一趟。"

厅内诸人都古怪地看向君小姐，而君小姐也欲言又止，郁夫人则笑道："不用害羞，这不是什么见不得人的事。"事已至此，君小姐只好保持沉默。

"所以你们放心，这青山军真不是大周的兵马，也不是我们成国公府的私兵家丁。"郁夫人说道，"这只是我们亲家的佃户，国难当头人人有责，所以放下锄头跟着来帮忙了。"

君小姐觉得这些将官未必相信，她斟酌一下，刚想说出自己君九龄的身份，却见官厅内的将官们纷纷露出笑容，你一言他一语地道起贺来，就连田尧也浮现笑容，看着君小姐点头称赞道："原来是这样，果然如同世子一般英勇。"

这是信了？君小姐反而很惊讶，她想了想，还是做出害羞的样子退到了郁夫人的身后。

"俗话说上阵父子兵，没想到儿媳也可以上阵。"田尧感慨道，"果然不是一家人不进一家门啊。"

"我这媳妇家也尚武。"郁夫人并不否认，"那这件事……"

田尧不待郁夫人说完就拱手郑重地说道："夫人，连乡下种田的都能去对抗黎贼，护佑我大周百姓，我们如果还安稳坐在这城内，真是羞愧死了算了。"又转身看向厅内诸将，"正如夫人所说，与黎人停战议和，要割让的是三郡的土地，而不是我大周几十万百姓，我们都是血肉相连的同胞，如今同胞被困，我们可能见死不救？"

"不能！"厅内诸将齐声喊道。

"我们可能看着同胞被黎贼的牛马奴役？"田尧提高声音。

"不能！"诸将也提高声音喊道。

田尧转身看着郁夫人，伸手做请。

郁夫人沉声道："去吧，接我们的亲人回来，让黎贼知道，我们虽然让了土地，但并不怕他们，霸州一日不在议和书上落定，就一日属于我大周的土地，我们在我们自己的土地上，不惧怕任何人，敢阻拦伤害我大周子民者，"她抬起手一挥，"杀无赦！"

厅内诸将纷纷举起手，齐声呐喊道："杀！"

急促的鼓锣声响彻整个长丰城，一群军官向城外走去，城墙上召集河间兵马汇集的烽火也被点燃。

官厅里的人都退走了，只剩下郁夫人和君小姐二人。君小姐神情古怪，沉默不语。

"实在很抱歉。"郁夫人打破沉默，带着歉意，"适才我也是没办法了，这些人太在意你们的身份来历，仓促之间，思来想去只有这么说能解决这件事。"她又摇摇头，"当然说你们是民间义军也可以，但毕竟世上没有无缘无故的事，不如私情有因更能服众。"

君小姐的神情越发古怪。

"君小姐，你想说什么就尽管说吧，这件事是我不对。"

君小姐抿了抿嘴："我想说，这真是太巧了。"

郁夫人微微怔了怔，没懂君小姐话里的意思，她的神情似笑非笑，仿佛在竭力忍着笑，但显然没忍住，没憋一会儿，她就扭过头去笑出了声。郁夫人倒不在意她这莫名其妙的反应，只是瞧着不像生气就好。

"怎么巧？"

"巧的是夫人这样说，巧的是有人也曾这样说过……"巧的是朱瓒也差点这样说，巧的是她也说过，回想起在京城的一幕幕往事，君小姐又笑了起来，心想不愧是母子，连借口一模一样。

"郁夫人，我一直没有自我介绍。"君小姐收了笑容，郑重说道。

郁夫人含笑道："这个君小姐自便，英雄不问出身，我只是请君小姐做事。"

还真是母子，朱瓒不也是这样？

"我姓君，名九龄，不知道夫人听过没？"

郁夫人一怔，旋即惊讶地打量君小姐，恍然笑道："原来是你啊。"她带着几分赞叹地点头，"果然是上医，能医万世之民。"

这是在夸赞她的种痘之举："郁夫人知道我九龄堂？"

"九龄堂种痘济民，世间谁人不知，我虽然在偏远北地，也是久有耳闻，只是没想到竟然这样遇到了君小姐，真巧。"

"夫人只知道我这个？还有别的吗？"

"很抱歉，别的我真不知道了，我有点忙，也很少跟人闲谈。"

看来朱瓒真没提过，而郁夫人也没有打探过儿子的消息。君小姐抿嘴一笑，直接说道："我跟世子爷认识。"

郁夫人一怔，旋即恍然笑道："怪不得君小姐认识我。"

"也不能说认识，久仰的是成国公夫人大名，以及世子爷的母亲。"

"这还真是巧，既然你们认识，那这件事还请君小姐多担待了。"她并没有问朱瓒和君小姐是怎么认识的，似乎这根本就无关紧要。

她倒是无所谓，不过不知道朱瓒听到这个消息，会是什么反应。

"当然，如果妨碍到君小姐，还请不要客气，我会给大家说明解释的，绝不会耽搁了君小姐，给君小姐添麻烦。"郁夫人接着说道。

君小姐笑着摇头："所以我说，夫人您真是没有听过我的其他消息。"她说着意味深长地一笑，"如果说我是别人的未婚妻，与人有婚约就是耽误，给我带来麻烦的话，"她伸出手对郁夫人比了三根手指，"那您和世子爷，只能排在第三位。"

这意思是说，她已经当了别人两次未婚妻了？郁夫人饶有兴趣地看着她，笑着说道："果然人不可貌相。"她在椅子上一坐，拍了拍扶手，"来，讲来听听……"

正月过半已经初春，但过了大名府向北，触目所及越发荒凉。

那些原本肥沃的土地此时荒草丛生，路边的大树很多都已经被剥皮，显然是被过往的饥民吃光了，再看路上都是成群结队逃荒的民众，一个个神情惶惶、面黄肌瘦。

"离开不到一年，再回来就已经换了天地了。"一个男人声音哑涩地说道，他身后的几个男人神情亦是悲愤。

路边，一个坐在自己破被卷上歇息的老汉闻声看了一眼，眼前这几人穿着破袄，头发胡子乱糟糟的，除了身材魁梧以外，跟逃难的人没什么两样，他轻咳一声，说道："好多了，先前这路上饿死的人都是一片一片的。"

这几个男人闻声看过来，其中一个问道："怎么现在就好多了？因为停战了吗？"

那老汉摆摆手："不是，是多亏了青山军，青山军沿途施粥，好多人得以活命撑到下一个城镇。还有啊，青山军又在北地救护逃民，很多逃民都不用长途奔袭，留在当地也能熬过这个冬天了。"

"青山军？"那男人一挑眉，"这么厉害？初次耳闻啊。"

说起青山军，老汉有些激动："当然厉害了，那可是成国公世子夫人的人马。"

几个男人瞬时愕然，而问话的男人更是一副见了鬼的模样，瞪眼喊道："谁啊这是？谁这么不要脸啊！"

这话刚喊出来，就听到啪的一声响，那老汉面色涨红地将手里的拐杖敲在地上，瞪眼呵斥道："你骂谁呢？！"

几个男人神情复杂地看着老汉，都没想到他竟然这样维护青山军，维护这个成国公世子夫人……

"世子夫人不仅沿途救护逃民，还去霸州誓言接回所有大周子民，她一介女流以身涉

111

险地，你们……你们这些男人干什么了，你们骂谁呢？！"老汉又喊道。

先前说话的男人看着老汉举起的拐杖，本可以一把推开，但他却后退避开了，没好气地说道："我谁也没骂，我骂那些大男人呢，让一个女人抛头露面，带兵打仗。"他说着又呸了声，"真不要脸。"

老汉收起愤怒，欢喜地点点头，又摇摇头："不过小哥也不能这么说，那河间的顺安军都跟着去霸州了，听说已经救回来几万的民众了。"

那男人干笑几声，心想这血性一多半是被世子夫人的名头鼓动的吧……

"霸州不是驻扎着黎兵吗？"另一个男人忍不住问道。

"是啊，世子夫人不怕啊。"老汉激动地说道，"世子夫人年纪轻轻就英明神武……"

这次他的话没说完，就被男人打断，他不耐烦地起身向前疾步而去，留下一脸遗憾的老汉……

进入县城，好不容易寻了一间还开着门的食肆坐下，胡子男没好气地将胡子扯下，露出一张干净俊秀的脸，是朱瓒。

对面三个男人轻咳一声，站过去挡住他，警惕地看四周。

到底是河北西路内地，虽然局势紧张，但并没有黎兵过境，所以城内屋舍整齐，只是到底不复以前的繁华热闹，店铺多数紧闭，街上行人匆匆，神情不安。

"不用看了，锦衣卫的孙子们没跟来。"朱瓒说着端起桌上的热茶汤喝了一口。

三个男人便也坐下来，其中一个男人忍不住说道："不知道是谁。"

"真是世风日下。"朱瓒没好气地说道，"我一个清清白白的人就这样被玷污了。"

另一个男人轻咳一声："不过很显然这个人是要借世子您的势。"

"人太优秀就是有这点烦恼。"朱瓒皱眉说道。

三个男人摸了摸鼻头，其中一个低声说道："也许是成国公的安排。"

正说话，又有两个男人疾步回来，神情带着几分激动："大哥，打听清楚了，是夫人。"

"夫人"这个词让朱瓒有些反感，他皱眉问道："什么夫人？"

"不是你的夫人。"一个男人忙解释道，"是成国夫人。"

朱瓒顿时大喜，拍着桌子问道："我娘？我娘在河间？"

"到底怎么回事？"其他男人忙催问道。

男人忙将打听来的消息讲了，听得几人惊讶又感叹。一个男人带着几分敬佩地说道："看来夫人得到消息后就立刻放弃了大名府，直接往河间去了。"

朱瓒的脸上浮现几分得意，高兴地说道："那是，那可是我娘，我早就知道她没事。"但其他人都知道，直到这一刻，朱瓒眼底隐藏的焦急才彻底散去。

"只是不知道夫人从哪里请来的这支青山军。"一个男人说道，"说是几十人就能吓得黎贼落荒而逃。"

"真的假的？"朱瓒摸着光溜溜的下巴，挑眉说道，"听起来都快赶上我这般厉害了啊……"

第一百一十五章

◇

护送百姓南下

一处荒败的城堡内大旗招展，最显眼的便是一面旗帜，其上飘荡着"青山军"三字。

此时旗杆下，一人正拿着一个竹筒般的物什对着原野望去，李国瑞等人站在他身边，带着几分艳羡："夏兄弟，怎么样？怎么样？"

夏勇放下竹筒："果然是有一队黎贼正向北而去。"他顺手将竹筒一递，几个男人顿时争抢，但李国瑞还是快一步，先拿到了手里。

"果然，人数还不少，看来至少掠了一千多百姓。"李国瑞说道。

夏勇"嗯"了一声："怎么样？干不干？"

李国瑞将竹筒紧紧握在手里，毫不犹豫地说道："干啊，一千多百姓呢，可不能便宜了黎贼。"

其他几个男人也纷纷点头，夏勇从袖子里拿出一张舆图展开，李国瑞等人忙激动地围过去，这是霸州的舆图，跟他们拥有的舆图不同，这张舆图清晰地标注了每一个村庄，甚至小路都标注了出来。

"这群黎贼是要往这边去。"夏勇指着一地，"我们从这边包抄，赶在明日清晨就能堵住，静候他们落网。"

李国瑞等人连连点头，一番商议后便急匆匆下堡去召集兵士。

"给君小姐报信。"夏勇对身边的人说道，"我们需要补给彩烟弹。"

看着烟花在空中炸出一朵朵花，旷野上的雷中莲收回视线："遇到黎贼了，去告诉君小姐，我们要加快速度。"

他说着回头，却见身后的人一动不动。这人穿着铠甲，神情木然，还带几分冷笑，正是金十八，他冷冷说道："又要去送命啊？"

金十八等人一直跟着青山军行动，不知道是觉得逃不了，还是有别的原因，总之，他们没有试图逃跑，更没有使用阴险招数对付雷中莲等人，甚至几乎不说话，俨然变得跟其他村民一样。

雷中莲虽然不怕金十八等人，但也时刻小心提防着，此时亦是冷冷笑道："真是对不住，一直让你失望。"说罢从他身边走过去，走向不远处辎重车围着的地方，君小姐正在和杨景等人说话。

"原来这些是这样做出来的。"杨景听完君小姐的话，带着几分恍然地点点头，"我们都不知道，要不是君小姐说，那这些弹药用完了也就用完了。"

君小姐看着新做好的石弹，轻叹口气："如果不是遇到你们，我这辈子大概都不知道他带我玩的那些乱七八糟的玩意，原来是这般用途。"

此时，雷中莲走了过来，对君小姐说道："黎兵人数不少，而且已经靠近边境，挟持百姓也不少，抢还是不抢？"

"当然抢了。"君小姐毫不迟疑地说道，"就算靠近边境，也不能看着我们的同胞被别人抢走。"君小姐又看向一旁的赵汗青，她正在辎重车顶上坐着晃悠着双腿，她应了一声，一跃而下，"你带人去查清黎人多少兵马，行走哪条路线，行进的速度，境外可有黎兵接应。"

赵汗青应声"是"，翻身上马，另有两人跟着上马，三人疾驰而去。

天边蒙蒙亮的时候，一群被黎兵掠夺的民众在鞭子的抽打声中艰难地前行，甚至有个男人因为动作慢一些，就被一个黎兵活活地用鞭子抽死了⋯⋯

四周响起一片呜咽声，却没有人敢上前，民众畏惧得像一具具行尸走肉，眼里的光芒已经消失殆尽，只剩下一片死寂和绝望。忽然，前方的黎兵一阵骚动，行进的队伍停了下来。

此时青光褪去，天边晨光初起，前方忽有一片方阵肃立，这方阵长枪如林，晨光下铠甲闪亮，稳稳矗立在大地上，如同一座大山，接着响亮的声音传来："我乃大周军，奉皇帝之命保国卫民，现命令你们交出我大周百姓，否则严惩不贷！"

晨光越来越亮，方阵中的大旗在冬日的晨光中随风舞动，老汉瞪着眼用力看着那旗上的字，终于"青山军"三字闯入视线，老汉立刻激动地扑通跪倒在地，将头碰在地上，干涩的嘴唇紧紧贴住冰凉的地面，一下又一下亲吻着，泪如雨下。

看着十几个周兵骑着马在方阵前奔驰、挑衅，黎军的将官们气得浑身颤抖，他们竟然敢嚣张地追到边境来，而且还这样大言不惭，虽然此前一直被成国公压制，但也从来没被这样挑衅过。

"去把他们杀光！"黎将气得大喊道。

伴着这一声令下，一队队黎兵狂叫着举着兵器向前方的周兵冲去，余下的黎兵也开始结阵向前。

民众吓得抱头蹲下躲避，耳边响起此起彼伏的惨叫声，但却不是周人的声音，多数都叫的是胡语。黎军的阵型已经变得松散，而更前方冲过去的几队黎兵滚落地上，十几匹染血的马疯狂地嘶鸣着狂奔，浓烟阵阵腾起，刺鼻呛人。民众来不及细究，向前冲去的后续黎兵又陷入一阵混乱，尖厉的呼啸伴着长枪如雨般飞来。这简直是一方的屠杀，周兵那边的人马一个也没出来，这边的黎兵已经倒下了一片。

厮杀还在继续，周兵挥舞着手中的武器呐喊着迎向扑来的黎兵，近距离的厮杀激烈地展开了。周兵以方阵对战，稳而不乱，而黎兵已经混乱不堪，有的甚至开始退缩窜逃。后方的黎兵首领急躁地抓过一个下属，愤怒地询问此周兵的来历，下属畏惧地将自己听来的关于青山军的勇猛转述给首领，首领终于惊惧地举起了手⋯⋯

呜呜的号角声响起，黎兵已经顾不得受伤的同伴和俘虏的民众，如潮水般地迅速撤离。

老汉跳起来，激动地大声喊道："赢了，赢了！"

消息如风一般传开，已经到达深州府衙的朱瓒也听说了。

此时，他伸手环指厅内诸官将，激动地说道："当然是为了家国安康，百姓太平！这是你们应该做的事。"他又无奈地伸手指着自己，"至于我，当然是戴罪立功了，大家都知道，我现在是被通缉的罪犯，但与其让我在京城浪费米粮，还不如做些有用的事，哪怕死在黎人手里，多杀几个黎贼，也算是赎罪了。"

厅内的诸人相互对视一眼，其实他们观望了这么久，看着河间府的兵马在霸州所向披靡，以及听了成国夫人说的那些大功德的话，大家都动了心思，就差一个契机，这契机自然是有个发号施令的，也就是将来出事担责的，现在成国公世子竟然来了，且也亲自请他们去保州救护百姓撤退，刚好遂了他们的心意。

深州操守姜成神情肃穆："我们正要如此行事，既然世子爷愿意戴罪立功，那就一起行事吧。但世子爷要听从我们的指挥，不要私逃，毕竟你现在……待我们报告朝廷，等候发落。"

朱瓒点点头，郑重说道："谨遵大人安排。"

姜成神情略柔和，又想到什么，看向朱瓒："原来世子爷已经定亲了？"

朱瓒哈哈笑了笑，又郑重说道："是的，我定亲了。"

真的定亲了，看来不是假的，姜成等人最后一丝疑虑放下了……

朱瓒说服深州将官之后，立刻写信让驿兵送去河间，河间府接到信，立刻马不停蹄地送去了霸州，虽然田尧极力想要留郁夫人在河间府，这样更能保证其安全，但郁夫人还是坚持跟随君小姐等人。虽然不上战场，但会留在距离他们最近的城镇等候，帮忙安置救回来的难民。

接到朱瓒的信，郁夫人很开心，她对君小姐说道："我家二小果然来了。"

二小！君小姐一阵失笑，没想到骄傲自恋的朱瓒竟然有这么一个接地气的小名，她好奇地问道："为什么是以行二称呼呢？"

"在生他之前，我还生了一个，只可惜没养活，"郁夫人叹口气，"但好歹也睁眼了，在家里也有他的位置，所以后来生了朱瓒视为二子。"说着又是一笑，"贱名好养活。"

君小姐有些心疼地看着郁夫人，郁夫人则含笑看着朱瓒的信，念道："娘，保州和雄州由我来，霸州归你……"她念着抬头看向君小姐，"那这下咱们省事了。"

君小姐含笑点点头，郁夫人又低头拿起另一封信，看到上面的字，笑意更浓，转手递给君小姐："这是给你的。"

君小姐神情惊讶："我也有？"

"你是他的未婚妻啊。"郁夫人笑道，"问候了娘，当然还要问候一下娘子。"

君小姐恍然笑了，她好奇地接过来拆开，内里竟然真的洋洋洒洒写了好多字，尽诉关切和相思之意，但其实一看就知道，要么是闭着眼写的，要么是翻着白眼写的。

君小姐抿嘴笑道："这信我可得好好留着。"她拉着郁夫人的胳膊，眼睛亮晶晶的，"夫人，你不要告诉他我是谁，等见了面吓他一跳。"

"好，我不告诉他，到时候吓他一跳。"

二人正说笑着，雷中莲急匆匆走进来："君小姐，少爷送来的急信。"

君小姐打开卷筒，拿出其内的字条看了一眼，原本含笑的面容顿时凝固，握着竹筒的手也攥紧，冷声道："议和结束了，三郡割让达成，黎军进入三州，北地所有驻军全部撤回，如有违抗……以谋逆论处。"

君小姐神情悲愤地看向郁夫人，郁夫人倒是很沉静，只是叹口气："这么快啊，那很多百姓只怕来不及撤走了。"

君小姐努力挤出一丝笑容："还好我们这边已经撤得差不多了，我们再加快速度，应该还来得及……"

郁夫人沉默不言，在场的人都知道，再快也比不过朝廷传令的速度，也比不过黎兵倾巢涌入的速度……

第一百一十六章

◇

与黎兵惨烈厮杀

保州边境，烽火连天，滚滚而起，天地间一片哀号。

春日的北地依旧荒芜，才冒出绿意的野草瞬时被人群踩烂，旷野里到处都是人，哭喊着狂奔着，摔倒了被身后的人踩上去，接连几次就再也爬不起来了。他们身后，烽火不断升起，连绵不绝，预示着大批黎军正在袭来。

前方出现了一队官兵，奔跑的百姓看到了希望，哭喊着冲了过去，但那些官兵看到远处连天的烽火也心生惧意，为首的将官更是大喊着："三万黎兵将破境而入，我们快撤！"

奔来的百姓顿时哭喊着跪下，拦住了他们的马蹄。为首的将官神情亦是不忍，他颤声说道："你们不用怕也不用逃，你们以后就是黎人了，在这里你们还能活。"

民众一片哭声，一个老者跪行上前，哭喊道："大人，语言不通，样貌不同，怎么变成黎人啊！十年前我等迎贵将，协杀黎贼，现在你们走了，黎人怎么能待我以人等啊！"

将官的神情亦是复杂，讪讪地说道："不是我们要走，实在是皇命难违，就连成国公也正在退兵，这里已经不是我们大周的土地了，我们不能留。"

民众的哭声更大，老者举手叩头，哭喊道："求大人带我们同去。"其他民众也跟着跪了一地，连连叩头，哭喊声响彻四野，不少兵丁都忍不住落泪。

为首的将官更是面色惨白，最终一咬牙，哑声道："你们，珍重。走！"说罢，扬鞭催马，马儿一声嘶鸣，跃过跪地叩头的老者向前奔去，其他兵马立刻跟随他催马离开。

满地民众绝望哭喊，有人起身追赶，有人呆愣原地，但很快，追赶的人群被抛下，只能绝望地望着远去的兵马……

忽然，奔跑的兵马停了下来，他们的前方又出现了一队兵马。

"不准退。"威严的声音响起，为首的将官看着面前举起一面令旗挡住去路的男人，神情一阵红一阵白，"世子爷，皇命难违啊……"

朱瓒看着他，冷声道："皇命舍的是土地，不是民众，但凡有一个民众，我们也不能舍弃。"

将官神情复杂："世子爷，贼奴势大，我等怕是无力阻挡啊。"

"打不过也要打。"朱瓒看着远处的烽火，沉声道，"不过一死而已。"

将官攥紧了缰绳，没有说话。

"不然你们以为当兵为将是为了什么？你们以为国和百姓养你们十年是为了什么？"朱瓒陡然拔高了声音，接着说道，"难道是为了让你们在贼奴侵袭的时候望风而逃吗？是为了让你们在看到百姓死在贼奴蹄下时视而不见吗？难道给你们铠甲、兵器和军马，是为了让你们在贼奴到来时跑得飞快吗？难道你们为官为将为兵，就是为了当个懦夫吗？"

一句句话砸过来，砸得这边的兵将面红耳赤。朱瓒却不再看他们，将手中的令旗一收，纵马向前，冷冷道："滚吧，你们这些懦夫，滚去好好活着吧。"他将腰里的长刀拔出，向前一挥，"好汉们，随我拒敌。"跟随他身后的兵将们齐齐拔刀，伴着呼喝声，众马奔腾，山呼海啸般越过这些将兵。

看着朱瓒等人呼啸而过，这边的将官面色铁青，他叹口气，也掉转马头，拔出长刀，大喊道："不就是一死吗？拒敌！"身边的兵将们亦是纷纷掉转，呐喊着向黎兵的方向冲去。

兵马如同海浪从身边滚滚而过，或跪或站着的民众不可置信地看着他们，地面的颤动让他们浑身发料，老者泪流满面地跪地叩头三下，这才擦着眼泪起身，和身边的人相互搀扶着跌跌撞撞地前行。

在他们身后，兵马背道疾驰，军旗猎猎，长刀如林，刀不落，林不倒！

相比保州、霸州等境内的紧张肃重，真正的边境拒马河一带一如既往地绵延空旷。

一条大河将南北泾渭分明地隔开，河的两岸是最肥沃的土地，但百年来却从没有成为良田，因为这里历来是兵家相争之地，从未停止过征战，此刻，河两岸旌旗遍布，密密麻麻的军中营帐一望无垠，视线所及不下数万人。

此时雨如豆子般从天而降，转眼间，两岸皆笼罩在一片水雾蒙蒙中，河南营盘中最大的营帐前，军士遍立，他们皆是顶盔披甲，豆大雨点唰唰地打在铠甲上，军士们却依旧一动不动，如同石雕。

营帐的帘子被掀起，隔着雨雾能看到其内人头攒动，皆是披甲，位于正中一个穿着银白铠甲的将官端正而坐，大红的斗篷格外亮眼，只是昏暗得看不清面容，说话声嘈杂，似乎在争论什么。

"如此这般啊。"一个温润又带着威严的声音穿透雨雾响起，让帐内的嘈杂顿消，"三万兵马都撤了，可怜三郡境内百姓要遭罪了。"

帐内一阵沉默，帐外雨声唰唰。

"夫人和世子爷救护不少。"有将官的声音响起，"合计有十几万民众已经安全撤离。"

"但还是有很多民众待掩护。"温润的声音响起，"三万兵马撤了，黎人将近万众涌入，他们挡不住的。"

帐内再次一阵沉默。

铠甲哗啦作响，坐着的将官站了起来，身形如山而动，温润的声音响起："总不能就这样看着生灵涂炭，他们已经无人相帮，就由我们相帮吧……"

声音未落，帐中诸人立刻单膝下跪，铠甲乱响，声音如雷般响起："诺！"

暮色将近，雨渐渐小了，拒马河对岸站在瞭望台上的一个黎兵忽地瞪大眼睛，旋即匆忙奔下，片刻之后，营盘中一阵骚动，一个雄壮如山、穿着金铠甲的男人在精锐凶悍的黎兵的簇拥下来到瞭望台，他正是黎国大鹏王拓跋乌。

雨已经停了，雾气中，对面森严的营盘正在拔动，数万兵马井然有序地行动着，拓跋乌沉声说道："果然是在拔营。"

"看来是要退了。"站在他身边的郁迟海含笑道。

"十年已经磨去他的意志了吗？"拓跋乌一脸的愤怒，"竟然临阵脱逃。"

郁迟海在一旁笑了笑，恭敬地说道："大王，汉人有句话叫作孤掌难鸣，皇帝已经下令东西两边十万兵马皆退，成国公他这区区三万人马，又怎么能是我们五万大军的对手？更何况成国公的夫人和儿子正在霸州、保州护着民众撤退，如今周人兵马再退，失去了边境的屏障，他们可就危险了。"

拓跋乌看着那边奔走的大军，嘲笑道："这就是你们汉人所说的'英雄气短，儿女情长'吗？"

郁迟海拈须笑道："这也是一个机会，至少可以打着救护百姓的旗号，撤军回防又不堕威名，也正好遵从了皇帝的旨意，一举两得。"他又摇摇头，带着遗憾和嘲讽的神情，"我还真想成国公抗旨不遵，看他落个谋逆下场，死在自己人手里，真是令人闻之心酸落泪啊。原来成国公也不过如此，再三抗命又无功而回，回去后他绝对没有好果子吃。"

拓跋乌专注地看着那边拔营的兵马，马蹄踏步声如雷，拓跋乌不由得心神一跳，就是这些兵马，生生阻挡了他这么久，如果不是四周周兵撤退给了机会，至今都没有办法冲破防线。

拓跋乌冷冷道："你们汉人真刀真枪不行，就会使用这种下作手段。"

郁迟海没有丝毫羞惭，依旧恭敬地说道："大王说错了，不是你们，是他们。"说着伸手按在胸前，"我是黎人。"

拓跋乌一怔，旋即哈哈大笑："好！我们黎人同心，南下万胜，所向披靡！"

"万胜！万胜！"四周的黎兵立刻挥动兵器，声嘶力竭地喊着，响彻了整个军营。

四野又响起了马蹄奔腾的急响，伴着怪叫声，千众黎兵从前方如狂风般再次席卷而来。

已经数不清是第几次进攻了，李国瑞看着身边已经少了一半的兵丁，神情木然，因为有青山军的石弹、车弩和严密的军阵，他们才得以在边境驻守这么久，但黎贼越来越多，再精良的装备也有些抵不住了。

"好狗抵不过赖狗多啊。"雷中莲看着呼啸而来的黎兵感叹道。

那些黎兵由慢变快，奔跑途中交叉分成三队，铠甲刺目，铁蹄翻腾，怪叫怒吼，声势骇人，这些是新近破境而来的黎兵精锐，不管是战斗能力还是兵器，都比以往更强悍。

雷中莲并没有丝毫畏惧，他转头看向一旁："看来这种阵势下，你是跑不了了，没想到你竟然有机会跟我死在一起。"

金十八只是冷冷地看向前方："我不是跟你死在一起，我是跟那个女人死在一起，她死了，我也得死。"

雷中莲回头看去，远处方阵中虽然看不到，但他知道君小姐就在其中坐镇，喃喃道：

"其实她该跟郁夫人一起走的……"

脚下的震动更厉害了，吼叫声也更猛，前方空中腾起烟火，雷中莲色变，黎兵竟然又来了，而且人数还不少，他扫了一眼四周，他们的兵马已经不多了，这次只怕凶多吉少……

"再坚持三天，霸州的民众就都撤退完毕了。"夏勇看着四周露出惊恐神情的周兵，将手中的弩机举起，厉声道，"杀！"说罢便一马当先，引阵冲去。

众兵将再无杂念，催动马匹保持战列，随从夏勇一起迎向冲来的黎兵，马蹄纷乱，尘土飞扬，两军相撞一起，厮杀震天。

保州境内，比起霸州更为惨烈，一是因为成国公驻守接近保州，出于对成国公的信任，百姓们撤退缓慢，二来是附近州城一开始也是戒备拒绝开城门。等朱瓒带着深州兵马来到保州，议和也正式结束，周兵撤退，黎兵如潮涌入，保州境内到处都是奔逃的百姓，村落城镇被踏破，触目所及是烟火缭绕、残壁断垣。

一座村落前响起厮杀声，随着最后一个黎兵被马刀劈成两段，战斗终于结束。地上散落着尸首，有黎兵的，也有周兵的，浑身浴血的朱瓒看着四周，出来时的七百人如今只剩下三百不到，且个个都带着伤，他抬袖子擦了擦脸上的血，冲其他人摆手道："看看这个村子还有幸存者没。"

村子刚被黎兵洗劫，房屋还在燃烧，散发着焦臭味道，几个兵丁忍不住掩鼻，而朱瓒以及砍柴人则陡然变色，加快脚步闻着气味就向内冲去。深州的兵丁忙跟上，刚进村子，脚步一顿，所有人都汗毛倒竖，见惯生死的兵丁们也发出一声低呼，看着前方僵直了身子——村口一个柴堆正在燃烧，恶臭散发出来，但仔细看并不是柴堆，而是尸堆，很显然是这里的村民。

虽然在北地为兵，杀过黎贼，剿过土匪，但这么多年以来，从没有见过这么惨的场面，不少兵丁忍不住掩嘴干呕。朱瓒忽地大笑，充血的双眼异常狰狞，他指着燃烧的尸堆，哑声喊道："看啊，这就是失家失国的下场，我大周啊！人如柴！人如柴！"

朱瓒转过身向村外疾奔，呐喊道："杀贼！"

奔散的马匹被重新召集，众兵丁也纷纷上马，跟随着朱瓒向北疾奔，前方一座城镇隐隐可见。

"世子！"有兵丁从后方追来大喊道，"不可前去！"他纵马拦住，神情焦急，"黎兵已经占领了城镇，更有万众黎兵奔来，姜操守请世子爷快快退回，这里已经不能再停留了。"

朱瓒勒马看向前方，旷野里似乎隐隐有民众的哭喊声传来，他低声道："怎么能弃，怎么能弃！"说罢一夹马腹，手中的长刀指向前方，越过这兵丁向前奔去。

身后的人也没有丝毫停留，紧紧跟在朱瓒身后。军马疾驰，前方城池越来越清晰，每个兵丁都握紧了手里的长刀，等候即将到来的血战，但呜呜的声音似乎从天边传来，奔驰的人马微微怔了一下。朱瓒抬起头，眼中浮现一丝讶异，这是收兵的号角？

这是黎人收兵的号角，杨景很确定，他听着前方呜呜的号角声，看到一波对战后的黎兵果然在后退，而前方对战之后重新聚拢的夏勇、李国瑞等人也神情疑惑，他们喘着气，身上、脸上血迹斑斑。

"是不是黎兵人马齐聚，要筹备新一轮的攻击？"一个将官说道。

夏勇点点头，用受伤的手握紧了长刀："列队，布阵！"

方阵肃立了很久，艳阳高照下，血沿着额头滑落在眼角，模糊了视线，夏勇不得不抬手擦去，再次看去，却始终不见黎兵再冲来，他扭头说道："事情不对啊！"

李国瑞也吐口气，忙松了松肩头，揉了揉发酸的胳膊，说道："是不对，不是说又有黎兵来了吗？就算是布阵，现在也该过来了。"

后面的方阵中，赵汗青更是不耐烦地催马在原地不停打转："到底打不打啊？姐我去看看。"

君小姐笑了笑："不用你去，前边有。"

"可是这么久了他们也没个消息。"赵汗青焦急地说道，"是不是出事了？"

噔噔的马蹄声传来，三个哨探疾驰而来，夏勇、李国瑞等前方方阵诸人神情惊讶。

"君小姐，"哨探们进入方阵中，下马施礼，急急说道，"黎兵退了，是所有的黎兵，刚来的一万黎兵也都退了，我们一路跟着去看，见他们退出了霸州。"

这次，君小姐的神情也难掩惊讶，心中揣测到底出了什么事。

站在城池前，看着大开的城门，朱瓒等人的神情也有些古怪，那位来报信的兵丁小心翼翼地上前说道："奇怪了，明明说这里有黎兵的？"话音刚落，就见朱瓒催马向城内奔去，他吓得忙喊道，"万一是空城计……"

朱瓒却头也不回地疾驰入城，身后的百位兵丁立刻跟随，转眼间，城门口只剩下报信的兵丁一人，他左右看了看，忙催马也追了上去。

街上有烧抢打砸的痕迹，但破坏并不大，似乎正在破坏的时候突然停下了，朱瓒忽地大喊道："还有没有人？我是成国公世子朱瓒，我等奉命来护送百姓离境。"

这声音在死寂的街上陡然响起，让跟在后边的信兵吓得哆嗦一下，但朱瓒却没有停下，催马沿街疾驰并大声呼喊，其他兵丁也都跟着喊起来，声音在空荡荡的街上回荡，越往内走，众人的神情越紧张。

街边有门打开了，露出几个神情惊恐的男女，男人颤声喊道："是，是成国公的兵？"

朱瓒抬手用力将脸上的血迹擦去，喊道："是啊，你不认得我吗？这样玉树临风的世子朱瓒，你们不认识吗？"

男女看着他们跟自己一样的面孔和熟悉的周兵衣袍，都大哭着冲出来，跪地叩头。随即，街上越来越多的民众从躲避的地方奔出来。朱瓒等兵丁心里松了口气。

"这是怎么回事？"信兵惊讶地问道，"难道黎兵没有进城吗？"

"来了，"一个胖乎乎的乡绅哆哆嗦嗦地说道，"来了好多，吓死人了。"

信兵吓了一跳，忙喊道："人呢？"

民众的神情也有些惊讶，有人问道："不是世子爷你们把他们打跑的吗？"

"对啊，他们先前突然就走了。"大家忙跟着说道。

朱瓒疑惑地看向同伴们。

"管他们呢，我们快走吧。"信兵说道，"也许黎贼去集结了，说是一两万人马呢。"

四周民众顿时色变，惊呼连连，哭喊着跪地向朱瓒等人求救。

"我们就是来救你们的。"朱瓒大声说着，示意民众起身，"我会守在后方，挡着黎贼，你们现在快走。"民众立刻慌乱地起身，扶老携幼地向城外奔去。

看着民众涌涌向南奔去，信兵再次来到朱瓒身边，劝道："世子爷，我们快走吧，跟着他们一起走。"

朱瓒看向北方："还要再去其他地方看看，能找到多少百姓算多少。"

"已经不少了。"信兵急道，"黎人可是已经入境了。"但他这话完全没用，朱瓒已经驶出城门向北奔去，在他身后，几百兵丁紧紧跟随。

青山军那边很快便打探到黎人退兵的原因，并及时派哨兵将信传递给了郁夫人。

"夫人！"梁成栋听完哨兵的话，激动地喊道，"是国公爷。"

郁夫人抬手制止他，看着这位青山军派来的哨兵："这么说成国公突袭了黎国左翼大军，这左翼大军是由黎国七皇子所率。"

哨兵恭敬地说道："七皇子现在被成国公大军围困，所以拓跋乌命全线黎兵回防勤王。"他摸了摸头，"君小姐说，虽然不一定能拿下七皇子，但对拓跋乌来说，承受不了这个风险，所以如今越境的黎兵都回去了。"

郁夫人笑了笑："是啊，现在黎国皇帝的爹就是死在了成国公手里，拓跋乌为此自责了十几年，他不会愿意重蹈覆辙。"

梁成栋神情复杂："国公爷这是为我们解围了，现在大军撤离，黎人只余下散兵游勇，我们就好对付了，只是……"

"这是一个好消息。"郁夫人神情平静地打断他，"我们可以有更多的时间来护着百姓南下。"

"夫人，"梁成栋上前一步，神情焦虑，"成国公只有三万兵马，他，这是身陷北地了。"

郁夫人平静且镇定："所以，护送百姓南下吧，不要辜负了成国公。"

梁成栋看着郁夫人，又看了看北边，神情悲愤地躬身应声"是"。

而在另一边，朱瓒得知这个消息后也做了跟郁夫人一样的抉择，继续护百姓南下……

正月末二月初，辽阔的华北大地上，无数民众正蹒跚向着君子关的方向前行，不知道行走了多久，终于，前方一座城池隐隐可见，民众激动欢呼着奔跑了起来。

城门已经大开，一队队官兵疾驰而出，奔跑的民众有些畏惧地停下脚步，心里正七上八下担心无法进城，为首的将官已经伸手指着后方，开口喊道："进城向右，有粥厂。"

民众顿时欢喜，有人跪地叩头，更多人加快脚步向内涌去。

这些官兵一路未停向前奔走，直到看到一辆有十几个官兵簇拥的马车，才纷纷勒马下地，田尧更是疾步上前施礼道："成国夫人。"

郁夫人掀起车帘，对他点点头。

"太好了，您终于来了。"田大人欢喜又哽咽，"夫人您平安就好。"

郁夫人笑了笑："霸州的百姓基本都来了，人数可统计出来了？"

田尧忙点头，将随身带着的册子拿出来："截至昨日共有三十万人口入河间府。"他又看着身后蹒跚而行的民众，"具体的人数，等明日就出来了。"

郁夫人点点头："也辛苦你们河间了，这么多人口涌入，负担很重。"

田尧摇头，诚恳地说道："我们这些辛苦不算什么，更何况很多人口也没有停留，有不少继续南下了，这边还能承受。"

郁夫人点点头："那就好。"

"夫人快进城吧。"田尧说道，"有个好消息，深州那边，世子爷也护送回来将近十几万百姓，人数还在增加，世子又带人去了雄州。"

这真是个好消息，郁夫人含笑点点头，田尧迟疑一下，欲言又止。

"不好的消息呢？"郁夫人直接问道。

田尧低下头："成国公还是没有消息。"

梁成栋的手不由得攥起来，自得知成国公率兵绕过拒马河突袭的消息后，就再也没有新的消息传来。

"黎兵依旧没有入境，可见成国公的威胁还没解除，那就是人还在、军还在。"郁夫人说道。

田尧抬起头，郑重地说道："我等已经向朝廷请命，请三军以及大名府援军北上。"

"多谢田大人了。"郁夫人神情平静地谢道。

巡视完难民，暮色沉沉，郁夫人回到田尧安排的宅院中，没有受到黎兵冲击的河间府保持着往日的繁华，府衙后的宅院华美而温馨。

丫头仆妇们伺候着郁夫人洗漱更衣，端上美食佳肴，府城文官武将的家眷们屋中团坐，陪同郁夫人闲谈，直到华灯初上，夫人们才齐齐告退而去。

屋子里窗帘放下，灯逐一熄灭，丫头仆妇们退了出去，只剩下郁夫人一人，直到这一刻，她才缓缓吐口气，神态难掩疲惫，她慢慢斜靠在床上，伸手从脖颈间拿出一个小小的玉环。

郁夫人闭眼一下一下地摩挲着玉环，眼眶里噙满了泪水，低声喃喃道："玉郎啊，看来这辈子，你要比我先走一步了。"她将玉环紧握在手里，慢慢坐起来，看着屋中昏昏的灯，脊背挺拔，一动不动……

第一百一十七章

◇

远赴黎地救国公

夜色渐浓，天地之间一片漆黑，但放眼望去，一片夜空下，火把如星星般闪着光芒。

白日的厮杀、喧闹已经散去，空气中弥散着浓烈的血腥气，一片残破的营帐下，歪歪斜斜插在地上的旗帜带着灼烧的痕迹，这是被一道道壕沟围绕的平地，乍一看似乎没有人，仔细看，可以看到一圈一圈的壕沟里有人头晃动，呻吟声以及低低的啜泣声不时响起。

成国公环视壕沟里的兵丁们，对着身边的将官问道："伤亡多少？"

"回国公爷，吾等右翼尚存一百二十人。"

壕沟里一片安静，成国公沉重地点点头："好儿郎们。"他沿着拥挤的壕沟走动，逐一查看歇息的兵丁们，他们个个伤痕累累，筋疲力尽，但都眼神坚定。

查看兵丁后，成国公爬上壕沟，久久伫立着眺望远方，身后的将官跟随他一起。不知道过了多久，一阵风吹过，带着呜咽声，又似乎是号角声，成国公忽地说道："让军将们撤回第三道防线吧，那边有残城墙可依。"

退一，退二，如今终于退到三，所谓有残城墙可依，也就意味着要进入最后的死战了。

"是！"身后将官们没有丝毫的畏惧，坚定地应声。

这时，远处地面传来震动，似乎有乌压压的军队压来，众人的笑声散去。成国公镇定地说道："这么迫不及待又来进攻了，看来拓跋乌很着急啊。"

"他是怕有援兵来，所以要速战速决。"一个将官说道。

"只是，我朱山从未期待援兵，迎战！"

"诺！"将官们齐声道。

呜呜的号角声在深夜的大地上传来，与远处涌来的军队相撞。这号角声似乎激怒了那边的军队，片刻之后，响起了嗡嗡的啸声，这啸声并不是先前的胡语，而是汉话，语调怪异但字词清晰："杀朱山！"

一寸一寸的光从地面溢出，大地渐渐明亮，这片辽阔的平原，还未被春意笼罩，看上去一片苍茫。

平原上出现一队人马，大约有七八千人，他们铠甲披挂，其后还有十辆辎重车跟随，急促的马蹄声从远处传来，视线里出现三匹黑马，马儿疾驰而来，眨眼间就到了军阵前。军阵中，兵丁肃立，黑马的到来并没有让他们有半点骚动，黑马在阵中穿行，很快来到正中的一辆车前。

此时车前站着不少人，杨景、夏勇、李国瑞等人都围着一张舆图，仔细研究着什么，不时低声交谈，君小姐也在一旁，安静地听他们议论。

"姐，"赵汗青勒住马，举着手里的鞭子指向身后，"前边就是白毛沟。"

围在舆图前的诸人顿时笑了，李国瑞忍不住握拳狠狠甩了甩："这条路果然走对了，比往常快了五天。"

君小姐抬手示意将舆图收起来："那我们这就要进易州了。"

听到"易州"二字，周围的人不禁热血沸腾，他们为将为兵这么久，还是第一次踏上这黎人的地盘，既害怕又刺激。

军阵中飘荡着旗帜，旗帜虽然众多，但其实只有两面，一面写着顺安军，一面写着青山军，青山军的几十人已经不再单独列队，他们穿插在顺安军中，顺安军很多兵丁都穿上了青山军的铠甲，如今不仔细看几乎分不出来谁是谁。

"李大人，"君小姐回头看着李国瑞问道，"你们随我来易州，算是私自调兵了吧？"

河间的顺安军被派到霸州来，理由是救护民众南下，但李国瑞最终却率军北上，当然这个消息瞒着河间大营，李国瑞郑重说道："这不算是私自调兵，我们是成国公下属的兵将，兵听将，将听帅，帅听君，朝廷高远，我们这些小兵小将没资格懂，朝廷下令自有成国公遵循，而我们遵循成国公之令，成国公从来没有下令让我们退兵，且他如今在易州与黎人作战，那我们自然也要去战。"说到这里，神情肃重，"所以我们这不算私自调兵，如果朝廷要罚，该罚的不是我等，而是成国公。"

君小姐哈哈笑了笑，又看向了军阵："我们将要在黎国的境内迎战万众的黎兵，你们怕不怕？"

"不怕！"整齐的呼喊声响起。

"你们为什么不怕？"君小姐又问道。

"因为成国公不怕。"整齐的呼喊声再次响起，"因为君小姐不怕。"

听着这喊声，君小姐含笑翻身上马，李国瑞、夏勇等人也随之上马，君小姐纵马向前几步，接过赵汗青手里的长刀向北一指，大声说道："那我们就去救成国公！"

军阵中哗啦作响，长枪长刀林立向北，呼啸声震耳欲聋铺天盖地："救成国公！"

天色大亮，沉寂片刻的矮墙壕沟外又响起战鼓声，随着这战鼓声，一队队的黎兵举着刀斧盾甲冲了过来，迎接他们的是矮墙后的一波利箭，但实在寡不敌众，即使有黎兵被射中，依旧有更多的黎兵踩着死去的同伴奔涌上前。

站在破旧的关墙上，将官射完最后一支弩箭，大喊道："撤！"

看着周兵仓皇逃开，越过矮墙壕沟的黎兵顿时气焰更盛，很快冲进了关墙内，双方又是一阵惨烈的激战。

一夜过后，关墙后破败不堪，到处都是周兵的尸首和燃烧的木架、盾车，关墙内本就狭窄，涌进来的黎兵一时间动作缓慢，挤作一团，原本严整的阵型也变得松散，进来的黎兵们小心翼翼又警惕地环顾四周，这里空无一人，似乎周兵都死光了……

黎兵们刚刚放松警惕，向前方的内城冲去，一阵尖厉的锣鼓声响起，旋即嗡嗡风声传来，黎兵们下意识地抬头，只见从前方的内城里飞来十几枚石弹，黎兵顿时怪叫着四散躲开，但因为人多地窄，后边涌入的还没反应过来的黎兵在须臾之间被砸中，凄惨倒地，血流成河。

听着外边的惨叫声，隐蔽在内城墙后的将官神情平静，他站起来，将手中的弩机对准土墙外，低声命令道："弩机手，放！"

十几个兵丁立刻站起来，扣动了手中的弩机，箭如雨般射向土墙下的黎兵，关墙内陷入一片混乱……

看着冲进去的黎兵又逃了回来，站在远处阵营中瞭望的拓跋乌大怒，下令射杀退后的黎兵，并愤怒地喊道："他没有多少兵力了，撑不住了，就是用尸体压也要压死朱山！"进是死，退也是死，更多的黎兵只好硬着头皮继续进攻，关墙内外尸横遍野。

"这一轮差不多有一千多吧。"站在内墙上的将官说着嘿嘿笑起来，显然对这结果很满意。

"很不错。"醇厚的声音从后传来，将官回头看去，见不知什么时候一众将官兵丁站在了城墙上，簇拥着一个身材魁梧的男人。这男人穿着铠甲，戴着帽盔，帽盔上鲜红的流苏璎珞分外夺目，他的手里提着一把长刀，这长刀打造得十分精致，粗估有二三十斤，此时在日光下闪着寒光。

"国公爷。"将官忙上前施礼道。

成国公看向前方，前方密密麻麻的尸体后，无数的黎兵正在源源不绝地涌来，他眯起眼说道："战吧！"

这将是最后一战。

紧接着，城墙上所有兵丁都站起来，声嘶力竭地喊着，如春雷滚滚，响彻整座关堡。

看着不断涌入又退出的黎兵，站在远处瞭望台上的拓跋乌也不由得心惊胆寒，手扶在腰间握紧了长斧。

随着战况，战场已经移到了关堡外，拓跋乌的视线里终于出现成国公的身影。拓跋乌眼睛通红，抓起长斧就要下瞭望台，却看到成国公的长刀舞得虎虎生风，靠近他身边的人一片又一片地被砍倒，拓跋乌不由得面色铁青，眼神闪烁，握紧了长斧，停下脚步。

成国公朱山是死定了，如果看到自己，肯定会拉上自己陪葬，现在犯不着冒这个险，等他死了，自己去亲手砍下他的头也是一样的，想到这里，拓跋乌抓着栏杆，咬牙切齿地喊道："继续进攻！所有人全部都上，杀掉他们！"说到这里又仰头狂笑，"朱山要死了！朱山终于要死了！"

此时，耳边轰的几声巨响，瞭望台一阵摇晃，拓跋乌猝不及防，差点栽下去，他忙抓住栏杆，还没寻到声音从哪里传来，就听得身后一阵骚动，呼喊声传来："周人的援兵来了！是青山军！青山军来了！"

拓跋乌不可置信地回头看去，只见后方腾起一片浓烟，紧接着十几个石弹飞来，落地之后，腾起一片火光，血色炫目，一片混乱。拓跋乌大为骇然，还来不及思考，轰轰声又不断响起，整个后方军阵已经完全混乱。

"稳住！"拓跋乌终于反应过来，愤怒地喊道，"来人多少兵马？不许退！退者死！迎战！"

但这并不能阻止黎兵的退缩，滚滚浓烟中，后方军阵完全溃散，黎兵们惊恐地大喊着向四野狂奔躲闪。

拓跋乌又愤怒又骇然，青山军到底是什么军队？为什么让他的勇士们这样畏惧？他看向前方，那轰轰的声音似乎停了下来，整个后方军阵如同被巨石滚过，惨不忍睹。

"跟我上！"拓跋乌拔刀喊着，人也从瞭望台上下来，想要领着精兵亲自上阵，给这些不知天高地厚的周兵一个教训，但就在此时，密密麻麻的长枪从空中飞来，惨叫声顿时四起，无数的黎兵被穿透带着飞起，整个方阵犹如被万钉砸下，地上顿时"钉"满了一串串的黎兵，场面惨不忍睹，犹如人间炼狱。

拓跋乌手里的刀斧差点掉在地下，有亲兵跌跌撞撞奔来，焦急地劝道："王爷，快撤！"

拓跋乌气得抬手就将这亲兵砍倒在地，大吼道："他们多少人马？"

"大约五千。"有将官急急说道。

拓跋乌更加恼羞不已，看着前方越发溃散的黎兵，方阵已然不成形，而在更前方，一群兵马正在逼近，不只兵马，前方还排列着十架车，好似是辎重车，但又摆出奇怪的姿势，日光下，其上一排排长枪斜向上闪着寒光。拓跋乌神情惊讶，从未见过周兵有这种兵器。

"从哪里冒出来的？"拓跋乌再一次握紧长斧就要上前，"勇士们都给我……"他的话没说完，就听得尖厉的破空声，那架在辎重车上的长枪顿时又如雨般飞来，黎兵大阵顿时陷入一片混乱，整个左翼溃散。

拓跋乌下意识地后退抬起刀斧格挡，此时，他才真的开始惧怕。而在这一波弩箭之后，那些车马后退，对方的人马变换队形集结成一个圆阵向前攻来，拓跋乌怔怔看着，那军阵一眨眼间已经冲进了黎兵阵营，战况极其惨烈。

"这青山军就是在霸州以几百人杀我千人的。"身边的将官急急说道，"大王我们快退吧。"

"是啊，这青山军不仅兵器厉害，阵法也极其古怪。"其他人忙劝道，"我们快撤回营地吧。"

拓跋乌又怒又怕，他不甘心地回头看身后还在围攻厮杀的关堡，大概是听到有援兵来了，成国公那边军心振奋，而原本占上风的黎兵则有些畏惧地连连后退，拓跋乌吼道："再给一些时间。"

"大王大王，这青山军奸诈，七皇子可还在营地里。"一个亲将急急说道。

拓跋乌猛地一个激灵，而就在这时，远远传来震动声，拓跋乌顿时面色大变，而军中已经响起惊呼声："是大营！有人袭击大营！"

几个将官抓住拓跋乌，大喊着劝道："大王，七皇子在营地呢！快回防救援吧！"

拓跋乌的神情变幻，最终看了看那边交战的关堡，恨恨地将手中的刀斧砍在地上，大吼道："收兵回营！"

看着黎兵如潮水般退去，关堡上的周兵终于卸下最后一口气，有的挂着兵器跪倒在地，有的干脆一口气散去，晕了过去，而更多的人则激动地呼喊道："援兵来了！"

几个将官虽然不至于如此失态，但眼中也浮现水雾，援兵真的到来了，心中的激荡真是难以言表，他们举目望去，一片狼藉的战场上，黎兵如潮水般退去，而一队人马势如破竹而来。

这人马摆着左右双翼的攻阵，军旗飘扬，铁骑踏踏，长枪如林，带着强悍之气，如同一座山轰轰滚压而来。将官们一眼就认出了熟悉的军旗，站在最前方的一个将官欢喜不已，转身向后喊道："国公爷！是顺安军！"却见成国公所在的地方被一群将官兵丁围住，他们神情悲戚，而成国公的身影忽然看不到了……

"成国公！"一身血的李国瑞大喊着，不待近前就跳下马，身子瑟瑟发抖，哽咽地说道，"末将……末将来晚了……"在他身后的人也纷纷下马，气氛凝重。

"没来晚。"一个醇厚的声音传来，虽然虚弱，但吐字清晰，这声音让李国瑞顿时精神起来。

围在一起的兵将纷纷让开，白盔甲男子坐在地上，靠在一个副将身前，右手握着一把长刀撑在地上，他的帽盔已经摘下，露出面容，是大周北武神——成国公朱山。

李国瑞一阵激动，但下一刻就看到朱山白甲下的衣衫已经鲜红一片，一杆长枪刺入他的胸口，枪杆被折断，只余下枪头。李国瑞腿一软，跪倒在地，哽咽道："国公爷！"

"站好了。"成国公的声音柔和却有着不容拒绝的力量，李国瑞立刻站起来，神情激动又悲伤地看着他。

"让我看看是哪一位好男儿来援我朱山。"成国公的视线落在李国瑞身上，其他人也都看向他。

李国瑞反而避让站开，一个裹着红披风的年轻女子出现在大家的视线里。在一堆高大的披甲男人中，她的身形越发显得瘦小，披风随风展开，露出百褶绣花裙角，她伸出手，垂头轻提裙摆，小心翼翼地绕过一个死去的兵丁尸首，走到成国公身前。

成国公眼中难掩惊讶，而女子轻盈地走近，她抬起头，眉眼如画的脸上带着几分羞涩和不安，似乎想说什么，又不知道说什么好，微微踌躇一刻，从披风下伸出一只手，小小的手掌心向上，托着一颗锡纸包裹的圆粒，看着眼前负伤而坐的男人，她认真说道："你，吃蜜饯吗？"

成国公微笑着看着面前站着的女子，松开了握着大刀的手。大刀落在地上，溅起一片鲜血，更显得寒意森森，他因为失去了支撑，身子有些不稳，身后的副将忙扶住他。

成国公伸出手，又停下，认真说道："我的手，有点脏。"

君小姐小心地将蜜饯拆开，放到成国公摊开的手掌上，认真又期盼地看着他。成国公将蜜饯送到带着血丝的嘴边，一口吃了进去，他认真地嚼着，温和的面容微微皱了皱，君小姐顿时有些紧张。

"有点酸。"成国公微微一笑，"很好吃，谢谢你。"

君小姐的脸上绽开笑，如春花盛开，四周的人也莫名松口气，似乎解决了天大的难事，很多人还莫名地跟着笑起来。

"国公爷，您的伤……"一个将官单膝跪下，神情焦虑地看着成国公，其他将官也都反应过来，纷纷围上去。成国公的面容虽然平和但毫无血色，额头上也有大颗大颗的汗珠滚出，适才握紧了长刀的手正在身前微微抖动，身子也微微颤抖，看得出他极力忍着疼痛。

"无妨，无妨。"君小姐立刻柔声说道。

将官们有些愤怒地瞪了君小姐一眼，一个将官忍着脾气问道："你们是顺安军？毛舜才来了吗？"毛舜才是顺安军的总将，作为成国公的得力亲将，与他打交道的自然都是同等级别的将官，眼前这些人应该都不是高级别将官，因为他都不认得。

将官又急着问道："军中大夫尚在否？"

李国瑞忙点头："有大夫，有大夫。"他说着往一旁站了站，恭敬地说道，"君小姐快请。"

君小姐伸出手，站在她身后的一个男人立刻将一个药箱递上，她立刻熟练地处理成国公身上的伤口。

看到她动作熟练，也没有女子的畏畏缩缩，似乎对这皮翻肉裂的刀枪战伤司空见惯，将官们稍微松口气，不过还是有一个将官低声质疑："国公爷伤得很重，你们还有别的大夫吗？"

李国瑞笑着说道："吴大人，不用找别的大夫，如果君小姐治不好的话，那就没有大夫能治好了，她可是九龄堂的君小姐，号称专治疑难杂症、妙手回春、能做出痘苗的君小姐……"

君小姐的名气这些将官也听过，能做出痘苗解救孩童与痘疫之灾的大夫，当然是神医，众将官恍然大悟，再无疑虑，大家忍不住七嘴八舌地询问道："君小姐，国公爷的伤……"

君小姐已经将成国公其他的伤口处理完毕，现在正握住了胸口上的枪头，将官们在一旁主动说道："我们来帮忙按着……"话音未落，就见成国公闷哼一声，身子前倾，血瞬时喷溅，原本插在胸口的枪头已经被君小姐拔出随手向后扔去。

周围的人猝不及防，被喷了满身的血，脱口发出惊呼声，成国公则向后倒去，直接晕了过去。四周一片凝滞，一个副将愤怒地喊道："你！你！"君小姐已经利索地用一条浸染了浓浓药汁的布裹住了成国公的伤口，那将官接着喊道，"这怎么能止住……"

话音未落，李国瑞在一旁轻咳一声，低声提醒道："止住了。"

那将官一怔，成国公胸口的血果然不再喷涌。君小姐将一颗丸药塞进成国公口中，随手按揉几下让他咽了下去，同时几根金针刺入成国公的头上，伴随着一声幽幽的叹气，晕过去的成国公睁开了眼，虽然依旧面如金纸，但眼神并不涣散，他动了动嘴唇，说道："动作利索，很好，谢谢你。"

君小姐带着几分羞涩地笑了笑，似乎被夸赞得有些不好意思。

一个将官小心翼翼地问道："国公爷的伤……"

君小姐将金针拔出，站起身说道："暂时无碍，但不能再耽搁，尽快离开这里，到安全的地方去。"

"毛舜才呢?"那将官再次问道,"你们现在的营军由谁指挥?"他的视线扫过诸人,然后看到李国瑞等几个男人又向后退了一步,将官的眉头挑了挑,接着听到了君小姐柔和的声音:"布阵撤军,召汗青三营归队……"

呜呜的号角声在战场上响起,面前的军阵又开始变换,几个将官走到关堡外,第一次认真看清眼前的援军。这些援军乌压压的一片,目测人数只有几千,却个个昂首挺胸,气势威严,将官们对于北地的各路军自然不陌生,不由得惊讶万分,且不说他们的铠甲,就这气势以前可是从未有过,这分明是一等一的强军,一可当十。

"好兵。"成国公的声音从后传来,他又看向君小姐,"这都是……你的兵?"

站在成国公软轿旁边的君小姐笑了笑:"这是大周的兵。"

成国公的视线落在军阵大旗上,一字一顿地念道:"青,山,军。"

将官们忙再次看向军阵,除了顺安军的军旗,的确有另一面大旗飘扬。正想询问这是哪里的军队,就听得远处一阵马蹄急响,有大批人马奔来,将官们凝目看去,见几千人马越来越近,看其穿着打扮,确定是周人。

众将官松口气,想到适才这女孩子说的话,心想这大概就是去袭击黎军大营的人马。人马奔近,跟着旗鼓的指挥融入军阵中,只有一骑继续向这边奔来。看清来人后,将官们再次惊愕,竟然又是一个女子,她骑着一匹黑马,肩上背着弩弓,手中握着长刀,马背上缚着圆盾,完全就是一员悍将的装备,她的脸被红布遮住,双眼明亮,熠熠生辉,马儿奔近,卷起尘土,君小姐的披风、裙角也随之飞扬。

"姐,你叫我们回来得太早了。"她在君小姐身前勒马转动着大喊道,"我都看到那什么皇子的所在了,再给他几下就能干掉。"

将官们的神情更惊讶了,君小姐笑道:"汗青真厉害,但是如果真干掉他,我们就走不了了。"

赵汗青"嗯"了一声,纵马转了几圈,视线落在成国公身上。成国公温和地笑了笑,赵汗青神情木然地转开视线,对君小姐说道:"姐,我归队了。"

君小姐点点头,赵汗青立刻纵马疾驰而去。

"这是你妹妹?"成国公问道。

君小姐看着他,含笑点点头。

"好姑娘。"成国公说道,"好兵。"

君小姐有些小得意又有些小羞涩地笑了笑,便准备吩咐兵将收拾战场。

"这里战死殉国者有几千众,重伤千众,另轻伤者未能统计出。"一个将官将伤亡报来,这数字让现场的人一阵沉默,气氛沉重,伤亡太大,成国公的亲军几乎一多半都折损在这里了。

"就地掩埋,收腰牌,撤军。"成国公简短地说道,大约是虚弱的缘故,声音里多了几分哀伤。

将官们正要传达命令,君小姐却出声制止:"让我们来掩埋吧。"

雷中莲等人立刻毫不犹豫地齐声应"是"。

一个将官在心里叹口气,站出来劝道:"君小姐,这真是太耗费人力了……"

君小姐摇头打断他，看向夏勇："不，不耗费人力，用石弹吧。"

将官们皱眉看着这边被唤作夏勇的男人应声"是"，转过身疾步而去，片刻之后，那边指挥军阵的旗和锣鼓略一停顿，移动的兵马也随之停下来，然后锣鼓旗帜重新而起，兵马未动，军阵中一辆辆辎重车驶出，站在关堡外的将官们都神情复杂地看着，还有人忍不住摇头。

"国公爷，"君小姐柔声对成国公说道，"把耳朵掩一下，声音有点大。"

地面一阵摇晃，很多人猝不及防，差点摔倒，只见地面上腾起一片片火光烟雾，更有土石四溅。

轰轰声似乎永无止境，脚下如地动山摇，几乎是眨眼间，火光硝烟中出现一个巨大的土坑，一个将官喃喃说道："竟然用了这个利器来挖坑？"

"万一黎人再过来怎么办？"有人按着胸口，哑声喊道。

君小姐下颌微微抬起，带着几分倨傲："他们，不敢。"

果然，巨大的震动让远处的黎兵大营再次陷入一阵混乱，兵丁们吓得四处躲避，就连刚受过惊吓的七皇子也吵闹着赶紧撤退。拓跋乌看着闻风丧胆的将兵们，又愤怒又无奈，直到此刻，他才意识到，他们已经不战而败……

轰炸声终于停了下来，将官们的耳边尚自嗡嗡，但那边的军阵已经在旗鼓的指挥下，将兵士尸首都堆积到了大坑中。

将官们神情凝重，成国公被抬架到土坑前，几个亲将扶着他慢慢起身，成国公默默地看着坑里的尸堆，说道："击鼓。"

一个将官忙抬手示意，激扬又悲壮的战鼓声响起来，伴着鼓声，坑边的兵丁们将土石推进去，尸堆被逐渐掩盖，土高高堆起，一块块石头覆盖其上。

成国公再次躺回架子上，静默片刻后，他缓缓闭上眼："走吧。"

"稍等一下。"君小姐却转身对夏勇和李国瑞低语几句，二人应声"是"，奔向军阵中。

将官们不解，只见一队队兵丁徐徐而出，一杆大旗由四五个兵丁合力插在土堆最高处，迎风飘扬。

"待来日，吾必来接尔等回家。"成国公睁开眼睛，看着飞扬的大旗，忽地说道。

君小姐笑了笑："或者，待来日，这里就是尔等的家，我们来这里拜祭。"

将官们忍不住看向她，心想这小姐口气可真不小，意思就是将黎人之地占为己有，而成国公则笑了笑，对她点头称赞道："好兵。"

君小姐颔首一笑，柔声说道："撤。"

伴着鼓声和辎重车的轰隆隆声，大军齐整地向南而去。

成国公率军入易州的事，朝廷自然也知道了，这种违抗圣命的事，黄诚是绝对不会替成国公隐瞒的，他添油加醋地报告皇帝，而议和的黎人使者也跟着闹了好大一通。

成国公先是没有消息，接着又传战死，消息很快传遍了全国，举国哗然，凡是闻讯的人，又害怕又悲伤。此状让众朝臣大为震惊，他们压根没想到，成国公战死的消息会引起这么大的震动。

流言四起，有说成国公是被朝廷害死的，因为要议和，朝廷为了讨好黎人，故意送成国公去死。当然很快又有不同的说法，说成国公好大喜功、抗命不归，结果害死了精兵壮马。甚至还有人说成国公其实没死，是投敌了。各种流言满天飞，很快席卷了整个京城。有民众自发分成两派，一派支持成国公，一派反对成国公，两派民众天天激烈争吵议论，甚至为此大打出手，最终不得不由朝廷派兵丁来维持秩序，但很快"成国公易州率军归来"的捷报由兵丁沿街宣读，这消息让京城的大街沸腾起来，闻讯民众无一不喜极而泣、欢呼雀跃。

而皇帝自然也是第一时间就知道了此消息，他自言自语道："朕是该高兴还是不高兴呢？"

屋子里连个太监都没有，只有带来此消息的陆云旗一个人，皇帝看着他，皱眉说道："他怎么就没死呢？"

"因为陛下没让他死。"陆云旗低着头答道。

皇帝哈哈笑了："说得对，朕还没让他死，他就不能死。"说罢，外边传来太监尖厉的喊声，"陛下，陛下，大喜啊！"

皇帝对陆云旗摆摆手，陆云旗低头退后。殿内大开，太监举着奏报冲进来，喊道："成国公没死归来，已经到定州了。"

皇帝故作欢喜地点点头，又吩咐大臣们来殿内。位于官署的臣子们闻召而来，殿内变得一阵嘈杂。

"折损了万众兵马！这是贪战之罪！"

"也不能这么说，黎人到底势众，折损兵马也是无可奈何。"

"那也都是成国公的错，养兵不易，耗损容易，陛下一再让避战，他偏偏抗命不听。"

"……"

听着官员们义愤填膺的请奏声，皇帝隐藏起复杂的情绪，镇定地说道："不管怎么说，人活着就好。"

"陛下真是太仁慈了。"一个大臣立刻说道，"就是因为陛下这样仁善，成国公才越发有恃无恐。"

"好了，不要吵了。"皇帝拍了拍龙案，呵斥道，"人既然没事，现在最重要的就是善后。"

"是啊，有什么事等成国公回来再说吧。"一直沉默不语的黄诚也说道。

提到善后，大殿内的官员们再次纷纷发表意见，陆云旗已经退到殿外，示意太监关上殿门，隔绝这些吵闹，转身走开了……

第一百一十八章

◇

成国公胜利而归

定州，唐县安阳口，此时一片大营驻扎，来往的兵马不断，但很多人都被拦在外边，包括定州兵备道等文官武将。

"成国公正在养伤，不能打扰。"驻营外守兵神情木然地说道。

兵备道诸官对此有些恼怒，一来因为里面有成国公，二来这边营军看上去格外凶悍，只得作罢，默默地在不远处等候。

但此时，一个高亢的男声突然在营外响起："我怎么不能进？你们不知道我是谁吗？"

营中的雷中莲一听到声音，就知道来人是谁，不由得神情激动，而朱瓒喊着："我可是成国公世子啊，我爹呢？我娘呢？我夫人呢？"他骑马冲进营里，响亮的声音立刻充斥了安静的军营。

随着这喊声，一个营帐被掀开，有一个女子走出来，大声问道："谁找世子夫人？"

朱瓒眼角的余光看到，立刻奔过去，见那女子蒙着脸，十几岁，正甩着一条鞭子在玩，他笑嘻嘻地说道："我啊，我是你夫……"

但他还没说完，就看到又有女子掀起帘子走出来，她对着朱瓒微微一笑，柔声说道："夫君，你来了。"朱瓒只觉得身子一软，人也从马上跌了下去。

君小姐看着他滑稽又狼狈的样子，抿嘴一笑："夫君，娘没来这里，正从河间府赶过来，不用担心，婆母一切都好。"

朱瓒惊愕得如同见到了鬼，他呆呆地脱口说道："我的娘啊！"

君小姐竭力忍着笑，上前一步，伸出手："夫君……"

朱瓒立刻躲开，伸手指着她，结结巴巴地说道："你想干什么……"

君小姐却已经抓住他的胳膊，认真地低声说道："大家可都看着呢。"

朱瓒身子僵硬，没有再将胳膊抽走，顺势拉着君小姐站起来，又瞪眼看她，忽地伸出另一只手将她揽入怀里。动作有些猛，她猝不及防，一头撞在他的肩头，紧接着，背上被大手用力地拍了两下，耳边响起深情的呼唤声："夫人啊……真是辛苦你了……"

君小姐被拍得咳嗽两声，再次撞在朱瓒的肩头，眼泪汪汪地低声说道："够了够了，有话进去说。"

朱瓒哈哈干笑两声，反手抓住君小姐的胳膊，将她拖着走进了营帐。

全程站在一旁的赵汗青甩了甩垂下的头发，嘀咕一句"玩什么呢这是"。然后甩着鞭子跑开了……

营帐内并没有故友相逢的感慨，更别提执手相看泪眼婆娑，一进来，朱瓒就甩开君小姐跳开几步，一脸戒备地看着她。君小姐再也忍不住，哈哈大笑起来。

"怎么会是你？"朱瓒低声呵斥，"到底怎么回事？你怎么……怎么骗我娘的？"

君小姐笑着说道："怎么会骗呢，我是那种人吗？"

朱瓒干笑两声："你不是吗？我娘和我爹是不是还不知道你是谁？要不然我娘回信怎么没告诉我？"

"夫人和国公爷知道我是谁，至于夫人为什么没有告诉你。"君小姐笑得眉眼弯弯，"是我不让她说的，惊喜吧？吓了一跳吧？"

朱瓒忍不住翻了个大白眼，瞪眼想说什么又不知道该说什么，而君小姐则一直在笑，最终，朱瓒扯了扯嘴角，木着脸问道："我爹呢？"

君小姐收了笑，郑重地说道："国公爷在养伤。"

朱瓒从鼻子里喷出一口气，君小姐已经伸手做请，率先迈步："夫君，这边请。"

朱瓒的眉眼顿时再次抽了抽，君小姐则仰头无声大笑着向前走去。朱瓒只能咬牙瞪眼，抬脚对着她的背影踢了两下，甩着衣袖，绷着脸，跟了上去。

成国公的营帐里，药香浓浓，成国公躺在软榻上，面如白纸。朱瓒立刻跪倒在榻前，哽咽地喊道："爹！"

成国公这才睁开眼，露出笑脸，温声道："瓒儿来了。"

朱瓒红着眼点点头，要说什么，眼角的余光看到站在一旁的君小姐，她正负着手，微微歪头，好奇地盯着他看。朱瓒咬了咬牙："君小姐，我想跟我爹说几句话。"

成国公微微笑了笑："无妨，有什么话你说就是。"

不待朱瓒说什么，君小姐笑着说道："国公爷你该用药了，我去给你熬药。"

成国公对她含笑点点头，君小姐便转身走了出去，掀起帘子时听到朱瓒闷着鼻音再次喊了声爹，这声音跟朱瓒以往说话不同，带着愧疚、焦急、紧张，还有一丝撒娇的意味。

君小姐正认真地盯着小炉子上咕嘟咕嘟冒泡的药锅，身后传来脚步声，她拿起一段小木片扔进炉子里，并不理会来人。

"喂。"朱瓒似乎不耐烦了，提醒道。

"别吵，熬药的关键是火候。"

朱瓒哼了声，转身迈步要走，身后却传来君小姐笑嘻嘻的声音："不过对我来说这都是无关紧要的事，毕竟我医术高超。"

朱瓒带着几分羞恼地转身回头，深吸一口气，让自己平复下来，木然地说道："说吧，你的条件。"

君小姐伸手比画了一下，笑着说道："你父母都知道，十万两银子。不过，那只是我送你母亲以及在霸州护送民众撤离的价钱，后来去易州援助你父亲自然不包括在内，这个价钱嘛……"

她的话没说完，朱瓒就猛地后退一步，带着戒备地说道："你休想嫁给我！休想用救命之恩来要挟我！我是不会就范的！"

熬药的营帐里一阵安静，君小姐撇了撇嘴，似乎要说什么又觉得没什么可说，最终翻个白眼："傻样。"说罢，便转身端起药锅。

"你别装傻。"朱瓒哼着跟上来，看着君小姐将熬的汤药慢慢倒出来，药汁浓郁墨黑，苦涩又带着几分香甜，瞬时充斥鼻息。

"我装什么傻。"热气蒸腾中，君小姐的面容有些模糊，"你父亲没告诉你定亲是假的吗？权宜之计而已，你不要多想。"

朱瓒哼了一声："你这种把戏我见得多了。"

君小姐将药碗放进托盘里，随口问道："什么把戏啊？"她说着从药箱里拿出一株药草，仔细用小刀子切碎，清脆的声音在营帐里响起，并不让人觉得烦躁，反而莫名地让人心静。

朱瓒瞪大双眼，咬牙道："以退为进，欲迎还拒，故意给我爹娘说你一心为了大义做这件事，世子夫人更是权宜之计，你不在意被累坏了声名，然后我爹娘就同情你，更喜欢你，你就能如愿以偿。"

君小姐将切好的药草撒在药碗里，抬眼看他，淡淡问道："什么愿？什么偿？"

"装什么装。"朱瓒说道，"严肃点，说正经事呢，别这么不正经。"

君小姐哈哈笑道："行了，你放心吧，我没觊觎你，我怎么就不能大义为国为民了？难道我不是那种人吗？"

朱瓒干笑两声，反问道："你是那种人吗？无缘无故的，你会做这种事？"

君小姐歪着头想了想，慢慢说道："这么一想，还真不是，如果不是你爹娘的话，霸州河间护送民众，没钱我也会去，但易州的话……"她说着摇了摇头，"应该不会去。"

"你看是不是！"朱瓒喊道，"你还说不是因为我？"

君小姐又哈哈大笑："朱瓒，你够了。"

"够什么够，你们女人的这种小心思我清楚得很。"朱瓒神情肃重。

君小姐没有理会他，端起托盘向外走。朱瓒自然不会放过她，又跟上嘀嘀咕咕地说个不停。君小姐忍不住翻个白眼，转过头看着他，说道："朱二小，你放心吧，我没有看上你，你能先别这么紧张你自己的终身大事，先让我给你爹治伤送药吗？"

朱瓒哼了一声，旋即又反应过来，瞪眼说道："谁让你叫我朱二小的？"

君小姐再次冲他翻个白眼，掀起帘子走了出去。朱瓒又跟上去，想要说什么，突然眼角的余光看到有人在不远处，他站住，竖眉看过去。

"令公子……"雷中莲紧张地脱口说道，"不，不，世子爷，您还记得我吗？"

朱瓒看着他，眯了眯眼："当然记得，又是你。"

雷中莲微微怔了一下，朱瓒又没好气地说道："看什么看，再看给钱。"说罢，便甩袖大步而去，留下雷中莲呆愣在原地……

春暖花开，艳阳高照，大路上一队人马浩浩荡荡而行，清一色的红甲在日光下格外醒目，前骑兵、中步兵、后辎重车、粮草车浩荡随行，一队队快马在前方疾驰，不时奔回来传达前方所到达的地点。

这队人马的行动很快就传开，唐县守城的兵将远远看到兵马逼近，又惊又惧，不过很快就得知这是驻扎在安阳口、从易州撤回的成国公兵马。一个将官下意识地喊道："快，快，迎接国公爷。"

这话喊出，周围的人神情都有些复杂，按照原本商议的结果，他们是不打算让成国公的兵马进城的，毕竟还不知道朝廷怎么判定他的行径，但现在看着眼前令人敬畏的军阵，其他人也立刻做了决定，纷纷要下去迎接，却见大军并没有丝毫停留，绕着县城轰轰而去，去的方向是定州府。

定州的官员们也第一时间就知道成国公大军拔营了，定州城外早早就有兵马肃立，在他们身后的四野，还有无数民众汇集而来，所有人都神情紧张地看向远方，地面轰隆，马蹄如雷，一队人马渐渐出现在大家的视线里，列队齐整，气势威严，队列中，三面大旗高高而起，一杆黄心红边，上书"顺安军"三字，一杆大红金字，上书"青山军"三字，而正中的一杆则是白底黑字火焰边的大旗，上书只有一个字：朱。

一声号角，军阵分开两边，一辆大车缓缓驶出来，朱字大旗就竖立在这辆车上，车上坐着的一人也站了起来，他披着白银重甲，身材高大魁梧，却不像其他武将那般凶悍，大约是面皮白净的缘故。

定州府城外原本嘈杂的人群顿时鸦雀无声，此人步伐稳健地走下车来，接过一旁亲兵抬来的大刀，轻轻松松地挽了个刀花，将大刀重重放在地上，温厚的声音随之响起："我朱山，回来了！"

伴着这一声落，安静的人群顿时沸腾起来，无数民众高呼成国公的名字，更多人扑通跪拜起来。在场的将官们都神情复杂，一个文官轻叹一声，说道："此次不死而归，成国公威名更盛啊……"

君小姐脸上的笑意更浓，有人在她身后重重咳嗽一声，不满地低声说道："你出的什么鬼主意，我爹从来不在人前耍大刀，太浮夸了。"

"不浮夸啊。"君小姐转头对朱瓒一笑，"我觉得很好看。"又一伸手指了指前方，"大家也都觉得好看，多美，多震撼啊。"

这才是成国公该有的出场，君小姐抬头看着在军阵前威武而立的成国公，说道："只有强盛，势不可挡，才能俘获人心！"

她就是要让大家都知道，成国公百战不死，无人能敌！

这一次成国公没有过定州城不入，大军按规矩驻扎在城外，成国公则和亲兵副将在定州官将的迎接下进了城。

大厅里的宴席已经准备好了，大盆的肉、大碗的酒被端上了桌，定州的官将们纷纷站起来要敬酒，却见站在成国公身后的年轻女子在他耳边低语几句，成国公点点头，那年轻女子便指挥一旁侍女在席面上拣了一些菜，放在了成国公面前。

"国公爷受了些伤，在吃食上需要忌口。"君小姐含笑对众人解释道。

众将官顿时恍然，大战过后多少要好好休养，众人都点头应声"是"。有侍女忙要把酒壶拿走，君小姐抬手示意侍女不用："今日是高兴的时候，这个酒应该喝。"

诸将官忙端着酒杯要请，君小姐却拿起酒，说道："不过成国公不能喝。"

朱瓒心里咯噔一下，斜眼看她，见她的视线果然也看向他。

"上阵父子兵……"她说着将酒壶递给朱瓒，"这酒就让世子爷替代吧。"

朱瓒手扶额头，坐直身子，伸手接过酒壶，哈哈笑道："那是自然，来来，今晚不醉不归。"

成国公在定州府城安顿几日后便要走，听到消息的众将官很惊讶，忙赶来询问。

"去河间府。"成国公温和道，"那边才是最合适的。"他伸手在桌子上画了一条线，"保州、雄州、霸州。"这三个地方都与河间紧邻，他的手在桌上顿了顿，"我，就还守在这里吧。"

在场的将官听后都一阵心酸，虽然边境变了，但成国公还是选择守在最危险的地方，他们齐声说道："是，请国公爷重整军路。"

如今三郡割让，各路军队混乱不已，是该重整了，成国公点点头："放心，重整军路，我们依旧可以守住北地，纵然黎贼进入了河北路，他们还是休想踏过境线一步。"

在场的将官们齐声应"是"，一个将官更是红着眼眶，激动地说道："只要国公爷在，我们谁都不惧。"

门外正有人急匆匆走进来，听到这话，不由得呆立在原地。一个将官皱眉问来人："什么事？"

那人欲言又止，看向成国公，成国公点头道："说吧。"

来人低下头将一封信捧来，低声说道："京城的消息说，陛下召国公爷立刻回京。"

屋内气氛一僵，一个将官苦笑一声："出了这么大事，国公爷回去觐见陛下也是应该的。"

报信的人将头低得更低，接着说道："陛下命清河伯接手河北路，为兵马大元帅。"

此言一出，众人神情巨变。如果说让成国公回京述职，这也很正常，但一面召成国公回京，一面派一个新的北地将领，这就意味着成国公要被调离了，看来皇帝还是对成国公抗旨不满，要惩戒他。

大厅里一片凝滞，一个将官忍不住焦急地说道："国公爷，这可怎么办？"

要是真这样回京城，那成国公岂不是任凭皇帝处置？厅内众将官都焦急地看着成国公，他却依旧神情温和地说道："既然是皇命，那就静待吧，先不起程了，在定州等候圣旨吧。"他既然这样说了，其他人也不好再说话，将官们俯首应声"是"，看着成国公走了出去。

成国公刚走进后宅，就听到朱瓒拍着桌子大喊道："这肯定是黄诚干的好事！"

"你也知道消息了？"成国公温声问道。

君小姐说道："知道消息了，而且并不是坏消息。"

朱瓒哼了一声："什么叫不是坏消息？"

"瓒儿，听君小姐说完。"成国公温声道。

朱瓒撇撇嘴，扭过头不说话了。

"皇帝并不是要治罪，而是要奖赏您，"君小姐看着桌上摆着的方承宇送来的急信，接着说道，"皇上接到国公爷您归来的消息后，当朝欢喜地流泪，大赞您英勇无比，又谢上天保得您这员将才，说这是大周之福，万民之幸事。"

"陛下还是那样。"成国公忽地说道，"陛下是要奖赏我等将士吧？"

君小姐点点头："是，死者追抚，伤者获赠，诸将皆有升赏，国公爷您则要进京游街夸功，皇子亲迎，皇上也将在皇城门召见您以及有功各将。"

成国公微微一笑："这真是天恩浩荡的恩赏。"

"所以说这不是好消息。"朱瓒冷声道，"从来没有白得的好处。"

君小姐轻叹一口气："是啊，国公爷，您不能回去，您的伤很重，不宜长途跋涉。"

朱瓒在一旁忙点头："是的爹，您听她的，她很多鬼主意，肯定能找到理由不让您去。"

成国公斥责道："不要说没规矩的话。"

朱瓒瞬时涨红脸，长这么大，成国公从没有训斥过他，而且还是当着女人的面。君小姐看着他憋屈的样子，差点失笑，冲他挑挑眉，朱瓒狠狠瞪了她一眼。

成国公看着这二人的小动作，微微一笑："这世上是没有白得的好处，但是我们这好处不是白得的。"

朱瓒皱眉，再次喊道："爹！"

成国公摇摇头："而且，我也想去京城，亲眼看看皇帝陛下。"

这话并没有什么古怪，但君小姐却莫名觉得眼一涩，关于回京的事成国公有了主意，又说等郁夫人到了再详议，君小姐便也不再说什么，主动告辞了。

第一百一十九章

◇

青山军的由来

君小姐回到自己的住所，赵汗青正坐在桌子前端着碗乖乖喝药。这段时间，君小姐一直没有停止治疗赵汗青脸上的疮，这药很苦，喝了这么久，赵汗青还是不习惯，一面喝一面苦着脸捏一块蜜饯吃。

君小姐微微出神，其实自己曾经也盼过成国公回京，那是当她得知父亲死于非命的时候，她愤怒世间没有人知道真相，又盼望着有人会怀疑父亲的死，她孤身闯入皇宫，临死的那一刻，也曾盼望有人会来帮她。

"姐。"赵汗青的声音在耳边响起，同时一只手在眼前晃了晃。

君小姐回过神，问道："吃完了？"

赵汗青点点头，君小姐突然想到什么，对她说："我去看看杨叔他们，你跟我一起去吗？"

赵汗青高兴地点点头，跟着君小姐一起来到府衙的兵丁房内。虽然大军驻扎在城外，但青山军已经从其中抽离，且作为君小姐的护卫随同进了定州城，就安排在这里。

君小姐和赵汗青过来时，暮色已沉，偌大的一片平房都被青山军的人占据了，此时他们正在吃饭，男人们四桌，女人们一桌，场面很热闹。

"君小姐，妞妞，快来坐。"看到她们过来，一群人忙热情地招呼道。

立刻有好几个兵丁起身添凳子、碗筷和酒菜，更有两个兵丁乐颠颠地将一坛酒抬过来，恭敬地放下便离开了。

君小姐满意地点点头，看着在座的诸位，当初从嶂青山出来时一共有四十五人，现在只剩下三十二人，战死了十三人，她忍不住说道："各位辛苦了，现在青山军的英勇威名人人皆知，人人敬仰，这是你们用血泪挣来的，名至所归。"

听她这样说，杨景和夏勇都笑了，其余乡亲则被夸得一阵羞涩。

"一人不成军。"夏勇说道，"这也是君小姐你的功劳。"

君小姐笑了笑，没有再客套，端起酒碗："来，我们喝一碗。"她又回头："汗青不许喝。"

正偷偷举起酒碗的赵汗青只得不情不愿地放下，在座的男女都笑起来，几个妇人还揽住汗青的肩头，安抚道："妞妞不要急，等你病好了就能喝了。"赵汗青闻言，只好点点头。这边诸人将酒一饮而尽，三碗酒后，大家都放开了吃喝。

杨景、夏勇则请君小姐进屋，夏勇主动开口问道："君小姐有什么事？"

君小姐将成国公要进京的事说了，杨景和夏勇对视一眼，杨景说道："君小姐需要我们做什么我们就去做，我们听你的。"

"是啊，护送成国公进京也没问题，如果不需要，咱们就回家去。"夏勇说道。

君小姐笑着点点头："这个不急，等郁夫人来了收了钱，我们再谈下一笔生意。"

君小姐迟疑片刻，问道："我是想问问，你们的过去。"杨景、夏勇怔了一下，"我不问我师父的过去，我知道没有云婶子的话，你们不敢也不想承认认识他。"她轻叹口气，伸手按了按额头，"我问的是你们，青山军到底是什么来头？"

杨景抬起头："青山军是官兵。"

君小姐坐直了身子，认真看着杨景。

"我们原本是涿州新城人。"夏勇说道。

涿州？那不是黎人的地界？君小姐惊讶地看着他。

"那时候涿州还不是黎人地界。"杨景带着几分追忆，"那时候，涿州属于项国。"

"而且他也不是涿州人。"夏勇迟疑一下，补充一句，他指的自然是师父赵志宜，君小姐握紧扶手。

"他……"夏勇欲言又止，"其实我们也不知道他是哪里人。"

君小姐不解地看着他，杨景接话："他说他是个外乡人，家很远，也没有了，流落到我们村子里，就住下来了。"

"那时候黎人正跟项国作战，大周也在趁机收复被项国占据的失地，到处都在打仗，咱们的日子越发苦。他说要过好日子，就要有兵有权，于是带着我们开始练兵，还接收了附近很多流民、村民。"杨景接着说道，"我们的队伍也越来越强大，附近的土匪都不是我们的对手。"

似乎是追忆起当初的风光，一向不苟言笑的杨景脸上也浮现笑意，他接着说道："我们当时都想，这就是好日子，但他说这还不够，说项国保不住了，而且我们本也不是项国人，我们都是大周人，要相助的自然是大周，助大周灭大黎，才是真正的建功立业，才能有真正的好日子。"

君小姐有几分怅然，更迫切地想要听下去，急着问道："所以你们就投军了？"

夏勇摇摇头："其实也不算投军，大哥他联络上了大周的将官，表达了我们愿意协助的意愿。"

"所以你们是义军。"君小姐立刻说道，"我知道这个。"

当初她听父亲讲过，在历来跟黎人的对战中，除了大周官将们浴血奋战，还有很多义军相助，还列举过很多义军将领的名讳，很多人都有封赏，但这其中并没有赵志宜，更没有青山军。

"大哥回来告诉我们，我们暂时不编入周军，因为我们现在的身份更适合在大黎这边活动。"杨景说道，"但那将官已经许诺接收我们为周军，大哥连名字都报上去了，还做了一面旗，后来我们就跟着指令走了很多地方，从涿州到易州，再到涞源。"

"我们一边走一边接收流民，队伍也越来越大。"夏勇的神情有几分得意。

"只可惜为了不暴露身份，我们一直没有用青山军的旗号。"杨勇说道，"我们一路给周兵传情报，接受命令进行协助伏击，做了很多很多事。"

"你们肯定做了很多事。"君小姐带着几分崇敬，"师父和你们都那么厉害。"

夏勇笑了笑："其实现在用的很多东西，那时候我们也没有，做东西是要钱的，那时候我们可不如现在这么光鲜，要不是后来遇到了公主……"他的话到这里猛地卡住，杨景也在一旁重重地咳嗽一声。

君小姐也愣了一下，突然想到北地那个姓云的大家族……项国之主，云氏，云公主，果然如此……她看着杨景和夏勇，他们的神情有些不自在，还小心翼翼地观察她的神情，似乎担心她察觉，项国跟大周并不怎么和睦，如果让周人知道项国的亡国公主就在大周境内，必定是要抓起来的。

"那后来又是怎么回事？"君小姐似乎并不在意这些，而是迫不及待地问道，"你们怎么会籍籍无名，又怎么会落脚于嶂青山，师父又怎么独自离开十几年不归？"

杨景和夏勇都暗自松口气，夏勇说道："后来我们也不知道怎么回事，那一次我们接了一个大任务，要去阻击黎人的大军，说是先锋只有五千人，结果去了才发现根本不是先锋，而是大军主力，将近十万人马。"

"在大哥的带领下，我们最终杀出了重围，却暴露了行踪。为了摆脱黎兵的追杀，我们费尽周折，辗转两年多，才带着幸存者离开黎境。"杨景沉声道。

君小姐的手不由得攥紧，她到嶂青山时，那里的村民不到一百人，可见那一仗打得多惨烈，她急问道："后来呢？"

"后来大哥要去找负责联络的将官，一是问问怎么回事，情报怎么会有这么大的失误。"夏勇说道，"顺便去帮我们要个名分，想让我们青山军正式入编，论功行赏。"

君小姐连连点头："这是应该的。"

夏勇凄惨地笑了笑："但那个将官死了。"

君小姐愣住了，沉声问道："那个将官叫什么？"

"叫蒋泽。"杨景说道。

君小姐知道这个人，这是当年有名的武将，只可惜在大名府大战中突发疾病死了，然后才有了后来的邹江等将领接手，她问道："难道他死了，就没有别人知道你们做的事吗？"

夏勇摇摇头："我们不知道怎么回事，所有人都不知道我们青山军，但从时间算，他们所说的大名府大捷，就是在我们阻击黎军主力的情况下取得的，这也是我们的功劳，他们怎么会不知道？然后，黎人突袭，京城被围，皇帝被掳，整个北地又乱了，更没有人理会我们的事了。"

"那时候太乱了，我们也是元气大伤，而且也不知道周兵怎么看待我们，所以我们就退居在嶂青山，正好妞妞也出生了。"说到这里，杨景的神情黯淡下来。

后面的事情不问也知道，妞妞生而有病，师父却束手无策，曾经热血建功却一事无成，弟兄们几乎折损殆尽，可想而知，他当时是怎样的心情，君小姐只觉得眼眶发热。

室内陷入一阵沉默，君小姐端起桌上的茶，茶托相碰发出清脆的声音，打破了室内的凝滞："后来呢？"

"后来我们就在这嶂青山住了下来，大哥说干什么就要像什么，我们就开始打猎种田。"杨景说道，"过了两年，大哥决定去寻找证据、证人，说很快就回来，让我们在这里等着。"然后，这个人一去不归，而他们在嶂青山一等就是这么多年，怪不得师母生气，师父这样一走了之，一点消息也不留，实在是有些……君小姐心里叹气，放下手里的茶杯。

"我们也试着去找过大哥，可是也不敢走太远，去找过官府将营，但他们不仅不信，还听说我们是涿州人，就说我们是奸细，把我们一个兄弟给抓了。"夏勇的声音有些沙哑，"让拿钱赎人，我们一时拿不出钱，结果我兄弟在牢里受刑染了伤寒……"他扭过头，说不下去了。

君小姐抬起头吐口气，撑手站起来说道："走，我们再去喝一杯……"

君小姐晃晃悠悠甩着衣袖回到自己的住所时，夜色已沉，赵汗青简单跟她打了招呼，便回了自己的屋子。

君小姐站在廊下看了眼夜空，此时月明星稀，春夜喜人，她不由得伸手扶住廊柱，将头靠了上去，廊柱还是冰凉的，贴上去很舒服。

"喂。"有男声从屋子里传来，带着几分恼怒。

君小姐靠着廊柱回头看去，见屋门前站着一个男人，屋内灯光披在他的身上，明暗交汇。

君小姐想了想，抬头看看四周，说道："我没走错地方吧？夫君，我怎么跑你这里了？"

朱瓒咬了咬牙："竟然是个酒鬼。"

君小姐嘻嘻笑道："不是，我是不喝酒的，喝酒醉了，要抓着的人就跑了。"她说着伸手似乎要去抓走过来的朱瓒。

朱瓒咬着牙，伸手将她的肩头抓住拎进了屋子，冷声问道："我问你，你那边还有什么京城其他的消息？"

"京城还能有什么消息，无非是保国公还是害国公。"君小姐笑道，"怕他什么，只管去就是了。"

朱瓒冷笑道："你说得轻松，我爹可能会去送死。"

君小姐伸手抓住他的胳膊，无所谓地说道："我爹已经死了，那又怎么样？我就该怕了不去了吗？"

朱瓒皱眉，清楚看到了她眼里的愤怒和悲伤。她紧抓着朱瓒，继续说道："很多人都死了……我们怕什么？躲什么？就要去！"她又伸手指向京城的方向，"去京城！去闹！让他们知道什么叫公道！让他们没有好日子过！"

朱瓒被她拽得向前迈一步，有些羞恼地甩开君小姐的手，没好气地说道："我为什么要跟你这个醉鬼说话。"说着就要抬脚向外走，君小姐被他带着向前跌去，朱瓒本可以甩开不理会，但还是伸手揽住，免得她跌在地上。

君小姐抓着他的胳膊站直，认真说道："朱瓒，不能躲，不能怕，不能让，绝不能，老天爷是有公道的。"

朱瓒看着她，此时的她眼神清明，脸上更没有丝毫醉意，他没好气地说道："我可没有怕，更不会躲。"

话音刚落，君小姐就哈哈一笑，拍拍他的肩头："没错，怕什么，老天爷有公道，不给，我就去拿，我们去要，去抢！"

朱瓒的脸顿时一阵黑红，他气得将君小姐的手从身上扒拉下来，将她推开，没好气地说道："一边去。"

君小姐向后跌去，还好后边是桌子，挡住了她没摔倒。朱瓒一脸嫌弃地向外走，走到门口又停下，左右看了看，不见一个丫头仆妇，他转头看旁边屋子还亮着灯，知道这里住着那个自称妹妹的女孩子，便上前敲门喊道："喂。"

下一刻，门被打开，一个一脸黑只露着两只眼闪闪亮的人出现在眼前，朱瓒吓了一跳，脱口喊道："呀！"

"干吗？"赵汗青问道。

朱瓒盯着她，一时失态后就恢复如常，他伸手指了指君小姐的屋子："那家伙喝醉了，你去照顾一下。"

赵汗青也看着他："我忙着呢，你不是没事吗？你去吧。"说罢关上了门。

朱瓒不可置信地瞪大眼，甩手就走，但还是恨恨地转了回去，嘀咕着又走进了君小姐的房间……

有亮光照在脸上，君小姐抬手挡住眼，翻个身，又觉得口干舌燥，闭着眼下意识地去床头摸茶杯却没摸到，突然有水滴滴在脸上，君小姐猛地睁开眼，朱瓒站在床前正居高临下地看着她，他一只手拿着茶杯，一只手正从中沾了沾，见她看过来，他的手指再次一弹。

君小姐抬手一挡，水滴落在手背上，她不满地说道："干什么？"声音带着宿醉的沙哑，突然又想起发生了什么事，有些不好意思地伸手按了按额头，"叫丫头仆妇们来就可以了。"

朱瓒冷冷笑道："你这样子还是藏着吧，还挂着世子夫人的名号呢，醉后吐出什么不正经的话，连累了我们一家。"

君小姐想到他亲自照顾了她一夜竟然是为这个，便哈哈笑了起来，柔声说道："谢谢你，真是个好孩子。"

朱瓒"呸"了一声，刚要说什么，有兵丁在院门外探头，大声说道："世子爷，夫人，国公爷让来说一声，成国夫人到了。"

第一百二十章

◇

一家四口齐齐坐

听闻郁夫人来了，朱瓒撒腿就跑，君小姐则洗漱更衣，又吃了一碗热粥，待精神好了一些，又估摸着一家三口重聚，该说的话应该都说得差不多了，这才起身往成国公的所在走去。刚到门口，她就听到郁夫人的说笑声："怎么会，我去见清河伯可没打算要卖了你给人家当女婿，再说，你的身价还抵不过人家要的彩礼呢。"

"所以娘，你十万两就把我卖了？"朱瓒不满的声音随之而起，"娘你真是就想着占便宜，那女人的便宜哪里那么好占。"

"怎么说话呢？没规矩！"郁夫人严厉的声音响起，同时响起的还有朱瓒的呼痛声。

"有话你好好说，别打孩子。"

"他都多大了还孩子。"郁夫人不满，"你不要总是惯着他……"

这可真是严母慈父，君小姐笑了笑，示意守卫通禀之后，才走了进去。

见是君小姐，郁夫人上前施礼，君小姐忙伸手搀扶。

看到她用一只手虚扶，身子几乎没有弯曲，朱瓒挑了挑眉，心想这姿态够高，完全是以上对下的客气。郁夫人并不在意这些，拉住君小姐的手，似乎有很多话想说，但最终还是拍了拍君小姐的手，诚恳地说道："君小姐，你真是个好姑娘，我无以为报。"

"郁夫人不用这么客气。"君小姐含笑说道，"给钱就可以。"

郁夫人哈哈笑了笑，又叹道："你做的事多少钱才能抵报啊。"说罢，看了眼朱瓒。

一旁正撇嘴的朱瓒顿时打断道："娘，可不能这么说，你这是要赖账啊。"

郁夫人瞪了他一眼："我赖什么账？"

"娘，你还是不了解君小姐，君小姐可是个生意人，在京城那是只认钱不认人情的，你这样夸她，不说给钱的事，太没诚意了。"

"放……"郁夫人开口就要骂，一旁的成国公轻咳一声，一面伸手做请，一面插话道："君小姐请坐下说话。"

郁夫人也收了话，笑着拉她坐下，接着说道："君小姐做的事，非同小可，人情是人情，生意是生意，该谢的谢，该给的钱也要给。"她说着看向成国公，"玉郎，先把十万两银子付了。"

成国公含笑点点头："已经准备好了，今日君小姐就可以拿到。"

君小姐笑着点头，朱瓒松口气，又有些迫不及待地催促道："娘，娘，该说救爹的钱了。"

郁夫人瞪了他一眼，低声训斥道："怎么那么多话，一边去。"

朱瓒面色涨红，看了眼君小姐，他有些不满地嘀咕了一声，乖乖挪到了成国公的身边。

郁夫人对君小姐一笑："这些小事就不说了，大家这么熟，就干脆点，我知道君小姐去易州花费了巨资，救回的人命就算是金山银山也不可计数，但既然有付出就得有回报，总要有个数额的，请君小姐开价。"

"那就三十万两吧，主要是我这边有伤亡者，要保证他们的亲人有所养，虽然我也能养，但这是他们该得的。"

郁夫人毫不犹豫地答应了，成国公说道："这些钱我会尽快筹集给君小姐。"

朱瓒在一旁再次忍不住开口道："娘，这件事说完了，接着商议我们一家进京的事吧。"

郁夫人神情凝重："我不赞成现在去京城，风口浪尖的，还是借着养病避一避的好。"

朱瓒看了眼君小姐，示意她避开，但她似乎没听到他们的话，端起茶杯喝了口茶。朱瓒在心中翻个白眼，肃容道："娘，我觉得正因为是风口浪尖，才要回去。福祸自来相依，趁着风口浪尖，爹也可以更上青云。问题不解决，它总是存在，躲和避让并没有什么用。"

郁夫人沉吟片刻，问道："那你们父子都决定要去京城？"

朱瓒肃容点头，成国公则含笑道："我想去看看。"

郁夫人一笑，干脆地说道："那当然咱们一家三口都去，没什么好商量的。"

朱瓒立刻露出笑容，君小姐适时地轻咳一声："夫人说错了。"三人都看向君小姐，她端着茶杯，微微一笑，"不是一家三口，是一家四口啊。"

郁夫人和成国公一怔，旋即明白。朱瓒顿时大怒，瞪大眼就要喊，但同时，郁夫人和成国公都抢先齐声说道："你闭嘴。"

"听君小姐说话。"成国公温和地说。

郁夫人皱眉瞪了朱瓒一眼，又含笑看向君小姐："君小姐你说。"

君小姐将茶杯放回桌子上："国公爷你回京，我们还是跟着一起去。"

郁夫人脸上的笑意更浓，欣慰地说道："好孩子，多谢你了，不过你放心，国公爷不像我，行个路也要人护送。京城也跟战场不同，君小姐，我这样说不是瞧不起你，如果国公爷进趟京城还要人护送才能平安，那他趁早就别当这个国公了。"

成国公也温和笑道："多谢夫人夸赞，君小姐多谢你了，接下来的事我来就可以了。"

朱瓒在后哼哼两声。

"不，我当然知道国公爷不需要。"君小姐说道，"我是说我需要，所以除了收钱三十万两，余下的就是这个要求了。"

"君小姐请说。"郁夫人忙说道。

"我想让青山军变成真的军队。"君小姐说道，"他们不是我的家丁，也不是义军，而是成为官军。"

朱瓒在后再次哼哼两声，心想父母肯定不会答应的，还得意地冲君小姐挑了挑眉头。

"君小姐，"成国公并立刻开口说道，"家丁入兵看起来是很好的事，既可以壮大军伍，又可以更好地掌控军伍，但这好处只是对将官本人的，也只是一时的，事实上，这样会削弱整个军伍的战斗力，兵军之本，军国之本，从长远来看，对国没有好处，那对将其实也是没有好处的。"

君小姐笑着说道："国公爷，我不是要将家丁假充入军，我是说让他们成为真正的官军，听从成国公您这位将帅的调派，如同顺安、永宁一样的一方官军。"说到这里，她的神情郑重，"说出来国公爷可能不信，他们原本就是官兵，很多年以前就该成军，事到如今还让他们顶着家丁甚至土匪的名号，实在是不公道。"

成国公神情微微一怔，旋即笑道："我早就对君小姐说过，这些人都是好兵，这些好兵又立下赫赫战功，如果我还要拒之门外，那真是糊涂了。"

这是同意的意思啊……朱瓒愣了，君小姐也微怔，旋即站起来，郑重施礼道："多谢国公爷。"

郁夫人含笑点点头："君小姐不用客气，反而你真是豪爽，这般好兵，多少人求之不得，君小姐竟然舍得送出去。"

君小姐笑了笑说道："夫人，那样对他们不公平，他们是好兵，当得到配得上他们的身份。"

"我立刻就商议他们入编之事。"成国公看着君小姐，"君小姐请说别的要求吧。"

君小姐摇摇头，含笑说道："没有了，只有这个。"

"这个要求不算你的要求。"成国公说道，"这是他们自己足以当得的身份，与君小姐无关。"

君小姐一怔，这边郁夫人也再次笑道："对对，没错，这个不算，你再想一个。"

朱瓒带着几分警告地插嘴道："可别乱想啊，不该想的别想，免得浪费了机会。"

郁夫人回头瞪他一眼，他立刻闭上了嘴巴。

"夫人，世子说得对，我一时真想不起来要什么，这是个好机会，有国公爷和夫人一诺千金，我当然不能浪费，要好好想一想。"

郁夫人笑道："好，那就等你想好了再说，不急，慢慢想，想要什么都行。"

成国公的动作果然很快，只一日后便将事情安排好了，青山军编入成国公日常所在的安肃军一路，同时从顺安军中抽一部分兵丁充入青山军，凑足八营，独立成军。这一次突袭易州，安肃军折损过半，补充兵力也是理所当然，且大家都知道这青山军是世子夫人带来的家丁，成国公收编到自己麾下也合情合理。

而顺安军此次入易州救援有大功，成国公允许顺安军毛舜才一同进京觐见皇帝。毛舜才顿时对于被分兵没有丝毫不满，而被抽走编入青山军的顺安军兵丁也没有不满，因为他们跟青山军早已熟悉，而且成国公也允诺，会带他们进京觐见皇帝，这种安排无人质疑也皆大欢喜，各种请示文书连夜整理好已发往兵部。

夏勇和杨景知道消息后，先是不可置信，接着又心情激荡，李国瑞亦是如此，这一次他虽然被充入青山军，却得到了一个游击将军的升赏，且还能以青山军的身份进京，院子里的诸人各怀心思，却都欢喜不已，个个憧憬着即将到来的封赏和觐见的荣耀……

正午，皇城的值房里有些闷热。

门被推开，几个官员急匆匆地走进来，打破了室内的凝滞，也让坐在桌前昏昏而睡的黄诚睁开了眼。

"大人，成国公奏请军功的文书到了。"

黄诚看着递来的几本厚厚的文书："这成国公胃口不小啊，写了这么多奏章，这得要多少功劳啊。"

"这只是一部分。"一个官员的面色亦是不满，"兵部那边还有呢。"

黄诚笑而不语，伸手接过文书翻看，幽幽说道："这青山军真成军了啊。"

"就凭那些神兵利器，成国公也不会放过的。"一个官员说道，"与其养着当私兵，不如收编入帐，那样能更冠冕堂皇地扩充力量。"

"大人，这个折子送上去吗？"另一个官员低声问道。

黄诚笑了笑，将手里的文书扔在几案上："送，这些我也不看了，他要什么就给他呈上去，在大朝会的时候当众宣读。"他又想到什么，倚着引枕伸手指向桌子，"这还不够热闹，你们也跟着请功，来勤王的，来支援的，因为黎人入境而戒备的，大家都有功劳，都要抢。"说着甩袖冷冷一笑，"让大家都看看，这战事财多好发，战功能让人的胃口变得多大。"

几人顿时恍然地点点头议论了起来，黄诚则再次闭上眼，手指有节奏地敲着桌面，突然他似乎想到了什么，猛地睁开眼，眼神透着阴寒，让议论的几人打个寒战，立刻噤声。他沉声道："动作都快点，别让这朱山又借着军功扯皮不进京来。"几个官员忙肃容应声"是"。

随着第一批使臣招摇过市地出了京城，成国公将要回京受封赏的消息也像风一般传开了，人人都迫切激动地想要看看这位声名赫赫的国公爷，整个京城都热闹了起来。

第一百二十一章

◇

携手相伴去京城

三月末四月初，定州城外人山人海，经过半个月的文书来往，三次诏书送达，终于到了成国公率兵进京觐见的日子。

号角声接连响起，一队队官兵开始行进，长枪林立，彩旗招展，成国公也在河北路众多将官的簇拥下，骑马驶出了城门。

看到成国公，围观的人群爆发出热烈的呼唤声："国公爷要回来啊……国公爷不要走啊……"更有无数百姓举起手里的竹篮，其内是自己能拿出来的最好的行路干粮，人群涌动，官兵们一阵忙碌才勉强维持秩序。

成国公一向平静的神情也有几分动容，他纵马前行几步，对着四周的民众拱手施礼，这动作更是让人群掀起一阵喧闹。身后河北路的将官们神情有些复杂，一来艳羡成国公在民众中的威信，二来也感叹只怕这一去，此景便不会再有了。正胡思乱想间，成国公转过身看向他们，忽地说道："前不久，你们中有人和我说过一句话。"

官将们忙肃立整容，又带着几分好奇地等着成国公的下文。他说道："说，只要国公爷你在，我们谁都不惧，这是不对的，不管我在不在，你们都要无惧，你们的无惧不是因为我站在前边，而应该是他们。"他说着伸手环指四周，将官们也随着成国公所指看去，这四周是从四面八方涌来的民众，有很多人是跋涉了好几天才赶来的，就为了这一眼的相送。

"因为他们站在你们身后。"成国公接着说道，"视你们为父母为天地，为人父母者当无惧。"

在场的官将们顿时齐声应"是"，这话也同时被传了出去，围观的民众更加激动，行进的队列爆发出齐声的应诺，定州城外顿时沸腾了起来。

行走在队列中的雷中莲不由得挺直了脊背，握着缰绳的手微微发抖，金十八的声音从一旁冷冷传来："鼓动人心而已。"

雷中莲看他一眼，冷声道："人心能鼓动说明还是个人，总好过连心都没有。"

金十八冷冷一笑，不再理会他。

"跟了我们这么久，你为什么不让你的锦衣卫救你出去？"雷中莲好奇地问道。在定州城这么久，金十八等人的身份也瞒不住，定州来的锦衣卫已经找上门了，但金十八并没有闹起来，而是依旧在青山军中。

"我的任务是跟着君小姐，我的任务一直很顺利，何谈让人救？"金十八说道。

雷中莲笑道："因为君小姐已经走了。"

金十八面色一变，身形一动，雷中莲已经抬手用长枪抵住他，而四周随行的兵丁也瞬时聚拢。两把长刀对准了金十八，两把长矛对准了金十八的马，整齐的队列此时看起来如同铜墙铁壁。

不只金十八，其余四个锦衣卫也是如此被夹困在队列中，金十八冷冷道："这就是你们说的同袍情深？"

雷中莲笑了笑："你杀过敌负过伤，我们怎么能扔下你，当然要进京一起受赏。"

虽然说话且动作，但他们的马匹都没有停下，随着队列的行进依旧保持肃正，从外边看不出半点异样。

"她去哪里了？"金十八不死心地问道。

雷中莲冲他摇摇头："君小姐行事一向不可测。"

在成国公率军队热热闹闹出发的时候，君小姐一人一马已经疾行在山路上。

她行走的不是官路，也并非向南直下，似乎漫无目的，又似乎在寻找什么。她白日行路，夜间露宿，翻山越岭，下丘陵探沟壑，有时候一日行百里，有时候又三日不动地方，比如现在，她在这座山下已经住了三天了。

这一番战乱对于山区的影响远没有外边的城镇大，山脚下的村落依旧安详，石屋门口坐着的老妇人问道："姑娘，你又要上山去啊？"

君小姐将包袱在马上搭好，拍了拍马头应声"是"。

"山这么大，草长树绿的，找个药草，那得多难啊。"老妇关切地说道。

"不难。"君小姐含笑说道，"这个药草长在特定的地方，不是漫山遍野随便找的。"

老妇点点头，又絮絮叨叨地叮嘱一番，便看着她上马前行而去。

在山下将马拴好，君小姐认真看了眼四周，径直向一个地方奔去。在山上翻找了一圈，终于一丛藤蔓出现在她眼前，其上绽开着米黄的小花。

君小姐满意地笑了，这是师父曾经常带她来的地方，那时候她不明白师父的深意，此时却理解了他的行为。他一直在追寻自己渴求的东西，也知道汗青所需要的药草就在这种地方生长。她将藤蔓折断一把，熟练地将它编成一个花环戴在头上，直奔更高处。

又越过一片密林，视野更加豁朗，山风在悬崖上盘旋，视线里终于出现一朵鹅黄小花，君小姐忍不住大叫一声，深吸一口气，向花草所在走去。不过，走了几步之后她停了下来，用脚轻轻地踩着地面，脚下传来微软的触感，看来，山石比较稀松，这一次她是不会再大意了。

君小姐后退一步，刚解开包袱，就听得身后有声音响起："哟，这里有朵花。"

君小姐扭头看去，见树丛后有人投下阴影，紧接着脚步声响，朱瓒走了出来，挑眉道："吓到了吧，以为又要被抢了？"

君小姐故作镇定地说道："你怎么来了？一直跟着我？"

朱瓒冲她抬手："你别多想，别以为我是因为不放心你才跟来的。"

君小姐无奈地看着他："我真没有多想，你放心。"

朱瓒明显一脸的不放心神情，但他还是硬着头皮说道："你这么急着出来，是为了找紫英仙株给那姑娘治病，我是为了早日还债，你千万不要多想，这只是一笔生意。"

君小姐将手里的绳子晃了晃："朱瓒，我不能不多想，你跟着我找紫英仙株，那这找到了算你的还是算我的？"

朱瓒一怔，显然没料到她会说起这个，君小姐却又说道："朱瓒，你已经占过我一次便宜了，这次还要这样吗？"

"什么叫我占你便宜？"朱瓒顿时瞪眼呵斥道，"你说话注意点。"

"你方才也说了，'吓到了吧，以为又要被抢了？'"君小姐眨着眼，摊手道，"又，那就是说上一次我是被抢咯。"

朱瓒伸手指着她，气恼地说道："你真是胡搅蛮缠、忘恩负义，你怎么不记得是谁救了你？"

"你不是说不是救命之恩，只是一笔生意吗？"君小姐眨眨眼，认真地看着他，"原来你真是救我啊。"她忽闪着大眼睛，神情欢喜又激动，握着手向朱瓒迈去一步，"世子爷，你对我有救命之恩，我必当以……"

她的话没说完，朱瓒就"呸"了声，大喊道："姓君的，算你厉害，我们各找各的，谁也别占谁便宜。"说罢，转身挥着胳膊，三步并作两步走开了。

君小姐歪着头想了想，自言自语道："看起来很生气？我这不算欺负人吧？我也没说什么啊。"比起师父当年对她的冷嘲热讽，她简直太友善了。

君小姐摇摇头，看着朱瓒离去的方向，心想，到底是个娇生惯养的孩子啊……

之后几日，君小姐果然没有再看到朱瓒的身影，她倒不担心，现在最重要的是找到紫英仙株，她找了这么多天，最终也只在这座山上找到一棵，但她并不灰心，从定州往京城一路上会穿过很多座山，她相信她一定能够找到足够的药草。

简单整顿好，她翻身上马，又赶往下一个目的地……

脚步声打破了山林的宁静，也惊起了飞鸟、野鸡，一通乱飞乱撞。

君小姐伸手掩住口鼻，打了几个喷嚏，三两下便从这灌木丛中钻了出去。眼前出现了一个山口，前方陡峭的悬崖巍然耸立。君小姐深吐口气，将身上包袱解下拎着奔过去，走了几步她又猛地停脚，警惕地看向四周，这里似乎刚有人来过，她环视一圈，忽地眼睛一亮，看到有一个人攀附在悬崖上，这个人竟然是……朱瓒。

"朱瓒！"君小姐疾步奔过去，脱口喊道。

朱瓒攀爬在半空中，正在谨慎又快速地下滑，下边的动静和喊声让他的动作一停，他低头看清了来人，立刻大喊道："姓君的，这里可是我先来的，你走开！"

这人还记得那句话呢，君小姐一阵失笑，同时眉头又皱起，大声喊道："喂，你小心点，要不要我帮忙？"

朱瓒哈哈大笑几声："休想！你这女人打的什么主意，我知道。"他指了指身下不远处，"我可告诉你，这棵紫英仙株是我找到的，跟你无关。"

竟然真的找到了？君小姐再次向前迈步，眯起眼看向山壁，山石嶙峋交错中，隐隐有一株花正随风摇晃。她的脸上不由得浮现笑容，但下一刻就又浮现惊恐，大喊道："喂，那边很危险，山石多是松软的，你不要过去……"话音未落，就见朱瓒身子一晃动，同时嗷地叫了一声，人向下坠落。

君小姐发出一声尖叫，但只一刻，哈哈大笑声响起，君小姐怔怔地看过去，见朱瓒悬挂在一条绳子上晃悠着："瞧你那傻样，我又不是傻子，别以为天下就你厉害。"

君小姐想说些什么又说不出来，只是死死地盯着他。朱瓒嘲笑几句，见她没有反应，撇撇嘴："看着吧，等我拿到这个药草，咱们就两清了。"他一手攀住山石，脚用力一踩，人向一旁药草所在晃去，但就在他想要抓住一块山石稳住身形的时候，从上垂下系在腰里的绳子忽地断了，朱瓒只觉得身子一沉，脚一空，人就向下跌去。

站在山下的君小姐直愣愣地看着朱瓒的身子再次向下跌落，她已经蒙了，仿佛全身的血液都凝固住了，动弹不得，只能眼睁睁地看着他跌落悬崖。但下一刻，只见朱瓒双手硬生生地攀住了一块凸起的山石，悬空的双脚也用力踩到了石缝里，他片刻不停，用力一晃向上，手脚并用，在山崖上攀走，很快就停在一处。他从腰里拿出刀子，利索地在山壁上凿挖起来，几乎一眨眼的工夫，他便将刀子扔下，紫英仙株被他叼在嘴里，人向上爬去，很快就消失在视线里。

君小姐犹自立在原地，似乎完全呆滞，不知道过了多久，直到有人在后拍了拍她的肩头。

"不会吧，真吓傻了？"朱瓒探头审视她，挑眉说道。

君小姐呆呆地看着他，似乎还没有回过神来。朱瓒抬手在她眼前晃了晃，哈哈笑道："原来这么胆小吗？"但下一刻，又收了笑，人也向后退一步，指着君小姐，"我告诉你啊，别来这一套，装出吓傻的样子，表明对我多关心，这种把戏我见多了，先是惊慌失措，然后就欢喜若狂地扑过来抱着人哭……"他的话音未落，就听君小姐尖叫一声，向他扑来。朱瓒也"嗷"了一声，人向一旁躲去。君小姐晚了一步，只抓了他的衣袖，差点扯下来。

"亏我早有提防。"朱瓒大叫着，摆出防备的姿态，"你休想对我动手动脚。"

君小姐双眼发红，面色却是青紫，狠狠盯着他，终于沙哑地喊了一句："你干什么啊你？你疯了吗？你疯了吗？"

她似乎真的被吓得不轻，朱瓒迈过来一步："我能干什么啊？挖药草啊，这药草这么稀少，当然没那么容易就拿到了，有什么大惊小怪的。"

君小姐咬着下唇，狠狠地盯着他。这神情让人有些不忍直视，朱瓒将塞在怀里的紫英仙株拿出来："只不过有些意外，没什么可害怕的。"他又耸耸肩，故作轻松，"有什么可害怕的，我总不会这样就摔死了吧？我是谁啊，我这么厉害，要是这样就摔死了，那也太可笑了。"

但这句话显然没有让场面变轻松，他的话音未落，就见原本只是盯着他的女孩子，瞬时尖叫一声，从地上抓起散落的树枝，劈头盖脸地冲他打过来，边打边喊道："你才可笑！你才可笑！"

朱瓒吓了一跳，莫名其妙地喊道："我是说我可笑啊，你打我干什么！你是不是听错了！你发什么疯啊……你再这样我还手了啊……你适可而止……我跟你也不熟，你别跟我撒泼……"

一阵吵闹之后，朱瓒三下两下夺过树枝扔到一边，不客气地说道："你别以为我不打女人，谁要是打我，我就打谁，我才不管是男人、女人还是孩子。"

君小姐狠狠看着他，一言不发，情绪显然还是很激动。

朱瓒再次换个防备的姿态，严肃说道："姓君的，我们只是做生意，有事说事，你有气别冲我撒，我可没那闲工夫，也没那闲心情。"

君小姐终于吐口气，伸出手说道："给我。"

朱瓒迟疑一下，似乎怕她扑上来非礼自己，隔着几步将紫英仙株小心翼翼地扔过去。君小姐接住并向前迈步，朱瓒立刻抬起胳膊戒备地后退，却见她只是越过自己走向另一边。

"现在，我们两清了。"君小姐头也不回地说道，"你可以滚了，滚得远远的，别再让我看到你。"她的头发、衣衫因为适才的疯癫有些散乱，但声音已经恢复了平静，看不出半点先前发疯的样子，而且说走就走，先是大步，接着干脆跑起来，转眼间就远去了。

朱瓒站在原地，还是一脸戒备，似乎一时没反应过来，直到看那身影消失在山口，才站直了身子，沉着脸捡起跌落在地上的绳子。看着绳子一头明显被刀割断的切口，他的脸更加阴沉了。

"看到没。"朱瓒大步走到山路边坐着的君小姐面前，将手里的绳子扔下。

君小姐正坐着吃一块肉脯，对于朱瓒的突然出现没有丝毫惊讶，她转头看了眼地上的绳子，并不言语。

"我不是故意吓你的，而且我也不是全无准备。"朱瓒沉着脸说道，"我是被人暗害的。"

君小姐垂目嚼着肉脯，淡淡说道："这有什么不同？没准备好绳子出了意外，跟没准备好被人趁机暗算，不都是因为你蠢笨吗？"

"喂！"朱瓒喊了声，"这怎么能一样？"

"你这么聪明，这么厉害，竟然没有察觉有人要害你？不是蠢笨是什么？"君小姐说道。

朱瓒要说什么，君小姐又一抬手，晃了晃肉脯："不，我说错了，不是你蠢笨，应该是对方太厉害、太聪明了。"

朱瓒气得顿时瞪大眼，又忽地抱臂后退一步，皱眉打量着她，问道："你跟谁学的啊？怎么这么不正经呢？"

跟一个比你还自恋、比你还厉害，最终却因为采摘这株药草而摔死的傻瓜学的。君小姐在心里说道，原本刚压下的情绪再次翻腾上来。

朱瓒也察觉到了，忙哎哎几声，说道："你可别再发疯啊，我是无辜的，就算是我的行为让你想起了别人的事，你对我发脾气也不公平啊。"

他这样直白痛快地说出来，君小姐的情绪反而散了。

"这有什么不明白的，事起总归是因为人。"朱瓒又说道，"这世上没有无缘无故的爱恨，所以我才想不明白，你为什么对我们一家这么奇怪？到底有什么不能说的？"

君小姐将肉脯放到嘴边慢慢咀嚼，含混地说道："没什么可说的。"说着摆摆手，"就这样吧，你欠我的一株紫英仙株还完了，我们两清了，你跟你父亲进京吧，别再跟着我了。"

朱瓒却扑通坐下来，嗤声道："谁跟着你了？别自作多情啊，你做什么找什么，是死是活，我可没兴趣。"

君小姐转过头："其实我的意思是，你能不能不要连累我的死活？你看，你走到哪里都被人追杀，你跟着我，万一人家顺手把我也杀了呢？我也太倒霉了吧？"

朱瓒索性盘腿坐在她的身旁："什么叫我连累你死活？还有，事情可没搞清楚呢，这人是要杀我还是要杀你，还说不定呢。"

君小姐撇撇嘴："杀我去割你的绳子？这人是不是眼瞎了？"

朱瓒摇头道："不，这正说明那人眼光毒辣，他知道我有多厉害，所以如果要杀你，就必须先除掉我，这样才能万无一失。"

君小姐"呸"了一声，说道："亏你说得出来。"

"这是事实，我有什么说不出来的？"朱瓒肃容说道。

君小姐将肉脯三下两下塞进嘴里，又拿起水壶喝了一口，站起身将一旁的马牵过来。朱瓒忙跟着也牵马，并列走到她的身边，君小姐斜眼看他，问道："你跟着我做什么？"

"我怎么就跟你了？"朱瓒厚着脸皮地说道，"大路朝天，各走一边，凭什么你能走我不能走？"

君小姐"嗯"了一声，但朱瓒却一直跟着她，嘴里叨叨个没完没了："你千万别多想，咱们该还什么人情就还什么，千万别自作多情，要不这样吧，咱们再做一笔生意，你请我帮你找药草，看在人情的分上，一株只要五千两怎么样……"

两个人行路是比一个人热闹，更何况朱瓒很多时候一个人抵过十个人，君小姐已经习惯了，也没有赶走他。

暮色笼罩大地，君小姐勒马停下，寻找合适的歇脚地方。

"这里不合适，往前走。"朱瓒在后说道。

君小姐没有理会他，翻身下马，朱瓒立刻不满地说道："喂，你这女人……"

君小姐回头看他一眼，淡淡说道："下来，生火，造饭。"

朱瓒在马上一挑眉，得意地说道："决定要请我帮忙了？不过得说清楚，这忙可分好多种，比如带路、露宿、吃喝等，咱们得先说好，你要哪几种帮忙，每样的价钱可以不一样。"

君小姐笑了笑，指着他："都要。"

朱瓒跳下马，忙伸手制止，警告道："别乱指啊，那既然如此，我就再算便宜点给你，一口价一万两全包。"

君小姐微微一笑："二小啊，你是不是还不清楚现在什么状况？"

"什么状况？"朱瓒戒备地看着她，"还有，不许叫我二小。"

"你家可是还欠我钱、欠我情呢，你还来跟我讲生意。"君小姐啧啧两声，"你可真厉害啊。"

朱瓒神情一僵，戒备地后退一步，结巴地说道："是你说……是生意的。"

"我能说，你不能说。"君小姐站定在朱瓒面前，"朱二小，要帮忙就利索点把活都干了，一分钱都没有，不想帮忙，就快滚远点。"

这个粗鲁的女人！朱瓒气得"呸"了一声，翻身上马，疾驰而去。君小姐也不理会，自顾自地喂马、捡柴、生火，没一会儿，马蹄嘚嘚响，朱瓒又骑马回来了，身后拖着半棵树，卷起了一片尘土飞扬。

朱瓒默默地径直下马，拿出刀踩着树枝劈开，篝火很快点起来，他又从马背上解下两只新打的兔子收拾去了。君小姐看着他的背影，笑了笑，也低头做起自己的事来……

两人默契地分工劳作，很快烤兔肉的香气便萦绕四周，君小姐在篝火旁坐下，朱瓒则在她身旁站立，手里举着烤好的兔肉，居高临下地看着她，问道："要不要喂你啊？"

君小姐毫不迟疑地点头道："好呀。"说罢，便张大嘴巴，等着投喂。

朱瓒瞪大眼，不可置信地看着她，深吐口气："我认输。"

君小姐哈哈大笑着接过烤肉，朱瓒似乎一眼也不想看到她，坐到马匹旁边的位置，默默吃去了，但很显然君小姐不能让他安生……

"朱瓒，水呢……朱瓒，肉不够啊……朱瓒，有没有果子吃……"君小姐不急不缓的声音时不时地响起，还带着几分娇滴滴。朱瓒却听得心烦意乱，他终于忍不住呵斥道："君九龄！你玩够了没？"

朱瓒气恼地走到君小姐的身边，将一根树枝扔进火堆里，直接坐下来，严肃地说道："有事说事，能不能不要这么幼稚？玩这些没有任何意义的把戏？"

君小姐乖巧地含笑点点头，朱瓒看了她一眼，沉默地拿起树枝挑着火堆，夜晚的旷野终于恢复了该有的宁静，星空之下，火堆跳跃，四周有虫鸣渐渐响起，朱瓒第一次觉得，安静真是令人心情愉悦。

"不过，有件事我想说。"君小姐轻柔的声音再次响起。

朱瓒斜眼看着她，火光下，她的神情如同声音一般柔和，且仪态端庄。

"你方才喊我君九龄。"君小姐看着他认真说道，"你能不能再喊我一次，只喊名字。"

火光照耀下，朱瓒的脸色忽明忽暗，啪的一声，他将树枝扔入火堆里，羞恼地说道："姓君的，你不要欺人太甚。"人也跳起来，气哄哄地走开了。

君小姐看着他的背影，喃喃说道："我怎么欺你了？"

她只不过想要听旧人喊一声旧名罢了，物是人非，她有时候自己都不认得自己是谁了……

接下来的几天，君小姐和朱瓒的身份仿佛互换了一样，一路上，都是君小姐不停地开口说话，而朱瓒要么沉默不语，要么被气得反驳几句，两人虽然一路吵吵闹闹，但这样相伴而行，倒也不寂寞。

此时，两人又来到一处陡峭的山顶上，君小姐正用水打湿粗壮的绳子，缠绕在一块巨石上。仔细检查了好几次打好的绳结，她才抓起绳子，抬脚踹着绳子向后倒去，确保绳子绑得足够结实后，她松开绳子站好，说道："好了，结实得很！"

一旁的朱瓒抱臂看着她，神情带着几分鄙视，不过并没有说话。

君小姐转头看着他："还看什么啊，下去吧，我做的绳子很结实的，不会像你的一样说断就断。"

朱瓒哼了一声，伸手抓起散在地上的绳子绑在腰上，走到悬崖边，低头看着陡峭的斜坡，说道："喂，你确定这山崖有药草吗？"这座山虽然不算高，但峭壁很难攀爬。

"你下去看看不就知道了？"君小姐摆手催促道，"快干活，我看着绳子，你放心就是了，总会拉你上来的。"

朱瓒瞪了她一眼，一步跨过去，人就跌向山崖，如果不是山崖边露出攀住石头的手，还以为人就掉下去了，君小姐站在边上看着他向下爬去，又走回山石旁盯着绳子，似乎为了不出意外，干脆将绳子抓住又缠在另一块山石上，然后才满意地拍了拍手，在山石上坐下，解下腰里的香囊，倒出一把炒豆子，嘎嘣嘎嘣地吃起来。

"看不到啊……"山下传来朱瓒的喊声。

"慢慢看。"君小姐头也没抬，"好好看，急什么啊。"

地上盘落的绳子晃动着，很显然人正在向下攀落，山间陷入了安静，除了偶尔传出山石的滚落声，朱瓒认真又专注地寻找着，而在山崖左边的斜坡灌木丛里，一双眼也在认真地盯着他。

山风盘旋，草木摇晃，一根长长的吹管从灌木中伸出来，对准了贴在崖壁上的朱瓒，嗡的一声，一支利箭闪着寒光破空而来，灌木丛中响起一声闷哼，旋即有人从其中滚落。

攀爬在崖壁上的朱瓒身子弓起，脚一荡，手抓着山石爬去，他的动作飞快，眨眼就到了，人用力一跃，扑落在斜坡上，被树卡住。没有滚下山崖的男人被朱瓒翻了过来，露出平淡无奇的面容，他看着站在崖边的君小姐，喊道："死了。"

君小姐不知道什么时候站在了那边，手里握着一根吹管，沉声道："他不死你就死了，不要想着抓活口了，这个人隐蔽到如今，肯定不会给你这个机会的，一旦给他机会，就是他杀死你的机会。"

朱瓒站起身，一脚将他踢下山崖，君小姐问道："你猜是什么人？"

"是想我死的人。"朱瓒冷冷笑道，"想让我爹不好过的人。"

君小姐看向京城的方向，幽幽道："都说京城居不易，看来进京城也不容易啊……"

第一百二十二章

◇

要入城当过三关

随着成国公大军距离京城越来越近，朝中各衙门也都忙碌准备着迎接成国公的各种事宜。

先前征捐俸禄的事似乎无人再提及，但事实上并非如此。

位于京城最繁华地带的张家酒楼里，此时最是热闹，一间宽敞的包房内坐满了人，一个个虽然穿着简朴，但举手投足间都带着几分威严之气，眼尖的知客一眼就认出他们都是京官，当然知客也同时看出这些人职位并不高，很多人充其量也就是个吏员。

此时，他们正慢条斯理地说笑着，言语简单却机锋暗藏，几盏酒茶之后就商议出了几件事。一个四十余岁的男人站起来，说道："那如今大家都意见一致了。"他举手投足间俨然一副久浸官场的派头，"要犒赏成国公，以至于得掏空国库，逼迫商户出钱、官员出俸禄，此举实在是飞扬跋扈。"

在座的诸人纷纷点头附和道："是啊，他好大喜功、贪战伤民……如今各路军将都学他，一味地邀功请赏，如无赖虎狼之徒……如果这次让他得逞，来日必将更得陇望蜀……今日掠商户之利、百官之俸禄百文几两，来日就能抢百两千两，到时候不知多少商户要家破人亡……"

站起来的男人对大家的反应非常满意，他抬手示意大家停下，眼底闪过一丝阴冷之色，继续说道："那些受到欺迫的商户已经决定联合请诉，我们身为官员不便行事，所以我们要说服学子们替商人请命，联名谏言，并集体罢课，以正视听。"

商户们请诉倒也罢，这学生罢课可是大事，学生为士人，是将来的官员学士，代表着国之正统，如果他们出面，绝对能掀起大风浪。

"大家觉得如何？"男人再次问道，他的心中已经笃定没人会反对，毕竟这件事已经运作一段时间了，但他的话音刚落，就听到反对的声音："我觉得不好。"

这声音让大厅里顿时安静下来，所有人的视线都看向发声处，见一个俊秀清雅的年轻人坐在蒲团上，他身姿挺拔，神情和煦，让人一见便心生愉悦，此人便是宁云钊。

"诸位，我觉得这样不好。"宁云钊再次说道。

室内一阵嘈杂，带他来的人更是慌张，还好为首的男人见惯了风浪，虽然恼怒但很快冷静下来，反问道："宁小大人，为民请命有什么不好？"

"为民请命自然是好的。"宁云钊说道，"只是这件事是皇帝的命令，大家这样是要

156

违背皇命吗？"

"陛下是被成国公逼迫欺瞒，才做出此等命令。"为首的男人耐心说道，"所以我等才要成国公听万民心声，回头是岸。"

宁云钊摇摇头，亦是耐心说道："但是这个时机不对，要给成国公夸功奉迎是陛下的命令，若出现这样的事，让前来迎接的皇子怎么办？让在皇城门等候的皇帝怎么办？万民空巷都等着看，要看的不只是成国公，还有陛下的风光啊。出了这样的事，是打了成国公一耳光，但同时也是打了皇帝的面子啊。"

认真想也的确是这个道理，室内响起低低的议论声。

"民意为大，陛下不会因为民意而震怒的……"男人忙抬手示意，大声说道。

宁云钊接过他的话："陛下体恤民意，我们也要体恤陛下啊，所以我觉得请命当然要请，但君子有所为有所不为，这件事不是陛下的错，不该让陛下如此难堪。"他说着站起来，走了几步到场中，"我们食君之禄当忠君之事，应当再择更合适的机会来做这件事，用句大俗的话来说，不要在陛下高兴的时候驳他的面子。议和已成，国泰民安，对战事的担心终于散去，正是难得举国欢庆的时候，望诸君斟酌。"他说罢，对着室内诸人团团一礼。

室内的议论声更大，不少人的面色浮现犹豫，还有人不自觉地点点头，为首的男人看到这场面，顿时气得要抓狂，他狠狠盯着宁云钊，恨不得当场破口大骂，但宁云钊说得有理有据，他若当众反驳，就当真变成是不顾皇帝颜面的人了，只能咽下这口气，眼睁睁看着宁云钊继续跟众人畅谈……

五月初九是成国公带兵入城的日子，他将率领众兵从南城门而入，穿城而过，到皇城前接受皇帝及众皇子的召见。天刚蒙蒙亮，整个京城已经喧闹起来，街头熙熙攘攘，看热闹的人群从城内排到了城外，朝廷不得不派出上千衙役兵丁维持秩序，将人群分开，拦在街道两边，空出了中间的街道。

京郊大营，成国公带领的兵马已经整装待发，待成国公一声令下，号角、战鼓声响起时，大军便向城门口齐齐而动，气势威严的大军渐渐进入视线后，城外围观的人群顿时一阵骚动，爆发出震耳欲聋的欢呼声和喧闹声，使得大路上更加拥挤与混乱。而就在这混乱中，有一群人伺机而动，一百多人猛地冲到大路中间齐齐跪地，刚好拦住了成国公的军阵。他们对着军阵齐声喊道："成国公干戈载道，索取钱财！成国公兴兵好战，祸乱四海！成国公以战生财，夺民之生路！"

凄惨又高亢的喊声此起彼伏，不仅震呆了围观的群众，连军阵中的兵丁们都目瞪口呆，不知所措，与此同时，那群叫喊的人突然从兜里拿出各种瓜果蔬菜向军阵扔去，满天乱飞的瓜果蔬菜让呆滞的群众和兵丁终于回过神来，顿时一片哗然。当值的兵丁们忙冲进去驱赶跪地的民众，但他们奋力反抗，甚至有几个老妇在地上翻滚着号哭道："官兵杀人了！我们要见成国公！让成国公出来，给我们一个说法！"

一时间，跪地的民众与兵丁纠缠到一起，场面变得混乱不堪，更加不可控制。围观的群众也议论纷纷，军阵依旧严整，兵马纹丝不动，那群闹事的人便更加肆无忌惮地叫喊着向军阵冲去。但他们还没有近前，军阵就突然分开，赵汗青骑马从中驶出，威风凛凛，众

157

人微微惊讶，嘈杂声也不自觉地小了很多。

赵汗青高声问道："喂，你们是因为官府收钱不愿意缴纳所以来闹的吗？"

闹事人群中为首的男人大声应"是"，其他人也随之附和，现场再次变得乱哄哄。那男人继续说道："官府收我们的钱是为了……"但他的话刚出口，就被赵汗青打断，"有令不遵，是为罪，聚众闹事，是为乱，罪民乱民依律当罚，尔等速束手就擒。"

那群闹事的人显然被赵汗青的话震住了，一时都愣在原地。为首的男人最先回过神来，立刻喊道："我们不是乱民，我们是被欺压……"

话音未落又被赵汗青打断，她高声喊道："我们奉命进城，你们速速退开，否则就是违抗皇命，敢违抗皇命者，杀无赦。"说罢，便举起手里的弓弩对准了他们。而随着她的动作，身后的兵丁几乎同时举起弓弩，寒意森森的弩箭在眼前闪烁，让从未见过这种场面的群众发出一阵惊呼，涌涌后退。

肃杀之气让为首的男人也一阵胆寒，神情变幻不定，他眼珠转了转，便又大喊着："不要慌，老儿我不信爱民如子的成国公会射杀我们这些受冤屈的百姓。"他上前一步，其他人也都稳住了心神，跟着叫喊着再次涌动向前。

"放箭。"清亮又带着冷酷的女声响起，伴着嗡嗡声，一支支弩箭齐齐向那群人飞去。

四周顿时响起惊叫声，还好那些羽箭只是在群众脚前方插了一排，饶是如此，也吓得他们瘫软地上。

站在中间的男人面色惊惧不定，但又一咬牙，叫喊着其他人继续向前。但下一刻，就见赵汗青抽出长枪指向他们，紧接着，军阵齐动，前列的弓弩兵退后，一队长枪兵出现，伴着齐齐的应和声，纵马结阵前行，马蹄滚滚，地面震动，他们的神情肃重木然，似乎面对的不是百姓，而是黎贼，肃杀之气铺天盖地袭来，直逼拦路的人群。

军阵渐渐逼近，围观群众已经停止喧闹和议论，都有些胆战心惊地看着对峙的双方。而街道中间那群闹事的人被逼得节节倒退，个个面如土色，呼吸凝滞，不知道哪个人领头喊了一声快跑，整个闹事的人群顿时作鸟兽散。

而在这混乱中，唯有结阵而行的长枪兵如巨车一般，没有丝毫停留，整齐划一地滚滚向前而去，远处的欢呼声再次响起，多了几分敬畏。

前方京城大门隐隐可见，但宽阔的官路却又被挡住了，行进的成国公军阵不得不再次停了下来。这次是一百多个身穿襦衫、神情肃重的男人，他们没有喧哗和哭喊，安静端正地跽坐在路中央。他们是城中国子监的大儒学子以及游学而来的书生们，有着那些皇亲国戚都没有的声望，此时他们头上皆绑着麻布，一条大旗矗立在队伍中，白旗上写着"亡国之兵"四个大字，白旗如丧，血色如泣，四字如叱。

欢呼声渐渐散去，围观群众似乎也被这场面惊得有些不知所措，纷纷好奇又担忧地看向成国公的兵马，此时，数千将兵安静肃立，个个眼神杀气腾腾。

军队中的赵汗青看到有人拦路，立刻解下弓弩，催马要向前，几个她身边的将官以为她要过去杀人，忙吓得喊住她："小青姑娘，他们可杀不得啊！"

赵汗青勒马，不解地看着他们，问道："为什么？他们拦路了。"

被将官们簇拥着的成国公却含笑道："去吧，先问问他们为什么拦路。"

将官们立刻要劝，却见赵汗青已经毫不犹豫地催马疾驰向前，很快穿过军阵，停在路中央的文士学子面前，不客气地问道："喂，你们也是对官府的命令不满吗？"

位于最前方的几个学子抬起头，平静地看着眼前的女孩子，为首的一个书生说道："非也，我们对官府没有什么不满，我们只是对成国公不满。"

赵汗青愣了一下，皱起眉头，又问道："那你们想怎么样？"

"我们想请成国公下马散兵，卸甲除帽，负荆请罪于皇城前。"为首的书生肃容说道。

四周群众顿时哗然，议论声此起彼伏，好在声音不大，而赵汗青同样有些惊讶，她不解地问道："为什么？国公爷明明是有功的。"

那书生义正词严："成国公无功有罪。罪一，不遵皇命，贪功冒进，致数万将士丧命；罪二，心怀狡诈，抢权恋势，致国之安民之安不顾；罪三，好战重武，以致兵甲不休，国库耗费，劳民伤财；罪四，骄纵狂妄，索赏要名，引其他官效仿乱军政。"

更多的文人站起来，伸手指着军阵中的兵将，沉痛地说道："长久以来，尔等闻兵戈而喜，以战为荣，边境无一宁日，征战一日不绝；尔等只有利禄之心，无视国事，轻视百姓，尔等之行径实为祸国殃民，尔等还敢如此炫功要名，长此以往，我大周必将国势日蹙，国将亡于尔等之手，成国公朱山便是亡国之臣，你们便是亡国之兵。"

他们每个人的声音铿锵有力，一句一句砸向那边的军阵，也清清楚楚传到四周群众的耳内，他们的神情变得复杂，看向兵士们的眼神也变得愤慨了许多。而军阵中站立的兵士们也神情剧变，一声声的质问仿佛一个个无形的巴掌，狠狠打在他们的脸上，火辣辣地疼，让他们不再镇定，开始惶惶不安，原本肃整的军阵开始散乱。

军阵一旦散乱，气势便顿消，而这些瘦弱的学子文士则越发情绪高涨，他们迈着阔步向前逼近军阵。一个兵士因为惊惧勒紧了缰绳，引得马儿误以为前进，带着他便冲了出来，这动作让四周民众一阵惊呼，但那些文人学子却神情平静，没有半点畏惧，甚至还高喊着："如能让成国公认罪，我等愿一死，吾等为天地立心，为生民立命，为万世开太平，岂怕一死？"

这喊声带着视死如归的决绝气势，又口口声声说是为了黎民百姓，顿时调起了四周群众的同理心，有人跟着那些文人学子一起高声呐喊，接着，对成国公的讨伐声越来越多，逼得军阵中打头的不少兵丁吓得开始倒退，军阵被逼得彻底溃散。

学子文士已经站到了最前列的兵丁面前，其中一个学子指着肃立在马上的兵丁呵斥着要他下马，但换来的是那兵丁冰冷的眼神。学子猛地打个寒战，讪讪地放下了手，军阵中的将官们却都神情悲戚，有些不知所措。

马蹄声响，成国公催马向前，冷静地说道："我来见见他们吧。"

眼看着场面已经无法控制，将官们也实属无奈，便都分开让路，纵马跟随，但就在这时，成国公忽地勒住马，一边侧耳倾听，一边说道："你们听。"

将官们愣了一下，下意识地也侧耳听，远处隐约传来众多脚步踏地的声音。远方密密麻麻的人群向这边涌来，待到靠近，只见近万名男女老少，个个破衣烂衫，面带沧桑，仿佛是跋涉千万里踏踏奔来。

皇城外的鼓乐声已停，皇帝也已来到皇城前正襟危坐，他身边还有被招来作陪的七八个重臣。听着御街外民众的欢呼声，皇帝心情很是愉悦，他的视线扫过城门下，百官已经平身，按照位次列队而立，但这肃立中似乎又有些杂乱，大约是很多人在低声交谈的缘故。这场面有些不太好看，不过皇帝一向好脾气并没有呵斥，而是转头问道："成国公到哪里了？"

几个大臣听到询问，神情顿时变得有些古怪和不安，一时间竟然没有人主动回答，皇帝依旧没有发怒，甚至还含笑再次主动询问："怎么了？一切都还顺利吧？"

一个大臣迟疑片刻站出来刚要回答，突然有脚步声传来，陆云旗径直越过这大臣走到皇帝身边，附耳低声说了几句话，旋即，皇帝面色顿变，似乎惊讶又恼怒。那大臣顿时心里松口气垂目退后，眼角的余光看到身旁的黄诚也是一脸阴沉。皇帝不再询问，看上去有些意兴阑珊，大臣们自然也不会再提，垂手肃穆而立。

陆云旗已经走下皇城，等候的江千户面色凝重又难掩不安，低声说道："因为最近往京城的人特别多，小的们疏忽了……"

"近万……"陆云旗冷声道。

江千户面色涨红地垂下头，近万北地流民无声无息地来到京城，他们竟然毫无察觉，的确没有理由推脱，他立刻跪下来，沉声道："小的愿一死请罪。"

陆云旗越过他向前，淡淡说道："这关你什么事，又不是你把人送来的。"

闻听此言，江千户死里逃生，心里狂喜又忐忑不安，忙起身迟疑地说道："大人，但是陛下让我们盯着各方的动作，可我们没有做到……"

"陛下又没让我们盯着北地的流民。"陆云旗在列队的官员中穿行。

江千户跟着陆云旗的脚步，解释道："这些人是混杂在商贩中，经由水路、陆路辗转而来，因为最近进京的人多，流民很常见，真是疏忽大意了，不知道是谁想的这种绝妙的主意……"

"这法子也只有她能想出来。"陆云旗笑了笑，说道。

"但是没有发现君小姐的行踪。"江千户说道，"地鼠也没了消息，估计凶多吉少。"

"地鼠虽然厉害，但对付世子爷还是差了一点。"

"最后得到的消息是他们的同行，就算他们甩开了我们的人，但筹划近万流民不可能一点踪迹都不露。"江千户说道。

此时他们已经走到御街上，两边锦衣卫肃立，陆云旗突然停下，幽幽说道："她一定来了……"

乌泱泱的人群来到了城门外，从震惊中恢复的当值官兵忙上前询问人群的来意。

"我们是来看成国公的！我们是来看青山军的！"万人的声音如雷滚滚，震得这边的人莫名心慌惊惧。

人群中一个毫不起眼的男人眯着眼，神情变幻一刻，带着几分了然地对文士学子中几人点了点头。文士学子便回过神，不再看这些新来的民众，而是面向军阵上前一步，厉声喊道："成国公下马！成国公卸甲！"

兵士们惶惶不安，马儿开始嘶鸣，围观民众更加专注，纷纷涌动着向前观战，生怕来人抢了自己的位置。当值的官兵更紧张了，呵斥着用哨棍腰刀阻挡民众上前，但显然徒劳无功，根本拦不住。

军阵中的人面色更加难看，第一次进京的李国瑞早没了意气风发，面色苍白，眼神迷茫地喃喃道："我们做了什么，怎么就天怒人怨了？怎么奋勇杀敌，没功还有罪了？"他说着转头看向身旁，令他意外的，是夏勇、杨景神情平静。

"有什么好生气的，"杨景淡淡说道，"又不是第一次遇到。"

李国瑞听得有些糊涂，但夏勇、杨景却不再说话，只是木然不动，眼底闪过浓浓的哀伤。军阵中的将官们神情也难掩惊惧，场面已经超出了他们的想象，竟然煽动安排了这么多民众。看着继续要向外走的成国公，他们再次拦住，劝道："国公爷去不得，这要是出去了就只有认罪了。"

"无妨，那就说一说吧。"成国公依旧神情温和。

而此时，四周附和声更加响亮，文士学子们神情更加坚决，带着胜券在握的义无反顾继续高声呐喊。但他们还没喊两句话，四周附和声突然降了下来。

质问如浪般高声传来："成国公有罪？成国公有什么罪？你们是不是说错了？"

场中的文士学子虽然心中烦乱，但还是跟这些新涌来的群众叙述了一遍先前列过的有关成国公的罪状，然后更加趾高气扬地挥舞着条幅，高声喊道："成国公，下马，卸甲，负荆请罪……"但他们话音未落，一物陡然砸了过来。

文士学子们顿时面色惨白，声嘶力竭地喊道："你们是什么人？到底想干什么？"

"我们是什么人？"为首的一个流民愤怒地指着身后的军阵，"我们就是你们说的成国公的罪！成国公不遵皇命，贪功冒进，致数万将士丧命就是为了我们！成国公心怀狡诈，抢权恋势，破坏议和就是为了我们！成国公好战重武，甲兵不休，国库耗费，劳民伤财就是为了我们！成国公骄纵狂妄，索赏要名，就是为了我们！所以，我们就是让成国公朱山成为亡国之臣的罪人！"说到这里，他上前一步，纵然破衣烂衫、蓬头垢面，却让面前的文士不由自主地后退一步，"你们要问成国公的罪，就先问我们的罪吧！"

一个文士惊惧地问道："你们到底是什么人？"

四周顿时响起接二连三的回答声，保州、霸州、雄州等地方名字清晰地传入在场每一个人的耳内，更多的人则齐声答道："我们是北地流民！"

所谓流民，自然是流离失所的人，自从北地与黎人开战以来，流民非常多，京城近期一多半的乞丐就是北地来的流民，大家自然都知道。一个操着霸州口音的老人声音颤抖地喊道："你们只知道'流离失所'四个字，却不知道这四个字意味着什么！意味着没有了家，意味着吃不饱穿不暖，终日惶惶不得安！这一切都是一夜之间发生的！"

在场的群众都忍不住心有戚戚，一个文士上前一步，沉重说道："这都是战，百姓苦，所以这都是成国公兴兵的罪……"但他的话没说完，就被近前的民众兜头啐了一口，大骂道："胡说八道！"

这是一个没了牙的老妇，手里拄着一根拐杖，带着浓浓的口音骂道："要不是成国公带着兵替我们作战，守护我们，我们早死光了。你这个年轻人看着挺精明，怎么说这等糊涂话？！"

更多的流民跟着一起附和，纷纷掷地有声地反驳那个文士，无数声音愤怒地砸来，不仅让先前说话的文士再不敢说话，其他人也都畏惧地后退，而流民们还在激动地指责：

"你们知道什么是打仗不？你们亲眼见过几百兵将出去，只有一两个人回来吗？你们见过黎贼的刀枪吗？一刀下去砍掉半边身子……"

更有人干脆跑到最近的一个兵丁身前，喊道："小兄弟，脱下你的铠甲让他们看看。"

"甲营一队，卸甲，解衣。"此时，一声嘹亮清脆的女声从军阵中传来。

兵丁们毫不迟疑地下马脱甲解衣，露出伤痕累累的上身，伤疤纵横交错，有刀伤、箭伤，新伤旧伤不断叠加，深浅不一。

"都睁大眼看看他身上的伤吧……"站在那兵丁身边的男人终于回过神，哽咽地大喊道，"说他们贪功，说他们好战，谁不是人啊？你们去贪一个！你们敢吗？！"

四周再次响起接二连三的指责声，文士学子和先前喧闹的民众再次后退一步，不知道哪个人不服气地冒出一句："早点议和也不用这样啊，不打仗了不就好了？"

这话反而再次引来一片啐声和反驳："早点议和？你们知道这议和怎么来的？它可不是大风刮来的！它是打仗打来的！要不是成国公震慑黎贼，要不是兵勇们浴血奋战，击退黎贼不敢冒犯，他们疯了才会主动议和！你们京城人都是傻的吗？这个道理都不知道？"

面对这场面，文士学子们虽然面色变了变，但依旧竭力保持姿态。一个文士沉声道："我们不是说成国公以前无功有罪，我们是说他如今，在议和之后还贪权恋功，胶着征战……"

这话尚未说完，有人揪住了这文士的衣襟。文士陡然被吓了一跳，惊惧地呵斥道："你们想干什么？"

其他文士学子也吓了一跳，他们上前围住那流民。为首的文士呵斥道："朱山，你是要煽动民乱吗？那就来吧，今日你们要过去就从我身上踏过去。"

其他文士学子也跟着齐声喊道："从我们身上踏过去！"

真要闹成民乱可就是大罪了，军阵中将官们亦是色变，不由得看向一旁的成国公，急着说道："国公爷，您说句话吧。"

但原本要出去面对文士民众的成国公却温声道："什么话都不用说了。"

将官们面色更加惊疑不定，不安地看向对峙的两方，心中都不免猜测，这些人来得太奇怪，难道真是成国公的安排……

前方剑拔弩张，但揪着那书生的流民并没有挥出拳头只是悲愤地喊道："我们要做什么？我倒是想问，你们要做什么？你们把我们当成什么？你们有没有把我们当成人？在你们眼里议和就是轻飘飘的两个字吗？割让三郡就是皆大欢喜的事吗？你们只想着议和了就不会打仗了，你们能继续过太平日子，但你们可有想过我们？我们几十万人就因为这几句话，就不是大周人了，就成了黎人，在黎人的铁蹄下，我们根本就不是人，你们可有想过，到时候，黎人会怎么对待我们？"这一连串的呵斥问责，让书生面色惨白，也让其后的文士学子们神情变幻。

一个老妇颤声道："你们知道黎人怎么对待我们吗？他们杀光了我们整个村子！"

"他们把人当牲畜。"另一个年轻男人扯下自己的破衣烂衫，露出一道道鞭痕，恨恨说道，"把我们当牛当马，随意打杀。"

"他们拿我们当靶子练刀、练箭，我一家子都死在他们手里了。"另一个老者更是哭道。

无数的哭喊声响起，在场的群众似乎都看到了那火烧连天到处哀号的场景，不少人都哭了起来，就连那些文士学子都忍不住身子颤抖。

"你们为了你们所谓的太平，就认为是成国公、是这些兵将好战引来的灾祸，你们还有没有良心？黎人不把我们当人，你们也不把我们当人！成国公为什么不退，为什么要战，这些兵将为什么赴死如生？因为他们把我们当人，不把我们当成说抛弃就抛弃的物件！他们不退不让战不休是为了救助我们，是为了把我们几十万三郡百姓带回来！三郡割让了，百姓没有割让！"

书生文人们再没了气势，面色惨白地接连后退。一个流民忽地冲到了一个书生面前，夺过他手里的旗杆猛地折成两端，扔到地上，喊道："是不是亡国之兵，是不是有罪，不是你们说了算！是我们说了算！"

无数的流民跟着涌上前一步，大喊道："我们说了算！"

为首的老者更是带着决绝的姿态，沉声呵斥道："你们要问成国公的罪，要问这些兵将的罪，那就先问我们的罪，是我们有罪，累及大周。"

"问我们的罪！"无数的喊声附和着再次逼着文士学子们不断倒退。

那老者又回过头，看着后方的军阵，大喊道："成国公，他们不迎接你们，我们迎着，他们拦住路，我们来开路。"他说着继续迈步向前，身后无数的流民跟随，逼得文士学子们一步一步后退，当值的官兵们也没有阻拦，而是站到路边，忽地对着军阵施礼。京城的民众也自觉地退到路的两边，对着军阵施礼。

为首的学士看着这相互搀扶着一步步走来的群众，最终长叹一声，喃喃道："民心所向，何罪之有。"说罢，转身避向一边，随着他的动作，其他人也面色灰败地跟着退向两边。

大路阔朗，再无阻拦，看着涌涌向前的流民，军阵中的将官们也再无半点惊惧，他们神情激动地喊道："国公爷。"

成国公神情依旧平和，温声道："走吧。"他看着前后左右簇拥、围护的百姓，"我们也是百姓，让大家卸甲解衣。"

将官们立刻反应过来齐声应"是"，催马将命令四面传达，千众将士听到命令后，纷纷下马将铠甲解下，在路边堆起高高一摆。赵汗青亦是解下铠甲，露出娇小的女子身形，但她的气势依旧，将手一举："入城！"

数千将士再次上马，布衣空手肃整，马蹄踏踏，在前方民众引路、左右后方民众的簇拥下，向城门方向而去。万数民众中，不知道哪一个先开口唱起了歌：

> 我家燕赵北，残破不堪言。
> 山川萧条乱，胡骑肆风雨。
> 幸得好丈夫，一个拟当千。
> 猛气冲心出，视死亦如眠。
> 有军亲我分，胜如父母。
> 为我赴水火分，敢迟留？

> 万人一心兮，可撼泰山。
> 唯忠与义兮，气冲斗牛。

沙哑不成调的歌立刻在人群中接连应和响起，这是流传于北地的得胜歌。很快，不只群众，骑在马上的官兵也跟着唱起来，那些卸去了铠甲兵器的兵士，再没有先前的畏惧和迷茫，重新挺直了脊梁，他们眼神坚定，神采飞扬地直奔向京城。

南城门这边氛围有些嘈乱，城外发生的事随着禁军们的来往已经传开了。

城门上的三皇子才十六七岁，生于长于山东的他，根本就没有经历过这么热闹的场面，喧闹的民众让他觉得很不耐烦，他已经在这城门上等了将近一个时辰了，但成国公的军队还没有来。

"到底还来不来？不来就不等了。"三皇子夺过宫女手里的扇子用力地扇了两下，驱散心中的焦躁。

"殿下稍等，前边出了点事。"一个官员上前劝道，"只怕成国公要来得晚一些……"

他的话音未落，就听得城门下一阵骚动，而再远处也传来踏踏的脚步声，人们顿时都向大路上张望。

三皇子也站了起来，带着几分嬉笑地说道："瞧瞧这声名赫赫的北地军是怎么个风姿。"

众官员忙跟上，站在城门上，一眼就望到远处密密麻麻的人群，众官员和三皇子都吓了一大跳，三皇子更是脱口问道："这来的是民，还是兵啊？"

等候的京城民众也惊讶不已，正疑惑间，乌泱泱的人群已经走近。越过前方的群众，终于看到其后的军阵，但奇怪的是，他们竟然都没有穿铠甲，也没有携带兵器，一个个穿着布衣，还不如路两边当值的禁军官兵看起来光鲜。

欢呼声散去，取而代之的是议论声和询问声，但这嘈杂并没有影响队伍的行进。成国公的军阵一列列地到了大家的眼前，虽然没有铠甲兵器，但马上的兵士们都神情肃重、腰杆挺直，马匹踏步的声音也非常齐整，回荡在众人耳边的马蹄声带着不可思议的韵律，这韵律似乎踏在每个人的心上，让嘈杂声渐渐停下。

"站住！"城门上的官员终于奔下，带着焦躁和怒意，阻拦前行的群众，"你们要干什么？"

"我们要进城，护送成国公进城。"被拦住的群众大声喊道，这话让原本安静的城门前再次一阵骚动。

为首的官员面色铁青地站在城门上看着军阵中的成国公："成国公，你这是何意？"

军阵已经停下，分开一条路，成国公骑马从内慢慢走出来，他形容温润，身穿布袍，乍一看就像是饱学的中年文士。

"成国公！"围观的人群中有年长的一个老者忽地大声喊道，"是成国公！"

民众旋即沸腾起来，呐喊着成国公的名字。原本安静的人群顿时涌向前，当值的官兵被挤得一阵波动，死死抵住人群。

随着成国公走来，前方群众主动避让到两边，成国公很快到了眼前，下马阔步，站定在那官员身前，抱拳屈身施礼道："朱山幸不辱命，携三郡民归周，以谢陛下。"

那官员愣了一下，而随着成国公的话音落，身后的群众纷纷下跪举手叩拜道："谢成国公不弃，谢陛下不弃，我们回来了，我们还是大周的子民，谢皇天后土！谢不弃我！"

万数人下跪，万数声起，沧桑沙哑的声音中带着哭意和悲壮，喧闹的围观群众早已经惊呆，安静无声，而城门上的人更是惊骇。

"有意思！这才是夸功嘛！"三皇子神采奕奕地拍着城墙喊道，"成国公，请！"说罢便转身大步下城，太监内侍以及礼部的官员忙齐齐而动。

"迎！"一声声传开，鼓乐齐鸣，彩旗齐动。

"时辰刚好。"一个礼部官员看着沙漏，喃喃道，"吉时吉人吉像。"

皇子接见之后，成国公的大军再无阻拦，浩浩荡荡地穿过城门，沿着街道向御街皇城而去。

站在临街酒楼上的宁炎沉寂许久的脸上也浮现笑意，他端起面前不知道放了多久的一杯茶一饮而尽，激动地说道："三关已过！"

皇帝的脸色已经恢复如常，看不出丝毫怒意，成国公的队伍越来越近，礼部的官员不得不硬着头皮上前，恭敬地请示道："陛下，成国公已入城，吉时已到。"

皇帝似乎如梦初醒，脸上浮现几分激动，连连说道："到了啊，好，好。"他说着手拍着扶手，人却没有站起来。

黄诚忽地走出来，带着毫不掩饰的怒意说道："请陛下回宫。"

在场的官员们都吓了一跳，这个时候陛下回宫，岂不是让成国公在天下人面前丢尽了脸？当然这是黄诚做梦都想的事，但这么做至少得有个说得过去的理由吧……

皇帝显然也想到了这一点，神情惊讶又不安，皱眉问道："黄大人何出此言？成国公就要过来了，朕金口玉言为他夸功赞赏，文武百官满城百姓都等着呢，你不要说笑。"他说着起身向前迈步，一面示意内侍，"准备宣见。"

内侍们应声"是"刚要走，却见黄诚扑通跪下来，拦住皇帝的脚步，哽咽地说道："陛下使不得。"他伸手指着城外，"那成国公无诏携带万数北地流民进京，实在是太危险了，这么多身份可疑的流民，万一奸细混迹其中伤了陛下，我大周可就完了。"

这么说也有理，在场的官员纷纷点头赞同，皇帝的脸色也顿时变得惨白，但他依旧没有转身就走，而是咬牙迈步，坚定地说道："黄大人多虑了，朕相信成国公，有他在不会出现此等纰漏。"说罢继续迈步，走下城门。

黄诚跪行叩头，伏地哭喊道："陛下不可啊！不是臣小人心，实在是那成国公在议和之后先是拒诏不归，又干脆去了黎人之境，谁知道他到底是怎么回来的，陛下，不得不防啊。"

四周的官员们都惊骇地看着黄诚，这话摆明就是指控成国公投靠黎人、狼子野心，皇帝显然也被这话吓了一跳，但他性子怯弱，从不恶意度人，只是摆手，连连说道："休要胡说！"他似乎为了逃离这个念头，还加快了脚步，"朕这就去见成国公，朕信成国公。"

官员们面色不安地迈步跟随，黄诚竟然追上来跪行扑过去，一把抱住了皇帝的腿，哭喊道："陛下，臣万死不能让陛下赴险！"

此时他们已经到了城下，这一幕文武百官都看到了，顿时愕然，太监内侍也吓了一跳，锦衣卫们抽出了腰刀，还好皇帝及时制止，没有将黄诚当逆贼乱刀砍死。他看着黄诚花白的头发，也不忍心推开，急着说道："黄大人，你这是做什么。"

其他官员也都围过去，有的拉扯，有的劝阻，但黄诚只是坐在地上不起来，站在后边的宁云钊笑了笑，感叹道："这是要撒泼打滚了，黄大人幸亏遇上的是仁君。"

旁边的官员顾不上讨论这个，压低声音急躁地问道："我们现在怎么办？"

此时，一多半的官员呼啦啦跪下来，七嘴八舌地说道："请陛下回宫，陛下万万不能涉险。"

坐在地上低着头的黄诚露出一丝冷笑。

站在宁云钊身边的官员们更加急了，纷纷问道："我们呢？"

"当然跪。"宁云钊说着将衣袖一抖，大步向前而去，身边的官员们没反应过来，下意识地跟随。

"臣，恭喜陛下，贺喜陛下。"清亮悦耳的声音在纷乱含糊的进言中响起，所有人都循声望去，皇帝也看过来，见一个风姿俊秀的年轻官员施然近前，双手高抬着屈身跪下，他身后跟随着的七八个官员一脸蒙，也跟着跪下来。

"恭喜陛下，贺喜陛下。"宁云钊面带笑容，"三郡数十万民归周，万数民众不惜跋涉千里前来叩谢皇恩，陛下原想为成国公夸功，如今看来是成国公、是北地百姓为陛下夸功。"说着再次施礼，"陛下今次不仅让黎人臣服，纳岁币得藩属，宗庙告慰，又数十万百姓不弃收归，万数百姓进京叩谢，陛下明君仁心天地可鉴，前无古人后无来者，尧舜也不过如此。"

文武百官听得此言都面红耳赤，心想这后生吹捧的功夫才是前无古人后无来者，黄诚嘴角的笑意已经散去，人也抬起头来，阴恻恻地看向场中跪地的年轻官员，皇帝脸上的忧虑散去，取而代之的是熠熠生辉。

宁云钊又是一拜，恭敬地说道："陛下，这是陛下的大功，当普天同庆，臣贺喜陛下恭喜陛下。"

他身后的官员们立刻跟着叩拜，齐声喊道："恭喜陛下，贺喜陛下。"

皇帝满意地点点头，站直身子，甩开黄诚，手高高抬起，朗声道："宣。"

黄诚只能眼睁睁地看着皇帝向前而去，四周文武百官鱼贯列队跟随，鼓乐齐鸣，仪仗齐整，御街上民众也纷纷下跪，一派花团锦簇。

马蹄声盖过了民众的呼声，布衣军阵在众流民的簇拥下，威武雄壮地出现在皇城前。一看到皇帝现身，成国公立刻上前高呼着："臣有罪，负陛下重托。"兵士们也下马单膝恭迎，数万北地流民下跪痛哭叩拜，整个皇城前的气氛悲壮又振奋。

皇帝再无迟疑，上前握着成国公的手流泪不止，又抚慰激动的流民，百官齐跪，民众山呼万岁，整个京城都为之颤动。

第一百二十三章

◇

君小姐高调回京

皇城前成了热闹的中心，适才北地流民和成国公军阵走过的街道则安静下来，这安静当然是相对的，街上的民众还在激动地谈论着适才所见，而更多的人则涌向皇城。

站在临街酒楼的窗边，贤王啧啧两声，感叹道："真是精彩，成国公的风采真是无人能挡。"他想到什么又向后看去，"人都说青出于蓝而胜于蓝，不过你这个当儿子的真是比不上，你老子出街万人空巷，你出街则鸡飞狗跳。"

这是一间豪华的大房间，此时内里精美的席宴前却只坐着一个人，这个人正盘坐着，身着粗布衣衫，头发乱糟糟，还有一圈络腮胡，他一手抓着酒壶，一手抓着半只烧鸡啃着，如同适才街上经过的北地流民，实在与这室内的环境不符。

"你这是嫉妒。"他说着将胡子扯下，露出英俊的面容，"我什么时候出街不是万人空巷了？"又伸手指着外边，"你信不信我现在出去，给你看看？输了你给我多少钱？"

贤王哈哈笑道："朱瓒，你可别，咱们谈什么钱，谈钱多伤感情。"他似乎也知道在朱瓒面前讨不到好处，便不再继续这个话题，伸手指着外边，"那些人这次真是要气死了，筹划这么久，花了那么多钱，闹这么大阵仗，结果连成国公的面都没见到，就被冲散了。"

朱瓒冷笑一声，仰头将酒壶的酒倒入口中，哼道："他们也配！一群昧良心收钱的跳梁小丑，没脑子！"

贤王摇头道："可就是一群小丑也能让人出丑，如果不是北地流民，你老子怎么也得出来见这些人。"

"没有如果。"朱瓒干净利索地说道。

贤王啧啧两声："看把你得意的，不就是你媳妇厉害嘛。"

朱瓒顿时瞪大眼，瞪着贤王。贤王哈哈笑着挨着他坐下来，又好奇地问道："哎哎，你媳妇？这大戏都唱完了，她咋还不登场？"

朱瓒一把推开他，没好气地说道："说话注意点，别一口一个媳妇的，我还是个少年呢。"

贤王"呸"了一声，拿起酒痛快地仰头喝下去，屋子里虽然只有两个人，但气氛欢悦，与不远处皇城的热闹相呼应。

而更远处的城门口，适才乌泱泱的人群早已经不见，唯有当值的官兵们站着。此时，城外有一群人走过来，官兵们互相使个眼色，都站直了身子，这一群人穿着襦衫、戴着四方巾，比起往日的儒雅俊秀，他们看起来有些狼狈。此时，守城的兵丁也没了往日的敬重，神情带着毫不掩饰的嘲讽。

"他的功劳归功劳，我们又没有否认他的功劳。"一个书生带着几分羞恼，"他邀功要赏就是不对。"

身边的人还没有回答他，旁边响起一声嗤笑，这书生扭头看去，见是城门兵，他似笑非笑道："要按照秀才你这说法，我们这些人连饷银都不能要了？"

书生的神情更添几分羞恼，反驳道："该得的自然该得，不该的自然不该，你们不要混淆了我们的意思，被那成国公蛊惑。"

兵丁还要说什么，有重重的哼声先一步传来，同时脚步声杂乱，又走来一群读书人。兵丁不由得心生畏惧，刚要后退一步，就见那群读书人中为首的一个长者站住脚，冲着这边的学子文士重重地啐了口，厉声呵斥道："宋文才，你们真是丢尽了读书人的脸。"

兵丁神情微变，视线在这两方读书人身上打转，城外来的这些读书人神情也都变了，一个文士站出来说道："周先生，我们这么做也是为了大周文士，他成国公一介武将，太过于飞扬跋扈了，历来左武右文，哪来的文臣要为武将献俸禄的事？"

"没错，周先生，决不能允许武将如此跋扈，否则必然乱世。"不少人纷纷跟着说道。

被称作周先生的长者冷笑道："我眼里可看不到什么文臣武将，我只看到人，而你们，别说是读书人了，连人都算不上。"

这话可重了，这些读书人面色一阵红一阵白，待要辩驳，周先生已经伸手指着其中一个书生，冷声道："康亮臣，你收了人多少钱？你在帽儿胡同的宅子是怎么得来的？"

此言一出，不少人都面色愕然，纷纷看向一个人，这是一个微胖的中年男人，此时他神情惊恐，下意识地后退，结巴地说道："我，我没有。"

周先生不再质问，视线冷冷扫过他们，沉声道："你们以后休要在京城穿这身读书人的衣服，国子监也没你们这样的学生。"说罢，便拂袖转身大步而去，而跟随他的诸多学子文士也看着这些人摇头，一脸鄙夷。

城门附近的一家酒楼上传来一声起哄，看着城门下掩面奔走的读书人，宁炎摇摇头离开窗前，叹气道："真是斯文扫地啊。"

宁十一从门外疾步进来："父亲，成国公已经进宫了，陛下今日赏宴，北地的流民也让各部妥善安置，迁入了各个州府。"

"还好陛下没有继续被奸佞所蛊惑。"宁炎点点头，父子二人下楼。

宁十一听到这话，笑着说道："父亲，其实陛下这么做也是被蛊惑了，当时陛下被黄诚抱着腿，就要入宫回避了。"

宁炎脚步一停，看向他，宁十一忍着笑，说道："是十哥站出来请陛下留下的。"

宁炎微微意外又觉得在情理之中，他这个侄子极其聪明，怎么可能甘当一个碌碌无为的附庸，他点头道："云钊啊，这次真是吓死我们了……"

宁炎走下酒楼，城门前的喧闹已经散去，街上人也少了很多，宁十一看着家丁赶着马车过来，说道："人少了不会堵路，咱们可以很快到家了。"

他的话音刚落，有人从楼里跑出来喊道："来了来了。"

来人像风一般从宁十一的身边穿过，差点把他撞倒，他没好气地喊道："什么人来了？急成这样？接菩萨啊？"那人并没有理会他，径直向城门口跑去。

宁十一下意识地随之看去，见城门外的大路上，有一人骑马而来，他看不清面容，只看到身形娇俏，一身红衣如火，姿态娇柔，引人注目。

早已经接到消息，在街上酒楼里等待许久的陈七也看到了那抹红影，立刻高举着手，大声喊道："君小姐！"

这喊声让街上不多的行人都停下脚步，城门的守兵则站直了身子，所有视线都看过去，那女子越来越近，已经到了城门前，遮挡风沙烈日的面纱飘在身前，露出亮丽的面容，大街上似乎一阵凝滞，旋即爆发出热烈的喊声："是君小姐！君小姐回来了！九龄堂的神医回来了！"伴着这喊声，街上突然涌出许多人，更有酒楼茶肆中的人也涌涌而出，顿时挤满了街道。

宁十一被挤得东倒西歪，他小心地护住宁炎，无奈地说道："这可真是接菩萨呢，完了，路又被堵上了，一时半会儿是出不去了。"

大街上掀起新一轮的热闹，更多人从街头巷尾涌来，场面不亚于迎成国公入城。看着此场景，江千户凉凉地说道："不知道的人，还以为成国公还没进京呢。"此时他们就站在城门下阴暗的小房内，避开了日光，也避开了人们的视线。

江千户看着身边负手看向外街的陆云旗，恭维道："果然如大人所料，君小姐今日真的也到了。"

陆云旗面无表情地迈过门槛，站在城墙角的阴影下，看着渐渐朝这个方向奔来的红衣女子。马上的女子也仿佛察觉般，视线看了过来，两人四目相对，那红衣女子将马鞭在手里轻轻敲了敲，嘴角微微一笑，无声地动了动嘴唇。

陆云旗看懂了她无声说出的话："我回来了。"

此刻，他只觉得日光陡然变得刺目，心脏也仿佛停顿了一拍，他知道，那个属于他的女人，真的回来了……

很久以前，他遇到了她，那时候，他龟缩在地上，被成国公世子一群人打得奄奄一息，想着也许就这样死了也好，迷迷糊糊中，听到了马蹄声、女子的呵斥声以及朱瓒这些人的骂声，他用肿成一条缝的眼睛勉强看过去，那个骑在马上的女孩子正将手里的马鞭挥动，虽看不清模样，却能清楚地感觉到她的气势，如日光般明亮炫目。也就看了一眼，他便晕了过去，等再醒来，已经躺在自己家中，还有大夫来治伤。当时送他回来的城门吏跟他说，是皇太子殿下的幼女九龄郡主救了他。那城门吏来时还拿着九龄郡主的玉牌，当时他跟城门吏讨要，那城门吏非但不给他，还借此好生羞辱了他一番……

耳边的喧闹声打断了陆云旗的沉思，依旧是城门吏，但他已经不再是那个被人随意欺凌的小角色了，他看着骑在马上的女子，负在身后的手抬起一摆，淡淡说道："拿下。"

此时，城门前人潮汹涌，远处还有人不断奔来，朗朗乾坤、光天化日之下，陆云旗却说要抓人，显然是有什么触犯到了他，让他的情绪非常不好。但不管是因为什么，不管这命令有多荒唐，江千户也没有丝毫迟疑，拔出腰刀，沉声道："拿下。"

二十多个锦衣卫从城门的阴暗处冒出来，握着手中的绣春刀，向前围拢。而周围的群众这才发现冒出来的锦衣卫，顿时吓得纷纷躲避。一片混乱中，锦衣卫快速将君小姐围住，而周围的陈七和德胜昌的伙计们也飞快地先一步将君小姐挡在身后，双方火速形成对峙，君小姐甚至还骑在马上没有下来。

原本喧闹的城门前陷入安静，陈七看向陆云旗，沉声问道："你们想干什么？"

陆云旗依旧站在城门的阴暗下，神情木然地看着君小姐，淡淡说道："拿人。"

"凭什么拿人？君小姐犯什么事了？"陈七怒声呵斥道，周围人群中也响起低低的议论声，还有人大着胆子跟着发出质问。

锦衣卫们置若罔闻，陆云旗更是淡淡说道："什么事，拿下来，问问就知道了。"

这真是荒唐的回答，但也是锦衣卫的行事作风，理直气壮蛮不讲理，陈七大声呵斥道："你们敢！"

对于陈七的喝问，陆云旗懒得理会，江千户抬手一挥，冷冷道："敢有阻拦者，杀无赦。"

四周群众再次惊惧地后退，陈七的神情也难掩惊惧，他一咬牙就要上前，君小姐下马制止他，她看得出来陆云旗眼里的疯狂，是真的敢杀人，应该是被她适才的眼神刺激到了。

她这一次回来没有再掩饰，大方地以楚九龄的姿态示人，就是想让他知道，这京城是她的家，她可以随时正大光明地回来。她知道陆云旗肯定会出现，也不惧怕被他抓住，甚至她也可以趁机试试杀掉他，想必此时杀了他，她也能争得一条生路。

君小姐握紧手里的马鞭，看向陆云旗："你要拿我，来啊。"

陆云旗看着她，嘴角弯了弯，抬脚迈步。江千户忍不住出声阻止，但陆云旗并不理会，只是迎着君小姐愤怒又隐晦的视线，一步一步地走过去。他一定要这个人，然后剥开看看，她到底是什么人，为什么世上会有两个她？

"干什么？看什么看？"清亮的喊声在一旁响起，瞬时打破了凝滞，同时破空声传来。

陆云旗似乎听而未闻，依旧迈步，没有半点躲避的意思。江千户立刻扑上去，将他拦住向后退，一柄匕首擦过江千户的耳边，扎在了城门上，几乎没入，这也是真的下杀手了，江千户的额头冒出一层冷汗。

另一边，人影像一阵风一般撞过来，撞开了围拢的锦衣卫。江千户只觉得眼前一花，不仅因为来人速度极快，还有他身上穿的花团锦簇的衣服，江千户一时差点没认出是谁，周围民众却已经喊了起来："是成国公世子爷！"

朱瓒带着几分得意扬扬，环视四周，笑意才扬起就听得人群里又冒出喊声："果然有君小姐的地方就一定有世子爷！"

朱瓒的脸顿时拉下来，他伸手指着人群，瞪眼说道："哎，衣服可以乱穿，话可不能乱说。"

群众并没有被他这警告吓到，反而更加肆无忌惮地说笑起来，过往的那些精彩事儿此时也被拿出来议论纷纷。朱瓒听得脸发黑，只得带着几分恼怒地看向君小姐："都是你，瞎逛什么？让人看热闹。"

君小姐抿嘴一笑，乖巧地说道："是。"

陈七的视线在他们身上乱转，心中猜测两人的关系，正胡思乱想间，朱瓒已经不耐烦地摆手道："还愣着干什么，快走快走。"

君小姐翻身上马，陈七忙牵着缰绳，招呼伙计们前行。锦衣卫们忙上前一步，将刀对准他们，朱瓒似乎这时才看到他们，他晃着宽大的花袍袖子，冷冷说道："滚。"

锦衣卫们当然一动不动，陆云旗木然说道："世子爷，不要阻挠我们办差。"

朱瓒转头看向他，咧嘴笑道："我就阻挠了，你能把我怎么样？"

陆云旗伸手，江千户迟疑一下，还是将手里的腰刀递给了他。陆云旗握住刀，大步向朱瓒走去。朱瓒则将松垮垮地系在身上的袍子一撩，露出里面破烂的衣衫，也拿出一把刀，向陆云旗走去。

"好了。"女声响起，打破了凝滞，同时人也站到了朱瓒身边，伸手抓住了他的胳膊。

朱瓒嗷地叫了一声，大声说道："干什么？拉拉扯扯干什么？"说着甩开君小姐的手，停下了脚步。

这一瞬间，陆云旗已经到了面前，他并没有顾忌站在一旁的君小姐，径直挥手一刀砍下去，而朱瓒也立刻抬刀撞开了陆云旗的刀，一步未退。君小姐则神情淡然地站在原地："陆千户，你现在不能抓我，我现在不是一个商铺药馆的大夫，我是成国公世子夫人。"

此言一出，在场的民众顿时哗然，朱瓒则带着几分恼怒，陆云旗倒是平静："那又如何？"他说着忽地微微一笑，"我不介意。"

"你不介意，陛下介意。"君小姐说道，"现在陛下正在宫中宴请成国公，你却抓走了他的儿媳，你这是打陛下的脸啊。"

君小姐迈步走近，柔声说道："陆大人，你不要脸皮，陛下要啊。你这身皮是陛下给的，你打了陛下的脸，小心陛下揭了你的皮。你没了皮，还怎么抓我？见都见不到我了。"

陆云旗说道："说得真好听，还有吗？"

君小姐却转身迈步走到朱瓒的面前，抓住他的衣袖："走了，回家去。"

朱瓒僵直着身子，但这次却没有甩开她的手，咬牙说道："早就让你回家，你这么慢。"

"是，我走得慢了。"君小姐温顺地答道。

在民众的围观下，君小姐并没有和朱瓒去往成国公府，而是进了一间酒楼。

群众自然不好跟进去，留在门外热切地议论起来：

"原来成国公世子夫人是君小姐啊。"

"成国公真是有功，要不然君小姐不会出手相助的。"

"这真是天作之合，我早就看出来君小姐和世子爷郎有情妾有意了。"

"……"

听到外边传来的议论，朱瓒尴尬得一把甩开君小姐的手，一边说道："真是瞎，怎么看出来的？差不多行了啊。"

君小姐笑了笑没说话，朱瓒木然说道："不用这么迫不及待地宣告你成国公世子夫人的身份，你就算不是世子夫人，我也能保你不被抓走。"

君小姐笑着伸出手，朱瓒机敏地躲开，没让她拍到自己的胳膊，并带着警告地看着她。君小姐含笑说道："你美玉一样的人，犯不着去磕碰瓦砾。"

朱瓒哼了一声："那你这个瓦砾就可以跟陆云旗同归于尽？别忘了你还挂着世子夫人的名头呢，累害我们家。"他的话音刚落，内里传来扑哧一声笑。

君小姐看去，神情微微惊讶，见只穿着里衣的贤王走出来，笑眯眯说道："你们两个，就不要这么秀恩爱了，听的人都不好意思了，你们这互相关心得真是肉麻……"

他话没说完，朱瓒就抬手制止，做了个干呕的样子，胡乱扯下身上的花袍子扔过去，没好气地说道："不就借了你一件衣裳穿，用不着这样糟践人吧？"

君小姐抿嘴一笑，看着朱瓒脱了花袍露出的破旧衣衫，心想真是什么时候都要面子。

贤王笑着问道："弟妹，你说我说得对不对？"

"殿下说得对，我很关心他。"

朱瓒绷着脸道："殿下不是外人，不用在他跟前做戏。"

"我没做戏啊。"君小姐看着他，眨着眼认真说道，"我是很关心你啊。"

朱瓒顿时瞪圆了眼，涨红了脸。

贤王哈哈大笑起来，又挤挤眼："君小姐，他也很关心你的。"

"我知道。"君小姐含笑点点头。

朱瓒在一旁呵呵干笑道："你们两个算是相见恨晚吗？都是这么不正经的人，英雄相惜吧？"

贤王哈哈笑了，忽地对君小姐抱拳一礼，郑重说道："君小姐，当真英雄。"

君小姐略一还礼，贤王想要再次开口，却被朱瓒咳声打断，说道："殿下有什么话等会儿再问，人家家人来了。"

贤王和君小姐向外看去，见陈七和方锦绣站在门外，陈七摆手说道："不急不急，你们继续说话。"他说着对贤王恭敬地施礼，方锦绣亦是低头屈膝施礼。

贤王笑着点点头："一家人，进来说话吧。"

方锦绣和陈七应声"是"，这才走进来，君小姐含笑道："三妹妹。"

方锦绣"嗯"了一声，似乎没什么可说的。

室内略一沉默，贤王忽地说道："这是妹妹啊。"他指着朱瓒，"那还没见过你姐夫吧。"

朱瓒"呸"了一声，方锦绣也忍不住一笑，神情有些复杂。

"呸什么呀，人家小姑娘怎么也得见见这突然冒出来的姐夫吧。"贤王笑道。

朱瓒干笑一声："人家小姑娘还真不稀奇姐夫，我都第三个了。"

方锦绣再忍不住："世子爷习惯了就好。"

"你们还真是一家人。"朱瓒哼道，"这种事也能习惯。"

"日子过得艰难，很多事就习惯了。"方锦绣说道。

君小姐则对着方锦绣一笑："纵然艰难，也都解决了不是？"

这一番说笑，让许久不见的生疏似乎也散去不少。

"好了，别的事也都多多少少听过了，就说说这数万流民的事吧。"贤王拍了拍肥硕的身子，在椅子上扭了扭，找个舒服的姿势，带着几分好奇地问道，"你怎么就想到这个了？"

君小姐笑了笑："很简单，因为想到入京肯定不会太平，所谓不太平，不过是不信功劳甚至要问罪，那就摆出事实来讲讲道理喽。"

贤王神情复杂，要想调动那么多北地流民，一要有威信力，二要有钱，三还要耗费人力、物力，布置周全运送才行，可不止那么简单，他默然片刻，沉重说道："这么多人力、物力都需要筹划，需要花费不少钱，也不容易吧。"

君小姐含笑说道："这个我倒是没有费心，有人为我费心。"

贤王看了朱瓒一眼，朱瓒立刻不客气地瞪了回去。贤王不理会他，又看向君小姐，笑眯眯说道："那对这个人来说，君小姐你一定很重要。"

"他对我来说也很重要。"

贤王问了自己想问的事，便起身要大家散了，毕竟都是长途跋涉而来，又耗费了心神，是该回去好好歇息。刚走到门口，他停下脚步，看着朱瓒和君小姐，好奇地问道："说到歇息，你和你媳妇都要回国公府吧？"

门外依旧有围观者在等候，朱瓒面色僵了僵，君小姐却先说道："当然。"她神情随意，看着方锦绣和陈七，"你们和柳掌柜有事就来家里见我。"

来到门口，朱瓒刚要迈步走，又被君小姐叫住，她一边翻身上马，一边笑盈盈说道："街上人多，别惊了马，你来牵着。"

街上车马在人群的簇拥下向前，他们的后方有一队人马跟随，陆云旗在锦衣卫的簇拥下，木然地看着前方摇摇晃晃而行的女子背影，心中暗自下定决心，她走向哪里，他就跟向哪里……

第一百二十四章

◇

为了她大打出手

这边散去，皇宫里的宴席正酣。

黄诚此时在宴席里坐着，一边听着成国公和皇帝说笑，一边闷头吃喝，皇帝当然不会怪罪他，还体贴地让小内侍在一旁服侍。

忽地，黄诚耳边除了成国公的说话声，还多了一个年轻悦耳的声音："臣谢过陛下，家叔一切都还好，最近还注解了一卷经书。"

这声音让黄诚猛地抬起头，他阴沉地看向坐在对面的年轻官员，以他的资历，原本不该出现在这里的。黄诚端起了杯，唤了一声："宁小大人。"

这是黄诚自在宴席上恭贺陛下后的第一次开口，开口唤的还不是成国公，而是资历尚浅的翰林编修，但也正是这个小编修主导了此时的宴席。

宁云钗带着得体的笑意看向黄诚，施礼应道："黄大人。"

"宁大人肯定很高兴。"黄诚转动着手里的酒杯，又瞥了一眼一旁的成国公，"到底如他所愿，成国公载誉归来，他这官职没有白丢啊。"

此言一出，在场的人神情复杂，不安地看向皇帝，果然见皇帝的脸上也浮现几分不安，他关切地说道："说起来，宁大人……"

但宁云钗主动接过话头，轻叹口气，说道："我叔父可不高兴。"

在场的人顿时为这个急躁的年轻人捏了一把冷汗，成国公也看向他，神情温和，看不出担忧还是惊讶。

"他反对的是议和，跟成国公这个人可没关系。"宁云钗看向皇帝，"现在议和已成，成国公也平安归来，几十万民众安然，国泰民安，并没有他担忧的那些事发生，他是越发羞恼了。"他说着苦笑一下，"陛下请宽恕我叔父他老人家的闷脾气，人年纪大了，总归是不愿意承认自己错了。"说罢，俯首施礼。

虽然话说得简单，但很管用，皇帝笑着说道："这朝事本就是观点不一，宁大人也是忠君为国，朕怎么会怪他？更何况，宁大人只是因为朝事跟朕争论，并没有对朕不敬，更没有闷死朕的鸽子。"

唐朝名臣魏征劝诫皇帝极其严苛，太宗皇帝把玩鸽子怕被他视为玩物丧志，只得把鸽子闷死在怀里，此刻皇帝竟然把宁炎比作魏征那般重臣，在场的人心里都忍不住惊讶。

"陛下英明神武，堪比尧舜。"宁云钗立刻再次俯身叩头道，"太宗也不过如此。"

皇帝显然也被说得有些不好意思，笑道："宁编修这话过了，朕可不敢当。"

宁云钊虽然跪着，但脊背挺拔，抬起头时，风轻云淡，没有丝毫卑微讨好，朗声说道："臣是年轻人，想什么就说什么了，没有顾虑那么多，请陛下恕罪。"

皇帝再次哈哈笑道："朕怪你做什么，且不说朝堂之上大家皆可畅所欲言，就是私下闲谈，朕也不是那种防民之口的人啊。"

听到这里，其他大臣也不能再装傻充愣了，和宁云钊一起俯身叩首道："陛下圣明。"

殿内百官齐跪恭贺，气氛热烈，黄诚自然也俯首恭贺，只不过垂下的眼里难掩愤怒。

午后宴席结束，皇帝回宫歇息，百官鱼贯而出。

黄诚在一众官员的簇拥下沉脸而行，这次筹划的事完全失败了，大家心里都恼怒又不安，他们围着黄诚低声说道："那些流民的事，就是坏在他们身上，大人放心，我们这就去查。"

黄诚忍不住轻叹口气，说道："坏人真是太多了。"

身边的官员顿时羞愧地说道："都是我们的无能。"

黄诚笑了笑，说道："无妨，不急，重新再来，把坏人一个个查出来解决掉就是了。"他说着抬袖掩嘴咳嗽几声。

走出皇城，御街上的人群已经散去，又恢复了以往的肃穆。就在大家各自上马坐轿散去时，有人唤住了黄诚，来人竟是成国公。

这些官员有些紧张，还有人脱口质问道："你想干什么？"

黄诚"嗯"了一声，和善地说道："成国公又不是洪水猛兽，别这个样子。"

成国公已经走近站定，温和地说道："黄大人，我入城被人阻拦的事，是你安排的吧？"

他的声音温和，但说出来的话却如同刀锋一般凌厉，在场的官员们顿时色变。

伸手不打笑脸人，这是成年人都懂的规矩，谁也没想到一向儒雅的成国公会径直问出这句话，他这是要撕破脸了啊。

一阵诡异的安静后，黄诚笑着说道："国公爷说笑了，虽然我很想，但心有余而力不足啊。"这话答得云淡风轻，但毫不掩饰恶意，在场的人都忍不住噤声屏气。

成国公亦是笑了笑，温和地说道："你的确没有这种能力，黄大人还是有自知之明啊。"

黄诚拱手道："多谢国公爷称赞。"

成国公还礼："黄大人请。"

黄诚也不客套："国公爷请。"

二人在众人的注视下，含笑并肩向外走去，余下的人对视一眼，各存心思地跟上去，但他们才走了没几步，就听得一阵嘈杂声，不下数百的民众出现在御街上，男女老少皆有，看起来很激动："成国公你还好意思回来！"

官员们对视一眼，黄诚的眼中也闪过一丝惊讶，有官员在他耳边低声说道："我们没安排，也许是那些商户不服。"

黄诚转头："国公爷，你看看，这真是怪麻烦的，民心自有公道，可不是谁想控就控的。"

成国公温和地说道:"黄大人还信公道?真是难得。"

黄诚身旁的官员们纷纷怒目,呵斥道:"国公爷,请注意分寸。"

成国公身边的几个武官立刻似笑非笑道:"国公爷这话说得多好,难道说黄大人不信公道?"

双方互相瞪眼就要起争执,却见成国公径直向那被禁军拦住的民众走去,几个武官便不再理会他们,急急跟上成国公,试图阻拦他,但已经拦不住了。

成国公站定在民众前,径直问道:"我为什么不能回来?"

身后的黄诚等人面上的笑意更浓。

"因为你没打败黎人!你辜负了我们的希望,我们是北地人,我们背井离乡,都是因为你!你凭什么还要功赏?"民众们七嘴八舌地喊道,神情愤怒,激动地涌上前,禁军们不得不挥动腰刀,以示警告。

"你们错了。"成国公摇摇头,依旧温声说道,"这不是我的错。"

身后的官员们顿时一阵嗤笑,其中一个凉凉地说道:"他说不是,百姓们就信啊?"

那边的民众喧闹未停,他们七嘴八舌地喊道:"那是谁的错?"

"我不是没有打败黎人,而是我被下令不许再打。"成国公看着他们,"而你们背井离乡,是因为你们的乡土被割让了,这一切不是我做的,所以不是我的错。"

听闻此言,黄诚面色微变,还未说话,就见成国公转身伸手指向他,说道:"是他,是黄诚黄大人要议和的,也是他不让我打黎人,也是他送走了你们的乡土。"

民众立刻将愤怒转移到了黄诚的身上,都开始咒骂质问……

几个官员就要上前呵斥,黄诚却抬手制止,阴沉着脸:"罢了,走吧。他们骂的是议和,不让他们骂我,难道让他们骂陛下吗?"

几个官员顿时又恼怒又无奈,只好作罢。黄诚阴沉着脸迎着百姓的骂声径直向前,走到成国公面前时,被他伸手拦住,他微微倾身靠近黄诚,温和地说道:"黄大人,这些是我儿子干的。"

黄诚顿时瞪大眼,再也忍不住脾气,呵斥道:"你大胆!"

成国公已经站开几步,神情平静地看着黄诚,几个官员忙扶住黄诚,急急问道:"大人,他怎么了?"

黄诚颤抖地伸出手指着成国公:"他,这个……是他们父子安排的!"

官员们顿时惊骇又愤怒,待要说什么,成国公已经先开口,温声道:"黄大人说笑了,证据呢?"

黄诚气极反笑:"是你刚才跟我说的!"

成国公也笑道:"黄大人说笑了,虽然我很想,但无奈心有余而力不足。"

这一刻,黄诚以及身边官员气得面色惨白、浑身颤抖。黄诚更是恨恨地指着成国公,呵斥:"朱山,你太嚣张了!"

成国公不急不恼:"朱山不敢,只是信公道。"说罢便大步向前而去。

"刚才他真是这么说的!"一个官员指着成国公的背影对民众喊道,"这些人都是他找来的。"

"这话可不能随便说。"

"谁随便说，这多明显，就是他找来针对黄大人的……"

"把这些刁民抓起来！"官员们愤怒地喊道。

禁卫们似乎这时才反应过来，为首的一个禁卫说道："陛下有令，今日御街可以让民众围观，不得驱赶。"

官员气得直瞪眼，还想呵斥几句，有三四个烂果子砸过来，他立刻跺脚大喊道："这是围攻！"

禁卫们这才应声"是"，举起腰刀，还没喊话，就见原本还胡乱叫骂的民众轰的一声四散，边跑边喊道："当官的打人了！黄大学士要杀人了！黄大学士要驱赶流民离京了！"

转眼间，这群人就跑远了，留下一地狼藉。

这边，朱瓒和君小姐已经走到成国公府门外，国公府的大门大开，仆从恭敬地施礼迎候。

君小姐站在门口，看了看匾额，又看向内里，感叹道："没想到能进国公府啊。"

朱瓒呵呵笑了两声，靠近她："我们国公府待人很随和，客人嘛，好来好走，再来不难。"他刻意在"客人"二字上加重语气。

君小姐抿嘴一笑，提裙迈步上台阶走了进去。国公府原是前朝的王府，再加修缮后赏赐给了成国公，虽然这么多年几乎无人居住，但还是维护得很好，树木高大，屋舍有些陈旧但干净整洁，并没有腐朽之气。

"好看吧？没见过这么大的院子吧？"朱瓒突然又想到什么，靠近她，"只要大家好聚好散，以后我这家里你随时能登门，怎么样？"

所谓的好聚好散，自然还是关系世子夫人的名号，君小姐笑了笑，认真说道："朱瓒，那你夸夸我，让我高兴高兴。"

"夸人啊，我还真不熟练。"朱瓒摸了摸下巴，皱眉道，"毕竟能跟我一般厉害的人几乎没有。"

"不过你笑起来很好看。"朱瓒像发现新大陆一般，立刻说道，"笑得真是阳光灿烂，熠熠生辉，如百花齐放，令人赏心悦目。"

君小姐抬袖掩嘴，朱瓒接着说道："现在这样也很好看，温婉可人，卸去了你粗俗……豪爽的表象，展示了你的本性。"

君小姐点点头，眼睛笑弯弯："除了样子，我还有才。"

朱瓒摇摇头，郑重说道："谦虚了，你何止有才，还有勇有谋，多少男儿都不如你。"

君小姐的笑声回荡在院子里，让原本空寂的天地变得灵动、热闹，站在后边侍立的仆从也了然地跟着浮现笑意。

君小姐终于停下笑，看着朱瓒，认真问道："你说的是真话还是假话啊？我有这么好吗？"

"当然是真话，我说你这么好，若是假的，岂不是说我自己瞎了眼？"朱瓒嗤声说道，"我是那种人吗？"

君小姐哈哈笑道："对，你不是那种人。"又抿嘴一笑，"所以，我这么好，你干吗这么不乐意？"

绕这么大一个圈子，哄他说好话，原来是为了这一句！朱瓒伸手指着她，咬牙说道："君九龄，你要再这样耍我，我可就翻脸了。"

君小姐"嗯"了一声，带着几分好奇："翻啊，翻一个我瞧瞧。"

朱瓒嘴角抽了抽，刚要说什么，身后响起一连串的喊声："国公爷回来了！"

朱瓒和君小姐都转头看去，见成国公缓步而来，含笑说道："说什么呢这么高兴？怎么不进屋？"

朱瓒立刻迎上去，委屈地喊道："爹……她……"

成国公对他点点头，看向君小姐："不知道习惯不，这里许久没住了。"

君小姐含笑点头道："挺好的，国公府房屋格局本就好，这些年又养护得好，令人很舒服，我很喜欢。"

皇祖父当初对成国公是真的很大方，这个地方原本是要做太子府的，规格可想而知，所以来到这里，君小姐觉得有些熟悉，这熟悉让她自在，又有些许伤感。

朱瓒轻咳两声："爹，方才的事你觉得怎么样？我安排的人和物，时机……"

成国公点点头，看着他一笑："你做得不错。"他的视线再看向君小姐："我夫人还有些日子才能到，君小姐在这里请自便。"

君小姐含笑应声"是"，朱瓒在旁哼道："爹不用客气，你不说她也自便。"

"瓒儿，你去看看君小姐的住处安排得怎么样了。"成国公温声道。

"凭什么我去啊？"朱瓒不满。

"咱们家就你我二人，难道你想让我去？"

朱瓒立刻没了脾气，应声"是"，向后走去。再看成国公对君小姐伸手做请，问道："君小姐要接什么人来……"

"是我师母她们。"君小姐一边回答，一边跟随他向厅堂走去。

"有什么需要帮忙的，君小姐尽管说。"成国公点点头。

听着这话，朱瓒再次嗤声，一旁的仆从低声提醒道："世子爷，君小姐的住所就安排在夫人旁边的醉月楼，您看看……"

"怎么安排醉月楼了？那是我住的。"朱瓒立刻瞪眼，抬脚噔噔向后而去。

夜色笼罩京城，这一天发生了太多事，京城中人疲惫又兴奋，夜市比往日更加喧闹。

黄家大宅里灯火明亮，却一片死寂，以往的歌妓、美婢不见踪迹，仆从们屏气噤声，低头来去匆匆。

黄诚斜躺在书房里，面前的幕僚低着头将一封封文书递来，他闭着眼说道："这么说，那些流民被送来可是花了不少钱啊。"

"最少几十万两银子。"一个幕僚说道，"除了路上吃喝，据说每个人还都分了一笔辛苦费。"

黄诚咳咳笑了，睁眼坐起来，想到今日受到的羞辱，他的眼底一片阴寒，冷声道："说到底，也是靠钱嘛，还以为多得人心呢。"

"跟那些商户鼓动的人也没区别，只不过他们更有钱、花得更多罢了。"一个幕僚说道。

黄诚看着桌上堆着的文书："老话说得对啊，人要是有钱了，就容易变坏。"他打开一张文书，手敲着其上"德胜昌"三个字，"坏人就该被除掉，要不然世道就乱了。"

除掉德胜昌吗？在座的幕僚对视一眼，迟疑地说道："可这德胜昌有圣旨在，只怕不好动手脚啊……"

"圣旨是死物，活人还能让尿憋死？"黄诚笑着说道，"人都没了，圣旨又有什么用？我算是看明白了，这一切的根源就在九龄堂这个姓君的丫头身上，这次如果不是她，事情根本就不会变成这样。"说到这里又摇摇头，"也怪我疏忽了，一个连陆阎王都拿不下的女人，当然不是等闲之辈。"

幕僚们相互对视一眼，点点头。一个幕僚单膝起身，轻松说道："那我们就先断其根，给她个教训，大人，这件事交给我来办吧。"

黄诚不急不躁地说道："那你就去试试看吧。"

天色大亮，九龄堂里已经分外热闹，柳掌柜、冯老大夫等一众大夫都在，七嘴八舌地询问着君小姐。

"总的来说，这一段的事，就是说来话长、一言难尽。"君小姐说道，"不过跟你们听闻的也差不多。"

"那这么说，君小姐你离京其实就是和世子爷说好了，去北地见他父母啊。"一个大夫忍不住问道。

四周的大夫们纷纷瞪眼，又都齐声问道："是这样的吗？"

陈七哈哈笑道："你们这些人竟然也喜欢问这种事。"

"别人问是对市井流言的好奇，我们问则是觉得男女婚约是一辈子的大事。"冯老大夫诚恳地说道，"我们希望君小姐终身有靠啊。"

君小姐含笑点点头："是，正是这样。"

听她这样说，大夫们既欣慰又欢喜，纷纷又问道："婚期定了吗？可不能从简……"

陈七也跟着咧嘴笑，转头见方锦绣翻个白眼，嘀咕道："第一次是救人作假，第二次是父母不和，不知道这第三次，再给出个什么理由。"

"事不过三，这次说不定就不用再给理由了。"陈七低声笑道。

方锦绣斜了他一眼："你不是宁公子的人吗？怎么也同意世子爷了？"

"哪有，宁公子又不给我工钱，我当然是君小姐的人。"陈七嘻嘻一笑，"那是君小姐不在，君小姐在了，我当然只认君小姐，君小姐说要哪个，我就认哪个。"

方锦绣横了他一眼，屋子里不时扬起笑声。有人掀帘子进来，看到进来的女孩子，陈七愣了一下，这时候的九龄堂外有成国公府的护卫，也有九龄堂的伙计守着，谢绝他人靠近，能进来的自然不是一般人。

陈七看清来人，忙杵了杵方锦绣，低声说道："就是她，我跟你说的成国公手下的女将。"

方锦绣刚要起身问候，那女孩子已经走到君小姐身边："姐，世子爷在外边站着做什么？"

屋子里的人忙都站了起来，君小姐显然也不知道，奇怪地说道："他没说来啊。"

陈七已经跑到门外看，又转头回来，神情古怪地说道："在那边街角站着呢。"他迟疑一下，"另一边，锦衣卫的陆大人也在。"

屋子里的人顿时神情不安，昨日进城时发生的事他们也都知道了，陆云旗差点将君小姐抓走。君小姐笑了笑坐下来，对赵汗青说道："问问他，要进来坐坐吗？"

赵汗青转身就出去了，冯大夫等人隔着窗户往外看，果然看到朱瓒站在对面的街角，赵汗青说了句什么，他不耐烦地摆手，赵汗青便回来了："姐，他不来，不用管他了。"

君小姐示意众人坐下："世子爷自在惯了，不用在意。"

冯大夫人等人对视一眼，心想这小夫妻二人关系还不错，他们又说了几句闲话，便都告退了，君小姐亲自送他们出去。

"姐，你叫我来做什么？"赵汗青坐在屋子里的椅子上。

君小姐走过去，解开她脸上的遮布，陈七和方锦绣这才看到她脸上的疮，虽然一时惊讶，但立刻收起，避开视线。

"你在这里住下，我把药方写好，让锦绣给你熬药，每隔两个时辰就用一次，三日不断。"君小姐说道。

赵汗青点点头，看向方锦绣。方锦绣接过君小姐递来的药方，君小姐指着赵汗青笑道："对了，还没介绍，这是我师妹。"又指了指方锦绣，"这是我表妹。"

方锦绣神情古怪，赵汗青倒是没有疑问，冲方锦绣点点头。

"那我先走了。"君小姐看着方锦绣说道，"就交给你了。"

"放心吧，锦绣现在除了算账厉害，做药也是厉害得很。"陈七笑嘻嘻地说道。方锦绣没有说话，看着君小姐走了出去。

君小姐走到朱瓒身后时，他正与闻讯而来的张宝塘、四凤等人说笑。

"二哥，嫂子来了。"张宝塘最先看到君小姐，忙高兴地说道。

朱瓒哈哈笑了笑，揽住四凤的肩头，继续方才的谈话："这么说人家姑娘没看上你？"

四凤似笑非笑地说道："反正小爷也没看上她。"

张宝塘伸手拍了拍朱瓒："二哥，二哥。"

朱瓒瞪眼，没好气地说道："干什么？"然后才转头看见站在身后的君小姐："你怎么来了？"

君小姐抿嘴笑道："真巧，我来九龄堂。"

朱瓒"哦"了一声，张宝塘高兴地说道："嫂子，我们打算去吃羊汤，这次你能一起去了吧？"

"好啊。"君小姐笑了笑，"我们去吃西西羊汤吧。"

张宝塘"咦"了一声："嫂子……"

朱瓒轻咳一声打断他："还没成亲，别这样喊，人家有名字。"

"君小姐，你也知道西西羊汤？"张宝塘从善如流地说道。

西西羊汤是京中的老店，但名气并不大，所以也不是人人争相前去的大酒楼食肆，君小姐之所以知道，是师父对它赞不绝口，她看了眼朱瓒，含笑道："世子爷说过呀。"

朱瓒冲她冷笑，没有反驳，只是扭过头。

看到君小姐走过来，陆云旗站了起来，身边的锦衣卫忙跟紧他，但陆云旗并没有迈步上前，只是安静地站在街角看着。待看到朱瓒等人上马向前而去，陆云旗这才上马，身旁的锦衣卫自然跟随，他们不远不近地跟着，所过之处行人纷纷避让。

张宝塘回头看了一眼："二哥，那群狗还跟着。"

朱瓒头也不回，神情不屑："只要不挡路，就算是条好狗。"

看着他们穿大街走进一条小巷子，陆云旗木然的神色微微一变，身边的锦衣卫立刻警觉地看着四周："大人，怎么？"

"没什么。"陆云旗嘴边浮现一丝笑，"真巧，很好。"

锦衣卫们神情不解，但也没再多问。陆云旗催马向前，众人忙前后簇拥，小小的巷子里陡然变得拥挤，而看到锦衣卫到来，客人们顿时如鸟兽散。

朱瓒等人已经在内入座，店家伙计战战兢兢地迎接陆云旗等人，小心问道："大人要用些什么？"

陆云旗指了指朱瓒等人："他们要什么，我就要什么。"

果然，又是冤家对头，店家心里连连叫苦，但陆云旗只是说这一句话就坐了下来，并没有其他动作，而那边朱瓒等人也似乎没有看到陆云旗，店家心里念着满天神佛，带着伙计忙去了。

羊汤馆的饭菜很简单，很快就送了上来。朱瓒那边四个人摆了一桌子，陆云旗这边一个人也摆了一桌子，偌大的厅堂里，一桌热闹说笑着，一桌安静无声，店家和伙计站在一旁只觉得冰火两重天。

"嫂子……君小姐你尝尝这个。"张宝塘热情地将面前的大羊骨头摆到君小姐的面前。

君小姐轻挽衣袖，拿起大骨头啃了起来，而另一边，陆云旗也拿起羊骨头慢慢地咬了一口，君小姐嘴里一面嚼着肉，一面连连点头道："果然做得好吃啊。"

她吃得很快、很利索，张宝塘和四凤都有些惊讶，笑道："君小姐倒像是常吃大骨头似的。"

君小姐咬着一块软骨，微微停顿一下，眼里满是笑意。朱瓒在一旁说道："她什么没吃过？"

张宝塘看着朱瓒，感叹道："还是二哥你了解嫂……君小姐，真是有心。"

朱瓒瞪了他一眼，君小姐放下骨头，摊开双手微微举高一点，免得袖子上沾了油。张宝塘刚要把湿毛巾递过去，就见朱瓒已经拿过毛巾抓着君小姐的胳膊给她擦手，动作娴熟又利索。朱瓒擦了两下才回过神，心里骂了一声，这伺候人怎么还成了习惯了！张宝塘和四凤先是目瞪口呆，旋即又笑得暧昧，朱瓒尴尬地三下两下将君小姐的手擦完，扔下毛巾，拿起筷子大口大口地吃起豆腐丝，一副若无其事的样子。

"君小姐你再尝尝这个。"张宝塘再次热情地说道。

君小姐含笑接过，豪爽地吃了起来，饭桌上的气氛很热闹，他们的视线始终没有看屋子里的另一桌，但陆云旗却一直看着君小姐，她吃什么他就吃什么，她笑他也笑，就好像他们是相对而坐共食。

君小姐突然想起刚进京的时候，和宁云钊在炸豆腐果店，看到陆云旗携着一个女子，就是这般同坐共食，当时她不知道，现在当然已经明白，那个女子是被陆云旗当作了她，一想起这件事，君小姐只觉得一阵反胃，将手里的汤匙一放，转头干呕起来。

桌上的人吓了一跳，张宝塘更是站起来喊道："嫂子，你有了啊？"

正扭头看着君小姐的朱瓒顿时如同被踩了尾巴的猫，瞪眼喊道："你才有了呢！"

君小姐被这话逗笑了，用毛巾掩住嘴，冲张宝塘等人摆手道："只是吃得有点着急，呛到了。"

张宝塘将信将疑，四凤则似笑非笑，重新坐下来。朱瓒则一脸愤愤地忽地转头看向陆云旗，陆云旗还看着这边，神情很是担忧。

"你看什么看？"朱瓒怒目呵斥道，"没看把人都恶心吐了吗？"说着伸手一指外边，"你马上给我滚。"

这一声骂响起，店家和店伙计吓得赶紧自动蹲到了柜台后，将托盘顶在头上，免得待会儿打起来被砸到。

听到这一声骂，陆云旗身后的锦衣卫们顿时怒目按住腰刀，陆云旗用毛巾擦了擦嘴角，站了起来。张宝塘、四凤也立刻起来，朱瓒更是一把拎起凳子狠狠地砸过去。锦衣卫们待要上前，陆云旗已经先一步伸手接住了凳子，轻轻放下来，淡淡说道："好好的店，别祸害人家。"

朱瓒乐了，凉凉说道："陆云旗，你还知道'祸害'两字啊？"

陆云旗没有理会他，只是看着君小姐说道："你好好吃饭吧。"说罢抬脚迈步向外而去，锦衣卫们呼啦啦跟着出去，转眼间，堂内便只剩朱瓒几人。

"这家伙越发有病？"四凤挑眉，有些好笑地说道。

朱瓒骂了一声，重新坐下来，张宝塘忙招呼君小姐继续吃饭，君小姐端起羊汤小口小口地喝起来。

朱瓒吐口气，拿筷子戳着眼前的羊肉，沉声道："真恶心，当初怎么就没把他打死呢？"

"当初他小小年纪，就敢私窥国公爷的密信。"四凤说道，"可见那时候他就已经没了心肝。"

君小姐的勺子微微一停，好奇地看着他们。

"我就说当初国公爷剿匪私藏银子的事就是他报出去的，害得国公爷差点被弹劾卸职。"张宝塘说道，"这小子装老实，死不承认。"

"我说直接打死了事吧，你们还不肯。"四凤哼声道，"现在好了，羽翼已成。"

"那还不都是因为九龄郡主。"张宝塘一拍桌子说道，话音刚落，就听噗的一声，正喝羊汤的君小姐喷了出来，转头忙抓过毛巾掩嘴，饶是如此，也是一连串的呛咳。

张宝塘吓得站起来，忙喊道："嫂子，到底有什么忌口的，你不要不说，大家都不是外人，不会笑话你们的。"

朱瓒一拍桌子："坐下。"

张宝塘吓得坐下来，朱瓒深吸一口气，看向君小姐，咬牙问道："君小姐，您到底想怎么样？"

君小姐掩嘴咳着笑，一面摆手道："我真不是故意的，你们继续，你们继续说。"

朱瓒没好气地瞪眼道："还说什么说？赶紧吃，吃完了快回去。"

君小姐不理他，看向张宝塘，捏着勺子问道："你们跟九龄郡主也认识？"

"也不能说认识，以前我们跟陆云旗有过节，教训他的时候，九龄郡主多管闲事坏了我们……"张宝塘说道，话没说完，朱瓒将筷子重重一放，冷声道："关她什么事？如果我们想弄死陆云旗，谁能拦得住？看他孤儿寡苦，一时心慈手软罢了，谁都怪不得，要怪就怪老天爷，养出这东西。"

张宝塘"嗯"了一声，四凤则认真点点头，没有人再说话，饭桌上的气氛有些怪异。君小姐左看看右看看，迟疑一下也没有再问，脑中思索着自己曾经在什么时候多管闲事过？但一时还真想不起来，她侧头看去，朱瓒面色平静神情专注地吃着饭菜，没有半点先前的嬉笑易怒，张宝塘和四凤也认真地吃着，这样不说话，很快就吃完了。

朱瓒先向外走去，君小姐落后一步，她听到落后两步的四凤在低声训斥张宝塘："谁让你提九龄郡主的，正高兴着呢，让他伤心。"

君小姐皱起眉，更加百思不得其解。门外，朱瓒停下，君小姐也停下看去，见陆云旗竟然站在门外，见她看过来，陆云旗微微一笑。真是阴魂不散啊，君小姐心里叹气，念头才闪过，就见朱瓒抬脚冲陆云旗踹了过去。这突然的动作让人意外，伴着锦衣卫们的拔刀声，朱瓒已经到了陆云旗的面前，一拳打在他脸上，紧跟着出来的张宝塘、四凤也三步两步冲过去加入了混战，巷子里陡然喧闹起来。

站在门口的君小姐，脑子里突然闪过一个念头，她看着眼前打在一起的几人，心中想：难道十三岁那年在城门口遇到的纨绔子弟是朱瓒他们，而被打的那个人就是陆云旗吗？

这一场架很快就被制止，没有闹出人命，但在场的人个个都挂彩带伤，而这双方，五城兵马司的人谁也管不了，干脆一起送到了皇帝面前，皇帝一听也说不管，让他们都滚。

"我冤枉。"朱瓒当然不会滚，而是跪在殿门外大喊，"我不服，陛下要罚他，他觊觎我夫人，青天白日里调戏……"

声音大得远处走过的内侍宫女都看了过来，站在殿外的太监们急得直跺脚，大太监哀求道："我的世子爷，快别嚷嚷了，又不是什么光彩事。"

朱瓒瞪眼"呸"了一声，说道："他不要脸，我何必给他留脸面？他的不光彩事就得让大家都知道。"

你媳妇被人调戏，你也光彩不到哪里去啊，太监们哭笑不得，朱瓒不以为意地继续喊道："我可不觉得丢脸，这说明我夫人光彩夺目，我引以为荣，但这不是他陆云旗可以觊觎调戏的理由。"朱瓒说着一瘸一拐地向前冲去，"陛下，我不服，我都被陆云旗打断腿了……"

太监们忙涌上前拦住他，大太监语重心长地劝道："我说世子爷您可别闹了，陛下正高兴呢，您可别添乱，您私自逃走的事陛下不说，并不是不在意，小心陛下生气把您赶去北地，让您一年都见不到您夫人……"

或许是这句话震慑了朱瓒，他愤愤地甩袖转身，又看到一旁安静跪着的陆云旗，低声呵斥道："你等着，见你一次打一次。"

陆云旗看也不看他一眼，只是直直跪着。朱瓒大步而去，哪里还有半点被打断腿抬过来一瘸一拐的样子，太监们松口气擦把汗，再看向陆云旗，劝道："陆大人，陛下不怪罪，您快回去吧。"他们看着陆云旗青肿的脸，以及耳边还残留的血迹，心想这陆大人虽不喊不叫，可伤得也不轻。

"我要见陛下。"陆云旗说道。

太监们无奈地对视一眼，朱世子胡搅蛮缠他们敢连哄带吓地训斥，但陆云旗，他们可不敢惹。几个太监对视一眼，一个太监说道："那大人您稍等，我们再去试试。"

陆云旗不言不语，直直跪着，看着那太监疾步而去，足足过了一炷香的工夫，日光渐斜才有太监匆匆而来，说道："陆大人，陛下宣。"

陆云旗闻声要起身，却因为跪得久了，再加上身上有伤，竟然趔趄一下没有站起来。两边的太监忙抢着搀扶，陆云旗推开他们，跌跌撞撞地起身向前而去，太监们忙跟在后边。

夏日的傍晚，殿内有些闷热，皇帝恼怒地呵斥道："你搞什么？还嫌不够乱吗？"

陆云旗只是跪在地上不说话。

"现在成国公风头正盛，朕不会打他脸，更不会打自己的脸。"皇帝冷声道，"你这么给人把柄，成国公借机除掉你，朕可不敢保证能护住你。"

陆云旗抬起头说道："陛下当初答应过，把九龄公主给我的。"

听到"当初"二字，皇帝的面色微变，有些愤怒地说道："这君小姐又不是她，再说她，朕已经给你了，她死可不是朕的错。"不待陆云旗说话，就起身来回走，"是她要来杀朕的，朕怎么能留着她？"他越说越气愤，似乎想到当时的场景，带着几分后怕，"朕可是信任你也信任她，谁想到她突然就拔出刀子，幸亏朕躲得快！当初的事你查完了没？除了那个宫女，还有别的同党吗？"

"没有。"陆云旗神情木然，"冰儿自尽了，九龄也死了，查不出她们到底说了什么。"

皇帝吐口气，看着陆云旗惨白的脸，在这暮色里，饶是他也有些心悸，缓和了一下语气，说道："云旗啊，朕知道你舍不得，但是既然九龄来杀朕，那就是知道真相了。九龄什么性子你清楚得很，一根筋，又在外边野惯了，你不杀她，她一定会杀了你的。"说到这里，轻叹口气，"她，你留不住的。"

陆云旗没有说话，只是看着地面，暮色里的青石板地面光洁明亮，但他似乎看到其下浸染的血色……

暮光散去，夜幕拉开，皇城里越发幽暗，陆云旗慢慢行走其中，走出宫门，锦衣卫们涌上，除了马匹，还拉了一辆马车，江千户低声劝道："大人坐车吧。"

朱瓒在军中混久了，又杀过那么多人，打人最阴狠，陆云旗现在伤得肯定不轻，陆云旗却没有理会，走到马匹前。

"陆大人。"有声音从后传来，陆云旗微微侧头，眼角的余光看到一旁的官署里有人颤颤巍巍地走出来。

"陆大人且留步，老夫向你借一样东西。"黄诚和气地说道。

陆云旗没有回头，木然说道："黄大人，你借的是不是太多了？我的东西，不值钱，值命。"

黄诚笑了笑，轻声咳嗽着走近，拍了拍马车，说道："当然，陆大人，我算是看明白了，你是个痴情的人啊。"

陆云旗没有说话。

"瞧瞧你为那君小姐落下的这一身伤。"黄诚说道。

陆云旗转过身："黄大人要说什么尽管说，我的私事不劳大人费心。"

"我原本不费心，只是恰好我的私事跟陆大人的私事是一回事，所以就想和陆大人说一说。"黄诚说道，"要是别的女人，只要陆大人你喜欢，我相信就算是公主，也不是没可能，只是这个君小姐嘛……"他笑了笑，靠近陆云旗，压低声音，"靠上了成国公，这就不好办了。陛下可以为仁善舍弃父女之情，但绝不会抢了臣工之家眷。"

敢跟皇帝最亲近的权臣陆云旗这样说话的，黄诚还是第一个，陆云旗看着他，木然说道："黄大人是想告老还乡了？"

"陆大人，如果我告老还乡了，你这辈子都见不到那君小姐了。"黄诚含笑说道。

陆云旗微微皱眉："你是威胁我还是威胁她？"

黄诚哈哈笑道："都没有，我只是提醒陆大人，你要想得到这个君小姐，目前只有一个办法，那就只能让成国公倒，让她无山可靠；让德胜昌倒，让她也无水可用。到时候，还不是任你处置？而如今，最想也最能让成国公倒台的，就只有我了，所以我不能走，我要是走了，你就只能看着她变成世子夫人。"

他一口气说完，见陆云旗神情古怪，似怨恨似哀伤，他不安地唤道："陆大人？"

陆云旗恢复平静，忽地说道："这种话，我以前听人说过。"

黄诚的眼神微闪，说道："看来这是人人皆知的道理。陆大人，如今成国公得盛宠，皇帝也需要他来维护面子，所以不会对他怎么样。成国公为人奸诈，稍加时日，说不定皇帝被他蛊惑，所以要尽快让皇帝对他生厌，找出他作恶的把柄。"

陆云旗"哦"了一声，也不知道是同意还是不同意。

黄诚皱了皱眉头，接着说道："陆大人，所以我要借一下你的马车，老了走不动了。"

陆云旗点点头说道："黄大人用吧。"说罢便上马，锦衣卫们呼啦啦地簇拥过来，一众人向前而去。

看着他们离开，黄诚在仆从的搀扶下上了马车，行驶在夜色里。

而此时的成国公府很热闹，嗷的一声，裸露上身、露出刀伤的朱瓒从床上跳起来！

"疼吗？"不待他喊，君小姐主动说道，"我再轻一点。"

朱瓒瞪她一眼，重新趴下来，说道："我先说清楚，你别自作多情，我打陆云旗可不是因为你。"

"那是为了谁？"君小姐好奇地问道，"九龄公主吗？"

朱瓒身子一僵，绷紧弓起，似乎就要跳起来，但他最终只是将脸转向内里，闷声道："不关你的事！"

君小姐看着他，心想：当然关我的事，因为我就是九龄公主啊。这句话她已经想说很久了，但是没有机会说，也没有人可以说，但也许可以跟朱瓒说呢，她突然好奇他听到会是什么反应……

君小姐看着面向内的朱瓒，突然说道："朱瓒，我是九龄公主。"

她的话刚落，人就被拎着推出门外，门啪地关上，君小姐转过身对内说道："我还没给你敷完药呢！"

"以前没你，老子也活到现在了。"内里传来朱瓒沉沉的声音。

"我知道，但有我在你可以好得更快，毕竟现在京城形势很紧张，你父亲需要你。"君小姐又说道，内里没有回应，"那我告诉你这些药怎么用我就走，可以吧？"

脚步声响，门被打开，身前裹着外袍挡住上身的朱瓒沉脸看着她，将一托盘药递过来。

君小姐逐一跟他说明，说完又抬头看着他："还有一些药我会煮好了让人送来，还有……"朱瓒斜眼看向她。

"我真是九龄公主。"君小姐看着他说道。

砰的一声，门在眼前被关上，朱瓒在内沉声道："姓君的，你适可而止，不要欺人太甚。"

君小姐笑着转过身，沿着挂着灯笼的走廊慢慢走，风微扬，带来阵阵花果淡香，四周灯火点缀，不耀目也不寂凉，君小姐心想国公府的夏夜可真美，她缓步走在府内，很快没入夜色中。

第一百二十五章

◇

危险从没有远离

阳城的夜虽然比不上京城，但也别有一番风味，大街上人头攒动，夜风里飘散着脂粉香气和若隐若现的丝竹声。

这是从临街一间金碧辉煌的酒楼中传出的，此时的酒楼里坐着不少人，皆是锦衣华袍，机灵的伙计、美貌的侍婢穿行着端茶倒酒，十几个歌舞伎随着乐声起舞，恍若神仙府邸。

"方小爷，这么说北边的生意没问题？"一个中年男人举着酒杯对坐在上首的少年说道。

方承宇笑了笑，认真说道："当然有问题，成国公离开北地，黎人南下入腹地，日子只怕不太平，生意不好做。"

几人笑了笑，一人说道："有人说德胜昌北边的票号亏钱要关门了，原来不是亏钱，是怕亏钱啊。"

"有诸位在，怎么会亏钱！"方承宇笑道。

屋中的人神情都轻松了很多，一人看向方承宇，说道："小爷你这就不懂了，现在清河伯掌管北地，这以后北地可是更容易赚钱了，所以，北地的票号可不能关。"

方承宇乖巧地点点："既然几位伯伯说有钱赚，我当然要一起了，北地票号不关。"

厅堂里的气氛更热烈，大家纷纷举起酒杯，方承宇也举起了酒杯，他含笑道："我身子弱，只能以水代酒了。"

大家都了然地点点头，立刻有年轻的婢女走上前为方承宇添上水，方承宇先干为敬，其他人也纷纷向他敬酒，厅内歌舞乐声更热闹。几番之后，方承宇起身去净房，屋子里的其他人不以为意，继续吃酒说笑。

几番推杯换盏之后，忽地一人醉眼蒙眬地看过去，看到正中空空的位置才"咦"了一声，问道："方小爷呢？"

这茅厕去得也太久了，大家才反应过来，忙向净房这边寻来，却并不见方承宇的小厮。有人立刻推开门，向内看去，见地上趴着一个人，黑发玉冠，锦衣华袍，正是方承宇。

"这是喝醉了？"一人喃喃道，"只是喝水也能喝醉？"

其他人则跺脚喊道："什么喝醉了！这是出事了！"伴着这句话，大家都开始慌乱起来，整个酒楼也陷入一片混乱。

方家大宅里灯火通明，气氛沉重，来往的仆从神情都带着几分惊恐。

元氏掀起帘子从方承宇的屋子里走出来，她的眼睛红红的，一面用手帕擦了擦，摆手道："好了，都散了吧。"院子里的人忙都退了出去。

屋里的气氛更加凝重，方老太太坐在椅子上，沉着脸问道："到底是什么人？"

"还能是什么人，北地的事闹得那么大，被坏了事的人呗。"方大太太冷脸说道，"这不过是刚开始。"

"母亲，不是的。"一个清脆的男声响起，循声望去，见是躺在内里床上的方承宇。

方云绣、方玉绣坐在床边，闻言都瞪了他一眼，低声说道："你少说两句吧。"

方大太太果然更生气了："如果不是在北地花了那么多钱，不得不关了北地票号，传出那么多流言，你用得着天天出去跟人应酬？不这样又怎么会给人可乘之机？"

"母亲，做生意怎么能不应酬？"方承宇无奈地说道，"要是……"

"承宇，你就不能好好听母亲说句话吗？"方云绣忽地站起来打断他，"我知道你不想别人说她一句坏话，不想别人认为她有一点错，但母亲又有何错？她只是关心你，你何必让她寒心？"

屋子安静下来，所有的视线都看向方云绣，神情微微惊讶，方云绣一向温和，从没有指责过谁。

"原来大姐也有脾气。"方玉绣含笑说道。

方大太太神情也有些复杂，这个大女儿她一向觉得有些呆木，没想到是如此有心的孩子。

方承宇从床上起身，几步走到方大太太面前跪下来，说道："母亲，我错了，错在明知母亲从不反对我做的事，只是担心我，但我却将母亲的担心嬉笑而对。"说罢叩头，再抬起头，"母亲、祖母如果是怕事、怕危险的人，又怎么会撑起十几年的家业不倒。"

方大太太看着他叹口气，又笑了笑说道："你什么都明白，就是跟我装糊涂。"

"我也是不想让母亲担心。"方承宇说着一面挽起袖子，露出手腕上绑着的一圈编织的红绳，其上点缀着五彩结，"这是九龄送我的，蛇虫毒蚁不近身。"又解开衣领，露出其内一件甲衣，"这个是九龄给我的，等闲刀剑刺不穿，还有……"

方大太太打断他的话，说道："看来她也知道让你做的事有多危险。"

方承宇沉默片刻，说道："母亲，其实不是她让我做的事有危险，而是我们方家本就一直在危险之中。我不是又替她辩解让母亲寒心，虽然我这样辩解，的确是不想让她寒心。"他看向方老太太，"那个圣旨的来历，祖母一直不说，是这个圣旨让我们方家得了大富贵，但也是这个圣旨，让祖父、父亲接连丧命，虽然李县令、宋掌柜伏诛，但危险就真的解决了吗？"

屋子里的人神情微变，方承宇笑了笑，继续说道："圣旨可不是玩笑，杀掉我们就能据为己有，可能吗？杀掉一个拥有圣旨的人家，这个人怎么就笃定不是得来杀头之祸，而是荣华富贵呢？"他说着又看向方老太太，"是不是有谁向他承诺了什么？"

屋子里一片死寂。

皇宫里的夜更浓，皇帝寝宫内灯火通明，廊下一排锦衣卫、禁卫交叉侍立，另有太监宫女垂手，人人都知皇帝勤勉，夜里比白日更忙碌，所以有更多人伺候。

此时内里亮着灯，垂下的帘帐后，皇帝正在熟睡，但他似乎睡得很不踏实，呼吸也越来越急促，直到喉咙里发出喀喀声，手紧紧揪住胸口，发出一声闷哼，人猛地坐起来，大喊道："来人！"

立刻有内侍进来，站在帘帐外应声。听到这声音，皇帝急促的呼吸渐渐平稳，他环视四周，缓和了一下情绪，说道："茶。"

帘帐被内侍小心地拉开，热茶捧上，皇帝喝了几口，随手拿起床边几案上摆着的打开的奏章。内侍一脸心疼地说道："陛下，该歇了，龙体要紧啊。"

皇帝"嗯"了一声，视线并没有离开奏章，淡淡说道："下去吧。"

东方渐明，屋子里显得更加昏暗，内侍又添了几盏灯，放下帘帐退了出去。皇帝将奏章扔在几案上，摊开手脚躺了回去，带着几分不屑地喃喃道："母后也是，还管着朕看奏章，当皇帝这么辛苦，又有什么意思……"

话音才落，就听见内侍在外低声禀告道："陛下，袁公公来了。"

听到这个名字，本要坐起来的皇帝，又摊开手脚继续躺着，懒懒说道："宣。"

脚步轻轻，帘帐被掀起，一人带着夜露浓浓走进来，他躬身屈膝跪下来。

"那些东西还在吗？"皇帝闭着眼问道。

来人抬起头，灯光照亮他的脸，这是一张白净的面容，三四十岁，相貌普通，正是太监袁宝，他恭敬地答道："要紧的都还在，方家如约没有用那些，而且也保守着秘密，只能有一个存活的人知道。"

皇帝伸手在床上重重一拍，睁开眼坐起来，呵斥道："但是朕不想让知道这个秘密的人活着了！你们这么多年也没把东西拿回来，难道还想让它随着方家子子孙孙传下去吗！"

袁太监俯身在地，连连说道："是奴婢无能，奴婢该死。"

皇帝起身踱步，宽大的衣袖挥动着，沉声道："朕也不是无情，他们方家荣华富贵也享了，三代还不够吗？人不能这么贪心吧。"

"陛下说得是。"袁太监应道。

"朕知道方家这么多年老实本分，所以命你多加辅助，朕不闻不问。"皇帝说道，"难道这还不够？"

"够！"袁太监再次认真地说道，"陛下对方家仁至义尽。"

这来回踱步以及一通话，皇帝的郁闷也散了很多，他拂袖重新坐下来，沉声问道："方家做生意还是不错的，这么多年也没出纰漏。"

"只是陛下到底不是生意人。"袁太监接过话。

是啊，现在的他也不需要那些钱了，最关键的是，他也不能让人知道自己曾经做过的生意。

"只要他们做个老老实实的生意人，朕自然能保他们生前富贵荣华无忧。"皇帝说道。

"奴婢一直遵陛下的叮嘱，从没有危害方家的生意以及妇人。"袁太监忙俯身，诚惶诚恐地说道，"都是奴婢选人不善，露出马脚，差点惹来大祸。"

皇帝闪过一丝恼恨，但旋即掩饰，浮现笑意，缓声道："这怎么能怪你。"他说着伸手示意他起身，"大概是天意如此吧。"

袁太监连连谢恩，又说道："为了不打草惊蛇，奴婢会继续寻机安排，请陛下放心。"

"老袁啊，朕对你当然放心。"皇帝带着几分感叹，"你才是朕真正可靠的旧人啊，要不然这件事朕就交给陆云旗来办了。"

陆云旗的锦衣卫的确不知道这件事，袁太监闻言，再次激动地叩头道："奴婢有愧陛下的信任。"

"安排完这件事，你就回来。"皇帝倚靠在引枕上，面色带着几分沉重和忧虑，"自从九龄死后，陆云旗的心思朕越来越难以把握，所以想要你回来帮着朕。到时候司礼监给你一个位置，别的事也不用管，就做锦衣卫做的那些事，也好监管他们。"

袁太监大喜，又连连叩头道谢，还跪行近前，替皇帝轻轻捶腿，谄媚地问道："陛下这寒腿症好些了吗？"

"好什么啊，这里虽然比山东暖和，可是阴寒。"皇帝任他服侍，手掐着额头，"不过你送回来的膏药很管用，你还年年惦记朕这老毛病啊。"

袁太监双眼含泪，哽咽道："奴婢从小就跟着陛下，这心里除了陛下也没有别人了。奴婢知道陛下的不易，那些外人怎么能比我们这些人用得方便？"

皇帝含笑点点头，说道："好了，你下去歇息吧，歇一歇就又要走。"

袁太监俯身叩头应声"是"，低头退了出去。

屋子里越发明亮，皇帝睡不着，干脆伸手在案上翻了翻，看到一本黄诚的奏章便抽出来翻开看，一眼就看到其内"德胜昌"三字，顿时坐直身子，越看神情越难看，啪的一声将奏章扔在桌子上："来人！"

外边的内侍齐齐涌入，一面打起帘子，一面对面色不善的皇帝施礼，皇帝生气地说道："让陆云旗过来！"

走出宫门的袁宝已经换了装束，他穿着普通的布袍，戴着帽子，唇上还多了两撇胡子，就像任何一个官员手下的伴当亲随一般，骑马离开御街，很快拐进了街市。

天虽然刚亮，但街上已经有不少人走动，店铺也都忙着卸下门板准备开张，袁宝东走西逛，停在了德胜昌票号的门前。票号刚开了半边门，不过当袁宝走进去，还是有伙计立刻迎了上去。

"兑个钱。"袁宝拿出一张银票，用浓浓的山东口音说道，带着外地人的紧张以及故作的镇定。

"好的，客官请坐，稍等。"那伙计看了他两眼，恭敬地接过银票，进了柜内。

透过高台上的隔栏，袁宝看到那伙计跟另一个伙计说了句什么，那伙计也抬头看了自己一眼。

袁宝不以为意，跷起腿，端起桌上送来的茶水慢悠悠地喝了口，很快那伙计就捧着重重的一个小箱子出来了，他恭敬地说道："客官，您点收，需要我们给你送府上吗？"

袁宝站起来接过箱子，说道："不用了。"说罢，接过箱子向外而去。

伙计们只在室内施礼，并没有恭送到门外。待袁宝离开，那伙计才直起身疾步进内，穿过几道门，来到后院，柳掌柜正守着炉子喝茶。

"掌柜的，"伙计上前低声说道，"画像上的人出现了。"

听到这句话，柳掌柜一下子站了起来，手里的茶水洒了一身，他顾不得擦身上的茶水，再次问道："君小姐给的那个画像？"

伙计点点头，柳掌柜转身从一旁的架子上取下一本账册，从中抽出一张纸，这张纸只有巴掌大，上面描述着两个人像，一个面皮白净，是适才皇宫里的袁宝的样子，一个则长着两撇胡子，正是适才走进来的袁宝的样子。

君小姐离开京城之后，就将这张画像送达德胜昌的所有分号，挑选出来的迎客伙计们都熟记其上的人，一旦发现及时通报。伙计指着有胡子的那张画像，肯定地说道："就是这个，刚兑了银子走出去，山东口音，看起来是外地人，但对京城并不陌生，是装出来的。"

柳掌柜点点头，将画像收起来，说道："你跟我去见君小姐。"

君小姐知道袁宝出现在京城后，便立刻派人给方承宇寄了信，急信送到阳城时已经是三天后。

天刚亮，阳城的街上突然喧闹起来，民众纷纷聚集着向喧闹的街上涌去，见方承宇骑马疾驰而过，精神奕奕，马儿也骑得飞快，一点都没有将死的样子，围观的女子都欢喜得激动不已，还有不少妇人擦泪。

方承宇没有像以往那样对街边的人挥手说笑，有些急匆匆地在护卫的簇拥下疾驰而过，来到了一间宅院。走进宅院的屋里，见一个年轻女子被绑在木架上，垂着头，似乎昏死了过去。

方承宇走过去站定，抬了抬下巴，两边立刻有护卫上前抬起一桶水泼过去。那女子一个激灵抬起头，湿漉漉的头发垂在两边露出了面容，正是那日酒楼里曾给方承宇添水的婢女，她的脸上身上倒没有什么伤，只是下巴松垂，很显然被卸下，看到方承宇，她发出挣扎，眼中满是哀求和恐惧。

"你一定奇怪我怎么识破你的吧。"方承宇对她说道。

年轻女子看着他，摇头哀求，方承宇笑道："首先，你跟阳城的女子不一样，你看到我竟然一点也不激动，这真是太奇怪了。"

年轻女子的眼神有些怔怔，再次拼命地摇头哀求。

"当然最重要的是，"方承宇含笑接着说道，"九龄不让我在外边吃东西，她说外边的人都是坏人。"说着指着年轻女子点了点，"所以，你一出现，我就把你当坏人了。"

年轻女子呆呆地看着他，方承宇微微一笑："不过不用怕，我不会伤害你的。"

年轻女子呜呜地哀求，方承宇已经转过身，摆摆手："放她走吧。"

关了三天，就只是把她绑在木架上，没有打没有骂，就把她放了？年轻女子百思不得其解，还没来得及哀求，已经被人解下来，架出去坐上了马车。马车兜兜转转，就在年轻女子以为自己要被灭口的时候，被人从车上扔了下来。

年轻女子趴在地上，一时间不知道身在何处，抬起头时马车已经消失了，而她并没有被扔到什么荒山野外，依旧在阳城内。这里是那家酒楼的后巷，年轻女子伸手捂住脸颊，神情变幻不定，她的嘴里放着一颗毒囊，原本是要被抓的时候自尽用的，结果猝不及防被卸了下巴，竟然一直没机会，她起身慢慢向外走去。

大街上人来人往，没有人注意到她，她小心翼翼地行走在其中，忽地一辆马车停在面前，没等她反应过来就将她扯上了马车。年轻女子头晕目眩，还没来得及惊叫出声，耳边就响起低喝："是我。"

是自己人的声音，年轻女子松口气，有些激动地说道："杨先生……"

马车里坐着两个男子，此时神情阴沉，其中一个问道："怎么回事？"

"我被识破了，他没有中毒。"年轻女子忙说道，"我当时就被抓起来了。"

两个男子对视一眼，另一个男人问道："你竟然没死？你告诉他什么了？"

年轻女子忙摇头："没有，我什么都没说。"她说到这里，也觉得这回答难以让人相信，"不，他们什么都没问。"还把方承宇的话重复一遍。

两个男人对视一眼，齐声说道："哦，原来是这样啊……"

年轻女子点点头，人却瞬间如同破布娃娃般倒在车上。

"你当我们是小孩子吗？说什么鬼话！"耳边是男子的骂声，同时一只手伸到她嘴里，将一颗毒囊取了出来，"等到孙爷手里走一遍，你说的话，还勉强能让人信。"

听到孙爷这个名字，年轻女子的脸更加扭曲了，眼中满是惊惧，生生吓晕了过去……

而另一边，方承宇回到家便收到了君小姐的来信。他快速拆开看完后，脸上堆满了笑意，还吹了个口哨，对一旁的高管事说道："那个人竟然真的出现了，接下来我们方家要面对更大更多的麻烦了。"

这是值得高兴的事？高管事有些没反应过来。

"当然。"方承宇说道，"很久以来，我们方家都是被人暗地里戏弄宰杀，现在终于要面对面动手了。"他将信收起来，拍了拍胸口，"太可怕了，我已经遇到谋害了，我要给九龄写信，告诉她我吓死了。"

看着少年兴高采烈的样子，高管事捏了捏胡子，心想真是不太懂这些年轻人。

第一百二十六章

◇

亲人重聚九龄堂

方承宇的信离开阳城奔向京城的同时，有两队人马也向京城奔来。

成国公夫人的车队先进了京城，成国公府内变得很热闹，院子里的丫头仆妇正忙着从车上卸下各种家什。朱瓒瞪大了眼，问道："娘，您这是把北地的家当都搬来了。"

"破家值万贯。"郁夫人的视线从朱瓒身上越过，"君小姐呢？"

朱瓒站在她面前，挡住她的视线，抱怨道："娘，您进门还没好好看我两眼呢，惦记别人家的孩子干什么。"

郁夫人笑了笑，故意说道："谁让别人家的孩子这么好呢。"

"你家的孩子也不错啊。"朱瓒兴奋地拉着郁夫人，"趁着爹还没从朝里回来，我给你讲讲京城发生的事，真是太精彩了……"

朱瓒挽着郁夫人就要进厅堂，君小姐从后走出来，含笑道："夫人，您回来了。"

郁夫人立刻推开朱瓒，拉住君小姐的手："在忙？"

"是，给我妹妹敷药呢。"

"那你快去忙。"

"已经做好了。"君小姐笑道，"一会儿她自己洗了就好。"

"那好，你快来跟我讲讲万众流民送京的事。"

朱瓒不满地轻咳一声，君小姐抿嘴一笑，郁夫人瞪了朱瓒一眼，指着院子里忙碌的人："还愣着干什么？去把东西看着都收拢好，免得我择席睡不好。"

"又是我啊？"朱瓒顿时不满。

"要不然还是我吗？"郁夫人不再理会朱瓒，对君小姐一笑，"来来，我们进去坐下说话。"

看着二人说说笑笑进去了，站在原地的朱瓒气得直瞪眼，但也听话地招呼仆从搬起了家当……

从官署赶回来的成国公让府里更加热闹，他温声道："最喜离人归，我们好好贺一贺。"

郁夫人对他一笑："我要吃保州的饭菜口味。"

"保州来的厨子已经在厨房了。"成国公含笑说道。

郁夫人毫不掩饰欢喜的笑容，对君小姐说道："国公爷就是这么细心。"

193

君小姐笑着点头，看着这一举一动、一语一言都满是恩爱的夫妻，不由得想到了自己的父母也是这般恩爱。

"爹娘，那就开饭吧，我饿了，有什么话你们回屋子里再说。"朱瓒忽地说道。

"那就去吃饭吧，就安置在绿云楼吧。"

丫头仆妇忙应声去布置，成国公夫妇则离开去更衣洗漱了。

桌上的人不算多，但很热闹，郁夫人身边一左一右分别坐着君小姐和赵汗青，她看着赵汗青，高兴地说道："我瞧瞧，真是好太多了，不仔细看，看不出来。"

赵汗青没有戴遮面，在成国公一家面前坦然相对，她脸上的疮比起在嶂青山的时候是好了很多，但不至于看不出来，赵汗青点点头，亦是高兴地说道："姐姐说会越来越好的。"

"还差几味药。"君小姐说道，"不太好找，可遇不可求。"

郁夫人"嗯"了一声，看向朱瓒，坐在桌子另一头的朱瓒打个激灵，忙看向成国公，郑重地说道："如今京城形势复杂，爹，关于你的去留，朝里怎么说？我来替爹走动吧，不方便做的事和说的话让我来。"

成国公温和一笑："不急。"

郁夫人刚要说什么，有仆妇进来，看看郁夫人和成国公，最终视线落在君小姐身上："君小姐，陈七爷来了。"

朱瓒翻了个白眼，君小姐笑着说道："我去看看。"

郁夫人制止她起身："看什么，请进来就是了。"说着对仆妇示意："问问吃饭了没？"

仆妇应声"是"后便出去了，不多时，陈七就欢天喜地进来，径直施礼道："多谢夫人、国公爷，小的吃过饭了。"

成国公对他温和一笑："有什么事你们去说吧。"

君小姐要起身，陈七已经先开口，欢喜地说道："小的是来告诉君小姐，云夫人、柳儿到了。"

赵汗青噌地跳起来，向外跑去，君小姐紧随其后，郁夫人和成国公也站了起来，见父母如此，坐着的朱瓒也不情不愿地站起来。

"快，去接亲家母。"郁夫人高兴地说道。

什么亲家母啊！朱瓒顿时瞪大眼，心想不是这么论的吧……

城门前，官兵将进出的民众暂时阻拦，好让一队人马通过，这些人马男女老少皆有，更多的是官兵衣着，听说是成国公府上的，被阻拦的民众立刻没了脾气，高高兴兴地跟过去看热闹。

七八辆马车停下来，这边等候的人群涌上去，赵汗青第一个冲过去抱住才下车的妇人，激动地喊道："娘！"云娘子差点被撞倒，笑着拍了拍赵汗青。

"小姐。"与此同时，还有一个女声尖厉地响起，大家眼一花，就见柳儿已经扑到君小姐身上，放声大哭。

君小姐抚着她的头："柳儿被养胖了，差点撞倒我。"

柳儿破涕为笑，抹着眼泪："没胖，我每天都干活的。"

"柳儿姐姐每天看我们干活。"从车上下来的孩童们笑嘻嘻地凑过来喊道。

柳儿顿时瞪眼跺脚呵斥他们，孩童们并不怕她，笑着扑向迎来的穿着兵服的男女，双方很快撞在一起，笑声眼泪融成一片。

当初嶂青山的老人、弱者还有十四岁以下的孩童留下，另择十个妇人照料这些人，其余的全部跟随君小姐出山，这其中不少都是全家一起，当然也有夫妻子女分离的，此时再相逢，自然欢喜不已，也有默默垂泪的，那是战死人的家眷，此时相逢，难掩悲痛。

云娘子抚了抚赵汗青的脸，眼中难掩激动地说道："养得真好，我都差点没认出来。"

赵汗青也摸了摸脸，嘻嘻笑道："是不是越来越好看了？"

云娘子点点头。

"大家有什么话到家里说吧。"夏勇招呼道，夏勇媳妇也忙安抚妇人和孩子们。

住的地方都安排好了，德胜昌在君小姐进京的第二天就开始准备，将一条巷子都买下来了，收拾了十几个宅院，足以保证青山军的家人安置下来。

"小姐住哪里我就住哪里。"柳儿抱着君小姐的胳膊说道，似乎一刻也不想离开。

"当然。"君小姐含笑道，"你偷懒这么久，该干活了。"

大家纷纷上车，不知道站在哪里的朱瓒此时走过来，站到云娘子的面前，施礼道："我母亲已经准备好，请夫人到家里歇息。"

云娘子打量他，又看向君小姐，含笑说道："这是世子爷吧。"

君小姐应声"是"，朱瓒再次一礼。

"既然国公夫人相邀，我自然要去。"云娘子没有丝毫惶恐不安，更没有推辞，似乎这是理所应当的事。

君小姐突然想像赵汗青一样，依偎在云娘子的另一边，她抬脚走过去，挽住云娘子的胳膊，将头靠在她的肩头，柔声道："国公夫人已经准备好宴席，给婶子你接风洗尘。"

车马行驶分成两路，夏勇带领嶂青山的人先行，云娘子带着赵汗青、柳儿上了国公府的车。

宴散，君小姐带着云夫人和赵汗青来到自己住的地方歇息。

"你去给你夏二叔说一声，我跟你夏嫂子住一起吧，不想一个人住了，怪孤单的。"云娘子想到什么，对赵汗青说道，"你先给他打招呼，免得到时候又换。"

赵汗青"嗯"了一声，便高高兴兴地去了，屋子里只剩下云娘子和君小姐二人，君小姐取来茶，问道："婶子，你有什么话要问我？"

郁夫人看向她，平静地问道："他是什么时候死的？"

君小姐捧着茶的手微微一僵，云娘子终于肯问问师父的事了，她心里很激动，但也有些心酸，十年无人相问，今朝一问却是死讯，换谁也接受不了。

"他啊，他找药去了，不是……"君小姐结结巴巴地说道。

云娘子接过君小姐手里的茶，问道："九龄，你跟他学艺多久？"

"六年。"君小姐毫不迟疑地答道。

云娘子愣了一下，又失笑道："那咱们差不多，我原本想说我跟他在一起将近十年，他是什么人我很清楚。"

"那不一样，师父他什么都不跟我说的。"

"是不是还总欺负你？对你也不好？"

"看起来是不怎么好，但心是好的，而且也只有这样对我不好，严苛、刁难，我才能真正学到东西。"

"他这个人就是这样，不算个好人，有时候让人恨得牙痒。"云娘子说道，"但他能自己做的事，是绝不会托付别人的。"说到这里，看着君小姐，"他从来没有跟你提过我们，你在没见到我们之前，都不知道我们的存在。"

君小姐低下头，咬住下唇。

"如果有机会，他会亲自来，绝不会托付给你。"云娘子接着说道，"既然你来了，那就是他来不了了。"

君小姐的眼中顿时噙满了泪水。

"还有，你见到我们都哭成那样了，那可不是见了我们伤心，而是想到他永远见不到我们，才这么难过吧。"云娘子伸手拉她坐下，用手帕给她擦泪，"你真是个爱哭的孩子。"

君小姐拿着手帕掩面大哭，云娘子不再说话，默默地陪坐。

听到内里传来哭声，正带着挑好的丫头仆妇晃晃悠悠走过来的朱瓒忙停下脚，一脸警惕，转身对着身后的仆妇丫头摆手，赶鸡一般赶走了。

"去得很突然，我找了他一晚上，才找到……"君小姐说到这里，原本已经止住的眼泪再次跌落，"他的手里还攥着药草。"

云娘子默然，伸手抚了抚君小姐的肩："吓坏你了吧？"

君小姐莫名心酸又激荡，她伸手抱住云娘子，点点头，眼泪很快打湿了云娘子的肩头。

"不怕，都会过去的，当初国破家亡，我也很害怕，但后来我遇到你师父，就不怕了。你师父走了我很害怕，但现在我又遇到了你。你看，谁都不知道明天会怎么样，日子还是会越过越好的。"

君小姐在她的肩头重重点头，擦着泪起身，哑声道："师母，我原本是该安慰您的，您才是最难过的，师父这么多年一直是为了你们，不要怪他。"

"怪不怪有什么意义，人都不在了，有他高兴过，没他伤心过，高兴也好，伤心也好，日子都得过，都一把年纪了，余下的日子好好过吧。"

君小姐不知道该说什么好，起身拿出师父留下的手札："这个给您。"

云娘子依旧摇摇头，伸手推回去："我不想收这个，这个也跟我没有关系。我的夫君，是跟我在一起生活过的那个，这个胆小到只敢在纸上自言自语的人，我不想认识，九龄，你留着吧，这是你的。"

君小姐吸了吸鼻子："杨叔、夏叔他们都安置好了，我想接下来找找当初的旧人，翻翻文书记录，只要做过肯定会有痕迹，将曾经师父和青山军做的事宣告天下……"

云娘子摇摇头："没有必要，现在就挺好的，大家都知道他们是英雄，他们有功，这不就好了？就算找出当年的事，也不过是为如此。要做的事还很多，向前看吧，不要为过去羁绊了。"

君小姐看着她，认真点点头："我听师母的。"

云娘子笑着点头道："那我就把大家交给你了。对了，你师父葬在哪里了？我想去看看，他不敢见我，我偏要去见他。"

君小姐也笑了，笑得眼泪闪闪，重重点头道："好，我送您去。"

又聊了几句后，君小姐和云娘子等人便向郁夫人告辞，一起回到了九龄堂。刚进门，柳儿尖锐吆喝的声音便充斥了整个九龄堂。陈七揉了揉耳朵，嘀咕道："明明只是多了两个人，怎么这么热闹。"

"习惯就好了。"方锦绣看着君小姐说道，"你的房间你自己收拾吧，我们也没敢动。"

"其实天天打扫，尤其是得知你要回来。"陈七笑道，"昨天还将被褥又晾晒了一遍。"

方锦绣有些羞恼地瞪眼，君小姐笑着说道："我知道了，我自己来吧。"说罢，急忙走了进去，连声谢都没说。

"这是怕你不好意思。"陈七对方锦绣笑道。

方锦绣瞪眼看着他，陈七忙做了个闭嘴的动作，但没过一会儿，他又严肃说道："我想到一个要紧的问题，那锦衣卫对君小姐依旧贼心不死，此时得知消息肯定要来闹事，我们立刻多请些高手来，反正现在打起来我们也不怕，杀了锦衣卫都不怕。"他说着就要往外走，忽地有人掀起帘子走进来，高高大大的身影挡住了日光，投下一片阴影。

看到来人，方锦绣说道："你不用去找人了，有世子爷一夫当关，鬼神难近啊。"

陈七已经笑着对朱瓒施礼道："世子爷您来了。"不待朱瓒说话，忙指着内里，"君小姐刚进去。"

朱瓒"嗯"了一声，绷着脸进去了。

陈七又立刻站到方锦绣身边，低声笑道："哎，你看像不像小媳妇赌气回娘家，女婿找来说好话接媳妇回家？"

"不像。"方锦绣干脆地说道。

第二天，九龄堂里就格外热闹，主要是因为柳儿叽叽喳喳的，从早晨一直说到了午后。陈七为了躲清净，一直待在前堂。方锦绣走出来时，看到陈七站在窗户边向外张望，一副小心翼翼的样子，便问道："你看什么呢？"

"我看有没有锦衣卫。"陈七说道，"一上午都没见到，莫非还不知道消息？"

方锦绣撇撇嘴，径直向外走去，同时，有人从一旁墙边抬脚进门，猝不及防，差点撞在一起。方锦绣后退一步，看清来人，神情古怪地说道："不会吧，宁公子，又是你。"

宁云钊听闻此言，面上浮现笑容："是又巧了吗？"

"看来消息已经传开了。"方锦绣点点头。

宁云钊笑而不语，没有否认也没有解释，径直问道："我要见她，现在合适吗？"

方锦绣笑了笑，侧身让步，伸手做请："合适啊，有什么不合适的。"

宁云钊含笑迈进来，陈七冲他使个眼色，自己疾步推开向后的门，大声喊道："君小姐，宁小官人来了。"

宁云钊随着他走到后门前，后院里的人似乎有一瞬间凝滞，伙计们抱着药材端着笸笤，仆妇捧着盛开的还未整理的花草，柳儿站在廊下捏着瓜子的手停在嘴边，而楼上窗户大开，一个女子倚窗而坐。一片凝滞中，唯有她眼波流动，微微一笑。

宁云钊亦是一笑，凝滞退散。

柳儿惊讶地问道："宁公子怎么来了？"

君小姐亦是含笑道："请。"

宁云钊对她遥遥一礼，施施然向厅堂走去。一声咳嗽响起，宁云钊脚步微顿，看到一旁的树下站着一个年轻男子，手正放在木桩上看着他，他忙施礼道："世子爷，您在这里啊。"

朱瓒一脸的讥诮，没有回话，啪一下打在木桩上，马步沉稳有力，手上动作快而不乱。

宁云钊对朱瓒再次施礼，迈进厅内，茶已经斟好。

君小姐先坐下来，含笑道："请。"

宁云钊坐下来拿起茶浅饮一口，君小姐先说道："你可真厉害。"

当时皇城前发生的事，以及在宴席上宁云钊的应对，成国公已经讲给她听了。

听到她的一声赞誉，宁云钊的笑抑不住地从心底散开，他亦是笑道："你也真厉害。"

君小姐举起茶杯："恭贺我们都厉害。"

宁云钊哈哈笑着举起茶杯，二人轻轻一碰，一茶饮尽。君小姐拂袖再斟茶，宁云钊觉得这次该他主动说些什么，又觉得似乎没什么可说的。

茶杯在手里转了转，宁云钊抬起头，问道："那这次的婚事，是真的假的？"

君小姐正将自己的茶杯斟满，闻言随意答道："当然是假的啊。"说着又抬起头看他一眼，"你不知道啊？"

宁云钊"嗯"了一声，也不知道是反问还是回答，端起茶杯喝了口茶。

"不要告诉别人啊。"君小姐想到什么又叮嘱一句。

"当然。"宁云钊想笑又想要忍住，"我又不傻。"

"你当然不傻，你多聪明啊。"

"你也聪明啊。"

站在木桩边竖着耳朵听的朱瓒一阵恶寒，撇撇嘴，重重一掌打在木桩上。

宁云钊并没有留下吃晚饭，告辞前对君小姐说："飞云桥头新开一家店，挺好的。"停顿一下，"现在不方便，等以后吧。"说着看了眼朱瓒，他自始至终都在院子里，或打木桩，或看那些伙计做药，好像家里并没有多出一个人来。

宁云钊看过来时，朱瓒的视线也立刻看向他，这眼神并不友善，他凉凉说道："是啊，不方便，现在宁小大人正当风头，还是别跟我们走得太近，免得被说结党营私，大家都不好。"

"世子爷放心，陛下明智。"不待朱瓒再说话，宁云钊便对他们施礼告辞。

君小姐请陈七亲自送出去。

吃过晚饭之后，君小姐告诉大家准备要出趟门，陈七倒无所谓，方锦绣和朱瓒都皱起眉头。

"现在出去多危险。"方锦绣说道。

朱瓒跟着点头，点了几下又忙摇头解释道："你危险不危险是你的事，你也稍微替别人考虑下，等把咱们假亲事的事解决了再去，要不然我又得跟着你去，我忙着呢。"

君小姐没理会他："不用担心，我送师母去一个地方，青山军的人会护送我们，不会有事的。"她对陈七和方锦绣笑了笑，"当初那几个锦衣卫没能奈我何，现在他陆云旗也不能奈我何。"甚至她也要趁这次机会把陆云旗引出京城，当初陆云旗利用她出京半路绑了她，造成路遇山贼或者意外失踪的假象，那现在她也可以这么做。

"疯子。"朱瓒似乎猜到了她的念头，将碗筷撂下走开了。

方锦绣和陈七对视一眼，陈七问道："必须去吗？"

君小姐点点头。

"那随便，反正你想做什么就做什么。"方锦绣也放下碗筷走开了。

"这样走开，不是生气，是舍不得你。"陈七忙笑着解释道。

君小姐笑着点头。

"喂，我不是啊。"朱瓒的声音从一旁传来，"我是真生气。"

君小姐扑哧笑出声，扬声对那边说道："不用担心，我也知道。"

第一百二十七章

◇

怀王的病为了谁

第二日天刚亮，陈七走进前堂就看到方锦绣已经坐在其内，他担心地问道："怎么这么早？没睡好？"

方锦绣没有掩饰眼底的倦意："要出门，就要有很多事准备，她每次动动嘴，多少人跑断腿，从来都这样只顾自己不考虑别人。"

陈七笑着听她抱怨："那是因为咱们可靠啊，她才被养得这么娇惯。"

方锦绣哼了一声，刚要说什么，有人敲门，方锦绣嘀咕一句，上前开门："又是宁公子吧，这次不会又知道消息了吧？"

方锦绣和陈七一起刚卸下门板，就见一个红色的身影站在面前，她顿时觉得眼前一黑，人也下意识地后退两步，忙挡住门："你……你要干什么？"

晨光里，陆云旗的面容模糊不清，站在门外也没有闯进来的意思，只是说道："我要跟她说句话。"

方锦绣皱着眉："你要说什么就在这里说吧。"

陆云旗的视线一直越过她看向内里，淡淡说道："别挡路。"

方锦绣抓紧了门框一动不动，陈七从后边冲过来将她拉在身后，笑着说道："陆大人，非请勿入。"

陆云旗视线微微转落在他身上，似乎觉得他的话有些好笑，淡淡说道："我从来都是不请而入。"

"陆大人，我们这里现在不仅仅是药铺，成国公世子和世子夫人都在这里，我们这里就是成国公府，可没有人让你不请自入成国公府。"陈七说道。

陆云旗神情无波，直接伸手一推，陈七便向后跌去。

"你干什么？"方锦绣立刻尖声喊道。

陆云旗已经越过陈七迈进堂内，方锦绣挥着手冲向他，陈七吓得又一身冷汗，忙伸手要抓住，但有人先一步越过他，将方锦绣拎着扔一边，迎上了陆云旗。

"出去！"伴着这一声呵斥，响起接连的身体撞击声，陈七只觉得眼花缭乱，再看陆云旗退到了门外，朱瓒站在门边冷冷说道，"滚。"

"世子爷，你是不是想赌一赌？"陆云旗看着他说道，"赌我能不能杀了你。"

朱瓒"呸"了一声，抬脚就要迈步，君小姐已经跟上来，看着陆云旗问道："你干什么？"

"你跟我来。"

"你当她傻啊？"朱瓒立刻说道。

君小姐出现后，陆云旗的视线就没有再看别人，也不理会朱瓒，又说道："怀王病了。"

朱瓒面色一变忙伸手，但还是晚了一步，君小姐已经冲到陆云旗身前，死死盯着他。陆云旗也看着她，这张脸依旧没有丝毫相似的地方，这样愤怒的眼神他也没有在九龄身上见过，可是为什么，他就觉得她是她呢？

"也许他是骗人的。"陈七在一旁说道。

他不会用这种事骗人，君小姐没有怀疑，她盯着他，冷冷说道："丧心病狂，在你眼里，什么人都不是人，都可以被你拿来当作要挟别人的工具吗？"

陆云旗看着她："为什么这么笃定，我用怀王要挟你，你就会受要挟？"

君小姐的神情微微一僵，旋即抬起下巴，冷冷道："因为怀王是我治好的人，为此跟太医院打过赌，怀王要是病死了，我君九龄妙手回春的名声也就砸了，谁也别想砸了我的牌子。"

陆云旗看着她，一向木然的脸上浮现笑意，他将手伸出来："来。"

她正迟疑地抬起手，但下一刻，有人比她更先一步将手放到陆云旗的手里。

朱瓒看着陆云旗："来。"说着反手一握一甩，"我送你滚。"

陆云旗被甩开，三步两步就站稳了身子，朱瓒没有如意料中那样追打过去，而是转头看着君小姐，恼怒地呵斥道："你眼里还有没有我啊？干什么跟别的男人拉拉扯扯！"

陆云旗出现的时候，这条街上的人就都跑开了，此时站在远处悄悄围观的人看到这一幕，神情都有几分紧张，君小姐看着朱瓒，神情犹豫。

"你做不到。"陆云旗在外说道。

朱瓒一手抓着君小姐的手腕，一手指着陆云旗，沉声道："滚，你是不是真想赌一赌我能不能杀了你？"

"我不是怕你杀了我。"陆云旗的视线再次落在君小姐身上，"我是怕你杀了我，她就难了。"说罢转身迈步，"你想好了，随时来找我。"

君小姐看着他的背影，神情复杂，朱瓒伸手按住她的头转过来："看什么看？有什么好看的！"

君小姐没有再转过头，而是"嗯"了一声，垂下头，乖巧得令人恼火，朱瓒甩袖子走开了。

晌午时分，柳掌柜和陈七急匆匆走进九龄堂，顾不得坐下，柳掌柜就说道："打听到了。"

正要吃饭的君小姐等人忙站起来，方锦绣一口气问道："怎么回事？什么病？怎么这么突然？"

"不是病。"陈七摆手道。

君小姐握在一起的手攥紧，柳掌柜神情复杂："是闹了邪祟。"

方锦绣顿时愕然，君小姐也一怔，旋即想到了什么，喃喃道："不是陆云旗做的。"

邪祟不是病，君小姐稍微松口气，但更大的愤怒和悲凉袭来，她的九裆活得人不像人、鬼不像鬼，还要被当作工具来为他们增光添彩……

而此时的陆宅内，听到陆云旗回来，一向不闻不问的九黎公主立刻站起来，疾步向门外迎来，有些焦急地问道："九裆他……"

"殿下没事。"陆云旗说道。

"那邪祟是怎么回事？是梦魇了吗？"

"不是，什么事都没有。"

九黎疑惑地看着他，陆云旗停顿一下："空穴来风，是黄诚的人散布的消息。"

怀王府是由陆云旗一手把持的，没有他的允许，怀王的消息绝对传不出去，即使是黄诚也不行，除非得了皇帝的允许。九黎自嘲地笑了笑，恢复了沉寂，转身向内走去。

"不是针对怀王的。"陆云旗在后说道，"你不用担心。"

九黎脚步未停，头也没回地说道："我不担心，有什么可担心的。"她突然又想到什么，转过头问道，"你们是要逼她吗？"

陆云旗看着她："你也感觉这件事能逼迫到她？"

九黎公主不自觉地握住手："因为她是个好人。"

陆云旗笑了笑："一个人的感觉可能是错的，两个人也可能是错的，三个人都这样感觉，那看来这感觉就没错了。这件事原本并不是为了她，不过现在对我来说，就只是为了她。"他说罢抬抬手，"来人。"

门外立刻走进来一个锦衣卫，俯身应声"是"。

"怀王府，决不允许成国公世子朱璛进入。"陆云旗侧头说道，"不管用什么代价。"

锦衣卫应声"是"，低头退了出去。

九黎公主已经重新走回来："你们到底要干什么？"

陆云旗冲她摇头道："不，不是你们，我只是要胁迫那个姑娘罢了。至于别人，他们大概是想给成国公送份礼物吧。"

九黎微微怔了怔，又苦笑一下："他们该不会觉得成国公是我父亲的旧党吧？"

"是不是，试试看就知道了。"陆云旗说道。

暮色沉沉，更多的消息也打探到了。

"说是邪祟入瘴，要把怀王送到皇陵去，这样在祖宗的护佑下就能平安无事。"柳掌柜低声道，"这是朝里刚刚传出的消息。"

君小姐安静坐着，手里握着一杯茶，似乎有些出神。

"托付的是一位内阁大人的家仆，千真万确，明日朝会就会商议。"陈七接着说道。

君小姐回过神，摇了摇头："消息不会有假，既然散布了这个消息，就是为了让人知道，不会瞒着的。"

陈七叹口气："怀王殿下真可怜，皇陵那边怎么能比得上王府，他还这么小，据说还不让带惯常伺候的人呢。"

"倒也不仅仅是为了怀王。"君小姐抬起头，"他们更想要趁机看看有谁站出来反对，看看谁是太子旧党。"

柳掌柜和陈七对视一眼，心中一跳，同时冒出一个名字——成国公。

"世子爷回来了吗？"方锦绣忽地问道。

柳掌柜和陈七再次心中一跳，下意识地看向君小姐，自从陆云旗闹了之后，陈七去打听消息，朱瓒也离开说是去打听消息了，直到现在还没回来，室内陷入沉默。

世人都知道成国公得先帝看重厚爱，别的武将征战多年熬白了头发，能得一个伯爵位已经是极其难得，成国公却在正值壮年新贵就得到了公爵位。

黄诚的书房里再次高朋满座，美人俏婢穿梭点缀其中，酒香茶香脂粉香气混杂令人迷醉。黄诚独坐几案后，慢悠悠地喝着一杯清茶，说道："当初这件事与其说是先帝力排众议，不如说是太子竭力相助。"

"我也听说过，因为这件事先帝和太子起了争执，太子看上去体弱温和，也是极其倔强，跟先帝吵了起来，先帝一气之下拿起砚台砸过去，太子的头还被打破了。"一个男人推开身边的美婢，说道。

黄诚笑着点头，将清茶一饮而尽："旧事咱就不提了，咱就说现在，这太子已经亡故，怀王又遭邪祟缠身，我等心里都很难过，相比那成国公得更牵挂吧？"说着一笑，"毕竟成国公是个连平民百姓都爱如子的人，更不要说是受过恩惠的先太子之子了。"

"是啊，这大热天的，要是送去皇陵无人照看，还不知道能不能熬过夏天呢。"一个男人摇头叹息道。

"那又如何？皇帝也没办法啊，这又不是病，请个大夫神医给看看就好了。"另一个人也摇头道，"他反对什么？难道要指责皇帝谋害怀王吗？"

几人说着对视一眼，同时大笑起来，一个男人想到什么，忽地说道："如果成国公不反对呢？"

屋子里安静一刻，黄诚淡淡说道："那也没什么，成国公也不过如此，这样的人给再多犒赏恩惠，也是条养不熟的狗罢了，用一个怀王让大家认清这个，也算是物尽其用了。"

众人对视一眼，还要再说什么，有人急匆匆进来，施礼道："大人，成国公世子在怀王府外。"

此言一出，屋子里的人都神情紧张，纷纷说道："这可是个最会胡闹的，他要是硬闯，有他爹护着，胡闹打一顿关起来罢了，又不能把他杀了……"

来人忙抬手打断众人，接着说道："不过，锦衣卫挡住了。"

这话让众人再次一怔，一个男人下意识地问道："挡得住吗？"

来人点点头："宁死不退。"

在场的人又对视一眼，神情犹自惊异，似乎连他们自己都不相信。

黄诚哈哈笑道："去，把灶上熬好的汤羹给九黎公主送去，告诉陆大人，怀王这边也无须担心，陛下仁善，就算到了皇陵，也会照看好怀王的。"来人应声"是"，退了出去。

"好了，这件事就没有问题了。"黄诚说着对大家再次举起茶杯，屋中的诸人也忙举起酒杯茶杯，重新露出笑脸。

朱瓒看着面前被打倒又不断不要命地扑上来的锦衣卫，深深皱起眉头，攥紧拳头，一只手按在后腰上，那里藏着他惯用的短刀。

暮色渐退，夜色缓缓而来，前方的怀王府渐渐模糊，朱瓒按住短刀再次迈步向前，有几人从后冲出来将他拦腰抱住。

"二哥，不要闹了，住手吧，这样不行。"四凤低声呵斥道。

朱瓒要挣开，无奈三人死死将他拦住，四凤按着他的肩头，急急说道："你要真杀了几个锦衣卫，就如他们所愿了，这是怀王府，到时候你的罪名就不可挽回了。"

"是啊，他们铁了心，死也不退，二哥，你不能硬闯。"张宝塘也劝道。

朱瓒铁青着脸看着前方，身形绷紧，但脚停下来，四凤松口气，对张宝塘等人使个眼色，大家小心地松开手，朱瓒没有再冲过去。

"从长计议吧。"四凤再次低声说道。朱瓒没有说话，转身大步走开了。

国公府里，夜色安宁，院子里不时响起婢女仆妇的笑声，成国公穿着家常衣在廊下歇凉，郁夫人摇着扇子陪坐一旁，和几个丫头仆妇说笑。

"世子爷回来了。"外边传来禀报声，紧接着一个身影出现在院门口。

"爹娘，我回来了。"朱瓒人也没有走近，不待成国公夫妇问话就转身，闷闷地说道，"我去歇息了。"

"去你媳妇那了吗？"郁夫人问道。

朱瓒似乎没听到，成国公说道："瓒儿，你且等一下，我有话问你。"

朱瓒停下脚步，仆妇丫头都低头退了出去，院子里只剩下他们一家三口。

"过来点，别站在黑影里。"郁夫人先说道，"要不然我看不清你被打成了什么样。"说罢哈哈笑起来。

朱瓒脸色阴沉地走到郁夫人的面前，不情愿地说道："看吧看吧。"

他的衣衫有些凌乱，脸上带着瘀青。郁夫人笑得更大声了，她伸手戳了戳朱瓒的脸："哟，还被打脸了，这可不能去见君小姐啊，简直太丢脸。"

朱瓒哓哓两声，喊了声爹，抱怨道："你看我娘。"

成国公对郁夫人笑了笑："别逗他了。"他又看着朱瓒，刚准备开口，朱瓒先说道："爹，你不用问了，事情就要这样，这就是黄诚的诡计，也是陛下要试探你，就看你明日早朝怎么应对了。"

成国公"嗯"了一声，再次说道："那……"

"陆云旗守着怀王府，倒也不是针对父亲您。"朱瓒再次打断成国公的话，"他是针对君小姐。"

"君小姐？"成国公问道。

"君小姐给怀王治过病，当初也是打了赌的，在京城成名就是因为这个。陆云旗肯定是要以怀王作筏子指责君小姐的医术，说不定最后还要将邪祟的事扣到她头上。"朱瓒一口气说道，"爹，你不用管了，你跟幕僚他们商量好怎么做就怎么做吧。等怀王到了皇陵，我们也能把他治好。"

成国公"哦"了一声，不再说什么，点点头："好，你去吧。"

朱瓒应声"是"，转过身，面色沉沉地大步而去。

看着他的背影，郁夫人也摇摇头啧啧两声："一边是君小姐，一边是父亲，很难选择吧。"

郁夫人挨着成国公坐下来，撞了撞他的肩头，问道："你怎么想的？这皇帝也是的，人都不在了，他还在意什么？拿一个孩子折腾。"

"官场皇权中，哪有什么孩子不孩子的，都是一样。"成国公温声道。

郁夫人默然，摇摇扇子起身："我先睡了，你慢慢想吧，早朝的时候别吵我。"

成国公含笑点点头："好好睡。"

郁夫人离开，院子里只剩下成国公一人，漫天星光沉寂。

第一百二十八章

◇

谁为了怀王做抉择

夜色褪去，晨光初显。

大街上已经开始有人走动，这是大朝会的官员们。

今日不比往日，官员途中相遇都互相交谈几句，神情激动又似乎忐忑。很快，一队人马也走在了大街上，有一人身穿紫袍，前后将近百人随从，浩浩荡荡，声势显赫，街上的青袍小官忙避让，这是成国公的仪仗。在众人的目送下，成国公骑马而行，很快就要到御街上。

因为朝会还早，不少官员停下来，在御廊的食肆摊子上吃饭，见成国公停下，又忽然转马头，带着百人随从急奔而去，都惊讶不已，议论纷纷。

关于怀王因邪祟要迁居皇陵的事并没有隐瞒保密，而是在刻意的安排下，一夜之间传遍了京城。先太子已经故去七八年，旧事已消散得差不多了，久未提及的怀王突然被推到众人面前，皇帝就是要看看这旧事、旧人还能引起多大的涟漪，看看还有谁旧情难忘，其他人都好说，大家在朝中这么多年都是被筛过的，现在就是看成国公了，所有人都在等着看他的选择，这也是个两难的选择。

成国公的人马慢慢远去，众人的视线始终跟随，忽地有人神情惊愕地脱口道："那个方向……"

其他官员也仿佛被震惊到了，御街上顿时一片哗然。

成国公停下脚步，看着面前这座府邸，"怀王府"三个字清隽又沉稳，很是好看，但怀王府前站着的锦衣卫却面色冷峭，眼神阴寒。

"请通禀，成国公拜见怀王。"一个随从拿着一张名帖，恭敬又肃然地说道。

没有一个锦衣卫接这个帖子，他们神情有些微迷茫，但都肃立不动。

"听闻怀王有恙，特来探视。"成国公下马走过来，温声道。

随着他的走动，身后的随从们跟上，并且呈现无意但又有序的阵型。随着他们一步步走近，锦衣卫绷紧身子，握住了手里的刀，怀王府前顿时气氛凝固，令人窒息。

"大人，真放他进去啊？"站在远处墙下的江千户有些焦急地问道。

陆云旗摆了摆手，转身向皇宫的方向走去，边走边说道："他们不就是要个结果吗？现在有结果了。"

　　怀王府的大门被推开，锦衣卫分列两边退让，成国公再次抬头看了眼匾额，制止随从们的跟随，整了整衣衫，独自迈上台阶迈过门槛，进了怀王府。

　　成国公在院中穿行而过，站了一处宫殿的不远处。殿前站立着畏畏缩缩的内侍宫女，接着一个孩童的身影迈过门槛，出现在殿前的台阶上，锦衣华袍，负手而立，成国公一眼就认出了这个孩子的身份，他的气质简直跟当年的太子一模一样，瘦弱但又生机勃勃。

　　"你就是成国公？"略有些稚气的童声响起，打断了成国公的遐思，他迈步上前，俯身单膝施礼。

　　身为武将，又是国公之身，成国公本可以见亲王不行大礼，但他还是单膝下跪，温声说道："臣正是朱山。"

　　"你来见本王有什么事？"怀王问道。

　　成国公抬起头，看着眼前的孩子，他眼眸中没有欢喜、警惕、畏惧，只带着几分倨傲和好奇，忽然，成国公又想到一个孩子，只是，她已经不在了。

　　成国公伸手解下一个荷包，双手举起，温声道："臣，来看看殿下，殿下要吃蜜饯吗？"

　　宫殿前一片死寂，没有人料到成国公会进怀王府，更没有料到他进来后说的第一句话是这个。怀王清脆的声音在死寂中响起，好奇地问道："蜜饯吗？"

　　成国公含笑点头："是啊，从脚店买来的，您知道什么是脚店吗？"

　　"我知道啊，东市街上有很多这样的店，厨子称为博士，伙计称为大伯，煓糟的妇人斟酒换汤，还有女妓萦绕卖唱陪客得赏钱。"

　　"殿下真是博学多闻，你尝尝，这个蜜饯虽然出自街边平民小店，但也别有一番风味。"

　　怀王缓步走到单膝下跪的成国公面前，从他手里拿过荷包打开。内侍犹豫着想要阻止，但怀王已经拿出一颗蜜饯放进嘴里，小脸顿时皱在一起："好酸啊。"

　　成国公"咦"了声，自己也拿出一颗尝了尝，带着几分歉意地说道："是有点酸，我买错了，这个是下酒用的，是臣的过错，臣再买甜的来给殿下。"

　　怀王"哦"了一声，摆摆手："成国公无须如此刻意，此事又不是为了吃食，国公爷的心意本王收到就可以了，不可耽迷。"

　　成国公神情肃重地拱手俯身，应声"是"。

　　怀王点点头，抬手虚扶："成国公无须多礼，请起。"

　　成国公道谢起身："臣要去上朝了。"

　　怀王故作老成地说道："成国公速去，莫要耽搁了朝事。"

　　成国公应声"是"，对怀王再次施礼，一步步后退，然后转过身向门口走去。突然他脚步停下，看着门口，不知什么时候，君小姐和朱璜也闻讯赶了过来，此时，正站在门口看着他们。

　　成国公又转过身："殿下，有位君小姐医术高超，请让她给殿下看看身体可好。"

　　他的话音未落，怀王已经"咦"了一声，很显然也看到了门口站着的人，他不由得向前走了几步，神情由惊讶再到惊喜，旋即又变得委屈。

君小姐忍着鼻酸眼涩，一步步上前："殿下，我又回来了。"

怀王小脸绷紧，身板挺得更直，一语不发。

"殿下，我没有骗你。"君小姐再次上前，"我回来了。"

怀王再也绷不住，忽地大口大口吸气，眼圈也变红，似乎下一刻就要哭出来，他立刻就要转身跑回殿内。君小姐迈步过来，冲他展开了手，原本要退避要跑开的怀王再无迟疑，向她扑去，一大一小抱在一起。

成国公收回视线，迈步向前，走到朱瓒身边又停下来，朱瓒闷声喊道："爹，你……"

"这府里的先生是什么人？"成国公问道。

朱瓒愣了一下，似是没想到他问这个，立刻答道："顾清，湖州人氏，贡生，年三十一岁。"

成国公笑了笑，点点头："不错，不错。"他回头环视一眼，又收回视线，"这是谁请的？"

听到问这个，朱瓒神情有些复杂："陆云旗。"

成国公神情也微微意外，"哦"了一声："我上朝了。"

此时，君小姐和怀王已经分开了，面对面站着，似乎有些生疏和尴尬。

"你是来给本王复诊的吗？"怀王绷着脸，小手又负在身后。

"是啊。"

"那请吧。"怀王转身仰头，向殿内走去。

君小姐含笑跟在他身后，怀王又故作随意地问道："你这些日子去哪里了？"

"我啊，去了很多地方。"君小姐说道，"我还去了易州，你知道易州是哪儿吗？"

怀王终于转过头，眼睛放光："你竟然敢去黎人之境。"

"我不仅敢去，我还跟黎人打仗了。"君小姐挑挑眉，带着几分得意。

怀王的双眼顿时闪烁如星，君小姐看着他的样子，用力将眼泪吸回去，问道："想不想听？"

怀王连连点头，又想到自己的身份、被教导的礼仪，挺直脊背，微微抬头，说道："你速速讲来。"

朱瓒站起收回视线，见内侍宫女们都还呆立在原地，瞪眼说道："看什么看，会不会待客？"

内侍宫女们顿时一哄而散，忙碌起来……

每月一次的大朝会开始了。

皇宫里，静鞭响起，鼓乐齐鸣，天子从殿后来到殿内入座，群臣跪拜，各种仪式对皇帝和在场的很多官员来说，比往日更觉得冗长，终于到了商议政事的时候，殿内外一片安静。

负责皇亲国戚事宜的官员站出来汇报了怀王的事，并提议送去皇陵。

"众卿觉得如何？"皇帝问道。

满朝官员静默着等待某人出列，不负众望，站在队列前方的成国公走出来，对皇帝施礼道："陛下不必忧心，臣适才看望过怀王，怀王精神尚好，言辞条理，并非凶险。"

皇帝面无表情，没有说话，殿内一时间有些凝滞，还好提出建议的官员没有忘记自己的任务，忙说道："许是那时候没犯病。"

"我已经让君小姐去查看了。"成国公说道。

"君小姐是大夫，又不是神婆。"那官员嗤笑道，"如果怀王这是病，难道我们不知道请大夫吗？"

成国公笑了笑："这只是一方面，我觉得如果要祛除邪祟的话，与其去皇陵，不如来皇城。"他看向皇帝，"陛下九五之尊、天帝之子，任何邪祟都要退避，当然，也不一定非要送到陛下这里来，也可以以暴制暴，邪祟也怕煞气，我带的兵将都是久经战场杀气重的，不如挑选一些，送到怀王府镇一镇。"

其他官员，包括黄诚，都如同木偶一般站在一边沉默不语，这让殿内的气氛看上去很诡异，还好皇帝开口打破了这凝滞："好，就如成国公所说吧。"

很多时候皇帝并不主动做决定，都会询问大臣们的意见，但今日却这样果断地做了决定，看来他很生气，气得一点都不想掩饰做戏，黄诚在心里啧啧几声。

"还有何事？"皇帝紧接着问道。

成国公和那位官员要谢恩的话都没来得及说出口，便匆匆施礼退了回去。

黄诚正要跟身边的人使眼色，请他们站出来说几句好听的话哄皇帝开心，就听得有人高喊着"谢恩"站了出来。黄诚回头看去，旋即面色一沉，出列的是七八个年轻的官员，为首的又是宁云钊。

"谢陛下隆恩，为我们增派人手，如今《庆都志》已经修完了。"他朗声说着，下跪叩首，"恭喜陛下，贺喜陛下。"余者几人也纷纷叩首谢恩。

皇帝淡淡说道："行了，分内之事做好了，就是对朕最大的回报。"

接着，之前被示意的官员也才得以有机会站出来叩谢，紧张的气氛退去，官员们又议论了几个无关痛痒的事件后，就结束了大朝会。

几百官员大多数都散去了，只有地位高等的重要朝官，跟随皇帝来到后方的勤政殿内，开始处理真正的政务。只是这一次，皇帝并没有如常召见这些朝官，他屏退了太监，勤政殿的大门也随着皇帝的进入被关上了。

进了门的皇帝脸上没有丝毫的笑意，他抬脚将面前的圆凳踹倒，像一头困兽般在屋里愤怒地来回走动，嘴里骂骂咧咧个不停。走到门外的太监袁宝听到了内里皇帝的声音，制止其他内侍进入。

"陆云旗来了没有？"此时，皇帝的声音从内传来。

袁宝忙上前隔着门说道："奴婢这就叫陆大人来。"说罢，转身就走。

"是袁宝吗？"皇帝问道，袁宝应声"是"。内里沉默片刻，又说道："不用叫他了，你进来。"

袁宝心里一阵得意，在一群太监嫉妒的眼神中走了进去。

等候在值房里的大臣们有些沉闷不安，不少人来回踱步，几个太监进来传达了皇帝今日不议事的消息。

听闻此言，屋子里的官员们都准备离开，黄诚却拿出一份奏章，身边的官员吓了一跳，纷纷劝阻，但黄诚却安抚他们，并执意将奏章递给了太监。太监离开后，诸官也都各自散去，但黄诚还没走出多远，就被太监叫住了："黄大人，陛下有请。"

黄诚来到勤政殿时，袁宝正在给皇帝捧茶，看到黄诚颤巍巍地叩头跪下，心里冷笑一声。

"你这是借陆云旗的东西还不够，又要去借成国公的东西了吗？"皇帝头也不抬，"上赶着要给他的人封功犒赏？"

黄诚忙俯身在地，颤声道："臣不敢。"

皇帝啪地将奏章扔在桌子上，呵斥："你有什么不敢的？敢谎报怀王被邪祟迷障，敢让陆云旗替你守怀王府，你怎么就不敢对成国公先打后拉拢？总之，你里里外外都是好人，让朕做坏人是不是？"

听到这句话，黄诚心里松口气，心想陆云旗办事果然妥当，他痛哭流涕地连连叩头道："陛下，老臣不敢，老臣是忧心怀王啊，怀王要是有个好歹，陛下会受其害啊。老臣关心则乱，宁愿错一百次也不敢放过一次。至于犒赏德胜昌，更不是为了成国公，那是陛下的功劳啊，臣是看不得成国公一副都是他自己功劳的样子。"

皇帝看着叩头的黄诚，心中又火大又憋闷，他抬手拍着几案："够了！"

黄诚立刻停止哭泣和叩头，俯身在地噤声。

皇帝吐口气："有话说话，哭哭啼啼，成何体统！"

黄诚抹着眼泪抬头："臣心内惶恐，唯恐做错事，陷陛下于不义。"

"陛下，臣不欺瞒，臣请陛下犒赏德胜昌，是有私心。"黄诚抬起头，"如今国事多难，先有战事劳民伤财，如今又有数十万逃民待安置，给成国公等十几万兵犒赏已经耗尽了国库，陛下，臣实在是忧心得难以入睡，德胜昌既然这么有钱，又一心精忠报国，那不如让他们再出钱安置逃民。"

皇帝的眼睛顿时一亮，坐直了身子，迟疑地说道："只是，那花费不少吧，德胜昌可愿意？"

黄诚的嘴角浮现笑意，沉重地说道："率土之滨莫非王臣，更何况，也不是白用他们的，只是暂借而已，且给予方家封名厚禄，让他们光宗耀祖，这有什么不愿意的？"他说着一笑，"人生在世，名留青史，钱财不过身外粪土之物而已，方家如此大家豪富，自然知道这是多大的恩典。"

皇帝低头看着桌上的奏章，取过朱笔一勾："着内阁商议此事。"

黄诚俯身叩头，举起双手，高声道："陛下圣明。"

一旁的袁宝这才走过来，取过奏章递到黄诚手里。黄诚抬起头，似乎这时才看到袁宝，眼中闪过一丝微微的惊讶。

袁宝对他微微一笑，退了回去。

"原是要请大人的，但突然听到那个太监说话后，陛下就改了主意。"一个锦衣卫低声说道。

陆云旗坐在椅子上，神情木然地把玩着一把小匕首，似乎在听他说话，又似乎在出神。

"袁宝怎么突然回京城了？他这么多年似乎是在替陛下办什么差事。"江千户在一旁说道，"要不要查查他……"

陆云旗抬手："既然是陛下的差事，就不能查。"

陆云旗摆摆手，那锦衣卫退了出去，他又问道："还有，关庙那个女人的消息始终没有吗？"

江千户摇摇头："已经查了一年多了，像凭空消失了一般。"

陆云旗将手里的匕首按在桌子上，沉声道："这世上从来没有凭空的事，继续查。"

江千户应声"是"。

江千户站在北镇抚司内，若有所思地看着面前的两个锦衣卫，问道："一点头绪也没有吗？"

两个锦衣卫摇头："一点都没有。"

"江大人，那个住在关庙的女人到底犯了什么事？如果很重要的话，为什么不抓回来，而只是监视着？"一个锦衣卫忍不住问道，"是为了做诱饵还是别的什么？"

江千户皱眉道："这是你该问的吗？做事就好，问那么多干什么！"

锦衣卫讪讪地闭嘴，应声"是"后退开了。

那个女人是放出宫的宫女，原先是在太子跟前服侍的，按理说这种情况也多见，但唯有这一个如此受关注，的确是有点奇怪。正胡乱想着，听到前方一阵骚动，似乎有什么人来了，江千户皱眉看去，旋即神情有些古怪，来人正是金十八等五人。

不少锦衣卫都围着他们打趣调笑，金十八等人面色涨红，一语不发。陆云旗走了出来，看到他，笑闹的锦衣卫忙都安静下来。

金十八垂头下跪，哑声道："大人。"

陆云旗神情木然："怎么不穿官服？"

"或许更喜欢穿兵服。"有锦衣卫在后低声说道。

金十八面色更红，头垂得更低。

"你们是想调入青山军吗？"陆云旗说着看向江千户，"给他们把手续办了。"

金十八忙抬头，跪行向前几步，脸色有些惨白，沉声道："不，大人，小的不想的，小的生是锦衣卫的人，死是锦衣卫的鬼。"

陆云旗"哦"了声，又问道："那为什么不穿官服？"

"小的办事不力，没脸穿这身衣服。"金十八低头哑声道。

"办得不错啊。"陆云旗说道，"怎么没脸穿？君小姐人平安回来了，你们挺风光的。"

金十八等人有些不可置信地抬头。

"还不快去换上？"江千户说道，"忙得很，你们歇的时候也够长了。"

金十八等五人顿时大喜，又激动地叩头，哽咽地谢道："谢大人，谢大人。"

陆云旗已经越过他们走到门外，锦衣卫忙给陆云旗牵来马匹，整装待发。

一直等候在一旁的一个管家模样的男人笑眯眯上前，恭敬地说道："陆大人，上次借您的马车，我家大人让还回来了。"

陆云旗看到门边停着一辆马车，他"嗯"了一声，那管家便恭敬地退开了。一个锦衣卫上前看了看马车，疾步回来，比画着低声说道："车里有一尊这么大小的赤金坠宝石马车。"

陆云旗"嗯"了声，浑不在意地上马，在锦衣卫的簇拥下沿街而去。

与此同时，君小姐和朱瓒已经离开怀王府，一起回到了国公府。成国公刚回到府里，朱瓒和君小姐就上前，迫不及待地询问成国公此举的原因。

"这有什么，只是听到一个认识的孩子病了，是个人都会去看看。"成国公说着，对君小姐笑了笑，"君小姐，我想你也不会觉得麻烦。"

君小姐摇摇头。

"那孩子怎么样？"郁夫人带着几分好奇地问道。

"那孩子，很好。跟他父亲一样。"

君小姐顿时觉得眼一酸："那你们忙，我先回去了，有什么事需要我帮忙的，尽管开口。"说罢，不待成国公等人回应，就匆匆施礼，转身离开了。

"她就这样，整天怪里怪气的。"朱瓒哼声道，"肯定又哭去了。"又看着成国公问道："爹，那陛下怎么说？接下来……"

话没问完，就被郁夫人踹了一脚，她没好气地呵斥道："闲得你，还不快跟君小姐回去。"

朱瓒气得直瞪眼，委屈地看着成国公，成国公笑了笑："无妨，你去吧，不用担心，陛下心结已成，我也知道怎么做才能化解，走一步看一步吧。"

自从离开成国公府之后，君小姐的眼泪便溃堤而出，她心想，老天爷果然是公道的，父亲那么好，所以才会有人记得他，她一定不会让父亲就这样白死，九榕也不会一辈子被圈禁，绝不会的……

她没有回头，所以没有看到在身后不远处，朱瓒拎着药箱不情不愿地跟着，他们一前一后在人群中穿行，不靠近，也不离开视线。

怀王的事就像夏天的雨，一阵风来一阵风去。皇帝没有再提这件事，成国公也没有坚持要送官兵去怀王府，这件事就好像没有发生过，但大家都知道它不可能就这么过去，也许现在才刚刚开始。

这个时候君小姐不能离开京城，所以送云娘子去师父墓地的事只能推后，但云娘子等人却执意自己先行去找。君小姐看她心意已决，只好同意，自己花了两天绘制路线图，夏勇、杨景等人则准备外出的人手。三天后，云娘子等人便悄无声息地离开了京城，君小姐甚至都没有前去相送，为的就是不给他们惹麻烦。

这边刚送走了云娘子，那边君小姐就得知了朝廷下旨犒赏德胜昌北地救民义举，召方家少爷方承宇进京觐见的消息。这对其他人来说是光宗耀祖的大好事，但在君小姐看来，却觉得是个鸿门宴，不过，她相信承宇一定敢来，所以就安下心来，静待他来京。

而正如君小姐所想，方承宇在得知自己能进京的时候欢呼雀跃，方老太太和方大太太则一脸担忧，起初她们还想代替他进京，但方承宇极力劝说，又向两位长辈保证会保护好自己，方家上下才都安心地为他准备好行路的装备，送他出了门。

　　方承宇来得很快，花了不到十天的时间，人就到了京城。君小姐亲自迎接他，带他见过贤王和朱瓒后，便回到了九龄堂。

　　夜幕降临，九龄堂里的热闹终于散去，柳掌柜带着京中票号的管事们告退，陈七也喝多了酒，被丫头扶回房里，方锦绣则告辞离去了。

　　自从进门，方锦绣对方承宇说的话不超过三句，也都是"辛苦了"之类的客套话，并没有半点姐弟相见的亲密欢喜。

　　"她现在不爱说话，但你的住处是她亲自安排的，被褥都铺了四层。"君小姐笑着解释道。

　　"她以前在家就不爱说话，如今这样更是理所应当，我没有觉得不好，如果她跟我亲亲热热地说话，我反而不自在呢。"

　　君小姐抬手想要摸摸方承宇的头，却突然发现有些够不到了。方承宇忙屈身半蹲，眨眼看着她，她伸手拍了拍他的头："长得可真快，快去歇息吧，来得这样快，路上肯定辛苦。"

　　方承宇摇摇头："不辛苦，人逢喜事精神爽，怎么会辛苦。九龄你信上写的在嶂青山的事，再给我讲讲呗，那时候都没有细说。"

　　君小姐含笑要说话，门外传来重重的咳嗽声。方承宇转头看去，高兴地说道："哥哥来了。"朱瓒"哦"了一声，走进来，"真没想到如今还能喊哥哥。"方承宇笑着端起桌子上的酒，"还以为是一面之缘，没想到后会有期。"

　　"小孩子家的喝什么酒。"朱瓒从他手里拿过酒杯，仰头一饮而尽，"快去睡觉吧。"

　　方承宇"哦"了一声，看了一眼君小姐，乖乖说道："是，我听哥哥的。"

　　"你凶什么凶。"君小姐不满地说道。

　　朱瓒"啧"了声："我怎么凶了？我不是一直这样说话吗？"

　　方承宇忙伸手拉了拉君小姐的衣袖："哥哥是为我好，我是不该喝酒，我一直记得九龄你的叮嘱，只喝水不喝酒，就是方才看到哥哥有点激动。"

　　君小姐笑了笑："好，去歇息吧。"

　　"明日我爹和娘请你们过府。"朱瓒又说道。

　　方承宇忙点头："九龄也和我说了明日去。"

　　朱瓒"嗯"了一声，看着君小姐说道："我们也歇息吧。"

　　君小姐神情古怪地看着他，方承宇也微微讶异。

　　"虽然亲事是假的，但我住在这里，怎么也得做出个样子。"朱瓒说着便先向后走去。

　　方承宇走了出去，站在廊下看着晃晃悠悠进了君小姐房内的朱瓒，他挑挑眉，自言自语道："这个哥哥，比那个哥哥脸皮厚多了。"

　　天色大亮，君小姐、方承宇、朱瓒来到成国公府。府上开了正门相迎，成国公夫妇更是对方承宇以客相待。

　　"今时今日的荣耀，方少爷你是重中之重。"宴席上，成国公温声道，"如果没有你，将士们就是有心杀敌也无力回天，流民们也不可能逃出升天。"

"是九龄教我的。"方承宇站在君小姐身旁，腼腆地说道。

成国公温和一笑，称赞道："教得好，学得好！"

郁夫人也满眼欢喜地拉着他问东问西，方承宇都乖巧地一一回答。

又说笑了一阵后，谈话进入正题，成国公说道："现在最重要的事是觐见封赏，你们怎么看？"

"敢做多少事，我们就敢担多少名。"君小姐先说道。方承宇没有说话，只是跟着点头。

"觐见封赏肯定没事，就看觐见封赏之后吧。"朱瓒说道，"欲取之必先予之。"

"该拿的不能因为怕失去就不拿，还是要拿的。"成国公说道，"所以我打算为君小姐请功。"

君小姐现在的身份是成国公的儿媳，一家人自然不说两家功，如果要分开说，那就是不做一家人了。朱瓒的眼一亮，立刻坐直。

君小姐眉头皱起，迟疑地说道："这样不好吧，现在这个时候不适合，对国公爷您没好处的。"方承宇更是跟着君小姐连连点头。

成国公笑了笑："做事也不能以有没有好处论啊。"

"国公爷，这样没必要。"君小姐说道，"我要这功劳不如您有用。"方承宇立刻又跟着点头，朱瓒没有说话，握着筷子不知道在想什么。

"是你的就是你的，不管有没有用。"成国公打断君小姐，"我知道你的意思，你说的这些我都考虑过，但是我始终认为防贼是防不住的，如果为了一些顾忌，就不去做想做的事，人生有点无趣。"

君小姐有些想笑，又有些酸涩和羡慕，她柔声道："所以您回京城来，是因为您想回来看看，您去怀王府，是因为您想去怀王府看看，您想给我正名，是因为想让大家知道我的功劳。"

成国公点点头，君小姐起身施礼道："好啊，国公爷您敢让，我就敢接。"

除了朱瓒，成国公、君小姐、方承宇都笑了，大家举起酒杯和茶杯，一饮而尽。

第一百二十九章

◇

道出真正的名字

吃过饭后，成国公夫妇歇息，朱瓒以要跟君小姐说清楚为由，打发方承宇去一边玩。方承宇虽不情愿，但这个理由又让他无法拒绝，便乖乖跟着丫头仆妇离开了。

君小姐看着远去的方承宇，皱眉问道："你干吗支走他，要干什么？"

朱瓒在一旁一本正经地说道："你能想开，放弃没有结果的感情，不再痴缠于我，还真让我意外……"

君小姐翻了个白眼，"呸"了一声，似笑非笑地说道："你既然心里明白，那怎么补偿我？"

朱瓒警惕地后退一步："卖艺不卖身。"

君小姐忍着笑，这家伙分明是要感谢她对他父亲的关切，却鸭子嘴硬不说正经话。她随意地扫了一眼，忽地微微一怔，视线里不远处的院墙就是她曾经翻过的，院墙外的大树郁郁葱葱，她忽然问道："你家里有狗洞吗？"

朱瓒莫名其妙地看着她："喂，说正经话呢，你可别故意折辱我，狗洞我是不会再钻的。"

君小姐笑问道："这么说你以前钻过？"

朱瓒看着那边的院墙，原本带着几分嬉笑的神情变得微沉，慢慢说道："关你什么事？"

朱瓒这个人看似整天胡说八道，却不说假话，他宁愿沉默或者反驳，比如现在，他不想让人知道自己钻过狗洞却又不想否认，便说出这种此地无银三百两的话来。

君小姐笑着看着高墙，突然想起那时她跳墙被抓，有个自称令九的也在，还迫切地跟那群抓她的护卫邀功，说是他先发现刺客的，此时想想，令九不就是朱瓒嘛……

君小姐恍然大悟，笑着看向朱瓒："原来你真钻过狗洞啊。"

朱瓒转身："不管怎么说，你能这么痛快地不要世子夫人的身份，我会谢谢你的，你有什么要求就提吧。"

君小姐打趣道："我要听你钻狗洞的故事。"

朱瓒瞪眼看着她，见她一副执意要听的样子，哼了一声，不情愿地说道："也没什么，就是小时候我跟人打架，被打的那小子没出息，挨了揍就去告状。"

"你们打贤王那次吗？"君小姐问道。

朱瓒"哦"了一声："不能说是我们打了他，是他自己找打，自己以为自己多厉害，不以身份压人，结果被揍了就去告状，告状装惨谁不会，我就也装喽。"

君小姐抿嘴笑了起来，她那时自然也听说了，此时再听朱瓒亲口讲，觉得更有意思。

"结果真倒霉，偏偏京城里来了个什么神医，也不知道谁给贤王那小子出的主意，让那神医来给我治病。"

君小姐的笑意更浓："那个神医，厉害吧？"

"不知道，没见到他，他跟我多说话呢。只有神医的随从来看我，这个人还挺不要脸的，竟然跟我要钱，说如果我给他钱，就让神医不拆穿我装病。小爷我又不傻，才懒得理会，后来这人就开始讨我欢心，摆出一个棋局，告诉我怎么玩……"

"哦！"君小姐伸手指着他，朱瓒也"哦"了一声，挑眉看着她，龇牙笑道，"二货。"

君小姐笑了笑，催促道："你再说说啊，再说说那个人。"

"我早就说你们认识，果然都是不正经的人。不过没了，我才没空陪那家伙逗乐呢。我把随从打发走了，然后准备离开京城去找我娘，府里人多，我就去钻狗洞了，结果我刚要钻进去，就被人给搅了……"

听到这里，君小姐哈哈大笑起来："哎，那个搅事的人就是九龄公主。"

朱瓒"嗯"了一声，警惕地问道："你怎么知道？贤王说的？"

君小姐抿嘴一笑，停顿一下："不是呀，九龄说的。"

然而朱瓒沉声道："君小姐，我不认识你，我认识的只是她，而她和你有什么关系，我不感兴趣，你不用总是在我面前提起她来试探什么。"

君小姐怔了怔，朱瓒已经越过她，大步向前而去。

君小姐忙跟上去，含笑道："我没试探什么，我就是问问而已。"

朱瓒目视前方，大步流星，沉声道："你该问的问完了。"

君小姐"哦"了一声，停下脚步："那以后我就是你们家的客人了。"

朱瓒脚步微顿，微微侧头，眼角的余光看到君小姐站在身后，夏衫单薄，人也显得单薄，又不忍心地说道："当然客人跟客人也是不一样的。"

君小姐笑了，但依旧站在原地未动，问道："怎么不一样啊？"

朱瓒吐口气，转过身："算了，再满足你一个条件好了，今天你可以在我的房间内留宿一晚。"

君小姐瞪眼，旋即喷笑，又挑眉说道："好啊，一起吗？"

朱瓒"呸"了一声，转身大步而去，君小姐哈哈笑着跟上去。

夜色降临，朱瓒站在屋门口看着正好奇环顾四周的君小姐，说道："喂，别乱动我的东西啊。"他说着伸手指了指一旁，"你睡这里。"

"今天这里是我的，你管不着。"君小姐笑着说道。

朱瓒哼了声，转身拂袖。此时，一个丫头施礼道："小姐，可以洗漱了。"

坐在床边的君小姐点点头起身，便随着两个丫头进了净房。净房里另有两个粗使丫头拎着木桶低着头避让一旁，君小姐从她们身边走过，忽地又站住，猛地转头喊道："雪儿。"

"是。"其中一个拎着木桶向外走的丫头下意识地站直身子应声，也转过头来。

君小姐只觉得头皮发麻，脑子里轰的一声，一片空白。

这个人就是雪儿，十一岁入宫，被分到太子身边洒扫的宫女，雪儿、冰儿是两姐妹，雪儿大一些，太子去世后，她就随着一批宫女被放出了宫外。

她们两个虽是太子身边不起眼的宫女，却是对太子的死知悉详情的人，虽然并没有亲眼看到太子被谋害，但她们却知道太子绝不是死于疾病，而且太子还间接地告诉过她某些事情。那个被君小姐治好的男人还活着，那个男人活着，她的父亲也应该活着，这就是太子被害的铁证。

君小姐有些不知所措，而受惊的还有雪儿，她的脸色也有些苍白，故作惊讶地问道："小姐，您说什么？您要找谁？"

在宫里待过的宫女，就算再不起眼，也不是遇到事就战战兢兢的，她在隐瞒身份，掩饰适才的应声，君小姐立刻就明白了。

"小姐要找谁？"其他丫头也回过神跟着问道。

看来这些丫头并不知道雪儿的身份，她想了想，指着其中一个丫头："找世子爷来。"

那丫头应声"是"，立刻转身出去了。雪儿稍微松口气，跟另外一个拎木桶的丫头对视一眼，垂头就要退出去，君小姐却开口叫住她们。雪儿身子一僵，旋即听君小姐指着净房说道："你们把这里再擦拭一遍。"

雪儿拎着木桶走回来，君小姐则若无其事地走了出去。

君小姐坐下来想要倒杯茶，发抖的手让茶杯发出轻轻的磕碰声，在安静的屋子里格外响亮，她稳住心神，喝了一口热茶，趁着朱瓒还没来，理清一下头绪。

当初冰儿说雪儿住在关庙，她第一次去找时没有见到她，却在关庙遇到了朱瓒。后来她再去关庙问雪儿的邻居，邻居证明她的确一直在这里，离开是最近的事，那么很有可能那次朱瓒带走了她……

君小姐握紧茶杯，坐直了身子，门被推开，同时传来朱瓒不耐烦的声音："干什么？"

君小姐抬起头，不解地看着他，听他再次问道，"大半夜的叫我来干什么？你的脸色怎么这么怪？你是不是要给谁下药？"

饶是心乱如麻，君小姐还是被这句话逗笑了："我没那工夫，我的药都很贵的。"

朱瓒狐疑地看着她，君小姐刚要再说话，几个丫头从净房走出来，说道："小姐，擦好了。"

朱瓒嗤了声："擦什么擦，我不嫌弃你就不错了，你叫我来就是看这个的？"他说着对丫头们摆手："滚出去。"

丫头们忙低头向外走，君小姐却放下茶杯，说道："雪儿，你等一下。"她的声音轻柔如常，但屋子里的气氛陡然一变，似乎一瞬间凝滞，雪儿低着头，紧紧握着木桶。

"素绢留下，其他人退下。"朱瓒也愣了一下，旋即回过神。

雪儿应声"是"，其他丫头忍不住看了她一眼，低着头急匆匆退了出去。

室内一片安静，君小姐想着怎么开口询问，朱瓒也沉默着在屋子里走了两步，开口道："原来你叫我来是为了这个啊。"

君小姐刚要开口，就见朱瓒身形陡然挺直，人带着寒气直扑过来，只一眨眼的工夫，她就被朱瓒掐住脖子拎了起来。雪儿发出一声惊叫，旋即用手捂住嘴，在一旁瑟瑟发抖。

君小姐几乎窒息，恍惚又回到了汝南那一幕。朱瓒的眼神阴沉，气息拂过她近在咫尺的脸，而君小姐的双手被他一只手按在身后，双脚也同时被抵住，不能动弹。

"你最好能说出不让我杀你的理由。"他一字一顿地低声说道，"对我父母的救命之恩就罢了，那也不过是在你的算计中。"

君小姐的脖子稍微放松一些，她急促地吸了几口气，让自己缓过来，平静地看着朱瓒，说道："我认得她的理由吗？就如同我认出你的原因一样，因为，我是九龄公主。"不待朱瓒有反应动作，她猛地贴近他，盯着他的眼，"朱瓒，你看我，你看得到，我是，楚九龄。"

她的双眼幽暗如深海，声音暗哑，如同从地狱而来，贴近的气息温热，但却让朱瓒一瞬间头皮发麻，面色惨白。一旁的雪儿也满面惊恐，室内一片死寂。

朱瓒看着眼前的女子，关于跟她的过往此刻全都浮现在脑海里，他只觉得一口气喘不上来，猛地松开她，眼中满是惊恐和不可置信。

君小姐踉跄几下站稳，整理了一下被揪乱的衣襟，看向在一旁掩着嘴瑟瑟发抖的雪儿，问道："雪儿，冰儿告诉我的事，是不是真的？"

雪儿发出一声短促的惊呼，人再也支撑不住，瘫坐在地上。

君小姐慢慢走向她，雪儿想要向后躲避，但又没有力气，看她站定在面前："蒋艳宝，真的没有死是不是？"

雪儿顿时发出一声尖叫，俯身叩头，哭喊道："公主……公主……"

"先别喊。"朱瓒先回过神来，立刻说道。

君小姐看向朱瓒，他下意识后退一步，神情戒备，沉声道："你，你怎么证明？"

君小姐笑了笑，摇摇头："我没有办法证明，朱瓒你跟我不熟。"她又看向雪儿，"雪儿跟我也不熟。你们不认识我，我的事说了你们也不知道，而且我跟你们也不熟，你们的事我也说不上来。"

室内再次沉寂，朱瓒又问道："所以你那次去关庙，不是意外？"

君小姐反问道："你也不是？"

朱瓒眼神晦暗，没有说话。

君小姐接着问道："你怎么知道的？冰儿说从来没有告诉过别人，难道我死了后，冰儿被发现了吗？"

朱瓒看她一眼，移开视线："你说的冰儿是那个得病死了的宫女吧？"

君小姐皱起眉头。

"你不用皱眉。"朱瓒看她一眼，再次移开视线，"她可能被发现了，但是发现的人肯定不多，最多也就陆云旗和陛下知道。"

"那雪儿……"君小姐皱眉问道。

"雪儿我不太清楚。"朱瓒接过话，看着跪在地上瑟瑟发抖的雪儿，"陆云旗肯定知道，因为关庙那边一直有锦衣卫的人监视着，但我把人带走，陛下好像完全不知道，并没有大规模地找人，只有个别锦衣卫在私下寻找。"

君小姐沉吟不语。

"雪儿什么都没有说。"朱瓒接着说道，"你方才说的事，我不知道。"

君小姐不解地看向他。

朱瓒低头："就是猜的。"

君小姐更不解了。

"你突然死了，我就觉得肯定有问题。"朱瓒看着墙壁说道，"然后就看有什么异常，查来查去，就查到有个宫女死了，又查到她原先在先太子跟前服侍过，再查就查到她姐姐住在关庙，然后就发现锦衣卫的人在监视她。锦衣卫这些人无利不起早，既然监视，肯定就有问题，管他什么问题，我就先把人弄到手再说。"他又看向跪在地上瑟瑟发抖的雪儿，"我问她怎么回事，她说她不知道，甚至不知道有人监视她。既然这样，我也就没再问，就这样。"

君小姐心中甚为感动，他说得这么简单，但可想而知，过程必定困难重重，她柔声问道："你为什么要做这些？"

"也没什么啊。"朱瓒有些结巴，始终没看她一眼，似乎畏惧这个不知是人是鬼的怪物，"我父亲说了，可能死得有古怪，我正好进京，就查了查，顺手的事嘛。"

君小姐轻叹一口气："谢谢你和成国公，你们对我们很好，很惦记，谢谢。"

"谢什么，不都是相互的？"朱瓒扭着头闷声道，"你不也帮了我爹那么多？"

室内沉默片刻，君小姐突然想到一个问题，惊喜地问道："那这么说，你相信我的话了？相信我是楚九龄了？"

朱瓒别扭地说道："好像除了相信，也没有别的办法解释这件事了……"

夜色沉沉，偏僻的院落里灯火明亮，却没有多少人伺候，护卫还将这边围起来隔绝。

屋子里，君小姐已经坐下来，朱瓒还站着，雪儿正跪在地上抬起头，颤声问道："您，您真是九龄公主？"

"当初茶坊里的烧火棍，是我拿走的，害你们被周嬷嬷骂，真是抱歉。"

这发生在茶坊里的小事，太子宫里都没几个人知道，除非是当事人。雪儿顿时伏地大哭，连连叩头道："公主，是奴婢害了你啊，奴婢不该多嘴告诉冰儿，要不然您就能好好活着。"

"我现在也好好活着啊，而且活得更好。"

雪儿只是痛哭。

"你还不知道是怎么回事吧？"君小姐看向朱瓒，"当初我为父亲祈福离开皇宫，你知道吧？"

朱瓒闷声道："听说了。"

"其实我也不是去祈福，我是跟着张神医学医去了。你在家里见到的那个教你下棋的人，他并不是张神医的随从，他就是张神医。"

"原来如此。"

君小姐将自己学医的事简单讲述了一遍，最后总结道："所以我父亲的病是治好了，他不会因病而死，知道这件事的只有冰儿、雪儿。后来，我在宫里遇到了冰儿。"说到这里，她笑了笑，"后来的事你们都知道了，我因病死了，冰儿也病了，都死了。"

雪儿的哭声更大，终于跪行上前，抓住君小姐的裙角，连连叩头："殿下，都是奴婢们的错。"

君小姐抚了抚她的头，柔声道："我们都没错，错的不是我们，不要哭了。"

"那您怎么，怎么成了……"被安抚一刻，雪儿颤声问道。

"我也不知道。"君小姐笑了笑，"可能是老天有眼，要还我公道吧……"

雪儿连连叩头道："殿下，我愿意去做证，我会做证的。"

"别傻了，现在做什么证。"朱瓒闷声道。

君小姐也笑了："你会做证的，但不是现在，你就平平安安地等着吧。"

雪儿连连点头，应声"是"。

室内沉寂片刻，君小姐看向朱瓒，朱瓒正偷偷看她，视线相撞，忙移开。

君小姐笑了笑："还有什么想问的，你可以问我，云娘子和青山军，你大概已经猜出来了，他们是我师父，也就是张神医的家人。"

朱瓒"哦"了一声，视线乱飘。

"你要是没有别的问题，就先去歇息吧。"

朱瓒转身就走，君小姐有些没反应过来，看着还跪坐在地上的雪儿，说道："雪儿你也去吧，跟以前一样，该做什么还做什么，就当今日的事没有发生。冰儿已经死了，我们不能死，我们都要好好活着。"

雪儿用力点点头，原本惶惶的眼神渐渐坚定，起身离去。

屋子里只剩下君小姐一人，她坐在椅子上未动，许久才长长地吐口气，抬手熄灭了屋子里的灯，而出去的朱瓒也烦躁地在一棵大树下徘徊了一整夜，直到天快亮才疲惫地靠着大树睡了过去……

鸟鸣声在头顶上叽叽喳喳传来，枝叶上的露水滴落在朱瓒的脸上，他一个激灵醒过来，视线里一阵眩晕，日光已经大亮。

朱瓒挠挠头，呆呆坐了一刻，才起身走动。远远听到校场有声响，便向那边走去，刚走到校场就见有两人在射箭，一个是父亲成国公，一个则是方承宇。

"世子爷来了。"有女声传来。

朱瓒扭头看去，才看到君小姐也走了过来，视线相对，她微微一笑。朱瓒脑子里一团乱麻，立刻掉头跑了。

"世子爷怎么了？"方承宇不解地问道。

君小姐笑了笑："可能饿了吧。"说罢，便转移话题，跟成国公闲谈起来。

午饭时，整个饭桌上都其乐融融、笑语晏晏，只有朱瓒心不在焉地低着头不停吃，郁夫人连喊了他好几声，他才一个激灵回过神来。

郁夫人皱眉道："瓒儿，想什么呢，你爹让你吃过饭后帮承宇找个射箭的师傅。"

朱瓒含糊地点点头，也没说话。郁夫人想着他可能有什么事，此刻也不方便询问，便看向成国公，问道："君小姐的事你打算什么时候说？"

"就这几天。争取跟承宇一同觐见受赏。"

"您还可以再考虑考虑，过一段时间再说也好。"君小姐说道。

刚出了怀王的事，皇帝正在气头上，借此机会肯定要一鼓作气对付成国公，不如等事情缓一缓更好。成国公明白她的意思，温声道："事情都是各有利弊，既然如此，也没必要瞻前顾后，我这几日就会写奏折呈交。"

君小姐心里叹口气，知道成国公的性格，便不再相劝。

朱瓒咬着筷子，几乎将头埋进碗里了，耳边响起郁夫人的声音："以后你就不是我儿媳妇了。"朱瓒一惊，差点咬到舌头。

"我可以认你做义母啊。"君小姐含笑道。

郁夫人才要说话，啪嗒一声，朱瓒的筷子掉在桌子上。大家看过来，见他涨红了脸跳起来，转身大步跑了出去……

因为找不到朱瓒，君小姐和方承宇便由成国公亲自安排的护卫护送着离开了。

成国公准备召见幕僚，商议写奏章的事，还没走到书房，就听得路边有人喊了他一声："爹。"成国公有些惊讶地看过去，见朱瓒站在一棵树后冲他招手。成国公笑了笑，问道："你在家？你闯什么祸了，躲在这里？"

朱瓒摆摆手，又左右看了看，压低声音问道："他们走了吧？"

"走了。"成国公没有叫他出来，而是自己走过去，温声问道，"怎么了？"

朱瓒抠着树皮："爹，我觉得她说得也有道理，现在不太适合在奏章上说假成亲的事。"

成国公"哦"了一声："对咱们来说是不太合适，不过瓒儿，人不能只考虑自己。"

朱瓒忙点头道："我不是这个意思，我是觉得，对她也不好。"

成国公神情温和地看着他，等候解释。

朱瓒抠着树皮："我觉得这就把她推到了风口浪尖上，载誉这么大，容易成为众矢之的。"

"我相信君小姐不怕乘风破浪。"

"我知道她当然不怕，我就是觉得能安全点就安全点呗。"

成国公看了眼地上散落的树皮，虽然不知道为什么一向英勇的儿子会变得如同受惊的兔子一般，但作为一个父亲，他并不要求儿子时刻都英勇无惧。他含笑拍了拍朱瓒的肩头，温声道："别怕，我会做得周全些。"

朱瓒点点头，看着成国公走开了，在树下站了一刻，想到什么又掉头向外奔去。

刚走到巷子口，张宝塘就跑来拦住了朱瓒的去路，两人闲聊了几句，张宝塘无意中透露君小姐正跟宁小官人在老彭家茶楼喝茶的事。

朱瓒愣了一下，立刻沉着脸拉着张宝塘向老彭家茶楼而去。二人站在茶楼外的一处墙脚，探头向里看去，果然见其内君小姐和宁云钊相对而坐，不知道说了什么，正抬手掩嘴笑。

朱瓒黑着脸，张宝塘也看着内里，皱眉说道："宁小官人怎么只约见君小姐？按理说也该你一起来啊，我刚才还以为你也来呢，等了一会儿没看到，正奇怪呢。"

朱瓒瞪他一眼，没好气地说道："有什么奇怪的？她是大夫，出来见人看病很正常，你没看那小子一脸病态吗？"

张宝塘看向茶楼里，年轻的男子笑容和煦，精神抖擞："还真没看出来……"

茶楼里，有些粗糙的茶壶被修长精致的手拎起，倒出褐色的汤茶，香气四溢，热气微蒸。宁云钊放下茶壶，看着双手捧起茶碗喝茶的女子，眉眼在热气中似远似近："说给德胜昌赏赐，肯定不是什么好事。"

君小姐捧着茶碗，抬眼问道："为什么？"

宁云钊微微倾身，压低声音说道："因为是坏人提出的。"君小姐捧着茶碗哈哈笑起来。

"有什么好笑的，这姓宁的如今是有名的马屁精，简直丢尽了读书人的脸。"朱瓒嘀咕一声，看着茶楼里，忽见君小姐向这边看来，他忙缩身退回巷子里。

张宝塘吓了一跳，差点被撞倒，不解地说道："二哥，你不进去吗？在这里干看着有什么意思。"

"我进去干吗？又不关我的事。"朱瓒撇撇嘴，"我跟着她只是防着锦衣卫来闹事，你明不明白？"

张宝塘"哦"了一声，抓了抓头，觉得有些明白又有些不明白，朱瓒继续探身准备向外看去，眼前陡然冒出一人，伴着一声清亮的喊声："哥哥。"

朱瓒吓了一跳，扶住墙才控制住自己将拳头打出去，没好气地对着眼前锦衣华服的少年，呵斥道："你干什么？"

方承宇有些忐忑不安，眨了眨眼："我不是故意的，我看到你在这里，就过来打个招呼啊，是不是打扰你们了？"

看着这少年受惊的样子，张宝塘忙摆手道："没有没有。"

朱瓒嗤了一声："行了，别装了，她又不在跟前，我还不知道你就是故意的？"

方承宇嘻嘻一笑，也不争辩："哥哥你给我找了射箭师傅吗？"

"找了找了。"朱瓒手向后一摆，"这个就是。"

张宝塘要说话，却见方承宇只是站在朱瓒面前，认真说道："不如我们去你家，让师傅看看我的身手，好决定怎么教我，也不负国公爷的心意。"

张宝塘连连点头，朱瓒也笑着伸手搭住方承宇的肩头，带着他向外走了几步，对着那边茶楼抬了抬下巴："小朋友，我让你缠着她，不是缠着我。你看到没，现在她身边的是姓宁的，你跑来缠着我干什么？你是不是傻？"

方承宇笑着说道："九龄在做正事，怎么能打扰。"

"我就做不正经事了？"朱瓒竖眉，环视一下四周，"你知道这四周多少眼线盯着吗？你知道那边几个路人、几个商贩，随时都能化作猛虎恶犬吗？"

方承宇"哦"了一声，诚恳地点头道："京城果然居不易啊，多谢世子爷照顾九龄。"

朱瓒刚要说话，就见不知什么时候君小姐已经站在了眼前，他吓得失声低呼，人也后退一步。

"九龄。"方承宇高高兴兴地站过去。

君小姐看看他，又看向朱瓒："你们在说什么？怎么不进来？"

"我不进去了，哥哥给我找了射箭的师傅。"方承宇说道。

张宝塘走过来打招呼，方承宇高兴又迫切地问道："我现在可以跟师傅去试试吗？"

张宝塘忙点头道："可以。"

"哥哥，我们去吧。"方承宇看向朱瓒，说道。

朱瓒似乎这时才被发现一般，感觉到君小姐看来的视线，他忙看向四周，别扭地说道："我还有点事。"说罢掉头就走了，动作又快又突然，留下一脸惊讶的方宝塘和方承宇，以及一脸无奈的君小姐。

君小姐看着方承宇和张宝塘一起离开后，才回到茶楼里坐定。

"方少爷能来，比方老太太来更合适。"宁云钊从走远的方承宇身上收回视线，含笑道，"年轻人比年长的人少些牵绊，容易割舍。"

"年长的人多牵绊也是没办法。"君小姐说道。

宁云钊点点头，转移话题："你方才说你又要被解除婚约了，这次也好，上上次也好，都是为了情义，只有我那次不好。"

"那只有你最委屈了，倒是我该向你说声抱歉。"

宁云钊握着茶杯，含笑问道："那是不是该补偿我？"

"好啊。"君小姐毫不犹豫地问道，"你想要什么？"

宁云钊凝神，认真想了想："我还真什么都不缺，一时想不出来。"

君小姐哈哈笑道："不急，慢慢想。"

"什么时候都作数？"

君小姐点点头，宁云钊举起茶杯，君小姐明白他的意思，笑着举杯跟他轻轻一碰，宁云钊一笑，仰头一饮而尽便起身告辞，君小姐送他到茶楼外。

两人一出门，就瞥见朱瓒不知道从哪里晃了过来，宁云钊跟朱瓒打了个招呼便离去了。楼外只剩下君小姐和朱瓒两个人，君小姐主动问道："走吗？"

朱瓒"哦"了一声，转身迈步，君小姐慢悠悠地跟在身后，就如同以往一样，在人群中不远不近地穿行。待走到一条僻静的巷子里，自有护卫前后警惕戒备着，朱瓒停下脚步转身，别扭地说道："你建议我父亲现在最好不要说假婚约的事，我觉得你做得对，太危险了。"

君小姐似笑非笑地看着他。

"我不是说原先不危险，我的意思是……你心里不一样……"朱瓒越说越糊涂，自己也不知道在说什么。

"是你心里不一样吧？"君小姐看着他，眨了眨眼，"不怕君九龄危险，楚九龄就怕咯。"

朱瓒的脸腾地红了，额头上冒出一层汗，结结巴巴地说道："不，不是这个意思。"

"那是什么意思？"君小姐认真问道。

朱瓒最终恼怒地说道："什么意思都没有。"说罢，掉头向前疾步而行。

君小姐忙追上去，拉住朱瓒的衣袖："我知道，我知道什么意思。"

朱瓒身子一僵。

"你的意思是以前不知道我为什么做这些事，自然也就不知道我会做到哪一步，面临的危险又是什么，现在你知道我是谁，所以也知道我要的是什么，知道我面临的又是何其危险的事，并不是厚此薄彼。"

朱瓒低着头，脑中一片混乱，干脆抬起头，说道："我现在的感觉很不好。"

君小姐点点头："我能明白，毕竟这件事太突然了。"

朱瓒深吸一口气，又将长长的气吐出来："我甚至说不清我为什么感觉不好，总之……"

"总之我没有变，我一直是我。"君小姐接过话，"朱瓒，你也不用变的。"

朱瓒看她一眼，移开视线："那怎么能一样。"

"怎么不一样啊。"君小姐笑着伸手指了指自己，"一直都是我啊，楚九龄就是这么不正经的。"

朱瓒的脸再次腾地红了，结结巴巴地说道："我那样说……其实……就是随便一说。"

"不随便啊。"君小姐笑道，"你以前跟我不熟，其实我就是这样的，对了，你以前不认识我吧？"

"见过。"

"除了翻墙头被你吓得掉下来那次，城门那次也是你吗？"君小姐好奇地问道，"我上次听你们说城门打陆云旗的事。"

一阵无言后，二人又如同先前那样，不紧不慢、不远不近地一前一后而行。

看着君小姐和朱瓒进来，陈七热情地打招呼。

站到屋子里，朱瓒忽地问道："九黎公主和怀王知道吗？"

君小姐摇摇头："我怎么敢说，要不是这次雪儿的事太突然，我也不会告诉你的，你胆子这么大的人都下成这样，他们……"

朱瓒揉了揉鼻头："也不是胆子大小的事，虽然荒唐，但都有印证，也没什么不可信的。"

"他们知道，也没什么好。"

"那倒是，陆云旗还在呢。"朱瓒说到这里又看了君小姐一眼，"他是察觉了什么吧？"

君小姐点点头："那次你不是问过我，问我怎么招惹陆云旗了，要不然他不会发疯。"

朱瓒忍不住揉了下脸，又抬起头看着君小姐，问道："那几年过得苦吗？"

君小姐微微怔了怔，摇摇头："那时候不知道真相，不苦，知道真相，我就死了，也不苦。"

朱瓒看着她，紧紧抿住嘴，喃喃道："一定，很疼吧。"

"你知道我是怎么死的吗？"

朱瓒吐口气："我，查过。"说着又后悔，忙补充道，"我，我下去了。"他扭头就要转身。他差点咬断舌头，伸手捂住嘴，转身就向外疾步而去，不知道是太急还是太慌，差点被门槛绊倒，跟跄地跳了出去。

成国公并不知道儿子此时心里波浪汹涌，他一如既往地平静，在和幕僚商议一晚上之后，为君小姐请封赏的奏章就写好了。

郁夫人一面给成国公穿上朝服，一面问道："你想好了？这要是递上去，估计你的兵权就保不住了。"

成国公笑了笑："就算我不递上这个奏章，我的兵权也保不住了，还不如趁着能捞好处的时候多捞点。"

见朱瓒走过来，郁夫人问道："怎么这么早回来了？"

朱瓒看向成国公："爹今天不是上朝吗？我回来看看，爹，你写了奏折了？"

成国公点头，朱瓒又问道："不再考虑考虑，斟酌斟酌？"

"男儿做事，一言既出，落地有声。"成国公说道，"不要瞻前顾后。"说罢，抬脚向外走去。

郁夫人审视着朱瓒，似笑非笑："这不正合你心意？怎么看起来你并不开心？"

"名声是小事，有什么开心不开心的。"朱瓒肃容道，"我关心的是父亲和君小姐的安危。"

郁夫人一副见鬼的神情："你吃错药了？"

成国公笑着制止了二人的话："好了，你也不要逗他了，不要担心，这是早晚的事，与其等人动手，不如自己先迎上。"

朱瓒沉默地点点头，和郁夫人一起送成国公出门，门外护卫已经列队，成国公接过缰绳翻身上马，伴着天边的晨光而去。

第一百三十章

◇

皇帝给的新赏赐

看着成国公献上的奏章，皇帝的心情也很好。

奏折的内容成国公已经当众宣读，大殿里此时满是嗡嗡议论声，满朝官员神情各异。

"这么说，一切都是权宜之计。"皇帝抬手示意大家安静，"这北地解救护送流民，其实都是君小姐的意思，只是为了方便行事才假借你的名头？"

成国公躬身道："正是如此，前来黎人之境解救臣之围困也是她所为，并不是臣事先安排的。"

"那要这么说，这北地的功劳岂不是都是君小姐的？陛下夸错了人？"一个官员似笑非笑地说道。

成国公转头看向他："当然不是，如果没有我镇守北地练出强兵悍将，也没有君小姐的机会。"

在场的很多官员顿时愕然，还没见过夸自己夸得如此干脆坦然的人……

大殿里又响起一阵嗡嗡声，之后有几个官员站出来，大赞特赞成国公的英勇和奉献，而在一片夸赞中，忽地冒出一个清亮的声音："你们说错了，这分明是陛下的功劳！"

又是这小子，一旁一直沉默不语的黄诚顿时脸一拉。

"明明是陛下英明神武，才让成国公在北地能积下如此功劳。"宁云钊举着笏板说道，"如果没有陛下信任倚重，成国公怎能走到今日？御史台弹劾的奏章都堆积如山了，砸也能砸死成国公。"

"没错，这是陛下的功劳。"在他身后，一群年轻官员忙跟着站出来，纷纷说道，"这是陛下千金买马骨……这是陛下宽厚仁慈得百姓拥戴……"

大殿里顿时变得嘈杂起来，不只黄诚愣了，其他官员也都愣了。几个官员刚要站出来理论几句，御座上一直沉默不语的皇帝忽地笑了，抬手示意道："好了，朕听明白了。"

殿内的官员忙安静下来，躬身聆听。

"原来君小姐做了这么多事，有功，是当然的。"皇帝感慨地看着成国公，"当然，成国公你也有功，就如大家所说，这不是一个人就能办到的。"

"陛下圣明！"宁云钊立刻说道。

其他的官员忙不甘人后地跟着说道："陛下圣明。"

皇帝笑着抬抬手示意大家安静，温声道："不是圣明，这是理所当然的事，倒是委屈君小姐了，如此大功却不为人知。"

"陛下，好事不怕晚啊。"这一次黄诚没敢再慢一步，忙站出来说道，"虽然当初没能夸功游街让大家知道君小姐，现在也不晚啊，陛下正要犒赏德胜昌，可以同时宣告赐荣于君小姐。"

"是啊，陛下，此时也未晚。"几个官员立刻附和道。

另有几个官员看了成国公一眼，也俯身应声，皇帝的视线一一扫过官员们，忽地一顿，落在宁云钊身上，他并没有像大多数官员那样俯身进言，而是身子挺拔、神情坚定地看着自己。皇帝眼中的笑意更浓，但又微微皱眉，看着宁云钊的绿色官袍，心想这年轻人对他这么忠心耿耿，得给他找个机会动动他的官阶了，正好可以借着对宁炎的抚慰来做这件事……

大殿里官员们的声音渐渐停下，御座上的皇帝也沉默不语，似乎在沉思。

黄诚立刻上前一步，微微拔高声音喊道："陛下，赏罚分明是为明君，君小姐此次大功，不能就此被埋没啊。"黄诚的神情诚恳，又看了成国公一眼，毫不掩饰针对，"是谁的功劳就是谁的，民众应该知道，免得被人蛊惑盲信。"

皇帝回过神看向黄诚，他准备再说几句，皇帝先抬手："好，你们说得对，当赏必然要赏，不能寒了有功之人的心，你们商议一下吧，照着最大的规格来。"

"陛下圣明！"皇帝刚说完，宁云钊立刻俯身高声说道。

黄诚心里一阵恼怒，跟着俯身，满朝文武也跟着齐齐俯身应声，皇帝淡淡笑了笑，便宣布退朝，众官员鱼贯退了出去。

有了皇帝的旨意，朝廷的动作很快，三天之后给君小姐的封赏就下来了，不仅宣告天下让百姓得知，赏赐了金银玉帛，还给了一个山阳县主的封号。方承宇、柳儿、陈七、方锦绣等人自是又骄傲又开心，各自忙碌着准备接圣旨的各种事宜，君小姐则仿佛事不关己，悠闲地在一旁看着他们忙碌。

转眼间，到了要觐见皇帝的日子，天刚蒙蒙亮，院子里已经聚集了不少人。

"九龄，"方承宇撇开众人走过来，"你看我穿成这样可以吗？"

此时，他身穿宝蓝色的衣袍，戴着白玉冠，腰里挂着赤金坠子，脚下的鞋子黑金云纹，晃得人眼睛都睁不开，但又很和谐。朱瓒一脸鄙夷地将视线落在方承宇的脸上，少年面白如玉，笑如星光，他伸手摸了摸自己的脸，哼了一声，视线落到君小姐的身上，她正笑着认真打量方承宇。

"这不是昨天就选好的吗？"朱瓒轻咳一声，"再换可来不及了。"

方承宇带着几分歉意和不安："我第一次进宫见皇上，有点紧张，哥哥别笑我。"

"没事，别紧张，有我呢。"君小姐立刻柔声说道。

朱瓒扯了扯嘴角："我哪里敢笑你。"

"好了，衣服很好，不用紧张。"君小姐笑着说道。

方承宇点点头，君小姐便拉着方承宇向外走去，朱瓒立刻跟着迈步。

方承宇却转过头："哎，哥哥还是别送了，也别跟来了，我担心你这样跟着被人看到了，对你不好。"

这小破孩子！真太坏了！朱瓒面色一僵，停下脚步。

君小姐也回过头，笑着说道："你回去吧，不用担心。"

朱瓒不情愿地看着他们走了出去。

大殿内，内侍捧着封赏的文书当众宣读，君小姐便和方承宇俯身叩拜高声喊道："谢陛下！"

皇帝含笑靠在龙椅上，闻声道："免礼平身。"

君小姐和方承宇再次叩谢才缓缓起身。一个内侍先将君小姐的封赏递过来，君小姐捧住，另一个内侍才上前将另一托盘的封赏递给方承宇。

"另外，朕还给德胜昌写了一幅字。"皇帝含笑道。

能得到皇帝的赐字，那可是堪比圣旨的，方承宇和君小姐再次叩谢。皇帝示意他们平身，两个内侍已经展开一幅卷轴，金底大字写着"积善之家"。

方承宇神情激动，就要伸手接过，皇帝忽地拍了拍扶手，似乎想到了什么，又说道："还有一件事。"

方承宇立刻恭敬地垂手，皇帝接着含笑道："先皇赐予你家的那个圣旨，不太方便用，如今朕给了你们这个，更便于悬挂且让众人所知，也更合适。"

这意思是说先前那个圣旨不合适？君小姐看着手里捧着的封赏，在心里冷笑一声，果然这些不是白给的啊。

方家原先的圣旨上，写着"如朕亲临"四个大字，这可是先皇赐予的，如果此时方承宇手持圣旨，别说可见天子不跪，就算让皇帝做些事，皇帝也是不能拒绝的，这样的东西自然令皇帝不安，不安到了张口抢夺的地步。

皇帝的话音才落，方承宇就扑通跪下来，从袖子里拿出一幅卷轴高高举起，高声道："小民能得先帝和陛下两次赐字，实在是三生有福，此福禄太厚重，小民请陛下收回先帝墨宝。"

皇帝有些惊讶，君小姐也有些意外，方承宇进京后，君小姐就将圣旨给了他，方承宇也没有客套接过收起，没想到他竟然会带着入宫来，且这么干脆利索地献了出去。

皇帝的神情带着几分不安，他忙起身，说道："这，这不好吧，这是先帝赐予你们的，朕怎么好收回？"

方承宇看着皇帝，诚恳地说道："陛下，我年纪小，不太懂什么大道理，祖母常告诉我们，做人不能太贪心，先帝赐予我们家圣旨，是对我们的犒赏，以及要我们家过好日子，现在陛下也给了我们犒赏，也会让我们家过好日子，我觉得要一个就够了。"

皇帝悄悄松口气："既然如此，那朕就将先皇的墨宝收回珍藏。"

方承宇俯身叩头，感激道："谢陛下！"

君小姐也跟着下跪，叩头谢道："谢陛下。"

走出皇城，身后相送的内侍已经离开，君小姐低声问道："你为什么会带着圣旨来？是早预料到会这样？"

方承宇靠近她，低声说道："没有，我只是想以防万一。"

君小姐一阵失笑，欣慰地看着方承宇。

察觉到她的视线，方承宇对她一笑："九龄，我是死过一次的人，我知道死多可怕，其他也就没什么可怕的了。"

君小姐伸手拍了拍他的胳膊："其实不拿出来也没事，你就这么舍得？"

方承宇此时才似乎有些不安，低声说道："我不太懂，这圣旨就是皇命吧，是皇帝有心赐予才有此命，如果皇帝有心要收回，那么也就失去了它的意义。没有意义的东西，留着不还，不是福，是祸害吧。"

君小姐笑着点点头："你这可不是不懂，你是懂得太多了。"

因为受到她的夸赞，方承宇的脸上绽开笑容，君小姐也再次感叹道："方家有你这样的儿子，真是福气。"

方承宇摇头，认真说道："应该是方家有九龄，真是福气，没有你，哪有我？"

君小姐哈哈笑了起来，忽地感觉一道视线看过来，她的笑容一顿，同时视线里出现了陆云旗的身影。二人视线相对，陆云旗虽然面无表情，但眼神却格外深邃，君小姐没有回避，但有人打横站过来，隔开了二人的视线。朱瓒看着陆云旗，沉声道："看什么看！"

"现在，还不能看吗？"

朱瓒立刻答道："不能。"

"理由呢？"

"老子不让你看。"朱瓒微微一笑，"这个理由可以吗？"

陆云旗点点头："可以，世子随意。"

二人正僵持着，君小姐唤道："朱瓒，走了。"

朱瓒这才侧头看过去，却负手站着没动："你们先走吧，接你们的人都在外边。"

君小姐看向御街尽头，那边已经人头攒动，有人看到了她，立刻喊道："君小姐出来了！"

伴着这声喊，御街上掀起一阵喧闹，更有锣鼓齐响，君小姐对朱瓒点点头，和方承宇迎着热闹而去。柳掌柜、冯老大夫等人已经带着人接过来，将方承宇手里捧着的卷轴展开，挂上红绸彩绢，安置在彩轿上抬着向前而去。

德胜昌和九龄堂感谢皇恩阵仗，热闹了足足三天，又是摆流水宴席、给乞丐撒钱、关庙唱大戏，又是发放君小姐配的汤药，整个京城为此喧闹起来，外地不少人都闻讯赶来。

街上闲谈笑语不断，而九龄堂里则安静如常，气氛甚至还有些凝重，袁宝刚刚离开京城，一直盯着他行动的德胜昌就得知了消息。

"给了好处，自然是为了拿走什么。"君小姐沉声道，"圣旨已经拿走了，皇帝必然不会再容方家，那余下的就是……"

她看向方承宇，方承宇点点头接着说道："是祖母的秘密，所以我来之前就说了，我们家最危险的不是我，是祖母。"

"家里人手怎么样？"君小姐问道。

方承宇看到她眉宇间的担忧，忙笑道："这一次是我们在暗、他们在明，不会再像以前那样了，就等着他们动手吧。"

"我还是跟你一起回去吧。"君小姐不安地说道。

方承宇忙摇头："京城离不开人，既然知道根在京城。"他说着伸手指了指皇宫的方向，"九龄你可不能离开。"

君小姐看向皇宫的方向，心里五味杂陈，叹口气："防身的东西我都给你准备好了，一路顺风。"

方承宇笑着点点头，起身又停下，伸手抱住了君小姐，委屈又不舍地说道："真不想离开九龄。"

君小姐笑着拍了拍方承宇的背："怎么能是离开呢，我一直都在。"

方承宇没有说什么，只是抱着不放，门外传来重重的咳嗽声，朱璎瞪眼看着方承宇："车马准备好了。"

君小姐再次拍了拍方承宇的后背，方承宇却依旧没有放开，又腻歪一会儿，才不情愿地放开了手……

天色蒙蒙亮，方承宇的车队消失在大路上。

这边方承宇刚从京城出发，他写的信也加急送到了阳城方家方老太太的手里，信中自然是提醒方老太太可能有危险，当年祖父和父亲被害的事也许要再次出现。虽然方家一直都在戒备中，但看了方承宇的信，方老太太又多安排了一些护卫和人手，整个方家都进入了紧张和戒备状态。

一天又一天过去了，方承宇还在回来的路上，方家的女人们紧张地等待着。此时，方大太太一边看着方云绣姐妹报账，一边算着方承宇走到哪里了，元氏走进屋子，紧张地说道："太太，高掌柜来了，说有客人要见老太太。"

是有朋自远方来还是来者不善？方老太太已经许久不见客，更何况又是现在，元氏不安地说道："老太太说要见，已经准备出门去票号。"

"我去看看。"方大太太忙说着走了出去。

方大太太陪着方老太太乘坐马车向德胜昌而去，一路上她本想再劝，但都被方老太太三言两语地敷衍过去，她看上去心事重重，方大太太也不再相劝，而方老太太一路上紧紧握住捏在手里的一块小小的玉雕貔貅，这是适才那生意人托高管事递来的，这个玉雕她也有一个，当初从丈夫手里和圣旨一起接过的，她不知道前方会遇到什么，但知道，这个约她必须赴。

二人到了德胜昌后，高掌柜恭敬地将二人引到一间待客的房间，方老太太制止方大太太的跟随，独自走了进去。门被拉开又掩上，屋子里坐着的人抬头，这是一面目和善的胖乎乎的中年男人，如同所有生意人一样，穿着绸布衣衫，未语先笑，起身拱手施礼道："方老太太，久仰久仰。"

方老太太神情有些复杂，亦是施礼道："做了这么久的生意，初次见面，不知如何称呼？"

中年男人和善地笑道："这个不重要，我只是做事的，老太太知道我们东家是谁就足矣。"

方老太太低头应声"是"，将手里的玉雕貔貅双手捧着递回："不知有什么吩咐？要亲自过来？”

　　中年男人伸手接过，干脆说道：“是这样的，东家不打算做这个生意了。”

　　“果然是这样啊。”方老太太并不觉得意外，点点头。

　　“不过老太太放心，你们的生意还是该怎么做就怎么做的。”中年男人含笑道，“我们只是收回余下的本金。”

　　方老太太应声“是”，抬起头问道：“您什么时候要？”

　　中年男人微微一笑：“越快越好。”

第一百三十一章

◇

方家姐妹争家产

临近中元，天气还是很闷热。

屋子里站着的丫头们轻轻摆动着大大的羽扇，扇动四周摆放的冰盆，凉气四散，房间内顿时凉爽宜人。

但方老太太这两日看起来却有些魂不守舍，这让一旁的方云绣和方玉绣不解又着急，正想询问时，原本闭目发呆的方老太太突然坐起来唤道："来人，叫高掌柜来。"

高掌柜来了之后，方老太太便吩咐他，说要打开方家的天字银库。

如同所有票号豪商一样，方家的大宅院里也设置了银库，据外界传说，整个方家宅院下都是库房，堆满了金山银山，这种说法当然夸张，但方家的确有好几个银库，其中天字银库是最神秘的一个。

方大太太嫁进来十几年只知道有天、地、人三库，地库、人库她都进去过，但这个天字库她甚至不知道入口在哪里。得知这个消息后，她惊诧不已，但也顺从方老太太的意见，帮忙去了。

而方老太太要开银库的消息，也传到了方承宇和君小姐那里，二人更是惊讶不已。方承宇加快了回阳城的步伐，而君小姐认为方家的根本肯定在这银库里，是万万不能动的，于是她苦思冥想后，终于想到了一个阻拦方老太太开银库的方法——让方锦绣去方家争家产，君小姐当机立断，说服了方锦绣，又分别写信给路上的方承宇和方家两姐妹。方承宇收到信后，反而停止赶路，晃悠悠地慢慢前行，而方家两姐妹更是一脸惊愕。

方家的宅院比往日热闹了许多，因为方老太太要开银库，开是很麻烦的事，尤其是一向未曾动过的账册送来厚厚的一摞，方老太太亲自翻查了四五天，挑出了几笔账，接着便是等对方送来装银的车。

德胜昌自然有车，但方老太太只说等对方的车来。又过了好几天，车才送来，一看就是新打造的，虽然这客人的来历始终没有人知道，但大家都猜测来头很大，不过这不影响票号的生意，票号里一切如旧，大家各司其职。

今日，有人拿着银票进来兑现，伙计们却得知二小姐将她手里管的所有票号都封账了。整个德胜昌的伙计们都惊愕得不知所措，而方家得到消息，已经是两天后，外边传得沸沸扬扬，甚至有不少人围堵了票号。

方大太太还以为自己听错了，不可置信地说道："说什么胡话呢？我从来没有说过要封库，老太太也没有啊。"

"太太，你们当然没有，是二小姐。"元氏急得直跺脚，"不只二小姐，大小姐也闹了，让账房把账本都封了。"

方大太太眨眨眼，觉得有些想笑："我怎么听不懂？"

"掌柜的也听不懂啊，以为是家里的意思，也没人敢问，拖到今日实在扛不住才跑来问，门上的人竟然还奉了二位小姐的命令给拦住了。"

方大太太的面色渐渐沉下来。

"也多亏她们拦下，外边的管事掌柜才觉得事情不对，这才想办法递了消息进来，要不然咱们还被瞒着呢。"

方大太太一拍桌子，呵斥道："叫她们来。"

元氏忙赶着仆妇们去叫人，不多时仆妇就回来了，不安地说道："两位小姐去老太太那里了，好像吵起来了。"

方大太太再不迟疑，带着元氏疾步向方老太太的院子走去。

他们刚进院子就听到内里摔茶杯的声音，方老太太看着眼前坐着的两个孙女，愤怒地呵斥道："你们知道自己在做什么吗？"

方云绣立刻神情不安地站起来，面色涨红，但方玉绣依旧安稳地坐着，神情平静，手里还端着茶。

"你们知道这意味着什么吗？这是闹了大乱子了。"方老太太呵斥道，"你们想什么呢？"

方玉绣将茶杯放下，缓缓说道："祖母，我们想得很简单，就是想要个保证。"

"要什么保证？"

"祖母，你以前可答应过我们，我跟姐姐当男儿养，那这家产我们也有一份吧。"方玉绣说道。

方大太太在外听得愕然，又觉得荒唐，还有些恍惚，再也忍不住，疾步进门呵斥道："放肆！"

元氏忙驱赶廊下、院子里的仆妇丫头们，但已经晚了，夏日窗门大开，内里的话都传了出来。丫头仆妇们面色惊骇，随着元氏的驱赶都退了出去。

"这有什么放肆的。"面对母亲，方玉绣依旧冷静自持，嘴角带着一丝浅笑，眼神清冷，"母亲，咱们是一家人，但也得在商言商，我跟姐姐这么多年为家里为票号做的事不少吧，这眼瞅着弟弟也大好了，如今又得了朝廷的封赏，我们方家也算是苦尽甘来。弟弟年纪不小了，我们年纪也不小了，这接下来就该成亲的成亲，该嫁人的嫁人。如今家里有弟弟，我们也不好说留在家里招婿，这要是嫁人了，那票号算不算嫁妆？"

方老太太和方大太太看着她，神情更加愕然，方老太太深吸一口气，探究地问道："玉绣，你怎么想的这些？是谁教你的？"

方玉绣靠回椅子上，拿过扇子轻轻摇动着，笑着说道："祖母，当然是您教的。您当年跟您娘家、跟我曾祖父家争家产的时候不是说了吗，我们方家的女人可不能感情用事，亲兄弟还明算账呢，这钱的事上可是六亲不认的。"

方老太太面色铁青，伸手指着方玉绣，要说什么又一口气上不来，扑通一声，跌坐回椅子上浑身发抖。方大太太立刻扑过去，门外的元氏也喊着快请大夫，自己急忙地冲进来，丫头仆妇挤满了屋子，方老太太的院子里瞬时陷入混乱。

没过几天，阳城的大街小巷热闹非凡，民众热闹地围在一间大门紧闭的德胜昌票号门前议论方家小姐争家产的事情。

"真是可共患难不能共富贵啊。"一个看热闹的老汉在街边摇头感叹道，"古人诚不欺我。"话音刚落，就听得身旁也有人哼了一声。

老汉转头看去，见是一个中年胖男人，看上去是个慈眉善目的富贵人，只不过此时脸上的神情很不高兴，他拂袖说了一句"荒唐"便转身走开了。

富贵人拐进一条巷子后，脸色更加阴沉，有两个随从悄无声息地从后跟上，一个随从低声问道："老爷，怎么办？现在还装车吗？"

"现在装什么。"富贵人回头低声呵斥道，"这么多人看热闹，万一被发现了，你我都是死。"

两个随从忙垂头，其中一个还是忍不住低声说道："那袁大人那边还等着……"

听到这个名字，富贵人神情也现出几分畏惧，又恼火地说道："方老太太这个废物，不会连两个小孙女都对付不了吧？去告诉她，我可没工夫等她好言好语地抚慰她的好孙女们。"

随从忙低头应声"是"，悄无声息地向后退去。

相比于外边的热闹，方家大宅里气氛凝重。

这几日，方大太太好话、坏话都说尽了，方云绣和方玉绣始终油盐不进。

方云绣低着头神情不安，方大太太知道她一根筋，只听玉绣的，便懒得再理会她，如今最大的问题是方玉绣，这个孩子从小就倔，主意还多，一时还真拿她没办法。而自从方承宇接过生意后，她和老太太都放了手，德胜昌只认方承宇的印鉴和命令，玉绣、云绣的权力又是方承宇许下的，如今方承宇还在路上未归，以至于她们竟然解决不了这问题。

方大太太苦口婆心地劝道："有什么话咱们自己在家好好说，何必让外人看笑话，这有什么好的？玉绣，你不是这么糊涂的孩子啊。"

方玉绣笑了笑刚要说话，门外响起元氏的喊声："老太太派人来了。"

方大太太忙隔着帘子向外看去，见院子里走进来十几个五大三粗的仆妇，手里拿着棍棒和绳索，她只觉得心跳一停，人也站起来："惹恼了你们祖母，你们是不是忘了，你们祖母是什么脾气！"

方云绣顿时面色惨白，方大太太也不安，唯有方玉绣神情依旧。

"两位小姐，老太太问玩够了没有。"为首的仆妇冷脸说道，"玩够了就把印鉴交出来。"

方云绣立刻战战兢兢地看向方玉绣，方玉绣平静地问道："要是没玩够呢？是要把我们打死吗？"

仆妇面无表情地说道："二小姐说笑了。"她说着冲身后一摆手，身后的仆妇立刻拿着绳索涌上来。方大太太张手要阻拦，方云绣则忙站到了方玉绣身前，虽然面色惨白但眼神坚定，不退不让。

"我交我交，别动手。"方玉绣举手，干脆利索地说道。

满屋子的人一愣，仆妇们差点没收住脚步，为首的仆妇冷脸说道："就算交出来，二位小姐也闯了祸，老太太让你们禁足。"说罢，又示意仆妇们上前。

方玉绣淡淡说道："那可不行，就算拿出了印鉴，不是我本人去，管事们也不会开库的，这是我当初说了的。"

仆妇的眉头跳了跳，方大太太竖眉呵斥道："玉绣，你不要太过分，让你管了几天事，你就不知道天高地厚了？你真以为这德胜昌是你的了？离了你，就关门了吗？"

方玉绣神情平静地耸耸肩："当然不，但好歹管了几天事，添个乱总可以吧。"

这个死丫头，方大太太瞪大眼，沉声道："让她去！"

方大太太、元氏、方家两姐妹，分别坐上了三辆马车，在一众护卫的簇拥下，驶出了方家大门向票号而去。车马帘子都遮挡得严严实实，外边围观的民众纵然好奇也看不到内里坐着谁，只得跟着议论纷纷。票号那边也得到了消息，高掌柜吩咐几个伙计打开票号的门，侧门被推开，门有些窄小，还有高高的门槛。

马车到了门前，马匹被解下来，马车则要几个伙计抬进去，这并不是什么难事，他们也经常这样做，只是这一次，不知道是不是因为车里坐的人太多，几个膀大腰圆的伙计在迈过门槛时身子突然摇晃，"哎哟"一声，脱了手，这一下后边的人猝不及防，身子一沉，被坠得惊呼一声，身子矮下去，马车瞬时便落在地上，四面裂开。伴着惊叫声，马车里，四个粗壮的仆妇和一个娇小的女子滚落出来，女子甚至还三下两下滚到了门外的街上。

围观的人顿时轰地围上来，纷纷喊道："是方二小姐！"

方老太太在后边的马车里，心中暗叫一声不好，忙掀起帘子要下车，但还是晚了一步，就见方玉绣已经从地上起身，跌跌撞撞地向人群奔去，同时大喊道："各位大伯大娘，快救救我啊，我祖母要打杀我！"

在场的民众顿时轰然，车上的方大太太和元氏都惊呆了。那四个守着方玉绣的仆妇刚爬起来，晕头转向地去抓她，但她已经冲进人群中，似惶惶不安地跌跪在一群妇人面前，伸手哽咽地喊道："婶婶们快救我。"

妇人们被这一声喊得心都颤颤，立刻便有好几个矮身搀扶她，劝慰道："不怕不怕。"

那几个冲过来的仆妇也被挡住："有话好好说，别吓到孩子。"

四个仆妇纵然有力气，但架不住挡着的人多，竟然无法接近方玉绣。一个仆妇火大地喊道："你们让开！少管闲事！"

见这仆妇发了脾气，围着的妇人们顿时也没了好脸色，尤其是后边传来方玉绣嘤嘤的哭喊声："我不回去，我不回去。"

妇人们也发起了脾气："你喊什么喊！大路朝天，我们就站在这里了，关你什么事！怎么就多管闲事了？路见不平没听过吗？"

论起吵架，妇人们都是高手，谁也不怕谁，一时间大街上推推搡搡吵闹起来，其间还夹杂着妇人拉长声的喊声："哎哟，打人了！"

场面越来越乱，围过来的人越来越多，方大太太叹口气，掀起车帘走下来。元氏忙跟着搀扶，又恨恨地瞪着票号前已经呆傻的伙计，呵斥道："你们还不快去帮忙？"

伙计们似乎这才回过神要上前，方大太太抬手制止，自己走过去。四个仆妇面红耳赤地让开，民众对方大太太更是不陌生，到底是方玉绣的母亲，吵闹声渐渐停下。

"玉绣，你这是干什么？"方大太太只看着被挡在人后的方玉绣问道，"还没闹够吗？"

虽然话简单，但那声音平静又带着几分疲惫，就如同所有因为孩子顽皮而头疼无奈的父母一样，在场的也多数是母亲，便渐渐让开，露出后面的方玉绣。

方玉绣坐直身子，拿出手帕轻轻沾了沾眼角，再抬头眼里已经没有半点眼泪："祖母和母亲不和我们好好说，反而要禁锢、压制我们，大家遇到事都可依靠家族亲人，但我们呢，除了依靠外人，还能依靠谁？"她说着轻叹一口气，看着四周的民众，"如果不是适才诸位大娘大婶，我就被抓住绑起来抬进去了，拿着棍棒绳索的你们会好好跟我说话吗？在家里这么多天，如果好好说，能到现在这样吗？"她说着站起来，轻轻理了理衣裙，对着四周屈膝一拜，"谢谢大家的相护，俗话说，远亲不如近邻，人人都知道我方家从我祖母起就没了亲戚，如今我方玉绣惹怒了祖母，亲长不容，也没有远亲族人，可依仗的就只有你们这些乡亲父老了。"

元氏眉头跳了跳，心想真不愧是二小姐，这副样子可没有半点孩子胡闹的作态，说话清晰有条理，还将方老太太的无情无义拎出来提醒大家，现场果然又响起嗡嗡的议论声。

方大太太心情亦是复杂，知道今日想堵住方玉绣的嘴把她强行带进去是不可能了，厉声呵斥道："玉绣，你就没想过为什么亲长不容你？家里人信任你，你却利用这信任，封了德胜昌，这是亲人干的事吗？你知道这给家里生意添了多大麻烦吗？"

"我当然知道，母亲，我方玉绣从六岁开始学账，八岁做票，凳子摞凳子爬上柜台，我这双手……"方玉绣伸出手摊开，"从我拿到账册的第一天起，十年没有停下过，不是翻账册就是记账册，我从来没有玩过，女孩子玩的东西我从来都不知道，也不敢玩，因为家里没人，祖母、母亲会老，弟弟会病死，我和姐姐要担起家业……"

四周的人听得目瞪口呆，纷纷同情地看向方玉绣，还有妇人忍不住擦泪，就连方大太太也泛起一阵心酸。

"母亲，这生意受损我也心疼，那也是我经营的生意，但是我为什么要这样做？因为你们逼得我们没办法了。"方玉绣上前一步，声音有些许沙哑，"当初弟弟病重命不久矣，你们让我们姐妹撑起家业，拒绝外人求亲，让我们在家招婿，就这样蹉跎到了如今的年纪，我们也认了。但是弟弟好了，就用不着我们了，你们就把我们当女儿看待了，让我们少出门、少做事，还要为我们找婆家出嫁。"她再次上前走近方大太太，伸手按着心口，"其他女孩子会的我们都不会，我们就会看账、做账、做生意，你让我们去给人做媳妇，缝衣做饭，谁要我们这样的媳妇？母亲，这是不是过河拆桥？我们是不是没用了？留在家里只会侵占弟弟的家业？你们就要把我们赶出去，像个抹布一样扔掉……"她说罢似乎崩溃，伸手掩面大哭起来，在另一辆车上的方云绣挣开看呆的仆妇扑过来，也抱住方玉绣哭起来。

在场围观的妇人们哭声越发多，方大太太又急又气："你胡说八道什么，谁要把你们扔掉，你这孩子胡思乱想什么呢，我们肯定会给你们德胜昌的生意啊……"

她的话没说完，方玉绣抬起头擦了下眼，声音清冷："别光说啊，家产分给我们吧。"

方大太太被噎了下："你祖母也没有说不分给你们，这事不是一直没提……"

"那我们现在提了，给吧。"方玉绣再次打断她，又看向四周，"乡亲们，我们姐妹以女儿家的身份，从家里要家产，我想问，这样做就真的天理不容吗？"

"不是！"四周响起喊声，一开始零散，渐渐此起彼伏。

"我们姐妹女儿身，要不得家里的家产吗？"方玉绣再次问道。

"要得！"喊声齐齐，有男有女。

站在远处街角的富贵男人一脸不屑。

方家的女子又对着四周的民众屈膝施礼道："我们姐妹要分家产必然亲长不容，也没有族众亲戚来主持公道，那就只有靠诸位乡亲帮我们姐妹看着，从这一刻，在我们姐妹没有拿到家产之前……"

站在街角的富贵男人心里顿觉不妙，听方玉绣接着说道："请诸位乡亲看着我们方家，一分一毫、一只苍蝇都不能让他们运出私藏，让我们公公平平地分得方家家产。"

富贵男人顿时面色铁青，他要的东西还没运出来呢，片刻后，神情又变得诡异，心中不免猜疑，这事有点太巧了吧，这方家的女子闹事，该不会就是针对自己吧？正胡思乱想间，听得后边传来马蹄声，他扭头看去，眼不由得微微一眯，方老太太来了。

方老太太惯坐的马车在十几个护卫的簇拥下缓缓驶来，马车在门前停下，方老太太没有下车，坐在车前的仆妇对护卫们摆摆手，护卫们齐齐下马，同时解下马背上的木棍，神情肃穆地向方云绣和方玉绣疾步而来。

民众一阵愕然，还没有反应过来，就听得两个女孩子尖叫一声，分别被两个护卫按住，一语不发地拎着就走。

民众顿时哗然，涌上去阻拦着劝道："有话好好说嘛……怎么能这样对待孩子……好歹也是自己家的小姐，怎么跟抓犯人似的……"

但与先前那几个仆妇不同，十几个护卫将手中的棍棒齐齐对准这些民众，厉声呵斥道："退开！"

竟然要对他们动手吗？民众顿时愤慨地推搡起来，不少妇人还干脆扑上去："干什么！还要打我们啊！打啊打啊……"

场面陷入混乱，喊声、叫声、护卫的呵斥声充斥了整条街，而就在这杂乱的声音中，又响起一声苍老又气息十足的呵斥声："给我打！"

众人愕然看去，见不知什么时候方老太太在两个仆妇的搀扶下走了出来，她手中拄着拐杖，神情冷冽，再次呵斥道："打！"

随着这一声令下，方家的护卫们再无迟疑，果然扬起手中的木棍向围观群众打去，顿时一片尖叫痛呼声，有人倒下，有人退避，你推我、我推你，混乱成一团。元氏依偎在方大太太身后，吓得不忍直视。

"打怎么了？"方老太太一步一步迈过来，丝毫不畏惧这边的混乱，"敢抢我家产、干涉我家事，我连我母亲都打，你们算什么！"

在一片暴风骤雨的棍棒中，围观的民众狼狈散开，听了她这话面色都发白，有被打到的人不服气地喊道："那你也不能打人。"

"那是你们多管闲事。"方老太太立刻看向发声的人，呵斥道，"我们方家的事轮到你们指手画脚，说你们一句远亲不如近邻，就真把自己当回事了？拦着我们家的孩子想干什么？绑架还是要挟？打你们，送你们见官我也是有理的！"

现场陷入安静。

方老太太又转头看向被护卫拎着的方云绣和方玉绣，冷冷说道："方家的家产，只要我在一天就属于我的，我说给你们就给你们，我说不给你们，你们一分钱也拿不到！跟我论家产，你们以为自己是谁？你们为方家辛劳有功，这不是你们的功劳，这是你父亲、母亲的，是他们生养了你们，要不然有你们什么事。"

方玉绣挣扎一下，看着她说道："祖母，这不公平。"

"公平？"方老太太冷笑道，"你比我小，你是我孙女，这本身就不公平。"说罢一摆手，"带走，我看谁敢拦。"

四周的民众或掩面或退后，没有人敢再出声。

方家两姐妹被护卫拎着，那边仆妇忙接过来推上了马车。方老太太走了几步站定在德胜昌前，冷声道："没有她们的印鉴不出银子、不出账，真是笑话，我这德胜昌，靠的是人，不是死物。我倒要看看，我说出账开库，谁敢不听！"

高掌柜忙上前施礼，连声道："不敢，不敢。"又转身摆手，"开门，营业。"

伙计、管事们顿时忙乱起来，德胜昌的门板被卸下，伙计们各司其职在其内站好。

方老太太冷冷扫视四周，将拐杖一顿，转身大步走向马车。方大太太和元氏忙低头跟上，在仆妇护卫的簇拥下上马车，如同一阵风一般忽然来又忽然去。

风过扫平了纷乱，碎裂的马车被收拾干净，紧闭多日的德胜昌票号门也打开了，一切就像什么都没发生过一样。

"就说嘛，怎么连个小孩子都对付不了。"富贵男人在街角含笑拈须道，"这也太假了。"

随从们也松口气，其中一个说道："那先生我们明日就……"

富贵男人摇摇头："稍微等一下，安全起见。"他又沉吟一刻，"也不能等太久，免得夜长梦多，就三四天吧。"

随从应声"是"。

第一百三十二章

◇

都是君小姐的主意

戴着斗笠握着鱼竿的方承宇已经在河边坐了将近半日了，神情依旧专注，身后传来护卫的声音："少爷。"

"不要吵。"方承宇伸出一只手向后摆了摆，"鱼要被吓跑了。"

身后护卫不再说话，脚步声接近，有人站在他身后微微倾身向前看去，柔声问道："这河里有鱼吗？"

方承宇惊得立刻跳起来，欢喜地喊道："九龄！你也来了！"

女子面纱揭开，行装风尘仆仆，手里甚至还握着马鞭："这么大的事，我当然要来。"

方承宇连连点头："是啊是啊，我心里其实很害怕呢。"说着伸手向君小姐抱去，然而有人从一旁伸过手，抓住了他手里的鱼竿，也挡住了他接近君小姐。

"这都没钩啊，钓什么鱼。"朱璜说道，"你这年纪也装不了姜太公。"

方承宇一脸委屈，将鱼竿扔下，不满地说道："这是意境，钓鱼也不一定非要钓到鱼嘛。"

朱璜哈哈笑了笑，刚要再说几句，被君小姐瞪了一眼便不再说话。

方承宇左右看了看，又问道："锦绣呢？九龄你不是说让她回来的吗？"

"她已经先回阳城了。"君小姐说道，"时间也差不多了。"

方承宇点点头，又眉飞色舞地说道："九龄，二姐可厉害了……"

方锦绣在城门前勒住马，抬头看向城门，有些感慨，心想大概有两年没有回来了，方家三小姐估计都被阳城人忘得一干二净了吧，她自嘲地笑了笑，扬鞭催马，穿过了城门。

天气晴好，民安清明，政事忙完，林主簿难得自在地坐在房内喝着小酒自得其乐，外边传来咚咚的敲门声，他被打扰了好兴致，气恼地呵斥道："谁啊？干什么呢？"

有小吏面色惶惶地跑进来："大人，不好了，有人要告状。"

林主簿恢复了心神，吐口气说道："告状怎么不好了，告状是好事啊。"告状就意味着发财，阳城清明，已经好几个月没人打官司了。

小吏神情依旧不安，迟疑地说道："可是，被告的是德胜昌方家。"

林主簿差点跳起来，立刻说道："告什么告，快赶走。"

"那位小姐给您递了个信。"小吏说着将一封信递过来。

林主簿神情疑惑地接过来拆开，信上只有一行字：

林大人，一桩小事麻烦你，我表妹要打个官司，您照看一下，不胜感激。君九龄。

林主簿看着堂内站着的女孩子，觉得很面生。

"我们见过的。"方锦绣主动说道，"那年三月三在缙云楼，我也在场的。"

林主簿伸手按了按额头："方小姐，你要告方家什么？弃养吗？"

"不是，我要分家产。"方锦绣说道。

林主簿顿时一个头两个大，方家两个小姐争家产的事他自然也知道，还看得乐颠颠的，没想到这戏竟然牵涉到他了，他深吸一口气："方小姐，你一个女儿家怎么争啊？"

"我不懂律法。"方锦绣干脆地说道，"所以才请林主簿主持公道。"

林主簿忍不住在心里一顿咒骂，他瞪圆了眼，扬声道："来人。"

门外有小吏应声进来，听林主簿说道："去看看县尊大人有空没有。"

小吏应声去了，不多时说县尊大人刚睡醒，正在逗猫。林主簿起身向外走，又在方锦绣面前站了站脚，说道："纵然我有办法让方老太太应诉，然而方三小姐，你这名声可也不好听啊。"

"我要名声做什么？"方锦绣淡淡说道，"能吃还是能喝？"

林主簿笑了笑，心里对那位君小姐佩服得五体投地，听说这方锦绣离开方家后就被君小姐收留在京城，想必是留着这女孩子可以出来对付方家，且不会坏了她自己的名声。他和气地说道："方三小姐稍等，我这就与县尊大人商议。"

方锦绣走进县衙，方老太太再次见到了那位生意人，她带着歉意地说道："真是惭愧，家里出了点事。"

中年男人笑了笑，不以为意："家大业大，孩子们大了，这都难免的。"

方老太太再次谢过，不再说其他的话，直接起身："闲话就不说了，耽搁了你们这么多天，我们现在就装车吧。"中年男人不再客套，含笑起身。

方家宅院里的下人都被屏退了，天字库所在的院落里四辆车已经摆好，中年男人带来的随从垂手而立，方老太太看着地上已经被除去伪装的石板，神情有些怅然。

"老太太，生意不做了，但这情谊还是在的。"中年男人含笑说道。

方老太太收起遐思，含笑点点头，拿出一把钥匙："请吧，我带你们进库。"

方老太太正要打开石板，有人从外边跑进来，这是中年男人带来的随从，他急着说道："先生，不好了，外边好多人，官府的人也来了。"

中年男人和方老太太皆变了脸色。

"事情这是这样的。"从门外进来的林主簿轻咳一声，"贵府的三小姐告请归还应得家产，县令大人让下官来问一问。"

方老太太的面色沉下来，冷冷说道："林大人说笑了，我家只有两个小姐，并没有三小姐，请县令大人将人打走便是。"说罢拂袖要送客。

林主簿却没有迈步，身边的衙役还上前戒备着方家的护卫："方老太太，还是去一趟吧，有什么咱们堂上说，也好给民众一个交代。"

方老太太大怒道："我的家事要给别人什么交代？"

林主簿轻咳一声："方三小姐说她是被赶出家的，其母也是被陷害的。"

别的话也就罢了，这话触及方老太太底线，她上前就啐了口："胡说八道。"

林主簿淡定地擦去衣服上的唾沫："所以，还是请方老太太跟我们走一趟吧。是不是胡说八道，一两句话说清楚就好了嘛，我在外边等着您。"说罢便走了出去，果然站在门外不走，这让围观的民众更加好奇，议论喧天。

方老太太气得发抖，而在另一边站着的中年男人亦是怒意渐生，透过门缝可以看到外边挤满了看热闹的民众，再看官府衙役对着宅内贼眉鼠眼地窥视，他阴沉着脸说道："方老太太，这还没完没了了，你是不是不想还我们的本金啊？"

方老太太深吸口气，解释道："这件事我会立刻解决的，请您相信我。"

中年男人冷冷看着她："希望不要再让我失望了。"

方老太太对他施礼，抬脚向外走去，吩咐道："来人，备车去县衙。"

穿过围观的民众，方老太太的马车跟着林主簿一行人来到了县衙。方锦绣转过身看着进门的方老太太站定在她的面前，冷冷问道："她在哪？"

君小姐、朱瓒和方承宇一行人正兴高采烈地在河边烤鱼吃，突然一个精神抖擞的老人出现在几人的面前，正是方老太太。

方承宇和君小姐忙站起来迎接，方老太太不说话，在篝火边坐下，拿过君小姐手里的烤鱼吃了起来。

方承宇笑嘻嘻地在她身边坐下，乖巧地给她捶肩，但方老太太不理会他，抬起头看向君小姐，说道："我要个解释。"

"祖母，你怎么知道九龄回来了？"方承宇接过话，笑嘻嘻问道。

"除了君九龄，谁能让我家的孩子做出这么荒唐的事？"方老太太看着君小姐说道。

君小姐对她施礼道："让外祖母受惊了，是我的错。"

"其实这件事也是我……"方承宇接着说道。

但他话没说完，一旁的朱瓒搭上他的肩头，说道："小朋友，大人说话别插嘴，来，我们去抓鱼。"

方承宇不情愿但拗不过朱瓒的力气，他轻而易举就被带到了一边。

那边一大一小的吵闹，方老太太和君小姐都没有在意，方老太太说道："原本我不确定，但玉绣再厉害，也不可能行事这么周全，就好像一夜之间所有人都是她的人一般，我知道这肯定是承宇的手笔，他一直恨不得把家里的钱都给你留着，但锦绣也来了，可见这件事是你的意思。"

君小姐点点头："是，这件事是我的意思，是我让承宇放慢脚步，让大姐、二姐、三妹来争家产。"

"我不认为你是为了钱。"方老太太看着她说道，"虽然你需要钱。"

君小姐眼中溢出笑意，柔声道："是的，外祖母。"

"因为我要开天字库？"方老太太问道，"你知道些什么？"

"我其实什么都不知道，所以我没办法在第一时间说服您不这样做，毕竟对方已经跟您伸手要了，然而我知道这样做对方家没有好处，所以我才不得不拖住您，好让我有时间赶回来。"

方老太太默然："你赶回来要和我说什么？不管你说什么，买卖人讲诚信，该还的一定要还。"

"如果对方不讲诚信呢？"君小姐说道。

方老太太知道她说的意思，在揪出宋大掌柜和李县令之后，君小姐几次三番表示害方家的人还在，危险并没有消除。

"蓁蓁，有一句话你忘了，君要臣死臣不能不死。"

君小姐面色顿变，看来方老太太其实什么都知道，她生气地说道："您这算什么意思？那么多事我都白做了？是我多管闲事？不该救承宇？"

"不要说这种孩子气的话，你知道我们没有这样想。"方老太太站起来摆摆手，"好了，这就是我的意思，这件事你们不要闹了。你回来了，想在家里住一段就住一段，不想住就回去吧。"说罢，她把手里吃了一口的烤鱼塞给君小姐，便转身大步而去。

君小姐看着她的背影，生气地将手里的烤鱼啪地扔进篝火堆里，而一旁的方承宇抬脚就要奔过去。朱瓒拉住他，将他往外推，说道："往哪里去呢，快去哄你祖母，你这个不孝子。"说罢，自己大步向君小姐那边走去。

方承宇气得直跺脚，想了想，转身跟上了方老太太，不知道他说了什么，最终爬上了方老太太的车，带着一部分护卫呼啦啦地走了。

而朱瓒走到君小姐面前，花言巧语地哄了一阵，终于把君小姐逗笑。两人起身上马，向阳城的方向疾驰而去，方家的护卫们也松口气，忙催马跟上。

方家大宅里比先前还要安静，见到久别的儿子，方大太太没有预想中的欢喜，反而面色沉沉。

看着沉着脸径直进去谢绝她们跟随的方老太太，方大太太低声呵斥道："是不是你搞的鬼？"

方承宇嘻嘻笑道："不算是吧，鬼都被你们猜出来了，还算什么鬼？"

方大太太"呸"了一声："你把你姐姐们的名声都败坏了。"

方承宇肃容道："母亲，姐姐们的名声怎么会因为这种事败坏呢？再者说，我们方家人的名声，何须他人评议？"

方大太太吐口气正要说话，却见君小姐走进来，她吓了一跳，旋即又恍然地说道："原来你……"

君小姐对方大太太施礼道："舅母受惊，详细的事我过后跟您说，我先去看看外祖母。"

方大太太神情复杂，没有再说话，看着君小姐向内去了。她又看了看身旁笑嘻嘻的儿子，伸手按着额头转身离开了。

待方大太太离开，方承宇便走向方云绣、方玉绣所在。

　　君小姐迈进方老太太的屋子，外边的丫头仆妇虽然试图阻拦，但哪里拦得住，方老太太躺在摇椅上，似是累极，闭目睡着了。

　　"我知道外祖母很累，然而有些话我还是要说。"君小姐在一旁坐下，"外祖母，你说得不对。"

　　方老太太不睁眼，也不说话。

　　君小姐接着说道："您知道吗？您信奉的这个君是错的。"

　　方老太太睁开眼，带着几分犀利地看向君小姐，沉声道："你知道你在说什么吗？"

　　"我知道。"君小姐看着她说道，"我之所以说危险，就是这个意思。"

　　"你的胆子的确大。"方老太太笑了笑，"怪不得敢做出那么多匪夷所思的事。"

　　君小姐也笑了笑："不过是求个公道而已。"

　　方老太太点点头："所谓公道，也就是有得有失。说起来你曾外祖父不过是一介平民，土里刨食做个小买卖，东奔西跑也不一定能吃饱，遇到灾年荒年，家里的孩子都养不过来，你曾外祖母就是病了请不起大夫吃不起药挺死的。"她坐直了身子，伸手环指四周，"再看看如今，这家里任何一件摆设拿出去，就能抵过一个穷人家一年甚至一辈子的吃喝。"她又看向外边，"在这阳城，在这山西，如今又在这天下，都是威名赫赫，无人敢惹。"她嘴角含笑看向君小姐，"蓁蓁，这是不是公道？我不觉得这个君有什么错，这是方家自己选择的路，就是死路，也要走下去。"

　　方老太太的神情坚决，但君小姐在其中看出一丝绝望，她的眼微微酸涩："外祖母，你还是没明白我的意思，我是说你信奉的那位君不是现在这个君。你忘了，这个圣旨是先帝给的。"

　　方老太太看向她："是啊，是先帝给的，但都是君，有什么分别？"

　　"当然有分别，君也不是一个人，我不认为先帝的意思是让做事的臣死。"君小姐说道，"如今这个君违背了先帝意思，所以我才说你信奉错了。"

　　方老太太坐直身子看着她，审视地问道："为什么你这样认为？你知道些什么？"

　　因为现在这个皇帝是戕兄逼死先帝夺位的，君小姐说道："因为他是个坏人。"

　　方老太太失笑道："你可真……"她神情缓和几分，坐直身子，"蓁蓁，这件事……"

　　"外祖母，方家这票号是替先帝开的是不是？"君小姐接过她的话，直接问道，"你们是替先帝在做生意。"

　　方老太太默然。

　　"这不是你告诉我的，这是我猜的，这很容易猜，有先帝的圣旨，有你们二十年前突然发家。"君小姐也没有要方老太太回答，继续说道，"我不觉得这是什么不好的事，所以外祖父、大舅舅、承宇接连遇害才显得奇怪，外祖母你甚至根本就不会想是君要你们死，因为这是不合情也不合理的。"

　　方老太太的眼神怅然。

　　"所以，外祖母，我不是说君要臣死臣坚决不死，我们可以死，但至少得死得明白。"君小姐靠近扶住方老太太的膝头，神情恳切地看着她，"知道自己为什么死，知道谁要我们死，不能糊里糊涂，这样不一定是忠君，反而极有可能是违背了君命，先帝的君命。"

　　方老太太看着她，神情终于缓和几分，柔声道："蓁蓁，可是如今先帝已经不在了。"

"人过留名雁过留声，就算先帝不在，也不是现在的皇帝说怎么样就怎么样的。"君小姐说道。

方老太太苦笑一声："可不是他说怎么样就怎么样吗？又能如何？"

"当然能如何，如果不是对你们有畏惧，他何必鬼鬼祟祟行事？费尽心机要走圣旨，又这样小心翼翼地来让你开天字库，很明显是在畏惧什么。"

方老太太的神情变幻一刻："那，又该如何？"

"别的事暂时不知道，就目前来说，他们要的东西一定不能给。"君小姐握紧方老太太的手。

方老太太迟疑地说道："就算用争家产来拖，这也拖不了多久。"

君小姐忍不住松口气，脸上浮现笑意："能拖一时是一时，而且拖着或许会逼迫他们做其他事，露出更多的马脚，总之，如今，我们在明，他们在暗，我们不再任人鱼肉。"

方老太太叹口气。

"还有，外祖母。"君小姐再次握住她的手，"我不问您当初是怎么回事，我能看看天字库吗？"

方老太太面色微变，被她握住的手也攥了起来。君小姐没有松手，再靠近方老太太，说道："我只是想看看，他们要拿走什么，而这个也正是我们的救命绳索。"

方老太太默然一刻，笑道："其实也没什么，就是你猜到的那些。当初说的是，方家只能有一个人知道这个秘密，我死的时候才能告诉承宇。"她说着似乎下定了某决心，解下一串钥匙，看向君小姐，"你不是方家的人。"

夜色降临，方家的灯火比以往更暗淡。东跨院这边更是不见人影，灯火都似乎没有，但这里却是戒备最严的地方，没有人能轻易接近，因为这里就是天字库入口所在。

火把在院落里陡然亮起，油脂发出嗞嗞的燃烧声，照着一老一少两个身影。方老太太说道："其实这是我第二次进这个库，第一次是你外祖父临死的时候。"

"这次我们谁都不会死。"君小姐说道。

方老太太笑了笑，弯身将钥匙在大青石上转动几下，伸手抓住大青石上雕刻的狮子口中衔着的绣球，用力一按，大青石陡然陷了进去，露出一个洞口，其内并不是黑黢黢的，视线触及竟然有弱弱的光亮。

"来吧。"方老太太说着自己先扶着两边慢慢滑了下去，君小姐举着火把也利索地跳了进去。咚的一声，君小姐踩到了地面，洞口距离地库并不深，也就一人多高，脚下是平整的石板。

"这边。"方老太太在一步之外，正伸手推动一块雕花镂空的石板，幽幽的光亮就是从其后透出。

石板被推开，便是台阶，君小姐举着火把，跟着方老太太走了下去，台阶之后便再没有什么机关，直接就是摆着架子的库房。

"要什么机关啊，就是个库房，没你们想象的那么神秘。"方老太太笑着站在一个木架前，拉开抽屉，很满意地取出一把拂尘，"这个是我上次来放进去的，还想着下次再来时清扫一下。"她说着在木架上挥动一下，尘土飞扬，她不由得咳嗽几声。

君小姐正看着四周墙壁上镶嵌的如同繁星般遍布的夜明珠，这满库的幽光就是它们发出的。她听到咳嗽，转过头看向方老太太："外祖母，你一个人清扫不来的。"

方老太太当然也知道，将拂尘重新放回去："清扫也没必要，没有人嫌弃银子脏。"

君小姐的视线扫视内里，纵然蒙尘，这些摆在架子上一层层的银锭、银砖、银球也令人心跳加速，不过，她对银子没什么兴趣。

"在那边。"方老太太说着伸手指着西南角，君小姐没有迟疑地走过去，整个西南角摆放的都是银锭，一层层一摞摞看不出什么分别。方老太太走来，伸手从中间的格子上拿起一块银锭，翻过来，银锭底子上印着一块方章。

"德胜昌。"君小姐接过念道。

每一家票号的银锭自然都有自己的印记，君小姐神情微微一怔，难道秘密就在印记上？

她伸手也从格子上拿起银锭，一个德胜昌，两个德胜昌……不知道翻到第几个，君小姐的手停下来，依旧是银锭，底部依旧有印章，只是这印章与先前的德胜昌铭文不同，字数有些多，她念道："内承运库，大炎三年八月五十两。"

官银，确切地说是内库银，皇家内库，虽然内库银听起来来头很大，但既然是官银的一种，票号里收藏也很正常，这也值得如此小心翼翼？

"所以说这些东西其实根本不算什么秘密。"方老太太说道。

真正的秘密是这些银子背后的故事，单单靠银子并不能说明什么，君小姐也想到这一点，有些失望地将银子放回去，问道："所以除了圣旨，另一件就是这些官银？"

"还有一个帖子，跟圣旨的意义差不多，可以调动官府兵马，不过那个只能用一次。"

君小姐想起从汝南回阳城途中遭遇伏击用过此帖子，她接着在架子上翻动，这些官银夹在德胜昌的银锭中，数量不少。

"原本比这个还要多。"方老太太说道，"一开始用得多，后来生意做大就不需要了。"

也就是说官银化作私银，钱生钱，这么多年之后，圣旨和调动兵马的帖子都已经收回，余下的这些官银再收回，方家和皇家的关系也就彻底消除了痕迹，等方老太太一死，这个秘密就再也无人知晓。

"纵然这些银子不算什么证据，也不能给他们。"君小姐放下手里的银锭，神情坚定地说道，"总之坏人想要的就不能给。"

方老太太失笑，将手里的银锭也放回去："行，已经这样了，我就听你一次，要不然我们这争家产也太儿戏了，就接着闹一段吧。"

君小姐点点头："谢谢外祖母信我。"

方老太太笑了笑，环视了一圈银库，问道："你还要看吗？"

君小姐摇摇头："我们回去吧，商量一下接下来怎么做。"

方老太太和她一起转身向外走去，又有些依恋地看着四周："这里面的银子比你们岁数都大，是你曾外祖父的。那时候我还小呢，听你外祖父说，那时候难啊，战乱纷纷，黎人刚侵袭、皇帝被掳去的惊恐还未散，把这么多钱从山东运到山西来，那真是担惊受怕……"

忽地身边的君小姐不走了，而且扶着她胳膊的手似乎在微微颤抖，方老太太诧异地看过去，看到身边的君小姐蒙着一层珠光的脸变得惨白。她吓了一跳，忙反握住君小姐的手，问道："怎么了？"

"太炎三年。"

"那时候，是太炎三年。"

"可不是，你曾外祖父从山东到山西来的时候，正是太炎三年。"她又用力地拍了拍君小姐的背，"你是听你父亲讲过吗？那时候的日子是有些不好过，很乱，不过都过去了，不用怕……"

她的话没说完，君小姐就抬脚向外走，她的脚步匆匆，有些踉跄，似乎这里有什么饿狼猛虎，一心要逃出去。方老太太忙跟了上去，待她关好地库的门，却发现外边已经没有了君小姐的踪影。

或许是先回房间了，但当方老太太询问时才得知君小姐出府了，她惊讶地问道："这么晚去哪里？"

大管家摇摇头，君小姐他们是不敢拦更不敢问，方老太太皱眉，神情忧虑不安。

第一百三十三章

◇

把方家的秘密送走

啪的一声，门被撞开，刚脱了衣裳上床的朱瓒吓得跳了起来。

"我说你想干什么……"他下意识地要将被子裹在身上，但还是晚了一步，君小姐已经冲过来，抓住他的胳膊，哑声道："我知道，我知道那是什么了。"

她的神情惨白，声调颤抖，身上挟着初秋的凉风，口鼻的气息炙热，一起冲击着坐在床上的朱瓒。朱瓒深吸一口气，反手将她的肩头握住，沉声问道："什么？"

"那些人要拿走的是官银。"

"又如何？"

"你知道太炎三年吗？"

"太炎三年，经过将近十年的征战，黎人终于退出中原也开始议和，愿意归还被掳走囚困于黎国的宗奕皇帝及宗师宫人，但最终黎人毁约，害死宗奕皇帝，和谈破裂，怎么了？"

"方家库房里存的官银，是太炎三年的。"君小姐低下头，朱瓒"哦"了声，等她继续说，她却似乎难以启齿，将头低得更低，"太炎三年，内承运库，只造了一批官银……"

朱瓒微微一怔，旋即一个激灵，脱口喊道："不会，就是……"

君小姐将头几乎埋到胸口，又用双手捂住了脸。朱瓒的神情也一阵红一阵白，坐在床上久久未动。

君小姐想起来了，其实她见过这个银子，很小的时候她在父亲的书房里乱翻，翻出一块银子玩，父亲发现后便郑重地教育她，说这个银子是太炎三年的银子，是专门为了向黎人赎回她的曾祖父和几个叔父而造的。

"那时候金银布帛交给了黎人，黎人却翻脸毁约，说周人不讲信用，拒绝归还宗奕皇帝，宗奕皇帝受惊病重，死在了黎人城中。"朱瓒打破了室内令人窒息的死寂，"大家都骂黎人无耻，不守承诺，天下群情激愤，原来……"他说到这里停下来，室内再次陷入沉默。

但君小姐知道他要说的意思，原来黎人骂的是对的，说好的银子并没有交给黎人，而是到了山东，到了方家的手里，成了一桩买卖，生出了更多的银子。而这一切欺瞒着天下人，宗奕皇帝没能赎回是被黎人害死的，他们楚氏皇族经受着失去亲人的悲痛以及耻辱，也同时享受着天下人的同情。

君小姐的身子颤抖着，哽咽道："我想不明白，我想不明白。"

"你真想不明白吗？"朱瓒的声音低沉，但没有丝毫犹豫，"我听说当年宗奕皇帝最喜欢的是肃王。"

君小姐将头埋得更深，肃王是曾祖父的第八子，是她祖父的八弟，虽然封王却没有外出，一直留在皇宫，说是因为年纪小，其实也彰显了其备受宠爱。但也正因为如此，黎人破城闯宫，将他也掳走了，宗奕皇帝死了，和谈破裂，两国交战，肃王等宫人自然顾不得理会，后来没多久也病死了。

君小姐知道朱瓒的意思，如果宗奕皇帝在，承继大统、登基为帝的不一定是她的祖父。

她不是想不明白，她是不敢想，被朱瓒这一句话逼得不得不想，她只觉得浑身冰冷，干脆伸手扯过被子，将自己裹起来，朱瓒只得只穿着亵裤，光着上身，坐在床上瞪眼。

君小姐将被子猛地掀开露出头，又说道："那父亲也没什么可怜的，他被害也没什么值得生气的，齐王夺走这皇位也没什么不对，这个皇位本就是抢来的，都是坏人，都是抢夺，都是弑戕！"

"你看你这是胡搅蛮缠。"朱瓒沉声道，"你脑子不清醒的时候就不要想事情了。"

"我脑子清醒得很。"君小姐喊道。

朱瓒毫不客气地回道："你如果清醒，就应该认识到你皇祖父、你父亲、齐王是不同的人，他们做出的仅仅是能代表自己的事，你不能因为他们做了错事，就认为你父亲死得活该。"

"我没有说我父亲活该。"君小姐垂下头，"不想了，我困了，先睡觉了。"说罢就扑倒在床上，将被子扯过盖住了头。

朱瓒差点被挤得掉下去，愕然地看着将自己裹成一团的君小姐，不满地说道："这是我的床。"但君小姐似乎睡着了，根本就不理会。

朱瓒只得下床，初秋的夜里有丝丝凉意，这时候他才发现自己还赤裸着上身，顿时面色涨红，有些慌乱地从一旁架子上扯过衣服套上，嘀咕一声："登徒子。"他看了眼被占据的床，床并不大，但那个女子裹着被子缩成一团，看上去瘦小又可怜。他轻叹口气，就在床边的地上坐下来，室内陷入安静，夜色更浓。

重新站到方家大宅的门外，君小姐的心情很复杂，脚步也有些沉重，从京城归来时的志在必得已经无影无踪，她甚至不知道该怎么面对方老太太。

而方家众人亦是着急了一晚上，见到她归来管家松口气，从方老太太屋子里疾步接出来的方承宇也笑着问她吃过早饭没，仿佛如平日早晨醒来相见一般轻松随意，但眉宇间的焦虑又怎么掩得住。

"对不住，让你们担心了。"君小姐带着歉意说道。

方承宇笑道："哪有啊，你做事肯定没问题，我们相信你。"

"是的，我们相信。"方老太太坐在屋子里，"但是希望你也尊重我们一下，君蓁蓁，我们是人不是石头，这已经不是第一次了，你太过分了，你到底把我们当什么人……"她的话音未落，就见眼前的女子忽地掉起眼泪。

方老太太吓了一跳，余下的话戛然而止。方承宇更是几乎要跟着掉泪，虽然不知道她为什么掉泪，急着说道："九龄，九龄，你别难过。"

君小姐已经抬手拭去滑落的眼泪，对着他们挤出一丝笑容："不用担心，我没事，我就是想到一些事，有些失态了。我昨晚也没有乱走，去一个朋友那里说了一会儿话。"

方承宇一听就知道她去找朱璎了，立刻一脸委屈。

"怎么拖延的事你不用愁。"方老太太干脆说道，"戏台子你搭好了，接下来我们唱就是了。"她的神情带着几分轻松，又有几分骄傲，"唱戏这种事，我们很拿手。昨晚我想好了，也跟承宇商量过了，就先从锦绣告状来……"

看着方老太太兴致勃勃的，一副要与自己详谈怎么做的样子，君小姐有些不忍心打断，是她让方老太太一晚上想怎么做，而她则一晚上想的是不做。

"九龄，你有什么新的想法？"方承宇忽地说道，打断了方老太太的话。

方老太太也看向她，君小姐深吸一口气："我觉得还是让他们拿走吧。"

方老太太神情有些愕然，不可置信地问道："啊？"

"我思来想去，拖延也不是个办法。没有千日防贼，他们既然志在必得，如果拿不到肯定会恼羞成怒，反而对我们不好，不如避其锋芒吧。"

方老太太"哦"了一声，似乎明白又似乎不明白，室内又一阵诡异的沉默。

"是我先前没想好，虽然猜到了一些事，但真切看到那些东西之后，我觉得我原先的考虑有些欠妥。"君小姐神情难掩羞愧。

室内再次沉默，君小姐要再说些什么，方老太太先开口道："好。"

君小姐轻轻说了一声："谢谢。"

"谢什么，这本来就是我们该做的事。"

"兵来将挡，接下来我们继续做我们该做的事。"君小姐又停顿一下，"外祖母，你放心。"说罢便施礼告退了。

看着君小姐走出去，方老太太轻叹口气。

"祖母，谢谢您。"方承宇也说道，"您不怪九龄这样尔反尔。"

方老太太神情恢复肃然，叹口气说道："怪她做什么，这件事起因与她无关，结果也与她无关，这本就是我的事。"说到这里又停顿下，看着视线里已经消失的女子的身影，"更何况，她是真的被吓到了，经过一夜做出这样的决定，我想不是儿戏。"

方承宇点点头，挽住方老太太的胳膊："祖母，不管接下来发生什么事，我们都不怕。"

"怕什么，她不是说过，这世上有公道。"

三天之后，方老太太亲自来到客栈见生意人，并允诺尽快解决这件事情。生意人自然觉得事情没有那么简单，在街上打听一番后，才稍稍安心，催促方老太太尽快安排此事。

很快，方老太太就亲自引着生意人开了银库，将银两搬上车，方老太太送到门口，看着一行人沿街而去，很快消失在视线里。

而这边车队刚走，朱璎和君小姐也悄然地尾随而行。

秋高气爽，太后宫中越发花团锦簇，皇帝过来时，宫女、内侍们正在摆放花盆，各色菊花争奇斗艳。

殿内传来女人的笑声，夹杂着孩童的吵闹声，皇帝制止内侍的通禀走进去，看到太后殿内后妃、公主、皇子妃们团坐，另有大大小小的孩童由宫女内侍们陪着玩耍，看着一家子其乐融融的场面，皇帝也露出笑容。

"皇帝来了。"太后含笑道。

殿内的人这才察觉，欢喜地施礼相迎，说笑片刻，在太后的示意下众人告退。

"皇帝最近很高兴啊。"太后说道。

皇帝应声"是"："国泰民安，政事清明。"

太后满意地点点头："这就对了，本就该高高兴兴的，至于几个不听话的臣子，你身为一个帝王，跟他们置什么气，有失身份。"

皇帝恭敬地应声"是"，太后斜眼瞥了他一眼，她这个儿子大概是从小做戏做惯了，总是表面一套、心里一套，嘴上说得好听，内心指不定正抱怨什么，不过今日皇帝的脸上笑意始终浓浓，她好奇地问道："什么好事啊？"

皇帝左右看了看，似乎在防备什么。

"看什么看。"太后立刻竖眉训斥道，"哀家就见不得你这样子！如今你是皇帝，这是你的天下，你鬼鬼祟祟的干什么？"

"母后息怒。"皇帝忙再次靠近，压低声音，"当年的那些东西，拿回来了。"

太后不解地问道："当年那么多东西？哪个啊？"

皇帝更靠近一些，低声说道："银子。"

太后神情变幻一刻，皱眉道："那东西还没用完呢？"

"还剩了不少。"皇帝低声道，"也没想到那姓方的这么厉害，立足发了家，人又实诚，有了钱之后，就不再用那个银子了。"

"实诚？哀家看是奸诈，就等着留着这东西要挟呢。"太后冷冷说道。

皇帝应声"是"，解释道："那时候父皇一直都还在，也不敢太过于逼迫，怕万一……不过现在好了，都拿回来了，圣旨也好，银子也好，再无遗漏。"

太后"嗯"了一声："既然事情都办完了，那就让他们早死早超生吧，不管怎么说，他们也算是于陛下有功，生前死后该享的荣耀都不能少。"说到这里摆摆手，"丰厚些吧。"

皇帝应声"是"，眼里掩不住笑意。

此时，殿外传来孩童的笑声，听到这笑声，太后的面容也缓和几分，扬声道："叫孩子们都进来吧，今日高兴，都在哀家这里吃饭。"说着又看了皇帝一眼，"皇帝就不用了，政事要紧。"

美人不让纳，宴乐不允许，在她眼里他就是个工具吧？皇帝在心里冷笑，恭敬地退了下去，刚走出宫殿，就见一个内侍急急奔来。

"陛下，陛下。"他顾不得身份礼仪，连施礼都忘了，凑上前低声说道，"袁公公的信。"

皇帝随意地接过，拆去火漆一眼扫过，温和的面容顿变，转身便向太后殿内而去。皇后、后妃公主们刚进来还没坐稳，又忙站起来，皇帝不予理会，疾步到太后面前，附耳低声说道："母后，不好了，银子没了。"

太后面色一怔，旋即大怒："废物！"

皇帝吓得哆嗦一下，皇后、妃子们更是面色发白地起身，太后竖眉说道："都出去。"

皇后不敢怠慢，忙带着人急急退了出去，皇帝下意识地跟着也要走，太后呵斥道："谁让你滚了？"

皇帝忙站住，太后又呵斥道："怎么回事？"

"具体的还不清楚，只说走到河南的时候被劫了。"皇帝说道，"袁宝正在追查。"

太后看着他，咬牙说道："真是废物，这种事都做不好。"

她或许是在骂袁宝等办事的人，但听在皇帝耳内，觉得是骂他。皇帝垂着头，眼神羞怒。

阳城县衙因为方家家产官司闹得焦头烂额，而河南境内阳武县的官老爷也有些头疼。

"这是大事！天大的事！快调集人马搜捕！"这样的喊声已经在县衙里持续了半日，吵得头疼，阳武县丞伸手按了按额头，抬起眼皮看着面前五个商贩不像商贩、富翁不像富翁的男人，拉长声调问道："是吗？又有力士投石了吗？我当命天下大索十日吗？"

相传张良募力士在阳武博浪沙击秦始皇误中副车处，求弗得，乃令天下大索十日，乍一听这话，堂内五人还没有反应过来。

"不管十日还是五日，务必抓到这盗贼。"其中一个人还说道。

阳武县丞扑哧笑道："倒不知道原来陛下来了啊。"

五人愣了一下，这才猛地回过神，顿时羞怒，其中一个耐不住脾气，上前就要揪住县丞，县丞早跟地痞无赖打交道惯了，立刻后退尖声喊道："你们要干什么？"

站在两边的差役也举着水火棍涌上围住他们。

为首的一人制止同伴，神情阴沉地说道："大人，我们的东西在客栈被偷了，因为被盗之物贵重，还请大人缉捕盗贼。"

县丞也不是不讲理的人，闻言笑道："被偷了就被偷了，不要喊得跟杀了人似的。"他说着招了师爷过来，"说吧，丢了什么？"

"白银万两。"男人说道。

县丞顿时瞪大眼，惊讶地问道："白银万两？"旋即又眯眼，"你们是干什么的？"

"你管我们干什么的……"五人中有人又忍不住呵斥道。

县丞笑了笑，狐疑地审视他们，说道："我得核实事情真假啊，白银万两什么来路？"

"丢东西的是我们，你不去捉贼，查我们干什么？"那人再也忍不住脾气，上前就给了县丞一拳。县丞捂着鼻子尖叫起来，县衙里顿时陷入一片混乱。

"废物！"阴暗的房间内，袁宝神情阴冷地看着面前跪着的五人，在他们身后还散站着十几人，"我让你们装作报案，不是让你们去打架。"

五人跪在地上瑟瑟发抖，其中一个哑声说道："大人，那当官的太气人了。"

"气人？"袁宝的声音陡然尖厉，"你们也知道气人？再气人，有比你们这些蠢货更气人的吗？"他在室内来回踱步，愤怒地挥舞着双手，"三辆车，在眼皮底下被人偷走了，你们是死人吗？"

屋子里的所有人都垂头，但当时他们身中迷药，跟死人也没区别，当然这话不敢说出来。

"大人，能无声无息偷走三辆车，肯定不是一个人干的，这必然是大盗贼、山贼什么的，看来我们早就被盯上了。"那个中年生意人站出来说道，"既然身份已经泄露了……"他说着看了眼地上跪着的五人，为了将他们从阳武县衙里捞出来，不得不表明了身份，"就干脆调动地方官府兵马缉捕吧，否则我们私下查找，实在是不便。"

"大张旗鼓地找，就方便吗？"袁宝竖眉呵斥道。

"大人，没有什么不方便的。"生意人一咬牙，做一个砍头的手势，"大不了，结束后全部做掉。"

袁宝神情越发地阴冷，又问道："方家那边果真没有半点异动？"

有人站出来应声"是"，说道："我们的人始终盯着，方家那边没有丝毫动作，君小姐和世子爷都还在阳城方家，官司越来越激烈，目前方三小姐已经占了上风……"

"我才不管谁占上风。"袁宝尖声打断他，"我只想知道是谁劫走了我的银子！"

"大人，这手法、这速度，必然是积年的老贼才能做到的。"生意人再次请示道，"大人，查贼剿匪吧……"

"说起来，倒是要谢谢他们这么小心谨慎。"朱瓒边说边将手里的油桶向车上泼洒，"比预期的还多捞了一车银子。"

油桶倾倒完最后一滴，君小姐将点燃的火把扔了过去，轰的一声，三辆车顿时陷入火海。

火光炙热，浓烟刺鼻，君小姐后退一步，身后的十几人正将从车上搬下来的银两分别装在包袱里、书箱里、草筐里、独轮车里，甚至还有猪笼里，他们身形胖瘦不同，看起来淳朴老实，扔到人堆里都不会被多看一眼，此时穿着打扮也各不相同。

君小姐好奇地问道："这就是传说中的砍柴人吗？"

"不如说是匪贼。"朱瓒摸着鼻头，带着几分得意地说道，"积年的匪贼，杀黎贼的，钱也要抢的。"

"这些人不是在北地吗？"君小姐看着他说道，"原来你都带来了。"

朱瓒笑了笑，火光映照着他的脸，忽明忽暗，讪讪地说道："我说过，我对帝王都很戒备，尤其是那个明显不喜欢我们的皇帝。"

君小姐笑了笑。

"大哥，"那边有人走过来说道，"我们收拾好了。"

朱瓒对他们点头一摆手，干脆地说道："去吧。"

那十几人立刻转身，或骑马，或步行，或推车，或挑着担子，四散而去，转眼就消失在视线里。

君小姐看得有些出神，忽地想到一个问题，问道："这些银子你要他们藏在哪里？"

朱瓒"咦"了一声，眨眨眼说道："不藏啊，熔掉花了啊，钱不就是用来花的吗？"

君小姐惊讶地说道："真，抢啊？"

说起来很憋屈，她原本是要跟随运了银子的车队，甚至还想保这些银子不出问题，但朱瓒却鼓动她："我们去抢了它，让他也尝尝被人算计的滋味。"

她也知道银子不能让皇帝拿走，便跟着朱瓒一路跟随，朱瓒也叫来他的人手，耐心地等待，小心地周旋跟踪，终于寻机下手。

"最好的掩藏就是用掉它，让它消失，而且留着也没什么用，难道你能威胁他吗？"

君小姐笑了笑，看着一脸笑意的朱瓒："倒是便宜你了，一下子抢到这么多钱，开心吧？"

"我开心的是物尽其用，这些钱让我这样的好人用是天地公道。"

君小姐一阵失笑，回头看了眼还在燃烧的车辆，晃晃手，抬脚向前而去。

朱瓒忙跟上，忽地轻咳一声，捏了捏手指："那个，你是不是忘了点什么？"

君小姐认真想了想，摇摇头。

"我这算是帮了你的忙吧，你不是一向很客气，喜欢表达谢意？"

君小姐斜眼看着他："你说错了吧，应该是我帮了你，虽然你人手多，但陷阱是我设的，迷药是我配的，最关键的是，钱最后是你拿了，是你该谢我。"

朱瓒似乎有些恍然，认真点点头："这样啊，也对，那是我该谢谢你。"

"那你要怎么……"君小姐笑道。话没说完，朱瓒猛地伸手将她抱住，他的动作有些匆忙，有些僵硬，有些笨拙，不过感觉还不错，不过，问题不是这个，问题是他这是……

君小姐回过神，刚要说话，朱瓒已经松开手："谢谢。"

说罢，便垂头将脚尖在地上一拧，越过她向前而去，君小姐一脸愕然……

一场秋雨一场寒，风夹杂着雨丝从窗外吹进来，坐在值房里的林主簿不由得打个寒战，将身上的官袍稍微紧了紧，侧耳听那边堂内传来抑扬顿挫的声音，这是太原府有名的讼棍蒋世三。

"少胡说八道，我怎么没听过这种律法？"

"太太，这是当初大理寺在甘州王三娘案时提出的，并没有在律法上，但也是皇帝认可的……"

听到这里，林主簿打个哈欠，一个君小姐就够难缠了，又请来了这个难缠的讼棍，看来方老太太这次想要不割肉就脱身没那么容易，林主簿伸手端起桌上的茶，有人猛地掀起帘子进来了。

林主簿以为是衙门里的小吏，抬眼看却是一个陌生老妇人，他皱眉问道："你干什么的？"

老妇人神情有些讪讪，她扑通跪下，有些结巴地说道："我……我找君小姐，求求君小姐救命。"

林主簿不耐烦地摆手，唤道："去去，君小姐没在这里。"

几个衙役忙跑进来将老妇拎着向外走。

"怎么让人闯进来的？"林主簿没好气地说道，"我知道最近看热闹的人多，但衙门不是酒楼茶肆啊，什么人都能钻进来。"

衙役们拎着老妇走出去，老妇犹自哀求道："我想见见君小姐。"

"君小姐不在。"一个衙役不耐烦地说道。

老妇人的眼中闪过一丝精光，突然激动地抓住衙役的衣袖："君小姐……"但她话音未落，就见衙门口一阵热闹，有人缓步进来，鹅黄的斗篷遮不住婀娜的身姿，正是君小姐。

衙役们一愣，忙抓住老妇免得她冲上去，老妇也似乎吓呆了，就这样看着君小姐走过，进了公堂。

"君小姐刚回来也不歇歇就来了。"衙役们回过神，互相低声说道。

听到这句话，老妇人的眼神再次闪烁，颤声道："君小姐去哪里了？我怎么一直找不到她。"

衙役们横了她一眼，又冲堂内抬了抬下巴，其中一个衙役说道："君小姐去太原府请了蒋世三。"

老妇若有所思，似乎才回过神要向堂内冲去，衙役们忙将她拦住，再不迟疑地扔了出去。

那老妇坐在衙门前抹泪一刻，便起身颤巍巍地离开了。一离开民众的视线，她就拐进了小巷子里，身形也挺直了，脚步也不见颤巍巍，疾步如飞地进了一间宅院。

"行踪果然无疑？"听了汇报，宅院里的袁宝神情复杂。

"现在就在阳城呢，而且前一段时间去的是太原，请讼棍蒋世三。"

他来回踱步，抬脚将矮凳踢开，骂咧咧道："真是见鬼了。"

淅淅沥沥下了半个月的秋雨终于停了，然而县衙里的堂审依旧继续，蒋世三的声音尽管已经半日都没停过，依旧不带丝毫疲倦。

"真是厉害。"方大太太说道，"他都不累啊。"

方云绣亲自将茶捧给她，神情关切又不安，方玉绣说道："母亲真是谦虚了，当年母亲年底盘账，一人对十三府二十四家掌柜，不亚于当年诸葛亮舌战群儒。"

方大太太笑了笑："不敢，好汉不提当年勇，当时我有你祖母背后撑腰呢。"说到这里，看了眼室内坐着的两个女儿以及君小姐。

方锦绣还在阳城，但从不与她相见，更不会与她们坐在一起。

"要说厉害，我也比不得你们厉害。"方大太太似笑非笑，她口中说着你们厉害，视线却只落在君小姐身上。

"其实没有什么厉害不厉害。"君小姐看向她，"不过是不得已。"

方大太太"哦"了一声："不过不得已是不得已，我觉得我还是很厉害。"

方玉绣哈哈笑了，方云绣和君小姐则愣了下，方云绣是没反应过来，君小姐是没想到方大太太会说这种话，她莞尔一笑："舅母说得对，世上不得已的人多了，然而并不是人人都能做到舅母这般。"

她这一笑让室内的气氛变得融洽了很多，外边蒋世三似乎跟县令相谈也甚欢，走进来的方承宇笑容满面地施礼道："母亲姐姐们辛苦了，这件事可以告一段落了。"

方大太太看向他："没事了？"

"人都走了。"方承宇说道。

　　得到这个消息，方老太太也松口气，又带着几分怅然地说道："该拿走的都拿走了，从此后就两不相干了。"

　　那些银子已经被她和朱瓒劫走的事，方家的人并不知道，除了方承宇。

　　"九龄？"方承宇轻声唤道。

　　君小姐回过神，说道："那接下来……"

　　方承宇笑嘻嘻打断她："那接下来的事，九龄你就不要插手了，祖母出面就好。"

　　君小姐点点头，再次开口道："那……"

　　"那九龄你先回京城吧。"方承宇再次打断她，"京城那边，我还是不放心。"

　　"这件事不是结束，而是开始。"君小姐点点头。

　　先前方家有圣旨，有不能见光的藏银，这是对皇帝的束缚，现在束缚没有了，皇帝必将肆无忌惮。

　　"家里这边你放心，我们做好了准备。"方承宇又说道。

　　君小姐看向方老太太，方老太太瞥了她一眼："怎么，就你厉害啊？"

　　君小姐哈哈笑了，起身对着屋内的方家诸人施礼道："不，你们都比我厉害。"

　　"那还有什么可担心的？"方玉绣将两手一翻，说道。

　　如同来时一般，一人一马，只是方锦绣没有一同离去。

　　"九龄别担心，等这里忙完了，我让人送锦绣回去。"方承宇说道。

　　君小姐还没说话，方锦绣已断然拒绝："陈七已经给我雇了镖师，钱你出。"

　　君小姐失笑，点点头，看着方承宇说道："那我先走了。"

　　方承宇伸手，脸上满是委屈和不舍。朱瓒在一旁咳嗽一声，催促道："不早了啊。"

　　方承宇带着几分赌气地将君小姐抱住："快走吧，快走吧。"

　　君小姐哈哈笑着拍了拍他，方承宇依依不舍地松开手，君小姐又对方云绣三人一一道别，最终和朱瓒上马，疾驰而去。

　　大路上的人影已消失，方承宇还站在原地认真地看着，方家三姐妹则在一旁说话。

　　"回家住吧，现在也可以回去了。"方云绣看着方锦绣感慨道。

　　方锦绣笑道："回不去的。"

　　这一句回不去包含的意味颇让人感伤和无奈，方云绣神情不由得添几分怅然。

　　"哎，大姐，你就让她住客栈吧。"方玉绣揽住方锦绣的肩头，打断了微微凝滞的气氛，"锦绣大掌柜如今有钱，这是京城最时兴的料子吧？我们都还没买到呢。"

　　方锦绣横了她一眼，没理会她，但也并没有推开她。方云绣怅然散去，笑得更加轻柔。

　　"我们回去吧。"方承宇的声音在后传来。

　　方玉绣"哦"了一声："还以为你没看够呢。"

　　方云绣嗔怪地瞪了方玉绣一眼，方锦绣闻言转身就要走，方承宇却又叫住她："有件事我想跟姐姐们商议一下。"

　　三人皆看向他，方玉绣笑问道："商议什么？分家产给我们吗？"

　　方承宇点点头，认真地说道："是啊，不过你们要答应我一个条件。"

　　"什么条件？"方玉绣问道。

"你们要保证，如果我死了，你们的票号必须如同我的票号一般，对九龄言听计从。"方承宇说道。

方玉绣似笑非笑地看着方承宇："小弟这是什么意思？我们又不是你的妻子、儿女，这活得好好的，怎么突然给我们交代什么后事了。"

方云绣一听就知道方玉绣生气了，她在一旁轻轻咳了一声。方锦绣则在一旁低着头，虽然没说话，但也没有抬脚离开。

"姐姐们，不要担心，我这不是在交代后事。"方承宇冲她们施礼道，"吓到你们是我不对。"

"不是交代后事，那你这是什么意思？"方云绣不解地问道。

"是谈条件啊。"方承宇微微笑道，"二姐你也说了，你们不是我的妻子、儿女，只是我的姐姐们，亲兄弟要明算账，所以咱们也要把丑话说到前边。"

方云绣看了方玉绣一眼，惊讶地问道："你说真的？"

"当然是真的。"方承宇含笑道，"分家产的事，虽然一开始是假的，但现在我想把它变成真的，我们四个把德胜昌分了吧。"

方云绣的神情更加惊讶，方玉绣则冷着脸说道："你说分我们就要啊？"

"你们要是不要，那就准备嫁人吧。"方承宇故意说道，"票号的生意你们可以放下了。"

方云绣面色微僵，方玉绣神情平静，方锦绣则微微惊讶地抬起头。

方玉绣似笑非笑地说道："就这么迫不及待地要把我们扫出家门？"

"姐姐们放心，嫁妆我是一定会给的，且包你们满意。"方承宇含笑道。

"我要票号。"方锦绣忽地说道。

方云绣看向她，方玉绣也瞥了她一眼："你凑什么热闹啊，你不是不姓方吗？"

"我姓不姓方，不是你们说了算。"方锦绣说道，"是老天爷说的。这是天注定的，既然是天注定的，那我也要拿到我该拿的那一份。"

方承宇点点头："好啊，给你分，只不过少一点。"

"条件一样吗？"方锦绣问道。

方承宇笑着点点头。

"你这算什么条件？"方玉绣不咸不淡地说道，"票号分给我们，却还要听她的，那到底是给我们还是给她啊？我们这算什么，为她白做工吗？"

"这个条件是有些苛刻，但我觉得对能分到票号的你们来说，还是很划算的。"方承宇亦是不咸不淡，"坦白讲，姐姐们作为方家的子女，经营票号即是理所应当，也是方家给予你们的机会，你们得到的，远远比其他家族甚至平民百姓要多得多。这家产你们原本是不能分的，只因为你们是女人，我是男丁，就凭这一条，老天爷注定的，全是我的，就算说破天也是我的，你们一分钱也不能分走。"

方云绣轻叹口气："你也不用说得这么难听，我们也没想……"

方玉绣抬手制止她："所以我们如果想分，就要答应你的条件？"

方承宇点点头。

"如果我们不想分，你就要把我们赶出家门，随便找个人家嫁了？"方玉绣问道。

方承宇点点头，认真说道："当然，都是嫁出去的女儿了，自然不值得费心。"

真不愧是亲姐弟，方云绣看着方承宇，一阵心寒。方玉绣还好，依旧平静地说道："那我们分，就要答应给这姓君的白做工，这怎么选我们也是吃亏啊。"

方承宇继续点头："是啊，人生就是这样，不是吃小亏就是吃大亏，还好我们是姐弟，我才给了姐姐们选择吃大亏还是小亏的机会。"

看着他清明的眼神、亮丽的面容，方玉绣抿了抿嘴："不知道君小姐有没有看出你这么变态？"

方承宇的话让人心寒，方玉绣的话也不怎么好听，方云绣放弃了思考姐弟之间感情的真假，她说道："我听你们的，你们说怎么样就怎么样。"

方承宇笑了笑。方玉绣也点点头，干脆说道："大姐那份归我。"视线又看向方锦绣。

"我不和你们一起。"方锦绣亦是干脆地说道。

方玉绣撇撇嘴："我也不想和你一起，你没大姐听话。"

方承宇合掌施礼："那咱们就这么说定了。"

方玉绣忙抬手制止道："可别，这个家产具体怎么分，可还没开始说呢。"

方承宇一笑："不用那么麻烦的，反正都是我说了算。"

方玉绣抬手捶了他肩头一下："你这小子也太欺负人了吧？你再这样，当姐姐的我可就要欺负你了。"

方承宇笑着挽住她的胳膊，撒娇道："二姐姐怎么舍得欺负我啊……择日不如撞日，我们现在就回去告诉祖母和母亲，然后就有好一阵忙了。"

方玉绣点点头，含笑招呼车马，又回头对方锦绣说道："锦绣，你这可得进家门了，要不然可别说我们欺负你，分家产我是不会跟你讲情面的。"

方锦绣笑道："放心，我不会让你们欺负我的。"

看着这边姐弟们说笑着走来，护卫们也忙牵来车马，气氛轻松又愉悦，一行人很快便回到了方家大宅。

方承宇一回到家中，就径直去了方老太太的宅院。方家姐妹在后跟随，但方承宇以要先跟方老太太商议为由，让几位姐姐在外先等候。方云绣比较担心但也无奈，而其他两位则一脸无所谓，看着方承宇独自进了方老太太的屋子。

听了方承宇的话，方老太太虽然没有吓晕过去，但神情也非常惊愕："承宇，你知道分家意味着什么吗？"

方承宇点点头："意味着这宅院将要一分为四，意味着曾经相通的路要堵起来，意味着这一片宅院将不再只有一个大门，而将来这一片宅院不一定都姓方。"

"别人都是要把树木凝聚成一片树林，才能抵挡风沙，而你却要砍树毁林，你本就没有兄弟，只有这几个姐姐，怎么也不要了？别说是为了公平，你我包括她们心里也清楚，就算不分家，这家产也不会亏待她们的。"

方承宇在方老太太身前跪下，伸手扶住她的膝头，认真说道："祖母，我们方家从来不是为了抵挡风沙，只是为了独木孤土，防的是有天雷天火降临时能不累及他人，防的是合族倾覆。"

方老太太不由得苦笑道："你这孩子，怎么这么聪明，能想到这些？直到前不久，我才彻底想明白的。"

方承宇笑了笑："那是因为祖母您当局者迷，自然想得少，而我旁观者清，想得多，也敢想。"

方老太太带着几分感慨地说道："我突然觉得我活得久一点真是方家之福，要不然我把我知道的告诉你，咱们方家是不是就永远跳不出这个局了？"

方承宇摇摇头："不会啊，有九龄在啊。"

听到他提到这个名字，原本含笑的方老太太神情一沉，忽地扬手狠狠打在方承宇的脸上，他猝不及防，白玉一般的脸上立刻现出一个手掌印，由白变青继而变红，嘴角也渗出了血丝，沿着下颌滴落在素白的衣领上，如同梅花点点。

"我知道忠孝难两全，但同样是姐妹，你未免对她们也太狠心了些。"方老太太哑声道，"我一直不想说，也不想去想，你从鬼门关爬了回来，身子越来越好，越来越能干，但有时候你这乖巧明媚的皮囊下，总像被厉鬼附身一般可怕。"

方承宇擦了擦嘴角的血，苦笑道："祖母，您这想太多了吧。"

方老太太伸手抚住他的脸，横眉呵斥道："我想太多？那我来问你，如果云绣、玉绣她们和君蓁蓁都被抓了，只能救一边，你救谁？"

"救大姐、二姐。"方承宇毫不迟疑地答道。

方老太太怔了怔，旋即又恼怒起来，一听这小子就是在敷衍她！

方承宇苦笑摊手道："祖母心里已经有了答案，我说什么您都不相信，既然这样，何必问我啊。"

"那是我看透你了。"

"祖母既然看透了，就应该相信我答的话。如果真有那种情况，九龄一定会让我救大姐、二姐的。"

"我知道你不是那般无情的人，我也知道咱们方家将来的日子不太平，你要做什么祖母肯定会跟你一起的，只是你的姐姐们就算了，生在方家，她们已经够倒霉了。"

"我没有无情啊。我是让姐姐们自己选的。"

"你那选叫什么选？"方老太太冷笑，"我来替她们选，我让她们出嫁。"

"祖母，您还是让姐姐们自己选吧。毕竟她们生在方家。"

方老太太带着几分恼怒地摆摆手："请小姐们来。"

女孩子和男孩子不同，她们走进来虽然没有叽叽喳喳，屋子里也变得热闹起来。

方玉绣如往常一般坐下来，对丫头们吩咐道："给我来卤梅水，给大小姐姜蜜水。"说着又看向方锦绣，"锦绣，你口味变了没？鹿梨浆还是沉香水？"

"我现在喜欢喝豆蔻汤。"方锦绣说道。

"果然是京中人口味了。"方玉绣对丫头们点点头。丫头们依言退下，片刻就送来了糖水，便全都退了出去，只留下她们几个亲人相对而坐。

"别听你弟弟的，这个家还轮不到他做主。"方老太太开门见山道，"你们出嫁吧，嫁妆不比家产少，我也会好好给你们挑个人家。"

方云绣看向方玉绣，见她笑着说道："祖母，嫁妆再多，也不如能生钱的票号嘛。"

"我要票号。"方锦绣也干脆地说道。

方老太太皱眉看着她们，但并没有如方云绣担心的那样发火，只是劝道："好了，都不要说狂气话了，你们知道承宇为什么要分家，因为接下来方家会很危险，他想独自承担，免得倾巢完覆，我们也知道你们为什么选择分家，是为了齐心协力，来日可对他相助。"

虽然猜到了，但真切听到，方云绣才彻底松了口气。

"不用这样，你们嫁人过好日子，有了夫家的助力，方家遇到难事也是能对我们相助的，就算将来真的到了那一天，你们过得好好的，也算是保住了方家不倾巢完覆。"方老太太接着说道。

方玉绣笑了笑，放下手里的糖水，说道："祖母，您说错了，如果真有那么一天，我们不会过好的，因为我们姓方。祖母，您觉得看着方家倾覆，看着您、母亲和承宇不测，我们还能过好日子？"

"祖母，您看。"方玉绣轻轻摊手道，"光想一想，大姐就这样了，如果事情真的发生，我们必定会终日以泪洗面，就算人前强颜欢笑，夜里也会噩梦连连，大姐会在这种煎熬中郁而亡，我和锦绣则会为了复仇而不顾一切，要么自己死，要么拖垮整个夫家。"

方老太太也有些难掩激动，哑声道："你们，这是何必……"

方玉绣微微笑道："不是何必，是因为我们姓方。承宇说得对，我们生在方家是注定的，虽然没有选择，但我们可以选择怎么活啊。"

方老太太的神情慢慢缓和，变得平静，她挺直了脊背，像是下定了决心，缓缓说道："好，既然如此，那就如大家所愿吧！"

方家分家产的事，方承宇第一时间便写信告诉了正在赶路的君小姐，她虽然觉得此举是有利于方家的，但还是一阵唏嘘，再看身边的朱瓒一脸笑嘻嘻的样子，不免皱起眉头，问道："你没事吧？"

朱瓒有些不解地摇摇头。

"你怎么不话痨了？"君小姐不解地问道。

自从阳城离开后，一路上，朱瓒跟变了个人似的，话竟然变少了。

朱瓒瞪眼道："你才话痨呢，我本来就不爱说话。"

君小姐撇撇嘴，她本就是随口一问，问完了就催马向前而去。朱瓒松口气也笑着催马跟上，君小姐勒马转了转，又盯着他看："你有什么事这么高兴？一天到晚在笑什么啊？"

朱瓒一怔，伸手摸了摸脸："没有啊。"

朱瓒手抚摸着扬起的嘴角，突然觉得很好笑，干脆哈哈笑起来，君小姐瞥了他一眼，催马向前疾驰而去。

朱瓒看着她英姿飒爽的背影，仿佛跟他记忆中那个公主的身影重叠在了一起，他忍不住地大声喊道："喂！"

疾驰的身影听到喊声停了下来，马上的君小姐回过头："什么？"

朱瓒笑了笑："没什么。"

君小姐瞥了他一眼，转身继续催马。

"喂！"朱瓒再次喊道。

这一次马儿勒住，君小姐却没有回头，只是带着几分不耐烦地扬声道："我有名字的。"

朱瓒一怔，双手举起放在嘴边，终于鼓足勇气，大喊道："九龄！"

洪亮的声音送了出去，他看到视线里的女子微微回头，抬手扬了扬，朱瓒忽然觉得眼被刺痛，他抬头看着天，再次连声大喊道："九龄！"

声音在荒野上一声接一声地四处传开，马蹄急响，伴着君小姐恼怒的喊声："朱瓒，你发什么疯！"

朱瓒这才放下手，笑看骑马跑回来的君小姐："没什么啊，喊你的名字啊。"

"有这么喊的吗？我又不聋，你喊起来没完了啊？"

朱瓒笑着一摊手："就是想喊你的名字啊，就喊喽！"

君小姐奇怪地看着他，突然觉得一阵脸红，忙掩饰地"哦"了一声，将马鞭一收，催马转过，再次向前而去，朱瓒催马跟上。

京城，皇宫的廊宇下肃立着锦衣卫，见到陆云旗，纷纷施礼。陆云旗径直穿行而过。

江千户紧走几步，跟上陆云旗，低声施礼道："君小姐和朱瓒过了新安，快回来了，要不要进城的时候……"

陆云旗摇摇头，江千户忙应声"是"便不再说了。二人很快穿过走廊，来到皇帝所在的勤政殿。

"陆大人来了。"一个尖细又轻佻的声音忽地响起。

在这宫里还没人敢这样跟陆云旗说话，江千户皱眉看去，见面前的宫殿廊下站立着一群太监，他们是皇帝让司礼监新设置的缉事监的太监们，也就是袁宝为监丞的地方，跟锦衣卫差不多，他们奉命刺探监察，名义上是协助北镇抚司行事，但实际上并非如此。

"陆大人，陛下正与袁公公说话，您请稍等。"为首的太监似笑非笑地说道。

皇帝传陆云旗来，又让他稍候，这是从未有过的事。江千户的面色微微恼怒，陆云旗神情木然无波，一语不发转过身，如同其他锦衣卫一般侍立在廊下。江千户冷冷看了那内侍一眼，也跟着站过去。

见他们这样，那内侍反而有些无趣，撇撇嘴也不再说话。

内里的袁宝正小心翼翼地将密信展开给皇帝看："方家分了三股，那方家少爷为大，七十二家票号得五十，且选的都是繁盛之地；大小姐、二小姐合股分得十六家；三小姐方锦绣最少，只有六家，不过选的都是靠近京城的。"

皇帝看着信纸，神情不悦地哼了一声："这都是朕的，如果没有朕，哪有他们如今这些？"

袁宝赔笑应声"是"，伸手指着信上，继续说道："可不是嘛，这大小姐、二小姐的票号改名为东丰源，三小姐的票号改名成大恒昌，这改了名字，对票号来说就真的是井水不犯河水了，好好的德胜昌被拆得七零八落。"

　　"真是败家子。"皇帝将信纸拍在桌子上，冷哼道，"只能共患难不能共富贵的不肖子孙。"

　　袁宝笑嘻嘻地又问道："那趁着还没被他们败光，奴婢给陛下拿回来？"

　　皇帝思忖片刻，说道："做稳妥点，先拣着大的来，几个女孩子过家家似的不用理会，等大的倒了，她们那些一阵风也就能刮倒。"

　　袁宝欢喜地应声"是"，便退出了殿内。

　　走到殿外，袁宝立刻挺直了腰背，内侍们也都涌上去围住他，好一番恭维。

　　"哟，陆大人来了。"袁宝似乎才看到陆云旗，忙笑着抬手施礼道，"您快请进，陛下正问您呢。"

　　说得好像陛下让陆云旗进去还得通过他似的，江千户的神情更冷了几分，陆云旗直接无视，越过他径直进去了，袁宝讨个无趣，干笑几声带着内侍们扬长而去。

　　殿内，皇帝将手中的奏章放下，问道："朱山往北地送了什么密信？"

　　陆云旗应声"是"，直接拿出一封信呈上。皇帝接过信打开一目扫过，冷笑一声，将信拍在桌子上，问道："清河伯不会让朕失望吧？"

　　陆云旗俯身道："陛下很快就能看到。"

　　皇帝一挑眉："对朕保密？好啊，朕就等着看。"

　　陆云旗俯身施礼，沉默而安静，皇帝看着他一阵心安，忍不住感叹道："还是你办事让人放心，不多言不多说，但不管朕想到还是没想到的，你事事都能办好。"

　　"人总要有用的，要不然凭什么要求陛下的恩宠。"

　　皇帝欣慰地点点头："满朝文武，还好有你，朕也能睡得安稳。"

　　"黄大人又送了臣一罐金沙。"

　　"这老狗真有钱。"皇帝骂了一声，"多要点，不要白不要。"

　　陆云旗应声"是"，皇帝又带着几分玩味地说道："看这老狗撕咬朱山蛮好玩的，朕早就说过一物降一物，所以你看，当初留下万大春家一条血脉有用吧，如果不是为了自己，谁肯跟谁拼命啊！这些官员，朕看透了，只有涉及他们自身，才会尽心尽力。"

　　"陛下圣明。"陆云旗说罢，便施礼退了出去。

第一百三十四章

◇

讲心事，诉衷肠

马儿在大路上疾驰，但这并不影响骑马的人说话。

"你这两天的情绪怎么这么古怪？"朱瓒悠闲地跨在马上看着前方的背影，迟疑地问道。

君小姐回头瞪着他："你才情绪古怪呢！"

"你看看，这就是古怪。"朱瓒撇撇嘴，"这两天你的行为很反常，就前两天，我们商量要在哪里歇息，原本你说要在野外，结果没过一会儿就反悔要进城。以前你可从来不这样，你拍着良心说说，你是不是口是心非……"

君小姐有些张口结舌，一时不知道该怎么回应。朱瓒的话却还没完，"咦"了一声，伸手指着她的耳朵，又喊道："你看，你耳朵还红了。"

"我以前就这样，是你以前根本就不看，现在觉得古怪了？你拍拍良心说，是谁的问题。"

真是怕什么来什么，朱瓒顿时脑子轰的一声，她以前就这样吗？他以前还真没注意，这一点的确无可辩驳，朱瓒也涨红了脸，一句话都说不出来。

君小姐哼了一声，转过身催马前行，这才觉得有几分小得意，想到这家伙竟然察觉到自己的失态，还有些紧张，但他竟然把这失态认为是她身体不适，可真是够傻的，她咬住下唇忍着笑。

"好，现在是我的问题。"朱瓒忽地喊着，催马又跟上来。

君小姐忙收整神情，目不斜视："知道就好，有问题别在别人身上找，明明是你自己的问题，你该想想你为什么觉得不同。"

"那很简单。"朱瓒认真说道，"因为我喜欢楚九龄，自然就多在意了，你以前又不是，我自然就不在意。"

"你为什么喜欢楚九龄？你们也不熟吧？"

朱瓒有些慌乱："喜欢就喜欢了，哪有为什么。"

"你跟她又不熟……"君小姐越来越好奇。

"这种事跟熟不熟有什么关系！"朱瓒瞪眼说道，"我熟的人多了，以前跟你不熟吗？难道我就该喜欢你？"

君小姐脑子里突然一闪，震惊地看向朱瓒，而朱瓒此时也正看着她，二人同时打了个激灵，立刻别扭地移开视线。君小姐的脸噌地又涨红起来，这楚九龄就是君九龄啊，本来就是一个人啊……她急着说道："我明白了，你喜欢的其实是个名字。"

"你不明白，"朱瓒涨红脸，"我喜欢的是人，你这个样子我怎么认得出？你要是一开始就说你是楚九龄，你看我喜不喜欢你。"

君小姐忍不住也瞪眼："我一开始说，你信吗？"

朱瓒一噎，闷声道："不信。"

君小姐哼了一声，伸手指着自己的脖子："你都差点掐死我了。"

"你也得讲道理不是？"朱瓒闷声道，"换作是你，你不会这样做吗？"

如果突然有人叫她楚九龄，她一定会立刻毒死他，君小姐认真想了想，哼道："当然不会。"

朱瓒摊手说道："我还能说什么。"

"那这件事是你错了对不对？"

朱瓒心中忽地泛起一阵奇怪的感觉，他看向君小姐，不解地问道："哪件事？我们在说什么事？"

他们的话题一直围绕着他"喜欢楚九龄"，他顿时觉得浑身燥热，脸更加涨红起来，结结巴巴地说道："我，我说了吗？"

"你没说。"君小姐伸手指了指前方，"再走不远有个驿站，你不是一直惦记北地的消息吗，到那里去问问有没有消息。"

朱瓒凝起眉头看向前方，说起来北地的消息有些日子没有接到了，是不是出了什么问题？

君小姐和朱瓒一路疾驰到驿站，朱瓒没有打听出任何有关北地的消息。

"没有消息就是好消息。"君小姐宽慰他。

"我觉得那边太平静了，反而感觉不好。"朱瓒却并没有觉得很轻松，"要知道现在那边主事的是清河伯，他虽英勇善战，却非常自大且贪财，是个彻头彻尾的小人。"

"我也有所耳闻，曾听父亲提及过，所以一直反对任用他。"

"他一直认为是我父亲抢占了他的功劳，这次终于有机会接手北地，你觉得他会甘心放手吗？"

"你怀疑北地的消息被阻拦了？"

"至少没先前那么可信了，一朝天子一朝臣，放之四海而皆准。"

成国公离开北地没有定归期，清河伯又入驻北地，肯定会趁机清除成国公的人手。

"我们尽快回京。"君小姐说着再次催马。

朱瓒见她面容难掩憔悴，他们已经连续六七日没有好好歇息了，她这么急着回京，大部分原因是唯恐耽搁成国公的事，他心想，除了莫名其妙发脾气，她都是极好的，想到此，他忍不住捏着手指笑起来。

"你又想什么呢？那么古怪。"君小姐没好气地说道。

朱瓒打了个激灵，忙说道："没什么。"

"没什么？以前怎么不见你这样笑？"君小姐挑眉。

君小姐不再理会他，哼声催马，向前疾驰而去，朱瓒忙咬牙跟上。

北地自从议和之后一片安宁，尤其是临近保州、雄州、霸州的地方。

黎人已经迁入，并没有大肆侵扰边境，且留在这三地没有来得及逃出的周民也被妥善安置，并没有被欺辱、奴役，日子太平得让人觉得前一段时间的对战都是梦境。然而毕竟是太过于接近他国领土的州府边境，所以总有些与黎人相关的小摩擦时而发生。

这不，祁州安国府就发生了一起周国将官吃黎人羊的事件。其实就是一件特别小的事情。起因是黎人牧民饲养的羊不小心跑到了周国的国境且走丢了，几个黎人牧民就跑到边境处的屯堡向周兵请求替他们找羊，当时为首的将官张知城喝退了他们，但其上司李都监考虑到要保持边境和睦，便命令张知城带兵替那黎人牧民找羊。张知城虽然极不情愿，但还是带着兵丁去找了。并且，幸运的是，还真让他们找到了，不过，找到的时候，羊已经死了。张知城心想，反正也死了，就当没找到吧，索性把羊切割了，分给了村民一部分，自己则带着兵丁们将剩下的羊肉烤了，吃得正香时，被上司李都监发现，还遭小人举报，说他们抢了黎人的羊吃，这下可好，张知城等兵丁立刻被抓起来，扔进了安国府的牢房里。

本是一件特别小的事情，但不仅经略大人派了主管此事的官员，甚至锦衣卫都插手了此事，得知后，张知城的上司李都监甚为惊讶，他原本想劝张知城认个错就私了此事，但显然现在是不可能了。

李都监赶到官厅时，主管此事的况大人和锦衣卫们已经安坐在内，他掩住不安和心慌，忙恭敬地上前施礼。锦衣卫们没有理会他，况大人先指着身旁的锦衣卫，解释道："李大人，奉命要查一下，所以经略大人让他们来问个话。"

李都监哪里敢阻拦，就要亲自带着进去，却被况大人拦住，说道："他们问话不喜欢外人在场。"

李都监只得眼睁睁看着锦衣卫们进去，他急忙拉住况大人，将一个钱袋塞进他袖子里，诚恳地说道："大人，张知城这小子就是个棒槌，没心眼，他是一路打杀上来的，一家老小都死在黎人手里，他对黎人自然没有好脸色，这次吃了羊，还请大人多担待。"

况大人吓了一跳，忙推回去，摇头叹气道："家仇国恨大家都有，但是得讲规矩吧，怎么能乱来？"

李都监连声应"是"，再次将钱袋塞过去，小声说道："这次还请大人多多担待，我保准好好罚他，绝不让他再犯，小小敬意，小小敬意。"

况大人将钱袋推回去，按住李都监的手，笑着说道："你放心吧，经略大人已经见过黎人了，且告诉他们羊没有找到，让他们再好好找找。"

竟然这样解决了？李都监一时没反应过来，怔了怔才明白况大人说的意思，顿时大喜，激动地施礼道："大人们英明！"

况大人哼了一声，说道："上边的大人又不是傻，谁是自己人谁是外人难道不知道？自己家兄弟怎么闹都行，对外可不能丢份。"

李都监激动又欣慰，再次道谢，况大人亦是点头，将钱袋塞回去，说道："你们能做到这样就足够了，比塞钱好得多。"

李都监羞愧又感激，再无疑虑，将钱袋收回，站直身子，恭敬地应声"是"。

就在此时，那群锦衣卫也走了出来，为首的一人将手里的一张纸抖动了下，冷冷说道："已经问清了，张铁头承认是受到成国公朱山的指使，要挑起与黎人的纷争。"

李都监只觉得脑子轰的一声，耳朵嗡嗡响，似乎听到了什么又似乎什么都没听到，他的视线落在那锦衣卫手里拿着的纸上，上面写的字看不清，只看到一个鲜红的手印，接着又隐约听到况大人的声音："原来如此啊……怪不得会做出这种事……"

李都监只觉得心慌意乱，他有些站立不稳，下意识地伸手指着况大人，喊道："大人……"

那锦衣卫忽地指了指后边，淡淡说道："哦，对了，还有，张铁头受刑不过，签字画押后，就死了，你们安置吧。"

李都监呆呆地回头，看到两个衙役抬着一个门板走出来，其上躺着一个大块头，正是不久前还生龙活虎的张铁头。他身上倒不见伤痕，看上去似乎睡着了，只是那一双眼暴瞪，面色铁青而扭曲，李都监只觉得心跳一瞬间停滞，人也摇摇晃晃地向后跌坐在地上……

偏远的安国府发生的事，朱瓒和君小姐尚不知道，此时他们正一前一后地疾驰在通往京城的路上。

这一路上，朱瓒有好几次想要跟君小姐搭话，但都被她打断，一副不想多言的样子，朱瓒一脸的无奈，但也屡教不改，依旧不厌其烦地继续跟她搭话。

又一次被拒绝后，朱瓒终于忍不住拦住她，抱怨道："君九龄，你能不能让我好好说话？"

然而，君小姐看也没看他一眼，懒懒说道："不能。"

朱瓒又被噎得直瞪眼，无奈地说道："真拿你没办法。"

"你拿楚九龄没办法，但要是以前的君九龄呢？"君小姐似笑非笑地看着他。

"以前的君九龄我也没办法。"朱瓒说道，"你想一想，我可有真的奈何？可别说阳城花灯节的事，那时候不算。就从那次紫英仙株说起，我是抢了你的药草，但你我是陌生人，我收取报酬没问题吧？我自认不害人，但也不当好人。"

君小姐神情微转："你是一个好人。"

"是，我对你态度不好，但不是针对你，我对所有人，尤其是女人的态度都不好。"朱瓒说着伸手抚抚自己的脸，"主要是我这人太耀眼太招人喜欢了，稍微对女人好点，就容易让她们误会，真是烦人。"

君小姐神情古怪："虽然你说的大概是事实，但是怎么听起来这么好笑。"

朱瓒没理会她，严肃说道："我那时候对你不好，也不是我一个人的错，你有很大原因。"

"我知道了，我不想说这个，走了走了。"君小姐打断他，她也就是想起来发个脾气玩一玩，但要真的说这个，总觉得有些心慌意乱。

"不行！"朱瓒跳下马，伸手夺过她的马缰绳，态度异常坚决。

"你还跟我耍横？"君小姐夺过缰绳，生气地说道，"给我。"

朱瓒任她夺去缰绳，伸手将她从马上抱了下来，君小姐猝不及防，吓了一跳，喊道："你干什么？"

"这件事必须说清楚。"朱瓒神情严肃，将她按在身前不许动，"你那时候认出我，我却不认得你，我对你来说是熟人，所以你在我面前肆无忌惮，但我呢，我可不认得你，你想想一个陌生女人突然对你举止肆意，你不害怕吗？你不怀疑她另有图谋吗？我当然要防备着。你拍良心说，我态度不好，但我对你做过不好的事吗？"

君小姐用力扯开他的手，别扭地说道："我知道了，我以后不说就是了。"

朱瓒按着她不放，严肃说道："你不知道，我虽然对你不好，但我觉得你很好。"

君小姐听得一头雾水，不解地看着他。

"但是，我喜欢楚九龄，我不会再喜欢别的女人。"朱瓒看着她，"所以我只能对你不好，让你也别再对我好，因为……我怕我喜欢君九龄，却忘了楚九龄。"

明明没有说什么，当听到这一句话时，君小姐却莫名眼睛一涩，眼泪差点涌出来。她轻声喃喃道："你……楚九龄已经死了，你跟她也不熟，忘了就忘了呗。"

朱瓒忽地抬头看天，笑着说道："是，我跟你不熟，你都不记得我，我也只见过你两次，一次是被你打，一次是看着你被打，真是狼狈又可笑。我不知道什么叫喜欢，就是觉得这个人挺有意思的，就不自觉多关注了一些，想着有机会认识一下，有机会对她好……"他笑得有些难看，"只是没想到后来再也没有这个机会了……你说，她都死了，那么年轻就死了，那么多人要忘记她，要抹杀她的存在，我如果也忘了，她多可怜，多孤独……"

朱瓒的话没说完，君小姐猛然伸手抱住了他。他身形微微僵硬，但并没有停下话："你总是说我对前后的你另眼相待，但是你忘了你对我也很好，你如果不是楚九龄，还会对我这么好吗？对我一家这么好吗？你跟我还会相遇相识，像现在这样吗？"

君小姐将头轻轻靠在他的肩上，无声地摇了摇头。朱瓒低下头看着身前娇小的女孩子，也慢慢抬手抱住了她，将头埋在她的脖颈后，哽咽道："我没想到，我想好好对待的人和本来就非常好的你竟然是一个人，我想这是老天爷给我的机会吧……"

君小姐感觉到有温热的水汽在脖颈后散开，打湿了衣领，也让她猛地打个激灵，忙挣脱开他，说道："喂……好了，我知道了！"

朱瓒直起身子，问道："知道什么？"

君小姐避开他的视线，看向一旁吃草的马儿，别扭地说道："我知道你不是前倨后恭，你对君九龄、楚九龄都好，一样的好。"

"然后呢？"

"以后我不再拿这个闹你了。"

"然后呢？"

君小姐有些恼火又有些羞急："然后快赶路。"说罢，就要去牵马。

朱瓒立刻抓住她的胳膊不放，别扭地问道："我都说完了，你……就不说点啥？"

君小姐羞恼更甚，觉得被他抓着的胳膊极其不舒服，她用力甩开，气恼地说道："说什么啊，我不是说了嘛。"

"我都说我喜欢你了，那你呢？"朱瓒执拗地继续问道，这句话说出来，他的脸都热辣辣的，下意识地将脚在地上踩了踩，恨不得将地上踩出个洞然后跳进去。

君小姐的脸色也好不到哪里去，本就有些慌张，但看到朱瓒这样子又有些想笑，她稍稍稳定一下情绪，别扭地说道："嗯……我不知道……"

"你，你又想不负责。"朱瓒抓着她的胳膊不放，急道。

"我怎么你了我不负责，我为什么要负责。"君小姐又好气又好笑。

"反正，你得给句话。"朱瓒盯着她，闷声说道，"那你喜不喜欢我……"

终于明明白白问出这句话，君小姐无处可躲，反而冷静下来，认真想了想后答道："嗯……不讨厌……就是我并不讨厌你，至于喜欢这件事，我不知道……"她的神情有些怅然，旋即恢复清明，"现在我没有心思想这件事，毕竟我还有很多事情要做，而且我不知道喜欢之后会如何……"

朱瓒的神情也恢复了平静："不急，以后我再问你，你再回答。"

适才的慌乱归于平静，却有一种别样的感觉，君小姐心中松口气，先说道："那走吧。"

朱瓒笑着点点头，君小姐却没有动，别扭地说道："你先放开我的手。"

朱瓒怔了下，这才察觉自己还抓着她的胳膊，他忙放开，有些慌乱又有些好笑，然后他真的笑起来，君小姐瞪他一眼，也笑了……

第一百三十五章

◇

成国公被诬陷

勤政殿内，只有几位重要的文武官员在场，皇帝坐在龙椅上，似乎有些头疼地看着他们激烈争吵着。

"朱山，"一位御史转身指着队列中的成国公横眉呵斥道，"你可知罪！"

成国公抬起头，从队列中走出来，平静地说道："不知。"

那御史上前一步，将手中的笏板举起，继续呵斥道："你可有暗令北地官兵与黎人不和？可有蛊纵官兵与黎人纷争？"

皇帝的神情似乎有些惊讶，又有些不安："成国公，可有此事？"

"确有此事。"成国公俯身施礼道。

御史和一旁的黄诚听到此话后，神情都微微惊讶，被皇帝特地召见、站在队末的宁云钊则低着头轻叹一口气，站在一旁的陆云旗则面色木然，似乎什么都没听到，而其他大臣不能装作什么都没听到，大殿里一阵安静之后，便陷入喧哗。

"成国公大胆！悖逆之心！"不只那位御史，更多的大臣纷纷站出来愤怒地呵斥。

皇帝似乎被这场面吓到了，又似乎因为成国公的话而震惊，他看着成国公，喊道："都住口，成国公，这是有什么误会吧？"

这话让安静下来的几个御史很是不满，几个老臣更是痛心疾首："陛下，您太宠溺这朱山了……就是因为您这样，朱山才越发骄纵……陛下您信他不信我们，实在是受其迷惑太深……"殿内再次陷入一阵喧哗，太监们不得不替皇帝让大臣们安静。

"你们该说的朕让你们说了，现在朕要听成国公怎么说。"皇帝看着成国公，说道，"朕再问你一次，你真的这样做了？"

成国公点点头："臣确实这样做了，陛下，不用这些御史查问。"他又看了眼陆云旗，"也不用锦衣卫刺探。"他再看向皇帝，"因为臣是一直这样做的，一直告诉北地上下官兵，对黎人永远要防备，要抓住一切机会打压，没有机会也要创造机会……"

殿里的大臣们都听得目瞪口呆，成国公还在继续说："我为什么要这样做？因为我跟他们打了一辈子的交道，我很清楚他们的秉性，主动交好绝对不可能令他们臣服，而他们主动交好，必然是有狼子野心，所以陛下，臣在北地这样命令官兵，臣不在北地也要这样命令他们，战时这样命令，非战时也这样命令。"

皇帝似乎有些不知所措，他紧张地问道："那，你这是什么意思？"

成国公直视着皇帝："我大周国土不可弃，尤其是接近腹心之地，如今黎人在侧一日，中原之地一日不可安稳，今日退三郡，他日必将失数郡，今日议和多容易，他日对战就多残酷。"他神情肃重，将笏板举起，躬身，"所以此时的形势比先前更危，不可议和为安，臣请陛下更肃军务，对黎人严防死守，不可半点温和相待。"说罢，撩衣袍跪下，俯身叩头道，"且寻机再战。"

"朱山！你大胆！"其他官员还没反应过来，有人怒喝一声。

众人循声看去，见是黄诚冷笑着跨出，对皇帝躬身说道："臣请治成国公朱山大逆不道祸乱朝纲之罪。"说着又看向成国公："朱山，自你领兵北地以来，黎人败而不损，到如今更是大举侵犯，我北地官兵连连败退，城府失守，这就是在你治下的北军，你还有什么脸在这里大言不惭？"

"黎人养精蓄锐，重兵强马，重用悍将，不惜人力财物，才得今日之兵强马壮。"成国公跪地，侧头看向黄诚，毫不迟疑地说道。

黄诚冷笑道："你的意思是我朝不重兵、不强马、不用悍将，惜人力财物才有先前的败事？"

"这一点黄大人心里清楚，我北地钱粮犒赏近几年从未有足额按时给予。"成国公说道，"层层盘剥，级级克扣。"

黄诚"呸"了一声，怒目呵斥道："荒唐可笑，恬不知耻，打了胜仗是你治军有方，打了败仗就是朝廷之错，你自诩英勇善战，却无视虚外守中之理，贪功好战，耗费我国库，将我北军几万精锐付与黎人，以至于国空兵损。幸得议和，国民才能得以安宁养息，你却还要战，你是要将我大周也都送与黎人是不是！"

其他官员也纷纷出列，躬身劝道："陛下，不能再战啊！陛下，穷兵黩武亡国啊！"

皇帝的视线在众臣身上扫过，最终看向成国公，抬手制止大家的喧哗，说道："成国公，原来到此时此刻，你还是不赞同议和。"

成国公神情温和，眼神平静，躬身道："陛下，黎人与我一战，重兵尽聚，国财耗费已经空乏，此时当一鼓作气挫其锐气，万万不可给其喘息之机，虽然已经议和，但是黎人主动求和，我方到底是士气高涨，天时地利人和，时机难失，臣请陛下图之。"

朝堂再次喧哗。

"陛下，臣有本奏。"黄诚伸手向后一指，大声说道，"抬奏章来。"

皇帝眉头微皱，太监们领命疾步而出，不多时抬进来一个箱子，打开盖子，奏章哗啦掉落一地。

"这都是成国公进京后，北地将官送来的请回奏章，都是请求成国公回北地。"

"他们给朝廷以压迫，对于政务官令无视。"

"清河伯在北地寸步难行，各路将官阳奉阴违。"

几个官员站出来说道。

朝堂里响起议论声，对着这边的奏章指指点点，不可置信，又摇头不满。

皇帝看着散落的奏章，听着嗡嗡的议论声，神情渐渐凝重。

"陛下，有朱山一日在，边衅再无一日而绝。"黄诚俯身叩头道，"臣请罢免成国公军务，臣请治成国公专作威福表里擅权之罪。"

更多的官员随之跪下纷纷附和，一时间满堂都是请对成国公治罪的声音。只有两个人例外，一个是陆云旗，一个是宁云钊，而成国公也没有说话，亦是俯身叩头恳请。

"朱山，"皇帝开口说道，"朕不问你鼓动边衅的事。"

官员们纷纷抬头，成国公也抬起头。

"朕只问你，可能不请战？"皇帝问道。

"陛下，臣，不能。"成国公俯身叩头道，声音温和但坚定，"尚未到可以不战而和的时候。"

皇帝思酌片刻，突然说道："那好吧，你请辞吧。"

殿内顿时又一阵哗然，有的官员喜，有的官员忧，而成国公则自始至终神情平静……

成国公请辞的消息，像一阵风一般迅速在京城传开，又向外四散，刚刚赶回京城的君小姐和朱瓒自然也听到了此消息，二人刚走到城门附近，接到消息的张宝塘几人也赶来了，而陆云旗更是早早就等在了城门前。

得知消息后，君小姐和朱瓒便第一时间商量好了回京的行程。朱瓒先回成国公府，而君小姐则回九龄堂等候朱瓒的消息，所以知道朱瓒急着回去见成国公，大家也没有说接风洗尘的事，不过张宝塘还是让随侍的小厮拿出一包炙猪蹄，请君小姐和朱瓒先垫了几口，几人便骑马穿过城门进了城，直到他们远去，城门旁酒楼最高处，窗边的陆云旗都没有收回视线……

初冬的清晨，殿内总有些昏暗，厚重的垂帘被两个宫女掀起，皇帝从内走出来，几个太监忙上前服侍，更衣后便走进了勤政殿。

等候许久的官员们鱼贯而入，皇帝第一眼就看到宁云钊，在一众年长的官员中，年轻人就是能带来不一样的朝气，尤其是他脸上毫不掩饰的崇敬神情，让他甚为满意。今日要议论的自然是成国公请辞的事，他便第一个询问宁云钊的意见，宁云钊听到询问后，认真思考片刻，便躬身坦然地答道："臣觉得陛下说得对，如果是臣，臣也会这样做。"

这样的话总让人觉得是在自夸，但皇帝并不觉得有什么不妥，甚至还有点欣赏他身上的这股子傲气，认为他这样的说法才是无可置疑的夸赞和认同，所以此时皇帝的心情格外好。

皇帝的视线扫过朝堂坐下来，看着文武官员俯身施礼呼喊万岁，再看到这站立的官员中少了一个人，心情就更好了，他轻咳两声，故作自责地说道："爱卿们久候了。"

众官俯身施礼，一个官员出列，将一封奏章捧出，躬身道："陛下，成国公的第二次请辞表已经递来了。"

皇帝"嗯"了一声，看了一眼奏章，淡淡说道："准。"

"陛下圣明。"黄诚刚要开口，宁云钊还是比他早了一步。

黄诚难得好心情，没跟宁云钊计较，与其他官员一起俯身施礼，齐声喊道："遵旨！"

"什么都没有留。"陈七从街上回来，一边搓着手驱散寒意，一边说道，"除了成国公的爵位，其他官职一概全无。"

按理说卸去了兵权，至少要虚挂一个兵部或者其他闲职，但这一次朝廷做得非常干脆，一免到底，这是半点面子也不留了。

"看来这皇帝就是要让天下人知道，成国公这请辞不是正常的请辞，而是负罪。"柳掌柜皱眉说道。

陈七点点头："已经议论开了，说成国公贪图战功和兵权，意图再次挑起两国交战，陛下这才不得不罢免了他。"

"那民众对成国公只怕会有不满。"柳掌柜说道。

陈七苦笑一下，摊手道："如今街头巷尾，对成国公的非议很多。"他说着看了眼一旁的君小姐，"都说成国公其实没有那么厉害，抗击黎人都是君小姐的功劳，还有德胜昌出钱出力，他其实没做什么。"

事情变化得真快，这才刚请辞，形势便一落千丈，君小姐站起来，说道："我去国公府看看，看国公爷有什么打算。"

君小姐来到国公府时，成国公夫妇正在收拾行李，他们要离开京城回成国公的老家，朱瓒已经告诉她了，但看到这一幕，她的心情还是很复杂。

"这不是预料之中的事吗？"君小姐转述了外界对成国公的议论后，他只是温和地笑了笑，"在我决定将你的功劳公之于众的时候，就知道会有这一天。"

君小姐苦笑一下。

"这对君小姐你来说是好事，你需要这些名望。"成国公又温和说道，"且越多越好。"

是的，她是需要能够一呼百应的名望，但这名望却是彼消此长……

"这样总比我们两个人都消要好吧。"成国公仿佛看中她的心思，不以为意地笑了笑，继续说道。

君小姐又苦笑一声："然而陛下也不会让我占着这些名望很久的。"

"对你要做的事，应该是够的。"

君小姐微微一惊，心想难道成国公知道她要做什么事？朱瓒明明答应过她，不会把她是楚九龄的消息告诉任何人包括父母，那成国公这话是什么意思？她正胡思乱想间，成国公的声音传来："济世救民啊，让家族得以扬名传承久远……"

君小姐暗自松口气："那国公爷您打算接下来怎么办？"

"回家啊，我几十年没回去了。"成国公带着向往的神情，"终于有时间能回去看看了。"

他们正说着话，朱瓒走了进来，对君小姐说道："宫里派人去九龄堂了，太后召你进宫。"

君小姐微微皱眉，成国公笑了笑，说道："说来就来，放心吧，不会为难你的，这时候太后召见，彰显对你的看重，也是赐予你的荣耀。"

既然宫里来人了，君小姐也不好在成国公府再停留，辞别了成国公夫妇，朱瓒将她一直送回九龄堂。

"我的荣耀还要靠他们来赐予，真是惭愧。"君小姐一边迈进门，一边叹息道。

"其实并不是，只是他们这样认为而已。"朱瓒说着又拉住君小姐的胳膊，"我要送父亲回老家，有件事我……"

"有事你就说啊，动手动脚的。"君小姐皱眉说道。

朱瓒没有松开手，郑重说道："说正经事呢，别总在意这些小事。"

君小姐一阵失笑，没有再挣开胳膊，说道："说啊。"

"你进了宫，别再做以前的傻事。"朱瓒皱眉说道。

君小姐自然明白他指的是什么，略微不满："我那怎么叫傻事。"

朱瓒看着她倔强的样子忍不住想笑，又想到这不是什么好笑的事，忙绷住脸，沉声道："不自量力，还不叫傻啊，你自己也说了，有勇无谋是悍不是勇……"他还要说些什么，有人在一旁咳嗽一声，朱瓒和君小姐都回过神看去，见陈七站在面前。朱瓒轻咳一声，松开了手。

"你们，没事吧？"陈七神情古怪地问道。

"没事啊。"君小姐和朱瓒齐声答道，"有什么事？"

陈七干笑两声："没事就好，没事的话，去看看赵小姐，他们要走了。"

青山军还驻扎在京西大营，但随着成国公卸职，原本没有人理会的青山军也被要求立刻离京回北地复命，这是理所当然的事，君小姐也不能反对。

赵汗青、夏勇等人干净利索地听命走了，他们是和成国公同一天走的，走得很安静，京城的人几乎都不知道。朱瓒要护送父母回故土，也跟着离开了。九龄堂内一下子似乎冷清了好多。

一天的清晨时分，街上人还不多，因为要准备车马，陈七早早便开了九龄堂的门，走到门前检查伙计们准备的车马，忽见一人骑马而来，在九龄堂前停下。

"哎，宁小官人。"陈七忙含笑喊道，"可有些日子没见您了，您是路过？"

宁云钊含笑下马，说道："不是啊，今日君小姐要进宫，我特意来与她同行，毕竟咱们是阳城乡亲嘛。"

陈七一脸敬佩地看着他，心想进宫还能以老乡论，这理由也就宁小官人能说得出来……

马车慢慢行驶在清晨的街上，马蹄声嗒嗒回响。

"我也说不上是好事还是坏事，如果能急流勇退，对目前的成国公来说是好事，但就怕步步退反而把自己逼上绝路。"和君小姐见面之后，宁云钊没有客气寒暄，径直说道。

君小姐从掀起帘子的车窗看向他："可是如果不退的话，也是绝路。"

宁云钊微微倾身靠近："也是，陛下最近越来越坦然、果断了。"

君小姐心想，他是皇位越坐越稳，异己大臣都被清除，不需要伪装和善了，所以再无顾忌，她讥讽一笑。

"不过我倒不担心成国公，他既然做出这种事，必然有思量。"

君小姐也赞同地点点头，宁云钊亦是一笑，坐正身子抬眼看向前，一路不再多言。

两人很快到了宫门前。君小姐下车，跟随太监向后宫而去，宁云钊则走向陆陆续续到来的朝官中。

没过一会儿，皇帝便与朝官们一起来到勤政殿，他看上去精神比先前更好，双眸熠熠，一扫往日平和甚有些怯弱的样子。

成国公卸去兵权，看来真是解了皇帝的心病，宁云钗心里想着。他才站好就见黄诚一步跨出来，躬身道："陛下，臣请治成国公朱山避战贻误之罪。"果然是步步退换来步步逼紧，宁云钗揣着笏板，神情平静。

"黄大人啊，成国公都已经卸职了，以往的罪过就罢了。"皇帝闻声道，"看在他为国守边十年的分上，以功抵过吧。"

黄诚抬起头："陛下仁慈，但是，要看是什么过，有些过可以抵，有些则不能。"

皇帝"哦"了一声，淡淡问道："比如？"

"谋逆。"黄诚说道。

此言一出，就连早有预料的宁云钗也吓了一跳。

皇帝的眼睛顿时一亮，却沉声呵斥道："黄大人！话可不能乱说！"

黄诚上前一步，沉声道："臣不敢胡言，自成国公离开北地，官兵们不再受其威压，不少人纷纷上告其恶行恶事。"

"朕知道这些，对于成国公的弹劾一向很多。"皇帝摆摆手说道。

"不，陛下，以往的弹劾是御史台或者北地州府的文官们。"黄诚说道，"但这一次上告揭发的都是北地的官兵。"他步履沉稳地上前一步，"先前老臣未曾上言，一是不信成国公狂妄至此，二是陛下大功犒赏成国公，所以臣一直暗地查验，没想到越查越多，而成国公行径也越发嚣张，几乎挑起两国事端，老臣再不敢隐瞒。"

大殿里响起嗡嗡的议论声。

"成国公行径嚣张，朕明白这一点，他狂妄居功打压官兵，朕也能明白，"皇帝叹气说道，"只是这谋逆……"他说着摇摇头，"成国公乃是先帝倚重的武将，德高望重，这种事朕不信。"

黄诚不急不躁地说道："臣知道口说无凭，臣有人证物证。"

皇帝坐直了身子，说道："传。"

太监们领命宣召，众朝官回头看去，见大殿外有两人走了进来，他们穿着武将官袍，身材魁梧，但如同所有第一次进宫面圣的官员一样战战兢兢地低着头，不待走到近前就跪下来高呼万岁。

"抬起头来。"皇帝说道。

两个武将抬起头，在场的官员们都神情惊讶，宁云钗的面色也沉下来。

"想必大家都认得。"黄诚说道，"这二位是成国公最倚重的两位副将——王充和张贵。你们说，你们跟了成国公多少年了？"

两个武将俯身齐声答道："末将已经跟了成国公二十三年。"

宁云钗的视线扫过黄诚，心中摇摇头，看来这次不仅是要夺了成国公的兵权，而是要他的命，真是逼上绝路了。念头闪过，他心里不由得咯噔一下，那宫里的君小姐……可还好？

第一百三十六章

◇

君小姐被软禁

君小姐现在在秋景宫，她还不知道朝堂上发生的事。

她正停下脚步环顾四周，这里距离太后的寝宫并不远，她之所以来到这里，是因为太后让她来给一个妃嫔看病，妃嫔的病并无大碍，她也没有受到什么刁难，只是宫女送她时走到一半突然说有事，便把她扔在半路上，让她自行出宫。

这里是君小姐从小生活的地方，就算没有宫女内侍引路，她也能闭着眼走出去。于是她自行穿过一间间宫殿，很快便走到了垂花门，宫门就在眼前。

"楚九龄。"一个声音就在这时响起。

君小姐下意识地应了声，旋即头皮发麻冒出一身冷汗，有脚步从身后一步一步沉重地传来，伴着男子低沉的声音："你回来了。"

君小姐站在原地没有回头，身后的脚步也停下来，没有人说话，也没有人动作，但身后的视线如同一条蛇一般盘踞在她的背上，让她感觉到一阵阴寒。她脑中飞速运转，试图寻找解决的办法，但无奈脑中一片混乱，最终一个字蹿入了脑海——逃。

念头闪过，君小姐拔脚就向前飞奔，但下一刻，身后破空声传来，后颈一麻，君小姐闷哼一声，眼前一黑向前栽去。斜刺里奔出一个锦衣卫，单膝跪地，一手稳稳地接住她，一手将猩红斗篷一甩，将她罩住抱起退开。

宫门前恢复了安静，路过的内侍无意识地看过来，见夹道内陆云旗负手而立，整个人隐没在高墙投下的阴影里，只有猩红斗篷随风翻动，内侍打个寒战忙移开视线，缩头疾步走过。

而此时的宁云钏莫名打了个寒战，耳边随之响起啪的一声，皇帝将手里的奏章摔在了几案上，堆着的奏章顿时哗啦啦地掉落在地，他神情悲愤地指着跪地的两个将官，呵斥道："朕不信你们说的话！"

"陛下，臣等句句属实。"两个将官叩头道，"如有虚言，天打五雷轰。"

"陛下，臣知道这件事太令人震惊，先帝和陛下都如此信任成国公，实在是难以相信，但是人证物证俱在，这不是臣的私仇构陷啊。"黄诚亦是神情悲愤地跪下来，"请陛下明察啊。"

皇帝站起来来回踱步，神情复杂地说道："朕不信你们这些人证物证……"他猛地停下脚步，"朕要听成国公说。"说着又抬手，"叫陆云旗来。"

要听成国公说且让陆云旗去问，那自然就是要押解进京了，黄诚俯身就要喊陛下圣明，但有人再次抢先，宁云钊转身躬身道："陛下，臣认为不妥。"

黄诚愣了一下，旋即冷笑，皇帝也有些意外，居高临下地看向宁云钊，见他神情坦然地继续说道："陛下，臣认为让陆大人去不妥，应该让大理寺出面。"

竟然不是劝，黄诚微微惊讶，皇帝的神情则稍缓，摇摇头："大理寺，那岂不是要问罪？朕只是要先问问他，朕不信他有罪。"

"不，陛下，如果陛下不想问他罪，就只有让大理寺来办。"宁云钊说道，"让陆大人出面，反而会让百姓议论纷纷，更会被人谣传为构陷。"

皇帝神情稍微有些犹豫。

"成国公被告谋逆，事关重大，必将天下喧哗，臣不想陛下明明是对成国公的信任之心、爱护之情，却被人猜忌。"宁云钊再次上前一步，"陛下对成国公问心无愧，就看成国公是否敢与大理寺对质，问心有愧与否。"

皇帝点点头，深吸一口气，说道："宁大人所言极是，朕信他，既然如此，就更要不遮不掩，这才是真正信他。"他说着看向殿内的一位官员，"着大理寺接王充、张贵告成国公朱山谋逆案。"

那官员很显然不想接下这倒霉的差事，但也无可奈何地俯身应声"是"。

安排好这一切后，皇帝似乎疲惫不堪，一句话也不想多说，摆摆手便让退朝。众官便俯身施礼，鱼贯而退，一个个心神不宁、神情复杂，并没有看到皇帝在他们身后抬起头，视线落在正低头退出的将官张贵身上。张贵似乎察觉，微微回头，与皇帝的视线相接，并无先前的战战兢兢，只是越发恭敬地将身子佝矮几分，似乎在施礼，又似乎在应答什么。

所有人都退了出去，内侍们也小心翼翼地掩上殿门，直到这一刻，皇帝才松开了抚着额头的手，满脸的疲惫和悲愤一扫而光，人靠回龙椅上，脚抬起，三下两下将几案上散落的奏章踹了下去。殿内响起噼里啪啦的声音，外边的内侍们只认为皇帝在发脾气，忙垂头噤声……

君小姐悠悠醒来，意识还有些混乱，呆愣了一会儿，才突然打个激灵彻底清醒过来，这才发现触目一片黑暗，而自己的手脚都被绑住了。

还没等她适应黑暗，一簇火光亮起，照出陆云旗瓷白的脸，近在咫尺。他蹲在一旁俯视着，一只手里举着火捻子，而另一只手则握着一把匕首，随之，他低沉的声音响起："九龄，你怎么藏到这个人身体里的？我把你放出来吧？"

君小姐有些慌乱的视线落在陆云旗手里的匕首上，他盯着她的脸，继续说道："你怎么回来的？你是因为变成这个样子，才不敢来见我，不敢认我的吗？"他的手落下，匕首贴上了她的脸，"不用怕，我放你出来。"

匕首锋利的刀尖似乎已经戳破了她的皮肤，君小姐只感到一阵刺痛，似乎有血滴渗出，她愤怒地喊道："陆云旗！你发什么疯！"

火捻子跳跃着，让陆云旗的脸也变得恍惚，他木然说道："我发什么疯？我发疯的是你回来了为什么瞒着我……"他说着，又拿匕首慢慢在君小姐的脸上划动。

"我不懂你在说什么！"君小姐冷哼道。

陆云旗的嘴角微微翘了翘，似乎在笑，幽幽道："你不懂？你跑什么？你不懂，你为什么要对我唱那首歌？"他握着匕首的手一翻，手背贴在君小姐的脸上摩挲着。

"我跑是因为你是我的仇人，这一点你我心里都清楚。"君小姐木然说道，"至于什么歌，我听不懂你的意思。"

陆云旗将手背紧紧贴在她的脸上："是吗？"直直的眼神似乎要看穿她。

火捻子跳跃几下，燃尽熄灭，室内陷入一片漆黑，但君小姐可以感觉到陆云旗依旧蹲在自己面前，直直地看着她。沉默，黑暗，窒息，如同深渊。

"说这些话，的确没有什么意思。"君小姐忽地说道，贴在脸上的手有些微微抖动，似乎无法控制地用力，"把手拿开。"贴在脸上的手瞬时便收回去，"这是哪里？"

"咱们家的地牢。"陆云旗木讷的声音随之响起。

君小姐"哦"了一声，问道："我养花的拂云宅下面的那个？"

黑暗里，气息有些凝滞，似乎过了很久，又似乎只是一息间。陆云旗微微有些激动的声音响起："是，花还养着。"

"我哪里会养花，我只会吃了它们。"

再次陷入沉默，面前蹲着的近在咫尺的人似乎没有了呼吸，但君小姐依旧能感受到他的视线一直未曾移开，她说道："先前我死是我自己的死，和九黎、九榕都无关，我活着也是我自己的事，也与他们无关。我可以死，但希望不要牵连他们……"

她的话没说完，陆云旗的手背便按住了她的嘴，木讷地说道："你不要这样说，你明明懂的。"

君小姐咬紧了牙。

"九龄，我们是夫妻。"陆云旗说道，"你知道的。"

知道他娶她是为了禁锢她，知道他明知她父母是怎么死的还欺瞒着她，知道他是杀害她父母的凶手之一，知道他是皇帝的人，君小姐在心中冷笑一声，张口狠狠咬住了他的手背，如同困兽一般狠狠撕咬，腥甜的血腥味瞬时充斥口鼻。

陆云旗似乎无知无觉，任凭她咬着，另一只手抚上君小姐的头，轻轻抚摸着，低沉地说道："九龄，不要怕，我们回家了，我们在家里，别怕。"

君小姐猛地甩头，松开了口，挣扎着喊道："那你放开我，你把我放开。"

陆云旗在黑暗里淡淡说道："九龄，外边太危险了，你不能出去。"

君小姐"呸"了一声："外边太危险？你说错了吧，明明是这里最危险。"

"九龄，不管你说什么，我这次不会再让你出去了，我不会再让你出事。"

君小姐挣扎着要跳起来，然而无果，她大喊道："陆云旗，我被困在这里才是会出事，我以前不知道，我困死在这里也是开心的，但我现在知道了。"她嘶声喊着，眼泪滑落，"我现在知道了，你是宁愿看我困死在这里吗？"

陆云旗的手抚上她的脸，擦去眼泪，叹口气说道："我只是想你活着。"

君小姐用力抬头，狠狠向他的脸撞去。陆云旗手抚着她的脸稳稳挡住，淡淡说道："会碰疼你的。"

君小姐咬紧牙，一字一顿地说道："你只想我活着，我怎么活着？只要他一日不死，我就活不了。"

"九龄，你这是送死。"陆云旗沉声道，"你以为出去就能报仇吗？"他说着摇摇头，"你忘了你出去之后是怎么死的吗？"他再次摇摇头，"我没有忘。"

君小姐对着他的脸啐了口，冷冷说道："那真是抱歉，吓到你了。"

陆云旗没有擦脸上的唾液，木然说道："现在跟以前一样，就算是有了成国公，他也成不了你的助力，他反而会累害你。你们都不知道，陛下并不是真的懦弱无能。"他说着话又抽出一条宽布，"成国公已经被告谋逆大罪，此时禁卫军已经将他追上围住，要把他押解回京，然后就是死。"

宽布缠住了君小姐的肩头，她更加动弹不得，而她也被这个消息震惊得一时忘记了动弹。陆云旗继续说道："九龄，没有什么服不服的，只要人死了，服不服的无关紧要。"他说着也躺下来。

"你要干什么？"他靠近她，双手抱住了她，她再次挣扎着喊道。

身上的手有力地将她箍住，人也贴在她的身侧，头枕上了她的肩头，但仅此而已，没有再多动作，陆云旗似乎有些疲惫："我困了，想睡觉，我终于能好好睡一觉了……"

君小姐想要挣扎却无可奈何，只能愤怒地咒骂，但陆云旗充耳不闻，又或者把她的咒骂当作催眠曲，不多时竟然真的睡着了……

　

嗒嗒的马蹄声齐动，近百兵马如同折扇展开，马上兵丁们手中的刀枪也齐刷刷地对准成国公一行人。

朱瓒催马在原地转了一圈，似笑非笑地看着他们："怎么着？这是要就地正法？"

"成国公，请随我们回京。"为首的兵将没有理会朱瓒，冷冷说道。

马车青色的布帘被掀开，穿着一身家常衣袍的成国公出现在众人面前，他温声问道："这是谁的命令？"

"这是陛下的命令。"将官拱手向京城方向肃容说道，"成国公，你可要抗旨？"

"他们告我什么罪？"成国公淡淡笑了笑，问道。

"谋逆。"将官肃穆道。

朱瓒哈哈笑了起来，似乎听到了这世上最好笑的话。

成国公温声问道："有证据吗？"

将官的视线有些飘忽，迟疑地说道："大概有吧。"

朱瓒催马上前一步，横眉呵斥道："大概有？你们知道你们在对谁说这三个字吗？"他伸手扯开衣袍，将结实的上身展露，指着前后遍布的刀箭伤疤，"我们浴血奋战十几年，落下这一身伤，'大概有'，就这三个轻飘飘的字，就要拿我们问罪？你们怎么说得出口？"

将官面色还保持着冷静，只是顿觉羞愧，脸火辣辣的，更不忍看朱瓒。他缓和了几分语气，说道："所以，陛下才要国公爷回京，查证清楚，也好给你们一个清白。"

朱瓒冷笑着要说什么，成国公喊了他一声，说道："好了，瓒儿不要说了。"

朱瓒带着几分焦急："爹，难道我们就这样回去？"

成国公笑了笑，说道："当然不。"

将官愣了一下，下一刻他就见成国公从车厢里抽出一把长刀，这把刀他随身不离，斩杀了无数黎人。

"这把刀不是用来对付自己人的。"成国公忽地将刀头掉转,握住了刀头,将刀柄向外,神情温和地看向将官。

将官的脸色僵硬,渐渐变得惨白,他结巴地问道:"国公爷,您,这是什么意思?"

"意思是,我不回去,我要走了。"成国公对他温和一笑,话音刚落,刀柄就拍在了前面的马臀上。马儿一声嘶鸣,而车夫也将手中的长鞭一扔,站起来握紧缰绳一甩,马儿便如同离弦的箭,向前奔去。

将官吓得立刻拔出腰刀,大喊:"抓住他!"当先向成国公的车马奔去。

砰的一声,朱瓒手中的刀将他的刀撞飞,巨大的冲击让将官直接从马背上跌滚下来。四面响起了杂乱的呼喝声,近百兵丁已经围向成国公的马车,长枪如林,向成国公刺去。

成国公依旧神情平静地坐在车内,将手中的刀柄挥动,一片嚓啷声,近前的长枪被扫落,马上的兵丁被带得滚落,却没有伤及性命,而成国公的马车疾驰向前,和朱瓒一起,冲出了围攻。

"你们在干什么!"一直躲在后边的大理寺官员回过神,在马上愤怒地喊道,"不能让钦犯跑了!"他催马上前,看着疾驰向前的一辆车和一匹马,眼眯起来,闪着寒光,又呵斥道,"弓弩手,成国公畏罪潜逃,格杀勿论!"

将官、兵丁都吓了一跳,呆呆未动。

"你们也要抗旨吗?"官员冷冷看着这些兵丁,"别忘了你们是大周官兵,你们到底听命于谁?"

将官一咬牙,抬手呵斥道:"弓弩手。"

兵丁们齐齐将弓弩取出,对准了前方奔驰的车马。随着将官的一声喊,羽箭便如雨般飞向成国公的车马,马儿一声嘶鸣,朱瓒身下的马中箭跌倒,但他却没有随之而倒下,而是已经跃身到了马车上。拉车的马也中箭倒下,但马车并没有翻滚散裂,那辆看起来很普通的马车眨眼间车板如翼般展开,叮叮声不断响起,那是羽箭落在其上跌落的声音。

这边的官员和将官都神情惊讶,这马车竟然是板甲做的!官员旋即愤怒地呵斥道:"抓住他们。"

举着弓弩的兵丁立刻催马向成国公围去,此时,地面突然发出震动,将官低头看着脚下,旋即一个激灵向后看去,顿时色变,见身后不知什么时候出现一群人马,他们身着布衣,手中握着弓弩长刀。突然,几百人马从四面围过来,他们一语不发,神情冷肃,马蹄齐踏,手中的弓弩闪着寒光,将这些兵丁围了起来。

举着弓弩要围向成国公的兵丁都停了下来,官员面色发白:"你们,你们是什么人?"

无人应答。成国公走出马车,朱瓒扶着郁夫人,来人将他们迎上牵来的三匹马。

官员气得浑身发抖,面色一阵红一阵白,他看着那边成国公一家人翻身上马,忍不住呵斥道:"成国公!你可知道你这一去,意味着什么?!"

成国公回头淡淡地看向他,官员上前一步,神情恳切地颤声道:"成国公,既然坦坦荡荡,就请回去昭告天下,何必为贼!"

成国公温和一笑,将手中的长刀一翻掉转背在身后,一语不发,催马向前。郁夫人马术显然也不错,紧紧跟上,朱瓒冲这边啐了口,将手中的刀一扬冲官员砸来,大喊道:"去你的吧。"说罢，便转身疾驰。

虽然距离远，但那刀如同箭一般飞来，官员下意识地低呼一声向后退去，半截刀斜刺落在他脚前几步外，溅起尘土没入。

成国公抗旨逃逸的事很快便传到了皇帝的耳朵里，他又震惊又愤怒，众臣亦是愤怒不已，纷纷高呼需将此等逆贼捉拿归案。皇帝见众臣的意见都一致，甚至连宁云钊都没有反对，终于准了这个请求。

但他不知道的是，宁云钊此时全部的注意力都放在了别处，跟君小姐一起进宫的那日，他一出勤政殿便寻找君小姐的身影，但找寻许久，也没有找到，那时，他就知道君小姐出事了，而能让她这么悄无声息地消失的人，必定是陆云旗。

于是，皇帝这边的事一结束，宁云钊便疾步走到陆云旗的身前，径直问道："陆大人，是你把人带走了吧？"

陆云旗微微侧头看了他一眼，便收回视线，一语不答，继续向前。

"陆大人，"宁云钊忙跟上又喊道，"你这样做不妥……"

陆云旗停下脚步转头，打断了他的话："宁大人，你这样做不妥，此时她消失不见，大家会想到什么？"

成国公抗旨而逃，谋反罪名落实，君小姐与成国公关系密切，这时候说君小姐不见了，锦衣卫那群人必然把她跟成国公的潜逃联系到一起，大肆宣传，这样皇帝势必也会趁机打击君小姐。

"这是威胁吗？"但宁云钊却轻松地笑了笑，说道。

陆云旗看着他，忽然问道："炸豆腐果好吃吗？"

宁云钊愣了一下，倒没想到他突然问这个……

"我不是威胁你。"陆云旗转开视线继续说道，"我只是告诉你，轮不到你来操心。"说罢又继续向前。

宁云钊看着他的背影，神情沉沉，再次跟上一步："陆大人，我相信你不会伤害她，只是对于喜欢的人，如果能让她开心，是不是更好？"

陆云旗停下脚步，却头也没回："不是！"

宁云钊顿时哭笑不得，没再说话，看着他渐渐远去，叹了口气，疾步出宫去到九龄堂，将君小姐被陆云旗带走的消息告诉了陈七和柳掌柜。陈七气愤得就要抄着家伙去北镇抚司要人，柳掌柜也想着要调动民意解救君小姐，但都被宁云钊劝住，请他们耐心等待，并宽慰他们，只要在陆云旗手里，君小姐就暂时安全。陈七和柳掌柜无奈，只好作罢……

而在陆云旗手里的君小姐除了被束缚住手脚之外，确实没有生命危险，她依旧待在陆宅的地牢里，而陆云旗也安排人一日三餐地给她送来，但君小姐却一口都没吃。

不过，陆云旗不会就此放弃，他一忙完就来到地牢里，甚至一口一口地喂君小姐，但他喂一口，她就吐一口，他也不恼，继续喂，直到撬开君小姐的口，把温热的汤羹喂进去，才满意地端起一旁早已冷掉的另外一碗汤羹吃起来，仿佛他们在愉悦地共享餐食一样。他吃完后，还会兴致勃勃地跟君小姐分享外面的消息，成国公抗旨逃逸的消息都跟她说，完全无视她愤怒抗议的眼神……

冬日的河北东路境内，因为先前经历过流民潮，树皮草木都被挖光，此时显得更加荒凉破败，但好歹已经没有先前的慌乱，大路上熙熙攘攘，嘈杂又热闹。

大名府外不远处的一座小镇恰逢庙会，远处的民众都赶过来，售卖、采购冬日的柴米油盐以及各种山货。

几个打柴的蹲在城门口，一边揣着手等待生意，一边互相交谈，聊最近的听闻。他们中间，一个三十多岁的男人一直保持沉默，于是有人主动跟他攀谈道："这位老弟柴不少啊。"

男人"嗯"了一声，神情腼腆，另一个打柴人探头好奇地问道："老弟以前没见过啊。"

这座镇子不大，打柴的、卖柴的来来去去总是这一群人，多少都有些面熟，面生的男人答道："哦，我第一次来。"

听他的口音，都是一个地方的，熟悉得很，两边的人都笑了，先前的人问道："魏店咧？"面生的男人"嗯"了一声，点点头。

"你这柴太多了。"旁边的人热情地指点道，"不该打这么多，潮了更不值钱。"

"不过，也说不定，我听人说最近有人大量收柴。"也有人说道，"大名府的德胜昌。"

那可是有钱人家，当下大家都好奇地议论起来。那人示意大家聚拢一些，接着说道："说起来挺好笑的，德胜昌在分家，大家听说了吧？"有的人听过，有的人不知道，那人便将事情简单叙述了一遍，又说道，"所以现在两个小姐的人在跟少爷的人分大名府的票号，都是积年的老手，一个赛一个精明，方少爷这边为了让他们快点滚，就故意买了柴来烧火取暖，整个宅子烟熏火燎的，一个个在里面咳个不停，简直笑死人。"

这事的确挺好笑，顿时引得大家一阵哄笑，又议论纷纷，直到马蹄声停在身边，同时一个倨傲的男声响起："喂，你们这有多少柴？我都要了。"

打柴的人们不可置信地看过去，见那男人继续说道："不过要送远一些，到大名府的德胜昌，当然，送柴单独给你们算钱。"

果然是德胜昌，走大运了，打柴人们顿时沸腾起来，一面应答一面急慌慌地收拾自己的柴。

大名府比先前守卫严密了很多，以前能在大名府长驱直入的德胜昌管事也不得不接受盘查，这些打柴人更不例外，柴也都被用长枪乱捅了一番。

"不是不打仗了吗？怎么这么严？"打柴人忍不住低声询问。

"你们还不知道啊？"旁边一同被查检的民众低声说道，"成国公谋反畏罪潜逃了，现在都在抓他们一家呢。"

成国公的名号人人皆知，打柴人顿时瞪大眼，脱口喊道："成国公怎么会谋反？"

周围的民众吓得忙冲他们摆手，低声呵斥道："要死啊，你们想被当同党抓起来吗？"

打柴人顿时吓得噤声，神情惊惧，但还是有人忍不住低声问道："可是成国公怎么会谋反？"

这不是询问，这是否定。这话让大家都沉默了，对北地的民众来说，成国公是神一样的存在，有人低声叹息道："上面的事咱们怎么知道？"

"好了不要说了，进城吧。"后边的人催促道，"管好自己的事吧。"

城门口的黯然很快随着"德胜昌"三字的出现而散去。

"我说魏店的，你这次可是发财走了大运了。"有人看着一群人中柴堆最高最多的男人说道。

那男人憨厚地羞涩一笑，眼里闪闪放光。

"你哪里人啊？"德胜昌的管事一面看着他们鱼贯将柴背进来，一面似乎闲谈，随口问道。

打柴人一一回答，轮到这男人时，男人多看了德胜昌管事一眼，他停顿一下，说道："魏店的，我媳妇家汝南的。"

管事的也不惊讶，只是"哦"了一声，男人低着头背着柴堆要进去，那管事却又抬起头哎了声，打量着他，说道："你这柴不少，力气不小啊。"

男人讪讪地没说话，管事的却对内指了指，说道："正好，里面有不少柴，你去帮忙扛进屋子里，另算工钱给你。"

真是好差事，其他打柴人一脸羡慕地看着这男人，男人便背着柴跟着一个伙计向内院走去。

院子里果然烟熏火燎的，后院稍好点，一个穿着锦袍的老头坐在廊下喝茶。伙计介绍道："周爷让进来搬柴的。"

男人则低着头有些紧张，忽地一咬牙问道："老伯喜欢下棋吗？"

这是没话找话？伙计们有些好笑，老头也笑着问道："你这个乡下人还会下棋啊？"他停顿一刻，"你听过猪棋吗？"

"听过。"男人抬起头，认真说道，"我媳妇娘家汝南人就会。"

还真有啊？伙计们有些意外，老头哈哈笑了笑，摆手道："不错不错，还真是那边的一种玩法，去干活吧。"

男人依言走开，老头却又叫住他，随手撤下腰里的钱袋一扔，说道："好好干，这个钱赏你打酒吃。"

钱袋落在男人脚下，他有点受惊不敢拿，还是一个伙计捡起来塞给他，浑不在意地说道："我们掌柜的心意，别客气，拿着吧。"

男人再三道谢才接过，憨厚的脸上再掩不住笑意，这笑意一直持续到离开德胜昌，同行的打柴人看着他腰里挂着的沉甸甸的钱袋，很是羡慕。

城门口的核查依旧很严，出城也不放过，一个个仔细地检查，除了钱，这些人也没有带别的东西出来，卫兵们检查了一番，便摆手让他们过去了。

男人没有跟这些打柴人走多远，说要去看望一个亲戚就离开了，本就是萍水相逢，大家也不以为意，各自散去。

男人沿着路闷头走着，一直走到暮色沉沉，进了一座村庄，径直进了一间院子，院中的屋子里亮着灯火，男人推门进了屋子，小小的屋子里或坐或站着十几人，门被掩上。

"大哥，拿到了。"男人激动地说道，将钱袋举起来。

胡子男人抬起头，面色有些苍老，但一双眼清澈又明亮，他问道："果然有吗？"

"是啊，德胜昌这般宣扬要柴，果然是等着大哥你的。"男人激动道，"你让我说的话，都对上了，简直跟说好的一般。"

胡子男人的脸上绽开笑容，他伸手撤下胡子，是朱瓒，他双眼灿烂而明亮，又问道："是她的安排吗？"

男人摇摇头，低声说道："没有提及，也不知道这是不是君小姐安排的。"

朱瓒脸上的笑意一黯，但旋即又点点头，自言自语道："那小朋友鬼机灵得很，但还是她厉害，如果没有她，那小子肯定抓了我去换钱。"

没有消息就是好消息，他打起精神，伸出手接过钱袋，将内里的银子倒在桌子上，几个男人用手捏着碎银子，片刻之后，不少碎银子都裂开，竟然是空心的银子，但大家并没有上当受骗的愤怒，反而神情惊喜，从其中扯出一张张小小的纸条。

借着灯火，可以看其上写着的地名方位，纸条被逐一摆在桌子上，密密麻麻足有十几个，朱瓒站在桌前，手指一一抚过纸条，然后自己捏起其中一张，说道："走，接钱去。"说罢，便径直向外而去，余下的男人如同他一般各自拿起一张，鱼贯离开屋子，消失在夜色里。

天色蒙蒙亮，德胜昌的管事便带着伙计们驾驶着装满银砖的马车，向大名府四面城门前驶去，守城的兵丁对他们已经很熟悉，为首的管事又懂事地塞了点银子给兵丁们，兵丁们象征性地随意检查了一番，便放行，让他们的车马驶出了城门。

过了大名府，路上的人更多，先前战时逃难的人都逐渐回来了，再加上原来三郡的驻军退回，这边的官兵比先前多了很多，大路上不时见到铠甲鲜明的官兵疾驰而过，来往的人中除了普通百姓，还有不少衣着富贵、外地口音的人，都是北地的生意人。虽然说北地允许生意人随意走动，但关卡还是很严格，不少人都被拒绝进入。

"孙大人，我们只是要去做个生意，为什么不让过啊？"被拒绝的人愁眉苦脸地询问道。

被唤作孙大人的将官神情冷漠地说道："没有理由。"

这将官一看就是老将，深受成国公那一套强横手段的影响，然而现在不是成国公治下了，且他也谋反逃匿了，还要什么横，被堵在关卡外的生意人在外吵吵闹闹。

厚重的毛帘子垂下，外边的吵闹声顿时被隔绝，一个细眉长脸的男人捏着帘子，用浓浓的南地口音说道："看看，这帘子就是不一样，真是好东西。"

屋子里坐着的一个将官扑哧笑道："一个破帘子算什么好东西。"说罢便喝了一大口茶，将脚抬起放在几案上。

"宋大人，可别小瞧了这破帘子，拿到我们南边去，一张可以赚十个钱。"男人细声细语道。

宋将官再次哈哈笑道："十个钱你也看在眼里？"

"做生意的，钱可不分大小，只要是钱都要看在眼里。"男人含笑说着，在宋将官的对面坐下，"所以宋大人，在你们眼里这北地贫瘠，但在我们眼里，可遍地都是钱啊。"

宋将官捏着胡子哼哼两声，说道："我一个当兵的不懂你们这些。"他眯起的眼闪了闪，"我只知道你们要去的地方不合适，保州、雄州、霸州三郡附近可没多少破帘子，难道你们要和黎人做生意不成？"

　　和黎人做生意在北地可是要被认定为奸细，抓起来直接砍头的，男人没有被这威胁吓得惶恐，依旧安坐，笑着说道："大人这话真是折杀我了，大人能抗击黎人不惧生死，我们虽然爱钱，但跟生死相比，钱又算什么。大人在黎人面前连生死都不惧，我们也绝不会为了几个钱就跟黎人做交易。"

　　宋将官对这吹捧很满意，将几案上跷着的腿换了个姿势，说道："知道就好，别为了钱碰不该碰的。"

　　男人含笑应声"是"，微微倾身拿出帕子给宋将官扫了扫靴子上并不存在的尘土，感叹道："大人这靴子穿的时候够久了，我们家是做皮毛生意的，别的没有，这些皮靴、皮衣多的是，凛冬将至，希望大人和兵士们能穿暖和一些，也不多，只有两车。"他说着向外指了指，透过半开的窗户可以看到院子里停了两辆车，用布遮挡得严严实实。

　　宋将官眯起眼，一抬手从靴筒里抽出一张文书一甩，说道："好啊，那某就代兵士们谢谢你了，记住老老实实做生意啊。"

　　男人大喜，恭敬地伸手接过，深深施礼后，诚恳地说道："大人放心，我们懂的，没了安稳日子，我们也没生意可做，也挣不到钱。"说罢便恭敬地退了出去。

　　将官动也没动，不多时，外边进来一个文吏，对着将官耳语两句，似乎说到什么高兴的事，自己先忍不住扑哧笑起来。

　　将官也笑了，又瞪眼说道："矜持点，一副没见识的样子。"

　　文吏忙收住笑，但旋即又扑哧笑起来。将官也不怪罪他，跷着的腿有节奏地晃动着。

　　而那男人刚走，孙大人就气恼地径直跑到院子里跟宋大人理论，甚至当着其他兵丁的面指控宋大人私放商人前往边境，还当众撤下之前男人赠送的两辆车上的盖布，露出其上堆积的皮衣、皮靴。宋大人顿时气得一阵恼火，二人当下争执起来，但毕竟宋大人官大一级压死人，二人没吵几句，宋大人就随便给孙大人安了个偷偷给成国公报信的罪名，命令兵丁把他抓了起来……

　　关卡已经被远远抛在身后，前方的路一马平川，但驾车的人却没有催马疾驰，而是回头看去，感叹道："我倒是宁愿过不来。"

　　这个车夫面容苍老，戴着厚帽子，遮住乱蓬蓬的头发，显得很是邋遢，但声音却温和干净。一旁骑马的胡子男上前，沉声道："爹，我知道你的意思，我们能这样过来，其他生意人也能这样过来，他们付出那么大的财力，自然不会白扔，一定要捞回来的。"

　　车夫看着后方，眼神黯然，忽地看向胡子男，问道："君小姐始终没有消息，或许没有事。"

　　胡子男笑了笑说道："爹你不知道那小兔崽子，如果她平安无事，他一定会让我知道，好幸灾乐祸地炫耀，如果她有些不好，这小子一定瞒着，他可不想我去英雄救美。"

　　"或许这时候他也知道你也没法逞英雄，去了反而添乱呢。"车夫温声说道。

　　胡子男吐口气，将手里的鞭子一甩，说道："英雄勇武之地不同，我们就去该去的地方做英雄吧。"说罢催马疾驰。

　　车夫也没有再说话，抬手轻轻一甩，马儿便加快疾奔。车上插着镖旗迎风飘扬，前后的人马随之而动，吆喝着口号，就像所有商队一般，热热闹闹地向前奔去。

皇城大殿内透着阴寒，皇帝此时将奏章拍在几案上，呵斥道："真是废物，这么久了连一个人都找不到，朕不信他成国公还能插翅膀飞了！"

"成国公蓄积十几年，结交广阔，不知道多少人帮其掩护。"黄诚俯身道，他这话当然不是为了开脱，只是给皇帝再加一把火罢了。

果然皇帝大怒，看着陆云旗："难道这天下已经姓朱了吗？陆云旗，你说，成国公如今在哪？"

"最后一次查到他在马略关出现过，应该是向保州方向逃潜。"陆云旗说道。

"查到为什么抓不到？"

"因为臣是废物。"

没想到陆云旗会这样回答，有大臣差点忍不住笑出声，幸好及时绷住，皇帝啪地将奏章砸在地上："听到没，成国公往北地去了，告诉清河伯，朕要看看他是不是也是废物一个！"

黄诚立刻俯身，应声"是"。

皇帝显然已经没有什么心情继续说话，不耐烦地摆摆手，便让众官员退下了。

陆云旗径直回到了家中，一个婢女等在门口，见到他怯怯地施礼，陆云旗先开口问道："公主有什么事吗？"

婢女紧张顿消，忙答道："是，公主先前问大人回来了没有。"

陆云旗"嗯"了一声，径直来到九黎公主的院子。

"给九裕做了一件棉衣。"九黎公主将一件衣服递给他，"就有劳大人了。"

陆云旗接过看了一眼密密的针脚，"嗯"了一声，说道："我会亲自送去的。"

九黎含笑道谢，又看眼一旁，问道："这么早回来，还没吃饭吧？我这里刚摆饭……"

陆云旗摇头道："我还有事，多谢公主。"

九黎公主含笑点点头，看着陆云旗走了出去。她的面色渐渐凝重，坐在饭桌前慢慢吃饭，忽地指了指一个碟子，说道："这个做得挺好的，你们去跟陆大人说，让厨房把这个给怀王也送一份。"

一个婢女忙应声"是"，出去后不多时便回来了，神情有些不安。

"说了吗？"九黎公主问道。

"说了。"婢女答道，"只是大人在拂云宅，奴婢没见到，让他们传达了。"

没有陆云旗的命令，没有人敢往怀王府送东西，必须要陆云旗首肯才可以。九黎公主点点头，含笑说道："说了就好，不急。"

婢女低头退下了，九黎公主慢慢地吃着菜……

而此时，陆云旗又坐在君小姐的面前，君小姐漠然地看着他。陆云旗倒也无所谓，将见到宁云钊的事跟君小姐说了一遍，君小姐要么回一两个字，要么沉默不语，陆云旗也不恼，自己一边说自己的，一边强迫地喂君小姐吃了饭，之后将她脚上的束缚解开，让她在地牢里走动。而陆云旗则坐在一旁翻看带来的文书邸报，不时跟君小姐说几句邸报上的事，就像以前一样，当然君小姐不会有任何回应……

第一百三十七章

◇

你调兵我遣将

北地的夜色已经沉沉，荒凉的冬夜里马蹄踏踏，火把如长蛇般在大地上蔓延，直向一座城池而去，此时城门大开，一队队人马疾驰进出，处处嘈杂而喧闹。

举着火把刚进城的人马径直奔到一座府邸前，这里亦是大门大开，灯火通明。一个将官翻身下马径直向内而去。院子里有文吏不时走过，官厅前兵丁肃立，内里坐着一个身着将袍的男人，他虽然头发斑白，但精神抖擞。此时夜色已深，他却没有半点倦意，眼神明亮地看着面前的沙盘，听身边的将官指点说话。

"伯爷。"那将官迈进厅内，施礼道。

清河伯抬起头："韦将军，你来得很快啊。"

被唤作韦将军的男人再次施礼道："末将不敢违命。"

清河伯看向另一个将官："既然韦将军来了，就让他的部众到永静军去，你带你的人去交河。"

那将官应声"是"，韦将军在一旁欲言又止。

"韦将军赶路辛苦了，下去歇息吧。"清河伯头也不抬地说道。

韦将军道谢，但依旧站着没动。屋子里的将官或低声交谈或看着清河伯，似乎没有察觉到他还站在那里，而韦将军也神情复杂，火把照耀着他阴晴不定的脸，他当然知道这意味着这里不欢迎他，他的脚步转动要向后走，但下一刻还是停下来，一咬牙说道："伯爷。"

清河伯看向他，似乎惊讶他竟然还在这里。清河伯问道："韦将军还有什么事吗？"

"伯爷，最近的调动有些频繁。"韦将军说道，"我听到好些兵马都重新调配了。"

"是啊，这是伯爷考察之后重新布防，不是已经都告诉你们了吗？"一个将官带着几分倨傲，"怎么，调动兵将，还要什么理由吗？"

清河伯抬手制止那位将官，问道："韦将军是有什么看法？"

"伯爷，末将觉得此时不宜如此频繁大规模地重新布防。"韦将军说道，"尤其是涉及边境关防要紧的地方，这里的兵马都是对黎人极其熟悉的，这样突然换防，只怕大家都不方便……"

他的话没说完，就被一个将官打断了，他挑眉说道："不方便什么？不方便你们熟门熟路地偷懒吗？"

虽然韦将军的脾气隐忍，但没有一个将官愿意听到"偷懒"二字，这如同骂他们懦夫一样："张参将，你这是什么意思？"

张参将冷笑一声："我的意思是，用不着你来教伯爷怎么行军布阵，伯爷在北地跟黎人打交道的时候，你还喂马呢。"

韦将军面色涨红："末将不是那个意思。"

清河伯看着他，淡淡问道："韦将军是不愿意调动了？"

"伯爷，末将不是不愿意调动，只是伯爷这调动将官兵马好像不是为了布防，而是为了……"韦将军一咬牙上前一步说道，"撤防分兵分权……"

屋子里的气氛顿时变得凝重起来，清河伯的面色也冷了下来。话已至此，韦将军也不再畏惧，他涨红着脸继续说道："而且最近好些将官被论罪、被抓、被撤职，伯爷，这些人和我们这些被调动的人都有一个相似处，大家心里也都清楚。"

清河伯不喜不怒地"哦"了一声，问道："你们心里清楚什么？"

韦将军抬头看着他，咬牙道："伯爷，您忌讳我们是成国公的嫡系，要打压我们，我们也能理解，但还请不要在这个时候，否则自乱了阵脚，让黎人有可乘之机。"

韦将军的话音刚落，屋子里的将官顿时哗然，纷纷咒骂起他来，更有暴脾气的将官上前揪住他，大骂道："成国公就是这样治兵的？这就是你们有名的赫赫军威？不服调令，还敢污蔑上官！"

"都住口。"清河伯制止大家的吵闹，看向韦将军，"你说得没错，我这次的调动布防，的确是为了打压你们这些成国公的嫡系亲近将官。"

屋子里一阵安静，众将官虽然都心知肚明，但没想到清河伯会这么直白地说出来，大家一时不知道该怎么反应。

清河伯神情平静："我为什么要这样做？因为陛下有令缉拿成国公，成国公谋逆畏罪潜逃你们都知道，那成国公已经逃到北地了，你们知道不知道？"

屋子里顿时响起一片议论声，显然有人不知晓此事。清河伯抬手示意他们安静，视线落在韦将军身上，又说道："韦将军，成国公为什么会逃到北地？"

韦将军面色涨红，要说什么又不知道说什么。

"因为成国公知道这北地是他的天下。"清河伯接着说道，"就因为有你们这些人在，他确信自己能得到庇护。"

韦将军愤怒地说道："不，伯爷，我们是大周官兵，如果成国公有罪，我们是不会相护的，您不能这样质疑我们，北地这么多官将兵士都曾是成国公的手下，但北地并不是他的，我们都是大周……"

他的话没说完，清河伯便笑着打断他："我在质疑你们？"他说着将手扶在腰间，拍着腰上挎着的佩刀，"你没听到我说的话吗？成国公已经逃到了北地。"说到这里，他原本平静的面容陡然变得愤怒起来，将手里的佩刀抽出啪地砍在沙盘上，偌大的沙盘桌子哗啦一声竟被他砍裂倒地，响声回荡在夜色里，格外刺耳，里里外外顿时鸦雀无声。

"他是怎么到北地的？"清河伯愤怒的声音又响起，"从京城到马略关有多远？有多少驻兵？有多少关卡？他竟然长驱直入无人知晓？"他将手中的刀指向韦将军，"你说，他是怎么做到的？"

韦将军的面色一阵红一阵白，头上已经冒出一层冷汗，他哑声道："末将……"

清河伯已经收了刀，转身侧头，冷冷道："如果没有人接应庇护，他飞也飞不过来。"

将官们都反应过来了，顿时纷纷点头表示赞同，还有人斜眼看着韦将军，冷笑道："韦将军，你还有什么话说？说不定韦将军此趟来质疑伯爷就是受人所托呢，所谓的调动不便，是对某些人来说不便吧？"

韦将军面色更加涨红，立刻说道："老韦我不敢保证有没有这样的人，但我绝不会这样做。成国公有没有谋逆之罪我不知道，但既然伯爷和朝廷都下令要缉拿他，我如果知道成国公的踪迹，一定会抓住他复命。"

清河伯淡淡说道："那好，韦将军就带人去缉拿吧，朝廷催得很急。"

这下连永静军也不用去了，其他将官神情讥笑，韦将军面色更难看，咬牙说道："伯爷，您的质疑是没有问题，但末将觉得此时此刻还是不宜这样做，请伯爷以大局为重，相信北地多数官将，就算调动布防，也请慢慢来，此时这样实在是动摇军心……"

清河伯回头看着他笑了笑："看来成国公对你们可真够好的，一个个伶牙俐齿，反驳、质疑上官头头是道。"

其他将官也更加恼怒地骂道："韦顺庆，你少指手画脚，你懂得比伯爷还多吗？"

韦将军咬牙上前一步，大声说道："伯爷如果懂得多的话，当初又怎么会闹兵乱？"

此言一出，清河伯面色顿变，曾经他率领的军队在马家河大战惨败，就是因为军中发生了兵变，而因为那次兵变，清何伯差点被皇帝下令斩首，还好诸多人相求才保住了性命，却从此失去了北地兵权。这是清河伯不允许任何人提及的往事，他从没有被人这样指着鼻子质问，其他将官都目瞪口呆。

"很好。"清河伯看着韦将军点点头，平静地抬手说道，"来人，拿下。"

其他将官回过神，立刻一拥而上，将韦将军围住，绑了起来，韦将军奋力挣扎，还想说什么，却有将官堵住了他的嘴。

清河伯冷冷说道："带下去，查他受何人指使，是何居心，乱我军防。"

将官们齐声应"是"，将韦将军向外拖去，一阵杂乱的脚步声后，院子里恢复了安静。

官厅内亦是鸦雀无声，地上沙盘散落，清河伯站在一片狼藉中，神情木然。

"伯爷，"一个将官上前试探着问道，"这韦顺庆是朱山一手提拔上来的，当初闹过饷是要杀头的，他必然……"

清河伯抬手制止道："不用说这些小事，我不会跟他计较。"他说着冲京城方向拱拱手，"目前最要紧的是抓住朱山不负圣命，朱山一日不落网，北地就一日不得安宁。"

将官们齐声应"是"，当下召了兵丁进来重新归置沙盘，不过今晚肯定不能用了，清河伯让大家散去，只留了几个将官在身边，自己也走向侧厅准备歇息。

"伯爷，调动基本都安排好了，没有什么问题。"一个将官看着手里的布防图，说道，"只是还有这青山军不知道怎么安排……"

清河伯眉头微皱，面色也变得复杂起来，室内沉默了好一阵子，一个将官狠戾地说道："这个青山军必须除掉！"

青山军是成国公推举成军的，绝对算成国公的嫡系，清河伯若有所思："这个青山军很厉害，尤其是他们的兵器，不如先留着他们，让他们交出兵器的做法再杀也不迟。"

"这些兵器怎么做的他们说不知道，只说是那位君九龄小姐才会。"一个将官皱眉道，"他们只会用。"

清河伯不以为意："兵器都是大批量要用的，不可能只有一个人会做，不然怎么造出那么多来？我们让军中的匠人拆一个研究一年半载的，我就不信造不出。"

那倒也是，将官们都点点头，听清河伯又说道："那就暂时留着，可以把他们调到布军最多的地方。"

将官们都不解地看着清河伯，那岂不是重用、抬举他们了？

"他们这么厉害，自然应当重用，且他们也要提携同袍，行军打仗从来不是孤胆英雄，让大家都厉害，这样才能守好边境。"清河伯笑了笑说道。

将官们顿时恍然，这样就有足够合理的理由让他们分享兵器，而他们为了自己的安全也会欣然教别的士兵学习使用，至于教会了徒弟，师父该怎么处置就简单多了。

"万一有事，他们也可以先顶一顶。"清河伯将佩刀解下扔在一旁，神情轻松地说道，"物尽其用才不浪费嘛。"

"伯爷思虑周全，高明。"将官们纷纷起身，笑着说道。

成国公畏罪潜逃和韦顺庆被抓的消息已经在兵丁之间传开，青山军自然也都知道了。夜晚的军营里，篝火熊熊燃烧着，不少兵丁都围着篝火低声议论着这两件事，杨景和夏勇却一副置身事外的样子，两人正低声地说笑着，一旁的李国瑞又无奈又焦急。

此时，清河伯派来的吴将官将青山军调派的消息通报后，杨景和夏勇一点都不惊讶，面色平静。反而是李国瑞吓了一跳，他万万没想到，清河伯竟然将青山军调去了重要的关堡——肃宁寨。那里历来是兵家必争之地，城池宽大、驻军众多，一般都会派亲信过去，他一直觉得清河伯会把青山军当成成国公的亲信，没想到竟然是重用他们……

而这吴将官也很惊讶，他没想到青山军竟然爽快地答应了，尤其是那个带头的赵汗青，看着很小做事却非常利索，当下便允诺立刻拔营，第二日便出发。而且吴将官提出了请青山军协助练兵，教其他兵丁学习使用炮车等武器时，她也没有任何犹豫地答应了。

一阵寒风卷起地上的雪粒子，让正疾步而行的几个内侍忙裹紧了衣领，快步走到廊下，跺了跺脚，甩掉身上的雪粒子，就听到殿内传来皇帝的笑声。

"这可都是好消息。"皇帝放下手里的奏章，"百姓能过个好年，朕那些烦心事也就没了。"

说到烦心事，他看了眼站在下首的黄诚。黄诚忙说道："陛下，那朱山逃进了嘉山，连马匹都扔了，逃得跟狗一样狼狈。"

皇帝"哼"了一声，说道："那还是逃了，不过，对朕来说也是好消息……"

他的话音未落，宁云钊便俯身施礼道："陛下圣明！"

皇帝被噎了一下，黄诚也斜眼看着他，宁云钊仿佛没有发现自己打断了皇帝的话，继续说道："他逃得越久，民众就对他越失望，这样陛下就不用为其定罪，更不用为其开脱了。"说到这里，轻叹一口气，"以陛下的心慈宽容，朱山要是被抓回来，跟陛下哭诉一下当初，只怕陛下就不再追究他的大罪了。"

皇帝有些不高兴："瞧你说的，难道朕是视国法律法为儿戏的人吗？"

宁云钊郑重说道："陛下不是视国法律法为儿戏，陛下只是太过于宽宏，只记得别人的好。"

呸，马屁精。黄诚斜眼在心里骂道。

皇帝哈哈笑道："你这么一说，过去这么久了，朕还真觉得没这么生气了。"他又叹口气，"不管怎么说，当初他为国征战这么多年，或许是朕哪里做得不好，让他不满意，只要他肯回来……"

"陛下。"黄诚似乎有些急切地喊道，上前施礼。

皇帝再次笑道："是，朕不说了，这些国法律法是祖宗留下来的，朕不能当儿戏。"

"陛下圣明。"这一次，黄诚和宁云钊一起俯身施礼道。

"不过，朕还是希望，不要再见到他了。"皇帝笑着看了眼黄诚。

宁云钊和黄诚也跟着笑了笑，都俯身施礼没有说话。

"外边的雪似乎下得更大。"皇帝的眼里满是笑意，"瑞雪兆丰年，今年能过个好年了。"他似乎又想到什么，神情凝重，"注意防灾，别因为大雪让受灾的民众流离失所。"

黄诚立刻回道："陛下放心，正要告诉陛下一个好消息，山西德胜昌捐银百万两用于冬雪灾安置，尤其是已经分派到各地的北地流民的安置。"

皇帝神情顿时惊喜，站起身感叹道："那可真是好消息，这德胜昌真是积善之家。"

"不负陛下厚爱题字赐匾。"黄诚含笑说道。

皇帝点点头，抬手示意内侍道："来人，朕要再为德胜昌赐福字以表彰。"

皇帝的恩赐穿过越来越大的风雪，以最快的速度送到了阳城方家。方家又是燃放爆竹又是敲锣打鼓，喧闹了整整半日才消停下来。

温暖的室内，方承宇正戴着厚帽子认真看着摆在案头的大红"福"字，其上皇帝的印玺格外显眼。高掌柜也看着这个"福"字，但脸上却没有半点笑意，他喃喃道："这哪里是赐福，这是催命啊。"他又看向方承宇，"少爷，刚才官府来人的意思，您也听出来了吧？您说怎么办？"

方承宇神情专注，似乎没有听到他的话，高掌柜不得不拔高声音又问了一遍，方承宇伸手摘下帽子，又摘下帽子下两个毛茸茸的遮耳，看向高掌柜，问道："哦，你说什么？"

高掌柜有些无奈，看他这样子，心想适才那太原府官员们说的话，他一句也没听吧？他叹口气说道："少爷，这下又得有百万两银子出去了，他们虽说是借用，但我看根本就没有还的打算。"

方承宇"哦"了一声，说道："没有就没有吧，总算是用在安置灾民上，没有乱花。"他又看着"福"字微微一笑，"说不定又能换个吉祥字回来。"

高掌柜的眉头紧皱，神情焦急："还有，最近那几家生意人又来借贷了。"

方承宇不以为意："那就按规矩放，又不是没放过。"

放账生息是票号的常例，高掌柜再熟悉不过，但他依旧眉头紧皱，说道："我觉得这些人来得很奇怪，更要紧的是，我们现在没有那么多银子了。"一来分家，二来借着分家还有一些银子被放了出去，数额还不小，"我怕会倒账，一旦倒账，再发生挤兑，那德胜昌可就……"他说着看向方承宇，见他神情沉沉，也不敢打扰，静待片刻才继续问，"少爷，您怎么想？"

方承宇轻叹口气："我在想，九龄还好吗？"

想了半天，是在想女人……高掌柜一阵无语，方承宇坐下来，手拄着下颌再次叹气道："这个年真是不好过。"

高掌柜也叹口气，劝道："少爷，您好好想想现在的事怎么办，想出应对的策略，我们这个年还是能好过的。"

方承宇摇头道："我心情不好，不想想别的事。"

那可是关系德胜昌生死的大事啊……高掌柜无奈地翻个白眼，心想这个年注定要不好过了……

不管好过还是不好过，进入腊月之后年的脚步也加快了，就算在人迹罕至的陆宅，也能听到外边接连不断的爆竹声。

沿着台阶走到地牢，陆云旗将手里的食盒放下，从里拎出一个烤架、一个炭盆和一只已经半熟的羊腿，对君小姐笑道："我们的习惯。"

君小姐曾经喜欢吃烤羊腿，还喜欢自己烤，但现在她神情漠然，冷冷说道："是我的习惯，我和师父的习惯。"

陆云旗垂头，熟练地将羊腿架起来，"嗯"了一声，说道："也是我的习惯。"她跟着她师父养成的习惯，而他跟着她则变成他的习惯。

羊腿已经烤熟了，稍微加热了一下，香气四溢，陆云旗摆好盘子，拿起一把匕首，在羊腿上划过，割下一块肉。

君小姐的视线落在他手中的刀上，忽然说道："你解开我的手，我自己吃。"现在陆云旗来了之后会将她的腿脚解开，让她在这里来回走动，但双手始终被绑缚着。

陆云旗专注地切着羊肉，头也没抬："不用打我这把刀的主意，你不要想了。"他抬起头，"你以为拿着这些可以伤到你恨的人，但其实它们也会伤到你。"说罢，又捏起一片羊肉，放下刀子捏住她的嘴，"我不会让它们再伤到你。"

君小姐咬住递到嘴里的肉，慢慢咀嚼着咽下，看着他说道："你说错了，伤人的不是兵器，是人。"

第一百三十八章

◇

黎兵卷土重来

在密集的爆竹声中，新的一年到来了，天南地北一派繁华热闹。

就连偏远的河间府的君子关也被断断续续的爆竹声围绕，远处的城镇村落灯火如同繁星，令人在这冬夜里添了几分暖意，不过很快狂风大作，漫天雪飞舞，躲在屋子里也似乎感受不到半点热气。

尽管如此，堡下的土房里也挤了七八个人，这些人大多是穿着旧兵袍的兵丁，只有白胖的中年男人裹着大皮袄，他用生疏的北地口音哆嗦地说道："你们这儿的天怎么这么冷啊。"

几个兵丁笑起来，其中一个将一个酒壶递给他，笑着说道："一直这么冷啊，我说你这个有钱的老爷，没受过这罪吧？"

中年男人连连摇头，接过兵丁递来的酒喝了一口，顿时呛得咳嗽连连，鼻涕眼泪顿出，这狼狈的样子让屋子里的兵丁再次哄笑，不过大家还是递给他一碗热茶。

"别觉得我们这是耍你，在这里就得喝这种酒。"一直沉默不语的一个中年兵士说道，"大冬天的，夜里行路或者探查，没这口酒，倒下去，眼稍微一闭，就再也睁不开了。"

中年男人的神情感激又敬佩，他诚恳地说道："董甲长，将士们真是辛苦了，傅某是真心佩服啊，以前没来过这里不知道，这一次到北地走了一圈，就算是不打仗也够艰苦的。"

他说着将适才被递过来的酒壶举起："来来，我敬诸位一杯。"说罢，一仰头喝了一大口。

这一次虽然没有像上一次那样狼狈，但他也是瞬时涨红了脸，眼泪在眼里打转。一个娇生惯养的生意人能对他们如此客气，在座的兵丁都难掩开心，纷纷举起手里的酒壶回敬他，屋子里的气氛热烈，驱散了些许寒意。

但董甲长没有喝，神情带着几分阴沉："我不知道管队大人为什么肯留下你们在这里歇息过夜，依照我们历来的规矩，你们就是冻死在路上，也不许踏进这关卡一步。"

这话委实说得不客气，但这位生意人脾气很好，并不羞恼，诚恳说道："是啊，我们也知道不合规矩，都怪我们地方不熟，乱走耽搁了路，如果不是管队大人和甲长您爱民如子，我们肯定是活不了。"

董甲长抬手制止道："哎，不用说我，我可不敢当什么爱民如子，我只爱遵守规矩的人。你们住的地方我都安排好了，从现在起一步也不许踏出，一旦被发现您或者您的随从乱走，我们可是不问理由当场要诛杀的。"

中年男人连连点头，诚恳地说道："晓得晓得，您放心，我们也不敢乱走的，万一被风刮到黎人那边就惨了。"

有兵丁咧嘴笑起来，但又忙合上。董甲长对中年男人摆摆手："你放心，只要我们这城堡门不开，就是再大的风也没人能到黎人界，同样黎人也跨不过来。好了，时候不早了，我们这里也没什么玩乐，傅老爷早点歇息吧。"

中年男人连声应"是"，拱手对屋子里的兵丁施礼道："那大家新年好啊。"中年男人说完便告辞了。

兵丁们议论道："这生意人也真是的，挣那么多钱有什么用，这大过年受苦。"

董甲长喝了口酒，说道："所以当初国公爷说这生意人可不能小瞧，那也是极狠的。"

提到国公爷，在座的兵丁神情变得黯然。

董甲长站了起来，说道："夜里都警醒点，我们是不分过年不过年的，国公爷说了，咱们这些当兵的，只要活着，天天都是过年。"

夜色越来越浓，雪停了，但狂风依旧，远处的爆竹声变得飘忽，兵丁们的脚步声也变得几不可闻，只有火把交会。

"睡个好觉。"接班的兵丁说道。

两边交会旋即分开，一队向堡中营房而去，一队则沿着堡城而上，在狂风中警惕地注视着漆黑一片的原野，这是他们日复一日枯燥的生活，纵然是夜深最困的时候，风几乎刮掉眼皮，他们也始终一眨不眨。

脚步在城门上踏过，站在其下的人似乎能感受到落下的沙土，这是一个提灯的兵丁，其他人上了城墙，他则留下来查看城门。其实不用查看，门很厚重，足足上了三道门闩，就算外边用两根圆木也撞不开，不过那兵丁似乎觉得城门上的沙土有些松动，他下意识抬头向上看去。刚一抬头，一支利箭便破空而来，穿透了他的身体，他还没来得及呼喊一声，人就直直倒地死透了。

门洞上插着的火把也被打落，有七八个身影从内里的夜色中扑过来。火把被布盖住，残留的光照出其中一个裹着皮袄的胖乎乎的中年男人，他的脸上带着几分不安，但眉眼闪过一丝狠厉，他抬脚踩在火把上，城门洞顿时陷入一片黑暗。

咯吱咯吱的声音在夜风里若隐若现，紧接着是细碎的脚步声，火把从城墙上向下而来，就在要走下城墙的那一刻，为首的兵丁忽然停下，看着黑漆漆的城门，警惕地问道："慢着，城门的灯怎么灭了？"

"被风吹灭的吧？"有人说道。

为首的兵丁皱起眉头，默默拔出了腰刀，其他兵丁虽然觉得有些没必要，但还是立刻跟着拔出腰刀，为首的兵丁喊道："三金？三金？"

没人回应，安静得令人心悸。为首的兵丁忽然抬手将火把向前扔去，夜色里响起一声怪叫，伴着火把的光亮，兵丁看到不远处的地上跳起一个人，火把砸在了他的头上，瞬时被点燃，照着他扭曲骇人的脸。

为首兵丁的面容也瞬时扭曲，他张口喊道："黎……"但他话还没说完，一支羽箭已经插进他的额头，带着他直直倒下去。紧接着无数的羽箭如雨般穿透狂风而来，惨叫声瞬时被风淹没，落地的火把将人点燃，照得整个城门都明亮起来，也照出其前密密麻麻的人，他们手中握着弓弩，身上背着长刀，腰里挂着短斧，忽明忽暗下，面容惨白，眼神凶狠，如同下山的野兽看着前方。

与此同时新年也到了，密集的爆竹声在大地上响起，远处村落守夜的村人在震耳欲聋的爆竹声中似乎听到了犀利的号角声，凄厉又急促，撕裂了夜空。他们下意识地看向城堡的方向，天边似乎燃起了大火，火光四起，狼烟滚滚，隔着滹沱河，北边的地上先是亮起一点星火，旋即便如同荒原被点燃，整个大地都亮了起来。

站在车上的高处望去，整个滹沱河流域都遍布整装待发的人马，狂风掀起兜帽，露出一个男人的脸，正是曾经出现在京城的郁迟海。此时他的脸上没有半点谦逊卑微，只有倨傲以及狂热，他抬手指向南方，兴奋地大喊道："时候到了，儿郎们！繁华的周人之地已经打开大门迎接咱们了，去吧！"

一声号令下，万马齐鸣，落地如雷，冰河踏破，如云般袭来！

绍泰元年，新年的气氛顿消。

为了求个新年新气象，年前皇帝与众臣认真商议了一个月下旨改元绍泰，谁也没想到这改元后的第一天，迎来的是黎人突袭君子关的消息。

由英武亲王拓跋泰领三万兵马从君子关，沿着滹沱河浩浩荡荡直入河间境，同时大鹏王拓跋乌领兵三万余人，从霸州张家寨攻入长丰镇作为后援，而在更远处，数万黎兵正越过保州的长城口。

一时间，定州、祁州、河间烽火四起，犹如地狱，河北东西两路兵马急动，兵部传令各地总兵再次领军入援，而京城更是戒严，正月里没了半点新年的气氛。

皇帝已经好几日不眠不休，此时他正坐在大殿的龙椅上，不耐烦地看着下面众臣子为了黎人突袭的动机而争执不休。他气恼地重重拍了一下几案，大殿里的嘈杂声顿消："朕不想知道他们为什么出尔反尔！朕也不想听是谁的错！朕现在就想知道，拦住了没有？"

殿内沉默，兵部的官员犹豫着站出来，躬身道："请陛下放心，北地大军已经分三路截击黎兵，另有山东、山西总兵已赶到河北两路支援，必能将黎贼剿杀。"

一向朝臣们说什么就听什么的皇帝此时却冷笑一声，恼怒又悲愤地呵斥道："你说这么多，还不是说没拦住？你们这些废物到底在做什么啊？"

那兵部官员抬起头，咬牙道："陛下，这都是因为清河伯调动布防，导致军心不稳，兵将不熟，才给了黎人可乘之机。"

"刘大人，你这是欲加之罪何患无辞。"当下便有其他官员站出来愤怒地反驳。

皇帝也冷冷看着这兵部的官员，其实还有另外一条原因，是成国公朱山被卸兵权，这才是他们心里要说的话吧？

皇帝面色羞怒交加，冷冷看着兵部官员，说道："告诉清河伯，朕要他给个交代。"

如同先前一样，各官员又继续议论了一番，也没什么结果，皇帝更加不耐烦了，便让退朝，各自回去想办法。

走出殿外后，黄诚的脸色也很难看，他问身边的一个官员："到底怎么回事？黎人就打进来了？"

"大人，一直瞒着没说，最初应该是有奸细内应打开了君子关的门，让黎人悄无声息而入，君子关守军猝不及防被斩杀殆尽，如果不是守兵以己身点燃烽火，河间府得到消息还要晚呢。"一个官员低声说道。

黄诚骂了一声，但又若有所思地说道："好好的，怎么会有奸细？"他忽地转头问道，"朱山现在逃到哪里去了？"

官员们对视一眼，似乎明白了什么。事到如今，满朝文武都将矛头指向对成国公的治罪，而主导这一切的是皇帝和黄诚。皇帝肯定不会认错，那倒霉的就只有黄诚了，黄诚倒了，他们也没好下场，这时候，必须找个替罪羊，而身负谋反之罪逃匿的成国公，再合适不过。

"臣这就让清河伯去查。"一个官员郑重说道。

看着官员们领命而去，黄诚眉头稍微展开些许，他走到马车前看着小厮，又低声说道："去联系一下郁迟海，我要个交代！"

小厮低声应"是"，扶着黄诚坐上马车，离开了皇城……

冰天雪地的荒野上响起号角声和马蹄嗒嗒声，一队队黎兵似乎从地上冒出来，汇集成一片，直奔向前方的一座城池。

马蹄声，叫嚣声，身后红白大旗如海，一眼望去足有几千人，皆是重甲精兵，带着骇人的气势，铺天盖地而来。

前方的城池似乎空寂，近前可以看到地上散落着无数死尸，城墙上也留下攀爬的痕迹，很显然它已经承受了几次进攻。黎兵越来越近，就在此时，前方紧闭的城池忽地打开，奔出一队队兵马。

这场面让黎兵吓了一跳，攻城这么久，还是第一次见主动出城迎战的周兵，这还没完，冲出来的周兵队列突然变动，露出其后一辆辆盾车，黎兵们还在猜测是怎么回事，如雨般的长矛便带着火光而来，迎面的骑兵瞬时被射穿一串。同时又有石弹飞来，伴着轰然火光四起，整个城池瞬时如同人间地狱。

惨叫声入耳，烟火入目，后方大营的黎兵面色骇然，黎兵将领很快便知道迎战的是青山军，这个名字让原本还维持肃然的黎兵军阵顿时一阵骚动，马儿也似乎听得懂这话，发出嘶鸣，踏地不安。

坐镇其中的黎将显然之前没有跟这青山军打过交道，不晓得他们的厉害，刚想要再命令黎兵发起下一轮的攻击，就见前方的城池上绽开一朵朵烟花，红橙黄绿不一，伴着尖厉的呼啸声。黎将有些怔怔，还没搞明白这是什么玩意，便有哨探急报说四周有周兵来袭，黎将立刻上车向四周看去，果然见四面原野上烟尘滚滚，旗帜林立，密密麻麻的军阵向这边围过来。

黎将又惊骇又愤怒，在高台上举起了手里的大刀，大喊道："迎战！"号角顿时四起，战鼓声裂，厮杀震天。

远在北望关的兵将不能亲眼看到肃宁的厮杀，但无数人都关注着，火把将整个关堡照得如同白昼，几乎分不清是白天还是黑夜。

清河伯站在舆图和沙盘前，或沉默不语，或来回踱步；身边的将官不敢大声说话，或低声交谈，或轻手轻脚地进出。

外边传来急促的脚步声，传令兵一头撞进来跌跪在地上，声音嘶哑地喊道："捷报！"

清河伯如同被一盆水浇醒一般，犀利地看过来，呵斥道："哪里？"

"肃宁关。"传令兵喊道。

屋子里顿时响起一片惊喜地低呼，就连清河伯也握住拳头用力攥了攥，有将官忍不住说道："就知道青山军肯定能守住。"

清河伯紧皱的眉头舒展开，说道："肃宁守住，我们的形势就缓解了，那接下来就该我们进攻了。"他说着站在沙盘前，将官们也忙围过去，专注地议论起来。

彩旗挥动，号角而起，这是停止追击的命令，前进的军阵停了下来，一阵阵欢呼声也随之在晨光初显的大地上响起。

冬日的晨光凛冽，每个兵丁的脸上又红又白，身上也满是血迹，但他们都眼神明亮。他们欢呼雀跃，有劫后余生的喜悦，更有大战得胜的激动。号角声再次响起，看着挥动的彩旗，兵丁们立刻站直身子，下意识地摆动脚步变换阵型，开始收集战利品和清点牺牲的兄弟。

"真没想到我们竟然能围攻黎兵，且还将他们打得落荒而逃。"一个将官喃喃道。

"是啊，说实话我还真不想出战。"另一个将官低声说道。

他们低声说着话，有密集的马蹄声响起，伴着兵士的呼声，二人抬眼看去，见来了一队人马，为首的还是个女子，她穿着战袍，戴着厚厚的帽子，脸颊上有一片浅浅的疤痕，不过战场上可没人注意这个。

赵汗青在他们面前停下，背上的弓弩还带着血迹，她居高临下地看着他们，两个将官对视一眼，恭敬地对她略一抬手，他们的职位比赵汗青高得多，能如此主动施礼已经是很大的敬意。

"我说过，大家听我的，我不会让他们去送死。"赵汗青不再看他们，而是看着四周，大声说道，"但是这一次，依旧有一支军没有听号令出城，既然不听从我的号令，那么我也不会把他们当同袍。"

两个将官对视一眼，心想，大家不应该听你号令吧？清河伯让你来协助大家练兵，但不是让你当统领啊，怎么成了都要听你的号令了？

赵汗青接着说道："我们一定要守住肃宁关，所以接下来我会给你们每支军都分配一辆炮车和一辆弩车……"

这青山军竟然舍得把这种神兵利器分给他们，这完全是当手足看待了，两个将官疑惑顿消，激动起来，而四周的欢呼声也轰然而起。

赵汗青纵马在原地踏步，视线扫过诸人，举起弓弩，高声喊道："同生同死！不惧不退！"

呼声铺天盖地席卷了整个大地，一旁的李国瑞不由得起了一身鸡皮疙瘩，心想这下好了，从这一刻起，在肃宁关，青山军就是老大了。

正月末，虽然已经立春，但北地依旧冰天雪地，一片苍凉。

保州的黎贼已经退回绪口，霸州的黎贼也正向长丰退守，而清河伯亲自率军北上，信誓旦旦地要击退侵入河间的黎贼。

此时，点将鼓的鼓声忽地在天地间响起，一时间兵马齐动，很快城外万数人马云集列阵，各色旗帜、军服点缀的大地上，肃穆又绚烂。

营帐里，清河伯身上披着一副厚厚的铠甲，甲叶陈旧，身后的大氅染着斑斑血迹，他沉声道："如此，众将听令，分兵四路，将黎贼赶出我境。"

帐下肃立着十几位将官，闻言齐声应"是"，但有一个将官只是动了动嘴唇，神情忧虑，他犹豫着站出来，忍不住说道："伯爷，末将认为，穷寇莫追，黎人败退得这么快，以免有诈。"

四周的将官并不意外，就连清河伯也神情平静，很显然这话他不是第一次说，清河伯说道："杨总兵，你的思虑很周全，这些日子各方哨探已经去探查黎人是否有异动了。"

"伯爷，末将不是贪生怕死，只是这黎人的战术不容小觑，他们兵强马快，最善于突袭急攻。"他的话没说完，就看到清河伯看着他的视线转冷，心里不由得苦笑一下，垂下头补充道，"伯爷自是最知晓的。"

清河伯没有再看杨总兵，抬手将长刀一挥，说道："黎贼横行，杀我百姓毁我家园，凡我大周子民，都当同仇敌忾，杀贼报国。"

帐下将官纷纷振臂喊道："杀贼报国！"

这喊声传出去，很快城外兵马亦是振臂高呼道："杀贼报国，杀贼报国！"喊声一时间席卷了大地，气势如虹。

因为接连的好消息，出了正月的京城已经恢复了往日的热闹，街头也重新变得熙熙攘攘。

不知道从何时开始，黎人是成国公带入的消息就被有意之人传播了出去，没多久便传遍京城的大街小巷，人们都聚在街上议论此事。

黄诚乘坐的马车在熙攘的人群中穿行，纵然有官家的护卫开道，他回到家也比往日慢了很多，不过一路听到了他想听的话，心情自然高兴，倒也不介意。到了门口，他颤巍巍地下了马车，门口的家丁涌上来，其中一个靠近，递上一封信，低头说道："老爷，铺子里的信。"

这个铺子是郁迟海的代称，黄诚一面走进家门一面打开了信。待看清信纸上仅有的两个浓墨写的大字——"爷爷"，黄诚的脸色顿变，气得立刻将信纸撕碎，骂道："狗奴，竟敢戏弄我。"他转身抬手呵斥道，"来人，把那姓郁的狗奴的人都给我就地处死。"听懂这句话的家丁立刻应声"是"，带着人就向外奔去。

而与此同时，清河伯失踪的急报也报到了皇帝的耳中，他大为震惊，甚至有些不可置信，当下便立即派人去找……

二月的祈州天气酷冷，尤其是昨晚下了一场雪，地上冰冻一片，在日光下望去，让人觉得更加刺骨。

清河伯身上裹着厚厚的羊毛大氅，在城堡上已经站了一个早上，身边的将官低声劝道："伯爷，进去歇息一刻吧。"

"多久了？"清河伯问道。

"已经三天了。"将官忙答道，"伯爷放心，消息已经送出去了。"

清河伯面色稍缓，但看着前方的视线依旧沉沉，前方入目一片荒凉，到处都是断壁残垣，地上的树木被火烧得一片焦黑，没被雪覆盖的地面血迹斑斑，可见这里进行过惨烈的战斗，再望向更远处，隐隐可见密密麻麻的黎人旗帜，令人心生恐惧。

"又来了多少？"清河伯再次问道。

将官的头微微垂下："西路来了三万。"

"那现在围住我们的就有十万兵马了。"清河伯说道。

将官低着头应声"是"，清河伯看着他："害怕了？"

将官忙挺直身子，大声说道："末将不怕。"

清河伯点点头："没什么可怕的，黎人最善于玩弄这种围困战，我们粮草充足，怕他怎的！"

"伯爷明鉴。"将官一脸敬佩地说道。

"现在既然已经突围将消息送出去，那我们就正面迎击这些黎贼，正好可以让援军在后方截击。"清河伯又说道。

将官再次应声"是"，话说到这里，地面似乎传来颤动。清河伯双目微眯，一甩大氅，大声说道："看来黎贼又要进攻了，迎战！"战鼓声声，无数兵士再次集结。

看着城内的人马，站在城堡上的几个将官叹口气，又看向走下去的清河伯，一个将官忍不住说道："呵，如果真明鉴，又怎么会中了黎人的埋伏。"

旁边的将官忙冲他嘘声，低声劝道："都这个时候了，不要说了。"

先前的将官犹自愤懑地说道："都这个时候了还说不得，就是因为说不得，他越来越刚愎自用，非要搞分兵合击，结果呢，被黎人截断围困至此。"

旁边的将官叹口气："还好，突围出去了，援军很快就能到了，离得最近的就是肃宁关。"

提到肃宁关，先前的将官神情缓和了几分，说道："还好他还记得他是个将帅，没有疯狂到将青山军也排挤赶走，要不然……"几个将官回头看向城外，那密密麻麻铺天盖地的旗帜似乎越来越多，如同乌云一般向这边滚滚压来。

一队队的官兵来回奔忙，传达着拔营的命令。

主营帐里几个将官还对着沙盘指指点点做最后的确认，一个将官说道："好，按照伯爷递来的筹划，我们就从这里西进……再折向北，穿过平川河，就可以直接进攻黎人的东面。"

众将官点头领命，为首的将官神情肃穆地说道："好，伯爷被围困，事关战事全局，请诸位一定要齐心协力……"

站在队列末正认真听的一个满脸胡子的将官忽地觉得有人捅了捅他的胳膊，他侧头看去，见是一个杂丁，杂丁往他手里塞了一个东西，便起身站开了。将官神情惊讶地捏了捏手里的东西，是一张纸条，他眉头微皱，犹豫再三，借着捋胡子抬起手，视线斜下看去，顿时神情骇然，下意识地将手往嘴上一捂。

"老温你吃什么呢？"旁边的将官察觉，低声问道。

温将官干笑几声，低声说道："没有没有，咽口水。"

就在此时，前边将官重重咳嗽一声，视线也向这边看来，说道："大家都听明白了吗？"屋子里的其他将官也都看过来，神情有些漠然以及不满。

那两个将官顿时面色涨红地大声说道："听明白了。"

"那就各自回去拔营出发。"将官说道。

帐中众人齐声应"是"，毫不犹豫地转身而去。温将官却没有走，待大家都走出去后，站在沙盘前的将官问道："温大人还有什么事吗？"

温将官犹豫地看向他，说道："宗大人，伯爷的意思是要我们过平川河然后从东面袭击黎人是吧？"

宗大人眉头微皱，反问道："我方才说的话，你是没听到？"

温将官迟疑一下，最终一咬牙，躬身低头说道："不是，末将觉得，或许……末将领命。"说罢，大步退了出去。

站在沙盘前的宗大人神情不屑，但没有再说什么，低头认真地看着沙盘。

温将官骑马奔驰回到自己的驻地，下属诸将已经等候多时了。

"怎么样？"他们显然已经知道清河伯大军被围困的消息，也知道此次召集是要前去支援，"我们要去哪里？伯爷怎么安排的？"

温将官看着众人，眼前却浮现适才被咽下的那张纸条，他一字一顿地说道："我们，从东走，越过邢塔山，到松远……"

夜色沉沉，大地上一片死寂，夜空更是一点星光都没有。

大地上响起奔跑的声音，越来越清晰，伴着不时地跌倒痛呼声，紧接着一支箭破空而来，正中奔跑人的前方，他顿时大喊起来："是安肃军宗大人帐下吗？我是清河伯的哨探。"

对面安静一刻，似乎隐隐有人影晃动，片刻之后，七个人护着一个浑身浴血的男人冲进一个营地，这是一个不小的营盘，篝火遍布，大旗猎猎，带着肃杀之气。

而主营帐中正一片喧嚣，十几个将官围在一起神情激动地争论着什么，不待兵丁先禀报，被搀扶进来的男人已经破口大骂起来："你们还在这里干什么？等你们援军已经等了三天了，还以为你们被黎人截杀了呢，原来你们竟然在这里扎营！你们把伯爷的调兵火牌也不放在眼里吗？延期可是要斩头的！"

这个哨探的职位不如在场的任何一人高，但此时却骂得直跳脚，而在场的将官一个个神情复杂，没有半句反驳。

"正要派人去见伯爷。"坐在最前方一直沉默不语的宗大人开口了，他的脸色很难看，"有三路军私逃了……"

"私逃？"坐在一根破损倒下的圆柱上的清河伯，转头看向跪在地上的兵丁，"逃走了多少？"

那兵丁抬起头，面色惨白："东路一万。"

清河伯愕然，两边的将官更是干脆骂起来："这叫兵丁私逃？整支军队都逃了，这是拒援吧！"

"东路。"清河伯看着那兵丁又问道，"那其他两路呢？"

兵丁将头垂下，结结巴巴地说道："西路少了二万，南路少了二万。"

两边的将官抬脚将地上的碎石踢到一边去，又骂骂咧咧起来："三路总共十万援军，这少了一半！还援什么！这是来送死啊！"他们苦熬了十几天，等来的却是这个结果，一众将官的脸都绿了。

"这北地的官兵什么时候成了这等懦夫了？"清河伯神情平静，还笑了笑，"不，那些人不是懦夫，只是另有军令听从罢了。"

其他将官顿时反应过来，纷纷直指成国公，又针对他骂了一通，尚觉得不解气，直到有将官忍不住提醒大家小声点，免得消息传开，才讪讪地闭了嘴。

"还有肃宁关的援军呢。"一个将官说道。

"别忘了肃宁也有成国公的亲信。"其他将官气恼地说道。

"那也才不到一万人。"那将官说道，"余下的都是咱们的人马，算下来也有五万。"

众将官的神情稍缓，但下一刻有人再次沉着脸，看向那哨兵，问道："不对啊，肃宁关的驻军这时候也该到了，可有见到？"

哨兵抬起头，面色惨白地摇了摇。

一个不好的念头冒出，众将的心顿时沉了下去，清河伯也微微色变。

大路上密密麻麻的兵马正有条不紊地前行着。大旗开道，其后中军护卫，然后便是骑兵，之后紧随一辆辆辎重车。几匹兵马从后方疾驰而来，看到马上人的穿着打扮，行走的兵丁忍不住侧目，看着自己的将官直向前方飘荡着青山军大旗的所在，纷纷喊道："赵小姐！停下！"

赵汗青没有勒马，夏勇、杨景等人也看向他们，赵汗青皱眉道："行军途中不能随意停下。"

"赵小姐，这方向不对啊。"一个将官哑声道。

"对啊，我们不是要去蒲阴吗？"另一个将官跟着问道，"这怎么往南走了？"

"不去蒲阴啊，是要南下。"

"为什么？伯爷火牌调兵可是要咱们去蒲阴的。"

"哦，我觉得南下才对。"

几个将官顿时愕然，其中一个愤然道："你这是在违背伯爷的调兵令吗？"

"这怎么是违背呢，不是有句话说，将在外令有所不受吗？"赵汗青说道。

好像不是令有所不受吧？将官们怔了怔。

"战场形势多变，伯爷那边被围困，观察不够周全。"赵汗青接着说道，"我当然可以随机应变，我带着将士们是去杀敌的，不是去送死的。"

好像，也是这个道理，将官们对视一眼。

"当然，你们有选择的权利。"赵汗青说道，"相信我的判断跟我走，还是听从伯爷的调兵令，我不逼迫你们。"

青山军的威猛他们已经见识到了，离开他们怕是得孤军奋战，死路一条吧……几个将官默默地对视一眼，心情沉重地退开，纵马向后而去……

身后远远可见有烟尘滚滚，那是兵马离去的动作，一个哨兵赶来禀报："走了两军。"

李国瑞忍不住擦了把汗，五路军只走了两军，这是骗住了一半多，可以说很成功，没想到原本要被利用榨取的青山军，最后竟然没有被舍弃，反而诱拐了肃宁关一多半的兵马，真是做梦也想不到，清河伯要是知道了会气得吐血吧……

李国瑞忍不住上前低声问道："赵小姐，你接到的到底是谁的命令？在伯爷的调兵令同时送到你手上的时候，我可看到了，你还接过一个小纸条。"

"国瑞叔叔，你也不是外人，我不瞒你，是成国公。"

果然！李国瑞神情复杂："你不是说青山军不是成国公的人吗？怎么又听他的话了？"

"不是啊。"赵汗青神情坦然，"我没听他的话啊，我听的是我姐的话。"李国瑞有些没反应过来，赵汗青对他一笑，接着说道，"我姐说，成国公的话是对的。"

所以她选择了成国公递来的密令，舍弃援助清河伯，向南而下吗？不过，是要去哪里？

李国瑞不由得看向前方，心想这三四万兵马滚滚，不会是要滚向京城吧？

二月的京城夜风依旧带着些许寒意，但这并不影响夜市的热闹，酒楼灯火明亮，到处弥散着酒和脂粉的香气，还有女子若隐若现的娇笑声。

正月起的北地战事，经过一个多月的消磨，已经不再是京城人最关注的事，只是偶尔有几个民众喝多了会议论几句成国公和黎人勾结的事，但也仅仅是闲谈几句，话题便转移到了其他地方。

临近京城，天气渐暖，大地上一片绿意盎然。两个哨探从远处奔来，不知道看到了什么，他们猛地勒住马，扬起一阵尘土。

这是一条乡间的小路，此时晨雾蒙蒙中，两个哨探的前方地上躺着一个人，身上还背着箩筐。这里他们很熟悉，不远处就是罗家村，地上的人蜷缩着，虽然看不到脸，但那箩筐以及掉在一旁的破叉子他们已经认出来了。

"这不是罗瘸子吗？"一个哨探带着几分打趣地说道，"怎么躺在地上？难道这次捡到的不是牛粪，是金子？"他说这话时拔高了声音，但地上的人依旧一动不动似乎睡着了，两个哨探感觉事情不对忙纵马上前，刚走到近前就再次勒马发出一声低呼。

地上躺着的人根本就没有头，两个哨兵跳下马，神情惊骇，一个哨探指着一旁的大树喊了一声，另一个哨探忙顺着他指的方向看去，见干枯树枝上夹着一颗头颅，看样子是被随手抛上去的。太残忍了，谁会跟一个捡牛粪的残废村民有如此大仇？

"镰刀切口。"一个哨兵半跪在地上看着罗瘸子的脖子，低声说道，"一刀砍下，这种力度，这锋利的镰刀，可不常见……"

两个哨兵的脸色都变得惨白，心中同时冒出了一个念头——杀死罗瘸子的是黎人骑兵，两个哨兵当下便翻身上马，向前面的村落疾驰而去。

两个哨兵骑着马并行在村落里，薄雾中的村落异常安静，连鸡鸣狗吠都没有，两个哨兵顿时更加紧张起来。一个哨兵停下，从马上翻身而下，又从马背上摘下各种兵器挂在身上，低声说道："慢，情况不对。"

另一个哨兵紧张地咽了口口水，也跟着他下马拿兵器，二人扔下马，握紧手里的长枪，慢慢地向村中走去。村落里一片死寂，最近的一间宅院门大开着，两个哨兵走进去，小声地喊道："罗老七。"但没有人回应，两个哨兵使个眼色，摸到门口，一个站在门边，一个抬脚踹向门。

刚碰到门，门就开了，哨兵差点跌倒，还好立刻稳住了身子，站在屋子里，一眼看到地上趴着的血迹斑斑的人。哨兵这下万分确定，真的是出事了！他们紧接着挨个查看村子中的每一户人家，无一例外，全部被屠杀。

两个哨兵站在村子里，双腿微微颤动，面无血色，这般可怕的场景还是第一次见，他们当下决定要回去禀告此情况。但刚转过身，视线里就出现一个从巷子里走出来的活人，一个哨兵不由得脱口尖叫起来，另一个还算比较淡定，但当他看清那人的装扮时，顿时吓呆了，那人身材矮壮，穿着铜钉棉甲，手中握着一根精铁镰刀，铁奎罩着的脸上正露出诡异的笑容，竟然是黎兵！

哨兵瞪大眼，下意识地就要去拔身后的弓箭，但还是晚了一步，眼前寒光一闪，那黎兵已经扑过来，长长的镰刀直直劈下，顿时鲜血四溅……

第一百三十九章

◇

成国公带兵救援

夕阳照在雄伟的城池上，城池上下已经不复以前，累累血痕，尸首残肢，地上散落着登城的长梯，城墙砖上满是刀枪箭痕，烟火四燃。

厮杀声退去，呻吟、痛哭、哀号声遍布，还有铠甲刀剑相撞的声音夹杂其中，这是兵丁在清理城墙，以待重新布防，迎接敌人的再一次进攻。

清河伯满身血迹，头盔已经不知道丢到哪里去了，斑白的头发几乎变成了雪白，凌乱地随风飘动，他站在城墙上，看着这满目疮痍，神情沉重地问道："这次伤亡多少？"

"还没清查出来。"一个将官低头说道，"粗略估算战死的有一千多人。"

对一场攻守战来说，这死伤数目也算正常，然而这已经不知道是第几次了，积累下的伤亡人数非常庞大，而现在他们没有兵马可补，死一个便少一个，伤一个便废一个。

清河伯转头向四周望去，原本的军阵已经收缩回防，虽然营帐旗子还在，但他知道这大军已经被打残了，而黎人那边，比起先前又增加了人马，密密麻麻一大片，这一战，战败是注定的了，只是早晚的问题……

"伯爷，"一个将官上前低声道，"末将观察过了，西面黎人薄弱，不如我等护着伯爷突围。"

此言一出，其他将官神情微动，纷纷站出来说道：

"是啊，伯爷，留得青山在，不愁没柴烧。"

"伯爷，末将愿意留下抗敌，请伯爷杀出重围，将来为末将报仇。"

"荒唐！"清河伯沉声打断他们，"我邹江从未在黎人面前逃过。"

将官们神情复杂，一个将官恳切地说道："伯爷，我等不是说伯爷怯战而逃，只是这样死得不值……"

清河伯再次打断他："你错了，这样死才最值，此守战最关键的是一口气，如果我等突围，那这口气便泄了，我军将立刻溃散，人人奔逃。"他伸手指着前方，"在这数万黎贼的虎视眈眈下，会是什么结果，你们想不到吗？"

众将官都面色惨白地看向前方，似乎看到了那人人逃命、黎军铁骑肆虐剿杀的场面。

"那种场面之下我们根本突围不出去。"清河伯声音平静地说道，"更何况，我们内中先溃，外边的援军必然被累害。"

竟然还想着援军，几个将官神情苦涩，都这么多天了，一个援军也没看到，不知道是都怯战而逃了还是被黎人打残了，伯爷竟然还等着援军，这是自己骗自己，好壮锐气吧。

"黎贼势大，然只要我等坚守营寨，比起旷野上奔逃更有生存的希望。"清河伯肃容说道，"到时候待援军赶到，内外夹击，必能杀出一条生路。"他的声音拔高，"我等为将为兵那一日起，就已经舍身为国，需勇猛杀敌，若再有人敢言退却，就地正法！"

众将官肃然跪地，齐声应"是"，起身领命而去。

夜色似乎是很多地方停战的号角，一座小丘陵前，看着如潮水般退去的黎兵，一人将身上倒着的死去的兵丁推开，连滚带爬地越过一片狼藉的战场，翻进一条沟壑，沟壑里挤满了兵丁，皆是伤痕累累，神情惊恐又颓然。

"齐大人，黎兵退了。"来人哑声道，"我们趁着夜色退吧！"

在这群兵丁中，一个肩头负伤的将官看过来，沉声道："不能退，伯爷还等着援兵呢。"

"大人，"来人哽咽道，"黎人都围攻这么多天、这么多次了，伯爷只怕已经不在了。我们就剩这点人了，就算突围进去，又能怎么样啊。"

将官神情悲愤："但是，我们不能退。"

"大人，"来人都要哭出来了，"您已经很英勇了，您没有辜负朝廷和伯爷，这么多路援军，别人都退了，只有您没有。"

将官站起来，将手中的刀狠狠砸在地上，哑声道："不是不退，是我们现在退不得。"他指着身后，"你们以为黎人没有围住我们身后，真的是他们忘了吗？这不过是猫戏老鼠，他们就等着我们退呢，一旦退，就将我们逼入浆水河，天寒地冻，连军马都没剩几个了，我们怎么退？我们怎么跑？到时候冻死，饿死，累死，而黎兵只需要在后纵马看着我们就足够了，不用一枪一箭。"将官又坐下，颓然说道，"黎人既然让伯爷中了埋伏，又怎么会不提前准备应对随之而来的援军？怪不得那些家伙都不肯来，拉着人马跑了，不愧是这北地的老将，对黎人熟悉。"

"好了，说这些没有用，现在只能继续攻守。"将官又深吸一口气，抬起头，神情决然地说道，"等待伯爷能突出重围，或者有援军来，伯爷一定还活着，黎人还在不断调集兵马进攻，我们还有希望。"

在场的人都面如死灰，忽地地面传来震动，旋即便是马蹄声、号叫声和火把的亮光。

"黎人又来了！"沟壑里的人面色惨白地喊道。

将官将刀举起来，哑声道："结阵，迎战。"

兵丁立刻握紧手中的长枪跳出沟壑，个个神情麻木，似乎已经无惧生死，骑兵尚未逼近，嗡嗡的破空声传来，才要结阵的兵丁只得慌乱地重新跳回沟壑里，火箭密集地射来，瞬时燃烧，照得四周明亮起来。

越来越近的黎兵发出狂笑，一个兵忽地抓起弓弩，用最后一箭向黎兵射去。这兵丁的箭术极好，准准飞向为首的一个黎兵，但那黎兵抬手举起藤甲挡住了这箭，嘲笑着将手一抬，拉弓放箭，在火光的映照下，兵丁一声闷哼，被箭射穿，向后跌去，黎兵的狂笑声更大了。将官跳出了沟壑，一语不发地举着刀就向来人冲去，他身后，其他的兵丁也都跳出来，握着兵器，咬紧牙关，无声地向前冲去。

嗡嗡嗡的声音撕破夜空，将官瞪大眼睛等待箭镞来临的那一刻，但下一刻，他就看到前方举着弓弩的黎兵号叫着翻下马。将官愣了下，又一波嗡嗡嗡声响起，他下意识地抬头，借着身后的火光看到头顶上有无数利箭飞过向黎兵而去。他不可置信地回头，听到了一片黎人惨叫落地的声音，他瞬时激动地嘶吼道："援军来了！"他身子一软，半跪在地上，用刀撑住身子，"结阵，结圆阵！"

兵丁迅速结阵，身后奔腾的兵马已经跨过沟壑，也终于看清了他们的模样，的确是披挂精良的周兵，他们熟练地在这小小的圆阵两边分列而过，手中的弓弩已经收起，换成了近战的长刀，而那边陷入暂时混乱的黎兵也重整队形，举起镰刀，人马冲撞，兵器交错，厮杀声、碰撞声喧天。不断有人倒下，有黎兵也有周兵，但身后还有源源不断的兵马冲来，很快，黎兵被打得开始溃逃，伴着号角声，本要追击的周兵也停了下来，快速地列队向后退去。

"你们是哪里的兄弟？"将官忙喊道。

走过他们身边的周兵看过来，其中一个首领模样的人说道："我们是丰宁军。"

将官知道这个军队，他们正是违抗命令不来援助逃走的兵马中的一支，他的神情有些复杂，不知道该怨他们临阵脱逃，还是感激他们危急时刻前来援救，他哑声问道："唐大人何在？"

那周兵抬头向前指了指，将官看过去，见不知什么时候前方的黑暗中亮起了火把，弯弯曲曲，如同一道长墙砌在夜色里。将官深吸一口气大步向那边走去，空中飘扬着几面旗帜，火光下格外醒目。丰宁军的旗帜很好辨认，但随着越来越近，更多的旗帜呈现在将官的眼前，其中一杆更大的旗帜正随风飘扬——朱字大旗。

将官不可置信地看着那几面旗帜，下意识地腿一弯，半跪在地上，竟然是成国公……

清河伯走上城墙，城墙上兵丁们手中握着兵器，辅兵们扶着滚石圆柱，却没有黎兵攻来。

适才吃过饭在夜色里养精蓄锐时，哨探来报黎人兵马动了，虽然夜间攻城不便利，但想来黎人要动用车轮战耗死他们，于是所有人都奔向城头，准备迎接拼死搏斗，但他们在城门上站定，却没有看到黎兵滚滚而来。

"你们听。"忽地一个将官说道，打破了城墙上的死寂。

众人都竖起耳朵屏住呼吸，天边似乎有滚滚雷声传来。

"要下雨了吗？"一个兵丁喃喃说道。

"不是雷声。"旁边的兵丁忽地喊道，"是战鼓。"

隆隆的战鼓声似乎从天边传来，越来越大，越来越近，很快滚雷一般响彻夜空。

"是战鼓！是我们的战鼓！"更多的人都激动得大声喊起来，陷入癫狂，有人大声喊叫，有人跪下来大哭，更有人涨红了脸抱着兵器就要向前冲，将官们不得不呵斥，让众兵保持肃重，但他们自己也激动不已。

"援兵多少兵马？"清河伯忽地问道。

这句话犹如一盆冷水从头浇下来，将官们顿时清醒了，喜悦化作深深的忧虑，所有人都渐渐沉寂下来，紧张又悲愤地看着鼓声大作的方向，夜色沉沉遮挡了一切，只看到天边似乎燃烧起来，火红一片。

斯杀声一夜未停，晨光从天边跃出时，城墙上依旧站满了僵硬的人群。清河伯原本花白的头发更白了，连胡须都白了，挂满了晨霜，他们的眼里已经没有了担心，因为哨探在一个时辰前已经带来了好消息——黎兵退了。

但没有人欢呼雀跃地冲下城墙，所有人都呆呆地站在高高的城墙上，眼一眨不眨地看向太阳升起的地方，等待着。随着晨光越来越亮，视线里终于出现了一队队人马，这是哨探先锋，他们奔驰在旷野上，为身后的大军探查，接下来便是一队队骑兵，密密麻麻从四面八方涌来，旗帜如云铺天盖地，越来越近。那是他们熟悉的旗帜，熟悉的铠甲，熟悉的行军阵，熟悉的同袍。

不知道哪一个兵丁先嗷的一声叫起来，将手里抱着的长枪用力投向天空，长枪跃起又滑落跌向城墙下。接着城墙上响起此起彼伏的叫声，长刀、头盔甚至还有石头，每个人将自己手里能扔的东西都扔了出去。

这一次清河伯没有呵斥，他自己脸上也浮现出了笑容。

"伯爷，都来了。"一个将官激动地说道。

清河伯看着那些熟悉的旗帜，突然有些热泪盈眶，又豪情万丈，他正思索着之后如何享受这份荣耀，忽然神情一怔，瞪大双眼，看到了五彩如云的旗帜中，最突出的黑面大旗，他的脸色顿时变得惨白，而其他将官和兵丁也看见了成国公的大旗，都目瞪口呆……

城门已经打开，清河伯站在门前，身形挺拔地看着走近的男人。那男人骑在马上，没有下马的意思，他温和地笑道："伯爷，许久未见风采依旧啊，当帅领兵不行，被围困撑守之坚却无人能比啊。"

清河伯顿时大怒，但他强压住怒意，神情漠然地说道："你以为你这样可以戴罪立功吗？你调走北地官兵，置我等于危难，冷眼旁观将士与黎人鏖战，待双方耗损殆尽，然后再从天而降，这就是你朱山英雄之名所来？"

先前的欢呼狂喜已经消散，城门前两边对立，清河伯这边残存的兵将看着将他们救出生天的援兵，也没了感激，只有悲愤。

清河伯这句话问出来，一个胡子将官先一步站出来说道："伯爷，不是这样的。"他已经负伤，手臂还没来得及包扎，血染透了半边身子，"国公爷调走我们，不是为了为难你们，是因为知道黎人的阴谋，知道黎人已经对援军设下陷阱，所以让我们带兵先去松山夺了黎人的粮草。"

其他那些被认为逃走不听调令的将官，也都站出来，纷纷附和道：

"国公爷让我在北翼截击黎人援兵……"

"我做得简单，抢占了六路敦，负责侧面夹击黎贼……"

而其他清河伯的亲信援兵也解释道：

"伯爷，我们被黎人阻击在外，进退不得，是成国公解救我们的……"

"伯爷，属下无能，怯战不敢近前，率兵退三十里，是成国公呵斥末将，责令带兵前来的……"

听到这些解释，清河伯这边的兵将顿时恍然。清河伯的神情依旧冰冷，他看着成国公说道："你知道黎人的阴谋，那我这中了黎人的埋伏，你也早知道了？"

成国公制止了身边将官开口，先说道："我说我知道黎兵阴谋，是我知晓黎兵秉性奸诈，并不是说我知道他们的筹划安排。"他看着清河伯，忽地点点头，"不过你中埋伏我的确早知道，因为你一向刚愎自用、有勇无谋。"

清河伯气得眼一黑，差点晕过去，旁边的将官听得也很尴尬。清河伯咬牙看着成国公说道："好，就算我蠢，你厉害，什么都看透了，你为什么不提醒我？我死了无所谓，你看着这么多将士送死忍心吗？"

成国公看着他，淡淡说道："我提醒，你信吗？"

清河伯神情一僵，他肯定是不信的。

"如果我说的话人人都信。"成国公接着说道，"你现在也不会在这里。"

清河伯的神情更僵了，他冷着脸："你谋反不谋反不是现在要说的事，也不用跟我说，这次我中埋伏，你必须给个交代。"

成国公点点头，神情沉重地说道："是，我的事和你的事都不重要，现在最重要的是，黎人是不是已经打到京城了？"

清河伯以及在场的将官都神情惊讶，一副不可置信的样子……

杂乱的脚步声打破了皇宫的肃重，几个官员几乎是一溜小跑，但没有人指责他们的失仪，勤政殿更是一片嘈杂，众臣都神情惊慌地议论着黎人闯进了京东路的事情。

"现在怎么办？现在怎么办？"皇帝愤怒地伸手指着殿内诸人，"你们到底怎么回事？黎人都打到眼皮底下了。"

嘈杂声顿消，众官员齐齐跪地，高呼道："臣有罪！"

"陛下，已经探明这是一小股黎人散兵。"一个官员抬起头，急忙说道，"人数不多，只有不到三百人，乔装掩盖了行踪痕迹，才一路突袭到了京东路。"

"是的，陛下，京东路已经截杀他们了。"另一个官员也忙说道。

正说着话，外边有官员急急跑进来喊道："陛下，拦住了，京东路已经将黎兵斩杀一百零八人，活三十四人，余者逃窜，全境正在围剿。"

此言一出，殿内的诸人都松口气，皇帝也在龙椅上坐下来，脸上的惊悸未平，疲惫地说道："一个不留，让京东、京西都要戒严，这种情况不能再出现了。"

在场的官员齐声应"是"，皇帝疲惫地摆手，众官员忙施礼退出。黄诚被叫住，皇帝带着几分焦急地问道："黎人到底想怎么样？他们可有回话？"

黄诚神情平静地说道："还是要钱要物，说熬过冬开春难，臣正在谈……"

"还谈什么谈，不就是钱和物，快点给他们，打发他们滚。"皇帝没好气地打断他。

黄诚忙应声"是"，又抬起头，坚定地说道："臣亲自去见他们。"

皇帝懒得理会，摆摆手，让他退了下去。

京城的街道上聚满了神情惊慌的民众，到处都在议论打听黎人即将要攻打京城的事，但很快，又有人传达了黎人散兵被击退的最新消息，才多少抚平了一些民众的惊慌。

一队护卫一边驱散聚集的人群，一边簇拥着黄诚的车马在拥挤的街上缓缓穿行，不少民众都认出了黄诚的车马，还有人忍不住大声询问黎人攻城的事。黄诚自然不会回应，但跟随的管事还是小心地安抚了一番，民众才稍稍淡定一些，一路围观他的车马驶出了城外。

直到出了城门，管事依旧觉得背上炙热，他忍不住抬手擦了把额头上的汗，钻进车里，低声问道："大人，我们真去找黎人？"

"去哪里找？"黄诚闭着眼漠然道，"阎王殿吗？还是你去北地？"

原本郁迟海留在京城的人已经被他们杀光了，而现在去北地也无非是找死，管事有些讪讪和不解，既然如此，那为什么一直骗皇帝还在跟黎人谈判？现在更是说要亲自去谈？

黄诚睁开眼说道："你是不是傻啊？这时候当然是跑路啊，黎人都打过来了，还不跑，等着去跟宗奕皇帝做伴吗？"管事顿时一脸震惊。

与此同时，急促的脚步声在北镇抚司响起，看到陆云旗过来，涌来的一群人忙避让，露出其后抬着的一个担子，其上躺着一个人，满是血迹。

陆云旗站过去低头看，见是金十八，他面色惨白，显然伤得极重。似乎察觉到身边的陆云旗，他慢慢睁开眼，吃力地喊道："陆大人。"

陆云旗点点头，说道："是我，你可以说了。"

金十八用力地抬手，抓住陆云旗垂在身侧的衣袖，用尽全力喊道："大人，黎人，来了，京东西路不敌已……"他的话还没说完，似乎已经耗尽最后一口气，手无力地垂下，便不动了。

在场的锦衣卫皆色变，陆云旗神情依旧木然，抬手抚上金十八的眼。

"这不可能！黎人怎么会有那么多兵马攻进京城？"清河伯呵斥道，"朱山，你少危言耸听，你现在是钦犯，我是不会让你将帅北地的。"

成国公看着他："你不觉得整件事都不对吗？从黎人突然议和开始。"他说着又点点头，"嗯，以你的脑子，当然是不觉得。"

清河伯再次大怒，呵斥道："朱山，你……"

成国公抬手制止道："伯爷，现在不是你我争论的时候。"

他的话音刚落，有将官面色惨白地从外边进来，扑通跪在地上，哑声道："伯爷，哨探来报，黎人到了京东路了。"

清河伯猛地站起来，颤声问道："多少？"

将官咽了口口水，似乎不敢看清河伯，他俯身趴在地上，闷声道："暂时不清楚，大约有四万……"

当初为了支援北地，京东路的驻军被调走一半，现在黎兵近四万人，如何能抵挡住，怪不得黎人能有这么多兵马突袭……怪不得黎人和谈坚持要北地三郡，以便深入腹地，调兵容易……原来醉翁之意不在北地，而是京城……

清河伯抬脚就要向外冲去，大喊道："来人，来人，召集……"

成国公一把抓住他："召集后呢？你想去追击吗？"

这时候根本就追不上了，清河伯面色一阵青一阵白，那京城怎么办，当年霭州旧事又要重演了吗？

"在你调兵援军的时候，我让肃宁关的兵马往京城去了。"成国公接着说道。

清河伯眼底迸发光彩，以时间算起来，倒是有些希望……

成国公却摇摇头："我说过，我知道的只是黎人奸诈，但我不是神仙，不知道他们具体做什么，什么时候做，所以，只怕还是时间不够。"

"最关键的是，京城附近，挡不住……"清河伯接着说道。

哪怕肃宁关的青山军紧追，但到底不是从前方拦截，只要给黎人一天机会，越过京东路防线，那么对他们来说，京城就如同豆腐一般……

"希望京城能守住，只要能守住，等援军赶上……"清河伯不由得攥紧了手，面色却是一片死灰，跌坐在椅子上。

"不过，我虽然不是神仙，"成国公的声音再次响起，"但这世上倒也不是没有神奇之事，以及神奇之人。"

清河伯不解地看向他，问道："什么意思？"

成国公看向京城所在的方向，神情温和又沉静："那个人在，还有一丝希望。"

第一百四十章

◇

说服全民守京城

坐在床上的君小姐将手放在膝头，转头向后看去，光亮从上投落，旋即又被阴影遮住，脚步声响，陆云旗走了进来，她已经有两日没有见到他了。

"你回来得正好，我有事要说。"

陆云旗木然的面容上浮现笑容，他走到君小姐身边坐下，问道："什么事？"

"我想好了，你以前说的选择。"君小姐说道，"带我去见九黎吧。"

陆云旗却摇了摇头："现在不行了，九龄，我现在要带你出京。"

"为什么？"君小姐问道。

"黎人打到京城了。"

君小姐猛地站起来，神情不可置信，她知道皇帝治罪成国公，必然会引得北地动乱，黎人会趁机作乱，但也没想到会乱到这种地步，她急着问道："怎么都到京城了？"

陆云旗神情依旧平静："黎人设计让清河伯中了埋伏，又做出大军凝聚全力一搏的姿态，引清河伯调动了大批援军，尤其是京东路的驻兵。"

"京东路兵力空虚，黎人突袭就一路杀过来。"君小姐接着说道，"就这么简单？"

陆云旗点点头："就这么简单。"

君小姐思索片刻，说道："尽管如此，也不是守不住，京城附近有禁军，北地那边肯定也会来援军，就算还是打到了京城前，京城的城池很坚固，只要上下一心，也不是一两天能攻破的。"

"也许吧。"陆云旗显然并不在意，"不过陛下要走了。"

君小姐再次愕然地看向他，问道："他应该不是要亲自迎敌吧？"

陆云旗笑了笑说道："当然不是。"

君小姐气得抬脚将陆云旗坐着的凳子踢翻，愤怒地骂道："废物，这个时候怎么能跑？一逃士气溃散，京城就真的守不住了。"

陆云旗依旧神情平静："走吧，九榕、九黎你不用担心，皇帝肯定不会带他们走，但我会让人安排好的。"

君小姐咬住下唇，站到他面前，大概因为情绪激动没注意到自己踢翻的凳子，差点绊倒。陆云旗伸手扶住她，君小姐没有甩开退后，而是急急说道："你带我去见皇帝，现在绝对不能跑。"

"你还想说服他？"陆云旗说着，俯身伸手要将凳子拿起放到一边，"别幼稚了……"

但他的声音到这里一顿，身子瞬时僵住，慢慢抬头看着站在眼前的君小姐，她的双手还绑缚在一起，此时趁着他俯身低头落在他的脖颈上，将毒针刺了进去。

刺痛越来越明显，陆云旗慢慢说道："九龄，别闹。"

君小姐一语不发，神情平静地看着他，并没有先前听到皇帝逃跑的愤怒和焦躁。

"真厉害。"陆云旗含笑说道，"是什么？毒针吗？藏在哪里？你的身上吗？皮肉里？"他说着眉头皱起，"多疼啊……"话音刚落，便扑通一声，闭上眼倒在地上。

直到这一刻，君小姐才重重吐口气，她只来得及淬炼把人醉麻的药，药效不够，陆云旗很快便会醒来。时间紧迫，君小姐抬起脚步，迈过他便向外奔去，这地牢她来过，很快就踩着台阶冲上去，头顶上一块木板盖着，她踮脚举高用手去推，哗啦一声，木板却没有应声而开，反而发出锁链碰撞的响声。

君小姐脸变得惨白，她奋力用被绑着的手推木板，但回应她的只有锁链的响声，她不知道陆云旗日常怎么让外边的人开门，现在也顾不得想了，如果外边的人询问，她就直接说陆云旗被她杀了，看他们开不开门，只是外边始终没有人询问，而内里却传来凳子哐当的声音。

君小姐回头看到陆云旗虽然还躺在地上闭着眼，但手却猛地一动，撞到了凳子上。陆云旗已经在逼退药效，以他的本事很快就能动了。君小姐一阵慌乱，正在想怎么办时，响起一阵哗啦声，紧接着木板被掀开，日光顿时倾泻进来，明亮而刺眼，但君小姐却不敢眯眼，她要看清楚来人是谁好应对。她用力睁眼，抬头看去，一张女子的面容闯进视线，她呆住了，往内看的女子也呆住了。

"姐姐。"君小姐下意识地喃喃道。

君小姐没有想到第一眼看到的竟然是九黎，九黎没有听到她的喃喃，这一刻她也被吓了一跳，旋即又释然道："原来真是你啊，你不要怕，我……"她想要解释一下，自己并不知情，也并不会像陆云旗那样对待她，但她的话没说完，那女孩子已经冲她伸出手道，"拉我上去。"

九黎看到她被绑缚在一起的手，神情微微酸涩，忙抓住她的手拉她上来。

"君小姐，你不用怕，我帮你割开，我去找个刀子……"她的话音未落，就见那女子已经径直向一个方向奔去，她忙轻声喊道，"君小姐，你别乱跑，那个婢女刚走没多远……这里不知道……"

但君小姐并不理会她，而是在一片花架中穿梭，忽地俯身从其中抽出一物。九黎公主愣了一下，然后才看清她拿出的竟然是一把匕首。她下意识地看向花架，那是很普通的花架，到处收拾得干干净净，没想到竟然藏着一把匕首。她是怎么知道的呢？

九黎公主正微怔间，君小姐已经将匕首塞给她，将手伸过来，说道："拿好，割开。"

九黎公主看着这匕首，刀鞘陈旧，带着岁月风霜的痕迹，这绝不是刚放进去的，她咬牙将匕首从刀鞘里拔出。不待她去割绳子，君小姐已经等不及地自己伸手上前从中狠狠一沉，割断了绳子，她活动了一下手腕，拉住九黎公主的手就向外跑。

九黎公主脚步不稳地跟上她，稳稳心神，说道："君小姐，你别急，我会想办法送你出去的，不过这里我不太熟，我进来的地方现在都有护卫的，我来想想办法……"

九黎公主渐渐不说话了，她看着君小姐拉着她出了花棚，没有丝毫停顿地前行，七拐八拐就转到了一个院门前。她都不认得这是不是自己走来时的门，但又肯定不是，因为这里并没有锦衣卫等候。她在陆宅多年，除了自己所在的院子，其他地方对她来说都是陌生的。这些日子也是因为直觉这个君小姐在这里，所以才试探着小心翼翼地关注这边，而君小姐竟然能熟练地穿过门、绕过树、越过夹道，在这个家里健步如飞，就好像这是她的家，是她很熟悉、闭着眼也能走动的地方……

九黎公主跟着跟着，视线渐渐被泪水模糊，手突然松开了，她下意识地上前要抓住，眼泪滴落，视线也变得清晰，才看到原来君小姐停在一座假山前，正俯身趴在地上，手伸进假山下，雀跃地说道："还在这里。"说着拽出一个扁长的盒子，打开抽出一把剑，"那边有个暗门，可以出去。"说到这里，又停顿下，她不知道现在还在不在，当初也是陆云旗指给她看的，想了想决定还是要试试，刚抬起头看向九黎公主，便愣住了，面前的九黎正泪流满面地看着她。

君小姐看着九黎，心扑通扑通直跳，心想她是认出自己来了吧……九黎公主只是看着她，用手掩住嘴默默地流泪，似乎半点声音也不敢发出，唯恐一旦开口，一切就化为乌有。君小姐的眼泪瞬间涌出，她有很多话想要跟她说，但不是现在……

君小姐深吸一口气，握紧了手里的长剑，伸出另一只手，说道："跟我来。"

九黎深吸一口气，毫不犹豫地把手伸过去。君小姐拉住她向外奔去，但刚跨过院门就看到陆云旗站在前方，她们猛地停下来，相握的手同时互相攥紧。

陆云旗的视线落在她手中的剑上，问道："你拿这个有什么用？"

君小姐看着陆云旗，握剑的手一翻将剑放在了自己的脖子上。九黎吓了一跳，下意识地松开手想要夺下她的剑，但又怕伤到她，不敢动手。君小姐看着陆云旗，说道："我拿这个，能杀了我自己。"

陆云旗看着她，没有急没有怒，木然的脸上慢慢浮现笑容，微微惊喜道："九龄，原来你信我。"

这句话似乎没头没尾，君小姐看着他，别人听不懂，但他们都知道对方说的是什么意思，能用死威胁到的人，只有在乎你的人。她相信他在乎她，绝不会伤害她，他的心意，她都知道。

"这是两回事。"君小姐神情漠然，"这是你的事，与我无关。"

陆云旗点点头："是，我愿意。"

君小姐将长剑再次贴紧脖子，微微抬头，让他可以看到肌肤上被划破的浅浅的血迹，并向前迈出一步，说道："让开。"

陆云旗看着她一步一步走近，听她继续说道："你很厉害，但别以为能阻止我，我杀不了你，但我有无数种办法可以杀死自己。"

九黎小心翼翼地跟着君小姐，想要阻止但又停下，只是含泪紧紧地看着她，陆云旗站在原地没有动作，他微微笑了笑，说道："我知道。"说着停顿一刻，"那这样吧，咱们先离开京城，之后我不再关着你。"

君小姐笑了笑："我不会离开京城的。"

"我知道。"陆云旗说道，"但现在情况不同。"

"正是因为现在这种情况，"君小姐打断他，一字一顿地说道，"我更不会走，绝不走。"

她站在陆云旗面前，更显得个头娇小，但或许是那微微抬起的下巴，或许是那眼神，让人觉得她反而好似居高临下地看着面前的人，正无声地跟他说："楚家的子孙，就是被俘，也绝不弃国弃民而逃……"

"让开。"君小姐再次说道。

陆云旗依旧沉默，有锦衣卫从外疾步而来，一反常态地上前低语几句，神情焦急。听完他的话，陆云旗依旧沉默地看着君小姐，而那锦衣卫也并没有退走，而是带着几分催促地看着陆云旗。

君小姐的手再次微微一翻，白皙的脖颈上有细细的血丝迸出，陆云旗几乎是同时说道："好。"说罢便转身，两边的锦衣卫跟随他转身，猩红斗篷翻飞，皮靴声踏踏，转眼，一群人便离开了。

君小姐握着剑站在原地，一时有些不敢相信，九黎公主也有些怔怔，但还是回过神看向君小姐的脖子，喃喃道："先，先放下来？"

君小姐看着前方，陆云旗等人的身影已经不见了，九黎公主也顺着她的眼神看过去，忽然说道："我先去看看。"说着便抬脚就向外走。

"不用了。"君小姐阻止她，将剑从脖子上拿下，但还紧紧握在手里，"应该是走了，皇帝那边等不及他。"

九黎不解地看着君小姐。君小姐也看向她，说道："黎人打过来了。"

九黎公主神情惊讶，想说什么，最终化作一声轻叹。

"皇帝要跑了。"君小姐接着说道。

这一次九黎公主连惊讶都没有，反而笑了笑，"哦"了一声。

君小姐看着她，说道："我不会走。"

九黎公主点点头："嗯，我也不会走。"

君小姐深吸一口气，握着手里的剑向外走去，九黎公主跟在她身后，认真又小心翼翼地看着她，外边院子里的仆从看到拿着剑的君小姐都吓了一跳，但并没有人大呼小叫，更没有人上前询问，这是他们长久以来养成的习惯。

君小姐一路走来畅通无阻，所有的锦衣卫都消失了，大门就在眼前，她对门前的仆从说道："开门。"

仆从没有半点迟疑地应声"是"，便打开了门。君小姐将手中的剑握了握，转头与九黎也视线相对，眼中泪光闪闪，君小姐柔声道："你在家关好门，别怕。"

九黎公主含笑摇摇头："不怕的。"

"我去外边看，想想办法。"

"好，你，去吧。"

君小姐转身就走，走了几步又猛地转回来上前伸手抱住了九黎，她将头放在九黎的肩头上轻轻蹭了蹭，不待九黎说话，便松开九黎，大步向外跑去。

九黎的眼泪滑落，她终于又见到失去的妹妹了，但是她们还没有说几句话，妹妹甚至没有喊她一声姐姐……

君小姐奔到大街上，白日里街上人来人往，虽然比先前多了几分紧张，但总体来说依旧热闹繁华，并没有兵荒马乱、人人奔逃，看来消息还没有传开，她咬了咬下唇，在人群中穿过飞奔。

皇宫里，勤政殿的气氛有些紧张怪异，原本有很多太监随侍的殿内此时只有寥寥数人，许久不见的袁宝也在其中，低声催促着几个内侍收拾勤政殿的东西。

咯吱一声，门开了，太监们吓了一跳，更有人失声喊出口，袁宝也被吓了一跳，待看到来人是个年轻的官员，不由得羞恼地踹了那太监一脚，低声骂道："喊什么喊，宁大人是鬼吗？大呼小叫。"

宁云钊不计较袁宝言语的无礼，只是低声说道："袁公公，还没好吗？陛下叫你。"

袁宝忙应声"是"，抬脚要走，又停下看着这里面，迟疑地说道："那这里……"

"我看着。"宁云钊郑重地点头道，"袁公公放心。"

袁宝有些不放心地看着他，但宁云钊已经熟练地指挥几个内侍收拾起来，效率甚至比他还高，袁宝虽然不高兴，但毕竟皇帝要带他一起走，也就放下心，又叮嘱了一句，这才疾步走了出去。

而宁云钊则继续指挥着内侍收拾架子上的各种东西，又去查看收拾好的几个箱子，四个内侍被他使唤得团团转，越发心慌意乱。

不一会儿，两个内侍便因为慌张没注意，撞到了一个箱子上，二人跌倒，箱子也被踢翻。另外几个内侍忙慌张地去捡，宁云钊忙安慰他们，让他们继续去收拾别的地方，自己则蹲在地上将东西一一放回箱子里。忽地一个盒子似乎没拿稳掉出一物，竟然是玉玺，宁云钊伸手捡起来，却没有放进盒子里，而是塞进了宽袍大袖内，一手将空盒子合上扔进了箱子里，然后若无其事地将余下的东西捡回装好，盖上了箱子，站起来说道："好了。"

那边的几个内侍也收拾好了看过来，正要说话，眼角的余光忽然看到一个人影，不由得吓得哆嗦一下，一个内侍脱口喊道："谁在那里！"

宁云钊身子一僵，但神情自然地跟着看去，见殿内门口的圆柱旁站着一个人，他穿着朱红衣袍，跟圆柱的颜色差不多，竟然谁也没有注意到他进来，也不知道他进来多久了。

"陆，陆大人。"几个内侍结结巴巴地说道。

陆云旗与宁云钊对视，似乎是一眨眼，又似乎长得令人窒息，陆云旗先说道："收拾好了，就走吧。"说罢，转身向外而去。

内侍们立刻行动起来，说话声、脚步挪动的声音不断，让殿内重新变得嘈杂，也打破了这窒息。

宁云钊悄悄松了口气，一边帮忙，一边无意地瞥了一眼大殿门口，此时，陆云旗的身影已经消失不见。

皇帝的寝宫门紧闭，几个内侍垂手安静地站在门外，看到陆云旗过来纷纷施礼，一个内侍小声提醒道："袁公公在里面。"

如今这位袁公公是皇帝面前最当红的人，其属下的太监跟北镇抚司发生了很多不愉快，这二人在皇帝面前一向是不同时露面的。果然陆云旗闻言，在他们一旁面向外安静而立。

寝宫内不只有袁公公，还有太后的两个内侍，皇帝裹着厚厚的斗篷坐在床上，正吃着一碗汤羹，一口气吃完，他带着浓浓的鼻音，说道："你们跟太后娘娘说，药朕都吃了，让她别担心，娘娘送来的这八宝羹最好吃。"

两个内侍笑了，其中一个说道："陛下，这是娘娘亲自为您熬煮的，整整守了两个时辰呢。娘娘说了，陛下您小时候最喜欢吃她做的八宝羹了。"

皇帝感叹道："是啊，好多年没吃过了。"他面色带着几分不安，"怎么好让娘娘这样熬身子，都是朕没用……"

两个内侍忙施礼。一个内侍说道："可不敢这么说，娘娘说了，陛下您不要急，养好身子最重要，外边有那么多驻兵，内里有这么多百姓，他黎人就是来了也没什么可怕的，要打就打，能谈就谈，能骗就骗，办法多的是，不要自己先把自己吓着……"刚说到这里，皇帝忽地抬手掩住嘴重重咳嗽起来，打断了内侍的话。

袁宝忙捧上茶水，上前小心拍抚着。皇帝喝了口茶，缓了缓咳嗽，哑声问道："娘娘还有什么吩咐？"

两个内侍对视一眼，齐声道："没了，娘娘就是希望陛下不要急，养好身子，不要怕。"

"是。"皇帝带着几分惭愧地说道，"让娘娘费心了，朕吃过药捂一晚上，明日就好了。明日朕亲自去见娘娘。"

两个内侍忙应声"是"，再次施礼。袁宝亲自送到门口，看着那两个内侍走出去，将门掩上，三步两步跑近前，低声说道："陛下，好险啊。"

皇帝一把将斗篷解开扔到一边，露出其内穿戴整齐的衣袍。这衣袍不是龙袍，而是外边常见的富家翁的装扮，皇帝对着面前的汤羹碗啐了口唾沫进去，恨恨说道："还给我熬汤羹，真是假惺惺，那个死鬼吃她的吃死了，现在又要来喂我，我又不是傻子。"

袁宝抖着一件灰扑扑的发旧的连帽斗篷，小心翼翼地上前。皇帝一把扯过斗篷披上，露出阴狠的笑容看向袁宝，袁宝被他的神情吓得讪讪，一时竟忘了说什么。

"准备好了吗？"皇帝皱眉问道，又看向门外，拔高声音，"陆云旗呢？陆云旗来了吗？"

陆云旗从外边进来，俯身施礼道："都准备好了。"

"消息还没走漏吧？"皇帝问道。

陆云旗应声"是"。

皇帝松口气："那就好，黎人到京城无非是冲着朕来的，就像以前那样，要把朕从皇宫里抓走。"又冷笑一声，"朕不像宗奕皇帝一样莽勇，朕也不是肃王那蠢人，朕才不会让黎人如愿，朕离开京城，让他们扑个空，等后边的援兵到了，看他们怎么办！"

袁宝微微低头，身子忍不住发抖，且不说京城所属有近百万人口，单单这京城内就有十几万人，黎人扑过来的话，这场面……

"你干什么？还愣着做什么？想留在这里等死吗？"皇帝低声呵斥道。

"死"字让袁宝打个寒战，他忙搀扶着皇帝，颤声道："陛下，陛下快走！"

暮色降临，喧闹了一天的京城并没有陷入安静，反而又开始了另一种热闹，尤其是今夜，有更多的人涌进城内。

今夜为了庆贺京东路剿灭三百多黎兵，为了驱散自从年节开始就一直被惊吓的情绪，也为了弥补因战事错过的上元灯节，十几家商户联手举办灯节。有不少官员曾反对，认为正在战时不宜，但皇帝驳回了，说正因为战时，才更要安抚民众。

此时夜色还未完全降临，城中已经有不少灯点亮，呈现出流光溢彩之象，无数人涌上街头，等候入夜烟火冲天、满街璀璨的那一刻。

热闹的大街上忽地一阵骚动，有人发了疯一般冲进人群，跌跌撞撞的样子引起一片惊呼和骂声，但那人并不理会，而是神情惨白地嘶喊道："黎人！黎人到城外了！"

四周陷入一片安静，旋即响起一片说笑声，都以为这人在说疯话，但很快更大的骚动从城门方向传来，伴随着不间断的喊声："黎人来了！关城门了！黎人打进来了！"

大街上顿时脚步杂乱，哭喊声震天，整个京城瞬时混乱起来，人们争先恐后地收拾行囊奔向城门口，但城门已经关闭，人群只能挤在城门内喧哗吵闹，恐慌不断蔓延，几乎要将城门淹没。

五城兵马司的所有人马都拿出刀枪、鞭子警示，但面对汹涌的民众完全没用。

"宁大人来了！宁大人来了！"护卫们竭力嘶喊，才压过四周的喧闹声。

宁大人这个名字还是很吸引人的，众人都回头看去，夜色火把照耀下，人群自动让开一条路，走出拎着剑的身材高瘦的男人，此男人正是宁炎。黎兵来到城门的消息，他第一时间便知道了，虽然已经被卸了官职，但他还是第一时间选择为国、为民做一点事情，于是，他安抚好妻子，让妻儿在家藏好，便带着宁十一赶到了这里。

宁炎虽然已经好久没有出现在人前，但这并不代表民众就忘记了他，甚至他比以前做官的时候还要出名，这自然是因为他对抗皇帝被罢官。民众不懂朝政的事，对他们来说，敢跟皇帝对着干不惜丢官，这就是高风亮节，这种人是值得信赖的。

人群中的嘈杂声渐小，不少民众都哭着向宁炎询问道："大人，黎人是不是打过来了？"

宁炎神情肃重："黎人有没有打过来，还没有确切的消息，但大家也都知道黎人距离京城并不远，先前在京东路出现过，所以大家要做好最坏的打算。"

一旁因为他的到来而稍微松口气的五城兵马司的官员顿时紧张起来，但民众没有如预料中被这种危险的告诫而吓得更加慌乱。

"那快让我们出城吧。"民众纷纷哭喊道，"让我们逃命去吧。"

"正因为危险，所以现在不能开城门，大家也不要出城。"宁炎沉声道，"你们想一想，如果你们出了城，在旷野里遇到黎人，难道会比这里更安全吗？"他说着指了指身后的城门，"这里至少有高大厚重的城门、城墙围护。"

众人随着他所指看去，京城的城墙在夜色里更显得高大坚固。

宁炎又将手中的剑举起，指着四周五城兵马司的兵丁官员，又指向城墙上披挂严整的守城兵，说道："这里还有兵将刀剑，大家少安毋躁，就算黎人打来，也能护得大家平安。"

民众都安静下来，冲撞城门的民众也慢慢后退。

"大家请听从官府的安排，不要围在城门。"宁炎将剑负在身后，又说道，"我替大家守城门。"说罢，大步向城门而去，身后宁十一带着家丁跟随。

看着宁炎走来，围堵在城门的民众终于让开路，神情稍安，五城兵马司的官员也回过神，放松下来，开始指挥安排民众散开，让他们退回到不同的街道上去。城门前的喧闹褪去，城门上下的官兵都松了口气。

"还好宁大人您来了。"当值的官员一脸后怕地说道，"要不然这城门就要被民众冲垮了。"

宁炎对他点点头："无多言，严守四方。警戒吧。"

官员应声"是"，城门上的守兵领命散开，握紧手中的兵器对准城墙外一片漆黑的夜色，因为太过于紧张，并没有注意到宁炎眼中的忧色……

街上的动乱让一众大臣都急着赶往皇宫，要向皇帝禀告，但他们却被禁军拦在了宫门前。有老臣拿出先帝御赐的配饰，才得以让禁军勉强开了城门，但万万没想到的是，到了皇帝所在的宫殿，他们一行人竟然又被拦在了寝宫外，无论怎么禀告都不让他们入内。他们一行人只好在外等候，就这样等到了天亮，马上就到了上早朝的时候，他们再也等不及，于是直接大喊着"陛下，不好了……"后便冲进殿内，他们不可置信地看着殿内，龙床前的幕帘已经被进来的内侍掀开，灯火照着空荡荡的龙床，床上没有丝毫睡过的痕迹。

"陛下……不见了……"有大臣呆愣地喃喃道。

更有大臣立刻派人去请太后，没多久，太后便闻讯而来，一踏进殿内，便喝问道："陛下怎么可能不见了！"

大臣们迟疑着要说些什么，有内侍跌跌撞撞地从外边跑进来，扑通跪在地上，嘶声喊道："勤政殿里的东西都不见了，陛下，陛下跑了……"

皇帝的寝宫里一片死寂，所有人都惊呆了。

"陛下怎么可能跑了！"太后最先回过神，尖声喊道，"再去找……"她的话音未落，那几个内侍已经再次抬起头，哽咽地说道，"娘娘，玉玺不见了，锦衣卫不见了，袁宝公公也不见了，三皇子宫里的人说，三皇子也不见了……"

这意味着什么，殿内的人立刻就明白了，顿时都心如死灰，太后更是跌坐在椅子上，喃喃道："跑了？带着三皇子跑了？把哀家扔下了……这怎么可能……"

那是她亲生儿子啊，她生了他，养了他，还扶持他登上皇位，他竟然在黎人大军到来的时候，扔下她跑了？他甚至还故意让人骗她，说明日来给她问安。他这不是扔下她，分明是要把她送给黎人啊……太后悲愤交加，脑中一片混乱……

而其他大臣和内侍都面露惊恐，曾经被黎人铁骑肆虐的记忆如洪水般袭来，不知道哪个内侍先发出了一阵尖叫声，紧接着更多的尖叫声、痛哭声响起，还夹杂着大臣、内侍慌乱逃跑的脚步声，整个皇宫也陷入了一片混乱……

天边青光亮起，皇帝逃跑的消息不胫而走，整座京城都乱作一团，更多的城中人慌乱地向四面的城门涌去。

站在城墙上的将官看着此情此景，都面色惨白，不知所措。

一个将官转头看着身边的宁炎喃喃问道："宁大人，皇帝跑了，是真的吗？"

宁炎的嘴唇动了动，他这辈子遵从圣学之道，坦坦荡荡行事，没有什么话说不出口，但这一刻真的是张不开这个口，他们守护的君王在敌军压城的时候，自己偷偷跑了，那官府和朝廷还有什么信任可言？人心已经散了，他就是说再多也没有用了。更糟糕的是，这京城的禁军和守城兵丁多数都是京城人，他们要是看到自己的家人奔逃，还能忍心阻拦吗？

宁炎看着城门下，已经有不少人跑近城门前，一群兵丁正呵斥阻拦，只不过比起昨晚，他们的底气弱了很多，更有一人被逼近的民众揪住呵斥道："三儿，你还拦什么拦，你不管你爹娘了？你叔叔趁机把你家的干粮都装走了，等他们把车抢走了，你一个人背着你爹娘跑吗？"那兵丁闻言面色一白，扔下手里的长枪就向城中跑去。

不止这一个兵丁，其他几个兵丁遇到自己的亲人也都没有办法，有的甚至像那兵丁一样，直接放弃了阻拦。城门前的防守变得松动，越来越多的民众一步步逼着向前，守门的兵丁则步步后退，很快城门前阻挡民众的木架被涌来的人群掀翻到一边，眼看着就要向城门冲去。

"不行，不能开城门。"宁炎着急地冲城下的民众摆手，大喊道，"黎人已经逼近，城门大开，到时候关闭不及，或者被黎人奸细混进来，那京城就完了。"

但这一次，没有人再听他的话了，民众一边咒骂，一边叫嚣着让兵丁开城门。城门前的兵丁被逼得一步一步后退，眼看就要溃散，就在此时，有急促的马蹄声传来，伴着女子的喊声："不许开城门！"

宁炎第一时间向声音的方向看去，视线里很快出现一个火红的身影，虽然还没看清面容，但他攥紧的手却松开了，焦急的神情也稍缓，期待地看着君小姐的身影来到近前。

这喊声让民众很愤怒，人群中爆发出一阵咒骂声："你是谁！你管得着吗你！"

"我是君九龄。"君小姐在人群中勒马，挺直了脊背，居高临下地看着众人，"你们信不信我？！"

原本要继续破口大骂的民众下意识地闭上了嘴巴，而更多的人看向君小姐。

君小姐没有下马，再次说道："我是君九龄，你们听我的，不要出城，不要开城门，留在这里。"

"君小姐，"有民众神情悲愤地喊道，"我们留在这里又能怎么样？皇帝都跑了，黎人要打进来了，我们都要死了。"

"你们不会死。"君小姐抢先说道，"你们留在这里不会死，皇帝跑了，黎人也打不进来，我们都不会死。"

城门前人数众多，声音嘈杂，但君小姐并没有声嘶力竭地喊话，她的声音一如既往地柔缓，传入民众的耳内莫名让人觉得沉稳。嘈杂声渐渐小了，部分民众都有些怔怔地看着她，听她接着说道："我是君九龄，你们相信我，我说的话，从来不作假。"

君小姐的功绩，民众是有目共睹的，之前的种种行为确实证明，君小姐说过的话，承诺的事，都办到了，人群中的嘈杂声更小了，民众慌乱的心情也都渐渐平复下来。

君小姐翻身跳下马，在人群中一步步向前，边走边说道："你们信我，我会守住城的。"而随着她的走动，民众都自动退到两边，为她让开一条路，看着她一步一步向城门走去，"我不会让黎人打进来的，我不会让你们死，我们谁都不会死！"她站到了握着长枪、神情忐忑不安的守城兵丁面前，转过身，神情坚定地看着众人，"请你们信我！"

与此同时，方锦绣、陈七、柳掌柜也分别带着君小姐的重托赶往京城其他三个城门，阻止民众出城，他们各自搬出了九龄堂的匾额和青山军的大旗，费尽了口舌，总算稍稍安抚了民众，拦住了他们破城门的脚步。

青山军的威名已经众所周知，搬出了青山军，民众对君小姐的信任更进了一步，而君小姐甚至请来了青山军的家属，民众看着那二三十个老弱妇孺，他们虽穿着普通，乍一看跟普通民众没什么差别，但他们的神情镇定，动作整齐划一，跟民众们曾听到的青山军行走的步伐很像，民众都有些惊讶又好奇地纷纷盯着他们看。

"他们虽是青山军的家眷，但他们不仅仅是家眷。"君小姐看向列队站立在城门下的嶂青山众人，解释道，"事实上，他们就是青山军。"

民众倒不质疑他们的身份，但他们很担心，仅仅凭这些老弱妇孺，如何抵抗精壮的黎人兵马，不只他们，连五城兵马司的将官也很怀疑，并抢先代替民众询问君小姐这个问题。

"我们还有兵器。"君小姐说道，"一座城门一辆行炮车。"

听到她这话，民众没有什么反应，四周的将官、兵丁眼睛都亮了，他们都知道青山军的行炮车有多厉害，有了兵器自然就不怕黎人突袭了。有兵丁立刻跟民众比手画脚地讲述行炮车的厉害，听得民众目瞪口呆。

"当然最关键的是，我们的人并不少。"君小姐接着说道，"我们有几百兵丁，皇城里还有几百禁军，除此之外，我们还有衙门里的几千差役，最最重要的是，还有你们！"

说到前面的兵将，民众尚且勉强接受，但君小姐突然提到他们，民众顿时都吓了一跳，惊慌地齐后退。

"你们有十几万人。"君小姐上前一步说道，"这么多人，哪里需要怕他几万黎兵。"

民众苦笑着，七嘴八舌地说道："君小姐，您不要开玩笑了，我们怎么能跟黎兵比，我们可不会打仗……"

"我可以教你们。"君小姐指着站在这里的青山军，坚定地说道，"我可以教你们打仗，你们知道，真正的青山军一开始只有不到四十人，而青山军之所以能不断壮大成军，就是靠着所有青山军的人传帮带，一个个才都变得英勇无比。所以你们也可以，请加入我们，和青山军一起迎击黎人守住京城。我不是要你们上阵杀敌，我们也不需要上阵杀敌，我们有城池依靠，有高墙厚壁，我只需要大家不要慌乱，帮忙传送兵器、救护伤员即可。"

做这些事啊，倒是可以，民众你看我、我看你，小声议论起来。

"我们大家需要的是齐心协力，众志成城。"君小姐再次说道，"请大家相信我，我会带着青山军，带着所有的官兵守城，也请大家协助我，和我们一起守护这个京城，这个时候，我们没有别的选择，能依靠的就是这座城，也只有这个城池能守护我们，我们必须守住，我们必须自救。"

城门前一阵安静，忽地人群中爆发出一声呐喊，有男人将手里的包袱砸在地上，喊道："干了！反正出去也是死，老子不想死，那就跟黎人拼了！"有一个人带头，便有其他人也跟着喊起来，现场的气氛变得炙热。

一直在一旁沉默的宁炎也站出来，说道："请大家放心，还会有人来救我们，北地的官兵已经知道黎人突袭的消息，他们正在拼命追赶而来。我们需要做的是守住这京城几日，待他们赶来，黎人再多也多不过我们的兵马。这里是我们大周，这里遍地都是我们大周的人，我们大周的人，诛杀贼奴，人人可为。"

君小姐微微抬手，青山军的老弱妇幼齐声喊起来："诛杀贼奴！人人可为！"这边的将官也立刻举起手，身后的官兵高举兵器，跟着呐喊起来，炙热的气氛终于感染了民众，民众也都跟着大声呐喊起来，气焰如火，从城门向城中蔓延，席卷了整个京城。

君小姐动员全京城的百姓护城的事情很快便传遍了全城，几位重臣紧急开会，调动了禁军出动，而六部所有官吏也都各自行动，加入了守城的队伍，就连一向只会吃喝玩乐的贤王，在此关键时刻，也放弃了躲避。他召集了王府所有的护卫，翻出许久不穿的甲衣，带上散落不齐的兵器，浩浩荡荡一行人出了王府大门，本是要打算去城门，但他走了一半后，脑中突然冒出一个念头，又率领着众人朝着相反的方向疾驰而去……

城中发生的事君小姐并不知道，这边她稳住了民众，宁炎则稳住了官府，原本混乱的城中秩序渐渐恢复，但这只是第一步，最重要的是，接下来怎么做好城防。

"战守，最要紧的是守御有方，最忌仓皇失措。"君小姐说道。

宁炎点点头，看着在场的禁军和五城兵马司的将官，说道："所以我们要做好分派，充分调动所有人，物尽其用。"

"青山军会分布到你们的兵丁间，由他们领帅守阵。"君小姐说道，"具体的布防你们更清楚，就由你们安排。"

众将官齐声应"是"。

"然后现在就是将城中的精壮挑选出来，补充四城墙上的人手。"宁炎说到这里又轻叹一口气，从城门上看下去，担忧地说道，"人心还是不够稳。"

君小姐也看过去，大街上的人群不似先前那么杂乱，且还有不少民众按照指派在搬运城防需要的土袋石头木柱，但他们还是不时聚集在一起，低声议论着什么，顾盼之间，神情也始终有几分不安。她正要说什么，后边街上传来一阵骚动，似乎有什么人来了，民众也都注意到了，纷纷向后看去。

君小姐在城门上眺望，远远看到一队人马驶来，与官府以及一些官宦人家的护卫不同，这明显是皇家护卫的打扮，有兵丁神情欢喜，急急跑来禀告："是贤王来了，贤王带人来守城了。"

宁炎神情宽慰地点点头，君小姐又欢喜又感概又自豪，她就知道，真正的楚家子弟不会贪生怕死，她急忙向城墙下走去，但没走几步，就听到街上响起一阵震耳欲聋的喧哗声。

君小姐停下脚步看过去，见驶到人群中的那辆马车停了下来，有人掀起车帘走出来，但并不是贤王那肥胖的身子，而是一个小小的身影，当这个身影闯入视线时，君小姐一下子僵住了。

四周民众也怔住了，喧闹声渐渐平息，这让走出马车的人的声音变得更加清晰："你们不要怕！"清脆的童声回荡在街上，带着几分稚气，"本王与你们同在！"

日光下的马车上，一个身穿亲王花袍、头戴金冠的孩童负手而立。君小姐的眼泪瞬时汹涌而出，她的九嵘，终于走到了人前，站到了阳光下……

民众都不认识贤王，纷纷好奇地看着他，他的年纪也不过八九岁，面色红润，精神奕奕，五官面容跟贤王不是很像，应该不是他的儿子，那么这孩子是谁……

"是怀王？"人群中忽地有年长老人问道。这话让很多人愣了一下，一时想不起怀王是谁，但旋即又都恍然，纷纷跟着询问道。

前太子大家还有印象，毕竟常常代替皇帝出面，民众也曾见过，但这个前太孙几乎没人见过，他出生晚，很少被带到人前，没多久前太子又过世了，他则直接被关进了王府，再不出现在人前，且连名字都不被人提及，没想到竟然已经这么大了。人群一阵涌涌，暂时忘了敌人兵临城下的危机恐惧，满是好奇地围观。

四周的护卫挡着人群，站在车上的九嵘垂在身侧的手微微攥了攥。君小姐注意到了他这个小动作，微微有些心疼，她应该过去替九嵘说几句话，帮着他安抚民众，但是她依旧站着没动，只是看着他，听他发出微微颤抖却又清晰洪亮的声音："是，我是怀王。"

虽然已经猜到，但真切听他承认，民众还是扬起了一阵喧闹，涌涌向前。护卫们几乎有些挡不住，九嵘并没有被吓得后退，反而微微屈身从马车上跳下来，这动作让周围的民众多了几分亲近。他站在车旁，小脸上带着几分惭愧，说道："本王听到黎人打进来了，觉得很惭愧，让大家遭难了，是朝廷没做好。"

民众莫名觉得很委屈，出了这么大的事竟然瞒着他们，皇帝都跑了，终于有个人出来说声惭愧，虽然是个小孩子，但他姓楚，他的父亲曾是太子，而他曾经是太孙，他原本可是要当皇帝的人，也是有着真龙血脉的。

"不过，事情已经这样了，说惭愧、说后悔都没有用，现在最关键的是我们要守住京城，守住我们的家。"九嵘说着向人群中走去。护卫们迟疑一下让开路，民众也自觉地分开让路，"你们不要怕，他们来了，我们就跟他们打。"

"殿下，打不过呢……"一个民众忍不住抹泪说道。

"不打，怎么知道打不过呢？"九嵘看着这个民众，淡定说道，"我们大周不好战，但是绝不怯战，与我为善的，来了我们善待，与我们为恶的，来了我们必然要还击，就算打不过，也要打。"他说着指向城门，"你们不要怕，本王来守城门，城门若破，本王先死，死亦不退。"他站定脚，看着四周的民众，坚定地说道，"本王欲与京城同生死，不知尔等是否愿与本王共存亡？"

稚气孩童，不知生死，谈生死本是让人轻笑的事，但此时此刻，在场的任何一个人都没有笑，有人跟着大喊道："愿与京城共存亡！"更多的人跟着喊起来，向更远处蔓延，声音又从远处传回来，有大批人马靠近。翰林院的宋大人，三司使的董大人……大大小小的文官、武官涌涌而来，他们皆穿着朝服，戴着官帽，神情肃穆，口中高喊着与京城共存亡，带着家丁、护卫奔来。不只官员，此时城中原本关门闭户的权贵富豪也都纷纷打开大门，带着自己的家丁，拎着木棍、柴刀等能想到的兵器涌涌而来。

"愿与京城共存亡！"一股股声浪涌向四面八方，转眼间，似乎整个京城十几万军民都在齐声呐喊。站在城墙上的宁炎一直肃穆沉沉的面容此时终于动容，眼中泪光闪闪，手扶上厚重的城墙，哽咽道："此臣此民，怎么能舍得舍弃呢？有此臣此民，这一寸河山一寸土怎么能丢！"

整个京城上下齐动，民众再无疑虑，防守的分派顺利进行，直到这时，贤王才走出来，他的护卫如同所有人一般，交给负责城防的将官一并指挥。

贤王欣慰地看着九裕，他适才走进怀王府，府里已经没有锦衣卫，大门轻易就被打开了。他已经认不得九裕，九裕也对他很陌生，说起来他们好久没见面了，但当他表明身份后，这个孩童便对他周全地施礼喊了一声皇叔，自然而随意，可见他被正统圣学教导得非常懂礼，他当时只说了一句话："黎人打到京城来了，你可敢跟我去守城？"

"当然敢，理所当然，本分之事。"九裕只答了这一句话，便跟着他走出了怀王府。在无数窥视下，穿过街道来到城门，站到了民众面前，表明自己的决心，对民众发出请求，一切都干脆利索。

贤王突然就想到了太子哥哥，看起来温文尔雅又体弱多病，偏偏骨子里热血激扬，那时候贤王穿着铠甲宣称要去打仗，被好几个大臣和师傅都斥为重武好战，只有太子哥哥含笑夸赞他，还特意打造了一副铠甲送给他。之前，他带着护卫出了王府大门，突然想到太子哥哥虽然死了，但他的血脉和精神不能囚禁在一座宅院里自生自灭，于是才带着护卫们去了怀王府。

"我今天做了两个决定。"贤王对着九裕说道，"我觉得这是我这辈子做得最正确的决定。"九裕有些不解，贤王拍了拍肚子，握紧手里的长刀，满面红光，"本王与怀王，一人分守一个城门。"说罢，便转身大步而去。

怀王看着他离开，似乎有些不舍，君小姐的声音在后响起："害怕吗？"

怀王转身，看到一直在一旁站着的君小姐走过来，他的脸上浮现欢喜的笑容，他摇摇头，羞怯地说道："不害怕，本王只是没有做过这些，不知道该做些什么，还没问问皇叔。"

君小姐伸手抚上他的脸，这突然的动作让九裕微微一僵，身为一个亲王，没有人能随意碰触他的身体，除了他的亲长，这位君小姐做起来又是那般随意自然，好像是很习惯的事，她含笑柔声道："你什么都不用做，只要站出来就足够了，余下的事，我来做，我们来做！"

第一百四十一章

◇

拼死坚守京城门

一阵春风吹过，带来尖厉的梆子声和急促的鼓声，令人心惊胆战，呼吸凝滞。这是黎人来了，这些日子，民众常常模拟训练，已经背熟了各种鼓号的含义。城外正举着各种工具挖壕沟的民众抬起头，一眼就看到远处升起的狼烟，同时，城墙上也传来急促的喊声："快回城！"

这次是真的！黎人真的来了！原本井然有序劳作的民众顿时陷入混乱，扔下手里的农具向城中飞奔，直到最后一个民众跑回城内，城门才关上。

站在城墙的兵士看到远处出现的兵马，密密麻麻如同一道线从天边滚滚而来，众人的脸上闪过一丝黯然，原本寄希望于京东路以及京郊大营的兵马能拦住黎兵，但现在看来，他们失败了，那些大军都失败了，他们这些人能守住京城吗？

杂乱的脚步声在京城的街上响起，民众都将自家的棉被捐出，放在大街上停着的一辆辆木板车上，等上面堆满厚厚的一摞后，便由年轻力壮的民众拉着向城墙处奔去。城墙附近也人头攒动，被褥车一到达，便有等候的人背着登上城墙，将一条条棉被披挂在城墙上，而随着棉被铺盖悬挂，等候的妇人则将桶里的水倾倒在棉被上。而四周还有背着石头、抬着滚木不断上下城墙的民众，他们都井然有序地分工行动，忙而不乱。

尖啸声忽地从外传来，众人只觉得头顶上发出沉闷的撞击声，这是石弹打在城墙上的声音，因为有打湿的被褥的遮护，能减少对城墙的损伤，却挡不住石头越过城墙滚落。

"趴下！靠墙！"惊慌的喊声响起，饶是如此，还是有人被石头砸到，发出凄厉的惨叫，城门下也一片惊慌，但还是有人跑上城墙，将受伤的人抬起向内里的街上跑去。临街的房屋都空了出来，冯老大夫等人守在这里，指挥着将受伤的人抬进去救治。

不知道过了多久，石头终于不再滚落，城门下的伤者也都被安置，但地上散落的石头和血迹还是让人心情沉重。

"黎人的石弹都能投进来了，那些壕沟已经被填平了吗？"

"从来都没指望壕沟能挡住黎兵。"

"……"

靠着城墙的民众低声议论着。

而站在城墙上的将官也神情肃穆地看着城外，视线所及，一辆辆投石车正缓缓地在盾车的掩护下向这边逼近，一个将官说道："对黎人来说，填沟的速度已经够慢了，似乎他们并不急着攻城。"

此时，逼近城门的黎兵队列严整，铠甲鲜明，但他们的人数并不多，神情也不凶恶，反而带着几分戏谑。

"京城的城池的确高厚坚固，其他地方比不上。"站在军阵正中一杆大旗下的郁迟海捋须看向前方城池，神情闲适。

"这城池再高厚，咱们的勇士也必然能攻克。"一个黎将满脸贪婪，跃跃欲试，"这一路过来遇到的城池，哪一个都比北地的坚固，但那又如何，那些兵将还不是不堪一击？"

郁迟海含笑看着前方："是啊，所以城池可以忽略不计，我们要攻开的不是城门，而是里面人的心。"他说着上前一步，"击碎他们的勇气，摧毁他们的精气神，打烂他们的膝盖，让他们在我们面前俯首称臣。"

身边的黎将立刻跟着拍手叫好，捧腹狂笑。

"不过，"郁迟海微微皱眉，"这京城跟我想象的有些不同。"

"怎么不同？"身边的将官问道。

郁迟海看着前方密密麻麻的壕沟以及更远处坑坑洼洼的地面，很明显是新挖出来的，可见他们早就知道黎兵要来，才挖出这么多壕沟，而能动用这么多人力，背后必定是有人指导的，他带着几分赞叹，说道："看来京城这边的民众比起先前要沉稳很多，不愧是天子脚下之民。"说罢，眼中的笑意变得冷冽，抬手摆了摆，"上人盾！"

京城城墙上，将官正透过垛口盯着城门外黎兵的动作，静待黎兵的盾车走近，发出投石的号令，但忽然行进的盾车停了下来，后边的黎军一阵骚动，然后赶出一群人来。待看清这些人后，城墙上的将官顿时面色铁青，这是一群周人百姓，男女老少不等，正在黎兵鞭子的抽打下哭喊着。

"里面的人听着，快打开城门。"十几个黎兵疾驰近前，用周语一遍遍地大声呵斥道，"开城门，可保性命无忧。"

他们已经到了弓弩可射中的范围，但城墙上并没有发号令射击，所有人都神情复杂地看着那些被赶着越走越近的百姓。而在这些百姓身后，盾车以及攻城的黎兵再次逼近。城墙上的将官又急又怒，如果下令投石射击，恐伤到这些周民，但若不投石，则眼睁睁地看着黎兵的盾车和攻城的长梯要到城门下。

十几个黎兵再次骑马奔到更近前，还故意举起弓弩向城墙上射来，满满挑衅，这时候如果站起来用弓弩绝对能射死几个黎兵，有兵丁忍不住了动身子，但身后却传来木然的声音："没有号令，不得乱动。"

那兵丁立刻僵住，半点不敢再动，眼角的余光看到身后站着一个老妇，老妇看他一刻，沿着城墙继续向前巡视，对城门下传来的哭喊声和骂声充耳不闻。

周民被驱赶得越来越近，盾车也越来越近，忽地，城墙上传来一声号令："投！"

早已经等候多时的投石兵立刻将石弹投了出去，城门下顿时响起盾车碎裂以及黎兵的惨叫声，同时夹杂着周民惊恐的哭喊声。

站在远处的黎将看到这一幕亦是大怒，他狠狠一摆手，城门前因为石弹攻击而四散的黎人骑兵听到一阵号角声，顿时重新聚拢围住哭喊的周民一顿砍杀。

听着外边民众的惨叫声，城墙上的所有人都面色铁青，兵丁尚能自制，那些民夫却难以抑制地瑟瑟发抖，尽管如此，也没有一个人跳起来，连高声斥骂都没有，这是因为先前青山军再三重申，作战时，不得回头，不得擅动，不得见敌喧哗，否则军法处置，且此时也有几个老弱妇孺在城墙上巡视盯着他们。城外的哭喊声渐渐消失，归于平静，可想而知，那些民众已经被杀死了，而城墙上依旧鸦雀无声。

这种无声的回应让城外的黎兵更恼怒，爆出更大的叫骂声："你们不投降，待城破后，就是这般下场。"

就在这时，一声鼓响，城墙上的兵丁和民众下意识地行动起来，兵丁掀开身上的遮盖对着城门下的黎兵弓弩齐射，民众则端起大大小小的石头滚向投石车，黎人的好几辆盾车都被砸烂，城门下的黎人骑兵也都被射中落马，而原本逼近的黎兵队列也忙急速后退。

"害怕吗？"君小姐和怀王一直在城墙上的一处营帐内，在黎人石弹投过来的时候也没有退避，正如怀王自己所说，他会坚守城门，死而不退。

听到君小姐这样问，怀王摇摇头："不怕，"他又停顿一刻，"只是眼看着百姓被残杀，很难过。"

君小姐向前走了几步，能更清楚地眺望城外，此时城门外一片狼藉，黎兵的尸首一多半被对方的人带走了，余下的多数是大周百姓的尸首，日光下显得格外惨烈："所以你要记得，这些人是残杀我们大周百姓的人，跟他们绝不能低头。"

怀王重重点头，虽然很害怕，但认真地看着城门外，说道："本王记住了，本王会永远记着。"

宁炎带着几个内侍走来，神情和煦："殿下吃饭吧。"

怀王对宁炎略一点头，转身进去了。宁炎没有离开，而是站在君小姐身前，说道："人心总算是稳住了，君小姐厥功甚伟。"

君小姐苦笑了一下，说道："这种功，我可不想要。"

宁炎笑了笑，停顿片刻，又说道："云钊跟着陛下呢。"

"有他跟着皇帝，是好事。"君小姐笑了笑，说道。

宁炎微微怔了怔，看来她对云钊倒是信任得很，而云钊对她何尝不是如此？他默然，看向城外，远远可见那些黎人似乎在那边扎了营帐，又问道："君小姐在北地跟黎人打过交道，你觉得胜算有几成？"

他的话音刚落，就感觉君小姐看向他，神情有些古怪："胜算？大人，没有胜算。"

宁炎愕然，他当然知道黎兵凶猛，此次守城很艰难，但一来众志成城，二来城墙坚固高厚，三来还有青山军的神兵利器，怎么也有一丝希望吧？没想到君小姐竟然直接说没有。

"有一件事我没有说。"君小姐看着他，"行炮车是有四架，但只有两个石弹。"

宁炎更加愕然，旋即默然，这两个石弹既杀不死更多的黎兵，也无法震慑他们退兵，所以……

"所以我们现在能做、能想的不是胜算，而是坚持多久。"君小姐看向远方，"如果能坚持到援军来，也就算是胜了。"她又看向宁炎，"宁大人，这件事可要保密啊。"

宁炎苦笑一下，他当然得保密，只能默默地点点头，看向城外。

一声尖厉的号角从空中传来，号角声越来越密，令人心悸。这是不同于周人的鼓号，城墙上的兵丁看去，见从远处的黎营中驶出一辆辆车子，车上遮盖了护甲，还安置了长梯，比起先前被黎兵扛着的梯子，这是更厉害的攻城利器。

城墙上战鼓也擂响，一队队民众拎着木桶冲上城墙，镇定地站在外墙边，等待下一步的指令。此时攻城车已经靠近城墙，黎兵也涌到了城门下。又一声令下，民众将木桶倾倒，将各种油沿着城墙泼下，随之，其后的另一群民众将火把点燃扔了下去，城墙下顿时腾起火光。又一声令下，另一边静待的民众则将面前的圆木石头推下城墙，城门外顿时陷入一片混乱，鬼哭狼嚎不断。

在城外看着因为火油滚木而不得不退回的黎兵，一众黎兵将官甚为恼火。

"原本以为三四天就能攻下的城池，竟然十几天了还没拿下。"一个黎将怒声道。

"一个只有不到千人兵丁的城池，竟然要逼得我们几万大军做围城之战吗？"另一个黎将皱眉说道。

京城里米粮饮水不缺，如果围城的话一年半载都能扛下来，京城的民众能扛，他们可不能扛，这里毕竟是中原腹地，能攻到这里凭借的就是快速，如果战事拖延太久，南北的援军到来，他们就没有胜算了。

"原本想这京城的民众沉溺富贵已久，没有胆气，没想到竟然没有一击而溃。"有黎将感叹道，"坚持这么久，人心还没有动荡，看来士气是稳了。"

这话让其他黎将更为焦躁，一时间吵吵闹闹，一直沉默不语的郁迟海却突然大笑起来："果然如我所料。"

"郁大人，如果这次攻不下京城，大皇帝可不会饶了咱们的。"一个黎将不咸不淡地说道。

都是因为听了郁迟海的游说，皇帝才举全国之力派出勇士跟周人一战，如果此战失败，他们大黎必然耗费一空，国力大损。

郁迟海没有因为他的话而羞恼，神情淡然地指着城池，说道："他们没有这种石弹，城里也没有青山军。"

黎将们愣了一下，因为那种石弹，他们差点放弃攻城而逃，是郁迟海坚持要再试试，现在看来是真的没有石弹再打来。郁迟海上前一步，冷笑道："原来只是虚张声势，这士气也不过是靠着石弹鼓动起来的。勇士们，不要被他们骗了，他们外无援军，内无守力，从现在起轮番攻城，日夜不停，我看他们能撑多久……"

伴着尖厉的呼啸，城下飞来无数支火箭，纵然铺设了打湿的被褥，城墙上还是腾起了一片火光，很多青壮民丁来不及躲避，被箭雨射伤，哀号一片，城墙上顿时乱成一团。更可怕的是，外城墙上黎兵搬来的数把云梯已经搭起，密密麻麻的黎兵正攀爬而上，有的甚至已经快爬上了城墙。

城墙上的兵丁似乎被这场面吓得有些呆滞，眼看着黎兵快要爬进来了，竟然忘了抵抗，好在一声苍老的呵斥声将他的魂收回，那兵丁立刻握紧长枪，冲着冒出来的黎兵刺去。同时，他的四周也响起此起彼伏的厮杀声，大家似乎都忘记了害怕，疯狂地运用手里的兵器斩杀黎兵，很快爬上来的黎兵就被悉数杀光，而再次涌来的其他青壮民丁则迅速将火油桶推下，云梯瞬间断裂，其上的黎兵跌落，城墙下一片火光。

又击退了一波攻击，但城墙上下没有丝毫喜悦，到处都是死尸和鲜血，火还在熊熊燃烧，悲戚的氛围更浓。城墙下一个个灰头土脸的民众挤在临街房屋的屋檐下，躲避黎人弓弩的攻击，一个又一个的伤者被人从城墙上抬下来，其状非常惨烈。

部分民众的内心已经开始慌乱，黎兵连续两天两夜进攻，而这边连弓箭都没有了，这几次防守都没有用青山军的石弹，民众已经不再期待石弹，甚至有的民众还想投降，士气大不如前，整个京城似乎都陷入了低迷。

城墙上的宁炎看着这惨烈的现状，只能默默地轻叹一口气。

"宁大人，"君小姐的声音在后响起，宁炎回头，看到她走了过来，"要分派人手看守好城门了。"这时候人心已经不稳了，万一有人受了蛊惑开了城门，那他们就前功尽弃了。

宁炎沉重地点点头："已经安排了。"

"我估计黎人今晚还要进攻。"

"他们是志在必得，要一鼓作气。"

"我们没有退路，也是志在必得，只要他们进不来这个城，我们就算赢。"

十几万军民，就是肉搏尸填也要阻止黎人破城，宁炎明白她的意思："怀王，还好吧？"

君小姐回头看向营帐，贤王也过来了，正在和怀王说话："要是黎人破城了，你打算怎么办？"

怀王认真答道："本王会自尽，绝不会落入黎人之手。"

贤王看着他摇摇头，怀王有些不解，听贤王说道："不是自尽，是应该跳下城墙，砸死一个算一个。"

怀王顿时恍然，认真地点头道："皇叔说得对。"

贤王有些得意地拍着肚子："不过你这身板估计只能砸死一个，本王肯定能砸死两个。"

听到这里，君小姐不由得笑了，宁炎也笑了。笑容才起，就听得远处传来震动，二人的面色微变，城墙上的众人也都面色发白，此时天已经暮色，黎人连夜攻这种忌讳都不在乎，可见其决心。

"迎战！"宁炎立刻转身大步走开了。

君小姐还站在城墙上，可以清晰地看到再次滚滚而来的黎兵，心想能不能守住城，就看今晚了。

"君小姐。"一个声音在后响起。

君小姐回头，看到来人有些惊讶："顾先生。"她的身后站着四五个人，其中为首的正是顾先生，九榕被贤王接出来后，她倒忘了他。鉴于九榕的种种表现，她对这个顾先生并没有太大的敌意，反而有些敬意，"先生怎么来这里了？"

顾先生走近几步，神情和煦："陆大人走之前有些安排。"

君小姐一怔，神情戒备，她早就猜过顾清是陆云旗的人，虽然他的确把九榕教导得很好。

"陆大人交代要适时带怀王和君小姐您走。"顾先生低声说道。

君小姐旋即后退一步，顾先生笑了笑，他身后的人则不动声色地将她围了起来。

"你觉得在这个时候我喊一句你们是奸细，结果会怎么样？"

"君小姐你误会了，陆大人不是要伤害怀王殿下。"

"那他想怎么样？"

春日的傍晚，日光还很明亮，但太湖附近一座深宅里，房间内却一片昏暗。

所有门窗都紧闭，屋子里站着两个人，恭敬地看向两人面前一个穿着团花锦绣袍子、戴一顶帽子的中年男人，此男人虽是一副乡绅打扮，却是皇帝本人，他有些惊讶地问道："这么说黎人还没有破城？"

"是。"陆云旗答道。

"是宁炎带着全城的人在守城。"袁宝在一旁补充道，"如今已经守了将近二十天了。"

"守了这么多天，那就可以说是围城了。"皇帝虽然还有些紧张，但神情却带着几分欢喜。

"是啊，陛下，没想到还挺厉害的。"袁宝说道，"怪不得黎人没有再南下，这都是被京城引住了。"

京城守得那么顽强，黎人一定认为自己还在京城，所以只会被牢牢吸引在那里，这样南边就安全了。皇帝靠坐在椅子上，心想时间长了，援兵们再赶到，黎人就将被击溃，危机就能彻底解除，想到这里，他又皱眉问道："援兵们怎么还没到？京东路的那些废物指望不上了，北地的呢？南边的呢？"

陆云旗要说什么，袁宝已经抢先开口："北地那边还在跟黎兵缠斗，有消息说黎国还将再派兵五万南下……"

皇帝的脸色顿时沉了下来，袁宝忙殷勤地说道："不过陛下放心，荆湖大军已经过来了，奴婢已经联系上了。"

荆湖驻军是清河伯带起来的，亦是精兵强将，虽然清河伯带去北地一些将官，但必然还保留了足够的人手，皇帝的眉头微微缓和："让他们先到这里来，再分兵去京城。"

袁宝忙应声"是"。

门外，宁云钊捧着一摞摞文书走进来，虽然离开了京城，但有些政务不得不做，尤其是涉及调兵遣将。看着捧来的文书，皇帝微微舒展的眉头又皱起来，带着几分怒意地呵斥道："玉玺怎么能丢了呢？"

袁宝扑通就跪下了，宁云钊替他解释道："陛下，当时是匆忙，臣想不是丢了，是还放在勤政殿里。"他的声音平和，语调令人信服，"是臣有罪，臣受袁公公所托，却没有细查，以至于遗漏。"

有人担责最好，也的确是他的过错，袁宝俯身在地并不说话，皇帝瞪了他一眼，说道："再说吧，回去之后再说。"

不管是城破还是援军逼退了黎兵，事情总会过去的，只要他这个皇帝在，所有事都能解决，他说完这句话就低头看宁云钊送来的文书。一直沉默垂目的陆云旗，抬头看了宁云钊一眼。

"陆大人说事情到这里就可以了。"顾先生说道。

君小姐不解地看着他。

"意思就是，怀王做得可以了。"顾先生接着说道，"声望已足，可以离开等待。"

君小姐看着他，依旧不说话。

"君小姐，京城守不住了吧。"顾先生的视线看向城墙外，大批的黎兵正涌涌奔来。

"还不一定。"君小姐说道，"守不守得住，要守过才知道。"

"君小姐，可以了，走吧，陆大人已经安排好躲藏的地方。"

君小姐嘲讽一笑："楚家的子女才不会这样……"

话音未落，顾先生上前一步，打断了她的话："君小姐，如果城破，皇帝就不会回来了，所以，楚家必须有血脉留下来。"

这话的意思，君小姐立刻就明白了，她顿时不可置信，陆云旗难道是要……

"没错，陆大人会杀掉皇帝推到黎人头上，怀王作为先皇太孙，又有如今的声望，登基是理所当然的。"顾先生走到近前，低声说道。

君小姐的脑中一片混乱，正想说什么，耳边传来呼啸声，旋即感受到一阵强烈的震动，无数的石弹飞落在城墙上，周围顿时一片混乱。君小姐熟练地屈身靠墙躲避，眼角的余光看到那边的怀王、贤王也在退避，除了他们原有的护卫，适才顾先生身后的那些人也围了过去。

君小姐立刻要跟过去，顾先生却拦住她："君小姐快走吧。"

"这时候怎么能走呢？"君小姐说道，"这时候走，跟那个皇帝有什么区别？"

"君小姐，当然有区别。"顾先生急道，"你不要意气用事，现在走没人能发现，也不会有人责怪，殿下能做到如此已经足够了。"

君小姐看着他，沉声道："顾先生，我以为你是和我师……张先生是一样的人。"

顾先生也看着她，摊手道："君小姐，你觉得如果是张先生，他现在会在这里吗？"

君小姐被噎了下，顾先生已经抓住她的胳膊想要拉她走，但她反握住顾先生的胳膊，坚定地说道："我们做这么多，不是为了皇权。"

"我这么做，也不是为了让你们争夺皇权，不怕死也不是非要死，死有意义，生有更大的意义。"

君小姐看着他，带着油火的箭镞在空中划过，暮色里明暗交汇："你说得对，但最重要的是，陆云旗他要做什么，是他自己的事，不要强加到怀王身上，怀王不需要这样的意义。"她从地上捡起一把被丢落的长刀站起来，"那不过是从一个樊笼跳到另一个樊笼，与其那样活着，我倒宁愿他这样死。顾先生你自己走吧，九黎也不用管，她也不会走的。"说罢便转身向贤王那边奔去。

城墙上一阵忙乱，热油、滚木不停地往城外扔，但已经挡不住黎兵的脚步，比起白日，这一次有更多的黎兵向城墙攀爬。城中无数民众壮丁决然地向城墙上涌来，他们手中握着各种各样拼凑而来的兵器，有官兵给的长刀、长枪，也有各种农具，甚至还有只抓着一根木棒一把扫帚的，这一次真是要决一死战了，无论如何也不能让黎兵占了城墙。

而城外黎兵的惨叫声在热油木石下亦是不绝于耳，从梯子上跌落的黎兵如雨纷纷，但没有黎兵后退，因为在他们的后方有一队队的黎兵举着弓弩，一旦发现后退者立刻射杀，这一次也是死战，无论如何也要攻上城墙。

晚霞笼罩着大地，整个京城燃烧了起来。

第一百四十二章

◇

黎兵溃败而逃

京郊的一座城池上，几个兵丁小心地盯着城墙外的动静，京城的战火远远可见，他们虽然有救援的心，却没有救援的能力，只能安分守己地坚守着自己的城墙。

忽然，脚下一阵震动，城墙上的兵丁顿时都紧张起来，握紧了刀枪向外看去。果然见暮色沉沉的天际下有人马滚滚而来，虽然看不清人数，但那整齐的行军气势，非常骇人。

"又有黎兵来了。"一个兵丁颤声道，"而且看起来比先前的那些还要凶悍。"

"这下京城是真的要完了。"另一个兵丁喃喃道。

城墙上的兵丁此刻的神情茫然又绝望，忽地有人喊了声："有黎兵过来了。"

这话让城墙上一阵慌乱，以往黎兵过境都是直奔京城，对他们并不侵扰，难道京城已经是囊中之物，黎兵要对他们动手了吗？但下一刻，有兵丁又喊起来："好像不是黎兵！"

其他兵丁愣了一下，忙向外看去，见暮色中奔来的是七八骑，他们铠甲森明，披挂严整，身后还有背旗，正是再熟悉不过的周兵。城墙上的兵丁顿时热泪盈眶，这么多天了，终于看到同袍了。

"奉清河伯之命，火令调兵，随我等援京城。"城下的人马驰近高声喊道，同时将手里的弓弩举起，对着城墙上射来。

这突然的动作，把城墙上的兵丁吓了一大跳，羽箭带着一物已经射在了木桩上，兵丁忙取下交给闻讯而来的将官。将官神情愕然地翻看手里的调令，确定是清河伯的火令，几人交换一下视线，其中一个将官便走到城墙边向下看去，大声说道："你们进来说吧。"

但城门下的人马竟然是即刻就要走，显然一路做过很多次这种事，那将官忙问道："你们是哪里的？多少人马啊？"

听到这话，城门下一人回头，指了指身后的背旗，大声说道："我们是——青山军。"

听到青山军的大名，城门上的将兵顿时神情惊讶，看着这一队人马疾驰向一个方向，那边一方军阵正在滚滚向前，最前方清一色的骑兵疾驰，再后有辚辚车马延绵，似乎看不到尽头，暮色沉沉中，如巨兽过境。

"是青山军！北地的援兵来了！是北地的青山军！青山军来了！"城墙上的兵丁抑制不住地发出狂喊，更有兵丁放声大哭："京城有救了，京城有救了！"

将官们神情激动又复杂，他们对青山军很有信心，但这么久了，不知道京城是否还守得住。

"大人，"有副将在耳边低语，"不管京城守住没守住，去救援总是大功一件，现在有青山军在，胜算很大……"

将官看着前方越过城池向京城而去的大军，粗略估计有不到一万人马，这些人马跟黎兵比起来可不算多。

"这些都是急行军，后边应该还有大队伍。"副将一面看着手里的火牌一面说道，"而且沿途大家应该都收到这调援的命令了。"

那算下来兵马数目就不少了，将官神情变幻一刻，陷入沉思中……

而其他接到调令的人马已经追上了行进的大军，很快融入其中。这些骑兵每人都配有三匹马，整个队列中只听到马蹄声和喷气声，除此之外没有半点喧哗。

兵马忽地放慢了速度，一队哨兵从队伍后吹着尖锐的口哨穿行，随着这声音，行进的兵士齐齐下马，换上自己身边的另一匹马，略做调整，随着从前往后的哨声再次催马前行，这动作前后几乎是一眨眼间完成，队列的行进似乎从未停下。

随着最后一道光亮消失，夜色渐渐笼罩了大地，急促的马蹄声从前方传来，那是一队哨兵疾驰归来禀告："前方有黎兵万众。"

李国瑞想要松口气，又提起一口气，身边的赵汗青同时喊道："迎……"

李国瑞吓了一跳，忙阻止道："赵小姐，杨大人他们还没跟上。"

因为辎重行炮车行走缓慢，再加上他们这七千人马为了以最快的速度赶路，占配了一人三马，大队人马就落在后方，且沿途还要对付布防驻留的黎兵，所以并未紧随其后。

"京城的人等不及了。"赵汗青从背上抽出长刀，沉声道。

李国瑞当然知道京城境况危急："但是赵小姐，对方黎兵一来人数多，二来养精蓄锐，我们长途跋涉疲惫而来，对战的话对我们不利啊。"

赵汗青只是看着前方："但战场上有时候是没有办法考虑利还是不利的。"

话音刚落，便听得后方有人马的喧闹声，哨兵来报："大人，仁冀府七千军马来援。"李国瑞吐口气，自言自语道："竟然真骗来一个。"

一路上他们每经过一处城池便扔下一个调令，但相信他们并跟随他们而来的几乎没有，不过，他们依旧这么做，用赵汗青的话说，能糊弄几个是几个。

"现在人马差不多了。"赵汗青一摆手，"迎战吧！"

京城的城墙上，爬上来的黎兵越来越多，到处是火光，厮杀声不断，兵丁们已经战死殆尽，所剩无几的兵丁慌乱迎战，毫无章法却丝毫不退避，如同飞蛾扑火一般。

看到这一幕，被一群护卫围着，跟另一群人对峙的君小姐神情愤怒地呵斥道："你们看不到吗？都这样了，还在跟自己人缠斗！"

"本王跟他们走。"被君小姐护在身后的九榕喊道，"都让开，本王的护卫不应该死在自己人手里，去吧，你们去杀敌吧，像个英雄一样。"

护卫们神情复杂地回头看着他，君小姐也蹲下来揽住他的肩头，刚要说什么话，忽地城墙上掀起更大的喧嚣。

"黎人退了！黎人退了！"这喊声让君小姐等人都愣了一下，护卫们也停下了缠斗，惊讶地看向城墙外，厮杀还在继续，但借着火光可以看到外墙的长梯上，原本向上攀爬的黎兵正在退下，更远处黎兵的军阵也正如潮水般向后退去，与此同时，黎兵收兵的号角在夜色里响起。

别说周兵觉得不可思议，战斗正酣的黎兵也是愕然，一时间不知道该如何动作，而就在此时，原本处于下风的壮丁顿时气焰大盛，开始了更疯狂的搏战。

看着从城墙上不断跌落的黎兵，站在不远处的郁迟海气红了眼，冲身边的黎将呵斥道：“不能收兵，马上就能攻下京城了。”

身边的黎将也神情愤怒：“周人援军来了！正在攻击我们的大营。”

“不会有太多援军的！”郁迟海呵斥道，“我们后方的人马能够扛住。”

黎将愤怒的神情中难掩一丝惧怕：“但那是青山军！”

这群胆小如鼠的废物被青山军吓破胆子了，郁迟海几乎要气晕：“我们马上就要攻下城门了，就算是青山军来了，我们只要占据皇宫，占领京城，他们也不能奈何我们。”

“攻下城头而已，也不一定就能攻下京城。”一个黎将羞恼地伸手指着前方火光冲天的城池，“这些周人根本不是你说的那么不堪一击，攻下一个城门都如此艰难。”

郁迟海气得简直要吐血，但又无可奈何，这些黎将此时根本就不会听他的。看着如潮水般后撤的黎兵，郁迟海忍不住举手仰天大吼一声，无奈地跟着黎军转身奔去。

城墙上，最后一个黎兵被逼困到城墙边，贤王一声大吼，举着长枪冲过去，将那黎兵撞到了城墙外。

“王爷威武！”两边的护卫齐声大喊。

贤王一脸激动地冲大家摆手道：“是大家威武！”

君小姐揽着怀王走过来几步，顾先生从一旁钻出来：“不似有诈，我想是援兵来了。”

锦衣卫安静地站在顾先生身后，似乎适才的事没有发生，他们接到的命令是城守不住时带走怀王和君小姐，现在有援兵来了，京城不会被攻破，也就没有必要带走了。

夜色遮挡了视线，看不到远方到底发生了什么事，一个胳膊几乎被砍断的将官咬牙颤声问道：“是哪里的援兵？跟黎兵夜战，可能成功？”

京城四周的驻兵如果真的这么厉害，京城现在也不会如此，听到这话，人们的神情更添了几分绝望，不过，又有人大声说道：“或许是北地的援兵。”

如果是北地的援兵，那还是有希望的，人们又忍不住添了几分期盼。

“不管怎么说，我们等到援军了。”君小姐说道，“原本以为不可能的事实现了，守城取得胜利，也不是不可能。”

头发散乱、满身血迹，再没有文臣儒雅之气的宁炎垂在身侧的手也忍不住攥紧，君小姐揽紧了怀王的肩头，与所有人站在城墙上，眺望远方如墨般的夜色，夜色里震耳欲聋的厮杀声似乎从天边隐隐传来……

东方渐渐发白，照着城墙上一片惨烈的景象，残墙前站着一排排人，他们衣衫褴褛、疲惫不堪，但始终没有去休息，而是一直眺望着前方。

"始终没有炮声。"君小姐也站在其中，她的神情带着几分怅然，等了一晚上，厮杀的声音始终不断，她渐渐有些担心，怕来的不是青山军，或者即使是他们，也怕他们因为长途跋涉，人数有限，跟黎人在夜晚拼死搏斗，怕是胜算不多……

忽地，君小姐的手被人用力攥住，她低头看向九嵘，九嵘仰着脸看着她："不要怕，你看，我们又看到了一天的日光。"

君小姐笑了笑，点点头："是啊，又赚了一天，值得开心。"她的话音才落，就听得城墙上有人大叫起来，"来了！"

城墙上的人都屏气噤声，看向前方，晨光里一队队人马出现在视线里，光亮模糊了众人的视线，大家努力睁大眼，终于看清了前方残缺的旗帜和血迹斑斑的铠甲，人们顿时激动地喊叫起来，更多的人则扑通跪在地上，放声大哭起来。

"终于等到了。"宁炎也哽咽着，深深吐口气。

君小姐拍了拍九嵘的肩头，伸手指着城外渐渐走近的军阵，柔声道："九嵘，你看，那就是青山军，你听说过吗？"

九嵘摇摇头，挺直脊背，理了理衣衫，郑重说道："不过本王亲眼看到了。"

黎军败退、援军到来的消息很快传到了京城内，京城的百姓终于卸下不安，官员们听说才来了几千援军，也稍稍心安一些。

城门前围满了赶来的民众，大家都想要看看这从天而降解救了他们的英雄好汉，只是这些英雄好汉看起来似乎跟想象的有些不一样，他们个个面色苍白、身子单薄。

民众一时不知道该怎么反应，其中一个主动解释道："勇士们也许是累了，毕竟死命拼杀了一整晚，你看他们身上个个都带着伤，肯定很辛苦……"

其他民众忙跟着点头，一个兵丁忽然看着面前的民众，惊讶地问道："黎兵退了？"

看，累得都糊涂了，民众在心里感叹，忙答道："是啊，你们已经进城了。"他们还想要再说几句恭维感谢的话，就见一个兵丁哇的一声哭喊起来，"太可怕了。"

其他几个兵丁也仿佛被抽干了力气一般，坐在地上抱头痛哭："太可怕了，太可怕了。"

民众看得目瞪口呆，不知道该如何反应，有人绞尽脑汁，结结巴巴地宽慰道："是挺可怕的，勇士虽然不惧杀敌，但到底也是会害怕的嘛。"

虽然跟想象中有些不一样，但到底是这些兵丁救了他们，部分民众纷纷上前安抚，端茶倒水，又搀扶着伤病员到大夫们所在的地方救治；另一部分民众则跑到城墙上重新布置滚木、石头等防控工具，孩子们则负责收集可用的弓箭。城门上下一片忙碌，气氛又变得如同最初迎战黎人时那般激扬。

宁炎等人召了青山军的将官到官厅里问话，李国瑞虽然曾觐见过皇帝，但跟这么多朝官见面还是第一次，听到问话，立刻激动又骄傲地做了自我介绍。

"李大人？"一个官员微微有些惊讶，"不是说青山军管事的是赵小姐吗？"

说起来李国瑞也算是青山军中数一数二的长官，但实际上真正管事做主的则是赵汗青，只是她懒得应酬，便将应酬、文书等琐事交给他来做，听到官员质疑他的身份，他虽然有些泄气，但很快就恢复了精神，郑重答道："赵小姐去见她的家人了，大人们有什么事问我就好……"

那官员点点头便细问了有关援军的种种问题，李国瑞都严肃地一一回答，话题讲到有没有更多援军到来时，李国瑞有些欲言又止，但还是如实回答，他说完后，气氛顿时变得有些凝重。

"这么说，大部分人马暂时赶不过来？"一个官员神情紧张地再次问道。

李国瑞沉重地点点头："黎人是暂退，我们趁机冲了过来，哨探探明，黎人在石门坡扎营了。"

石门坡？那里距离京城可不算远，随时都有可能卷土重来。

"怕什么。"宁炎开口道，"先前我们能守住城，如今又多了一批援军，难道还怕他们黎人不成？"

宁炎的话让官厅内的气氛又变得激扬起来，众人又议论了几句，便各自散去，做再次迎战的准备。但等了三四天也不见黎人前来，只有双方的哨探在野外混战了几次，实在有些摸不透黎军的想法，不知道他们到底要进攻还是撤退……

黎军的营帐里，郁迟海也在跟几个黎将商讨此事。

"当然是进攻。"郁迟海木然说道，"青山军虽然闯过去了，但他们也是元气大伤。"

几个黎将神情犹豫，想到那晚的惨战还心有余悸，一个黎将问道："咱们的援军怎么还没到？"

"应该快到了吧。"另一个黎将说道，"大皇帝已经集了十万大军，北地清河伯与五万大军缠斗，肯定是挡不住的。"

这话让几个黎将都露出喜悦的表情："那不如再等等……"

一旁的郁迟海神情很难看："再等说不定就没机会了。"

他的话音刚落，就听到轰然一声，紧接着地面震动，外边嘈杂一片，黎将们喊着冲出去："出什么事了？"

营帐里黎兵们一阵慌乱："周兵打来了！是青山军来了！"

果然来攻营了吗？不过几千兵马也没什么可怕的，黎将就要下令迎战，却见天边腾起一阵烟雾，地面再次震动，黎兵神情惊恐地大喊起来："不是，是有行炮车的青山军来了！"

黎将顿时面色发白，郁迟海的脸色也非常难看，他站在营帐外，认命地闭上了眼："没有机会了。"

看到腾起的烟火，感受着骇人的地面震动，京城城墙上的人都发出欢呼声，这一次再无担忧了。

青山军的三万大军集结京城、黎人大军如潮水般退去的消息，在太湖的皇帝第一时间便知道了，他还有些不可置信："竟然真的解围困了？"

陆云旗应声"是"。

"是啊，那四万黎兵被打散了，狼狈乱逃。"袁宝补充道。

333

皇帝露出欣慰的笑容，旋即又皱起眉头："那，朕要尽快赶回去了，好安抚民心。"

他这话的意思，在场的三人都懂，皇帝问的是，要以什么样的理由回京城才能安抚民心。宁云钊上前一步，神情真挚地说道："陛下圣明，陛下自罚罪于帝陵，如今黎兵已退，还请陛下早日还朝。"

自罚帝陵，好主意！皇帝的眼睛一亮，露出赞许的笑容，而一旁的陆云旗则看了眼宁云钊，神情木然。

第一百四十三章

◇

为皇帝精心设的局

官员们带着部分青山军和禁军回到了皇宫，向太后禀报目前的情形。太后听完官员的禀告后，原本劫后余生的喜悦顿消，神情变得很难看，她不悦地问道："为什么要去追击？现在这个时候，还要派出那么多青山军去追击，京城岂不是又防备空虚了？如果黎人再杀回来怎么办？"

"娘娘放心，京城的防卫已经安排好了，仁冀府的兵马都在，另有几个府的驻军也赶来了。"一个老臣说道。

太后瞥了老臣一眼，神情并没有半分缓和，冷声问道："宁炎呢？"

这次京城能保住，是因为宁炎第一时间站出来稳住民众凝聚军心，当然还有那个君小姐，带着青山军的家属巩固了城防，但官员们进宫回禀时，宁炎和君小姐却都没来。

"娘娘，宁炎说如今无官无职，无诏他不便进宫。"那老臣立刻答道。

"哀家只是要问问这次守城的事，他身为当事人，无官无职也可以进来。"太后耐心说道，"还有那位君小姐，都是要论功行赏的。"

老臣默然，抬起头问道："娘娘，说到论功行赏，陛下现在在哪里？"

论功行赏这种事必然是要皇帝来做的，然而她那个好儿子在哪她都不知道，太后的脸色更加难看几分，握在身前的手攥紧，她不能主动说不知道皇帝的踪迹，说了的话，就是告诉天下人皇帝扔下她跑了，扔下臣子、扔下生母。这种忠孝皆无的人，在天下人眼里还算什么圣明之君。

"陛下是哀家让人带走的。"太后稳住心神，"黎人围城，哀家不能让宗奕皇帝的事再次发生。"她在"让人带走"这四字上加重了语气，表明皇帝是无奈离开的。

老臣俯首应声"是"："那现在京城围困已解，不知道陛下在哪里？臣等也好去相迎。"

太后放在膝头的手攥紧："且不急，京城附近毕竟还有几万黎兵，等彻底安全了再说吧。"

朝臣却坚持道："正是因为不安全，还请娘娘告知所在，臣等也好派兵去守护。"

这朝臣真敢开口，没完没了了，太后的青筋直跳，待要发火，殿外传来太监的禀告："娘娘，袁公公回来了。"

太后的眼中闪过愤恨，心想这个叛徒这次回来，就绝不能让他再活着出去。

"娘娘，"袁宝疾步进殿，一进门就哭着跪在地上，"快救救陛下吧。"

太后吓了一跳站起来，急问道："陛下怎么了？"

一旁的朝臣也吓了一跳，袁宝泪流满面地抬起头："陛下自罚于帝陵，一直不吃不喝，撑不住了，奴婢们实在不敢相瞒了。"

听到这话，太后坐了回去，心中冷笑一声，面上故作平静地哼道："他自罚什么，是哀家把他送去帝陵的，他这是要说哀家该自罚吗？"

那个宁大人说得真对，太后一定把皇帝离开的事揽在自己身上了，那事情就更好办了，袁宝心里欢欢喜喜，面上的眼泪流得更欢，叩头道："娘娘，陛下不是这个意思，黎人肆虐，百姓苦难，陛下认为上累于祖宗，下负于黎庶，痛心罪啊。"

太后恨恨道："这的确是他的罪过，就因为是他的罪过，他更应该勤于政务，将今日的耻辱讨回来，要死要活的，算什么？！"

袁宝低头俯身，呜咽着不敢再说话。

"原来陛下是在帝陵啊。"一旁的老臣神情复杂，最终也没有再说什么，又看向太后，"娘娘，还是先请陛下回来吧，这样不吃不喝的，万一出点什么事……"

太后哼了声："那你们去把他接回来吧。"

老臣立刻应声"是"，退了出去，袁宝的目的已经达成，也忙退了出去。

皇帝在帝陵的事很快就传开了，街上的民众议论纷纷。但皇帝并没有立刻就回来，去了好几批朝臣轮番劝说，他都不肯露面，只是让人送出一张罪己诏。

看着罪己诏，朝臣们的面色复杂，一个朝臣低声说道："这要是宣告天下，陛下的脸面就不太好看了。"

"若不然呢？"另一个朝臣苦笑一声，"不罪己诏，脸面就好看了吗？"

与其被民众怀疑弃城而逃，还不如下个罪己诏，虽然有伤天子之威，但天子之威如今已经伤了，不如干脆主动认错，安抚民心，守在帝陵外的朝臣经过一番商议便同意了，将罪己诏宣告天下。

"先下罪己诏，等回朝后犒赏有功之臣，更革各种弊政，使人心悦。"宁云钏说道，"如此，天意回，陛下也能天威更盛。"

因为写了罪己诏而面色羞惭不悦的皇帝闻言点头道："当务之急是先回朝，那等他们再求，朕就回去。"

"陛下圣明。"宁云钏又抬起头，"陛下，不如在这里犒赏了功臣，再回。"

皇帝皱起眉头："现在就犒赏吗？"

"如今京城尚不安稳，万数黎兵流窜在京东路，官兵正在迎击围杀，此时犒赏守城有功之人，既能安抚民心也能鼓足士气。"

皇帝点点头："好，召宁炎、山阳县主觐见。"

宁云钏去外边给等候的大臣传达了皇帝的旨意，回来后遇到站在廊下的陆云旗，他没有像往常那样沉默不语，而是主动开口问道："你想怎么样？"

宁云钏笑了笑，压低声音说道："其实是私心而已，为我叔父，为她，早日正名。"

陆云旗没有再说话，心想她就要过来了吗？她只来过这里一次，这里对她来说，并不是什么舒适的地方……

皇帝要召见犒赏宁炎、君小姐等守城功臣的消息很快传遍了全城，正如宁云钊所说，民众对皇帝的偏见少了很多。

帝陵这边毕竟不是朝堂，宁炎和君小姐过来后，如同其他等候的官员一般都站在外边，皇帝现在还没同意回朝，所以也不见他们，只让一个太监出来，传达对他们的夸赞。在宣布了宁炎官复原职以及对君小姐金银布匹的犒赏之后，君小姐并没有叩谢皇恩，而是说道："臣女不要这些犒赏。"

在场的官员包括宁炎在内都有些惊讶，朝臣们面色复杂，谁也没有开口说话，太监也有些意外，皱眉问道："那君小姐想要什么？"

"臣女请陛下，匡扶正统，立怀王为太子。"

此言一出，四周一片死寂，旋即响起无数倒吸凉气的声音，所有人的视线都凝聚在这个女子身上。立太子是朝堂上朝臣都不敢轻易提及的话题，她竟然敢这么堂而皇之地请皇帝立太子，且还说的是匡扶正统，她这是明指皇帝如今不是正统了……

一瞬间，在场的官员如同五六月天被浇了一身寒冰，激得三魂出窍，太监的脸色也一阵惨白，他尖声喊道："你，你大胆！来人，来人啊！"身后站着的锦衣卫上前一步，太监颤抖地指着君小姐，"快拿下！拿下！"

但锦衣卫却没有动作，一个锦衣卫木然说道："公公，陛下还等着回话。"

太监愣了一下，狠狠瞪了君小姐一眼，转身向内疾步而去，向皇帝禀报。锦衣卫转身跟上，余下的安静矗立在门前，似乎什么都没有听到。

君小姐也安静地站在原地，神情平静，官员们想说些什么，但一时竟然不知道说什么，按理说这么忤逆荒唐的话，不用禀告皇帝，他们这些朝臣就要呵斥此人，但面对这个女子，他们有些开不了口。还是宁炎最先站出来，神情肃然："君小姐，你逾矩了，你这是挟功。"

君小姐看向他，平静地说道："不是，我只是说句公道话。"

这句公道话，只有寥寥几个字，从她死的那一刻就憋在了喉咙里，此时此刻，终于能够说出口了。宁炎说得没错，她是挟功，这句话是逾矩，是不该她来说，然而除了她，这世上还有谁会来说？她必须说，只有她说出来，才会让这些官员想到，才会让人们看到，这世上还有先太子的遗脉存在，如今她有足够的功劳、足够的威信，而她的九嵘也有足够的理由重新站到民众的视线里，此时此刻，她有功不挟，就是辜负上天给的公道。

她看着宁炎，神情亦是肃然，且犀利，用眼神告诉他，你要拦我？你拦不住我！谁也别想拦我！

哗啦一声，皇帝将面前的几案掀翻，太监们立刻跪了一地。

"朕知道了。"皇帝面色铁青，神情愤怒地吼道，"朕知道她折腾这么多事，是为了什么了！"

曾经那个叫楚九龄的女子跑进宫，差点一剑刺死他，如今这个叫君九龄的女子又站出来，陡然给了他这么一剑，虽然没有刺到他的身体，却刺中了他心底最大的忌讳，刺破了他用几年时间营造的屏障，再一次将楚家江山由谁来坐推到了世人面前，这绝不是巧合，这是蓄谋已久，从这个名字出现在京城的那一刻起。

"九龄。"皇帝一字一顿呵斥道，"陆云旗。"

陆云旗在一旁，木然应声"是"。

"你去给朕杀了她。"皇帝指着外边，狠狠说道。

陆云旗尚未动作，宁云钗先上前一步，开口道："陛下，这不行啊。"

皇帝神情冷峻："怎么不行？就因为她在民间颇有声望吗？那又如何？当年的老臣不是说打死就打死了吗？声望、民意算什么？过去了就没人记得，怎么？你舍不得？"

皇帝此时终于想起来，这个宁云钗与那位君小姐有过婚约，还有陆云旗，也一直想要将这君小姐占为己有，他们两个……是不是一心护着她？皇帝的视线在两人身上闪烁。

"陛下，"宁云钗带着几分无奈地摇摇头，"这哪里是舍不舍得的问题。陛下，声望是不惧，最关键的是，她有青山军。"

皇帝微微一怔，旋即再次面色铁青。

"臣知道青山军是大周军伍，但是陛下圣明，心里也必然知道青山军原本是这君小姐的人。"宁云钗的神情和煦，声音从容，"别的时候倒也罢了，只是如今黎兵尚在京城附近，青山军正在追剿，北地兵马赶不过来，京城尚在危机之中，如果这时候这位君小姐出了事，臣是怕青山军反戈，到时候京城这些兵马可是挡不住的。"

皇帝的面色一阵青一阵白："那就任凭她这样忤逆？"

"陛下，她这样是忤逆。"宁云钗含笑道，"又有何惧。"

皇帝皱眉看向他。

"陛下，她这种行径不管是谁听到都会认为是忤逆，是挟功跋扈。"宁云钗说道，"如此，陛下还有什么可担心的，陛下不如顺水推舟，一来显得陛下宽仁，二来助她嚣张气焰，让天下人看看，这君小姐是个什么样的人。"

皇帝这下明白了，有些恼怒地喊道："你是说让朕同意她的要求？"

"陛下，就算同意了又如何？"宁云钗的神情变得意味深长，"怀王才九岁而已。"

皇帝再次怔了怔，眼神有几分闪烁，他明白宁云钗的意思，他正值壮年，一个九岁的孩子，就算当了太子，也不是说立刻就要登基的，这期间有什么变故都是无法预计的，也是可人为操纵的。

"现在最要紧的是京城安稳，驱逐黎人，陛下好重回皇城。"宁云钗躬身，诚恳地说道，"这才是微臣最在意的。"

宁云钗这些人的官位前途都系在自己身上，只有他这个皇帝坐得安稳，他们才得安稳，回去之后一切重新步入正轨，江山坐稳，再收拾他们也不迟，想到这里，皇帝眼神闪烁，终于点了点头……

太监再出来时，面色依旧苍白，尖声道："君小姐所求关系重大，着朝臣商议。"

这命令朝臣商议，意味着皇帝不反对，或者没有明确表示反对，在场的官员神情愕然，顿时议论纷纷。

宁炎看向帝陵内，没想到面对这种挑衅，皇帝竟然连反驳、呵斥都不敢，他当然知道皇帝听到这种话必然是勃然大怒的，却为了暂时安稳回朝而选择了沉默，不由得深深叹气道："胆气已散，不成大器……"

"这是反了！"太后站起来指着面前的朝臣，愤怒地喊道，"你们竟然还敢来议！你们难道都忘了自己的本分了吗？任凭一个小女子妄议皇嗣，传承大事？你们是疯了还是糊涂了？"

朝臣面对太后的呵斥，似乎才顿觉此事着实荒唐。

"皇帝自以为有罪，谦逊宽厚，为了安抚民心，面对这女子的咄咄逼人，不好驳斥。"太后气得面色涨红，继续指着朝臣斥骂，"你们呢？你们都是干什么的？"

朝臣们纷纷下跪，齐声道："臣有罪。"

"此事太荒唐。"一个朝臣抬头说道，"必当驳回。"

"这是乱朝纲。"另一个朝臣也说道，"不可忍。"

"功高震主，挟功乱政，这是奸邪之为。"朝堂上其他官员纷纷跟着斥责。

太后神情稍缓，带着几分满意，但视线扫过，发现有几个官员保持沉默，神情若有所思，多数为年轻官员，站在队伍最后列。仿佛感觉到太后的视线，其中一个年轻官员不由得缩了缩头，他嘴唇微动，对身边的官员挤出一句话："这时候我们真不说些什么吗？"

"云钊在皇帝身边呢。"旁边的官员目不斜视，也只是嘴唇微动，"皇帝的意思肯定就是云钊的意思。"

皇帝心里肯定不同意，这一点他们心知肚明，但同时皇帝并没有直接反对，很明显就是可商议，既然是商议，自然不能全部都反对，那还有什么可商议的，不过真要站出来同意，他们也做不到，那就保持沉默吧。

这些刚入官场的年轻人最是心怀鬼胎，太后的视线冷冷扫过他们，落在一人身上，不由得眉头皱起，问道："宁大人，你是怎么想的？"

众人的视线落在宁炎身上，这时候才发现宁炎始终没有说话。

太后的神情沉沉："哀家记得，当初宁大人对于正统，还与先帝进言过，难道现在先帝不在了，宁大人又改变了想法吗？"

当初关于立齐王为皇储，与那些坚持要立皇太孙的朝臣不同，他倒是支持立齐王，理由是立长不立幼，也是凭着这一点，宁炎深得先帝和齐王的看重，官职更进一步，最终成为内阁重臣。

宁炎神情肃重地答道："臣依旧不赞同'匡扶正统'这句话，君小姐的行径的确是忤逆且荒唐。"

听他这样说，太后的面色稍缓，其他朝官也纷纷点头，听宁炎接着说道："所以臣希望陛下站出来予以斥责此事，君小姐是有大功，但奖罚分明，她有功当奖，但妄图挟功干政，陛下当严厉斥责，驳谬论，明正统。"

太后微微皱眉："皇帝是看重她的大功，想要予以抚慰，陛下的性格宽仁慈厚，你们又不是不知道。"

"所谓抚慰，当明智。"宁炎说道，"陛下是天子，是君父，为君为父者，该夸则夸，该斥责则斥责，一味纵容，是捧杀，这并不是真正的抚慰赞赏。"

在场的官员纷纷赞同地附和。太后放在膝头的手紧紧攥起，一时间不知道该恼恨还是赞扬。朝臣们一致认为那君小姐不对，这一点她还是很欣慰的，那就怪不得朝廷无情。她要让民众都知道这君小姐说了什么话做了什么事，让大家看看这女人是多么嚣张忤逆，竟然敢干涉朝政大事，也好让那个废物皇帝趁着民意处置了这君小姐，然后快点滚回来。

有了太后的默许，君小姐在帝陵外说的一番话很快就传开了。京城一片哗然，对民众来说，立储是朝廷的大事，君小姐这样提出来的确是很忤逆，民众对君小姐的好印象也大打折扣，各种各样的议论在街头巷尾散开，九龄堂比先前冷清了，那些权贵富豪也不登门拿药了。

"君小姐，你，你怎么能这样做呢？"陈七急得团团转。

"君小姐，我知道你对怀王很好。"柳掌柜在一旁也开口道，"但这件事不该这么说出来。"

君小姐笑了笑，说道："不，这件事就该这么说出来，骂我无所谓，骂得越多越好。"

柳掌柜和陈七都不解地看着她，这君小姐的行事从一开始就古怪。

"骂我，就会说为什么骂我。"君小姐看着门外，透过打开的门板看着街上聚集在一起，不时冲这里指指点点的民众，"说多了，大家就会更加记起那个人，也终有人会开始思考我的话是不是有道理。"

而正如君小姐所说，民众议论的话题自然过渡到了怀王身上，甚至有民众开始觉得当初就不该立齐王为皇帝，毕竟当时的太子殿下已经有了怀王……

而街上开始议论的时候，袁宝也赶回帝陵，将朝堂的决定传达给了皇帝。皇帝听后，对太后的作为甚为满意，并更加认为自己听宁云钊的话是正确的，对他也是越来越信任。反之，陆云旗越来越像个可有可无的人，他只是一如既往地站在皇帝跟前，一语不发。

说完君小姐的事情后，皇帝突然想起黄诚来，便看向陆云旗，问道："黄大人还是没有消息吗？"

陆云旗尚未开口，袁宝再次抢先道："还没有，最后一次听说黄大人是向北去了，想来应该是因为黎兵入境被冲散了。"

皇帝哼了一声："这个废物。"对于黄诚的生死去向，他倒也不怎么在意，他在意的是跟黎人和谈，看来得另外找个人去跟黎人和谈了，这最合适的人当然就是……他看向宁云钊。

"臣当然愿意为陛下分忧。"宁云钊立刻郑重说道，"但这时候不适合，这一次必须将黎人打到认输，再由黎人先提请才合适，否则难抚慰京城民众。"

"陛下，最新消息说北地的清河伯已经率兵马而来。"袁宝忙又补充一句，"而且北地的黎兵都退了。"

这可是好消息，皇帝顿时大喜，也不提和谈的事了。

待出了殿内，宁云钊刚和陆云旗没说两句话，便有太监急匆匆地跑过来，神情慌乱地喊道："袁公公……袁公公……"

袁宝闻声从内里走出来，看到他，皱眉问道："什么事？不是让你在京城里守着？"

那太监一把抓住袁宝的衣袖，面色发白地说道："公公，不好了，京城的事不太对了。"

袁宝刚要问怎么回事，眼角瞥到正好奇地看着他们的宁云钊和陆云旗，他又轻咳一声，对那太监一摆手："进来回话吧。"

这边袁宝和内侍刚走进去，那边有锦衣卫也进来对陆云旗附耳低语几句，陆云旗神情木然无波。

"什么事？"宁云钊好奇地问道。

陆云旗没有说话，只是看了他一眼，便向外走去。宁云钊自言自语道："事情有意思了吧？民意这种事，可真不是什么时候都能操控的。"

"要我说，这怀王当太子，就是理所应当。"茶楼里一个男人端着茶碗说道，身边围着不少人。

如今虽然京城还在戒备，但因为城外追击黎兵的是青山军，民众很心安，恢复了日常生活，大多商铺都开门了，民众也收起小心开始喝茶饮酒。

"怎么就理所应当然了？"有人大声质问道，"这皇位本就是老子传儿子，哪有老子传侄子的。"

这也是正理，四周的人纷纷点头，那端着茶碗的男人继续说道："哎，那你们就说错了，你们忘了当初为什么先帝选择陛下了吗？理由是皇太孙太小了。但现在怀王长大了啊，而且仪态端庄、懂事明理且英勇，丝毫不亚于当初的先太子。"

说起当初的先太子，又引得不少人追忆，先太子虽然是病弱之身，但每次出现在人前，都让人觉得如同朝阳般绚烂。

"以前怀王怎么样，大家不知道，现在怀王什么样，大家可是都亲眼看到了，这可不是瞎说吹捧。"

是啊，想到那个危急时刻，跟只会跑到帝陵下罪己诏的皇帝相比，小小的怀王一直跟他们一起坚守在城门前，在场的很多民众都为之动容，纷纷站在了怀王这一边。

民众议论有关怀王和立太子的事，皇帝大为恼怒，当下便命令朝廷强硬压制，于是官府以扰乱民心、意图不轨的名义抓了一批闲汉才勉强压制下去，但正如小孩子的逆反心理一样，越不让做的事越要做，明面上没有人敢议论这件事，但私下里的议论却越来越盛，这一点朝廷也知道，但也有些无可奈何，其实官员们私下也一直在议论这件事，甚至有的官员也在心里将怀王作为太子人选之一。

不管外面闹得多沸沸扬扬，怀王府的大门依旧紧闭，只不过，不似以前那般铜墙铁壁，无人靠近。

贤王大摇大摆地来到了怀王府的门口，守门的依旧是锦衣卫，却如同不存在，不阻拦也不相迎，贤王干脆自己推开门，大摇大摆地走了进去。

怀王府一如既往，内侍宫女越发战战兢兢，显然街上的消息已经传入了怀王府，这些下人都在为自己和怀王此时的处境深深担忧，不过怀王倒是还比较淡定。

贤王刚走到屋门口，便听到怀王的声音："那这君小姐是在逼本王死吗？是君小姐提出让本王当太子的吗？"他不由得站住，这君小姐行事，一点准备和铺垫都没有，让所有人都措手不及，他心里深深叹口气。

屋里，顾先生答道："是啊，这件事是君小姐自己的主意，我们都不知道，殿下是不是有些生气？"

怀王摇摇头："既然是君小姐提出的，那本王便不生气。"

竟然对这个君小姐如此信任，贤王微微皱眉，透过大开的门窗向内看去，见怀王正坐在书桌前，似乎在写字。顾先生背对着门口站着，手里握着一卷书，又问道："那您怕不怕啊？"

怀王放下手里的笔，神情也带着几分严肃："怕什么？"

"怕别人说殿下想当太子，怕殿下当太子啊。"顾先生说道。

"为什么要怕？本王不怕啊。"怀王从椅子上跳下来，负手一副大人模样走了两步，神情坦然，"本王当好太子，就不怕别人说了。"

顾先生哈哈笑了，站在门外的贤王也有些哭笑不得。

"殿下，想当太子吗？"顾先生收了笑，问道。

贤王站在门外，也不由得紧张起来，一个教书先生就这样问出一个很多人都不敢也不能问的问题，真是一点也不怕被人听到传出去吗？他想要开口阻止，怀王已经先开口："本王想。"

贤王看着站在屋中的孩童，他的神情坦然，身姿挺拔，回答得也是格外干脆，贤王长吐一口气，看着屋中二人，转身离开了。

每个人都有欲望，但对于我们肖想的东西，大约只有在懵懂孩童的时候，才会无惧说出来吧，怀王这样回答，应该是童言无忌，但不再是孩童的皇帝，可敢说出自己的真实答案……

"上当了！"皇帝的面色铁青，咬牙一字一顿说道，"这才是她真正的目的，让满城都谈论怀王。"他愤怒地站起来，将面前的矮凳踢翻，"朝里的那些官员都是死的吗？为什么还不将她抓起来？"

袁宝急急上前跪倒："陛下，宁大人的意思是，要陛下回京，在大朝会上驳斥此事。"

这样灰溜溜地被那女人逼迫回去吗？还要在大朝会上当着百官的面讨论立太子的事！这意思就是，对文武百官来说，是真的觉得怀王可以立为太子了，皇帝面色铁青地呵斥道："陆云旗！"

袁宝又上前急急说道："陛下，宁小大人说过，现在京城尚不安稳啊，青山军在外虎视眈眈，不能打死那女人。"

皇帝愤怒地甩袖子："那就任凭她这样嚣张？难道真要朕立那兔崽子当太子？"

袁宝眨眼看着皇帝，皇帝的面色青了又白，阴沉地说道："必须除掉怀王，只要他不在，一切都迎刃而解了。"

"可是，现在对怀王动手，有点不太方便，京城里现在都盯着怀王府呢。"袁宝低声说道，"如果是下毒，那位君小姐又是神医……"

"所以这一切的关键还是这个君小姐。"皇帝冷冷说道。

袁宝重重地点头道："没错，都是因为她，陛下，她无非是有钱有势，陛下不要急，只要削其势，剪其羽翼，她就翻不起大风浪。"

皇帝转头看向他，冷冷说道："那你们还等什么？"

第一百四十四章

◇

还原当年的真相

青山军到了京城，黎人退逃的消息已经传到了阳城，所有人都松了口气，但戒备却更加森严。因为几万黎兵并没有被青山军一举剿灭，而是在京东路奔散到了四面八方，没人敢保证他们不会到山西这边来。

但方承宇却在此时带着一群护卫，冒险离开了阳城奔往泽州。方老太太和方云绣等人都甚为担忧，但知道他此趟是去谈生意，尽量挽回德胜昌最近的亏空，便也只能任他去，她们则在家为他祈祷平安。

方承宇一到泽州便请了一群人在泽州城的德胜昌票号内小聚，此时，票号内欢悦的笑声不断，一群人待了一阵子，才悠闲地从屋子里走出来。

"方少爷点收好了？"一个富商打扮的男人含笑问道。

方承宇笑着点头道："钟老爷的为人，我还是信任的。"

高掌柜在一旁笑着施礼，恭敬又诚恳地说道："已经点收过了，钟老爷财大气粗，分文不少，多谢钟老爷信任我们德胜昌。"

被唤作钟老爷的人哈哈大笑，一副不以为意的样子："钱嘛，放谁家不是放，虽然都说你们德胜昌现在有问题，但我还是信任你们，我的全部家当就放你们这里了，大家一起发财。"

方承宇含笑点头："一起发财。"

钟老爷看了看天色："时候不早了，那我就告辞了。"

"我送钟老爷出城。"方承宇说道。

听方承宇这样说，一旁的高掌柜有些紧张，对四周站立的护卫使个眼色，但钟老爷却摆手制止："不用了，我还要去探望个亲戚，今日不走，方少爷不用送。"他说着又哈哈笑了起来，"如果方少爷要尽心意的话，不如明日再来送我。"

方承宇含笑应声"是"，高掌柜也松了口气，和方承宇一起送这钟老爷到门口，目送离去。

高掌柜低声说道："已经查过了，钟老爷在府城的确有亲戚。"

方承宇点点头："那你们问清楚了他明日什么时候走？"

高掌柜应声"是"，带着几分喜悦地说道："明日少爷去送就好多了，我们能提前布置探查，以防万一。"

"小心谨慎总是好的，还好这次钟老爷直接带着钱来咱们票号，要不然去陌生地方还要忙一场。"

"这下好了，有了这笔钱，咱们的亏空就能填平了，这一趟，少爷的辛苦也值了。"

"是啊，我不来，这钱也到不了手啊，你去吧，准备警戒，钱虽然到手，但更不能放松警惕。"

高掌柜收整神情应声"是"："少爷也辛苦了，快去休息吧，他们都收拾好了。"

方承宇"嗯"了一声，晃晃悠悠地走了过去。高掌柜看着方承宇站到门边推门迈步才转过身，刚要对一旁的护卫招手说话，就听到身后轰然一声巨响，他愕然转身，看到方承宇走进的屋子腾起一片浓烟，紧接着火光四起。

"少爷！"高掌柜的面容扭曲，嘶喊一声，立刻向瞬时被火龙吞噬的屋子冲去。

整个德胜昌瞬时一片混乱，浓烟火光的腾起也引得街上的人混乱起来。

街头的马车上，钟老爷掀起车帘回头看了眼，露出一丝讥诮的冷笑。

就在半个泽州城因为德胜昌的大火而陷入混乱的时候，京城里风平浪静、艳阳高照。

京城四个城门依旧紧闭，放眼望向外边也并没有人来人往，毕竟黎兵还在城外四处流窜，但城门的气氛好了很多，断壁残垣都被修葺，街上走动的人也不少，只是说话打招呼颇有些小心，这并不是小心黎兵，而是小心说了不该说的话被官兵抓起来。

九龄堂前，一辆马车被牵出来，几个伙计仔细小心地整理车马，七八个护卫则戒备地看着四周，街上不少民众已经向这边聚拢，纷纷议论道："是君小姐要出来了？"

自从在帝陵前说出请立怀王为太子这句惊人的话后，君小姐就没有再出现在人前，想来她也知道自己说的事多么骇人听闻。

"这是要去哪里？该不会又去帝陵逼问皇帝吧？"民众看着这边指指点点，讨论着君小姐的去处和处境，街上一片嘈杂热闹，而九龄堂里的气氛则安静而凝重。

"真要去吗？"陈七皱眉看着走出来的君小姐，她今日的装扮很隆重，这是要去觐见。

"你有办法抗旨吗？"不待君小姐说话，一旁的方锦绣没好气地说道。

陈七嘿嘿笑道："我没有办法，君小姐想的话肯定有办法。"

君小姐笑了笑说道："我也没有，毕竟我也不是什么高官重臣，可以从大义对皇帝太后拒旨。"

"那不更好，没有对你的请求给出答复之前，你也抗旨啊。"方锦绣哼声道，"反正横竖也不过是更跋扈嚣张。"

陈七伸手捅了捅她，君小姐并不在意，只是笑了笑："再嚣张跋扈，也是为了谈嘛，僵持最终是不能解决问题的，还是要谈的。既然太后现在要跟我谈谈，我也没有什么不敢谈的。"

方锦绣撇撇嘴："什么谈啊，分明是要叫你去训斥。"

"训斥也是谈啊，太后可以训斥，我也可以反驳。"君小姐看向皇宫的方向，"而且有些话我很想问问她。"

见她这么坚持，方锦绣没再说什么，她默默地看着君小姐一个人上了马车，马车在护卫的簇拥、民众的指指点点中向皇宫驶去。

君小姐在宫门前下了马车，正遇上宁炎等几个大臣从内走出来。看到她，大家的神情都很复杂。

"君小姐，我还是希望你能明白'本分'二字。"宁炎思忖一刻，上前说道。

君小姐对他笑了笑："是，我一直牢记，未敢忘。"

宁炎还想说些什么，在宫门前等候的内侍有些不耐烦地催促道："宁大人，太后娘娘还等着呢。"

宁炎看了这内侍一眼，说道："臣以为陛下没有回宫之前，娘娘还是不要妄议朝政。"

内侍似笑非笑："宁大人说笑了，娘娘和县主都是女子，怎么会妄议朝政？娘娘召县主来，不过是女子间的闲谈而已，难道宁大人觉得县主能说话，娘娘就说不得了吗？"

宁炎才不会跟这些内侍争执，冷冷看他一眼。内侍到底也不敢惹怒这种重臣，话点到为止，便缩头再次示意君小姐，君小姐对宁炎施礼后，便跟着内侍向内走去。

"宁大人走吧，等陛下回来再议。"其他官员低声说道。

提到陛下，宁炎再次皱眉："我要去帝陵，再请陛下回宫。"

其他官员也纷纷点头，附和道："今日无论如何也要请陛下回宫，不回宫我等就在帝陵外长跪不起。"

大家当即便备了车马，一众朝臣向帝陵而去。

同时，君小姐已经随着内侍的引路来到了后宫，一路上不时见到随同禁军戒守的青山军，甚至还见到了李国瑞，两人说了几句话，君小姐便继续跟着内侍向太后所在的宫殿走去。宫殿下站了一溜的内侍，都低着头屏气噤声，看到他们走过来，便有两个太监推开门，引路的内侍说道："太后吩咐了，君小姐来了就请进吧。"

君小姐应声"是"，走了进去，门在她身后被拉上，陡然的昏暗让她的视线一时模糊，略停顿片刻才看清殿内，空无一人，只有太后坐在正中。

君小姐上前几步，低头施礼下跪："臣女见过太后娘娘。"

"君小姐，你知道吗？"一个男声从前方传来，这声音让君小姐一惊，她抬起头，看到皇帝从屏风后走了出来，在太后身边站住脚，居高临下地看着她，"有个也叫九龄的，就是在这里被朕乱刀剁死的。朕很高兴，今天又一个叫九龄的来到这里。"他的话音刚落，君小姐听到四周脚步声响，幔帐后涌出一群内侍，他们手中握着刀剑，闪着森寒逼近，就像曾经那样。

君小姐环顾四周，这里并不是太后的宫殿，而是皇帝最喜欢的喝茶的地方，也是先前她死去的地方。太康三年冬，她就是像现在这样穿着一身华丽的礼服来到这里，坐在皇帝对面，按住腰里藏着的长剑。君小姐的手悄悄放在腰间。太后发出呜呜的声音，打破了不知今夕何夕的恍惚，皇帝没好气地抬脚踢了太后一下，原本端坐的太后顿时歪倒。君小姐这才看到太后的手竟然是被绑在身后的，也看清了太后脸上的愤怒。不知道用了什么法子，她似乎没有办法说话，只能用更大的呜呜声表达。

"朕早就烦死你了。"皇帝再次说道，"你就不能不说话？"

太后的面色青白，愤怒让她的脸变得扭曲，看上去滑稽又好笑，君小姐忍不住笑了起来，这笑声回荡在殿内，让气氛有些诡异。

皇帝冷冷看向她："你还笑得出来，果然够嚣张，不过你可想到朕会在这里等你？"

君小姐摇摇头，视线落在太后身上："没有，我以为你还是躲在背后，让别人来做恶人。"

皇帝的眼神微凝，他注意到了，她跟他说话，用的不再是臣女和陛下，而是你、我，他带着几分审视地问道："你到底是什么人？是先太子余孽？"

君小姐看着他，反问道："陛下是不打算堂堂正正在人前跟我论一论谁当太子了？"

皇帝哈哈笑道："你也配！谁当太子，是朕说了算，轮不到你们来指手画脚，想逼迫朕，你们真是做梦。"

"所以你就打算杀了我？"君小姐说道，"你觉得这样杀了我，就没有人逼迫你了吗？人死了并不是一了百了，总要有个交代的。"

皇帝再次抬脚，踢了踢歪倒在一旁的太后，轻松地说道："太后训斥你，你嚣张忤逆，意图谋害胁迫太后，太后被害，你则被内侍合力击杀——这就是交代。"

太后的神情更加扭曲，挣扎着发出更大的呜呜声，皇帝的脚将她踩住，人也半蹲下来，轻叹口气："母后啊，你不是一直说你做的一切都是为了让我做皇帝？"他说着扳着手指，"你让父皇不要赎回皇祖父和皇叔，你让父皇把那些钱都藏到我的封地，你让我装老实，不进京城，跟做鬼一样躲在山东，还有……"他说到这里停下来，似乎在认真思索，又带着几分戏谑，"好像就这些吧？朕记得你天天说，怎么朕认真想，却想不起来呢？"

太后愤怒地瞪着他，要挣扎着起身，呜呜声似乎在咒骂。皇帝看着她，冷冷说道："其实你什么都没做，你做的那些事，有个屁用！皇祖父不回来，为的是太子可以当皇帝；把钱藏进我的封地，那只是死钱，是我把它变成活的！你以为就凭你在宫里替朕说几句好话，这皇位就成朕的了吗？你以为让我装老实躲在山东，朝里的人就会到处对我赞誉吗？那是朕花钱买来的。"他指着四周，"这皇位，这天下，是朕想办法得来的，你才是废物，不过，现在母后你也终于可以做一件真正有用的事了。"他抬手指了指一旁摆着的一个茶杯，神情愉悦，"待会儿喝了这茶水，安静上路吧，也算是死得其所，孩儿我会记得你的大功的。"

饶是很多事都猜到了，也认清了这位皇叔的本性，但亲眼看到这一幕，君小姐还是浑身打战，她冷冷说道："真是畜生啊，太子和太子妃，还有先帝，是怎么死的？"

皇帝看向她，冷冷说道："你果然跟那些死鬼有关系，不过这些朕都不在意，不管你是什么人，最终将成为一个死人。"他说着坐下来摆摆手，"杀了她。"

他的话音刚落，哗啦一声响动，门外涌进一群青山军将君小姐围在中间，手中的长刀对准了四周的内侍，以及正中间的皇帝。

殿内一片凝滞，连太后的呜呜声都消失了。

"真是大胆啊，你这已经不是挟功忤逆了。"皇帝坐在上首，开口打破了这凝滞，带着几分愤怒和惊惧，"你这是要造反！"

君小姐神情平静："这不是造反，这只是拨乱反正，失德之君，不可王天下，篡逆之辈，不可为天子。"

皇帝冷笑一声："朕怎么失德怎么篡逆了？你有什么证据？"

君小姐看了眼身边的一个青山军。那青山军点点头，对外边打个呼哨，四五个青山军簇拥着一个宫女走进来，正是雪儿，她的神情虽然战战兢兢，但又带着几分坚定。

"这宫女曾经为太子侍药，她能证明太子已经痊愈了，并不是因病而亡。"君小姐看着皇帝，"既然不是因病而亡，那自然就是被人所害。"

皇帝看看她，又看看那个宫女，神情变幻，猛地站起来喊道："你胡说八道！根本没有的事！"

君小姐上前一步："我说过，人死了，并不是一了百了，总要有个交代的。"

她的话音刚落，就见面前惊怒的皇帝忽地坐下来，声音也恢复了平静："真是无聊，原来这件事的疏漏在这里啊，怪不得当初那女人来发疯。"

君小姐神情一僵，但还是晚了一步，上首的皇帝随意摆摆手："现在人来齐了，都拿下吧。"

随着他的话，四周再次一阵嘈杂，更多的人涌了进来。这一次依旧是内侍，他们的手里拿着弓弩，先前围着的内侍向后退去，让森寒的弩箭对准了这一群青山军。袁宝站在其中，带着几分得意。

透过四周围着的内侍，君小姐看到坐在上首的皇帝淡淡说道："君小姐，这是朕的皇宫，朕花了很多钱的。钱真是个好东西，有了钱，朕虽然像鬼一样躲在山东，也能知道今天皇帝吃了什么，临幸的哪个妃子。"

"德胜昌给你的钱吗？"君小姐问道。

"错。"皇帝有些不高兴，"是朕给他们钱，要不是朕给他们这个机会，他们哪来的钱。"

君小姐默然，也就是说，齐王就是用这些钱打开了皇宫的大门，也是用这些钱铺设了她父亲死亡的路，她的沉默并没有让皇帝停下说话："朕实在不明白，你怎么这么蠢？以前朕不住在这里，还能为所欲为，现在朕住在这里，你竟然还想行刺朕？"他指着君小姐身前的青山军，满脸嘲讽，"你以为有这些人就能无往不利了？就还真造反了？"

"陛下就算不在宫里，这宫里也在陛下的掌握之中。"袁宝在一旁得意地补充道，"想行刺陛下，你真是做梦。"

君小姐摇摇头："这次，还真没想行刺你，行刺你没有意义，而且你也不配，用这种方式对付你，是对我们的羞辱。对付你这种小人，只要站出来就可以了，现在我已经站出来，怀王也站出来了，将来会有更多的人站出来。"

皇帝冷笑，神情有几分羞恼："真是可笑，站出来又怎么样？你现在死了，顶着这样的名声，你觉得你举荐的那小兔崽子能善终？"

君小姐点点头："是啊，所以我不能死，虽然我没有想行刺你，但是我也不会让你再杀掉我。"她说着将束扎的腰带解开，原本雕花繁复的腰带一瞬间绷直变成一柄剑鞘。

看着这剑鞘，皇帝的眼狠狠眯起来："果然，你们是同党。"

君小姐将剑鞘举起，拔出长剑："你有准备，我也有准备，那么就看看这次谁生谁死吧，卸甲。"

随着她的话，围着她的青山军一只手扯开身前的军袍，露出其内的一块盾甲，同时齐齐向君小姐聚拢，或蹲或站，只一眨眼间，就将每个人身上的盾甲拼凑围拢，将君小姐罩在其中，如同一只甲壳。

皇帝面色铁青，一边后退，一边呵斥道："杀了她！"

"护驾！"袁宝站在皇帝身前尖声喊道，一群群内侍立刻涌上挡在他们前方。

前方的重弩、后边的内侍层层叠叠，让这大殿变得窄狭却又如同隔着千山万水。

重箭的嗡嗡声以及锵锵声旋即而起，有人倒下，便立刻有人拿起他的盾甲补住，盾甲围裹下的青山军如同一块滚石向皇帝而去。纵然盾甲相护，重弩之下倒地的人也不断增加，但这队形只是不断收缩，未曾散乱。

弩箭只适用于远距离攻击，他们的机会就在于缩短距离。不知道哪个内侍手里的弓弩不小心落地，这些许的松动让弩箭的攻击变得有些松动，紧接着盾甲的队列一矮，如同一块脱落，有人翻滚着接近了一个握着弓弩的内侍，一剑封喉，那内侍便双眼怒瞪，惨叫着滚落倒地，随之，更多的盾甲从队列脱落，冲向层层内侍，惨叫声不断响起。

被簇拥在后的皇帝面色发白，袁宝也再不敢停留，尖声喊道："快走快走。"但下一刻就听得嗡的一声，一柄长剑飞来，刺穿了前方的一个内侍。袁宝骇然看去，见混战中那君小姐不知什么时候已经冲到了他们的前方，长剑被抛来，她的手中还握着两把如扇子般展开的一根根银簪，她将手里的银簪狠狠甩了出去，耳边有尖叫声响起，但下一刻一把铁伞从斜刺里出现，挡住了飞来的银簪。

君小姐站在原地，心也如同银簪一般跌落。她看着伞下站着的陆云旗，他将铁伞收起，负在身后，木然说道："这次，赶到了。"

四周举着刀枪的内侍汹涌而来，残存的青山军摇摇晃晃地立刻将君小姐护住，挡住了弓弩刀枪，也挡住了她接近皇帝的机会。君小姐站在原地，脑中一片空白。

"都住手。"陆云旗的声音响起，内侍们听后都下意识地停下。

这让袁宝有些恼怒："你们干什么？还不快拿下逆贼！"他怨恨地看着陆云旗，他好不容易说服皇帝支开陆云旗，只带着自己回宫来安排这件事，眼瞅着大功告成，没想到陆云旗竟然还是赶来了。

皇帝脱口喊道："云旗，你赶来了！"

看皇帝有些欢喜的神情，袁宝此时也不好说什么，只好收回怨恨的视线，再次指着君小姐喊道："快，杀了这逆贼！"

君小姐的飞镖被击落之后，青山军也停下了动作，此时被一层层的内侍围住，内侍已经重新拿起弓弩对准了他们。君小姐将双手放在身前，看向陆云旗，陆云旗也正看着她，他的双目是熟悉的深黑色，深不可测，现在只需要他一声令下，一切就都结束了。

"杀……"皇帝重新恢复了冷漠，恨恨地开口道。

陆云旗转身看着皇帝，打断了他的话："陛下，臣有句话想跟君小姐说。"

皇帝微微皱眉，袁宝在一旁已经喊道："还有什么说的必要？用不着跟这种逆贼说话，她只需要死了就行。"

陆云旗看也没看他一眼，只是看着皇帝，皇帝冷脸说道："朕不打算审问。"

陆云旗应声"是"，转头看向君小姐："有一件事，你一直没有问我。"君小姐漠然看着他，听他接着说道，"我很难过，我一直等着你问。"

"什么话？"

"我在等你问我，你的父亲是怎么死的。"

君小姐故作平静地看着陆云旗，没想到他在此刻问出这个问题，陆云旗对她露出一丝笑容，突然抬手扯下腰带，转身缠住了皇帝的脖子，说道："这样死的。"

皇帝还带着冷嘲的脸瞬时变成紫红，双手下意识地去抓脖子，但他的力气在陆云旗面前根本没有什么用，陆云旗已经将他带到身前，双手稳稳地将腰带向两头拉扯。随着他的动作，殿内响起骨头被挤碎的声音，他再次木然地说道："这样死的。"

这一切发生在一瞬间，以至于现场的人都没反应过来。直到咚的一声，有人撞上陆云旗的腿，这人不是倒下的皇帝，而是扔在地上被忽略了的太后，她依旧不能说话，身子也僵硬着，但却拼了命地撞向陆云旗，发出呜呜的喊声，这声音终于惊醒了在场的人。

"护驾！"离得最近的袁宝发出一声嘶叫，但他没有扑过来，而是向后退去，满面的惊恐，他知道陆云旗很厉害，他也一直戒备着，但做梦也想不到陆云旗竟然会弑君！

"皇帝被杀了！"袁宝的尖叫刚出口，就看到陆云旗微微转头看向他，袁宝如同一根针刺入尾椎般半个身子都麻了。转眼间，陆云旗一扬手，手里的铁伞便插在了袁宝的胸口上。袁宝立刻不可置信地嘴巴大张着向后倒去，而陆云旗的手里还握着腰带，随着适才的一扬手，腰带勒紧，原本已经面色铁青吐出舌头的皇帝，头一软便垂了下来。

大殿里乱作一团，一眨眼间，皇帝生死不明，袁宝被杀，内侍们如同失去了头的苍蝇，尖叫着，手中的弓弩不知道该对准君小姐和青山军，还是对准陆云旗。

"陆云旗！快放开陛下！"一个清朗又愤怒的声音在嘈杂中响起。

君小姐立刻循声看去，见屏风后又钻出一人，正是宁云钊。

作为圣人子弟，天地君亲师，宁云钊应该是要护着皇帝的！慌乱的内侍们不由得停下，捏住了要射出的弓箭，停下了要砍过去的大刀，躺在地上的太后也燃起了一丝希望。

"禁卫们，快拿下这些阉贼！"宁云钊并没有让他们久等，立刻就随之喊起来，他喊的是禁卫，只是这殿内除了内侍就是青山军，并没有禁卫，太后最后一丝希望破灭。

而宁云钊的话音刚落，君小姐已经抬手，她身边围拢的青山军如满弦的箭一般，嘭的一声射了出去。回过神的内侍们再拉弓、动刀也晚了一步，长刀挥舞，血肉横飞，如同秋收稻割，惨叫连连，一片片的内侍倒了下去，几乎一眨眼间，满殿的内侍或死或伤，都躺在地上哀号翻滚。

殿内入目惨烈，耳边嘈杂，但比起先前还是安静了很多。宁云钊看向陆云旗，陆云旗的双手依旧握着腰带，皇帝垂头软立在他身前。

"不是告诉你不要杀陛下吗？"

陆云旗看向君小姐，微微皱眉道："我说过，这样是没用的，只会伤到自己，还好我赶到了。"

君小姐垂在身侧的手攥起，原本平静的脸上神情复杂，心中揣测：他这是什么意思？他到底想干什么？

陆云旗看着她，又看着身前的皇帝，说道："我是在告诉你答案，不是病死的，是这样死的。"

原来，父亲是被勒死的。君小姐看着已经没有反应的皇帝，似乎看到了父亲临终前痛苦的样子，她的双目瞬间被泪水模糊。

"你还愣着干什么！"宁云钗的声音再次响起，"快把陛下放下来。"

陆云旗看向他，君小姐也看向他。

"我不是告诉过你，陛下不能死，快将陛下放下来。"

陆云旗松开手，皇帝扑通一声栽倒在地。

宁云钗被吓了一跳："你小心点。"

太后也发出呜呜的声音要向这边爬过来。宁云钗看向太后，似乎这时才注意到她的存在，对陆云旗说道："别吓到娘娘，让娘娘先歇息一会儿。"

太后双目瞪圆，呜呜声更大，陆云旗已经一步过去伸手按住太后的脖子，咔嚓一声轻响，太后便软倒在地，不动了。

"别弄死啊。"宁云钗又忙低头去看地上的皇帝，伸手试探了下鼻息，陡然拔高声音，"没气了！陆大人，你不该是不可靠的人啊！"宁云钗又看向君小姐，"君小姐，你快来看看陛下还有救吗？"

君小姐没有迈步，虽然没有去查看，但以现在的距离她也能看出皇帝还有救，但也只是她能救，对其他大夫来说，已经是死人了。

宁云钗看明白了她的神情，认真说道："君小姐，请救救陛下。"

君小姐看着宁云钗一动不动，宁云钗也看着她："君小姐，死并不是解决问题的最好办法，其实君小姐也并没有想要这样杀死陛下，今日是被逼无奈，所以才不得你死我活，就算这样，对君小姐来说，也不是什么好事。"

是啊，这对她，尤其是现在好不容易走到今天这一步的她来说，不是好事，她要的是九裕光明正大拿回属于他的一切，而不是由弑君的人推上皇位，君小姐一阵默然。

"君小姐，如今他不死，"宁云钗接着说道，"才是最好的结果。"

此时，紧闭的殿门隔绝了其内的惊天动地，外边看起来一切都风平浪静，但一向肃穆的帝陵却有些嘈杂。

"谁敢拦我！我等顾命大臣！如今黎人肆虐未退，天子在外不归，岂能安邦定国！你们胆敢阻拦，便是乱政！"一群大臣举着笏板高声叫嚷着，全然没有日常的儒雅风范，乱哄哄地推搡着一群锦衣卫，向帝陵的一座宫殿冲去。

锦衣卫似乎被冲击得站不住了，又似乎因为他们的话而犹豫。

宁炎肃穆呵斥道："尔等今日要么将我等都砍杀在帝陵前，否则我等是一定要见到陛下的！"

经历过迎击黎兵率军守城，见过血受过伤，宁炎这种文臣也变得气势凶悍起来，他身后的大臣亦是怒声呵斥道："没错！能以我等性命惊醒陛下，也是死得其所。"

他们再次前进，拦路的锦衣卫开始后退，最终被宁炎一把推开正中的一个，就像大堤开了口子，官员们顿时如洪水般涌向前方的宫殿。锦衣卫跟过去，但没有再阻拦，看着宁炎到了宫殿前。殿前站着一群内侍，恼怒又慌乱地来阻拦，但对宁炎等人来说，这些内侍更是不堪一击，他们连话都懒得说一句，就把这群内侍撞到一边，推开了殿门。

"陛下！陛下！臣……"官员们的声音在殿内乱七八糟地响起，但很快就安静下来，一群人看着空荡荡的房间，神情讶异，"陛下呢？"

跟进来的内侍神情慌乱，支支吾吾的样子让官员们更加惊讶。

宁炎竖眉呵斥道："快说，陛下呢？"

"陛下，不见你们。"一个内侍虽然害怕却带着几分倔强说道，但他的话音刚落，就被宁炎一脚踹倒："贼奴！胆敢乱政！"

"快说陛下在哪里？"其他大臣也涌上，怒声呵斥道。

内侍们尚未回答，跟过来站在门边的一个锦衣卫神情木然地说道："陛下由袁公公护送回宫了。"

宁炎等人一愣，旋即想到皇帝不会蠢到认为这样偷偷摸摸回去，一切就能像没发生过一样，定然是出了什么事！他沉着脸，说道："快，回宫！"

手腕上的银镯子被打开，露出其内的空洞，君小姐从其中捏起一根细长的银针，半跪在皇帝身边，将银针慢慢送入他的后颈，原本一动不动的皇帝忽地一阵抽搐，喉咙里也开始发出喀喀的声音。忽地君小姐说道："掐他脖子。"

宁云钊毫不犹豫地伸手掐住了皇帝的脖子，君小姐猛地将银针拔了出来。这细小的银针似乎变得千斤重，带得皇帝半个身子抬起，还好宁云钊用力按住，向下压去，皇帝似乎被这力气掐得喘不过气，猛地张大嘴，也瞪大眼，重重地干咳起来。

"醒了！"宁云钊喊道。

皇帝的眼神有一瞬间的茫然，旋即看到眼前的人，顿时色变。看到他的神情，宁云钊瞬时凝重起来，他下意识伸手就要按住皇帝的嘴巴。

"不用。"君小姐站直了身子，居高临下地看着要挣脱宁云钊半坐起来的皇帝，"他活不了。"

宁云钊看着面前的皇帝，皇帝已经张大嘴，但并没有说出话，依旧只是喀喀声不断，而随着君小姐的话音落，皇帝突然如同竹竿折断，猛地仰倒。宁云钊措手不及，被挣脱了手，皇帝仰面躺在地上，但他的眼依旧瞪圆，似乎因为疼痛而涨红了脸，眼神愤怒又惊惧，意识倒是完全清醒的。

宁云钊看着皇帝，他口中不断发出断断续续的咳声，似乎要挣扎却一动不动。

"口不能言，身不能动？"

"你只说不让他死，"君小姐说道，"又没有说让他活。"

宁云钊抬头看着她："所以，这是半死不活？"

君小姐没有说话，只是漠然地看着地上的皇帝，皇帝也看着她，眼神表达着愤怒和惊恐。

"佩服。"宁云钊抬头看着君小姐说道。他没有起身，不待君小姐说话，收回视线半跪在地上，将手一甩，从怀里拿出一个卷轴展开。君小姐认出这是封诏制式，而其中只看到寥寥几字，已经确定这是册皇太子文，她的视线落在诏书上，清晰地看到了"榕"这个字。

这诏书竟是要册封九榕为皇太子！这诏书绝不会是皇帝写的！她的视线落在宁云钊

身上，震惊又不可置信，宁云钊并没有理会她的视线，而是认真将诏书展开举给皇帝看："陛下，您看，这个已经写好了，就颁诏吧。"

皇帝显然也认得这是什么，眼神更加纷乱，但也仅仅是眼神，甚至连喀喀声都保持着平缓，没有半点起伏。宁云钊将诏书放在地上，从袖子里拿出一块印玺。君小姐的神情再次震惊，见他将玉玺重重扣在诏书上，然后将玉玺塞进皇帝的怀里，举起诏书，俯身在皇帝面前，语气恭敬诚恳地说道："陛下圣明！"

皇帝气得眼一黑，晕了过去。宁云钊似乎受到了惊吓，他扑过去将皇帝的肩头摇了摇，神情悲痛地转头看向殿门口，大喊道："陛下！护驾！快来人啊！护驾！"他声音清朗，又因为悲愤而充满了力量，冲破了紧闭的殿内，向外撞去。

君小姐看着他，神情有些复杂，宁云钊已经伸手抱起皇帝要往自己身上背，又看着君小姐说道："快，君小姐，我们快走。"他的语气紧张又肃重，就好像他们真的在护驾，不待君小姐回应，宁云钊又指着青山军，"你们几个将太后先送回宫。"他一脚踹开屏风，露出其后开着的一个暗门，说完这句话依旧不停，伸手指着陆云旗，"禁卫们，拿下他。"

君小姐看向陆云旗，陆云旗站在原地，忽地俯身从地上捡了几支散落的弩箭举了起来。青山军立刻上前挡在君小姐身前，将手中的刀对准了陆云旗，陆云旗的手已经落下来，但箭不是向外，而是向内，噗的一声，四五支重箭刺入他身前，血顿时涌出，瞬时染红一片，君小姐的双目微微凝起，看着他扑通一声跪倒在地，消失在视线里。

"护驾！"喊声冲击着殿门，掀翻了整个皇城。

外边有嘈杂的脚步声涌来，殿门被撞开，有禁卫冲进来，远处还有更多皇城司的人马奔来。

看到这殿内的场景，禁卫们都色变，宁云钊的声音继续响起："护驾！快拿下！"

禁卫们看看被宁云钊背在身后的皇帝，再看看被青山军用刀枪指着的躺在地上的陆云旗，下意识地随之而动。一群群禁卫涌上，将刀枪对着陆云旗，围护住宁云钊和皇帝。

一队队官兵在大街上疾驰而过，街上的民众都神情不安，害怕黎人又打来了，但这些兵马的去处并不是城门，而是皇宫，民众松口气，又好奇地低声猜测发生了什么事情。

宁炎带领着官员也赶到了殿内，他们自看到遍地的尸首和血迹后，都震惊得发不出声音来，还好这些官员都亲自守过城，见过惨烈的血腥场面，饶是如此，一个个也浑身发抖，形容失态。

这毋庸置疑是宫变，宁炎第一个回过神，向屏风前冲去，其他大臣也跌跌撞撞踩着横七竖八的尸首跟去。宁云钊半跪着让开，让躺在他身后的皇帝出现在众官员的面前，皇帝还睁着眼，因为宁炎等人的涌来，眼睛还眨了眨。

"陛下还活着！"有大臣欢喜地喊道，但下一刻他就发现陛下的状态不对，"陛下不能说话，不能动了！"

这话让在场官员的心都沉了下来，他们的视线看向宁云钊、君小姐、青山军和被青山军围住的不知死活的陆云旗，还有已经死掉的太监袁宝。他们是宫变的亲历者，他们身份关系错综复杂，到底谁是主谋，谋的又是何事？最关键的是，到底他们谁说的话可信？

"不是宫变。"宁云钊的声音在殿内响起，"是阉贼和陆云旗内斗。"众人的视线落在他身上，宁云钊神情愤怒，指着满地的狼藉，"袁太监和陆云旗争权，在宫内械斗。"

袁宝和陆云旗的明争暗斗大家的确有所耳闻，皇帝现在也是越来越信任袁宝，袁宝手下的太监跟锦衣卫也多有冲突。

"有陛下在，他们怎么敢？"一个大臣冷声呵斥道。

"看，陛下脖子里有伤！"另一个大臣更是尖声喊道，神情惊惧又愤怒。

众人低头看去，赫然见到皇帝露在外边的脖子上有一道瘀青红肿，明显是外力所致，众官员不由得看向站在一旁的君小姐，更有不少官员脚步开始移动。

"这是我掐的。"宁云钊将手伸出来，同时在皇帝的脖子上再次虚抚上。

众人的视线再次看向皇帝的脖子，的确看到其上的手印跟宁云钊的手吻合，众人的神情更加复杂。

"你们想多了。"宁云钊神情平静地收回手，"陛下，是病了。"在场的人听后都一阵愕然，"你们以为陛下为什么不见你们？那是因为陛下在帝陵病了。"

官员们面面相觑，显然不相信他的话，有官员皱眉呵斥道："如果病了，为什么不召太医？"

"因为陛下认为黎人威胁尚在，如果让大家知道他病了，怕乱了民心，让黎人有可乘之机。"宁云钊毫不迟疑，神情坦然，"这几天陛下病得越来越重，所以决定秘密回到皇宫来，让臣以太后的名义请君小姐来。"宁云钊看了眼一旁的君小姐，突然神情愤怒地指着地上死去的内侍和陆云旗，"但是，这两个贼人，竟然趁着陛下病重争斗，以至于惊吓到陛下，亏得君小姐在这里及时医治，万幸保住了性命，但陛下却……"说罢跪倒，俯身在皇帝面前，"臣有罪，臣无能！"

如果是这样的话，他还真不算有什么罪，但，这件事听起来似乎顺理成章，又匪夷所思。一个官员看向君小姐，双目微凝，声音冷峭："君小姐，陛下是什么病？"

君小姐转头看着躺着的皇帝，眼神幽深地说道："陛下跟先太子一样，都是天痹之症……"

侧殿里响起女人和孩童的哭声，宫中发生了这么大的事，兵马禁军跑动，后妃们自然瞒不住，皇后带着妃嫔们赶过来，当场被吓晕了一大片，而太后那边却始终没有赶来。几个官员察觉有异，带着禁卫赶过去，发现太后被几个太监关了起来，等他们冲进去拿下太监，太后已经受了惊吓，昏迷不醒，宫内更乱作一团。

但最要紧的地方还是皇帝这边，妃嫔们哭得死去活来，被朝臣劝着不要影响太医看病才稍微收敛，脚步声杂乱，伴着哗啦哗啦的翻书声，让原本沉闷的室内变得更加窒息。

"在这里。"忽地一个声音响起，听到这话，站在一旁神情各异的官员们立刻涌来，一个太医捧着一本发旧的册子，"看，当初记载过先太子发病时的症状。"

宁炎接过册子，其他人都围上来认真地读起来，上面果然记载了先太子小时候发病的症状，大家一边看，一边忍不住看向内里床上躺着的皇帝，做对比。

"这里也有。"又一个太医捧着一本书急急跑过来，"这是当年张神医论先太子病症的记载。"

立刻有官员接过来，大家又立刻围住他，那官员一边看一边怅然说道："天痹这个名字就是当年张神医提出的，说无解。"

围在床边对皇帝进行诊治的太医此时也神情不安地走过来，为首的太医说道："陛下意识是清醒的，身上除了宁大人掐的地方之外也没有别的伤，是痹症了。"

这话让大家忍不住看向宁云钊，这个掐伤还是很古怪，按照一直以来的记载，先太子天痹症发作时僵直不能呼吸，那时候怎么能掐着脖子，这不是更要命吗？

"哎，这里有记载。"一个官员忽地指着手中的册子，"张神医说如果太子天痹症发作时，当掐住咽喉，能保住一口气……"

大家随着这官员的所指看去，其上记载的张神医的话神神道道的，但大意是以毒攻毒之类的道理。众官员的神情更加复杂，有人喃喃道："陛下竟然也……怎么先前一点迹象都没有呢？"

"有些病的确是隐疾，"也有人点头道，"表面上看不出来。"

"是啊，陛下和先太子是亲兄弟，这血脉相同……"更有人说到这里又是一惊，"呀，那快给皇子、王爷们都查一查，免得他们……"

此言一出，原本小声哭的妃嫔们大惊，尤其是有子嗣的妃嫔，顿时叫嚷起来，催着太医给自己的孩子看病，殿内又乱了，但气氛却不似先前那般焦灼、凝重，这是因为确定了不是宫变，而是病变。

不过现在可不是讨论其他王爷、皇子有没有病的时候，几个官员劝慰一番，让妃嫔们同意稍后再给皇子公主们诊察。官员们再次看向床边，一阵沉默之后，不知道谁最先哭出声来，旋即所有官员都跪倒在皇帝的床边，神情悲痛地哭泣起来。

"现在不是悲伤的时候。"宁炎沉声道。

哭着的官员们又立刻收起眼泪，神情复杂地看向床上的皇帝。宁炎看向君小姐，自从进了这间侧殿，她一直安静地站在角落里。听到宁炎的声音，她看过来，听他问道："君小姐医术高明，既然能在陛下犯病时保住性命，那是否可以治愈？"

皇后、妃嫔以及其他官员也都期待地看向君小姐，君小姐慢慢地摇摇头："我是医术高超，专治疑难杂症，但这是天痹，天痹是天定的病，天要这个人如此，人又能如何改变？"

几个官员看着手里还捧着的册子，其中一个低声说道："看，张神医当年也是说天道难违。"

官员们顿时一阵失望，妃嫔们则失去了最后一丝希望，再次痛哭起来。

"病来如山倒，既然陛下保住了性命，说不定能好转，太医们斟酌药方治疗陛下。"宁炎不再询问君小姐，看向其他官员，神情越发肃重，"那接下来的朝政之事……"

"关于皇太子，"沉寂很久的宁云钊开口说道，"陛下已经有了安排。"

这话让所有人都看过来，宁云钊将诏书展开在身前："陛下决定立怀王为皇太子。"

殿中顿时哗然，妃嫔们发出尖叫，皇后更是站起来，颤声问道："为什么，为什么不是立我的儿子？"

所有人都看向宁云钊，他却没有回答此话，只是神情坦然地摇摇头："我不知道陛下为什么这样做，你们要问只能问陛下。"

满殿的人都愕然，皇后更是愤怒，她忍不住尖声喊道："你，你这诏书是假的……"

她的话音未落，原本神情平和的宁云钺陡然色变，人也跨上前一步，厉声呵斥道："娘娘这是说臣矫诏假传圣旨了？臣，自幼承袭圣人学，敬天地君亲师，又入天子门，知晓国法家规，若不是陛下吩咐，臣怎么会说出这样的话？此等违背圣人之道、君臣之礼的事，臣岂可为之！"

他说着一手举起诏书，一手指向天，声音回荡在殿内，震得众人双耳嗡嗡："士可杀不可辱，臣宁常如有半句虚言，天打五雷轰。"

宁云钺一向举止从容，言语和煦，这还是他第一次这般动作言语，殿内的诸人不由得被吓了一跳。皇后从来没有跟这些大臣打过交道，此时又被这一串听不太懂但不断出现"圣人"二字的话说得心慌意乱，下意识地后退一步，一句话也说不出来。

宁云钺没有给大家说话的机会，但也没有再咄咄逼人："这份诏书是陛下病发时给臣的，陛下是如何考虑的，是什么时候写好的，臣一概不知，臣也知道此时拿出这张诏书，会遭到非议，但是臣身为人臣，当忠于王事，哪怕被视为矫诏奸佞，臣也不惧。"

妃嫔们第一次见到朝臣应对，吓得都忘记了哭，其他官员的神情则有些古怪，这宁大人此时的行为颇像一个无赖，摆明了是拿准他们没有证据反驳他，他们也不好质问。有老臣沉声道："先给陛下治病，查陛下致病之事。"他看向众官员，又看向皇后，"先给天下人一个交代，再议皇储之事。"

"查！查清楚陛下是怎么犯病、什么时候犯病的，查这些大胆的太监和锦衣卫，查清楚这一切是怎么发生的，不能放过任何一个人……"皇后立刻颤声说道。

在场的官员齐声应"是"。

接下来官员们忙着安排禁卫轮值、太医为皇帝和太后治病，又传令捉拿宫内以及帝陵的袁宝和陆云旗相关的人马盘问，整个皇宫都忙乱起来。不过这些事都与君小姐无关，她安静地站在一旁，就像被遗忘的人，而她也似乎遗忘了眼前的这些事，只看着床上的皇帝，看到他眼角滑下的眼泪。

但也只有她注意到了，内侍们忙着伺候哀哭的妃嫔，太医们忙着翻找医书、医案，官员们忙着安排轮值政事，似乎没有人再多看皇帝一眼，从事发到现在，从清晨到傍晚，一天还未结束，皇帝却似乎成了被遗忘的人。君小姐在心中冷笑一声，垂目收回视线。

"君小姐，请出宫吧。"有负责清理无关人等的官员走过来，肃容说道。

君小姐应声"是"，出了皇城，回到了九龄堂。刚进门，柳掌柜就焦急地告诉她，方承宇出事了……

第一百四十五章

◇

一切都尘埃落定

春景已盛，初夏将来，但原本花红柳绿的大街上忽地扬起无数的纸钱，紧接着便是如林的招魂白幡，其后更有望不到边的披麻戴孝的人。

因为黎兵肆虐而安静的街上此时挤满了人，纸钱不停地被扬起，撒满天再落满地，天地似乎又回到了寒冬，到处都是白茫茫一片。

"这丧事比当年方老太爷和方大老爷那时候还要盛大呢。"人群中有老人感叹道，"不愧是方家啊。"

老人的话音未落，旁边就传来妇人的哽咽声："是看热闹的吗？人都死了，还看什么热闹啊！"

老者觉得有些莫名其妙，方家雇用了几百人送葬，场面如此之大，不是让人看热闹是啥？

"但这是方少爷啊。"另一个妇人掩面哭道，虽然没有在送葬的队伍里，但她的悲痛不比那些人少，"方少爷这么年轻，这么好看，这么好，就早逝了……"

听到那妇人的哭泣，周围的其他女子都难掩悲戚地跟着小声哭起来。老者没有再跟这些女子争执，看过很多生死，他已经麻木了。

"悲伤的，不仅是方少爷英年早逝，"旁边一个男子叹口气，神情亦是几分悲伤，"悲伤的是，最终还是难逃命运啊，原本以为不会这么快看到方家又送葬，仇人得诛，疾病被治好，方家少爷光鲜亮丽地活着，没想到……"他说到这里摇摇头，有些不忍继续说下去。

没想到年轻的生命还是这样戛然而止，这个从五岁就被看成死人的孩子，还是没能寿终正寝，还是死在了青春年少时，那个诅咒看来并没有破除，依旧还是应验了……

老者长叹一声，看着似乎望不到边的送葬队伍，也忍不住眼眶微红。

"少爷没了，德胜昌也没了。"高掌柜哽咽着看着眼前刚下马的君小姐，她摘下遮面，虽然眼神清明，但因日夜不停地赶路，脸上也沾染了不少风沙。

她皱眉说道："他没了，这又关德胜昌什么事？"

"因为德胜昌没钱了。"方玉绣在后说道。

君小姐向前迈步，"哦"了一声。

方玉绣跟上，慢悠悠地说道："德胜昌前些时候做生意亏了，倒了账了，所以小弟才急着去见一个大商户，拿到了一大笔银子。"

"那钱呢？"君小姐问道。

"因为大火烧了半条街。"高掌柜跟上几步，垂头说道，"少爷吩咐给那些人家补偿，房屋重盖，死者掩埋，伤者养老，所以钱花了很多。"

"我可没有说不借给他。"方玉绣说道，"是他瞒着我们找了票号的所有掌柜来，退了银子还了账，把票号平了。"她说着摊摊手，"然后就眼一闭去了，我们又有什么办法？"

君小姐看她一眼，方玉绣再次一摊手："至于德胜昌的那些掌柜伙计，散了也是散了，我抢……不是，我请一些来用也是很正常的嘛。"

君小姐又看向高掌柜，高掌柜有些不好意思地将头低得更低。

几人说着话已经到了正院，方承宇已经下葬，但院内的灵棚还没有撤，到处都是素白一片，来往的仆妇、小厮都还在抹眼擦泪，灵堂里香火袅袅。

君小姐走进灵堂，一旁的仆妇丫头已经拿好蒲团锦帕等候她的大哭，等了片刻却见君小姐转身走开了。方玉绣和高掌柜没有阻拦，看着她大步向门外而去。

方家的祖坟在山东，但自从跟山东那边撕破脸后，方老太爷和方大老爷的就在阳城建了坟茔，如今方承宇也自然要下葬在这里。在山坡上看去，这里的一大片都被素白遮挡，无数的孝子孝妇叩拜，鼓乐、唢呐声撕心裂肺。

坐在山坡上放牛的少年听得如痴如醉，一旁的牛将他头上戴着的草圈一口咬住慢慢咀嚼，他都没有察觉。

"好看吗？"有女声响起，同时一只手将草圈从黄牛的口中拿出来，拍了拍牛头，黄牛便慢悠悠地转到一边去了。

"好看啊。"少年回过头，对着站在身后的君小姐露出笑脸，"这葬礼可是我一手筹划的，连那些白幡都是我请了山西最好的手艺师傅扎的，漂亮吧？"

君小姐向山坡下看去："死物有什么漂亮不漂亮的，今晚一场大雨，明天就什么都没了。"

"我说的是现在啊。"少年笑道，"现在，此刻，这一瞬间漂亮，就足够了，何必管以后呢。"

君小姐看着山坡下的场面出神，她忽然微微一抬脚："别闹。"

少年嘻嘻笑着收回手，松开她垂散的百褶裙角。君小姐低头看着他，说道："说德胜昌资金不足，无法运转，你是在小瞧自己吗？"

通过那些描述，很明显是他自己要散尽德胜昌的钱财，让德胜昌这个票号彻底消失。

"九龄，德胜昌，本就不该存在。"方承宇收起笑，神情认真地说道，"我祖父、我父亲、我祖母做不到这一点，我是个无情的人，就让我来结束它。"

德胜昌原本是齐王用来生钱谋逆的工具，这一点是皇帝在骂太后的时候亲口承认的，至于当初方老太爷知不知道，方老太太又知道多少真相，君小姐没有问皇帝，现在也不打算追查了。就如方承宇所说，德胜昌不该存在，那现在它消失了，就这样吧。

"票号可以不存在，你为什么也要装死？"君小姐又问道，"是因为觉得委屈，所以才要这样埋葬过去吗？"

"怎么会？"方承宇义正词严地说道，接着嘻嘻一笑，挠挠鼻头，"好吧，是有一点，但也不能说是毁掉，对方家来说是新生，姐姐们的票号，以后就是干干净净的，认认真真做生意，一切都重新开始。"

他说着站起来，拍了拍手："我也新生了，九龄，我有好多事想要做呢，你还记得吧？我当初看了很多书，那时候就想等我好了，我就去看看书上写的那些地方，看看跟阳城不一样的山水风景和人，还有，你知道我其实最想做什么人吗？"

君小姐看着他："什么？"

"铁匠。"

君小姐看着他白嫩的面皮，忍不住一笑。

"喂，我现在也很有力气的。"方承宇有些委屈，将胳膊抬起来，"你摸摸。"

君小姐哈哈笑了起来，方承宇被她笑得更不服气，抓过她的手按在自己胳膊上："你看。"

君小姐拍了拍他的胳膊，认真说道："是，很有力气呢。"

方承宇这才笑着松开她的手："说起来，我的确是无情，为了自己的新生，为了去过自己想过的日子，把一切都抛下了。二姐姐到现在肯定还在骂我黑心，早知道我把祖母、母亲甩给她们，她当初就该再多分点钱。"说着又看着君小姐，"还有，如今这个时候，九龄你不该离开京城，我该瞒着你的。"

如今皇帝新病，皇太子诏书正被质疑，朝堂纷乱，暗潮汹涌，君小姐却在听到消息的第一时间便日夜不停地从京城赶回了阳城。

"好吧，我根本不想瞒着消息，就算知道现在你要做的事很要紧，但是，我还是想告诉你，我就是想看看，你会不会放下一切来看我。"

"然后呢？"

方承宇突然撒娇道："要抱抱。"

君小姐无奈地看着方承宇，微微一笑，一步跨到他身前，伸手抱住他。他的个头已经超过她了，所以她只能抱着他的腰。他也不能像孩子那样靠在她的肩头，而是更合适让她的头靠在自己的肩头。

山坡下的哭声似乎在一瞬间停下来，只有唢呐声还在回荡，看来棺椁入土了，人已入土为安，世间的人不再挽留他们，他们也不再留恋世间，一生就此结束，等待进入下一个轮回。

"你什么时候走？"君小姐感慨地问道。

"等我过了头七。"方承宇笑嘻嘻说道。

君小姐瞪了他一眼，伸手抚摸了一下方承宇的头："不要说让祖母、舅母听了不开心的话。"

方承宇没有反驳，乖巧地应声"是"："九龄，就不留你了，你快回京城吧。"

"京城的事也不是一时半会儿就能解决的。"君小姐说道，"而且有宁小大人在。"

方承宇撇撇嘴，低头捏着手指："宁哥哥真厉害。"

君小姐笑了笑："承宇也厉害，你们都厉害，都比我厉害，能认识你们，我运气真好。"

方承宇抬起头："有人说过，力是相对的。"

君小姐抿嘴一笑："所以呢？"

"你觉得认识我们是运气好，那我们认识你何尝不是运气好？你觉得我们厉害，或许是因为认识你，我们才变得厉害。"

这是什么歪理？君小姐笑而不语。

"怎么会是歪理！"方承宇伸手指着自己，"如果不是你厉害，治好了我的病，我能有机会变得这么厉害吗？"

"你说得对。"

"且不比谁厉害，我觉得我更幸运一点……我没有死，就得到了新生，但有的人死了却还是没有新生。"

君小姐看着他，没有说话。

"我希望不管是什么样的人，都能活出新样子。"方承宇认真说道。

"一定会的！"

初夏的风吹起尘土，旋即归于平静。

路上没有人来人往，路旁大树下没有茶棚，也没有人歇凉，天地之间一片安静，直到两三骑护着一辆车马驶来，溅起尘土飞扬。

"老爷，前边有个村子。"马上的一个家丁大声说道。

马车里的咳嗽声暂停，车里响起一个苍老的声音："那就去讨碗水喝吧。"

从四周遍布的良田就可以看出这村落原本很繁华，此时田里庄稼虽长满却东倒西歪，显然无人打理，放眼望去田间没有劳作的人，前方的村落也是安静如无人之地。

但当他们的车马刚走上通往村落的小路时，庄稼地里猛地跳出两个人，手里握着锄头，喊道："干什么的？"

这边的人马吓了一跳，待看清这两个村民打扮的人，才松口气回答道："我们是过路的，讨碗水喝。"

那两个村民并没有放下手里的锄头，也没有放他们过去的意思，一个村民警惕地说道："不是我们这里的口音。"

"老乡，我们是庐州的。"家丁忙说道，"这不是遭了黎贼灾，逃出来了？"

庐州是京城附近的，村民知道，便收起了戒备，一个村民寒暄道："那你们命还挺大，能跑到我们山东这里来。"

"瞎跑呢，都不知道往哪里跑，到处是黎贼。"家丁叹口气，脸上浮现惊恐的神情，"我们能到这里真是不容易。"

"不过我们村子不让外人进。"另一个村民打断了他们的寒暄。

马车掀起，一个老者一手掩着口鼻，一手递出来一个钱袋，一边咳嗽一边说道："老乡，给你们些钱，行个方便，就是喝碗干净的热水，歇个脚就走。"

两个村民看来，那老者似乎怕被人看到，忙扭开头，咳得更厉害了。

一个村民说道："这时候，谁还在乎钱啊……"

"那好吧，你在这里等着。"另一个村民不忍看这老人咳嗽的样子，"我去村子里拿点水来，不要你的钱，钱又当不得命。"说罢便转身向村内奔去。

老者也不再客气，直接将钱袋收了回去。家丁低声对他说道："老爷，歇过这一次，我们就能到家了。"

这一路太难熬了，超过了他的想象，没想到黎人那么凶残，他们自以为众多的人马在这些嗜杀的豺狼面前不堪一击，更可怕的是，在这样的黎人面前，成国公竟然这么多年还死不了。

"到了家就好了，等日子太平了，咱们再回京城去。"耳边老者的声音响起，家丁神情不安，心想，京城还回得去吗？毕竟他们骗了陛下跑了……

"只要陛下在，就回得去。"老者掩着口鼻说道，虽然面容憔悴，但眼神坚定。他们低声交谈着。

一旁的村民不由得警惕，竖起耳朵听到"陛下"二字，立刻大声说道："京城有陛下在，黎贼一定能打败。"

话音刚落，就听得村中响起尖叫声，紧接着马蹄急响："黎贼来了，黎贼来了！"

这动静让这边路上的人马大惊，家丁失声喊道："这里怎么也有黎人了？"

视线里出现一队疾驰的十几个黎兵，他们从村中而来，身后烟尘沸腾，人喊马嘶，家丁立刻护着马车，掉头喊道："快跑。"

但那边的村民则跳进了田地里，向密密麻麻的庄稼深处跑去，还不忘回头喊道："你们别怕，是被追逃的黎兵，快让开路，往两边跑就没事……"

但那几个家丁根本就不理会他的话，护着马车急急在大路上奔跑，他们的车马哪里跑得过黎兵，很快就被追上了。听着身后响起野兽般的怪叫，那是他们听不懂的胡语，家丁们面色发白，刚要举起手中的刀枪，身后巨大的冲击已经到来，几个家丁瞬时翻倒在地，马车也未能幸免，被掀翻在地。

天翻地覆让老者眩晕，看着头顶上似乎天被遮住，他下意识地伸手喊道："我是黄诚，我认识你们郁大人……"他说的是胡语，但还是晚了一步，长镰刀已经落下，他整个人被挑了起来，划过一道弧线又落在路边。他的家丁也如同这般，被三下两下刺中，挑起甩开。障碍已除，黎兵再无顾忌，带着几分仓皇向前奔去。

片刻之后，其后烟尘滚滚，人喊马嘶，又一队披挂严整的兵马而来，但看到这些兵马，躲到田地里的村民并没有再跑，而是欢喜地跑回来。

"老乡你受惊了。"为首的将官喊道。

"我们倒还平安。"那村人神情凄然地指着路边，"倒是这几个过路人……"

周兵随着他所指看去，见路边躺着四五人，一人还在抽搐，其他的则一动不动，身下都血迹涌涌。

"说是一路逃难过来的。"村人悲戚地摇头，"没想到……"

"看到没有？"将官对着身后的兵丁说道，"我们为什么要坚持不懈地追击这些黎兵，就是为了不让他们祸害百姓，如果不清剿这些残余，不知道有多少百姓要遭殃。"

兵丁们齐声应"是"，将官要翻身下马查看死者，忽地前方一阵喧闹，众人抬眼望去，但见天边有旗如云，一个兵丁惊喜地喊道："大人，你看，是北地援军到了。"

"大人，是成国公的人马。"另一个兵丁看着汹涌而来的旗帜喊道。

听到"成国公"三字，别说官兵们激动，整个村落都沸腾起来。原本看似空无一人的村子里瞬时涌出无数男女老少，欢呼雀跃起来。

看着欢腾的村民，官兵们也不再停留，那将官上马，看了一眼趴在地上看不清面容的死者："先把这尸首遮盖下，一把年纪了，你们到时候好好安葬一下吧。"

村人当然没有异议，当下便有人扯了席子给这几人盖上，做完这些，才向成国公所来的方向迎去。

喧闹远去，路边横着的几个尸首看上去格外凄凉。

沿路听到成国公威名的百姓和官员都欢喜不已，但京城的百姓和官员除了欢喜之外，还有些尴尬。

毕竟成国公还是朝廷缉拿的谋反逆贼，这可不是小罪，必须要有个说法，有官员提出戴罪立功，却被成国公否定了："我不是戴罪立功。"许久不见，依旧风姿儒雅的成国公在大殿前站定，看向面前的众官员，"这是陛下深谋远虑。"

众官员皱眉看向成国公，最近发生的事越来越匪夷所思，大家都有点反应不过来了。

"说起来你们可能不信，"成国公看着众官员，"我所谓的谋反逃匿，是陛下的安排。"

众官员看着成国公，神情有些无奈，这么无赖的说法，跟攥着诏书的宁云钊一样，一口咬定这是皇帝的安排，现在这个时候，皇帝又不能出来做证，可不是他们说什么就是什么了……

"当时事发太过突然，而且陛下怀疑朝中有内奸，所以才隐瞒。"成国公神情温和地说道。

这话让在场的官员神情微变，一个官员忙皱眉问道："成国公，什么事过于突然？"

"当时战事正酣，黎人却突然提出议和，陛下认为是很反常的事。"成国公并不在意众人一副不相信的眼神，继续说道，"所以也就顺水推舟同意了，就是想看看黎人到底打什么主意。"

"那打什么主意？"有官员问道。

成国公看向他，伸手指了指自己，又指了指这皇城："离间，陷害，除掉我，偷袭京城。"

成国公冲着皇帝的所在施礼，"陛下英明神武，第一时间就察觉黎人的意图，所以将计就计将我定罪，黎人果然出兵，而我已经回到北地暗地调动兵马，这才及时破了黎人的奸计。"

清河伯在北地被黎人围攻，当时形势危急，在场的官员都知道，是成国公突然出现率领兵马解围，击退了黎人，这件事大家也都知道。这样听来，的确是早有安排，虽然听起来似乎很有道理，但仔细一想就是胡说八道啊！

"既然早就知晓黎人有不轨之心，那当初就该一举击破。"一个官员竖眉说道，"怎么会给黎人机会？"

别的且不说，就说围攻京城，造成多大的死伤损失，这是明知是虎，偏要把胳膊递进虎口，只为了证明老虎就是咬人？

"因为只有这样，才能一举击垮黎人。"成国公看着他说道，"这就是壮士断腕，我先前说过，黎人当时举全国兵力，那时候说议和，一是迷惑黎人，也让他们的气势暂散，当时如果不议和，硬战，我们付出的代价更大，而且也不一定能伤到黎人的元气。现在让黎人咬住了胳膊，以为奸计得逞，他们便会拼尽全力，这时候给他们一击，就足以致命。"

朝堂上响起低低的议论声，成国公接着说道："还有……"他的声音不高不低、不急不缓，但立刻让议论声停了下来，大家都看过来，"黎人大军倾巢南下，我们的人成功突袭黎国都城，就在三天前，消息最终确认，黎国皇帝拓跋宗重伤不治而亡。"

黎国皇帝死了！朝堂上顿时哗然，宁炎开口道："怪不得黎人突然退兵。"

因为京城围城，又遇上皇帝生病，朝堂一片纷乱，只确认北地黎兵退去，并不知道原来是因为黎国皇帝死了。一个官员神情激动，忍不住拍掌叫好："太好了，黎国的皇子众多，王爷们也是拥兵自重，现在皇帝死了，可想而知，必然内乱。"

众官员看向成国公，神情复杂，却再没有先前的质疑，突然一个清朗的声音响起："陛下圣明！"

宁云钊已经向殿内皇帝的宝座跪下，宝座上空空，但宝座垂帘后却坐着皇后，皇后身边安置了一张床，床上躺着皇帝。虽然皇帝不能说话不能动，但因为意识还清醒，大家最终决定还是让他上朝，听大家议论朝政，似乎这样，大家做的决定才能理直气壮。

"陛下，圣明！"宁云钊抬起头，神情比往日更加悲壮，再次重重叩拜，成国公紧跟着跪下垂头叩拜，其他的官员再无迟疑，忙都跟着叩拜，一时间殿内声如洪钟。

看着这些朝臣的动作、听着这些赞誉，皇后也忍不住拭泪，哽咽道："陛下真是圣明之君。"她看向皇帝，见皇帝眼角的泪水流得更汹涌了。这些日子皇帝的眼泪都没停过，一开始大家认为是因为犯病心里难过，但时间久了，不知道哪个太医说流眼泪也可能是在表达其他情绪，想必现在他是因为高兴吧，皇后伸手为皇帝拭泪，对外颤声道："陛下也很高兴，众卿平身。"

官员叩谢起身，但成国公跪着没有动，忽然说道："听说如今朝堂还未册封皇太子？"

在场的官员心中一跳，果然成国公要在皇太子一事上插手。

"成国公此话差矣！"宁云钊的神情肃重，举起手中的诏书，"陛下已经册封了皇太子。"

"不！"皇后的声音立刻在垂帘后响起，颤声而尖厉，"这不是陛下的诏书！"

听到这声音，在场的官员都轻叹一口气，这些日子朝堂纷乱，刑部大牢里关满了太监和锦衣卫，而随着审讯拷问，不断有人被抓进去，京城之中闹得人仰马翻，但这还不是最主要的，最要紧的还是关于皇太子的人选。宁云钊每日抱着诏书，坚定地要立怀王为皇太子，同时他的身边也围了一群官员，但皇后这边自然不允许，坚持要立自己的皇长子为皇太子，她的身边也有一群官员拥护，另外还有其他皇子也在私下运作，另有官员保持中立看热闹。一时间，混乱不堪，每次朝会都以皇太子人选争执为开始，再以此为结束。

吵闹至今，各方角力旗鼓相当，没有结果，现在成国公回来了，也开始参与其中了。

"陛下的诏书是只有宁小大人你一个人见到、拿到，"成国公看向宁云钊，"也无怪乎大家质疑，这种事还是要以理服人的。"

坐在垂帘后的皇后眼睛一亮，宁云钊神情平静："对宁某来说，陛下就是天理。"

成国公温和一笑："你说你有理，他说他有理，理不辩不明。"

"成国公你的意思是？"皇后在内忍不住问道。

成国公对皇后的所在施礼："臣以为，诏书的事就不要说了。"

皇后几乎忍不住掀起帘子走出来，成国公微微一笑："陛下如此圣明，不是早有安排吗？"

在场的人都有些不解地看向他。

"难道大家都忘了？"成国公也看向众人，"当初君小姐提请陛下立怀王为皇太子，陛下不是说让大家商议吗？那，大家就遵从陛下的吩咐，好好商议立怀王为皇太子是否可行，这不是遵从圣命吗？"

朝堂里一阵安静。

"这种圣命，就不是宁大人一人知道的，而是我们大家都亲耳听到的。"成国公接着说道，"那这样明辨出结果，就能以理服人了。"

朝堂里微微一阵骚动，响起低低的议论声。成国公看着众人，站直了身子："既然如此，那我就先表明我的意见。"这话让朝堂再次安静，所有视线都落在他身上，"我觉得，怀王很好。"

皇后扑通一声，跌坐回龙床上，她知道这下真的完了……

"成国公让大家朝议，说要以理服人，但是呢……"陈七说到这里忍不住笑起来，话也说不下去了。

风尘仆仆赶回京城，正解下斗篷的君小姐看着他，问道："但是呢？"

"但是成国公带了三万兵马，就守在京城外，拒绝去京郊大营，说是要守护京城、守护皇城安稳。"陈七挤眉弄眼道，"说待皇太子册立了、朝政安稳了才走，免得黎贼趁机生事，我看他这分明是威胁大家不要生事。"

在很多时候，握有兵权的武将在帝位更迭上能起到关键作用，更何况此时战乱才平，成国公威风更甚，且表明了支持怀王，那这朝堂中很多官员都要好好考虑一下怎么做选择。君小姐捏着衣领，微微出神。

"成了！"有人猛地掀起帘子冲进来，君小姐扭头看去，见是柳掌柜，他面色激动，声音颤抖，"就在适才，宫里宣召了，册封怀王为皇太子。"

册封皇太子也有仪式，要做皇太子的礼服，还有很多礼仪要教导，怀王府再不似先前那般大门紧闭，无人敢靠近，现在来往的人络绎不绝。

"除了皇太子的礼服，皇帝的礼服也开始准备了。"成国公说道，"毕竟陛下龙体欠安，待皇太子册封完毕，大家会商议禅让事宜，好让陛下静心养病。"

君小姐点点头，问道："朱瓒这次没回来？"

成国公温和一笑："北地那边还要戒备，等过一段时间就让他回来。"

君小姐点点头，看着人来人往奔忙的怀王府，成国公问道："你要去见见殿下吗？"

怀王已经不是先前的怀王了，以君小姐的身份，此时见怀王并不容易，不过当然这只是规矩而已，如果想见也不过是成国公一句话。君小姐想了想，说道："我想，见见太后。"

厚重的殿门被太监推开，日光倾泻进来，让屋子里变得明亮，但旋即门就被拉上了。

"太医说，太后不见光的话对恢复更好。"一个内侍小心翼翼地说道。

身边的女子只是穿着县主品级的礼服，对见惯皇后公主的内侍来说，这种人实在不入眼，但面对这个女子，他却摆出了比面对皇后、公主还要卑微的姿态。

君小姐停下脚步，两个内侍忙拉起幕帘，太后在床上躺着，至今昏迷不醒，太医们束手无策，说是受惊太大，伤了心神，至于什么时候醒来也说不准，只能用汤药养着。

君小姐走过去，内侍们放下帘子，遮住了身影，引路的内侍摆摆手，带着人退了出去，太后的寝宫内便只剩下君小姐一人。

君小姐坐下来，看着似乎沉睡的太后，认真看了很久，然后伸手抚上太后的头，慢慢抚摸片刻后抬起，手中多了一根细长的银针。须臾间，太后如同噩梦惊醒一般喘口气，猛地睁开眼。

她的眼神一瞬间迷茫，旋即凝聚，看着眼前的君小姐，面色青紫，人也猛地挣扎起身，哑声喊道："你，你现在敢把我弄醒了！你就不怕我说出真相吗？！"她的眼神阴狠，"除非你杀了我，否则我一定会说出真相。"

"现在没有人在意你的真相了，有更多的人不会让你说出真相的。"

太后狠狠瞪着她，哑声道："你是来炫耀的吗？"

君小姐摇摇头："我只是想问你一个问题。"

"养那么久，真的一点感情都没有吗？"

太后的眼神一阵迷惑，她看着君小姐，忽然想到什么，旋即骇然，人也猛地向后挪去，神情惊恐地指着君小姐："你是人是鬼？"

"我曾经以为我是不人不鬼，但现在我觉得，你们才是不人不鬼。"说罢便转身向外走去。

太后缩在床上看着这女子的背影，神情骇然，似乎看到那女子转过头来，却不是君小姐的模样，而是七八岁的楚九龄。太后顿时吓得想要驱赶这个影子，她疯狂尖叫起来，但已经没有人理会她了……

君小姐挺直脊背，走出了宫殿，宫门关闭，内侍们躬身相送，看着君小姐离去。

不知道走了多远，君小姐握在身前的手才松开，轻轻叹口气。前边就是前殿了，此时正在举行皇太子的册封典礼，只是因为皇帝的病而做了简化，也没有鼓乐，君小姐的嘴角浮现一丝笑意，但下一刻便凝结在嘴边，因为前方的宫道上站着一个人。

他身材高大，大红衣袍，但明媚的日光却退避，明明站在日光下，却如同被阴影笼罩，是陆云旗，他怎么来这里？他怎么又出来了？君小姐的面色骤变。

陆云旗那时自伤倒下，因为是重要犯人，所以被竭力救回，但依旧是重伤，现在他应该还关在刑部大牢里。帝陵里的太监、宫里的太监，以及锦衣卫、宫里的禁卫，包括青山军都被抓了，在刑部被轮番日夜不停地拷问，刑部基本已经确定这就是袁宝与陆云旗的争权夺利，袁宝死而定罪，陆云旗亦是难逃，只等问斩。这时候他怎么又出现在皇宫？还有他这一身官袍……

君小姐下意识地看向四周，陆云旗已经向她走来，边走边说道："我第一次进皇宫就是在这里当值。"他走得很慢，身子也有些僵硬，能看出他的确伤得很重。

君小姐没有说话，神情戒备。

"我这样的人，能进皇宫当值，简直是不可思议。"陆云旗看了眼四周，一向木然的脸上隐隐浮现一丝欢喜，"我觉得像做梦一般，像我们这种很少有机会的人，得到了机会一定会好好抓住。我尽心尽力地办差，很快就得到了赏识。"他收回视线，看向君小姐，"所以我不仅能在宫里当差，而且还到了太子身边。"

君小姐觉得有些好笑，原来他那时候就在父亲身边了。她又有些恼恨，恼恨自己没在家，竟然没发现。

"那么多人，你怎么记得住？"陆云旗似乎看出了她的心思，"这不是你的错。"

"要谢谢你安慰我吗？"君小姐看着他，淡淡说道。

"当然不需要。"陆云旗走到了她的面前，走近了君小姐才看到，他大红的衣袍上有血迹渗出，是因为伤口开裂还是闯到这里新染的？

"太子喜欢读书。"陆云旗在她面前站住，"他读书的时候，不喜欢身边太多人伺候，很多时候，只有我一个人当值。"

君小姐的手不由得攥起，她似乎猜到他要说什么了。

陆云旗看着她："那天，齐王来了，悄悄地，一个人。"

君小姐的手上青筋暴起，一动不动地直直看着他。陆云旗也看着她，视线没有半点回避："我，放他，进去了……"

宫里很少有大树，这是为了避免刺客藏匿，日光都是直直照在人身上。那时他站在门口，握着手里的刀，莫名觉得很冷，他的耳目灵敏，紧闭的门窗没有隔挡住室内的声响，先是低低的说话声，紧接着似乎有笑声，但下一刻声响变得很古怪，似乎桌子被撞倒，似乎有人倒在地上，似乎有人发出了呜呜的哀鸣……

他是锦衣卫，纵然没有召唤，一切异动都要警惕，他握紧了手里的刀，转身推开门，看到太子的脖子被一条腰带勒住，整个人被禁锢在齐王的身前。看到他进来，太子的眼里闪出光芒，太子更奋力地挣扎，期待他能拔出刀扑来救助，或者转身对外高喊呼救。

"还愣着干什么？"齐王不耐烦地低声呵斥道，"把门关上！"

他依旧愣着，脑子一片空白，然后他听到门被关上的声音，而太子眼中光芒瞬时熄灭。他忽地有些慌乱，下意识地看向门，看向自己的手，是他关上了门……紧接着，扑通一声，他受惊般地看过去，太子倒在了地上，齐王将腰带抽出来系回身上，抬手试探太子的鼻息，神情带着几分满意，接着站起身疾步向他走去，又越过他："我走了，你过会儿再喊人。"

门被打开又被关上，他呆立在原地，齐王似乎从未出现过，他看着倒在地上一动不动的太子，一步一步走过去。太子还睁着眼，那样无喜无怒、无哀无求地看着他，一直到现在，这双眼还在看着他……

陆云旗回过神，君小姐也看着他，无喜无怒，无哀无求，只有漠然，就像看陌生人一样，她越过他向前走去，陆云旗站在原地没有阻拦。

很久以前，她也是这样看过他一眼，那时候他躺在地上，狼狈如丧家之犬，她一声呵斥阻止，然后拍马而去，离去之前也是这样看了他一眼，一开始是陌生人，最终依旧是陌生人。陆云旗转过身看着渐渐远去的女子的背影，日光拉长他的身影，又被他的身影吞噬。

"君小姐。"前方的甬路上，顾先生揣手而立，露出笑脸。

君小姐却没有丝毫的笑意，径直问道："为什么放他出来？"

顾先生微微一笑，并不惊讶，也不反驳："因为刑部已经核查清楚，太监们也招认，这件事是袁宝一手策划，陆云旗只是自卫，所以陆大人惊吓陛下有罪，连降三级以罚，但并非罪当死。"

君小姐看着他，冷冷问道："为什么是这样的决定？"

顾先生收起笑，神情肃重："因为需要。"

君小姐的神情更加冷峭，还带着几分愤怒："谁的需要？"

顾先生神情平静："这是朝堂的需要，再拷问下去牵扯太大、太多，大家要知道的只是当时殿内的争斗，既然查清了缘由，事情就可以结束了。陛下龙体欠安，皇太子才册封，现在要稳定人心。"

"事情要结束，不牵扯更多，有很多办法，不是非要将他放出来。"君小姐上前一步，"是谁的需要？"

她咄咄逼人，顾先生看着她，笑道："君小姐是想说我是陆云旗的人，放他出来是我的需要吗？"

"不是我的需要，是皇太子的需要。"

君小姐神情讥讽，一字一顿地说道："这么说，怀王跟皇帝陛下是一样的？"

"君小姐，同样的需要不代表就是同样的人。"顾先生亦是一字一顿说道，"君小姐难道不知道如今什么形势？君小姐难道认为怀王册封皇太子后，一切都尘埃落定、平安无事了吗？此时的朝堂暗潮汹涌，外患未平，内忧滋生。"他伸手一指身后的巍峨宫殿，"此时皇后尚在宫中，且地位不可动摇。"

皇后的身份无人能动摇，大臣们接下来能让皇帝内禅，却没有人能动皇后。皇太子则必须敬皇后，这是天地伦常，否则便要背负不孝之名。而皇后，显然不会喜欢这个皇太子。君小姐看着顾先生，顾先生依旧没有给她说话的机会，声音再次拔高："此时是有三个皇子已经成年，且无罪无过，当封亲王；此时是以朝争论定皇太子，多数同意，依旧有官员保持异议；此时是皇太子年仅十岁，主幼国疑；此时是成国公手握重兵，今日他推举怀王为皇太子，但谁敢保证将来他会不会陈桥兵变……"

君小姐眉眼顿时犀利："你……"

"君小姐，你太高估自己了。"顾先生打断她，眉眼亦是犀利，"你也低估了人性，这是朝堂，这是江山社稷，这是天下最大的诱惑，人只能保证此时此刻，没有人能保证将来以后。黄诚刚入仕时也没想弄权，清河伯初领兵时也没想贪权，齐王年幼时也不曾想天子之位。"

君小姐握在身前的手攥紧。

"人心异变，谁敢保证以后。"顾先生语气沉沉，再次看向那边的宫殿，"谁敢保证大功不会变成大过？谁敢保证宁常不会变成黄诚？"

君小姐看着他，冷哼道："谁又敢保证顾先生你不会变成袁太监？"

顾先生看向君小姐，忽地一笑："我不敢保证，所以，请君小姐看紧我。"

"人心不是看就能看住的。"君小姐淡淡说道。

顾先生点点头："但有人看着总比没人看着要好一点。君小姐，这世间的事没有干干净净的，也没有万全，能好一点就已经不错了。现在好一点，将来再好一点，一点一点地好起来。"

君小姐站在原地，有几分怅然，日光渐渐升高，让这座宫殿更变得巍峨又沉重。皇太子的册封仪式也终于结束，百官列队整齐向殿内齐齐遥拜，有的木然，有的不屑，但忽地有人身子一僵向后看去，紧接着更多人向后看去，大家的神情变得复杂而古怪。

甬道上慢慢走来一人，不是以往的大红官袍，而是普通官员的青袍，但这个身影的出现却依旧刺目。队列里一阵骚动，响起低低的碎语，但下一刻那人视线看过来，这碎语就如同滴水成冰，瞬时凝结。

陆云旗收回视线，慢慢站到了队列的末尾，他神情木然，身子僵硬但挺拔，看向前方高高的大殿，对四周鄙夷、嘲讽、怨恨、畏惧的视线皆无睹，他会一直站在这里，看着他，看着她，直到死去。

顾先生看着那女子坐车离开，并没有再跟上。他站在宫门前，似乎不知道去哪里，但下一刻他的眼睛一亮，一辆马车驶近，马车没有在宫门前停下的意思，而宫门前的禁卫也没有阻拦的意思，但马车还是停了下来，车帘掀开，露出女子的面容。

"见过公主。"顾先生上前施礼道。

如同先前在怀王府照顾怀王，如今宫中太后皇帝皆病重，皇后一人操持后宫不暇，所以皇太子请九黎公主入宫协理皇后管理后宫。

九黎公主看着他，神情含笑，微微颔首："顾先生，许久不见。"

听到这句话，顾先生抬起头，亦是微微一笑："是，许久不见。"

二人对视一眼，似乎要说什么又似乎没什么可说的，顾先生突然想到什么："公主来得不巧，君小姐刚过去。"

九黎公主点点头："适才见到了，她说有事做，改日再见。"

顾先生"哦"了一声，二人之间再次沉默。这沉默并不让人尴尬，反而让人平静而舒适，大约是这么多年来，他们有太多这种沉默的相对，九黎公主颔首道："那本宫先进去了。"

顾先生再次施礼，九黎公主放下帘子，马车向宫内驶去，顾先生看着她的马车，久久未动。

皇太子册立结束，由皇太子主持国事，皇后结束了垂帘，回到后宫照看皇帝，成国公的兵马也如同先前说的那样退到京郊大营，而京东路散落的黎兵也全部被清理，并且活捉了郁迟海。

清晨，斑驳的门被敲响，在安静的街道上很响亮，方锦绣看着门外站立的年轻公子，皱眉说道："宁公子，你为什么不是太晚来就是太早来？"

这话让宁云钊微微一怔，苦笑了一下："大概是，不巧？"

方锦绣撇撇嘴，虽然不知道他在想什么，但也知道肯定又在胡思乱想。

"进来坐吧。"君小姐已经闻声出来，含笑做请。

方锦绣甩手走开了，扔下了一句："行李都收拾好了没？"

君小姐对她的背影"嗯"了一声，看着方锦绣走进了后院，又看向宁云钲，问道："喝茶还是出去吃饭？"

宁云钲笑了笑："喝杯茶就可以了，吃饭实在没时间，你也知道朝中如今事太多了。"

君小姐点点头请他坐下，亲自端茶过来，宁云钲又问道："要出门？"

"一会儿就走，所以，你来得很巧。"

"那真是巧，我正好要问你一件事。"

君小姐笑着静待他继续询问，自从宫变到现在，他们还是第一次见面，这件事可以说是他们联手而为，但这联手而为的二人却自始至终没有见过面。君小姐甚至都不清楚这件事是怎么发生的，很多细节只有宁云钲知道。此时此刻，有太多的事要说要问，也有太多关于现在以及以后的事要讨论商议，但事情太多了，都不知道从哪里说起、先说哪一个的好。

宁云钲抬起头，问道："这次你和朱世子，是真的假的？"

君小姐微微怔了一下，这不是他第一次这样问，当初从北地以成国公世子未婚妻的身份回来，他来见自己，第一句话也是问的这个，君小姐看着他，微微垂了视线，伸手握住面前的茶杯。

宁云钲看到这个动作，忽地笑了，笑得有些开心。他没有说话，也伸手握住自己面前的茶杯。并没有过多久，君小姐抬起头，说道："我是要去北地的，确切地说，是去黎国境地，成国公说朱瓒在北地守着，还有事没做完，我又不是小孩子，这种话骗不了我。"她又垂下头，转了转手里的茶杯，"去刺杀黎国皇帝的肯定是朱瓒，这件事有多凶险想也想得到，他肯定出事了。"

宁云钲点点头："是啊，做这种事的都是死士，以命换命也不一定能成功。"

君小姐抬起头看着他："所以，我要去找他回来，别人做不了这件事，我对黎国很熟悉。"

因为师父当年就是在黎国境内带着青山军杀敌的，他留下的手札上有详细的黎国地图。

宁云钲握着茶杯笑了笑："那看来现在是真的了。"

君小姐看着他，这一次没有垂目，也没有再转动手里的茶杯，认真点点头："是。"

宁云钲依旧含笑道："我该说一声祝福？"

"我该说一声谢谢，或者抱歉？"君小姐看着他，认真说道。

宁云钲笑意散开，举起手里的茶杯，君小姐双手捧起茶杯，与他的茶杯轻轻碰了一下，二人各自一饮而尽，再相对似乎有些不好意思，但似乎又没什么改变。

"不过，想了想还真是有点不甘心，我做得也不少，应该可以要个回报吧。"

"当然可以，你请说，只要我能做到。"

"还有条件限制啊，看来我的确不如朱世子。"

君小姐有些微微窘迫，宁云钲眉眼恢复温润："人总要任性一次。"

"你请说，当然什么时候说都可以。"

宁云钗含笑道："就现在吧。"

君小姐认真地看着他，等候他开口。

"我们，再下一次棋吧。"

君小姐微微一笑，点了点头……

冬夜，因为前几日的大雪，让整个大地蒙上一层白光，在白茫茫的大地映衬下，夜空中的繁星更加明亮，似乎一伸手就能摘下一颗。

一只手高高举起，虚空一握，手收回放到面前松开，并没有璀璨的星星，只有一团白气飘浮，这是口鼻间呼出的热气，遇冷化为白雾，白雾升腾，片刻便凝结在眉毛和胡子上。

"这星空真好看啊。"沙哑的声音响起，说话的人伸出手枕在脑后，积雪在身下发出咯吱的声音，星光下这个人穿着白皮袄，整个人躺在雪地里，与大地融为一体，如果不是那一双如星辰般明亮的眼睛，一时都察觉不出来这里有个人。

"是啊。"他的身边响起说话声，并呈现出七八个的身影，"难得看到这样的星空。"

"原来星星这么漂亮。"

"此时当吟诗一首。"

"要是有酒就好了。"

"再来一块烤肉。"

"……"

说笑声此起彼伏，让这冰冷的寒夜变得有几分鲜活，忽地适才那只手再次举起，伴着这动作，说话声戛然而至，天地间瞬时陷入死寂。

马蹄扬起积雪，也露出其上包裹的兽皮，正是这兽皮消去了马蹄的声响，直到近前才能察觉。这是一行十几人的兵马，星光下铠甲盔帽，背后刀枪弓弩闪着寒光，纵然雪夜，马儿的速度也丝毫未受影响。

忽然，中间的马儿发出一声嘶鸣，地上直直的一柄长刀斩断了马的前蹄。马儿嘶鸣跌倒，其上的人也翻滚而下，不待那人来得及起身，一柄长刀已经将他斩得身首两处。整个队伍都变得混乱起来，雪地上接连跃起人，长刀短斧砍向这些骑兵，双方在雪地里展开了惨烈的厮杀。

战斗残酷而短暂，一切似乎发生在一瞬间，又在惨烈中瞬时结束，马儿或被杀或逃散，随着一柄长刀毫不犹豫地刺入伤者的胸口，哀号声也瞬时消失，天地间再次恢复了安静。星光依旧，只是地上不复先前的雪白，而是血红一片，有黎兵的，也有穿着白袍的男人的。

大胡子男人蹲在一个白袍男人身前，伸手抚上他还睁着的双眼。

"老大，"身后响起提醒的声音，大胡子男人回过头，问道，"我现在是不是越来越多愁善感了？"

大胡子男人摇摇头："人生的意义不光是吃喝啊，还有诗与远方。"他说到这里，歪头想了想，"她应该是这样说的吧，时间太久了，我都要忘了。"

其他男人已经起身，随便擦了把嘴角的血迹，一个男人说道："老大，你是不是多愁善感且不说，你是比以前话多了。"

"你是说我话痨吗？"大胡子男人不悦地说道，"我这怎么能是话痨呢，我们越来越往北走，连个人都看不到，好容易见了几个，还一口的胡语，我是怕时间久了我都不会说咱们的话了。"

男人们都笑起来，齐声道："老大你真是深谋远虑。"

大胡子男人眼睛里溢出笑意，带着满脸的得意："那是，今晚砍一把好柴吃个饱饭，我们走。"

一众人没有停留，在星光之下的雪地里向北疾奔，慢慢地，身影与大地融为一体，消失不见。

日光照亮大地，他们戴着黝黑的帽盔，鲜红的碎缨，身上更是雪一般相似的水银铠甲，一个个面容骄横、戾气满满，正是黎人最精锐的骑兵，看到这些与雪冻在一起的死尸，他们愤怒地咆哮道："又是这些砍柴人，怎么又让他们得手了！我们的勇士难道如此废物吗？"

"大人，他们没有多少人了，大雪封山，他们连火捻子都没有了，必死无疑。"

"那样死太便宜他们了，他们必须死在我们手上，剥皮拆骨，为大皇帝报仇。"

"勇士们，杀一个砍柴人，封官加爵。"

"……"

伴着这喊声，黎兵们咆哮着向前而去，大地上乱雪飞扬。

天地间似乎都被雪覆盖，连山石树木都不例外，整个天地都如同冰冻住了一样，但偏偏在这冰冻之中，一株雪白的莲花盛开，好似这是一片湖水，但事实上，这是陡峭的山崖。

一只手伸过来，将这雪莲摘下，在雪莲的映衬下，这只手越发红肿，其上冻疮遍布，令人不忍直视。

这一个摘雪莲的动作对冻伤的手来说很艰难，更不用说用手扒住雪覆盖的石头。这个男人贴在光滑的悬崖上，身形绷紧，神情轻松，还慢慢将雪莲放到口鼻下嗅了嗅，越发憔悴的神情浮现几分惬意："真香啊。"

说完这句话，他整个人猛地向下坠去，在悬崖上灵巧地攀附，最终安全滑落到崖底，他举着雪莲，对着四周散坐着的五个男人喊道："你们看，漂亮吧。"

被喊的几个男人看过来，虽然一个个神情憔悴，嘴唇干裂，但却都浮现笑意："老大，你怎么又对花草感兴趣了，你该不会真的要变成小姑娘了吧？"

"你们懂什么，这是药材。"大胡子男人小心地将这雪莲放进随身的皮袋子里，"有个家伙正需要这个，等回去了拿给她，老子欠的债也就能还清了。"

他嘀嘀咕咕的，其他人也没有在意，只是听到"回去"二字，眼中闪过一丝怅然，当初为了相助成国公，他们是抱着必死的心深入黎国，去刺杀黎国的皇帝，现在虽然任务已经完成，但他们也死伤无数，只剩下寥寥几人，并且，他们离家太远，此番回京，必得长途跋涉，黎兵又对他们穷追不舍，而他们的体力正在急速消耗……

　　几人的视线看向大胡子男人，看着他小心又欢喜地审视着装了雪莲的皮口袋，其实根本没有必要去摘悬崖的花，空浪费了本就不多的体力，但因为雪莲而想念的人，却能带来心灵上的抚慰吧，他们的笑容变得有些酸涩，但下一刻又凝重起来，人也从地上一跃而起："黎贼追来了。"

　　他们的手中已经没有刀斧，只有用折下的树枝打磨成的木棍，但他们的神情没有丝毫畏惧，似乎手中握着的是精良的武器，大胡子男人更是带着几分闲散，说道："那就再拉上几个垫背的，干活吧。"

　　随着他的话，五人分别向山石后隐藏而去，大胡子男人独立在原地，神情闪过一丝怅然，低头看了看腰里的皮口袋，低声说道："可惜了，你这个没福气的女人，这么好的东西你是拿不到了。"下一刻，他便抬起头，神情恢复不羁，将手中的长棍一甩，等待山口骑兵冲来。

　　外边的声响越来越大，却迟迟没有兵马冲进来，这让在场等候伏击的几人有几分不解，一个男人说道："莫非不打算再来战，只是等着困死我们？"

　　"这些孙子胆怯如此？"另一个皱眉说道。

　　大胡子男人竖耳听着，忽地神情一变："不对，好像有周语。"

　　有周语也不奇怪，这些黎兵也曾经用周语诱惑过他们，但大胡子男人的声音有些微微颤抖："不，这次，是真的，而且很多人。"

　　这颤抖不是因为害怕，而是因为某种不可能的猜测，其他人的神情也变得复杂，似乎很激动但又怕因为这激动毁了心智，他们从来不给自己希望，因为一旦有了希望，希望破灭的时候就彻底丧失了意志，没救了，他们保持着戒备藏在石头后，直到耳边忽地传来轰的一声，紧接着，地动山摇。

　　"这不是青山军的……"大胡子男喊道，他刚要一跃而起，就听得头顶哗啦作响，紧接着大雪夹杂着山石滚落，而躲在山石后的其他人更没来得及动作，滚落的雪瞬时将这些人掩埋，哗啦一声，山谷陷入安静。

　　山谷外的喧嚣声、厮杀声更响亮，不知道过了多久，一切才归于平静，紧接着马蹄声由远及近，一点点、一片片充斥了整个山谷。

　　"没人啊。"有男声带着几分讶异响起，"难道已经撑不住死了？"

　　但下一刻，一只手猛地从雪下伸出，紧接着一个头甩着雪钻出来："我去！"沙哑又愤怒的声音盖过了马蹄声，响彻山谷，"我们没死在黎人手里，却被大雪压死了，这可真成了大笑话了！"

　　随着他的动作，其他地方也有人冒了出来，吐着雪，晃着头，但他们的神情都满是不可置信地狂喜。不过先前的大胡子男人依旧愤怒地看向围过来的人马："我说你们是谁手下的？怎么这么蠢啊？"他抬起头，甩开了脸上的雪，也看清了近前的人马，然后他的声音戛然而止。

　　眼前的人马散开，一个女子出现在视线里，她并没有穿着铠甲，而是裹着厚厚的红斗篷，白绒绒的帽子几乎遮住了她的小脸，她也正看着还埋在雪里的大胡子男人，看得很认真，一点一点扫过他的头和脸，然后眉头微微皱起："朱瓒，你怎么变这么丑了？"

朱瓒大怒，顿时从雪里跳了出来，喊道："你这女人眼有毛病，这世上哪有比我更好看的人？"他跳出来，伸手拍打身上的雪，又胡乱地抹脸，"来来，你好好看看，我这样玉树临风……"

他的话没说完，君小姐已经跳下马扑过去，张开手一跃，抱住了他的脖子，她的动作太突然，朱瓒被扑得一个趔趄，差点跌倒："喂，你别以为你这样，刚才的话就算了，你起来好好看看，我哪里丑了？"话虽然这样说，却半点没有推开身前人的意思，而是伸手抱住，"你好好看看。"

君小姐紧紧抱住他的脖子，在他的肩头重重点头："我好好看看。"

朱瓒没有再说话，只是将她用力抱紧，不知道是因为身子冻得僵硬还是不熟练，动作还是有些僵硬……

（全文完）